J. Reimer

Aus Freude am Lesen

Mary McCarthy · Und die Vögel verstummten

Mary McCarthy

# Und die Vögel verstummten

Roman

*Aus dem Englischen
von Elke vom Scheidt*

btb

Die Originalausgabe erschien 1997 unter dem Titel
»And No Bird Sang« bei Poolbeg, Dublin

*Allen, die mir beim Schreiben dieses Buches
geholfen, mich ermutigt und unterstützt haben,
ein riesiges Dankeschön!*

btb Bücher erscheinen im Goldmann Verlag,
einem Unternehmen der Verlagsgruppe Bertelsmann.

1. Auflage
Copyright © 1997 by Mary McCarthy
Copyright © der deutschsprachigen Ausgabe 1998
by Wilhelm Goldmann Verlag GmbH, München
Satz: IBV Satz- und Datentechnik GmbH, Berlin
Druck: Presse-Druck, Augsburg
Bindung: Großbuchbinderei Monheim
Printed in Germany
ISBN 3-442-75014-8

FÜR MAEVE KELLY

Carol lag friedlich im hohen Gras, allen Blicken entzogen. Der Ort war gut gewählt – der abgeschiedenste Fleck gleich jenseits von Coill Wood. Niemand würde sie hier sehen. Niemand würde sie belästigen oder ihre Ruhe stören. Es war ein warmer Juliabend. Schwül. Mücken schwärmten in der feuchten Luft. Der Himmel war von klarem Blau, der Sonnenuntergang tönte ihn rötlich. Die Erde war still. Ruhig. Eine Schmeißfliege landete auf Carols Nase. Sie verscheuchte sie nicht. Sie störte sie nicht. Ein zarter gelber Schmetterling tanzte über ihrem Kopf.

Auf den nahen Weiden grasten braunweiße Kühe, wedelten vergeblich mit den Schwänzen, um die hartnäckigen Fliegen abzuwehren. Unten am See saß ein einsamer Angler auf einem Felsblock und warf seine Köder aus. Das einzige Geräusch, das die Stille des Abends durchbrach, war das ferne Bellen eines Hundes. Das muß Major sein, der neue junge Labrador in The Lodge, dachte der Angler. Ein ziemlich lautes Kerlchen. Vermutlich hinten im Garten eingesperrt. Das Bellen wurde zu einem langgezogenen Jaulen und hörte dann auf. Mrs. Laffan hatte ihn sicher hereingelassen. Solange der Hund Distanz hielt, hatte der Angler nichts gegen ihn. Er durfte bloß nicht die Fische erschrecken.

Carol lag in der stillen Mulde. Eine sanfte Brise hob den Saum ihres weißen Kleides an und entblößte ihre gebräunten Schenkel. Sie sah so schön aus, wie sie dort lag … so ruhig.

Ihre Augen waren geschlossen. Die personifizierte Unschuld. Der geheime Beobachter schaute traurig auf ihren reglosen Körper nieder.

Ein paar hundert Meter weiter verkündete das Quietschen von Autoreifen die Ankunft neuer Gäste in The Lodge. Drei französische Touristen stiegen aus ihrem Peugeot, lachten, gestikulierten, unterhielten sich laut. Der Angler verfluchte sie wortlos. Heute abend würde er nichts fangen. Er beschloß, den nutzlosen Versuch aufzugeben. Er war angewidert. Hatte er sich Coill nicht eigens für seinen Angelausflug ausgesucht? Er hatte für Ruhe und Frieden bezahlt. Manche Leute waren einfach rücksichtslos. Er packte seine Ausrüstung zusammen und ging.

Carol schlief weiter. Bellende Hunde und laute Touristen bedeuteten ihr nichts. Sie konnte sie nicht hören.

Die Gestalt rückte näher. »Du hast Glück, Carol. Großes Glück.« Carol gab keine Antwort.

»Du hast deinen Frieden, Liebste. Keine Sorgen mehr, nicht?«

Carols Ausdruck veränderte sich nicht.

»Ich hab's für uns getan. Für dich auch. Das kannst du doch verstehen, nicht, Carol?« flehte ihr Mörder. »Ich mußte es tun. Du hast mir keine Wahl gelassen. Wir konnten nicht weitermachen wie bisher.« Ein Judaskuß auf die noch immer warme Wange. »Ich habe dich geliebt, Carol. Ich werde dich vermissen. Immer.«

Die Gestalt verschwand zwischen den Bäumen. Niemand war in der Nähe. Es würde schließlich doch einfach sein, unbemerkt nach Hause zu kommen. Die Sache war nicht einfach gewesen. Carol hatte heute abend so hübsch ausgesehen. So vertrauensselig, als sie die Lippen zum Kuß spitzte. Verwundbar. Ihr letzter Kuß. Ein Jammer, daß sie hatte sterben müssen. Aber es war zu kompliziert – zu gefährlich, sie am Leben zu lassen. Viel besser so. Es würde keinen Streit, keine Seelenqual mehr geben. Keine Verletzungen.

Die dunkle Gestalt verließ den Wald. Sie schwitzte stark. Schweiß- und Grasflecken verunzierten das ehemals weiße Hemd. Sie würde es nie wieder tragen können. Eine zu schmerzliche Erinnerung. Die schützenden schwarzen Wollhandschuhe mußten verbrannt werden. Noch heute abend. Ein weiterer Blick in die Umgebung ringsum. Nichts rührte sich.

Eine kalte Dusche würde jetzt guttun. Sie wäre reinigend. Läuternd. Die Gestalt begann zu summen. Es war vorbei. Die Qual war endlich vorbei. Der Öffentlichkeit würde die Ungeheuerlichkeit des Verbrechens auffallen, wenn Carols Leiche gefunden wurde. Die Leute würden von Mord reden. Aber es war kein Mord. Sie würden niemals verstehen, daß die Tat notwendig gewesen war. Wie könnten sie auch? Sie würden sie nie als das sehen, was sie war. Eine Befreiung. Eine Läuterung.

Es war vorbei. Carol war jetzt frei. In Sicherheit. Und ihr Mörder war auch in Sicherheit.

Oben in The Lodge zog eine Hand, die keiner sah, den Spitzenvorhang von einem Fenster im zweiten Stock zurück. Noch ein Beobachter. Einer, der alles mit angesehen hatte. Mit angesehen und verstanden. Aber der Mörder ging fröhlich weiter. Schaute nicht einmal auf. Sah nicht das verstörte, schattenhafte Gesicht am Fenster.

Drei Tage später. Sergeant Mullen war zu seinem üblichen Nachmittagsspaziergang draußen. Er schlenderte aus dem Wald, in die Sportseite seiner Zeitung vertieft. Er fand die Leiche zufällig. Tatsächlich stolperte er darüber. Einen Augenblick lang erkannte er sie nicht. Die Hitze hatte schlimme Folgen gehabt. Fliegen und andere Insekten krabbelten über die faulenden Überreste dessen, was einst Carols hübsches Gesicht gewesen war. Sergeant Mullen würgte. Binnen einer halben Stunde verbreitete sich die schreckliche Nachricht überall. Das schläfrige Dorf Coill war in Aufruhr. Als die Medien Wind davon bekamen, war die Hölle los.

# 1

Wie kann man das Leben eines Menschen in vier Koffer packen?

Genau das hatte Eleanor Ross soeben getan. Heute, nach Monaten der Reue, der Angst und des Hinausschiebens, hatte sie sich gezwungen, nach oben zu gehen und es zu tun.

Sie saß auf dem Bett im unbenutzten Zimmer und starrte bedrückt auf die Koffer, die aus den Nähten platzten. Der letzte war so vollgestopft mit Larrys Sachen, daß sie sich hatte draufsetzen müssen, um den Deckel schließen zu können.

Sie hatte es endlich getan.

Anklagend standen die Koffer vor ihr. War das alles, was von ihm übrig war? Ein ganzes Leben in vier ordentlichen Koffern?

Seine Bücher, seine Unterlagen, seine Akten, seine Computerdisketten – alles ordentlich verpackt und auf dem Speicher aufbewahrt. Seine Kleider hatte sie schon lange dem Vincent-de-Paul-Orden gegeben. Das letzte, was Eleanor heute einzupacken hatte, war ihr Hochzeitsalbum. Die glücklich lächelnden Gesichter, die ihrer gemeinsamen Zukunft nicht entsprachen.

Vor sechzehn Jahren waren sie in dieses Haus gezogen . . .

Er hob sie hoch, stieß mit dem Fuß die Haustür weiter auf und trug sie über die Schwelle. Crofton Avenue. Ihr Neubeginn.

»Endlich, Eleanor! Unser eigenes Haus!«

Er wirbelte herum und hätte sie fast auf den Stapel von Taschen und Kartons auf dem Dielenboden fallen lassen.

»Du kannst mich absetzen, Larry. Spar deine Energie für wichtigere Dinge auf!« Sie umarmte ihn. »Ja, das Warten hat sich entschieden gelohnt. Vier Jahre in dem Apartment – es war nie ein richtiges Zuhause.«

»Nein, aber dieses Haus wird eines sein. Und du wirst einen Garten haben, Eleanor. Den hast du dir doch immer gewünscht.« Er strich sich das blonde Haar aus der Stirn und schaute zweifelnd auf das Durcheinander nieder. »Sollen wir uns an die Arbeit machen?«

»Was?« Ungläubig starrte sie ihn an. »Auspacken? *Jetzt?* Ist das dein Ernst?«

Er grinste. »Vielleicht nicht. Sollen wir ... äh ... sollen wir das neue Bett ausprobieren?«

»Das hört sich schon besser an, Larry Ross.« Sie gab ihm einen Klaps auf den Po, wand sich aus seiner Umarmung und stürmte die Treppe hinauf in das vordere Zimmer, das sie wegen seiner Helligkeit als Schlafzimmer ausgewählt hatte.

»He!« rief sie ihm aufgeregt zu, »da fällt mir etwas ein, Larry. Geh wieder nach unten und mach den kleinen Karton neben der Garderobe auf.«

Er war schon halb die Treppe hinauf und zog gerade sein T-Shirt aus. »Entscheide dich, Frau.«

»Bitte! Und bring zwei Gläser mit. Mum hat uns eine Flasche Champagner dagelassen!«

Vor sechzehn Jahren ... All ihre Pläne und Träume ...


»Gib mir mal die Marmelade, Eleanor.« Er musterte das Etikett auf dem Glas. »Das ist nicht die Marke, die wir sonst haben, nicht?«

»Du hast meine Frage nicht beantwortet, Larry.«

»Darüber, daß du dich selbständig machen willst?«

Sie schenkte ihm noch eine Tasse Kaffee ein. »Ja. Also sag ehrlich, was du davon hältst.«

»Ich freue mich, Eleanor. *Du* warst diejenige, die in dieser Praxis die meiste Arbeit geleistet hat. Du wirst allein sehr gut zurechtkommen, und du mußt dich morgens nicht mehr abhetzen, um den Bus zu kriegen.«

»Und du hast nichts dagegen, daß meine Patienten hierherkommen, Larry? In unser Zuhause?«

Er tätschelte ihr den Kopf, als wäre sie ein kleines Kind. »Warum sollte ich? Wir haben jede Menge Platz. Du kannst das Wohnzimmer benutzen, um mit deinen Patienten zu reden, und für deinen Computer und deine Akten kannst du den Abstellraum nehmen. Deine eigene Praxis. *Mich* störst du ganz bestimmt nicht. Ich bin ja sowieso den ganzen Tag nicht zu Hause, sondern bei der Arbeit.«

»Wenn du nicht auf Geschäftsreise im Ausland bist.« Sie reichte ihm die Zuckerdose. »Ich werde ohnehin klein anfangen. Es dauert eine Weile, mir einen eigenen Patientenkreis aufzubauen.«

»Meine Frau, die Psychotherapeutin! Das gibt unserem Viertel so ein gewisses *Flair*. Und solange nicht zu viele Spinner zu dir kommen, haben die Nachbarn sicher auch nichts dagegen. Mrs. Riordan von nebenan wird begeistert sein – endlich kann sie durch ihre Gardinen mal was Interessantes ausspionieren!«

»*Meine* Patienten sind keine Spinner, Larry!« protestierte sie, während sie ihn zur Haustür begleitete. »Und Mrs. Riordan spioniert nicht!«

»Wenn du meinst.« Er sah auf seine Uhr. »Ich muß los, ich habe um zehn eine Aufsichtsratssitzung.«

Zerstreut küßte er sie auf die Wange, nahm *The Irish Times* und seine Aktenmappe vom Tisch in der Diele und zog sich vor dem Spiegel die Krawatte gerade.

»Tschüs, Eleanor. Mach es ruhig! Gib heute früh deine Annonce auf, und heute abend reden wir noch mal darüber.«

Er hatte sich großartig verhalten – es bereitete ihm keine Probleme, daß sie ihr gemeinsames Zuhause als Arbeitsplatz benutzte. Eleanors Praxis wuchs stetig. Mundpropaganda war die beste Werbung.

Larry selbst hatte ebenfalls Erfolg. Er wurde Mitinhaber der Versicherungsfirma, für die er arbeitete. Die Zeit verging, Routine stellte sich ein. Zehn Jahre Zufriedenheit. Sie hatten beide viel zu tun; arbeiten, Leute treffen, Termine vereinbaren, Fristen einhalten – zwei sehr ehrgeizige, karriereorientierte Menschen, die sich abstrampelten. Wozu? Um ihre immer höheren Rechnungen zu bezahlen? Die Hypothek abzulösen? Ein flottes Leben zu führen und an den richtigen Orten gesehen zu werden?

»Larry«, flüsterte sie eines Nachts im Bett. »Uns geht es beiden gut. Sollten wir nicht langsam auch mal an Kinder denken?«

Er hörte auf, sie zu küssen. »Kinder?«

»Ja. Ich werde nicht jünger.«

»Ach, Eleanor, wir haben es doch nicht eilig, das Haus mit schreienden Kindern zu füllen. Wir führen ein schönes Leben. Wie wir beide uns das gewünscht haben.«

»Ich weiß«, antwortete sie leise. »Aber ein Baby würde daran nichts ändern.«

»Ha, du machst wohl Witze! Vollgeschissene Windeln, Kotze, schlaflose Nächte, Koliken, überall Spielzeug auf dem Boden, Fläschchen und Sterilisierapparate und ...«

»Larry, hör auf! Ich rede von *einem* Baby, nicht von Fünflingen!«

Er stöhnte. »Vielleicht später. Nicht jetzt, Eleanor. Ich bin noch nicht soweit.«

Zehn Jahre Ehe, und er war noch nicht soweit. Wann würde er es sein? Sie war fünfunddreißig. Je länger sie wartete, desto schwieriger würde die Empfängnis werden.

»Larry ...«

»Pssst, Eleanor. Wir reden später darüber.« Er zog sie auf sich.

Er wollte nicht darüber diskutieren. Jedesmal, wenn sie die Rede darauf brachte, tat er es achselzuckend ab. Drei Jahre später, als sie in Kopenhagen ihren Hochzeitstag feierten, hatte sie das Thema wieder angeschnitten. Sie saßen auf der Terrasse eines kleinen Restaurants in Frihavn. Rotweiß karierte Tischdecken, weiße Kerzen in tiefen roten Keramikhaltern. Ein Geiger und ein Akkordeonspieler gingen zwischen den Tischen umher und spielten lebhafte, traditionelle Weisen, wobei sie jeden anlächelten. Ein paar Einheimische tanzten, und alles klatschte im Takt der Musik. In Hängekörben blühten Nelken, deren Duft die Luft parfümierte.

Er gab ihr eine kleine Schachtel, die einen prächtigen Diamantring enthielt. »Ich liebe dich, Eleanor. Du bist eine wundervolle Frau.«

Sie küßte ihn. Das Paar am Nebentisch hob die Gläser und prostete ihnen zu, und Larry stieß sein Weinglas an ihres. »Danke für die dreizehn glücklichen Ehejahre. Trinken wir auf den gemeinsamen Rest unseres Lebens.«

Dies war der richtige Moment. »Larry, ich habe beschlossen, die Pille abzusetzen.«

»Oh!« Er sah verblüfft aus.

»Wir können es nicht länger aufschieben. Ich möchte ein Baby.«

Sein Gesicht verfinsterte sich. »Eleanor, ich dachte, du hättest verstanden, daß ich keine Kinder will. Du hast es immer gewußt. Als wir geheiratet haben, wolltest du auch keine.«

»Aber das ist *Jahre her.* Wie hätte ich damals wissen sollen, was ich heute fühle? Ich bin achtunddreißig Jahre alt. Sich ein Baby zu wünschen, ist doch normal, um Gottes willen. Die normalste Sache der Welt, Larry. So sind wir Menschen eben.«

14

»*Ich* bin nicht so«, brummte er, während er sein Steak anschnitt. »Ich mag die Dinge so, wie sie sind. Alle unsere Freunde beneiden uns. Keine Verpflichtungen. Ferien, wann immer wir wollen. Keine finanziellen Sorgen.«

»Ach, Larry, hör mir zu. Wir führen eine gute Ehe. Wir lieben uns ...«

»Genau.« Unter dem Tisch drückte er ihr Knie. »Wir haben's geschafft. Warum sollten wir das verderben?«

»Verderben? Es ist nicht nötig, irgendwas zu verderben. Mona und Des – schau dir an, wie glücklich sie mit Justin und Shane sind. Du hast es oft selbst gesagt. Sie sind reizende Kinder. Weißt du noch, wie wir sie bei uns hatten? Du konntest phantastisch mit ihnen umgehen.«

»Eleanor, die Kinder deiner Schwester *sind* reizend. Du hast recht. Ich habe sie sehr gern. Es ist leicht, Kinder zu mögen, wenn man sie zurückgeben kann. Ich habe meine ganze Kindheit damit verbracht, mich um meine jüngeren Geschwister zu kümmern. Ich werde das nie vergessen.«

»Ich weiß das, und ...«

»Nein, Eleanor, du weißt es *nicht*. Du bist in einem kultivierten Elternhaus aufgewachsen. Du und Mona und eure Eltern. Die ideale Familie.«

»Larry, das ist lächerlich ...«

»Nein, ist es nicht. Du hast gesehen, wo ich aufgewachsen bin. Das winzige Haus, sieben Kinder in zwei Schlafzimmer gequetscht. Kein Platz. Keine Intimität. Als mein Vater starb, mußte meine Mutter abends arbeiten gehen. Du kannst dir das nicht vorstellen, Eleanor. Sie putzte Büros, um uns Essen auf den Tisch stellen zu können – auf Knien hat sie Fußböden geschrubbt, Toiletten desinfiziert, Schreibtische staubgewischt. Den Dreck anderer Leute beseitigt. Erniedrigend.«

Sie nahm seine Hand und streichelte sie sanft. »Larry, das ist jetzt Vergangenheit.«

Er hörte nicht zu.

»... und wer mußte zu Hause bleiben und auf die anderen aufpassen? *Ich.* Der Älteste. Ich mußte die Verantwortung für alle anderen übernehmen – mit vierzehn Jahren. Was war das für eine Kindheit? Alles, woran ich mich erinnere, ist die Hausarbeit, die nie ein Ende nahm; das Waschen, das Putzen, das Babysitten, die Gerüche. Der Dreck. Ich konnte nie mit den anderen Jungs Fußball spielen. In die Basketballmannschaft konnte ich auch nicht. Warum? Weil ich jeden Abend in diesem stinkenden Haus festsaß, darum. Ich saß fest. Und dann mußte ich zwei Jobs annehmen, um aufs College gehen zu können«, sagte er bitter. »Es war ein verdammter Alptraum.«

»Larry, mir ist klar, wie schwer es für dich war. Aber dies ist anders. Ich möchte *ein* Kind. Höchstens *zwei.* Du wirst in keine Falle gelockt. Wir können uns eine Kinderfrau leisten. Ich habe nicht die Absicht, meine Arbeit aufzugeben. Ich könnte weniger Patienten annehmen und vielleicht die Stunden in der Klinik streichen ...«

»Du willst die Klinik aufgeben?!«

»Nur für ein paar Jahre. Bis ...«

Er seufzte laut. »Laß uns heute abend nicht streiten, Liebling.«

»Nein, wir streiten uns nicht. Diese Wochenendreise war toll. Denk bloß mal drüber nach, ja?«

Er rief den Kellner und bestellte noch eine Flasche Wein. »In Ordnung.«

»Und ist es okay, wenn ich die Pille absetze?«

Sie deutete sein Schweigen als Zustimmung.

Sechs Monate später blieb ihre Periode aus. Sie war selig, aber Larry wirkte entsetzt. Sei's drum. Er würde sich daran gewöhnen. Wenn sein Kind erst geboren war, würde er entzückt sein. Und dann, im folgenden Monat ... die stärkste Blutung, die sie je gehabt hatte. Dicke Blutklumpen. Falscher Alarm. Sie war niedergeschmettert, und da kam zu allem anderen auch noch dieser Anruf von ihrem Schwager.

»Ellie, hab ich dich geweckt? Hier ist Des. Ich rufe aus dem Rotunda an.«

»Mona ist in der Klinik?« Eleanors besorgter Ton weckte Larry. Er knurrte und wandte sich ab, zog sich die Daunendecke über die Ohren.

»Ja, sie ist heute früh hingegangen. Hat nicht lange gefackelt, los ging es!«

»Aber ist sie in Ordnung? Geht es ihr gut?«

»Ja, ja, Mona geht es gut, hervorragend. Ich bin so stolz auf sie.«

»Und das Baby?«

»Was?«

Eleanor lächelte. »Wieder ein Junge?«

»Nein. Oh, Ellie, es ist ein Mädchen. Ein wunderhübsches kleines Mädchen. Knapp vier Kilo, ist das zu glauben? Ich habe nie jemanden so aufgeregt gesehen wie deinen Vater – er verschenkt hier Zigarren! Nach zwei Jungen ein kleines Mädchen! Justin und Shane sind natürlich auch begeistert – obwohl sie es nicht zugeben würden. Sie ist wunderschön, Ellie. Warte, bis du sie siehst! Dichtes goldenes Haar – genau wie Mona.«

Mona, ihre jüngere Schwester, war Mutter geworden – zum *dritten* Mal.

Am nächsten Tag ging sie in die Entbindungsklinik. Die pflichtbewußte Tante. Mona saß aufrecht im Bett und hielt zärtlich Des' Hand. Ihr Schwager war selig. In diesem Krankenzimmer herrschte solche Freude... Eleanor nahm das schlafende Baby aus dem Bettchen. Das daunenweiche blonde Haar, die rosa Wangen, die niedliche Stupsnase, der Mund wie eine Rosenknospe. Und ihr milchiger Talkumduft. Das Namensschildchen ihrer Nichte ließ ihr einen Kloß in die Kehle steigen. Jennifer Mona Herlihy. Sie hielt das winzige, weiche Bündel in den Armen und weinte. Sie weinte auf dem ganzen Heimweg im Auto. Sie wünschte sich verzweifelt ein eigenes Baby.

Ihr vierzigster Geburtstag. Ein erschreckender Meilenstein. Sie waren im Schlafzimmer und machten sich fertig, um zur Feier des Tages mit ihrer Familie essen zu gehen.

Ihre Periode war noch immer so regelmäßig wie eh und je, doch es gab keine Anzeichen für eine Schwangerschaft. Zwei Jahre lang hatte sie es versucht. Sie hatte ihre Temperatur gemessen, die Kurven im Kalender verzeichnet, nach Veränderungen ihrer Schleimhaut Ausschau gehalten, zur richtigen Zeit mit Larry geschlafen. Sie hatte sich sämtlichen verfügbaren Tests unterzogen. Es gäbe keinen Grund, warum sie nicht schwanger werden sollte, sagten die Ärzte. Sie meinten, sie sei überängstlich. Sie versuchte es mit Meditation, ging sogar in einen Yogakurs. Dann argwöhnte sie, das Problem könne an Larry liegen. Er weigerte sich schlankweg, sich untersuchen zu lassen

»Bitte, Larry. Bitte. Ich werde mit dir gehen. Es ist keine große Sache. Es ist keine Frage der Männlichkeit oder so. Ich verstehe nicht, warum du nicht mit mir ins Krankenhaus fahren willst. Sie möchten dich gern sehen, mit dir reden. Wir sind jetzt viel zu alt, um ein Kind zu adoptieren. Könntest du dich nicht untersuchen lassen? Für mich? Vielleicht ist es etwas Einfaches ... vielleicht ist es auch gar nichts ...«

»Eleanor.« Er war zum Kleiderschrank gegangen, um sich ein sauberes Hemd zu nehmen. »Mit mir ist *alles* in Ordnung.«

Sie musterte ihr Aussehen im Spiegel des Toilettentischs, bürstete ihr dunkelbraunes Haar hinter die Ohren zurück und steckte ihre neuen goldenen Ohrringe an. »Aber es gibt irgendeinen Grund, warum ich nicht schwanger werde. Es *muß* einen geben.«

Er drehte sich nach ihr um, sein hübsches Gesicht war aschfahl. »Vor zwei Jahren ... vor zwei Jahren, als du die Pille abgesetzt hast ...«

Sie tupfte mit einem Papiertuch ihre frisch geschminkten Lippen ab, hielt inne und sah zu ihm auf. »Was? Was, Larry?«

Er trat hinter sie und knöpfte sein Designerhemd zu. »Ich bin in Panik geraten, Eleanor. Ich ... ich konnte es mir einfach nicht vorstellen. Ich habe versucht, es zu erklären, aber du hattest es dir nun mal in den Kopf gesetzt. Du bist für zwei Tage zu irgendeiner Konferenz nach Cork gefahren. Ich habe mich entschlossen, zu ... ich bin in Panik gewesen.«

Sie hatte dieses Hemd nie gemocht. Sie hatte gute Lust, ihn zu bitten, ein anderes anzuziehen. Das blaue vielleicht? Und warum dieser Anzug? Er war zu förmlich für das Little Ceasar's. Jeans wären besser.

Er starrte sie intensiv an. »Eleanor, hast du gehört?«

»Warum ziehst du nicht das blaue Hemd an, Larry, oder das hellgrüne?«

»Eleanor, hör mir zu. Mach es mir nicht noch schwerer.« Er legte eine Hand auf ihre Schulter und drückte sie leicht.

Nein, nein, nein. Sie würde nicht zuhören. Sie wollte das nicht hören. Sie weigerte sich, ihn die Worte aussprechen zu lassen. Wenn er sie nicht aussprach, dann waren sie auch nicht wahr.

Im Spiegel sah er sie an. »Ich habe mich einer Vasektomie unterzogen. Es tut mir leid, Eleanor. Es tut mir so leid.«

Die Wände des Schlafzimmers stürzten über ihr zusammen ...

Noch einmal nahm Eleanor ihr Hochzeitsalbum zur Hand. Ein letzter Blick. Die lächelnden Gesichter von Braut und Bräutigam starrten sie aus den glänzenden Seiten an. Sie war durch das Kirchenschiff geschritten und hatte an einen Traum geglaubt. Bei manchen funktionierte das.

Bei ihnen hatte es nicht funktioniert.

Mona, ihre kleine Schwester, im Kleid der Brautjungfern draußen vor der University Church. Larrys Brüder in ihren Matrosenanzügen. Seine Schwestern, fein herausgeputzt. Der Champagnertoast auf das glückliche Paar. Das letzte Bild von ihr und Larry, wie sie aus dem Taxi winkten, das sie zu ihrer Traumhochzeitsreise nach Bali brachte. Ihre erste Nacht als Mann und Frau. Sie hatten auf dem Balkon Wein getrunken und sich geliebt, bis der Morgen dämmerte. Der wahr gewordene Traum. Eleanor klappte das Album zu.

»Ich wollte ein Kind, Larry. Unser Kind«, flüsterte sie, obwohl niemand da war, der sie hören konnte.

Warum war sie bei ihm geblieben? Warum?

»Eleanor, bitte.« Er spielte an den Trägern ihres Nachthemds herum.

»Nein, Larry. Ich kann nicht.«

Er bewegte die Hand zu ihrer Brust. »Ich liebe dich, Eleanor.«

Sie schob die Hand weg. »Laß das.«

Er küßte ihren Hals. »Bitte, schlaf mit mir. Es ist Wochen her. Ich brauche dich.«

Ein Schauder überlief sie, als er die Hand zu ihren Schenkeln gleiten ließ. »Hör auf, Larry!« Sie drückte ihn auf seine Seite des Bettes zurück. »Ich möchte nicht, daß du mich anfaßt«, sagte sie unwirsch.

»Eleanor, sag so etwas nicht. Ich kann es nicht ertragen, dich so etwas sagen zu hören.«

Sie zog sich das Nachthemd stramm über die Knie. »Gute Nacht, Larry.« Sie drehte ihm den Rücken zu. *Er* konnte es nicht ertragen. Erwartete er wirklich, daß sie ihn berührte, ihn küßte, ihn in ihren Körper eindringen ließ nach dem, was er getan hatte?

»Warum tust du das, Eleanor? Warum machst du alles kaputt?« Seine Stimme zitterte.

»Ich mache nichts kaputt, Larry. Das hast *du* ganz allein getan.«

»Ich weiß, daß du wütend bist, aber ich ...«

»Wütend? Ja, Larry, ich bin verdammt wütend. Ich habe mir mehr als alles andere auf der Welt ein Baby gewünscht.«

Sie packte ihr Kissen. »Das hast du *gewußt,* und trotzdem hast du aus freiem Willen ...«

»Ich mußte, Eleanor. Ich wäre mit Kindern nicht fertig geworden. Ich ...«

»Laß mich in Ruhe, Larry. Ich möchte schlafen.«

Er stieg aus dem Bett. »Soll ich in das unbenutzte Zimmer ziehen? Ist es das, was du willst, Eleanor?« Er begann zu schreien. »Du willst überhaupt keinen Ehemann, was? Bloß einen Samenspender.« Er schaltete das Licht über dem Bett ein, kam auf ihre Bettseite gestürmt und rief wütend: »Also gut, das freie Zimmer. Ich werde da einziehen. Ich werde dein Untermieter sein. Ist es das, was du möchtest?«

»Mach, was du willst«, sagte sie, die Augen fest geschlossen. Sie konnte ihn nicht ansehen. Wollte den verletzten Ausdruck in seinen Augen nicht sehen ...

Vier Jahre später war ihre Bitterkeit in Gleichgültigkeit umgeschlagen. Sie gingen ihren täglichen Geschäften nach, waren höflich zueinander, fast freundlich. Sie gab Dinnerpartys für seine Geschäftsfreunde, besuchte mit ihm seine Familie, ging auf alle Feiern in seiner Firma. Sie kochte seine Mahlzeiten, bügelte seine Hemden, hörte sich seine Sorgen an. Er richtete das Wohnzimmer neu ein, baute ihr neue Einbauschränke für ihre Kleider, bepflanzte den Garten neu. Sie gingen regelmäßig mit Marie und Derek aus. Sie luden Monas Jungen zu sich ein. Sie fuhren noch immer zusammen in Urlaub – in Doppelbetten. Eleanor und Larry Ross. Das erfolgreiche Karrierepaar. Sie lebten eine Lüge. Ein kultiviertes Leben, aber dennoch eine *Lüge* ...

»Wir müssen reden, Eleanor.« Er schob sein Abendessen auf dem Teller herum. »Wir reden nie mehr miteinander. Nicht richtig.«

»Wir haben beide viel zu tun, Larry. Meistens arbeitest du bis spätabends.«

»Ja, aber es muß nicht so sein. Was für einen Sinn hat es, früh nach Hause zu kommen, wenn du dich in deine verdammten Akten vergräbst? Wenn wir uns beim Frühstück sehen, bist du immer in Eile.«

»Du auch. Das hast du gewollt, Larry. Erfolg. Geld. Nun, das kostet einen Preis. Wenn du den Auflauf nicht essen willst, wirf ihn in die Mülltonne. Im Kühlschrank ist Dessert.«

»Ich will kein Dessert«, erwiderte er barsch. »Ich will . . .«

»*Was* willst du, Larry?« Sie sah ihn an, kalt.

»Ich will meine Frau wiederhaben«, sagte er traurig. »Ich vermisse dich, Eleanor. Wir könnten genausogut getrennt leben . . .«

Sie stand auf, um die Kaffeemaschine einzuschalten. »Vielleicht ist das keine schlechte Idee, Larry«, sagte sie leise, während sie ihm den Rücken zuwandte. Sie hörte seine Gabel auf den Boden fallen.

»Das ist nicht dein Ernst!«

Sie legte Käse und Cracker auf eine Platte. Sie holte tief Luft, aber sie drehte sich nicht um, sah ihn nicht an. »Doch, Larry, es ist mein Ernst.«

»Nein.« Seine Stimme klang erstickt. »Nein, Eleanor.«

»Ich denke, es wäre vielleicht klug . . .«

»Nein!« Er eilte zu ihr und nahm sie in die Arme. »Nein, Eleanor. Ich brauche dich. Ich wäre verloren ohne dich. Du kannst mich nicht verlassen. Das kannst du nicht.« Er drückte sie fester an sich. »Laß es uns noch mal versuchen, Eleanor. Wir müssen es noch mal versuchen.«

Sie wand sich aus seinen Armen. Sein Körper war ihr jetzt zuwider. Sie verabscheute es, wenn er ihr zu nah kam.

»Es ist spät, Larry. Ich bin zu müde, um darüber zu sprechen.«

Er sah ihr nach, als sie nach oben ging. Er hatte Tränen in den Augen.

Sie versuchte es. Larry hatte recht – es war nicht fair, ihn ganz zurückzuweisen. Aber ihre Wut und ihr tiefes Unglück – war das fair? Er hatte ihr die Chance verweigert, Mutter zu werden. Verstand er nicht, wie ungeheuerlich das war, was er getan hatte? War ihm nicht klar, wie verletzt sie war?

Eines Abends trank sie anderthalb Flaschen Wein und ließ zu, daß er auf dem Sofa über sie herfiel. Sie verbarg ihren Abscheu, als er sie auf den Mund küßte und ihre Brüste streichelte. Seine Hand bewegte sich nach unten.

»Ellie, oh, Ellie.« Er zog an ihrem Rock, zog ihr den Slip aus. Sie war betrunken. Sehr betrunken. Ich werde es geschehen lassen, dachte sie, heute nacht werde ich es geschehen lassen. Vielleicht wird es gut sein. Er war jetzt über ihr.

Ihr war übel. Sie schloß die Augen und ließ ihn weitermachen. Das hier war keine Liebe. Ihr war schlecht. Er merkte es nicht. Er stieß in ihren teilnahmslosen Körper und kam schaudernd vorzeitig zum Orgasmus. Das war ihre letzte Vereinigung. Sie schob den endgültigen Entschluß, ihn zu verlassen, bis zu jenem schrecklichen Tag im Februar auf – einem beißend kalten Frühlingsmorgen ...

Er kam in ihr Zimmer geschlichen. Es war früh, gegen acht Uhr. Sie schlief noch halb, versuchte, nicht aus einem köstlichen Traum zu erwachen. Er hatte sie leicht auf den Mund geküßt. Sie reagierte nicht. Sie konnte nicht. Er leckte ihr Ohrläppchen – ein Vorspiel zu etwas, von dem er hoffte, es würde wieder stattfinden.

»Hör auf. Larry! Hör auf!«

»Eleanor, bitte. Bitte, stoß mich nicht wieder weg.«

Sie griff zu dem Stuhl hinüber, auf dem ihr seidener Morgenrock lag. »Es hat keinen Zweck. Larry, es ist vorbei. Wir wissen es beide.«

»Nein, Eleanor. Das ist nicht dein Ernst. Das kann nicht dein Ernst sein.«

»Larry, unsere Ehe ist eine Farce. Sie ist seit vier Jahren

eine Farce. Du weißt das, und ich weiß das. Ich verlasse dich. Ich dachte, wir könnten es vielleicht in Ordnung bringen. Ich dachte, ich könnte dich wieder lieben, aber ...«

»Eleanor, du *liebst* mich doch. Zwanzig Jahre zusammen – das muß doch etwas wert sein. Bitte, sei nicht ...«

»Larry, ich hab's versucht. Ich habe so sehr versucht, es zu vergessen, aber ich kann nicht. Was du getan hast, war unverzeihlich.«

»Ich weiß, ich weiß, es tut mir so leid, Eleanor.«

»Mir auch«, antwortete sie leise. »Mir auch, Larry. Es ist unmöglich, daß es zwischen uns je wieder so wird wie früher. Wir haben es beide versucht. Es ist hoffnungslos.«

»Eleanor«, flehte er verzweifelt. »Du kannst mich nicht verlassen. Wir gehören zusammen. Ich liebe dich.«

Fünf Tage später war er tot.

Sie sah sich gerade die Nachrichten auf RTÉ an, als es an der Haustür läutete. Sie dachte, er habe wieder seinen Schlüssel vergessen. Zwei Fremde auf den Türstufen. Die Polizistin wirkte unverkennbar mitfühlend. Ein Autounfall. Er war sofort tot gewesen. Er hatte nicht gelitten. Ein dummer Unfall. Ihre Knie gaben nach. Die Polizistin mußte sie auffangen. Heißer, süßer Tee. Die Anrufe bei der Familie. Die Beerdigung. Das höfliche Händeschütteln. Die leeren Beileidsbekundungen.

Sie erlebte all das wie in einem Nebel.

Das vergangene Jahr hatte sie nur verschwommen wahrgenommen. Sie hatte sich in ihrer Arbeit vergraben – viel zu viele neue Patienten angenommen. Sie saß da, nickte, fühlte mit. Aber sie tat, was sie konnte, um die tragischen Schicksale, den Schmerz, das Leid, die Verzweiflung nicht an sich herankommen zu lassen. Sie lauschte ihren Patienten, den Geschichten über ihren Jammer. Sie erlaubte ihnen, sich die

Traumata von der Seele zu reden, aber sie konnte sich nicht wirklich auf ihre entsetzlichen Erzählungen einlassen.

Sie mußte losgelöst bleiben.

Sie versuchte, ihre Eltern und ihre Schwester Mona auf Abstand zu halten. Sie liefen Gefahr, mit ihrer Freundlichkeit und Mildtätigkeit das Leben aus ihr herauszupressen. Sie kümmerten sich um sie, liebten sie, wollten sie nicht deprimiert sehen. Genauso wie Marie und Noreen, ihre Freundinnen. Ihre täglichen Anrufe . . .

»Es geht mir gut, Noreen. Nein, ehrlich, es ist nicht so, daß ich dir ausweiche. Wie ich Marie schon gesagt habe, habe ich im Moment wirklich viel zu tun. Ich habe . . .«

»Das weiß ich, Ellie«, beharrte Noreen. »Aber wir haben dich seit der Beerdigung kaum gesehen. Du mußt mal wieder abends ausgehen. So allein bei dir wirst du ja verrückt . . .«

Eleanor lächelte. »Ich kann nicht verrückt werden, Noreen. Meinen Patienten könnte das mißfallen!«

»Ach, Ellie, du weißt, was ich meine. Hör zu, Marie und ich gehen am Dienstag abend essen. Nichts Besonderes. In Blackrock hat ein neues Bistro eröffnet. Soll angeblich gut und preiswert sein und . . .«

»Noreen, ich werde mein Bestes tun, aber ich kann nichts versprechen. Ich stecke wirklich bis zum Hals in . . .«

»Ich weiß, ich weiß«, sagte Noreen. »Deine Arbeit ist dir sehr wichtig. Larrys Tod war so ein Schock – und du hast es so tapfer getragen, Ellie. Ich bewundere dich. Wir alle bewundern dich. Aber du brauchst mal etwas Abwechslung. Du wirst ja zur Einsiedlerin. Okay, okay, ich bin schon still. Ich will dich nicht nerven . . .«

»Das tust du nicht, Noreen. Ich weiß deine Sorge zu schätzen, wirklich.«

»Ellie, komm doch mit uns. Bitte.«

»Ich glaube nicht, Noreen. Ich wäre auch keine angenehme Gesellschaft.«

»Wofür hältst du uns, Ellie? Du hast deinen Mann verloren. Ihr habt ein ganzes Leben zusammen verbracht.«

Eleanor sagte nichts.

»Wir wissen, wie sehr du ihn vermißt, Ellie.«

»Ja.« Sie spielte mit der Telefonschnur.

»Komm schon, Ellie. Wir erwarten ja gar nicht, daß du ...«

»Ich werde dich nächste Woche anrufen, Noreen, das *verspreche* ich dir.«

Wie sollte sie gestehen, daß Larrys Tod keine Trauer in ihr auslöste, sondern Erleichterung? Ein Schock war er schon, ja. Die Plötzlichkeit war erschütternd gewesen. Aber sie hatte vor allem das Gefühl, befreit zu sein. Endlich brauchte sie nicht mehr Theater zu spielen und so zu tun, als wären sie glücklich miteinander. Sie hatte ihm gesagt, daß sie ihn verlassen würde. Hatte er daran gedacht, als er an jenem Abend nach Hause fuhr? Hatte *das* den Unfall ausgelöst? Wie konnte sie dieses Schuldgefühl bewältigen? Er hatte es nicht verdient, auf so schreckliche Art zu sterben – mit dreiundvierzig Jahren, ohne Vorwarnung, unvorbereitet. So eine Vergeudung. Sie empfand tiefes Mitgefühl mit dem Schmerz, den sein Tod seiner Familie bereitete.

»Ich werde nie darüber hinwegkommen, Eleanor.« Larrys Mutter schenkte neuen Tee ein. »Er war so gut. So vernünftig. Ohne ihn wäre ich niemals zurechtgekommen. Als Joe starb, wäre ich zusammengebrochen, wenn Larry nicht gewesen wäre.«

Eleanor griff nach der Hand ihrer Schwiegermutter.

»Er hat mir geholfen, die anderen großzuziehen, das weißt du. Er war ein wunderbarer Bruder. Für die Jüngeren mehr wie ein Vater ...«

»Ja.«

»Ich habe mich mein ganzes Leben lang auf Larry verlassen. Er war zuverlässig, stark. Er fehlt mir so sehr.«

Eleanor trank von ihrem Tee.

»Ach, merkst du, wie ich mir selber leid tue? Wie geht es *dir*, Liebes?«

»Ich bin okay, Anne.«

»Gut, daß du deine Eltern hast. Reizende Leute. Und Mona und ihre Familie.«

»Ja, sie sind mir eine große Stütze.«

»Ist es nicht jammerschade, daß du keine eigenen Kinder hast, Eleanor? Es ist eine Tragödie.«

Eleanor spürte, wie alles Blut aus ihrem Gesicht wich.

»Aber es sollte wohl nicht sein, nehme ich an ...« Die Stimme ihrer Schwiegermutter verklang.

Es sollte nicht sein. Nein, er hatte dafür gesorgt. Seine Mutter war niedergeschmettert, seine Geschwister waren untröstlich. Und alle bemitleideten sie, weil sie keine Kinder hatte, die sie trösten konnten. In ihrem Herzen war Eleanor stumpf. Sie betrauerte ihn nicht – sie konnte es nicht. Für *sie* war Larrys Tod in Wirklichkeit ein Fluchtweg. Was war sie nur für ein Ungeheuer?

Dies also war das Ende – das unbenutzte Zimmer mit vier leeren Koffern. Der leere Ankleidetisch, der gefaltete Bettüberwurf, der leere Kleiderschrank. Das Nichts verschlang sie.

Langsam stand sie auf. Ihre Beine zitterten. Sie zwang sich, den letzten Weg zu gehen, die wenigen Schritte hinauf auf den Speicher. Sie würde die Koffer dort aufbewahren, einen nach dem anderen hinauftragen und dort stapeln. Sie mochte es, wenn alles ordentlich und an seinem Platz war. Ordnung ließ sie aufblühen. Wenn das getan war, würde sie bereit für ihr neues Leben sein. Sie war im Begriff, eine andere Frau zu werden.

»Was machst du gerade, Ellie?«

Mona stürmte herein, gefolgt von Des, der sich für ihr unangemeldetes Erscheinen entschuldigte. Eleanor führte ihre Schwester und ihren Schwager ins Wohnzimmer.

»Ich habe dieses Zimmer immer geliebt«, sagte Des, während er es sich auf der Couch bequem machte. »Magnolienrosa ist so eine dezente Farbe. Und die Lampen geben so ein weiches Licht ...«

»Sei still, Des. Wir sind nicht hier, um die Einrichtung zu bewundern.« Mona sah ihren Mann an. »Wir waren eben bei den Eltern.«

Sie goß sich aus der Waterford-Karaffe auf dem Buffet einen Whiskey ein und machte sich nicht die Mühe, Des oder Eleanor zu fragen, ob sie auch einen Drink wollten.

»Dad liegt mit Grippe im Bett. Arme Mum! Den ganzen Tag die Treppe rauf und runter, sie bringt ihm die Mahlzeiten, holt ihm seine Zeitung, leert seinen Aschenbecher. Er ist ein schrecklicher Patient. Mum sagt, sie würde lieber nach Mount Carmel gehen und noch einmal unter Schmerzen ein Kind zur Welt bringen als Dad zu pflegen, wenn er Grippe hat. Stimmt's, Des?«

Eleanor goß Des einen Whiskey und sich selbst einen Gin Tonic ein.

»Also, was hast du eben gemacht, Eleanor? Du bist ja ganz staubig.«

»Ich komme gerade vom Speicher.«

Eleanor rieb ihre schwarzen Jeans mit einem Papiertuch ab. Es nutzte nichts – sie würde sie gründlich waschen müssen. »Ich habe den Rest von Larrys Sachen weggeräumt. Schau, was ich gefunden habe.« Sie reichte Mona einen braunen, zerschlissenen Umschlag.

»Herrgott! Alte Fotos. Ein paar davon sind ja uralt. Ha! Schau dir das an, Dad draußen in Malahide. Und sieh dir das an, Des. Ellie in ihren Schlaghosen! Wer ist der Typ da neben dir? Ach, warte eine Minute. Augenblick! Das war der aus der Band. Wie hieß er noch?«

Eleanor lächelte. »Aidan Brady.«

»Aidan Brady!« Mona reichte das Foto ihrem Mann. »Schau ihn dir an, Des. Er war ein richtig schräger Typ. Dad kriegte fast einen Herzinfarkt, als Ellie ihn das erste Mal mit nach Hause brachte.«

»Hör nicht auf sie«, sagte Eleanor zu Des.

»Doch, Ellie, ehrlich. Aidan Brady war ein Hippie, Des. Er trug immer dieser Zotteljacken, knallrote Hemden, richtig ausgefallene Klamotten und alles. Lange schwarze Haare, Gitarre in der Hand, ein verhinderter Bob Dylan!«

Eleanor amüsierte sich über Monas bildhafte Beschreibung.

»Stell dir vor, wenn du an dem hängengeblieben wärst, Ellie! Natürlich kannst du es mit ihm nicht ernst gemeint haben. Er war ein richtiger Träumer, nicht? Völlig verantwortungslos. Aber ich räume ein, daß er ein netter Kerl war, da hast du recht!«

»Er war süß«, sagte Eleanor zu Des. »Meine erste große Liebe. Ich war verrückt nach ihm. Ich habe Marie immer durch die Tanzlokale geschleppt, um ihn mit seiner Gruppe spielen zu sehen. Die Band war schlecht, aber das war mir egal. Er war mein Traummann.«

»Ja, du warst echt verknallt in ihn«, ächzte Mona. »Wenn er anrief, machte sie sich vor Aufregung fast in die Hose!«

»Mona!« schimpfte Eleanor. »Und du hast ihm am Telefon immer irgendeinen Quatsch erzählt. Ehrlich, Des, sie hat mich verrückt gemacht. Einmal, als Aidan und ich abends im Wohnzimmer waren, ist sie ins Nebenzimmer gegangen und hat auf dem Klavier den Hochzeitsmarsch gespielt. Ich wäre fast gestorben.«

Des grinste. »Das glaube ich dir gern! Er sieht sehr gut aus, Ellie.« Er gab das Foto zurück.

»Ach, wir waren noch Kinder«, seufzte Eleanor. »Und er konnte toll küssen.«

»Sie haben *pausenlos* geknutscht, Des.« Mona nahm sich noch einen großen Whiskey. »Entweder das, oder er hat Gitarre gespielt. Es war komisch.«

Eleanor wurde still. Des sah sie besorgt an. »Alles in Ordnung?«

»Ja«, antwortete sie. »Es ist bloß ... als ich heute abend wieder all die Sachen von Larry durchgesehen habe ... das war so ein Gefühl ... ich hatte es so lange vor mir hergeschoben ...«

Des nickte. »Ich hätte dir geholfen, Ellie. Du hättest es mir vorher sagen sollen.«

»Nicht nötig, Des. Es war nicht viel. Das konnte ich besser allein.«

»Des hätte dir trotzdem geholfen«, beharrte Mona. »Du siehst ein bißchen mager aus, Eleanor. Ißt du genug?«

Eleanor spielte mit dem Papiertuch herum. »Ja, Mona, ich *esse* genug, danke.« Sie schob Mona einen Aschenbecher zu, bevor Asche auf den beigen Teppich fiel. Eleanor war normalerweise in bezug auf ihr Haus nicht kleinlich, aber sie hatte die Teppiche gerade dampfreinigen lassen. Sie wollte, daß für die O'Learys alles tadellos sauber war.

Des räusperte sich. »Du siehst gut aus, Ellie ...«

»Sie sieht *überhaupt* nicht gut aus, Des. Sogar Mum hat das heute abend gesagt. Sie denkt, du solltest für eine Weile verreisen, Eleanor. Dad meint das auch. Ferien würden dir guttun. Ich könnte mir frei nehmen und irgendwo mit dir hinfahren.« Mona wurde aufgeregt. »Das ist doch eine Idee, nicht?«

Eleanor mußte dieser Idee den Garaus machen, bevor Mona sich einreden konnte, sie werde in die Tat umgesetzt. »Du mußt doch im Augenblick im Reisebüro bis über beide Ohren in Arbeit stecken, Mona. Habt ihr nicht immer am meisten zu tun, wenn der Sommer anfängt und die Leute Last-Minute-Reisen buchen? Und du kannst doch Des nicht einfach allein lassen. Wie soll er mit drei Kindern fertig werden?«

»Mmm ... stimmt«, überlegte Mona. »Ich könnte mit meinem Chef reden. Ich bin sicher, daß es da keine Probleme geben würde. Du mußt einmal weg. Ich werde ihm das erklären. Und Des hat sicher nichts dagegen, oder, Schatz? Justin ist tagsüber im Jugendclub gut untergebracht. Sonst hat er nichts zu tun. Diese langen Schulferien sind eine echte Plage. Vierzehn ist ein schreckliches Alter. Er ist zu jung, um einen Job anzunehmen, aber zu alt, um noch zu spielen. Seine Freunde fahren nächste Woche zum Gaeltacht, aber meinst du, daß er mitfahren will? Keine Chance. Er sagt, daß es *traurig* ist. Shane bekommt erst Ende Juni Ferien, und die Tagesmutter kommt wie üblich, um Jenny zu versorgen, bis Des abends von der Arbeit nach Hause kommt.«

»Kein Problem«, stimmte Des zu. »Mona hat nicht unrecht, Ellie. Ein Urlaub würde dir guttun.«

Eleanor zögerte. »Zufällig . . . werde ich tatsächlich wegfahren.«

Mona zog eine Augenbraue hoch. »Ach ja?«

»Mmh. Nächste Woche.«

Des klatschte in die Hände und ignorierte Monas strafenden Blick. »Freut mich für dich, Ellie. Irgendwohin, wo es schön ist?«

»Wicklow.«

»Wicklow?« Mona schnappte nach Luft. »Bist du völlig verrückt geworden? *Keiner* aus Dublin macht Ferien in Wicklow. Das ist doch direkt um die Ecke.«

»Moment, Schatz«, sagte Des. »Wicklow ist landschaftlich sehr hübsch. Willst du herumreisen, Ellie?«

Eleanor stand auf, um die Vorhänge zuzuziehen. »Ich werde mich nach einem Cottage umschauen, das ich mieten kann.«

»Also, sie hat wirklich den Verstand verloren«, teilte Mona ihrem Mann mit, als wäre Eleanor nicht anwesend. Sie starrte ihre Schwester argwöhnisch an. »Ein Cottage? In Wicklow?«

»Das habe ich doch gesagt, Mona.« Eleanor setzte sich wieder und zwinkerte Des zu. Er nahm einen tiefen Schluck aus seinem Glas.

»Aber warum?« insistierte Mona. Wenn sie etwas nicht verstand, wurde ihr Ton höher und rauher.

Eleanor lächelte sie an. »Weil mir danach ist, darum.«

»Herrgott, Eleanor, du spinnst.« Mona stieß Des an, um

sich eine neue Zigarette geben zu lassen. »Wie lange willst du in Wicklow bleiben? Vierzehn Tage?«

»Ich denke ein Jahr.«

Mona verschluckte sich und verschüttete ihren Drink über ihrer weißen Seidenbluse. »Ein *Jahr*?« rief sie. »Was ist mit deinem Job?«

»Ich habe alle meine Patienten bei einer anderen Therapeutin untergebracht. Thelma Young. Das ist alles organisiert. In letzter Zeit deprimiert mich die Arbeit. Zeit für eine Atempause.«

»Aber dieses Haus. Du kannst doch das schöne Haus nicht ein Jahr leerstehen lassen.«

»Nein«, stimmte Eleanor zu. »Dafür ist auch gesorgt. Ich habe es an ein junges Ehepaar vermietet. Die wandern in einigen Monaten nach Australien aus. Die O'Learys. Sie haben ihr eigenes Haus vor kurzem verkauft und brauchen nur für ein paar Monate ein Dach über dem Kopf. Du brauchst mich nicht so anzusehen, Mona. *Du* bist diejenige, die gesagt hat, ich bräuchte einen Tapetenwechsel.«

»So habe ich es nicht gemeint, und das weißt du auch, Eleanor. Ich kann nicht glauben, daß du dieses Haus wirklich für ein Jahr verlassen willst. Und es an völlig fremde Leute vermieten! Du hast nie jemanden um Rat gefragt. Was ist mit uns?«

»Was soll mit euch sein, Mona? Was hat das mit *euch* zu tun?«

»Setz dich nicht aufs hohe Roß, Eleanor. Ich habe nur gemeint, daß wir deine Familie sind. Wir sind alles, was du noch hast. Du *brauchst* uns. Und deine Freunde? Was ist mit denen? Sie werden dir fehlen. Dir mangelt es nie an Gesellschaft. In der Gegend von Wicklow wirst du mutterseelenallein sein. Wen kennst du da unten? Hier in Dún Laoghaire bist du wenigstens von Leuten umgeben, die dich kennen. Die dich gern haben.«

Eleanor machte sich auf eine von Monas Predigten gefaßt.

Des verfolgte die ganze Unterhaltung schweigend. Er nippte an seinem Drink und schaute von einer zur anderen, einen zerknirschten Ausdruck im Gesicht. Eleanor sah dafür keinen Grund. Er hatte den Streit nicht begonnen. Er hatte absolut nichts gesagt. Tatsächlich wagte er selten, zu irgendeinem Thema seine Meinung zu äußern.

»Mona, ich bin dir dankbar für alles, was ihr für mich getan habt. Du und Des. Mum und Dad sind auch großartig. Und meine Freunde auch. Aber ich werde nicht richtig weiterleben können, wenn ich keine Luft zum Atmen habe. Siehst du das denn nicht? Ich brauche Freiraum.«

Mona schüttelte verzweifelt den Kopf. »Als nächstes wirst du uns erzählen, daß du dich *selbst finden* mußt.«

»Mmh«, stimmte Eleanor zu. »Stimmt.«

Mona stieß Des an. »Würdest du sie vielleicht zur Besinnung bringen, um Gottes willen? Sie wird das bereuen. Es ist ein Riesenfehler.«

»Das glaube ich nicht, Mona«, sagte er leichthin. »Eleanor ist eine erwachsene Frau. Sie hat das Recht, ihre eigenen Entscheidungen zu treffen.«

»Danke, Des.« Eleanor lächelte ihn dankbar an. »Ich bin vierundvierzig Jahre alt, Mona. Ich weiß, was ich tue.«

»Nein, das weißt du nicht. Du *glaubst* bloß, daß du es weißt. Was in aller Welt wirst du in Wicklow machen? Ein Jahr lang! Wie wirst du deine Tage ausfüllen? Damit, daß du die Landschaft bewunderst?«

Eleanor schüttelte ihr Kissen auf. »Ich werde schreiben.«

Mona bekam fast einen Schlaganfall. »*Schreiben?* Was schreiben? Deine Memoiren?«

»Nein, ich arbeite im Augenblick an etwas. Ich stelle Fallgeschichten zusammen. Ich habe im Sinn, ein Buch daraus zu machen.«

»Ein Buch?« wiederholte Mona verächtlich. »Du benutzt die Geschichten deiner Patienten? Für mich hört sich das nach Ausschlachten an.«

»So soll es nicht werden, Mona. Natürlich werde ich weder ihre wirklichen Namen noch die Details verwenden. Ich habe viel darüber nachgedacht. Trauer. Verlust. Ich kann auch von meiner eigenen Erfahrung sprechen.«

Mona war nicht beeindruckt. »Ein Lehrbuch über Trauer? Noch mehr von deinem Psychogeschwafel, Eleanor? Das würde dir nicht guttun.«

Mona drückte ihre Zigarette im Aschenbecher aus. »Du machst einen Fehler, wenn du einfach so weggehst. Das steht jedenfalls fest. Des, *bitte,* sag doch etwas zu ihr.«

Des verschränkte entschieden die Arme und wandte sich seiner Schwägerin zu. »Ellie, ich finde die Idee fabelhaft. Wird dir guttun.«

Mona sprang von der Couch auf. »Ihr seid *beide* übergeschnappt. Was wird Mum dazu sagen?«

»Ich hoffe, sie wird es gutheißen«, sagte Eleanor ruhig, »aber so oder so, mein Entschluß steht fest, Mona. Nächste Woche um diese Zeit werde ich in The Lodge wohnen.«

Mona packte ihre Handtasche und marschierte zur Wohnzimmertür. »In *was?*«

»The Lodge«, wiederholte Eleanor mit etwas erhobener Stimme. »Das ist ein schönes Gästehaus in einem kleinen Dorf namens Coill.«

»Nie davon gehört«, sagte Mona abschätzig.

»Das bedeutet nicht, daß es nicht existiert, Schatz.« Des stand auf und legte die Arme um Eleanor. »Es liegt in der Nähe von Bray, nicht, Ellie?«

»Ich glaube, näher an Kilmacanogue. Eine meiner Patientinnen, Isobel Stephens, hat mir alles darüber erzählt. Es wird von einer gewissen Victoria Laffan geführt. Anscheinend ist es ein herrliches altes Landhaus. Die Wirtin hat immer nur sechs bis acht Gäste auf einmal. Ich werde für einen Monat dort bleiben. So habe ich Zeit, mir etwas Eigenes zu suchen.«

Mona war skeptisch. »Aber wie willst du überleben, bis dein großes Werk fertig ist?«

»Ich habe die Lebensversicherung«, erinnerte Eleanor sie. »Und ich bekomme die monatliche Miete für dieses Haus. Geld wird kein Problem sein.«

Sie waren jetzt in der Diele, und Eleanor betete, daß sie einfach gehen würden. Für diesen Abend hatte sie genug. Wirklich genug.

»Wir müssen gehen.« Mona sah Des an. »Ich habe es nicht gern, wenn Justin zu lange allein auf die beiden anderen aufpassen muß, vor allem abends. Und ich möchte Jenny vor zehn ins Bett bringen. Sie weckt mich nämlich um zwei Uhr nachts auf, wenn ich nach den letzten paar Nächten urteilen kann. Natürlich wirst du das nicht verstehen, Eleanor, weil du ja selbst keine Kinder hast. Du bist so frei. Du kannst kommen und gehen, wie es dir gefällt, und brauchst dich um nichts zu kümmern, bist keinem verantwortlich. Manchen gefällt das ja so.«

Eleanors Augen verengten sich. Mona hatte nicht grausam sein wollen – sie war einfach unsensibel. Des küßte sie auf die Wange. »Gute Nacht, Ellie.« Er öffnete das Tor. »Komm, Mona.«

»Ich komme schon.« Mona küßte sie ebenfalls. »Tut mir leid, wenn ich dich geärgert habe, Eleanor. Aber ich nenne die Dinge immer beim Namen. Ich glaube wirklich, daß du depressiv bist und daß das der Grund ist, warum du so impulsiv bist. Ich weiß, du denkst, das geht mich nichts an, aber ich bin immer aufrichtig, Eleanor, ich sage immer, was ich denke.«

»Gute Nacht, Mona. Ich rufe dich in ein paar Tagen an. Ja, und mach dir keine Sorgen. Ich werde morgen bei Mum und Dad vorbeischauen und es ihnen sagen. Ich wäre dir dankbar, wenn du die Erklärungen mir überlassen würdest.«

»Mach dir keine Sorgen«, beruhigte Mona sie. »Ich habe nicht die Absicht, mit den Eltern darüber zu reden. Ich habe auch so genug um die Ohren. Kommst du vorbei und verabschiedest dich von den Kindern, bevor du fährst?«

»Natürlich.«

»Gut. Dann komm am Montag. Bis dahin werde ich dich in Ruhe lassen.«

Mona stieg in den roten Golf und legte den Sicherheitsgurt an. Des startete den Motor. Eleanor winkte von der Haustür aus, dankbar, Mona endlich von hinten zu sehen – aber so leicht wurde sie ihre Schwester nicht los. Mona kurbelte das Fenster herunter und rief: »Ich finde wirklich, du solltest dir das noch mal überlegen, Eleanor. Noch ist es nicht zu spät.«

»Gute Nacht, Mona.«

Eleanor schloß die Tür.

Ihre Eltern wohnten um die Ecke, in der Hauptstraße, über dem Metzgerladen ihres Vaters. Mit achtundsechzig hätte er ohne Schwierigkeiten in Pension gehen können, aber warum sollte er? Er liebte seine Arbeit. Es machte ihm Spaß, mit seinen Stammkunden zu plaudern – alten Freunden, die schon genauso lange im Viertel wohnten wie er, in manchen Fällen sogar länger. Er war stolz darauf, das beste Fleisch in Dún Laoghaire zu verkaufen. Eleanor sperrte mit ihrem Schlüssel auf und ging nach oben in die Küche, wo sie ihre Mutter bei der Vorbereitung des Mittagessens antraf.

Diese Küche war Stolz und Freude ihrer Mutter: eingebaute Eichenschränke, Decke und Boden aus Holz, blaue Kacheln, widerlich schneeweiße Küchengeräte. Eleanor fand all das gräßlich und bevorzugte ihr gemütliches kleines Frühstückszimmer in der Crofton Avenue. Aber über Geschmack ließ sich nicht streiten.

Sie küßte ihre Mutter.

»Ellie, wie nett. Hast du dir einen freien Tag genommen? Setz dich, Liebes. Bedien dich.«

Eleanor goß sich einen dampfenden Becher Bewley's-Kaffee ein. Das mußte sie ihrer Mutter lassen – sie konnte anständigen Kaffee kochen.

»Danke, Mum. Wie geht's Dad?«

»Er sagt, daß er stirbt«, antwortete ihre Mutter grinsend. »Du kennst ja deinen Vater. Ein bißchen Schnupfen, und er schreibt sein Testament um.«

Eleanor lachte.

»Also, wieso arbeitest du heute nicht, Liebes? Du bist doch nicht krank, oder?«

Eleanor erzählte ihr die Geschichte. Wie sie erwartet hatte, nahm ihre Mutter sie gelassen auf.

»Für mich klingt das gut, Eleanor. Mach dir nichts aus Mona. Das geht sie nichts an. Aber ich bin überrascht, daß du dich für diesen Ort entschieden hast.«

»Coill?«

»Ja. Hat es da nicht einen Mord gegeben? An einer Frau aus dem Ort?«

Eleanor bestrich ein Hörnchen mit Butter. »Das ist ein paar Jahre her.«

»Ich kann mich jetzt nicht an die Einzelheiten erinnern. Aber ich glaube nicht, daß die Polizei jemanden gefaßt hat.« Ihre Mutter starrte sie an. »Ich hätte gedacht, du würdest versuchen, Unangenehmem aus dem Weg zu gehen, Ellie. Du hast weiß Gott genug durchgemacht.«

»In Dublin werden auch Frauen ermordet, Mum.« Eleanor trank ihren Kaffee. »Das kann leider überall passieren.«

»Du hast recht, Liebes. Heutzutage sind Frauen nirgends sicher. Grausam, nicht? Als ich jung war, ließen wir immer die Hintertür offen. Kannst du dir das vorstellen?«

»Andere Zeiten«, murmelte Eleanor.

»*Das* kann man laut sagen.« Ihr Mutter seufzte. »Du bist also entschlossen zu fahren?«

»Ja, bin ich. Es ist ein hübscher Ort, Mum, in jeder Hinsicht. Miss Laffan ist nett, wie ich gehört habe. Das Gästehaus läuft bestens, und ihr Neffe hilft ihr auf der Farm.«

»Sie haben auch eine Farm? Was wollen sie dann mit einem Gästehaus? Manche Leute können einfach nicht genug kriegen.«

Eleanors Mutter hegte einen angeborenen Argwohn gegen Leute vom Land. Sie war eine eingefleischte Dublinerin. Dasselbe galt für ihren Vater.

Ihre Mutter stellte einige Schinkensandwiches und ein Stück Apfelkuchen auf ein Tablett. »Auf mich wirkt diese Laffan ziemlich geldgierig.«

Eleanor nahm das Tablett. »Ich bringe es Dad.«

»Danke. Hier, Eleanor. Bring ihm auch seinen Beutel, ja?« Sie reichte ihn ihrer Tochter.

»Er raucht doch nicht im Schlafzimmer, oder?«

»Im Schlafzimmer?« schimpfte ihre Mutter. »Nicht einmal auf die Toilette geht er ohne die verdammte Pfeife. Die ist wie sein verlängerter Arm. Der Geruch macht mich völlig fertig, wenn ich abends ins Bett gehe. Aber es gibt Schlimmeres, nicht?«

Sicher gab es Schlimmeres. Sie teilten seit fünfundvierzig Jahren dasselbe große Doppelbett. Das sagte viel über ihre Ehe aus, dachte Eleanor. Sie waren wie Darby und Joan.

Eleanor stellte ihrem Vater das Tablett auf den Nachttisch und schüttelte seine Kissen auf. Er verschlang seine Sandwiches und schlürfte seinen Tee – es war schwierig, im Bett zu trinken. Sie teilte ihm ihre Reisepläne mit.

»Fabelhaft«, sagte er. »Und nun sei ein braves Mädchen und geh zum Kleiderschrank. Hol mir einen Pfeifenreiniger, die Zündsteine und ein bißchen Benzin, und dann unterhalten wir uns in Ruhe.«

Es war nett, in ihrem Alter als Mädchen bezeichnet zu werden.

Sie tat wie geheißen und beschloß, ihm keinen Vortrag über das Rauchen im Bett zu halten. Das wäre vergebliche Liebesmüh. Sie konnte nicht verstehen, warum er darauf bestand, dieses altmodische Feuerzeug zu benutzen. Des hatte ihm letzte Weihnachten ein hübsches Feuerzeug von Ronson geschenkt, aber er wollte nicht von seinem alten lassen.

Er mußte es seit mindestens dreißig Jahren immer wieder nachfüllen.

Er klopfte die Asche über der Zeitungsbeilage für die Landbevölkerung aus, und Eleanor warf die unappetitlichen Reste in den Abfalleimer.

»Coill, hast du gesagt.«

»Mmh. Ein kleines Dorf, Dad, mit einem See, in dem man angeblich gut angeln kann. Dir würde es gefallen. Es ist friedlich dort.«

»Sehr wahrscheinlich«, stimmte er zu. »Fischen. Vermutlich Forellen. Aber das ist doch sicher nicht das, was du dir unter Ferien vorstellst, Ellie.«

»Nein«, stimmte sie zu. »Ich möchte bloß den Frieden und die Ruhe. Ich werde schreiben.«

Er strahlte seine Tochter an. »Ich habe immer gesagt, daß du deine Berufung verfehlt hast, Ellie. Du kannst fabelhaft mit Worten umgehen.«

»Na ja, ich werd's versuchen. Es wird eine neue Erfahrung sein.« Sie reichte ihm den großen Aschenbecher von Silk Cut, der aus einem Pub gestohlen worden war.

»Ja, das stimmt.« Er zündete seine Pfeife an und paffte zufrieden. »Coill. Da gab es doch vor ein paar Jahren einen Skandal. Aber ich nehme an, du weißt von dem Mord.«

»Ich kann mich vage daran erinnern«, sagte Eleanor. »Ich weiß die Einzelheiten nicht mehr, und um ehrlich zu sein, ich möchte sie auch nicht wissen.«

Er tätschelte ihren Arm. »Ich weiß, Liebes. Damals kursierten ein paar komische Geschichten, das weiß ich noch. Irgendwas mit Partnertausch, wenn ich mich recht erinnere.«

»Du machst Witze!«

»Nein, ich bin todernst. Partys, bei denen Partner getauscht wurden, Orgien ... lauter solches Zeug.«

Ein weiteres langes Paffen an der Pfeife.

Eleanor kicherte. Sie konnte das nicht ernst nehmen. Ihr Vater neigte zu groben Übertreibungen.

»O ja«, fuhr er geheimnisvoll fort, »ein schrecklicher Skandal. Mit Polizeibeteiligung und allem.«

»Beim Partnertausch?« Sie sah ihn verächtlich an. »Die *Polizei* war am Partnertausch beteiligt?«

Er drohte ihr mit dem Finger. »Sei nicht so oberschlau, Ellie. Diese Orgien fanden anscheinend statt, als der Mord passierte. Ich vermute, daß sie was damit zu tun hatten. Damals stand das in allen Boulevardzeitungen. Augenzeugenberichte, das übliche Zeug – Wichtigtuer, die sich ein bißchen was dazuverdienen wollten. Manche Leute lieben das Rampenlicht.«

»Da hast du sicher recht«, sagte sie, um ihm einen Gefallen zu tun.

»Frag deine Mutter danach. Sie mag schreckliche Geschichten. Deine Mutter hat einen Hang zum Makaberen.«

»Dann frage ich lieber nicht, Dad.«

Er nickte ernsthaft. »Tut mir leid, Ellie, ich hätte das nicht erwähnen sollen. Ich kann nichts dafür. Ich versuche immer, über die kleinen Absonderlichkeiten des Lebens zu lachen. Nur so kann man überleben, nicht? Sinn für Humor hilft dir über alles hinweg.«

Sie bemühte sich um ein Lächeln. »Dann werde ich mich bemühen, ihn mir anzugewöhnen.«

»Ach, du warst immer ein glückliches Kind, Ellie.« Er sah melancholisch drein. »Intelligent. Ich erinnere mich, daß wir immer viel Spaß miteinander hatten, du und ich.«

»Das ist lange her, Dad. Ich habe mich verändert, seit . . .«

»Seit Larrys Tod. Ich weiß, Liebes. Das ist vollkommen verständlich.«

Sie hatte den Sinn für Spaß schon lange vor Larrys Tod verloren, aber sie widersprach ihrem Vater nicht. Er beugte sich näher zu ihr.

»Hör zu, Ellie, fahr weg und mach dir eine schöne Zeit. Du verdienst es. Dieses Coill könnte deine große Chance sein!«

Sie küßte ihn auf die Stirn. »Das hoffe ich, Dad.«

40

# 2

Sie hatte den Vortag mit Aufräumen verbracht: sie hatte den Weg gekehrt, die Ränder des Rasens geschnitten, die Rosen gesprüht, die Sträucher gewässert. Es war der Garten hinter dem Haus, den Eleanor mehr als alles andere in der Crofton Avenue vermissen würde. Würden ihre Mieter sich so sorgfältig darum kümmern, wie sie das getan hatte?

Zeit für eine letzte Inspektion des Hauses, bevor Mona kam, um sie nach Coill zu fahren. Ihre Schwester hatte darauf bestanden, sie hinzufahren, und sie konnte nicht ablehnen – das war Monas Art, ihr zu sagen, daß sie sich endlich mit der Vorstellung ihrer Abreise abgefunden hatte. Sie billigte sie natürlich noch immer nicht – das wäre zuviel verlangt gewesen –, aber sie akzeptierte nach und nach die Tatsache, daß Eleanor ihre Meinung nicht ändern würde. Das war schon etwas. Eleanor hatte kein Auto. Nach Larrys Tod hatte sie ihren blauen Suzuki verkauft. Sein weißer Spitfire war nach dem Unfall nur noch Schrott gewesen.

Seit seinem Tod war sie nicht mehr gefahren. Der entsetzliche Unfall hatte ihr die Lust daran dauerhaft genommen. Schon vorher war sie nie gern gefahren. Es war kein Vergnügen, sich durch die Straßen von Dublin zu kämpfen; wütende, fluchende Autofahrer, endlose Staus, ständige Baustellen, die das Hindernisrennen erschwerten, die frustrierende Suche nach einem Parkplatz – warum sollte sie sich das antun?

Weil sie zu Hause arbeitete und der Supermarkt ihres Viertels ihr die Lebensmittel jede Woche ins Haus lieferte, brauchte sie eigentlich kein Auto. Die Busverbindungen waren gut, und die Bahnstation lag gleich am Ende der Straße, so daß sie trotzdem ziemlich mühelos in die City gelangen konnte, wann immer sie den Drang dazu verspürte.

In einer Schlange an der Bushaltestelle oder auf dem Bahnhof zu stehen, war unendlich viel angenehmer, als hinter dem Steuerrad zu fluchen. Zumindest konnte sie mit den anderen Pendlern plaudern und dem nationalen Zeitvertreib frönen, Politiker, die Kirche und die Gerichtshöfe in der Luft zu zerreißen – in dieser Reihenfolge.

Sie ging, um einen letzten Blick in ihr Schlafzimmer zu werfen. Es war makellos – verwandelt seit gestern, als sie ihre Koffer gepackt hatte –, kein Fältchen in der frisch gewaschenen Überdecke, kein Fleck auf dem Teppich, Ankleidetisch und Garderobe blitzsauber. Es wirkte wie ein anderes Zimmer. Nackt. Verlassen.

Larrys Zimmer mied sie. Sie konnte es nicht wieder sehen. Es war ihr letzte Woche schwergefallen, alle seine Sachen wegzuräumen. Anderen konnte sie Ratschläge für die Trauerarbeit geben, aber wenn sie selbst betroffen war ...

Sie ging ins Wohnzimmer. Die grüne, dreiteilige Sitzgarnitur war gereinigt worden. Sie hatte sogar daran gedacht, die cremefarbenen Lampenschirme abzustauben. Dies war das Zimmer, wo sie an Winterabenden mit Larry an einem prasselnden Kohlenfeuer gesessen hatte – in den ersten Jahren ihrer Ehe.

Hier hatte sie tagsüber die Sitzungen mit ihren Patienten abgehalten. Eleanor Ross, die Heilerin, die Zuhörerin, die Frau, die Seelen reparierte. Die Geschichten, die sie gehört hatte ... kaputte Familien, gescheiterte Ehen, mißbrauchte Kinder, Drogen, Nervenzusammenbrüche, Alkoholismus mit all seinen entsetzlichen Folgen. Trauerfälle ...

42

Fest umklammerte der alte Mr. Welsh seinen Gehstock. »Mrs. Ross, ich kann das nicht akzeptieren. Ich will es nicht. Warum sollte ich?«

Es war Eleanors dritte Sitzung mit ihm.

»Das ist nicht fair, nicht wahr? Es ist so sinnlos. Drei Jahre alt. Sie war mein Ein und Alles.« Er schluckte. »Mein ganzes Leben hat sich um dieses Kind gedreht.«

»Ich weiß«, flüsterte Eleanor.

»Ich meine, als meine Frau letztes Jahr starb, konnte ich damit fertig werden. Ihr Tod war furchtbar, aber er war eine ... Erlösung. Jahrelang hatte sie an diesem verdammten Krebs gelitten. Ich habe um ihren Tod gebetet, wußten Sie das? Ich konnte nicht mehr mit ansehen, wie sie diese Qualen litt und dabei so tat, als hätte sie keine Schmerzen – meinetwegen. Nein. Gretas Tod war eine gnädige Erlösung.« Er wurde wütend. »Aber die kleine Daisy ... nein, nein, nein. Nicht richtig. Überhaupt nicht fair. Und da wohne ich direkt neben ihnen – meinem Sohn und seiner Frau. Wie kann ich ihnen helfen? Was kann ich ihnen sagen? Es akzeptieren? Auf Gott vertrauen? Nein, Mrs. Ross, es *gibt* keinen Gott. Jedenfalls keinen liebenden Gott. Warum sollte er Eltern, die es lieben, sonst ihr kleines Mädchen wegnehmen? Eine blauäugige, rothaarige kleine Schönheit ... einen Engel?«

Tränen strömten aus seinen Augen. Er nahm die Brille ab, um sie mit seinem Taschentuch zu putzen ...

Sie hatte dagesessen und sich Litaneien menschlichen Elends angehört. Im letzten Jahr hatte sie mehr und mehr Fälle übernommen. Sie hatte sich beschäftigen wollen. Es war einfacher, sich die Probleme anderer anzuhören, als den Versuch zu machen, sich den eigenen zu stellen. Sie war die *Expertin*. Diese verzweifelten Menschen kamen um Hilfe zu ihr. Meistens *konnte* sie helfen. Die Leute wollten, daß ihnen jemand zuhörte. Sie wollten Anerkennung. Sie hatten das Bedürfnis, daß jemand ihren Schmerz zur Kenntnis nahm.

Der letzte Blick ins Eßzimmer blieb ihr erspart, weil die Türglocke läutete. Eleanor war froh. Dieser Raum erinnerte sie an die zahllosen Dinnerpartys, die sie für Larrys Geschäftsfreunde hatte geben müssen, diese verkniffenen Busineßtypen mit ihren nichtssagenden Ehefrauen.

Die Gestalt war durch die bleiverglaste Vordertür deutlich zu sehen. Mona. Wie immer zu früh. Eleanor öffnete die Tür, und Mona drängte sich an ihr vorbei in die Diele, wo sie über ein Durcheinander von Koffern und Kartons stolperte.

»Herrje, Eleanor, du hast aber einen Haufen Zeug. Brauchst du das alles?«

»Ich gehe für ein *Jahr* weg, Mona. Eigentlich ist es gar nicht so viel, nur meine Kleider und andere unentbehrliche Dinge. Die meisten meiner Sachen sind auf dem Speicher.«

Mona versuchte, einen der größeren Kartons anzuheben. »Meine Güte, was ist denn da drin? Steine?«

»Mein Computer. Sei vorsichtig. Ich werde dir helfen.«

Eleanor nahm den Karton an einer Ecke hoch und kämpfte sich mit Mona zu den Eingangsstufen vor. »Gut, mach du die Autotür auf. Ich komme schon hin, Mona, und du kannst mir helfen, den Karton auf den Rücksitz zu schieben. Paß auf.«

Auf der zweiten Stufe stolperte Mona. »Verdammt, ich hätte mir fast den Hals gebrochen. Das ist Wahnsinn. Mir war nicht klar, daß du so viel Zeug mitnehmen willst. Wir hätten Des bitten können, uns zu helfen. Wirklich, das ist ein Job für einen *Möbelpacker.*«

»Übertreib nicht, Mona. Ich habe ihn allein aus dem leeren Zimmer nach unten getragen. *So* schwer ist er auch wieder nicht.«

»Ist er *doch*«, murmelte Mona mit zusammengebissenen Zähnen. »Ich habe keine Lust, mir das Kreuz zu brechen. Du weißt sehr gut, daß mein Rücken nie mehr richtig in Ordnung war, seit Jenny geboren wurde.«

»Warum hast du sie nicht mitgebracht?«

»Spinnst du?« Mona sah Eleanor an, als hätte sie drei

Köpfe. »Sie würde auf der ganzen Fahrt schreien. Nein, danke.«

Warum sollte Eleanor sich die Mühe machen, darauf hinzuweisen, daß die Fahrt nur ungefähr vierzig Minuten dauern würde?

»Oh, Eleanor, paß auf. Du ziehst zu fest. Ich werde wieder das Gleichgewicht verlieren.«

»Wir haben's gleich.« Eleanor versuchte, Mona bei Laune zu halten. »So, jetzt laß mich mal.«

Sie manövrierte den Karton auf den Rücksitz des Golf. Jennys Kindersitz war im Weg. »Ich glaube, den solltest du besser rausnehmen«, schlug Eleanor vor.

»All diese Umstände...« Mona schnallte den Sitz los und legte ihn ärgerlich auf den Boden des Wagens. »Ich hatte keine Ahnung, daß das solche Umstände machen würde.«

»Mona, geh in die Küche und mach dir eine Tasse Tee. Den Rest schaffe ich allein.«

Unverhohlene Erleichterung machte sich auf Monas Gesicht breit. »Bist du sicher?«

»Ganz sicher.«

Sie schlenderte in die Küche und überließ Eleanor die Arbeit. Mona bestand nie darauf zu helfen, wenn sie sich davor drücken konnte. Mit ihrem Angebot, Eleanor heute nach Wicklow zu fahren, hatte sie nur eines im Sinn. Sie konnte es gar nicht abwarten zu sehen – und zu kritisieren –, wo ihre ältere Schwester leben würde. Sie war schon in ihrem Element, krittelte und machte Wind, bevor Eleanor überhaupt dort angekommen war. Eleanor hatte den Kofferraum im Nu beladen.

Als sie wieder in die Küche kam, war es Mona gelungen, ein Durcheinander anzurichten. Ein nasser Teebeutel beschmutzte die Arbeitsplatte aus Kunststoff; auf dem Linoleum war reichlich Zucker verstreut, der Herd mit Milch bekleckert. Wie hatte sie das in weniger als fünf Minuten geschafft?

»Willst du eine Tasse?« Sie plünderte Eleanors Keksglas.

»Nein, danke.«

Eleanor setzte sich an den Küchentisch, öffnete ihre Handtasche und nahm ihre Checkliste heraus. Sie mußte sich nur noch vergewissern, daß alle Fenster versperrt und die Alarmanlage ausgeschaltet war. Sie würde den O'Learys schriftliche Instruktionen hinterlassen, wie man sie bediente. Es hatte keinen Zweck, ihnen die Ankunft dadurch zu verderben, daß ungewollt der Alarm losging.

»Wann kommen sie?« Mona kaute einen Keks.

»Die O'Learys? Gegen zwei Uhr, glaube ich. Ich lasse die Schlüssel nebenan bei Mrs. Riordan.«

»Gut. Ach, übrigens, ich konnte nicht übersehen, daß deine Schränke ziemlich voll sind, Eleanor.«

Konnte nicht übersehen? Mona hatte sich offenbar gründlich umgeschaut.

»Jede Menge Konserven und Vorräte. Und du hast Gemüse im Kühlschrank.«

Ihrer Schwester entging nichts. »Das lasse ich den O'Learys da, Mona. Als netten Willkommensgruß.«

»Und was ist mit dem Zucker und dem Mehl?«

»Ja, das auch«, sagte Eleanor mit unbewegter Miene. »Hat doch keinen Sinn, es wegzuwerfen.«

Monas Ton wurde eine halbe Oktave höher. »Warum? Was haben die je für dich getan, Eleanor? Du *kennst* sie nicht mal.«

Das ignorierte man besser.

»Ich schaue nur schnell nach den Fensterriegeln, Mona. Dann können wir aufbrechen.«

»Gut.« Sie war sehr verärgert. »Hinterläßt du ihnen auch diese Dose mit Keksen?«

Eleanor gab nach. »Nein, die kannst du für die Kinder mitnehmen.« Sie reichte Mona ein Päckchen. »Hier.«

»Was ist das?«

»Mach es auf, Mona.«

Ein niedliches rotes T-Shirt und eine marineblaue Jeans. »Für Jenny? Oh, das sind ja süße Sachen. Danke, Eleanor.«

Zwölf Uhr. Sie waren unterwegs.

Bevor sie ihren Sicherheitsgurt anlegte, warf Eleanor noch einen letzten Blick auf das Haus. Seltsam, das Heim zu verlassen, in dem sie fast siebzehn Jahre gewohnt hatte. Ein ganzes Leben: ihre Arbeit, die Nachbarn, die Geschäfte, die tägliche Routine. Das Vertraute hatte etwas sehr Tröstliches.

Mona starrte sie an und versuchte, ihre Gedanken zu lesen. »Alles in Ordnung, Ellie?«

Eleanor sagte mit gefaßter Stimme: »Ja, alles in Ordnung.«

Aber sie fühlte sich nicht so zuversichtlich, wie sie sich gab. Sie bekam allmählich Zweifel. Hatte sie sich mehr zugemutet, als sie verkraften konnte? Ein Jahr Freiheit von der Arbeit. Das Haus vermietet. Wohnen auf dem Land. War sie verrückt?

Nachdem sie aus Dún Laoghaire heraus waren, trat Mona aufs Gas. Zu Eleanors Entsetzen verwandelte sich ihre Schwester in eine weibliche Ausgabe von Damon Hill. Sie fuhr mit halsbrecherischer Geschwindigkeit und preschte mit etwas, das man nur als fröhliche Unbekümmertheit bezeichnen konnte, an anderen Autos vorbei. In rasendem Tempo passierten sie das Wirtshaus Silver Tassie. Mona beschleunigte und überholte wieder, gefährlich nahe am Verkehrskreisel von Loughlinstown. Jetzt erreichten sie die Umgehungsstraße von Bray, und Mona legte richtig los. Sie hatte die Fenster heruntergekurbelt, und ihr blondgefärbtes Haar flatterte im Wind. Busse, Motorräder, Lieferwagen – sie überholte alle. Monas manisches Gelächter ging Eleanor wahnsinnig auf die Nerven.

Sie war entsetzt. Sie war schon als Fahrerin nervös, aber als Beifahrerin war es noch schlimmer.

»Fahr langsamer, Mona«, flehte sie. »Wir haben es nicht eilig.«

»Ist schon in Ordnung, Eleanor. Ich fahre bloß hundert-
zehn. Diese Schnellstraße ist ein Traum. Wenn ich hinter dem
Steuer sitze, kann dir nichts passieren. Ich fahre vorsichtig.
Ich bringe dich schon heil ans Ziel.«

Mona erkannte plötzlich, was sie da gesagt hatte, und
wurde dunkelrot. »Tut mir leid. Ich wollte damit nichts andeuten.«

Eleanor starrte aus dem Fenster.

Ein Kloß in der Kehle hinderte sie daran, auf Monas böse
Taktlosigkeit zu antworten. Auch Larry war ein Geschwindig-
keitsfanatiker gewesen, der immer mit der Stärke seines Spitfire prahlte und sich dauernd beschwerte, die anderen Fahrer
seien Schnecken. Die Erinnerung an das Auto ... zerschmettert ... zerquetscht ... ruiniert ...

Mona schaltete das Radio ein. Gut. Besser, Gareth O'Cal-
laghan zuzuhören als Mona.

Fünfzehn Minuten später sahen sie das vertraute Schild:
*Sie betreten jetzt den Garten Irlands. Willkommen in Wick-
low.*

Das munterte Eleanor auf. Sie fühlte sich *tatsächlich* willkommen. Fast hoffnungsvoll. Sie hatte keine Ahnung, wie es
sein würde, in Wicklow zu leben. Aber eines stand fest: es
würde eine neue Erfahrung sein. Eine Veränderung. Eine
*willkommene* Veränderung. Die hohen Buchen auf beiden
Seiten der Straße schauten freundlich auf sie nieder. Es war
schön, aus der Stadt heraus zu sein.

»He!« unterbrach Mona Eleanors Tagträumerei. »Da drüben. Der Fluß. Da wurde doch diese Frau ertränkt. Erinnerst
du dich?«

»Ja.«

»Anscheinend hatte sie einen Ausritt gemacht«, fuhr Mona
mit leiserer Stimme fort. »Sie starb unter sehr mysteriösen
Umständen, heißt es.«

Typisch. Gerade, als sie angefangen hatte, sich wohlzufüh-
len, hatte Mona die Rede auf etwas Unangenehmes gebracht.

Sie verstand es einfach, Eleanor zu ärgern – ohne jede Absicht. Sogar als sie noch Kinder waren, hatte sie das gekonnt.

»Herrgott, Eleanor, Dad hat mir von der *anderen* Frau erzählt – der, die in Coill ermordet worden ist. Ich glaube, du spinnst, dich in so einem Gästehaus einzuquartieren. Weißt du, daß die Leiche im Wald gleich nebenan gefunden worden ist?«

»Mmh.«

»Wie ist sie umgebracht worden? Erstochen?«

»Ich weiß es nicht, Mona, und ich will es auch nicht wissen, okay?«

»Du willst es nicht wissen? Verdammter Mist! Ich würde das wissen wollen. Und der Mörder läuft noch frei herum. Vermutlich irgendein einheimischer Irrer.«

»Mona, willst du wohl aufhören! Dieser Mord ist vor Jahren passiert. Und er hat nichts mit mir zu tun. Oder mit dir. Richtig?«

»Aber warum ausgerechnet hier? Ich verstehe das nicht«, beharrte Mona.

»Mona, hör auf. Wie ich Mum schon sagte, Morde können überall passieren. Wenn es in Dún Laoghaire einen gäbe, würdest *du* dann umziehen?«

»Vielleicht ... besonders, wenn der Mörder nicht gefunden wurde. Glaubst du an das, was die Leute sagen, Eleanor?«

»Was sagen die Leute denn, Mona?«

»Daß das Opfer gewöhnlich seinen Mörder kennt. War sie verheiratet? Vielleicht war ihr Mann der Täter.«

»Ich weiß es nicht, Mona. Und jetzt hör auf damit.«

Plötzlich kam er in Sicht.

Der Sugarloaf. Einer der spektakulärsten Berge der Gegend. Er erinnerte tatsächlich an die konische Form eines Zuckerhuts. Wunderbar blau stand er in der Ferne, hoch und stolz und imposant, und überragte die Landschaft.

»Ist er nicht herrlich?« rief Eleanor aus.

»Ja«, stimmte Mona zu. »Und wie heißt der Berg dort links?«

»Ich weiß nicht genau.«

»Er ist viel kleiner. Komische Form, nicht?« Mona zog die Nase kraus. »Weißt du, woran er mich erinnert?«

»Woran denn?« Eleanor war nicht sonderlich interessiert.

»An eine Brustwarze«, verkündete Mona fröhlich. »Siehst du das kleine runde Ding obendrauf? Es sieht genau wie eine Brustwarze aus!«

Typisch Mona.

»Der da links heißt Bray Head«, sagte Mona fachmännisch. »Erinnerst du dich, wie wir den bestiegen haben, Eleanor?«

Eleanor erinnerte sich nicht.

»Ach, du bist fast ausgeflippt, als wir oben waren. Du konntest die Höhe nicht vertragen, nicht?« Mona wurde ganz aufgeregt. »Ich habe gerade etwas erkannt! Schau dir noch mal den Brustwarzenberg an. Ist das nicht der, den sie jede Woche im Vorspann von *Glenroe* zeigen? Du weißt schon, wenn sie die Erkennungsmelodie spielen. Offenbar von einem Hubschrauber aus aufgenommen.«

Eleanor drehte das Radio lauter, und Mona begriff. Sie passierten den Fluß Dargle und näherten sich bald Kilmacanogue.

»Fahr langsamer, Mona«, rief Eleanor über die Musik hinweg. »Wir biegen hier rechts ab.«

»Rechts? Bist du sicher?«

»Ja«, sagte Eleanor entschieden. »Da ist das Postamt von Kilmacanogue. Wir biegen rechts ab. Bestimmt.«

Mona bremste abrupt, was ihr von dem ärgerlichen Fahrer hinter ihr das Handzeichen mit zwei Fingern einbrachte.

»Kunstpisser!« zischte sie aus dem offenen Fenster.

Eleanor schwieg.

Mona bog ab, und sie fuhren am Pub von Glencormac vorbei und in die Berge. Wenn Eleanor richtig schätzte, war Coill nur noch ungefähr zwanzig Minuten entfernt.

Die Szenerie war prachtvoll. Grüne Weiden mit hohem Gras, kleine Waldungen, üppiges Blattwerk. Weitere Buchen, Rotbuchen und Eichen, deren überhängende Äste das Tageslicht teilweise fernhielten. Der Ort hatte eine Atmosphäre wie aus einer anderen Welt.

»Es ist hübsch«, sagte Mona. »Aber für mich ein bißchen zu unheimlich.«

Eleanor fand ihn reizend. So friedlich.

»Schau, Mona! Da drüben. Ein Kaninchenbau.«

»Ein Kaninchenbau? Wie fesselnd. Ich kann jetzt ohnehin nicht schauen«, fuhr sie fort, »weil ich diese Straße im Auge behalten muß. Ein paar von diesen Kurven sind furchterregend.«

Da hatte sie nicht unrecht.

»Wir sind da, Mona. Da ist das Ortsschild. Bieg links ab.«

Langsam fuhren sie die kleine Stichstraße hinauf, vorbei an Postamt und Texaco-Tankstelle. Eine Reihe winziger, weiß gekalkter Cottages säumte die rechte Seite der Straße. Handwerkerhäuser aus einer anderen Ära. Ein alter Mann mit einem Hund winkte ihnen zu. Er sah freundlich aus. Eleanors Laune besserte sich wieder. Es würde ihr hier gefallen.

Die Hauptstraße war schmal und unscheinbar, aber das Dorf war größer, als Eleanor sich vorgestellt hatte. Die Ladenfronten waren geschmackvoll gestrichen, grün, blau oder weiß. Keine Spur von dem scheußlichen Rosa, das sonst im Lande so beliebt war. In einiger Entfernung erspähte Eleanor den Dorfplatz, bepflanzt mit roten Geranien, Begonien und weißem Steinkraut, umgeben von Bänken für diejenigen, die sich setzen und in der Sonne aalen wollten.

»Ach, Mona, es ist hübsch, nicht?« Eleanor war entzückt.

»Das Zentrum von Coill«, sagte Mona verächtlich.

Sie hielt vor einem Spar-Supermarkt an.

»Heilige Mutter Gottes, Eleanor, schau dich bitte genau um. Hier willst du *ein Jahr* lang leben? Ich würde wahnsinnig. Was haben wir auf dieser Seite? Zwei Zeitungsläden und einen Pub. Coyle's. Sieht wie eine üble Spelunke aus, nicht? Und was ist das daneben?« Sie kniff die Augen zusammen. »Die Zahnarztpraxis. Verwahrlost, wenn du mich fragst. Die andere Straßenseite ist auch nicht viel besser. Eine Bäckerei, eine Metzgerei und noch ein Pub. O'Meara's. Hmm, ein bißchen besser als Coyle's scheint er immerhin zu sein.«

»Ich werde nicht meine ganze Zeit im Pub verbringen, Mona«, protestierte Eleanor. »Fahr weiter.«

Mona ließ den Motor wieder an. »Hat die Frau dir gesagt, wie wir fahren müssen?«

»Sie hat gesagt, wir müßten durchs Dorf fahren und an der Kirche links abbiegen.«

Mona fuhr im Schneckentempo die Straße entlang und musterte sämtliche Gebäude, als wolle sie sie vielleicht kaufen. Am Ende der Straße hielt sie wieder an. Ein paar einkaufende Passanten und Männer, die in Gruppen dastanden und schwatzten, schauten sie prüfend an.

»Nun guck dir an, wie die uns anstarren«, sagte Mona mit einem verächtlichen Schnauben. »Wie willst du es in diesem Kaff aushalten?«

»Ich werde es schaffen«, sagte Eleanor. »Kein Wunder, daß sie neugierig auf uns sind, Mona. Du starrst sie an! Fahr weiter.«

»Die Katze kann den König ansehen«, sagte Mona hochnäsig. »Herrgott, gerade fällt es mir ein. Einer von ihnen könnte der Mörder sein. Verschlagen genug sahen sie aus.«

»Mona!«

»Richtig, da ist die Kirche. Ein Monstrum. Ich wette, das Ding hat ein paar Millionen gekostet, und die halbe Bevölkerung ist deswegen verhungert. Verdammt verrückt, dieses Land! Und wie jetzt weiter?«

»Nach links«, antwortete Eleanor. »Isobel hat gesagt, es wären noch fünf Minuten zu fahren.«

»Was bedeutet, daß es zu Fuß zwanzig Minuten sind. Aber du gehst natürlich gern zu Fuß, nicht, Eleanor?«

Sie fuhren durch ein großes, schmiedeeisernes Tor eine lange, baumbestandene Einfahrt hinauf. Es begann zu nieseln. Mona beklagte sich über den groben Kies und darüber, was er ihren Reifen antun würde. Dann kam das Haus in Sicht.

»Ist es das?« Monas Kinn fiel herunter.

Eleanor war zu erstaunt, um zu antworten. Es war riesig. Viel größer, als sie erwartet hatte. Es war ein dreistöckiger Landsitz aus grauen Ziegelsteinen mit hohen Fenstern und einer enormen Eingangstür mit eindrucksvollen, steinernen Portalen. Ein Herrensitz! Vermutlich viktorianisch.

»Herrje, Eleanor«, platzte Mona heraus. »Du machst keine halben Sachen, was? Ist das deine Vorstellung von einer Frühstückspension? Was wird dich das kosten?«

»*So* teuer ist es auch nicht. Eigentlich sind die Preise ganz vernünftig.«

Mona parkte vor einem der Erkerfenster. Eleanor stieg aus dem Wagen und atmete die frische Landluft ein, während Mona sich abmühte, den Kofferraum zu öffnen.

»Komm, Eleanor, hilf mir. Wir haben keine Zeit, uns umzusehen. Ich muß zurück. Jenny wird . . .«

»Bloß eine Sekunde, Mona. Ich glaube, ich sollte erst reingehen und mich vorstellen, bevor ich eine ganze Kofferraumladung Kartons anschleppe.«

Mona verdrehte die Augen zum Himmel. »Okay. Dann komm.«

Eleanor wollte nicht, daß Mona mit ihr hineinging, aber sie hätte wissen müssen, daß es unmöglich sein würde, ihre Schwester an ihrer üblichen Schnüffelei zu hindern. Sie war schon die Stufen hinauf, ehe Eleanor irgend etwas sagen konnte. Sie klopfte dreimal laut mit dem Messingtürklopfer.

Sekunden später öffnete ein junger Mann von etwa zwanzig Jahren die Tür. Er sah extrem gut aus: groß, schlank und dunkel mit großen, blauen Augen unter dichten Augenbrauen. Eleanor hatte das seltsame Gefühl, ihm schon einmal irgendwo begegnet zu sein.

»Hallo. Ich bin Eleanor Ross. Ich habe mich telefonisch angemeldet.«

Sie streckte die Hand aus, um ihn zu begrüßen, aber er ignorierte diese höfliche Geste.

»Kommen Sie herein«, sagte er mürrisch.

Mona warf Eleanor einen ihrer selbstgefälligen Ich-hab's-dir-ja-gesagt-Blicke zu. Sie folgten dem jungen Mann in die Halle. Sie war prachtvoll: hohe Decken, Mahagoniboden und -geländer, ein riesiger Teppich – leicht verblichen. Der Geruch von Bohnerwachs lag in der Luft.

Der Junge wollte gehen und sie dumm in der Halle stehen lassen, als Mona ihn zurückrief.

»Sollen wir hier warten?« Ihr kurzer Ton ließ ihn merken, daß seine Unhöflichkeit sie nicht amüsierte.

Er zuckte mit den Achseln und schlurfte zu einem Raum, der vom hinteren Teil der Halle abging.

»Ignoranter Lümmel!« Mona war angewidert. »Aber trotzdem, ein tolles Haus.« Sie setzte sich auf eine marineblaue Chaiselongue, die elegant an einer Wand stand.

»Schau dir diese Gemälde an, Eleanor. Tolle Sachen dabei. Es ist, als käme man in eine Galerie. Aber sie könnten sich mal einen neuen Teppich anschaffen. Und die Wände könnten einen Anstrich vertragen.«

Der Teppich war ein Perser, wahrscheinlich Tausende wert. Eleanor wünschte sich, Mona würde leiser sprechen.

»Schau, Ellie«, plapperte sie weiter, da sie jetzt in Fahrt kam. »Diese Tür rechts von dir. Da steht *Speisezimmer*. Da wirst du mit den anderen Bewohnern essen.«

»Bei dir hört sich das an, als ginge ich in eine Anstalt, Mona«, flüsterte Eleanor ärgerlich.

»Könnte durchaus sein, soviel ich weiß. Ich werde mit meinem Urteil warten, bis ich die illustre Herrin des Hauses kennengelernt habe.«

Eleanor krümmte sich innerlich.

Ehe Mona einen weiteren Fauxpas begehen konnte, gesellte

sich eine große, anmutige Frau zu ihnen, die ein elegantes, blaßblaues Kleid und ein höfliches Lächeln trug.

»Mrs. Ross?«

Eleanor stand auf und schüttelte ihr die Hand. »Ja. Ich bin Eleanor Ross. Guten Tag. Das ist meine Schwester Mona.«

»Victoria Laffan.«

Sie lächelte Mona matt an und wandte sich wieder Eleanor zu, einen fragenden Ausdruck im Gesicht.

»Ich hatte Sie so verstanden, als wollten Sie ein Zimmer für *eine* Person, Mrs. Ross.«

»Ja, richtig. Meine Schwester hat mich hergefahren. Sie wartet nur, bis ich meine Sachen ins Haus gebracht habe«, erklärte Eleanor hastig.

Ms. Laffan sah erleichtert aus.

»Ach, es ist nicht nötig, daß Sie sich die Mühe machen, meine Liebe«, sagte Ms. Laffan liebenswürdig zu Mona. »Mein Neffe wird Ihrer Schwester gern behilflich sein.«

»Aber ...«

»Also gut, Mona«, sagte Eleanor entschieden. »Du fährst jetzt. Du hast gesagt, du hättest es eilig.«

Wenn Blicke töten könnten.

»Na gut«, sagte Mona schnippisch. Sie ging auf die Eingangstür zu. »Oh, er hat all deine Koffer und Kartons hier auf der Treppe gelassen, Eleanor. Soll ich dir helfen, sie in dein Zimmer zu bringen?«

Ms. Laffan räusperte sich. »Richard, mein Neffe, wird das tun, wie ich Ihnen schon sagte, meine Liebe.«

Das »meine Liebe« klang alles andere als freundlich.

»Auf Wiedersehen, Ms. Laffan. Tschüs, Ellie! Ruf mich an.«

Ein freches Winken, und sie war fort. Eleanor ging, um die Tür hinter ihr zu schließen. Als sie sich umdrehte und der Hausherrin etwas sagen wollte, war Ms. Laffan verschwunden.

Sehr eigenartig!

Die Tür auf der rechten Seite öffnete sich.

»Würden Sie hierher zu mir kommen, Mrs. Ross?«

Sie führte Eleanor in einen kleinen Salon. Sie war jetzt wieder sehr freundlich und herablassend. Victoria Laffan hatte tiefdunkles Haar, das im Nacken zu einem Knoten verschlungen war. Ihre großen braunen Augen waren schön, aber es fehlte ihnen an Wärme.

Der Raum, den Eleanor betrat, war hell und luftig mit seinen großen Erkerfenstern. Chintzvorhänge und passende Kissen gaben ihm eine gemütliche, wohnliche Atmosphäre. Über dem weißen Kaminsims hing ein riesiger antiker Spiegel. Die Möbel waren sehr alt und gut erhalten. Zwei rosa Sessel und ein Sofa stammten vermutlich aus der Zeit von Queen Anne, aber Eleanor kannte sich mit Antiquitäten nicht sonderlich gut aus, sondern riet nur.

Sie schlenderte zum Fenster hinüber und sah zum ersten Mal den See.

Er war herrlich: wie eine glatte Glasscheibe, in der sich die Berge dahinter spiegelten. Links vom Haus befand sich ein kleines Wäldchen.

»Kommen Sie, nehmen Sie eine Erfrischung, Mrs. Ross.«

Ms. Laffan winkte sie zum Sofa und reichte ihr eine Tasse Tee, die ihr guttat. »Wie ich sehe, haben Sie die Absicht, einen Monat bei uns zu bleiben«, sagte sie. »Ein langer Urlaub?«

»Nicht ganz«, sagte Eleanor unsicher. »Ich denke daran, für ein Jahr in Wicklow zu bleiben. Ich möchte schreiben.«

»Wirklich?« Ms. Laffan war entzückt. »Sie sind Schriftstellerin. Wie interessant!«

Ach du liebe Güte.

»Ich bin noch Anfängerin, Ms. Laffan«, erwiderte Eleanor, ehe ihre Gastgeberin sie noch weiter befragen konnte. »Aber ich mußte aus Dublin weg, verstehen Sie? Ruhe und Frieden.«

»Nun«, sagte Ms. Laffan, »da hätten Sie keinen besseren Ort wählen können. Ein Jahr, sagen Sie? Und was ist mit *Mister* Ross? Wird er Sie nicht vermissen?«

Das war ein bißchen viel. Verhör dritten Grades, bevor sie

auch nur ausgepackt hatte. »Mein Mann ist voriges Jahr gestorben, Ms. Laffan.«

»Oh«, murmelte Ms. Laffan, »das tut mir leid. Nun«, fuhr
sie in leichterem Ton fort, »ich hoffe, es wird Ihnen hier gefallen, Mrs. Ross.«

Eleanor trank nachdenklich ihren Tee. »Ja. Ich dachte, ich
könnte vielleicht ein Cottage mieten. Nichts Teures, etwas
Kleines und Einfaches wäre mir sehr recht.«

Ms. Laffans hochgezogene Augenbrauen verrieten ihre
Zweifel an Eleanors Chancen, ein solches Haus zu finden.

Eleanor trank ihren Tee aus und stand auf. »Das war köstlich, ich danke Ihnen«, sagte sie förmlich.

»Darjeeling. Ich finde ihn beruhigend.« Ms. Laffan stellte
ihre langen Beine nebeneinander und stand mit einer Anmut,
um die eine Tänzerin sie hätte beneiden können, von ihrem
Stuhl auf. »Ich werde Richard rufen. Er wird Sie zu Ihrem
Zimmer bringen. Ich habe Sie in Nummer vier untergebracht.
Es ist ein großes Zimmer mit einem schönen Blick über den
See. Ich hoffe, Sie werden sich wohl fühlen.«

»Das werde ich sicher, Ms. Laffan. Sie haben ein schönes
Anwesen; das Haus, der See, der Wald, das Grundstück. Für
so ein Haus könnte man sterben!«

Ms. Laffan sah Eleanor durchdringend an. »Freut mich
sehr, daß es Ihnen gefällt«, sagte sie steif.

Aber sie wirkte überhaupt nicht erfreut.

# 3

Richard, Ms. Laffans Neffe, wartete in der Halle auf Eleanor. Er war noch immer mürrisch.

Sie wunderte sich über ihn. »Ich glaube, ich wohne in Nummer vier«, sagte sie.

»Mmh«, brummte er, drehte ihr den Rücken zu und ging auf die Treppe zu.

»Mein Gepäck!« rief sie ihm nach.

Er zeigte nach oben. Er hatte es also schon in ihr Zimmer getragen. Mit dem Computer mußte er Probleme gehabt haben. Als sie ihm die Treppe hinauf folgte, versuchte Eleanor, soviel wie möglich in sich aufzunehmen. Schließlich würde dies für den nächsten Monat ihr Zuhause sein.

Der Teppich war blau und verblichen, aber die Teppichstangen aus Messing waren glänzend poliert. Eleanor gewann den Eindruck, daß das Haus zwar alt und teilweise etwas schäbig war, aber sehr sorgfältig gepflegt und instand gehalten wurde. Bilder – hauptsächlich Aquarelle und Ölgemälde – zierten die Wände. Sie blieb stehen, um sich ein Portrait in einem Goldrahmen anzusehen. Es zeigte einen großen, grauhaarigen Mann mit einem riesigen Schnurrbart, der auf einem prachtvollen schwarzen Hengst saß.

»Wer ist das?« fragte sie.

Richard runzelte die Stirn. »Das ist m-m-mein G-G-Großvater.«

Er wurde rot. »H-H-Hier entlang.«

Ein Stotterer. *Das* erklärte seine Schweigsamkeit.

»Er sieht sehr ... interessant aus.« Bedrohlich, dachte sie bei sich. Sie würde Richard zu erkennen geben müssen, daß sein Stottern *ihr* nichts ausmachte, auch wenn es ihn störte.

»Ihr Großvater. Ms. Laffans Vater?«

»Ja. Ich h-h-habe ihn nicht gekannt.«

Er ging den Rest der Treppe hinauf, indem er zwei Stufen auf einmal nahm, und sie erreichten den zweiten Treppenabsatz. Er hatte den gleichen blauen Teppich und den gleichen cremefarbenen Wandanstrich wie die anderen Stockwerke. Was er an Einheitlichkeit gewann, fehlte ihm an Phantasie, dachte Eleanor. Richard zeigte auf eine Tür am anderen Ende des Ganges.

»N-N-Nummer vier. Das l-l-letzte Zimmer rechts.«

Er war gegangen, bevor sie sich bei ihm bedanken konnte. Sein Stottern war ihm eindeutig peinlich. Eleanor erinnerte sich an das kleine Mädchen, das sie letztes Jahr in Therapie gehabt hatte. Es hatte Wochen gedauert, das Vertrauen des Kindes zu gewinnen, aber am Ende hatte ihre Ausdauer sich ausgezahlt ...

Jessica, eine frühreife Zehnjährige, war eine Perfektionistin. Sie konnte Mißerfolge gleich welcher Art nicht ertragen.

»Nimm dir Zeit, wenn du anfängst zu reden, Jessica«, ermutigte Eleanor sie.

»Aber d-d-dann vergesse ich, w-w-was ich sagen wollte«, jammerte das Kind.

»Nein, du vergißt es nicht, Liebes. Hol tief Luft und fang noch einmal von vorn an. Also, warum hast du dich über deine Lehrerin geärgert?«

Das kleine Mädchen lutschte am Daumen. »Sie h-h-hat mir in der M-M-Mathearbeit eine schlechte Note gegeben.«

»Ich war auch nie gut in Mathe«, sagte Eleanor.

»Aber ich s-s-schon«, behauptete Jessica. »D-Daddy sagt, ich m-m-muß gut in M-M-Mathe sein.«

»Ach ja?«

Ihr Vater war die Ursache ihrer Nervosität. Hatte ihr Bedürfnis, ihm gefallen zu wollen, zu ihrem Stottern geführt? Und was war die Ursache bei Richard?

Nummer vier. Der Schlüssel steckte im Schloß. Sie öffnete die Tür und trat ein. Das Zimmer war riesig – eher eine Suite. Altmodisch, mit hoher Decke. Das Doppelbett hatte einen mattweißen Baldachin aus Musselin. Es gab einen riesigen Kleiderschrank aus Mahagoni in einer Nische gegenüber dem Bett und einen passenden Ankleidetisch an der Wand auf der anderen Seite. In dem Alkoven beim Fenster standen ein ziemlich großer Tisch und ein Sessel mit hoher Rückenlehne. Über dem Tisch befanden sich stabile Regale. Das Licht hier war ausgezeichnet – der ideale Platz für ihren Computer.

Keine Steckdose!

Sie fand zwei neben dem Bett: eine für die Nachttischlampe, die andere konnte sie für ihren Radiowecker benutzen. Aber sie brauchte eine dritte Steckdose für ihren Computer. Sie würde sich einen Dreifachstecker und eine Verlängerungsschnur kaufen müssen. Morgen würde sie einen Spaziergang durch Coill machen. Sicher gab es irgendwo in der Nähe ein Elektrogeschäft.

Sie schaute aus dem Fenster. Der Blick über den See war großartig, wie Victoria Laffan versprochen hatte. Plötzlich sah sie im Wasser etwas auftauchen und wieder untergehen. Ein Kopf. Ein goldener Kopf, aber aus dieser Entfernung konnte sie ihn nicht genau erkennen. Vielleicht ein Kind, das ein Nachmittagsbad nahm? Der Kopf glitt auf das Ufer zu und erzeugte kleine Wellen auf der ansonsten glatten Oberfläche. Ein schlanker, goldblonder Labrador tauchte aus dem Wasser und schüttelte sich kräftig. Er war bildschön. Er spitzte die Ohren und sprang nach links davon. In diesem Moment erblickte sie Richard, der ein Gewehr über der Schulter trug. Der Hund lief zu ihm und folgte seinem Herrn gehorsam in den Wald. Der junge Hausherr war also ein Jäger. Was schoß er? Kaninchen? Eichhörnchen? Vögel? Eleanor wollte nicht darüber nachdenken. Einige Aspekte des Landlebens waren ihr zuwider.

Sie hatte gerade angefangen auszupacken, als sie in der linken Zimmerecke jenseits des Ankleidetisches noch eine Tür sah. Sie fand ein eingebautes Badezimmer. Nun, es gab zwar keine Badewanne, dafür aber eine Dusche, ein Waschbecken und eine Toilette. Ausgezeichnet. Der Gedanke, das Bad mit anderen Leuten teilen zu müssen, war ihr unangenehm gewesen.

Eleanors erste drei Tage in Wicklow vergingen ziemlich ereignislos mit Lesen, Spaziergängen und einem vorläufigen Versuch, mit dem Schreiben zu beginnen. Sie gewöhnte sich schnell an das langsamere Tempo des Landlebens. Frühstück wurde von acht bis zehn serviert, und da sie morgens nie vor zehn Uhr erschien, hatte sie nur zwei der anderen Gäste kennengelernt – oder Bewohner, wie Mona sie so respektlos genannt hatte. Die Rowlands. Sie waren ein älteres Ehepaar, das regelmäßig in The Lodge zu Gast war.

Niamh Byrne, ein Schulmädchen aus dem Ort, das im Haus half, konnte die morgendlichen Bücklinge fabelhaft zubereiten – oder das traditionelle irische Pfannengericht, wenn die Gäste das bevorzugten. Eleanor hatte Diäten schon lange aufgegeben. Sie hätte ruhig ein paar Pfund abnehmen können, aber sie kümmerte sich nicht übermäßig darum. Jeden Morgen verzehrte sie mit Genuß den Fisch und das ofenheiße braune Brot.

Niamh war freundlich und redete ununterbrochen. Leute, die morgens redeten, waren eine andere Spezies. Aber sie war in der Lage, Eleanors Fragen nach The Lodge zu beantworten. Auch was das nahe Dorf betraf, war sie eine sprudelnde Informationsquelle.

Niamh hatte ihr erzählt, daß es außer der Kirche, den

vier Pubs, dem Supermarkt, dem Gemeindezentrum und dem Eisenwarenladen – wo sie hatte kaufen können, was sie brauchte – im Ort auch einen Bildhauer, einen Schreiner und einen Schneider gab. Niamh zufolge kamen Leute von ziemlich weit her nach Coill, um dort einzukaufen. Einen Arzt oder Tierarzt gab es nicht. Dazu mußte man weiter fahren. Ungewöhnlich genug war, daß es einen Zahnarzt gab – gut für Eleanor, denn an ihrem vierten Morgen erwachte sie mit unbarmherzigen Zahnschmerzen.

Sie ging nach unten, um Niamh zu sagen, sie brauche ihr kein Frühstück zu machen. Eine halbe Stunde später klopfte jemand schüchtern an ihre Zimmertür.

»Herein«, rief Eleanor.

Ein Fummeln am Türknopf. Verdammt! Sie würde von ihrem Computer aufstehen müssen, um nachzusehen, wer es war – gerade, als sie einem Absatz, an dem sie gearbeitet hatte, den letzten Schliff gab. Diesmal war sie mit ihren Bemühungen zufrieden und hoffte, sie würde durch die Unterbrechung nicht den Faden verlieren. Sie öffnete die Tür und sah Richard draußen stehen, ein Silbertablett in den Händen.

»Ich d-d-dachte, Sie könnten eine T-T-Tasse Tee v-v-vertragen. Niamh hat mir gesagt, d-d-daß Sie Z-Z-Zahnschmerzen haben.«

»Danke, Richard. Das ist sehr nett von Ihnen. Ich habe eine Schmerztablette eingenommen.«

»Und h-h-hat es g-g-geholfen?« Er kam ins Zimmer und stellte das Tablett auf den Ankleidetisch.

»Es geht ein bißchen besser«, log sie.

Es handelte sich um einen der unteren Schneidezähne, und der Schmerz war qualvoll. Auch das Zahnfleisch war rot und empfindlich.

»V-V-Vielleicht sollten Sie zu Doktor B-B-Boylan gehen«, schlug er schüchtern vor.

»Dem Zahnarzt im Dorf? Vielleicht haben Sie recht – aber ich habe keinen Termin.«

»Ich k-k-könnte mitkommen und es e-e-erklären. Ich b-b-bin sicher, d-d-daß er Sie b-b-behandeln wird, w-w-wenn es ein N-N-Notfall ist.« Verlegen wandte er den Blick ab.

»Wirklich? Das wäre toll. Ich glaube, ich brauche vielleicht eine Füllung oder so. Mein Zahnfleisch bringt mich um.«

»D-D-Dann sollten Sie z-z-zur Sicherheit b-b-besser zum Z-Z-Zahnarzt gehen«, riet er.

»Sie haben recht. Ich treffe Sie gleich unten, ja?«

Er nickte und ging zur Tür. »V-V-Vergessen Sie ihren T-T-Tee nicht. Er ist n-n-nicht zu heiß, und v-v-vielleicht l-l-lindert er die Schmerzen.«

Eleanor hatte das Gefühl, sehr unfair zu Richard gewesen zu sein. Es war nett von ihm, sich solche Umstände zu machen. Auf dem Weg ins Dorf versuchte Eleanor, ihn besser kennenzulernen, was sich als extrem schwierig erwies. Sie machte Konversation, aber er antwortete einsilbig.

Der Komfort der Zahnarztpraxis überraschte sie angenehm. Trotz ihres heruntergekommenen Aussehens – wie Mona sich ausgedrückt hatte – war sie innen hell und hübsch eingerichtet. Sie befand sich in einem Privathaus an der Hauptstraße von Coill, gleich neben dem Supermarkt. Die hübsche Sprechstundenhilfe begrüßte Richard herzlich.

»Hallo, Rich, wie geht's?« Sie nickte Eleanor zu.

Richard stellte sie in seiner üblichen wortkargen Art vor. Dann ging er. Kein Abschiedsgruß. Nur ein Brummen, und er war verschwunden.

Die Sprechstundenhilfe lachte über Eleanors Unbehagen.

»Rich ist eben so! *Sie* sind also der neue Gast in The Lodge? Wie gefällt es Ihnen dort?«

Sie hatte von Eleanors Ankunft gehört. Mona hatte recht gehabt. Die Dorfbewohner klatschten gern, und sie – als Fremde – war die neue Sehenswürdigkeit.

»Ich gewöhne mich ein«, antwortete Eleanor. Sie legte die Hand auf den Mund, um den Schmerz zu lindern.

»Oh, Sie haben starke Schmerzen, nicht? Nehmen Sie dort links im Wartezimmer Platz. Ich werde sehen, ob ich Sie jetzt gleich einschieben kann. Er hat heute gute Laune. Mittwochs hat er seinen freien Nachmittag und spielt Golf.« Die Sprechstundenhilfe lächelte ihr herzlich zu und öffnete die Tür des Wartezimmers.

Zwei Sofas, Flötenmusik, die aus der hölzernen Decke kam, und zwei Aquarien, in denen tropische Fische schwammen ... das sollte wohl auch den nervösesten Patienten beruhigen. Doch nichts davon hatte eine entsprechende Wirkung auf Eleanor.

Im Wartezimmer saß ein alter Mann und las das *Irish Farmer's Journal.* Er starrte sie unter seiner schmutzigen Tweedmütze an. Sie nickte ihm freundlich zu. Er starrte weiter, ohne auch nur die Andeutung eines Lächelns zu zeigen. Eleanor nahm eine Zeitschrift von dem niedrigen Tisch und tat so, als lese sie darin.

Minuten später öffnete die Sprechstundenhilfe wieder die Tür. »Mrs. Ross, bitte.«

Eleanor schaute noch einmal zu dem wartenden Bauern hinüber, aber er schien gar nicht zu merken, daß er ihretwegen länger warten mußte.

»Ich habe schreckliche Angst«, gestand sie der Sprechstundenhilfe im Flur. »Lächerlich, nicht – in meinem Alter! Mir ist bloß der Gedanke zuwider, zu einem fremden Zahnarzt zu gehen.«

Die Frau lachte. »Fremd ist das richtige Wort.«

Eleanor wurde noch besorgter. »Wie meinen Sie das?«

»Bloß ein Scherz«, sagte die andere grinsend.

»Im Ernst, er ist doch in Ordnung, oder?«

»Keine Sorge, er ist ganz in Ordnung. Zumindest, was die *Patienten* betrifft.«

»Wieso, ist es schwer, für ihn zu arbeiten?«

Die Frau stöhnte. »Ja. Und noch schlimmer, mit ihm zu leben!«

Eleanor fragte sich, was das bedeuten sollte, aber sie wurde ins Behandlungszimmer geschoben, ehe sie Zeit hatte, darüber nachzudenken.

Sie verließ Dr. Boylan eine halbe Stunde später, völlig fertig, aber mit weniger Schmerzen. Zum Zahnarzt zu gehen, hatte Eleanor immer geängstigt – sogar zu ihrem eigenen Zahnarzt, zu dem sie seit Kinderzeiten ging. Und es handelte sich nicht einfach um eine lose Füllung, wie sie angenommen hatte, sondern um einen Abszeß. Er mußte ihn öffnen ... keine angenehme Erfahrung. Sie würde jeden Tag hingehen müssen, um den Zahn behandeln zu lassen. Außerdem hatte er ihr Antibiotika verschrieben.

Sie ging zum Empfangstisch, um sich einen weiteren Termin geben zu lassen. »Ein Abszeß. Das hat mir gerade noch gefehlt.«

»Sie Ärmste«, sagte die junge Frau mitfühlend. »Okay, ich trage Sie morgen früh zur gleichen Zeit ein, ja?«

Eleanor zögerte. »Ginge es nicht auch nachmittags? Ich arbeite morgens.«

Sie kam jetzt mit ihrem Buch voran und wollte keine weiteren Störungen. In zwei Tagen hatte sie fünf Seiten geschrieben, aber das war viel anstrengender gewesen, als sie sich vorgestellt hatte. Eleanor hatte wirklich geglaubt, sie könne sich an den Computer setzen und ihren Gedanken einfach freien Lauf lassen. Doch ganz so funktionierte es nicht. Sie schrieb einen Absatz, las ihn dann noch einmal durch und stellte verzweifelt fest, daß die Worte überhaupt nicht wiedergaben, was sie mitteilen wollte. Wenn sie das richtig hinkriegen wollte, mußte sie sich unbedingt eine feste Routine zulegen.

»Gut, Mrs. Ross, wenn es Ihnen nachmittags lieber ist. Dann morgen um halb vier, ist das in Ordnung?«

»Sehr gut.«

Die Sprechstundenhilfe strahlte und zeigte dabei blendend

weiße, perfekt gerade Zähne. Sie war eine gute Werbung für die Praxis.

»Mrs. Ross, verstehen Sie das nicht falsch, aber wenn Sie sich da drüben langweilen, warum kommen Sie abends nicht mal zu einem Drink herüber? Ich gehe freitags abends gewöhnlich zu O'Meara's.«

Ungewöhnlich. Warum sollte ein junges Mädchen, etwa zwanzig, wie Eleanor schätzte, sich mit einer doppelt so alten Frau abgeben?

Das Mädchen lächelte wieder. »Ich kann mir vorstellen, wie es in The Lodge für Sie sein muß. Es ist schwer, wenn man an einen neuen Ort zieht und die Leute nicht kennt. Warum gehen Sie also nicht mit mir aus und lernen die Einheimischen kennen? Keine große Sache, wirklich. Und ich könnte auch ein bißchen Gesellschaft vertragen, um ehrlich zu sein.«

Eleanor ging es genauso. Sie brauchte zum Schreiben eine gewisse Intimität und Isolation, aber sie wollte nicht zur Einsiedlerin werden. »Vielleicht komme ich mit. Danke für die Einladung ... äh ...«

»Ach, verflixt, Sie wissen ja gar nicht, wer ich bin, nicht?« Sie stand auf und kam um den Tisch herum, um Eleanor die Hand zu geben. »Ich bin Brenda Boylan! Ich bin die Tochter des Zahnarzts – oder des Metzgers, wie manche sagen würden!«

Eleanor lachte. »Nein, in Wirklichkeit bin *ich* die Tochter eines Metzgers.« Sie berichtete von ihrem Vater. »Ihr Dad hat Wunder vollbracht. Die Schmerzen haben erheblich nachgelassen.«

»Gut. Aber insgeheim sind alle Zahnärzte Sadisten.« Brenda Boylan begleitete sie zur Tür. »Wir sehen uns morgen nachmittag. Dann können Sie mir sagen, ob Sie Lust auf einen Drink haben.«

Am nächsten Morgen beim Frühstück beschloß Eleanor, ein Thema zur Sprache zu bringen, das ihr seit der Ankunft durch den Kopf ging.

»Niamh, was ist mit Richards Eltern passiert? Warum lebt er hier bei seiner Tante?«

Niamh stellte die Müslischalen für die Rowlands, die jeden Moment herunterkommen mußten, auf den Tisch.

»Seine Mutter ist kurz nach seiner Geburt gestorben. In London. Sein Vater wurde allein nicht fertig, also ist er hergekommen, um bei Ms. Laffan zu wohnen. Sie hatte ihrer Schwester sehr nahegestanden, deshalb hat sie Richard aufgezogen wie ihr eigenes Kind. Und er ist ihr auch eine große Hilfe bei ihrer Mutter.«

»Ihrer Mutter?«

Niamh sah sich um und vergewisserte sich, daß niemand in Hörweite war. »Alzheimer«, flüsterte sie.

»Ms. Laffans Mutter hat Alzheimer?«

»Mmh, schrecklich, nicht?«

»Ist sie in einem Pflegeheim?«

»Gott, nein. Davon wollten sie nichts hören. Die alte Dame wohnt im zweiten Stock. Ms. Laffan schläft auch da oben – im Nebenzimmer. Sie ist wie ein verdammter Wachhund. Sie muß so sein.« Niamh beugte sich mit verschwörerischer Miene vor. »Ihre Mutter *irrt ständig durch das Haus.*«

Alzheimer. Das war sehr schlimm. Victoria Laffan hatte bestimmt alle Hände voll zu tun.

»Tja«, fuhr Niamh fort. »Granny Laffan, so nennen wir sie, irrt überall im Haus herum. Taucht jederzeit überall auf – vor allem, wenn man nicht mit ihr rechnet. Das ist ein Aufstand, das kann ich Ihnen sagen. Einmal ...« Niamh begann zu kichern. »Einmal ist sie fast ...« Das Kichern wich einem glucksenden Lachen. »Einmal ist sie fast ... in den See gefallen.« Ihre Schultern hüpften auf und nieder, und in ihren Augen standen Lachtränen.

Niamh seufzte laut, um ihrer Heiterkeit Herr zu werden.

»Die arme Ms. Laffan. Es muß wirklich schwer für sie sein«, sagte Eleanor. »Und dann hat sie ja auch mit dem Gästehaus eine ganze Menge zu tun.«

Niamh nickte düster. »Für Richard ist es auch nicht leicht. Er hatte eine verrückte Kindheit.«

Eleanor zögerte. »Hat er immer gestottert?«

»Jedenfalls solange ich ihn kenne. Er war immer sehr angespannt – sogar in der Grundschule. Er war nie mit den Kindern aus seiner Klasse zusammen. Er hatte keine Freunde, wissen Sie. Blieb für sich allein. Sie können sich vorstellen, wie die Kinder ihn genannt haben.«

»Wie denn?«

»Blödmann natürlich.« Sie grinste. »Aber ich mochte ihn immer gern. Er ist süß, nicht?«

»Ja, er ist hübsch.« Niamh war offensichtlich in ihn verliebt. »Er ist sicher viel älter als Sie, nicht?«

»*Nur* ungefähr vier Jahre.« Niamh füllte die Zuckerdose und legte rosafarbene Servietten auf die Teller der Rowlands. »Wo war ich? Ach ja, sein Vater ist vor ein paar Jahren abgehauen.«

»Abgehauen?«

»Hat sich verkrümelt, verstehen Sie. Ist verschwunden. Er war ein Mistkerl.«

Die Rowlands kamen herein, lächelnd und zum Plaudern aufgelegt. Mr. Rowland rückte seiner Frau den Stuhl zurecht und setzte sich Eleanor gegenüber. Niamh reichte ihm die Packung mit den Getreideflocken. »Guten Morgen, Mr. Rowland, Mrs. Rowland.« Sie bedachte sie mit ihrem liebenswürdigsten Lächeln.

»Danke, meine Kleine.« Er zwinkerte ihr lüstern zu.

Mrs. Rowland sah ihren Mann mit einem diskreten Stirnrunzeln an und nahm ihre Zeitung zur Hand. »Guten Morgen, Mrs. Ross.«

Eleanor lächelte zur Begrüßung.

»Ihre Eier sind in einer Sekunde fertig, Mrs. Rowland.« Niamh räumte sehr geschäftsmäßig Eleanors Teller ab.

»Das hat keine Eile, meine Liebe.« Mrs. Rowland schlug die Frauenseite auf.

Mr. Rowland kniff Niamh in den Po, als sie vorbeiging. Sie grinste ihn an. Mrs. Rowland schaute in eine andere Richtung. Der alte Gockel brauchte etwas, um seine Glut zu kühlen. Er schlief nicht mit seiner Frau – eine Tatsache, die er Eleanor unbedingt schon am ersten Morgen mitteilen mußte. Er habe sein eigenes Zimmer, sagte er, weil er schnarche und sie sonst kein Auge zutun würde. Trotz ihrer Erfahrung als Therapeutin fand Eleanor es immer wieder erstaunlich, was manche Leute völlig Fremden alles anvertrauten.

Mr. Rowland würde sich in der Talkshow von *Oprah* zu Hause fühlen.

Er war ungefähr fünfundsiebzig und hatte gelblichweißes Haar und einen dünnen Schnurrbart. Mrs. Rowland behauptete, er sei sehr vital für sein Alter, und erst am Vortag hatten sie einen guten Teil des Wicklower Wanderweges von Enniskerry nach Glendalough zurückgelegt. Nicht den ganzen Weg nach Glendalough, das würde etwa drei Tage dauern, aber sie waren ungefähr vier Stunden gelaufen. Die Bewegung habe ihm gutgetan, sagte sie. Eleanor kam es so vor, als würde er eine andere Art von Bewegung zu schätzen wissen.

Ein anzüglicher Blick zu Eleanor. »Würden Sie uns heute morgen auf unserem Spaziergang begleiten, Mrs. Ross?«

»Ich fürchte, ich muß arbeiten«, erklärte sie, froh, eine zutreffende Entschuldigung zu haben.

»Wir könnten auch bis nachmittags warten«, beharrte er.

Mrs. Rowland mischte sich ein. »Mrs. Ross weiß mit ihrer Zeit Besseres anzufangen.«

»Am Nachmittag gehe ich zum Zahnarzt.« Ein Abszeß hatte auch sein Gutes.

»Haben Sie je das Kloster in Glendalough besichtigt?« fragte er.

Eleanor schüttelte den Kopf.

Niamh kam mit Mrs. Rowlands Rühreiern zurück. Die alte Dame dankte ihr und bot Eleanor eine Tasse Tee aus ihrer Kanne an. Eleanor wollte schon ablehnen, aber Mrs. Rowland sah sie intensiv an. Eleanor vermutete, daß Mrs. Rowland froh über ihre Gesellschaft war – als Publikum für ihren Mann. Ms. Laffan hatte sich an diesem Morgen noch nicht blicken lassen. Eleanor hatte sie seit dem Abendessen am Vortag nicht mehr gesehen.

»Der Heilige Kevin hat es gegründet, wissen Sie – das Kloster.« Mr. Rowland wischte sich mit der Serviette die Lippen ab und rülpste. »Haben Sie von dem armen Unglücklichen gehört, der seine Einsamkeit gestört hat?«

»Wessen Einsamkeit?« fragte Eleanor unbeteiligt und rührte ihren Tee um.

»Die des Heiligen Kevin«, sagte er lauter, pikiert, weil sie ihm nicht ihre volle Aufmerksamkeit schenkte.

»Nein. Ich habe gar keine Geschichten über das Kloster *oder* den Heiligen Kevin gehört.«

»Tja, also, dieser Bursche kommt und stört Kevins selbstauferlegte Einsamkeit, und was macht dieser verrückte Mönch? Er stößt den Eindringling über einen Klippenrand in einen See. Wie finden Sie das? Glendalough ... das bedeutet Tal der zwei Seen ...«

Ehe Mr. Rowland sich in seine nächste Geschichtsvorlesung stürzen konnte, kamen zwei andere Gäste herein und nahmen ihre Plätze ein. Mrs. Rowland machte Eleanor mit Mr. und Mrs. Gallagher bekannt. Nach einigen belanglosen Bemerkungen über das Wetter entschuldigte sie sich und ging hastig in ihr Zimmer zurück. Sie wollte unbedingt mit dem ersten Kapitel weiterkommen. Sie hatte sich ein Pensum vorgenommen – zwei Kapitel pro Woche.

Auf ihrem Spaziergang am See nach dem Mittagessen traf Eleanor Niamh, die mit dem Labrador spielte.

»Das ist Major«, sagte Niamh und ließ ihn sich setzen und die Pfote geben. »Sag Mrs. Ross guten Tag, Major.«

Eleanor beugte sich nieder, um den seidigen Kopf zu streicheln. »Er ist bildschön. Richards Hund, nicht?«

»Ja«, antwortete Niamh. »Ich wollte mit ihm spazierengehen. Möchten Sie mitkommen?«

»Warum nicht? Ich könnte ein bißchen Bewegung vertragen. Aber ich habe nicht zu lange Zeit, ich habe einen Termin beim Zahnarzt.«

»Das ist schon in Ordnung«, beruhigte Niamh sie. »Wir gehen nur ungefähr eine halbe Stunde.«

Sie gingen am Haus vorbei und auf der Straße weiter. »Gehen wir zum Dorf hinauf?« fragte Eleanor, die dachte, sie könne zwei Fliegen mit einer Klappe schlagen.

»Nein, es sei denn, Sie möchten es. Ich gehe mit Major immer in die andere Richtung, über die Weiden. Er jagt gern Kaninchen.«

»Fein.« Eleanor war froh, daß sie ihre bequemen Schuhe anhatte.

Niamh öffnete ein Eisentor, und sie schlenderten durch das hohe Gras.

»Fahren Sie mit der Geschichte fort, Niamh. Heute morgen hatten Sie angefangen, mir von Richards Vater zu erzählen.«

»Aidan Brady? Das war ein echter Hallodri, sagt mein Vater. Ich habe ihn selbst gar nicht richtig gekannt. Er ist vor ungefähr fünf Jahren weggegangen – da war ich erst elf. Natürlich kommt er gelegentlich zurück, um Richard zu sehen, aber ich würde ihn bestimmt nicht als begeisterten Vater bezeichnen.«

Eleanor hielt abrupt inne. »Haben Sie *Aidan Brady* gesagt?«

»Ja, Richards Vater.«

Eleanors Herz schlug schneller. »Ich dachte ... ich dachte bloß, Richard wäre ein Laffan ... natürlich ist Ms. Laffan ...«

»Richards Tante. Es war ihre Schwester, die Aidan Brady geheiratet hat.«

Es konnte nicht sein ... Nein, es konnte unmöglich *ihr* Aidan Brady sein. Das war Zufall. Es mußte Zufall sein. Der Name war ja nicht selten.

Niamh eilte weiter, und Eleanor mußte laufen, um sie einzuholen. »Sie sagten, daß Richards Vater wegging. Meinen Sie, aus dem Dorf?«

»Aus dem Dorf, der Grafschaft, dem Land. Er ist zurück nach England gegangen.« Niamh hatte eine singende Sprechweise, die recht angenehm war.

So ein Schock! Sei nicht dumm, sagte Eleanor zu sich selbst. Es muß in diesem Land Hunderte von Aidan Bradys geben. Hunderte. »Zurück nach England. Es muß schwer für ihn gewesen sein, als seine Frau starb und er ein Baby großziehen mußte.«

»Ach was, schwer.« Niamh sah sie erbost an. »Es war eine lausige Ehe, das sagt jedenfalls meine Mutter. Wahrscheinlich war er froh, als seine Frau starb. So konnte er sich problemlos mit anderen Weibern rumtreiben. Er ist ein richtiger Arsch, das sage ich Ihnen.«

Eleanor war verblüfft über die Gehässigkeit des Mädchens.

Niamh zündete sich eine Zigarette an. »Die Leute sagen, er hätte sie umgebracht.«

»Sie umgebracht?!«

»Meine Mutter hat mir gesagt, er hätte sie umgebracht, indem er ihr das Herz brach.«

»Sie sagten, Richards Mutter sei kurz nach seiner Geburt gestorben.« Eleanor interessierte sich nicht dafür, was Niamhs Mutter dachte. »Das dürfte ungefähr zwanzig Jahre her sein.«

»Ja, sie starb, als Richard etwa acht Monate alt war, glaube ich. Ich bin nicht sicher – Sie könnten meine Mutter fragen. Aber woran ist sie gestorben? *Das* ist die eigentliche Frage.« Sie zwinkerte Eleanor vielsagend zu. »Eins steht fest: sie war nicht glücklich. Aidan Brady war ein Fiesling, so ein Bastard, der seine eigenen Wege ging – sagt meine Ma. Und sie ist nicht die einzige.«

Plötzlich wurde Niamh rot und verstummte. Sie fuhr herum, als sie Richard pfeifen hörte. Er kam hinter ihnen her, die Hände in den Taschen.

»Ich f-f-fahre heute nach Dublin, Mrs. R-Ross, falls Sie Ihre F-F-Familie besuchen möchten.«

»Heute? O nein, ich muß um drei zum Zahnarzt gehen. Aber danke, Richard. Vielen Dank.«

Er zuckte mit den Schultern und machte sich davon. Major, der wegen der Hitze bereits keuchte, rannte ihm nach.

Eleanor hatte nicht die Absicht, ihre Familie in diesem Sommer *überhaupt* zu besuchen – und schon gar nicht nach wenigen Tagen. Dún Laoghaire war nur vierzig Minuten entfernt, aber sie war froh, allen entkommen zu sein. Zum ersten Mal seit Jahren lebte sie ihr eigenes Leben. Niemand hier kannte sie. Sie konnte sein, wer sie wollte. Die Leute, die sie in Coill kennengelernt hatte, konnten sie nur so beurteilen, wie sie sie erlebten. Für sie hatte sie keine Vergangenheit, kein Gepäck.

»Dieser Hund liebt Richard, nicht?« bemerkte sie laut zu Niamh.

»Er ist nicht der einzige.« Niamh rannte davon. »Ich erzähle morgen früh weiter«, rief sie über die Schulter. »Es gibt noch eine *Menge* mehr!«

Eleanor schlenderte zur Straße zurück. Wollte sie »eine Menge mehr« hören? Es herrschte eine eigenartige Atmosphäre in The Lodge, aber sie hatte sich entschieden, sie zu ignorieren. Was bei den Laffans vorging, war nicht ihre Sache. Sie war hergekommen, um für sich zu sein. Deren Probleme gingen sie nichts an. Hatten nichts mit ihr zu tun. Sie würde aufpassen müssen, sonst würde sie sich darin verwickeln. Sie hatte aus müßiger Neugier mit Niamh gesprochen, aber jetzt sah alles ein bißchen anders aus.

Eleanor *mußte* mehr über diesen Aidan Brady herausfinden. Er hörte sich nicht nach dem Aidan an, den sie gekannt hatte. Ganz und gar nicht. Oder?

Der zweite Besuch bei Dr. Boylan war angenehmer. Eleanor hatte diesmal nicht entfernt so starke Schmerzen, und er war freundlicher. Es gab bei Zahnärzten allerdings eine Sache, die sie wirklich störte. Immer hielten sie Vorträge über irgendein höchst kontroverses Thema und erwarteten, daß die Patienten ihnen intelligente Antworten gaben – eine unmögliche Aufgabe, wenn man den Mund voller Watte hatte. Eleanor war überzeugt, daß das der Grund war, warum sie überhaupt Zahnärzte geworden waren. Sie hatten gern ein geknebeltes, aufmerksames Publikum, wenn sie sich über die menschliche Natur und das, was sie aus dem Planeten gemacht hatte, verbreiteten.

Er behandelte ihren Zahn und sagte ihr, sie solle nach dem Wochenende wiederkommen. Brenda verabredete sich für halb neun an diesem Abend im O'Meara's mit Eleanor. Eleanor freute sich darauf. Alle in The Lodge waren sehr nett und freundlich, aber sie brauchte ein wenig Abwechslung.

Der Gedanke an eine weitere Sitzung am Computer war ihr unangenehm. Sie hatte heute morgen drei Stunden gearbeitet, und wenn sie an diesem Tag noch ein weiteres Wort schrieb, würde ihr das die Laune verderben. Es war schwierig, ein Buch zu schreiben. Wie konnte sie es interessant machen? Indem sie Fachausdrücke vermied? Fälle diskutierte, ohne in die Intimsphäre ihrer Patienten einzudringen? Das machte ihr wirklich zu schaffen. Aber es war ja nicht so, als ob ihr Leben oder ihr Einkommen davon abhingen. Sie würde sich das zweite Kapitel morgen früh wieder vornehmen.

Sie beschloß, an diesem Abend ihr blauweiß getupftes Kleid und ihre neuen weißen Sandaletten anzuziehen. Es war ewig her, seit sie sich die Mühe gemacht hatte, sich zum Ausgehen schön zu machen. Sie nahm sich mehr Zeit als sonst für ihr Make-up. Der dunkelbraune Lidschatten betonte ihre braunen Augen, und sie war mit ihrem Aussehen zufrieden, als sie ihr Zimmer verließ. Auf der Treppe traf sie Richard.

»Mrs. Ross. W-W-Wo gehen Sie hin?«

»Ich gehe noch etwas trinken«, antwortete sie höflich.

Er blieb vor ihr auf der Treppe stehen. »Mit w-w-wem?«

»Wirklich, Richard, das geht Sie wohl kaum etwas an.« Sie ging weiter die Treppe hinunter, aber er eilte hinter ihr her.

Er runzelte die Stirn, schaute sie sogar mißbilligend an. »Es ist g-g-gefährlich, hier allein h-h-herumzulaufen.«

War das eine Warnung oder eine Drohung? Eleanor starrte ihn herausfordernd an. »Warum?«

Er legte eine Hand auf ihren Arm. Sie schüttelte sie ab.

Sein Ton wurde freundlicher. »L-L-Lassen Sie sich von mir f-f-fahren.«

»Es ist alles in Ordnung, Richard. Wirklich. Ich treffe mich im O'Meara's mit Brenda Boylan. Ich bin in zwanzig Minuten dort – es ist ein schöner Abend für einen Spaziergang –, und ich muß einen klaren Kopf bekommen. Brenda hat gesagt, daß mich auf dem Rückweg höchstwahrscheinlich jemand mitnehmen kann.«

»Nein, nein, g-g-gehen Sie nicht zu Fuß dorthin«, bat er. »Es w-w-wird bald dunkel.«

Sie wollte gerade mit ihm argumentieren, als ausgerechnet Mr. Rowland und Mrs. Rowland erschienen.

»O'Meara's, meine Liebe? Da wollen wir auch hin. Kommen Sie, wir nehmen Sie mit.« Mr. Rowland legte einen Arm um Eleanor und geleitete sie galant durch die Haustür und über die Einfahrt zu seinem Renault. Wenigstens nahm das Richard den Wind aus den Segeln. Der Junge machte ihr Sorgen. Er mochte sie allmählich zu sehr – wurde zu beschützend.

Sie sorgte dafür, daß sie auf dem Rücksitz des Wagens saß, obwohl es bis zum Pub nur drei Minuten waren. Wenn sie an Mr. Rowlands vorwitzige Hände dachte, fragte sie sich, ob es nicht sicherer gewesen wäre, zu Fuß zu gehen. Aber Mrs. Rowland war reizend. Sie redete viel über ihre einzige Tochter in Australien. Und was Mr. Rowland betraf, so würde sie sich mit ihm abfinden – seiner Frau wegen.

Als sie sich nach der Einfahrt umdrehte, stand dort Richard und starrte ihnen nach.

»Gefährlich, hier allein herumzulaufen«, hatte er gesagt.

# 4

Victoria Laffan starrte auf ihre schlafende Mutter nieder. Jetzt sah die alte Dame so schwach und verletzlich aus. Victoria bereute bitter, daß sie sie vorhin angeschrien hatte, aber sie war erschöpft ...

»Es ist *viel* zu früh, um ins Bett zu gehen«, hatte ihre Mutter gebrummt. »Wenn es nach dir ginge, Victoria, wäre ich an die Bettpfosten gefesselt.«

»Sei nicht albern, Mutter.«

»Albern? Nennst du mich jetzt albern?« schimpfte ihre Mutter. »Ich bin es leid, von meiner eigenen Tochter wie eine Schwachsinnige behandelt zu werden. Du bist nicht mein Kindermädchen oder meine Aufpasserin. Ich habe das gründlich satt!«

»Ich auch!« hatte Victoria sie angeschrien. »Ich *auch*!«

Victoria war mit ihrer Kraft am Ende. In der Nacht zuvor hatte sie nur drei Stunden geschlafen, weil ihre Mutter sie dauernd geweckt hatte; sie hatte nach Wasser verlangt, wollte ins Badezimmer gehen, schlug mit ihrem Stock an die Wand. Das Hauptproblem war, daß die alte Dame tagsüber immer wieder einnickte, wodurch sie nachts zu munter war – wenn Victoria ihre Ruhe *dringend* nötig hatte. Sie war heute morgen so müde gewesen, daß sie verschlafen hatte und Niamh das Frühstück allein zubereiten und servieren mußte. Das war nicht richtig. Wenn es noch lange so weiterging, würde Niamh vielleicht kündigen. Und was sollte Victoria dann machen?

Außerdem begrüßte sie die Gäste beim Frühstück gern persönlich; das war nur höflich, und sie wußten die Aufmerksamkeit zu schätzen. Sie kümmerte sich dann um die Fragen, die sie hatten, bot ihnen Ratschläge für mögliche Ausflüge an, besprach mit ihnen das Abendessen. Die Gäste unterhielten sich gern mit der Wirtin; das war in der Tourismusindustrie ein ungeschriebenes Gesetz – und Victoria genoß die kleinen Plaudereien selbst auch. Mit wem kam sie denn sonst zusammen?

Sie fühlte sich sehr ungerecht behandelt.

Dr. Horgan war von keinerlei Nutzen. Sie wurde wütend, als sie an sein schreckliches Benehmen heute morgen dachte ...

»Ihre Mutter leidet an Demenz, Ms. Laffan. Was erwarten Sie? Ich werde ein stärkeres Schlafmittel verschreiben, das ist alles, was ich tun kann.« Er sah ungeduldig auf seine Uhr. »Ich fürchte, ich muß meinen heutigen Besuch etwas kürzer machen. Ich bin weit hinter meinen anderen Verpflichtungen zurück, und einige meiner Patienten sind schwer krank.«

Und was war *dies*, wenn keine schwere Erkrankung? Ein Arzt sollte doch mehr tun, als einfach nur Pillen verschreiben.

»Ich brauche Hilfe, Dr. Horgan. Richard ist ein guter Junge, aber er ist noch so jung. Er ist gern bereit, mir bei der Betreuung seiner Großmutter zu helfen, aber man kann nicht von ihm erwarten, daß er sie wäscht, anzieht oder zur Toilette bringt.«

»Stellen Sie eine weibliche Hilfskraft ein.« Er schrieb ein weiteres Rezept aus. »Wenn die Schlaftabletten nicht wirken, versuchen Sie es mit den Beruhigungsmitteln – aber natürlich nicht gleichzeitig«, fügte er herablassend hinzu. »Und wenn das nicht hilft – nehmen Sie sie selbst! Guten Tag.«

... Er war der unsensibelste Mann, dem sie je begegnet war. Er hielt das alles für einen großen Witz. Nun, *sie* nicht. Sie hatte gute Lust, sein Benehmen der Ärztekammer zu melden.

Aber in einem hatte er recht. Sie brauchte *tatsächlich* eine Hilfe, irgendeine Frau, die täglich kam und sich um ihre Mutter kümmerte.

Sollte sie vielleicht eine Anzeige in die Lokalzeitung setzen? Nein! Sie konnte die Vorstellung nicht ertragen, daß eine dieser Plaudertaschen hier arbeitete, Geschichten herumerzählte und über das lachte, was in The Lodge vor sich ging. Victoria würde nie all die Gerüchte vergessen, die vor fünf Jahren im Dorf kursierten. Das war wirklich skandalös gewesen, empörend. Ihr Familienname, ihre Ehre wurden durch den Schmutz gezogen. Lügen und Skandale – die liebte das Dorf. Sie hatte Monate – nein, Jahre – gebraucht, um diesen Gerüchten ein Ende zu setzen. Der Name Laffan war in dieser Gegend seit Generationen sakrosankt gewesen. Die Dorfbewohner hatten immer zu der Familie aufgeschaut, und so sollte es auch sein. Hatte nicht ihrem Großvater und davor dessen Vater das meiste Land ringsum gehört? Sie verdienten Respekt. Ihre Mutter mochte alt und verwirrt sein, aber auch sie verdiente Respekt. Sie hatte zu ihrer Zeit weiß Gott genug für das Dorf getan.

Nein, das kam nicht in Frage. Keine der Frauen im Dorf war für eine Stellung in diesem Haushalt geeignet. Was sollte sie machen? Im Augenblick war es am wichtigsten, daß sie ihre Mutter dazu brachte, nachts zu schlafen. Schlaf war wichtig für Victoria, wenn sie ihren Obliegenheiten angemessen nachgehen sollte.

Sie konnte nicht mehr viel länger so weitermachen. Ihrer Mutter ging es von Tag zu Tag schlechter: sie schlief nicht, sie vergaß alles und wurde dann böse darüber; sie zog ihre Kleider falsch herum an, sie flüchtete aus ihrem Zimmer, wann immer sie konnte, und landete Gott weiß wo. Wenn Victoria ihr beim Ankleiden zu helfen versuchte, regte sie sich auf, wurde sogar aggressiv. Allmählich ging das über ihre Kraft.

»Lorna, bist du das?« Die schläfrige Stimme, schwach und gehaucht.

Victoria versteifte sich. Warum mußte sie sie *Lorna* nennen? War es nicht schon schlimm genug?

Sie beugte sich über das Kissen und flüsterte ihrer Mutter ins Ohr: »Ich bin Victoria, Mutter. Alles in Ordnung?«

Die alte Dame stöhnte: »Nein, nein, *nichts* ist in Ordnung. Ich habe irgendwo Schmerzen ... ich bin nicht sicher ...« Sie rieb sich die Stirn. »Hilf mir, Lorna ... bitte!«

Victoria seufzte. Sie füllte das Glas ihrer Mutter mit Limonade und öffnete das Tablettenfläschchen.

»So, hier, Mutter. Dr. Horgan sagt, die würden dich besser schlafen lassen. Es ist schon spät. Zeit, sich auszuruhen.«

»Wie kann ich schlafen, du dummes Ding?! Ich habe einen Krampf ... hier.« Diesmal zeigte sie auf ihren Magen.

»Die Tabletten werden den Schmerz wegnehmen, Mutter«, sagte Victoria und gab sich alle Mühe, ruhig zu bleiben. Es war so wichtig, daß sie sich beherrschte. »Und du wirst besser schlafen können. Du brauchst Schlaf.«

Und ich auch, dachte sie. Bitte, Gott, laß mich heute nacht etwas schlafen.

Die Rowlands gingen in die Gaststube und Eleanor in die Bar, um Brenda Boylan zu treffen. Es war nicht schwer, sie zu finden. Die Bar war klein und schmal, die Theke verlief an einer Wand. An der anderen Wand gab es fünf hölzerne Tische, von Stühlen umgeben. Mit zwanzig Gästen wäre das Lokal voll gewesen. Heute abend waren nur vier da. Sie blickten von ihrem Kartenspiel auf, um Eleanor anzustarren.

Brenda saß in der Nähe der Tür an der Theke. Sie trug ein ärmelloses, malvenfarbiges Baumwollkleid, das gut zu ihrer schlanken Figur und dem langen, dunklen Haar paßte. Sie drehte sich um und winkte, als sie Eleanor sah. »Hallo! Sie sehen sehr hübsch aus.« Eleanor trat zu ihr an die Bar, obwohl ihr ein weniger auffälliger Platz lieber gewesen wäre.

»Guten Abend, Mrs. Ross. Was möchten Sie trinken?« Sie nahm ihr Portemonnaie aus der Tasche.

»Nein, nein, Brenda, ich übernehme die Getränke. Was wollen Sie? Ein Pint Budweiser? Mmh. Und was nehme ich? Einen Gin Tonic, denke ich.« Eleanor gab dem Barmann ein Zeichen und bestellte. »Nicht viele Leute hier«, bemerkte sie und machte eine Geste in Richtung der Kartenspieler.

»Es ist noch früh. Die meisten kommen erst nach zehn«, sagte Brenda. »Möchten Sie sich an einen Tisch setzen oder lieber an der Bar bleiben?«

»Mir ist das gleich – was immer Sie möchten.«

Der Barmann servierte die Getränke und zwinkerte Brenda auffällig zu.

Eleanor nippte an ihrem Drink. Der bittere Tonic-Geschmack war wunderbar. Auf der Fahrt ins Dorf hatte Mrs. Rowland darauf bestanden, daß Eleanor ein Pfefferminzbonbon aß, und sie wollte den ekelhaft süßen Geschmack loswerden.

»Ach, wenn es Ihnen egal ist, dann bleiben wir doch hier sitzen«, sagte Brenda freundlich. »Meine Freundin Irene hat immer gesagt, man hätte mehr Chancen, angesprochen zu werden, wenn man an der Bar sitzt.«

Dazu sagte Eleanor nichts. »Wie gefällt es Ihnen denn, für Ihren Vater zu arbeiten?« fragte sie.

»Gar nicht. Ich verabscheue es. Aber hier in der Gegend ist es unmöglich, einen anderen Job zu finden.«

Sie kaufte ein Päckchen Planters und bot Eleanor davon an. Eleanor lehnte ab.

»Haben Sie je daran gedacht fortzugehen, Brenda? Nach Dublin oder sogar ins Ausland?«

»Ich denke an nichts anderes. Aber es ist schwer. Dad weigert sich, auch nur darüber zu reden.«

»Und Ihre Mutter? Was sagt die dazu?«

Brendas Wangen wurden flammend rot.

Eleanor mußte einen Nerv getroffen haben. »Entschuldigung, Brenda. Ist das ein heikles Thema? Bitte nehmen Sie es mir nicht übel, ich wußte nicht ...«

Brenda überlegte. »Nein, es ist eigentlich kein wunder Punkt.« Sie aß eine Erdnuß und starrte in den Aschenbecher, der vor ihr stand. »Meine Mutter ist tot, wissen Sie.«

»Das tut mir leid«, murmelte Eleanor.

Sie hatte Ms. Laffan aufdringlich gefunden, als diese am ersten Tag eine ähnlich persönliche Frage gestellt hatte. Und jetzt beging *sie* den gleichen Fehler.

»Ist schon in Ordnung«, beruhigte Brenda sie. »Das konnten Sie ja nicht wissen.«

Sie wußte, daß Eleanor sie nicht hatte verletzen wollen. Aber trotzdem würde Eleanor taktvoller sein müssen. Gewöhnlich war sie sensibel und ging auf die Stimmung anderer Menschen ein. Aber seit sie hierher nach Coill gekommen war, hatte sie sich verändert. Es war, als hätte sie ihre äußere Haut abgeworfen. Sie war zu ihrem jüngeren, redseligeren, impulsiven Selbst zurückgekehrt – einem Selbst, das dazu neigte, zuerst zu reden und dann zu denken. Als sie mit ihrer Arbeit als Therapeutin begonnen hatte, hatte sie lernen müssen, diese Impulsivität zurückzunehmen. Sie durfte nicht mit der Tür ins Haus fallen und ihre Patienten vor den Kopf stoßen.

»Reden wir über etwas anderes, Brenda.«

»Nein, eigentlich habe ich nichts dagegen, über meine Mutter zu sprechen«, sagte Brenda überraschenderweise. »Um ehrlich zu sein, es täte mir vielleicht gut. Keiner hier in der Gegend will jemals ihren Namen erwähnen – vor allem mein Vater nicht. Den meisten Leuten ist es schwergefallen, ihren Tod zu verarbeiten – die Art, wie sie starb –, also reden sie mit mir überhaupt nicht darüber. Ich nehme an, es ist ihnen peinlich. Wissen Sie, untereinander haben sie schon darüber geredet. Aber wenn sie mir auf der Straße oder im Supermarkt begegnet sind, dann hat keiner ein Wort darüber verloren. Die Leute sind komisch – die Art, wie sie so tun können, als wäre nichts passiert. Wissen Sie, was ich meine?«

»Ja. Der Tod bringt die Menschen in Verlegenheit. Sie wissen nie, was sie sagen sollen.«

... Die gemurmelten Beileidsworte an Larrys Grab an diesem kalten, verregneten Mittwoch. »Ellie, es ... tut mir so leid.« Marie drückte ihre Hand. »Es ist ... was soll ich sagen, Ellie?« Derek, Maries Mann, auf der anderen Seite des Grabes – sein mitleidiger Blick sprach Bände. Die Leute drängten sich, um ihr die Hand zu schütteln oder sie zu umarmen.

»Ich fahre mit Mona nach Hause und helfe ihr, die Sandwiches herzurichten«, flüsterte Noreen, während sie den Regenschirm über ihre Köpfe hielt. Des besorgte die Getränke für das Treffen nach der Beerdigung, vor dem Eleanor sich so fürchtete. Ein paar ihrer Bekannten hatten es vermieden, überhaupt etwas zu sagen, sie hatten nur genickt oder ihre Hand gedrückt. Mrs. Riordan von nebenan war wunderbar – auf dem Friedhof wies sie den Leuten die Richtung, und später im Haus kümmerte sie sich um alle. Eleanor war von all der Unterstützung gerührt gewesen. Der Solidarität. Ihr Vater und ihre Mutter hatten darauf bestanden, bei ihr zu übernachten. Es waren nicht Worte, die in so einer Zeit halfen – es waren Taten ...

Geräuschvoll knabberte Brenda das ganze Päckchen Erdnüsse. »Ich weiß, daß den Leuten das schwerfällt. Mir geht es ja genauso. Aber wenn jemand stirbt, den man liebt, dann hat man das Bedürfnis, daß die Leute etwas sagen. Irgend etwas. Ihr Mitgefühl ausdrücken oder was immer, einen nur wissen lassen, daß man nicht allein ist. Es ist die Einsamkeit, die so schwer zu ertragen ist.«

Eleanor hatte nicht die Absicht gehabt, etwas über ihren Beruf zu sagen, aber auf einmal ertappte sie sich dabei, daß sie darüber sprach. »Ich bin Psychotherapeutin, Brenda. Hauptsächlich Familientherapeutin. Bei meiner Arbeit lernte ich einige sehr einsame Menschen kennen. Sie würden erstaunt sein, wie viele Leute ihrer Familie ihre Probleme nicht anvertrauen wollen oder können. Oder ihren Freunden. Manchmal ist es einfacher, einem Fremden gegenüber aufrichtig zu sein – oder wenigstens jemandem, der nicht direkt beteiligt ist. In vielen Fällen ist die Familie – oder die Wahrnehmung, die die betreffende Person von der Familie hat – die Wurzel des Problems.«

Brenda stellte ihr Glas ab. »Familienprobleme. Das muß deprimierend sein.«

»Es kann sehr deprimierend sein.« Eleanor dachte an May McNulty. Fast ein Jahr Therapie hatte ihr Problem nicht gelöst. »Aber manchmal kann man helfen.«

May hatte sie nicht helfen können. Ihr Selbstmord lag Eleanor noch immer schwer auf der Seele.

Brenda starrte sie intensiv an, als dämmere ihr erst jetzt, wen sie vor sich hatte. »Herrgott! Eine Psychotherapeutin?! Sie müssen den Leuten immer in die Seele schauen. Analysieren Sie mich jetzt?«

Eleanor lächelte. »Nein, bestimmt nicht. Ich versuche, von all dem wegzukommen. Aber es ist komisch, daß Sie fragen. Als ich in der Ausbildung war, habe ich das nämlich getan. Ich habe meine Schwester verrückt gemacht. Nein, Sie können ganz beruhigt sein. Ich habe schon vor langer Zeit gelernt, wie man das abstellt. Es wäre ein Fehler, jeden, den man kennenlernt, wie einen potentiellen Patienten zu behandeln. Und es wäre auch sehr gefährlich. Machen Sie sich keine Sorgen, heute abend habe ich meinen Psychotherapeutenhut nicht auf.«

»Oh.« Brenda starrte in ihr Glas.

»Aber wenn Sie reden möchten, Brenda, dann höre ich Ihnen sehr gern zu.«

»Wirklich? Das wäre großartig, Mrs. Ross. Wie ich Ihnen schon sagte, ich habe hier niemanden, mit dem ich reden kann. Macht es Ihnen auch nichts aus?«

»Überhaupt nichts.« Sie konnte nicht hier sitzen und so tun, als ginge sie das nichts an. Brenda wollte nur reden – was harmlos war.

Brenda nahm eine Zigarette aus ihrem Päckchen und zündete sie an. »Meine Mutter ist vor ein paar Jahren gestorben.«

»War sie lange krank gewesen?«

Brenda schüttelte den Kopf. »Nein, sie war überhaupt nicht krank. Das ist es ja. Sie kam ums Leben.«

»Bei einem Autounfall?« Eleanors Stimme war jetzt belegt. »Mein Mann ist vor einem Jahr gestorben, wissen Sie. Bei einem Autounfall.«

»Das hat Richard mir erzählt«, sagte Brenda leise.

»Richard?«

»Ja, seine Tante hat es ihm gesagt.«

Die Buschtrommel.

»Tut mir leid.« Brenda drückte die halb gerauchte Zigarette aus. »So den Mann zu verlieren – das muß ein schrecklicher Schlag gewesen sein.«

»Ja, das war es«, antwortete Eleanor wahrheitsgemäß. »Der Schock war furchtbar. Aber das wissen Sie ja sicher, Brenda, weil Sie selbst das gleiche durchgemacht haben.«

»Nein, nicht wirklich ...« Sie zögerte. »Bei meiner Mutter war es ... anders.«

»Wollen Sie mir davon erzählen?« Eleanor sprach sehr leise, da sie nicht zu tief bohren wollte.

Schweigen.

»Vielleicht ein andermal«, schlug Eleanor vor.

»Sie ist ermordet worden.«

Eleanor erschrak. Die Frau im Wald. Gott im Himmel, das war Brendas Mutter.

»Vermutlich haben Sie davon gehört, Mrs. Ross. Es ist jetzt fünf Jahre her, aber ich bin immer noch nicht darüber hinweg.« Sie schneuzte sich laut die Nase.

Darüber hinweg! Wie sollte sie auch?

»Das muß ... entsetzlich gewesen sein«, sagte Eleanor.

»Ja, war es. Sie wurde seit drei Tagen vermißt, als ... als ihre Leiche gefunden wurde. Es war ...« Brenda unterdrückte ein Schluchzen. »Der Abend, an dem ihre Leiche ... sie ... der Abend, an dem sie ... an dem meine Mutter ... gefunden wurde ... war ... es war entsetzlich.«

Brendas Gesicht schien in den letzten paar Minuten gealtert zu sein.

»Brenda, sind Sie sicher, daß Sie über all das reden möchten?«

»Ja, ja, bin ich. O bitte, Mrs. Ross. Ich habe das Bedürfnis, jemandem von diesem schrecklichen Abend zu erzählen – dem Abend, an dem sie sie fanden. Manchmal denke ich, ich werde verrückt.«

»Alles der Reihe nach. Erstens, nennen Sie mich Eleanor. Zweitens, nehmen Sie sich Zeit. Sie stehen nicht unter Druck. Absolut nicht.«

»Danke ... Eleanor.« Brenda spielte mit ihrem Feuerzeug. »Es war Sergeant Mullen, der Mums Leiche fand. Natürlich ist er wahnsinnig erschrocken. Er ging draußen im Laffan-Wald spazieren.« Sie hielt abrupt inne.

»Alles in Ordnung, Brenda? Sie müssen nicht weitersprechen.«

»Nein, nein, ich möchte. Sergeant Mullen hat sie gefunden. Sie war ... erstickt worden. Mit ihrem eigenen Kissen ... es war Wahnsinn.«

Eleanor war entsetzt. »Sie meinen, sie wurde zu Hause ermordet?«

»O nein. Sie war im Wald, als es passiert ist. Sie ging oft in den Wald, um zu lesen oder sich zu sonnen. Wir haben keinen Garten, wissen Sie. Also nahm Mum ihr Buch und dieses Kissen mit – ihr Lieblingskissen – und legte sich ins hohe Gras. ›Weit weg von der lästigen Menschenmenge‹ – das hat sie immer gesagt. Sie hat diesen Wald geliebt. Er war so friedlich. Das ist das, was einen daran so wahnsinnig macht. Der Mörder hatte es leicht. Keiner in der Nähe. Ich bin überzeugt, wer immer ... sie umgebracht hat, kannte diese Stelle.«

»Oh, Brenda.«

»Der arme Sergeant Mullen. Können Sie sich vorstellen, wie *er* sich gefühlt hat? Er kannte meine Mutter gut. Er gab den Alarm. Binnen Minuten kamen alle Leute aus dem Dorf, um zu gaffen. Mein Vater wurde fast verrückt. Natürlich sperrte die Polizei die Stelle ab. Keiner durfte ... die Leiche oder den Tatort berühren, bis der staatliche Pathologe eintraf. Sie schickten auch jemand von der Spurensicherung – um Fingerabdrücke zu nehmen und all das. Es war eigenartig. Wirklich eigenartig. Es war, als würde man einen Film sehen. Es war so unwirklich. Ein Fotograf war auch da. Er machte ungefähr fünf Aufnahmen von der Lei ... von meiner Mutter.«

»Brenda, wie schrecklich.«

»Ja, mir war ganz übel. Wirklich. Aber ein Teil von mir war ... interessiert, wissen Sie ... fasziniert. Ist das nicht grauenhaft? Sie hatten die Leiche meiner Mutter gefunden, und ich ... war irgendwie fasziniert davon ... ich weiß, das muß sich verrückt anhören, aber ich ... ich mußte in der Nähe bleiben und sehen, was sie mit ihr machten. In gewisser Weise wollte ich sie beschützen, was lächerlich war. Ich meine, sie war tot ... was konnte ich da noch tun, um sie zu beschützen?«

»Ich weiß, Brenda, ich weiß.«

Eleanor spürte den Drang, das Mädchen in die Arme zu nehmen und zu trösten, aber irgendwie konnte sie das nicht. Während Brenda sprach, konnte Eleanor nicht aufhören, an Larrys Tod zu denken. An den zerquetschten Wagen. Seinen zerfetzten Körper. Daran, wie hilflos sie sich an dem Abend gefühlt hatte, als die Polizei kam. Hilflos und schuldig.

»Ich will den Polizisten gegenüber fair sein«, fuhr Brenda fort, »sie gingen sehr rücksichtsvoll, sehr behutsam vor. Der hiesige Beerdigungsunternehmer, Eddie Mac, kam mit einem Zinksarg. Kennen Sie die? Man benutzt sie, um die Leiche in die Leichenhalle zu bringen. Zuerst steckten sie Mum in so eine Plastikplane – keinen Sack mit Reißverschluß, wie man sie in den amerikanischen Fernsehkrimis sieht. Es war bloß eine einfache Plastikplane. Ich weinte und weinte, als sie sie darin einpackten. Ich war hysterisch, nehme ich an.«

»Was hätten Sie sonst sein sollen, Brenda? Es war ...«

»Sie müssen mich für verrückt halten, Mrs. Ross ... Eleanor, weil ich noch immer ... Aber ich bekomme diese Bilder nicht aus dem Kopf. Seither habe ich immer wirklich gräßliche Alpträume.«

»Das kann ich mir vorstellen. Nein, ich halte Sie überhaupt nicht für verrückt, Brenda. Ganz im Gegenteil. Sie müssen darüber sprechen, wenn Sie es loswerden wollen.«

Schade, daß Eleanor sich nicht an ihren eigenen Rat hielt.

Brenda lächelte erleichtert. »Ich bin froh, daß Sie es so sehen. Sie nahmen die Leiche ... Gott, warum sage ich das dauernd? Als hätte ich nichts mit ihr zu tun. Sie nahmen *meine Mutter* ... Da, ich habe es gesagt. Meine Mutter. Sie brachten sie für die Autopsie in das Krankenhaus von Loughlinstown. Ich habe sie nie wiedergesehen. Oh, mein Vater und meine Tante haben mir erzählt, daß die Bestatter dort gute Arbeit geleistet haben, als sie hergerichtet wurde ... es ist grauenhaft, daran zu denken ... aber ich konnte mich nicht überwinden, in die Leichenhalle zu gehen, um sie zu sehen. Jetzt bereue ich das. Wirklich. Meine letzte Erinnerung an meine Mutter ist, wie sie in eine Plastikplane gewickelt und in einen Zinksarg gelegt wurde ... ich ...«

Sie konnte nicht weitersprechen.

Eleanor reichte ihr ein Papiertaschentuch. »Es ist okay, Brenda. Sie sind ein sehr tapferes Mädchen.«

»Nein, nein. Bin ich nicht. Manchmal denke ich, ich breche zusammen. Ich kann es nicht akzeptieren, ihren Tod, meine ich. Die Art, wie sie gestorben ist. Und als ob das nicht schon schlimm genug wäre ... was mich wirklich sauer macht ... was mir am meisten zu schaffen macht, ist, daß der Schweinehund, der es getan hat, nie gefaßt wurde. Bis heute nicht. Und jetzt werden sie ihn nie mehr kriegen. Irgendein Mörder läuft frei wie ein Vogel herum und ... und meine Mutter ... meine Mutter ist ... tot. Tot. Das ist nicht fair, oder? Es ist verdammt unfair. Es macht mich so wütend. So schrecklich wütend.«

Eleanor hatte nicht die Absicht, nutzlose Beileidsbekundungen zu äußern. Brenda hatte miterlebt, wie der Leichnam ihrer Mutter abtransportiert wurde, hatte gesehen, wie Fremde den Tatort absteckten und untersuchten. Da konnten keine unbeholfenen, sinnlosen Erklärungen helfen. Eleanor konnte nur dasitzen und zuhören, wie Brenda sich das von der Seele redete.

»Sie nehmen an, es wäre irgendein Teenager gewesen, der unter Drogeneinfluß stand – aber wer weiß? Es hätte jeder sein können.« Sie versuchte, ein Schniefen zu unterdrücken. »Es gibt hier in der Gegend ein paar richtige Spinner, das kann ich Ihnen sagen.«

Eleanor war bestürzt. »Sie denken doch sicher nicht, daß es jemand von hier war?«

Brenda zuckte hoffnungslos mit den Schultern. »Es könnte jeder gewesen sein. Man erzählt sich, sie wäre auch sexuell mißbraucht worden. Das macht mich . . .«

Brenda schniefte erneut und drückte das Taschentuch zu einem Ball zusammen. Sie richtete sich auf ihrem Barhocker auf.

»Reden wir von etwas anderem, ja? Ich möchte Ihnen nicht den Abend verderben, Mrs. Ross. Tut mir leid. Sie hätten das früher oder später sowieso alles erfahren, weil hier im Ort keiner den Mund halten kann. Ich wollte bloß, daß Sie die Geschichte zuerst von mir hören. Um zu erklären, wie unmöglich es ist, daß ich von hier weggehe. Mein Vater wäre am Boden zerstört.«

»Ja, das kann ich mir denken«, sagte Eleanor.

Aber sie stimmte dem nicht zu. Brendas Vater mußte die Tragödie allein verarbeiten. Seine Tochter hatte ein Recht auf ihr eigenes Leben. Sie war jung. Sie mußte fort von hier, fort aus dieser beengenden Atmosphäre. Sie verdiente einen Neuanfang. Aber es stand Eleanor nicht zu, das zu sagen.

»Ich könnte ohnehin nicht weg. Wohin sollte ich gehen? Wie sollte ich Arbeit finden. Mein Vater würde mir wohl kaum eine Empfehlung schreiben, und selbst wenn er es täte, was würde das nützen? Ein Zeugnis von meinem Vater wäre für einen potentiellen Arbeitgeber nicht gerade überzeugend, nicht?«

»Vielleicht könnten Sie einen Kurs belegen? Sich irgendwie qualifizieren.«

»Na ja, ich habe einen Computerkurs besucht, und mein Deutsch ist nicht schlecht. Ich habe letztes Jahr Abendkurse belegt. Wenigstens bin ich da mal nach Dublin gekommen und habe die Lichter der Großstadt gesehen!«

»Computer und Deutsch. Großartig«, sagte Eleanor. »Ich bin sicher, daß Sie gute Chancen haben, in Dublin einen Job zu finden. Oder in London, wie wäre das? Oder noch besser, in Deutschland? Ein Jahr im Ausland würde Ihnen viel Erfahrung einbringen, Brenda.«

Brenda strahlte bei dem Gedanken. »Für ein Jahr weggehen? Ja, Irene – die Freundin, die ich eben erwähnt habe – ist letztes Jahr nach London gegangen. Sie hat eine Wohnung in Kensington. Als ich zuletzt mit ihr sprach, ging es ihr sehr gut. Sie arbeitet bei einer Bank. Sie sagt dauernd, ich soll rüberkommen.«

»Sehen Sie? Sie sollten wenigstens darüber nachdenken.«

»Ja, ich werde darüber nachdenken. Ich bin so froh, daß ich Sie getroffen habe, Mrs. Ross ... Entschuldigung, Eleanor. Wirklich, ich meine das ehrlich. Sie können gut zuhören, und Sie urteilen nicht. Sie sind der erste Mensch, der mir irgendwie Hoffnung gibt und mich ermutigt. Hier sind alle nur um meinen Vater besorgt. Sie sagen bloß zu mir: ›Denk an deinen Vater, Brenda. Der arme Mann hat einen schrecklichen Schock erlitten, er hat alles verloren.‹ Aber was ist mit *mir*? Ich habe meine Mutter verloren. Ich vermisse sie.«

»Ja, natürlich tun Sie das. Der Tod ist nie einfach, Brenda. Jeder von uns geht auf seine Weise damit um, aber es *gibt* Hilfe. Es ist wichtig, daß man redet, so wie Sie heute abend. Am schlechtesten ist es, wenn man seine Gefühle wegsperrt.«

Brenda stieß einen langen Seufzer aus. »Ja, genau das habe ich getan. Man versucht, sich selbst einzureden, daß man in Ordnung ist.«

»Es ist wichtig für Sie, daß Sie sich so an sie erinnern, wie sie war – als Sie heranwuchsen, wissen Sie. Versuchen Sie, die glücklichen Erinnerungen festzuhalten.«

Sie hatte das selbst versucht. Sie hatte sich gezwungen, an ihre Verlobungszeit, an die frühen Jahre ihrer Ehe zu denken: Liebe mit Larry in dem neuen Doppelbett, Spaziergänge am Pier an Sommerabenden, gemeinsame Besuche mit Marie und Derek in netten Restaurants, das gemeinsame Einrichten der Küche.

Aber es funktionierte nicht. Jedesmal, wenn sie an Larry dachte, kam die Verletzung zurück. Der Schmerz, blinde Wut, der Schock des Betrugs. Diese schrecklichen letzten Jahre, die sie als Fremde nebeneinander gelebt hatten. Dann die Nachricht von seinem Tod, die Schuldgefühle und die Ressentiments. Und, das war das Schlimmste, die Taubheit, die Dumpfheit, der Trott des Alltagslebens. Warum, zum Teufel, bildete *sie* sich ein, irgend jemandem Ratschläge erteilen zu können?

Brendas Gesicht nahm jetzt einen ruhigen Ausdruck an. »Meine Mutter war lieb, Eleanor. Sie war freundlich, wirklich freundlich. Und sie hat mich unterstützt. Sie hat mich immer gelobt, wenn ich in der Schule gut war. Manche Eltern sind richtige Nörgler, kritisieren einen dauernd. Irenes Mutter ist ein klassisches Beispiel dafür, aber meine Mutter war anders. Sie sah nur das Gute in mir. Und mit ihr hatte man immer viel Spaß.« Brenda lächelte. »Sie hat versucht, das Beste aus den Dingen zu machen. Jede Woche gingen wir ins Schwimmbad von Bray. Mum konnte fabelhaft schwimmen – obwohl sie mir erzählt hat, daß sie es erst in den Zwanzigern gelernt hat. Sie liebte Herausforderungen. Wenn ich darüber nachdenke, bin ich glänzend mit ihr ausgekommen.«

»Sehen Sie, darauf sollten Sie sich konzentrieren. Es gibt

eine Menge Leute, die Sie um diese Erinnerungen beneiden würden, Brenda.«

»Ja, ich habe schöne Erinnerungen, nicht? Ich möchte Ihnen noch einen Drink spendieren. Gin Tonic?«

Eleanor nickte. »Wie hat Ihre Mutter übrigens ausgesehen? War sie dunkelhaarig wie Sie?«

Brenda rief dem Barmann die Bestellung zu. »Ja, das war sie. Ich bin ihr angeblich sehr ähnlich.«

Also muß sie fabelhaft ausgesehen haben, dachte Eleanor.

»Sie machte sich gern fein und ging aus. Aber hier in der Gegend gab es nicht viel, wo sie sich amüsieren konnte. Sie haßte den Golfclub – da geht mein Vater immer hin. Sie fand die Leute dort spießig. Von den Dinners dort kam sie spät nach Hause, und dann kam sie noch in mein Zimmer und erzählte mir die großartigen Details: wer was angehabt hatte, wer sich betrunken hatte, wer den Clubvorsitzenden beleidigt hatte, welche Ehefrau versucht hatte, sich an einen der Kellner heranzumachen. Ich habe mich vor Lachen gekugelt.«

Der Barmann brachte die Getränke.

»Ron, ich hätte dich vorhin schon vorstellen sollen. Das ist Mrs. Ross. Sie ist der neue Gast in The Lodge.«

Ron hob galant Eleanors Hand an die Lippen. »Ich bin entzückt.«

»Hör auf damit, Ron Kavanagh. Du bist ein Charmeur. Nehmen Sie es ihm nicht übel, Eleanor.«

Ron grinste frech, verbeugte sich dramatisch und ging.

»Ihre Mutter hat also die Dinners im Golfclub nicht gerade genossen.« Plötzlich hatte sie eine lebhafte Vorstellung von sich selbst ... Eleanor Ross, die Gastgeberin eleganter Soireen für Larry und seine Geschäftsfreunde, die sich in ihrer Haut überhaupt nicht wohl fühlte ...

»Nein. Sie haßte es, hier festzusitzen. Sie wäre liebend gern in die Stadt gezogen, aber Dad wollte davon nichts hören. Er hat es mit dem Landleben. Sehr oft hat Mum sich zu Tode gelangweilt.«

»Hatte sie einen Job?«

»Nein, das war ein Teil des Problems. Sie hat mit achtzehn geheiratet. Stellen Sie sich das vor! Sie hatte keinen Beruf erlernt, und schon damals gab es hier in der Gegend keine Arbeit. Sie hat sich geweigert, für meinen Vater zu arbeiten – sie war klüger als ich. Aber ich erinnere mich, daß sie das Leben hier satt hatte, obwohl sie sich nie beklagt hat. Ich habe einfach gespürt, daß sie sich langweilte. Manchmal, wenn sie sich unbeobachtet fühlte, hatte sie einen traurigen, verträumten Ausdruck in den Augen. Sie las viel, aber das genügte ihr nicht.«

Eleanor nickte. »Sie muß das Gefühl gehabt haben, hier zu ersticken … es tut mir so leid, Brenda. Ich kann gar nicht *glauben*, daß ich das gesagt habe.«

Aber Brenda lächelte. »Na, Sie haben ja recht. Das Leben hier hat sie erstickt. Und jetzt erstickt es mich.«

»Was tun Sie, um sich zu amüsieren, außer diesem Pub?« Man *mußte* sich hier doch noch woanders vergnügen können.

»Da ist Bray, wenn ich mich für Discos interessieren würde – was ich nicht tue. Alle Mädchen, mit denen ich zur Schule gegangen bin, haben Coill schon längst verlassen. Ich kann es ihnen nicht verdenken.«

Discos. Feten. Eleanor konnte sie sich vorstellen. Die Geschichten, die sie über diese Dinge in Dublin gehört hatte, ließen einem die Haare zu Berge stehen.

»Und sonst gibt es nichts?«

»Golf oder Angeln.« Brenda schnitt eine Grimasse. »Meinem Vater gefällt das. Er hat tatsächlich vorgeschlagen, ich soll in den Bridgeclub eintreten, stellen Sie sich das vor. Himmel, der bloße Gedanke!«

»Das gesellschaftliche Leben hier ist also nicht gerade hektisch.«

»Das ist die Untertreibung des Jahrhunderts«, ächzte Brenda. »Heute nicht mehr. Früher gab es in The Lodge Partys, hat mein Vater mir erzählt. Er hat immer über die skandalösen Vorgänge dort gewettert.«

Partys. Die, die Eleanors Vater erwähnt hatte? Partner-
tausch-Partys?

»In The Lodge, Brenda? Ist das Ihr Ernst?«

»Aidan Brady stand dahinter, heißt es.« Sie zündete sich
noch eine Zigarette an.

Eleanor konnte es nicht glauben. »Aidan Brady?«

»Ja, und als es brenzlig wurde, ist er abgehauen.«

Wieder Aidan Brady. Warum haßten sie ihn alle so sehr?
Sie war versucht, Brenda um eine Beschreibung zu bitten,
aber dann überlegte sie es sich anders. Sie hatte einst einen
Jungen namens Aidan Brady geliebt. Das war Vergangenheit.
Eine schöne Erinnerung. Sie würde sie sich nicht zerstören
lassen.

»Diese Partys, Brenda. Was war mit Ms. Laffan? Sie kann
doch unmöglich an so zweifelhaften Sachen beteiligt gewesen
sein.«

»Wer weiß? Es war ihr Haus. Vermutlich war sie nicht dabei, wenn die Orgien stattfanden; oder vielleicht doch? Eigentlich weiß man doch, was im eigenen Haus vorgeht, nicht?
Ich kann mir wirklich nicht vorstellen, daß Ms. Laffan weg
war.«

Eleanor war über diese letzte Enthüllung verblüfft. Und
dabei glaubte sie, schon alles gesehen und gehört zu haben.
Hatte ihr Vater nicht gesagt, er glaube, es gebe einen Zusammenhang zwischen diesen Partys und dem Mord? Ein Wunder, daß Brenda ihn nicht erwähnt hatte.

»Und wo war Richard bei all dem?«

»Wie ich schon sagte, das ist Jahre her. Er war in Wexford
im Internat«, antwortete Brenda. »Er hatte ein glänzendes Abschlußzeugnis. Er hätte alles studieren können, Medizin oder
Veterinärmedizin oder Jura. Alles. Aber er wollte Lehrer werden.«

»Und warum ist er es nicht geworden?«

Brenda seufzte. »Na ja, da war erst mal sein Stottern.«

Er hatte eine Karriere geopfert wegen einer Sprachbehinderung, die man hätte heilen oder zumindest bessern können. Das war schrecklich. Warum tat seine Familie – sein Vater – nicht etwas dagegen? Für eine solche Vernachlässigung gab es *keine* Entschuldigung. Wenn ein Sohn oder eine Tochter von Eleanor ... aber sie hatte ja keinen Sohn und keine Tochter, nicht wahr?

»Und«, fuhr Brenda nachdenklich fort, »er ist ein bißchen wie ich. Hatte das Gefühl, er könnte seine Tante nicht allein lassen, nachdem sein Vater abgehauen war. Er ist sehr loyal. Ich meine, sie hat ihn großgezogen und all das. Sie war wie eine Mutter zu ihm.«

»Das habe ich gehört.«

Ein junger Mann mit einem roten Gesicht drängte sich neben sie. »Na, meine Damen, wie geht's? Was trinken Sie?«

»Wir möchten keinen Drink mehr, danke, Matt.« Brenda war gereizt. »Das ist Mrs. Ross. Sie ist der neue Gast in The Lodge. Das ist Matthew Kelly.«

Eleanor reichte ihm die Hand. Er war betrunken. Er besabberte sich praktisch von oben bis unten. In seinem Mund fehlte ein unterer Schneidezahn, was ihm ein etwas verrücktes Aussehen gab.

Eleanor entschuldigte sich, um auf die Toilette zu gehen. Dabei mußte sie die Gaststube durchqueren. Jemand packte sie am Arm. *Bitte,* nicht Mr. Rowland. Sie drehte sich um. Es war Richard.

»Oh! Was machen Sie hier?« Sie lächelte.

»Ich b-b-bin hier, um Sie nach H-H-Hause zu fahren, Mrs. Ross«, verkündete er. Er ließ eine Fanta in seinem Glas schwappen.

Das gefiel Eleanor nicht. »Richard, ich bin eine erwachsene Frau. Ich kann selbst auf mich aufpassen. Trotzdem vielen Dank.«

Sie ging zu den Toiletten. Da war es ihr endlich gelungen, ihrer übermäßig beschützenden Familie zu entkommen, und nun *das* hier. Vor dem Spiegel bürstete sie ihr Haar und frischte ihren Lippenstift auf. So sehr sie auch versuchte, sich nicht in die Geschichten dieser Menschen hineinziehen zu lassen, sie stellte doch fest, daß Brendas Geschichte ihr nachging. Der Mord in Coill, The Lodge, Aidan Brady. Alles hing mit allem zusammen. Und Richard war gekommen, um sie nach Hause zu fahren, als mache *er* sich Sorgen wegen ... was?

Auf dem Rückweg durch die Gaststube winkte sie den Rowlands zu. Richard, so entdeckte sie erleichtert, war gegangen. Mrs. Rowland winkte sie an ihren Tisch.

»Mrs. Ross, wir brechen in einer halben Stunde auf, falls Sie mitkommen möchten.«

»Danke, Mrs. Rowland«, sagte Eleanor. »Sind Sie sicher, daß ich Sie nicht störe?«

Mr. Rowland versuchte, ihr zuzuzwinkern, aber er hatte offenbar einen Drink zuviel erwischt und klapperte nur mit den Augenlidern.

»Übbberhaup nich ... übberhaupp nich ...«

Mrs. Rowland bemerkte Eleanors besorgten Gesichtsausdruck.

»*Ich* werde fahren.« Sie nickte Eleanor wissend zu. »Sie können vorne bei mir sitzen. Sie werden nicht gefährdet sein.«

»Vielen Dank.« Sie war eine scharfsinnige alte Dame. »Ich melde mich in einer halben Stunde bei Ihnen.«

»Ja, bis gleich dann, meine Liebe.«

Brenda war in ein Gespräch mit diesem Matt vertieft, als Eleanor zur Bar zurückkam, aber er gesellte sich wieder zu seinen Freunden, als sie sich setzte.

»Tut mir leid, Brenda. Habe ich Sie bei etwas unterbrochen?«

»Das ist nicht Ihr Ernst! Matt Kelly? Ein Schafzüchter und hiesiger Frauenheld! Nein, vielen Dank. Wie fanden Sie ihn?«

»Er ist ... äh ...«

»Er ist ein widerlicher Kerl.« Brenda knirschte mit den Zähnen. »Versucht dauernd, mich aufzureißen. Ein Nein als Antwort akzeptiert er nicht. Wollte mich unbedingt heute abend nach Hause bringen, dieser verdammte Nervtöter!«

»Die Rowlands nehmen mich mit zurück nach The Lodge. Wir können Sie unterwegs absetzen.«

»Aber ich wohne bloß ein paar Häuser weiter die Straße hinunter.«

»Und wenn schon. Ich möchte nicht, daß Sie irgendwo auf Matt stoßen. Er sieht aus wie jemand, der Ihnen auflauern könnte.«

»Ja, er ist der Typ, der herumhängt«, stimmte Brenda zu. »Mein Vater nennt so etwas *verschlagen*. Ich nehme das Angebot also an, danke. Wenn Sie sicher sind, daß es geht.«

»Aber natürlich.«

Sie gingen in die Gaststube, um sich den Rowlands anzuschließen – gerade noch rechtzeitig, nach Mrs. Rowlands zorniger Miene zu urteilen. Anscheinend war ihr Mann gerade im Begriff gewesen, eine große poetische Ode vom Stapel zu lassen.

Als sie zum Haus kamen, sah Eleanor jemanden mit einer Taschenlampe über das Gelände gehen. Es war Richard. Vielleicht sah er nur nach dem Rechten, bevor er sich für die Nacht zurückzog. Doch der Anblick, wie er da im Dunkeln herumlief, verwirrte sie trotzdem.

Mrs. Rowland begleitete sie bis an ihre Zimmertür.

»Gute Nacht, meine Liebe, schlafen Sie gut.«

»Gute Nacht, Mrs. Rowland. Bis morgen früh.«

Mr. Rowland schwankte durch den Korridor zu seinem Zimmer. Er würde bestimmt gut schlafen. Er konnte kaum noch laufen. Eleanor konnte sich nicht vorstellen, daß er es morgen zum Frühstück nach unten schaffen würde.

Eleanor schaltete das Deckenlicht aus und kletterte in ihr hohes, bequemes Doppelbett. Das inzwischen vertraute Quietschen der Bettfedern hieß sie willkommen. Wenn sie sich einmal an bestimmte Geräusche gewöhnt hatte, waren sie wie alte Freunde. Nervös wurde sie, wenn sie sich ein Geräusch nicht erklären konnte.

Sie stellte ihre Leselampe richtig ein, stopfte sich die Kissen in den Rücken und machte es sich bei den nächsten paar Kapiteln des neuesten Romans von Jonathan Kellerman gemütlich. Aber ihre Augenlider wurden schwer. Sie wollte heute nicht mehr lange lesen, nur noch ein paar Seiten. Sie mußte morgen frisch sein, um mit dem Schreiben weiterzukommen. Die Buchstaben begannen auf der Seite zu verschwimmen. Ihr fielen die Augen zu. Sie beugte sich zur Seite und knipste das Licht aus. Bald sank sie in einen unruhigen Schlaf.

Die ganze Nacht hatte Eleanor die makabersten Träume. Richard – oder eine verzerrte Vision von ihm – verfolgte sie im Wald und schwang dabei ein Beil. Als nächstes sah sie Brenda Boylan an einem Baum hängen, den Hals von Ohr zu Ohr aufgeschlitzt. Dann Larry... zerschmettert am Steuer seines Wagens, um Hilfe schreiend. Er schrie ihren Namen... immer wieder. Sie rannte auf das Auto zu, ihre Beine waren wie Blei. Als sie dem Wrack näherkam, öffnete Larry die Augen ... und starrte sie aus zwei leeren Löchern an, aus denen Blut lief.

Ruckartig wachte sie auf. Die feuchten, verschwitzten Laken hatten sich um ihre Beine gewickelt. Das Nachthemd klebte ihr am Körper. Sie richtete sich mühsam auf und schaltete die Nachttischlampe wieder ein.

Dann lehnte sie sich zurück, völlig erschöpft, aber entschlossen, die Augen offen zu halten. Sie hatte Angst davor, wieder in die Wälder oder vor den Galgen zu geraten – oder, schlimmer noch, an den Schauplatz des Autounfalls. Offenbar hatte das Gespräch im Pub am Abend diese Alpträume hervorgebracht. Sie würde ein bißchen in ihrer Lyrikanthologie lesen, um sich zu beruhigen. Sie beugte sich zu ihrem Nachttisch hinüber, nahm das Buch in die Hände, und es öffnete sich bei Philip Larkin. Sie las drei Gedichte, aber es nützte nichts. Die Seite verschwamm vor ihren Augen. Schließlich gab sie der Müdigkeit nach, legte das Buch weg und schlief wieder ein.

Plötzlich war sie da, eine vage, schattenhafte Gestalt am Fußende des Bettes.

*Noch* ein Alptraum. Eleanor blinzelte mit halb geschlossenen Augen nach der geisterhaften Figur.

»Lorna? Lorna, wo bist du?« Eine klagende Stimme, ein jammernder Ton, der ihr das Blut gefrieren ließ.

Was, zum Teufel, war das? Eleanor versuchte zu erkennen, wer vor ihr stand.

Langes, weißes Haar, ein weißes Nachthemd, ein knochiges, mageres Gesicht, ein idiotisches Grinsen.

Eleanor versuchte mit aller Gewalt, wach zu werden ... sie war wach. Dies war kein Traum. Sie war hier bei ihr im Zimmer ... diese *Kreatur.* Eleanor machte den Mund auf, um zu schreien, brachte aber keinen Laut heraus. Die Angst fesselte sie ans Bett. Sie konnte spüren, wie ihr ein kalter Schauer den Rücken hinunterlief. Sie versuchte zu rufen, machte den Mund noch weiter auf – aber nichts geschah.

»Keine Angst, Lorna, ich bin es.« Wieder der langgezogene Klagelaut. Die Frau streckte den Arm aus, um Eleanors Haar zu berühren.

Eleanor krampfte sich zusammen. Sie war wie erstarrt, aber nun konnte sie sprechen. »Ich bin *nicht* Lorna, ich bin *nicht* Lorna«, zischte sie.

Wieder ein Ächzen, als die Gestalt näher und näher kam, während Eleanor sie wie gebannt anstarrte. Sie war fast hypnotisiert. Fast – aber nicht ganz.

Eleanor schlug um sich, doch die alte Frau packte ihre Hand. Mit eisernem Griff. Eleanor zwang sich, auf die knochigen, blau geäderten Finger zu schauen, die ihre eigenen umklammerten. Das Fleisch war eiskalt.

Jetzt war Eleanor ganz wach und erkannte, was vor sich ging. Dies war die Großmutter. Ms. Laffans Mutter.

»Lassen Sie mich los«, schrie Eleanor.

Die alte Frau schrie ebenfalls, noch erschrockener als Eleanor. Es war unheimlich. Endlich hatte Eleanor ihre Beine wieder unter Kontrolle, wenn ihr auch noch ganz mulmig war. Sie sprang aus dem Bett, rannte auf den Korridor hinaus und prallte auf Richard. Dicht hinter ihm kam seine Tante.

»Mein Zimmer. Bitte, gehen Sie in mein Zimmer!«

»Beruhigen Sie sich, Mrs. Ross.« Ms. Laffan legte ihr einen Arm um die Schultern. »Kein Grund zur Panik.«

Richard ging in das Zimmer und kam mit der alten Frau zurück, die vor Kälte zitterte. Oder vor Angst? Eleanor war nicht sicher.

»K-K-Keine Angst, Mrs. Ross«, sagte Richard entschuldigend. »D-D-Das ist Granny Laffan.«

»Sie ist meine Mutter«, erklärte Ms. Laffan. »Tut mir leid, daß sie Sie erschreckt hat, aber sie hatte nichts Böses im Sinn.«

Das wußte Eleanor auch so.

»Ich werde Ihnen morgen alles erklären«, sagte Ms. Laffan.

Das kam nicht in Frage. Es kam nicht in Frage, daß sie so tat, als sei gar nichts Schlimmes passiert. Eleanor richtete sich zu voller Größe auf und starrte alle drei an.

Die alte Dame sah auf einmal mitleiderregend aus. Alt und zerbrechlich und mitleiderregend.

»Wir müssen darüber sprechen, Ms. Laffan. Und zwar jetzt sofort. Aber Ihre Mutter friert. Ich bin sicher, daß sie wieder zu Bett gebracht werden sollte.«

»Ja, ja, Mrs. Ross hat recht. Ich bringe Mutter wieder ins Bett«, sagte Ms. Laffan zu Richard. »Du führst Mrs. Ross nach unten in die Küche und setzt den Teekessel auf. Ich komme in einer Minute nach.«

Sie half der alten Dame die Treppe hinauf.

»A-A-Alles in Ordnung, Mrs. Ross?«

»Ja«, sagte Eleanor und kam sich wie eine Idiotin vor, weil sie überreagiert hatte.

»Sie s-s-sind erschrocken, aber j-j-jetzt sehen Sie ja, d-d-daß Sie keine A-A-Angst zu haben b-b-brauchten, nicht?«

»Es ist mitten in der Nacht, Richard. Ich habe geschlafen.«

»Tut mir leid.«

Sein schiefes Grinsen stimmte sie versöhnlicher.

»Ich gehe meinen Morgenrock anziehen, Richard. Ich bin in drei Minuten in der Küche.«

Sechs Uhr morgens! Eleanor beschloß, sich anzuziehen. Sie würde ohnehin auf keinen Fall mehr schlafen können. Sie zog Jeans und ihre karierte Bluse an. Sie fröstelte in der frischen Morgenluft und zog noch eine dicke Strickjacke über.

Was in aller Welt ging hier vor sich? Mona hatte recht gehabt – wieder mal. Warum hatte sie sich kein Zimmer in einem guten Hotel genommen? Warum hatte sie sich nicht im Ausland ein Apartment gemietet? Dann hätte sie zumindest die Privatsphäre ihres eigenen Bettes in ihrem eigenen Zimmer gehabt, ohne daß irgendwelche Irren frei herumliefen. Bizarr war gar kein Ausdruck für dieses Haus. Sie würde die Monatsmiete vergessen und von hier verschwinden. Dieser Ort war alles andere als erholsam – und zu konzentriertem Schreiben eignete er sich auch nicht. Diese Leute waren alle verrückt. Vermutlich Inzucht. Sie würde morgen ihre Sachen packen und weiterziehen. Den Zug nach Wexford nehmen. Ja, der sonnige Südosten. Sie hatte keine Zeit für all das.

5

Dies also war die Küche.

Eleanor war nicht beeindruckt. Sie paßte nicht zur geschmackvollen Eleganz des übrigen Hauses – sie war überhaupt nicht das, was sie erwartet hatte. Groß und geräumig, aber die weißen Wände ließen sie sehr spartanisch wirken. Kalt und streng. Sie schätzte, daß es sich um einen Anbau handelte, denn der Verputz der Küche sah ganz neu aus.

Die Küche enthielt die üblichen Einbaumöbel, zwei Herde, ein doppeltes Spülbecken und eine Geschirrspülmaschine – alles weiß und glänzend. Das einzige Gerät, das einigen Charakter hatte, war der riesige Eisschrank in der Ecke, der ein leises Summen von sich gab wie das Brummen eines unzufriedenen Bären. Die Tür an der Rückseite der Küche führte, wie Eleanor vermutete, in die Speisekammer. Sie stand offen, und es zog unangenehm, weshalb es um diese unchristlich frühe Morgenstunde in der Küche kalt war. Eleanor fröstelte und zog ihre Wolljacke fest um sich.

Richard reichte ihr eine Tasse Tee. Sie nahm sie schweigend entgegen. Er brauchte nicht zu denken, daß eine Tasse wäßrigen Darjeelings sie besänftigen würde. Außerdem wäre ihr ein starker Kaffee lieber gewesen.

Richard stand an der Spüle, zu schüchtern, sich zu ihr an den langen Küchentisch zu setzen. »Granny g-g-geht es nicht g-g-gut, wie Sie g-g-gesehen haben. Es ist s-s-sehr schwer für meine T-T-Tante. A-A-Alz . . .«

»Alzheimer.« Ms. Laffan, die gerade hereingekommen war, setzte sich auf den Stuhl neben Eleanor. »Meine Mutter leidet schon seit fünf oder sechs Jahren an der Alzheimerschen Krankheit. Und ich fürchte, es wird immer schlimmer.«

»Das habe ich gemerkt, Ms. Laffen«, sagte Eleanor. »Und Sie haben mein Mitgefühl für diese schwere Bürde. Es ist sicher nicht leicht für Sie, aber dies hier ist ein Gästehaus, und ich bin gekommen, um mich zu erholen. Nachts schlafen zu wollen ist ja wohl nicht zuviel verlangt.«

Nein, dachte Ms. Laffan, sicher nicht. Die Frau hatte recht. Wie konnte ihre Mutter es wagen, all diese Schwierigkeiten zu machen?

»Ms. Laffan«, fuhr Eleanor sanfter fort, »vielleicht ist es keine gute Idee, Ihre Mutter oben im zweiten Stock zu verstecken. Wäre es nicht für alle Betroffenen besser, wenn sie nach unten kommen dürfte? Es ist keine Schande, alt oder krank zu sein.«

»Normalerweise m-m-mag das stimmen, Mrs. Ross, a-a-aber wie Sie sagten, w-w-wenn man versucht, ein G-G-Gäste ...«

»Richard meint, daß es nicht so einfach ist, wenn man ein Gästehaus führt«, unterbrach Ms. Laffan ihn abrupt.

»Ja, das leuchtet mir ein«, stimmte Eleanor zu. »Aber ...«

»So etwas passiert nicht zum ersten Mal, verstehen Sie«, unterbrach Ms. Laffan erneut. »Letztes Jahr gab es ein paar Vorfälle ähnlicher Art mit einigen Gästen. Ziemlich peinliche Vorfälle, fürchte ich.«

Eleanor rührte in ihrem Tee und sah ihre Gastgeberin an. Ms. Laffan saß steif auf dem Stuhl mit der hohen Rückenlehne.

»Letzten Monat hätte einer der Gäste sie beinahe überfahren. Mutter irrte mitten in der Nacht auf der Straße herum und versuchte, per Anhalter nach Donegal zu fahren, wo sie aufgewachsen ist. Sie hatte nur ihr Nachthemd an, Mrs. Ross. Meine Mutter lief dem Mann plötzlich vor den Wagen, und er mußte scharf bremsen, um sie nicht zu überfahren. Ich übertreibe nicht, wenn ich sage, daß er zu Tode erschrocken war.« Ms. Laffan trommelte mit den Fingernägeln auf den Tisch. »Er kam in einem schrecklichen Zustand hier an und weckte mit seinem Geschimpfe und Gefluche das ganze Haus auf. Die Nacht werden wir nie vergessen, nicht wahr, Richard?«

Richard schenkte seiner Tante eine Tasse Tee ein.

»Erzähl ihr v-v-von den H-H-Hochzeitsreisenden.«

Wollte Eleanor das wirklich hören? In diesem Augenblick bereute sie bitter, daß sie in die Küche heruntergekommen war. Sie hätte wieder ins Bett gehen sollen.

»Meine Mutter irrt nicht nur umher, Mrs. Ross, sie hat auch die Angewohnheit, ihre Sachen überall zu verstreuen. Außerdem hortet sie Dinge, etwa Früchte oder Süßigkeiten – alles mögliche. Ständig finde ich zerdrückte Kekse oder Gemüse oder Schokolade in ihrer Handtasche. Sie verliert sie überall, und dann wirft sie uns vor, wir hätten sie gestohlen. Sie leidet unter Wahnvorstellungen, verstehen Sie?«

Eleanor fühlte sich unbehaglich.

»Und sie stiehlt ... leider. Na ja, man kann es eigentlich nicht als Stehlen bezeichnen ... sagen wir, daß Dinge verschwinden. Bei unseren Sachen spielt das natürlich keine Rolle, aber sie nimmt auch Dinge von anderen Leuten. Ich kann sie nicht frei herumlaufen lassen, verstehen Sie?«

Eleanor spielte am Armband ihrer Uhr herum.

»Die H-H-Hochzeitsreisenden«, erinnerte Richard seine Tante.

»Ja. Noch eine schreckliche Szene«, sagte Ms. Laffan steif. »Ein junges Ehepaar lag nachts im Bett, und sie versuchte, sich zu ihnen zu legen. Stellen Sie sich das vor, Mrs. Ross. Sie hielt das Zimmer irrtümlich für ihr eigenes – obwohl es im ersten Stock liegt –, und zwar das, was Sie jetzt bewohnen, Nummer vier. Beide Zimmer liegen am hinteren Ende des Flurs – nur in verschiedenen Stockwerken. Vielleicht hat sie sich deshalb geirrt, Rich.«

»Mmh ... v-v-vielleicht.«

»Aber Sie hätten die junge Frau *sehen* sollen, Mrs. Ross. Sie war völlig außer sich. Sie verstand nicht, was passierte. Wir brauchten eine Weile, um sie zu beruhigen. Das junge Paar ist am nächsten Tag abgereist, versteht sich.«

Ms. Laffan räumte Tassen und Untertassen vom Tisch. »Danach mußte ich sie in ihr Zimmer sperren, damit sie keinen Schaden mehr anrichten kann. Es tut mir wirklich leid, Mrs. Ross. Sie muß heute nacht entkommen sein. Vielleicht habe ich vergessen, den Schlüssel in ihrer Tür umzudrehen – ich war schrecklich müde.« Ihre Stimme zitterte. »Bitte, entschuldigen Sie mein Versäumnis.«

»V-V-Verstehen Sie, Mrs. Ross, es ist zu ihrem eigenen B-B-Besten«, sagte Richard. »W-W-Wir möchten s-s-sie nicht in ein H-H-Heim stecken. A-A-Aber w-w-wenn sich noch m-m-mehr Leute beschweren ...«

Ms. Laffan schneuzte sich die Nase. »Es tut mir leid, Mrs. Ross. Sie haben vollkommen recht, empört zu sein. Ich versichere Ihnen, so etwas wird nie wieder vorkommen.«

»Bekommt sie irgendwelche Medikamente?« fragte Eleanor.

»Normalerweise gebe ich ihr abends eine Schlaftablette, und das beruhigt sie, für ein paar Stunden jedenfalls. Gestern abend habe ich ihr neue Tabletten gegeben, die der Arzt verschrieben hat. Aber sie nützten nichts. Überhaupt nichts. Oder vielleicht hat sie sie auch wieder ausgespuckt, ohne daß ich es gemerkt habe. Sie hat das schon früher versucht. Wie ich Ihnen schon sagte, Mrs. Ross, ich war erschöpft gestern abend, und obwohl ich im Zimmer neben ihrem schlafe, habe ich nicht gehört, daß sie sich weggeschlichen hat. Ich bitte nochmals um Entschuldigung.«

»Bitte nicht«, sagte Eleanor. »Wohnen nur Sie und Ihre Mutter im zweiten Stock, Ms. Laffan?«

»Ja. Ich würde nicht im Traum daran denken, dort oben Gäste unterzubringen, obwohl zwei Zimmer frei sind. Das ginge einfach nicht. Sie spielt ihre Schallplatten manchmal sehr laut. Aber ein bißchen Unterhaltung muß sie ja haben, nicht? Früher hat sie gern gelesen, aber leider hat ihre Sehkraft nachgelassen. Und außerdem bezweifle ich, daß sie der Handlung eines Buchs noch folgen könnte.«

»Nein, k-k-könnte sie nicht. Sie v-v-verwechselt die G-G-Geschichte mit dem wirklichen L-L-Leben.«

»Richard schläft im Erdgeschoß wie eine Schildwache, und wir haben dort unser Wohnzimmer. Wo wir am Tag Ihrer Ankunft den Tee getrunken haben, wissen Sie. Früher hatte ich eine Frau aus dem Dorf, die sich tagsüber um Mutter kümmerte, aber sie kommt nicht mehr. Das war vor ein paar Jahren. Um ehrlich zu sein, es klappte auch nicht besonders gut. Sie war nicht ... geeignet. Jetzt versuche ich, es allein zu schaffen, und es fällt mir sehr schwer. Mutters Gedächtnis läßt immer mehr nach, und sie braucht mehr und mehr Zeit und Aufmerksamkeit. Wenn man sie allein läßt, wird sie gereizt.«

Victoria sah auf einmal niedergeschlagen aus. »Richard ist sehr gut zu ihr, aber er hat mit der Farm und den Reparaturen hier im Haus zu tun. Wir bräuchten Hilfe, aber wir wissen nicht, an wen wir uns wenden sollen.«

Eine Warnglocke schrillte in Eleanors Kopf. Bat Victoria Laffan um Hilfe oder Rat oder was?

Eleanor sah auf ihre Uhr. »So spät schon! Gleich halb acht. Sicher wollen Sie anfangen, Frühstück zu machen.«

Eleanor sah, daß Ms. Laffan pikiert war, weil sie das Thema so abrupt fallengelassen hatte.

»Die R-R-Rowlands werden es n-n-nicht eilig haben. Zumindest *er* n-n-nicht«, sagte Richard, und ein leichtes Grinsen spielte um seine Lippen. »N-N-Nach dem, was ich g-g-gestern abend gesehen habe.«

Eleanor nickte ihm zu. »Ja, ich glaube, Mr. Rowland wird heute gerne länger schlafen.«

»Und seine Frau?« fragte Ms. Laffan kühl.

Sie war verärgert. Sie hatte Eleanor ihre Probleme anvertraut und zweifellos Hilfe und Rat erwartet.

Eleanors spontane Reaktion darauf war, nichts zu sagen. Nichts anzubieten. Sie wollte nichts damit zu tun haben. Sie hatte dabei kein gutes Gefühl, aber sie mußte sich jetzt um sich selbst kümmern. Die Probleme anderer Leute hatte sie aufgegeben – zumindest für eine Weile.

Zu Eleanors Erleichterung platzte Niamh in die Küche.

»Guten Morgen allerseits! Gott, Sie sind aber früh auf, Mrs. Ross! Wollten Sie zeitig mit Ihrem Buch beginnen? Das nenne ich Hingabe. Ach, Ms. Laffan, ich habe gehört, daß Sie Mrs. Rowland erwähnten. Ich habe sie gerade herunterkommen sehen. Sie steht immer früh auf und liest nach dem Frühstück ihre Zeitung gern draußen im Garten.« Niamh warf ihre Jacke über einen Stuhl und öffnete den Kühlschrank. »So, ich fange jetzt an, ja? Ich bringe Mrs. Rowland schon mal eine Tasse Tee, Sie haben ja schon welchen gemacht. Und ihre Rühreier werden im Nu fertig sein, keine Sorge!«

Ms. Laffan sah Niamh dankbar an. »Danke, Niamh. Sie haben alles im Griff ... wie immer. Wenn Sie nach Mrs. Rowland gesehen haben, könnten Sie vielleicht auch ihrem Mann eine Tasse Tee bringen. Anscheinend geht es ihm heute morgen nicht so gut.«

Niamh wandte sich an Richard. »*Ich* betrete die Höhle des Löwen nicht, ganz egal, wie es ihm geht! Das kannst du machen. Für dich ist es ungefährlich ... denke ich!«

»Was soll das heißen, Niamh?«

»Äh ... nichts, Ms. Laffan.«

Eleanor entschied, daß es an der Zeit war, Mrs. Rowland beim Frühstück Gesellschaft zu leisten. Hastig verließ sie die Küche.

»Was hältst du davon?« fragte Victoria ihren Neffen. »Sie ist ziemlich eigenartig, nicht?«

Er zuckte mit den Schultern.

»Sehr eigenartig. Einen Augenblick lang ist sie ganz Ohr,

106

und im nächsten läuft sie davon wie eine Katze, die sich verbrannt hat.«

»Ich g-g-glaube, es war ihr p-p-peinlich, all das über G-G-Granny zu hören.«

Niamh blickte von den Rühreiern auf. »Peinlich? Mrs. Ross? Das bezweifle ich. Sicher ist sie daran gewöhnt, viel Schlimmeres zu hören.«

Victoria zog eine Augenbraue hoch. »Wieso?«

Niamh butterte eine Scheibe Toast. »Das ist ihr Beruf. Oder war es wenigstens. Sie ist so eine Seelenklempnerin ... wie nennt man das doch? Psychologin? Nein, aber so ähnlich. Psychoanalytikerin – na ja, jedenfalls eine von diesen Psychofritzen.«

»P-P-Psychotherapeutin?«

»Ja. So heißt es, Rich. Ich habe auf ihrem Ankleidetisch ihre Visitenkarte gesehen.«

Victoria wurde blaß. »Aber sie hat mir gesagt, daß sie vorhat, sich für ein Jahr in Wicklow niederzulassen. Um zu schreiben.«

»Ich weiß nicht«, sagte Niamh. »Vielleicht hat sie sich ein Jahr frei genommen. Wie nennt man das doch?«

»Ein Sabbatjahr.«

»Ja.« Niamh rührte die Eier in der Pfanne um. »Ein Sabbatjahr.«

Victoria runzelte die Stirn. »Psychotherapeutin? Das gefällt mir nicht ... es macht mich nervös. Diese Leute müssen immer bohren und beobachten. Sie stellen zu viele Fragen.«

Richard war sehr nachdenklich.

»Ich bin gar nicht auf die Idee gekommen, daß sie einen Beruf hat«, fuhr Victoria fort. »Ich habe nie daran gedacht, sie zu fragen. Aber diesen Fehler werde ich nicht noch einmal machen. Ich möchte gern wissen, wer unter meinem Dach wohnt. Gott weiß, worüber sie da oben in ihrem Zimmer schreibt. Sie könnte ja sogar über uns schreiben.«

»D-D-Das bezweifle ich«, sagte Richard langsam. »Tante V-

107

V-Victoria, ich habe einen V-V-Vorschlag. Wie Niamh sagte, Mrs. R-R-Ross ist an alle möglichen F-Familienprobleme gewöhnt.«

»Ja, und?« fragte seine Tante in gereiztem Ton.

»Na ja, wir k-k-könnten sie f-f-fragen . . .«

Niamh stellte klirrend einen Teller auf den Tisch, so daß Victoria nicht verstehen konnte, was ihr Neffe sagte. »Könntest du das wiederholen, Richard? Ich habe es nicht ganz mitbekommen.«

»Rich hat mir erzählt, daß Sie gestern abend ausgegangen sind. Hat es Ihnen gefallen?« fragte Niamh Eleanor nach dem Frühstück.

»Ja, danke«, antwortete Eleanor nüchtern.

»Na, wie finden Sie das O'Meara's? Es muß Ihnen vorgekommen sein wie ein Lokal, in dem Sägespäne auf der Erde liegen und die Leute auf den Boden spucken. Nicht so schick wie die Pubs in Dublin.«

Die gute Niamh. Wie viele Leute glaubte sie, das Leben in der Hauptstadt sei aufregend, aber seit Eleanor vor weniger als einer Woche angekommen war, hatte sie gelernt, wie ereignisreich das Landleben sein konnte.

»Sie haben also Brenda Boylan getroffen?«

»Mmh.« Eleanor stellte die schmutzigen Teller auf Niamhs Tablett.

»Manche Leute finden sie nett.« Niamh räumte die Getreideflocken wieder auf das Buffet. »Ich würde sagen, sie ist vielleicht ein bißchen zu nett – wie ihre Mutter«, plapperte Niamh weiter. »Das ganz Dorf redete über Carol Boylan, schon lange vor ihrem Tod, meine ich. Es heißt, sie wäre hübsch gewesen. Na ja, sicher war sie das auch, auf eine etwas auffällige Art. Sie interessierte sich sehr für Kleidung, wissen Sie. Kam in den tollsten Klamotten in die Sonntagsmesse. Das hätten Sie sehen sollen! Jedenfalls verstand sie es, das Geld des alten Boylan auszugeben.«

Niamh wischte einige unbenutzte Löffel mit ihrer Schürze ab. »Meine Mutter sagte immer, sie wäre wie ein Hammel, der sich als Lamm verkleidet. Unmengen Make-up. Sie war ein etwas lockerer Vogel, wenn Sie verstehen, was ich meine. Ich habe gehört, daß sie mit anderen Männern ging«, sagte sie anzüglich.

In diesem Moment kam Mrs. Rowland aus dem Garten herein, und Niamh ging in die Küche zurück. Eleanor war dankbar, daß dieses Gespräch beendet war.

Die alte Dame faltete die Zeitung zusammen und näherte sich Eleanor schüchtern. »Mrs. Ross, ich bin froh, daß ich Sie noch antreffe, bevor Sie nach oben gehen. Ich wollte beim Frühstück nichts sagen, wegen der Gallaghers, aber ich möchte mich für den trunkenen Zustand meines Mannes gestern abend entschuldigen. Ich hoffe, Sie waren nicht zu bestürzt.«

»Ach, keine Angst, Mrs. Rowland, so empfindlich bin ich nicht.« Gerry Rowland war die geringste ihrer Sorgen.

»Ich habe ihn heute früh ausschlafen lassen. Sie haben also gestern abend keinen Anstoß genommen? Er wollte sich nicht betrinken, aber manchmal verliert er die Kontrolle über sich. Er kennt seine Grenzen nicht.«

»Denken Sie nicht mehr daran«, sagte Eleanor. »Ich hatte einen netten Abend, und ich danke Ihnen, daß Sie mich mitgenommen haben.«

Mrs. Rowland lächelte und verließ das Speisezimmer. Sie hatte einen entschlossenen Ausdruck im Gesicht, und Eleanor ahnte, daß ihr Mann eine ordentliche Gardinenpredigt zu hören bekommen würde.


Eleanor ging in ihr Zimmer hinauf und schaltete den Computer ein. Sie beendete gerade Seite neunzehn, als sie jemanden an der Tür hörte. Rasch drehte sie sich um. Es war Richard.

»Was möchten Sie?« sagte sie unfreundlich. »Ich habe zu tun.«

Gott, sie wurde zu einer richtigen alten Nörglerin.

»W-W-Wenn Sie mit der Arbeit f-f-f ...«

In diesem Augenblick reizte sein Stottern sie.

»Fertig sind«, brachte er schließlich heraus, »w-w-würde ich Sie g-g-gern richtig mit Granny Laffan b-b-bekanntmachen.«

Deren wilder Gesichtsausdruck ging Eleanor immer noch nach. Ein Zusammentreffen war mehr als genug, vielen Dank. Und außerdem hatte Eleanor zuviel zu tun. Sie war hergekommen, um Ruhe und Frieden zu finden. Bisher hatte sie von beidem noch wenig bekommen.

»Ich habe keine Zeit, Richard, es tut mir leid.«

Sie wandte sich wieder ihrem Bildschirm zu.

»B-B-Bitte, Mrs. Ross. Es wird nicht v-v-viel von Ihrer Zeit in Anspruch n-n-nehmen.«

Sie drehte sich noch einmal um. Er saß auf ihrem Bett und sah bemitleidenswert aus.

»Seien Sie so nett und stehen Sie von meinem Bett auf«, sagte sie und bemühte sich, streng zu klingen.

Er sprang verlegen auf, und sie ging hinüber und strich die Decke glatt.

»Sie w-w-würden sie mögen, w-w-wenn Sie sie kennen würden«, beharrte er.

Eleanor ging wieder an ihren Computer.

»Schon gut. T-T-Tut mir leid, daß ich Sie g-g-gestört habe.«

Niedergeschlagen wandte er sich zur Tür.

»Ach, kommen Sie zurück«, sagte Eleanor ungeduldig. »Ich werde zu ihr gehen, wenn ich mit diesem Absatz fertig bin. Wo finde ich Sie?«

»B-B-Bei ihr. Das l-l-letzte Zimmer im z-z-z ...«

»Im zweiten Stock. Ich weiß. Direkt über mir.«

Ach, verflixt, sie hätte den Satz nicht für ihn beenden dürfen. Das war nicht fair, aber ihm schien es nichts auszumachen. Er war zu froh, daß sie eingewilligt hatte, seine Großmutter kennenzulernen.

Ihr Zimmer war ungewöhnlich. Rosa Tapete, malvenfarbener Teppich, rosa Vorhänge. Sie saß in einem rosa Polstersessel, trug einen rosa Morgenrock, und das lange, weiße Haar war mit einem rosa Chiffonschal zurückgebunden. Sie sah wie eine demente Version von Barbara Cartland aus. Eleanor wünschte, sie wäre an ihrem Computer geblieben. Richard, der neben seiner Großmutter saß, winkte sie näher heran.

»D-D-Das ist Mrs. Ross, Granny.«

Die alte Dame strahlte sie an. Eleanor näherte sich ihr trotzdem nur vorsichtig und streckte die Hand aus. »Hallo«, sagte sie. »Freut mich, Sie kennenzulernen.«

Die alte Dame grinste, und ihre falschen Zähne sanken ein Stückchen tiefer. Gott, war das schrecklich. Sie quetschte Eleanors Hand so zusammen, daß der Ehering sich tief in das weiche Fleisch ihres Ringfingers grub. Granny hatte wahrhaftig einen festen Händedruck.

»Sehr erfreut!« Ihre Stimme war schockierend laut.

»Nehmen Sie sich einen Stuhl und plaudern Sie ein bißchen mit mir«, sagte sie liebenswürdig. Eleanor tat wie geheißen.

»Sind Sie verheiratet, Mrs. Rock?«

»Ross. Ich heiße Ross«, sagte Eleanor. »Nein, ich bin nicht verheiratet. Nicht mehr. Ich bin Witwe.«

»Witwe? Aber Sie sind noch eine junge Frau. Ich bin Witwe, aber das ist etwas anderes. Ich bin alt und vertrottelt. Völlig verblödet. Hat man Ihnen das gesagt?« Sie starrte Eleanor über den Rand ihrer rosa eingefaßten Brille hinweg an. »Sehr schlimm, in Ihrem Alter den Mann zu verlieren.«

Das hörte sich an, als habe Eleanor sich irgendeine Nachlässigkeit zuschulden kommen lassen.

»Wollen Sie denn wieder heiraten? Ach, jetzt, wo ich Sie aus der Nähe sehe, merke ich, daß Sie doch nicht mehr so jung sind. Wie alt sind Sie? Vierzig? Vielleicht schon ein bißchen zu alt, um noch einen anderen Mann zu finden.«

Richard wurde scharlachrot. »G-G-Granny Laffan, das ist aber nicht n-n-nett.«

»Nett?« dröhnte die alte Dame. »In meinem Alter habe ich keine Zeit mehr, nett zu sein. Ich sage immer genau das, was ich denke.« Sie sah wieder Eleanor an. »Das ist eines der wenigen Privilegien des Alters, Mrs. Rooney. Aber Sie werden es eines Tages selbst merken.«

»B-B-Bitte, Granny.«

»Oh, Richard, hör um Gottes willen sofort mit diesem Stottern auf. Ich dulde das nicht.« Sie schlug ihm mit der Zeitung auf den Arm.

Er war nicht im geringsten verstört. »Entschuldigung, Granny.«

Zwei Worte ohne jedes Stottern!

»Ich werde ganz bestimmt nicht wieder heiraten, Mrs. Laffan«, sagte Eleanor betont.

»Wovon redet sie?« Sie wandte sich an ihren Enkel. »Wer ist diese Person, Richard?«

Eleanor fing an, die komische Seite der Sache zu sehen, aber sie spürte Richards Verlegenheit.

»Richard, was macht diese Frau in meinem Zimmer? Bring sie weg! Bring sie weg!«

Eleanor stand auf, nur zu froh, gehen zu können. »Auf Wiedersehen, Mrs. Laffan . . .«

»Setzen Sie sich!« brüllte die alte Frau. »Ich bin noch nicht fertig mit Ihnen. Setzen Sie sich!«

Richard hustete nervös. »Sie ist nicht mit Absicht grob.« Noch immer keine Spur von Stottern.

»Ist schon gut, ich verstehe.« Eleanor setzte sich wieder.

»Was ist los, junge Frau? Was flüstern Sie mit meinem Enkel? Ich will es hören. Hat Ihre Mutter Ihnen nicht beigebracht, daß es unhöflich ist, in Gegenwart anderer zu flüstern?«

Eleanor hielt ihrem Starren stand. »Doch, das hat sie, Mrs. Laffan. Aber ich glaube nicht, daß Sie mir Vorträge über Manieren zu halten haben.«

Richard prustete.

Mrs. Laffan runzelte die Stirn: »Was haben Sie gesagt?«

»Sie haben es gehört«, antwortete Eleanor, diesmal höflich.

»Granny, das ist Mrs. Ross. Sie ist für einen Monat zu uns gekommen. Sie heißt ...«

»Mrs. Ross, ich weiß«, erwiderte die alte Dame unwirsch. »Glaubst du, ich bin senil oder was?« Wieder schlug sie ihm auf den Arm. »Ich bin müde. Hilf mir ins Bett, damit ich mich ausruhen kann. Ich mag sie. Bring sie morgen wieder zu mir.«

Richard führte sie zu dem großen Doppelbett in der Ecke. Sie drehte sich um und rief Eleanor zu:

»Kommen Sie mich morgen besuchen, Mrs. Roth. Ich habe beschlossen, daß ich Sie gern wiedersehen möchte.«

Später, am Nachmittag, lud Ms. Laffan Eleanor in ihr privates Wohnzimmer ein. Richard war auch da. Eleanors sechster Sinn sagte ihr, daß etwas in der Luft lag.

Ms. Laffan reichte ihr eine Tasse Kaffee. »Sie haben ja gesehen, wie sie ist. An manchen Tagen ist sie klarer als an anderen. Es ist eine schreckliche Krankheit, weil man von Tag zu Tag und von Minute zu Minute nie weiß, was einen erwartet.«

»Sie ist ... nett«, sagte Eleanor.

Und es ist so traurig, dachte sie.

»Sie sind sehr freundlich, meine Liebe. Manchmal ist sie *wirklich* nett, sanft und liebenswürdig, und zu anderen Zeiten ... kann sie schwierig sein.«

»Kann *ich* Ihnen irgendwie helfen?«

Die Worte waren draußen, ehe Eleanor es verhindern konnte.

»W-W-Wir möchten Ihnen n-n-natürlich nicht zur Last fallen.«

Richard stotterte wieder. Interessant.

Eleanor dachte nach. Diese Leute hatten Probleme. Jetzt, da sie wußte, daß man es nicht selbstverständlich von ihr erwartete, hatte sie das Gefühl, helfen zu können. Sie hatte sich etwas vorgemacht, als sie hatte abreisen wollen. Der Besuch in Granny Laffans Zimmer heute hatte sie tief beeindruckt. Sie *mochte* die alte Dame. Sie war verwirrt, irritierend – aber Eleanor hatte etwas von ihrem einstigen Elan gesehen. Zu ihrer Zeit mußte sie recht eindrucksvoll gewesen sein.

»Nein, ich meine das ernst. Ich würde gern helfen, wenn ich könnte.«

Ms. Laffan stellte ihre Kaffeetasse hin. »Ach, Mrs. Ross! Ich bin so erleichtert, daß Sie das sagen. Darauf hatten wir gehofft. Ich weiß, daß Sie morgens gern an Ihrem Buch arbeiten, aber wenn Sie sie jeden Tag von zwei bis fünf übernehmen könnten, wäre das ideal. Es wäre mir eine große Hilfe.«

Drei Stunden unbezahlte Arbeit täglich? Das war ein bißchen sehr irisch. Eleanor hatte gemeint, sie könne ab und zu einspringen. Sie hatte nicht die Absicht gehabt, sich *jeden* Tag um die Großmutter zu kümmern.

Ms. Laffan nahm ein Blatt Papier und einen Stift aus der Schublade des Couchtischs. »Natürlich würden wir Ihnen den Zeitaufwand bezahlen.«

»O nein, nein. Von Bezahlung kann keine Rede sein«, beharrte Eleanor.

»Aber Mrs. R-R-Ross, meine T-T-Tante könnte nicht akzeptieren ...«

»Nein, Mrs. Ross, absolut nicht. Aber ich habe eine Idee.«

»Ja?« Eleanor fürchtete sich beinahe, diese Idee zu hören.

»Wenn Sie nicht bezahlt werden möchten, könnten wir eine andere Vereinbarung treffen.«

»Eine andere Vereinbarung?«

»Ja ...«, sagte Ms. Laffan langsam. »Freie Kost und Logis. Was würden Sie dazu sagen?«

Eleanor war verblüfft. Darüber ließe sich reden. Aber was war mit ihren Plänen, ein Cottage zu mieten?

»Was genau würde von mir erwartet, Ms. Laffan?«

»Nur, daß Sie bei ihr sitzen. An schönen Tagen können Sie mit ihr im Wald spazierengehen. Und sie hat es gern, daß man ihr etwas vorliest, nicht wahr, Richard? Märchen, man glaubt es kaum. Aber sie liebt auch die Klassiker, selbst wenn sie nicht alles versteht.« Ms. Laffan hielt inne. »Tatsächlich ist sie die meiste Zeit sehr lieb, nicht, Rich?«

Richard nickte begeistert. »Sehr l-l-lieb. D-D-Das war sie immer. Besonders, wenn s-s-sie jemanden m-m-mag.«

Worauf ließ Eleanor sich da ein? Würde das eine große Verpflichtung werden? Was, wenn sie nicht mit Granny Laffan fertig wurde? Was, wenn Ms. Laffan zu sehr von ihr abhängig wurde? Es gab so viele Wenns.

»Gut«, sagte sie zögernd. »Ich übernehme sie von zwei bis fünf – vorläufig. In ein paar Wochen können wir die Situation noch einmal überdenken. Meine Pläne stehen noch nicht fest. Ich denke noch immer daran, ein Cottage zu mieten.«

»Ja, ich weiß. Aber um ehrlich zu sein, Mrs. Ross, hier gibt es nicht viele Cottages, die vermietet werden. Möglicherweise müßten Sie lange darauf warten.«

»Mmh, aber bedenken Sie, ich bin nicht an Coill gebunden. Trotzdem, ich habe es nicht eilig. Wir werden es versuchen.«

»Fangen Sie heute an?« fragte Ms. Laffan eifrig.

Nein. Das ging zu schnell.

»Ich werde am Montag anfangen, wenn ich meinen Zahnarzttermin auf den Vormittag legen kann.«

»Großartig.«

Sie gaben sich die Hand darauf.

Victoria Laffan triumphiert, dachte Eleanor.

»Das ist fabelhaft, Mrs. Ross. Ich weiß, unsere neue Vereinbarung wird uns beiden von Nutzen sein.«

»Ja, das wird sie sicher, Ms. Laffan.«

# 6

»Also, Mutter, was meinst du?« Victoria wartete darauf, daß
die alte Dame begriff. »Nur für drei Stunden am Tag. Sie ist
eine sehr nette Dame. Sehr professionell.«

Sie hielt noch rechtzeitig inne. Wenn ihre Mutter herausfand, welchen Beruf Eleanor Ross hatte, würde sie Zeter und
Mordio schreien. Sie hatte es nicht gut aufgenommen, als
Victoria letztes Jahr ihren Geisteszustand hatte untersuchen
lassen. Die Ärztin aus dem Krankenhaus von Blanchards-
town, die auf geriatrische Medizin spezialisiert war, war sehr
freundlich und fürsorglich gewesen, aber ihre Mutter war extrem ärgerlich geworden. Warum sie all diese albernen Fragen
beantworten müsse, hatte sie wissen wollen. Was gingen die
Namen des Premierministers von Irland oder des Präsiden-
ten oder verschiedener Hauptstädte sie an? Sie war bestürzt,
wenn sie nicht die richtige Antwort geben konnte. Und sie
hatte Victoria vorgeworfen, sie versuche, sie in eine Anstalt
zu sperren.

»Ist dir das recht, Mutter? Daß Mrs. Ross nachmittags zu
dir kommt?«

»Wie soll ich das wissen, Vi? Ich kenne die Person überhaupt nicht, um die es sich handelt. Aber auf mich brauchst
du nicht zu hören«, fügte sie bitter hinzu. »Ich bin sicher, daß
meine Meinung nicht zählt.«

O Gott, das wird einer von diesen Tagen, dachte Victoria.

»Doch, du kennst sie, Mutter. Du hast sie tatsächlich erst

heute morgen gesehen. Richard hat sie zu dir gebracht. Sie hat dir gefallen.«

Granny Laffan gab ein gackerndes Geräusch von sich. Es paßte zu ihrem Aussehen. Wie sie da im Bett saß, in zwei weiße Schals gehüllt, das weiße Haar auf dem Oberkopf gelockt, sah sie aus wie ein Huhn.

»Red keinen Unsinn. Richard hat mich seit Ewigkeiten nicht besucht. Vielleicht war es dein Vater, der diese Frau kennengelernt hat. Ja, wahrscheinlich. Apropos, wo *ist* dein Vater, Vi? Warum kommt er mich nicht besuchen? Ich erinnere mich an eine Zeit, als wir uns niemals trennten. Er konnte gar nicht genug von mir bekommen.« Sie bürstete ein imaginäres Staubkörnchen von ihrer Steppdecke. »Aber so ist es nicht mehr, muß ich leider sagen. Er ist neuerdings ziemlich nachlässig.«

Was nun?

»Er hat zu tun, Mutter. Er wird dich später besuchen kommen.«

Würde sie das besänftigen? Victoria hoffte es. Wie konnte sie schon wieder erklären, daß ihr Vater seit fast dreißig Jahren tot war? In letzter Zeit redete ihre Mutter dauernd über ihn. Sie kehrte in die Vergangenheit zurück.

»Er sollte besser bald kommen«, sagte ihre Mutter warnend. »Und du kannst Lorna sagen, daß ich mit ihr auch nicht zufrieden bin. Sie ist genauso schlecht wie dein Vater. Egoistisch. Warum kommt sie mich nicht besuchen? Warum plaudert sie nicht mit mir? Warum?«

Victoria ballte die Fäuste im Schoß.

»Lorna . . . Lorna ist nicht mehr bei uns. Das weißt du, Mutter. Sie lebt nicht mehr.«

»Sie liegt im Bett? Warum liegt sie im Bett? Sie schwänzt doch wohl nicht schon wieder die Schule, oder? Oh, sag ihr, sie soll sofort aufstehen, Victoria. Dein Vater mißbilligt es, wenn ihr Mädchen im Bett herumliegt. Und ich bin nicht in der Stimmung für einen seiner Vorträge.«

Victoria hätte sie am liebsten geschlagen.

»Nun mach schon, Mädchen«, schrie ihre Mutter. »Geh und hol sie sofort aus dem Bett. Sie wird zu spät zur Schule kommen, und das geht einfach nicht. Wir können es uns nicht leisten, nachlässig zu werden, nicht, Vi? Dein Vater besteht darauf, daß alles tadellos klappt. Und er hat natürlich recht. Also lauf und ruf deine Schwester.«

Victoria bewegte keinen Muskel.

»Warum sitzt du da wie eine Schwachsinnige? Nun geh schon, sage ich. Ruf Lorna sofort. In diesem Moment. Und du brauchst überhaupt nicht so ein Gesicht zu ziehen, du dummes Mädchen. Die Leute schauen zu uns auf, Victoria. Es ist sehr wichtig, daß wir ein gutes Beispiel geben. Das ist unsere Pflicht.«

»Ja, Mutter.«

Über Pflicht wußte Victoria Laffan alles. Sie war den Tränen nahe. Tränen der Wut, der Frustration, des Selbstmitleids. Warum mußte ihre Mutter an dieser schrecklichen, schrecklichen Krankheit leiden? Warum? Wieder mußte sie sich auf die Zunge beißen und so tun, als täte sie wie geheißen. Wenn sie es doch bloß als Spiel behandeln könnte, dann wäre es nicht so schlimm. Aber das war unmöglich. Sie sah ihre Mutter immer noch so wie früher: eine starke, unabhängige Frau, die das Anwesen nach dem Tod ihres Mannes sehr gut verwaltet hatte.

Tatsächlich war ihre Mutter zu seinen Lebzeiten, als Victoria noch ein kleines Mädchen war, eher schüchtern gewesen. Doch nach dem tragischen Unfall ihres Mannes hatte Iris Laffan zu sich selbst gefunden. Sie hatte alles selbst in die Hand genommen, die Felder verkauft, um ihre Schulden zu bezahlen, und war im Gemeindeleben von Coill sehr aktiv geworden.

Und sie jetzt in diesem verwirrten, erregten Zustand zu sehen, vollkommen von anderen abhängig ... Es war herzzerreißend.

Am Ende holten die Schuldgefühle Eleanor ein. Sie nahm den Telefonhörer in der Halle ab und wählte die Nummer ihrer Eltern.

»Hallo, Mum?«

»Eleanor! Schön, deine Stimme zu hören! Ich hätte dich angerufen, aber ich wollte dich nicht stören. Wie geht es dir, Liebes!«

»Gut, Mutter. Sehr gut. Ich rufe nur an, um mich zu erkundigen, wie es euch allen geht.«

»Hier ist alles wie immer, Ellie, nur daß Mona sich auf die Reise nach Lanzarote vorbereitet.«

»Die Reise nach Lanzarote?«

»Ja, wußtest du das nicht? Sie hat Des überredet. Sie fahren alle fünf nächste Woche.«

»Alle fünf? Sie nehmen Jenny mit?«

»Ja. Der reine Wahnsinn. Ich habe angeboten, Jenny zu mir zu nehmen, wenn sie, Des und die beiden anderen in Urlaub fahren, aber Mona hat glatt abgelehnt. Sie hat gesagt, sie hätten eine schöne große Erdgeschoßwohnung direkt am Strand bekommen. Aber ich finde es trotzdem verrückt. Die Sonne kann nicht gut sein für die kleine Jenny. Oh, deine Schwester ist sehr unnachgiebig. Sie wollte nichts davon hören, Jenny hier zu lassen. Andererseits ist es vielleicht gut so. Dein Vater war erleichtert, muß ich zugeben.«

Das konnte Eleanor sich vorstellen. »Also hat Mona alle Hände voll zu tun?«

»O ja. Sie wohnt praktisch im Schönheitssalon: läßt sich die Beine mit Wachs enthaaren, läßt sich massieren, läßt sich Gesichtspackungen auflegen, geht auf die Sonnenbank und was weiß ich noch alles.«

»Na, ich hoffe, sie werden eine schöne Zeit haben, Mum. Wie geht es dir und Dad?«

»Bestens, Gott sei Dank. Er hat seine Erkältung überwunden. Wir denken selbst daran, vielleicht einen kleinen Urlaub zu machen. Wenn ich deinen Vater dazu bewegen kann, den verdammten Laden für ein paar Tage allein zu lassen. Ich meine, Liam wird sich sehr gut um alles kümmern. Er hat seine Sache großartig gemacht, als dein Vater krank war, nicht? Er arbeitet ja schon seit ewigen Zeiten bei deinem Vater. In Wirklichkeit ist Liam derjenige, der jetzt die meiste Arbeit leistet. Er gibt alle Bestellungen auf und kümmert sich um die Lieferanten, von den Kundenkonten ganz zu schweigen. Aber versuch mal, deinem Vater das zu sagen. Ehrlich, ich liebe ihn von Herzen, aber man braucht die Geduld eines Heiligen, um mit ihm auszukommen. Er hat sehr eigenwillige Vorstellungen.«

Eleanor lächelte.»Ich glaube, wir alle denken gern, wir wären unentbehrlich, Mum. Aber ich finde auch, daß du einen kleinen Urlaub planen solltest. Ihr habt beide eine Ruhepause verdient. Wohin möchtest du? Kerry?«

»Kerry?« Ihre Mutter kicherte am anderen Ende der Leitung.»Ich dachte an London. Ruhe ist nicht das, was ich will. Ich möchte ein bißchen Abwechslung.«

Eleanor fragte sich, wie ihr Vater darauf reagieren würde.

»Ach, Ellie, ich kann es gar nicht erwarten! London! Die Geschäfte, die Shows, die Galerien – es ist so aufregend! Ich denke an nichts anderes. Ich bearbeite deinen Vater noch, aber ich glaube, ich werde ihn bald überzeugt haben.«

Das stimmte. Ihr Vater würde sich widersetzen, aber am Ende würde er nachgeben. Er wußte, was gut für ihn war.

»Und du, Eleanor? Wie geht es dir in The Lodge?«

»Oh, fabelhaft.«

Es hing schließlich davon ab, wie man es betrachtete. Eleanor erwähnte die ungewöhnlichen Vorfälle, die Gerüchte oder die Spannungen im Haus nicht. Ihre Eltern würden sie sonst für verrückt halten, wenn sie blieb. Würden vielleicht sogar angefahren kommen, um sich selbst einen Eindruck zu verschaffen. Es spielte keine Rolle, daß Eleanor eine reife Frau und Mona Mutter von drei Kindern war – ihre Eltern waren der Meinung, daß man noch immer nach ihnen sehen mußte.

»Komm schon, Eleanor. Wie steht es wirklich?« Ihre Mutter haßte es, wenn jemand einer Frage auswich.

»Gut – ehrlich. Ich fühle mich wohl hier. Alle sind sehr freundlich, und ich komme mit dem Buch voran. Es ist schwerer, als ich dachte, aber allmählich habe ich den Bogen raus.«

»Gut.« Ihre Mutter zögerte. »Hast du auch neue Freunde gefunden? Du bist doch nicht einsam, oder?«

»Nein, nein, ich bin nicht einsam, Mum. Die anderen Gäste sind nett. Ms. Laffan ist auch sehr angenehm, wenn sie auch viel zu tun hat. Die meisten hier sind entweder viel älter oder viel jünger als ich, also würde ich sie nicht wirklich als Freunde bezeichnen, aber mir fehlt es gewiß nicht an Gesellschaft.«

»Das ist gut«, antwortete ihre Mutter. »Aber ich fände es trotzdem schön, wenn du dich mit jemandem anfreundest. Allerdings wolltest du ja auch Zeit für dich allein haben, Eleanor. Um in Ruhe schreiben zu können.«

»Vollkommen richtig.« Eleanor lachte. »Ich brauche Ruhe – und Frieden und Disziplin. Ein Jammer, daß ich keinen Roman schreibe. Coill inspiriert ungemein.«

»Wieso?«

»Ich scherze bloß«, sagte Eleanor schnell. »Es gibt hier ein paar sehr interessante Gestalten, das ist alles.«

»Interessant?«

»Na ja, seltsam.«

»Seltsam?« wiederholte ihre Mutter mit besorgter Stimme. »Was meinst du mit *seltsam*?«

Eleanor lachte wieder. »Unwichtig, Mum. Sie sind einfach anders. Ich bin sicher, daß sie *mich* seltsam finden.«

»Das klingt alles sehr mysteriös, Liebes«, sagte ihre Mutter vorsichtig.

»Nun«, antwortete Eleanor, »wie du immer sagst, Mum, wenn wir alle gleich wären, wäre die Welt ziemlich langweilig.«

An ihrem letzten Abend gesellten die Rowlands sich im O'Meara's zu Brenda und Eleanor. Nach dem übermäßigen Alkoholgenuß am Vortag trank Mr. Rowland nur Mineralwasser mit Zitronensaft. Eleanor würde die Rowlands vermissen, vor allem Mrs. Rowland. Mrs. Rowland stieß ihren Mann an, damit er ihnen eine Runde Drinks bestellte. Er rief Ron, den Barmann.

»Was werden Sie für den Rest des Sommers tun, Mrs. Rowland?« fragte Brenda.

»Nun, ich habe den Garten, der mich auf Trab hält, und Gerry muß nächste Woche ins Krankenhaus.«

»Ach ja?« sagte Eleanor.

»Nun, jedem so, wie er es verdient«, sagte Mrs. Rowland abschätzig.

»Nichts Ernstes, meine Liebe.« Rowland zwinkerte Eleanor zu. »Ein eingewachsener Zehennagel, das ist alles. Tut aber höllisch weh. Ich denke, es ist verdammt viel schlimmer geworden durch all die Spaziergänge, die ich mit ihr in den letzten paar Tagen machen mußte. Meine große Zehe ist schrecklich geschwollen. Ich könnte schwören, daß es Gicht ist. Heinrich der Achte hat doch daran gelitten, nicht?«

Mrs. Rowland lächelte Eleanor sarkastisch an. »Gottes Wege sind geheimnisvoll, meinen Sie nicht, Mrs. Ross?«

Ron trat mit dem Tablett mit Drinks zu ihnen und ersparte Eleanor eine Antwort. In diesem Moment kam durch die andere Tür Matt Kelly hereingeschlendert, und Eleanor sah, daß Brenda darüber nicht erfreut war. Er trug ein rotes Hemd mit offenem Kragen, der eine breite, behaarte Brust entblößte. Sein After-shave stank zum Himmel. Er ging an ihnen vorbei, grinste Brenda an und betrat die Bar. Brenda wurde rot, entschuldigte sich und ging zur Toilette. Die Rowlands hatten anscheinend nichts davon mitbekommen.

»Wie finden Sie unsere Victoria?« fragte Mr. Rowland Eleanor.

»Nun, um ehrlich zu sein, ich weiß nicht recht. Ms. Laffan

ist ... manchmal finde ich es ein bißchen anstrengend, mit ihr zu reden. Ich glaube, sie steht ziemlich unter Druck.«

»Mmh«, stimmte Mrs. Rowland zu. »Ja, das tut sie. Sie hat viel zu verkraften.«

»Gestern nacht habe ich die alte Dame kennengelernt. Sie ist in mein Zimmer gekommen. Ich war ziemlich erschrocken.«

Mrs. Rowland nippte an ihrem trockenen Sherry. »Da sind Sie nicht die erste. Wir kennen sie natürlich schon lange.«

»Ms. Laffan?«

Sie nickte. »Und ihre Mutter. Die ganze Familie. Wir kommen seit Jahren nach The Lodge, nicht, Gerry?«

Er zog nachdenklich an seiner Zigarre. »Ja, allerdings. Müssen wohl dreißig Jahre sein. Wir kommen ein paarmal im Jahr hierher. Natürlich machen wir auch im Ausland Ferien. Ich habe gern ein bißchen Sonnenschein.« Er lächelte Eleanor zu. »Ja, meine Liebe, wir gehören inzwischen fast zur Familie der Laffans. Wir kommen schon, seit Jessica ein Baby war.«

»Unsere Tochter in Australien«, sagte seine Frau. »Ich habe Ihnen doch von ihr erzählt. Ja, wir kannten sie alle, bis auf den alten Mr. Laffan, der bei diesem Traktorunfall umkam. Haben Sie davon gehört? Ja? Anscheinend war er ein ziemlicher Tyrann.«

Also hatte das Bild im Treppenhaus nicht gelogen.

»Richard war ein süßer kleiner Kerl, als er jünger war, nicht, Gerry? Und unsere Jessica gefiel ihm so.«

»Hatte er immer schon gestottert?« fragte Eleanor.

Mr. Rowland dachte darüber nach. »Ab und an, seit er ungefähr vier oder fünf war, glaube ich. Es scheint schlimmer geworden zu sein. Ich frage mich, ob es die Nerven sind. Was meinst du, Aggie?«

*Aggie?* Mrs. Rowland hieß Aggie? Das paßte überhaupt nicht zu ihr. Eleanor hatte sich etwas wie Emily oder Gertrude oder dergleichen vorgestellt. Aggie? Mußte eine Kurzform von Agnes sein. Nein, das paßte überhaupt nicht zu ihr. Mrs. Rowland war eine gut erhaltene, elegant gekleidete, grauhaarige Dame Anfang Siebzig mit dem sanftesten Gesicht, das Eleanor je gesehen hatte. Sie hätte einen majestätischeren Vornamen tragen sollen.

»Ich glaube schon, daß Richard es mit den Nerven hat, aber das kann man ihm nicht verdenken, oder?« Sie sah ihren Mann an, damit er es bestätigte. »Nach allem, was er durchgemacht hat. Die ganze Familie scheint es mit den Nerven zu haben.«

»Mmh«, stimmte Mr. Rowland zu.

Als könne sie Eleanors nächste Frage spüren, fuhr Mrs. Rowland fort: »Ich nehme an, Sie wissen, daß er seine Mutter verloren hat, als er noch ein Baby war?«

Eleanor nickte und goß mehr Tonic in ihr Glas.

»Nun«, sagte Mrs. Rowland, »sein Vater brachte ihn zurück nach Coill zu seiner Tante und seiner Großmutter, was die beiden nicht gerade erfreute.«

»Die Laffans? Hatten sie etwas gegen das Kind? Das kann ich mir nur schwer vorstellen, Mrs. Rowland. Ms. Laffan liebt Richard doch abgöttisch.«

»Ja, das tut sie«, sagte Mrs. Rowland. »Nein, nein, gegen das Kind hatten Mrs. Laffan und Victoria nichts. Sie haben Richard beide vergöttert. Er war aber auch süß. Gott segne ihn. Ein dichter schwarzer Lockenschopf und das niedlichste Gesicht, das man sich vorstellen kann. O nein, er war ein entzückendes Baby. Und jetzt ist er ein sehr hübscher junger Mann, nicht? Ich glaube, Niamh Byrne hat ein Auge auf ihn geworfen.«

»Es war Aidan Brady, den sie nicht ausstehen konnte.« Mr. Rowland trank von seinem Mineralwasser. »Er war schon damals ein Tunichtgut.«

»Allerdings sah er sehr gut aus«, unterbrach Mrs. Rowland ihn sanft. »Ich denke, daß Richard sein Aussehen von ihm hat.«

Mr. Rowland konnte das nicht akzeptieren. »Oh, nun warte aber mal eine Sekunde. Was ist mit seiner Mutter? Sie war bestimmt das prachtvollste Geschöpf, das der Herr je geschaffen hat. Wenn sie über die Straße ging, stockte der Verkehr.«

Eleanor war ganz Ohr.

Aggie Rowland runzelte die Stirn. »Wie auch immer, Gerry, aber Tatsache ist, daß alle Frauen aus dem Ort für Aidan Brady schwärmten, als er ganz am Anfang hierherkam.«

»Dich eingeschlossen, meine Liebe«, höhnte Mr. Rowland.

»Hören Sie nicht auf ihn, Mrs. Ross. In meinem Alter! Ich hätte seine Mutter sein können. Ich sage nur, daß Aidan Brady von allen jungen Frauen weit und breit angehimmelt wurde. Und, ehrlich gesagt, ich fand nie, daß er so schlecht war, wie alle meinten.«

»Na ja«, knurrte Gerry Rowland. »Jedenfalls machte er Lorna Laffan den Hof, der jüngeren Tochter. Warum auch nicht? Ich hätte auch gern ...«

»*Lorna?* Ms. Laffans Schwester hieß Lorna?« Eleanor schnappte nach Luft. »Granny Laffan hat letzte Nacht Lorna zu mir gesagt.«

»Sie ist sehr verwirrt, die Ärmste«, sagte Mrs. Rowland.

Mr. Rowland wurde ärgerlich über all diese Unterbrechungen. Er zog lange an seiner Zigarre und stieß langsam und laut den Rauch aus. »Aidan Brady brannte mit Lorna nach London durch, und da haben sie heimlich geheiratet.«

»Ja, sie brannten durch«, sagte Mrs. Rowland mit einem träumerischen Ausdruck. »Irgendwie romantisch, nicht?«

»Also, Victoria und ihre Mutter fanden das nicht«, sagte Mr. Rowland spitz. »Sie gaben ihr keinen Penny mehr. Wollten sie nicht sehen, nicht einmal an Feiertagen. Wollten danach nicht einmal mehr mit ihr sprechen. Sie haßten Aidan Brady, verstehen Sie. Dachten, er wäre nicht gut genug für Lorna.« Er nahm einen weiteren tiefen Zug aus der Zigarre und stieß einen Rauchring aus.

»Warum?« Eleanor sah, wie die Rauchspirale in einem perfekten Kreis nach oben schwebte. »Warum haßten sie Richards Vater so sehr?«

»Ausschweifend, Mrs. Ross«, flüsterte Mr. Rowland ihr zu. »Total ausschweifend.«

»In welcher Hinsicht?«

»In *jeder* Hinsicht«, sagte Mr. Rowland verächtlich. »Was Ihnen auch einfällt, er tat alles – trinken, Unzucht treiben, spielen. Der Mann war eine einzige Katastrophe.«

»Sie nehmen ja kein Blatt vor den Mund, Mr. Rowland.« Eleanor empfand merkwürdigerweise einen gewissen Ärger.

»Aber dieses eine Mal muß ich zugeben, daß Gerry nicht übertreibt, Mrs. Ross ... darf ich Sie Eleanor nennen? Ich habe das Gefühl, daß wir uns schon seit Ewigkeiten kennen, Sie nicht? Und Sie müssen Aggie zu mir sagen.«

»Natürlich, Aggie.«

Mrs. Rowland strahlte Eleanor an und sprach dann weiter. »Aidan Brady war ein Schürzenjäger. Da können Sie jeden in Coill fragen. Er war berüchtigt.«

»Stammte er von hier?« fragte Eleanor hoffnungsvoll.

»Nein, ursprünglich kam er aus Dublin, glaube ich.«

Aus Dublin. Eleanor erschrak. Dann war es möglich. *Derselbe* Aidan Brady wie in ihrer Jugend. Ausschweifend?

Mrs. Rowland zog ihren Mann zu Rate. »Er war doch aus Dublin, nicht, Gerry?«

Gerry Rowland nickte und zündete seine Zigarre wieder an. »Blackrock oder irgendwo in der Gegend. Nahm einen Job bei Coillte an.«

*Blackrock oder irgendwo in der Gegend.* O nein. Eleanor konnte spüren, wie sie errötete. Sie durfte die Rowlands nicht merken lassen, wie betroffen sie war. »Coillte? Hat das etwas mit Forstwirtschaft zu tun?«

»Mmh. Er schaffte es, Mrs. Laffan zu überreden, drei von ihren besten Feldern zu verkaufen. Den Laffans ging es damals ziemlich schlecht. Mrs. Laffan blieb nichts anderes übrig. Ihr Mann, Patrick Laffan – Victorias Vater – war kurze Zeit vorher ums Leben gekommen, und so trug sie die volle Verantwortung für das Anwesen.«

»Das haben wir ihr doch schon erzählt, Gerry«, sagte Mrs. Rowland tadelnd.

»Und wann sind die beiden durchgebrannt?«

»Ungefähr um die Zeit, als wir umgezogen sind. Stimmt das nicht, Aggie? Die arme Mrs. Laffan. Zuerst verlor sie so plötzlich ihren Mann und dann ihre Tochter an einen nichtsnutzigen Flegel.«

»Aber Victoria war ein Schatz... so gut zu ihrer Mutter. Eine wunderbare Tochter.« Mrs. Rowlands Gesichtsausdruck veränderte sich. Sie sah deprimiert aus. »Und sie hat sich dann auch um Richard gekümmert.«

»Sie hatten also finanzielle Probleme«, drängte Eleanor sie weiter.

»Ja, leider. In dem Sommer wurden die Felder verkauft, und die Forstwirtschaftler pflanzten diese Fichten, wissen Sie. Tatsächlich streitet man noch immer darüber, wie viele davon angepflanzt werden dürfen. Die Leute sagen, es sei lächerlich, so viele Fichten zu setzen. Irgendwie hat es mit der Verschmutzung der Flüsse zu tun.«

Eleanor hoffte, daß die Rowlands ihr jetzt keinen Vortrag über die forstwirtschaftlichen Probleme von Wicklow halten würden. Sie wollte den Rest der Geschichte über Aidan Brady hören. Es *mußte* derselbe Mann sein. So weitreichende Zufälle gab es nicht. Sie hatte gehört, er sei aufs College gegangen. Sie hatten sich aus den Augen verloren, und dann hatte Eleanor Larry kennengelernt.

Ganz plötzlich sah sie sie wieder vor sich – ihre erste Begegnung mit Larry. Sie eilte gerade aus einem psychologischen Seminar und prallte vor dem betriebswirtschaftlichen Hörsaal gegen Larry. Eleanor mußte unerwartet den Drang zu weinen unterdrücken.

Sie zwang sich, sich wieder dem Gespräch zuzuwenden. Aidan Brady. Dieser Aidan Brady hörte sich nach einem Ungeheuer an. Ihr Aidan war scheu und sensibel gewesen. Nein, das konnte nicht sein. Aber ein nagender Zweifel blieb. Am

127

Tag ihrer Ankunft in Coill hatte sie das vage Gefühl gehabt, Richard Brady schon einmal begegnet zu sein. Irgend etwas an ihm, an seinem Gang, dem Ausdruck seiner Augen, hatte sie ein wenig nervös gemacht. Doch nur im ersten Moment. Inzwischen hatte sie es vergessen. Aber trotzdem ... Wenn er seinem Vater ähnelte, ergab dieses Déjà-vu-Gefühl einen Sinn.

»Sie haben also in England geheiratet«, sagte Eleanor, »und Victoria blieb in The Lodge?«

»Ja«, antwortete Mrs. Rowland. »Sie hat ihre Schwester schrecklich vermißt. Ich würde sagen, sie nahm ihr übel, daß sie einfach so weggelaufen war. Es gab keine Nachricht von dem jungen Paar, bis es hieß, sie hätten einen Sohn. Mrs. Laffan ignorierte den Brief, aber ich glaube, daß Victoria darauf geantwortet hat.«

»Wie kommen Sie darauf?« Eleanor rief den Barmann und bestellte noch eine Runde. Diesmal sagte Mr. Rowland, er werde es riskieren, ein Bier zu trinken. Aggie schien nicht erfreut zu sein.

»Nicht lange danach ist Victoria nach London gefahren. Sie hatte gehört, es ginge Lorna gar nicht gut. Weißt du das noch, Gerry?«

»Wie ist Lorna gestorben?« fragte Eleanor vorsichtig.

»Das weiß keiner genau. Ich glaube, sie hat unter postnatalen Depressionen gelitten.« Mrs. Rowland zwinkerte Eleanor zu, um sie zum Schweigen zu bringen.

Was wollte sie damit andeuten? Daß Lorna Laffan oder vielmehr Brady Selbstmord begangen hatte? War es das, was Niamh Byrne gemeint hatte, als sie sagte, Aidan Brady habe seine Frau umgebracht?

Mrs. Rowland schaute über die Schulter, um sich zu vergewissern, daß niemand lauschte, und fuhr fort: »Unmittelbar nach Lornas Tod kamen Aidan und sein Sohn mit Victoria hierher zurück. Anscheinend hatte er das Gefühl, sich nicht allein um das Kind kümmern zu können. Er versuchte, seinen früheren Job bei Coillte wiederzubekommen, aber das gelang ihm nicht. Er erbot sich, bei der Farm und dem Gästehaus mitzuhelfen, aber er hatte sich nie gut mit seiner angeheirateten Familie vertragen. Er ging oft mit seiner Freundin aus.«

»Freundinnen, meinst du.« Gerry Rowland schnaubte. »Aidan hielt nichts davon, auf weibliche Gesellschaft zu verzichten. Er nahm, was er kriegen konnte.«

»Ach Gerry, er hatte immer nur *eine* Freundin auf einmal.« Aggie lächelte Eleanor an. »Den Laffans paßte das überhaupt nicht, aber er war ja noch jung und vital. Es ist nicht gut, wenn ein Mann allein ist.«

Eleanor stimmte ihr zu. Larry hatte auch nicht allein sein können. Deswegen war sie so lange geblieben. Er sagte ihr dauernd, er könne ohne sie nicht leben. Aber Mitleid war kein guter Grund, eine Ehe aufrechtzuerhalten.

»Kein Wunder, daß der arme Richard stottert, nicht, Gerry? Er muß hin- und hergerissen gewesen sein zwischen der Liebe zu seinem Vater und der Loyalität gegenüber seiner Tante und seiner Großmutter. Es herrschten schreckliche Spannungen in The Lodge. Das war keine gesunde Umgebung für einen Jungen, wie man es auch betrachtet. Ich frage mich oft, ob es nicht besser gewesen wäre, wenn Aidan in London geblieben wäre und versucht hätte, allein zurechtzukommen. Er hätte sogar wieder heiraten und dem kleinen Richard eine richtige Familie geben können. Man wird es nie wissen. Aber ich finde, daß es nichts Schlimmeres gibt, als wenn Erwachsene streiten – das kann ein Kind sehr verunsichern.«

»Ja«, stimmte Eleanor zu.

»Für Victoria war die ganze Situation sehr schwierig. Sie hat mir damals vieles anvertraut. In letzter Zeit finde ich sie etwas ... zugeknöpfter. Jedenfalls, um es kurz zu machen, sie wurden Aidan schließlich los, aber was passierte dann? Da litt die arme Mrs. Laffan schon an dieser schrecklichen Alzheimerschen Krankheit. Victoria tut mir so leid. Sie hat es wirklich schwer.«

»Sie wurden ihn los?«

Mrs. Rowland lächelte.»Oh, so habe ich das nicht gemeint, Eleanor. Ich meinte nur, man hätte denken sollen, daß ihre Probleme gelöst waren, als er ging. Sie hatten Schwierigkeiten mit der Polizei.«

»Ja, davon habe ich gehört«, murmelte Eleanor.

»Die arme Frau hat wirklich mehr als genug durchgemacht«, sagte Mr. Rowland und schüttelte den Kopf.

»Ms. Laffan? Ja. Ich habe mich entschieden, bei der Pflege ihrer Mutter zu helfen.«

Aggie Rowland war entzückt.»Wirklich, meine Liebe? Oh, das ist gut. Nicht wahr, Gerry?«

»Ich bin nicht sicher. Lassen Sie sich nicht zu sehr darauf ein«, warnte Mr. Rowland.»Ich nehme an, Sie haben von den Partnertauschpartys gehört.«

»Ein wenig«, gab Eleanor zu.»Aber ich glaube nicht alles, was ich höre. Mein Vater sagte mir, die Zeitungen hätten sich damals förmlich überschlagen.«

»Das war stark übertrieben«, sagte Mr. Rowland spöttisch. »Es gab in The Lodge keine Orgien. Das kann ich Ihnen versichern – leider.« Er ignorierte den bösen Blick seiner Frau. »Victoria hätte das nie zugelassen. Sie regiert mit eiserner Faust, wie Sie ja selbst sehen. Aber über Aidan Brady hatte sie nicht dieselbe Kontrolle ...«

Er hielt mitten im Satz inne, als Ron die Drinks an den Tisch brachte. Der Barmann zwinkerte Eleanor frech an.»Brenda läßt Ihnen sagen, daß sie an der Bar ist. So, wie sie sich aufgetakelt hat, hat sie heute abend etwas Besseres vor. Sie macht die Burschen an, mit einigem Erfolg.«

Mr. Rowland beugte sich vor.»Dieser dreckige kleine Flegel. Das war nicht nötig«, sagte er verärgert.»Also, wo waren wir, bevor wir so rüde unterbrochen wurden? Ach ja, beim Partnertausch.«

»Psst, Gerry, ich glaube nicht, daß wir noch mehr sagen müssen«, schalt Mrs. Rowland.

Ihr Mann ignorierte sie. »Von einem Fall von Partnertausch wissen wir jedenfalls. Nun, vielleicht wurde die Ehefrau dabei nicht getauscht, sondern sozusagen *ausgeliehen.*«

Eleanor begriff nicht. »Wie bitte?«

Mrs. Rowland starrte ihren Mann wütend an und wandte sich dann an Eleanor, um ihr ins Ohr zu flüstern: »Ich sage das sehr ungern, meine Liebe, aber Aidan Brady hatte ein Verhältnis mit Carol Boylan. Damals war das ein schrecklicher Skandal. Sie war immer oben in The Lodge. Sie hatte keine ... Scham. Der arme Dr. Boylan, er ist so ein netter, respektabler Mann.« Mrs. Rowland sprach jetzt noch leiser. »Sie war ein bißchen ... flatterhaft.«

Eleanor wußte, daß Mrs. Rowland sich unwohl fühlte. Sie war taktvoller als ihr Mann. Sie hatte es übernommen, die Geschichte zu erzählen, um ihn daran zu hindern, zu beleidigende Dinge zu sagen. Eleanor nahm das alles sehr skeptisch auf. Was wußten Außenstehende denn schon? Woher wußten sie, wie die Ehe der Boylans war? Keiner hatte geahnt, wie schlecht die Dinge zwischen ihr und Larry standen, wie sie gelitten hatten. Oder, wenn es jemand gewußt hatte, so hatte der Betreffende gewiß nie darüber gesprochen.

»Brenda vermißt ihre Mutter sehr«, sagte Eleanor.

»O ja, da bin ich sicher.« Mrs. Rowland nickte einem Paar am anderen Ende des Raumes zu. »Die Sherlocks. Gerry, wir haben es nicht geschafft, uns auf einen Drink mit ihnen zu verabreden. Na ja, macht nichts. Vielleicht nächstes Mal.«

»Brenda und ihre Mutter, Aggie. Mrs. Ross hat nach ihnen gefragt«, erinnerte Mr. Rowland seine Frau.

Sie ging auf den Hinweis ein. »Ja, sie standen sich sehr nahe. Carol war eine fabelhafte Mutter, das muß ich sagen. Sie hat ihr kleines Mädchen verwöhnt, geradezu angebetet. Ein Jammer, daß sie nicht dasselbe für ihren Mann empfunden hat.«

Mr. Rowland drückte seine Zigarre aus. »Der Zahnarzt war erheblich älter als seine Frau. Vermutlich konnte er so einem jungen Ding nicht genügen.«

Eleanor fragte sich, ob das nun sexistisch oder altersverachtend war. Oder beides zugleich? Aber vielleicht hatte Mr. Rowland recht. Der Zahnarzt war tatsächlich ein bißchen langweilig. Nicht gerade der männlich vitale Typ. Und Brenda hatte gesagt, Carol sei voller Energie gewesen.

»Wer hat das Verhältnis denn entdeckt?« fragte Eleanor. »Ms. Laffan?«

»Ach, das war Stadtgespräch. Und sie haben auch nicht versucht, es zu verbergen. Im Gegenteil, sie haben es zur Schau gestellt. Man konnte sie jeden Abend hier antreffen, sie knutschten da drüben in der Ecke.« Mr. Rowland zeigte auf eine Sitzbank an einer Wand. »Schamlos waren sie.«

Eleanor starrte in die Ecke.

»Es gab Gerüchte, wonach die beiden zusammen weggehen wollten.« Mrs. Rowland nahm den Faden der Geschichte wieder auf. »Einige sagten, sie hätten schon die Flugtickets in die Staaten. Darüber weiß ich nichts. Aber eines weiß ich – daß die arme Frau hier in ihrem eigenen Heimatort brutal ermordet wurde. Schockierend. So einen Tod verdient niemand. Was immer die arme, irregeleitete Person vorhatte, sie hatte es nicht verdient zu sterben – und dann auch noch auf so brutale Weise. Das war wirklich schrecklich, nicht, Gerry?«

»Und wir haben gehört, sie wäre mißbraucht worden«, flüsterte Mr. Rowland.

»Das hat Brenda mir gesagt«, antwortete Eleanor leise. »Mein Vater hat es damals auch in der Zeitung gelesen.«

»Na ja, die Zeitungen stellen nicht immer alles richtig dar, das weiß man ja.« Mrs. Rowland band sich ihr Kopftuch um, das Signal, daß sie gehen wollte.

»Nun mach doch nicht die Pferde scheu, Frau.« Mr. Rowland faßte seine Frau am Arm. »Setz dich hin und gedulde dich noch ein paar Minuten. Ich würde Mrs. Ross gern zu einem Abschiedsdrink einladen.«

»Nein, nein«, wehrte Eleanor ab, »ich habe wirklich genug.«

»Nehmen Sie einen netten kleinen Baileys oder so.«

Eleanor lehnte erneut ab.

»Nein, das lasse ich nicht gelten, ein Nein ist keine Antwort. Das ist unser letzter Abend in Coill, und ich möchte Sie zu einem Abschiedsdrink einladen.«

Eleanor entschied, besser anzunehmen. Gerry Rowland hatte eine laute Stimme, und sie wollte keine Szene. »Ich nehme einen Irish Coffee, danke.«

Mrs. Rowland warf ihrem Mann einen Seitenblick zu, als er zur Bar ging. Sie wollte nach The Lodge zurück, um zu packen. Eleanor kam sich ein bißchen hinterhältig vor, aber sie wollte das Ende von Mr. Rowlands Version der Geschichte hören.

»Entschuldigen Sie mich einen Moment, Eleanor«, sagte Aggie Rowland kühl. »Ich gehe nur mal schnell zu den Sherlocks.«

Eleanor nickte verlegen, als die alte Dame ihre Handtasche ergriff.

Gerry Rowland kam breit grinsend zurück. »Also, das Gesicht von diesem Barmann hätten Sie sehen sollen! ›Einen Irish Coffee‹, sage ich. ›Um diese Nachtzeit?‹ sagt er. ›Sind Sie sicher, daß Sie nicht auch gekochten Speck und Kohl haben wollen, wenn ich schon einmal dabei bin?‹ Gott, es war zum Schreien. Wo ist Aggie denn hingegangen? Sie hat einfach kein Sitzfleisch. Also, meine Liebe, was wollten Sie wissen?«

»Wurde er wegen des Mordes vernommen?« fragte Eleanor. »Aidan Brady, meine ich.«

»Ja, das wurde er.« Mr. Rowland steckte seine Brieftasche ein und zündete sich noch eine Zigarre an. »Aber der Zahnarzt auch. Der Ehemann ist gewöhnlich der erste Verdächtige – was ich skandalös finde. Allerdings wurde jeder hier, der älter als vierzehn war, vernommen. Sogar der kleine Richard – und der war damals erst fünfzehn. Unerhört! Das halbe Dorf wurde vernommen. Das hat Barry Mullen mir erzählt.«

»Barry Mullen?«

»Kennen Sie den nicht? Er ist der hiesige Polizeibeamte, meine Liebe. Sie müssen ihn kennenlernen. Er ist wirklich ein Unikum.«

»Brenda hat mir erzählt, daß er derjenige war, der die Leiche gefunden hat.«

Der Barmann kam mit ihrem Drink. Ron sah entschieden sauer aus. Ihm war es lieber, wenn seine Gäste sich mit Bier oder Schnäpsen begnügten. »Verbrennen Sie sich nicht den Mund«, warnte er. »Das Glas ist heiß.«

Mrs. Rowland starrte zu ihnen herüber und sah alles andere als glücklich aus. Aber Eleanor konnte jetzt nicht aufhören. Sie mußte Mr. Rowlands Bericht über den Mord hören.

»Also, sie haben Aidan Brady vernommen?« wiederholte sie.

»Und den Zahnarzt«, sagte Mr. Rowland verschwörerisch. »Und Billy Byrne.«

»Billy wen?«

»Byrne. Er war auch mit ihr verbandelt gewesen, ein paar Jahre vorher.« Gerry Rowland genoß die Situation ungeheuer. Er wackelte mit den Augenbrauen und saugte an seiner Zigarre. Er sah aus wie eine weißhaarige Version von Groucho Marx.

»Verbandelt?« wiederholte Eleanor. »Mit Carol Boylan?«

»Ja. Die kleine Liaison dauerte mindestens ein Jahr, sagt man. Seither macht seine Frau ihm das Leben zur Hölle. Sie schickt ihn zu Kirchenabenden und täglich in die Messe. Er ist ein richtiger Märtyrer, Gott sei ihm gnädig. Seine früheren Sünden hat er jedenfalls gebüßt.«

»Wie gut für ihn«, sagte Eleanor mit einem Grinsen. »Wer immer er sein mag.«

»Oh, Sie *wissen*, wer er ist.«

»Nein, weiß ich nicht.«

»Der Briefträger, der Vater von der kleinen Niamh. Ach, da wir gerade vom Teufel sprechen ... Da drüben. Billy!« Ein kleiner, fetter Mann mit einem leichten Buckel kam an ihren Tisch und reichte Mr. Rowland die Hand.

»Billy, das ist Mrs. Ross.«

Er gab Eleanor auch die Hand, unternahm aber nicht einmal einen Versuch zu lächeln. Billy Byrne unterhielt sich einfach mit Gerry Rowland, als wäre sie nicht anwesend.

»Niamh sagt, daß Sie und Ihre Frau morgen abreisen. Hatten Sie einen schönen Aufenthalt?«

»Wundervoll«, sagte Mr. Rowland begeistert. »Das Wetter war die ganze Zeit prächtig. Und meine bessere Hälfte hat mich dauernd nach draußen gescheucht und die Hügel auf und ab wandern lassen. Wenn dieser verdammte eingewachsene Zehennagel nicht wäre, wäre ich putzmunter!«

Er lachte laut.

»Tja, irgend etwas hat man immer«, sagte Billy Byrne mit ausdrucksloser Miene. »Mir macht meine Arthritis wieder zu schaffen. Sollte man nicht meinen, wo ich doch so viel mit dem Rad fahre, wenn ich meine Runden mache. Ansonsten bin ich nämlich topfit. Aber diese verdammte Arthritis bringt mich um.«

Eleanor hörte nicht mehr zu, sondern versuchte, die letzte Information zu verarbeiten. Der Briefträger hatte also auch ein Verhältnis mit Carol Boylan gehabt. War ein Verdächtiger in diesem Mordfall.

»Ich muß gehen«, sagte Billy Byrne plötzlich. »Wir sehen uns, wenn Sie das nächste Mal kommen. Vielleicht könnten wir eine Partie Golf spielen. Wenn es Ihrem Zeh besser geht, meine ich.«

»Sehen Sie, Mrs. Ross. Das war der kühne Billy Byrne. Ich fand, daß er etwas unhöflich zu Ihnen war, aber ich nehme an, er hat jetzt Angst, eine andere Frau auch nur anzusehen, so, wie seine Dora ihm zusetzt.« Er kicherte vor sich hin.

»Mr. Rowland, glauben Sie wirklich, daß jemand aus dem Dorf Mrs. Boylan ermordet hat?«

»Keine Ahnung, meine Liebe. Und sagen Sie Gerry zu mir.

Ich hasse diese Förmlichkeiten. Ach, da ist sie ja wieder, meine bessere Hälfte. Ja, wir können gehen, Aggie.«

Er half seiner Frau in ihren Blazer. Eleanor schlüpfte in ihre Jacke, und sie gingen auf die Tür zu.

»Wollen Sie Brenda nicht gute Nacht sagen?« fragte Mrs. Rowland sie.

Eleanor hatte sie ganz vergessen, so sehr war sie in die Geschichte vertieft gewesen.

»Ich habe sie gesehen, als ich von der Toilette kam«, sagte Aggie. »Sie hat sich zu Matt Kelly an die Bar gesetzt.«

Eleanor spähte durch die Tür zur Bar. Keine Spur von Brenda. Sie gingen nach draußen zum Parkplatz auf der Rückseite des Pubs. Da sah sie Brenda mit Matt Kelly. Sie standen zusammen neben Matts Lieferwagen. Soweit Eleanor erkennen konnte, hatten sie einen hitzigen Streit miteinander.

Eleanors Gedanken kamen nicht zur Ruhe, als sie sich ins Bett legte. Immer wieder überdachte sie die Geschichte. Sie hatte nach Aidan Bradys Abgang fragen wollen. *Warum* war er vor fünf Jahren verschwunden? War er allein weggegangen? Mr. Rowland hatte von Freundinnen geredet. Wie vielen Freundinnen? Hatte er wirklich ein Verhältnis mit der ermordeten Frau gehabt, oder war das nur Hörensagen? Wie bald nach Carol Boylans Tod war er fortgegangen? War es derselbe Aidan Brady, mit dem sie früher befreundet war?

Wenn sie nur ein Foto sehen könnte. Sie hatte so viele unbeantwortete Fragen. Und jetzt reisten die Rowlands ab.

# 7

Gegen elf Uhr am nächsten Morgen brachen die Rowlands nach Carlo auf, wo sie wohnten. Richard packte ihr Gepäck in den Kofferraum.

»Danke für alles, Victoria. Wir kommen bald wieder.« Aggie umarmte Richard und stieg in den Wagen.

Victoria Laffan sah ihnen von der Treppe vor der Haustür aus nach. Mr. Rowland hupte, als der große graue Volvo knirschend über die kiesbestreute Einfahrt fuhr und verschwand, eine Staubwolke hinter sich lassend. Mr. Rowland verstand sich wirklich auf dramatische Abgänge! Victoria mochte diese Gäste. Früher war sie viel freundschaftlicher mit Agnes Rowland umgegangen, aber jetzt hatte sie dazu einfach keine Zeit, und in den letzten paar Jahren war so viel passiert. Agnes war eine nette Frau, aber sie war niemand, dem Victoria ihre tiefsten Geheimnisse oder Ängste anvertraut hätte.

Sie war auf dem Weg nach oben, um nach ihrer Mutter zu sehen, als sie Niamh mit dem Staubsauger auf dem Treppenabsatz des ersten Stocks traf.

»Ms. Laffan, schauen Sie! Ich habe einen Zehner von Mr. Rowland bekommen! Jetzt kann ich mir das Prodigy-Album kaufen. Ich hatte darauf gespart.«

»Gut. Sie verdienen es, Niamh. Wenn Sie mit diesem Flur fertig sind, können Sie nach Hause gehen.« Victoria hatte bemerkt, daß die Spiegel in der Halle blitzten und alle Geländer poliert worden waren. Niamh arbeitete hervorragend.

»Ich habe Mrs. Rowlands Zimmer noch nicht saubergemacht«, sagte Niamh. »Wann kommen die neuen Gäste an? Bekommen sie nicht Nummer drei?«

»Die Russells? Ja, richtig. Ich erwarte sie in etwa einer Stunde, Niamh. Hören Sie mit dem Staubsaugen auf und richten Sie das Zimmer gleich her. Haben Sie in Mrs. Ross' Zimmer die Bettwäsche gewechselt?«

»Ja, Ms. Laffan. Das habe ich getan, als sie ihren Morgenspaziergang machte. Jetzt ist sie wieder in ihrem Zimmer. Sie arbeitet an ihrem Buch.«

Victoria glaubte, eine Spur von Verachtung im Ton des Mädchens zu hören, aber vielleicht bildete sie sich das auch nur ein. Sie ging weiter nach oben. Ihre Mutter würde auf ihr Morgenbad warten.

Niamh Byrne war sehr mit sich zufrieden. Zehn Mäuse extra, und nur, weil sie sich von ihm in den Hintern hatte kneifen lassen! Ob auf diese Art vielleicht noch mehr Geld zu verdienen war? Sie lachte vor sich hin, als sie den Staubsauger wieder in den Wandschrank stellte. Sie nahm ihre Putzmittel, ihre Putzlappen und die Politur und machte sich auf den Weg zu Nummer drei. Sie würde in einer halben Stunde fertig sein. Mrs. Rowland hinterließ ihr Zimmer immer makellos.

Die Russells waren sehr freundlich. Amerikaner mit den obligatorischen karierten Hosen, Kameras um den Hals und goldenen Armbändern. Niamh wußte, daß es töricht war, Leute so in eine Schublade zu stecken, aber dies waren wirklich typisch amerikanische Touristen.

»Danke, Schätzchen«, sagte die Rotblonde, als Niamh die Tagesdecke auf dem Bett zurückschlug.

»Kein Problem.« Niamh lächelte ihnen liebenswürdig zu und wollte hinausgehen. Der Mann rief sie zurück.

»Könnten Sie uns sagen, welche Touren man hier machen kann? Was sollten wir besichtigen? Wir möchten nichts versäumen.«

»Wie lange werden Sie bleiben?«

Wahrscheinlich vierundzwanzig Stunden, dachte Niamh. Amerikaner schienen Europa immer in wenigen Tagen abzuhaken.

»Nun ja ...« Er beriet sich mit seiner Frau. »Wie lange, Herzchen?«

»Eine Woche hier in The Lodge, denke ich«, sagte Mrs. Russell zu Niamh. »Und dann noch eine Woche in Cork, bevor wir nach Norden weiterfahren.«

»Auf dem Tisch in der Halle liegen Broschüren, die Ihnen vielleicht weiterhelfen«, sagte Niamh abrupt. Nein, das hörte sich unfreundlich an. Wenn sie von diesen Yankees ein dickes Trinkgeld haben wollte, mußte sie sich mehr anstrengen. »Ich weiß nicht so recht, was Sie sich ansehen und wohin Sie fahren sollten. Am besten fragen Sie Ms. Laffan. Die meisten Gäste fangen wohl mit Glendalough und dem Wicklow Way an.«

Jedenfalls diejenigen, die keine entzündeten Ballen, eingewachsenen Fußnägel oder Gicht hatten. Niamh tastete nach dem Zehner in ihrer Tasche.

»Hört sich gut an.« Wieder lächelte die Frau. Perfekte Zähne. Niamh war sicher, daß sie überkront waren.

Mr. Russell nahm eine Fünfpfundnote aus seiner Brieftasche und reichte sie Niamh. »Danke für Ihre Hilfe.«

Ein Fünfer, weil sie nett gewesen war!

Niamh sah, daß er nach seiner Frau griff, als sie die Tür hinter sich zuzog. Traurig. Es gab nichts Schlimmeres als mit anzusehen, wie verschrumpelte Leute in mittleren Jahren sich gegenseitig befummelten. Wirklich ekelhaft. Sie konnte sich gut vorstellen, was die beiden vormittags unternehmen wollten – der Wicklow Way gehörte nicht dazu.

Eleanor hörte das Kichern und Lachen aus dem Nebenzimmer. Dann das unmißverständliche Knarren der Matratze. Sie versuchte, sich zu konzentrieren. Mist – noch ein Tippfehler! Sie löschte *beglückend*. Sicher hatte »Sally«, mit fünfundzwanzig Jahren verwitwet, das alles andere als beglückend gefunden. Sie tippte *bedrückend* ein. Dann mußte sie den Absatz noch einmal lesen. Eleanor schaute auf den Bildschirm. Nein, es las sich einfach nicht flüssig. Es war zu ... wissenschaftlich.

Ein weiteres lautes Lachen, gefolgt von Stöhnen und einem Schrei. Das Knarren wurde lauter. Würde ihr Bett das aushalten? Dann hörte sie einen Korken knallen. Um diese Zeit an einem Sonntagmorgen! Na, viel Glück.

Das Lachen und die »Ohs« und »Ahs« begannen von neuem. Wer immer die Neuankömmlinge waren, mit ihrem Sexleben war alles in Ordnung. Ein lautes Kreischen.

»O ja, ja, noch einmal, Randy. Mach es noch einmal!«

Randy. Eleanor mußte lächeln.

Die Frau schrie wieder. Ein langer, durchdringender Schrei. Keine Spur von Hemmungen. Aber was sie betraf, ihr reichte es. Bei diesem Krach würde sie ihr Kapitel nie zu Ende schreiben können. Außerdem fühlte sie sich unbehaglich. Sie speicherte ihren Text und schaltete den Computer aus. Sie sollte besser ein bißchen frische Luft schnappen.

Sie traf Victoria und ihre Mutter, die aus dem zweiten Stock kamen, auf der Treppe.

»Ich bringe Mutter zur Kirche, Mrs. Ross. Sie sind mit dem Schreiben für heute vormittag fertig, nicht?«

»Nicht ganz. Ich kann mich heute schwer konzentrieren.« Eleanor sprach lauter als sonst, weil sie versuchte, die aus Nummer drei kommenden Geräusche zu übertönen. Sie sah Ms. Laffan erröten. »Vielleicht setze ich mich in den Garten und sonne mich ein bißchen. Ich möchte den Jonathan Kellerman zu Ende lesen. So ein schöner Tag. Guten Morgen, Mrs. Laffan. Wie geht es Ihnen heute?«

»Lorna?« Die alte Dame wandte sich an Victoria. »Ist das Lorna, die mich endlich besuchen kommt? Was *glaubst* du eigentlich, wo du bist, Mädchen?«

Eleanor suchte in Gedanken nach einer passenden Antwort.
»Achten Sie gar nicht darauf, Mrs. Ross. Nicken Sie ihr bloß
zu. Das hat sie gern.«

Tatsächlich schien Granny Laffan das zu mögen. Eleanor
ging als erste die Treppe hinunter. Richard trat aus der Bade-
zimmertür im Erdgeschoß.

»Rich, warum zeigst du Mrs. Ross nicht die Farm? Sie ist
jetzt eine Woche hier und hat deine prämierten Kühe sicher
noch gar nicht gesehen. Richard ist sehr stolz auf seine Kühe,
nicht, Richard?« Nachsichtig strahlte seine Tante ihn an.

»Ich habe sie bloß von weitem gesehen«, gab Eleanor zu,
»und Ihre Hühner habe ich auch noch nicht gesehen.«

Eleanor hätte es leicht den ganzen Sommer ausgehalten,
ohne jemals einen Hühnerstall betreten zu wollen. Ihr Interesse an Geflügel erschöpfte sich darin, ein Ei in eine Pfanne
zu schlagen oder sonntags ein Huhn zu braten, aber sie wollte
Richard besser kennenlernen.

»Ich w-w-würde Sie gern h-h-herumführen. Haben Sie H-
H-Hunger?« fragte er sie.

Er schien sich zu wünschen, daß sie ja sagte.

»Sehr.« Plötzlich merkte sie, daß das stimmte. Sie war spät
aufgewacht und hatte nicht gefrühstückt, sondern nur in ihrem Zimmer eine Tasse Kaffee getrunken.

»Warum essen Sie dann nicht eine Kleinigkeit?« Ms. Laffan
führte ihre Mutter die letzten paar Treppenstufen herunter.
»Im Kühlschrank ist kalter Braten. Macht euch einen schönen
Salat.«

»Gut«, sagte Richard. »G-G-Gehen wir.«

Eleanor folgte ihm durch die Halle in die Küche. Sie wusch
den Kopfsalat, während er zum Kühlschrank ging und nach
Tomaten und Gurken suchte, wie sie annahm. Doch statt dessen holte er eine Flasche Weißwein heraus. Einen Muscadet.
Sie fand es kultiviert, zum Mittagessen Wein zu trinken. Am
Anfang hatten sie und Larry immer – sie verbannte den Gedanken.

Richard schenkte ihr ein Glas ein und deckte den Tisch, während sie die Vinaigrette anrührte. Sie gab eine Messerspitze Senf zu Essig und Olivenöl. Das bewirkte einen angenehm pikanten Geschmack. Richard legte Hühnerbrust und Schinkenscheiben auf ihre Teller, während sie die Sauce über den Salat gab.

»*Nous sommes prêts! Bon appétit!*« sagte er schwungvoll.

»Sie haben nicht gestottert.«

»W-W-Wenn ich Französisch s-s-spreche, st-st-stottere ich nicht.«

»Das ist erstaunlich, nicht?«

»Beim S-S-Singen auch nicht«, informierte er sie.

»Sie singen? Können Sie gut singen?«

»Ach, es g-g-geht«, sagte er schüchtern. »Mein Dad k-k-kann gut singen. War in einer B-B-Band, als er jung war. Er s-s-spielt auch Gitarre«, fügte er stolz hinzu.

Eleanors Magen krampfte sich zusammen. Sein Vater war in einer Band gewesen. Es mußte derselbe Aidan Brady sein.

Er *mußte* es sein.

Es war ein höchst seltsames Gefühl, mit jemandem beim Mittagessen zu sitzen, der vielleicht der Sohn eines früheren Freundes war. Sollte sie etwas sagen? Ihn bitten, ihr ein Foto zu zeigen? Nein, vielleicht stimmte das alles nicht. Vielleicht war das mit dem Namen reiner Zufall, und schließlich spielten viele Leute Gitarre.

Richard war entspannt und redseliger als gewöhnlich. Er plauderte über The Lodge und die Farm und seine Großmutter und seine Tante.

»Was ist mit Ihrem Vater, Rich? Kommt er oft hierher?«

Er starrte sie an. »Ich h-h-habe ihn l-l-lange n-n-nicht g-g-gesehen.«

Der Stottern war schlimmer. Warum hatte sie ihn nicht in Ruhe gelassen?

Der Hühnerstall war klein und dunkel und stank überwältigend. Pflichtschuldig bewunderte Eleanor seine prämierten weißen Leghorns, lauschte seinem Bericht über die Eierproduktion und stellte Fragen nach der Fütterung. Aber sie war mehr als froh, als sie wieder an die frische Luft und Sonne kam.

Sie sah Ms. Laffan vor dem Haupthaus vorfahren. Sie winkte ihnen zu, als sie ihrer Mutter aus dem Auto half. Richard ging hinüber und führte seine Großmutter die Stufen hinauf. Die alte Dame war sehr steif. Arthritis, nahm Eleanor an. Sie schlug Richard mit ihrem Stock. Armer Junge. Ms. Laffan nahm ein paar Einkäufe aus dem Kofferraum. Sie mußte nach der Messe um zwölf noch im Supermarkt gewesen sein. Eleanor ging hin, um ihr zu helfen.

Ms. Laffan reichte ihr drei weitere Supermarkttüten. »Mutter ist sehr erregt«, sagte sie sorgenvoll. »Wir mußten die Messe frühzeitig verlassen. Sie fing an, aus Leibeskräften zu singen.«

»Kirchenlieder?« fragte Eleanor hoffnungsvoll.

»Ich fürchte nein. Die amerikanische Nationalhymne.«

Eleanor stellte sich die Szene vor.

»Es war mir entsetzlich peinlich, Mrs. Ross. Die Idioten in der Bank hinter uns lachten. Sie fanden es komisch. Manche Leute sind so unsensibel.«

»Ja«, sagte Eleanor und folgte ihr in die Küche. Sie stellte die drei Einkaufstüten auf den Tisch.

»Eines habe ich beschlossen«, sagte Victoria entschieden. »Keine Kirchgänge mehr für Mutter. In Zukunft kann Pater Brannigan hierher kommen und ihr die Kommunion austeilen.«

»Das wäre vielleicht am besten«, stimmte Eleanor zu.

Victoria fing an, die Lebensmittel auszupacken. »Möchten Sie eine Tasse Tee?«

»Nein, vielen Dank. Richard zeigt mir gleich seine Kühe.«

Am folgenden Nachmittag sollte Eleanor anfangen, Mrs. Laffan zu betreuen. Sie sah dem mit gemischten Gefühlen entgegen. Die alte Dame sei aggressiver geworden, hatte Ms. Laffan sie gewarnt. Das hänge jeweils von ihrer Stimmung ab. Am besten sei es, ihr ihren Willen zu lassen. Eleanor versicherte Victoria, sie werde ihr Bestes tun.

Pünktlich um zwei Uhr ging sie in Mrs. Laffans Zimmer. Heute war die alte Dame ganz in Grün gekleidet.

»Wer sind Sie?« Sie kniff die Augen zusammen und starrte Eleanor über den Rand ihrer Brille hinweg an.

»Mutter, das ist Mrs. Ross. Sie ist gekommen, um dich zu besuchen. Ist das nicht nett?« Ms. Laffan legte ihrer Mutter den Schal um die Schultern. »Mrs. Ross wird mit dir einen Spaziergang machen, wenn du möchtest.«

Iris Laffan sah ihre Tochter an. »Nein, ich möchte *nicht*. Ich bin müde. Ich habe seit heute morgen schwer gearbeitet. Was glaubst du, wer hier die ganze Arbeit macht? Wer füttert die Hühner und melkt die Kühe? Wer macht das Frühstück für all die Gäste? Wer kauft ein?«

»Mutter, du hast seit Jahren keine Kuh mehr gemolken.« Ms. Laffan drehte die Augen zum Himmel. »Unsere Kühe geben die Milch ihren Kälbern.«

»Unsinn. Bin ich nicht gerade erst vom Melken zurückgekommen?«

Ms. Laffan nahm Eleanor beiseite. »Es stimmt, wissen Sie. Früher, als wir noch Milchkühe hatten, hat sie sie immer gemolken. Aber was das Kochen betrifft – sie hat sich nie in ihrem Leben um einen Gast gekümmert. Das fand sie unter ihrer Würde. Sie überließ es mir und ...« Victoria zögerte, »anderen Leuten. Sie hat die Tatsache, daß wir überhaupt Gäste aufnehmen mußten, nie akzeptiert.«

Natürlich. The Lodge hatte der Familie ihres Mannes gehört, die einmal wohlhabend gewesen war. Das Gästehaus mußte gegen ihren Willen eröffnet worden sein, nachdem sie die meisten Felder verkauft hatte.

»Wer ist diese Person?« Mrs. Laffan hob ihren Gehstock und zeigte auf Eleanor.

»Ich bin Eleanor Ross.«

»Ach ja? Sollte mir das etwas bedeuten?«

Ihre Arroganz ärgerte Victoria. »Mutter, beruhige dich. Ich fahre für ein paar Stunden nach Bray. Mrs. Ross ...«

»Eleanor, bitte, nennen Sie mich Eleanor.«

»Danke, Sie sind sehr freundlich. Eleanor wird bei dir bleiben, Mutter.«

Mrs. Laffan schmollte. »Ich habe keine Zeit, diese Person zu unterhalten. Ich habe viel zuviel zu tun.«

»Ach, das ist aber schade. Aber ich muß wegfahren, Mutter. Du bist unvernünftig. Eleanor hat sich freundlicherweise erboten, dir Gesellschaft zu leisten. Sie würde dir gern etwas vorlesen, nicht, Eleanor?«

»Ja.« Eleanor stimmte zu. »Das würde ich gern.«

Die alte Dame seufzte und richtete sich in ihrem Sessel auf. »Also gut. Ich werde zuhören, wenn ich muß. Aber ich warne Sie, Sie müssen gut vorlesen.«

Ms. Laffan reichte Eleanor ein Buch, das die Rowlands für ihre Mutter gekauft hatten, und verließ das Zimmer, solange die alte Dame noch friedlich war.

Das Buch enthielt Märchen, politisch korrekte Märchen. Offenbar wollte Ms. Laffan, daß auch Eleanor ihre Freude daran hatte. Sie begann mit einer Geschichte über Aschenputtel, doch ehe sie zu der Stelle kam, wo der schöne Prinz auf seinem Pferd herbeiritt und Aschenputtel es ihm abkaufte, um eine eigene Pferdefarm zu gründen, war Mrs. Laffan eingeschlafen.

Eleanor nahm ihr die Brille ab und zog ihr die Wolldecke um die Knie. Bald schnarchte die alte Dame leise. Eleanor benutzte die Gelegenheit, um sich rasch umzusehen. Sie musterte die Fotos und Ziergegenstände auf dem Ankleidetisch.

Es gab eine Menge Fotos. Eleanor nahm eines zur Hand, das vor Jahren aufgenommen worden sein mußte. Zwei auffallend schöne Mädchen in Miniröcken und Polohemden; langes, glattes schwarzes Haar und viel Wimperntusche und Lidschatten – typisch für die damalige Zeit. Schöne lange Beine. Die Schwestern Laffan. Sie sahen großartig aus. Sie mußten etwa achtzehn oder neunzehn gewesen sein. Sie waren sich sehr ähnlich, und man hatte den Eindruck, als stünden sie sich nahe. Eleanor erinnerte sich, was die Rowlands erzählt hatten. Aidan Brady war dahergekommen und dann mit Lorna, der jüngeren Tochter, durchgebrannt. Victoria war zu Hause geblieben. Nahm sie ihrer Schwester das übel? Lorna war mit dem örtlichen Romeo davongegangen und hatte sie daheim gelassen, um sich um die Familie zu kümmern. Ein typisch irisches Problem. Von unverheirateten Mädchen wurde erwartet, daß sie zu Hause blieben und für ihre alternden Eltern sorgten.

Sie nahm ein anderes Foto zur Hand. Es war eines von Lorna, vor einem Standesamt aufgenommen, aber den Bräutigam hatte jemand herausgeschnitten. Verdammt! Würde sie diesen Aidan Brady jemals zu Gesicht bekommen? Mrs. Laffan mußte ihren Schwiegersohn gehaßt haben. Oder war Victoria da mit der Schere am Werk gewesen? Es gab ein anderes Foto von einem großen, älteren Mann mit Gehstock. Eleanor studierte es sorgfältig. Es war eine ältere Version des streng aussehenden Reiters auf dem Portrait im Treppenhaus. Patrick Laffan, der Ehemann der alten Dame.

Plötzlich erhielt Eleanor einen gnadenlosen Stoß in den Rücken. »Warum schnüffeln Sie hier herum?« Mrs. Laffan stieß mit dem Gehstock nach ihr. »Worauf sind Sie aus?«

»Nichts«, versicherte Eleanor ihr. Sie spürte, daß sie rot wurde.

»Nichts? Geben Sie mir das Foto. Ja, das, das Sie in der Hand haben.«

Eleanor reichte es ihr.

»Mein Patrick. Ein gutaussehender Mann.« Sie küßte das Foto.

»Ja, das war er, Mrs. Laffan. Er sah sehr gut aus.«

»Was?« schimpfte die alte Dame. »Wer sind Sie?«

Nicht schon wieder. »Ich bin Eleanor.«

»Aha.« Das schien sie für einen Augenblick zu besänftigen. Dann fiel ihr etwas ein. »Weiß Patrick, daß Sie hier sind?«

»Ms. Laffan weiß, daß ich hier bin«, antwortete Eleanor ruhig.

»*Ich* bin Mrs. Laffan, Sie dummes Ding.« Noch ein Stoß mit dem Stock.

»Nein, Victoria. Ihre Tochter. Sie weiß, daß ich hier bin. Erinnern Sie sich? Sie ist für ein paar Stunden nach Brady gefahren.«

»Victoria?« Sie kniff die Augen zusammen, und Eleanor merkte, daß sie vergessen hatte, ihre Brille wieder aufzusetzen. Vorsichtig nahm Eleanor die Brille auf, aber Granny Laffan versetzte ihr trotzdem noch einen Hieb. Anscheinend haßte sie es wirklich, wenn man sie anfaßte. »Aber Vi ist doch noch ein Kind. Gehen Sie sofort und holen Sie Patrick. Sofort, sofort.«

Was sollte Eleanor tun?

»Holen Sie Patrick. Holen Sie meinen Mann. Jetzt. Auf der Stelle.« Wieder schwenkte sie den Stock.

»Mrs. Laffan ...« begann Eleanor.

»Auf der Stelle!« brüllte die alte Dame. Und sie brüllte weiter.

Eleanor ging zu ihr, um sie zu beruhigen, aber Mrs. Laffan stieß sie weg. Richard eilte ins Zimmer.

»Gehen Sie r-r-ruhig, Mrs. Ross. Ich mache das schon.« Er umarmte seine Großmutter.

»Ach, Patrick.« Das Gesicht der alten Dame hellte sich auf. »Ich wußte, daß du kommen würdest. Sag dieser Person, daß sie gehen soll. Ich mag sie nicht. Sie ist sehr neugierig und ungezogen. Bring sie hinaus.«

»Aber ...« wollte Eleanor erklären.

Er legte einen Finger vor den Mund und zwinkerte ihr zu.

»Ich weiß nicht, was ich falsch gemacht habe«, flüsterte Eleanor.

»K-K-Keine Sorge. In einer M-M-Minute ist sie wieder in O-O-Ordnung.«

»Sie war eingeschlafen, und ich habe mir gerade ein paar Fotos angesehen, als sie das von ihrem Mann verlangte. Das hat sie aufgeregt, glaube ich. Ich wollte sie um keinen Preis verärgern.«

»Ich w-w-weiß. Gehen Sie und h-h-holen Sie sich eine T-T-Tasse Kaffee. Es ist ohnehin g-g-gleich fünf. Ich b-b-bleibe bei ihr.«

Er lächelte. Ein herzliches Lächeln.

»Danke, Richard.«

»Keine Ursache, Mrs. Ross. Alles in O-O-Ordnung.«

8

Nach diesem Nachmittag wurde es mit Mrs. Laffan einfacher. Im Laufe der Tage gewöhnte sie sich allmählich an Eleanors Gesicht – was hilfreich war –, aber sie nannte sie noch immer hartnäckig Lorna. Eleanor begann die alte Dame ins Herz zu schließen, trotz ihrer merkwürdigen Art.

An einem Mittwoch nachmittag – der Juni war weiterhin warm und sonnig – brachte Eleanor sie hinaus in den Garten. Die Veranda neben der Küchenwand war gut vor dem Wind geschützt. Hier hingen Körbe mit Wicken, weißen Lobelien und blauen Petunien. Orangefarbene Begonien und rosa Fleißige Lieschen in Töpfen bildeten zusätzliche Farbtupfer.

Eleanor las wieder aus dem politisch korrekten Märchenbuch vor, aber diesmal schlief Granny Laffan nicht ein, so daß sie bis ans Ende der Aschenputtel-Geschichte gelangten. Und da platzte Mrs. Laffan der Kragen.

»Was soll der Unsinn? Ich will, daß es gut ausgeht. Ich will, daß es gut ausgeht!« Sie stampfte mit dem Fuß auf. »Sie muß den Prinzen heiraten und für alle Zeit glücklich leben. Mehr ist da nicht!«

»Mrs. Laffan, es ist bloß ...«

»Bloß Unsinn, ich weiß. Dieser ganze feministische Quatsch. Vi ist genauso schlimm. Mir gefällt das nicht. Es ist unnatürlich. Frauen sollten ihren Liebsten heiraten und einen Hausstand gründen und Kinder bekommen. Dazu sind wir da. Das habe *ich* getan. Haben Sie mich verstanden? Dazu sind wir da.« Die Adern an ihren Schläfen traten hervor. Sie war außer sich vor Zorn. »Haben Sie nie geheiratet?«

Eleanor klappte das Buch zu. »Doch, Mrs. Laffan. Das habe ich Ihnen schon gesagt. Ich bin Witwe. Mein Mann ist vor einem Jahr gestorben. Bei einem Unfall.«

Die alte Dame stöhnte. »O ja, meine Güte, das hatte ich vergessen. Wie schrecklich.« Sie musterte Eleanors Gesicht prüfend. »Ein Unfall. Man kommt nie richtig über so einen Schock hinweg, nicht?«

»Nein«, sagte Eleanor traurig, »kommt man nicht.«

Granny Laffans Augen füllten sich mit Tränen. »Mein Patrick kam bei einem Traktorunfall ums Leben. Das ist natürlich schon lange her, nicht? Jedenfalls sagt man mir das. Aber ich kann mich nicht erinnern.« Ihre Stimme zitterte. »Es ist schrecklich, daß ich mich nicht erinnern kann. Mir kommt es vor wie gestern. Zeit bedeutet nichts mehr.« Sie runzelte die Stirn. »Das werden Sie den anderen doch nicht sagen, oder?« bat sie. »Sie werden keinem sagen, daß ich mich nicht erinnern kann. Vor allem *ihr* nicht. Sagen Sie es ihr nicht.«

»Nein, ich werde es keinem sagen, Mrs. Laffan.« Eleanor streichelte der alten Dame den Arm und rückte ihr den Strohhut zurecht. »Sie wollen doch keinen Sonnenstich bekommen, oder?«

Granny Laffan kicherte. »Nein, bestimmt nicht. Es geht mir auch so schon schlecht genug. Bin nicht mehr ganz richtig im Kopf. So reden sie über mich, nicht? Ach, was liegt mir schon daran! Vi ist die ganze Zeit ärgerlich auf mich. Denkt, daß ich eine verrückte alte Frau bin, aber ich weiß mehr, als sie glaubt.« Ihr Blick wurde freundlicher. »Ich kann mich noch erinnern, wie das Haus voller Lachen war, bevor – vor all diesen schrecklichen Dingen. O ja, meine Eltern haben uns hier immer besucht, wissen Sie. Sie kamen mindestens zweimal im Jahr aus Ardara. Und mein Bruder und seine Frau auch. Die Leute von Donegal sind großartig«, sagte sie stolz. »Die Feste! Wir haben im Wohnzimmer um das Klavier herumgestanden und gesungen. Ich weiß nicht, was aus dem Klavier geworden ist. Victoria muß es aus Trotz weggegeben haben. Lorna konnte viel besser spielen als sie.«

Sie sah Eleanor stirnrunzelnd an. »Wo ist Lorna? Treibt sie sich wieder herum, wie üblich?«

»*Victoria* ist in die Stadt gegangen.« Heute hatte sie Lorna im Kopf. Dauernd hieß es »Lorna tat das« und »Lorna sagte dies«. Ihre Tochter war seit zwanzig Jahren tot, aber sie war noch immer von ihr besessen.

»Victoria ist in die Stadt gegangen«, wiederholte Eleanor sanft. »Sie wird nicht lange ausbleiben. Und wir haben es doch nett zusammen, nicht? Sollen wir eine Tasse Tee trinken? Oder vielleicht Kaffee?«

»*Sollen wir eine Tasse Tee oder Kaffee trinken?*« ahmte die alte Dame Eleanor spöttisch nach. Sie verschränkte die Arme vor der Brust. »Nein, verdammt, sollen wir nicht. Tee oder Kaffee, ha! Ich werde ein Bier trinken«, verkündete sie freudig. »Ein schönes, kaltes Bier mit einer hübschen Schaumkrone. Den Tee oder Kaffee können *Sie* trinken!«

Eleanor lächelte. »Gut, zwei Bier. Kommen sofort.« Sie hoffte, daß Bier im Kühlschrank war. Sonst war sie in echten Schwierigkeiten. »Ich bin gleich zurück.«

»Entschuldigen Sie, Elouise«, rief Granny Laffan ihr nach, »würden Sie Victoria sagen, daß ich sie sprechen möchte?«

Eleanor kam zurück und erklärte zum dritten Mal an diesem Nachmittag: »Mrs. Laffan, Victoria ist für ein paar Stunden in die Stadt gegangen. So, wenn Sie eine Minute Geduld haben, dann bringe ich Ihnen das Bier.«

Mrs. Laffan warf den Kopf zurück und lachte. Es war sehr verwirrend. »In die Stadt gegangen? Das ist gut. Sie hat Ihnen etwas vorgemacht. Sie macht dem ganzen Dorf etwas vor.« Sie beugte sich auf ihrem Stuhl nach vorn und flüsterte boshaft: »Aber *mir* wird sie nie etwas vormachen. Ich bin ihre Mutter. Seiner eigenen Mutter kann man niemals etwas vormachen.«

Nur zu wahr, dachte Eleanor, während sie in die Küche ging und sich fragte, was die alte Dame wohl meinte. Vermutlich nichts. Einen Augenblick war sie ganz klar, und im nächsten sprach sie wieder in Rätseln.

Eleanor hatte Glück. In der Speisekammer fand sie zwei Flaschen Harp. Sie nahm zwei Biergläser und eilte zurück auf die Veranda.

Keine Spur von Granny Laffan. Ihren Hut hatte sie auf den Stuhl geworfen, das Märchenbuch lag daneben. Eleanor stellte die Getränke auf den Tisch. »Mrs. Laffan. Mrs. Laffan!« rief sie.

Hinter den Büschen ertönte lautes Kichern. Eleanor fand sie im Gras sitzend, wo sie unkontrolliert in ihr Bündel aus Schals kicherte. »Ha! Sie haben mich also gefunden! Was machen Sie da? Hören Sie auf, mich so herumzuzerren!« Unter Schwierigkeiten zog Eleanor sie auf die Füße und führte sie zu ihrem Gartenstuhl zurück.

»Wir hätten im Gras ein Picknick machen können«, brummte Granny Laffan. »Mit Ihnen macht es überhaupt keinen Spaß.«

Eleanor gab ihr ein halbes Glas Bier. »Ich möchte nicht, daß Sie sich erkälten, Mrs. Laffan.«

»Hach, immer dieses Getue. Sie sind genauso schlimm wie *sie*.«

Eleanor goß sich ein Glas Harp ein. »Soll ich noch eine Geschichte vorlesen?«

»Nicht aus diesem dummen Buch«, antwortete Mrs. Laffan unwirsch. »Morgen fangen wir mit der Geschichte von Brontë an. Wie hieß sie noch? Demnächst vergesse ich meinen eigenen Namen. Dann wird sie zufrieden sein.« Traurig starrte sie Eleanor an. »Dann werden sie mich in ein Heim abschieben, wissen Sie. Ich werde keinem mehr zur Last fallen.«

Eleanor nahm ihre Hand. »Sie fallen niemandem zur Last, Mrs. Laffan. Victoria und Richard haben Sie sehr lieb. Wirklich.«

»Pah!« schnaubte die alte Dame.

Eleanor spürte einen Kloß in der Kehle. »Sie sind das Oberhaupt dieser Familie. Victoria liebt Sie. Sie ist eine gute Tochter. Denken Sie darüber nach – sie kümmert sich so gut um Sie. Und was Richard betrifft, ist er nicht Ihr Augapfel?«

Iris Laffan nickte langsam.

»Er ist ein feiner junger Mann. Sie sollten stolz auf ihn sein. Und auf dieses schöne Haus, diesen Garten. Sie haben viel Glück, Mrs. Laffan, Sie haben eine liebevolle Familie und so ein prachtvolles Zuhause.«

Iris zog an ihrem Strohhut, der sie ärgerte.

»Wovon reden Sie eigentlich, junge Frau?« Sie trank einen großen Schluck Bier. »Genug von diesem sentimentalen Gewäsch. Morgen fangen wir mit *Sturmhöhe* an.«

Sie hatte sich an den Titel erinnert. Das Vorlesen würde eine Ewigkeit dauern. Eleanor wäre selbst alt, grau und tatterig, bis sie damit fertig waren.

»Das ist ... äh ... das ist ein bißchen lang.«

»Ich möchte es noch einmal hören«, beharrte die alte Dame. »Ich liebe diese Geschichte.«

Noch einmal hören? Das war eine Idee. Die meisten Klassiker gab es jetzt auf Band, und das würde die Sache erheblich beschleunigen. Eleanor konnte Ms. Laffan bitten, bei Eason's vorbeizugehen und für ihre Mutter die Kassette zu besorgen.

Mrs. Laffan nahm noch ein paar Schlucke von ihrem Bier und fing dann an, ein Lied zu singen – oder eher eine Hymne. »Adeste Fidelis.« Sie erinnerte sich viel besser an ihr Latein als an ihre engsten Angehörigen. Merkwürdig. Ihre Stimme war überraschend laut. Eine Altstimme. Sie war keine schlechte Sängerin, wie sich zeigte, aber es war eigenartig, an diesem herrlichen Sommertag neben ihr im Garten zu sitzen und zuzuhören, wie sie ekstatisch ihren Gefühlen freien Lauf ließ. Eleanor beneidete sie beinahe.

Richard kam um die Ecke. Eleanor hatte ihn seit ein paar Tagen nicht gesehen. Er hatte gesagt, alles sei in Ordnung, aber offensichtlich stimmte das nicht. Er war sehr verlegen gewesen, als sie nach seinem Vater gefragt hatte. In Zukunft würde sie vorsichtiger sein.

»Hallo, Rich«, sagte Granny Laffan fröhlich, als er sie auf die Stirn küßte. Wenigstens *ihn* erkannte sie heute, aber sie sang danach weiter, als sei sie allein.

Richard wandte sich an Eleanor. »Sie scheint ja g-g-gut in Form zu sein.«

»Mmmh«, stimmte Eleanor zu, »ja, ist sie. Sie hat ein Bier verlangt, aber ich denke, es ist ihr vielleicht zu Kopf gestiegen.«

Richard grinste. »Ach, w-w-was soll's, s-s-solange sie ihren Spaß hat.«

»Sie haben recht. Und sie hat gern, daß man ihr vorliest, wie Ihre Tante gesagt hat.« Eleanor nahm die Märchen zur Hand. »Aber ich glaube, feministische Literatur ist nicht ganz ihr Geschmack. Ich dachte, vielleicht . . .«

Er unterbrach sie abrupt. »Ich m-m-muß gehen. Ich s-s-streiche oben an.«

Er küßte seine Großmutter noch einmal und ging ins Haus.

Mrs. Laffan beugte sich verschwörerisch zu Eleanor: »Mögen Sie ihn?«

Eleanor nickte.

Die alte Dame schürzte die Lippen. »Mögen Sie ihn wirklich?«

»Ja«, versicherte Eleanor ihr.

Granny Laffan senkte die Stimme, bis sie nur noch ein Murmeln war. »Hat er Sie schon geküßt?«

Sie geküßt? Was in aller Welt . . . O nein! Sie war schon wieder völlig durcheinander – bekam alles in den falschen Hals. Sie bildete sich ein, Eleanor sei in diesen Jungen verliebt, und sie war eifersüchtig. Das hatte mit dem Alter nichts zu tun. Granny Laffans Wahrnehmung des Alters war ebenso verworren wie ihre Zeitwahrnehmung.

»Hat er Sie schon geküßt?« schrie sie.

Eleanor sah sie nicht kommen. Sie spürte die heftige Ohr-feige auf ihrer Wange.

»Lassen Sie die Finger von meinem Patrick«, tobte Granny Laffan. »Sie sind ein schamloses Flittchen – sich so an meinen Mann heranzumachen! Was fällt Ihnen ein?«

Eleanor rieb sich die Backe. Eifersüchtig. Die alte Dame war eifersüchtig. Nicht auf ihren Enkel natürlich. In diesem Moment war Richard wieder zu Patrick geworden, und Elea-nor war eine Rivalin. Absurd. Aber sehr rührend. Bevor Elea-nor etwas zu erklären versuchen konnte, stimmte Mrs. Laf-fan die zweite Strophe ihres Kirchenliedes an, als sei nichts geschehen.

Donnerstag morgen. Dies war Eleanors letzter Zahnarztter-min, nachdem ihr Zahn eine Woche lang gespült worden war, und sie war nervös, als Brenda sie ins Sprechzimmer führte.

»Guten Morgen, Mrs. Ross.« Dr. Boylans Stirn war wie üb-lich gerunzelt. Eleanor setzte sich in den Behandlungsstuhl und wünschte sich dabei, sie wäre anderswo.

»Sie brauchen keine Angst zu haben. Eine Wurzelbehand-lung ist ein bißchen unangenehm, aber reine Routine.«

Er hatte gut reden.

Dr. Boylan zog seine Gummihandschuhe an. »Ich habe den Nerv in diesem Zahn abgetötet. Ich könnte Ihnen gar nicht weh tun, auch wenn ich wollte.« Er musterte ihre Röntgen-bilder. »Wie kommen Sie mit den Laffans zurecht?«

»Gut«, antwortete sie knapp. Das ging ihn nichts an.

»Ms. Laffan war früher meine Patientin, wissen Sie, aber jetzt geht sie nach Bray zu einem anderen Zahnarzt.« Er zog eine Grimasse. »Ich verliere nicht gern Patienten.«

Das war ein tröstlicher Gedanke.

»Machen Sie den Mund weit auf, dann sehen wir uns die Sache mal an.«

Das »wir« klang herablassend.

»Weiter, bitte.«

Mein Gott, wenn sie den Mund noch weiter aufmachte, könnte er ihr die Mandeln herausnehmen. »Bekomme ich eine Spritze?«

»Natürlich.«

Sie haßte Spritzen ins Zahnfleisch. Sie haßte es, überhaupt in dem Zahnarztstuhl zu sitzen. Er bemerkte ihre Erregung. »Nun seien Sie nicht albern.«

»Angst vor Schmerzen ist eigentlich nicht albern, Dr. Boylan«, protestierte Eleanor. »Und in meinem Fall ist sie leicht zu erklären. Ich habe mal schlechte Erfahrungen mit einem Zahnarzt gemacht, als ich klein war.«

Er seufzte ungeduldig. »Möchten Sie, daß ich Sie außer Gefecht setze?«

»Sie brauchen nicht grob zu werden.«

Er kicherte. »Mit außer Gefecht setzen habe ich die Injektion gemeint.«

Hatte er ein sadistisches Vergnügen daran, wenn sie sich dumm vorkam?

»Intravenös, Mrs. Ross. Ich kann Ihnen für die paar Minuten, die es dauern wird, eine Narkose geben, aber dazu müssen Sie nüchtern sein. Kommen Sie morgen wieder, dann mache ich es. Das wäre vielleicht das Beste, wenn Sie *derart* nervös sind.«

»Ich weiß, was eine Narkose ist, Dr. Boylan.« Eleanor haßte seine Selbstgefälligkeit. »Aber hier gibt es keinen Anästhesisten, nicht wahr?« Soweit sie sehen konnte, gab es nicht einmal eine Zahnarzthelferin.

»Ich bin auch ausgebildeter Arzt.« Er wies auf die gerahmten Diplome an der Wand. Er schob ihre Röntgenaufnahmen in eine Schublade und schloß sie mit lautem Knall. »Entschließen Sie sich. Ich habe noch andere Patienten.«

Sie stand auf. »Guten Morgen, Dr. Boylan.« Sie verließ das Sprechzimmer, ohne ihm eine Erklärung zu geben.

Brenda lächelte sie an, als sie herauskam. »Das ging aber schnell.«

»Es ist nicht gemacht worden. Ich soll morgen wiederkommen, dann bekomme ich eine Narkose.«

»Das ist auch viel besser. Eine Wurzelfüllung kann scheußlich sein.« Brenda nahm den Terminkalender zur Hand. »Für welche Zeit soll ich Sie eintragen?«

Sollte Eleanor lügen? Nein, warum? »Ich fürchte, ich habe es mir anders überlegt«, sagte sie entschuldigend.

»Wie bitte?«

»Ich habe es mir anders überlegt. Ich glaube, ich werde zu meinem eigenen Zahnarzt in Dublin gehen.«

»Das kann ich Ihnen nicht verdenken«, sagte Brenda. »Wenn ich Sie wäre, würde ich dasselbe tun.«

»Sie sind mir nicht böse?«

»Aber keine Spur.« Brenda holte ihre Handtasche unter dem Schreibtisch hervor. »Haben Sie eine halbe Stunde Zeit? Ich lade Sie zum Mittagessen ein.«

»Ja, aber ich möchte vorher meinen Zahnarzt anrufen. Ich kann im O'Meara's telefonieren.«

Brenda reichte Eleanor das Telefon. »Hier. Bitte.«

Eleanor hatte Zweifel. »Ich finde es nicht richtig – das Telefon Ihres Vaters zu benutzen, um einen Termin bei einem anderen Zahnarzt zu machen.«

»Ich tue das dauernd.«

»Sie gehen zu einem anderen Zahnarzt?« Eleanor war erstaunt.

Brenda stellte sich vor den Spiegel, um Lippenstift aufzulegen. »Ganz recht.«

»Nein, ich werde lieber aus dem Pub anrufen, Brenda. Ich finde es einfach nicht richtig, das von hier aus zu tun.«

Brenda zuckte mit den Achseln und führte sie hinaus auf die Straße. Sie prallten fast mit einem großen, kräftigen Mann mittleren Alters mit der rötesten Nase zusammen, die Eleanor je gesehen hatte.

»Hoppla, Fräulein«, sagte er zu Brenda. »Jetzt hätten wir beinahe einen Unfall gebaut, nicht?«

157

Brenda stellte ihn vor. »Das ist Sergeant Mullen, Eleanor.«
Er schüttelte Eleanor die Hand. »Sie sind der neue Gast in
The Lodge, nicht? Ich habe von Gerry Rowland alles über Sie
gehört. Er war ziemlich begeistert von Ihnen.« Mullen zwinkerte Brenda zu. »Hat immer ein Auge für hübsche Damen,
der gute Gerry Rowland. Aber ich nehme an, er ist ein harm-
loser alter Knabe. Übrigens habe ich heute meinen freien Tag.
Darf ich die beiden Damen zum Essen einladen?«

»Tut mir leid, Sergeant«, sagte Brenda rasch. »Wir haben
heute bloß für ein schnelles Sandwich Zeit. Wir müssen uns
beide beeilen, wieder an die Arbeit zu kommen.«

Er schien enttäuscht. »Dann vielleicht ein anderes Mal.«

»Bestimmt«, sagte Brenda und zog Eleanor mit sich.

»Das war aber ein bißchen abrupt«, flüsterte Eleanor.

»Ich weiß, ich weiß, aber ich möchte Ihnen etwas erzählen. Ins O'Meara's können wir jetzt nicht gehen. Der Sergeant
wird dort sein. Wir können zu Coyle's gehen. Da gibt es Suppe
oder Sandwiches oder Brötchen, ist das okay?«

»Fein.«

»Sind Sie sicher, daß das der einzige Grund ist, warum Sie
nicht zu O'Meara's gehen möchten?« fragte Eleanor Brenda.
Sie blieben vor der grünen Eingangstür von Coyle's stehen.

»Nein. Ich wollte Ihnen neulich abends davon erzählen,
aber Sie waren schon mit den Rowlands weggefahren.«

»Ach ja, tut mir leid. Ich habe Sie und Matt Kelly zusammen
auf dem Parkplatz gesehen«, sagte Eleanor. »Ich wußte nicht
recht, was ich tun sollte, und habe beschlossen, Sie nicht zu
stören. Hätte ich vielleicht herüberkommen sollen?«

»Nein, nein, das ist schon in Ordnung, Eleanor. Ich habe
versucht, ihm etwas klarzumachen, aber man kann genausogut mit einer Katze reden wie mit Matt Kelly. Er ist unmöglich. Wenn wir drinnen sind, erzähle ich Ihnen alles.«

Der Pub war winzig. Sie setzten sich in die Ecke beim Fenster. Auf die Straße hinaussehen konnten sie allerdings nicht –
die Fensterscheibe war blind vor Schmutz. Die Schieferplat-

ten auf dem Fußboden hatten schon lange keinen Schrubber oder Wischlappen mehr gesehen. Auch die Theke war staubig.

»Sie könnten eine gute Putzfrau gebrauchen«, sagte Brenda zu Eleanor. »Aber bei mir zu Hause glänzt es auch nicht gerade wie in einem Palast. Ich habe nicht viel Zeit für Hausarbeit.«

Eleanor setzte sich neben Brenda. »Die Praxis ist aber sehr gepflegt, Brenda.«

»Ja, mein Vater läßt zweimal in der Woche eine Frau kommen, die saubermacht, aber er erwartet von mir, daß ich die Wohnung im oberen Stockwerk putze. Am Wochenende, stellen Sie sich vor.«

Eleanor fand das höchst unfair. »Die Suppe und das Sandwich für mich können Sie vergessen. Ich nehme nur einen Kaffee. Ich bin nicht hungrig.«

»Ist Ihnen in dieser Umgebung der Appetit vergangen?«

Eleanor schüttelte den Kopf. »Nein, nein, überhaupt nicht. Aber ich habe heute morgen gut gefrühstückt.«

»Mr. Coyle ist ein alter Mann«, sagte Brenda. »Er tut sein Bestes. Aber seine Angestellten sind verdammt nutzlos. Sie machen mit ihm, was sie wollen.« Sie stand auf und ging an die Bar. »Einen Kaffee? Sind Sie sicher, daß Sie nicht doch etwas essen möchten?«

»Nein, wirklich nicht, danke. Wo ist das Telefon?«

»Da hinten am anderen Ende. Direkt neben der Damentoilette.«


Es gelang Eleanor, für den folgenden Montag einen Termin bei Dr. Cahill zu bekommen. Sie hätte gleich zu ihm gehen sollen. Sie schlug *The Irish Times* auf und begann das Kreuzworträtsel. Sie fing mit siebzehn waagerecht an, da es nur drei Buchstaben hatte. Wenn sie den mittleren Teil schaffte, hatte sie gute Chancen, auch eine der Ecken fertig zu bekommen. Sie hatte vier Begriffe eingetragen, als Brenda mit dem Kaffee und einer Schale Suppe für sich selbst zurückkam. Mine-strone. Sie sah köstlich aus und duftete auch so. Jetzt bereute Eleanor, daß sie es sich anders überlegt hatte. An der Bar be-diente eine dünne, abgehärmt wirkende Frau. Sie schaute zu Brenda hinüber.

»Wer ist das?« fragte Eleanor.

»Dora Byrne, Niamhs Mutter.« Brenda schnitt ihr Schin-kensandwich und bestrich es mit einer großzügigen Portion Senf. »Sie kann mich nicht ausstehen.«

»Ach, warum?«

»Ich weiß nicht genau. Meine Mutter hat sie auch gehaßt. Haben Sie nichts davon gehört?«

Eleanor konnte nicht dasitzen und so tun, als habe sie nichts gehört. Sie war noch nie eine gute Lügnerin gewesen. »Ja, je-mand hat so etwas erwähnt.«

»Ich habe überhaupt keine Lust, über diese alte Hexe zu reden.« Brenda schlürfte ihre Suppe. Es war schwierig, das nicht zu tun, weil der Tisch so niedrig war. »Hier wird viel geredet, Eleanor. Zu viele Leute interessieren sich für die An-gelegenheiten anderer. Meine Mutter hat das oft gesagt. Im-mer erfanden sie Geschichten über sie. Eifersucht, nehme ich an.«

Eleanor rührte in ihrem Kaffee.

»Die Leute hier genießen Skandale und Klatsch. Das ist auf dem Land oft so. Sie haben Glück, in Dublin zu wohnen. Städter sind zu beschäftigt, um sich mit Tratsch und übler Nachrede abzugeben.«

Gott segne ihre Naivität, dachte Eleanor. Brenda gab reich-lich Salz in ihre Suppe. Sie machte sich offensichtlich keine Sorgen um zu hohen Blutdruck.

»Sie wollten mir von Matt Kelly erzählen«, sagte Eleanor.

»Er ist ein Mistkerl. Ein scheinheiliger Fiesling.« Brenda biß in ihr Sandwich und schluckte schwer. »Ein Scheißkerl.«

»Was ist passiert?« Eleanor goß Milch in ihren Kaffee.

»Er hat mich ... ein Flittchen genannt.«

»Reizend. Ignorieren Sie ihn, Brenda. So ein Typ ist es nicht wert, daß man sich mit ihm abgibt.«

Brenda schlug mit ihrem Löffel auf den Tisch, was das alte Ehepaar am Nebentisch aufblicken ließ. »Sie haben nicht gehört, was er gesagt hat, Eleanor. Was er über mich redet, ist mir scheißegal. Was mich wirklich aufregt, ist, was er über meine Mutter gesagt hat.«

»Was genau hat er denn gesagt?«

»Ich wäre eine Hure, genau wie meine Mutter. Und er wäre nur mit mir ausgegangen, weil er sicher war, sich mit mir amüsieren zu können.«

»Vergessen Sie's, Brenda. Denken Sie nicht mehr daran.«

An der Bar passierte etwas. Dora Byrne benahm sich wie ein Fischweib, sie kreischte und brüllte und knallte Teller auf die Theke. Einen Gast schrie sie an, sie habe »nur zwei Hände«. Er zuckte zurück und zog sehr verlegen den Kopf ein.

»Schrecklich, nicht?« sagte Eleanor.

»Typisch für die alte Hexe. Der alte Ned kann einem leid tun. Er ist ein armer Schlucker. Ihm gehören ein paar Felder gleich hinter dem Dorf, aber er hat sehr wenig Vieh. Seit seine Frau gestorben ist, kommt er ein paarmal in der Woche zum Essen her. Mr. Coyle ist sehr gut zu ihm, gibt ihm sein Mittagessen praktisch umsonst. Aber diese Xanthippe . . .«

»Warum behält Mr. Coyle sie denn, Brenda?«

»Sie ist schnell. Tüchtig.«

Eleanor sah sich um. »Na ja, Putzen ist offenbar nicht ihre Stärke.«

»Putzen?« höhnte Brenda. »Sie machen Witze! Nein, Mr. Coyle hat mir erzählt, sie hätte ihm klipp und klar gesagt, daß sie an der Bar arbeitet und nur an der Bar.«

»Ich verstehe«, sagte Eleanor. »Was Matt Kelly betrifft – ich rate Ihnen, ihm so weit wie möglich aus dem Weg zu gehen.«

»Ja, das werde ich«, versprach Brenda, »aber es geht mir wirklich auf den Geist. Meine Mutter ist seit fünf Jahren tot, und sie machen sie immer noch schlecht.«

»Versuchen Sie, nicht mehr an ihn zu denken, Brenda. Hätten Sie Lust, heute abend nach The Lodge zu kommen? Wir könnten uns dort in Ruhe unterhalten.«

Brenda schien von der Idee entsetzt. »O nein, Ms. Laffan würde verrückt werden. Sie will nichts mit mir zu tun haben. Nein, sie würde mich nicht in ihrem Haus haben wollen, das können Sie mir glauben.« Brenda war unnachgiebig. »Ich denke, es hat etwas mit meiner Mutter zu tun. Da gab es Gerüchte über eine Affäre zwischen meiner Mutter und Aidan Brady, Sie haben sicher davon gehört.«

»Ich dachte, Sie wüßten nichts davon«, sagte Eleanor diplomatisch.

Brenda wischte sich etwas Senf aus dem Mundwinkel. »Manche Dinge holen einen immer wieder ein, wenn Sie verstehen, was ich meine.«

Eleanor verstand. Es gibt immer irgendeine hilfsbereite Person, die einem die unerfreulichen Details mitteilte, wenn man den häßlichen Gerüchten zufällig entkommen war.

»Also gut, dann komme ich zu Ihnen nach Hause.«

Das schien Brenda auch nicht zu gefallen. »Mein Vater wird heute abend da sein. Wir wären also nicht unter uns. Aber wir könnten eine Spazierfahrt machen, wenn ich es schaffe, daß er mir den Wagen leiht.«

»Schön. Wenn nicht, gehen wir eben ein Stück zu Fuß.«

Es gab in der Gegend einige hübsche Flecken, und die Sommerabende waren mild. Es blieb bis nach zehn Uhr hell.

»Ich treffe Sie gegen sieben am Ende der Laffan Lane«, schlug Brenda vor.

Eleanor lächelte.

Brenda sah sie argwöhnisch an. »Was ist daran so lustig?«

»Laffan Lane. Das erinnert mich an eines der schrecklichen Chorstücke, die wir in der Schule singen mußten. ›The Old Linden Tree.‹ Haben Sie das auch singen müssen? Oder ›The Dashing White Sergeant‹? Nein, natürlich nicht. Das war alles lange vor Ihrer Zeit.«

»Wir haben den Chor auch gehaßt«, stöhnte Brenda. »Und ich mußte in Schulkonzerten auch noch die Soli singen. Ich winde mich, wenn ich bloß daran denke.«

»Ich kann es mir vorstellen – Ihre Eltern in der eiskalten Schulaula, entzückt von ihrem kleinen Schützling. Ihr Vater zu Tode gelangweilt, obwohl er so tun mußte, als wäre er hingerissen.«

Brenda kicherte. »Eigentlich war es genau andersherum. Ich glaube, meine Mutter haßte diese Abende, aber mein Vater war immer stolz wie ein Pfau. Er genoß es, sich vor den Nachbarn aufzuspielen.«

Eleanor schaute auf die Uhr an der Wand. Es war beinahe halb zwei. Zeit zu gehen. Granny Laffan würde warten.

# 9

Am Montag nachmittag fuhr Victoria Laffan Eleanor nach Dún Laoghaire zu ihrem Zahnarzt. Eleanor hatte ihm ihr Problem telefonisch erklärt, und er hatte ihr gesagt, sie solle nüchtern kommen. Er verabreichte ihr eine Spritze ohne viel Getue und Gerede. Für Eleanor war die Sache damit klar. Sie würde Dr. Cahill für den Rest ihres – oder seines – Lebens als Zahnarzt behalten! Ihr Vater hatte recht – er sagte immer, man solle seinem Zahnarzt und seinem Automechaniker treu bleiben.

Auf der Heimfahrt war Eleanor erschöpft. »Es ist sehr nett von Ihnen, daß Sie sich solche Umstände machen, Ms. Laffan«, sagte sie noch etwas benommen.

»Aber ich bitte Sie«, sagte Victoria matt. »Sie sind so freundlich zu meiner Mutter, da ist dies das mindeste, was ich tun kann.«

»Ich frage mich, wie Richard heute mit ihr zurechtkommt«, murmelte Eleanor. »Ach, haben Sie die Kassetten bekommen, Ms. Laffan?«

»Eleanor, wenn ich Sie beim Vornamen nennen soll, dann müssen Sie das bei mir auch tun.« Sie umklammerte das Steuerrad fest. »Bitte, nennen Sie mich Victoria.«

Eleanor versuchte, die Augen offen zu halten, und warf ab und zu einen Seitenblick auf ihre Gastgeberin. Victoria war in Sorge.

»Während Sie beim Zahnarzt waren, bin ich ins Einkaufszentrum gegangen. Ich habe die Kassetten von *Sturmhöhe* gekauft, aber um ehrlich zu sein, ich glaube, es ist Zeitverschwendung.« Victoria beschleunigte, als sie auf die Schnellstraße kamen. »Sie kann sich einfach nicht mehr so konzentrieren wie früher.«

Eleanor öffnete das Fenster auf der Beifahrerseite. Die frische Luft würde sie wachhalten. Victoria trat aufs Gaspedal, und Eleanor bekam Angst. Sie saß da, umklammerte ihre Knie und sah zu, wie die Bäume vorbeisausten, während Victoria immer schneller fuhr. Eleanor hoffte, daß sie in der nächsten Kurve verlangsamen würde. Zum Glück tat sie das und nahm die Biegung geschickt. Sie waren jetzt nur noch zehn Minuten von Coill entfernt, und Eleanor war froh darüber. Sie wollte dringend ins Bett.

»Ich fürchte, ich bin heute keine gute Unterhaltung«, sagte Victoria. »Ich hatte einen schlimmen Vormittag. Wieder einmal Mutter. Ich habe vorher nichts gesagt, weil ich wußte, daß Sie sich vor dem Zahnarzt fürchten.«

Es war klar, daß Victoria reden wollte. Eleanor hätte am liebsten nur die Augen zugemacht und geschlafen, aber sie konnte nicht unhöflich sein. »Kann ich irgend etwas tun?«

Mit quietschenden Bremsen brachte Victoria das Auto zum Stehen und lehnte sich in ihrem Sitz zurück. Ihr Gesicht verzerrte sich, als sie das Steuerrad fester umklammerte. Ihre Fingerknöchel waren weiß vor Anspannung. »Ich halte es nicht mehr aus, Eleanor. Ich kann nicht mehr.« Sie gab einen Laut zwischen Husten und ersticktem Schluchzen von sich. Dann begann sie zu weinen. Nicht laut, sondern ganz leise.

Eleanor war verwirrt. »Victoria, was ist los?«

Ein lautes Schluchzen.

»Bitte, Victoria, sagen Sie mir, was los ist.«

Eleanor hatte das Gefühl, Victoria in den Arm nehmen zu müssen, aber sie konnte nicht. Victoria Laffan war ihre Vermieterin, keine Busenfreundin. Sie war zu distanziert und reserviert, um sie zu umarmen.

Victoria kreuzte die Arme auf dem Steuerrad und legte den Kopf darauf. Ihre Schultern zitterten noch immer, ihr Körper bebte. Endlich richtete sie sich auf, und Eleanor reichte ihr ein Papiertaschentuch.

»Es tut mir leid«, schniefte Victoria. »Es tut mir so leid, daß ich Ihnen das zumute. In einer Minute ist alles wieder in Ordnung. Ich weiß nicht, was über mich gekommen ist. Es tut mir leid.«

Eleanor fühlte sich erbärmlich. »Bitte, entschuldigen Sie sich nicht, Victoria. Es ist in Ordnung. Wenn Sie mir nur sagen könnten, was los ist, dann könnte ich Ihnen vielleicht helfen.«

Victoria schniefte noch einmal und putzte sich die Nase. Sie tätschelte Eleanor den Arm. Eleanor lief bei der Berührung ein kalter Schauder über den Rücken.

»Sie sind mir wirklich eine große Hilfe, Eleanor, seit Sie die Nachmittage übernommen haben. Aber ich weiß nicht, ob ich es noch lange aushalten kann. Meine Mutter macht mich verrückt. Es wird täglich, ja, stündlich schlimmer mit ihr. Es war mir so peinlich, als die Russells heute morgen abgereist sind.«

»Sie sind abgereist? Richard hat mir gesagt, sie würden noch eine Woche bleiben.«

»Das wollten sie auch.« Victoria tupfte sich mit dem inzwischen tropfnassen Tuch die Augen ab. »Uns fehlt nun dieses Geld, ganz zu schweigen von dem Schaden, der entstehen wird, wenn die Geschichte sich herumspricht.«

»Was für eine Geschichte?« Eleanor reichte ihr ein neues Taschentuch.

Victoria knüllte es zu einem Ball zusammen. »Sie hat Mrs. Russells Nachthemd gestohlen.«

Eleanor räusperte sich. Sie war jetzt hellwach. »Wie bitte?«

»Meine Mutter.« Victoria seufzte. »Sie hat Mrs. Russells Nachthemd gestohlen.«

Eleanor kicherte. »Ist das alles? Ich dachte, es wäre etwas Ernstes.«

Victoria versteifte sich. »Es *ist* ernst.«

Eleanor wußte, daß sie sie verärgert hatte. »Ich meine, die arme alte Dame. Man kann das kaum als Diebstahl bezeichnen. Sie weiß nicht, was sie tut. Haben Sie den Russells das nicht erklärt?«

»Doch. Aber es hat nichts genützt. Mrs. Russell war sehr aufgebracht. Ich kann es ihr nicht verdenken. Natürlich habe ich ihnen von der Alzheimerschen Krankheit erzählt, aber sie wollte es einfach nicht wissen. Sie hat mir mehr oder weniger durch die Blume gesagt, wenn meine Mutter so verwirrt sei, dann wäre sie besser aufgehoben in ...«

»Ach, darum geht es doch nicht«, sagte Eleanor ärgerlich. »Sie hatte kein Recht, das zu sagen, Victoria. Solche Gäste brauchen Sie nicht. Mehr Geld als Verstand.«

Damit war es Eleanor ernst. Gewiß, zahlende Gäste waren in Ms. Laffans Metier ein notwendiges Übel, aber man durfte ihnen nicht erlauben, sich zuviel herauszunehmen. Die Russells konnten sich beschweren. Die Russells konnten ein neues Nachthemd verlangen, wenn sie es so genau nahmen, aber sie hatten *kein* Recht, Victoria Laffan zu sagen, wie sie ihr Privatleben organisieren sollte.

Hier war ein bißchen Humor vonnöten. »Wieso überhaupt ihr Nachthemd? War das so ein aufreizendes rosa Ding? Ich weiß, Ihre Mutter liebt Rosa.« Eleanor glaubte die Spur eines Lächelns wahrzunehmen. »Gott sei Dank, daß die Russells fort sind, würde ich sagen.«

Eleanor jedenfalls war froh, das Paar los zu sein. Die sexuellen Turnübungen der beiden würden sie nicht mehr zu jeder Tageszeit stören. »Solche Gäste brauchen Sie nicht, Victoria, wirklich nicht.«

»Doch, wir brauchen sie«, sagte Victoria. »Die Amerikaner bezahlen viel mehr als ...«

Victoria Laffan berechnete den Russells *mehr* als den üblichen Preis? Dazu würde das Fremdenverkehrsamt etwas zu sagen haben, wenn es dahinterkam.

Victoria hüstelte, um ihre Verlegenheit zu verbergen. »Wenn das bekannt wird, könnten wir ruiniert sein.«

Sie übertrieb vermutlich. Die Russells waren abgereist, aber das war nicht das Ende der Welt. Nicht alle Gäste würden so heikel sein wie sie.

»Ich glaube, Sie nehmen sich das zu sehr zu Herzen, Victoria.«

»Es war ein besonderes Geschenk zum Hochzeitstag, das er ihr bei Harrod's gekauft hatte.« Victoria steckte das Taschentuch ein.

»Ein Geschenk zum Hochzeitstag?«

Eleanor hatte geglaubt, die liebestollen Russells seien auf *Hochzeitsreise.*

»Es wäre ja nicht so schlimm«, sagte Victoria, »aber das Nachthemd hat ein Vermögen gekostet.«

»Sie hätten das verdammte Ding reinigen lassen und es ihnen dann mit freundlichen Grüßen zurückgeben sollen«, sagte Eleanor energisch. »So viel Lärm um nichts.«

»Das konnte ich nicht«, antwortete Victoria. »Sie hat es mit einer Schere zerschnitten.«

»Mrs. Russell?«

»Nein, nein, meine Mutter. Sie hat den ganzen Saum abgeschnitten.«

»Ich glaube, Sie sollten die Sache von der komischen Seite betrachten. Übrigens wußte ich nicht, daß Ihre Mutter so boshaft sein kann. Sie müssen sie *wirklich* geärgert haben.«

»Das war keine Bosheit«, erwiderte Victoria. »Das Nachthemd war ihr zu lang, das ist alles. Mutter hat versucht, es zu kürzen.«

Langsam breitete sich ein Lächeln auf ihrem Gesicht aus.

»So ist es schon besser«, sagte Eleanor. »Sie dürfen ruhig lachen. Was passiert ist, ist passiert. Wie sind sie überhaupt dahintergekommen? Woher wußten sie, daß Ihre Mutter das Nachthemd genommen hatte?«

Victoria ließ den Motor an und legte den Gang ein.

»Leider haben sie mit eigenen Augen gesehen, wie sie es trug — am Frühstückstisch. Sie war wieder aus ihrem Zimmer entwischt. Da waren Sie gerade nach oben gegangen. Sie hatten Glück, daß Sie ihr nicht begegnet sind.«

»Ich glaube, diesmal hätte es mir nichts ausgemacht. Ihre Mutter richtet keinen Schaden an.«

Als sie an der Tankstelle vorbei waren, schaltete Victoria den Blinker ein.

»Ja, wir beide wissen das, aber ich kann Ihnen sagen, heute morgen hat sie sich selbst und mich ganz schön bloßgestellt. Das Nachthemd war vollkommen durchsichtig.« Ihre Stimme wurde vor Ärger lauter. »Sie hätte genausogut nackt erscheinen können. Die Petersons hatten gerade ihr Müsli gegessen. Sie sind sehr nette Leute, sehr höflich, aber natürlich waren sie schrecklich verlegen. Es war gräßlich.«

Obwohl Eleanor Victorias Gereiztheit verstehen konnte, billigte sie den Ton nicht, in dem sie über ihre Mutter sprach.

»Vergessen Sie's, Victoria. Sie haben keine andere Wahl.«

Sie bogen in die Einfahrt von The Lodge ein.

»Ja, ja, das werde ich.«

Sie brachte noch ein schwaches Lächeln zustande, aber ihre Augen hatten wieder den kalten, angestrengten Ausdruck, den Eleanor schon gesehen hatte.


Richard betrachtete sein Werk kritisch. Nicht übel. Das blasse Gelb machte den Raum viel heller. Mist! Er bemerkte einen Streifen heruntergelaufene Farbe unter der Bilderleiste. Er stieg noch einmal auf die Leiter und glättete die Stelle mit dem kleinen Pinsel. Nun mußte er morgen nur noch die Fußleisten, die Tür und die Fensterbank lackieren. Er wollte gerade seinen Overall ausziehen, als sich die Tür öffnete.

»Richard, was machst du hier?« Ärgerlich stand seine Tante vor ihm, die Hände in die Hüften gestützt.

»Ich bin g-g-gerade mit dem Streichen fertig«, erklärte er. »Ich m-m-möchte dieses Zimmer fertig haben für . . .«

»Ich denke, es ist an der Zeit, daß du Prioritäten setzt. Du hattest versprochen, dich um deine Großmutter zu kümmern.«

Konnte er es ihr denn nie recht machen? Es war ja nicht so, als hätte er das Zimmer aus Jux und Tollerei gestrichen. So sehr er sich auch bemühte, sie fand immer etwas auszusetzen.

»Hast du denn überhaupt kein Verantwortungsgefühl? Ich kann nicht mal einen Nachmittag ausgehen und mich darauf verlassen, daß du tust, was du tun sollst.«

»G-G-Granny geht es gut, sie schlief, als ich w-w-wegging.«

»Sie schlief? Hast du ihre Tür abgeschlossen?«

»N-N-Nein«, gestand er. »Aber ich h-h-habe alle zehn M-M-Minuten nach ihr gesehen. Sie ist okay, Tante V-V-Victoria. Sie schläft f-f-fest.«

»Richard, ein Versprechen ist ein Versprechen. Ich habe mehr von dir erwartet. Jetzt kann ich dir nie wieder vertrauen.«

»Aber ich h-h-habe dir doch gesagt ...«

Victoria Laffan ignorierte seinen verletzten Ausdruck. Sie starrte ihn noch einmal an und rauschte dann aus dem Zimmer.

Richard war wütend. Seine Tante war unvernünftig. Vollkommen unvernünftig. Ihre Stimmungen schlugen schneller um als das Wetter. Einen Tag so, am nächsten Tag anders. So war sie immer gewesen. Sie und ihre verdammten Nerven. Er wußte, daß sie sich über Granny Laffans Posse von heute vormittag aufgeregt hatte, aber das mußte sie ja nicht an ihm auslassen. Immer dasselbe. Sie benutzte ihn als Prügelknaben.

Alzheimer war kein Spaß. Er wußte, daß es sehr schwer war, sich die ganze Zeit um seine Großmutter zu kümmern, aber verdammt, das war ja nicht seine Schuld, oder? Er tat sein Bestes, um zu helfen. Er liebte seine Granny und gab sich wirklich Mühe. Wenn seiner Tante das nicht reichte, dann konnte sie ihm den Buckel herunterrutschen. Sie hatte kein

Recht, so mit ihm zu reden. Sie hatte ihm praktisch vorgeworfen, seine Großmutter zu vernachlässigen.

Er hatte gute Lust, seine Koffer zu packen und zu gehen.
Sollte sie doch allein in ihren wechselnden Launen schmoren.
Morgen würde sie sich entschuldigen und erwarten, daß er sie
verstand. Und das tat er ja auch. Nur zu gut.

Iris Laffan schloß die Augen und versuchte, die lauten Worte
im Nebenzimmer zu ignorieren. Rich bekam schon wieder
eine Strafpredigt gehalten. Victoria machte ihm das Leben
schwer. Der arme Junge. Er sollte sie verlassen. Ihr sagen,
sie solle sich zum Teufel scheren. Aber Iris wußte, daß er das
nicht tun würde. Er würde bei seiner lieben alten Granny bleiben. Er würde eine wehrlose alte Dame nicht einer Person wie
Victoria ausliefern.

Ihre ältere Tochter war schon wieder wütend auf sie. Sie
war böse und grausam gewesen und hatte einige schreckliche Dinge gesagt. Schreckliche Dinge. Und das auch noch
vor vollkommen fremden Leuten. Iris' Unterlippe zitterte.
Warum sollte sie sich das gefallen lassen? Sie war eine alte
Dame.

Diese Frau namens Roth hatte recht. The Lodge war ihr
Zuhause. Sie war die Besitzerin. Sie verdiente einen gewissen Respekt. *Du sollst Vater und Mutter ehren.* Daran würde
sie Victoria erinnern müssen. Sie war nicht irgendeine Unter-
gebene, die man schelten, beschimpfen und heruntermachen
durfte. Sie war Iris Laffan.

Victoria wurde unerträglich. Man mußte ihr Einhalt gebie-
ten. Lorna – ja, die war ganz anders. So höflich und freundlich. Scheu. Vielleicht ein bißchen zu scheu? Natürlich hatte
Lorna immer im Schatten von Victoria gestanden. Sie verließ sich zu sehr auf Victoria. Ja, Iris würde morgen mit ihrer
jüngeren Tochter sprechen. Sie würde Lorna sagen, sie solle
sich gegen ihre ältere Schwester behaupten. Sich ihre Kritik
nicht zu Herzen nehmen. Sie würde ihr sagen, sie solle für sich

selbst denken. Lorna hatte einen hellen Kopf, ja, den hatte sie. Wenn sie nur mehr Selbstvertrauen besäße.

Das war Patricks Schuld.

Er erwartete zuviel von seinen Töchtern. Immer hielt er Vorträge über Benimm und Etikette und den Namen Laffan. Wenn Patrick noch am Leben wäre, sähen die Dinge heute anders aus. Er würde Victoria Manieren beibringen. O ja, Victoria kannte ihren Platz, wenn er in der Nähe war. Sie hätte es nicht gewagt, dann so mit ihrer Mutter zu reden.

Mrs. Laffan starrte auf das gerahmte Foto ihres Mannes auf ihrem Nachttisch. Er lächelte nicht. Aber das war eigentlich keine Überraschung. Er hatte ja im Leben meistens die Stirn gerunzelt, nicht? Iris dachte darüber nach. Ja, er *war* ziemlich miesepetrig gewesen. Tatsächlich war er ein pingeliger alter Langweiler gewesen. Sie lächelte vor sich hin. Der große Patrick Laffan. Der Lord im Herrenhaus. Der Landedelmann. Der hochwohlgeborene Gentleman-Farmer. Alles dummes Zeug!

Sie drohte dem Foto mit der Faust. »Mit dir werde ich auch ein Wörtchen reden müssen, guter Mann. Ich lasse mir deinen Unsinn *nicht* mehr gefallen. Ich lasse mich nicht länger von dir schikanieren – oder von deiner Tochter!«

Da, sie hatte es getan. Endlich hatte sie ihm gesagt, was Sache war. Das hätte sie schon vor langer Zeit tun sollen. Aber besser spät als nie. Iris schloß die Augen wieder und stieß einen langen, selbstzufriedenen Seufzer aus. Sie ließ ihre Gedanken nach Ardara und in ihre Kindheit zurückwandern ...

Ihr Bruder Flor, der sich an seinem Webstuhl abarbeitete. Er war meilenweit der beste Weber. Die Markttage mit ihrem Vater, an denen er sie in die Schnapsbude mitnahm und ihr eine sprudelnde Orangenlimonade spendierte. Ach, Iris wünschte sich, wieder dort zu sein. Wieder an dem großen Feuer sitzen, das immer in ihrer gemütlichen Küche brannte. Sie konnte sehen, wie ihre Mutter das Messing polierte. Sie konnte das dunkle Brot riechen, das im Ofen gebacken wurde.

Iris begann, sich in diese glücklicheren Zeiten zurücktreiben zu lassen ...

»Mutter! Mutter, bist du wach?«

O nein. Schon wieder diese Schreckschraube. Iris würde sich schlafend stellen. Sie hatte keine Lust, sich eine *ihrer* Predigten anzuhören.

Dr. Boylan sah seine Tochter finster an. »Was ist das für ein Dreck? Bezeichnest du das etwa als Abendessen?«

Brenda antwortete nicht. Es hatte keinen Sinn. Er war im Golfclub gewesen – und hatte wieder getrunken. Sie würde ihn nicht provozieren. Ohne sich nach ihm umzuwenden, wusch sie weiter die Töpfe ab.

»Ich rede mit dir, Mädchen. Ist das mein Abendessen? Soll ich etwa diesen Fraß essen?« Er trat hinter sie und schleuderte den Teller in den Ausguß. Er zerbrach, und das Lammragout spritzte an die Wand und auf das Abtropfbrett. »Hast du wirklich erwartet, daß ich diesen Mist esse?«

Sie durfte ihn nicht ihr Gesicht sehen lassen. Wenn er zuviel getrunken hatte, erinnerte sie ihn an ihre Mutter. Das machte ihn verrückt. Sie betete, er würde in sein Zimmer gehen und einschlafen, wenn sie nicht reagierte.

Seine Stimme wurde lauter und bedrohlicher. »Antworte mir, Brenda. Und sieh mich an, wenn ich mit dir rede.«

Sie tat keines von beidem.

»Hör zu, du kleine Schlampe«, brüllte er. »Ich habe heute abend von Matt Kelly alles über dich gehört. Ja, alles über deine Liebesaffären. So eine Schande. Es fängt wieder von vorne an. Zuerst sie. Jetzt du. Du wirst noch mein Tod sein. Aber das ist es ja, was du willst, nicht?«

Brenda schluckte schwer. Sie versuchte, sich vor dem zu verschließen, was um sie herum vor sich ging. Genau das hatte sie getan, als er sie das letzte Mal angegriffen hatte. Er hatte sie so hart geschlagen, daß sie gedacht hatte, sie würde ohnmächtig, aber plötzlich hatte sie keinen Schmerz mehr gespürt. Überhaupt keinen Schmerz. Sie hatte es geschafft, sich zu lösen. Sie hatte tatsächlich ihren Körper verlassen und schaute von der Zimmerdecke aus zu. Sie sah, wie er sie erbarmungslos schlug, aber das war gar nicht sie. Sie war nicht da. Er konnte sie nicht erreichen.

Jetzt streifte der Atem ihres Vaters drohend ihren Nacken. »Das ist genau, was du willst, nicht? Mich loswerden? Das wollte sie auch.« Er hatte einen Schluckauf und lachte. Ein unheilverkündendes Lachen. »Aber sie hat ihre Lektion gelernt, nicht? Und jetzt mußt du deine lernen.«

Brenda sah das Tranchiermesser im trüben Wasser glänzen. Würde sie den Mut haben, es zu benutzen?

»Du bist nichts als eine Schlampe – genau wie deine Mutter. Herumhuren, damit die Leute etwas zu reden haben. Du hast nicht mal den Anstand besessen, mir ein anständiges Essen auf den Tisch zu stellen, nachdem ich den ganzen Tag hart gearbeitet habe. Du bist eine liederliche kleine ...«

Sie konnte sich nicht länger beherrschen. Sie fuhr herum und sah ihm direkt ins Gesicht. Tränen brannten in ihren Augen. »Das Abendessen war in Ordnung. Vollkommen in Ordnung. Wenn du rechtzeitig nach Hause gekommen wärst, wäre alles gut gewesen. Ich habe versucht, es dir warmzuhalten, aber ...«

»Was ist denn das?« schrie er. »Du wagst es, mir Widerworte zu geben!« Er hob die Faust und schlug ihr voll ins Gesicht.

Brenda flog nach hinten und stieß sich das Kreuz an der Spüle. Sie duckte sich, als er noch einmal ausholte.

»Dir werde ich Manieren beibringen, du kleine Schlampe. Genau wie deine Mutter, nicht? Schlecht und verdorben. Du bist die Brut dieser Teufelin.« Taumelnd ging er auf sie los. »Aber ich werde dich von deinem sündhaften Leben kurieren, und wenn es das letzte ist, was ich tue.«

»Daddy, bitte«, flehte sie. Sie versuchte, sich seitlich an ihm vorbeizudrücken, aber er packte sie an den Haaren.

174

»Jawohl, ich werde dich kurieren. Für sie ist es zu spät, aber für dich nicht. Ich werde die Schlechtigkeit aus dir herausprügeln, Mädchen.« Er stieß seine Tochter auf die Knie. »Ich werde sie aus dir herausprügeln.«

Tränen liefen über Brendas Gesicht. Sie konnte es nicht ertragen, ihn schon wieder so zu sehen. Nicht zum zweiten Mal in einer Woche. Ihr Arm schmerzte noch vom letzten Mal. »Bitte, Daddy, sieh mich an. Sieh mich an. Ich bin Brenda. Brenda.«

Dr. Boylan starrte auf sie herunter. Seine Augen blickten starr und wie in Trance.

»Bitte, Daddy, tu mir nicht weh, bitte.«

Brendas Körper zitterte vor Schluchzen. Seine Hand hielt immer noch ihr Haar. Sie konnte spüren, wie er es büschelweise ausriß. Sie begann zu beten.

Plötzlich ließ er sie los. Tränenüberströmt sah sie zu ihm auf. Sein Gesicht war aschfahl geworden.

»Geh in dein Zimmer«, knurrte er. »Geh in dein Zimmer. Geh mir aus den Augen.«

Brenda floh aus der Küche in die Geborgenheit ihres Zimmers. Sie warf sich auf ihre Schlafcouch und begrub das Gesicht im Kissen, um ihr Wimmern zu dämpfen. Sie dankte Gott, daß sie heute abend entkommen war. Ihr Kopf schmerzte, ihr Rücken brannte. Aber es hätte schlimmer sein können. Viel schlimmer. Ja, heute abend hatte sie Glück gehabt.

10

Niamh staubte den Frisiertisch ab und summte vor sich hin. Eleanor wünschte sich, sie würde das zu einer anderen Zeit tun. Die Morgenstunden waren ihr kostbar zum Schreiben.

Niamh nahm die Kassetten in die Hand. »Was ist das? *Sturmhöhe?* Mögen Sie dieses Buch tatsächlich?«

»Es ist für Mrs. Laffan«, sagte Eleanor leichthin.

»Besser sie als ich. Ich fand es unglaublich langweilig. Ach, übrigens, ich habe im Laden Brenda Boylan getroffen. Sie sah aus, als käme sie aus dem Krieg. Sagte, sie hätte gestern abend zuviel getrunken und wäre gegen ihre Zimmertür gekracht. Wie auch immer, sie möchte, daß Sie sie anrufen. Es geht um das Quiz morgen abend im O'Meara's. Es findet zugunsten der hiesigen Grundschule statt, und das ganze Dorf wird hingehen. Ich liebe solche Quiz, Sie auch?«

Eleanor machte wieder einen Tippfehler. »Teifgreifend« statt »tiefgreifend«. Sie vergrößerte die Schrift auf dem Bildschirm.

»Ich mag sogar die Quizshows im Fernsehen.« Niamh schien nicht zu merken, daß Eleanor sie ignorierte. »Mein Allgemeinwissen ist ganz gut. Bei welchem Kapitel sind Sie? Drei? Ist das alles? Ich dachte, Sie wären inzwischen schon viel weiter. Wovon handelt denn Ihr Buch?«

Eleanor seufzte. »Ich möchte nicht darüber reden, Niamh, das bringt Unglück. Mir könnte die Inspiration abhanden kommen.«

Sie wünschte sich, *Niamh* würde abhanden kommen und sie weitermachen lassen.

Niamh schaute auf den Bildschirm und begann zu lesen.

»Niamh, wenn es Ihnen nichts ausmacht – ich kann nicht weitermachen, wenn Sie mir über die Schulter sehen, ja? Sind Sie hier bald fertig?«

»Wie bitte? O ja, ich bin fertig.«

Sie schraubte den Deckel auf die Möbelpolitur.

»Mrs. Ross, werden Sie kommen? Werden Sie in Brendas Quiz-Team mitmachen? Ihr Vater und der Sergeant sind auch dabei. Dr. Boylan ist hervorragend in Geographie – und natürlich in Fragen über Naturwissenschaften. Sergeant Mullen ist nicht schlecht in Sport, und Brenda weiß allerhand über Musik. Was ist mit Ihnen?«

Eleanor ging zur Zimmertür.

»Ach ja«, sagte Niamh. »Literatur. Klar, Sie haben die Nase ja immer in einem Buch.«

Eleanor sah, daß das Mädchen ihren Hinweis nicht verstanden hatte. Sie machte ihr die Tür weit auf, aber Niamh ließ sich Zeit.

»Matt Kelly, mein Vater und Richard sind mit mir in einem Team.« Sie rollte den Schlauch des Staubsaugers zusammen. »Dad ist beim Quiz eigentlich ganz gut – meine Mutter würde so etwas im Leben nicht mitmachen. Matt Kelly ist unser Schwachpunkt, aber Richard weiß sehr viel. Musik, Sport, Geschichte – was Sie wollen. Und er ist eine Goldgrube an Informationen über die hiesige Geschichte. Toll, daß er in unserem Team ist. Richard ist richtig nett, wenn man ihn erst kennt, nicht?«

Eleanor öffnete die Tür weiter.

»Also, werden Sie Brenda Boylan anrufen?«

»Ja«, sagte Eleanor ungeduldig. »Das werde ich, Niamh. Und jetzt muß ich weiterarbeiten.«

Sie hörte noch, wie Niamh leise und in abfälligem Ton »weiterarbeiten« murmelte, aber sie ignorierte es absicht-

›

lich. Doch sie freute sich über die Einladung für morgen abend. Ein Abend außer Haus war ein Abend außer Haus.

Eleanor langweilte sich, als die sechste Runde zu Ende war, obwohl sie die Atmosphäre und den Trubel im O'Meara's genoß. Das gesamte Dorf war erschienen, um die örtliche Schule zu unterstützen. Mr. Duffy, der Direktor, war der Quizmaster.

»Diese Fragen müssen sich die Lehrer ausgedacht haben«, beschwerte sich Sergeant Mullen.

Dr. Boylan sah ihn an. »Wieso sagen Sie das?«

»Verdammt kompliziert, nicht? Man muß schon einen verdrehten Verstand haben, um auf manche davon zu kommen.«

Zu Eleanors Erheiterung nahmen der Sergeant und Dr. Boylan das Quiz sehr ernst, vor allem, da sie zusammen mit Richard Bradys Team auf den ersten Platz zusteuerten.

Brenda stimmte mit dem Sergeant überein. »Die meisten Musikfragen sind vorsintflutlich.«

Eleanor machte sich Sorgen um Brenda. Sie war nicht gut in Form – nicht so lebhaft wie sonst. Sie hatte dunkle Ringe unter den Augen, die sie offenbar unter einer dicken Schicht Make-up zu verbergen versucht hatte.

»Geht es Ihnen heute nicht gut, Brenda?« flüsterte Eleanor ihr zu. »Sie sind so still.«

»Doch, alles in Ordnung. Und, macht es Ihnen Spaß, Eleanor?«

»Ach, ich denke schon. Aber ich fürchte, ich bin nicht sehr ehrgeizig. Ihr Vater und der Sergeant sind anscheinend ganz scharf auf einen Sieg.« Sie wies zu den beiden Männern hinüber. »Ich wünschte, ich könnte auch so viel Begeisterung aufbringen.«

»Mein Vater verliert nicht gern«, sagte Brenda bitter. »Mir persönlich ist das ganz egal, aber es wäre nett, das Orakel zu besiegen.«

»Das Orakel?«

»Niamh Byrne. Ich habe ihr diesen Spitznamen gegeben, weil sie denkt, sie hätte auf alles eine Antwort. Der Apfel fällt natürlich nicht weit vom Stamm. Ihre Mutter ist genauso. Scheinheilige Hexe. Ja, und ich hätte auch nichts dagegen, Matt Kelly zu übertrumpfen.«

»Ja?« Eleanor war überrascht. »Ich dachte, den hätten Sie sich aus dem Kopf geschlagen.«

»Habe ich auch. Aber ich muß Ihnen etwas anderes erzählen.« Sie starrte zu ihrem Vater hinüber. »Können wir uns an der Bar noch ein bißchen unter vier Augen unterhalten, wenn das hier zu Ende ist?«

»Natürlich.«

Dr. Boylan sagte ihnen, sie sollten den Mund halten. Mr. Duffy schickte sich an, die letzte Runde einzuläuten. Sergeant Mullen war aufgeregt und fieberte seinem Einsatz entgegen. Davon hing alles ab. Man hätte meinen können, es ginge um ein Vermögen.

Sie verpaßten den ersten Preis um einen Punkt! Jedes Mitglied des Siegerteams bekam eine Flasche Whiskey, die von Tom O'Meara gestiftet worden war. Niamh und die anderen traten vor, um ihre Beute entgegenzunehmen. Plötzlich flammte Blitzlicht auf. Der Dorffotograf hatte sie für die nächste Ausgabe von *The Wicklow Word* aufgenommen. Die Zweitplazierten bekamen je eine Schachtel Pralinen, zum Kummer des Sergeanten und zur Erheiterung von Eleanor und Brenda. Von *ihnen* schoß der Paparazzo keine Fotos! Dr. Boylan war wütend. Der Sergeant sah alle finster an. Sie waren wie zwei kleine Jungen.

»Ihr Vater ist wie ein Stier«, sagte Eleanor zu Brenda, als sie ihre Drinks bestellte. »Ich dachte, er würde Sie schlagen.«

Brenda zog einen Schmollmund. »Es wäre nicht das erste Mal.«

»Was?«

Brenda ging voran zu einem Ecktisch. »Es wäre nicht das erste Mal, daß er mich schlägt.«

»Mein Gott! Das meinen Sie nicht ernst, Brenda!«

»Gestern abend kam er halb besoffen nach Hause. Er hat mich geschlagen, aber ich konnte ihn davon abhalten, mich zu Brei zu prügeln. Ich habe mich in meinem Zimmer eingeschlossen.«

»Er hat Sie geschlagen?«

»Ach, das geht jetzt schon seit Monaten so. Er trinkt immer mehr. Aber diesmal hatte ich den Angriff Matt Kelly zu verdanken.«

»Wie das?«

»Mein Vater – er hat im Golfclub Geschichten über mich gehört.« Brenda zündete sich eine Rothmans an.

Eleanor beugte sich näher zu ihr. »Geschichten?«

»Über meine sogenannten sexuellen Abenteuer.« Sie spielte mit ihrem Feuerzeug. »Noch mehr verdammte Gerüchte, dank diesem Schweinehund Matt Kelly.«

»Brenda, das ist ... schockierend. Warum hört Ihr Vater sich solchen Mist an?«

»Er hört sich seit Jahren Gerüchte und Klatsch an. Das ganze Dorf hat über meine Mutter geredet. Das habe ich Ihnen schon erzählt.« Nervös klopfte Brenda die Asche ihrer Zigarette ab. »*Sie* hat er auch geschlagen. Meine früheste Erinnerung ist, wie er meine Mutter schlägt und anschreit. Die meiste Zeit ist er in Ordnung, aber wenn er sich ärgert, wird er jähzornig, und das Trinken macht es nicht besser. Bis vor kurzem – vor einem Jahr oder so – hat er mich nie geschlagen. Anscheinend erinnere ich ihn immer mehr an meine Mutter, je älter ich werde. Manchmal, wenn er mich schlägt, denke ich, daß er eigentlich sie treffen will.« Sie hielt inne. »Ich nehme an, ich habe gelernt, das zu akzeptieren.«

»Aber, Brenda, Sie müssen das nicht akzeptieren. Sie können das nicht akzeptieren. Sie dürfen das alles nicht rationalisieren, weil es kein rationales Verhalten ist. Ihr Vater hat sich nicht unter Kontrolle.«

»Mmh, das weiß ich.« Brenda seufzte. »Ich weiß das. Ich

habe mir nur dauernd gesagt, es würde schließlich aufhören. Er würde merken, was er tut. Er liebt mich, wissen Sie. Er liebt mich tatsächlich.«

Er hatte eine merkwürdige Art, das zu zeigen.

»Sie können etwas dagegen tun, Brenda. Sie brauchen Hilfe. Ihr Vater braucht Hilfe.«

Brenda sah Eleanor bittend an. »Sie werden ihn doch nicht anzeigen, oder?«

»Das wäre nicht meine Aufgabe, Brenda. Ich rate Ihnen, professionelle Hilfe zu suchen – zu seinem und Ihrem Besten.«

»Aber ich will nicht, daß er bei der Polizei angezeigt wird oder so. Er ist kein schlechter Mensch. Er ist nur jähzornig und . . .«

»Er hat Ihre Mutter auch geschlagen«, sagte Eleanor entschieden.

Brenda wandte den Blick ab. »Ja, hat er. Aber nicht oft, wirklich. Ich meine, nicht die ganze Zeit. Wirklich, Eleanor, er hat es nicht oft getan.«

»Warum hat Ihre Mutter sich das gefallen lassen, Brenda? Warum hat sie ihn nicht verlassen?«

»Wohin hätte sie gehen sollen? So einfach ist das nicht.« Brenda drückte ihre Zigarette aus. »In den letzten paar Monaten vor ihrem . . . Tod haben meine Eltern kaum noch miteinander gesprochen. Getrennte Schlafzimmer hatten sie schon seit Jahren gehabt. Getrennte Leben. Natürlich wußte das hier keiner. Er war der Zahnarzt, ein angesehener Familienvater. Die Leute sahen zu ihm auf – das tun sie noch immer. Keiner hat das gewußt.«

Eleanors eigene Ehe. Getrennte Schlafzimmer. Getrennte Leben. Auch davon hatte keiner gewußt – und von ihren vier Jahren stillen Leidens. Natürlich hatte es in ihrer Ehe keine Gewalt gegeben – zu Gewalt wäre Larry nicht fähig gewesen. Eleanor fühlte sich deprimiert.

Wer würde einen Zahnarzt verdächtigen, seine Frau zu

schlagen? Keiner würde auf diese Idee kommen, aber sie erinnerte sich nur zu gut an die mißhandelte Frau, die sie vor sechs Monaten beraten hatte. Die Frau eines Bezirksrichters.

»Sie können sich das nicht gefallen lassen, Brenda.«

»Man gewöhnt sich an alles, Eleanor. Es ging einigermaßen zwischen meinem Vater und mir, aber dann mußte Matt Kelly gestern abend anfangen, Lügen über mich zu verbreiten. Ich könnte diesen Matt umbringen«, sagte sie gehässig. »Aber es ist sinnlos, seine Lügen zu bestreiten – das würde mehr schaden als nützen. Es würde die Gerüchte noch anheizen.«

»Ich weiß nicht. Sie haben ein Recht auf Ihren guten Namen. Sie müssen mit erhobenem Kopf durch die Straßen gehen können, Brenda.«

»Demnächst haue ich ab.«

»In Ihrem Alter wäre es wahrscheinlich besser, auf eigenen Füßen zu stehen. Unabhängig zu sein.«

»Ja«, stimmte Brenda zu. »Ich werde darüber nachdenken, und vielleicht ... Herrgott, die Toten sind wieder auferstanden! Schauen Sie jetzt nicht hin. Ich kann nicht fassen, wer gerade hereingekommen ist.«

»Wer?«

Brenda nahm einen großen Schluck von ihrem Bier. »Nein, nein, psst. Sagen Sie nichts. O Gott. Ich fasse es nicht.«

Eleanor haßte diese Art von Rätseln. »Wer ist es denn?«

Sie schaute hinter sich, sah aber weder Matt noch Dr. Boylan noch den Sergeanten.

Wer war das? Wer, zum Teufel, kam da auf sie zu?

Ein athletisch aussehender, grauhaariger Mann näherte sich ihrem Tisch. Groß und tief gebräunt. Er trug cremefarbene Kordhosen und ein weißes Hemd mit offenem Kragen. Extrem attraktiv. Sein Gang war unverkennbar. Eleanors Herz setzte für zehn Schläge aus.

Er streckte Brenda die Hand entgegen. »Hallo, Brenda, lange nicht gesehen.«

Brenda lächelte gezwungen. »Hallo, wie geht's?«

»Ach, weißt du, man zieht den Teufel am Schwanz. Du siehst sehr gut aus. Du bist deiner Mutter sehr ähnlich geworden.«

Brenda zuckte zusammen.

»Willst du mich nicht deiner Freundin vorstellen?« Er lächelte Eleanor an und erstarrte. »Mein Gott! Das ist doch nicht möglich!«

»Verzeihung. Das ist Eleanor Ross. Eleanor, das ist ...«

Er nahm Eleanors Hand fest in seine und starrte ihr in die Augen. Seine Augen waren dunkelblau. Von der Art, die einen nackt auszieht. Langsam. Diese funkelnden blauen Augen. Sie hätte ihn überall wiedererkannt, älter natürlich, aber er hatte dasselbe jungenhafte Gesicht. Eleanors Hand zitterte in seiner.

»Eleanor Moore! Ich kann es nicht glauben!«

Brenda war völlig verwirrt. »*Kennen* Sie beide sich?«

»Ja, allerdings.« Ehe sie ihn daran hindern konnte, riß er Eleanor von ihrem Stuhl und drückte sie an sich. Er grinste über Brendas Erstaunen, ließ Eleanor aber nicht los. Er hielt ihre Taille umschlungen. »Du erinnerst dich doch an mich, Eleanor, oder? Aidan Brady?«

Sie war wie betäubt. »Ja, ja, ich erinnere mich. Natürlich erinnere ich mich. Schön, dich wiederzusehen.« Sie gab sich große Mühe, mit fester Stimme zu sprechen. Ihr Herz schlug so laut, daß sie Angst hatte, er könne es hören. Ihre Beine waren zittrig. Sie mußte sich setzen. Ihre Gedanken rasten. Aidan Brady ... hier. Jetzt. Ihre Tränen schienen zu schmelzen. Es war das merkwürdigste Gefühl, das Eleanor je empfunden hatte.

»Eleanor Moore! Ich kann es nicht fassen.« Der Schalk sah ihm aus den Augen. »Du hast dich kein bißchen verändert!«

11

Aidan Brady. Ein Geist aus längst vergangenen Zeiten. Eine
angenehme Erinnerung, die ihr im Gedächtnis geblieben war.
Aber der Mann da vor ihr ... *dieser* Aidan Brady war kein
Geist. Er stand leibhaftig vor ihr.

Eleanor war verwirrt und entzückt zugleich. Ein Teil von
ihr zitterte vor Erregung, weil sie ihn nach all der Zeit wie-
dersah, diesen Jungen, der so viele von ihren jugendlichen
Gedanken und Träumen beherrscht hatte. Er war damals verdammt hübsch gewesen mit seinem pechschwarzen Haar und
dem gebräunten Teint – er hatte mehr wie ein Spanier ausgesehen als wie ein irischer Junge. Kein Wunder, daß sie verrückt nach ihm gewesen war. Ihre erste Liebe. Aber ihr war
unbehaglich zumute – das war nicht zu leugnen.

Während er nach unten gebeugt mit Brenda plauderte,
hatte sie Gelegenheit, ihn eingehend zu betrachten. Er war
noch immer sehr attraktiv – schlanker Körper, graumeliertes
Haar. Sexy. Hohe Stirn, dunkle Augenbrauen über den schönen, tiefblauen Augen. Seine Nase war gerader, als sie sie in
Erinnerung hatte. Sie spürte ein vage vertrautes Prickeln im
Unterleib.

Er richtete sich auf und zog einen Stuhl neben sich. »Darf
ich mich zu euch setzen, Eleanor? Darf ich euch beide zu einem Drink einladen?«

»Nein, danke«, sagte Brenda entschieden.

»Ich nehme einen Gin Tonic«, sagte Eleanor hastig und

fürchtete, er werde sich vor ihren Augen in Luft auflösen. »Danke, Aidan.«

Ihn so wiederzutreffen ... Es brachte sie irgendwie aus der Fassung. Aber *etwas* empfand sie. Das war nicht zu leugnen. Wie lange war es her, seit es ihr so ergangen war? Seit sie *überhaupt* etwas gefühlt hatte?

Er lächelte und setzte sich dicht neben sie. »Tom, wenn du einen Moment Zeit hast«, rief er dem Besitzer zu, der sich gerade angeregt mit seiner Frau unterhielt. Ein seltsames Schweigen trat ein. Alle flüsterten. Brenda warf Eleanor einen bedeutungsvollen Blick zu. Es war offensichtlich, daß sie nach Hause wollte, aber Eleanor hatte durchaus nicht die Absicht, jetzt schon zu gehen.

»So, da wären wir!« Ein breites Grinsen. »Eleanor Moore! Unglaublich! Ich freue mich so, dich wiederzusehen. Phantastisch!«

Überschäumend wie eh und je.

Er lachte. »Stell dir vor! Ich dachte gerade daran, was meine Schwägerin heute abend gesagt hat. Sie hat dich in den höchsten Tönen gelobt. Sagte, du seist ein Wunder. Natürlich hatte ich keine Ahnung, wer diese Eleanor Ross ist. Victoria hat bloß gesagt, sie habe jemanden eingestellt, der sich um ihre Mutter kümmert. Und dann stellt sich heraus, daß du das bist! So ein Zufall!« Sein Blick brachte sie aus der Fassung. »Vielleicht ist es mehr als Zufall. Vielleicht ist es Schicksal? Ausgerechnet in dieser Spelunke!«

Eleanor lächelte. *Casablanca.* Er erinnerte sich daran – ihr Lieblingsfilm.

Wieder rief er zu Tom O'Meara hinüber, wieder wurde er nicht beachtet. »Ich muß mich kneifen, um sicher zu sein, daß ich das nicht träume, Eleanor. *Du* in Coill! Und in The Lodge?«

Eleanors Mund war sehr trocken geworden. »Ja, das ist ... ich habe von dir reden hören, aber ich war nicht sicher ...«

»Von *mir* reden hören, ja, das kann ich mir vorstellen.«

Er grinste wieder. »Die Flüsterpropaganda von Coill. Bist du schon lange hier? Wie gefällt es dir?«

»Heute beginnt meine dritte Woche«, sagte sie heiter. »Entschuldigung, ich glaube, ich habe einen Frosch im Hals.« Sie schaute auf den Tisch nieder.

»Es freut mich so, dich wiederzusehen, Eleanor.«

Nicht halb so sehr, wie es sie freute.

»Ich habe mich wieder in The Lodge niedergelassen – einstweilen jedenfalls. Richard hat das freie Zimmer für mich frisch gestrichen. Sehr aufmerksam von ihm, muß ich sagen. Victoria hat mir gesagt, er wäre heute abend hier, deswegen bin ich gekommen. Hätte ich doch gewußt, was mich außerdem noch erwartet!«

Das erklärte Richards Eile, mit dem Anstreichen fertig zu werden. Eleanor fragte sich, wie die Laffans diese neueste Wendung der Ereignisse aufnehmen würden. Sie würden nicht sonderlich erfreut sein. Vor allem Ms. Laffan nicht.

»Richard ist in der Gaststube«, sagte Eleanor zu ihm.

»Ich gehe gleich hin. Er wird überrascht sein, mich heute abend zu sehen. Er hat mich erst übermorgen erwartet, aber ich konnte einen früheren Flug organisieren.«

Brenda saß da wie betäubt. Sie konnte den Blick nicht von ihm wenden. Auch für dieses junge Mädchen war er ein Geist. Eine Erinnerung. Und zwar durchaus keine angenehme Erinnerung.

»Brenda«, murmelte er, »tut mir leid, daß ich vor ein paar Minuten so abrupt von deiner Mutter gesprochen habe. Ich wollte nicht unhöflich sein. Es ist nur, daß du ihr so ähnlich siehst. Ich bin richtig erschrocken, als ich dich vorhin gesehen habe. Wie geht es dir?«

»Gut«, sagte sie, seinem Blick ausweichend. »Es geht mir gut. Ich arbeite in der Praxis meines Vaters.«

»Das ist schön«, sagte er.

Wie fühlte er sich, während er jetzt neben Brenda saß? Hatte er vor dem schrecklichen Mord wirklich eine Affäre mit ihrer Mutter gehabt? Und warum hatte er Coill so kurz danach verlassen? Warum? Was, wenn *er* es getan hatte? Nein, nein, nein. Unmöglich.

Dies war Aidan Brady. *Ihr* Aidan Brady. Ihre erste wirkliche Romanze ...

Er war sanft, sensibel, fürsorglich. Er ging auf der Fahrbahnseite, wenn sie einen Spaziergang machten – ein echter Gentleman. Sie war davon sehr beeindruckt gewesen. Er öffnete ihr die Türen. Er rief immer an, wenn er gesagt hatte, er würde anrufen. Er war freundlich, rücksichtsvoll ...

Aber all das war Jahre her. Er konnte sich verändert haben. Leute verändern sich immer wieder.

Endlich kam Tom O'Meara herüber und sagte grollend: »Aidan Brady, lebensgroß und doppelt so häßlich. Sie sind also wieder da?«

Aidan reichte ihm die Hand, aber Tom nahm sie nicht. Eine absichtliche, eklatante Beleidigung. Aidan machte sich nichts daraus. »Also, Tom, willst du mir nicht sagen, wie sehr du dich freust, mich wiederzusehen?«

»Ehrlich gesagt, nein«, brummte Tom.

In gespieltem Kummer legte Aidan eine Hand auf sein Herz. »Ach, schärfer als der Biß einer Schlange. So heißt man doch keinen verlorenen Sohn willkommen, oder, meine Damen?« Er zwinkerte Eleanor zu. Brenda kaute an ihren Fingernägeln.

Tom wurde ungeduldig. »Was wünschen Sie, Mr. Brady? Die Kalbfleisch-Sandwiches sind uns ausgegangen.«

Brenda hustete nervös.

»Was soll das ›Mr. Brady‹? Ich bin tief verletzt, Tom«, sagte Aidan. »Aber wenn du es so haben willst. Ganz wie Sie wollen, Mr. O'Meara.« Noch ein freches Grinsen. »So, lassen Sie mich sehen. Ein Brandy wäre mir recht. Und bringen Sie den Damen, was immer sie wünschen.«

Eleanor bestellte einen Gin Tonic, aber Brenda stand auf. »Ich muß gehen.« Sie stopfte ihre Rothmans und ihr Feuerzeug in ihre Handtasche.

Tom eilte davon und murmelte dabei tonlos vor sich hin.

»Bitte, geh nicht meinetwegen, Brenda.« Aidan faßte sie sanft am Arm. »Ich möchte euch nicht stören.«

»Nein, nein, das tun Sie nicht«, sagte Brenda schnell. »Sie beide haben sich sicher viel zu erzählen, und ich muß früh aufstehen. Ich rufe Sie morgen an, Eleanor. Nimmt jemand Sie mit zurück?«

»Ich begleite Eleanor nach Hause«, erbot sich Aidan. »Das wird wie in alten Zeiten sein.«

»Nein, nein, das geht schon in Ordnung«, sagte Eleanor nervös. »Ich bin mit Richard gekommen.«

»Ach ja?« Er schien erfreut. »Na, dann ist das ja geregelt. Wir können alle drei zusammen zurückgehen. Das wird . . .«

»Ich muß los.« Brenda zog den Reißverschluß ihrer Tasche zu. Tom kam zurück und knallte ihre Drinks auf den Tisch. Aidan – völlig unerschütterlich – bezahlte sie. Brenda sagte höflich gute Nacht und ging.

Aidan beugte sich zu Eleanor. Sein After-shave war sehr diskret. »Ich hoffe, ich habe sie nicht vertrieben.« Er nahm ihre Hand. »Ach, Eleanor Moore! Da fällt mir so vieles wieder ein! Ich fühle mich wie ein Junge, weil ich mit dir hier sitze.«

Eleanor fühlte sich ebenfalls wieder jung.

»Es ist schön, dich zu sehen.« Zärtlich streichelte er ihre Hand. »Du bist genauso, wie ich dich in Erinnerung habe. Dunkle Haare, schöne braune Augen. Warum wirst du rot? Du siehst großartig aus, Ellie.«

Ihr Gesicht wurde immer heißer.

»Wie ist es dir ergangen? Gott, was für eine Frage! Wie lange ist es eigentlich genau her? Müssen zwanzig Jahre sein ... nein, mehr. Eher dreißig? Gott, du siehst fabelhaft aus. Wirklich.« Er lachte. »Eleanor Moore! Das Mädchen, das ich gekannt und geliebt habe!«

Eleanor machte ihre Hand los. »Mädchen trifft wohl nicht mehr zu, Aidan. Ich bin nicht mehr der magere Teenager, den du gekannt hast. Und ich heiße jetzt Ross. Eleanor Ross.«

Nachdenklich strich er sich übers Kinn. Sogar seine langen, gebräunten Finger riefen Erinnerungen wach ... Wie er in ihrem Wohnzimmer auf seiner Gitarre gespielt hatte ... Wie ihre Mutter mit Kaffee oder Tee hereinkam ... Wie ihr Vater sie aufzog, weil sie mit einem Beatnik ausging ...

»Ross. Ja, ja, natürlich. Du hast geheiratet.« Er hielt inne. »Wie ich hörte, bist du Witwe. Als Victoria mir erzählte, daß sie jemanden angeheuert hat, um ihr mit ihrer Mutter zu helfen, hat sie gesagt, sie hätte eine Witwe eingestellt. Ich dachte an eine kleine alte Dame, die Wollsocken und Bettjacken strickt. Nie im Leben hätte ich mir erträumt, daß du ...«

»Aidan«, sagte Eleanor leise, »du bist hier, um Richard zu sehen. Meinst du nicht, du solltest ...«

»Ach, wo habe ich nur meine Gedanken? Du hast recht. Dies ist weder der Ort noch die Zeit, um uns alles zu erzählen. Dafür haben wir den ganzen Sommer.« Er lächelte verschmitzt. »Die Zukunft, um von der Vergangenheit zu reden.«

Also würde er für den Rest des Sommers hier sein. Und er nahm an, daß sie auch da sein würde.

»Wie *geht* es Rich, Ellie? Ehrlich gesagt, bin ich ein bißchen enttäuscht, daß er noch immer hier in Coill ist.« Er schüttelte den Kopf. »Ich fürchte, es fehlt ihm ein bißchen an Schwung.«

Warum sollte *er* enttäuscht sein? Sie wurde nicht klug aus ihm. Für eine Minute war er voller Charme, und dann ...

»Richard geht es gut. Abgesehen von der Tatsache, daß er überarbeitet ist. Er trägt die volle Verantwortung für die Instandhaltung von The Lodge, Aidan, und soweit ich sehen kann, ist das ein riesiges Anwesen.« Sie merkte, daß sie wütend wurde. »Er könnte etwas Hilfe gebrauchen. Er tut die Arbeit von zwei Männern.«

Sollte er sich das doch in die Pfeife stecken und rauchen. Man hatte den Eindruck, er könne Gedanken lesen. Er lehnte sich zur Seite, griff nach seiner Jacke und nahm eine Pfeife und einen Tabaksbeutel heraus. Eleanor kicherte.

Aidan sah sie fragend an. »Was ist so komisch?«

Eleanor nippte an ihrem Gin. »Nichts.«

»Überarbeitet, ja. Und höchstwahrscheinlich auch unterbe-
zahlt.« Er drückte den Tabak mit dem Daumen in den Pfei-
fenkopf, genau wie Eleanors Vater.

»Darauf will ich ja hinaus«, sagte er. »Richard war immer
ziemlich wehrlos. Das liegt daran, daß er von zwei Frauen
großgezogen worden ist. Ich habe versucht, Einfluß zu nehmen – einen Mann aus ihm zu machen –, aber es hat nichts
genützt.«

Was gab ihm das Recht, ihr gegenüber Bemerkungen über
seinen Sohn oder die Laffans zu machen? Sie lehnte sich auf
ihrem Stuhl zurück und starrte auf ihr Glas. Trotzdem verwirrte sie das, was er gesagt hatte. Was war, wenn er recht
hatte? War Richard zu passiv? Wurde er benutzt?

»Er ist also in der Gaststube?« fuhr Aidan fort. »Dann gehe
ich ihn suchen und sage ihm, er soll sich zu uns setzen, ja?
Wir sollten ein richtiges Wiedersehen feiern, Rich und ich.
Wir haben uns fast ein Jahr nicht gesehen. Ich gebe das nur
sehr ungern zu – ich war nie der ideale Vater, aber ich werde es
wiedergutmachen.« Er stand auf. »Ich gehe ihn besser holen
und vertrage mich mit ihm.«

Aidan ging auf die Gaststube zu. Er hatte denselben jugendlichen, zuversichtlichen Gang wie früher. Eher ein Hüp-
fen als ein Gehen. Er war tatsächlich einem Jungen ähnlicher
als einem Mann in seinem Alter, und das Komischste war,
daß auch sie sich dadurch verändert fühlte. Jünger. Sorgloser.
Zwanzig Minuten in seiner Gegenwart, und sie fühlte sich um
zwanzig Jahre in die Vergangenheit zurückversetzt. Nein, um
fast dreißig Jahre ...

Er saß neben ihr auf dem Sofa. Sie hörten Procol Ha-
rum. Sie war sechzehn Jahre alt, er achtzehn. Erfahren. Ihr
Haar war zu einem Pferdeschwanz gebunden, und sie trug ein
blaues Minikleid. Er küßte sie leidenschaftlich, seine Hände
kneteten ihren Rücken. Der Reißverschluß hinten an ihrem Kleid öffnete sich, und sie spürte kaltes Metall von den

Schulterblättern bis zur Taille hinuntergleiten. Erschrocken sprang sie von der Couch. Das hatte ihrer Beziehung ein abruptes Ende bereitet. Später an diesem Abend entdeckte sie, daß der Reißverschluß defekt gewesen war!

Ach, hör auf mit den Erinnerungen, Eleanor Ross, sagte sie sich im stillen. Er war jetzt Vater eines zwanzigjährigen Sohnes. Was hatte er mit »sich mit ihm vertragen« gemeint? Soweit *sie* wußte, hegte Richard keinen Groll gegen ihn, aber inzwischen mußte er von Aidans dramatischem Auftritt gehört haben. Nach den neugierigen Blicken zu urteilen, die man ihr zuwarf, war er Stadtgespräch, und Richard war nicht in die Bar gekommen, um seinen Vater zu begrüßen. Warum?

Eleanor beschloß, nach The Lodge zurückzugehen. Sie würde die beiden allein lassen. Ihre Anwesenheit war störend.

Er kam zurück, den Arm um seinen Sohn gelegt. Aidan lächelte breit, aber Richard wirkte besorgt, als er sich auf den Stuhl neben Eleanor setzte. Niamh Byrne kam gleich darauf an ihren Tisch geschlendert und schwenkte ihren Preis. »Darf ich mich setzen?« Sie wartete nicht auf eine Antwort.

Aidan klopfte mit seinem Feuerzeug gegen sein Glas und bat um Ruhe. Die etwa zehn anwesenden Einheimischen gehorchten bereitwillig. Sie waren zu sprachlos, um etwas anderes zu tun.

»Alle bitte mal herhören, ja? Ich sehe, daß einige von Ihnen ein bißchen, sagen wir, überrascht sind, mich heute abend hier zu sehen. Ich hoffe, Sie hatten nicht gehofft, mich endgültig los zu sein. Ich bin wie ein falscher Penny, nicht?«

Er erwartete ein Lachen, aber niemand lachte. Er starrte zu Eleanor hinüber. »Ich würde gern sagen, wie großartig es ist, wieder hier zu sein, und ich denke, das muß man ein bißchen feiern. Tom, wenn Sie soweit sind. Die Drinks gehen auf mich.«

*Diese* Ankündigung erzeugte eine Reaktion. Jubel und Hochrufe erklangen.

Richard wirkte verlegen, als sein Vater an die Bar ging, um die größer gewordene Runde zu bezahlen. Aidan plauderte mit einigen der Gäste und klopfte anderen auf den Rücken. Richard sah Eleanor kleinlaut an.

Niamh Byrne war von sich selbst begeistert. »Das ist irre! Mr. Brady hat alle zu einem Drink eingeladen! Ich nehme einen Apfelmost. Man stelle sich vor, allen einen Drink zu spendieren! Sehr großzügig, nicht?«

Richard war skeptisch. »A-A-Aber nicht alle haben s-s-sein Angebot angenommen.«

»Nein«, gab Niamh zu. »Mein Vater hat abgelehnt.«

Wie konnte ihr Vater den Anblick von Aidan ertragen? Sie hatten beide eine Beziehung mit Carol Boylan gehabt. Plötzlich verspürte Eleanor einen Stich in der Herzgegend.

Niamh sah, daß Richard verlegen war; daher versuchte sie, das Thema zu wechseln. Sie stieß Eleanor grob mit dem Ellbogen an.

»Wie fanden Sie das Quiz, Mrs. Ross?« Mit einer schwungvollen Bewegung stellte sie ihre Flasche Whiskey auf den Tisch. »Die werde ich Dad geben, um ihn zu besänftigen. Ich wußte, daß wir am Ende gewinnen würden, aber ich muß zugeben, Sie haben es uns schwergemacht. Die letzte Runde war richtig aufregend, nicht?«

»Unser Team hat es nicht allzu ernst genommen«, antwortete Eleanor abwesend.

»Geht es Ihnen gut, Mrs. Ross?« Niamh stieß sie wieder an. »Sie sind irgendwie blaß.«

»Mir geht's gut«, sagte Eleanor. »Ich bin bloß müde.«

Irgendwie blaß. Eleanor lächelte vor sich hin. »A whiter shade of pale.« Sie konnte im Kopf die Musik hören. Sie mußte zurück nach The Lodge und in der Ruhe ihres Schlafzimmers über all das nachdenken. Zu viele Gerüchte, Gedanken, Erinnerungen jagten ihr im Kopf herum.

Aidan kam zurück und stellte ihre Drinks vor sie hin. »Also, Sohn, was gibt's Neues?«

Wie konnte Eleanor schnell das Weite suchen, ohne unhöflich zu erscheinen? Sie beschloß, sich nur die Hälfte des Tonics einzuschenken. So konnte sie schneller austrinken und dann von hier verschwinden.

»N-N-Nichts. Es g-g-gibt nichts Neues.«

»Du leitest noch immer deine kleine Geflügelfarm?«

»Ja«, sagte Richard tonlos.

»Als Geschäft nicht gerade sehr einträglich, würde ich schätzen.« Aidan schwenkte den Brandy in seinem Glas.

Er hatte Eleanor gegenüber angedeutet, Richard sei zu weich. Weshalb sprach er dann so abschätzig von ihm, noch dazu vor anderen? Eleanor nahm einen großen Schluck von ihrem Gin. Bei seiner unverdünnten Stärke schauderte ihr. Sie probierte noch einen Schluck und gewöhnte sich an den Geschmack.

»Es g-g-geht so«, antwortete Richard leise.

»Du könntest viel mehr einnehmen, Richard«, fuhr Aidan fort. »Dieses Anwesen ist eine wahre Goldgrube. Natürlich müßte man es renovieren und ziemlich viel Geld reinstecken. Ich habe in letzter Zeit öfter darüber nachgedacht. Wir könnten ein Vermögen verdienen, wenn wir uns zusammentun würden.«

»Mmh«, murmelte Richard.

»Das klingt nicht sehr begeistert.«

Eleanor hätte Richard am liebsten verteidigt, aber er war erwachsen und konnte für sich selbst sprechen. Das Stottern machte es natürlich nicht leichter. Noch ein großer Schluck, und sie hatte ihr Glas fast geleert.

»Ich b-b-bin damit z-z-zufrieden, wie es ist. Ich b-b-brauche nicht viel. Zumindest n-n-nicht so viel w-w-wie du.«

Innerlich applaudierte Eleanor, während sie den Rest ihres Gins austrank.

»Da hast du recht, Rich. Meine Bedürfnisse waren immer groß. Und sie wurden mir hier nie erfüllt.«

Richard sah seinen Vater kalt an. »D-D-Darüber weiß ich

B-B-Bescheid. Tante Victoria e-e-erzählt mir d-d-dauernd davon.«

Aidan seufzte, und es entstand ein verlegenes Schweigen.

»Ich würde nicht alles glauben, was deine Tante sagt, Rich. Oder deine arme alte Granny. Wir haben das alles schon besprochen. Laß uns heute abend nicht streiten, ja?«

»V-V-Von mir aus.«

»Ellie, dein Glas ist leer.« Aidan stand auf. »Ich hole dir noch etwas.«

»Nein, nein, bitte nicht.«

»Bestimmt nicht?«

»Nein, wirklich.«

Es war entschieden an der Zeit, daß Eleanor ging.

Nur das Licht in der Halle brannte, als Eleanor ins Haus zurückkehrte. Sie hatte gerade ihr Zimmer erreicht, als Victoria in einem langen, wattierten Morgenrock aus dem zweiten Stock herunterkam.

»Eleanor«, rief sie. »Könnte ich Sie vielleicht einen Moment sprechen?«

»Tja ...«, Eleanor zögerte, »um ehrlich zu sein, ich bin ziemlich müde. Ginge es auch morgen früh?«

Victorias Gesichtsausdruck veränderte sich. Sie sah ärgerlich aus. »Natürlich«, sagte sie frostig. »Gute Nacht, Mrs. Ross.« Sie ging durch den Korridor zurück und verschwand die Treppe hinunter.

Ach je. Sie benutzte wieder ihren Nachnamen. Eleanor war zu müde und abgespannt, um sich etwas daraus zu machen.

Einige Stunden später wurde Eleanor durch Geräusche auf der Eingangstreppe geweckt, die direkt unter ihrem Zimmer lag. Sie rappelte sich aus dem Bett hoch, um das Fenster zu schließen. Sie hörte erhobene Stimmen. Eleanor schaute nach unten und konnte aus der Vogelperspektive sehen, was sich abspielte.

Niamh taumelte betrunken die Stufen hinauf. Sie ließ die Whiskeyflasche fallen, und sie zerbrach auf dem Zement. Der Inhalt spritzte in alle Richtungen und benetzte sie und Richard, der sie zu stützen versuchte.

Die Haustür öffnete sich. Ms. Laffan. Jetzt konnte Niamh sich auf etwas gefaßt machen.

Eleanor hatte genug Aufregung gehabt. Die Laffans, die Bradys, die Byrnes – sie hatte sie alle satt. Stundenlang hatte sie sich schlaflos im Bett gewälzt und über Aidan nachgedacht. Wie hatte er in diesem Dorf soviel Groll erregt? Eleanor hatte diesen Mann gekannt. Er war Teil ihrer Vergangenheit. Sie fühlte sich noch immer zu ihm hingezogen. Welcher Frau wäre es anders gegangen? Sie glaubte den Gerüchten über ihn nicht ... andererseits, es gab keinen Rauch ohne Feuer.

Richtig. Genug! Sie ging wieder ins Bett, schaltete das Deckenlicht aus, drehte sich auf die andere Seite und zog sich die Steppdecke über die Ohren.

Victoria Laffan war außer sich vor Zorn. Wie konnten sie es wagen, ihre Nachtruhe zu stören? War es nicht schon schlimm genug, daß sie von ihrer Mutter ständig aus dem Bett gerissen wurde? Aber das! Sie würde sich das nicht gefallen lassen. »Wer ist für dieses Spektakel verantwortlich?« Sie spie die Worte förmlich aus.

»Entschuldigung«, sagte Niamh unter Schluckauf.

»Wer ist verantwortlich?« wiederholte Victoria lauter.

»Ich. Glaube ich wenigstens.« Niamh grinste idiotisch. »Ich glaube, ich bin ... betrunken.«

»Das sehe ich«, sagte Ms. Laffan böse.

»Wir haben den ersten Preis gewonnen, Ms. Laffan.« Sie versuchte herzlich zu lächeln, aber ein weiterer Schluckauf machte es unmöglich.

»Morgen früh räumen Sie das hier auf.« Victoria wandte sich an ihren Neffen. »*Dir* hätte ich mehr Verstand zugetraut.«

»Aber das ist nicht fair«, protestierte Niamh. »Richard ist nicht ...«

»Wer hat gesagt, das Leben sei fair?« Victoria war nicht in der Stimmung für Frechheiten. »Wie können Sie es wagen, um diese Zeit so einen Tumult zu veranstalten? Ist Ihnen klar, daß wir Gäste haben, die zu schlafen versuchen?«

Niamh nickte und wäre dabei fast umgekippt.

Victoria erblickte am See ihren Schwager. Sie starrte Richard an. »Ich hätte es mir denken können. Dein Vater! Ich nehme an, *er* hat sie mit Alkohol abgefüllt. Der Mann ist ein Fluch.«

Ihr Kopf war auf das Kissen zementiert. Jemand hatte ihre Augenlider zugeklebt, und ihre Augäpfel brannten wie Feuer oder heiße Kohlen. Ihre Arme waren aus Blei, und sie hatte ihre Beine verloren. Man hatte ihr die Zunge entfernt. Sie würde nie wieder sprechen. Schlucken konnte sie auch nicht – ihre Mundhöhle war rauh wie Sandpapier. Das rechte Augenlid löste sich. Sie war also doch nicht blind, aber sie konnte nur verschwommen sehen. Das Herz pochte in ihrer Brust – das war verschont geblieben. Langsam löste sich der Nebel auf. Das andere Auge öffnete sich. Nach und nach konnte sie das Zimmer sehen.

Niamh Byrne würde in ihrem ganzen Leben nie wieder Alkohol trinken. Nie wieder. Gnädig fielen ihr die Augen zu, aber das Pochen in ihrem Kopf ging weiter.

Sie erwachte mit einem Ruck und blinzelte nach dem Radiowecker. O Gott, elf Uhr. Sie rieb sich die Augen und hörte jemanden an ihre Zimmertür klopfen.

»Niamh, b-b-bist du wach?«

Sie sank in die Kissen zurück und zog die Daunendecke um sich. »Ja.« Großartig, ihre Stimme war zurückgekommen.

»Ich m-m-muß dich sprechen.«

Niamh gähnte und streckte die Beine. »Die Tür ist offen.«

Warum in aller Welt hatte sie das gesagt? Ihr Haar fühlte sich verfilzt an – und was war mit ihrem Gesicht? War es noch mit dem Make-up von gestern abend verschmiert? Sie wollte nicht, daß er sie so sah.

Die Tür öffnete sich, und Richard kam mit einer Tasse herein.

»Hallo, wie g-g-geht's?«

Sie strengte sich an, ihn mit geröteten Augen anzusehen. »Frag nicht!«

»Hier, t-t-trink den Tee.«

Sie schüttelte den Kopf. Sie konnte partout nicht schlucken. Schon der bloße Gedanke verursachte ihr Übelkeit.

»Tante V-V-Victoria will dich s-s-sprechen.«

Natürlich. Niamh wußte, daß sie bei Ms. Laffan verspielt hatte. Man würde sie hinauswerfen.

»Ist sie sehr wütend?« fragte sie töricht.

Er zuckte mit den Schultern. »Na ja. Aber m-m-mach dir keine Sorgen. Ich h-h-habe beim Frühstück g-g-geholfen. Und mein V-V-Vater auch. Ich glaube, das h-h-hat sie mehr geärgert als a-a-alles andere.«

»Es tut mir leid, Richard. Ich hoffe, ich habe dich gestern nacht nicht in Verlegenheit gebracht.« Sie setzte sich auf und reckte sich. Ihr T-Shirt betonte ihre kleinen Brüste. Sie ertappte ihn dabei, daß er sie anstarrte. Sie klopfte auf das Bett. »Setz dich.«

Er trat von einem Fuß auf den anderen. »B-B-Besser nicht. Sie wird sich f-f-fragen, w-w-was mich aufhält.«

»Okay. Noch mal, das mit gestern abend tut mir leid. Ich habe bloß drei Pints getrunken, aber der Apfelmost muß stärker gewesen sein, als ich gedacht hatte. Die frische Luft hat mir den Rest gegeben. O Gott, ich habe mich wirklich zum Narren gemacht, nicht? Du mußt richtig sauer auf mich gewesen sein.«

Er ging zur Tür und öffnete sie. »N-N-Nein. Eigentlich w-w-warst du ganz l-l-lustig. Und Tante V-V-Victorias Gesicht war s-s-sehenswert!« Er lächelte schüchtern und zog die Tür hinter sich zu.

Niamh sprang aus dem Bett. Ein schlimmer Fehler. Der Raum drehte sich um sie. Sie setzte sich für eine Minute auf den Bettrand, um das Gleichgewicht wiederzufinden. Besser, die Dinge langsam anzugehen. Sie tappte zum Frisiertisch und betrachtete sich im Spiegel. Kein hübscher Anblick. Richard hatte den Tee dort abgestellt, und sie wagte einen Schluck. O je! Ihr Magen rebellierte. Sie hielt sich die Hand vor den Mund und eilte ins Badezimmer. Sie schaffte es gerade noch rechtzeitig.

»Sie begreifen doch, wie schwerwiegend das ist, Niamh«, sagte Ms. Laffan streng.

Niamh nickte entschuldigend, während ihr die Tränen über die Wangen liefen. Sie waren im Wohnzimmer. Ms. Laffan saß steif auf einem Stuhl mit hoher Rückenlehne, Niamh auf dem Sofa ihr gegenüber, die Hände im Schoß zusammengepreßt. Es war schlimmer als im Büro der Schuldirektorin.

»Der Vorfall gestern nacht war eine Schande. Als Ihre Arbeitgeberin kann ich dieses bedauerliche Verhalten nicht dulden. Wir haben einen Ruf zu wahren. Ich war immer stolz auf die Respektabilität dieses Hauses. Drücke ich mich klar aus?«

Respektabilität? Das sollte wohl ein Witz sein? Was war mit all den Geschichten? Dem Dorfklatsch?

»Es tut mir wirklich leid, Ms. Laffan.«

»Das glaube ich Ihnen«, antwortete Ms. Laffan gnädig. »Ich habe gehört, es sei nicht allein Ihre Schuld gewesen.«

»Wie bitte?« Wer hatte ihr das gesagt?

Ms. Laffan stand auf und schenkte aus ihrer guten Silberkanne Tee ein. Sie reichte Niamh eine Tasse und Untertasse. Ihr bestes Doulton-Porzellan. Niamh hatte schreckliche Angst, die Tasse fallen zu lassen und zu zerbrechen, weil ihre Hände so stark zitterten. Noch größere Angst hatte sie davor, sich auf den Perserteppich zu übergeben. Aber sie war zu verschüchtert, um den Tee abzulehnen.

»Ich habe heute morgen unten am See Tom O'Meara getroffen. Er hat mir gesagt, daß mein Schwager die Drinks förmlich in Sie hineingegossen hat.«

Das stimmte eigentlich nicht, aber warum sollte Niamh es abstreiten? Ms. Laffan trank von ihrem Tee, und Niamh folgte ihrem Beispiel. Glücklicherweise blieb der Tee unten.

Ms. Laffan senkte die Stimme. »Mir wäre es lieber, wenn Sie einen großen Bogen um ihn machen würden.«

»Verzeihung?«

»Richards Vater. Ich würde es vorziehen, wenn Sie sowenig wie möglich mit ihm zu tun hätten. Ich bin Ihre Arbeitgeberin, und Sie sind nur mir Rechenschaft schuldig. Verstehen Sie?«

Klar und deutlich.

»Bedeutet das, daß Sie mir noch eine Chance geben, Ms. Laffan?«

Ms. Laffan nickte gleichmütig und gelassen. Niamh nahm an, daß sie die Szene genoß. Ms. Laffan liebte Macht. »Sie sind ein gutes Mädchen, Niamh, und Sie arbeiten fleißig. Das zählt bei mir sehr viel.«

Dämliche alte Kuh, dachte Niamh.

»Allerdings, wenn ein ähnlicher Vorfall noch einmal passieren sollte, wäre ich gezwungen, Sie zu entlassen.«

»Natürlich. Es wird nicht wieder vorkommen«, versprach Niamh.

»Sicher nicht.« Ms. Laffan stand auf, woraus Niamh schloß, daß sie gehen konnte. Sie entschuldigte sich nochmals und verließ das Zimmer.

Victoria beglückwünschte sich dazu, wie gut sie die Situation bewältigt hatte. Sie hatte absolut nicht die Absicht gehabt, Niamh Byrne zu entlassen. Das Mädchen war ein Geschenk des Himmels. Victoria würde niemals ohne sie zurechtkommen. Aber mit Personal mußte man streng umgehen – vor allem mit jüngerem Personal. Man mußte ihnen

Grenzen setzen, wenn man nicht für völlig unzurechnungs-
fähig gehalten werden wollte. Nein, das Mädchen hatte seine
Lektion gelernt. Victoria erwartete von dieser Seite keine Probleme mehr. Was ihren Schwager betraf, war das allerdings
eine ganz andere Sache.

# 12

Eleanor hatte erwartet, daß Granny Laffan nach ihrem sensationellen Auftritt mit dem rosa Nachthemd etwas gedämpft sein würde, aber tatsächlich war die alte Dame bester Laune. Vermutlich hatte sie den ganzen Vorfall vergessen. Sie saß hoch aufgerichtet auf ihrem Stuhl, lauschte einer Haydn-Symphonie und dirigierte eifrig mit, indem sie in großer Erregung die Arme schwenkte.

Sie nickte Eleanor kurz zu und machte weiter. Die Musik war wundervoll: die Streicher zart und heiter, die Trompeten, die das Motiv wiederholten, samtweich. Dann nahm das ganze Orchester alle paar Takte die Melodie in steigendem Crescendo auf, und die Trompete beendete das Stück mit dramatischem Schwung. Als es zu Ende war, lehnte sich Mrs. Laffan mit hochbefriedigter Miene zurück. Sie hatte ihre Sache gut gemacht. Um das Bild zu vollenden, fehlte nur noch der Taktstock.

Eleanor nahm das Band heraus und legte die neue Kassette ein.

»Was machen Sie da, Mädchen? Lassen Sie den Apparat in Ruhe. Keine Musik mehr, es sei denn, es ist Mendelssohn.«

Wenigstens war sie nicht in der Stimmung für Wagner.

»Es ist *Sturmhöhe,* Mrs. Laffan.«

»Wie bitte?«

»*Sturmhöhe*«, wiederholte Eleanor.

Mrs. Laffan war erstaunt. »Auf Band?«

»Ja. Victoria hat es für Sie besorgt.«

»Na, so was!« Sie versuchte, das zu verdauen. »Es gibt jetzt Bücher auf Band?«

»Ja«, sagte Eleanor. »Sie sind sehr gut.«

Mrs. Laffan schob ihre Brille auf die Nasenspitze. »Und Victoria hat das für *mich* gekauft?«

»Ja, sie dachte, es würde Ihnen eine Freude machen.«

Eleanor hoffte, daß sie nicht im Begriff war, ihre gute Laune zu verlieren.

Aber Mrs. Laffan lächelte selbstgefällig. »Sie muß Schuldgefühle haben. Victoria. Und zu Recht.« Ihre Augen füllten sich mit Tränen. »Wissen Sie, daß sie mich neulich angegriffen hat? Früher war sie freundlich. Früher. Jetzt ist sie manchmal sehr böse zu mir . . . ich weiß nicht, warum.«

Sie hatte es also *nicht* vergessen.

Eleanor zog sich einen Stuhl heran. »Ach, ich bin sicher, das bilden Sie sich nur ein.«

»Nein, das tue ich *nicht*. Victoria schimpft dauernd mit mir. Das ist nicht fair. Meine eigene Tochter sollte nicht so grausam zu mir sein, nicht?«

Nein, das sollte sie nicht.

»Haben Sie nicht gehört, was sie mir angetan hat?« sagte die alte Dame ärgerlich. »Sie hat mich vor anderen Leuten angeschrien. Fremden Leuten. Sie haben mich alle angebrüllt. Dabei wollte ich nur frühstücken. Warum haben sie so geschrien?«

Sie schaute sich um und musterte das Zimmer. Als sie sicher war, daß niemand sie belauschte, beugte sie sich näher zu Eleanor. »Ich glaube, mit ihr stimmt etwas nicht. Victoria. Sie wird *sehr* seltsam«, flüsterte sie.

Eleanor räusperte sich und stand auf, um das Band einzuschalten. Besser, die alte Dame abzulenken.

Mrs. Laffan kicherte. »Das Komische dabei ist, daß sie denkt, mit *mir* würde etwas nicht stimmen!«

Jetzt waren sie auf gefährlichem Terrain. Eleanor drückte

auf den Wiedergabeknopf. »Warum schließen Sie nicht die Augen und hören zu?«

Als Mr. Lockwood mit der Geschichte seines Erlebnisses auf Sturmhöhe und seiner verächtlichen Behandlung durch den mürrischen Heathcliff begann, legte sich ein leises Grinsen auf Mrs. Laffans Lippen.

Das Band war ein großer Erfolg. Sie war ganz versunken in die Geschichte und schien die ganze Episode mit dem Nachthemd vergessen zu haben. Sie kamen bis zu Mr. Earnshaws Rückkehr aus Liverpool mit dem schmutzigen Findelkind. An der Stelle hob Mrs. Laffan die Hand und bedeutete Eleanor, sie solle das Band anhalten.

»Seinetwegen wird es Konflikte geben, nicht?«

»Ja, wird es.« Eleanor freute sich, daß die alte Dame der Geschichte so gut folgen konnte. »Und es wird noch schlimmer. Natürlich ist Catherine allmählich von ihm besessen.«

Doch Granny Laffan hörte nicht mehr zu. Sie war wieder in ihrer eigenen Welt. Mit alarmierender Häufigkeit wechselte sie zwischen dieser und der Realität hin und her. Kaum dachte man, sie sei auf der richtigen Wellenlänge, äußerte sie etwas vollkommen Absurdes.

»Jetzt, wo er wieder zurück ist, wird er unseren Haushalt durcheinanderbringen.« Sie stöhnte. »Er wird alles ruinieren.«

*Unseren* Haushalt durcheinanderbringen?

»Meinen Sie Heathcliff?« fragte Eleanor. »Ja, er richtet tatsächlich allerhand Verwüstungen an.«

»Heathcliff?« Mrs. Laffan starrte Eleanor an. »Wovon reden Sie jetzt?«

»Tut mir leid. Wir müssen uns mißverstanden haben.«

Mrs. Laffan seufzte. »Sie sind ein bißchen begriffsstutzig, nicht?«

»Tut mir leid, Mrs. Laffan. Ich dachte, Sie meinen Heathcliffs Ankunft auf Sturmhöhe. Wissen Sie, die Art, wie er das Familienleben dort stört. Erinnern Sie sich. Hindley wird sehr eifersüchtig, und es gibt Probleme zwischen ihm und seinem Vater. Nelly Dean sagt, die Earnshaws würden danach nie wieder wie früher sein.« Das würde ihr helfen, sich zu erinnern.

»Die Earnshaws? Was gehen *mich* die Earnshaws an? Ich habe wichtigere Dinge im Kopf. Machen Sie sich nicht lächerlich!«

»Wir machen für heute Schluß«, schlug Eleanor vor. »Sie sind jetzt müde.«

»Ich bin *nicht* müde, Lorna. Ich weiß, was ich weiß. Und sag nicht, ich hätte euch nicht gewarnt. Jetzt, wo er zurück ist, wird keiner von uns mehr seinen Frieden haben.«

»Aber . . .«

»Unterbrich mich nicht, Mädchen. Und glaube bloß nicht, du könntest mir etwas vormachen. Ich *weiß*, was zwischen dir und diesem . . . diesem Halunken vorgeht. Du wirst nicht noch einmal mit ihm weggehen. Männer wie er sind nur auf eines aus. Ich verbiete dir, dich je wieder mit ihm abzugeben.« Sie drohte mit dem Finger. »Hast du gehört? Ich verbiete es. Wenn du mir diesmal nicht gehorchst, werde ich es Victoria sagen müssen.«

Es war nicht *Heathcliff,* der sie beunruhigte. Sie sprach von Aidan Brady. Jemand, der Streit und Chaos auslöste. Gott stehe ihr bei. Sie war schrecklich verwirrt.

Oder doch nicht?

Mrs. Laffans Augen begannen zuzufallen. Eleanor dachte, sie würde einschlafen, aber plötzlich richtete sie sich auf.

»Lorna, bist du noch da? Hol mir das Sparbuch deines Vaters, ja?«

Was nun?

»Äh, ich weiß nicht genau, wo es ist«, murmelte Eleanor.

»Es ist mit all seinen anderen Papieren in seiner Aktenmappe. Das weißt du sehr gut. Ich habe sie neulich im Kleiderschrank in deinem Zimmer liegen lassen. Ich wollte nicht, daß Victoria es erfährt. Ich denke daran, mein Testament zu ändern.«

»In *meinem* Zimmer?«

»Was ist in dich gefahren, Lorna?« Sie war ärgerlich. »Geh sofort in dein Zimmer und hol es.«

»Sie meinen Victorias Zimmer?«

Die alte Dame schlug mit der Zeitung nach ihr. »Hör mit diesem Unsinn auf. *Dein* Kleiderschrank, habe ich gesagt. Hol es jetzt SOFORT!«

Eleanor tat so, als gehorche sie, und eilte aus dem Zimmer. Wo hatte Lorna geschlafen? Das war die Frage. Victorias Zimmer lag hinter der nächsten Tür links. Sie ging den Korridor hinunter. Sie sah eine Nische, die sie vorher nicht bemerkt hatte, und tatsächlich war da eine andere Tür. Sie drehte den Türknopf. Abgeschlossen. Vielleicht hatte sich die Tür nur verzogen? Sie versuchte es noch einmal, drehte den Knopf nach rechts, dann nach links.

»Mrs. Ross! Was machen Sie denn da?«

Victoria Laffan stand vor ihr. Ihr Gesicht war hochrot.

»Oh, Ms. Laffan. Ihre Mutter hat gesagt, ich sollte ...«

»Die Tür ist abgeschlossen. Es ist bloß ein Abstellraum. Er enthält nichts Interessantes.«

Eleanor nickte. »Gut.«

Victoria Laffan kam näher. Sie senkte auf bedrohliche Art die Stimme. »Ich mag es nicht, wenn Leute sich in Dinge einmischen, die sie nichts angehen.«

Eleanor erschrak über den Gesichtsausdruck ihrer Gastgeberin. »Ich wollte doch nur helfen. Ihre Mutter war verwirrt, und ich hielt es für besser, ihr ihren Willen zu lassen ... Ich sollte jetzt zu ihr zurückgehen.«

»Schon gut«, sagte Ms. Laffan kühl. »Ich kümmere mich jetzt selbst um Mutter.«

Aidan Brady schaute aus dem Schlafzimmerfenster. Er sah Richard in Richtung Hühnerstall gehen. Er konnte es nicht länger aufschieben. Heute abend würde er darauf bestehen, sich mit seinem Sohn zu unterhalten. Es war schrecklich, wieder hier zu sein. Vor einem Jahr war er zuletzt in diesem Haus gewesen – und der Besuch hatte nur eine Woche gedauert. Fünf Jahre waren vergangen, seitdem er hier gelebt hatte. Aber seit er vor drei Tagen angekommen war, war ihm, als sei er niemals fort gewesen. Dieses Haus erinnerte ihn an Schlimmes.

Fünfzehn Jahre lang hatte er mit Unterbrechungen mit Richard hier gelebt. Er war für zwei Jahre mit Maggie nach Amerika geflohen, als sein Sohn ins Internat gekommen war. Dann waren da die sechs Monate, die sie in Kanada verbracht hatten, und das Jahr in Holland. Maggie wäre gern in Holland geblieben. Aber er hatte Schuldgefühle, wenn er fort war. Pflichtbewußtsein trieb ihn zurück. Die erstickende Atmosphäre in The Lodge. Das ständige Gezänk. Wie hatte er das so lange ausgehalten? Sein größter Fehler war, daß er nach Lornas Tod überhaupt hierher zurückgekehrt war. Aber er hatte geglaubt, daß dies für Richard am besten war. Ein kleines Kind brauchte die Fürsorge weiblicher Verwandter in seinem Leben – das hatte er sich zumindest eingeredet.

Lorna. Die Erinnerung an seine Frau schmerzte noch immer. So ein schönes Mädchen. Er hatte sie geliebt. Hatte alles versucht, um sie glücklich zu machen. Hatte gedacht, der Umzug nach London würde helfen. Er hatte nicht geholfen ...

»Ich möchte nach Hause, Aidan«, bat sie. »Bitte, laß uns nach Hause gehen. Ich hasse es, hier zu sein.«

»Lorna, wir hatten uns darauf geeinigt, daß wir hier besser dran sind. Ich habe einen Job, den ich mag. Wir werden nicht immer in dieser Wohnung festsitzen.«

»Ich weiß«, sagte sie, »aber ich sehe dich nie. Du machst dauernd Überstunden. Ich habe hier keine Freunde. Wie würdest *du* dich fühlen, wenn du hier den ganzen Tag allein wärst?«

»Wenn das Baby kommt, wird es besser werden, Lorna. Du wirst zuviel zu tun haben, um dich einsam zu fühlen.«

»Das ist etwas anderes, Aidan. Ich möchte, daß unser Baby in Irland geboren wird.«

Er hatte wirklich geglaubt, das Baby würde sie einen. Aber als Richard zur Welt kam, zerbrach Lorna. Sie schien ihren Sohn nicht zu mögen. Sie warf Aidan vor, er habe ein Verhältnis – er konnte nicht verstehen, was seine Frau durchmachte. Er versuchte es, aber er konnte es nicht. Die verschriebenen Medikamente machten einen Zombie aus ihr. Es war unmöglich, sie zu erreichen. Dann kam die große Schwester, um zu helfen – und entfremdete ihm Lorna noch mehr.

»Sie sieht furchtbar aus, Aidan«, schimpfte Victoria. »Sie ist nur noch Haut und Knochen. Ich bleibe hier, bis ich sicher bin, daß Lorna sich völlig erholt hat.«

»In diesem Loch werde ich mich nie erholen«, ächzte Lorna. Sie lag im Bett – war seit Tagen nicht aufgestanden. »Ich hasse diese Wohnung. Mir fällt die Decke auf den Kopf. Wir haben keinen Platz. Jetzt ist es schlimmer denn je – das Baby schreit den halben Tag. Ich kann dem Schreien und Jammern nicht entkommen. Ich verliere den Verstand, wenn ich hier nicht herauskomme. Schau, er hat schon wieder angefangen. Er hat nur eine halbe Stunde geschlafen, und jetzt schreit er wieder.«

»Ich tue, was ich kann, Lorna«, sagte Aidan. »Die Wohnung ist alles, was wir uns im Augenblick leisten können.«

»Also, sie ist nicht gut genug«, meinte Victoria. »Ich denke, ich sollte Lorna und das Baby für ein paar Wochen nach Coill mitnehmen. Zu Hause kann sie sich besser erholen.«

»Nein, nein«, weinte Lorna. »Ich will Aidan nicht verlassen. Ich will nicht.«

»Beruhige dich, Lorna.« Ihre Schwester nahm das brüllende Baby auf und trug es in die Miniküche, um ihm sein Fläschchen zu geben. Aidan folgte ihr.

»Was bist du für ein Ehemann?« sagte Victoria anklagend. »Und was für ein Vater? Lorna hat recht. Diese Wohnung ist verheerend. Kein Ort, um ein Baby aufzuziehen. Wann wirst du das endlich einsehen? Für so etwas ist Lorna nicht geboren!«

Victoria Laffan. Warum hatte er zugelassen, daß diese Frau

seinen Sohn aufzog? Er mußte verrückt gewesen sein. Aber als Lorna starb ...

Er hätte nie zurückkommen sollen. Doch jetzt war es zu spät, um der Vergangenheit nachzutrauern. Aber nicht zu spät, etwas für die Zukunft zu tun. Richard würde nächsten Monat einundzwanzig. Aidan würde dafür sorgen, daß sein Sohn bekam, was ihm zustand.

Er zog ein frisches T-Shirt an und beschloß, einen Spaziergang zu machen. Er würde zur Telefonzelle im Dorf gehen, um Erica anzurufen. Sie war in den letzten sechs Monaten etwas kühl zu ihm gewesen. Er fragte sich, ob ihre Beziehung halten würde. Sieben Jahre zusammen. War es Zeit für eine Veränderung? Er argwöhnte, daß sie sich in seiner Abwesenheit mit diesem Buchhalter aus Paddington traf, mit dem sie befreundet war. Ach, darüber würde er jetzt nicht nachdenken. Er ging am Zimmer seiner Schwiegermutter vorbei. Ihr war er jetzt noch nicht gewachsen. Richard hatte gesagt, seiner Großmutter gehe es sehr viel schlechter. Es war zum Erbarmen.

»Eleanor!« rief er. Sie war gerade im Begriff, in ihr Zimmer zu gehen.

Sie errötete. »Hallo, Aidan.«

»Hallo. Ich habe dich seit dem Abend, an dem ich angekommen bin, kaum gesehen. Du gehst mir doch nicht aus dem Weg, oder?«

»Nein, natürlich nicht«, log sie. »Ich hatte zu tun, weißt du.«

Er nahm ihren Arm. »Ich muß mit dir reden, Ellie. Aber nicht in diesem Haus. Hier können wir nicht sprechen. Ich wollte gerade einen Spaziergang machen. Kommst du mit?«

Sie wollte, und sie wollte nicht. »Ach, im Augenblick nicht, Aidan. Ich versuche, mit dem Schreiben weiterzukommen, und ...«

»Ja, ich habe gehört, daß du ein Buch schreibst. Sehr ein-

208

drucksvoll. Ich will dich nicht stören, aber ich möchte mich so gern mit dir unterhalten. Bloß eine halbe Stunde.«

»Nein, wirklich. Ein andermal ...«

»Wann?«

Gott, war er hartnäckig.

»Morgen?«

»Okay, morgen«, willigte sie ein.

»Prima! Ich werde mir einen Wagen leihen, und wir machen einen Ausflug. Hast du schon viel von Wicklow gesehen?«

»Nein«, gab sie zu.

»Tja, das ist zuwenig. Bevor du noch ein Wort sagst – ich weiß, daß du vormittags an deinem Buch arbeitest und dich nachmittags um Granny Laffan kümmerst; sagen wir also morgen abend, ja?«

Er hatte sich schon alles überlegt. »Gut.«

»Ich treffe dich Punkt sechs unten in der Einfahrt.«

»Ein Rendezvous also.«

Das hatte sie nicht sagen wollen.

Er grinste und ging davon, so glücklich wie Larry. Nein, nein, nicht Larry. Entschieden nicht wie Larry.

»Aidan!« rief sie ihm nach.

Er drehte sich um. »Sag nicht, daß du es dir schon anders überlegt hast.«

»Nein. Ich habe mich nur gefragt ...«

»Ja?«

»Was ist mit diesem verschlossenen Zimmer oben im zweiten Stock?«

»Am Ende des Korridors?«

»Ja, da, wo die Nische ist. Ich habe versucht, die Tür aufzumachen, als Victoria vorbeikam. Ich glaube, sie war ärgerlich.«

Aidan zog eine Grimasse. »Ja, das kann ich mir vorstellen.«

»Dabei hatte ich keine bösen Absichten. Mrs. Laffan hatte mich gebeten, ihr etwas zu holen. Sie dachte, ich wäre ... ach, es spielt keine Rolle. Jedenfalls wußte ich nicht, daß es ein Abstellraum ist. Aber Victoria schien sehr verärgert. Sie dachte, ich würde spionieren.«

»Das ist kein Abstellraum, Ellie. Es war das Schlafzimmer meiner Frau.«

Eleanor schluckte schwer. »Oh!«

»Mach dir keine Gedanken darüber.« Er lächelte und ging weiter. Als er den Treppenabsatz erreichte, rief er über die Schulter: »Und vergiß unser Rendezvous morgen abend nicht.«

Eleanor ging in ihr Zimmer, aber sie machte sich nicht die Mühe, den Computer einzuschalten. Sie war zu verwirrt, um jetzt an ihr Buch zu denken. »Das Schlafzimmer meiner Frau.« Das hatte er gesagt. Und er hörte sich unglücklich an. Vielleicht war Granny Laffan gar nicht so durcheinander, wie sie alle dachten. Sie hatte Eleanor geschickt, etwas aus Lornas Zimmer zu holen. Sie hielt Eleanor für Lorna. Allmählich bekam das Sinn – auf eine bizarre Art. Die alte Dame hatte davon gesprochen, ihr Testament zu ändern. Hatte sie das tatsächlich getan? Die Rowlands sagten, Lorna habe keinen Penny bekommen. Wessen Idee war das gewesen? Wohl kaum die von Granny Laffan. Sie war besessen von ihrer jüngeren Tochter. Und Victoria? Alle sagten, sie hänge sehr an ihrer Schwester. Hätte sie Lorna gern mittellos gesehen? Das paßte nicht zusammen. Nichts von dem paßte zusammen.

Und nun Aidan. Eleanor war ihm tatsächlich aus dem Weg gegangen. Sie wollte nicht verwickelt werden, was immer sich da abspielte. Seit der Rückkehr ihres Schwagers war Victoria Laffan unleidlich. Richard war dauernd angespannt, und Granny Laffan betrachtete Aidan als Bedrohung. Eleanor wünschte, sie könnte sich einen Reim auf all das machen.

Es war, als spiele sie in einem Melodrama mit – aber ohne ihre Rolle zu kennen.

Sie wußte, daß Aidan sie mochte. Nun ja, wenn man den

210

Leuten hier glauben konnte, dann mochte er alles, was Röcke trug. War er ein Wüstling? Nein, das glaubte sie nicht. Er mochte Frauen einfach. Das war harmlos.

Als sie noch miteinander gingen, war er auch gern mit ihren Freundinnen zusammen. Er bevorzugte weibliche Gesellschaft und Gespräche mit Frauen. Er war liebevoll. Er hielt viel von Zärtlichkeiten – aber deswegen war er noch nicht »ausschweifend«, wie Mr. Rowland ihn beschrieben hatte.

Und morgen abend? Was würde passieren? Wollte sie, daß irgend etwas passierte? Herrgott, das war ja fast so schlimm, als wäre sie wieder sechzehn Jahre alt. Sie war nervös. Sie war wahrhaftig nervös.

Sie mußte sich zusammenreißen.

Um Gottes willen, sie war eine Witwe – kein verliebtes Schulmädchen. Eine unabhängige Frau mit einem Beruf, einem Haus und einem eigenen Leben. Sie brauchte keine Bestätigung.

Es nutzte nichts.

So sehr sie sich auch einzureden versuchte, ihr liege nichts daran, wußte sie tief in ihrem Inneren, daß ihr doch daran lag.

Aidan Brady mochte sie. Na und? Sie mochte ihn auch. Okay, sie wollte keine neue Beziehung. Sie wollte keine Komplikationen oder Verpflichtungen oder dergleichen. Doch ein wenig Spaß konnte sie vertragen. Es war gut für das Ego, ihren ersten Freund zu treffen und zu merken, daß er noch immer etwas für sie empfand. Verdammt gut!

Morgen abend würde sie sich schick anziehen und ausgehen und sich verflixt gut amüsieren. Sie war viel zu lange seriös gewesen.

Aidan trat in Richards Zimmer. Sein Sohn lag auf dem Bett, in ein Buch vertieft.

»Wir müssen reden, Rich.«

»B-B-Bißchen spät am Tag d-d-dafür«, sagte Richard, ohne aufzublicken.

»Es ist nie zu spät.« Aidan setzte sich auf das Bett. »Wann haben wir uns jemals richtig ausgesprochen?«

Richard sah seinen Vater verächtlich an.

»Oh, ich weiß, daß du mir die Schuld gibst«, sagte Aidan. »Aber es war nicht alles mein Fehler, Rich.«

»Hab ich d-d-das gesagt?«

»Sei nicht so. Ich bin nicht nach Hause gekommen, um mit dir zu streiten.«

»Und w-w-warum bist d-d-du gekommen?« forderte er seinen Vater heraus.

»Um deine Zukunft zu planen. Darum.«

»Ich k-k-kann mein Leben selbst in die H-H-Hand nehmen, danke.«

Aidan tätschelte seinem Sohn den Arm, aber Richard zog ihn zurück. Das erinnerte Aidan an die Art, wie Lorna immer erstarrt war, wenn er sich ihr genähert hatte.

»Hör mal, Rich«, sagte er beharrlich, »wir müssen einiges ein für alle Male regeln.«

»W-W-Was zum Beispiel?«

»Geld zum Beispiel.«

»Geld ist kein P-P-Problem. Ich erbe das H-H-Haus, wenn Tante Victoria stirbt. D-D-Das hat sie mir selbst gesagt.«

»Ja, darauf möchte ich wetten.«

»Wie m-m-meinst du das?« Der Ton seines Vaters verwirrte Richard.

»Du brauchst nicht zu warten, bis deine Tante stirbt, um Geld zu haben, Rich. Dein Großvater hat dir etwas hinterlassen.«

»Wie bitte?«

»Geld. Von deinem Großvater.«

»Aber er w-w-war doch l-l-längst tot, als ich g-g-geboren wurde.«

»Ja, aber deine Großmutter hat einen Treuhandfonds für dich eingerichtet. Du bekommst das Geld an deinem einundzwanzigsten Geburtstag.«

Richard legte sein Buch hin. »D-D-Das glaube ich nicht. Tante V-V-Victoria hat davon nichts g-g-gesagt.«

Aidan runzelte die Stirn. »Ich werde nächste Woche zum Anwalt gehen. Und du mußt mitkommen.«

Richard dachte darüber nach. »D-D-Das wird ihr nicht g-g-gefallen.«

»Wem? Deiner Tante? Das geht sie nichts an. Das geht nur dich und den Anwalt an. Das Geld gehört rechtmäßig dir. So einfach ist das.«

Richard sprang vom Bett auf. »R-R-Rechtmäßig mir?«

»Ja. Ist dir klar, was das bedeutet?«

Richards Augen glänzten. »Mmh. Wieviel?«

Aidan lachte. Das war schon besser.

»So um die fünfzehnhundert Pfund. Das Geld wurde angelegt. Aber das ist zwanzig Jahre her. Mit Zinsen und ...«

»So viel!« Richard schnappte nach Luft. »Das b-b-bedeutet ... d-d-daß ich gehen kann. Ich k-k-kann von hier f-f-fortgehen.«

Aidan stand auf. »Du kannst, wenn du willst. Du kannst tun, was immer du möchtest, Rich. Du bist nicht an Coill gebunden. Oder an dieses Haus.«

Das war deine Mutter auch nicht, dachte er. Aber sie sah das anders.

»Aber v-v-vielleicht will ich g-g-gar nicht weggehen.«

»Das ist in Ordnung. Wichtig ist, daß du die Wahl hast.«

»Ja, die W-W-Wahl«, wiederholte Richard benommen. »D-D-Die hatte ich noch nie. B-B-Bist du denn sicher? Ich m-m-meine ...«

»Ich bin sicher.«

Aidan war froh. Er hatte seinen Sohn noch nie so lebhaft gesehen.

»Vielleicht k-k-kaufe ich mir etwas. Eine neue F-F-Firma oder so. Ich k-k-könnte mit der Geflügelzucht w-w-weitermachen. Damit k-k-kann man wirklich Geld verdienen, Dad. Ich meine, ich k-k-könnte vielleicht mehr r-r-reinstecken.«

Aidan lächelte. »Ja, das könntest du tun. Und wenn du beschließt, hierzubleiben, habe ich noch andere Pläne, die du in Erwägung ziehen könntest. Laß uns nach Coill gehen und darüber reden. *Du* lädst mich ein!«

## 13

Um zehn nach sechs am folgenden Abend ging Eleanor nach unten, um Aidan zu treffen. Er wartete im Auto.

»Tut mir leid, daß ich zu spät komme«, sagte sie. »Ich konnte mich nicht entscheiden, was ich anziehen sollte.«

»Frauen!«

»Hör bloß auf«, warnte sie ihn.

Er musterte sie anerkennend. Roter Rock, weiße Bluse. »Du siehst sehr hübsch aus.«

Nicht so überschwenglich, wie er früher gewesen war.

In diesem Augenblick sah Eleanor Richard aus dem Wald kommen. Er ging in ihre Richtung, ein Gewehr in der Hand. Über seiner Schulter hing ein Sack.

Aidan beugte sich aus dem Fenster. »Glück gehabt, Rich?«

»Bloß ein E-E-Eichhörnchen. Hinter d-d-dem war ich tagelang her.«

»Ach, gräßlich«, sagte Eleanor.

»Ein g-g-graues Eichhörnchen«, erklärte Richard. »Man m-m-muß sie ausmerzen, Mrs. R-R-Ross.«

Aidan unterbrach ihn. »Wir machen eine Spazierfahrt. Ich werde Eleanor einiges zeigen.«

»S-S-Soll ich auch mitkommen?«

»Nein danke, Sohn.«

Aidan startete den Wagen, und er machte einen Satz nach vorn. Richard sprang aus dem Weg und lachte laut. Er lachte noch immer, als sie die Straße hinausfuhren.

»Er ist viel besserer Laune«, sagte Eleanor.

»Ja, ist er.« Er reichte Eleanor eine Zigarre, damit sie sie für ihn anzündete. »Wir haben uns gestern abend ausführlich unterhalten. Jetzt ist keine dicke Luft mehr.«

»Hast du ihm gesagt, daß wir ... alte Freunde sind?«

»Natürlich.«

»Und ...?«

»Er war entzückt. Er mag dich. So, wo fahren wir hin?«

Eleanor dachte nach. »Enniskerry? Da bin ich seit Ewigkeiten nicht mehr gewesen.«

»Ich auch nicht. Gut. Wir fahren nach Enniskerry.«

Der Wagen ruckte und spuckte. »Entschuldigung. Falscher Gang. Ich habe das verdammte Ding lange nicht mehr gefahren.«

»Macht nichts.«

Heute abend würde Eleanor sich von gar nichts den Spaß verderben lassen.


Das Dorf Enniskerry lag in einem schönen Tal, durch das der Glencullen floß. Die Gegend war waldreich. An diesem sonnigen Abend wimmelte es nur so von Touristen, die das Schloß Powerscourt besuchten. Aidan hatte Schwierigkeiten, einen Parkplatz zu finden. Er fuhr um den Glockenturm herum und wich Fußgängern und Motorrädern aus.

Eleanor zeigte die Straße hinunter auf das Powerscourt Arms Hotel. »Da. Sie haben einen Parkplatz.«

Sie spähten durch die Tür in die Hotelhalle, aber dort war es sehr voll.

»Können wir einen Spaziergang durch das Dorf machen, Aidan?«

Er kitzelte ihre Taille. »Wir können machen, was immer wir wollen, Ellie!«

Es gab Gasthöfe, Teestuben und eine schöne gotische Kirche. Die Läden um den Turm herum und den Hügel hinauf waren einfach und in leuchtenden Farben gestrichen.

Sie führten die üblichen Artikel für Touristen: Souvenirs, Kerzen, aromatische Öle, Geschenke, Kuriositäten, Antiquitäten, Gemälde. Eleanor und Aidan blieben stehen, um sich die handwerklichen Erzeugnisse und die zierlichen Töpferwaren im Schaufenster von Rustic Works anzusehen. Eleanor erspähte zwei schöne Kerzenleuchter. »Sind sie nicht toll?«

Er warf einen raschen Blick darauf und ging weiter. Eleanor war enttäuscht, weil sie in den Laden gehen und sich umschauen wollte. Sie rief sich in Erinnerung, daß Männer ungern einkauften.

Sie schlenderten weiter, und er nahm ihre Hand – unerwartet. Sie war erstaunt. Aber sie hatte nichts dagegen. Sie genoß es. Larry hatte nie ihre Hand gehalten, wenn sie ausgingen. Er hatte das unmännlich gefunden.

Sie erreichten das Glenwood Inn.

»Sollen wir einkehren?« fragte er. »Möchtest du etwas trinken?«

»Lieber erst später«, sagte Eleanor. »Es ist so ein schöner Abend. Ich würde gern noch etwas draußen bleiben.«

»Okay, dann sollten wir nach Roundwood fahren.«

»Roundwood? Ist das weit?«

Er schüttelte den Kopf. »Mit dem Auto ungefähr zwanzig Minuten. Wir können die Old Long Hill Road nehmen. Wir kommen am Wald von Djouce vorbei und können dort spazierengehen, wenn du möchtest.«

Ein Waldspaziergang.

»Hört sich gut an«, sagte Eleanor. »Würde es dir etwas ausmachen, wenn ich vorher noch einen Blick in den Antiquitätenladen werfe?«

Aidan lächelte. »Schau dir auch die anderen Läden an, wenn du möchtest. Im Sommer sind sie bis gegen sieben geöffnet. Wir treffen uns in zwanzig Minuten am Auto.«

Es war schön, eine Weile allein herumzuschlendern, verschiedene Geschäfte zu betreten, sich das Kunsthandwerk anzusehen und nach den Preisen für Töpferwaren zu fragen. Sie versuchte, ihre Gedanken zu sammeln. Sie war mit Aidan Brady zusammen. Wenn das Mona wüßte! Und ihre Eltern.

Sie hatte tatsächlich ein Rendezvous mit ihm. Nun, vielleicht kein richtiges Rendezvous, aber ... Was würde im Wald passieren? Er hatte bereits ihre Hand genommen. Würde er sie küssen? Wollte sie, daß er es tat? Ja, sie wollte.

Sie kaufte einen Aschenbecher für ihren Vater und sah sich dann die Gemälde in einer Kunsthandlung an. Die Antiquitäten im Geschäft daneben waren verlockend, aber sehr teuer. Eleanor sah auf die Uhr und war erstaunt, daß die zwanzig Minuten fast um waren.

Sie kämpfte sich durch die enge Gasse, in der es von Menschen nur so wimmelte, hauptsächlich französischen und deutschen Touristen und ein paar Tagesausflüglern aus Dublin. Sie schaute erneut auf die Uhr. Ungefähr noch zwei Minuten. Sie betrat Rustic Works.

»Kann ich Ihnen helfen?« fragte der Verkäufer.

»Vorhin habe ich im Schaufenster zwei hölzerne Kerzenleuchter gesehen«, erklärte sie, »aber jetzt sind sie nicht mehr da. Haben Sie noch andere?«

»Tut mir leid, ich habe sie vor zehn Minuten verkauft. Im obersten Regal sind noch andere, falls Sie sich dafür interessieren.«

»Nein, die im Fenster hatten mir besonders gefallen. Trotzdem vielen Dank.«

Er zögerte. »Ich könnte Ihnen vielleicht ein Paar bestellen.«

»Schon gut, vielen Dank.« Sie lächelte ihm zu und ging.


»Na, hast du Enniskerry leergekauft?« Aidan beugte sich zur Seite und öffnete ihr die Autotür. »Was hast du erstanden?«

»Bloß ein Geschenk für meinen Vater. Als ich wieder in den Laden kam, waren die Kerzenleuchter nicht mehr da. Pech gehabt. Wahrscheinlich hat sie mir irgendein Deutscher vor der Nase weggeschnappt.«

Er reichte ihr ein Päckchen. »Hier.«

»Du warst das?« Sie riß die Verpackung auf. Die beiden Kerzenleuchter, in Seidenpapier gewickelt.

»Danke, Aidan.« Sie umarmte ihn. »Das war doch nicht nötig.«

»O doch, war es. Du weißt ja nicht, was es mir bedeutet, daß du hier bist, Eleanor.«

Er startete den Wagen, und sie fuhren weiter.

Die Straße führte kurvenreich um das Schloß von Powerscourt herum. Überhängende Baumäste filterten die Abendsonne. »Das ist eine hübsche Gegend, nicht wahr, Aidan? Die Hügel, die Dörfer, die Seen und Wälder.«

Obwohl es so nahe bei Dublin lag, hatte Eleanor sich nie wirklich die Zeit genommen, Wicklow zu besuchen, abgesehen von dem Tagesausflug nach Powerscourt oder einer Familienfahrt nach Glendalough, als sie noch ein Kind war. »Was direkt vor unserer Haustür liegt, halten wir immer für selbstverständlich. Aber es ist wirklich schön hier.«

»Was glaubst du wohl, warum man es als ›Garten Irlands‹ bezeichnet«, neckte Aidan sie. »Hier gibt es noch viel mehr zu sehen. Dies ist nur die Spitze des Eisbergs.«

»Eisberge, mitten im Sommer?« gab sie zurück.

»Komisch!« Spielerisch gab er ihr einen Klaps aufs Knie. »Aber hier gibt es eine Menge Orte, die ich dir gern zeigen würde – Avondale, Avoca, Clara, die Seen von Blessington.«

»Also die üblichen Attraktionen«, sagte Eleanor gedehnt.

»Und all die Strände südlich von Wicklow«, fuhr er fort, ihren Spott ignorierend.

Sie stupste ihn an. »Aidan, paß auf!«

Überall Radfahrer. Er schwieg einige Augenblicke und konzentrierte sich auf die Straße.

Eleanor wurde wieder ernst. »Ich würde all diese Orte gern sehen. Wir haben ja noch den Rest des Sommers vor uns, nicht?«

Für eine solche Bemerkung hätte Mona sie umgebracht.

»Ja, haben wir.« Er tätschelte ihren Schenkel.

Normalerweise hatte Eleanor es nicht gern, wenn man sie anfaßte. Dies war anders.

Ein weiterer dichter Wald erschien zu ihrer Rechten. Er wirkte riesig. »Ist das Djouce?«

»Ja, wir sind da.« Aidan fuhr auf den Parkplatz. Er sperrte den Wagen ab und starrte bestürzt auf ihre Füße. »Ich glaube nicht, daß wir weit gehen werden.«

*Warum* hatte sie ihre weißen Sandaletten angezogen?

»Es wird schon gehen«, versicherte sie ihm und ging voran in den Wald.

Er war kühl und schattig. Der grasbewachsene Weg war sauber und trocken. Ihre Sandaletten würden es überleben. Die Äste hoher Bäume trafen sich über ihren Köpfen. Eine Familie hielt auf einem Rastplatz ein Picknick, Kinder rannten umher und kreischten, während sie einander jagten – dieser Wald war ein Kinderparadies. Tiefer im Wald waren ein paar Verrückte dabei, ein kleines Feuer anzuzünden. Diese verdammten Narren! Ein Funken konnte den ganzen Wald in Brand setzen. Aidan ging zu ihnen und warnte sie, aber sie sagten ihm, er solle verschwinden.

Hand in Hand schlenderten er und Eleanor weiter, atmeten die reine, frische Luft. Eleanor sah ihn von Zeit zu Zeit scheu von der Seite an. Er war genauso, wie sie ihn in Erinnerung hatte. Angenehme Gesellschaft. Entspannt. Während sie neben ihm herging, wanderte sie auch in der Zeit zurück. Er war kein Fremder. Sie konnte nicht glauben, wie wohl sie sich fühlte. Wie glücklich.

Sie kamen zu einer Lichtung. Dort gab es einen Wasserfall – kristallklares Wasser. Herrlich. Rein.

»O Aidan, das ist …«

Er nahm sie in die Arme und küßte sie sanft. Seine weichen Lippen drückten sich auf ihre. Eleanor stellte fest, daß sie ganz automatisch reagierte. Sie streichelte seinen Nacken, und er preßte sie fest an sich. Ihre Zunge erforschte seinen Mund. Sie konnte seine Erektion spüren. Er schob seine Hand unter ihre Bluse. Seine Finger auf ihrem nackten Rücken ließen sie erschauern. Sie machte sich los und sah ihm in die Augen.

»Aidan ...«

»Ich weiß, ich weiß. Es geht alles zu schnell.«

»Ja, geht es. Es ist nicht so, daß ich ...«

»Ellie, du bist hinreißend.«

Langsam fuhr sie ihm mit einem Finger über die Wange. »Aidan, ich ...«

Wieder näherte er seine Lippen den ihren. Sie protestierte nicht. Ihr ganzer Körper sehnte sich nach ihm. Seine Zunge liebkoste ihre, und sie gab sich dieser Lust hin.

Roundwood – noch ein hübsches Dorf ein paar Meilen östlich von Lough Dan. Die Szenerie hier war genauso spektakulär. Es gab Scharen von Touristen, ein paar Kutschen, ganze Rudel von Rucksackwanderern – Studenten, nahm Eleanor an.

Aidan parkte vor Tochar House, einem dunkelrosa gestrichenen Pub mit großen, blauen Erkerfenstern direkt gegenüber der Stadthalle, in die Frauen zum Bingospiel strömten. Auf der Terrasse des Pubs standen Tische und Bänke, wo Menschen tranken, plauderten und lachten.

Sie gingen hinein und fanden einen kleinen Tisch. Eleanor nahm die Szene in sich auf, während Aidan an die Bar ging. Die Wände waren aus Terrakotta und von langen Ledersofas gesäumt; ein Bogengang führte zu dem vorderen Erkerfenster. Bunte Laternen zierten die Mauern. Im hinteren Zimmer standen ein Billardtisch und eine Musikbox, doch die Musik war nicht allzu aufdringlich.

Eleanor fühlte sich wie berauscht, dabei hatte sie noch gar nichts getrunken. Dieser erste Kuß – und der danach. Magisch. Der Funke war immer noch da. Es war erstaunlich. Die Intensität ihrer eigenen Reaktion hatte sie ein wenig erschreckt. Aber ihr Körper hatte fast unfreiwillig reagiert. Das hatte nichts mit Vernunft zu tun.

Wie lange war es her, seit sie so geküßt worden war? Zu lange. Er kam mit den Getränken zurück und setzte sich dicht neben sie. »Fühlst du dich wohl?«

»Ja.«

Sie fühlte sich wohl. Sie war gern mit ihm zusammen. So standen die Dinge. Sie war zufrieden. Unbeschwert.

»Merkwürdig, nicht, Ellie? Ich habe das Gefühl, daß ich dich sehr gut kenne, und dabei kenne ich dich überhaupt nicht. Es ist so lange her. Eine Ewigkeit.«

»Ich habe genau dasselbe Gefühl.«

Er schenkte ihr Tonic ein. »Richtig. Nun ja, irgendwo müssen wir anfangen. Wir müssen uns einfach wieder von neuem kennenlernen. Es wird Spaß machen.«

Sie lachte. »Das hast du früher auch immer gesagt. ›Laß uns einen Joint rauchen. Das wird Spaß machen. Laß uns ins Bett gehen. Das wird Spaß machen.‹«

»Siehst du, du hast dich nicht verändert. Du ziehst mich immer noch durch den Kakao. Und ins Bett gehen wolltest du auch nicht.«

Eleanor errötete. »Wir waren noch Kinder, Aidan. Ich hatte Angst.«

»Ich nicht!« Er küßte sie auf die Wange. Es machte ihm nichts aus, daß man ihn anstarrte.

Eleanor schon. »Hör auf.« Sie lachte. »Die beiden alten Damen halten uns für verrückt.«

»Die sind bloß neidisch.« Er nahm ihre Hand. »Und nun erzähl mir alles. Erstens, wie geht es deinen Eltern?«

»Beiden geht es gut, Gott sei Dank. Dad hat noch immer die Metzgerei. Er weigert sich, sich zur Ruhe zu setzen.«

»Ach, er hat recht.« Aidan zündete sich eine Zigarre an. »Und Mona?«

»Ist verheiratet und hat drei Kinder. Ihr Mann, Des, ist ein reizender Mensch. Beamter. Arbeitet im Finanzministerium.«

»Solide und zuverlässig. Hört sich ganz nach Monas Typ an.«

Eleanor gab ihm einen Klaps. »Sie ist *sehr* glücklich. Im Augenblick sind die beiden auf Lanzarote.«

»Als Kind war sie anders. Sie hat es uns schrecklich schwergemacht. Uns nie allein gelassen.« Er lachte. »Erinnerst du dich an den Abend, an dem wir auf eurer Couch geknutscht haben? Deine Eltern waren ausgegangen. Wir haben *The White Album* gehört.«

»Ja.« Eleanor lächelte. »Ich habe diese Platte geliebt. ›While my guitar gently weeps.‹ Ich habe sie noch immer.«

»Wirklich?«

»Mmh.«

Er streichelte ihre Finger. »Ich war verrückt nach dir, Ellie.«

Sie hätte ihm gern gesagt, daß sie dasselbe empfunden hatte. Doch statt dessen nippte sie an ihrem Gin.

»Mona hat immer gesagt, du wärst ein Hippie.«

»Ja.«

»Eigentlich hatte sie recht, nicht?«

»Wenn du meinst. Aber dir schien das nichts auszumachen.«

Nein, es hatte ihr nichts ausgemacht. Sie hatte ihn geliebt. Aidan war anders gewesen. Aufregend. Unkonventionell. Alles, was sie nicht war.

»Wir haben gut zusammengepaßt, Ellie.«

Das hatte Larry auch gesagt. Sagten sie das alle?

»Ja, wir sind gut miteinander ausgekommen, Aidan. Aber wir waren jung.«

»Wir hätten uns nie trennen sollen.«

»Aidan, du müßtest dich hören. Es war eine Teenagerromanze, das ist alles. Es hat nicht gehalten. Erinnerst du dich?«

»Ich weiß. Aber es war das Timing, das nicht gestimmt hat. Nicht wir. Wir haben gut zusammengepaßt, Ellie. Ich habe oft an dich gedacht. Mich gefragt, wo du bist. Was aus dir geworden ist.« Er hielt inne. »Hast du jemals an mich gedacht?«

»Manchmal.«

Ja, sie hatte an ihn gedacht. Oft. Vor allem in den letzten paar Jahren... Und sie hatte diese Fotos aufbewahrt.

»Erzähl mir von deinem Mann.«

Eleanor zögerte. »Er... war ein guter Mann... Aidan, ich würde lieber nicht über ihn sprechen. Nicht jetzt.«

»Ich verstehe. Mir fällt es immer noch schwer, über Lorna zu sprechen.«

Sie fühlte sich unbehaglich. Schweigend tranken sie einen Schluck. Sie waren sich nahegekommen, sehr nahe. Jetzt waren sie wieder wie Fremde.

Er legte einen Arm um sie, seine Art, ihr zu sagen, daß alles in Ordnung sei. Verzweifelt wünschte sie sich, ihr fiele etwas ein, das die Atmosphäre entspannte.

»Ellie, hast du einen Freund in Dublin?«

Für den Bruchteil einer Sekunde dachte er an Erica. Aber das war London.

Sie sah ihm direkt in die Augen. »Nein. Nach Larrys Tod...«

Wieder nahm er ihre Hand und streichelte sanft die Handfläche. Seine Berührung war elektrisierend. Sie begehrte ihn. Sie sehnte sich danach, ihn zu küssen, seinen Körper zu spüren, aber das war hier nicht möglich.

»Danke, daß du heute abend mit mir ausgehst, Ellie.«

»Mir gefällt es sehr«, antwortete sie wahrheitsgemäß. »Ich bin froh, daß ich mitgekommen bin. Aber ich möchte die Dinge nicht übereilen. Ich kann nicht.«

»Ich verstehe dich. Du bist also Psychotherapeutin, wie ich höre. Wann hast du damit angefangen?«

»Vor mehr als fünfzehn Jahren. Nach dem Studium habe ich beim Eastern Health Board gearbeitet.«

»Ach ja, ich habe gehört, du hättest Sozialwissenschaften studiert.«

»Ja. Und dann habe ich meinen Magister gemacht. Als ich mit Kindern und deren Familien gearbeitet habe, wurde mir

224

klar, daß ich mich auf dieses Gebiet spezialisieren möchte. Also habe ich ein Diplom als Psychotherapeutin gemacht. Dann habe ich ein paar Jahre in einer Gemeinschaftspraxis gearbeitet und schließlich eine eigene Praxis eröffnet. Ich arbeite zu Hause.«

»Und – gefällt es dir?«

Eleanor dachte einen Augenblick nach. »Früher schon. Aber im letzten Jahr ... sind mir die Dinge allmählich über den Kopf gewachsen.«

»Das Gefühl kenne ich. Jedenfalls ist es gut, sich für ein Jahr auszuklinken. Rich hat mir erzählt, daß du das getan hast.«

»Ja. Aber jetzt genug von mir. Wie ist es *dir* ergangen?«

»Als ich anfangs herkam, vor vielen Jahren, habe ich für Coillte gearbeitet. Im Marketingbereich.«

»Wirklich? Marketing? Du bist doch Betriebswirt, oder?«

»Ja. Das mit dem Marketing habe ich ein Jahr lang gemacht. Dann habe ich es aufgegeben. Ich war nicht der richtige Typ dafür.«

Nein. Er sah überhaupt nicht wie ein Geschäftsmann aus.

»Dann, nachdem Lorna ... gestorben war ... als ich wieder hierherkam, wollte ich meinen alten Job nicht mehr.«

»Nein?«

Das war nicht, was die Rowlands erzählt hatten.

»Nein, den Gedanken, von neun bis fünf zu arbeiten, konnte ich nicht ertragen. Ich habe mich bereit erklärt, in The Lodge mitzuhelfen. Noch ein Fehler.«

»Was hast du gearbeitet, als du in London warst?«

»Hotelmanagement. Damals gefiel mir das. Immer war etwas los. Aber meine Frau ... sie haßte meine Arbeitszeiten. Sie bedeuteten nämlich, daß wir viel getrennt waren.«

»Sie fühlte sich einsam?«

»Ja. Wir hatten eine Menge ... Probleme.«

Eleanor drängte ihn nicht.

»Ach, übrigens, Rich hat mir erzählt, du hättest dich mit Brenda Boylan angefreundet.«

»Nun ja, ich kenne sie erst seit kurzem. Sie ist ein nettes Mädchen. Sie brauchte jemanden, mit dem sie reden konnte.« Sie hielt inne. »Brenda vermißt ihre Mutter.«

Wie würde er darauf reagieren?

Er runzelte die Stirn. »Wenn ich du wäre, wäre ich vorsichtig.«

»Ja?«

»Ja, ihr Vater ist sehr ... besitzergreifend.«

Sprach er aus Erfahrung?

»Er ist ein bißchen impulsiv. Brillanter Kopf, aber ... du weißt, was man über Genies sagt.«

»Dem Wahnsinn nahe?«

»So weit würde ich nicht gehen. Er hat ein Alkoholproblem.«

»Das hat Brenda mir gesagt. Um ehrlich zu sein, ich habe herausgefunden, daß er ... sie schlägt. Das macht mir ziemliche Sorgen.«

Aidan stellte sein Glas ab. »Das überrascht mich nicht. Er hat seine Frau geschlagen, als sie noch lebte. Ich nehme an, du weißt ...«

»Ja, ich weiß. Es ist noch immer *das* Thema im Dorf.«

»Ich war ein Freund von Carol Boylan. Ein ziemlich guter Freund.«

Ein weiterer Stich ins Herz.

»Ach, ja?« Sie versuchte, nicht betroffen zu klingen.

»Carol war eine wunderbare Frau.«

Das wollte sie entschieden nicht hören.

Er starrte vor sich hin. »Man hat mich tatsächlich vernommen, nachdem sie ...«

»Ermordet wurde. Ich weiß.«

»Du weißt es?«

»Die Rowlands. Sie haben es mir erzählt.«

»Ach Gott, die Rowlands. Die habe ich seit Jahren nicht mehr gesehen. Sie haben es dir also erzählt. Hast du keine Angst?«

»Wovor?«

»Mit mir auszugehen.«

Eleanor antwortete nicht gleich. »Sollte ich das denn?«

»Aber ja. Ich laufe gewohnheitsmäßig in der Gegend herum und bringe wehrlose Frauen um.«

»Na ja, zufällig *hast* du den Ruf, ein Ladykiller zu sein.«

Aufgebracht antwortete er: »Ich habe nie ein Zölibatsgelübde abgelegt.«

Eleanor hatte einen Scherz machen wollen. Jetzt wußte sie nicht, was sie sagen sollte.

»Sie haben jeden vernommen. Aber ich war einer der Hauptverdächtigen. Ich nehme an, du weißt, daß ich hier nicht gerade beliebt bin.«

Sie antwortete nicht.

»Sie haben mich immer als Eindringling gesehen. Die Laffans hassen mich – jedenfalls Victoria tut das. Die alte Dame erträgt mich, weil ich Richards Vater bin.«

Eleanor wünschte, er würde von etwas anderem reden.

»Hast du Hunger?« fragte er.

Essen. Mein Gott, sie hatte seit dem Frühstück nichts gegessen. Sie war heißhungrig.

»Ich bin am Verhungern.«

»Gut.« Er stand auf. »Ich habe uns einen Tisch im Roundwood Inn bestellt.«

Noch eine Überraschung.

Das Geschenk, der Waldspaziergang, jetzt das gemeinsame Essen ... der Abend war gerettet. Sie verließen den Pub Hand in Hand und schlenderten die Straße hinunter. Es war viel kühler geworden.

Das Gespräch über Carol Boylan hatte ihr nicht gefallen. Sie hatte es gehaßt, daß er ihren Namen überhaupt erwähnte. Aber Aidan hatte Carol gern gehabt. Vielleicht mehr als das. Das würde sie akzeptieren müssen.

Sie war eifersüchtig. So einfach war das. Eifersüchtig auf

Carol Boylan. Eifersüchtig auf Lorna. Das war verrückt, sie wußte es. Sie hatte jahrelang keinen Anteil an seinem Leben gehabt, also hatte sie keinen Grund, böse oder neidisch auf irgendwelche Beziehungen zu sein, die er in dieser Zeit gehabt hatte. Sie hatte kein Recht dazu. Sie fragte sich, ob es in England jemanden gab. Wahrscheinlich. Aidan war nicht der Typ, der allein blieb.

Es wurde allmählich dunkel, und die Lichter der Pubs glänzten heiter im Dämmerlicht und hießen die Reisenden willkommen. Ein Duft von Jasmin lag in der Luft. Aidan blieb stehen und nahm sie wieder in die Arme.

»Ich möchte dich küssen.«

Der Kuß war lang und zärtlich. Sinnlich. Aber gleichzeitig unschuldig. Eleanor fühlte sich wie ein kleines Mädchen.

# 14

Nicht noch mehr. Brenda konnte nicht noch mehr ertragen.

»Hör auf!« schrie sie. »Daddy! Hör auf!‹

Er schlug sie wieder. Mit der Faust ins Gesicht.

Sie fiel auf das Sofa zurück.

»Du kleine Schlampe. Was soll das heißen, du gehst weg?«

Sie starrte ihn an. Ihr Vater. Dieser brutale Mann da vor ihr war ihr Vater.

»Du gehst nirgends hin. Hast du mich gehört? Nirgends!«

Brenda begann zu weinen. Lautlos. Sie hatte zuviel Angst, um ihn noch weiter zu reizen. Doch Tränen der Empörung liefen ihr über die Wangen.

»Ich gehe weg von hier.« Sie schluckte. »Heute abend.«

Er überragte sie. »Das tust du *nicht*. Von hier weggehen! Ha! Wohin willst du denn gehen? Du dumme Pute. Du bist genau wie sie. Ganz genau wie sie.« Seine Wut wuchs. »Hier bist du zu Hause, und hier wirst du bleiben.«

Brenda zitterte am ganzen Körper.

»Ich bin dein Vater. Du wirst tun, was ich sage.« Er begann, seinen Gürtel zu öffnen. »Und wenn du dich weigerst, mir zu gehorchen, dann werde ich ...«

»Nein. Nein, das wirst du nicht.« Sie sprang von der Couch auf. »Du wirst mich nie wieder schlagen. Nie wieder.«

»Was?!« Er torkelte auf sie zu und hob die Hand. Brenda duckte sich. Er war so betrunken, daß er sie verfehlte und beinahe gestürzt wäre.

Plötzlich fühlte sie sich ganz ruhig. Sie hatte die Kontrolle.

»Ich gehe jetzt in mein Zimmer«, sagte sie gelassen. »Ich gehe meine Sachen packen. Und dann gehe ich durch diese Tür. Du kannst nichts tun, um mich aufzuhalten.«

Er war rot im Gesicht, und aus aufgequollenen Augen starrte er sie wütend an.

»Ich kann nichts tun?« brüllte er. »Nein? Das werden wir ja sehen.«

Jetzt hatte er seinen Gürtel abgenommen und schwang ihn drohend.

»Ein paar Hiebe damit, meine Kleine, und du wirst nicht mehr so vorlaut sein.«

Er wollte nach ihr schlagen, aber Brenda hob einen Fuß. Sie trat ihn. Hart. Zwischen die Beine. Später konnte sie sich nicht erinnern, wo sie die Kraft hergenommen hatte. Aber sie hatte es getan. Er sank in sich zusammen.

Brenda sah zu, wie er zu Boden fiel, die Hand zwischen den Beinen. Er stöhnte und wand sich vor Schmerzen.

Sie sah auf ihn herab. Der große Mann. Die sabbernde, jämmerliche Parodie auf ein menschliches Wesen. Ihr Vater.

»Du bist erbärmlich«, sagte sie leise. »Erbärmlich.«

Sie warf ein paar Kleidungsstücke in eine Sporttasche. Alles, was sie wollte, war, aus diesem Haus herauszukommen.

Weg von ihm.

Sie mußte wieder durch das Wohnzimmer. Sie hatte Angst, aber sie war entschlossen, sich durchzusetzen. Bereit, sich zu verteidigen. Sie würde ihn schlagen, wenn das nötig war. Im Raum war es dunkel. Sie knipste das Licht an.

Er war nicht da.

Die Lampe vom Couchtisch lag umgefallen auf dem Boden. Sein Gürtel, über einem Sessel hängend, war eine schockierende Erinnerung an seine Brutalität. Er hatte den Zeitungsständer umgeworfen. Aus Wut oder Betrunkenheit, sie war nicht sicher. Und es war ihr egal.

Sie kam auf den Treppenabsatz. Seine Schlafzimmertür war nur angelehnt. Ein gedämpftes Wimmern. Sie schlich zur Tür. Er lag auf dem Bett, mit dem Rücken zu ihr. Er stöhnte und sprach dazwischen mit sich selbst.

»Es ... es tut mir leid. Es tut mir leid, Carol. Ich wollte das nicht. Ich wollte dir niemals wehtun. Du hast mich dazu getrieben.«

Herrgott, was redete er da?

Vorsichtig ging sie einen Schritt in das Zimmer hinein. Er wandte ihr noch immer den Rücken zu. Er ächzte und wimmerte und murmelte vor sich hin. Sie konnte die Worte kaum verstehen.

»Nein, Carol. Du warst jung ... du hättest das nicht tun sollen. Du hättest mich nicht verlassen sollen. Es war ... es war deine Schuld.«

O Gott.

Er umklammerte etwas. Was?

Das gerahmte Foto ihrer Mutter.

»Ich habe dich geliebt, Carol. Du warst die einzige Frau, die ich je geliebt habe. Aber du warst grausam. So grausam.«

Brenda hielt den Atem an.

»Ich habe das nie gewollt. Du hast mich dazu getrieben. Ich habe dich geliebt.«

Er schrie in das Kissen. Ein lauter, durchdringender Schrei. Dann schleuderte er das Foto durch den Raum. Es traf den Kleiderschrank. Das Glas zersplitterte, und der Rahmen fiel zu Boden. Wütend drehte er sich um. Speichel tropfte von seiner Unterlippe. Er rollte die blutunterlaufenen Augen – wie ein Tier. Dann sah er sie. Seine Tochter. Mit entsetzten Augen starrte sie ihn an.

»Brenda. Komm her!«

Sie rührte sich nicht.

»Komm her.«

Verzweifelt ruderte er mit den Armen. Er war zu betrunken, um sich aufzusetzen.

»Komm her, du kleine Schlampe.«

Brenda machte auf dem Absatz kehrt und polterte die Treppe hinunter. Sie riß die Tür im Flur auf und rannte hinaus in die Nacht.

Brenda schaute die Straße hinunter. Bei Coyle's brannte noch Licht. Wie spät war es? Sie sah auf ihre Uhr. Viertel vor zwölf. Wohin sollte sie gehen? Wer würde ihr helfen?

Eleanor Ross.

Eleanor war ihre Freundin. Sie hatte ihr zugehört, und sie würde es wieder tun. Eine vernünftige Frau. Praktisch. Brenda brauchte Rat. Wer konnte ihr besseren Rat geben als Eleanor Ross?

Sie ging bis zur öffentlichen Telefonzelle. Sie zitterte noch immer, als sie die Tür hinter sich zuzog. Sie kramte in ihrer Tasche nach Kleingeld, nahm den Hörer ab und wählte die Nummer von The Lodge.

»Hallo, Victoria Laffan. Was kann ich für Sie tun?«

Brenda versuchte, die Stimme zu senken. Sie wollte nicht erkannt werden. »Könnte ich bitte mit Eleanor Ross sprechen?«

Eine Pause.

»Eleanor Ross. Ist sie da?«

»Es tut mir leid«, sagte die Stimme kühl. »Mrs. Ross ist im Augenblick nicht im Hause. Darf ich fragen, wer anruft?«

»Wissen Sie, wann sie zurückkommt?«

»Nein, ich fürchte nicht. Und wenn ich es wüßte, dürfte ich es nicht sagen, solange ich nicht weiß, wer anruft.«

Brenda hätte ihr am liebsten gesagt, sie solle sich verpissen.

»Möchten Sie eine Nachricht hinterlassen?«

Brenda legte auf.

Verdammt! Wo war Eleanor? Im O'Meara's? Sie würde es versuchen. Nein, nicht so, wie sie aussah, mit verheultem Gesicht und wahrscheinlich auch blauen Flecken. Sie hatte nicht in den Spiegel geschaut – keine Zeit –, aber sie konnte fühlen, wie ihre Wange schmerzte. Morgen würde sie für ihre Tapferkeit einen schönen, großen blauen Fleck vorzuweisen haben. Ihr Vater würde es nicht Tapferkeit nennen. Er würde ihre Vergeltung als Aufsässigkeit auslegen.

Sie faßte an ihre Backe und zuckte zusammen. So konnte sie sich in der Öffentlichkeit nicht sehen lassen. Das würde noch mehr Probleme nach sich ziehen. Fragen. Klatsch.

Nein, O'Meara's kam nicht in Frage.

Und wenn sie nach The Lodge hinaufginge? Konnte sie Richard um Hilfe bitten? Nein, es wäre unfair, ihn da hineinzuziehen.

O Gott, was sollte sie nur tun?

Eleanor Ross würde es wissen. Sie mußte Eleanor finden. Aber wo, zum Teufel, *war* sie?

Fünf vor zwölf. Lange konnte sie nicht mehr ausbleiben. Am besten würde es sein, wenn Brenda nach The Lodge ging und dort wartete.


Brenda versteckte sich in dem Gebüsch am Tor. Sie fror jetzt. Sie fror und fühlte sich elend. Ihre Zähne klapperten. Der Schock? Höchstwahrscheinlich. Sie konnte nicht glauben, was heute abend passiert war. Es waren nicht die Schläge. Daran war sie gewöhnt. Es war sein irres Gerede, das sie entsetzt hatte. Schwachsinnig. Sie hatte ihn nie zuvor so gesehen.

Hysterisch hatte er vor sich hingebrabbelt, als höre ihre Mutter ihm zu. War das der Alkohol? Konnte er bewirken, daß man Wahnvorstellungen hatte? Oder ... nein, nein. Er hatte es nicht tun wollen. Das hatte er gesagt. Er hatte den Namen ihrer Mutter gerufen und gesagt, er hätte es nicht tun wollen. Was tun?

Was?

Großer Gott, war das möglich? War das wirklich möglich?

Hatte ihr Vater ... hatte er ihre Mutter umgebracht? War er dazu fähig?

Brenda zog ihre Strickjacke eng um ihren zitternden Körper. Dann sah sie die Scheinwerfer, die sich näherten. Sie zog sich wieder in die Büsche zurück.

Aidan bog in die Einfahrt und stellte den Motor ab.

»Es war toll, Ellie. Ich habe mich seit Ewigkeiten nicht mehr so wohl gefühlt.«

Eleanor lächelte. »Ich auch nicht. Das müssen wir wieder tun.«

Er beugte sich hinüber und küßte sie leicht auf den Mund.

»Wir sehen uns morgen«, flüsterte sie. »Kommst du zum Frühstück herunter?«

»Ja. Vielleicht habe ich sogar Dienst. Man kann nie wissen.«

»Ich esse gewöhnlich Spiegeleier.« Sie grinste. »Aber ein Ständchen brauchst du mir nicht zu bringen!«

Brenda verließ der Mut. Sie sah Eleanor Ross aus dem Auto steigen und ins Haus gehen. Es war nicht Richard, der am Steuer saß, wie sie zuerst gedacht hatte. Aidan Brady. Sie hätte es wissen müssen. Das hatte ja nicht lange gedauert, nicht? Erst drei Tage war er wieder hier und hatte es schon geschafft, sie herumzukriegen. Seine alte Freundin. Gott, war denn keine Frau vor ihm sicher?

Brenda traute ihm nicht. Ihre Mutter hatte ihn gemocht. Ihn oft gesehen. Hatte geschworen, sie seien nur gute Freunde. Bloß gute Freunde. Aber das mußte sie ja sagen, nicht? Sie hätte ihrer Tochter kaum erzählt, daß sie ein Verhältnis hatte.

Was, wenn ihr Vater recht hatte?

Wenn alles, was ihr Vater sagte, stimmte? Ihre Mutter war jung und vital gewesen. Sie hatte sich gern amüsiert – Spaß gehabt. Und mit wem konnte man das besser als mit Aidan Brady?

Je mehr sie darüber nachdachte, desto überzeugter wurde sie. Ihre Mutter hatte gelogen. All die Jahre hatte sie nichts als Lügen erzählt. Sie *hatte* ein Verhältnis mit Aidan Brady gehabt. Die halbe Zeit war sie oben in The Lodge gewesen oder hatte Spaziergänge im Wald gemacht. Warum hatte sie so viel Zeit in diesem Wald verbracht? Heimliche Treffen mit ihrem Liebhaber, darum.

Deshalb hatte Aidan Brady sich neulich abends auch so unwohl gefühlt. Sie erinnerte ihn an ihre Mutter.

Brenda war angewidert.

Er war ein Lüstling. Das sagten alle. Warum hatte sie das vorher nie geglaubt? Weil sie es nicht glauben wollte. Sie wollte sich dem nicht stellen. Ihre Mutter war ... sie war ... schlecht.

Sie war im Wald ermordet worden. Ermordet, weil sie schlecht war. Und ihr Vater hatte es getan. Er war eifersüchtig. Konnte es nicht mehr ertragen. Diese Vorstellung war so schmerzhaft, daß Brenda wußte, sie war richtig.

Ihr Vater hatte ihre Mutter ermordet.

Würde sie es sagen? Wem konnte sie es sagen? Eleanor Ross? Ihrer neuen Freundin Eleanor. Schöne Freundin! Es war hoffnungslos. Wie alle anderen Frauen war sie auf ihn hereingefallen.

Brenda brauchte sie nicht. Sie brauchte jetzt überhaupt niemanden. Sie war allein. Sie stand in der Dunkelheit der Nacht und weinte bittere Tränen.


Eleanor summte vor sich hin, während sie sich abschminkte. Was für ein Abend! Nichts hob die Lebensgeister mehr als ein bißchen Romantik. Sie konnte gar nicht erwarten, daß Mona aus Lanzarote zurückkam, um ihr die Neuigkeit zu berichten. Mona würde es nicht glauben. Sie konnte es selbst kaum glauben.

Nach Coill zu kommen, war die beste Entscheidung, die Eleanor je getroffen hatte. Ein neues Leben ... das hatte sie sich gewünscht, und sie hatte es bekommen.

Jemand klopfte sacht an ihre Tür.

Aidan? Ihr Herz tat einen Satz.

Leise drehte sie den Schlüssel um und öffnete.

Victoria Laffan.

Bevor Eleanor ein Wort sagen konnte, drängte sich ihre Gastgeberin an ihr vorbei.

»Mrs. Ross, hätten Sie vielleicht einen Augenblick Zeit?« Eleanor bemerkte den strengen Ausdruck. »Ms. Laffan, ich wollte gerade ...«

»Ja, ja, zu Bett gehen. Ich weiß. Es wird nicht lange dauern.« Sie setzte sich auf den Stuhl mit der hohen Rückenlehne.

Eleanor ärgerte sich. »Bitte, Ms. Laffan, Sie können hier nicht hereinschneien, wann es Ihnen paßt, und ...«

»O doch, ich kann, Mrs. Ross.« Sie verschränkte die Arme. »Ich kann tun, was ich möchte. Dies ist mein Haus, und Sie gehören zu meinem Personal.«

»Wie bitte?«

»Sie gehören zu meinem Personal«, wiederholte Ms. Laffan, jede Silbe betonend. »Ich mißbillige es, daß Sie sich mit meinem Schwager treffen.«

»Wirklich, Ms. Laffan«, sagte Eleanor empört, »ich sehe nicht, was Sie das angeht. Mein Privatleben ist genau das – privat.«

»So einfach ist das nicht, fürchte ich.« Ms. Laffan schob sich eine Haarsträhne aus der Stirn. »Dies ist meine Familie. Mein Schwager ist dem Andenken meiner verstorbenen Schwester verpflichtet. Auch wenn *er* das nicht findet.«

»Ms. Laffan«, fuhr Eleanor fort und sah ihr dabei fest in die Augen, »aus Höflichkeit Ihnen gegenüber möchte ich etwas erklären. Aidan und ich sind alte Freunde. Ich habe die Absicht, mich mit ihm zu treffen, wann und wo ich will. Sie haben absolut kein Recht, über ihn zu urteilen, und über mich schon gar nicht. Sie irren sich, wenn Sie denken, daß Sie ...«

Ms. Laffan stand auf. »Ich irre mich sehr selten, das versichere ich Ihnen. Sie sind hier, um sich um meine Mutter zu kümmern. Darf ich Sie daran erinnern, daß Sie dafür freie

Kost und Logis erhalten? Als ich Sie eingestellt habe, habe ich natürlich gedacht, Sie würden meine Wünsche als Ihre Arbeitgeberin respektieren.«

Das war allerhand!

»Ms. Laffan, ich weiß wirklich nicht, woher Sie den Gedanken nehmen, ich gehörte zu Ihrem Personal. Nein, unterbrechen Sie mich freundlicherweise nicht. Ich habe Sie auch zu Ende angehört. Wenn Sie glauben, daß Sie berechtigt sind, sich irgendwie darin einzumischen, wie ich mein Leben führe … dann fürchte ich, daß unser Arbeitsverhältnis hiermit beendet ist.«

Victoria starrte sie an. »Drohen Sie mir, Mrs. Ross?«

»Keineswegs. Ich sage nur, daß …«

»Sie weigern sich, meinen Wünschen zu entsprechen. Das sagen Sie doch, Mrs. Ross. Und jetzt versuchen Sie, mich emotional zu erpressen, indem Sie drohen, meine Mutter im Stich zu lassen.«

Eleanor wollte etwas erwidern, aber Victoria gab ihr keine Gelegenheit dazu.

»Abgesehen von meinen persönlichen Bedenken warne ich Sie, zu Ihrem eigenen Besten. Aber wenn Sie darauf bestehen, ihn zu sehen und eine alte Dame zu verlassen, die Sie liebgewonnen hat, die sich auf Sie verläßt … dann ist das Ihre Entscheidung.«

»Ms. Laffan!« Eleanor wollte sich das nicht anhören. »Ich habe nicht den Wunsch, Ihre Mutter zu verlassen, aber ich lasse mich nicht … unter Druck setzen und schikanieren.«

»Wie können Sie es wagen! Schikanieren? Das wagen Sie mir vorzuwerfen?«

»Seien Sie doch vernünftig, Ms. Laffan, ich …«

»Genug! Ich gebe Ihnen eine Woche Zeit, Mrs. Ross. Dann möchte ich Sie nicht mehr in meinem Haus haben.«

Eleanor öffnete die Tür. »Kein Problem, Ms. Laffan. Wenn es das ist, was Sie wollen.«

Victoria rauschte an ihr vorbei in den Korridor. Sie drehte

sich um und warf Eleanor einen verächtlichen Blick zu. »Ich bin sehr enttäuscht von Ihnen, Mrs. Ross. Sehr enttäuscht.«

»Gute Nacht, Ms. Laffan.«

Eleanor schloß die Tür.

Die Frau war verrückt. Vollkommen verrückt. Wie und wann hatte sie sich in den Kopf gesetzt, Eleanor gehöre zu ihrem Personal? Glaubte sie ernstlich, freie Kost und Logis gäben ihr das Recht, Eleanor Vorschriften zu machen? Gut. Morgen würde sie sich nach einem Cottage erkundigen. Und Victoria Laffan konnte ihr ... Aber was war mit Mrs. Laffan? Die konnte sie nicht im Stich lassen. Sie würde morgen mit Aidan reden. Sehen, was er dazu zu sagen hatte.

Aidan schaltete seine Nachttischlampe aus. Eleanor. Was für ein Gewinn, sie hier zu haben! Er würde sehr vorsichtig mit ihr umgehen müssen. Sie hat einen Argwohn gegen Männer, dachte er. Er mochte sie. Mochte sie wirklich. Sie war intelligent, witzig, unterhaltsam.

Ihre Ehe hatte sich nicht allzu glücklich angehört. Sie hatte zwar nicht viel gesagt, aber er konnte zwischen den Zeilen lesen. Sie war eine seltsame Mischung – warmherzig und freundlich, aber ein bißchen verklemmt. Sie waren keine Kinder mehr, und er wollte sie in seinem Bett haben, aber er würde sie nicht drängen. Sie hatten viel, viel Zeit.

Eleanor schlief lange und verpaßte das Frühstück. Auch gut, denn sie wollte ihre Gastgeberin heute morgen nicht sehen. Sie konnte keine weiteren Unfreundlichkeiten ertragen. Aber sie hatte auch Aidan verpaßt, und den mußte sie sehen. Sie duschte und wusch sich die Haare.

Niamh Byrne nahm sich vor, anders mit Mrs. Ross umzugehen. Besser, sich bei den Gästen beliebt zu machen. Sie beschloß, ihr eine Tasse Kaffee nach oben zu bringen. Sie klopfte an die Tür von Nummer vier.

238

Eleanor öffnete und sah sich Niamh mit einem Tablett gegenüber.

»Morgen. Ich dachte, Sie könnten eine Tasse vertragen. Haben Sie gut geschlafen? Ach, und ich habe Ihnen die Morgenzeitung gebracht.«

Das Mädchen war voller Überraschungen. »Danke, Niamh.«

Als sie das Tablett nahm, bemerkte Eleanor ein gefaltetes Blatt Papier auf dem Teppich. Jemand hatte ihr eine Nachricht durch die Tür geschoben.

*Hallo, Schlafmütze,*
*bin geschäftlich mit Rich nach Bray gefahren. Wir sehen*
*uns später. Arbeite nicht zuviel. Vielleicht könnten wir*
*heute abend ins Kino gehen?*
*Alles Liebe,*
*Aidan.*

Ins Kino. Warum nicht? Sie konnte sich nicht erinnern, wann Sie zuletzt im Kino gewesen war.

Victoria Laffan machte sich um den Sessel ihrer Mutter herum zu schaffen. Eleanor sah mit einem Blick, wie bestürzt sie war.

»Mrs. Ross«, sagte sie steif, »die Dinge haben eine Wendung zum Schlimmeren genommen. Tut mir leid, das zu sagen, aber Mutter hat ihren Sessel naß gemacht.«

Die alte Dame errötete. »Ich wollte das nicht, Vi. Ich konnte nichts dagegen machen.«

»Ich weiß, Mutter, ich weiß«, sagte Victoria müde.

»Gehen Sie und ruhen Sie sich aus«, flüsterte Eleanor ihr zu. »Ich übernehme sie.« Sie wollte nicht, daß Granny Laffan sich noch mehr aufregte, als sie es schon tat.

»Sind Sie sicher, Mrs. Ross? Werden Sie zurechtkommen?«

Victoria benahm sich sehr anders als letzte Nacht. Sie war fast unterwürfig.

»Ich bin sicher«, beharrte Eleanor und drängte sie zur Tür. Victoria schien erleichtert, daß sie sie ablöste.

Eleanor wußte, was sie dachte. Inkontinenz konnte das nächste Stadium sein, und mit dem Gedanken wurde Victoria nicht fertig. Das machte es noch schwerer, sich um ihre Mutter zu kümmern.

Eleanor wechselte mit möglichst wenig Getue Mrs. Laffans Kleidung und vergewisserte sich, daß sie es trocken und bequem hatte. Die alte Dame war gedemütigt.

»Nun habe ich schon wieder etwas verbrochen«, sagte sie unglücklich. »Werden Sie mir die Wahrheit sagen, Eleanor?«

»Wenn ich kann.« Eleanor zog ihr die Wolldecke über die Knie. Vielleicht würde sie wegen des offenen Fensters frieren, aber sie schloß es nicht. Mrs. Laffan liebte die frische Sommerluft, und Eleanor wollte den Raum von dem unverkennbaren Uringeruch befreien.

»Was ist mit mir los?« Die klagende Frage war herzzerbrechend.

Eleanor wich aus. »Ich weiß nicht genau, was Sie meinen.«

Iris Laffan lächelte traurig. »Ich *weiß*, daß mit mir etwas nicht stimmt, aber ich weiß nicht was. Victoria ist sehr mißgelaunt. Richard ignoriert mich, wenn ich ihn frage. Aber hinter meinem Rücken reden sie über mich, das *fühle* ich.« Sie hatte Tränen in den Augen. »Ich möchte niemandem zur Last fallen. Ich wollte nichts schmutzig machen. Ich bin nicht rechtzeitig auf die Toilette gekommen. Jesus, Maria und Josef, ist das nicht schrecklich? Was passiert eigentlich mit mir? Ich will keine Schwierigkeiten machen.«

Eleanor hatte Mitleid mit ihr. »Aber das tun Sie doch auch nicht«, sagte sie sanft.

»Ich bin verwirrt. Ich vergesse Sachen.«

»Das tun wir alle, Mrs. Laffan. Ich bin selbst schrecklich schusselig.«

»Das ist etwas anderes.« Sie war deprimiert. »Manchmal vergesse ich, wer Leute sind. Ich kann mich an nichts erin-

240

nern. Die halbe Zeit weiß ich nicht, wo ich bin. Und dann wieder kann ich mich an manches, was vor vielen Jahren passiert ist, erinnern, als wäre es gestern gewesen.« Sie hielt inne. »Ich wünschte, ich wäre zu Hause.«

»Das sind Sie, Mrs. Laffan. Dies ist Ihr Zuhause.«

Iris schüttelte den Kopf. »Nein, mein richtiges Zuhause. Da hat es mir gefallen ... mit meinen Eltern und meinem Bruder, Flor. Wo ist er jetzt? Ich vermisse ihn.«

Ein richtiges Zuhause. Donegal. »Warum sprechen Sie nicht mit Victoria darüber?«

»Nein, sie würde bloß ärgerlich. Sie sagt mir, ich müsse mich auf die Gegenwart konzentrieren. Ich *mag* die Gegenwart nicht. Ich mag nicht, was aus mir geworden ist. Ich würde Ardara gern wiedersehen, bevor ich sterbe.«

»Psst.« Eleanor legte der alten Dame einen Finger auf die Lippen. »Reden Sie nicht vom Sterben.«

»Warum nicht? Ich muß dem ins Auge sehen. Ich werde nicht jünger. Würden Sie mich dorthin begleiten?«

Sie sah Eleanor mit großen, runden Augen an. Eleanor dachte daran, wie schrecklich es war, von anderen abhängig zu sein. »Ich werde mit Richard darüber reden, das verspreche ich Ihnen.«

Es war ihr ernst. Warum sollte man der alten Dame nicht den einen Wunsch erfüllen, der ihr noch Freude machte? Wenn Richard – oder auch Aidan – fahren würde, würde Eleanor mitkommen. Natürlich mußte sie Victoria fragen.

»Sie werden mich nicht gehen lassen«, sagte Iris aufsässig. »Sie sperren mich ein. Ich bin eine Gefangene.«

Das stimmte. Das war sie wirklich.

»Wissen Sie was?« Sie starrte Eleanor an. »*Er* will mich in ein Heim stecken.«

»Nein, nein. Richard hat Sie sehr lieb. Er möchte Sie hierbehalten.«

Iris seufzte. »Nicht Richard, Richard ist ein Lamm. Der *andere*.«

Wieder Aidan. Jetzt würde sie anfangen, sich über Aidan auszulassen. »Ich glaube nicht, Mrs. Laffan. Warum sollte er das wollen?«

»Weil er hier alles übernehmen will, darum. Victoria hat es mir gesagt. Es ist nur eine Frage der Zeit. Zuerst will er mich loswerden. *Dich* ist er ja auch losgeworden, nicht? Laß mich nicht wieder allein, Lorna.«

»Ich werde Sie nicht verlassen«, versprach Eleanor.

»Das hast du schon einmal gesagt. Aber du bist gegangen.« Eleanor tätschelte der alten Dame die Hand. »Ich gehe nirgends hin. Keine Sorge.«

Granny Laffan lächelte, aber sie war nicht überzeugt.

»Ich bin müde. Stell das Band an, Liebes. Manchmal ist es schöner, in einem Buch zu leben. Man kann sich selbst vergessen.«

Sie schloß die Augen und ließ sich von der Stimme des Sprechers einlullen. Sie atmete ruhiger, und sie war friedlicher. Es war unheimlich, als das Band die Stelle erreichte, wo Heathcliff von seinen geheimnisvollen Reisen zurückkehrt:

»*Ein böses Tier streifte umher ... und wartete auf den Moment, loszuspringen und zu zerstören.*«

Eleanor schauderte. Sie stand auf, um das Fenster zu schließen. Im Zimmer war es sehr kalt geworden.

# 15

Granny Laffan zuliebe beschloß Eleanor, in The Lodge zu bleiben. Sie wollte nicht weggehen. Sie war oft mit Aidan zusammengewesen: Kinobesuche, Abendessen bei Kerzenlicht, Sonntagsausflüge, Spaziergänge in Powerscourt und Avondale. Es war ein schöner Sommer geworden.

Eines Morgens nach dem Frühstück sprach Eleanor mit Ms. Laffan darüber, mit Granny Laffan nach Donegal zu fahren. Ms. Laffan war unnachgiebig.

»Das, Mrs. Ross, kommt leider nicht in Frage. Die Reise würde ihr den Rest geben.«

»Aber sie möchte wirklich fahren«, beharrte Eleanor. »Sie würde ihre alte Heimat gern wiedersehen.«

Ms. Laffan nahm ihre Lesebrille ab und rieb sich die Augen.

»Mrs. Ross, vor ein paar Jahren *sind* wir mit ihr nach Ardara gefahren, und sie hat sich schrecklich aufgeregt. Die alte Heimat – wie Sie das nennen – gibt es längst nicht mehr. Das Haus wurde schon vor Jahren abgerissen. Die neuen Besitzer haben auf dem Grundstück einen Bungalow gebaut. Sie waren nett und haben uns zu einer Tasse Tee eingeladen – sehr gastfreundlich von ihnen. Aber Mutter war total verwirrt. Alles, was sie gekannt und geliebt hatte, war verschwunden; das alte, einstöckige Steinhaus, ihr Gemüsegarten, der Obstgarten hinter dem Haus. Alles fort. Ihre Erinnerungen waren zerstört. Sie hat danach tagelang geweint. Ich könnte ihr das nicht noch einmal zumuten.«

Dies ließ die Sache in einem anderen Licht erscheinen.

»Sie ist jetzt besser dran«, fuhr Victoria fort, »sie glaubt, das Haus wäre noch da und würde auf sie warten. Und ich nehme an, in gewisser Weise tut es das auch.«

Können Dinge real sein, wenn sie nur in unserem eigenen Kopf existieren?

»Was ist mit ihrem Bruder, Flor?«

»Er ist gestorben, nicht lange nach dem Verkauf des alten Hauses. Sie weiß das nicht mehr. Ich wäre dankbar, wenn Sie es nicht mehr erwähnen würden, ja?«

Victoria schnaubte. »Es kann gefährlich sein, die Vergangenheit aufzuwärmen, Mrs. Ross. Man schreitet besser voran.«

»Vielleicht – ich hatte ihr bloß versprochen, daß ich fragen würde.«

»Ich weiß. Keine Angst, sie hat das inzwischen sicher alles vergessen. Seien Sie einfach nett zu ihr. Sie kann nichts über längere Zeit im Kopf behalten – das haben Sie ja selbst gesehen.«

Vielleicht wußte sie schließlich doch, was für ihre Mutter am besten war.

»Mir ist klar, daß Sie ihr helfen wollten, und das weiß ich zu schätzen.«

»Ich mag sie sehr gern, Ms. Laffan. Ich wäre froh, wenn ich mehr für sie tun könnte. In vieler Hinsicht fühle ich mich hilflos.«

Victoria stand auf und ging zum Fenster. »Ich weiß, was Sie meinen.«

Sie wandte ihr den Rücken zu, aber Eleanor konnte die Belastung in ihrer Stimme hören.

»Ms. Laffan ... versuchen Sie, sich keine Sorgen zu machen.«

Victoria drehte sich um. Ihr Gesichtsausdruck war jetzt freundlicher.

»Es ist nicht leicht, Mrs. Ross. Und es wird noch viel schlimmer.«

Noch schlimmer?

»Wir werden es einfach durchstehen müssen. Ich bin dankbar für Ihre Unterstützung. Und jetzt muß ich weitermachen. Ich schreibe die Rechnung für die Familie Legrand. Sie reisen morgen ab.«

Ms. Laffan nahm ihren Quittungsblock vom Couchtisch. »Und wie kommen Sie mit dem Schreiben voran?«

»Ganz gut.« Besser, hier vorsichtig zu sein. »Ich habe den Entwurf und die ersten drei Kapitel an einige Verleger geschickt. Aber wahrscheinlich werde ich ewig nichts hören.«

»Trauerarbeit. Sie sagten mir doch, daß Sie darüber schreiben, nicht?«

»Das ist ein schwieriges Thema. Ich versuche, es so sensibel wie möglich anzugehen. Einige der Fälle, mit denen ich zu tun hatte, waren sehr traumatisch. Ein ganzes Kapitel werde ich dem Verlust von Angehörigen im Kindesalter widmen. Wir vergessen manchmal, daß Kinder trauern müssen. Früher haben wir alles daran gesetzt, ihre Trauergefühle zu unterdrücken und ihnen zu sagen, es sei alles in Ordnung. Aber es fällt ihnen extrem schwer, zu ... den Schmerz auszusperren. Um ehrlich zu sein, ich bin nicht sicher, ob ich meine eigenen Verlustgefühle schon verarbeitet habe.«

Victoria sah sie intensiv an. »Jeder von uns bewältigt das auf seine eigene Weise, meinen Sie nicht?«

»Ja, aber es gibt Strategien, die hilfreich sein können. Wenn man die Stadien der Trauer erkennt ... ach, was rede ich da. Tut mir leid, Ms. Laffan, ich sollte das besser aufschreiben, statt Ihre kostbare Zeit in Anspruch zu nehmen.«

»Trotzdem viel Glück dabei.« Ein hochmütiges Lächeln. Dann fügte Victoria hinzu: »Ich selbst mag diese Art von Büchern nicht sonderlich. Zuviel Fachchinesisch und oberflächliche Ratschläge. Wie ich schon sagte, jeder hat seine eigene Art, Trauer zu bewältigen.«

Die unvermeidliche Abfuhr. Eleanor ging zur Tür. »Na, ich sollte wohl besser wieder an die Arbeit gehen.«

»Ich hoffe, Sie werden nicht das ganze Wochenende arbeiten, Mrs. Ross. Sie brauchen ein bißchen Entspannung.«

»Nein, sicher nicht, Ms. Laffan. Heute nachmittag spaziere ich ins Dorf hinunter, und morgen machen Aidan und ich einen Tagesausflug nach Brittas Bay.«

Victoria sah nicht auf, als Eleanor den Wohnraum verließ.

Eleanor saß auf einer Bank auf dem Dorfplatz im Nachmittagssonnenschein. Sie wollte gerade ihre Zeitung aufschlagen, als Sergeant Mullen sich zu ihr gesellte.

»Hallo.« Er setzte sich neben sie. »Störe ich?«

»Nein«, sagte sie liebenswürdig, »ich kann Gesellschaft vertragen. Haben Sie irgend etwas von Brenda Boylan gehört, Sergeant? Ich mache mir wirklich Sorgen um sie. Drei Wochen ohne ein Wort. Neulich habe ich versucht, ihren Vater zu fragen, aber er hat gesagt, ich soll mich um meine eigenen Angelegenheiten kümmern.«

»Ach, ich hätte Ihnen Bescheid sagen sollen. Meine Frau hat letzte Woche einen Brief von ihr bekommen.« Er bot Eleanor eine Zigarette an.

»Nein, danke, ich rauche nicht.«

»Sehr weise.«

Er zündete sich trotzdem eine an.

»Also, wo ist sie, Sergeant?«

»London. Wohnt bei dieser Freundin. Es geht ihr gut. Hat sich einen Job in einem Büro besorgt. So eine Art Versicherung, glaube ich.«

»Bestens.« Eleanor konnte ihre Erleichterung nicht verhehlen.

»Ich wußte gar nicht, daß Sie sich solche Sorgen machen, Mrs. Ross. Brenda kann für sich selbst sorgen. Das mußte sie schon lange. Und weit weg von hier geht es ihr besser ... aber ich bin sicher, das wissen Sie. Meine Frau sagt, Sie hätten sich etwas mit ihr angefreundet. Nettes Mädchen.«

»Ja. Ich mochte sie.«

»Sie hatte es schwer, seit ihre Mutter starb.« Er kratzte sich am Bein. »Sie hat Ihnen das sicher alles erzählt.«

»Ja, das hat sie.«

»Schreckliche Sache. Und wurde nie aufgeklärt, wissen Sie. Der Mord. Ach, sie haben die großen Tiere aus Dublin geschickt und all das. Trauten uns Landpolizisten nicht zu, daß wir einen Mordfall aufklären.« Er schnippte seine Asche auf den Boden. »Sie dachten, das sei zu hoch für uns.«

»Ach ja?«

»Aber die Schlaumeier konnten es auch nicht besser, nicht? Nein. Es gibt in Dublin genug ungelöste Fälle, um sie zu beschäftigen. Und dann diese *Vermißtenfälle*. Sollen sie doch zuerst vor ihrer eigenen Haustüre kehren, bevor sie herkommen und sich wichtig machen.«

»Ich nehme an, sie haben in solchen Dingen *tatsächlich* mehr Erfahrung«, sagte Eleanor in dem Versuch, ihn zu beschwichtigen. »Ich meine, es gibt hier in der Gegend doch sicher nicht viele Mordfälle.«

Er nahm ein schmutziges Taschentuch aus seiner Hemdtasche und schneuzte sich kräftig die Nase.

»Ja, das stimmt allerdings. Nicht so viele wie in *Ihrer* Gegend da oben.«

»Ja, die Kriminalität in Dublin ist entsetzlich«, mußte sie einräumen, »und es wird immer schlimmer. Ein großer Teil davon hat mit Drogen zu tun.«

»Aha! Sehen Sie! Das war die ganze Zeit meine Theorie. Ich habe gesagt, daß es einer von diesen Unterwelttypen war. Aber hat man auf mich gehört? Überhaupt nicht.«

Eleanor war verblüfft.

»Aber warum? Was sollte Carol Boylan mit so jemand zu tun gehabt haben?«

Er drückte seinen Zigarettenstummel aus.

»Darüber habe ich eigentlich mehrere Theorien«, sagte er verschwörerisch und starrte sie über den Rand seiner Brille hinweg an. »Sagen wir, es waren Drogen.«

»Drogen?«

»Ja. Dealen. Das bringt immer Probleme mit sich.«

Eleanors Stimme hob sich ungläubig. »Sie denken, Carol Boylan hätte mit Drogen gedealt?«

»Carol? Gedealt? Nein, überhaupt nicht.« Er stand auf und nahm Eleanor leicht beim Ellbogen. »Was würden Sie zu einem kleinen Drink sagen? Es ist an der Zeit, daß wir uns besser kennenlernen, und ich brauche jetzt einen Schluck.«

Sie hatte nichts dagegen und folgte ihm in den Pub. Der alte Mr. Coyle saß in einem schmutzigen, schmierigen weißen T-Shirt hinter der Theke. Sonst war niemand da. Das warme Wetter hatte seine Gäste fortgelockt. Ein paar Fliegen summten in der drückenden Hitze umher.

Der Sergeant bestellte für sich ein Glas Guinness und für Eleanor einen Gin Tonic. Er führte sie zum vorderen Fenster, öffnete es und setzte sich neben sie auf die lange Bank.

»Ach, das ist besser.« Mit dem schmutzigen Taschentuch tupfte er sich den Schweiß von der Stirn. »Also – was ich sagen wollte – Drogen. Denken Sie darüber nach. Der Zahnarzt hat doch sicher jede Menge Medikamente in seiner Praxis, nicht?«

Darauf war Eleanor nicht gekommen.

Er schlürfte sein Bier. »Das ist so offensichtlich wie die Nase in meinem Gesicht.«

Sein besonders roter Zinken war allerdings offensichtlich, dachte Eleanor unwillkürlich.

»Vermutlich sind sie ihr gefolgt ... haben sie bedroht.« Er zündete sich eine neue Zigarette an. »Gott weiß was.«

»Aber ich habe gehört, sie wäre ... äh, mißbraucht worden«, sagte Eleanor stockend.

Er verzog verschlagen die Oberlippe. »Dafür gab es nie einen Beweis. Ich habe sowieso nie an diese Theorie geglaubt. Allerdings ist sie an einem Sonntag umgebracht worden.«

Was hatte das damit zu tun?

»Es gab keine Anzeichen für eine gewaltsame Penetration, wenn Sie mir die Ausdrucksweise verzeihen. Ein paar blaue Flecken, aber nichts Bedeutsames. Der Pathologe hat sie sehr gründlich untersucht. Das steht alles im Bericht.«

»Was sagen Sie da?« fragte Eleanor und schnappte nach Luft. »Daß sie freiwillig Sex hatte ... mit ihrem Mörder?«

»Das habe ich nicht gesagt. Ich sage bloß, daß sie und ihr lieber Ehemann vielleicht am Sonntag nachmittag ein Schäferstündchen gehalten haben. Normalste Sache der Welt. Ich und meine Frau ziehen uns sonntags nachmittags immer ins Bett zurück.«

Eleanor dankte ihm nicht für diese Mitteilung oder für die Aufklärung über die ehelichen Gewohnheiten der Boylans.

»Geht doch nichts über ein Schäferstündchen am Sonntag nachmittag.« Lachend stieß er sie an. »Morgens erweist man dem Herrn die Ehre und nachmittags seiner Frau, das ist mein Motto. Ach, am Sonntag nachmittag kann man im Ehebett wirklich viel Spaß haben. Meine Frau ist eine tolle Frau.«

»Sergeant Mullen ...«

»Barry«, korrigierte er.

»Barry ... Ich bin nicht sicher, ob wir darüber reden sollten.«

»Ach, Mrs. Mullen hätte nichts dagegen. Sehr tolerant, meine Frau.«

Wieder ein Rippenstoß. Er gehörte zu diesen Leuten, die einen immer anfassen müssen.

»Nein«, erklärte sie, »ich meinte, wir sollten nicht über Carol Boylan reden.«

»Und warum nicht? Wir sagen ja nichts Schlechtes über die arme Frau. Nicht wie manche andere hier. Ach, die haben ganz schön über sie gehechelt, noch im Grab hatte sie keine Ruhe. Christliche Barmherzigkeit, Scheiße. Nein, mein einziges Anliegen ist es, ihren Mörder zur Strecke zu bringen.«

»Richtig.« Eleanor leerte ihren Drink.

»Zu meiner Zeit hatte ich selbst etwas für sie übrig.«

»Für Carol Boylan?«

»Ja. Alle Männer in Coill waren in sie verschossen«, sagte er wehmütig. »Sie kam als junge Frau hierher. Sie sah fabelhaft aus, das kann ich Ihnen sagen. Und sie war wirklich freundlich. Keiner konnte glauben, daß Old Frosty so einen Fang gemacht hatte.«

»Dr. Boylan?«

»Mmh. Er ist keine schlechte Haut, wenn man ihn kennenlernt, aber als Charmebolzen kann man ihn kaum bezeichnen ... und er hat seine Probleme.«

Eleanor hielt es für besser, dazu nichts zu sagen.

»Carol gab sich große Mühe, sich hier anzupassen, aber es hat nie funktioniert«, fügte der Sergeant hinzu.

Er rief Mr. Coyle und bestellte noch zwei Drinks. »Ich bin überzeugt, daß er mit der Zeit sehr eifersüchtig auf sie wurde.«

»Auf seine eigene Frau?«

»Ja. Sie mochte Leute, verstehen Sie? Sie war zu uns allen freundlich. Aber die Frauen mochten sie nicht. Diese Dora Byrne hat immer und überall über sie hergezogen. Meine Chrissie hat ihr deswegen mehr als einmal den Kopf gewaschen. Chrissie mochte Carol. Fand, sie brächte frischen Wind hier herein.«

Das Bild, das er zeichnete, spiegelte Brendas Schilderung ihrer Mutter wider.

»Sie hat sich gelangweilt«, sagte Sergeant Mullen entschieden. »Gelangweilt. Und das war natürlich nicht erlaubt. Die Alten hier in der Gegend sagten, sie sollte dankbar sein, daß sie einen guten Mann hatte. Ein schönes Zuhause.«

Der Sergeant glaubte, alles zu wissen. Sie würde ihn auf die Probe stellen. »Und *war* Dr. Boylan ein guter Mann?«

»Woher soll ich das wissen?« antwortete er zu ihrer Überraschung. »Keiner von uns weiß, was sich hinter verschlossenen Türen abspielt.«

Er stieg in Eleanors Wertschätzung.

»Wie Sie wissen, kippt er gern einen hinter die Binde. Verliert ein bißchen den Kopf, wenn er einen zuviel erwischt hat. Wird ein bißchen paranoid, wie man so sagt. Er mochte es nicht, wenn irgendeiner von uns ihr Komplimente machte. Brachte sie nicht mehr zu den Tanzabenden im Golfclub mit. Wurde verrückt, wenn jemand mit ihr tanzte. Billy Byrne – also, der war ein Scherzbold. Er zog Old Frosty mit seiner hübschen jungen Frau auf. Einmal ist Boylan auf ihn losgegangen.«

»Im Golfclub?«

Der Sergeant lachte.

»Nein, bei einem Basar im Kirchensaal. Wenn ich mich recht entsinne, war das eine von Iris Laffans kleinen Veranstaltungen. Sie war früher fabelhaft, wenn sie irgendwelche Sachen in der Pfarrei organisierte. Sie gründete das Damenkomitee. Zu ihrer Zeit war sie eine tolle Lady.«

Granny Laffan, wenn sie das Kommando hatte – Eleanor konnte es sich vorstellen.

»Sie können sich also ausmalen, wie Mrs. Laffan auf die ganze Sache reagierte. Daß der Zahnarzt und der Briefträger ihr so den Tag ruinierten. Außerdem war es ein scheußlicher Streit. Man mußte sie voneinander losreißen.«

»Das ist nicht Ihr Ernst.«

»O doch, es ging ziemlich verrückt her. Man mußte Dora Byrne daran hindern, in die Prügelei einzugreifen. Sie ist eine bösartige kleine Hexe, wenn sie einmal in Fahrt ist.«

»Mein Gott!« Eleanor stellte fest, daß die Geschichte sie faszinierte. »Und was passierte dann?«

»Der kühne Aidan Brady trennte sie. Und bekam dafür eine blutige Nase. Dann – dreist, wenn Sie wollen – brachte Aidan Carol Boylan nach Hause. Das war Stadtgespräch. Am nächsten Tag wurden seine Reifen zerstochen.«

Eleanor konnte es nicht glauben. »Von Dr. Boylan?«

»Nein, nein, dazu hätte er sich nicht herabgelassen. Das war Billy Byrne. Er war tödlich eifersüchtig auf Aidan Brady.

Das waren viele Männer. Aidan hatte wirklich Glück bei den Frauen.«

Wußte er von Aidan und ihr selbst?

»Und hat es *noch*, wie man hört.«

Sie schaute in die andere Richtung. Er wußte es also. Alle wußten es. In Coill war es unmöglich, ihre Beziehung zu Aidan zu verbergen. Es war ihr egal. Verdammt, das ging die Leute nichts an.

»Da, schauen Sie, wen der Wind hereinweht.« Der Sergeant zeigte hinter sie. Aidan kam zu ihnen. Ende dieses speziellen Gesprächs. Sergeant Mullen stemmte sich hoch.

»Hier, Aidan, Sie können meinen Platz haben. Ich muß wieder zu meinem Zank und Streit zurück.« Er zwinkerte ihnen zu. »Sie läßt mich immer nur ein paar Stunden gehen für den Fall, daß ich Unsinn machen sollte.« Noch ein Rippenstoß für Eleanor, und fort war er.

Aidan setzte sich und küßte sie auf die Wange. »Es ist zu schön, um hier in der Stube zu hocken.«

»Was schlägst du vor?«

»Na ja, laß mich ein Glas trinken, und wie wär's danach mit einem Spaziergang im Wald?«

»Gut.«

»Noch ein Gin Tonic?«

»Nein, danke, Aidan. Ich glaube, der letzte ist mir zu Kopf gestiegen.«

Er zwinkerte ihr zu und ging an die Bar.

Das war ein unerwartetes Vergnügen – ihn so zu treffen. War es Zufall, oder hatte er nach ihr gesucht? Sie schaute zu ihm hinüber und sah, daß der englische *Independent* in seiner hinteren Hosentasche steckte. Sie liebte es, dieses Kreuzworträtsel mit ihm zu lösen, so schwierig es auch war. Er forderte sie heraus, die richtige Antwort zu finden. Die halbe Zeit gelang ihr das auch, einfach um ihm zu trotzen. Aidan bildete sich ein, ihr intellektuell überlegen zu sein, und Eleanor mußte ihn ein bißchen zurechtstutzen.

Er kam mit seinem Bier zurück und legte einen Arm um sie.

»Aidan, mir ist ein bißchen schwindlig. Alkohol am Nachmittag bekommt mir nicht.«

Er näherte seine Lippen ihrem Ohr. »Ich habe nichts dagegen, nach ein paar Drinks wirst du immer etwas verliebter.«

Eleanor errötete.

»Ein Waldspaziergang. Wir könnten im Freien miteinander schlafen. Das würde Spaß machen, Ellie, und ich weiß genau die richtige Stelle.« Er fuhr mit der Hand an ihrem Schenkel hinauf. »Trau dich doch mal.«

Sie lachte. »Du bist unverbesserlich, weißt du das?«

Sie versuchte, es sich vorzustellen. Sie selbst – eine reife Frau mit beginnender Zellulitis, die sich nackt mit ihrem siebenundvierzigjährigen Liebhaber verlustierte. Er war verrückt. Absolut verrückt. Aber die Vorstellung war so haarsträubend, daß sie lächeln mußte.

»Aidan Brady, wirst du jemals erwachsen? Wofür hältst du mich?«

»Für eine sehr sinnliche Frau.« Er knabberte an ihrem Ohr. »Ich bin verrückt nach dir, Elllie.«

Sie erschauerte. So reagierte sie immer auf seine Berührung. »Hör auf! Mr. Coyle schaut uns an.«

»Wen kümmert das?«

»Mich, Aidan.«

»Okay. Also das Kreuzworträtsel.«

Eleanor stöhnte in gespieltem Abscheu, aber während der nächsten zwanzig Minuten befaßten sie sich mit dem Rätsel. »Komm schon, Ellie. Komm schon! Vier senkrecht.« Spielerisch stupste er sie an.

»Ich weiß es nicht!« zischte sie. »Warte. Ja. Ich hab's! ›Obelisk.‹ Das ist es. Trag es ein.«

Er kitzelte ihr Knie. »Gute Idee!«

»Aidan!«

»Ach, zum Teufel damit. Komm, Ellie, verschwinden wir von hier.«

»Okay, machen wir einen Spaziergang. Aber du wirst dich benehmen müssen.«

»Jawohl, Mrs. Ross, versprochen. Ich werde dich nicht anfassen – wenn du es nicht willst.«

Das war das Problem. Sie wollte es ja.

Noch ein kurzer Kuß auf die Wange. »Ich werde bis morgen warten. Hast du jemals im Meer Liebe gemacht?«

»Aidan Brady! Gibst du denn nie auf?«

»Nein. Nicht, bevor ich bekomme, was ich will!«

Er ging zur Herrentoilette, und Eleanor brachte die Gläser an die Theke, um Mr. Coyle die Mühe zu ersparen.

»Haben Sie heute nachmittag etwas Interessantes vor, Mrs. Ross?«

»Nur einen Spaziergang im Wald, Mr. Coyle. Es ist so ein schöner Tag.«

»Ja, ist es. Ich fürchte, ich kann nicht mehr viel spazierengehen.« Er polierte ein anderes Glas. »Wie ich höre, sind Sie in The Lodge gut untergebracht. Wie geht es Mrs. Laffan?«

»Recht gut.«

»Die Laffans sind sicher froh, Sie zu haben. Und Ms. Laffan?«

»Ihr ... geht es auch gut.«

Er hielt die Gläser unter den Wasserhahn. »Da wäre ich nicht zu sicher. Ich fand sie immer eigenartig. Aber im Grunde ist sie eine ordentliche Frau. Schuftet schwer. Sind im Moment viele Gäste da?«

»Alle Zimmer sind belegt.«

Aidan kam eilig zurück.

»Gott, ich kann sie nicht eine Minute allein lassen. Machst du etwa meine Freundin an, Paddy Coyle?«

»Daran würde ich im Traum nicht denken, Aidan. Mit Männern wie dir kann ich nicht konkurrieren.« Der Wirt wandte sich an Eleanor. »Sie nehmen sich besser in acht, junge Frau. Dieser Bursche ist gefährlich.«

»Ich weiß«, antwortete sie leichthin. »Ich weiß.«

16

Eleanor starrte sich in dem langen Garderobenspiegel an. Der schwarze Badeanzug war elegant. Ihre Brüste waren noch immer fest, aber sie wünschte sich einen etwas flacheren Bauch. Trotzdem war ihre Figur für eine Frau ihres Alters nicht übel. Sie zog ihre roten Shorts und ein schwarzes Top an. Fertig. Gar nicht so schlecht.

Der Gedanke, neben Aidan an einem sonnigen Strand zu liegen ... ihm so nah zu sein ... erregte sie – aber er erschreckte sie auch. Sie fühlte sich verwundbar. Sie hatte nicht die Absicht gehabt, sich in irgend jemanden zu verlieben. Sie hatte sich eingeredet, dieser Teil ihres Lebens sei vorbei. Sie war unabhängig, sie brauchte keinen Mann. Aidan Brady aber war nicht einfach irgendein Mann. Er hatte Gefühle in ihr geweckt, die lange geschlummert hatten. Aber was war, wenn sie wieder verletzt wurde?

Ein Klopfen an der Tür.

Aidan in engen Jeans und weißem Hemd mit offenem Kragen, das Haar aus der Stirn gekämmt. Unwiderstehlich.

»Eleanor, es gibt da etwas ...«

Sie trat zur Seite, um ihn ins Zimmer zu lassen. »Ja?«

»Victoria liegt im Bett. Es ... geht ihr nicht gut.«

»Ich habe mich schon gewundert, warum sie nicht beim Frühstück unten war.«

»Sie hat wieder ... Depressionen. Die Sache ist die. Richard ist mit Niamh Byrne nach Bray gefahren, und Iris ...«

»Aidan, wir können Granny Laffan nicht allein lassen. Wir müssen den Ausflug an den Strand aufschieben.«

»Ich habe das so satt.« Er kratzte sich am Kopf. »Es ist immer dasselbe.«

»Ist Victoria beim Arzt gewesen?«

»Sie weigert sich glattweg. Wenn sie morgen nicht wieder in Ordnung ist, werde ich darauf bestehen. Inzwischen werde ich mich um Granny kümmern.«

»Ich helfe dir.«

»Nein. Es wird nicht von dir erwartet, daß du sie an den Wochenenden betreust.«

»Das macht mir nichts aus, Aidan, wirklich.«

Er schüttelte den Kopf. »Nein. Du solltest dir den Sonntag nicht so verderben lassen.«

Eleanor hatte einen Einfall. »Warum nehmen wir sie nicht mit?«

Er sah sie verwirrt an.

»Granny Laffan. Laß sie uns mitnehmen, Aidan. Ein Ausflug würde ihr gefallen.«

»Sie mitnehmen? Daran hatte ich gar nicht gedacht.« Er überlegte. »Bist du sicher?«

»Absolut sicher.«

»Ich weiß nicht, Ellie. Sie ist ganz schön anstrengend.«

»Komm schon, es wird prima gehen. Aber wir brauchen einen Sonnenschutz für ihren Kopf. Ich möchte nicht, daß sie sich einen Sonnenstich holt. Sie hat einen Sonnenhut. Ich glaube, er ist in ihrem Kleiderschrank.«

Er nahm ihren Arm und zog sie an sich. »Du bist phantastisch, Ellie.«

Sie entwand sich seinem Griff. Sie wollte von ihm nicht zu hören bekommen, was für eine *wunderbare Frau* sie sei. Das hatte sie zu Anfang von Larry oft genug gehört. Sie machte sich inzwischen nichts mehr aus Komplimenten, und Aidan ging ein bißchen zu freigebig damit um.

»Aidan, suchst du den Sonnenhut?«

»Ja, und wenn ich ihn nicht finden kann, Rich hat eine alte Kappe von Manchester United, soviel ich weiß. Er hat früher Fanartikel gesammelt.« Einen Moment lang sah er mürrisch aus. »Aber sie wird sich vermutlich weigern, ihn aufzusetzen.«

»Sie muß einen Hut oder eine Kappe tragen, ob sie will oder nicht«, sagte Eleanor entschieden. »Ich werde ihr meine Sonnenbrille leihen.«

Sie packte ein Handtuch, ein zweites T-Shirt und Sonnenlotion in ihre Strandtasche. »Willst du sie fertig machen, oder soll ich das tun?«

»Das mache ich. Ich nehme auch ihre Decke mit. Wir sehen uns unten im Auto. Ach, übrigens, ich habe zum Mittagessen ein Picknick eingepackt. Kaltes Fleisch und so.«

Sie küßte ihn keusch auf die Wange, als sie aus dem Zimmer ging. »Du denkst an alles.«

Er drehte das Gesicht, um sie auf den Mund zu küssen, aber sie lachte und rannte davon, die Treppe hinunter. Die alte Dame kam also mit ihnen – auch gut. Wenn Aidan sie auch nur anrührte oder *sie* ihren niedrigeren Instinkten erlag, würde Granny Laffan sie mit ihrem dicken Stock aus Schwarzdornholz zur Ordnung rufen. Es gab keine bessere Anstandsdame als Granny Laffan.


Von dem Städtchen Wicklow aus fuhren sie auf der Küstenstraße nach Süden. Von dort bis Arklow gab es eine Menge herrlicher Sandstrände, die von Dünen geschützt waren. Die Fahrt war sehr komisch, denn Granny Laffan saß auf dem Vordersitz und sang aus voller Brust Kirchenlieder. Aidan hatte die Fenster geöffnet, weil es so heiß war, und andere Autofahrer warfen ihnen einige merkwürdige Blicke zu. Die Kappe von United war nicht nötig gewesen, Aidan hatte im Kleiderschrank ihren großen Strohhut gefunden und ein weißes Chiffontuch darüber gebunden, um ihn auf ihrem Kopf festzuhalten. Es fehlte nur noch ein Gewehr, und sie hätte auf Safari gehen können.

In Brittas Bay war die Hölle los. Eleanor erinnerte sich, warum sie an sonnigen Sonntagen gewöhnlich nicht an den Strand fuhr. Körper in verschiedenen Schattierungen von Weiß, Rosa bis Hummerrot lagen dicht gedrängt im Sand. Eleanor hakte Granny Laffan unter, die auf ihren Stock gestützt unsicher neben ihr herging. Da man im Sand einsank, fiel das Gehen nicht leicht. Aidan marschierte vorneweg und kämpfte mit einem Klappstuhl, einer Decke und dem Picknickkorb.

Sie fanden eine ruhige Stelle auf dem grasbewachsenen Rand einer Sanddüne. Aidan stellte den Stuhl an einen geschützten Fleck, und Granny Laffan ließ sich mehr oder weniger hineinfallen. Eleanor dachte, sie würde Aidan schlagen, aber sie kicherte. Sie fummelte an den Knöpfen ihrer Strickjacke herum.

»Zieh mir dieses verdammte Ding aus«, schrie sie. »Soll ich ersticken?«

Eleanor breitete die Decke an der flachsten Stelle der Düne aus. Sie zog ihre Sandalen aus und zuckte zusammen. Der heiße Sand verbrannte ihr die Fußsohlen. Während Aidan mit seiner Schwiegermutter beschäftigt war, zog Eleanor ihre Shorts und ihr T-Shirt aus. Als er sich umdrehte, saß sie auf der Decke und rieb ihre Beine mit Sonnencreme ein.

Er musterte sie anerkennend.

»Gib mir etwas zu trinken. Ich verdurste«, sagte die alte Dame.

Aidan öffnete den Korb, und Eleanor sah erstaunt, daß er einen Eisbehälter mitgebracht hatte. Sehr organisiert, dieser Mann.

»Cola oder Bier?« fragte er.

»Bier«, sagte Mrs. Laffan ohne Zögern. »Da du keinen Champagner hast. Und ich brauche kein Glas. Ich trinke gern aus der Flasche.«

Eleanor drehte das Gesicht zur Seite. Sie wollte die alte Dame nicht sehen lassen, daß sie lachte.

»Möchtest du auch etwas zu trinken?« flüsterte Aidan Eleanor zu.

»Noch nicht, danke.«

Sie rollte ihre Shorts und ihr T-Shirt zu einem Kissen zusammen und legte sich zurück. Glücklicherweise wehte eine sanfte Brise über ihren Körper und kühlte die heiße Haut. Sie schloß die Augen und wurde sich der Geräusche ringsum bewußt. In der nächsten Sanddüne lagerte eine Familie mit Kindern, die herumschrien und sich stritten. Draußen auf dem Meer kreischten Möwen. In einiger Entfernung ließ jemand laut einen Kassettenrecorder laufen. Weiter weg hörte man das unmelodische Glockenklingeln eines Imbißverkäufers.

Sie rückte zur Seite, um Platz zu machen, als sie spürte, daß Aidan sich neben sie legte. Sie hörte, wie er sich eincremte. Der Geruch der Lotion ... sein Rasierwasser ... seine Nähe. Sie spürte am ganzen Körper ein Prickeln. Musterte Aidan sie? Sie machte die Augen nicht auf.

Monas Telefonanruf gestern abend war sehr komisch gewesen. Die Reise nach Lanzarote war ein großer Erfolg – zumindest für Mona. Sie hatte gelacht, als sie Eleanor erzählte, wie Des im Morgengrauen hatte aufstehen müssen, um ihnen Liegestühle am Pool zu sichern. Kamelritte, organisierte Grillfeste und Sonnenbaden am windigen Strand – Eleanor war nicht neidisch.

Ihre Schwester war verblüfft gewesen, als sie gehört hatte, daß Aidan wieder in Eleanors Leben aufgetaucht war. Sie hatte darauf bestanden, nächstes Wochenende mit Des vorbeizukommen und sie beide zum Essen auszuführen. Wie würde das verlaufen? Vielleicht sollte Eleanor ihre Eltern auch einladen? Nein, das wäre vielleicht zuviel. Aber sie würde Aidan bald bitten, sie nach Dún Laoghaire zu fahren, um ihre Eltern zu besuchen. Sie würde sich einen ausführlichen Bericht über die große Londonreise anhören: Kew Gardens, Buckingham Palace, das Victoria and Albert Museum, die Tate Gallery. Mum würde in ihrem Element sein.

Eleanor träumte vor sich hin, und ihre Augenlider wurden immer schwerer.

»Hast du Lust zu schwimmen, Ellie?« Aidan beugte sich über sie und verdeckte die Sonne.

Sie rappelte sich zum Sitzen hoch, ein wenig desorientiert.

»Oh, ich muß eingeschlafen sein.«

»Du bist nicht die einzige.«

Er wies auf Granny Laffan, die schlaff auf einer Seite ihres Stuhls hing und schnarchte. Er reichte Eleanor eine geöffnete Dose Cola.

»Oder willst du lieber ein Bier?«

»Nein, das hier ist gut.«

Ihr Mund war trocken. Sie trank aus der Dose und verschüttete etwas Cola auf ihrem Badeanzug. Aidan nahm eine Serviette und tupfte ihre Brust ab – langsam. Sie spürte, wie ihre Brustwarzen hart wurden. Und auch die Hitze hatte eine eigenartige Wirkung auf sie. Sie verspürte einen überwältigenden Drang, ihn zu küssen.

»Komm ins Wasser«, sagte er. »Das wird uns abkühlen!«

»Aidan . . . äh, da ist etwas, was ich dir sagen muß. Ich kann nicht schwimmen.«

Er küßte sie auf die Stirn. »Das macht nichts. Ich werde auf dich aufpassen.«

»Was ist mit Granny Laffan?«

Aidan half ihr auf die Füße. »Für ein paar Minuten kann man sie allein lassen. Sie wird nicht aufwachen.«

Jetzt konnte sie ihn in seiner Badehose ganz sehen. Sein Körper war schlank und muskulös. Jungenhaft. Sie nahm seine Hand, und er rannte zum Strand hinunter und zog sie hinter sich her.

Sie erreichten das Wasser, und er machte sich los, stürzte sich in die Wellen und schwamm davon. Er war wie ein Fisch! Die Flut saugte an ihren Füßen, als sie zitternd am Rand stand. Das Wasser war eiskalt, und sie bekam eine

Gänsehaut. Ein großer schwarzer Hund kam aus den Wellen gelaufen, schüttelte sich kräftig und spritzte sie über und über naß. Sie schrie ihn an, er solle verschwinden. Sein Besitzer, ein Fettwanst, dem der Bierbauch über die aufreizend knappe schwarze Badehose hing, tauchte aus dem Wasser und sah Eleanor finster an.

Aidan kam zurück. Er lachte sie aus. »Was ist denn mit dir los?«

»Dieser verdammte Hund! Mir reicht es.«

»So ist das eben am Meer, Ellie. Man wird naß!« Er lachte wieder. »Komm schon.«

Er zog sie bis zur Taille hinein. Es gab einen großen Platscher, und das eisige Wasser nahm ihr den Atem.

»Warte, warte!« schrie sie, aber er wollte nicht hören.

Er zog sie weiter hinaus. Sie hatte Angst.

»Aidan, bitte.«

Jetzt reichte ihr das Wasser bis über die Brust. Sie geriet in Panik. Sie mußte mit den Füßen den Grund spüren. Er merkte, daß es ihr ernst war. Er legte einen Arm um ihre Taille.

»Ich passe schon auf, daß dir nichts passiert, Ellie.«

Sie brachte ein Lächeln zustande, war aber wie versteinert. »Ich möchte dahin zurück, wo es flacher ist.«

»Okay.« Er ging mit ihr ein paar Schritte zurück.

»Du mußt mich für eine richtige Idiotin halten.«

»Nein, tue ich nicht. Ich finde dich toll.«

Plötzlich packte er sie, und ehe sie ihn daran hindern konnte, preßte er seine Lippen fest auf ihre. Sie erwiderte seinen Kuß leidenschaftlich. Seine nasse Brust an ihrer, seine nassen Finger auf ihrem nackten Rücken, seine nassen, salzigen Lippen ... es war so sinnlich. Das Wasser um sie herum schäumte auf.

»He! Paß auf!«

Ein Kind mit einer Frisbeescheibe. Es hätte Eleanor beinahe umgestoßen.

Aidan stützte sie. »Alles okay?«

»Ja.« Von dem Kuß war ihr noch immer schwindlig.

»Kannst du flach auf dem Wasser liegen?«

»Nein«, gestand sie. »Ich habe es einmal versucht, aber als mir klar wurde, was ich da tat, bin ich ausgeflippt und habe den halben Ozean geschluckt.«

»Versuch es jetzt. Ich halte dich fest.«

»Kommt nicht in Frage.«

»Komm schon, Ellie.« Er legte ihr eine Hand in den Rücken und hielt ihre Taille. »Du brauchst bloß die Beine zu heben. Laß sie auf dem Wasser liegen.«

Sie wollte nicht töricht erscheinen, also tat sie es. Er hielt sie noch immer fest.

»So, und jetzt lehn dich im Wasser zurück. Leg dich hin.«

Eleanor machte sich steif.

»Ich laß dich nicht los«, versprach er. »Vertrau mir.«

Langsam ließ sie die Schultern rückwärts in die Wellen gleiten. Es war wunderbar.

»Kopf zurück, Ellie. Du machst das gut.«

Vorsichtig ließ sie den Kopf ins Wasser gleiten.

»Nicht loslassen. Nicht loslassen, Aidan.«

Sie hielt die Luft an. Das Wasser war jetzt wärmer. Einladend. Beruhigend. Ihr Körper trieb sanft in den leisen Wellen. Sie war leicht. Federleicht. Entspannt. Sie gab sich dieser neuen Empfindung hin. Aidan hielt ihre Hand.

*Aidan hielt ihre Hand.*

Was hielt sie dann an der Oberfläche?

Großer Gott! Sie ließ sich treiben. Ganz allein. Stolz stand er neben ihr. Sie war verwandelt. Sie war ebenfalls wie ein Fisch.


Der blaue Himmel, das schimmernde Meer, der gleißende Sand. Wunder der Natur. Und das kitzlige Gefühl von Gras unter ihren nackten Füßen. Samtig. Pelzig. Tropfen von Salzwasser glitzerten auf ihrer Haut. Ihr Haar war tropfnaß und kräuselte sich strähnig um Hals und Gesicht. Sie war die See-göttin. Sie war die Frau schlechthin. Sie fühlte sich *lebendig.* Als Teil des Wunders.

Hinter Aidan stapfte sie die Dünnen hinauf und herunter.

»Welche ist unsere?« rief sie ihm zu.

Alle Dünen sahen gleich aus.

»Da drüben, glaube ich.«

Eleanor hörte die Sorge in seiner Stimme. Sie hatten sich verirrt. Wo, zum Teufel, war ihre Düne? Und Granny Laffan? Sie waren viel länger im Wasser geblieben als geplant.

»Wir sind gleich da!« rief er ihr zu. »Ich sehe die Decke.«

Keuchend und schnaufend trabte sie hinter ihm her. Sie rannte den Abhang hinunter zu der Stelle, wo er stehenge-blieben war, sprachlos.

»Sie ist weg!«

Er zeigte auf den leeren Stuhl. Die Decke lag im Sand. »Gott, wo ist sie?«

Aidan war bestürzt. Sie gab ihm ihr Handtuch.

»Du gehst zum Auto zurück«, schlug sie vor. »Ich suche den Strand rechts von hier ab. Sie muß einen Spaziergang gemacht und die Orientierung verloren haben.« Eleanor ver-suchte, normal zu klingen.

»Und was, wenn sie ans Wasser gegangen ist, Ellie?« Er beschattete seine Augen und schaute zum Strand hinunter. »Ellie, sie könnte überall sein.«

Eleanor zog ihre Shorts über den nassen Badeanzug. »Geh schon, Aidan. Geh zurück zum Auto. Ich treffe dich dort in zehn Minuten. Wenn nötig, suchen wir zusammen den Strand nach ihr ab. Mach dir keine Sorgen. Sie kann nicht weit ge-kommen sein. Es ist ihr schon nichts passiert.«

Eleanor wünschte, sie könnte das glauben. Aidan stieg in seine Jeans und eilte davon. Sie stapfte durch den Sand, suchte jede Düne ab, fragte jeden, den sie traf, ob er eine alte Dame gesehen habe. Das trug ihr einige merkwürdige Blicke ein. Wer verlor schon eine Großmutter?

Nirgends war etwas von ihr zu sehen.

Eleanor machte sich Sorgen. Die alte Dame konnte ertrunken sein – oder gestürzt. Sie konnte irgendwo liegen, hilflos. Sie konnte zur Straße zurückspaziert und von einem Auto angefahren worden sein. Alles konnte passiert sein.

Weiter und weiter, durch das Gras, die sandigen Hänge hinauf und hinunter. Niemand hatte sie gesehen. Eleanor erntete nur verständnislose Blicke. Der Strand wurde länger und länger. Es war nutzlos.

Dann sah Eleanor ihn.

Ihren Gehstock – halb im Sand begraben. Aber wo war Granny Laffan? Eleanor kletterte über den Hang zur nächsten Düne.

Da war sie ... saß auf einem großen Felsblock ... und sang »Rule Britannia«!

Eleanor weinte fast vor Erleichterung. Dann hätte sie sie am liebsten geschlagen.

»Mrs. Laffan! Mrs. Laffan!« Sie rannte zu ihr und umarmte sie. »Wir haben Sie *überall* gesucht.«

Die alte Dame hörte zu singen auf, hob die Hand, um ihre Augen vor der Sonne zu schützen, und blinzelte zu Eleanor hinauf.

»Wer sind Sie?«

Oh, bitte! Nicht schon wieder.

Auf der Heimfahrt war er schweigsam. Er drehte das Autoradio auf, und Granny Laffan, des Durcheinanders, das sie verursacht hatte, völlig unbewußt, hüpfte im Takt der Musik auf und ab. Aidans Schultern waren angespannt. Vom Rücksitz aus streichelte Eleanor seinen Nacken. Sie wollte ihm begreiflich machen, daß sie verstand.

»Ich habe Hunger«, beschwerte sich Granny Laffan. »Versuchst du jetzt, mich verhungern zu lassen?«

Noch war Leben in der alten Fregatte.

»Aidan«, sagte Eleanor, »könnten wir irgendwo halten? Ich

bin auch hungrig.« Sie hatten die Idee aufgegeben, ein Picknick zu machen, und nach dem Vorfall den Strand verlassen. Er antwortete nicht, fuhr aber auf den Parkplatz des nächsten Pubs, an dem sie vorbeikamen.

»Ich muß auf die Toilette«, sagte Granny Laffan stolz, um sie wissen zu lassen, daß sie ihre Blase noch unter Kontrolle hatte.

»Du wirst mit ihr gehen müssen, Ellie«, sagte er entschuldigend.

»Kein Problem.«

Sie hatten große Schwierigkeiten, sie aus dem Auto zu bekommen – sie zogen und schoben, und Granny Laffan fluchte dabei kräftig auf sie. Aidan ging in die Gaststube, und Eleanor führte Mrs. Laffan zur Toilette. Eine lange Schlange stand davor. Eine alte Dame klopfte ungeduldig mit ihrem Stock auf den Boden. Eine schick gekleidete Frau lächelte Eleanor nachsichtig zu.

»So werden sie eben«, flüsterte sie.

Eine Kabinentür öffnete sich, und die Dame bestand darauf, daß sie zuerst hineingingen. Eleanor quetschte sich hinter Mrs. Laffan in den engen Raum und versuchte ihr zu helfen, ihren Schlüpfer herunterzuziehen. Das wurde unfreundlich aufgenommen. Mrs. Laffan stach mit ihrem Stock nach Eleanor.

»Geh weg, Lorna«, schrie sie. »Ich kann sehr gut allein pinkeln, danke!«

Eleanor drückte sich aus der Zelle und zog die Tür hinter sich zu. Ein paar Kinder kicherten. Sie hatten offensichtlich gelauscht und fanden es komisch. Eine andere alte Dame starrte Eleanor an, als habe sie ein Verbrechen begangen. Die Dame, die sie vorgelassen hatte, kam herüber und faßte Eleanor am Arm.

»Ich kenne das, meine Liebe. Meine Mutter. Es ist so traurig.«

Eleanor nickte ihr dankbar zu.

»Lorna! Komm her. Lorna! Ich kriege diese Tür nicht auf.«

»Ziehen Sie einfach leicht daran, Mrs. Laffan. Sie ist nicht abgeschlossen.«

Die Dame stieß die Tür auf und hätte Granny Laffan fast umgeworfen.

»Was fällt Ihnen denn ein? Für wen halten Sie sich?!«

Er bestellte ihnen Tellergerichte, Huhn mit Pommes frites. Eleanor war heißhungrig. Granny Laffan aß ebenfalls mit Appetit, aber Aidan stocherte nur in seinem Essen.

»Wir hätten sie nicht mitnehmen sollen«, sagte er düster. »Nie wieder.«

Iris Laffan beachtete sie überhaupt nicht. Sie amüsierte sich prächtig, sah sich um und lächelte jedermann huldvoll zu.

»Ich weiß nicht, Aidan. Ich glaube, wir haben es richtig gemacht. Schau sie dir doch nur an!«

»Nie wieder.« Er war erbost. »Zu gefährlich. Zuviel Verantwortung.«

»Ja«, stimmte Ellie zu, »wir hätten sie nicht allein lassen dürfen.«

»Du gibst mir die Schuld«, sagte er vorwurfsvoll. » *Ich* war derjenige, der das vorgeschlagen hat.«

Mit steinerner Miene sah Eleanor ihn an. »Es geht nicht um Schuld, Aidan. Ich bin diejenige, die sie mitnehmen wollte. Und ich denke immer noch, das war es wert.«

»Ach ja?« Er wandte den Blick ab.

»Laß uns nicht streiten, Aidan. Wir hatten einen schönen Tag.«

»Ja, das hatten wir.« Er sah sie wieder an. Sein Gesichtsausdruck wurde freundlicher. »Und er ist noch nicht zu Ende.«

»Was flüstert ihr denn da?« unterbrach Granny Laffan sie. »Redet ihr über mich?«

»Natürlich nicht«, sagte Eleanor. »Wir haben nur gesagt, was wir für einen schönen Tag hatten, Mrs. Laffan.«

»Einen schönen Tag.« Sie war verblüfft. »Ja?«
Aidan mußte lächeln.

Es war nach zehn, als Eleanor Granny Laffan zu Bett gebracht hatte und wieder zu Aidan in den Wohnraum kaum. Er hatte eine Flasche Rotwein geöffnet, saß auf dem Sofa und klimperte auf seiner Gitarre.

»Hallo! Alles in Ordnung?«

»Ja. Ich denke, sie wird schlafen. Die frische Luft heute hat sie müde gemacht. Was ist mit Victoria? Hast du nach ihr gesehen?«

Er stand auf und schenkte ihr Wein ein. »Sie schläft tief und fest. Sie muß eine Schlaftablette genommen haben. Oder ein Beruhigungsmittel.« Er reichte Eleanor ihr Glas. »Die Frau lebt von Tabletten.«

»Auch keine Lösung, nicht?« Sie nippte an dem Wein. Gut. Mild. »Sie steht unter großem Druck, Aidan.«

»Ich weiß, aber einen großen Teil davon erzeugt sie selbst.« Er nahm die Gitarre wieder auf, um sie zu stimmen. Die D-Saite klang ganz falsch. »Komm, Ellie. Hilf mir. Du hast ein gutes Ohr, wenn ich mich recht erinnere.«

Sie lächelte. »Ich habe dir doch gesagt, wie du es machen sollst. Summ einfach die ersten beiden Noten von ›The Minstrel Boy‹.«

Er tat es. Es funktionierte.

»Ja, das hast du mir vor Jahren gesagt. Mein Gott! Man darf gar nicht daran denken. Wir werden alt, Ellie.«

»So ist das Leben, Aidan. Und jetzt sing.«

Er nahm einen Schluck aus seinem Glas. »Was?«

»›While my guitar gently weeps.‹ Bitte!«

Er versuchte ein paar Anfangsakkorde. »Zu schwer.«

»Ach, versuch's doch, Aidan.«

Er lächelte sie an. »Ich bin aus der Übung. Warte. Hört sich das richtig an?«

Es hörte sich großartig an.

Eleanor lehnte sich in ihrem Sessel zurück, schloß die Augen und überließ sich seinem Gesang. Er hatte eine gute Stimme. Stark. Melodisch.

» *I look at you all, see the love there that's sleeping,*
*While my guitar gently weeps.* «

... Sie war wieder im Wohnzimmer ihrer Eltern. Sie war sechzehn Jahre alt, und sie war verliebt. Kaffeetassen und Kekse auf einem Tablett. Ein Oktoberabend. Sie hatte ihre Mathehausaufgaben zur Seite gelegt, und Aidan Brady spielte Gitarre. Saß auf ihrer Couch und spielte Gitarre. Er trug weiße Jeans und ein schwarzes Hemd. Das lange, schwarze Haar fiel ihm über den Kragen ...

Stille.

Sie öffnete die Augen. Er kniete vor ihr, nahm ihr Gesicht in seine Hände, sah ihr in die Augen. Ihre Lippen trafen sich. Sanft.

»Ellie, ich bin verrückt nach dir ...«

Diesmal küßte sie ihn, öffnete den Mund, erforschte seinen sanft mit ihrer Zunge. Sie knabberte an seinen Lippen. Sie streichelte seinen Nacken. Er stöhnte leise und schob die Hand unter ihre Bluse und ihren BH. Sie bekam eine Gänsehaut, und wieder richteten ihre Brustwarzen sich auf.

»Aidan ...«

»Ich liebe dich, Ellie ...«

Er begann, ihre obersten Knöpfe zu öffnen.

Sie zitterte vor Erregung. Sie küßte ihn wieder, leidenschaftlicher. Aidan hielt sie so fest, daß sie kaum atmen konnte. Sie wollte ihn *jetzt*.

Er fummelte am Reißverschluß ihres Rocks herum.

»Hallo! O ... G-G-Gott ... E-E-Entschuldigung!«

Richard.

Er stand mit offenem Mund da. »T-T-Tut mir schrecklich l-l-leid.«

Eleanor sprang hoch.

»Macht nichts.« Sie wandte sich ab, um rasch die Knöpfe

ihrer Bluse zu schließen. Sie war rot geworden. »Ich wollte gerade ins Bett gehen ... ich meine ... schon in Ordnung, Richard.«

Sie sagte gute Nacht und verließ eilig das Zimmer. Aidans Gesicht war finster.

Verdammt, verdammt, verdammt, verdammt! Eleanor stieg ins Bett. Sie war wütend. Sie schaltete die Nachttischlampe aus und legte sich hin. Wie sollte sie jetzt schlafen? Sie war so erregt. Warum hatte er in dem Moment hereinkommen müssen? Ach, verdammt! Vielleicht war es so am besten. Es gab kein Zurück, wenn sie mit Aidan schlief. Dann hätte sie eine Grenze überschritten. So war es besser.

Wem, zum Teufel, wollte sie etwas vormachen?

Sie begehrte ihn. Sie wollte mit ihm schlafen. Nie zuvor hatte sie einen Mann so begehrt. Er hatte tief in ihr etwas aufgewühlt. In ihrem Innersten. Heute am Strand ... heute abend, als er wieder für sie gesungen hatte ... der Wein ... seine Lippen ... seine Hände auf ihren Brüsten ...

Die Tür öffnete sich.

Sie erstarrte.

»Ellie, bist du noch wach?«

Ihr Herz pochte im Dunkeln laut. Sie hörte ihn durch das Zimmer kommen ... näher und näher. Jetzt hörte sie seinen Atem. Er setzte sich auf das Bett ... dicht bei ihr.

»Ellie.«

Sie setzte sich auf, legte die Arme um seinen Hals und drückte ihn an sich. Seine nackte Brust war warm auf ihrer Haut. Er küßte ihren Hals, ihre Wange, ihre Augen. Sie küßte ihn voll auf den Mund. Der Kuß dauerte endlos, immer langsamer, immer tiefer. Sie zitterte, als er ihr das Nachthemd über den Kopf zog. Er drückte sie sanft in die Kissen, und seine Lippen wanderten langsam zu ihren Brüsten hinunter. Er küßte und saugte nacheinander an beiden Brustwarzen. Eleanor stöhnte. Er schmiegte sich an sie.

»Oh, Ellie, ich will dich.«

Sie streichelte sein Haar.

»Ich liebe dich, Ellie.«

»Ich liebe dich auch, Aidan.«

Sie schlug die Daunendecke zurück, und Aidan schlüpfte aus seiner Jeans. Er legte sich neben sie und nahm sie in die Arme.

»Ellie, das mußte passieren.«

»Ja.«

»Es war Fügung, daß wir wieder zusammen sind.«

Eleanor lächelte in der Dunkelheit. Während sie sich gegenseitig liebkosten, streichelten und küßten, flog ihr Herz gen Himmel. Sie war verliebt. Total. Selig.

Sie liebten sich stundenlang. Aidan war ein sanfter, zärtlicher Liebhaber. Er ließ sich Zeit. Er verschaffte ihr Lust – brachte sie zu einem Gipfel der Erregung, von dem sie nicht einmal geträumt hatte. All ihre Hemmungen schwanden. Sie fühlte sich befreit. Frei.

»Du bist die leidenschaftlichste Frau, die ich je gekannt habe«, flüsterte er. »Wir passen zusammen, Ellie.«

»Ich weiß.«

Sie war noch nie so glücklich gewesen.

17

Als sie spät am nächsten Morgen aufwachte, fand Eleanor einen Zettel auf ihrem Kissen.

*8 Uhr früh*
*Die letzte Nacht war etwas Besonderes. Du bist unglaub-*
*lich, Ellie. Muß Liebe sein, nicht? Victoria geht es sehr*
*schlecht, und der Arzt ist gerade gegangen. Aber ein Gu-*
*tes hat die Sache doch gehabt. Er hat die Bezirkskran-*
*kenschwester bestellt und dafür gesorgt, daß sie dreimal*
*in der Woche kommt, um bei Granny Laffan zu bleiben.*
*Ich fahre heute morgen in die Klinik nach Bray, um sie*
*zu treffen. Wir sprechen uns später.*
*Alles Liebe,*
*Aidan.*

Eleanor lächelte und streckte sich faul. Sie dachte an die letzte Nacht. Sie *war* etwas Besonderes gewesen. Und er auch. Er war zärtlich und liebevoll gewesen – und sinnlich. Noch nie hatte sie das Gefühl gehabt, mit einem anderen Menschen so sehr eins zu sein. Er gab ihr das Empfinden, ganz zu sein – zum ersten Mal seit Jahren in Frieden mit sich selbst.

Sie wackelte mit den Zehen und streckte sich erneut. Ihr Körper fühlte sich anders an ... sinnlich. Sie fühlte sich *an-ders*. Vibrierend. Belebt.

Sie stand auf und zog die Vorhänge zurück. Wieder ein herrlicher Tag. Sie summte vor sich hin, während sie eine kurze Dusche nahm. Sie zog sich an und ging nach unten. Ihr Haar war noch naß. Richard war in der Küche.

»Tasse K-K-Kaffee?«

»Wunderbar. Danke, Richard.« Sie nahm die Tasse und setzte sich an den Tisch.

»T-T-Tut mir leid w-w-wegen gestern abend«, murmelte er. »Ich w-wwollte nicht . . .«

»Schon gut, Richard.«

Sie waren beide verlegen.

Eleanor hatte das Gefühl, etwas sagen zu müssen.

»Ich denke, Sie sollten wissen, daß ich . . . Ihren Vater sehr gern habe. Und ich glaube, er empfindet dasselbe für mich. Sie wissen ja, wir kennen uns schon sehr lange – es ist für keinen von uns eine plötzliche Sache.«

Er errötete.

»Ich möchte wirklich nicht, daß *Sie* meinetwegen irgendwelche Probleme haben. Für Sie ist das sicher nicht einfach. Ich würde gerne wissen, was Sie über unsere . . . über Ihren Vater und mich denken.«

Richard goß sich Kaffee ein und setzte sich zu ihr.

»Mrs. Ross, ich f-f-freue mich für Sie und D-D-Dad. Ich glaube, Sie sind genau das, w-w-was er braucht. Er ist so lange unglücklich g-g-gewesen.«

»Unglücklich?«

Nervös spielte er mit seinen Haaren.

»Ja. Rastlos, w-w-wissen Sie. Er w-w-wechselt dauernd: Jobs, Leute, Orte. Es f-f-fällt ihm schwer, irgendwo heimisch zu w-w-werden.«

»Aber er hat doch hier bei Ihnen gelebt, nicht?«

»Ab und an. Aber er f-f-fühlte sich elend. Er haßte es, g-g-gebunden zu sein – und ich h-h-hatte deswegen manchmal Schuldgefühle.«

Eleanor reichte ihm den Zucker. »Ach, Richard, ich bin sicher, da irren Sie sich. Ihr Vater liebt Sie.«

Er nickte. »Ja, auf seine Art. Aber er h-h-haßt Coill. Er war hier nie w-wwirklich zu Hause nach . . .«

»Dem Tod Ihrer Mutter«, sagte Eleanor sanft. »Ich weiß.« Richard trank seinen Kaffee. Sie konnte nicht erkennen, was er dachte.

»Das ist jetzt lange her. Ich glaube, er ist einsam, Richard. Er hat ein bißchen Glück verdient.«

Dasselbe gilt für mich, dachte sie.

»Sie haben r-r-recht«, sagte er nachdenklich. »Anscheinend findet er immer die f-f-falsche Art von . . . ach, spielt keine R-R-Rolle.«

»Sprechen Sie weiter, Rich.« Eleanor lächelte.

»Es ist . . . n-n-nichts, ehrlich.«

»Er hatte andere Freundinnen?« Sie versuchte, das beiläufig zu sagen. »Ist es das, was Sie mir mitzuteilen versuchen?«

Er hustete. »Ja. Ein p-p-paar.«

»Carol Boylan?«

Er sah entsetzt aus.

»Nein. O nein. Sie w-w-waren bloß gute Freunde. Sonst w-w-war nichts zwischen Mrs. B-B-Boylan und Dad. Sicher nicht.«

Eleanor war erleichtert. Erleichtert und sehr froh.

»Nun, das war früher«, sagte Eleanor gleichmütig. »Aber glauben Sie mir, Richard, Ihr Vater liebt Sie sehr. Deswegen ist er hierher zurückgekommen. Um Ihre Angelegenheiten zu regeln.«

Er nahm die beiden Tassen und Untertassen und stellte sie in die Geschirrspülmaschine. »Mrs. R-R-Ross, ich glaube, Sie werden g-g-gut für Dad sein.«

»Das hoffe ich, Richard. Und danke, daß Sie das gesagt haben.«

»Nein, ich m-m-meine das ernst. Er ist . . . anders als andere L-L-Leute.« Er schwieg einen Moment. »Anders als andere V-V-Väter. Ich liebe ihn – ich kann nicht anders, aber ich h-h-hatte immer das Gefühl, dd-daß ich der Erwachsene bin, w-w-wenn Sie verstehen, was ich m-mmeine. In mancher Hinsicht ist er w-w-wie ein großer Bruder.«

Eleanor lächelte. »Ich weiß genau, was Sie meinen.«

Peter Pan. Aidan war der sprichwörtliche Peter Pan. Es stimmte. In vieler Hinsicht war Richard erwachsener als sein Vater. Aidan hatte etwas Kindliches, das Eleanor anzog, aber sie sah ein, wie verwirrend dies für seinen Sohn sein mußte.

»Er b-b-braucht jemanden, um s-s-seßhaft zu werden, das hat G-G-Granny immer gesagt. Ihm fällt es schwer, s-s-stetig zu sein. Aber ich glaube, in l-l-letzter Zeit hat er sich verändert«, fuhr Richard fort, »er ist v-v-voller Pläne für dieses H-H-Haus. Er b-b-bringt einen Architekten mit, der E-E-Entwürfe machen wird. D-D-Das findet er richtig aufregend.«

»Ja, das hat er mir erzählt. Und was halten Sie davon?«

»Mmh, ich g-g-glaube, er hat recht. Wir w-w-werden die Zimmer zu Apartments u-u-umbauen, in denen sich die L-L-Leute selbst verpflegen können. Das ist augenblicklich offenbar s-s-sehr gefragt. Tante Victoria ist n-n-nicht sehr begeistert. Sie sagt, er w-w-würde sich wichtig machen.«

Erklärte das ihre Krankheit? Fühlte sie sich bedroht?

»Nun ja, einer muß die Sache in die Hand nehmen, Richard. Ihre Tante kann nicht so weitermachen wie bisher. Sie hat viel zuviel zu tun. Urlauber, die sich selbst versorgen, würden viel weniger Mühe machen.«

»Ja, d-d-das hat Dad auch gesagt. Mr. N-N-Norton, der Architekt, kommt nächste W-W-Woche.«

»Großartig.«

»Mrs. R-R-Ross, ich glaube, Dad ist in l-l-letzter Zeit viel besser in F-F-Form. Er liebt es, a-a-alles zu organisieren. Er ist wie ein K-K-Kind mit einem neuen Spielzeug.«

»Ja, das ist er«, stimmte Eleanor zu. »Er liebt Herausforderungen. Er sagt, er würde ein paar Broschüren und Werbezettel drucken lassen, aber vielleicht ist das ein bißchen verfrüht.«

»Vielleicht. Aber D-D-Dad meint, der Umbau würde nicht

zu l-l-lange dauern. Vielleicht einen M-M-Monat, sagt er. Er denkt an September. Er kk-kann fabelhaft mit Computern umgehen. Er hat ein paar g-g-ganz raffinierte Programme. Und entwerfen k-k-kann er gut.«

Er kann viele Dinge gut. Eleanor lächelte vor sich hin.

»Ich g-g-glaube, er hat seinen Beruf v-v-verfehlt. Er hätte Innenarchitekt w-w-werden sollen. Da hätte er ein V-V-Vermögen verdient.«

»Ich glaube nicht, daß er ein gesteigertes Interesse daran hat, viel Geld zu verdienen, Richard. Sonst könnte er nicht so leben, wie er lebt – ohne festes Einkommen.«

»Nein«, gab Richard zu. »Seinen l-l-letzten Job hat er g-g-geschmissen.«

»Sehen Sie. Man hat ihm angeboten, Teilhaber bei diesem Hotel zu werden. Aber er wollte nicht und ist gegangen. Das hört sich nicht nach jemandem an, der unbedingt ein Vermögen machen will.«

»Er hat m-m-mehr von einem Unternehmer, nicht? Nicht g-g-gut für Partnerschaften. Macht l-l-lieber alles allein.«

Richard überlegte einen Moment.

»Er k-k-könnte in allem Erfolg haben.«

Richard bewunderte seinen Vater. Aber was er sagte, stimmte. Aidan war sehr begabt. Und auch sehr intelligent.

»Jedenfalls ist er j-j-jetzt Feuer und Flamme für diesen neuen P-P-Plan. Er b-b-bringt uns ganz schön auf Trab.«

Eleanor lachte.

»Wenn er sich einmal zu etwas entschlossen hat, ist er nicht mehr zu bremsen, das gebe ich zu.«


Am Nachmittag, als sie sich um Granny Laffan kümmerte, wurde Eleanor in Victorias Zimmer gebeten. Richard brachte ihr die Nachricht, und er sah sehr besorgt aus.

Eleanor hielt das Band von *Sturmhöhe* an.

»Sie ist m-m-merkwürdig heute. Diese Tabletten m-m-machen sie ganz groggy.«

Eleanor drückte seine Schulter. »Keine Sorge. Richard, hat Ihre Tante gesagt, weswegen sie mich sprechen will?«

Er schüttelte den Kopf.

»Also, G-G-Granny, bist du bereit, heute n-n-nachmittag die Schwester k-k-kennenzulernen?« Er setzte sich an den Platz, auf dem Eleanor gesessen hatte.

»Wen?« Mrs. Laffan stellte sich taub. In Wahrheit paßte ihr die Vorstellung, von einer Krankenschwester betreut zu werden, ganz und gar nicht.

»Schwester B-B-Baker kommt dich um v-v-vier Uhr besuchen«, erklärte er sanft. »Dad hat dir d-d-das beim Mittagessen gesagt.«

»Aha.«

Sie zog einen Schmollmund. Dann sagte sie vorwurfsvoll zu Eleanor: »Wohin wollen *Sie* eigentlich? Stellen Sie das Band wieder an und setzen Sie sich hin.«

»Ich bin in einer Minute zurück«, sagte Eleanor entschieden zu ihr.

»Verdammter Mist!« Mrs. Laffan richtete ihren Zorn gegen Richard. »Worüber lachst du eigentlich?«

Eleanor ließ die beiden allein.


Ms. Laffans Zimmer lag am Ende des Korridors, am dunklen Ende. Eleanor klopfte zweimal an.

»Herein.«

Das hörte sich verflixt gebieterisch an.

Eleanor trat ein. Das Zimmer war eine totale Überraschung, anders als alle anderen Zimmer im Haus. Es war weiß gestrichen. Streng. Sachlich. Die eingebauten Möbel waren ebenfalls weiß. Modern. Vorhänge und Teppich waren dunkelblau. Kalt.

»Bitte kommen Sie her, Eleanor«, sagte Ms. Laffan schwach.

Also waren wir wieder beim Vornamen. Ein gutes Zeichen?

Das Doppelbett stand am anderen Ende des Raumes neben einem kleinen Fenster. Sie saß aufrecht im Bett, in einen weißen Schal gewickelt. Sie wirkte ganz anders als sonst. Normalerweise verwandte sie große Sorgfalt auf ihre äußere Erscheinung. Teure Kleider, diskretes Make-up, makellose Frisur. Heute sah sie ungepflegt aus. Alt. Als Eleanor sich dem Bett näherte, sah sie, daß Ms. Laffans Gesicht aschfahl war.

»Setzen Sie sich hierher.« Sie klopfte auf die blaue Daunendecke.

»Schon gut«, sagte Eleanor und zog den weißen Korbstuhl heran, der am Frisiertisch stand.

»Wie finden Sie es? Anders als der Rest des alten Kastens, nicht?«

»Ja.«

Das war es allerdings.

»Ich hasse alte Möbel«, sagte Ms. Laffan heftig. »Ich hasse das ganze verdammte Haus, bis auf dieses Zimmer. Das ist mein Refugium.«

Ihre Ausdrucksweise schockierte Eleanor. Sie sah ihr gar nicht ähnlich. Ms. Laffan legte sich in das weiße, gestärkte Kissen zurück und schloß die Augen. »Ich bin erschöpft.«

»Soll ich später wiederkommen?«

»Nein, setzen Sie sich. Setzen Sie sich. Ich muß mit Ihnen reden.«

Ihre Augen waren noch immer geschlossen. Wie sollte Eleanor da mit ihr sprechen? Es war makaber. Als unterhielte man sich mit einer Leiche.

»Heute ist der zehnte Juli, nicht?« Ihre Stimme war weit entfernt. Schläfrig.

»Ja.«

»An dem Tag ist sie gestorben, wußten Sie das?« Ihre Augen waren jetzt offen und sahen Eleanor mit eisigem Ausdruck an.

Der bohrende Blick verwirrte Eleanor.

»Am zehnten Juli. Es war ein warmer, sonniger Tag – vor all den Jahren. Ist es heute warm?«

»Ja.«

»Niemand sollte an einem sonnigen Tag sterben. Sie starb

gegen Abend, wissen Sie. Die Sonne ging unter. Friedlich. Still. Und kein Vogel sang. Daran erinnere ich mich lebhaft. Ich weiß noch, daß ich gedacht habe, wie seltsam das war – daß kein Vogel sang.«

Eleanor saß da und wußte nichts zu sagen.

»Sie hätte nicht so sterben sollen. Nicht so. Nicht bei Sonnenuntergang. Das war *meine* Schuld. Natürlich sagten alle, es sei nicht meine Schuld. Sagten mir, ich solle mir keine Vorwürfe machen. Aber sie irrten sich. Es *war* meine Schuld.«

Lorna. Sie redete von Lorna.

»Sie war zu jung, zu schön, um zu sterben. Sie hätte leben sollen. Sie hätte leben und lieben und alt werden sollen wie alle anderen. Es war nicht fair, sie uns zu nehmen.«

Eleanor fröstelte.

»Es war grausam.« Victorias Hände begannen zu zittern. »Gestorben in der Blüte ihres Lebens. Ihr Atem setzte aus ... sie hörte einfach auf zu atmen ... überhaupt kein Kampf ... sie war so schön, so friedlich, wie sie dalag – wie eine Alabasterpuppe.«

»Ms. Laffan«, flüsterte Eleanor, »Sie sollten sich nicht so aufregen ...«

»Warum nicht? Warum soll ich mich nicht aufregen?« sagte Victoria wütend. »Sie war das einzige Geschöpf auf dieser Welt, das mir etwas bedeutete. Das *einzige*.«

Eleanor schwieg.

Victoria begann zu weinen.

»... denen genommen, die sie liebte ... und die sie liebten. Das war nicht richtig, oder?«

Noch ein eisiger Blick.

»Oder?«

»Ich bin sicher, es war nicht Ihre Schuld, Ms. Laffan«, murmelte Eleanor.

Victoria wimmerte.

»Doch. Es *war* meine Schuld. Ich hätte dem ein Ende machen sollen. Ich hätte ihr helfen sollen.« Sie fing an, sich im Bett herumzuwerfen. »Es war meine Schuld. Ich hätte in der Lage sein müssen, ihr zu helfen. *Sie* sagt das auch. Sie weiß alles.«

Wer? Wer wußte alles?

Victoria beruhigte sich ein wenig. Ihre Stimme wurde sanfter. »Wissen ist gefährlich, Eleanor, finden Sie nicht? Gefährlich. Das wissen Sie, nicht wahr? Wissen Sie, wie sie gestorben ist?«

Der Blick der kalten Augen vernichtete Eleanor. »*Wissen* Sie es?«

Sie saß jetzt kerzengerade im Bett. Die Daunendecke begann zu rutschen.

Eleanor entspannte sich.

»Nein. Nein, Ms. Laffan, ich weiß nichts darüber. Ich kann es nicht wissen. Es ist lange her. Und man vergißt es besser.«

»Vergessen?« erwiderte Victoria barsch. »Denken Sie, *ich* könnte das vergessen? Auch nur eine Sekunde lang? Ich sehe noch immer ihr Gesicht, ihren Ausdruck. Das Entsetzen in ihren Augen. Sie hatte Angst vor mir. Vor *mir*.« Sie unterdrückte ein Schluchzen. »Warum hatte sie Angst vor mir? Ich liebte sie, Eleanor. Niemand liebte sie so wie ich.«

»Ja, Ms. Laffan, ich weiß«, versuchte Eleanor sie zu beruhigen.

Victoria stieß wütend die Luft aus und erwiderte: » *Sie* wissen? Was wissen Sie schon? Sie wissen nichts.«

Ihre Stimme war jetzt wieder streng, schneidend.

»Ich weiß nicht. Ich weiß nichts.«

»Gut.« Jetzt lächelte sie, süßlich und falsch.

»Unwissenheit ist ein Segen. Ha! Das stimmt. Ein Segen. So ist es, Eleanor. *Wissen* ist eine Folter.«

Es waren die Tabletten, die aus ihr sprachen. Der Arzt hätte ihr überhaupt keine Beruhigungsmittel verschreiben dürfen. Victoria brauchte dringend eine Therapie. Eleanor würde mit Aidan darüber sprechen müssen. Ms. Laffan wimmerte.

Eleanor nahm ihre Hände.

»Es wird alles gut, Ms. Laffan. Ruhen Sie sich aus.«

Victoria nickte gehorsam wie ein kleines Kind. »Wir sollten ein Gebet für sie sprechen. Damit ihre Seele in Frieden ruht.«

Victoria bekreuzigte sich.

»Wir beten, daß ihre Seele in Frieden ruht. Und dann beten wir für *meine* Seele. Vielleicht ist es für mich zu spät – meine Seele ist schon verdammt.«

In all ihren Jahren als Therapeutin hatte Eleanor noch nie jemanden gesehen, der sich so quälte.

Victoria begann mit angestrengter Stimme das Gebet zu sprechen. Guttural. Unheimlich. »*Vater unser, der Du bist im Himmel, geheiliget werde Dein Name ...*«

Victorias Lippen bildeten die Worte, aber sie konnte sich nicht auf ihren Sinn konzentrieren. Sie war völlig außer sich. Sie halluzinierte.

»*Und vergib uns unsere Schuld, wie auch wir vergeben unsern Schuldigern ...*«

Abrupt hielt sie inne.

»Glauben Sie, daß sie mir vergeben wird?« Verzweiflung lag auf ihrem Gesicht.

»Ms. Laffan, Sie sollten sich jetzt wirklich ausruhen.«

Eleanor stand leise auf und zog die Decke wieder hoch, aber Victoria packte ihre Hand.

»Wird sie mir vergeben?« zischte sie.

»Ja, ja, sie wird Ihnen vergeben.«

Langsam machte Eleanor ihre Hand los, löste einen der stahlharten Finger Victorias nach dem anderen. »Versuchen Sie, sich nicht aufzuregen, Ms. Laffan. Bleiben Sie ruhig. Ruhen Sie sich aus.«

Diesmal wirkte es. Erschöpft ließ Victoria sich wieder zurücksinken.

Drückendes Schweigen breitete sich aus.

Eleanor fühlte sich krank.

Dann die Stimme, flehend, flüsternd: »*Und führe uns nicht in Versuchung, sondern erlöse uns von dem Übel. Amen.*«

»Amen«, wiederholte Eleanor leise und inbrünstig.

Schwester Baker war jung, begeistert, fröhlich. Granny Laffan war bester Laune, als Eleanor in ihr Zimmer zurückkam.

»Lorna, komm her. Du sollst Lucy kennenlernen.«

Lucy. Der Name paßte zu ihr. Ein sonniger Name für ein sonniges Gemüt. Ihr hellblondes Haar leuchtete wie ein Heiligenschein. Sie war so *normal*.

»Ich bin Eleanor. Ich freue mich sehr, Sie zu sehen, und das sage ich nicht nur aus Höflichkeit.«

Die Schwester schüttelte ihr die Hand. »Richard hat mir von Ihnen erzählt«, sagte sie. Eine tiefe, freundliche Stimme. »Geht es Ihnen gut? Sie sehen so blaß aus. Als hätten Sie gerade einen Geist gesehen.«

Eleanor wollte nichts sagen, was die Krankenschwester beunruhigen könnte. »Ach, Sie haben Mrs. Laffan zurechtgemacht. Sie sieht fabelhaft aus.«

Granny Laffan war gepudert und frisiert und sehr mit sich zufrieden. Lucy hatte ihr Haar zu einem Knoten aufgesteckt. Es sah wunderbar aus. Sie trug ihr grünes Kleid und ihre schwarzen Slipper.

»Schau mal, Lorna. Meine Augen. Sieht das nicht toll aus?« Die alte Dame nahm ihre Brille ab. Lucy hatte ihr ein wenig grünen Lidschatten aufgetragen.

»Sehr sexy«, sagte Eleanor und zog in gespielter Mißbilligung eine Augenbraue hoch.

Granny Laffan kicherte schelmisch. »Ich fühle mich wie ein junges Mädchen. Lucy hat mich gebadet. Und irgendein Zeug in die Wanne getan. Wie heißt das noch, Liebes?«

»Rosenholz. Ein Öl zur Aromatherapie«, erklärte Lucy. »Es ist angenehm und erfrischend.«

»Sie riechen wie eine Blumenwiese, Mrs. Laffan«, sagte Eleanor angestrengt fröhlich.

Schwester Baker suchte ihre Sachen zusammen und gab Granny Laffan einen Kuß auf die Stirn.

»Wir sehen uns am Freitag, Mrs. Laffan. Und seien Sie schön brav.«

Sie winkte Eleanor, ihr auf den Treppenabsatz zu folgen.

»Ihr Bett war naß«, sagte die Krankenschwester sachlich. »Ich habe ihr Windeln angelegt. Ich habe noch ein paar dagelassen und weitere bestellt. Meinen Sie, ich könnte mit ihrer Tochter sprechen?«

»Sie, äh... ist im Moment nicht ganz auf dem Posten, Schwester Baker. Vielleicht am Freitag?«

»Nennen Sie mich Lucy. Freitag? Gut, aber dann *muß* ich sie sprechen. Mrs. Laffan wird jetzt viel mehr Pflege brauchen, fürchte ich. Es ist von nun an wirklich ein Vollzeitjob.«

»Zusammen werden wir das schon schaffen. Richard – Sie haben ihn kennengelernt – ist sehr hilfreich. Ich wohne hier, also stehe ich auch zur Verfügung. Und ihr Schwiegersohn ist auch noch da, Richards Vater.«

»Aber es ist trotzdem nicht ideal, nicht? Ist ihre Tochter sehr krank?«

Eleanor dachte einen Moment darüber nach. Dann entschied sie sich, es ihr zu sagen. Schließlich war Lucy Krankenschwester und keine Außenstehende, die sich einmischte.

»Ich glaube, sie ist erschöpft. Ihre Nerven sind angegriffen.«

Eleanor erwähnte keine Einzelheiten. Sie sagte nicht, daß Ms. Laffan ihrer Ansicht nach in ernster Gefahr war, einen Nervenzusammenbruch zu erleiden. Sie gingen zum Treppenabsatz im ersten Stock hinunter.

»Das überrascht mich nicht«, sagte Lucy langsam. »Es ist immer schlimmer für die Pflegeperson als für den Patienten. Es ist sehr schwer, sehr zeitraubend. Es gibt keine Atempause. Man kann sie nicht eine Minute allein lassen. Es ist nicht wie bei anderen Krankheiten. Wirklich traurig.«

»Ja, es ist furchtbar«, stimmte Eleanor zu. »Aber wir haben Mrs. Laffan alle sehr gern.«

Schwester Baker lächelte. Als sie die Treppe zum Erdgeschoß zur Hälfte heruntergegangen war, drehte sie sich noch einmal nach Eleanor um.

»Das glaube ich Ihnen. Aber was passiert, wenn Sie fortgehen?«

So weit hatte Eleanor nicht vorausgedacht. Was *würde* passieren, wenn sie fort war? Und Aidan war nur den Sommer über hier. Was dann?

»Keine Sorge.« Die Schwester legte Eleanor eine Hand auf den Arm. »Das sehen wir, wenn es soweit ist, nicht?«

Eleanor begleitete sie zur Haustür. »Tausend Dank, Lucy. Ich bin froh, daß Sie von jetzt an mithelfen.«

Die Krankenschwester blieb auf der obersten Stufe der Eingangstreppe stehen. »Nichts zu danken. Das ist mein Job. Und ich mag die alte Dame übrigens auch. Sie ist fabelhaft.«

Eleanors Augen wurden feucht.

»Machen Sie sich nicht zu viele Gedanken. Das kriegen wir schon hin.« Schwester Baker ging zu ihrem Auto, winkte und fuhr davon.

Eleanor hätte Aidan am liebsten noch in dieser Minute gesehen. Sie wollte, daß er sie im Arm hielt, ihr Haar streichelte, sie küßte und ihr sagte, alles würde gut. Sie wollte, daß er sie von hier forthole. Mit ihr in den Sonnenuntergang spazierte.

Sie wollte sich ihm anvertrauen. Ihm alles sagen. Ihm sagen, was in Victorias Zimmer geschehen war ... aber wie konnte sie das? Was konnte sie ihm sagen? Womit würde sie anfangen? Wie sollte sie es sagen?

*Deine Schwägerin glaubt, daß sie Deine Frau umgebracht hat.*

Sie konnte es nicht.

## 18

Für den Rest der Woche kam der Arzt jeden Tag zu Victoria. Sie ließ sich unten überhaupt nicht blicken, blieb in ihrem Zimmer und wollte außer Niamh Byrne niemanden sehen. Eleanor war das sehr recht. Sie hatte mit ihrem Buch und der Pflege von Granny Laffan genug zu tun.

Am Freitag morgen leistete Aidan ihr beim Frühstück Gesellschaft.

»Ellie, ich habe mir überlegt, ob Richard vielleicht morgen abend mit uns zu diesem Essen gehen könnte. Sein Geburtstag ist eigentlich erst am Sonntag, aber wir könnten ihn schon am Samstag feiern. Meinst du, daß Des und Mona etwas dagegen hätten?«

»Nein, überhaupt nicht«, sagte Eleanor. »Richard ist uns allen mehr als willkommen, aber für ihn wird das nicht sehr aufregend sein, nicht? Seinen einundzwanzigsten Geburtstag mit älteren Herrschaften wie uns zu feiern.«

»Sprich nur für dich selbst.« Er lächelte und zündete sich eine Zigarre an. »Er hat keine Freunde in Coill, das ist das Problem. Schade, daß er nicht für eine Weile weggegangen ist und sich die Welt angesehen hat.«

»Er ist hier ganz glücklich, Aidan.«

»Mmh. Aber es ist nicht gut, immer an einem Ort zu bleiben, Ellie. Er sollte seine Flügel ausbreiten.«

»Morgen abend, Aidan. Was ist mit Granny Laffan? Ich meine, wenn Victoria nicht ...«

»Ich werde Niamh Byrne bitten, hierzubleiben und sich um Iris zu kümmern. Sie hat sicher nichts gegen ein paar Pfund extra.«

»Gut.«

»Also, ist das okay? Übrigens, ich weiß, Richard wird die Rechnung übernehmen wollen. Er ist ganz angetan von seinem neuen Reichtum. Achtzehntausend – nicht schlecht für einen jungen Burschen, nicht? Obwohl es nicht annähernd so viel ist, wie nötig sein wird, um dieses Haus zu renovieren.«

»Und woher soll der Rest des Geldes kommen?«

»Malcolm Norton. Er hat sich entschlossen zu investieren. Als stiller Teilhaber sozusagen. Richard ist sehr eingenommen von der ganzen Idee.«

»Das ist gut. Und was das Essen betrifft – Des wird sicher nicht zulassen, daß Richard bezahlt. Schließlich haben *sie* uns eingeladen.«

»Was spielt das für eine Rolle? Laßt Richard bezahlen, Ellie. Es wird ihm guttun, einmal im Leben den großen Max zu spielen.«

Eleanor wußte, daß Richard nicht im entferntesten den großen Max spielen wollte.

Aidan goß ihr noch eine Tasse Kaffee ein. »Wie geht es dem Buch?«

»Ich habe ein bißchen zu kämpfen«, gestand Eleanor. »Ich habe gerade das Kapitel über den Unfalltod beendet. Ich fand es ... belastend. Zum Großteil habe ich ... meine eigene Erfahrung geschildert.«

»Aber das ist doch sicher am authentischsten, nicht?«

»Schon. Aber man fühlt sich ein bißchen ... preisgegeben ... entblößt, verstehst du?«

»Könnte ich es mir ansehen? Vielleicht hilft es, eine andere Meinung zu hören.«

»Ach, ich weiß nicht. Ich glaube, es würde mich ... verlegen machen, wenn du es lesen würdest.«

»Ich werde es nicht auseinandernehmen, wenn es das ist,

was dir Sorgen macht. Aber ich würde dir sehr gern helfen, Ellie.«

Er nahm sich noch zwei Scheiben Speck vom Grill. Sie wunderte sich darüber, wieviel er essen konnte, ohne ein Gramm zuzunehmen. Guter Stoffwechsel.

»Willst du herausfinden, was in meinem Kopf vorgeht?« Sie trank ihren Kaffee. »Ich weiß nicht recht. Mona würde sagen, daß es gefährlich ist, einem Mann Einblick in die weibliche Psyche zu geben!«

»Aber Gefahr ist ein Teil der Erregung, nicht?« Spielerisch zog er eine Augenbraue hoch. »Traust du mir nicht, Ellie?«

Stellte er sie auf die Probe?

»Doch, ich traue dir, Aidan. Natürlich traue ich dir. Also gut. Ich werde dir zeigen, was ich geschrieben habe. Aber du mußt sanft mit mir umgehen.«

»Und du mußt deine Angst vor Kritik überwinden.« Er verwuschelte ihr Haar. »Was wirst du erst tun, wenn dein Buch draußen in den Regalen steht und die ganze Welt es lesen kann?«

Eleanor biß sich auf die Oberlippe. »Ja, wenn es jemals von einem Verleger angenommen wird. Ich habe drei Kapitel und das Exposé verschickt ...« Sie schaute in ihre Kaffeetasse. »Bisher habe ich zwei Ablehnungen bekommen.«

»Du hinterhältige Person, nie verrätst du etwas.« Er stand von seinem Stuhl auf, kam um den Tisch herum und umarmte sie. »Ablehnungen. Das ist so üblich, Ellie. Pfeif auf sie!«

Seine Arme waren tröstlich.

»Verschick dein Manuskript weiter. Verleger wissen nicht alles. Außerdem sind Bücher sowieso eine subjektive Sache. Das Wichtigste ist, daß *du* an dich selbst glaubst!«

Er küßte sie auf den Scheitel und setzte sich wieder.

»Du hast recht«, sagte Eleanor entschieden. »Ich werde abwarten, was der dritte Verleger sagt. Wenn noch eine Ablehnung kommt, werde ich mich anderswo umsehen. Es gibt ja auch noch England.«

»So ist's recht!«

»Also gut, lies meine ersten drei Kapitel und sag mir, was du denkst. Nur wird leider das nächste Kapitel noch schwieriger werden.«

»Wovon handelt es?«

Ellie brachte es nicht über sich, ihm das zu sagen.

»Komm schon, Ellie, sag's mir.«

»Es ... handelt von ... Selbstmord.«

Sie warf ihm einen verstohlenen Blick zu.

Er kratzte sich nachdenklich am Ohr. »O ja, das *ist* schwer.«

*Warum* hatte sie es ihm gesagt? Es war zu heikel.

»Ellie, für mich ist das ein bißchen schwierig. Ich weiß, du fragst dich, warum ich nie über Lornas ... Tod gesprochen habe. Aber ...«

»Nein, Aidan. Nein, bitte erklär mir nichts. Es muß extrem schmerzhaft für dich sein. Und es geht mich ohnehin nichts an.«

Er nahm ihre Hand und hielt sie sehr fest.

»Doch, es *geht* dich etwas an, Ellie. Ich habe noch nicht darüber gesprochen, weil ich nicht wollte ... weil ich dem, was wir miteinander haben, keinen Dämpfer versetzen wollte.«

»Bitte, Aidan. Du brauchst nicht weiterzusprechen. Ich verstehe dich.«

»Die ganze Geschichte ist zu deprimierend. Tragödie und Romanze – keine gute Mischung, was? Ich möchte unser Glück nicht zerstören. Lorna ... das ist jetzt alles vorbei und zu Ende. Es hat nichts mit dir und mir zu tun.«

»Vielleicht doch, Aidan. Es ist eine Tatsache. Es ist geschehen. Ein Teil deiner Vergangenheit – ein Teil von dir.«

»Ja.«

»Schon gut, Aidan. Du brauchst nichts zu sagen. Tut mir leid, daß ich es erwähnt habe.«

»Nein, du hast schon recht. Ich bin derjenige, der hier von Vertrauen gesprochen hat. Du hast jedes Recht, es zu erfahren. Es ist nur ... so lange her jetzt ... aber ... schau, ich bin bereit, darüber zu sprechen. Ich möchte es. Und wenn du etwas für dein Buch verwenden kannst ...«

»Nein, wirklich. Das ist in Ordnung. Ich habe andere Schicksale, über die ich schreiben kann – leider. Eines war besonders bestürzend. Ein Schuljunge. Seinen Eltern brach das Herz. Ich habe die Mutter hinterher jahrelang therapiert.«

»Wie geht es ihr jetzt?«

»Besser. Sie hat noch drei weitere Kinder. Sie mußte weiterleben.«

Aidan nickte. »Ich weiß, wie sie sich gefühlt hat.«

»Ich erwarte nicht, daß du mit mir über Lorna redest. Ich hätte das nicht erwähnen sollen.«

»Nein, nein, du hast recht. Ich glaube, wir müssen reinen Tisch machen.«

»Wirklich?«

»Ja.«

»Gut.«

»Ich habe Lorna geliebt ...« Seine Stimme brach. »Gott, fällt mir das schwer.«

Mir auch, dachte Eleanor.

Er drückte die Zigarre aus. »Sie war ... alles für mich.«

Eleanor wollte nicht hören, wie sehr er seine Frau geliebt hatte. Warum, zum Teufel, hatte sie ihren großen Mund nicht halten können? Trotzdem wußte sie, daß es lächerlich war, sich von einem jungen Mädchen bedroht zu fühlen, das seit zwanzig Jahren nicht mehr lebte.

»Als sie sich das Leben nahm, war es ... ein furchtbarer Schlag, Ellie. So plötzlich. Und so endgültig. Es war ... herzzerreißend.«

»Ja.« Eleanor holte tief Luft. »Ja, das muß es gewesen sein.«

Zum ersten Mal sah Eleanor, wie verletzlich er war.

»Ich war erschüttert, Ellie. Ich konnte nicht mehr klar denken. Warum hatte sie es getan? Warum hatte ich nichts gemerkt? Ich fühlte mich schrecklich. Ich war ihr Mann ...«

Er hielt inne und trank langsam seinen Kaffee.

»Ich hätte es kommen sehen müssen, etwas tun müssen, um es zu verhindern. Ich meine, ich wußte, daß Lorna Depressionen hatte, aber ... offensichtlich habe ich das Ausmaß unterschätzt.«

Sie fühlte seinen Schmerz.

»Warum hat sie sich mir nicht anvertraut? Warum habe ich ihre Verzweiflung nicht erkannt? Was wäre passiert, wenn ich sie erkannt hätte? Hätte ich doch nur ... Es war wie ein Alptraum. Schlimmer.«

Eleanor schluckte schwer.

»Es war Victoria, die sie gefunden hat, wußtest du das? Ich war bei der Arbeit – Nachtschicht. Victoria gab Richard in der Küche das Fläschchen, und Lorna lag vermeintlich schlafend im Schlafzimmer. Sie hatte eine massive Überdosis genommen. Victoria ging hinein, um nach ihr zu sehen ... und als sie entdeckte, was passiert war ... hat sie fast den Verstand verloren ...«

»Aidan ... Victoria hat das *niemals* überwunden. Sie gibt sich selbst die Schuld.«

»Was glaubst du, wie *ich* mich gefühlt habe?«

Eleanor hätte ihn am liebsten umarmt, aber sie blieb sitzen. Sie saß da und starrte vor sich hin.

»Ich war so verletzt! Wie konnte sie mir das antun? Dann wurde ich böse auf sie – wütend.« Seine Augen blitzten. »Es war, als wären ihr alle anderen egal – ich, ihre Mutter, ihre Schwester –, sogar ihr eigenes Baby.«

»Das muß dir so vorgekommen sein, Aidan, aber bei akuten Depressionen passiert so etwas. Die Person kann nur noch nach innen schauen. Sie kann sich sonst auf niemanden mehr konzentrieren.«

»Aber ... sie hat mich allein gelassen. Ich mußte das Kind allein großziehen. Ich war derjenige, der übrigblieb. Mein Leben war ein Scherbenhaufen, aber ... Richard war noch ein ganz kleines Baby. Er hatte nur mich. Ich mußte darüber hinwegkommen ... Früher oder später muß man so etwas bewältigen und weitermachen. Richard brauchte mich.«

Er seufzte. »Ich *mußte* es überwinden. Ich mußte aufhören, mir Vorwürfe zu machen.«

»Natürlich mußtest du das. Aber Victoria ... sie gibt sich noch immer die Schuld. Als sie neulich nach mir geschickt hat ... ich weiß, daß sie halluziniert hat und all das ... sie war verwirrt ...«

»Victoria war nicht schuld an Lornas Tod – so wenig wie ich. Aber sie *war* schuld daran, daß Lorna so war, wie sie war.« Sein Mund bekam einen harten Ausdruck.

»Was meinst du damit?«

Er stand vom Tisch auf, ging zum Fenster und spielte mit der Schärpe des Vorhangs herum. Sein ganzer Körper war angespannt.

»Victoria hat Lorna niemals losgelassen. Nicht wirklich. Sie haßte mich, nahm mir übel, daß ich Lorna von hier fortgeholt hatte. Vielleicht hatte sie recht. Lorna hat sich nie an das Leben in London gewöhnt. Übrigens auch nicht an das Leben mit mir. Sie war immer irgendwie ... weit weg. Ich konnte nicht zu ihr durchdringen. Sie war zu sehr mit diesem Fleck Erde hier verwurzelt. Ich denke, bei Richard könnte es genauso sein. Er müßte sich besser anpassen können. Das Leben verändert sich dauernd – wir müssen das akzeptieren.«

Eleanor dachte darüber nach.

»Hättet ihr nicht hierher zurückkommen können, Aidan? Sie wäre hier glücklicher gewesen.«

Langsam drehte er sich um, einen verwirrten Ausdruck im Gesicht.

»Hierher zurückkommen?«

»Ja, *ihret*wegen.«

»Nein. Unsere Ehe hatte nur weit weg von diesem Dorf eine Chance«, sagte er heftig. »Ich *mußte* weg. Ich haßte dieses Haus. Diese Familie ... sie ... sie haben Lorna gegen mich aufgehetzt.«

»Lorna liebte dich, Aidan, und du liebtest sie«, murmelte Eleanor. »Ihre Familie hätte nicht *dein* wichtigstes Anliegen sein dürfen.«

»Aber sie waren mir nicht wichtig. Nicht im geringsten – doch ihr waren sie wichtig, das ist es ja. Zu wichtig. Sie war ... sehr oft deprimiert. Zerbrechlich. Ich konnte nicht ... ich konnte ihr nicht geben, was sie brauchte, die Bestätigung, die sie brauchte. Ich bezweifle, ob irgend jemand das gekonnt hätte. Lorna war labil. Psychisch, meine ich.«

Er setzte sich wieder an den Tisch.

»Wenn ich dich ansehe, Ellie ... du bist so anders ... so eine starke Frau. Du hast auch deine Tragödie erlebt, aber du bist damit fertig geworden. Dafür bewundere ich dich. Aber ... Lorna war ... schwach. Und Victoria fehlt auch etwas. Vielleicht liegt es daran, wie sie erzogen wurden.«

Eleanor sagte nichts.

Das Gespräch hatte eine eigenartige Wendung genommen, und sie fühlte sich unwohl. Irgend etwas an Aidans Verhalten verwirrte sie.


Lucy kam um drei Uhr. Granny Laffan freute sich, sie zu sehen. Sie erinnerte sich sogar an ihren Namen.

»Schwester Lucy Baker«, dröhnte sie, »wie nett, daß Sie vorbeikommen. Das ist sehr nett von ihr, nicht wahr, Lorna?«

Eleanor faltete die Zeitung zusammen, aus der sie der alten Dame gerade vorgelesen hatte.

»Ja, sehr nett.«

»Warum machen Sie nicht einen Spaziergang, Eleanor?« schlug Lucy vor. »Ich werde Mrs. Laffan heute baden. Ich werde mindestens eine Stunde hier sein.«

»Nein, nein, ich bleibe und helfe Ihnen.«

Granny Laffan war ärgerlich. »Du gehst, Lorna. Lucy und ich kommen sehr gut allein zurecht. Ich habe etwas Privates mit ihr zu besprechen, und du wärst nur im Weg.«

Da hatte sie ihre Abfuhr!

»Gehen Sie nur, Eleanor.« Lucy zwinkerte ihr zu.

»Sind Sie sicher?«

»Ja. Ab mit Ihnen.«

»Danke, Lucy. Ich muß ein paar Briefe zur Post bringen. Brauchen Sie irgend etwas aus dem Dorf?«

»Nein, danke. So, Iris, sind Sie bereit für ein entspannendes Bad?«

Granny Laffan kicherte. »Ich bin zu allem bereit.«

Auf dem Postamt kaufte Eleanor Briefmarken und schickte ihre drei Briefe ab. Einen an Thelma Young, ihre Vertreterin; die anderen beiden an Noreen und Marie, die sie in letzter Zeit vernachlässigt hatte. Wegen Marie hatte sie Schuldgefühle. Sie war immer dagewesen, wenn Eleanor sie gebraucht hatte. Doch im letzten Jahr hatte Eleanor sie sehr selten gesehen, war ihr fast aus dem Weg gegangen, und zwar wegen Larrys Tod. Marie und Eleanor waren seit der Schulzeit Freundinnen. Marie heiratete ungefähr zur gleichen Zeit wie sie und bekam zwei Kinder, so daß sie eine Weile den Kontakt verloren. Eleanor war zu beschäftigt. Nach Larrys Tod hatte Marie getan, was sie konnte, um Eleanor aus dem Haus zu locken. Noreen ebenfalls. Eleanor nahm sich vor, die beiden öfter zu sehen, wenn sie nach Dublin zurückkehrte.

Sie schlenderte die Hauptstraße hinauf und setzte sich auf ihre gewohnte Bank. Eine fette, fröhlich aussehende Frau mit bläulich gefärbten Haaren ließ sich neben sie plumpsen.

»Tag.« Sie grinste. Ein zahnloses Grinsen. »Ich wollte Sie schon ewig kennenlernen.«

Offenbar hielt sie Eleanor für jemand anderen.

»Bitte?«

»Sie sind Eleanor Ross, nicht? Mein Mann redet dauernd von Ihnen. Ist total von Ihnen eingenommen, ja, das ist er.«

»Ihr Mann?«

»Barry. Sie wissen doch, Sie haben sich neulich lange mit ihm unterhalten. Das hat er mir erzählt.«

»Oh, Sergeant Mullen?« sagte Eleanor, die endlich begriffen hatte. »Sie sind Mrs. Mullen.«

Mrs. Mullen bot Eleanor aus einer weißen Papiertüte klebrige Pfefferminzbonbons an.

»Nein, danke.«

»Chrissie, meine Liebe. Nennen Sie mich Chrissie.« Sie lutschte ein Bonbon.

»Barry hasch mir erschählt, dasch Schie oben in Sche Lodge gute Arbeit leischen.«

»Wie bitte?«

Sie lutschte heftiger. »Moment.«

Sie verschluckte das Bonbon. Es war ein Wunder, daß sie nicht daran erstickte.

»Entschuldigung«, sprudelte sie hervor. »War unhöflich, mit vollem Mund zu reden. Hab ich meinen Jungs im Laufe der Jahre tausendmal gesagt. Barry meint, daß Sie oben in The Lodge tolle Arbeit leisten.«

»Eigentlich nicht, Mrs. Mullen. Verzeihung, Chrissie.«

»Also, mein Mann sagt was anderes. Er hat gesagt, daß Sie bei der alten Dame Wunder wirken. Letzten Sonntag haben wir gesehen, wie Aidan und Sie mit ihr ausgefahren sind. Mein Gott, sie muß überglücklich gewesen sein, mal aus diesem Haus rauszukommen, wenn auch nur für einen Tag. Die arme Frau, sie hat überhaupt kein Leben.«

»Ja, es ist schwierig.«

Eleanor haßte diese Art höflicher Konversation. Wie konnte sie entkommen, ohne grob zu sein?

»Und dann ist da natürlich noch die arme Victoria.« Mrs. Mullen sprach jetzt leiser. »Sie ist nicht stark, meine Liebe, überhaupt nicht stark.«

»Ja, das glaube ich auch.«

»Die Nerven.« Chrissie Mullen schüttelte den Kopf. »Das hat sie jetzt schon seit Jahren; seit ihre arme Schwester gestorben ist. Ach, die Laffans, das waren prächtige Mädchen. So, wie man sie auf Gemälden im Museum sieht. Und man traf eine nie ohne die andere. Sie hingen so aneinander. Victoria konnte mit dem Tod ihrer Schwester gar nicht fertig werden. War ein paarmal *drin*, wenn Sie verstehen, was ich meine.«

»Drin?«

Chrissie bildete mit den Lippen das Wort *Irrenanstalt* und seufzte.

»Hingen aneinander. Fast zu sehr. Ich denke oft, daß Kinder so werden, wenn die Eltern zu streng sind. Ist Ihnen das je aufgefallen?«

Bevor Eleanor eine Meinung äußern konnte, sprach Chrissie Mullen schon wieder weiter.

»Der Vater war ein schrecklicher Mann. Richtig streng. Und hielt furchtbar auf Disziplin. Ließ ihnen nichts durchgehen.«

»Wirklich?«

»Ja, ein richtiges Ungeheuer. Er wollte nie, daß sie ausgehen, sich mit anderen treffen. Fand, für seine Mädchen wäre keiner gut genug. Hielt sich für einen Landedelmann.«

»Ich dachte, er sei gestorben, als sie noch klein waren.«

Chrissie kaute, schmatzte und schluckte.

»So klein auch wieder nicht, meine Liebe. Ich bin überzeugt, das war der Grund, warum Lorna mit diesem Typen durchbrannte. *Der* war bestimmt nicht gut genug für sie.«

Sie warf Eleanor einen maliziösen Blick zu.

»Aber Lorna hat ihn geliebt, nicht?«

»Geliebt? Angebetet hat sie ihn. Warum auch nicht? Er muß der einzige junge Mann gewesen sein, der ihr je den Hof gemacht hat. Ein dicker Fisch in einem kleinen Teich. Und er *sah* auch extrem gut aus, das muß ich zugeben, und hatte viel Charme – sagt jedenfalls Barry. Alle jungen Mädchen waren hinter ihm her, und er hatte nichts dagegen – überhaupt nichts. Männer sind schreckliche Kerle, wenn Sie mich fragen. Denken mit ihrem – na ja, Sie wissen schon, was ich meine.«

Es fiel Eleanor schwer, nicht zu lachen.

»Man hätte ja noch verstehen können, wenn Lorna einfach

ein Verhältnis mit ihm hätte haben wollen. Das hätte ihr keiner verdenken können.« Chrissie starrte Eleanor an, als erhoffe sie irgendeine Reaktion. »Aber sich für das ganze Leben an so einen Playboy-Typ zu binden, das ist dumm, jedenfalls ist das meine Meinung.«

Geräuschvoll saugte sie an ihrem Bonbon.

»Zum Heiraten braucht man jemanden, der solide und zuverlässig ist. Wie mein Barry. Der ist grundsolide. Romantik ist ja ganz schön und gut, aber damit eine Ehe funktioniert, braucht es sehr viel mehr. Was meinen Sie?«

Das konnte Eleanor nicht abstreiten.

»Ich bin absolut Ihrer Meinung, Chrissie.«

»Aber«, fuhr Mrs. Mullen mit einem anzüglichen Lächeln fort, »man muß ihnen geben, was sie haben wollen. Männer können sehr anspruchsvoll sein.«

Eleanor erinnerte sich an die Worte des Sergeants. Schäferstündchen am Sonntag nachmittag.

»Und wie war Mrs. Laffan, Chrissie? War sie auch so streng?«

»Die hatte Angst vor ihrem Mann. Hielt große Stücke auf ihn. Aber mit den Mädchen war sie anders, viel nachgiebiger. Sie vergötterte sie. Man sieht das auch daran, wie Victoria sich heute um sie kümmert.«

Da war Eleanor nicht so sicher.

»Victoria führt ein schreckliches Leben. Sie ist so *angebunden*. Zuerst mußte sie sich um den kleinen Richie kümmern – und jetzt um ihre Mutter. Die arme Frau. Sie hätte schon längst von dort weggehen sollen – hätte sich einen netten Mann suchen und heiraten sollen.«

»Warum hat sie das nicht getan?«

»Ach, das ist eines der großen Geheimnisse des Lebens.«

Sie lachte. Dann runzelte sie die Stirn. Sie hatte ein Gesicht, das tausend verschiedene Ausdrücke annehmen konnte.

»Wir haben noch einen Brief von Brenda Boylan bekommen. Es geht ihr bestens. Wissen Sie schon das Neueste?«

»Ich glaube nicht.«

Chrissie nahm ein weiteres Pfefferminzbonbon. »Dr. Boylan ist beigetreten.«

»Wie bitte?«

»Er ist beigetreten. Den Anonymen Alkoholikern. Das ist doch sensationell.«

»Ich bin froh«, sagte Eleanor.

»Schrecklich traurig, nicht?« Sie steckte das Bonbon in den Mund. »Ja, sehr traurig. Besonders jetzt mit dem Jahrestag. Er muß sehr deprimiert sein.«

»Jahrestag?«

Diesmal nahm Eleanor ein Bonbon, nur, um Chrissie gefällig zu sein.

»Der Jahrestag von seiner Frau. Stellen Sie sich vor, diese Woche ist das fünf Jahre her.« Sie zog eine Grimasse. »Schrecklich. Das Schlimmste, was hier in der Gegend je passiert ist.«

*Diese* Woche?

»Mrs. Mull ... Chrissie, wissen Sie, wann Lorna Laffan, Verzeihung, Brady, gestorben ist?«

»Lassen Sie mich mal überlegen. Da war George – mein zweites Kind – ungefähr zwei. Also, es muß über zwanzig Jahre her sein, meine Liebe. Warten Sie mal. Wird Richard nicht bald einundzwanzig? Am Sonntag, nicht? Nun, die arme Lorna ist ungefähr sieben oder acht Monate nach seiner Geburt gestorben.«

Eleanor hielt den Atem an.

»Sind Sie sicher, daß es nicht im Juli war? So um diese Zeit?«

»Nein«, sagte Mrs. Mullen mit einer abschätzigen Geste, »nein, es war früher im Jahr. *Viel* früher. Warten Sie mal.« Jetzt dachte sie laut. »Ungefähr um dieselbe Zeit wurde Barry befördert. Wann war das? O ja, jetzt weiß ich es wieder. Es war im März.«

»März? Sind Sie sicher?«

So viel hing von ihrer Antwort ab.

»O ja, ich erinnere mich jetzt gut. Es war nicht lange nach dem St. Patricks-Tag. Die Fahnen hingen noch. Und wir hatten eine Menge Besucher aus Dublin. Sauftouristen, wenn Sie den Ausdruck entschuldigen.«

Darüber wollte Eleanor jetzt nicht diskutieren. Dies war zu wichtig.

»War sonniges Wetter, als Lorna starb? Können Sie sich erinnern?«

»Sonnig? Von wegen«, schnaubte Chrissie. »Wir hatten Schnee in dem Jahr. Und es war eiskalt. Schnee und Eis. Ich hatte an beiden Armen bis zu den Ellbogen Frostbeulen, weil ich immer Georges Windeln waschen mußte. Sonne – mitnichten!«

Eleanor war verblüfft.

»Nein, es war eindeutig März, als die arme Lorna in London gestorben ist. In England hatten sie in dem Jahr auch schreckliche Schneestürme. Aidan Brady hat Lorna da drüben begraben. Ich fand das eine Schande. Victoria war sehr böse darüber. In der Woche danach hat sie hier in Coill einen Gedenkgottesdienst organisiet. Es war sehr traurig. Hat Victoria Ihnen davon erzählt?«

»Ein wenig«, sagte Eleanor langsam. »Aber sie war verwirrt. Vielleicht hat sie an den Jahrestag von Mrs. Boylans Tod gedacht.«

»Ja, da könnten Sie recht haben. Die beiden waren ganz dick.«

»Mrs. Boylan und Ms. Laffan?«

»O ja, haben Sie das nicht gewußt? Also, eines steht fest, Carol war jedenfalls sehr oft oben in The Lodge.«

»Ja, Brenda hat mir erzählt, daß ihre Mutter mit Aidan Brady befreundet war.«

»Sagen Sie nicht mehr.« Chrissie zwinkerte anzüglich. »Jeder hat ein Recht auf Freunde. Ach, sicher war Carols Ermordung für Victoria auch ein ziemlicher Schock. Am zehnten

Juli war das – vor fünf Jahren. Und der Täter ist noch immer nicht gefaßt, es ist eine Schande.«

»Ja, für die Boylans ist das sehr schwierig. Sich immer fragen zu müssen, wer es war.«

»Stimmt«, pflichtete Chrissie ihr bei. »Dr. Boylan wird erst wieder ruhig schlafen können, wenn sie den gefunden haben, der das getan hat.«

»Kennen Sie Dr. Boylan gut?«

Stell eine dumme Frage.

»Seit er seine Praxis eröffnet hat. Er ist nicht sehr beliebt, wie Sie sicher wissen. Ein bißchen prüde ist er. Aber ein sehr guter Zahnarzt. Hat mir ein gutes Gebiß gemacht, das muß ich ihm lassen. Und ein Vermögen hat es auch nicht gekostet.«

Eleanor fragte sich, warum Mrs. Mullen das Gebiß nicht trug, wenn er ein so guter Zahnarzt war.

»Das Problem ist, meine Kiefer sind so geschrumpft. Passen Sie auf Ihre Zähne auf, meine Liebe. Ein Gebiß ist schrecklich. Vor allem die untere Hälfte ist die reine Folter.«

Soviel zu Dr. Boylan.

»Oh, wie spät es schon ist! Barry wird schon zum Mittagessen gekommen sein. Vögelchen muß fliegen, wie es in dieser Radiosendung hieß.«

»Die kenne ich nicht«, sagte Eleanor.

»Ach, das war vor langer Zeit. Wie hieß sie noch? *Die Kennedys von Castleross*, glaube ich. Macht nichts. Also dann, bis bald, meine Liebe.«

Sie schüttelte Eleanor die Hand – oder vielmehr, sie bewegte ihren Arm wie einen Pumpenschwengel auf und ab, bis Eleanor dachte, er würde aus dem Gelenk springen. Dann drückte sie ihr ein weiteres klebriges Bonbon in die Hand und watschelte davon.

Als Eleanor zurückkam, herrschte in The Lodge Aufruhr. Sie hörte Schreien und Brüllen aus dem ersten Stock. Auf der Treppe prallte sie beinahe mit Richard zusammen.

»Was ist los?« fragte sie, als er sie auffing, damit sie nicht stürzte.

»Nummer f-f-fünf. Sie hat es g-g-geschafft, sich im B-B-Badezimmer einzusperren. Dumme Pute.« Er war rot im Gesicht. »Ich h-h-habe gezogen und g-g-gedreht wie verrückt. Nichts z-z-zu machen.«

»Das Schloß k-k-klemmt.« Richard lächelte. »Was für ein Nachmittag! Mr. Norton ist g-g-gerade weg. Wir haben eine M-M-Menge Neuigkeiten für Sie.« Er eilte die Treppe hinunter.

»Und was machen Sie mit dem Schloß?« rief Eleanor ihm nach.

»Ich hole meinen V-V-Vater. Wir müssen die T-T-Tür aushängen, bevor sie das g-g-ganze Haus zusammenschreit.«

»Kann ihr Mann Ihnen nicht helfen?«

Er verdrehte die Augen zum Himmel und eilte in Richtung Küche.

Es wurde nie langweilig.


Granny Laffan saß am Fenster, als Eleanor hereinkam. Lucy hatte die schmutzigen Kleider auf einem Stuhl gestapelt.

»Hallo, Eleanor.« Das Lächeln der Schwester munterte sie auf. »Könnten Sie dafür sorgen, daß das hier gewaschen wird? Prima.« Sie senkte die Stimme. »Hören Sie, ich habe die Tochter kennengelernt, und ...«

»Victoria?« flüsterte Eleanor. »Sie haben Victoria gesehen?«

»Ja, ich war in ihrem Zimmer. Sie fühlt sich ein bißchen besser. Wir haben eine Vereinbarung getroffen, und ich denke, Sie werden auch sagen, daß das ...«

»Hört auf zu flüstern!« brüllte Granny Laffan. »Da bist du ja, Lorna. War die Schule heute früher aus?« Sie winkte Eleanor zu dem Sessel an ihrer Seite.

»Ja.« Eleanor setzte sich hin. Es war einfacher, wenn man bejahte.

Lucy küßte die alte Dame auf die Wange und wandte sich an Eleanor. »Ms. Laffan wird Ihnen später Bescheid sagen. Wir sehen uns am Montag, wenn Gott will.«

»Auf Wiedersehen, meine Liebe.« Mrs. Laffan strahlte die Krankenschwester an, als sie ging. »Wo ist Vi?« Sie sah Eleanor argwöhnisch an.

»Sie ist im Bett. Es geht ihr nicht gut«, erinnerte Eleanor sie.

»Ha, was ist es denn diesmal? Ihr geht es nie gut. Sie versucht, die Schule zu schwänzen, nehme ich an. Wenn euer Vater nach Hause kommt, wird er gar nicht erfreut sein. Du weißt, wie er es haßt, wenn ihr Mädchen den Unterricht versäumt.«

»Wir sagen es ihm nicht.«

Mrs. Laffan schob ihre Brille höher auf die Nase und schnaubte.

»Lügen, Lorna. Ich mag keine Lügen.«

Was nun?

»Es ist immer besser, die Wahrheit zu sagen. Eine Lüge führt unweigerlich zur nächsten. Du wirst ertappt, mein Mädchen. *Wir verstricken uns in Lügen.* Sagt das dein Vater nicht immer?«

»Vergessen wir es, ja?« Eleanor tätschelte der alten Dame die Schulter.

»Vergessen wir was?«

»Das mit Vater.«

Granny Laffan musterte Eleanor von oben bis unten.

»Mit Ihrem Vater? Woher, zum Teufel, soll ich *Ihren* Vater kennen? Ich habe den Mann nie im Leben gesehen!«

Jetzt starrte sie sie noch argwöhnischer an.

»Mrs. Ross, geht es Ihnen nicht gut? Lassen Sie das Band weiterlaufen, bitte. Genug mit diesem Unsinn.«

Eleanor legte die Kassette ein und drückte auf den Knopf, aber sie wußte nicht, wo sie jetzt waren, weil Richard das Band als letzter eingelegt hatte. Granny Laffan lehnte sich in ihrem Sessel zurück und hörte aufmerksam zu. Wie sich herausstellte, waren sie kurz vor dem Ende. Lockwoods letzter Besuch auf Sturmhöhe.

»Ich komme nicht mit, Mrs. Laffan. Wo ist Heathcliff?«

»Er ist tot! Wissen Sie nicht mehr? Nahm ein böses Ende mit ihm.« Sie schnaubte verächtlich. »Geschah ihm recht.«

»Richtig«, sagte Eleanor und versuchte, keine Miene zu verziehen. Sie hatte sich den ganzen Nachmittag Mühe geben müssen, nicht zu lachen. Sie hatte sich nicht nur vor Granny Laffan zusammennehmen müssen, sondern auch vor Chrissie Mullen.

»Psst, Mrs. Ross, seien Sie still«, warnte Mrs. Laffan sie und legte einen knochigen Finger an die Lippen.

Schweigend hörten sie zu, bis das Band zu Ende war. Eleanor liebte den Schluß des Buches: »*...unter diesem freundlichen Himmel... Nachtfalter... der sanfte Wind, der flüsternd durch das Gras strich.*« Es war so friedlich nach all dem Aufruhr.

»Ich kann es mir richtig bildhaft vorstellen.« Mrs. Laffan seufzte befriedigt. »Schade, daß es aus ist. Das war ganz großartig.«

Bildliche Vorstellung. Eine andere Hirnströmung.

»Haben Sie je den Film gesehen, Mrs. Laffan?«

»Nein.« Sie schwieg einen Moment. »Nein. Ist er gut?«

»Ja, Timothy Dalton spielt den Heathcliff. Er ist fabelhaft. Würden Sie ihn gern sehen?«

»Im Kino?« Mrs. Laffan wurde ganz aufgeregt. »Ich war seit Jahren nicht mehr im Kino.«

»Nein.« Eleanor bremste sie, bevor sie sich zu sehr für den Gedanken begeisterte. »Auf Video. Gibt es einen Recorder im Haus?«

»Ich glaube, *er* hat einen unten«, flüsterte die alte Dame.

»Aidan?«

»Natürlich«, erwiderte sie ärgerlich. »Was glauben Sie denn?«

»Nun«, sagte Eleanor ruhig, »wir werden ihn bitten, ihn uns zu leihen. Und ich werde im Videoladen in Bray nach dem Film schauen.«

»Diesen Mann bitte ich um nichts«, sagte Granny Laffan trotzig.

»Dann werde *ich* es tun; er wird nichts dagegen haben.«

Mrs. Laffan kniff die Augen zusammen. »Haben Sie diesen anderen Burschen herumschleichen sehen?«

»Wen? Richard?«

Die alte Dame stach mit dem Stock nach Eleanor.

»Nicht Richard. Mein Enkel schleicht doch nicht herum. Haben Sie bitte ein wenig Respekt.«

»Verzeihung.«

»Nein, dieser Kerl in Nadelstreifen.«

Malcolm Norton, der Architekt.

Mrs. Laffan verschränkte die Hände im Schoß. »Ich habe ihn gesehen, wie er sich alles angeschaut hat. Wissen Sie, daß sie *tatsächlich* hier in mein Zimmer gekommen sind? Sich bei einer alten Frau solche Freiheiten herauszunehmen! Schwester Baker hat das auch nicht gepaßt. So eine Frechheit! Ich habe getan, als würde ich schlafen, aber ich habe gesehen, worauf sie aus waren. Sie haben gemessen. Ist das zu glauben?«

Sie starrte Eleanor an, als sei sie dafür verantwortlich.

»Gemessen, geflüstert und Sachen aufgeschrieben. Dieser Bursche erhebt sich über seinen Stand. Und der andere Typ, in seinem schicken Anzug, hat ihm geholfen und ist ihm zur Hand gegangen. Zwei Gauner, wenn ich je welche gesehen habe, mit ihrem Maßband und ihrem Notizbuch und ihrem feinen Getue. Aber ich habe sie durchschaut, das kann ich Ihnen versichern.«

Sie sah entschieden mehr, als sie zu erkennen gab.

»Gemessen? Was gemessen, Mrs. Laffan?«

Die alte Dame schnaubte angewidert.

»Mich vermutlich, für meinen Sarg.«

19

Der Samstagmorgen war feucht. Klamm. Leichter Nebel lag über dem See. Eleanor warf den Ball für Major. Der Hund sprang ihm freudig nach. Dann rannte er zu Eleanor zurück, den Ball zwischen den Zähnen, und setzte sich gehorsam hin. Wartete.

»Laß los, Major, laß los. Braver Junge.«

Doch er saß da und hatte nicht die leiseste Absicht, seine kostbare Beute preiszugeben. Eleanor sollte sie ihm abjagen.

»Gib mir den Ball«, befahl sie.

Der Hund wedelte mit dem Schwanz.

»Major, laß den Ball fallen.«

Der Hund legte den Kopf schräg und wedelte wieder mit dem Schwanz.

»Gut. Dann behalt ihn.«

Sie ging weiter. Major bellte. Ein lautes, empörtes Bellen. Eleanor spielte nicht mit. Keuchend kam er ihr nachgerannt und streifte ihre Beine. Er legte den Ball neben sich auf den Boden. Als sie ihn aufheben wollte, schnappte er danach.

»Willst du mir nun dieses schleimige Ding geben?«

Sie hätte schwören können, daß seine Augen selbstgefällig schauten. Er setzte sich wieder, noch immer schwanzwedelnd, und seine Vorderpfoten zitterten vor Erregung.

»Ich glaube, Sie vergeuden Ihre Zeit, Mrs. Ross. Er möchte, daß Sie ihn ihm wegnehmen.«

Eleanor fuhr herum.

Victoria Laffan.

»Ich habe einen kleinen Spaziergang im Wald gemacht. Kein sehr schöner Morgen, nicht? Aber ich habe die frische Luft gebraucht.«

»Wie fühlen Sie sich, Ms. Laffan?«

»Viel besser, danke.«

Ihre Wangen hatten einen rosigen Schimmer, und ihre Augen glänzten. Sie trug schwarze Hosen und einen weiten weißen Pullover. Der morgendliche Nieselregen hatte ihr Haar zu winzigen Löckchen gekräuselt, die ihr Gesicht umrahmten. Sie sah tatsächlich besser aus.

Major kam großspurig zu ihnen spaziert und legte den Ball zu Victorias Füßen ab. Sie lachte.

»Da, sehen Sie. Er kennt die Hand, die ihn füttert.« Sie tätschelte dem Hund den Kopf und stieß den Ball ins Gebüsch. »Ab mit dir, Major. Such dir jemand anderen zum Spielen. Ich möchte mich ein bißchen mit Mrs. Ross unterhalten.«

Jetzt?

»Gehen wir ins Haus und trinken eine schöne Tasse Tee, Mrs. Ross. Ich werde Sie nicht lange aufhalten. Ich weiß, daß Sie mit Ihrem Buch weiterkommen möchten.«

Sie ging voran in Richtung Haus. Eleanor folgte ihr. Der Gedanke einer kleinen Unterhaltung gefiel ihr überhaupt nicht.

Niamh polierte den Tisch in der Halle.

»Niamh, meine Liebe«, Victoria lächelte sie an, »würden Sie ein Engel sein und Tee für mich und Mrs. Ross bringen? Wir sind im Wohnzimmer.«

Niamh nickte höflich. »Gleich, Ms. Laffan.«

Ms. Laffan schob Eleanor in den Wohnraum und zog die Vorhänge auf. »Oh, gut. Der Nebel beginnt sich zu heben. Es wird vielleicht doch noch ein schöner Tag. Richards einundzwanzigster Geburtstag. Ich kann es kaum glauben. Die Jahre vergehen so schnell, nicht?«

Eleanor setzte sich in den Sessel am Kamin. Ms. Laffan

nahm ihren üblichen Platz am Fenster ein. Eleanor hatte das Gefühl, sich ohne Vorwarnung in einer geschäftlichen Besprechung zu befinden. Ms. Laffan lehnte sich entspannt zurück.

»Ich habe einen Anruf von Mrs. Rowland bekommen. Sie hält große Stücke auf Sie. Sie sagte, sie würde übernächste Woche kommen. Ihr Mann ist am Fuß operiert worden und erholt sich gut. Natürlich hat er noch Schmerzen. Sie dachte, etwas Erholung hier unten würde ihnen beiden guttun.«

»Die Rowlands«, antwortete Eleanor. »Das ist schön. Übernächste Woche?«

»Ja.« Die Lippen lächelten. »Wir werden ihnen Nummer fünf geben, denke ich. Sie mag dieses Zimmer.«

Konversation.

»Ms. Laffan, ich habe mir überlegt, ob Ihre Mutter nicht das Video von *Sturmhöhe* sehen könnte. Wäre das wohl möglich? Die Hörkassette hat ihr wirklich gut gefallen.«

»Gut, gut. Es ist wichtig, daß sie beschäftigt ist. Lucy hat gesagt, geistige Anregung sei sehr entscheidend. Ich werde sehen, ob ich es im Videoladen in Bray bekomme, wenn ich Montag hinfahre. Aidan wird den Recorder nach oben in ihr Zimmer bringen.«

»Danke.«

»Mrs. Ross ... Eleanor ... wegen neulich ... man sagt mir, ich hätte Sie rufen lassen.«

Victoria bemühte sich, einen lockeren Eindruck zu machen, aber die Art, wie sie die Arme verschränkte, verriet sie – sie war in der Defensive.

»Um Ihnen die Wahrheit zu sagen, ich erinnere mich überhaupt nicht daran. Ich war sehr krank. Richard sagt, ich hätte halluziniert.«

Eleanor suchte fieberhaft nach der richtigen Antwort.

»Denken Sie sich nichts bei irgend etwas, das ich vielleicht gesagt habe, Eleanor. Es waren die Medikamente, die aus mir gesprochen haben. Ich werde sie nicht wieder nehmen. Sie hatten eine eigenartige Wirkung auf mich.«

»Ja, das kann passieren.«

»Ich habe gestern eine gute Nachricht bekommen.« Ms. Laffan bürstete einen imaginären Fleck von ihrer Hose. »Ich hatte eine nette Unterhaltung mit Lucy Baker. Sie ist ein Schatz, nicht wahr?«

Noch eine »nette Unterhaltung«.

Victoria ignorierte Eleanors skeptischen Ausdruck. »Lucy hat eine glänzende Idee gehabt.«

Ein höfliches Klopfen an der Tür unterbrach sie. Aidan kam herein. Eleanor war froh. Sie brauchte einen Verbündeten.

»Morgen.«

Er ging hinüber zu Eleanor und gab ihr einen Kuß auf die Wange. »Hallo, Schatz.«

Ein falsches Lächeln von Victoria. »Setz dich, Aidan. Ich wollte Mrs. Ross ... Eleanor gerade von unserer neuen Vereinbarung erzählen.«

Aidan zog sich einen Stuhl heran. »Nur zu, Vi.«

Was ging da vor? Victoria benahm sich sehr seltsam. Sie war herzlich zu Aidan – fast freundschaftlich.

Niamh kam mit dem Teetablett herein. »Oh, Mr. Brady, ich wußte nicht, daß Sie hier sind. Soll ich noch eine Tasse holen?«

Aidan stand auf und nahm ihr das Tablett ab. »Nein, schon gut, Niamh. Ich werde mir etwas Stärkeres nehmen.«

Er ging zum Barschrank und schenkte sich einen ziemlich großen Whiskey ein. Ms. Laffan runzelte die Stirn.

Niamh goß Tee in zwei Tassen. »Haben Sie sonst noch einen Wunsch?«

»Nein, danke, meine Liebe.« Ms. Laffan reichte Eleanor ihren Tee.

Niamh lächelte Aidan affektiert an und schloß leise die Tür hinter sich.

»Milch und Zucker, Mrs. Ross?« fragte Victoria liebenswürdig.

Eleanor murmelte einen Dank. Aidan setzte sich wieder,

ließ den Whiskey im Glas kreisen und zwinkerte Eleanor zu. Er genoß diese Farce ungeheuer. Ms. Laffan trank ihren Tee. Sie hatte eine graziöse Art, die Tasse zu halten.

»Ja, Lucy hat meine Mutter in einem Tagespflegezentrum angemeldet. Jeden Freitag. Das ist eine wunderbare Einrichtung. Hast du den Prospekt hier, Aidan? Zeig ihn Eleanor.«

Er nahm ein kleines Heft aus seiner Jeanstasche und reichte es ihr.

»Es liegt an der Promenade in Bray. Geführt wird es von dem Pflegeheim, das sich in einem Anbau auf der Rückseite befindet. Lucy sagt, es sei ein sehr gutes Haus. Sie haben einen Arzt, der auf Abruf zur Verfügung steht, Krankenschwestern und sogar eine Physiotherapeutin.« Er wies Eleanor auf die mittleren Seiten hin. »Da. Sieht doch schön aus, nicht? Hell und modern.«

Eleanor starrte auf die glänzenden Fotos. Es sah wirklich schön aus. Sie las den Text unter den Fotos. Duschen, gewärmte Handtücher, Tagesraum, kleiner Garten, Terrasse, Springbrunnen, ärztliche Behandlungszimmer, Speisesaal, alles auch für Rollstuhlfahrer zugänglich.

»Und sie bieten viele Aktivitäten für die Patienten an«, betonte Ms. Laffan.

Eleanor las weiter. Die Aktivitäten umfaßten Musik, Bingo, Kartenspiele, Bastelarbeiten, Korbflechten, Erinnerungstherapie, Geschichtenerzählen, alte Volkstänze.

»Ist doch toll, nicht?« sagte Aidan begeistert.

»Scheint so«, sagte Eleanor.

Der Gedanke daran deprimierte sie.

Victoria stellte ihre Tasse auf das Tablett zurück. »Es ist nur für einen Tag in der Woche. Das wird ihr guttun. Sie wird neue Freunde finden. Es wird ihr gefallen.«

Wen wollte sie überzeugen?

»Also«, fuhr Ms. Laffan heiter fort, »sie wird freitags hingehen. Das bedeutet, daß Sie freitags nachmittags frei sind, Eleanor. Mehr Zeit für Ihr Buch.«

Um Zeit für ihr Buch ging es wohl kaum. »Was meint Richard dazu?«

»Richard?« sagte Ms. Laffan scharf. »Was hat das mit *ihm* zu tun?«

Eleanor konnte ihren Ärger nicht verhehlen. »Sie ist seine Großmutter.«

Aidan entschied sich einzuschreiten. »Richard hält es für eine gute Idee. Er ist jetzt bei ihr und erklärt ihr alles.«

Ach ja? Da würde er zu tun haben.

»Es ist eine gute Idee, Eleanor. Mutter wird sich gar nicht wiedererkennen.«

Was für ein Trost! Mrs. Laffan kannte sich jetzt schon nicht mehr. Sie würde nun doppelt so verwirrt sein.

»Es wird Zeit, daß die alte Dame ein bißchen Spaß hat«, beharrte Aidan. »Es ist nicht richtig, sie immer im Haus einzusperren. Und für uns ist es schwer, sie auszuführen. Denk daran, was uns passiert ist, Eleanor, als wir mit ihr am Strand waren. Das war sehr unangenehm für uns alle drei. Sie braucht ständige Aufsicht. Im Tageszentrum wird sie gut versorgt sein. Die sind dazu ausgebildet, mit solchen Problemen umzugehen.

Solchen Problemen.

»Nun, es ist alles geregelt«, sagte Ms. Laffan freundlich. »Genießen Sie Ihr Dinner heute abend, Eleanor. Aidan war so freundlich, mich einzuladen, aber ich werde hier bei Mutter bleiben – nicht nötig, die kleine Niamh in Anspruch zu nehmen. Ich bin froh, daß Richard sich entschlossen hat, mit Ihnen zu gehen. So hat er doch eine schöne Feier. Oh, Aidan, ich habe ihm heute morgen sein Flugticket gegeben. Er war begeistert.«

»Wir schenken ihm ein Wochenende in London«, erklärte Aidan Eleanor. »Er kann in dem Hotel wohnen – du weißt schon, wo ich gearbeitet habe. Er wird es schön haben. Er kennt Erica seit Jahren.«

»Erica?«

»Äh, ja.« Er wich Victorias versteinertem Blick aus. »Meine frühere Partnerin.«

»Ach so«, sagte Eleanor.

Drei Uhr. Eleanor beendete einen weiteren Abschnitt, mit dem sie nicht zufrieden war. Sie konnte sich nicht konzentrieren. Ms. Laffan hatte sie verwirrt. Sie war heute morgen wieder ganz sie selbst gewesen – gelassen, freundlich, höflich. Kein Anzeichen von Nervenschwäche. Sie nahm keinerlei Medikamente mehr – wenigstens sagte sie das. Das war immerhin etwas, fand Eleanor.

Und dann Aidan.

Ms. Laffan und er zogen an einem Strang. Sie konnte es nicht begreifen. Victoria hatte sogar Malcolm Norton erwähnt, den Architekten. Sie hatte gesagt, sie freue sich auf die völlige Renovierung von The Lodge.

Zusammen hatten sie Granny Laffan untergebracht. Ein Tag in der Woche im Tagespflegezentrum. Der würde später auf zwei ausgedehnt werden, dann auf drei. Wenn die alte Dame sich erst an den Gedanken gewöhnte, würde der Weg frei sein, sie ganz in ein Pflegeheim zu stecken. Es machte Eleanor traurig, wie vorhersehbar all das war.

Sie erinnerte sich an die Fosters, die neben ihrer Metzgerei gewohnt hatten, als sie noch ein Kind war. Die hatten ihre Großmutter in ein Heim gegeben, als sie ihnen zu anstrengend wurde. Anfangs hatten sie sie zweimal in der Woche besucht, dann einmal, und am Ende hatten sie sie ganz vergessen. Sie dem Pflegepersonal überlassen. War das die Zukunft von Granny Laffan?

Sie mußte mit Aidan unter vier Augen sprechen. Was du heute kannst besorgen ...

Sie ging in den zweiten Stock hinauf und klopfte an seine Zimmertür.

»Ellie!« Er freute sich. »Komm rein.«

Das Zimmer war geräumig. Brauner Teppich, gelbe Wände, dunkle Mahagonimöbel, viele Bücherregale.

»Dein Zimmer ist schön«, sagte sie.

»Ja, nicht? Richard hat es hübsch hergerichtet. Also, das ist eine Überraschung. Ich dachte, du würdest über deinem Buch brüten.«

»Ja, das habe ich auch. Hör zu, ich muß mit dir reden ...« Er nahm sie in die Arme und drückte sie an sich. »Mmh, du riechst gut.«

»Danke. Und jetzt ...«

Er küßte sie. Langsam. Er schloß die Tür ab, führte sie zu dem großen Bett und setzte sich mit ihr hin. »Du siehst hübsch aus. Rot steht dir.«

»Aidan ...«

»Mmh.« Er küßte ihre Wange. »Ich höre.«

Er hörte nicht zu.

Sie versuchte, ihn wegzudrücken. »Ich möchte mit dir über Granny Laffan reden.«

Seine Lippen bewegten sich von ihrem Hals zu ihrem Ohr.

»Aidan, hör auf.«

Er streichelte ihr Haar. »Ich kann nicht.«

»Bitte, hör zu. Findest du wirklich, daß es eine gute Idee ist? Dieses Tagespflegezentrum?«

»Ja, das finde ich.« Seine Hand wanderte zu ihrer Brust. »Oh ... kein BH!« Er streichelte sie durch den dünnen Stoff ihres Sommerkleides. »Es wird ihr gefallen, Ellie. Sie wird mit Leuten ihres Alters zusammen sein. Und sie kommt einmal in der Woche hier raus. Lucy sagt, das wäre gut für sie.«

Er streichelte sie weiter. Sie hielt seine Hand mit ihrer fest. »Moment, Aidan.« Sie *mußte* ihn dazu bringen, daß er zuhörte. »Findest du nicht, daß das ein bißchen plötzlich kommt?«

»Plötzlich?« Sein Finger umkreiste ihre Brustwarze. »Mmh, schön. Ich berühre dich so gern, Ellie. Nein, es ist nicht plötzlich. Es ist höchste Zeit, daß etwas geschieht.«

Die leichte Berührung seines Fingers ließ ihren ganzen Körper erschauern. Sie versuchte sich auf das zu konzentrieren, was er sagte, aber er erregte sie jetzt wirklich.

»Wir konnten nicht so weitermachen wie gehabt, Ellie. Lucy ist ausgebildete Krankenschwester. Sie kam hierher, sah die Situation und unternahm etwas dagegen. Wir hatten Hilfe nötig.«

»Ich weiß, aber jetzt habt ihr doch *mich*.«

»Mmh. Ich habe jetzt dich.« Er drückte sie auf das Kissen nieder. »Und ich will dich jetzt.«

Sie kicherte. »Aidan, willst du wohl *warten*.«

»Ich kann nicht. Ich bin nur aus Fleisch und Blut. Ellie!«

Er küßte sie wieder, und seine Hände wanderten zu ihrem Hintern, zogen sie näher zu ihm. Sie wand sich aus seiner Umarmung und setzte sich auf.

»Aidan ... das können wir nicht. Mitten am Nachmittag! Das geht nicht.«

Sanft hob er den Saum ihres Kleides. »Natürlich geht es, Ellie ... es ist einfach großartig.«

Seine Hand bewegte sich langsam an ihrem Schenkel hinauf. Eine Welle des Begehrens durchströmte sie. Sie konnte nicht länger dagegen ankämpfen. Sie hob ihr Gesicht zu seinem und küßte ihn zart auf die Lippen.

Verdammt! Es war *tatsächlich* großartig.

Er lag neben ihr und rauchte eine Zigarre. Fünf Uhr. Zwei Stunden köstlicher Lust. Schmusen, Streicheln, Berühren, leidenschaftlich ineinander verschlungene Gliedmaßen. Keine Schranken. Sie fühlte sich wild, frei, fast leichtfertig. Sie konnte nicht genug von ihm bekommen. Aber dies war viel mehr als Lust. Jedesmal, wenn sie sich liebten, fühlte sie sich ihm näher.

»Ich liebe dich, Ellie.«

»Ich dich auch.«

Und sie tat es. Sie liebte diesen Mann von ganzem Herzen.

Sie liebte seinen Witz, seine Intelligenz, seine Sanftheit und seine Leidenschaft. Sie liebte das Gefühl, das er ihr gab – sie fühlte sich wohl in ihrer Haut. Sie lächelte ihn schläfrig an und spielte mit der Haarlocke, die sich hinter seinem Ohr kräuselte.

Er bewegte seine Lippen wieder zu ihrer Brustwarze. Das inzwischen vertraute prickelnde Gefühl schoß durch ihren Körper. Sie wimmerte.

»Du bist so leidenschaftlich, Ellie.«

Sie lächelte. »Das liegt an dir, Aidan. Du hast diese Wirkung auf mich.«

»Nein, nein, das bist du. Du bist eine sinnliche, heißblütige Frau. Du bist unglaublich.«

Sie antwortete ihm mit einem weiteren Kuß. Es war ihr egal, wenn sie nie aus diesem Bett herauskamen. Wenn die Welt unterginge, würde Eleanor glücklich sterben.

Nach ihrer Dusche mußte Eleanor sich entscheiden, was sie anziehen wollte. Sie öffnete ihren Kleiderschrank und sah ihre Sachen durch. Ja. Das weiße Kleid. Es war lang und fließend, und die Baumwolle würde kühl sein. Sie schlüpfte hinein und setzte sich vor den Spiegel. Ihr Gesicht war leicht gerötet. Sie lächelte ihrem Spiegelbild zu und trug sorgfältig ihr Make-up auf. Eleanor Ross, du solltest dich schämen; du wilde, schlimme Frau, du! Ihr Spiegelbild lächelte zurück. Sie stand auf, um sich ganz zu sehen. Nein, so ging das nicht. Sie würde einen BH anziehen müssen. Und sie würde sich Aidan während des Essens vom Leib halten müssen. Am besten saß er am anderen Ende des Tisches. Sie lachte laut.

Es klopfte an der Tür.

»Mrs. Ross.«

»Ich komme sofort, Rich. Noch eine Sekunde.«

»Nein, l-l-lassen Sie sich Zeit. Ihre Schwester und ihr Mann s-s-sind angekommen. Ich habe sie ins Wohnzimmer geführt.«

»Ach ja? Ich bin gleich unten. Danke, Rich.«

Sie eilte in den Wohnraum hinunter. Mona sprang von der Couch auf, packte Eleanor und hätte sie fast umgerissen.

»Ellie, Ellie! Wie schön, dich zu sehen!«

»Und dich erst.«

Des kam zu ihnen und befreite Eleanor aus den Klauen seiner Frau. »Hallo, Ellie.«

Sie umarmte ihren Schwager. »Ich kann euch gar nicht sagen, wie ich mich freue, euch beide zu sehen.«

Mona und Des . . . gebräunt, grinsend, lachend, gleichzeitig redend. Sie sahen fabelhaft aus. Monas tief ausgeschnittenes schwarzes T-Shirt war überaus sexy. Eleanor hatte sie immer um ihr Dekolleté beneidet.

»Ihr seht wunderbar aus, beide«, rief Eleanor. »Ach, ich . . . ich freue mich ja so, daß ihr hier seid!«

Mona umarmte sie noch einmal. »Wenn das das Ergebnis ist, mußt du öfter von zu Hause weggehen.«

Sie hielt Eleanor auf Armeslänge von sich entfernt und musterte sie kritisch.

»Ellie, du siehst selbst fabelhaft aus. Strahlend. Was ist mit *dir* los?«

Des lächelte Eleanor zu. »Du siehst so hübsch aus wie immer, Ellie.«

»Hübsch wie immer! Schau sie dir doch an, um Gottes willen!« rief Mona. »Sie ist eine andere Frau. Mein Gott, ich fasse es nicht. Du siehst zehn Jahre jünger aus!«

»Ich fühle mich auch zehn Jahre jünger«, stimmte Eleanor zu.

Mona lachte. »Verrat uns das Rezept, Ellie.«

Eleanor flüsterte ihr etwas ins Ohr.

»Ach du liebe Güte, erzähl mir mehr. Wann lernen wir deinen Liebsten kennen?«

»Jetzt gleich.«

Alle drei drehten sich um. Aidan stand in der Tür und grinste breit.

»Mona Moore! Komm her und gib mir einen Kuß.« Er

lachte und schüttelte Des die Hand. »Sie müssen der unglückliche Ehemann sein. Ich kann Ihnen sagen, Ihre Frau war eine Plage, als sie jung war.«

Mona errötete bis an die Wurzeln ihrer blondgefärbten Haare, als der gebräunte, grauhaarige Adonis sie hochhob und herumschwang.

»Aidan Brady!« kreischte sie. »Setz mich ab!«

20

Des hatte ihnen im Restaurant Villa Italia, das an der Ufer-
straße in Bray lag, einen Tisch bestellt.

»Es gehört zwei Cousins, die George heißen«, sagte Aidan,
als sie die Tür erreichten. »Das Essen ist toll.«

Das Restaurant war sehr voll. Es war wie in Italien eingerichtet: Fliesenboden, hölzerne Tische und Stühle. Nichts
Überflüssiges. Die Atmosphäre war lässig und entspannt.

Der Kellner führte sie an einen Tisch für fünf Personen in
der Ecke. Aidan sorgte dafür, daß Eleanor zwischen Mona
und ihm saß, und Des saß auf der anderen Seite neben Richard. Aidan nahm Eleanors Hand.

Mona zog ein Gesicht. »Herrje, ihr seid ja völlig von der
Rolle! Wie ist es, wenn man verliebt ist?«

»Mona, sei friedlich!« warnte Aidan.

Mona zog ihre Jacke aus, setzte sich bequem hin und
schaute sich gründlich um.

»Schön hier, nicht, Des? Man könnte schwören, in Florenz
zu sein. Ach, ich hätte fast vergessen, es dir zu sagen, Ellie –
Des und ich haben für heute Nacht ein Zimmer in einem Hotel weiter unten an der Straße reserviert. Mutter bestand darauf, daß wir uns ein bißchen Zeit für uns nehmen. Wir brauchen die Kinder erst morgen abend wieder abzuholen. Also
könnten wir morgen vielleicht alle zusammen einen Ausflug
machen, ja?«

»Gute Idee«, stimmte Aidan zu.

»Wie war ihre Reise nach London?« fragte Eleanor. »Ich wollte sie anrufen.«

»Hektisch. Mum hat Dad durch alle Läden von Knightsbridge geschleppt. Sie hat sich bei Harrods ein paar nette Sachen gekauft; ein entzückendes marineblaues Kostüm und ein Paar Schuhe von Bruno Magli, wenn du nichts dagegen hast.«

»Schön für sie«, sagte Eleanor. »Haben sie sich irgendwelche Shows angesehen?«

»Allerdings«, warf Des ein. »Sie sagte, sie würde dir davon erzählen, wenn du dich meldest. Ich glaube, sie erwartet einen Besuch, Ellie.«

»Und sie will *dich* unbedingt wiedersehen, Aidan.« Mona zwinkerte ihm zu. »Will sich ein Bild von dir machen.«

»Und sehen, ob ich ehrenwerte Absichten habe?« Er lachte. »Wird nett sein, eure Familie wiederzusehen. Eure Mutter habe ich immer gemocht.«

Eleanor freute sich.

Sie dachte an Aidans Mutter und seine Brüder. Er erwähnte sie kaum je. Aidan war nie sonderlich gut mit seiner Familie ausgekommen.

Ein hübscher Italiener mit buschigem Schnurrbart kam an ihren Tisch und stellte sich vor.

»Guten Abend zusammen. Ich bin George.«

Er gab jedem eine Speisekarte. »Darf ich Ihnen bei der Auswahl helfen?«

»Was ist *Pollo al diavolo*?« fragte Mona.

»Ein halbes Huhn, entbeint, in Olivenöl, Knoblauch, Zwiebeln, Rosmarin und zerdrücktem schwarzem Pfeffer mariniert.« In übertriebenem Entzücken schnippte George mit den Fingern. »Wir garen es auf einem Holzkohlengrill – absolut perfekt.«

»Das macht einem ja den Mund wäßrig«, sagte Des. »Das nehme ich.«

»Ich auch«, beschloß Mona. »Was nimmst du, Aidan?«

Mit flatternden Wimpern sah sie ihn an.

»*Spiedino di pesce*«, antwortete Aidan mit perfekter italienischer Aussprache.

»Das nehme ich vielleicht auch«, sagte Eleanor. »Wie ist es, George?«

»Ach, Madam, wirklich köstlich – ein Gericht für die Götter. Ein Spieß mit frischem Fisch, mariniert in erstklassigem Olivenöl mit einem Hauch Zitronensaft.« Seine Stimme wurde richtig gefühlvoll. »Zerdrückter schwarzer Pfeffer und ... mmh ... Basilikum. Wir garen die Spieße im Ofen und servieren sie mit einer Sauce aus Weißwein und Sahne – himmlisch!«

»Das nehme ich. Ich liebe Basilikum.«

»Ach, ich dachte, du liebtest mich!« Aidan drückte ihr Knie. Mona verdrehte die Augen. »Ist er *immer* so, Ellie?«

»Nein, nicht immer. Normalerweise ist er schlimmer. Okay, Richard, jetzt sind Sie an der Reihe.«

»Ja, das Geburtstagskind.« Mona wandte sich an Richard. »Haben Sie sich schon entschieden? Mögen Sie Fisch wie Ihr Vater?«

»Nein, Mona. Rich liebt Geflügel, nicht, Sohn?«

»D-D-Dad, b-b-bitte.«

Aidan tat so, als sei er zerknirscht. »Entschuldigung.«

»Ich nehme d-d-das Sirloin-Steak mit Krabbensauce, b-b-bitte.«

»Gut. Möchte jemand eine Vorspeise?« fragte Des.

»Ich nicht«, sagte Aidan. »Die Desserts sind hier üppig. Ich möchte mir etwas Platz lassen.«

»Desserts!« stöhnte Mona. »Ich kann ihnen nicht widerstehen, aber sie sind verheerend, nicht? Ich brauche bloß etwas Süßes anzusehen, und schon nehme ich zu.«

»Überhaupt nicht, Mona. Du hast eine fabelhafte Figur.«

»Dieser Mann ist toll für das Ego«, sagte Mona zu Eleanor. »Ich wünsche, Des wäre so wie er.«

»Also keine Vorspeisen, George«, sagte Aidan. »Könnten Sie statt dessen etwas Knoblauchbrot bringen?«

»Selbstverständlich, Sir.«

»Wein?« fragte Des Aidan.

»Der Hauswein ist hier sehr gut.«

George verbeugte sich in dramatischer Anerkennung vor Aidan. »Das ist er in der Tat, Sir. Rot oder weiß?«

»Eine von jedem?«

Des nickte zustimmend. Mona bat um einen großen Krug Eiswasser. Die Hitze machte sie durstig.

Aidan, Richard und Des waren bald in eine Diskussion über Weine vertieft.

Mona stand auf. »Komm mit mir aufs Klo, Ellie.« Sie wollte ihre Schwester ins Verhör nehmen – ihr Hauptgrund für den Besuch.

Sie entschuldigten sich und gingen auf die Damentoiletten zu.


»Also, Ellie – raus damit. Erzähl mir alles. Ich möchte alles hören.« Mona zündete sich eine Zigarette an.

Eleanor prüfte im Spiegel ihre Frisur. »Ich weiß nicht, wo ich anfangen soll.«

»Am Anfang.« Mona blies das Streichholz aus und grinste. »Aidan Brady. Als du es mir am Telefon gesagt hast, wäre ich fast gestorben.« Sie paffte Rauch in die Luft, ohne zu inhalieren. »Ich konnte es nicht glauben. Dann bin ich zu Mum gesaust. Sie ist begeistert, Ellie. Offenbar hat sie ihn immer gemocht. Sie hat gesagt, er wäre ein wirklicher Gentleman.«

»Das ist er«, stimmte Ellie zu.

»Ach, ja?«

»Die Art, wie er mich behandelt, Mona. Immer macht er mir die Autotür auf; wo wir auch sind, er hält meine Hand und sorgt dafür, daß ich mich wohl fühle. Er ist ein echter Kavalier. Und er denkt mit. Gestern hat er sich meinen Computer angesehen und einen Bildschirmschoner und sein Adobe-Programm installiert ...«

»Sein *was*? Ach, mach dir nicht die Mühe, es mir zu erklären, Ellie.« Sie lachte. »Aber das ist nicht alles, was er installiert hat.«

»Mona! Du bist unmöglich!«

»Ich weiß. Aber ich habe jedenfalls kapiert. Er ist sehr gut zu dir.«

»Ja, das ist er. Er ist nett.«

»Und er ist toll im Bett! Ellie, du lachst!«

»Er ist auch kein schlechter Koch.«

»Wie auch immer, ich sehe, was läuft, und ich bin verdammt froh für dich.«

»Wir sollten besser an den Tisch zurückgehen, Mona – und sag bitte nichts, was mich in Verlegenheit bringt, ja?«

Mona lachte. »Das würde ich doch nie tun! Es ist wirklich komisch, euch beide nach all der Zeit wieder zusammen zu sehen. Wie Schicksal oder so was.«

»Ja, nicht?«

»Ich kann es gar nicht fassen. Er ist so . . . überschäumend.«

»Ich weiß. Er bringt mich oft zum Lachen. Manchmal macht er einen ganz verrückt – bellt aus dem Autofenster Hunde an, riecht im Park an Rosen, küßt mich im Pub oder auf der Straße – er ist wie ein Teenager. Und das Komische ist, daß ich mich bei ihm auch so fühle.«

»Eine Schande, daß sie das nicht in Flaschen abfüllen. Von diesem Mittel könnten wir alle etwas gebrauchen.«

»Und er singt und spielt Gitarre für mich – genau wie früher. Manchmal denke ich, das alles ist ein Traum. Ich muß mich kneifen, um sicher zu sein, daß ich es mir nicht nur einbilde. Sogar wenn ich nicht mit ihm zusammen bin, muß ich über Dinge lachen, die er getan oder gesagt hat.«

»Dich hat es ja ganz schön erwischt, Ellie!«

»Ach, er ist hinreißend, Mona. Wirklich. Mit ihm macht alles Spaß.«

»Ja, ich verstehe. Er kann die Augen nicht von dir lassen – und die Finger auch nicht! Es ist urkomisch. Ich dachte immer, du könntest es nicht leiden, daß man dich anfaßt.«

Eleanor grinste. »Das ist anders.«

»Ach, verdammt, es freut mich wahnsinnig für dich! Wurde Zeit, daß du ein bißchen Ablenkung hast. Ich habe das vorhin ernst gemeint – du hast noch nie so gut ausgesehen, Ellie. Mum und Dad werden entzückt sein. Romantik bekommt dir zweifellos.«

»Moment mal, Mona. Interpretiere nicht mehr hinein, als dran ist. Diese ... Beziehung wird nicht ewig dauern. Aidan und ich ... das ist nicht für lange. Ich meine, erstens wird er bald nach England zurückgehen. Wir kommen sehr gut miteinander aus, aber das ist nur ein Zwischenspiel für den Sommer.«

Mona bezweifelte das. »Ein Abenteuer?«

»Ja, wirklich. Eine Reise in die Vergangenheit. Ich meine, er mag mich gern und das alles, aber – schau, wenn der Sommer zu Ende ist, geht er nach England zurück. Er hat da eine ... eine Partnerin. Erica.«

»Eine Partnerin? Eine Freundin, meinst du?«

Eleanor zögerte. »Sie war seine Freundin, aber er sagt, das wäre vorbei. Ich bin nicht sicher.«

»Na ja, mit dir wirkt er jedenfalls glücklich, Ellie. Ich würde daran festhalten, wenn ich du wäre. Noch ein paar Wochen mit dir, und diese Erica existiert gar nicht mehr.«

»Sie ist sowieso nicht das eigentliche Thema. Aidan wird sich niemals binden.«

»Und du willst ihn auch nicht dazu zwingen.«

»Nein, will ich nicht. Ich bin selbst nicht bereit für eine Bindung. Aber ich bin froh, daß er wieder da ist. Die Leidenschaft ist auch da, und das ist wirklich aufregend, aber es ist noch mehr. Wir sind wie alte Freunde, weißt du. Er war ein Teil meiner Jugend. Wir kommen noch immer gut miteinander aus, haben die gleichen Interessen: Musik, Bücher, Sprache – sogar Kreuzworträtsel. In gewisser Weise ist das unglaublich. Mit wie vielen Leuten hast du noch etwas gemeinsam, wenn du sie nach dreißig Jahren wiedersiehst?«

»Mit sehr wenigen«, gab Mona zu.

»Aber er ist auch ganz anders als ich. Aidan ist ein Zugvogel, Mona. Er haßt es, irgendwo seßhaft zu werden. Nein, ich werde es genießen, so lange es dauert. Aber ich kann es mir nicht leisten, mich ernsthaft darauf einzulassen – ich will es nicht mal.«

»Ach, erzähl mir doch nichts, Ellie.«

»Aber ich sag's dir«, protestierte Eleanor. »Er ist rastlos. Es juckt ihn in den Füßen.«

»Ich an deiner Stelle wäre nicht an seinen Füßen interessiert! Na ja, wenn er wirklich weggehen wird ... ich nehme an, das mußt du akzeptieren. Vielleicht hast du recht. Ein paar Monate Glück sind besser als jahrelange ...«

»Ja, sind sie. Larry und ich ...«

»Was?«

Eleanor tupfte sich etwas Chanel No. 5 hinter die Ohren. »Nichts.«

»Darf ich?« Mona bespritzte sich die ganze Brust mit dem Parfüm.

»Wir sollten besser an den Tisch zurückgehen.«

Mona nickte. »Also, genieß es, solange du kannst, das rate ich dir. Laß dich bloß am Ende nicht verletzen. Aber er wird dir nicht weh tun, das merke ich ihm an. Er ist total in dich verknallt.« Sie löschte ihre Zigarette unter dem Wasserhahn aus und warf die Kippe in den Abfallbehälter.

»Glaubst du wirklich?«

»Ja, tue ich. Wir brauchen *alle* Zärtlichkeit, Ellie – und mit jemand, den man liebt, ist es so viel schöner.«

Eleanor lächelte.


Die Männer tranken ihren Rotwein und waren in eine Unterhaltung vertieft, als Eleanor und Mona wieder an den Tisch zurückkamen. Richard erkundigte sich bei seinem Vater nach Malcolm Nortons Investition. Des sah argwöhnisch zu seiner Frau auf.

»Was habt ihr beiden denn gemacht?«

Eleanors Blick warnte Mona, nichts zu sagen.

Mona lächelte Richard zu, während sie in Des' Tasche nach einer weiteren Zigarette suchte. »Ellie hat mir alle Neuigkeiten berichtet. Wie ich hörte, haben Sie Umbaupläne für The Lodge?«

»J-J-Ja.«

»Und wie geht es Ihrer Großmutter?«

»G-G-Gut.«

Mona gab auf.

»Er ist nicht sonderlich gesprächig, was?« flüsterte sie Eleanor zu. »Wie geht's der alten Dame wirklich?«

»Nicht so toll. Sie wird immer verwirrter. Nächste Woche wird sie zum ersten Mal in ein Tagespflegeheim gebracht.«

Mona schnippte ihre Asche ab, verfehlte den Aschenbecher und bürstete die Asche vom Tisch. »Ein Tagespflegeheim? Das ist gut.«

»Du findest das *gut*? Es ist der erste Schritt, nicht? Erinnerst du dich noch an die alte Mrs. Foster?«

»Seine Frau mußte allein das Textilgeschäft führen, Ellie, die fünf Kinder aufziehen und sich außerdem noch mit Mr. Foster herumschlagen. Sie hätte unmöglich zusätzlich noch ihre senile Schwiegermutter versorgen können.«

Eleanor trank von ihrem Wein.

»Ich mache mir nicht bloß um die Großmutter Sorgen, Mona.«

»Wie meinst du das?«

»Da geht eine Menge vor sich, was ich nicht verstehe. Ms. Laffan ist ... eigenartig.«

Sie erzählte Mona von dem Vorfall in Victorias Schlafzimmer.

»Herrgott, das hört sich ja an, als würde sie total spinnen! Ich fand sie schon an dem Tag, an dem du ankamst, ein bißchen sonderbar.« Sie beugte sich zu Eleanor hinüber und stieß Aidan an, der jetzt mit Des über die Prospekte für The Lodge sprach. »Ich habe mich gerade nach Ms. Laffan erkundigt. Ich hörte, daß es ihr nicht gutgegangen ist.«

Mona hatte eigentlich kein Recht, ihn darauf anzusprechen.

»Ach, das wird schon wieder«, sagte Aidan beiläufig. »Wir sind endlich dabei, die Dinge richtig zu organisieren. Sie hat jetzt viel Hilfe, dank Ellie – Ellie kann fabelhaft mit Granny Laffan umgehen, nicht, Rich?«

Richard lächelte zustimmend.

»Das kann ich mir vorstellen. Wenn sie nur nicht immer alles so schwernehmen würde. Ellie ist jemand, der sich ständig Sorgen macht. Nimmt sich alles zu Herzen.« Tadelnd wandte Mona sich ihrer Schwester zu. »Du warst immer gleich – schon als wir Kinder waren. Vögel mit gebrochenen Flügeln, streunende Hunde, was ihr wollt. Ellie nimmt alle Probleme dieser Welt auf ihre Schultern.«

Sie drückte ihre Zigarette aus.

Aidan spürte Eleanors Verärgerung. »Ellie ist sehr gutherzig. Das war sie immer. Es ist doch nichts Schlechtes daran, ein großes Herz zu haben, Mona.«

»Nein«, räumte Mona ein, »wenn man nicht ausgenutzt wird.«

Eleanor trat Mona gegen den Fußknöchel.

»Niemand nutzt sie aus. Ellie kann für sich selbst geradestehen«, sagte Aidan. »Sie ist einer der stärksten Menschen, die ich je kennengelernt habe.«

»Da bin ich mit dir einer Meinung. Ach, übrigens, Ellie, ich glaube nicht, daß deine Stellvertreterin, oder wie du sie nennst, sonderlich gut zurechtkommt. Ich habe in der Stadt Gerede gehört. Ein paar von deinen Patienten haben sie schon verlassen. Und Mum hat gesagt, daß eine von den Johnson-Zwillingen schwanger ist. Mrs. Johnson ist anscheinend völlig aus dem Häuschen. Sie wollte sich bei dir Rat holen. Ich glaube nicht, daß sie sich jemand anderem anvertrauen wollte.«

»Ach ja?«

Eleanor gefiel nicht, wie sich das anhörte.

»Sie sollte zu einer Familienberatungsstelle gehen. Die bieten jede Menge Hilfen an. Welche von den Zwillingen ist es denn?«

»Pamela«, antwortete Mona. »Wenn es Stella wäre, wäre es noch schlimmer. Eine richtig wilde Hummel.«

»Wie alt ist denn das Mädchen?« fragte Aidan.

»Fast siebzehn«, antwortete ihm Eleanor. »Sollte eigentlich nächstes Jahr ihren Schulabschluß machen. Das ist ja schrecklich – es hätte zu keinem schlechteren Zeitpunkt passieren können. Ich denke, ich werde Mrs. Johnson besuchen gehen.«

Aidan nahm wieder ihre Hand. »Nein, Ellie. Du hast selbst gesagt, es gibt jede Menge Hilfen. Halte dich da raus.«

»Vielleicht sollte ich Thelma anrufen. Sie könnte für Pamela einen Termin machen.«

Des warf seiner Frau einen Seitenblick zu. »Warum mußtest du ihr das erzählen, Mona? Hör zu, Ellie, ich bin sicher, daß sie das auch so hinkriegen.«

Aidan gab ihr einen kleinen Kuß auf die Wange. »Hör auf Des, Ellie. Du brauchst nicht nach Dublin zurückzulaufen. Das Mädchen und die Mutter können Hilfe bekommen, ohne daß du dich einmischst. Keiner von uns ist unentbehrlich.«

George kam mit ihren Speisen. Sie sahen köstlich aus und schmeckten auch so. Des und Richard machten sich darüber her.

Aidan lächelte Eleanor beruhigend an. »Wir brauchen dich *hier*.«

»Dieses Huhn ist überirdisch gut«, murmelte Mona zwischen zwei Bissen. »Mmh, köstlich.«

Eleanor schob ihr Essen auf dem Teller herum. Ihr war der Appetit vergangen.

Des bemerkte, daß sie nicht aß. »Ist der Fisch in Ordnung?«

»Ja, tut mir leid, Des. Er schmeckt sehr gut.« Sie nahm einen winzigen Bissen.

»Also, Ellie«, fing Mona wieder an, »Des und Aidan haben

völlig recht. Du bist hier unten, um mal aus allem rauszukommen. Ich hätte meine Klappe halten und nicht über deine Patienten reden sollen. Du kannst dich jetzt nicht mit ihnen abgeben – und auch nicht mit den Problemen von Ms. Laffan.«

Sie schaute von Aidan zu Richard. »Ich meine das nicht böse.«

»Schon in Ordnung.« Aidan prostete Mona zu.

»Wenn ich abends von der Arbeit nach Hause komme«, fuhr Mona fort, »dann schalte ich ab. Ich muß – ich habe so viel zu tun mit den Kindern und allem. Ich werde für meine Arbeit bezahlt, und ich mache sie gut, aber wenn ich nach Hause komme – Schluß damit.«

»Das ist nicht dasselbe, Mona«, antwortete Eleanor. »Ich weiß, ich weiß, ich bin hier, um mich zu erholen und mein Buch zu schreiben. Und Thelma Young vertritt mich in der Praxis, auch das ist klar. Aber ich kann mich nicht aus dem, was sich hier abspielt, ganz heraushalten. Seit ich Granny Laffan übernommen habe, ist es anders.«

»Blödsinn!«

Richard sah bestürzt aus.

»Mrs. R-R-Ross gehört inzwischen f-f-fast zur Familie.«

Mona entschied sich dafür, sich auf ihr Essen zu konzentrieren.

»Ellie wohnt doch bei uns, Mona. Das macht schon einen Unterschied«, meinte Aidan. »Sie kann uns nicht entkommen – wie ich zu meiner Freude sagen kann. Es ist eben nicht so, als könnte *sie* abends nach Hause gehen und abschalten. Sie lebt mit uns. Sieht uns dauernd. Sie gehört zur Familie.«

Mona hatte ihren Teller geleert. Sie vergeudete nie etwas. Des hielt es für besser, ein anderes Thema anzuschneiden. Er fragte Aidan nach Golfen und Fischen und warf seiner Frau einen Blick mit hochgezogenen Augenbrauen zu. Sie wußte, daß sie Wiedergutmachung leisten mußte.

»Tut mir leid, Ellie. Ich sehe, daß ich dich verärgert habe.«
Mona sah zerknirscht aus.

»Erzähl mir mehr über die geheimnisvolle Victoria.«

Eleanor schaute nach den drei Männern, um sich zu vergewissern, daß sie nicht zuhörten.

»... Sie belegt Aidan jetzt dauernd mit Beschlag, und dabei war sie diejenige, die versucht hat, mich von ihm abzuschrecken.«

»Ha! Wahrscheinlich ist sie selbst scharf auf ihn!« Mona schenkte sich noch ein Glas Rotwein ein.

»Sei nicht blöd«, sagte Eleanor unwirsch.

Victoria? Scharf auf Aidan? War das möglich? War *das* der Grund, warum es immer Reibungen zwischen ihnen gegeben hatte?

Eleanor tunkte ein Stück Kabeljau in die Sahnesauce.

»Und dann all die Gerüchte ...«

»Was für Gerüchte?«

»Über Aidans Affäre mit Carol Boylan, der Frau des Zahnarztes – der Frau, die ermordet wurde.«

»Der Frau, die *ermordet* wurde?«

Eleanor nickte düster. »An den Gerüchten ist natürlich nichts dran.«

»Gerüchte, Mord, versteckte Andeutungen, Romantik. Das ist wie im Kino, nicht? Wie ein Hitchcock-Film.« Monas Augen leuchteten auf.

»Ellie, meinst du, daß es vielleicht der Ehemann war, der sie umgebracht hat? Der Zahnarzt wäre doch der Hauptverdächtige, nicht?«

Es war absurd.

Eleanor hätte Mona am liebsten geohrfeigt. Sie konnte auf keinen Fall zugeben, daß sie es *tatsächlich* für möglich hielt, daß Dr. Boylan seine Frau umgebracht hatte.

»Mona, wir reden hier von echten Menschen. Leuten aus Fleisch und Blut mit Gefühlen, Ängsten und bösen Erinnerungen. Das ist nicht irgendein sensationeller Kriminalroman.

Es ist ein Mord im *wirklichen Leben*, und es ist entsetzlich. Brenda Boylan leidet noch immer unter dem Tod ihrer Mutter. Und ihr Vater auch. Das halbe Dorf leidet mit. Es ist nicht ... es ist weder spannend noch aufregend noch sensationell. Es ist *grauenhaft*.«

Mona schaute angemessen zerknirscht drein.

Richard räusperte sich. Er hatte mitgehört und war alles andere als erfreut über das Gespräch. Des schenkte Eleanor und Richard Wein nach. Er war sehr still geworden. Aidan ebenfalls. Es war eine Erleichterung, als George zurückkam.

»Bereit für das Dessert, meine Damen und Herren?«

Trotz Eleanors Abfuhr hatte Mona ihren Appetit auf eine Nachspeise nicht verloren. Sie bestellte Tiramisu.

»Ich denke, ich probiere die Profiteroles«, sagte Richard, ohne zu stottern.

»Gut gewählt«, erwiderte George herzlich, »aber Mrs. Ross hat schon etwas organisiert.«

Als die riesige Torte mit einundzwanzig brennenden Kerzen serviert wurde, stimmte das ganze Restaurant in den Gesang von »Happy Birthday« ein. Richard freute sich so, daß er aufstand und sich verbeugte – sehr untypisch für ihn. Die Spannung am Tisch löste sich allmählich in Gelächter auf.

Am Sonntag nachmittag fuhren Des und Mona mit Eleanor und Aidan nach Blessington. Der See, in dem sich überhängende Äste spiegelten, schimmerte in der Nachmittagssonne. In der Ferne erhoben sich die blauen Berge. Baumbestandene Straßen führten an der Seenlandschaft vorbei. Das dunkle, üppige Grün gefiel Mona sehr.

»Da kann Lanzarote nicht mithalten«, gab sie zu. »Der Boden dort ist dunkel wie Teer. Selbst die Strände sehen schmutzig aus, nicht, Des? Gut, der Himmel und das Meer sind blau wie in den üblichen Prospekten, aber das Land ist wie versengt und ziemlich langweilig. Wir haben einen Kutschenausflug zum Vulkan gemacht – weißt du noch, Des?«

»Mmh.« Er versuchte, sich auf die Straße zu konzentrieren.

»Es war, als wäre man auf dem Mond. Unheimlich. Des war natürlich fasziniert. Und oben auf dem Vulkan haben wir ein Picknick gemacht.«

»Na ja, typischer Touristenkram«, sagte Des abfällig. »Aber wir haben in einem tollen Apartmentkomplex gewohnt. Zu ebener Erde. Wir wohnten praktisch am Strand. Keine langen Wege in der Gluthitze tagsüber, und das war ...«

»Wir hatten Glück«, stimmte Mona zu. »Und es gab ein paar nette Restaurants oben auf dem Hügel in der Altstadt, in die wir abends gegangen sind. Aber bis man in der Hitze da oben angekommen war, war man ziemlich geschafft. Du kennst mich, Ellie, ich hab's gern bequem.«

»Ja, Mona, das hatte ich allerdings schon bemerkt.«

»Möchtet ihr hinüber nach Russborough House?« schlug Aidan vor. »Es ist gleich die Straße hinunter.«

Des richtete sich am Steuer auf. »Das wäre toll. Ich muß mir mal die Füße vertreten. Russborough House. Da haben sie doch die Beit-Kunstsammlung, nicht?«

Eleanor vermutete, daß die Hitze im Auto ihm allmählich zu schaffen machte. Die Sonne brannte. Selbst bei geöffneten Fenstern war es drückend heiß.

»Die was?« fragte Mona. Kunst war ihre Sache nicht.

»Die Sammlung Alfred Beit«, erklärte ihr Des. »Gemälde von Vermeer, Goya und Rubens. Ich würde sie gern sehen.«

Mona seufzte. »Ich mag diesen herrlichen Nachmittag nicht in einem modrigen alten Museum zubringen.«

»Ich hätte gedacht, du hättest genug Sonne gehabt, Mona. Ellie möchte die Bilder sicher gern sehen, nicht?« sagte Des über die Schulter zu ihr.

»Ja, möchte ich«, bejahte Eleanor. »Es wäre schade, die Gelegenheit nicht zu nutzen, wenn wir so nahe dran sind.«

Mona, nicht gewohnt, überstimmt zu werden, schmollte.

»Du kannst dir die Sammlung von irischem Silber anschauen«, sagte Des, um sie zu besänftigen.

»Wie toll!«

»Und es gibt einen phantastischen Rhododendrongarten, Mona«, sagte Aidan. »Du und ich, wir könnten draußen in der Sonne bleiben und die Blumen genießen. Und zum See hinunterspazieren.«

Mona strahlte. Das war ihre Chance, *ihn* ins Gebet zu nehmen.

Nach acht an diesem Abend kamen sie nach The Lodge zurück. Aidan schüttelte Des herzlich die Hand und küßte Mona auf beide Wangen.

»Paß auf meine Schwester auf«, sagte sie warnend zu ihm.

»Das habe ich auch vor.«

»Ich freue mich, daß ihr beide wieder zusammen seid, Aidan. Auch wenn ich immer noch sage, daß du ein alternder Hippie bist!«

»Das ignoriere ich lieber. Hör mal, Mona, mach dir keine Sorgen um Ellie. Ich werde mich gut um sie kümmern. Sie ist ... sie ist wunderbar. Ich war noch nie so glücklich.«

»Sie auch nicht, Aidan.«

»Wir sind immer noch dabei, uns kennenzulernen. So etwas kann man nicht übereilen.«

»Sicher nicht. Aber laß dir eins sagen, Ellie hatte es im letzten Jahr sehr schwer. Larry war ein guter Ehemann. Anständig. Sei gut zu ihr, Aidan. Sie verdient dieses Glück wirklich.«

Eleanor umarmte ihren Schwager. »Es war toll, euch beide wiederzusehen. Grüßt die Kinder von mir.«

»Wird gemacht, Ellie. Ich ... ich freue mich so für dich. Aidan ist ... ist genau das, was du gebraucht hast.«

»Hat er ... hat er irgend etwas über mich gesagt, Des?«

»Ja, das hat er tatsächlich ... er hat gesagt, du wärst teuflisch gut im Bett!«

»Ich bring ihn um!«

Des lachte und stieg in den Wagen. Mona umarmte Eleanor noch einmal.

»Tschüs, ihr zwei! Seid glücklich!«

Aidan legte einen Arm um Eleanor, und sie winkten Des und Mona nach.

»Mona ist zum Piepen«, sagte Aidan. »Hat mir einen Vortrag gehalten, welches Glück ich habe, weil du wieder in mein Leben getreten bist.«

»Tja, das hast du allerdings!«

Er küßte sie auf die Nase. »Sie sieht gut aus, aber ich fand, daß sie ziemlich zugenommen hat.«

»Ihr hast du gesagt, sie hätte eine tolle Figur!«

»Na ja, ich baue Leute gerne auf.«

»Wie fandest du Des?«

Aidan hob eine weggeworfene Chipstüte auf.

»Ich hasse herumliegenden Abfall. Macht mich wirklich sauer. Ich wette, das waren diese gräßlichen Rangen aus Nummer sechs. Verwöhnte Bälger.«

»Es sind Kinder, Aidan.«

»Des? Ja, er ist sehr nett. So mitteilsam. Er ist ... er ist irgendwie typisch, nicht? Redet ununterbrochen über seine Arbeit.«

»Das ist nicht ungewöhnlich.«

»Ich würde den Verstand verlieren, wenn ich jeden Tag tun müßte, was er tut. Er hat diesen Job seit Jahren!«

Eleanor schlug ihn spielerisch auf den Arm.

»Manche von uns *müssen* arbeiten, um ihren Lebensunterhalt zu verdienen, Aidan Brady.«

»Aber diese Art von Arbeit – Büroroutine, Verfahrensfragen, Terminkalender ... Herrgott, allein der Gedanke!«

»Wir können nicht alle der künstlerische, bohemehafte Typ sein!«

»Stimmt!«

»Wenn jeder so wäre wie du, Aidan, dann würde die Gesellschaft zusammenbrechen.«

Er lachte. »Du hast recht. Ich sage bloß, daß Routinearbeit mich verrückt machen würde.«

»Du *bist* bereits verrückt. Schau mal auf die Uhr – wir haben seit Mittag nichts gegessen. Hast du Hunger?«

Er knabberte an ihrem Ohr. »Mmh.«

»Ich würde sagen, wir haben das Dinner verpaßt, Aidan. Ich koche uns etwas. Spaghetti oder sonst etwas Einfaches. Was möchtest du heute abend am liebsten essen?«

»Dich!«

Er nahm sie in die Arme.

»Laß uns früh ins Bett gehen.«

21

Michael Boylan war wütend. Wütend und verbittert. Er stand in seinem Behandlungszimmer und schaute sich in dem Raum um, in dem er dreißig Jahre lang gearbeitet hatte: der Zahnarztstuhl, die Instrumente, die verschlossenen Vitrinen – sein Markenzeichen. Verächtlich betrachtete er die gerahmten Diplome und Zeugnisse an der Wand – Zeugen seines Genies! So intelligent war er am Ende doch nicht, oder? Dreißig Jahre lang Bohren, Füllen, Anpassen, Extrahieren. Ein Jahr ging in das nächste über. Er kam voran, aber nirgends an. Nein, nicht sehr schlau.

Seine Arbeit fehlte ihm nicht. Sein neuer Partner, ein junger Zahnarzt aus Dublin, war ein großer Erfolg. Beliebt bei den Patienten. Ja, jung, idealistisch und begeistert. So hatte Michael auch einmal angefangen. Vor dreißig Jahren.

Jetzt war er das ganze Geschäft leid. Er brauchte diese Pause von der Monotonie, so vorübergehend sie auch sein mochte. Routine zerstörte die Seele.

Drei Wochen, seit er an seinen Schützling übergeben hatte, und drei Wochen, seit er nichts getrunken hatte. Er hielt sich sehr gut – das hatten sie ihm gesagt. Sehr gut. Woher, zum Teufel, wußten sie das? Was wußten sie von Nachtschweiß, von dem Zittern, der Übelkeit, den Alpträumen, die ihm das Blut gefrieren ließen?

Was wußten *die* schon!

Gutmenschen. Aufgeblasene, herablassende, verdammte

Gutmenschen. Er haßte die verfluchten Treffen an drei Abenden in der Woche. Was hatte *er* mit diesen Versagern gemeinsam?

»Hallo, mein Name ist Michael Boylan, und ich bin Alkoholiker.«

Quatsch.

Er war überhaupt kein Alkoholiker. Das Trinken war kein Problem. Sicher, er mochte seine paar Drinks oben im Golfclub, aber er trank nur, um gesellig zu sein.

Taten das nicht alle?

Er schloß die Tür der Praxis ab und ging nach oben. Die Abendsonne schien durch das Badezimmerfenster und warf einen orangefarbenen Schein auf den Treppenabsatz. Einsam. Unheimlich.

Er starrte auf das Durcheinander in der Küche. Schmutzige Töpfe, in der Spüle gestapelt, fettige Teller auf dem Abtropfbrett, Flecken auf dem Linoleumboden. Der Abfalleimer mit seinem verfaulenden Inhalt verhöhnte ihn. Sein Magen drehte sich um. Er hatte keine Zeit, dieses Chaos aufzuräumen. Das war Brendas Job.

Brenda – seine geliebte Tochter. Es war alles *ihre* Schuld. Die kleine Schlampe. Genau wie ihre Mutter ...

»Ich verlasse dich, Michael. Ich gehe fort. Sinnlos, diese Pantomime noch länger zu spielen.«

So hatte sie ihre Ehe genannt. Eine Pantomime. Seine sogenannte Ehefrau. Er hatte sich abgeschuftet, tagein und tagaus, jahrein und jahraus, da unten in dieser verdammten Praxis, hatte nichts als Zahnlöcher, pelzige Zungen, zerbrochene Füllungen, blutendes Zahnfleisch gesehen.

Wozu?

Damit *sie* sagte, daß sie ihn verließ?

Er hatte ihr gegenüber seine Pflicht erfüllt. Er hatte ihr ein schönes Heim und ein bequemes Leben geboten. Sie hatte den ganzen Tag nichts anderes zu tun, als ihre dummen Bücher zu lesen. Alles, was er dafür verlangt hatte, war ein bißchen Gemeinsamkeit. Ein bißchen Behaglichkeit. Es war ihre Pflicht, ihm diese Behaglichkeit zu verschaffen.

Aber hatte sie das getan?

Nein. Sie war kalt. Unnatürlich. Sie hatte ihn zurückgewiesen. Ihren eigenen Ehemann. Das konnte er sich nicht bieten lassen, nicht? Oder?

»Carol, du bist meine Frau«, hatte er gefleht. »Verlaß mich nicht. Bitte, verlaß mich nicht.«

Herrgott, warum hatte er so gebettelt? Es war erniedrigend.

»Ich muß gehen, Michael. Unsere Ehe ist ein Witz. Das wissen wir beide.«

»Wohin willst du gehen? Zu deinem Liebhaber oben in The Lodge? Ist es das?«

»Nein.«

»Leugne es nicht, Carol. Ich habe dich gesehen. Ich habe gesehen, wie ihr beide euch geküßt habt. Im Wald. Du und dieser ... Küssen und Fummeln. Weißt du, wie ich mich gefühlt habe, Carol? Dich mit diesem ... diesem ... zu sehen. Mir wurde übel dabei. Zu sehen, wie *meine* Frau im Wald mit ihrem *Liebhaber* herumknutscht. Es war widerlich ...«

»Michael, du verstehst nicht. Ich liebe ...«

»Erwähne den Namen nicht in diesem Haus. Hörst du mich? Erwähne in meiner Gegenwart nicht diesen Namen. Niemals. Geh nur, geh nur, geh weg, geh zu diesem Perversen. Schau nur, wie du da oben in The Lodge zurechtkommst. Glaubst du, du wirst akzeptiert? Glaubst du, du kannst vor aller Augen dieses dreckige kleine Verhältnis fortführen? Weißt du, was man über dich reden wird, Carol?«

»Es ist mir egal, was die Leute sagen. Seit Jahren verbreiten sie Lügen über mich. Es macht mir nichts mehr aus.«

»Nun, mir aber durchaus, verdammt. Ich bin es satt, daß man über mich lacht. Ich habe auch meinen Stolz.«

»Ich gehe mit niemandem fort, Michael. Ich fange ein neues Leben an. Ich verlasse Coill endgültig. Brenda nehme ich mit, wenn sie will.«

334

»Nur über meine Leiche.«

»Sei nicht so melodramatisch. Du wirst es akzeptieren müssen, Michael. Ich werde meine Meinung nicht ändern.«

»Du bist meine Frau«, hatte er sie angeschrien. »Weißt du, was das bedeutet?«

»Leider ja.«

Heiße Wut war in seinem Gehirn explodiert. Er hatte sie auf das Doppelbett geworfen und an ihren Kleidern gerissen. Sie hatte sich nicht gewehrt. Dann hatte er sie geschlagen. Hart. Noch immer keine Reaktion. Also hatte er sie mit Gewalt genommen. Sie wollte sich ihm nicht freiwillig hingeben, also hatte er sie genommen. Er hatte keine andere Wahl. Sie war *seine Frau*.

Sie hatte kein Wort gesagt. Keine Vorwürfe. Keine Tränen. Sie war vom Bett aufgestanden und ruhig unter die Dusche getreten. Dann hatte sie sich angezogen und war gegangen. Dieser Juliabend vor fünf Jahren. Sie ging hinaus ... und kam niemals wieder.

Ihm war immer noch übel, wenn er daran dachte.

Und jetzt Brenda.

Sie hatte ihn auch verlassen. Warum? Er war ein guter Vater gewesen. Ihr hatte es nie an etwas gefehlt, nicht wahr? Oder? Und er hatte sie vor der Wahrheit beschützt. Hatte ihr nicht gesagt, was für eine Schlampe ihre Mutter in Wirklichkeit war. Das hatte er ihr nie gesagt. So etwas würde er ihr doch nicht antun. Er hatte sie in dem Glauben gelassen, ihre Mutter sei ... Und welchen Dank hatte er dafür bekommen? Welchen verdammten Dank hatte ihm das eingebracht?

Keinen.

Beide waren sie ihm davongelaufen. Nun, er brauchte sie nicht. Frauen waren oberflächlich, schwach und doppelzüngig. Lügnerinnen, eine wie die andere. Machten nichts als Probleme.

Brenda hatte tatsächlich die Frechheit gehabt, ihn gestern abend anzurufen.

»Daddy, es freut mich so, daß du nicht mehr trinkst!«

Ach ja?

Und woher wußte sie das? Durch die Gerüchteküche von Coill – daher. Diese verfluchte Chrissie Mullen und ihre geschwätzigen Briefe. Seine Tochter machte sich die Mühe, an Chrissie Mullen zu schreiben – eine Fremde –, aber damit, an ihren eigenen Vater zu schreiben, konnte sie sich nicht aufhalten. Fünf Wochen und kein einziger Brief. Nicht mal eine Postkarte. Nur ein Telefonanruf von drei Minuten.

»Freut mich so, daß du nicht mehr trinkst.«

Sie konnte zur Hölle fahren.

Er würde zum Essen ausgehen, das würde er tun. Warum sollte er Abend für Abend allein in diesem Höllenloch sitzen? Er würde ausgehen und sich ein anständiges Essen gönnen – und eine Flasche Bordeaux. *Zwei*, wenn ihm danach war.

Zum Teufel mit ihnen allen.

Das Schlafzimmer war in noch schlimmerem Zustand als die Küche. Offene Schubladen, aus denen Socken und Unterhosen quollen, die Laken in einem Haufen auf dem Fußboden, überquellende Aschenbecher und schmutzige Tassen.

Er warf sein Jackett auf das ungemachte Bett. Eine kleine Flasche fiel aus der Tasche. Die Zauberpillen.

»Die werden Ihnen helfen, nicht wieder zu trinken, Michael«, hatte Dr. Horgan gesagt. »Sie dürfen sie nicht in Kombination mit Alkohol einnehmen. Das wäre gefährlich.«

Noch mehr Blödsinn.

Er wollte ihre verdammten Tabletten nicht. Er war nie der Typ gewesen, der Pillen einwirft. Pillen waren für Schwächlinge. Er griff nach dem Fläschchen, ging ins Badezimmer und spülte die Tabletten in der Toilette hinunter.

Dann ging er wieder ins Schlafzimmer und suchte ein sauberes Hemd. Er konnte keines finden. Verdammt! Warum sollte er kein altes T-Shirt anziehen? Hatte er nicht noch T-Shirts im obersten Fach des Kleiderschranks?

Er stellte sich auf einen Stuhl und suchte. Ja, jede Menge T-

Shirts und Pullover da oben. Plötzlich berührten seine Finger etwas Kaltes, Hartes, Rundes. Ha! Das hatte er ganz vergessen.

Er packte die Flasche Paddy und stieg wieder vom Stuhl.

»Na so was, meine Schöne! Wer sagt denn, daß ich nicht ein Schlückchen nehmen darf? Wir sind alte Freunde, du und ich – was!«

Michael Boylan brachte seine alte Freundin in das schmutzige Wohnzimmer, nahm ein Glas und machte es sich in seinem Lieblingssessel bequem. Das Essen konnte warten.

Chrissie Mullen war am Samstag morgen wie üblich früh unterwegs. Sie hatte ihre Einkäufe gern erledigt, bevor es im Spar-Markt zu voll wurde. Als sie die Hauptstraße entlangging, beladen mit drei schweren Tüten, sah sie vor der Zahnarztpraxis Winnie Roberts, die durch den Briefkastenschlitz spähte. Chrissie überquerte die Straße.

»Morgen, Winnie. Was ist los?«

»Es ist eben nichts los.«

»Wie meinst du das?«

»Ach, Chrissie, ich bin ganz unsicher. Ich habe heute früh meinen Schlüssel verloren, und jetzt klopfe ich und klopfe, aber Doktor Boylan rührt sich nicht.«

»Vielleicht ist er ausgegangen.«

»Um diese Zeit? Es ist noch keine zehn, und gewöhnlich mache ich ihm am Samstagmorgen das Frühstück. Ich verstehe das nicht. Und die Wohnung ist wahrscheinlich ein Chaos. Letzten Samstag vormittag habe ich vier Stunden gebraucht, um alles in Ordnung zu bringen. Er kann überhaupt nicht selbst für sich sorgen.«

»Vermutlich fehlt ihm Brenda.«

»Und wie. Er ist wie ein verlorenes Schaf. Weißt du, während der Woche darf ich nur unten saubermachen. Dann hat er mich gebeten, samstags zu kommen und die Wohnung zu putzen. Was soll ich denn bloß machen?«

Chrissie schüttelte den Kopf. »Wenn ich du wäre, würde ich es dabei belassen. Geh nach Hause.«

»Möchte ich nicht. Ich hätte das Gefühl, ihn im Stich zu lassen.«

»Also, dann klopfen wir noch mal.«

Fünf laute Schläge.

Mr. Coyle kam in Unterhemd und Unterhose aus dem Nebenhaus geeilt, das Gesicht von Rasierschaum bedeckt.

»Was, in Herrgotts Namen, geht hier vor? Ihr weckt die Toten auf mit eurem Geklopfe.«

»Es ist wegen Doktor Boylan«, erklärte Chrissie. »Winnie kann nicht ins Haus, um zu putzen.«

»Ach du lieber Gott, ich habe schon gedacht, es würde brennen! Vergiß doch die Putzerei. Geht nach Hause und gebt ein bißchen Ruhe. Weiber!«

Winnie faßte ihn am Arm. »Und was ist, wenn er da drin ist? Was, wenn er ... krank ist ... oder einen Unfall hatte ... oder ...«

Paddy Coyle kratzte sich am Kopf. So leicht würde er diese beiden nicht los. Er schaute zu den Fenstern im ersten Stock.

»Ist das das Schlafzimmer? Wo das Oberlicht offen ist?«

Winnie schaute verblüfft. »Ja, ist es. Was schlägst du vor? Daß wir einbrechen?«

»Na ja«, gab er ärgerlich zurück, »hast du einen besseren Vorschlag? Ich gehe eine Leiter holen.«

Er kehrte in seinen Pub zurück.

Chrissie Mullen begann zu lachen.

»Was ist so komisch?« rief Winnie.

»Denk doch bloß mal. Wie, in aller Welt, soll Paddy Coyle auf der Leiter da raufkommen? Er ist fünfundsiebzig. Wenn du unbedingt willst, daß ein Unfall passiert ...«

»Ja, du hast recht.« Winnie verschränkte die Arme. »Also, kommt nicht in Frage, daß *ich* da raufgehe – nicht, wo mir so leicht schwindlig wird. Mir dreht sich schon der Kopf, wenn ich bloß dran denke. Würdest *du* es machen?«

»Ich? Hältst du mich für verrückt? Ich riskiere doch nicht Leib und Leben, indem ich da hochklettere.«

Paddy Coyle kämpfte sich mit einer alten, wackligen Leiter aus dem Pub. Dora Byrne folgte ihm auf den Fersen. Gemeinsam lehnten sie die Leiter an die Hauswand.

»Und jetzt?« fragte Paddy.

Dora Byrne zog eine Märtyrermiene. »Ich werde es tun.« Verächtlich sah sie die beiden anderen Frauen an. »Wenn wir es schaffen, dieses Fenster aufzukriegen, bin ich die einzige, die durchpaßt.«

»Die dürre alte Hexe!« flüsterte Winnie Chrissie zu.

Paddy hielt die Leiter fest, während Dora Byrne hinaufstieg wie eine Zweijährige. Als sie oben angekommen war, spähte sie durch das Fenster.

»Er ist da drin. Doktor Boylan ist da drin«, rief sie nach unten.

Auf der Straße hatte sich eine Menschenmenge angesammelt. Man hörte Gerede, Gelächter und Spekulationen.

»Gnädiger Gott«, sagte Chrissie zu Winnie, »warum kümmern die sich nicht um ihren eigenen Kram?«

Dora Byrne war es inzwischen gelungen, die obere Hälfte des Fensters zu öffnen. Sie stand auf den Zehenspitzen, beugte sich hinein und versuchte, auch die untere Hälfte aufzumachen. Die Leiter schwankte, und die Menge schnappte nach Luft.

»Gib acht, Dora«, rief Paddy nach oben. Er wandte sich an die versammelten Dorfbewohner. »Würdet ihr vielleicht verschwinden, wenn ihr nicht helfen wollt? Das hier ist kein Zirkus.«

Einige trotteten davon.

»Schau! Sie ist drin!« schrie Winnie.

»Donnerwetter, gut gemacht«, sagte Paddy respektvoll.

Ein paar Minuten später wurde die Haustür von einer stolzen Dora Byrne geöffnet. Sie grinste – sie genoß ihre neue Rolle als Heldin der Stunde.

»Er ist in einem schlimmen Zustand«, verkündete sie ruhig. »Bewußtlos. Ich konnte ihn nicht wachkriegen. Wir sollten besser einen Krankenwagen rufen.«

Niamh Byrne kam in Eleanors Zimmer gestürmt und legte drei saubere Handtücher auf das Bett.

»Sie haben die ganze Aufregung verpaßt«, keuchte sie. »Ich komme gerade aus dem Dorf. Der alte Boylan ist in einem Krankenwagen ins Krankenhaus gebracht worden.«

»Was?«

»Ja, es war aufregend. Sie mußten einbrechen, um ins Haus zu kommen. Meine Mutter ...«

»Langsam, Niamh. Also, was ist passiert?«

Das Mädchen holte Luft und begann von vorn. »Anscheinend ist er in der Nacht bewußtlos geworden. Und Winnie Wie-heißt-sie-noch, seine Haushälterin, hatte ihre Schlüssel verloren und rief durch den Briefkastenschlitz – hat meine Ma mir erzählt –, also, jedenfalls holte Mr. Coyle eine Leiter, und Chrissie Mullen ...«

»Mrs. Mullen war auch dort?«

»Ja, mittlerweile war das halbe Dorf da, jedenfalls wollte keiner die Leiter raufklettern, und meine Ma mußte das machen. Mr. Coyle hat ihr hinterher einen ordentlichen Brandy gegeben. Sie sind jetzt alle bei Coyle's, Sie sollten auch nach unten gehen. Da ist ...«

»Wie *geht* es Dr. Boylan?«

»Das weiß man noch nicht. Ich glaube, sie haben ihn ins St. Michael's in Dún Laoghaire gebracht.«

»Ein Herzanfall?«

»Ein Herzanfall, ach du liebe Güte! Er stank nach Schnaps. Jeder hat gewußt, daß er das Saufen nie lassen wird.«

»Man sollte Brenda benachrichtigen«, sagte Eleanor leise. »Ist Mr. Brady in der Nähe?«

»Nein, er ist heute morgen weggefahren, um seine Mutter zu besuchen – das hat Ms. Laffan gesagt.«

Seine Mutter besuchen? Davon hatte er am Vorabend nichts gesagt.

»Ich sollte besser schauen, daß ich mit meiner Arbeit weiterkomme. Soll ich Ihre Bettwäsche jetzt wechseln oder später wiederkommen?«

»Später, wenn es Ihnen nichts ausmacht, Niamh. Ich möchte dieses Kapitel beenden.«

»Ach, übrigens, da war ein Anruf für Sie gestern abend, als Sie mit Mr. Brady aus waren. Ich glaube, Richard hat die Nachricht notiert. Er hat auf dem Tisch in der Halle einen Zettel für Sie hinterlassen. Soll ich ihn holen?«

»Würden Sie so freundlich sein? Danke.«

Niamh ging, und Eleanor starrte wieder auf den Bildschirm. Sie hatte gerade das Kapitel über Selbstmord beendet. Sie hatte sich entschlossen, Aidans Erfahrungen und Gefühle nicht zu verwenden. Sie hielt es für unangemessen. Und sein Verhalten machte ihr ein wenig Sorgen. Als er über seine tote Frau und seine Reaktion auf ihren Selbstmord gesprochen hatte, war es gewesen, als rede er über jemand anderen. Irgend etwas daran hatte unecht geklungen.

Niamh kam mit der Nachricht zurück. »Da, bitte.«

»Danke, Niamh.«

»Keine Ursache. Bis später.«

Eleanor schaute auf den Zettel.

*Bitte rufen Sie am Montag morgen Jean Parkinson an. Es ist wichtig. Sie sagt, Sie hätten die Nummer.*

Jean Parkinson. Die Lektorin des dritten Verlages. Vielleicht hatte es diesmal geklappt!

Aidan verließ das Haus seiner Mutter und stieg in den Wagen. Ein weiterer Pflichtbesuch war erledigt. Er war wütend. Jedesmal, wenn er seine Mutter besuchte – und das kam nicht oft vor –, war er deprimiert. Sie war jetzt wie eine Fremde für ihn. Schlimmer. Er verachtete sie. Er haßte ihre geistige Schlichtheit, ihre Kriecherei, ihr ständiges Gejammer über ihre schlechte Gesundheit. Pausenlos klagte sie über ihr Herz oder ihre Lungen oder ihre Migräne. Dabei fehlte ihr überhaupt nichts. Nichts. Sie war eine dumme, oberflächliche Person.

An ihm hatte ihr nie auch nur das Geringste gelegen. Nie erkundigte sie sich nach seiner Arbeit oder seinem Leben. Sie hatte keinerlei Interesse an ihm. Und auch nie gehabt. Seit dem Tod seines Vaters vor ein paar Jahren war seine Beziehung zu ihr noch schwieriger geworden. Sie hatte immer nur an Tom gehangen. Ihrem Ältesten. Ihr Augenstern. Und wo war Tom jetzt? Arbeitete in Sheffield, hatte sie gesagt. Eine verdammte, dicke Lüge. Vermutlich war er auf einer seiner Sauftouren. Oder in einer Entzugsanstalt, wieder einmal. Der Mann war schlichtweg ein Verschwender. Einer, der andere ausnutzte. Er hatte ihre Mutter immer getäuscht. Sie sah nichts Schlechtes an ihm. Hatte ihm ein Jahr zuvor sogar die Hypothek für seine Wohnung getilgt. Was hatte sie Aidan jemals gegeben?

Ach, verdammt sei das alles.

In seiner Frustration ließ er den Motor aufheulen. Er dachte an seine Jugend. Sein Vater – gefangen in einer Ehe ohne Liebe. Das war seine früheste, deutlichste Erinnerung. Sein Vater – immer so konventionell, so kontrolliert. Streng. Förmlich. Und seine Mutter – unterwürfig und klammernd. Klammernd. Und jetzt versuchte sie, sich an ihn zu klammern. Keine Chance. Viel zu spät, um so zu tun, als liebten sie einander. Seine Mutter hatte sich nie um ihn gekümmert. Warum sollte er sich jetzt um sie kümmern?

Sie war ein Klotz am Bein – oder würde es sein, wenn er sie ließe. Aber das würde er nicht tun.

Er parkte in der Einfahrt und ging ins Haus. Er mußte Ellie sehen.

»Aidan!« Sie küßte ihn. »Was ist los?«

Er war rot im Gesicht. Er saß auf ihrem Bett, die Fäuste geballt, die Knöchel weiß. An seinem Hals war eine Vene herausgetreten. Sie hatte ihn noch nie so angespannt gesehen.

»Ist es wegen deiner Mutter?«

»Ja«, ächzte er. »Ich werde sie nicht mehr besuchen. Es ist immer das gleiche.«

Eleanor setzte sich neben ihn und nahm seine Hand. »Aidan, es ist schon in Ordnung.«

»Nein, es ist *nicht* in Ordnung. Ich hasse sie.«

»Komm, sag so etwas nicht. Sie ist deine Mutter.«

»Nicht alle Mütter sind wie deine, Ellie. Sie ist ... kalt. Sie hat mich nie geliebt. Sie ... benutzt Menschen. Ihr liegt nur an ihr selbst.«

Eleanor streichelte seinen Arm. »Ich bin sicher, daß das nicht stimmt.«

»Doch. Und sie ist eine zwanghafte Lügnerin.« Er verzog das Gesicht. »Sie stellt die Dinge so dar, wie sie ihr passen. Sie lügt in allem. Als wir jung waren, tat sie so, als brächte sie die besten Fleischstücke, die besten Kuchen aus den Läden nach Hause. Und in Wirklichkeit kaufte sie die billigsten, altbackensten Sachen – das war die Wahrheit.«

Jetzt war er zu emotional. Irrational.

»Vielleicht hatte sie wenig Geld.«

»Nein, an Geld fehlte es ihr nicht. Sie hat eine Menge davon auf die Seite gebracht. Aber sie wird mir nichts davon geben, da kannst du sicher sein.«

Eleanor hatte nicht gewußt, daß er zu solcher Gehässigkeit fähig war.

»In unserer Familie«, fuhr er bitter fort, »kümmerte sich jeder um sich selbst. Beim Essen stritten wir darum, wer am meisten bekam.«

»Aidan, das ist in jeder Familie so, in der es Kinder gibt.«

Er hörte nicht zu. Er war weit fort von ihr – in irgendeine düstere Erinnerung versunken. Eleanor war beunruhigt. Nicht zum ersten Mal machte sie sich klar, was für ein komplizierter Charakter Aidan war.

Er küßte sie auf die Wange. »Entschuldigung, Schatz. Ich möchte dich mit diesem Mist nicht belasten.«

Er lächelte, und sein Gesicht war wieder sein vertrautes.

»Wie fühlst du dich heute, Ellie? Alles in Ordnung?«

»Mmh.«

Sein schneller Stimmungswechsel war verblüffend.

»Ach, ich habe Nachricht von einem Verlag bekommen. Ich muß am Montag morgen die Lektorin anrufen.«

»Na, großartig!« Er umarmte sie.

»Tja«, sagte sie zögernd, »vielleicht ist das eine gute Nachricht. Ich drücke die Daumen, aber ich erwarte nicht zuviel.«

»Sei nicht so pessimistisch«, sagte er. »Ich wette, die werden das Buch nehmen.«

»Ich hoffe, du hast recht. Die andere Neuigkeit betrifft Dr. Boylan. Er ist ins Krankenhaus gebracht worden. Hat wieder getrunken.«

»Ich kann nicht sagen, daß mich das sonderlich überrascht.«

»Nein. Ich glaube, man sollte Brenda Bescheid sagen. Chrissie Mullen hat sicher eine Telefonnummer von ihr.«

»Gut. Ich werde Chrissie gleich anrufen.« Er küßte Eleanor auf die Stirn. »Mein Ausbruch eben tut mir leid, Ellie. Wirklich.«

Sie lächelte zu ihm auf, als er zur Tür ging, um die Mullens anzurufen. »Du brauchst dich nicht zu entschuldigen.«

Sehr seltsam. Sie hatte immer gewußt, daß Aidan sich nicht gut mit seiner Mutter verstand. Aber sie hatte keine Ahnung, welchen Groll er gegen sie hegte. Wie verbittert er war. Aidan hatte *sehr* viel mehr Eigenheiten, als man auf den ersten Blick sah.

# 22

Iris Laffan schaute bestürzt auf den Nachspann auf dem Bildschirm. »Ach, ist es aus? Es hat mir gefallen! Können wir es uns noch einmal ansehen?«

Eleanor nahm die Videokassette von *Sturmhöhe* aus dem Gerät.

»Ich fürchte nein, Mrs. Laffan. Victoria bringt das Band heute nachmittag in den Videoladen zurück.«

»*Sie* muß mir aber auch immer den Spaß verderben. Welchen Tag haben wir heute?«

»Montag.«

»Montag? Meine Güte. Da ist doch etwas, was montags ... ich soll etwas tun ... ich kann mich nicht erinnern. Was muß ich montags tun?«

»Nichts, Mutter. Du mußt nichts tun.«

Victoria ließ Eleanor zusammenzucken. Eleanor haßte die Art, wie sie immer lautlos irgendwo hinter ihr auftauchte.

»Ich glaube, Ihre Mutter spricht von Schwester Baker.«

»O ja. Schwester Baker kommt heute nachmittag, Mutter. Sie wird bald hier sein, und ich bin sicher, dann bekommst du ein schönes Bad.«

»Gehe ich heute nicht in den ... den Gesellschaftsclub?«

»Nein, Mutter, da bist du am Freitag gewesen.« Zu Eleanor gewandt flüsterte Victoria: »*Gesellschafts*club, ich bitte Sie!«

»Es ist gut, daß sie es so betrachtet«, sagte Eleanor. »In gewisser Weise ist es ja auch ein Gesellschaftsclub.«

Granny Laffan kicherte über irgendeinen privaten Witz vor sich hin. Das tat sie in letzter Zeit häufig.

»Haben Sie gesehen, was ich beim Bingo gewonnen habe? Schauen Sie, da steht mein Preis. Die Vase da drüben auf dem Kaminsims. Hübsch, nicht?«

»Du hast sie Eleanor schon gezeigt, Mutter.«

Das Gesicht der alten Dame zog sich zusammen.

Eleanor ging hinüber und tat so, als bewundere sie die billige, geschmacklose Vase. Sie war stark in Versuchung, Victoria damit auf den Kopf zu schlagen.

»Sie könnten ein paar hübsche Blumen dafür gebrauchen. Soll ich in den Garten gehen und welche pflücken, Mrs. Laffan?«

»Bitte, tun Sie das. Wie nett von Ihnen.«

»Später, Eleanor«, sagte Victoria kurz. »Ist das das Video?« Sie nahm es in die Hand und steckte es in ihre Einkaufstasche. »Ich werde es auf dem Weg zum Flughafen zurückgeben.«

»Zum Flughafen?« Iris strahlte. »Fliegst du weg?«

»Nein, Mutter, ich habe es dir schon dreimal gesagt. Ich hole Richard vom Flughafen ab. Er kommt von seinem Wochenende in London zurück.«

»War er drüben, um seinen Vater zu besuchen?«

Victoria stöhnte.

»Aidan ist *hier*, Mutter.«

»Aidan Brady ist hier? In meinem Haus? Warum hat man mir das nicht gesagt?«

»O Mutter, um Gottes willen! Du weißt sehr gut, daß er hier ist. Er ist seit sechs Wochen hier. Du hast ihn erst gestern gesehen, erinnerst du dich? Er hat den Videorecorder für dich nach oben gebracht.«

Die alte Dame schüttelte den Kopf. »Er war *nicht* hier. Ich würde es wissen, wenn dieser Mann in meinem Haus wäre – von meinem Schlafzimmer ganz zu schweigen. Der bloße Gedanke ist absurd!«

Eleanor sah Victoria stirnrunzelnd an.

»Wie du meinst, Mutter.«

»Ich habe vorhin nach Aidan gesucht«, sagte Eleanor zu Ms. Laffan. »Ich habe heute eine recht gute Nachricht bekommen.«

»Er ist zu Malcolm Norton gefahren. Die Pläne für das Haus sind fertig. Großartig, nicht?«

Sie lächelte, aber Eleanor hatte nicht den Eindruck, daß sie wirklich so glücklich darüber war.

»Gute Nachricht, sagten Sie?«

»Tja, ein Verlag interessiert sich für das Buch. Ich habe am Donnerstag einen Termin bei der Lektorin.«

»Ein Verlag? Das sind *wirklich* gute Nachrichten. Ich bin sicher, Aidan wird sich sehr für Sie freuen. Und jetzt muß ich los. Ich bleibe nicht allzu lange weg.«

»Könnten Sie meinen Sessel ans Fenster stellen, Eleanor?« sagte die alte Dame. »Ich möchte gern nach draußen schauen.«

»Ach, Mutter, *mußt* du die ganze Zeit da sitzen und aus dem Fenster starren? Mir gefällt das nicht. Es gehört sich nicht.«

Die alte Dame sah ihre Tochter starr an. »Warum? Das schadet doch keinem, oder?«

»Ich mag es einfach nicht.«

»Was soll ich denn sonst den ganzen Tag tun?« fragte Iris herausfordernd.

Victoria ging, ohne noch etwas zu sagen.

»Sie ist so reizbar, nicht?« Iris zog den Spitzenvorhang zurück. »Ich nehme an, es kommt daher, daß sie frustriert ist.«

»Sie hat viel, woran sie denken muß«, sagte Eleanor.

»Viel, woran sie denken muß? Ja, mehr als die meisten anderen«, erwiderte die alte Dame. »Und das hier ist eigentlich kein Leben für sie. Daran gibt sie mir die Schuld, wissen Sie. Aber es ist nicht meine Schuld, daß sie nie einen Mann gefunden hat. Sind Sie verheiratet, meine Liebe?«

»Ja.«

Eleanor wollte nicht wieder von vorn anfangen.

»Das ist gut. Eine Frau braucht einen Ehemann, Kinder. Die Leute werden egoistisch, wenn sie an niemand sonst denken müssen.«

»Aber Victoria mußte Richard großziehen«, erinnerte Eleanor sie.

»Mmh. Sie liebt Richard, das muß ich ihr zugestehen. Was seinen Vater betrifft ...«

»Ja?«

»Ach, es spielt keine Rolle.«

»Sie wollten etwas über Aidan sagen, Mrs. Laffan.«

»Aidan? Wollte ich? Was wollte ich sagen?«

»Vergessen Sie's.« Eleanor zog sich einen Stuhl heran. »Soll ich Ihnen die Titelseite der *Irish Times* von heute vorlesen?«

»Eine Minute noch. Schauen Sie, da kommt Sergeant Mullen aus dem Wald.«

Eleanor mußte sich anstrengen, um ihn zu sehen. »Sergeant Mullen? Ich kann ihn aus der Entfernung nicht erkennen.«

»Es ist eindeutig Sergeant Mullen. Jeden Nachmittag um diese Zeit macht er einen Spaziergang. Liest Zeitung. Komischer kleiner Mann, nicht?«

Eleanor verzog keine Miene. »Ja?«

»O ja. Und seine Frau, Chrissie. Haben Sie sie kennengelernt?«

»Ja, habe ich. Sie ist sehr freundlich.«

»Mmh, sie sind ein nettes Paar. Sehr verbunden. Gut, daß es so etwas heutzutage noch gibt. Für meinen Geschmack treiben es die Leute viel zu bunt. Haben keinen Sinn mehr für Bindung.«

»Stimmt.«

»Sehen Sie, da geht er, Sergeant Mullen. Oh, jemand läuft hinter ihm her.«

»Das ist Mr. Coyle, nicht?«

»Nein, nein«, sagte Granny Laffan ungeduldig, »es ist der Postbote, Billy, der Vater der kleinen Niamh.«

Eleanor schaute noch einmal hin. »Ja, Sie haben recht.

Meine Güte, Ihre Augen sind aber noch sehr scharf, Mrs. Laffan.«

Die alte Dame war in Gedanken versunken.

»Ich sagte, Ihre Augen sind aber noch sehr scharf.«

»Ja, Lorna, du würdest erstaunt sein, was ich aus diesem Fenster alles sehen kann.«

»Da bin ich sicher. Nun, was ist mit ...«

»Psst! Schritte auf der Treppe. Das wird Schwester Lucy Baker sein.«

Sie hatte auch Ohren wie ein Luchs.

Eleanor ging mit der Schmutzwäsche nach unten in die hintere Küche, während Mrs. Laffan gebadet wurde. Niamh war dort und bügelte.

»Geben Sie her, Mrs. Ross, ich werde das für Sie in die Waschmaschine stecken.«

»Danke, Niamh. Ich wollte mir nur rasch eine Tasse Kaffee machen. Möchten Sie auch eine?«

»Ja, gern, danke.«

Das Telefon in der Halle läutete, und Niamh ging, um den Hörer abzunehmen. Eleanor machte zwei Tassen Pulverkaffee und brachte sie in die Hauptküche.

Niamh kam zurück. »Es ist für Sie. Eine Marie Kennedy.«

»Marie? Wunderbar.«

Eleanor stellte Zuckerdose und Milchkännchen auf den Tisch und ging, um den Anruf entgegenzunehmen.

»Marie? Hallo!«

»Selber hallo! Ich habe deinen Brief bekommen. Mein Gott, Eleanor, Aidan Brady! Nach all den Jahren. Es ist wie ein Märchen.«

»Ich weiß.«

»Wie ist er? Immer noch der spanische Zigeuner?«

Eleanor lächelte in den Hörer. »So ungefähr. Er hat graue Haare, aber immer noch dieselbe dunkle Haut. Und er ist so schlank wie eh und je.«

»Und der federnde Gang?«

»Ja, wieso erinnerst du dich daran?«

»Wie könnte ich den vergessen? Du hast mich durch all diese Tanzschuppen geschleppt, als er in der Band spielte. Hast du seine Brüder gesehen?«

»Nein ... ich glaube nicht, daß er noch Kontakt mit ihnen hat. Aber letztes Wochenende haben wir Mona und Des getroffen. Wir sind essen gegangen.«

»Ich weiß – Mona hat mich angerufen. Sie hat gesagt, ihr beide wärt wie zwei Teenies – Aidan würde ständig um dich herumstreichen, und du wärst ganz vernarrt in ihn.«

»Hör nicht auf sie. Aber ich bin ... ich bin wirklich glücklich mit ihm, Marie. Jedesmal, wenn ich ihn sehe, hüpft mein Herz vor Freude – verrückt, nicht?«

»Für mich hört sich das nach Liebe an, Ellie. Er war immer so lebhaft. Ich nehme an, er ist ruhiger geworden.«

»Nein. Er ist total verrückt. Launenhaft – und höchst erotisch. Aber er bringt mich dauernd zum Lachen.«

»Ooo, erotisch? Erzähl mir mehr.«

»Nicht am Telefon.«

»Dein Sexleben stimmt also?«

»Das ist milde ausgedrückt.«

»Ach, ich liebe ein bißchen Romantik. Du baust mich auf.«

»Marie, mal dir nicht zuviel aus. Am Ende des Sommers geht Aidan nach London zurück. Das hier ist bloß ein kurzes Zwischenspiel – ehrlich.«

»Dann mach das Beste draus. Ich würde ihn für mein Leben gern wiedersehen, Ellie. Besteht irgendeine Möglichkeit, daß ihr beide bei uns vorbeikommt?«

»Ja, gern. Ich werde ihn heute abend fragen. Tatsächlich muß ich nächsten Donnerstag zu meiner Lektorin. Sie wohnt in Stillorgan. Ihr Haus ist nicht weit von eurem entfernt.«

»Hast du *Lektorin* gesagt?«

»Ja, ich glaube, mein Buch wird angenommen. Lantern Press.«

»Das ist ja phantastisch! Das feiern wir mit einer Flasche Sekt.«

»Prima. Was machen die Kinder?«

»Die werden groß und frech. Du wirst sie bald sehen. Also, Ellie, es war herrlich, mit dir zu reden, und ich kann den Donnerstag gar nicht erwarten.«

»Ich auch nicht.«

»Ellie?«

»Ja?«

»Ich ... freue mich für dich.«

»Danke, Marie. Wir sehen uns am Donnerstag.«

Schwester Baker fand Eleanor im Garten, wo sie mit einer Gartenschere Blumen schnitt.

»Mrs. Laffan hat gebadet. Sie wartet auf Sie. Ach, das sind aber schöne Rosen.«

»Ich bringe sie nach oben zu Mrs. Laffan. Wie finden Sie ihren Zustand heute?«

»Ich weiß nicht. Sie schien irgendwie erregt. Hat eine Menge geplappert.«

»Ja, das fand ich auch.«

»Sie hat mehr als gewöhnlich über Victoria gesprochen. Normalerweise ist sie von Lorna besessen.«

»Ich weiß. Die meiste Zeit nennt sie mich Lorna«, sagte Eleanor. »Sie glaubt, Lorna lebt noch.«

»Mmh, vielleicht ist das gut so. Wer weiß? Aber heute hatte sie es mit Victoria ... und Mr. Brady. In der einen Minute war sie wütend und in der nächsten traurig. Es war bestürzend, sie so zu sehen. Und sie hat dauernd über den Wald geredet.«

»Sie verbringt viel Zeit damit, auf den Wald hinauszuschauen«, erklärte Eleanor.

»Sie war ganz verwirrt. Sagte, sie hätte etwas gesehen ... ich konnte nicht herausfinden, was ... aber es hat mir Sorgen gemacht.«

Eleanor nickte ernst. »Ich gehe besser zu ihr nach oben. Sehen wir uns am Dienstag?«

Die Krankenschwester lächelte und ging.

Granny Laffan fegte die Zeitung aus Eleanors Händen.

»Genug! Ich will etwas sagen.«

»Gut, Mrs. Laffan. Was wollen Sie sagen?«

»Ich habe etwas zu erzählen ... nein, nicht *Ihnen*. Ich habe etwas zu erzählen ... dem Mann, wie nennen Sie ihn noch?«

»Aidan?«

Sie prustete verächtlich. »Nein, nicht *dem*. Ganz bestimmt nicht dem. Er ist derjenige, der ... ihm ist nicht zu trauen.«

Eleanor war auf ein weiteres vernichtendes Urteil über Aidan gefaßt.

»Ich möchte den, den ... den wir gesehen haben, Sie wissen schon, er kam aus dem Wald ...« Sie wurde immer frustrierter. »Sein Name, sein Name, wie hieß er doch noch?«

»Sergeant Mullen?«

»Ja, ich will zu Sergeant Mullen.« Sie trommelte mit den Fingern auf die hölzerne Armlehne ihres Sessels. »Da ist etwas ... da ist etwas, das ich ihm sagen möchte.«

»Ich werde es ihm ausrichten«, versprach Eleanor.

Ehe Eleanor Zeit hatte, darüber nachzudenken, wechselte Granny Laffan das Thema – wie üblich.

»Diese Blumen, die Sie mir gebracht haben – sie sind sehr schön. Sind sie aus dem Garten?«

»Ja. Die Rosen sind dieses Jahr wunderschön.«

»Würden Sie mit mir nach unten gehen, jetzt gleich? Das würde mir gefallen.«

Eleanor war nicht sicher. »Ach, Sie haben gerade gebadet, Mrs. Laffan. Ich möchte nicht, daß Sie sich erkälten.«

Die alte Dame preßte grimmig die Lippen zusammen.

»Also gut.« Eleanor brachte es nicht übers Herz, ihr den Wunsch abzuschlagen. »Aber Sie müssen Ihre Strickjacke anziehen.«

Granny Laffan trank ihr Bier am Tisch auf der Veranda. Eleanor schaute noch einmal die drei Kapitel durch, die Aidan für sie gelesen hatte. Er hatte eine Menge roter Anmerkungen in ihr Manuskript geschrieben. Hauptsächlich Bindestriche und Absatzmarkierungen.

Mrs. Laffan stieß sie an. »Ist das ein Auto, was ich da höre?« Eleanor stand auf und spähte über das hintere Gartentor. »Es ist Victoria. Sie kommt mit Richard zurück.« Sie winkte. »Sie kommen durch den Garten ins Haus.«

Richard eilte herbei, nickte Eleanor zu und nahm seine Großmutter fest in die Arme. Victoria folgte ihm; über die Schulter sprach sie mit jemand anderem.

»Hallo, Granny. Ich h-h-habe jemand mitgebracht, der d-d-dich besuchen will.«

»Ach ja?« Sie zwinkerte zu ihm auf. »Wen?«

Erst da sah Eleanor, daß noch jemand mitgekommen war.

Brenda Boylan. Sie hatte ihr Haar kurz geschnitten und trug ein schickes grünes Leinenkostüm. Sie kam näher, um Eleanor die Hand zu geben.

»Tag zusammen. Ich habe Richard im Flugzeug getroffen, und Ms. Laffan hat mich freundlicherweise im Auto mitgenommen.«

»Brenda«, unterbrach Richard sie, »komm her und sag Granny Laffan guten Tag.«

Brenda drehte sich nach der alten Dame um und lächelte.

Granny Laffan erstarrte.

Brenda streckte eine Hand aus. »Wie geht es Ihnen, Mrs. Laffan?«

Die alte Dame zuckte auf ihrem Stuhl zurück.

»Bringt sie weg! Bringt sie weg!« kreischte sie.

Richard faßte Brenda am Arm. »Es ist in O-O-Ordnung, Granny. Schau, wer das ist. Es ist ...«

»Hinaus! Hinaus aus meinem Haus! Bringt sie weg!«

Victoria rannte hinüber, um ihre Mutter zu beruhigen. »Schsch, Mutter, alles in Ordnung.«

Granny Laffan umklammerte die Hand ihrer Tochter. »Bringt sie weg«, flehte sie. »Bringt sie weg! Du hast es versprochen, Victoria. Du hast versprochen, sie würde nie wiederkommen. Das hast du gesagt. Du hast gesagt, sie würde *niemals* wiederkommen.«

Hilflos wandte Victoria sich Brenda zu, um sich zu entschuldigen. Aber eine Erklärung war nicht nötig. Es war für alle völlig offensichtlich.

Granny Laffan hatte schreckliche Angst – sie war überzeugt, dort in ihrem Garten stünde Carol Boylan. Carol Boylan.

Zurückgekehrt von den Toten.

# 23

Victoria deckte ihre Mutter zu. Es war erst sieben Uhr, ungewöhnlich früh, um sie zu Bett zu bringen, aber die alte Dame hatte heute genug Aufregung gehabt.

»Warum mußte er hierher zurückkommen?« murmelte Iris Laffan schläfrig. »Alles war doch gut, nicht, bevor er wiederkam? Jetzt wird alles wieder aufgerührt. Du hättest ihn nicht wieder in dieses Haus lassen sollen.«

»Ich hatte keine Wahl, Mutter. Er ist Richards Vater.«

»Ohne ihn ist Rich besser dran. Was hat er je für Rich getan? Was hat er je für irgend jemanden außer sich selbst getan? Er benutzt Menschen, Victoria.«

Trotz der zweiten Schlaftablette war ihre Mutter heute abend sehr klar. Das an sich war schon beunruhigend. Wieviel wußte sie?

An wieviel konnte sie sich noch erinnern?

»Du hast mir gesagt, es wäre in Ordnung. Du hast gesagt, *sie* wäre fort, Victoria. Du hast mir geschworen, sie wäre weg. Victoria, warum hast du das gesagt, wenn es nicht stimmte? Du hättest es nicht sagen sollen.«

»Nun schlaf, Mutter.«

»Ich habe Angst. Bring sie nicht wieder her, ja?«

»Mutter, sie *ist* fort, ich bin es leid, dir das immer wieder zu sagen.«

»Sie hat ... Schande über unser Haus gebracht ... Schande. Ihr Lebenswandel ...«

»Psst, es ist vorbei, Mutter. Du brauchst dir keine Sorgen mehr zu machen«, flüsterte Victoria ihrer Mutter ins Ohr. »Schlaf jetzt und vergiß das alles.«

Die alte Dame seufzte laut, schloß die Augen und drehte sich zur Wand. Victoria ging ans Fenster, um die Vorhänge zuzuziehen. Sie schaute hinaus auf den Wald. Schade, daß ihre Mutter ihn von ihrem Fenster aus so gut sehen konnte.

Was genau hatte sie an jenem Abend gesehen?

Eleanor und Aidan saßen in der Bar des Hotels La Touche in Greystones. Er sprach über die Prospekte für The Lodge, aber sie hörte nur mit halbem Ohr zu. Die Ereignisse des Tages hatten sie beunruhigt, und sie war entschlossen, sich mit ihm auszusprechen. Kein Gerede mehr um den heißen Brei herum.

»Also, wenn ich morgen deinen Drucker benutzen dürfte, würde mir das sehr helfen.«

»Kein Problem, Aidan. Du, mir geht etwas durch den Kopf. Zeit, daß wir uns ernsthaft unterhalten.«

»Ernsthaft unterhalten. Aber nein! Ich möchte lieber später reden.« Er flüsterte ihr ins Ohr. »Weißt du, was ich heute nacht tun werde. Ich werde mit der Zunge . . .«

»Stop!« Sie lachte und stieß ihn weg. »Du sollst jetzt nicht anfangen, mich anzumachen. Ich lasse das nicht zu.«

»Mmh, *du* machst mich die ganze Zeit an.«

»Aidan – sei doch mal eine Minute lang ernst.«

»Also gut.« Er trank einen Schluck. »Schieß los!«

»Als Granny Laffan heute nachmittag Brenda Boylan gesehen hat, ist sie entsetzlich erschrocken. Sie hat Victoria angeschrien – völlig den Kopf verloren. Sie hat geglaubt, Carol Boylan wäre zurückgekommen und verfolgte sie. Warum ist sie so erschrocken? Sie weiß etwas – ich bin davon überzeugt. Sie ist ziemlich verwirrt, aber ich habe das Gefühl, sie weiß etwas, und was immer das ist, sie möchte es sagen. Sie hat mir gesagt, daß sie Sergeant Mullen sehen möchte. Und . . .

Aidan, ich kann mir nicht helfen, aber ich glaube, *du* weißt mehr, als du gesagt hast. Du wirst mir vertrauen müssen … ich möchte alles wissen.«

Aidan dachte nach.

»Ich kann dir nur sagen, was ich weiß, Ellie.«

»Das genügt schon.«

»Carol war sehr unglücklich – ich rede jetzt von der Zeit vor etlichen Jahren. Sie wollte Coill verlassen, und ich habe sie darin bestärkt. Ihre Ehe war gescheitert. Welchen Sinn hatte es da zu bleiben?«

»Also hat sie bei dir Rat gesucht?«

»Die ganze Zeit. Carol war eine Freundin, Ellie. Sie hat sich mir oft anvertraut. Ich mochte sie, sie war warmherzig, unkompliziert, es machte Spaß, mit ihr zusammen zu sein. Sie wollte nicht hier in Coill versauern – genausowenig wie ich.«

»Aidan … Aidan, *hat* es etwas Ernsteres zwischen dir und Carol gegeben? Nein, schau mich nicht so verletzt an. Ich kann es ertragen, wirklich. Aber ich könnte es nicht ertragen, wenn du mich belügen würdest.«

»Ich belüge dich nicht, Ellie. Ich könnte dich niemals belügen. Es ist genau, wie ich dir gesagt habe. Carol und ich waren Freunde – nichts weiter.«

»Und Victoria …«

»Victoria?«

»Ja. Ich verstehe nicht, was zwischen euch beiden vor sich geht. Früher hat sie dich verachtet – das hast du selbst zugegeben. Und jetzt streicht sie dauernd um dich herum.«

»Sie verachtet mich tatsächlich, aber im Moment braucht sie mich. Sie hat akzeptiert, daß ich einen besseren Geschäftssinn habe als sie. The Lodge steht für sie an erster Stelle – das war immer so.«

»Und doch haßt sie dich?«

»Sie haßt mich mehr dafür, daß ich ihr Lorna weggenommen habe, das wird sie mir nie verzeihen. Ihre Beziehung zu Lorna war … Victoria ist zu besitzergreifend.«

»War sie eifersüchtig?«

»Und wie.«

Eleanor stand auf. »Allmählich ergibt es einen Sinn.«

»Gut.«

»Dasselbe noch einmal?«

Sie ging an die Bar und bestellte etwas zu trinken.

Mona hatte die ganze Zeit recht gehabt. Victoria wollte Aidan für sich selbst – kein Wunder, daß sie Eleanor auf so drohende Weise vor ihm gewarnt hatte. Sie mußte niedergeschmettert gewesen sein – und war es vermutlich noch –, als sie sie und Aidan zusammen ausgehen sah, wußte, daß sie sich mit Eleanors Familie zum Dinner trafen, als sie sah, wie sie miteinander lachten, sich küßten ... zusammen schliefen ... unter *ihrem* Dach.

Zuerst ihre Schwester, jetzt ihr Gast – eine Exfreundin von Aidan. Sie hatte die letzten zwanzig Jahre damit zugebracht, seinen Sohn aufzuziehen, in der Hoffnung, Aidan würde ihre Gefühle eines Tages erwidern. *Das* war der Grund, warum sie nie geheiratet und eigene Kinder bekommen hatte. Gott, für sie mußte es die Hölle sein.

Eleanor kehrte mit den Getränken zurück.

»Warum warst du nicht ehrlich, Aidan? Warum hast du es ihr nicht erklärt?«

»Was erklärt?«

»Victoria erklärt, daß du sie nicht liebst.«

Er sah sie überrascht an. »Sie nicht *liebe*?«

»Ja, du hättest reinen Tisch machen sollen. Du hättest sie nicht glauben lassen sollen, daß du dich ändern würdest.«

»Ellie, wovon redest du?«

»Von Victoria – ihrer Eifersucht.«

Er grinste.

Eleanor verzog den Mund. »Aidan, bist du *so* ein Schuft?«

»Hör zu, Schätzchen, du hast das alles falsch verstanden. Victoria liebt nicht *mich*. Ich sagte dir doch, sie verachtet mich.«

»Das ist deine Version – nein, unterbrich mich nicht. Tu das, was ich jetzt sagen werde, nicht einfach ab. Ist es möglich, daß sie insgeheim in dich verliebt ist?«

Aidan stellte sein Glas ab und lachte laut.

»Warum lachst du? So abwegig ist die Idee gar nicht, sogar Mona hat sie gehabt. Ich meine, das ergibt einen Sinn. Sie war in dich verliebt, und du hast Lorna gewählt. Es *ist* möglich, Aidan.«

Er nahm ihre Hand. »Nein, es ist auch nicht im entferntesten möglich, Ellie.«

»Was macht dich so sicher?«

»Glaub mir, ich *weiß* es. Schau, ich habe dir gegenüber nie so getan, als hätte ich ein Leben geführt wie ein Mönch – ich hatte durchaus meine Freundinnen. Victoria war nicht im mindesten eifersüchtig, auf keine von ihnen, nicht auf die Art, die du meinst. Maggie und ich waren dreizehn Jahre zusammen – wie ich dir sagte.«

»Ich kann nicht recht verstehen, warum du sie verlassen hast, Aidan. Dreizehn Jahre zusammen . . . sie muß am Boden zerstört gewesen sein.«

»Ich konnte nicht unehrlich sein, Ellie. Es war eben so gelaufen . . . wie auch immer, nach drei Monaten hat sie jemand anderen kennengelernt.«

Er tat das zu leicht ab.

»Maggie und ich hatten das Ende unseres gemeinsamen Weges erreicht. Ich vermute, Victoria war insgeheim froh, als wir Schluß machten. Nicht, weil sie mich für sich selbst wollte. Nein, sie wollte mich einfach mit niemand anderem glücklich sehen. Sie hat Lornas Tod nie überwunden – sie konnte die Tatsache nicht akzeptieren, daß ich mein eigenes Leben weiterleben mußte.«

Erneut überkam Eleanor dieses ungute Gefühl.

»Aber warum hatte Granny Laffan Angst vor Carol Boylan? So, wie sie heute auf Brenda reagiert hat, hatte sie eindeutig Angst. Sie war schockiert, Aidan. Hat *sie* gedacht, du hättest eine Affäre mit Carol? Sie muß das gedacht haben – alle anderen dachten es auch. Sie hätte das mißbilligt, sie hätte es auch als Betrug an Lorna angesehen. Ja, das ist es. Granny Laffan muß gedacht haben, du hättest ein Verhältnis mit Carol.«

»... ich weiß nicht. Vielleicht hat sie es gehofft.«

»Was? *Gehofft*, daß du ein Verhältnis hättest? Wie kannst du so etwas sagen?«

»Äh ... schau mal, Ellie, du bist hier völlig auf dem Holzweg, aber in einer Sache hast du recht. Carol war ständig zu Besuch in The Lodge, und es lief da etwas, aber ...«

»Ich hab's doch gewußt.«

Endlich würde sie die Wahrheit zu hören bekommen – und sie würde schmerzen.

»Du hattest *doch* ein Verhältnis mit ihr, nicht? Warum konntest du das mir gegenüber nicht zugeben?«

»Moment, Ellie. Hör auf, voreilige Schlüsse zu ziehen.« Er amüsierte sich köstlich. »Und unterbrich mich nicht dauernd ...«

»Aber ich möchte nur ...«

»Herrgott! Schon wieder! Also, jetzt hör mir mal zu, ja?«

Es gelang ihr, zerknirscht dreinzuschauen.

»Carol *hatte* in The Lodge ein heimliches Verhältnis – aber nicht mit mir, verdammt.«

»Nicht mit *dir*?«

»Nein.« Er zündete sich eine Zigarre an, steckte das Feuerzeug wieder in die Tasche und sah sie an. »Ich glaube, der Groschen ist endlich gefallen.«

Eleanor sperrte den Mund auf. »Victoria?«

Er nickte.

»Sie waren ein Liebespaar?«

»Ja, jahrelang. Sie waren sehr ineinander verliebt.«

»Mein Gott!«

»Du solltest dein Gesicht sehen!«

»... ich hatte *keine* Ahnung.«

»Das hatte keiner.«

»Du meinst, sie waren ... sie waren in The Lodge ... zusammen?«

»Ja. Ich habe mich oft gefragt, ob Iris das wußte. Ich denke, tief im Inneren wußte sie es – aber sie hätte so etwas unmöglich akzeptieren können. Sie hätte es für eine ... Perversion gehalten. Für verderbt.«

»Ja, das hätte sie«, mußte Eleanor einräumen. »Sie redet dauernd von der Ehe – das geht ihr im Kopf herum.«

»Siehst du. Also, auch weil sie wußte, was ihre Mutter davon halten würde, war Victoria in einer verzwickten Lage ...«

»Es ist so ... traurig. Und sie liebten sich wirklich?«

»Absolut.«

»... und sie mußten das jahrelang geheimhalten ...«

»Carol haßte die Täuschung, aber Victoria bestand natürlich auf totaler Geheimhaltung. Ich glaube, sie selbst akzeptierte die Tatsache nicht, daß sie lesbisch war – ist.«

»Oh, Aidan.«

»Ein Jammer, nicht? Wir müssen *alle* lernen, uns so zu nehmen, wie wir sind.«

»Also hielten sie es vor allen geheim – außer vor dir.«

»Aber andere schöpften Verdacht. Wie ich schon sagte, Granny Laffan wußte es, aber sie wollte es nicht wissen. Mick Boylan vermutete es wahrscheinlich auch.«

»Aidan, wie in aller Welt ist *er* damit fertig geworden?«

»Nicht sehr gut, wie es aussieht.«

»Du meinst, weil er trinkt?«

»Mmh.«

Eleanor starrte vor sich hin. »Er – wenn er es wußte, meine ich –, er mußte auch eine Fassade aufbauen. Die ganze Heimlichtuerei.«

»Um dir die Wahrheit zu sagen, ich glaube, daß er das nicht ausgehalten hat ...«

»Du meinst ... du denkst, er hätte vielleicht ...«

»Ich weiß nicht. Der Gedanke ist mir gekommen.«

»Mir auch«, gab Eleanor zu. »Aber Aidan, warum hast du

bei dem ganzen Täuschungsmanöver mitgemacht? Alle ...
alle hier dachten, du wärst derjenige. Sie alle dachten, Carol wäre *deine* Geliebte ... ich selbst habe das auch gedacht.
Warum hast du es nicht geleugnet?«

Er zuckte mit den Schultern.

»Ich habe nie etwas auf Klatsch gegeben, Ellie. Es paßte
Carol in den Kram, die anderen denken zu lassen, ich wäre
ihr Liebhaber. Und Victoria paßte es auch – was ging mich
das an? Ich war inzwischen mit Erica zusammen.«

»Erica lebte hier?«

»Zwei Jahre lang, bevor wir nach London gingen. Die Einheimischen konnten sich keinen Reim darauf machen, sie
dachten an eine *ménage à trois* – Orgien. Erica fand das alles sehr komisch. Sie hatte Humor. Wir hatten schöne Zeiten
zusammen – verrückte Zeiten.«

Es war schwer, all das zu verdauen.

Brenda saß neben dem Krankenhausbett und fragte sich, was
sie als nächstes sagen würde. Das Einzelzimmer war klein,
kahl und funktionell. Ihr Gespräch war gezwungen und verlegen gewesen – keiner von ihnen wollte den anderen aufregen.
Ihr Vater sah besser aus als seit langem. Ruhe und Pflege hatten seinen Wangen wieder etwas Farbe gegeben. Aber seine
Augen verrieten ihn – sie ließen noch immer etwas Wut erkennen.

Sie stand auf, um ihm etwas zu trinken einzugießen.
»Möchtest du etwas Limonade?«

»Danke, daß du nach Hause gekommen bist, Brenda. Ich
weiß das zu schätzen.«

Sie waren wie Fremde.

»Brenda ... da ist etwas, das ich dir sagen ...«

»Nicht jetzt, Dad. Hier, trink das.«

Er richtete sich in den Kissen auf und nahm das Glas.

»Bitte, Brenda. Ich möchte dir etwas erklären ...«

»Ich weiß nicht, ob ich das hören möchte, Dad.«

»Du *mußt* es hören. Wir haben es beide viel zu lange ignoriert. Wir müssen uns dem stellen, Brenda . . . dem Tod deiner Mutter . . . dem Abend, an dem sie . . . umgebracht wurde.«

Brendas Gesichtsmuskeln zuckten.

»Sie wurde ermordet, Dad. *Ermordet.*«

Er nickte traurig. »Ja, das wurde sie. Brutal, gefühllos ermordet. Da gibt es etwas an diesem Abend, von dem ich noch nie einer Menschenseele erzählt habe . . .«

»Nein, Dad. Nein. Ich will das nicht hören. Ich kann nicht. Ich will nicht.«

»Aber ich muß es dir sagen, Brenda.«

»Nein. Bitte, tu mir das nicht an. Bitte.«

Michael Boylan fiel in die Kissen zurück.

»Ich muß die Geschichte erzählen, Brenda . . . es ist höchste Zeit.«

Nein, nein, nein. Es war *nicht* höchste Zeit. Für so etwas gab es kein Pardon. Würde es nie geben. Sie würde aufstehen und aus der Tür gehen. Sie konnte nicht hier sitzen und sich das anhören – sich anhören, wie ihr Vater . . . gestand. Dasitzen und ihn anlächeln und ihm sagen, alles sei in Ordnung. War es das, was er *erwartete*? Glaubte er, er könne einfach gestehen und sich entschuldigen? Mit einem Akt der Reue auswischen, was er getan hatte? Wollte er, daß sie ihm sagte, es sei in Ordnung? Daß sie sagte, sie *verstünde* ihn?

»Ich muß darüber reden . . .«

»Nein, Dad. Nein.«

»Aber Brenda . . .«

»Dad, ich muß gehen. Vielleicht ist es . . . vielleicht solltest du mit Sergeant Mullen sprechen . . .«

»Barry?«

»Ich glaube . . . ich glaube, du solltest mit ihm reden.«

Tränen füllten seine Augen, und er nickte benommen. Brenda stürzte aus dem Zimmer.

Eleanor war erschüttert. Sie wußte nicht, ob sie aufgebracht oder erleichtert war oder was sonst. Victoria und Carol. Sie liebten sich, wollten zusammensein. Aber hier in Coill war das gleichbedeutend mit Sodom und Gomorrha. Und Aidan hatte sie gedeckt – das sprach für ihn. Oder hatte er den Ruf eines Casanova genossen?

»Wie lange warst du . . . mit Erica zusammen, Aidan?«

»Zwei Jahre hier und dann fünf in London.«

»*Sieben* Jahre?«

Er lächelte. »Ja. Eine lange Zeit, nicht?«

Er trank sein Glas leer. »Ich schätze, sie hatte mich irgendwann mal satt. Ich habe versucht, die Sache zu retten, aber das hat nicht funktioniert.«

Eleanor war bestürzt.

»Aber wie hast du dich *gefühlt*? Warst du nicht schrecklich verletzt?«

»Inzwischen hatte ich dich wiedergetroffen, Ellie.«

Es gefiel ihr nicht, was sie da hörte.

»Erica war . . .« Er streichelte ihr Knie. »Sie war ganz anders als du.«

»Anders?«

»Ich wußte nie wirklich, woran ich bei ihr war . . . sie war ein bißchen rätselhaft.«

»Aber du hast sie geliebt?«

»Natürlich, lange Zeit. Sie war Musikerin – Cellistin. Hochbegabt. Sie wohnte zwei Jahre hier in Coill, dann investierte sie in dieses Hotel in London, und ich bin ihr gefolgt. Wir hatten eine tolle Zeit zusammen – trotz des Altersunterschiedes.«

»Sie war älter als du?«

»Jünger – vierzehn Jahre.«

Eleanor war verblüfft. »Dann muß sie aber *sehr* jung gewesen sein, als du sie kennengelernt hast.«

»Anfang Zwanzig. Sie war schön. Alle Männer waren hinter ihr her.«

Sie war schön. Mußte er ihr das erzählen?

»Als wir uns kennenlernten, waren wir im siebten Himmel ... aber die Dinge ändern sich nun mal.«

»Ändern sich?«

»Ja. Sie war sehr eigenwillig. Kühl. Ich war ihrer nie sicher.«

»Aidan, ich weiß nicht, was ich sagen soll. Ich möchte nicht über sie reden.«

»Mir nur recht – *du* warst diejenige, die das Thema aufgebracht hat.«

»Ich weiß. Aber ich bin eifersüchtig – richtig eifersüchtig. Ich weiß, daß ich dazu kein Recht habe, aber ich bin's nun mal.«

Diese Beziehungen – was verrieten sie über Aidan? Seine Ehe mit Lorna, seine dreizehn Jahre mit Maggie und dann sieben mit Erica. Was war er? Ein serieller Monogamist?

»Du warst zwanzig Jahre verheiratet, Ellie.«

Genau. Sie war eine Bindung eingegangen und hatte daran festgehalten.

»Ellie, das ist jetzt Vergangenheit – Lorna, Maggie, Erica. Und deine Ehe auch. Wir müssen in der Gegenwart und für die Zukunft leben. Du brauchst nicht eifersüchtig zu sein. Mit Erica war es schon vorbei, als ich dich traf – obwohl *mir* das noch nicht ganz klar war. Sie hat mir vorige Woche geschrieben. Es ist vorbei; ich würde dich nicht anlügen.«

Ein weiterer Groschen fiel.

»Als du vor ein paar Wochen aus London zurückkamst, warst du ... warst du noch ... mit ihr zusammen?«

»So ungefähr«, gab er zu. »Aber wir waren schon lange kein Liebespaar mehr. Wir waren zusammen, nehme ich an, aber sie wußte lange vor mir, daß es zu Ende war.«

»Aber ... du hast mir gesagt, daß du mich liebst, Aidan.«

»Das tue ich auch.«

»Und sie hast du auch geliebt?« Eleanors Stimme wurde lauter. »Du kannst nicht zwei Menschen gleichzeitig lieben, Aidan. Das geht nicht.«

»Meine Liebe zu dir ist stärker, Ellie. Ich liebe dich wirklich, das mußt du mir glauben. Mit Erica ist es vorbei, und ... ich bin erleichtert.«

»Erleichtert? Das ist zu kompliziert für mich, Aidan. Wenn es wirklich vorbei ist, warum gehst du dann nach London zurück?«

»Ich gehe nicht zurück.«

Eleanor hielt den Atem an.

»Du gehst *nicht*?«

»Das versuche ich dir doch zu sagen – wenn du nur zuhören wolltest.«

»Und was sind deine Pläne?« fragte sie. »Gehst du Ende August von hier fort?«

Bis dahin waren es nur noch zwei Wochen. Sie zuckte zusammen, als sie sich das klarmachte.

»Nein, ich bleibe.«

»Was passiert jetzt, Aidan? Was passiert mit uns?«

Er legte einen Arm um sie. »Du bist die, die ich liebe, Ellie. Wir haben so viel gemeinsam, wir lachen viel, wir haben den gleichen Hintergrund ... wir ...«

»Ist das dein Ernst, Aidan?«

»Ja, ist es. Wir sind jetzt eins – wenn du mich willst.«

Ihr Herz pochte. War es das, was sie wollte?

»Ich liebe dich, Ellie. Seit ich dich wiedergetroffen habe, habe ich das Gefühl, nach Hause gekommen zu sein.«

Ja, das wollte sie hören. Er war nach Hause gekommen. Nach all diesen Jahren, nach anderen Beziehungen, nach all seinen Wanderschaften, seinen Unsicherheiten, seinem ewigen Suchen – war er nach Hause gekommen ... zu *ihr*.

»Aidan, das mit uns ist nicht nur ... Sex, nicht wahr?«

Er streichelte zärtlich ihre Wange.

»Nein, es ist viel mehr als das, Ellie. Wir passen gut zusammen. Du bist intelligent, warmherzig, großzügig – ich bin verrückt nach dir. Du machst mich glücklich.«

Sie küßten sich, und diesmal war es anders. Es fühlte sich

anders an. Er beugte sich zu dem anderen Stuhl hinüber und nahm etwas aus der Tasche seines Jacketts.

»Ich möchte dir dies geben.«

Es war ein Buch – ein kleines, leicht abgegriffenes Buch. *Celtic Twilight* von Yeats. Sie schlug es auf.

»Das kann ich nicht annehmen, Aidan. Es ist eine Erstausgabe.«

»Ich möchte, daß du es hast, Ellie. Lies die Widmung.«

Sie schaute auf die Titelseite. Er hatte geschrieben: *Immer Dein Freund, Aidan.*

## 24

»Nun, meine Liebe«, sagte Aggie Rowland beim Frühstück, »es ist wirklich nett, Sie wiederzusehen. Gerry, reich Eleanor die Milch.«

»Danke.« Eleanor goß ein wenig in ihren Kaffee. »Wie geht's dem Zeh?«

»Nicht allzu schlecht«, antwortete er, den Mund voller Toast. »Aber diesmal werde ich nicht soviel spazierengehen.«

»Wie lange bleiben Sie?« fragte Eleanor Mrs. Rowland.

»Bloß ein paar Tage. Jessica kommt mit ihrer Familie nächste Woche aus Sydney zu Besuch. Sie werden einen Monat bei uns verbringen. Wir haben das Jüngste noch nicht gesehen, also wird es sehr spannend sein.«

Gerry Rowland butterte eine weitere Scheibe Toast. »Ja, und wie ich sehe, geht es hier auch zu Ende. Für diese Saison gibt es nur noch zwei weitere Buchungen – das hat uns Aidan gestern abend erzählt.«

»Richtig – sie fangen in der ersten Septemberwoche mit der Renovierung an. Apartments für Selbstversorger. Was halten Sie davon?«

»Ich fürchte, für mich ist das nichts.« Aggie Rowland schüttelte den Kopf. »Das hier ist vermutlich unser letzter Besuch in The Lodge. Zu viele Veränderungen.«

Gerry tätschelte seiner Frau die Schulter. »Unsere Aggie liebt Veränderungen nicht, Eleanor.«

»Das kann ich verstehen, aber ich glaube, was sie hier planen, ist geschäftlich sinnvoll, und Victoria wird es das Leben zwangsläufig sehr viel leichter machen.«

»Wie *geht* es ihr?« fragte Mrs. Rowland. »Wir haben sie noch gar nicht gesehen. Aidan sagte, sie sei bettlägerig.«

»Ich weiß nicht genau.« Eleanor wußte nicht, wieviel die Rowlands gehört hatten. »Hier passiert vieles, und Mrs. Laffans Zustand hat sich verschlechtert.«

»Tut mir leid, das zu hören«, murmelte Aggie.

Niamh kam mit einem Tablett herein. »Sind Sie hier alle fertig? Kann ich den Tisch abräumen?«

Mrs. Rowland reichte Niamh ihren Teller.

»Na, kleine Niamh, was gibt es Neues bei Ihnen, seit wir Sie zuletzt gesehen haben?« Mr. Rowland strahlte das Mädchen an.

»Nicht viel, Mr. Rowland. Ich habe zuviel Arbeit – aber ich habe genug gespart, um mir eine richtig gute Stereoanlage zu kaufen.«

»Wann gehen Sie wieder zur Schule?« fragte Mrs. Rowland.

Niamh stapelte die Teller aufeinander. »In der ersten Septemberwoche – das wird schlimm. Dieses Jahr muß ich mich in den Büchern vergraben.«

Aggie war mitfühlend. »Aber das wird es wert sein, wenn Sie ein gutes Abschlußzeugnis bekommen. Was möchten Sie danach machen?«

»Hotelmanagement, glaube ich.«

Niamh trug das Tablett mit dem schmutzigen Geschirr in die Küche zurück, und Aidan kam herein.

»Ein herrlicher Morgen. Sie sollten nach draußen in die Sonne gehen.«

Ein breites Lächeln zu den Rowlands und ein Kuß auf die Wange für Eleanor.

»Ich fahre kurz nach Bray, um ein paar Sachen zu besorgen, Schatz. Brauchst du irgend etwas?«

»Könntest du mir noch Papier mitbringen, Aidan? Das übliche Din A 4.«

»Klar. Um welche Zeit bist du mit deiner Lektorin verabredet?«

»Um drei Uhr.«

»Gut, ich setze dich dann dort ab. Ich kann inzwischen bei Malcolm vorbeigehen – wir haben noch einiges zu klären, und ich möchte beim Drucker den ersten Satz Prospekte abholen. Wann erwarten uns Marie und Derek?«

»Gegen sechs. Aidan, könntest du auch ein paar Flaschen Wein besorgen?«

»Ja.« Er küßte sie auf den Scheitel. »Und ein paar Süßigkeiten für die Kinder, ja?«

Die Rowlands waren völlig verblüfft.

»Möchten Sie mitfahren nach Bray, Gerry?« Aidan genoß es. »Ich bin sicher, daß die Damen sich gern unter vier Augen unterhalten würden.«

Gerry Rowland ließ sich die Chance nicht entgehen.

Eleanor stieß Aidan an. »Was ist mit Victoria?«

»Der Arzt ist bei ihr«, flüsterte er, »und Rich kümmert sich um seine Großmutter. Bis später dann.«

Gerry Rowland sah seine Frau achselzuckend an, setzte seine Kappe auf und folgte Aidan.

»Eleanor«, sagte Aggie, »gehe ich recht in der Annahme, daß da Liebe in der Luft liegt?«

»Ja, Aggie.«

Aggie stand auf. »Wie aufregend! Lassen Sie uns auf einen Schwatz in den Garten gehen. Haben Sie Zeit?«

»Natürlich.«

Eleanor nahm ihren Kaffee mit zum Terrassentisch, während Mrs. Rowland die Blumen bewunderte.

»Sieht so aus, als sei *allerhand* aufgeblüht, seit wir im Juni hier waren«, sagte Aggie mehrdeutig.

Eleanor lächelte. »So könnte man sagen.«

Mrs. Rowland kam zu Eleanor an den Tisch. »Also Sie und Aidan. Das ist eine ziemliche Überraschung ...«

»Eigentlich nicht; wissen Sie, wir kannten uns seit Jahren.

Als Sie und Mr. Rowland über ihn sprachen, war ich nicht ganz sicher, ob es sich um denselben Aidan handelte.«

»Unglaublich! Sich vorzustellen, daß Sie sich so wiedergetroffen haben ... es ist unglaublich. Ich muß sagen, als wir gestern abend ankamen, habe ich bei mir gedacht, daß er sich verändert hat. Und das hat er wirklich. Er ist viel freundlicher, viel mehr mit sich selbst im reinen. Ich sagte zu Gerry: ›Dieser Mann hat sich so zu seinem Vorteil verändert, daß man ihn kaum wiedererkennt.‹«

»Ich denke, er ist ein bißchen ruhiger geworden«, stimmte Eleanor zu.

»Ruhiger? Meine Liebe, zum ersten Mal seit Jahren sieht er glücklich aus. Das muß an Ihnen liegen.«

Ihre Meinung war Eleanor wichtig.

»Ich persönlich habe Aidan immer gemocht«, fuhr Aggie fort. »Ich fand, daß die Leute hier ihm nie eine Chance gegeben haben. Sie waren mit ihrer Kritik zu schnell bei der Hand. Er hat etwas sehr Einnehmendes. Ich weiß, an Frauen hat es ihm nicht gefehlt – das ist nicht zu leugnen, aber ich glaube, im Grunde ist er ein anständiger Mensch. Er würde alles für Sie tun, wenn Sie in Schwierigkeiten wären. Er war immer freundlich zu uns – einmal hat er unseren Blinker repariert, was uns eine Fahrt zum Automechaniker und eine saftige Rechnung erspart hat. Gerry hat ihm nie ganz vertraut, aber ich vermute, daß er ein bißchen eifersüchtig war. Nein, ich muß sagen, daß ich Aidan immer gemocht habe; er tat mir leid, weil er hier festsaß – er ist wie ein Fisch auf dem Trockenen.«

»Ja, das ist er.«

»Ach«, seufzte Aggie, »er ist flatterhaft. Er braucht einfach jemanden, der ihn ein bißchen erdet.«

»Ihn erdet«, wiederholte Eleanor. »Das ist keine schlechte Beschreibung. Er ist wie ein Schmetterling, flattert von einer Blume zur nächsten.«

»Was er braucht, ist jemand wie Sie – praktisch, handfest.

Ich hoffe, daß es mit Ihnen beiden gutgeht, das hoffe ich wirklich.«

»Ich auch«, sagte Eleanor, »aber ich mache mir keine Illusionen, Aggie. So sehr verändern die Leute sich nicht – es sei denn, sie wollen es wirklich. Aidan fällt es schwer, seßhaft zu werden.«

»Stimmt«, sagte Mrs. Rowland langsam. »Er ist wirklich der Typ, der umherwandert. Aber vielleicht ist das jetzt alles zu Ende. Er wird auch nicht jünger, nicht wahr? Ich denke, er hat all die Jahre nach dieser Nische gesucht. Sieht so aus, als hätte er sie endlich gefunden.«

»Vielleicht«, sagte Eleanor. »Das Leben ist nie einfach. Es ist seitdem schon viel Zeit vergangen!«

»Ja, allerdings, und Sie haben Ihre eigenen Erfahrungen gemacht. Trotzdem denke ich, es ist gut, daß Sie sich wiedergefunden haben. Sie sehen so aus, als paßten Sie gut zusammen, wenn ich das so sagen darf. Als er in den Speiseraum kam, habe ich diese starke Bindung zwischen Ihnen gespürt. Wie auch immer, Eleanor, ich wünsche Ihnen alles Glück der Welt.«

»Danke, Aggie.«

»Jeder Tag zählt«, sagte Mrs. Rowland nachdenklich. »Genießen Sie Ihr Glück. Denn das Leben ist keine Generalprobe, wie Gerry mir dauernd in Erinnerung ruft.«

»Mrs. Ross«, rief Niamh von der Küchentür. »Telefon.«

»Entschuldigen Sie mich einen Moment, Aggie.«

Eleanor ging, um den Anruf entgegenzunehmen.

Sechs Uhr. Aidan stieg aus dem Wagen, um Eleanor die Beifahrertür zu öffnen. Er hatte mehr als eine Stunde gewartet.

Sie sah fröhlich aus, als sie einstieg.

»Wie ist es gelaufen? War sie ein Drachen?«

»Nein, sie war sehr nett. Intelligent. Freundlich. Hat mir eine Menge Vorschläge gemacht.«

»Ach ja?«

»Ich muß die ersten fünf Kapitel überarbeiten. Sie fand den Stil manchmal ein bißchen steif. Sie möchte, daß es sich flüssiger liest. Ich muß meinen eigenen Ton finden.«

»Deinen eigenen Ton?«

»Weißt du, mehr aus dem Bauch heraus schreiben. Das dritte Kapitel hat ihr sehr gut gefallen – das über Todesfälle in der Kindheit. Sie hat gesagt, es würde sich sehr überzeugend anhören. Natürlich habe ich das meinen Fallnotizen zu verdanken. Die Patienten waren großartig, sie haben mir erlaubt, ihre Geschichten zu verwenden, aber ich habe natürlich Namen und alles andere verändert, woran man sie erkennen könnte.«

»Und deine Ideen für den Rest des Buches, haben ihr die gefallen?«

»Ja, aber sie hat vorgeschlagen, daß ich das Kapitel über plötzliche Todesfälle neu schreiben soll.«

»Dich mehr auf deine eigenen Erfahrungen beziehen?«

»Genau.«

»Und was empfindest du dabei, Ellie?«

»Ich glaube, es ist eine gute Idee. Es könnte für mich so etwas wie eine Katharsis sein, Aidan. Ich glaube, ich habe eine Menge Emotionen einfach in mir vergraben – und meinen Patienten sage ich immer, daß sie genau das *nicht* tun sollten.«

»Nein, das hast du nicht.«

»Doch. Das ganze letzte Jahr habe ich mich in meine Arbeit gestürzt, habe mich von meiner Familie und meinen Freundinnen distanziert und bin dann weggelaufen.«

»Nein, das bist du nicht, Ellie. Du bist nicht der Typ, der wegläuft.«

»Doch, Aidan, ich *habe* es getan. Ich bin nach Coill gekommen, um allem zu entfliehen, aber das ist nicht möglich. Ich habe versucht, eine andere Frau zu werden – und das kann niemand wirklich.«

»*Du* jedenfalls konntest es nicht«, stimmte er zu. »Du bist immer du selbst.«

Sie lachte. »Und *du* bist ein Chamäleon.«

»Was soll *das* nun wieder heißen?«

»Das weißt du verdammt gut, Aidan. Du veränderst dein Verhalten von einem Augenblick zum anderen. Wenn du mit den Gästen zusammen bist, bist du der beflissene Gastgeber, machst Komplimente, bist witzig. Wenn du mit Malcolm Norton zusammen bist, bist du der smarte Geschäftsmann – du veränderst sogar deinen Akzent! Und wenn du mit mir zusammen bist . . .«

»Bin ich der Verführer.« Er grinste. »Schon gut, schon gut, aber jeder ist so. Wir müssen uns anpassen. Das nennt man Überleben.«

»Das gilt vielleicht für dich. Ich bleibe lieber ich selbst.«

»Du bist ziemlich eingebildet, nicht?« Er drückte ihr Knie. »Aber du hast auch andere Seiten. Ich mag zum Beispiel diese predigerhafte Art nicht. Mir gefällt die leidenschaftliche Ellie, mit der ich letzte Nacht im Bett war, viel besser!«

Sie lächelte. »Mir auch.«

»Es geht also voran mit dem Buch? Fabelhaft! Was ist mit dem Vertrag?«

»Sie setzen ihn auf, und nächste Woche muß ich auf der gepunkteten Linie unterschreiben.«

»Das läuft ja wie am Schnürchen!«

»Sie möchten das Manuskript bis Ende Mai, und im Herbst soll es erscheinen.«

»Ich bin stolz auf dich, Ellie.«

»Ein Teil von mir kann es noch gar nicht glauben.«

»Warum?«

Sie zögerte. »Ich weiß nicht . . . ich habe ein komisches Gefühl dabei. Es macht mir angst. Was ist, wenn ich nicht liefern kann?«

»Ellie, jetzt machst du dich klein, wirklich.«

»Nein, Aidan, ich bin bloß realistisch.«

»Du schaffst alles, was du dir vorgenommen hast.«

»Danke für dein Vertrauen.«

»Komm her.«

Er beugte sich zu ihr und küßte sie. Dann ließ er den Wagen an.

»Aidan, ich hatte heute einen Anruf von Thelma Young, meiner Stellvertreterin. Ihrem Vater geht es nicht gut, und sie denkt daran, den Job aufzugeben.«

»Den Job aufzugeben? Vielleicht ist das gar nicht schlecht. Hat Mona nicht gesagt, sie hätte gehört, daß es mit Thelma nicht so gut läuft?«

»Ich würde mich nicht nach Monas Meinung richten. Mum hat nur Gutes über Thelma gehört.«

»Aber du wirst doch einen Ersatz für sie finden können, oder?«

»Ich bin nicht sicher.«

»Denk jetzt nicht daran.« Er schaute in den Rückspiegel, schaltete den Blinker ein und fuhr an. »Also, auf zu Marie. Wir haben allerhand zu feiern.«

Er hielt an einer roten Ampel. Als sie auf Grün schaltete, bemerkte der Fahrer vor ihnen es nicht. Das brachte Aidan immer auf.

»Wartet der auf eine besondere Grünschattierung? Schlaf-mütze!«

Eleanor lachte.

»Danke für alles.« Aidan umarmte Marie. »Es war wie in alten Zeiten, dich und Ellie zusammen zu sehen. Zwei Erbsen in einer Schote.«

»Aidan, ich erinnere mich noch, wie Ellie zum ersten Mal in meine Klasse kam – Vorschule. Die Lehrerin bat mich, ein Auge auf sie zu haben.«

»Und seither hast du nicht mehr damit aufgehört. Das ist nett. Es war toll, dich wiederzusehen, Marie – und das Essen war auch nicht übel!«

»Wir werden noch mehr Abende gemeinsam verbringen, Aidan«, versprach Marie. »*Dich* wiederzusehen, hat mir auch gutgetan. Ellie ist wieder so sprühend, du hast sie um Jahre verjüngt. Du und Ellie, ihr seid eine Lektion für uns alle.«

»Ach ja? Und was für eine Lektion?«

Sie grinste. »Darüber, wie man seine Jugend zurückgewinnt!«

Aidan ging mit Derek aus der Haustür. Während die Männer auf der Vortreppe plauderten, zog Marie Eleanor noch einmal in die Küche.

»Ellie, es stimmt, was Mona sagte. Ihr paßt gut zusammen.«

»Findest du? Wirklich?«

»Absolut.«

»Es hat sich so einiges ergeben, Marie.«

»Das kann man wohl sagen! Er kann's gar nicht erwarten, mit dir nach Hause und ins Bett zu kommen!«

»Du bist ja schlimmer als Mona! Nein, im Ernst, ich denke daran, zurückzukommen.«

»Nach Dún Laoghaire? Wieso denn das?«

»Erstens muß ich vielleicht wieder arbeiten, und dann ist da das Haus. Die O'Learys haben es nur für drei Monate gemietet.«

Marie runzelte die Stirn.

»Hast du das Aidan schon gesagt?«

»Noch nicht.«

»Das wird ihm nicht gefallen.«

»Nein, das wird es nicht. Ich denke nur darüber nach. Ich habe mich noch nicht entschieden, was ich tun werde.«

»Laß es mich wissen, ja? Tu nichts, was dies kaputtmachen würde, Eleanor. Er ist es wert, daß du an ihm festhältst. Du brauchst ein bißchen Spaß in deinem Leben. Aber selbst wenn du beschließt, nach Hause zu kommen, bedeutet das ja noch nicht unbedingt das Ende.«

»Nein, wir können uns etwas überlegen.«

»Natürlich könnt ihr das. Coill ist ja nicht aus der Welt. Ich konnte dich vorher nicht danach fragen, aber ich möchte es für mein Leben gern wissen: Wie geht es seiner Schwägerin?«

»Sie ist wieder bettlägerig. Sie hat ernsthafte Probleme – aber darüber will ich mich nicht äußern. Und Mrs. Laffan verfällt. Allmählich gewöhne ich mich an den Gedanken, daß sie mit einem Vollzeitpflegeplatz besser bedient wäre.«

»Es ist eine Schande.«

»Ja, aber es wäre vielleicht am besten. Sie ist jetzt so verwirrt, daß ich glaube, sie würde überhaupt nicht merken, wo sie ist. Sie wäre in einem Pflegeheim glücklicher – ich hätte nie gedacht, daß ich selbst so etwas einmal sagen würde.«

Marie seufzte. »Manche Dinge sind unvermeidlich, nicht? Ganz gleich, was wir tun, um sie zu verhindern, sie werden uns einfach aus der Hand genommen.«

»Manchmal ja«, stimmte Eleanor zu.

»Wir bleiben in Verbindung, Ellie. Ruf mich an. Und wenn du dich entschließt, wieder nach Hause zu kommen, dann müssen wir ein paar Abende mit Noreen und anderen aus der Clique organisieren. Ich will auch nicht mehr soviel im Haus hocken. Die Kinder sind jetzt alt genug, um allein zu bleiben, und ich will viel häufiger ausgehen. Bist du dabei?«

»Aber klar.«

Marie faßte sie am Arm. »Weißt du was? Ich habe dich noch nie so wohlauf gesehen.«

»Danke, aber um ehrlich zu sein, ich freue mich auch wieder darauf, nach Hause zu kommen. Ich vermisse meine Arbeit, Marie. Diese Geschichte mit meiner Stellvertreterin kommt mir ganz gelegen. Ich *möchte* wieder arbeiten.«

»Na ja, die Praxis ist dein *Leben*, war es immer.«

»Die Ereignisse in Coill sind irreal, Marie. Ich brauche meine eigene Umgebung. Die Arbeit hilft mir, meinen Mittelpunkt zu finden.«

»Therapie für die Therapeutin! Nun geh, dein Mann zerrt an der Leine. Du hast eine leidenschaftliche Liebesnacht vor dir, ich kann mich bloß auf Dereks Schnarchen freuen.«

»Ihr zwei solltet über ein Wochenende wegfahren, weißt du das? Es wirkt Wunder für die Libido!«

»Meine Libido ist nicht das Problem. Sobald Derek erst ein paar Gläser getrunken hat ...«

»Dann verdünne ihm seinen Whiskey, Marie. Glücklicherweise kann Aidan soviel trinken, wie er will.«

»Dann hör auf zu prahlen und geh zu deinem ältlichen Liebhaber.« Marie gab ihr einen kleinen Schubs. »Weißt du, was das Beste an dieser ganzen Affäre ist?«

»Was denn?«

»Sie zeigt, daß es nie zu spät für die große Liebe ist. Ich habe diese Jugendkultur satt. Meine Kinder denken, ich wäre schon jenseits von allem. Man erzählt uns, wenn wir fünfunddreißig werden, hätten wir alles hinter uns. Ihr beide beweist, daß das überhaupt nicht stimmt.«

Er wartete in ihrem Bett auf sie. Eleanor war im Badezimmer am Ende des Flurs. Ihr Privatbad reichte für eine kurze Dusche am Morgen, aber heute abend wollte sie lange in der Wanne liegen. Sie putzte sich die Zähne und musterte sich im Badezimmerspiegel. Das schwarze Seidennachthemd wirkte Wunder für ihre Figur. Sie summte vor sich hin, als sie auf den Gang hinaustrat.

»Mrs. R-R-Ross, kann ich Sie einen M-M-Moment sprechen?« Richard war blaß und aufgeregt.

»Natürlich, Richard, nur zu.«

»Es g-g-geht um Granny.«

»Ist mit ihr alles in Ordnung?«

»Ja, aber ich h-h-hatte es vorhin schwer mit ihr. Sie r-r-redete dauernd von Sergeant M-M-Mullen. Sie w-w-will ihn unbedingt sprechen.«

»Ich dachte, sie hätte es vergessen.«

»Nein, hat sie nicht. Sie w-w-war ganz aufgeregt. Sie r-r-redete ein bißchen über Donegal und all das, aber d-d-dann hatte sie es immer wieder mit dem W-W-Wald. Ich mache mir Sorgen.«

»Was meinen Sie damit, Richard?«

Er schaute zu Boden.

»Sie denken, sie wüßte etwas über den Mord, nicht?«

Er zuckte mit den Schultern.

»Das denken Sie doch, oder?«

»Ja, ich k-k-kann nicht anders.«

Eleanor legte ihm einen Arm um die Schultern. »Wovor genau haben Sie Angst?«

»Ich w-w-weiß nicht, wie Dad reagieren wird.«

»Machen Sie sich wegen Ihres Vaters keine Sorgen. Er wird genauso froh sein wie wir anderen, den Dingen endlich auf den Grund zu gehen.«

»Wirklich?«

»Ja. Und, Richard, ich glaube, wir werden tun, was Ihre Großmutter möchte. Ihr Vater soll Sergeant Mullen morgen früh anrufen, okay?«

»Danke. Danke, Mrs. R-R-Ross.«

Als er wieder nach unten ging, sah er aus, als sei ihm eine schwere Last von den Schultern genommen worden.


Eleanor lauschte Aidans leichtem Atem. Er schlief immer bald ein, nachdem sie sich geliebt hatten. Sie konnte heute nacht nicht abschalten – ihre Phantasie machte Überstunden. Sie wußte, daß etliche Dinge endlich geklärt werden mußten. Viel zu lange hatte man die Wahrheit nur umkreist.

Sie betrachtete die Fakten, soweit sie sie kannte.

Brenda Boylan war wieder im Dorf. Sie war aus London zurückgekommen, weil sie sich um ihren Vater sorgte. Sie sagte, sie sei froh, daß er endlich im Krankenhaus war und behandelt wurde, aber gestern hatte sie Eleanor noch etwas anderes anvertraut. Brenda hatte eine andere Sorge im Hinterkopf – eine wesentlich schlimmere. Was würde er über den Abend zu sagen haben, an dem ihre Mutter ums Leben gekommen war?

Der Zahnarzt lag im Krankenhaus und mußte die Erniedrigung über sich ergehen lassen, entwöhnt zu werden. Was hatte *er* mit seiner jahrelangen Trinkerei auszublenden versucht? Welchem Horror mußte er sich nun, da er nüchtern war, stellen? Wie Brenda war Eleanor überzeugt, daß Dr. Boylan die meisten Antworten kannte.

Und Granny Laffan. Was immer sie in dieser verhängnisvollen Nacht gesehen hatte, es spukte noch in ihrem Kopf herum. Die arme alte Dame hatte sich in einen jämmerlichen Zustand hineingesteigert. Was hatte sie verschwiegen?

Es war höchste Zeit, daß die Wahrheit ans Licht kam.

Und es gab auch noch andere Dinge zu klären, persönliche Dinge. Eleanor wollte nach Hause. Sie vermißte ihr Haus, ihre Nachbarn, ihre eigene Umgebung.

Aidan murmelte im Schlaf und rollte sich neben ihr zusammen. Was würde mit ihm geschehen? Sie war voller Zweifel und Ungewißheiten.

Sie liebte ihn und wollte ihn als Teil ihres Lebens. Zuerst hatte sie ihr Verhältnis als sommerliches Zwischenspiel betrachtet, aber der Sommer ging zu Ende. Tief in ihrem Inneren wußte sie, daß sie Aidan nicht einfach als Sommerabenteuer abtun konnte – ihre Gefühle gingen sehr viel tiefer.

Sie küßte ihn leicht auf die Lippen, und er lächelte im Schlaf.

# 25

Brenda war auf dem Rückweg vom Supermarkt, als sie Richard auf der Straße traf.

»Hallo«, sagte er. »Wie geht's deinem V-V-Vater?«

»Nicht gut.« Sie war nervös. »Er liegt im Krankenhaus und hat eine Menge Zeit zum Nachdenken.«

Richard trat von einem Fuß auf den anderen.

»Hast du Lust, auf eine Tasse Kaffee mitzukommen?« fragte sie.

»Ach, du hast s-s-sicher viel zu tun.«

»Nein«, sagte Brenda, »ich wäre froh, wenn ich mit jemandem reden könnte.«

Er hielt ihre Einkaufstüten, während sie nach dem Schlüssel kramte und die Haustür aufsperrte. Er folgte ihr nach oben und stellte ihre Einkäufe auf den Küchentisch, während sie den Kessel füllte. Dann führte Brenda ihn ins Wohnzimmer.

»Entschuldige die Unordnung, ich bin mit dem Aufräumen erst halb fertig.«

Sie nahm Zeitungen und Unterwäsche von einem Sessel.

»Setz dich, Richard. Wie möchtest du deinen Kaffee?«

»Milch und ein S-S-Stück Zucker.«

Er fühlte sich unbehaglich. Nervös. Müßig blätterte er in der Morgenzeitung, bis sie zurückkam.

Sie reichte ihm einen Becher Kaffee. »Hast du deinem Vater erzählt, daß wir uns in London getroffen haben?«

»Nein«, gestand er. »Ich hab's k-k-keinem erzählt.«

»Sehr verschwiegen, Richard Brady!« scherzte sie. »Ich glaube, du schämst dich meiner.«

»Nein, n-n-natürlich nicht.«

»War nur ein Witz. Aber weißt du, ich habe den Abend wirklich genossen.«

Er rührte in seinem Kaffee und wich ihrem Blick aus. »Ich auch.«

Er war sehr schüchtern – das war eine willkommene Abwechslung. Brenda sah, wenn sie wollte, daß sich hier etwas entwickelte, dann mußte sie die Initiative ergreifen. Aber sie wollte nicht zu forsch vorgehen. Richard war zurückhaltend.

»Vielleicht könnten wir abends mal was trinken gehen?«

»Klar.«

Nicht sehr ermutigend.

»Wann fährst du z-z-zurück?« fragte er.

»Das habe ich offengelassen. Ich bleibe wenigstens so lange zu Hause, bis mein Vater wieder auf den Beinen ist. Richard, ich . . . ich habe Angst.«

»Ich weiß.«

»Nein, du verstehst nicht . . .«

»Brenda, ich w-w-weiß, wovor du Angst hast. Du denkst, daß m-m-mein Vater etwas . . . mit dem Tod deiner M-M-Mutter zu tun hat.«

Seine Hände begannen zu zittern. Brenda nahm ihm den Becher ab.

»Rich, es ist nicht dein Vater, der mir Sorgen macht. Es ist *meiner*.«

Er starrte sie ungläubig an.

»Du glaubst, daß dein V-V-Vater sie . . . daß er v-v-verantwortlich war für . . .«

Sie nickte langsam. »Ja. Nicht vorsätzlich natürlich. Ich denke, es könnte passiert sein, als er . . . betrunken war.«

»Nein!«

»Sergeant Mullen ist jetzt bei ihm im Krankenhaus.«

»Brenda, ich w-w-weiß nicht, was ich sagen soll.«

»O Mick«, sagte Barry Mullen, »warum bist du nicht früher zu mir gekommen und hast mir all das erzählt?«

Michael Boylan saß auf der Kante seines Krankenhausbettes. Er hatte geweint.

»Wie konnte ich, Barry? Wie konnte ich? Carol war meine Frau. Im Namen Gottes, wie hätte ich zugeben können, was ich getan hatte?«

Barry Mullen schüttelte den Kopf. Er sah den Mann an, den er vor sich hatte, und fragte sich, wie er in den letzten fünf Jahren ein so schreckliches Geheimnis für sich hatte behalten können.

»Es hätte uns eine Menge Schwierigkeiten erspart«, sagte der Sergeant leise. »Wenn du dich mir nur anvertraut hättest, Mick. Es hätte viel Ärger vermieden. Vor allem für dich selbst.«

»Ich habe mich geschämt«, flüsterte Michael. »Ich habe mich so geschämt.«

Barry Mullen hüstelte verlegen.

»Na, Mick, jetzt hast du dir ja alles von der Seele geredet.«

»Bist du sicher, was diesen Abend betrifft, Barry?«

»Absolut sicher.«

»Ich kann mich an nichts erinnern, was passiert ist, nachdem Carol das Haus verlassen hatte. Ich muß mich betrunken haben. Es ist noch immer ganz verschwommen, Barry. Die ganze Sache ist verschwommen.«

»Du mußt aufhören, dich selbst zu quälen. Hörst du mich, Mick? Hör auf, darüber zu grübeln. Du hast jetzt reinen Tisch gemacht. Du hast es nicht so gemeint. Du hast getan, was du getan hast, und jetzt mußt du die Konsequenzen tragen, aber wenigstens hast du dich endlich der Wahrheit gestellt.«

»Ich habe sie geliebt, Barry, das weißt du«, sagte Michael Boylan traurig.

Der Sergeant drückte den Arm des Zahnarztes. »Das wußten wir alle, Mick. Du warst ein guter Ehemann.«

»Ich wollte ihr niemals schaden.«

»Ich weiß, Mick. Ich weiß.«

Michael Boylan sah ihn besorgt an. »Was ist mit Brenda? Mein Gott, wie soll ich jetzt Brenda unter die Augen treten?«

»Früher oder später wirst du sie sehen müssen, Mick. Du bist ihr Vater. Sie muß die Geschichte aus deinem Mund hören.«

»Nein«, protestierte Boylan. »Nein, ich könnte ihr das nicht erzählen. Du mußt mir helfen. Willst du zu ihr gehen? Bitte, ja?«

Der Sergeant nickte.

»Also gut, Mick. Ich werde es tun.«


Lucy Baker sah auf das Thermometer.

»Ja, Mrs. Laffan hat eindeutig Fieber«, sagte sie zu Eleanor. »Wir werden sie für ein paar Tage im Bett lassen.«

»Sie hat einen merkwürdigen Blick«, meinte Eleanor. »Glauben Sie, daß sie vielleicht einen leichten Schlaganfall erlitten hat?«

Die Krankenschwester schüttelte den Kopf. »Das bezweifle ich.«

»Den ganzen Tag über schläft sie immer wieder ein. Und wenn sie wach ist, sieht sie mich sehr eigenartig an.«

»Erzählen Sie mir noch einmal von dem Schock, den sie neulich hatte.«

Eleanor erklärte die Begegnung mit Brenda Boylan.

»Ich verstehe«, sagte Lucy. »Etwas hat sie erschreckt, das steht fest. Sehen Sie, jetzt wird sie allmählich wach.«

Die alte Dame drehte den Kopf auf dem Kissen, sah Schwester Baker kurz an und starrte dann zum Fenster hinüber.

»Hallo«, sagte Lucy fröhlich. »Sie waren ein Weilchen im Schlummerland. Wie fühlen Sie sich jetzt?«

Granny Laffan schaute mit leerem Blick an die Decke.

»Mrs. Laffan«, sagte Eleanor sanft, »kann ich Ihnen irgend etwas holen? Etwas zu trinken?«

»Sie *wissen*, was ich möchte«, sagte Iris Laffan müde.

»Sagen Sie es uns noch einmal«, antwortete Lucy ihr.

»Warum sich die Mühe machen?« Die alte Dame klammerte sich an ihre Bettdecke. »Keiner beachtet mich.«

Aidan kam herein. »Wie geht es ihr?«

Eleanor zog ihn beiseite. »Sie verfällt rasch – hat eine Menge von ihrem alten Kampfgeist verloren. Anscheinend hat sie aufgegeben.«

»Hast du ihn mir geholt?« fragte Granny Laffan Aidan vorwurfsvoll. »Hast du ihn geholt – wie heißt er noch? Den Mann ... den, mit dem ich reden muß?«

»Sie meint Sergeant Mullen«, flüsterte Eleanor Aidan zu.

»Ich hab's versucht«, sagte Aidan. »Ich habe angerufen, aber Chrissie hat gesagt, er wäre nicht zu Hause. Sie hat gesagt, er würde mich heute abend zurückrufen.«

»Siehst du«, murrte Granny Laffan. »Er will mich nicht besuchen kommen. Weil es ihm lästig ist. Ihr denkt alle, ich sei nicht recht bei Trost – vielleicht habt ihr recht. Aber ich weiß, was ich weiß.«

»Psst, Mrs. Laffan«, sagte Eleanor beruhigend. »Er *wird* kommen, wenn es das ist, was Sie möchten.«

»Es ist nicht, was ich möchte.« Granny Laffan seufzte. »Nichts von all dem möchte ich. Aber ich muß doch die Wahrheit sagen, nicht?«

»Regen Sie sich nicht auf, Mrs. Laffan. Alles wird gut.« Lucy half der alten Dame in eine sitzende Position und schüttelte ihre Kissen auf.

»Du brauchst nichts zu tun, was du nicht tun möchtest«, sagte Aidan in ruhigem Ton.

Brenda öffnete die Tür und erblickte Sergeant Mullen, der ängstlich auf der Vortreppe stand.

Sie hielt ihm die Tür weit auf. »Kommen Sie nach oben. Richard Brady ist hier.«

Barry Mullen folgte Brenda ins Wohnzimmer, wo Richard gerade die Becher abräumte.

»Richard.«

»Hallo, Sergeant M-M-Mullen. Ich wollte soeben gehen.«
Der Sergeant setzte sich. »Das hat keine Eile.«

»Ich möchte, daß er bleibt.« Brenda setzte sich auf die Armlehne von Richards Sessel, dem Sergeant gegenüber.

Barry räusperte sich. »Es geht um ...«

»Meinen Vater, ich weiß.«

»Es fällt mir nicht leicht, Brenda, aber ...«

»Nur zu, Sergeant«, sagte Brenda resigniert. »Sie müssen
Ihren Job tun. Steht er unter Arrest?«

Barry Mullen war verblüfft. »Ihr Vater? Festgenommen?«
Sie nickte und wandte den Blick ab.

»Nein, Brenda«, versicherte Barry ihr. »Nichts dergleichen.
Ihr Vater ...«

»Hat meine Mutter umgebracht, Sergeant Mullen. Sagen
Sie mir einfach die Tatsachen. Ich will, daß alles ans Licht
kommt – ich kann keine weiteren Lügen und Täuschungen
mehr ertragen. Ich habe es satt.«

Barry Mullen ging im Zimmer auf und ab. Richard nahm
Brendas Hand.

»Ihr Vater hat niemanden umgebracht, Brenda. Er ist kein
Mörder.«

»Was?«

»Ihr Vater ist ... es geht ihm nicht gut, aber er ist kein Mörder ...«

»Aber ich dachte ... eines Abends habe ich ihn mit sich
selbst reden hören, über sie, meine Mutter, und er hat gesagt,
es täte ihm leid ...«

»Ja«, stimmte Sergeant Mullen zu. »Er hat Ihrer Mutter in
dieser Nacht weh getan. Ich weiß nicht, ob dies der richtige
Moment ist, um Einzelheiten zu berichten ...«

Richard sprang auf. »Ich gehe, Brenda. Ich warte bei
Coyle's auf dich.«

Sie hielt ihn zurück. »Nein, geh nicht, Richard. Bitte.«

»Es wäre vielleicht besser«, meinte Sergeant Mullen.

386

Richard nahm seine Jacke, lächelte Brenda beruhigend zu und ging.

»Also gut, Sergeant, sagen Sie es mir.«

Barry Mullen setzte sich wieder hin, zündete sich eine Zigarette an, nahm einen tiefen Zug und begann:

»Ihr Vater und Ihre Mutter hatten einen Streit. Sie sagte ihm, sie würde Coill verlassen und Sie mitnehmen . . .«

»Das hat sie dauernd gesagt«, meinte Brenda geringschätzig.

»Diesmal meinte sie es ernst. Ihr Vater hatte getrunken, und er wurde . . . er wurde sehr wütend und tat ihr Gewalt an . . .«

»Er hat sie vergewaltigt?« Brenda wurde blaß.

Barry Mullen schaute auf seine verschränkten Hände nieder. »Ja. Ich wußte immer, daß es . . . Geschlechtsverkehr gegeben hatte . . . ich meine, da waren noch Spuren von Sperma, und ich nahm einfach an . . .«

»O nein.«

»Wie auch immer«, Barry räusperte sich, »Ihre Mutter duschte sich und ging fort. Ging hinüber zu The Lodge – soweit Ihr Vater weiß.«

»Um Aidan Brady zu sehen?«

»Äh . . .« Barry zögerte. »Nein, ich glaube nicht. Sie ging zu Victoria Laffan.«

»Ich verstehe.«

Barry wußte nicht weiter. Wie konnte er den Rest erklären? Sollte er es überhaupt versuchen?

»Ist er ihr gefolgt? Ist es das?«

»Nein«, sagte Barry, »er ist ihr nicht gefolgt. Das ist ja der Punkt. Er nahm noch ein paar Drinks, nachdem sie gegangen war, und dann taumelte er zu Coyle's. Er blieb die ganze Nacht dort, trank und schimpfte in einer Ecke vor sich hin.«

»Woher wissen Sie das? Wie können Sie da sicher sein?«

»Weil ich auch dort war, deshalb. Ich sah den Zustand, in dem er war, ging hin und setzte mich zu ihm. Ich versuchte zu verhindern, daß er noch mehr trank. Er schimpfte zusammenhanglos vor sich hin. Endlich schaffte ich es, ihn sicher nach Hause ins Bett zu bringen. Er schlief wie ein Stein, als ich fortging. Er war nicht fähig, allein zu gehen – von allem anderen ganz zu schweigen. Das war nach elf Uhr.«

Brenda erinnerte sich.

»Und ich kam kurz danach aus dem Kino nach Hause. Er schnarchte in seinem Zimmer, und seine Tür war abgeschlossen. Er verließ das Zimmer zwei Tage lang nicht ... Er kann es also nicht getan haben, nicht?«

»Nein, er kann es nicht getan haben, Brenda. Er hat das bestmögliche Alibi, nämlich *mich*.«

»Oh, Sergeant, Sie können sich nicht vorstellen, wie erleichtert ich bin. Oh, Gott sei Dank.« Sie dachte ein paar Augenblicke über all das nach.

»Sie sagten etwas über The Lodge.«

Er zog heftig an seiner Zigarette.

»Sergeant Mullen ...«

»Brenda, das ist ein bißchen ... heikel. Ihre Mutter war ...«

»Ja?«

»Sie war ... Ihre Mutter war ...«

»Sie hatte ein Verhältnis? Das weiß ich inzwischen, Sergeant. Damals habe ich es nicht geglaubt, aber neuerdings dämmert mir, was da gelaufen ist.«

»Ja?« fragte er sanft.

»Ja.« Sie sah ihm direkt in die Augen. »Sie denken, daß Aidan Brady es getan hat, nicht?«

»Nein.« Er schüttelte den Kopf. »Nein, das denke ich nicht.«

»Wer dann?« Ihre Stimme wurde lauter. »Wer?«

»Brenda, ich bin nicht völlig sicher. Ich muß noch ein paar weitere Ermittlungen anstellen, aber ich habe einen Verdacht.«

»Ach, Sergeant«, sagte Brenda, und ihre Augen füllten sich mit Tränen, »es ist bald vorbei, nicht?«

»Ja«, sagte er feierlich, »es ist bald vorbei.«

»Auf Wiedersehen, Eleanor, meine Liebe.« Aggie Rowland umarmte Eleanor. »Meine Adresse habe ich Ihnen gegeben. Bitte, schreiben Sie unbedingt, wenn Sie Zeit haben. Lassen Sie mich wissen, was aus Ihrem Buch wird ... und aus allem anderen.« Sie zwinkerte.

»Das werde ich«, versprach Eleanor. »Auf Wiedersehen, Gerry, gute Heimfahrt.«

Sie schüttelte beiden die Hand. Als Mr. und Mrs. Rowland danach in ihr Auto steigen wollten, erschien Victoria. Ihr Gesicht war grau.

Aggie sagte besorgt: »Ms. Laffan, wie *geht* es Ihnen?«

»Nicht allzu gut, fürchte ich. Irgendein Virus, hat der Arzt gesagt. Es tut mir schrecklich leid, daß ich mich nicht mehr um Sie kümmern und Ihren Besuch ein bißchen familiärer gestalten konnte.«

»Ach, machen Sie sich nichts daraus«, sagte Gerry Rowland. »Wir hatten ein paar schöne Tage. Aidan und Eleanor waren großartige Gastgeber. Und der junge Richard und Niamh haben uns behandelt wie Mitglieder der königlichen Familie.«

Victoria schürzte die Lippen.

»Es freut mich, daß Sie Ihren Aufenthalt genossen haben«, sagte sie steif.

Die Rowlands stiegen in ihren Wagen, winkten und fuhren davon.

»Sie werden nicht wiederkommen«, sagte Victoria zu Eleanor. »Das ist das Ende einer Ära, nicht wahr?«

»Ja, vermutlich.«

»Ich suche meinen Schwager, haben Sie ihn gesehen?«

»Nein, ich habe eben erst gefrühstückt«, sagte Eleanor. »Ms. Laffan, möchten Sie, daß ich mich heute vormittag zu Ihrer Mutter setze? Sie könnten wieder zu Bett gehen und sich ausruhen.«

»Nein, danke, es geht mir ausgezeichnet. Mutter schläft. Ich werde ihr eine Tasse Tee nach oben bringen.«

»In Ordnung. Ich nehme an, Sie wissen, daß Sergeant Mullen später vorbeikommt. Ihre Mutter möchte unbedingt mit ihm reden.«

»Ach, das ist lächerlich. Einer alten Dame solche Umstände zu machen. Sie kann *unmöglich* Besuch empfangen.«

Ehe Eleanor antworten konnte, machte Victoria auf dem Absatz kehrt und ging ins Haus zurück. Aidan kam aus dem Wald, gefolgt von Major.

»War das Victoria?«

»Ja, und sie hat schlechte Laune.«

»Das ist nichts Neues. Hast du Zeit für einen kurzen Spaziergang?«

Er nahm ihre Hand, und sie spazierten um den See herum. Der Tag war trüb und bewölkt.

»Aidan, ich habe Victoria erzählt, daß Barry Mullen heute vormittag kommt.«

»Und?«

»Sie war verärgert.«

»Als ich gestern abend mit Barry telefoniert habe, klang er besorgt.«

»Vielleicht weiß er etwas?«

»Ja, ich glaube, er weiß etwas. Richard hat übrigens Brenda gestern abend auf einen Drink getroffen. Ich glaube, da tut sich etwas.«

»Zwischen Richard und Brenda?«

»Ich bin fast sicher. Die Liebe ist überall, Ellie.«

Er küßte sie.

»Aidan.« Sie biß sich auf die Lippen. »Ich habe dir etwas zu sagen.«

»Ja?«

»Ich habe beschlossen, nach Hause zu gehen.«

Er ließ ihre Hand los. »Nach Hause?«

Sie konnte sehen, daß er verärgert war.

»Ja, ich habe heute morgen die O'Learys angerufen. Sie reisen Ende nächster Woche ab.«

»Aber du hättest keine Schwierigkeiten, andere Mieter zu finden«, behauptete er. »Überhaupt keine Schwierigkeiten.«

»Da ist auch noch mein Beruf.«

»Ach, Ellie«, sagte er ungehalten, »du bist doch nicht mit deinem Beruf *verheiratet*.«

Sie ging weiter.

»Ich vermisse ihn, Aidan. Ich vermisse meine Patienten, die Routine. Ich brauche es, daß andere mich brauchen. Am meisten vermisse ich mein Zuhause.«

Er legte die Arme um sie. »Ellie, *ich* brauche dich.«

»Ich brauche dich auch. Wir können uns trotzdem sehen, Aidan. Dún Laoghaire ist nur vierzig Minuten von hier entfernt.«

Er hob einen Stein auf und warf ihn über die Wasseroberfläche.

»Mir gefällt das nicht. Ich verstehe es nicht. Du wolltest ein Jahr Pause machen, das hast du gesagt. Warum willst du jetzt nach so kurzer Zeit wieder zurück?«

»Aidan, ich möchte mein altes Leben wiederhaben.«

»Herrgott! Wenn du dich hören könntest, Ellie!«

»Aidan, ich habe lange und gründlich darüber nachgedacht. Es ist das, was ich möchte. Du wirst das nie verstehen. Du liebst Veränderungen ... ich nicht. Ich habe jetzt lange genug pausiert. Coill ist nicht mein Zuhause, ich gehöre nicht hierher – nicht wirklich. Es war ohnehin nur eine befristete Vereinbarung. Ich bin bereit, zu meinem vertrauten Leben zurückzukehren.«

»Was ist mit deinem Buch? Wie willst du Zeit zum Schreiben finden, wenn du wieder arbeitest?«

»Abends. Ich werde jeden Abend schreiben.«

»Und ich, Ellie? Wann wirst du Zeit für mich haben?«

Sie nahm seine Hand. »Ich werde mir Zeit für dich nehmen, Aidan. Wir können die Wochenenden zusammen verbringen.«

»Die Wochenenden ... dein Liebhaber fürs Wochenende – ist es das, was ich sein werde?«

Sie küßte ihn auf die Wange. »Ja, es wird sehr romantisch werden.«


»Nein, Mutter, du wirst ihm oder sonst jemandem nichts sagen. Es war unser Geheimnis.«

Victoria kam vom Fenster zurück.

»Du hast an diesem Abend nicht richtig gesehen. Du konntest nicht richtig sehen.«

Noch immer keine Antwort aus dem Bett.

»Wir brauchen hier keine Fremden, die ihre Nase in unsere Angelegenheiten stecken, nicht? Du hast eingewilligt, daß das unter uns bleibt. Der Name Laffan muß geschützt werden. Du warst einverstanden, Mutter, erinnerst du dich nicht?«

Nein, natürlich erinnerte sie sich nicht.

»Wenn er kommt, werde ich einfach sagen, daß du schläfst. Dir ging es nicht gut. Lucy Baker kann das bestätigen. Du brauchst deinen Schlaf. Es ist unnötig, deine Ruhe zu stören. Du bist eine alte Dame – du hast deine Ruhe nötig. Was kannst du denn schon sagen, um diesen Dummkopf über Ereignisse aufzuklären, die fünf Jahre zurückliegen?«

Victoria ging zum Fenster hinüber und schaute nach draußen. Eleanor Ross hielt Aidans Hand. Das Liebespaar! Der Anblick verursachte ihr Übelkeit.

»Fünf Jahre, Mutter! Du kannst dich nicht einmal an das erinnern, was vor fünf Minuten passiert ist, nicht? Du bist verwirrt. Du hast dir das, was du gesehen hast, eingebildet. Das ist es – du hast die ganze Sache geträumt. Keiner könnte dich ernst nehmen – jeder weiß, daß du krank bist, Mutter. Krank.«

Victoria ging zurück zum Bett ihrer Mutter. Die Brust der alten Dame hob und senkte sich. Sie schlief sehr tief. Die zusätzliche Schlaftablette jeden Abend hatte wunderbar gewirkt. Das Gesicht ihrer Mutter war friedlich, heiter.

Sie hatte bemerkenswert gute Haut. Wäre es nicht schön, sie weiterschlafen zu lassen ... keine Pflege mehr ... keine Sorgen mehr. Schlaf. Der Balsam der Natur.

Victoria schlich auf die andere Seite des Bettes. Sehr vorsichtig, um ihre Mutter nicht zu stören, hob sie das zusätzliche Kissen. Sie hielt es über den Kopf der alten Dame und senkte es langsam, ganz langsam, Zentimeter für Zentimeter auf ihr Gesicht nieder ...

»Tante V-V-Victoria. Hör auf! Hör auf! Was m-m-machst du denn da? Hör auf!«

Richard kam ins Zimmer geeilt.

Sie fuhr herum, sah ihn mit gebleckten Zähnen wild an.

»Raus mit dir!« schrie sie. »Geh raus, du dummer Junge! Geh!«

Richard nahm seiner Tante das Kissen aus den zitternden Händen und führte sie zum Sessel, wo sie lautlos schluchzend zusammensank ...

Blitzartig sah er alles vor sich ...

Er war höchstens fünf Jahre alt. Die Tür zu dem Schlafzimmer mit dem Alkoven, dem verbotenen Zimmer, stand angelehnt. Er war hineingeschlichen, hatte sich nur so zum Spaß in das geheime Zimmer gewagt. Ein aufregendes Abenteuer. Er war ungehorsam. Kühn.

Und dann hatte er sie gesehen, auf dem Bett, wo sie sich küßten und stöhnten. Seine Tante machte komische Geräusche. Er verstand nicht. Seine Tante machte Dinge mit Mrs. Boylan. Sie hatten keine Kleider an. Arme, Beine, langes, schwarzes Haar. Tante Victoria küßte Mrs. Boylan – und dann hatte sie ihn gesehen.

Einen kleinen Jungen, der in der Tür stand und sie verwirrt anstarrte.

»Raus!« hatte sie ihn angeschrien. »Geh weg, du dummer Junge! Hörst du mich! Raus, raus, raus!«

## 26

Eleanor saß mit Richard in der Küche.

»Mrs. R-R-Ross«, sagte er mit zitternder Stimme, »es war f-f-furchtbar. Sie wollte Granny gerade das K-K-Kissen aufs Gesicht drücken. Eine Sekunde lang k-k-konnte ich mich nicht bewegen, nicht s-s-sprechen – und dann hörte ich einen Schrei und m-m-merkte, daß ich es war, d-d-der da schrie.«

Eleanor goß ihm noch eine Tasse heißen, süßen Tee ein.

»Trinken Sie das, Rich.«

»Wie sie m-m-mich ansah – als ob sie mich haßte, r-r-richtig haßte. Und dann w-w-war ich wieder in d-d-dem Zimmer, vor all den Jahren. Ich war vier, v-v-vielleicht fünf, und ich sah sie z-z-zusammen im Bett. Aber ich b-b-begriff nicht ...«

»Wie hätten Sie das auch begreifen können?«

»Tante V-V-Victoria sah ganz w-w-wild aus. Damals hat sie mich auch angeschrien ... und m-m-mir gesagt, ich wäre schlecht.« Die Stimme versagte ihm. »Ich h-h-hatte sie ertappt ... und sie gab mir das G-G-Gefühl, *sie* hätte *mich* ertappt.«

»Dabei war es genau umgekehrt, Rich.«

Mit zitternden Händen hob er die Tasse an die Lippen.

»Aber dann ... danach ... habe ich a-a-alles vergessen. All die Jahre ... wie k-k-konnte ich das *vergessen*?«

»Sie waren noch ein kleiner Junge, und sie hat Sie so erschreckt, daß Sie es verdrängt haben.«

»Verdrängt?«

»Das war Ihre Art, das Geschehen zu bewältigen, Rich.«

Er sah sie intensiv an, begierig nach weiteren Erklärungen.

»Sie war Ihre Tante, die Frau, die Sie als Ihre Mutter betrachteten. Daß diese Frau so auf Sie losging ...«

»Ja, sie g-g-ging auf mich los. Sie war b-b-bösartig.«

»Sie war furchtbar erschrocken, Rich.«

»Glauben Sie, daß d-d-das der Anfang von m-m-meinem Stottern war?«

»Sehr gut möglich.«

»Ich k-k-kann es nicht glauben. Daß ich k-k-keine Erinnerung daran hatte ... bis jetzt.«

»Rich, jetzt, da die Erinnerung wiedergekommen ist, wird es leichter sein ...«

»Oh, Mrs. Ross, ich g-g-glaube nicht, daß ich d-d-damit fertig werde. Sie hat t-t-tatsächlich Brendas Mutter ermordet. Sie ...«

»Sie ist eine sehr kranke Frau, Rich.«

»Warum hat sie es getan? Warum?«

»Wir können nur vermuten. Sie liebte sie, das weiß ich.«

»L-L-Liebte sie? Und dann hat sie sie g-g-getötet? Das ergibt k-k-keinen Sinn.«

»Nein, nicht für Sie oder für mich. Meine Vermutung ist, daß sie in Panik geriet, als sie erfuhr, daß Carol fortgehen würde. Daß sie die Beherrschung verlor.«

»Aber sie gleich zu e-e-ermorden ...«

»Rich, sie ist krank. Wer weiß, was in ihrem Kopf vor sich ging.«

»Was wird jetzt mit ihr p-p-passieren?«

»Sergeant Mullen ist oben mit Ihrem Vater und dem Arzt. Warten wir ab, was sie zu sagen haben. Wenigstens hat Ihre Großmutter all das verschlafen. Sie wird nie erfahren, was geschehen ist, dafür können wir dankbar sein.«

»Granny. O Gott, wenn sie aufgewacht w-w-wäre ...«

»Gott sei Dank ist sie nicht aufgewacht. Versuchen Sie, Ihren Tee zu trinken, Richard. Schauen Sie, da kommt Ihr Vater.«

Aidan, bleich und mit zerfurchter Miene, kam mit einer Flasche Brandy herein. Er setzte sich, öffnete die Flasche und goß seinem Sohn einen Drink ein.

»Hier, Richard, trink das. Du hast einen schrecklichen Schock erlebt. Möchtest du auch einen, Ellie?«

Sie schüttelte den Kopf. »Aidan, was geht da oben vor sich? Was hat der Sergeant gesagt?«

Aidan holte tief Luft und seufzte dann.

»Wir haben einen Krankenwagen gerufen. Der Arzt hat ihr ein Beruhigungsmittel gegeben – sie ist nicht mehr bei sich.«

Richard trank einen großen Schluck von dem Brandy und verzog das Gesicht.

»Wo werden sie sie hinbringen, Dad?«

Aidan sah Eleanor an.

Richard trank noch einen Schluck Brandy und schüttelte sich. »Ich m-m-mag das nicht austrinken. Ich glaube, ich gehe nach oben zu G-G-Granny und setze mich zu ihr für den F-F-Fall, daß sie aufwacht.«

»Gute Idee«, sagte sein Vater.

»Nun?« fragte Eleanor, als Richard die Küche verlassen hatte.

»Der Krankenwagen muß gleich hier sein. Ich werde mit ihr fahren.« Er hielte inne. »Das Krankenhaus in Newcastle. Da bringen sie sie hin.«

Eleanor starrte vor sich hin. »Wird es einen Prozeß geben?«

»Das ist ungewiß. Sergeant Mullen hat gesagt, daß sie vielleicht nicht vor Gericht kommt. Wir wissen es noch nicht. Er wird ihre Aussage später aufnehmen müssen – als er eintraf, war sie nicht in dem Zustand, irgend etwas zu sagen.«

»Aidan, was ist mit Brenda?«

»Ich werde heute abend zu ihr gehen. Und ich werde auch ins Krankenhaus gehen und Mick Boylan besuchen müssen. Ich freue mich nicht darauf.«

Sie nahm seine Hand. »Das ist ...«

»Ja.«

»Und Granny Laffan? Was wird aus ihr?«

»Ich weiß nicht. Ich habe nach Lucy Baker geschickt. Aber ...«

»Du glaubst, daß das Pflegeheim die Antwort ist?«

»Du nicht?«

»Es ist alles so trostlos.«

»Das kannst du laut sagen. Wir werden uns nach dem richten müssen, was Lucy und der Arzt raten. Aber ich muß an Richard denken, Ellie. Er ist es, der jetzt wichtig ist.«

»Ja, natürlich. Er wird eine Beratung brauchen, Aidan.«

Aidan nickte. »Ich kann jemanden empfehlen.«

»Wenn er damit einverstanden ist.«

»Ich denke, er wird einverstanden sein. Er ist traumatisiert, also würde ich es jetzt noch nicht erwähnen. Aber in ein paar Tagen werde ich noch einmal mit ihm reden.«

Aidan legte die Arme um sie. »Was hätte ich ohne dich gemacht, Ellie?«

Sie schmiegte ihre Wange an seine. »Du wärst schon zurechtgekommen.«

»Nein, du bist wie ein Fels in der Brandung. All das – es ist so ... so bizarr. Ich wäre ohne dich niemals damit fertig geworden. Ich liebe dich, Ellie.«

»Ich liebe dich auch.«

»Bitte, geh nächste Woche nicht fort.«

»Laß uns jetzt nicht darüber reden. Da, es läutet. Wahrscheinlich der Krankenwagen. Aidan, möchtest du, daß ich mit dir komme?«

»Nein.« Er küßte sie auf die Stirn. »Du bleibst hier und wartest auf Lucy. Richard braucht dich.«


»Lorna, hast du meine Seidenpyjamas eingepackt?« Granny Laffan flatterte geschäftig umher. Sie schaute dauernd unter das Bett, um zu sehen, ob sie nichts vergessen hatte. »Die aus Flanell mag ich nicht, die sind so altmodisch. Bist du sicher, daß du die seidenen eingepackt hast?«

Eleanor schloß den Koffer der alten Dame. »Ja, und das gute Bettjäckchen.«

»Ich muß sagen, daß ich mich auf diesen Urlaub freue. Zeit für einen Tapetenwechsel. Ist dieses graue Kostüm in Ordnung? Ich möchte für das Hotel so gut wie möglich aussehen. Nicht vernachlässigt, nicht?«

»Sie sehen reizend aus«, sagte Eleanor. Sie wußte nicht, wie lange sie das aufrechterhalten konnte.

»Wo ist Victoria? Warum ist sie nicht gekommen, um mir *bon voyage* zu wünschen?«

Eleanor wandte sich ab.

»Victoria ist für eine Weile weggefahren.«

»Ach ja? Wann ist sie gefahren?«

»Vor zwei Tagen.«

»Wie eigenartig! Da war etwas, das ich jemandem sagen mußte ... ach, was soll's, ich kann mich nicht erinnern. Ich glaube, es war etwas über Victoria. Oder vielleicht mußte ich auch Victoria etwas sagen. Was war es denn bloß?«

»Nichts Wichtiges«, sagte Eleanor. »Es war sicher nichts Wichtiges.«

»Sie ist also fort, sagst du? Dieses Mädchen hört nie auf, mich zu erstaunen. Sieht ihr gar nicht ähnlich, einfach so zu verschwinden. Sie ist seltsam. Meine eigene Tochter, aber ich muß sagen, sie ist sonderbar. In letzter Zeit war sie sehr sonderbar.« Sie kicherte fröhlich. »Noch sonderbarer als gewöhnlich – und das will etwas heißen!« Sie schob ihre Brille auf der Nase nach oben. »Vielleicht hatte sie auch einen Urlaub nötig.«

»Ja, ich glaub, das hatte sie«, sagte Eleanor und versuchte zu lächeln.

»Gott verzeihe mir, aber es wird nett für mich sein, sie eine Weile nicht zu sehen. Ich war ihr Genörgel leid. Immer hatte sie es wegen dem oder jenem auf mich abgesehen – sie hat überhaupt keinen Sinn für Humor. Das ist ihr Problem.«

Iris Laffan starrte auf ihre schwarzen Schuhe nieder.

»Hast du sie geputzt, Lorna? Ich kann fast mein Gesicht darin spiegeln.«

»Ja, habe ich.«

»Du bist sehr gut zu mir. Ich habe Glück, eine Tochter wie dich zu haben.«

Eleanor überprüfte Mrs. Laffans Toilettentasche. Dann erinnerte sie sich an das Foto auf dem Ankleidetisch. Das von Patrick Laffan und Iris, aufgenommen während der Hochzeitsreise. Sie nahm das Foto und öffnete den Koffer noch einmal.

»Lorna, ist *er* immer noch hier? Nein, ich weiß, du magst nicht, daß ich das sage, aber ich finde, du solltest diesen Mann wirklich nicht ermutigen. Er ist nichts für dich. Glaub mir, es ist so.«

Eleanor zog den Reißverschluß des Koffers zu.

»Ich hoffe, du kommst zur Besinnung, Lorna. Mein größter Wunsch ist, daß er fort ist, wenn ich wieder nach Hause komme.«

Eleanor ging zum Fenster und sah Lucy mit ihrem Wagen vorfahren.

»Da kommt Ihr Wagen. Ich bringe Ihr Gepäck nach unten, und dann komme ich wieder und hole Sie.«

Aidan nahm Eleanor das Gepäck ab und verstaute es im Kofferraum von Lucys Wagen.

»Alles in Ordnung mit dir, Ellie?«

»Nein«, antwortete sie wahrheitsgemäß, »ich bin völlig fertig.« Sie wandte sich an Lucy. »Ich gehe nach oben und hole sie.«

Eleanor ging zurück ins Haus.

»Es ist besser, wenn ich nicht mit Ihnen fahre«, sagte Aidan zu Lucy. »Ich fürchte, sie vertraut mir nicht.«

Er lachte halbherzig.

»Das ist in Ordnung, Aidan«, sagte Lucy. »Am besten ist es, wenn Eleanor mitkommt. Wo ist Richard?«

»Er ist zu Brenda Boylan gegangen. Er ist ganz aufgelöst. Konnte es nicht ertragen, sie abreisen zu sehen.«

Lucy schaute an The Lodge empor. »Sind alle Ihre Gäste abgereist?«

»Ja. Die Bauleute kommen übermorgen.«

»Ein neuer Morgen dämmert, und alles verändert sich«, sagte Lucy nachdenklich. »Es ist traurig, daß sie ihr Zuhause verlassen muß, nicht? Das Haus sieht irgendwie einsam aus. Als wenn es Bescheid wüßte.«

Aidan folgte ihrem Blick.

»Was glauben Sie, Lucy, wie lange es dauern wird, bis sie sich eingewöhnt?«

»Das kann man unmöglich sagen. Es ist bei jedem anders. Im Falle von Mrs. Laffan dauert es vielleicht nicht allzu lange. Was Besuche betrifft ...«

»Ach, machen Sie sich keine Sorgen, sie wird viel Besuch bekommen.«

»Nein, wenigstens für eine Weile besser nicht. Sagen Sie Richard das unbedingt«, drängte Lucy. »Es ist wichtig, daß sie für mindestens zwei oder drei Wochen von niemandem besucht wird.«

»Das wird Richard sehr schwerfallen.«

»Ja, aber zu *ihrem* Besten ist es wichtig. Sie muß lernen, sich an ihre neue Umgebung anzupassen, und das braucht Zeit.«

Aidan reichte der Krankenschwester die Hand. »Werden Sie uns wissen lassen, wie es ihr geht?«

»Natürlich.«


Lucy und Eleanor brachten die alte Dame auf dem Beifahrersitz des Wagens unter.

»Nett von Ihnen, daß Sie mich fahren, Lucy Baker. Dieses Auto ist sehr bequem, das muß ich sagen. Nicht wie unsere alte Klapperkiste. Da fällt mir das Ein- und Aussteigen schrecklich schwer. Lorna, hast du daran gedacht, mein Radio einzupacken?«

»Ja«, sagte Eleanor leise.

»Ach, es ist sicher auch nicht wichtig. Ich werde viel zuviel damit zu tun haben, mich zu amüsieren, um mich groß mit dem Radio abzugeben. Und es ist ja auch nur für ein paar Wochen.«

Eleanor schluckte.

Granny Laffan schaute aus dem Seitenfenster.

»Ach du liebe Güte, schaut nur da drüben. Jede Menge Unkraut zwischen den Sträuchern. Lorna, sag Richard bitte, daß er etwas dagegen unternehmen soll.«

»Ja, wird gemacht.«

»Gut. Ich möchte, daß das Grundstück gepflegt ist, wenn ich aus meinem Urlaub zurückkomme. Und vielleicht könntest du die kleine Niamh bitten, mein Zimmer gründlich zu putzen. Ich denke daran, das Bett auf die andere Seite stellen zu lassen – dann hätte ich mehr Platz. Und die Spitzenvorhänge – sie müssen gewaschen werden. Wirst du dich darum kümmern, Lorna?«

Eleanor konnte es nicht länger ertragen.

Lucy ließ den Wagen an und fuhr langsam die Einfahrt hinunter. Als sie in die Straße einbogen, blutete Eleanor das Herz.

»So, endlich sind wir unterwegs.« Granny Laffan war begeistert. »Das ist so aufregend für mich, ein richtiges Abenteuer.«

## 27

Das Zimmer war ungewöhnlich – ein Denkmal für Lorna Laffan. Blaßgrüne Wände, grüner Teppich, cremefarbene Vorhänge, zahlreiche Bücherregale, eine hübsche Eichenkommode und ein passender Frisiertisch mit Haarbürste, Handspiegel, Parfüms und Kosmetika.

»Es ist genauso, wie Lorna es verlassen hat«, sagte Aidan atemlos. »Ich habe dieses Zimmer seit mehr als zwanzig Jahren nicht mehr betreten. Großer Gott, es ist ein Mausoleum. Ein Grabmal.«

Eleanor stand da und sah sich um, sprachlos.

Er nahm eine Flasche mit Handcreme auf. »Alles Lornas Sachen, sorgfältig aufbewahrt. Es ist grotesk. Als würde sie noch leben.« Sein Gesicht war aschfahl.

»Und ihre Bücher, schau sie dir an, Ellie. Ihre komplette Dickens-Sammlung – sie sind abgestaubt worden. Das Zimmer ist blitzsauber, sieh dich um. Es wurde offenbar regelmäßig geputzt. Und das Bett – sieh dir das Bett an! Alles fertig, um darin zu schlafen. Es ist makaber.«

Eleanor legte ihm eine Hand auf die Schulter.

»Sogar ihr alter Teddy da auf dem Kopfkissen – es ist . . .«

»Scht, Aidan, reg dich nicht auf.«

»Ich kann nicht anders. Hier, schau dir das an!«

Er reichte ihr ein Foto in einem silbernen Rahmen. Die lächelnden Gesichter der jungen Victoria und Lorna Laffan starrten sie an.

»Und dieses Zimmer – hier hatte sie ihre Liebesaffäre, ihre heimlichen Rendezvous mit Carol. Sie brachte ihre Geliebte hierher, in dieses Zimmer – in ihr Mausoleum für ihre tote Schwester. Wie verkorkst war ihre Psyche eigentlich?«

»Sie hat versucht, die eine durch die andere zu ersetzen, Aidan.«

»Sie war verrückt, Ellie. Total, total verrückt.«

»Sie konnte den Verlust psychisch nicht verkraften. Sie liebte Lorna abgöttisch, und sie verlor sie. Dann traf sie Carol und verliebte sich. Aidan, glaubst du . . . kannst du dir vorstellen, daß sie sie vielleicht zu verführen versucht hat . . .?«

»Lorna?«

»Ja.«

»Nein.« Das sagte er sehr bestimmt. »Nein, da gab es *nichts* dergleichen. Lorna war normal.«

»Aidan, um Gottes willen, was ist schon normal?«

»Sie war nicht lesbisch«, versetzte er unwirsch. »Meine Frau hatte keine derartigen Neigungen. Das hätte ich gewußt. Sie war zärtlich, ging gern mit mir ins Bett – zumindest am Anfang . . .«

»Es tut mir leid«, sagte Eleanor. »Ich habe mich nur gefragt, ob . . .«

»Nein. Du irrst dich. Lorna liebte ihre Schwester – aber nicht so. Victoria hat Lorna angebetet, zum Idol gemacht, sie war vielleicht allzu beschützend, mischte sich zu sehr ein – aber es war nichts Körperliches zwischen ihnen. Da bin ich sicher.«

»Nun gut, aber sie hat sie geliebt, und als Lorna dich geheiratet hat, hatte sie das Gefühl, sie verloren zu haben.«

»Und Carol wollte sie auch verlassen.«

»Das konnte sie nicht ertragen, Aidan.«

»Und deswegen hat sie sie einfach umgebracht? Ist es das, was du sagen willst, Ellie? Daß sie sie lieber tot sehen als verlieren wollte?«

»Das glaube ich, ja. Aber es ist nicht meine Aufgabe, eine

Diagnose für deine Schwägerin zu stellen, Aidan. Ich kann nur nach dem urteilen, was ich sehe und was ich beobachtet habe, seit ich Victoria kannte. Es fällt ihr schwer, mit Verlust umzugehen.«

»Das geht vielen Leuten so«, sagte er bitter, »aber sie morden deshalb nicht gleich.«

»Gott sei Dank nicht. Was Victoria betrifft, sie wird jetzt Hilfe bekommen«, antwortete Eleanor. »Das ist Sache ihres Psychiaters.«

Eleanor sah sich die Bücherregale an. Nach ihrer Sammlung zu urteilen, hatte Lorna viel gelesen: Austen, Thackeray, Lawrence, Swift, Proust, Hardy, Waugh. Dann erspähte sie ein Album, unter einem großen Wörterbuch begraben. Sie nahm es auf und blätterte durch die Seiten. Ihr Herz pochte, als sie es ihm reichte.

»Aidan, ich glaube, das solltest du sehen.«

Er schlug das Album auf.

Seiten um Seiten voller Zeitungsberichte über den Mord, alle sorgfältig eingeklebt und unten mit dem jeweiligen Datum versehen.

»Von Victoria?«

Er nickte langsam, noch immer in die Lektüre vertieft.

»Sie hat alles festgehalten, Ellie.« Das Blut war aus seinem Gesicht gewichen. »Sie hat *alles* festgehalten. Jeden Artikel, jedes Foto vom Tatort, jedes kleinste Detail. Wie muß jemand beschaffen sein, der so etwas tut?«

»Danke, daß Sie gekommen sind, Mrs. Ross.« Brenda schenkte Eleanor noch einen Kaffee ein. »Es geht mir besser, als ich gedacht habe. Ich bin zum Arzt gegangen, wie Sie mir geraten hatten.«

»Können Sie schlafen?«

»Er hat mir Tabletten verschrieben, aber ich nehme nur dann eine davon ein, wenn ich sie brauche. Ich möchte nicht davon abhängig werden.«

»Das ist richtig«, stimmte Eleanor zu, »aber Sie brauchen Ihren Schlaf. Haben Sie heute Ihren Vater gesehen?«

»Ja. Morgen verlegen sie ihn ins Rutland Centre.«

»Das ist zu seinem Besten, Brenda. Sie sind hart dort, aber sehr gut.«

»Das habe ich auch gehört. Ich werde außerdem zu einer Familiensitzung hinfahren.«

»Das gehört zu seinem Therapieprogramm. Und Richard? Ich habe mich gestern abend mit ihm unterhalten. Was meinen Sie, wie *er* damit fertig wird?«

Brenda zündete sich eine Zigarette an. »Er sagt nicht sehr viel, aber ich weiß, daß ihm die Sache mit seiner Großmutter sehr zu schaffen macht. Er hat gemeint, ohne sie wäre das Haus so leer.«

»Das ist es auch.«

»Richards Leben hatte sich um sie gedreht.«

»Das stimmt.«

»Er dachte, ich würde mich wegen seiner Tante gegen ihn wenden. Aber in gewisser Weise sind wir doch in der gleichen Lage, nicht? Wir haben beide jemanden verloren, den wir geliebt haben. Er *hat* seine Tante nämlich geliebt, wissen Sie. Sie hat ihn großgezogen, und was auch passiert, er kann nicht vergessen, was sie alles für ihn getan hat.«

»Nein. Sie war die einzige Mutter, die er gekannt hat.«

»Ich hege keinen Groll gegen sie. Ich dachte, ich würde es tun. Fünf Jahre lang habe ich mir nur gewünscht, ich wüßte, wer meine Mutter umgebracht hat, und ... und wollte sehen, wie der Mörder vor Gericht kommt. Ich wollte Rache.«

»Und jetzt?«

»Ich hasse Victoria Laffan nicht. Ich bemitleide sie. Aber um ehrlich zu sein, ich finde diese ... diese Geschichte mit meiner Mutter ... ich finde sie ... abstoßend.«

Eleanor legte einen Arm um das Mädchen. »Sie haben sich geliebt, Brenda. Jahrelang. Denken Sie daran, wie schwer es für sie gewesen sein muß. Das ganze Versteckspiel.«

Brenda spielte mit ihrem Feuerzeug.

»Und Richard? Was empfinden Sie für ihn?«

»Ich habe Rich sehr gern, Mrs. Ross. *Mehr* als gern.«

»Das freut mich«, sagte Eleanor. »Er wird Unterstützung brauchen – und Sie auch. Haben Sie ihm gesagt, daß ich ihm eine Therapie empfehle?«

»Ja, und er wird eine machen. Ich werde dafür *sorgen*, daß er das tut. Er stottert schon weniger, nicht wahr?«

»Es wird seine Zeit dauern, Brenda.«

»Ich weiß. Reisen Sie wirklich morgen ab?«

»Ja, ich muß zurück.«

»Richard wird Sie vermissen.«

»Ich bin nicht weit weg. Ihr könnt mich jederzeit besuchen.«

»Vielleicht machen wir von Ihrer Einladung Gebrauch. Sie waren eine große Hilfe für uns alle. Mit Ihnen kann man so leicht reden.«

»Was ist mit *Ihnen*, Brenda? Gehen Sie nach London zurück?«

»Ich glaube nicht. Aidan hat von einem Job für mich in The Lodge gesprochen, wenn sie wieder eröffnen. Als Empfangssekretärin.«

»Würde Ihnen das gefallen?«

Brenda lächelte. »Ja, ich glaube schon. Ja.«

»Sie würden mit Rich arbeiten.«

»Er steckt immer noch voller Ideen für die Farm. Daher schätze ich, daß sie jemanden brauchen werden, der sich um die Gäste kümmert.«

»Eine Managerin also«, sagte Eleanor. »Ich finde das gut. Ich glaube, Sie haben Coill vermißt.«

»Ja, habe ich.«

»Das ist komisch, nicht? Früher dachten Sie immer, Sie würden nie von hier wegkommen.«

»Mmh, aber jetzt ... jetzt gibt es Rich. Und ich würde gern für Dad hier sein, wenn er aus der Klinik kommt.«

Auf dem Rückweg nach The Lodge traf Eleanor Chrissie, die auf der Bank im Grünen saß.

»Eleanor, freut mich, daß ich Sie treffe. Barry sagt, daß Sie nach Hause fahren.«

»Das stimmt, Chrissie. Zurück in die Tretmühle.«

»In The Lodge werden sie nicht wissen, wie sie ohne Sie zurechtkommen sollen. Die arme Mrs. Laffan, gibt es Nachrichten von ihr?«

»Schwester Baker sagt, daß sie sich recht gut einlebt. Sie ist natürlich verwirrt, aber das war zu erwarten.«

»Ach, Gott sei ihr gnädig. Aber das Pflegeheim ist großartig. Barrys Mutter ist dort gestorben. Das ist jetzt fünfzehn Jahre her.«

»Tatsächlich?«

»Sie bekam die allerbeste Pflege.« Chrissie schaute die Straße entlang. »Schauen Sie sich das an! Da schleicht er sich in Coyle's Pub. Das gefällt mir, wenn ich ihn dabei erwische. Kommen Sie!«

»Wohin?« fragte Eleanor.

»Auf einen schnellen Schluck. Nein, ich bestehe darauf. Barry wird Ihnen sowieso einen Abschiedsdrink spendieren wollen.«

»Für mich ist es dazu noch ein bißchen früh, Chrissie.«

»Unsinn! Oder haben Sie, äh, eine andere Verabredung?«

Eleanor lächelte. »Zufällig wartet Aidan darauf, daß ich zurückkomme.«

Chrissie lotste sie hinüber zum Pub.

»Rufen Sie ihn an und sagen Sie ihm, er soll auch kommen. Wir könnten uns doch einen netten Abend machen. Schlimme Dinge hat es hier genug für ein ganzes Leben gegeben.«

»Ach, ich weiß nicht ...«

»Nun kommen Sie schon. Ihr letzter Abend in Coill. Daraus müssen wir doch einen denkwürdigen Abend machen!«

Aidan und Eleanor saßen in der Küche. Die Abendsonne tauchte den Raum in einen warmen, rötlichgoldenen Glanz.

»Der letzte Abend bei Coyle's hat Spaß gemacht, nicht?« Er schenkte ihr noch ein Glas Wein ein.

»Beim Abschied waren sie alle nett«, sagte Eleanor. »Sogar Billy und Dora Byrne. Es sind keine üblen Leute, Aidan.«

»Nein, es sind meine Leute, aber ich werde nie viel mit ihnen gemeinsam haben.«

Sie trank ihren Wein. Sie amüsierte sich. *Meine Leute.* Hielt er sich für den Messias?

»Ich kann nicht glauben, daß du wirklich abreist, Ellie.«

»Ich auch nicht.«

Ihre Blicke trafen sich und hielten sich fest wie an jenem ersten Abend bei O'Meara.

»Der Sommer ist zu Ende, Aidan. Er ist so schnell vergangen. So einen Sommer habe ich noch nie erlebt.«

»Ich auch nicht.«

»Er war etwas Besonderes. Diese letzten paar Wochen mit dir ...«

Er beugte sich zu ihr und küßte sie.

»Ich werde dich vermissen«, sagte sie.

»Du wirst zu beschäftigt sein, um mich zu vermissen.«

»Und du wirst bis über beide Ohren in den Bauarbeiten stecken.«

»Ja.« Durch die dünne Strickjacke streichelte er ihre Brust. »Ich möchte noch ein letztes Mal mit dir schlafen, bevor du abfährst.«

Ihre Lippen trafen sich wieder, und er zog sie an sich. Eleanor wollte, daß er sie nahm, hier und jetzt. Seine Hände auf ihrem Rücken, die sie an seinen Körper preßten, seine Zunge, die sanft die ihre berührte. Sie wollte ihn in sich spüren – ihn wieder und wieder lieben, bis sie beide wund waren. Sie machte sich los.

»Es geht nicht, Aidan. Es geht nicht. In ein paar Minuten wird Mona hier sein.«

Seine Finger umfaßten ihre, und sie küßten sich wieder, tief und innig.

Die Tür öffnete sich.

»Mrs. R-R-Ross, ich wollte Ihnen nur auf W-W-Wiedersehen sagen und für alles danken.«

»Sie brauchen mir nicht zu danken, Rich.« Sie stand auf, um ihm die Hand zu geben, noch immer gerötet von dem leidenschaftlichen Kuß. »Ich bin diejenige, die Ihnen danken möchte – für all Ihre Freundlichkeit, seit ich hergekommen bin.«

Er reichte ihr ein Päckchen, hübsch in weißes Papier verpackt und mit einer blauen Schleife versehen.

»Es ist ein B-B-Buch. Es hat meiner Mutter gehört. Ich möchte, daß *Sie* es haben.«

Sie umarmte ihn. Er drückte sie fest an sich. Dann ließ er los und eilte aus dem Zimmer.

»Er ist ein sehr lieber Kerl, Aidan. Du solltest stolz auf ihn sein.«

»Das bin ich.«

Er kam zu ihr und nahm sie wieder in die Arme. »Ellie, Ellie, geh nicht.«

»Es sind nur vier Tage bis zum Wochenende, Aidan.« Sanft strich sie ihm mit dem Handrücken über das Gesicht. »Dann sind wir wieder zusammen.«

»Auf *deinem* Territorium.« Er küßte ihren Hals. »Du hast sicher schon Pläne für das Wochenende, nicht?«

»Mum und Dad haben uns am Sonntag zum Mittagessen eingeladen, aber am Samstag sind wir völlig frei. Wir können tun, was immer du willst.«

»Ich möchte den ganzen Tag im Bett bleiben und ...«

»Und was?«

Mona!

»Nun schau sich einer die beiden an!« rief sie. »Wie ihr hier herumknutscht!«

»Hallo, Mona«, sagte Aidan. »Du hast dich nicht verändert.

409

Du störst uns immer noch. Jedesmal, wenn ich deine Schwester verführen wollte, bist du hereingekommen und ...«

»Nun hör mit den alten Geschichten auf, ja?« Mona lachte. »Du bist ein verzweifelter Mann, Aidan Brady! Wie soll ich es schaffen, meine Schwester von dir loszueisen?«

Eleanor lächelte Mona an. »Ich bin fertig. Rich hat alle meine Sachen nach unten gebracht. Sie sind in der Halle.«

»Er ist freundlicherweise dabei, sie in den Kofferraum zu packen«, sagte Mona. »Also los, küßt euch zum Abschied, und dann ist Schluß. Das ist ja schlimmer als eine Szene aus der verdammten *Love Story*.«

»Ruf mich heute abend an«, sagte sie, als sie ins Auto stieg.

»Wird gemacht. Wiedersehen, Mona. Paß in den Kurven auf.«

»Wiedersehen. Vermutlich sehen wir dich nächstes Wochenende. Eleanor soll dich zu einem Drink mitbringen. Wenn ihr zwei es schafft, überhaupt aus dem Bett zu kommen!«

Aidan grinste.

Als sie die kiesbestreute Einfahrt hinunterfuhren, drehte Eleanor sich nach dem Haus um.

»Was für ein Sommer, Mona.«

»Ja, wahrhaftig! Mord, Geheimnisse und Chaos.«

»Das habe ich nicht gemeint«, sagte Eleanor träumerisch.

»O mein Gott, ich hab's gewußt! Ich hab's gewußt, verdammt! Bloß eine Verknalltheit, hast du gesagt. Ein Zwischenspiel. Und jetzt schau dir an, in welchem Zustand du bist. Du bist völlig hin und weg, Eleanor.«

»Ich weiß. Ich bin verrückt nach ihm, Mona. Ich werde ihn so vermissen.«

»Um Gottes willen, fang bloß nicht an zu heulen!«

»Ach Mona! Schau doch, da steht er!«

Mona sah in den Rückspiegel. »Vor dem Haus wirkt er winzig, nicht?«

Eleanor öffnete das Fenster und winkte hinaus. »Ich glaube, er ist einsam.«

»Meinst du?«

»Er wirkt irgendwie verloren, nicht? Wie ein kleiner Junge, der sich verirrt hat.«

»Ja«, meinte Mona, »stimmt.«

Eleanor seufzte. »Aber ich muß nach Hause. Der Sommer war wundervoll – phantastisch. Aber er war nicht ... ein Teil von mir denkt, daß er nicht real war.«

»Er *war* real, Ellie. Sogar Des sagt, wie gut ihr beide zusammenpaßt. Ihr habt so viel gemeinsam. Es *mußte* so kommen.«

»Ich brauche ihn in meinem Leben, Mona. Ich kann jetzt nicht mehr ohne ihn auskommen.«

»Das brauchst du auch nicht. Er liebt dich, Ellie.«

»Ich möchte, daß es nie aufhört.«

»Warum sollte es? Ihr hattet Romantik. Intensive Leidenschaft. Spaß. Du hast solches Glück, Ellie. Es gibt eine Menge Frauen, die nie solche Erinnerungen haben werden wie du.«

»Mmh«, sagte Eleanor. »Ja, ich habe Glück.«

Sie drehte sich um und warf einen letzten Blick auf das Haus. Aidan winkte noch immer.

# 28

Als Eleanor die Tür zur Diele öffnete, hieß der vertraute Duft von Bienenwachspolitur sie willkommen. Seltsam, wie jedes Haus seinen ausgeprägten Eigengeruch hatte. Sie empfand plötzlich ein Glücksgefühl. Es war gut, zu Hause zu sein.

Sie stellte ihr Gepäck in der Diele ab und ging zu einer schnellen Musterung durch die Zimmer im Erdgeschoß. Alles war in Ordnung. Sie öffnete sämtliche Fenster.

»Die O'Learys haben das Haus sehr gut gepflegt«, sagte sie zu ihrer Schwester. »Ich hätte mir keine besseren Mieter wünschen können.«

»Hier, schau, was sie dir hinterlassen haben«, rief Mona aus der Küche.

Ein wunderschöner Blumenstrauß in einer neuen Vase schmückte den Küchentisch. Daneben lag ein Zettel.

*Liebe Mrs. Ross,*
*herzliche Grüße zum Abschied und danke für alles. Wir hoffen, daß Sie Ihre Abwesenheit genossen haben. Wir haben uns in Ihrem Haus sehr wohl gefühlt und werden es vermissen. Als Zeichen unserer Anerkennung und Dankbarkeit haben wir ein paar Dinge für Sie im Kühlschrank hinterlassen.*

*Beste Wünsche*
*Ray und Jo.*

»Ein paar Dinge!« rief Mona. »Sieh mal, Ellie.« Sie öffnete die Tür des Kühlschranks weit. »Kalter Braten, Käse, Crackers, Milch und ... ich glaube es nicht! Eine Flasche Champagner!«

Eleanor war gerührt. »Ist das nicht nett von ihnen?«

»Hier ist ein Stapel Post für dich.« Mona reichte ihr einen großen Umschlag, auf dem WICHTIG stand. »Das muß von Thelma Young sein.«

Eleanor öffnete ihn und sah den Inhalt rasch durch.

»Ein paar neue Akten. Sie möchte, daß ich sie anrufe. Würdest du den Wasserkessel aufsetzen? Verdammt! Da klopft jemand an die Tür.«

Es war Des.

»Willkommen zu Hause, Ellie. Ich wollte dir helfen, deinen Computer und die anderen schweren Sachen nach oben zu tragen. Wir wollen doch keine Strafpredigt von Mum!«

»Komm herein, Des.« Eleanor umarmte ihn. »Was hast du da hinter dem Rücken?«

»Bloß ein bißchen Wein.« Er zog zwei Flaschen hervor. »Dachte, wir könnten deine Heimkehr feiern.«

»Sieht so aus, als wärst du nicht der einzige gewesen, der diese Idee hatte. Dreh dich mal um!«

Eleanors Eltern näherten sich dem Gartentor.

»Hallo, Liebes«, sagte Eleanors Mutter und küßte sie.

»Schön, daß du wieder zu Hause bist, Ellie.« Ihr Dad reichte Des zwei weitere Flaschen Wein.

»Kommt herein, kommt herein!« Eleanor machte die Tür weiter auf. »Sieht so aus, als würden wir eine Party feiern!«

In den Kreis ihrer Familie zurückgekehrt, fühlte Eleanor sich wohl und zufrieden. »Ein ganz fremdes Gefühl, wieder zu Hause zu sein«, sagte sie, »und gleichzeitig vertraut – sehr merkwürdig.«

»Du hattest einen *sehr* ereignisreichen Sommer.« Ihr Vater paffte seine Pfeife. »Dún Laoghaire wird im Vergleich dazu langweilig sein, meine Kleine.«

»Das glaube ich nicht, Dad. Ich hatte genug Aufregung für ein ganzes Leben.« Sie ging herum und schenkte jedem noch ein Glas Wein ein. »Dieser Anruf von Thelma hat mich mit einem Ruck wieder auf die Erde zurückgeholt. Ich habe einige neue Patienten, drei davon sind junge Mütter. Alle leiden unter Depressionen. Thelma kommt morgen früh vorbei, um mich auf den neuesten Stand zu bringen.«

»Offenbar hältst du nichts von Zeitverschwendung, Ellie. Wie geht es übrigens ihrem Vater?« fragte Des.

»Ein bißchen besser. Es geht voran. Thelma sagte, sie würde vielleicht auf Teilzeitbasis weiter bei mir arbeiten.«

»Das ist gut«, sagte Eleanors Mutter zustimmend. »Nun, wir werden dich nicht zu lange aufhalten. Du mußt müde sein, und du muß ja auch noch auspacken.«

»Ich habe den Computer und den Drucker in dein Zimmer gebracht«, sagte Des. »Ich war nicht sicher, was ich mit den anderen Kartons machen sollte, also habe ich sie in das freie Zimmer gestellt.«

»Du bist ein Schatz, Des. Danke!«

Das Telefon läutete. Eleanor sprang auf und ging in die Diele, um den Anruf entgegenzunehmen.

Mona stieß ihre Mutter an. »Ich wette, das ist ihr Liebster!«

»Hallo? Hier Eleanor Ross.«

Bitte, laß es ihn sein.

»Hallo, Schätzchen.«

Danke, lieber Gott.

»Hallo, Aidan. Wie geht's?«

»Geht so. Und dir?«

»Gut. Ich werde gerade wieder heimisch. Es ist eigenartig.«

»Für mich auch, Ellie. Ich drehe mich um und will etwas sagen – und du bist nicht da. Ich vermisse dich wahnsinnig.«

»Freut mich, das zu hören.«

»Hexe! He, du hörst dich komisch an. Beschwipst. Hast du getrunken?«

»Ja«, gestand Eleanor. »Meine Familie kam mit lauter Alkohol hier an. Sie sind selig, daß ich wieder da bin.«

»Das kann ich mir vorstellen.«

»Bist du sicher, daß alles in Ordnung ist, Aidan? Du hörst dich ein bißchen bedrückt an.«

»Ich tue mir selbst ein bißchen leid«, räumte er ein. »Richard ist zu Brenda gegangen, und ich bin ganz allein im Haus.«

»Dann hast du doch ein wenig Ruhe und Frieden. Wie geht es mit den Prospekten voran?«

»Nicht so toll. Wieder der verdammte Drucker.«

»Nimm meinen«, sagte Eleanor. »Bring deine Diskette mit, wenn du am Samstag kommst.«

»Danke, Ellie.«

»Ich kann das Wochenende gar nicht erwarten, Aidan.«

»Ich auch nicht. Ich denke heute nacht an dich, wenn ich im Bett liege«, flüsterte er.

Eleanor lächelte.

»Ich rufe dich morgen abend an.«

»Gut. Gute Nacht, mein Schatz.« Er schmatzte einen Kuß in den Hörer.

»Gute Nacht, Aidan.«

Sie legte auf.

Die nächsten paar Tage vergingen für Eleanor wie im Fluge. Sie hatte sechs oder sieben Patienten am Tag für Sitzungen von fünfzig Minuten. Es war äußerst strapaziös. Sie brauchte drei Tage, um ihren Rhythmus wiederzufinden, und danach war es, als sei sie überhaupt nicht fortgewesen. Thelma erklärte sich bereit, die Abendtermine zu übernehmen, was Eleanor ein paar Stunden zum Schreiben verschaffte. Jede Nacht fiel sie nach Mitternacht ins Bett, völlig erschöpft.

Endlich kam der Samstag.

Sie stand um acht Uhr auf, füllte die Waschmaschine, putzte die Küche, bezog ihr Bett frisch und eilte in den

Supermarkt, um Lebensmittel für das Wochenende einzukaufen. Gegen elf Uhr verzog sie sich ins Badezimmer. Sie rasierte ihre Beine, legte eine Gesichtsmaske auf, wusch sich das Haar und nahm zuletzt ein langes Bad.

Sie war gerade mit dem Schminken fertig, als sie das unverkennbare Geräusch des Land Rover hörte, der draußen vorfuhr. Sie rannte die Treppe herunter und riß die Haustür auf.

Da war er, den Gitarrenkasten in einer Hand, eine Sporttasche in der anderen. Er lächelte breit. Ihr Herz schmolz.

Er war hier; in ihrer Diele, in ihrem Haus, in ihren Armen. Sie küßten sich, und Eleanor führte ihn in die Küche. Sie hatte ihn vier Tage nicht gesehen und war auf einmal schüchtern. Er packte sie und küßte sie erneut.

Er sah sie ernsthaft an. »Es ist wunderbar, dich zu sehen, Ellie.«

Sie fühlte sich verlegen, fast linkisch.

»Was möchtest du zu Mittag essen, Aidan?«

»Dich!«

Sie machte sich los. »Äh, ich dachte, wir könnten Pizza essen. Würde dir das reichen?«

»Fein. Hier. Ich habe etwas Wein mitgebracht.« Er ging zum Fenster. »Dein Haus ist hübsch, Ellie. Geräumig.«

»Wohl kaum, verglichen mit The Lodge.«

»The Lodge gehört mir nicht, Ellie. Ach, da sind die Sträucher, von denen du mir erzählt hast. Ich muß Rich ein paar Ableger mitnehmen. Dein Garten ist schön und geschützt. Essen wir draußen zu Mittag?«

»Meinst du, daß es warm genug ist?«

»Aber bestimmt. Auf der Fahrt war es im Wagen richtig heiß. Ich hasse diese Fahrerei. Auf den Straßen sind immer etliche Wahnsinnige unterwegs, wußtest du das? Ein Idiot direkt vor mir hat mich geschnitten – ohne Blinker, einfach so hat er plötzlich die Spur gewechselt. So ein Volltrottel!«

Aidan schimpfte ständig über schlechte Fahrer, aber Eleanor mußte ihm recht geben. »Wo hast du den Korkenzieher?«

»Hier.« Sie öffnete eine Schublade. »Schau dich um. Du mußt dir merken, wo in diesem Haus alles ist.«

Sie wollte, daß er sich bei ihr zu Hause fühlte.

»Wie geht's dem Buch?«

Sie schaltete den Backofen ein. »Ich habe ein weiteres Kapitel fertig. Würdest du es dir später ansehen?«

»Aber gern.«

Er machte es sich am Küchentisch bequem und schenkte zwei Gläser Rotwein ein, während sie als Beilage einen Salat zubereitete.

»Spielst du für mich, Aidan?«

Er holte seine Gitarre aus der Diele und stimmte sie. Er spielte gern für sie, das wußte sie. Aidan und seine Gitarre waren in ihrer Vorstellung unzertrennlich.

Er schlug ein paar Saiten an. »Also, was möchtest du hören?«

»Irgendwas.« Sie schnitt ein paar rote Paprikaschoten.

*»My young love said to me, me mother won't mind*
*And me father won't slight you for your lack of kine ... «*

Während er sang, lächelte Eleanor vor sich hin. Sie konnte nicht glauben, daß er endlich da war, in ihrer Küche, ihrem Heim. Auf *ihrem* Territorium, wie er es genannt hatte. Und er spielte Gitarre. Er sang für sie, während sie Tomaten schnitt und Kopfsalat wusch. Lächerlich vielleicht für eine Frau ihres Alters, sich ein Ständchen bringen zu lassen, während sie das Mittagessen vorbereitete, aber es war auch romantisch. Sie freute sich sehr, ihn bei sich zu haben. Sie freute sich und war aufgeregt. Er würde nun für die beiden nächsten Tage bei ihr sein. Sie würden zusammen sein. Ein Paar.

*»And she made her way homeward, with one star awake,*
*As the swan in the evenin' moves over the lake.«*

Sie aßen draußen in der Septembersonne. Der Wein stieg ihr sofort zu Kopf. Der Wein, die Sonne und seine Gesellschaft.

Er stand vom Tisch auf und trug das Geschirr in die Küche. Sie trug die Gläser und die leere Flasche. Und jetzt?

417

Langsam drehte er sich vom Spülbecken weg. »Wo soll ich meine Sachen hintun?«

»Deine Sachen? Oh, natürlich.«

Er nahm ihre Hand, als sie ihn nach oben führte.

»Da ist das Bad, daneben die Toilette. Das hier ist mein Schlafzimmer.«

Er folgte ihr hinein. »Geschmackvoll. Ich mag den Pfirsichton – das ist so eine ruhige Farbe.« Er setzte sich auf das Bett und hüpfte spielerisch auf und ab. »Gut. Das Bett ist stabil!«

»Im Kleiderschrank ist Platz für deine Sachen, Aidan. Ich gehe mir nur die Zähne putzen.«

Sie ging ins Badezimmer. Sie zitterte. Warum, zum Teufel, war sie in seiner Gegenwart so nervös? Es schien jetzt, da er bei ihr in Dún Laoghaire war, einfach anders zu sein. Sie würde vorschlagen, daß sie unten am Hafen einen Spaziergang machten. Es war erst zwei Uhr. Ein Gang in der frischen Luft würde die Spinnweben vertreiben. Vielleicht sollten sie bei Mona und Des vorbeischauen. Oder vielleicht nach Killiney fahren? Plötzlich war er hinter ihr und küßte ihren Nacken.

»Gott, wie ich dich vermißt habe!«

»Aidan, laß uns . . .«

»Mmh. Laß uns!«

Er nahm sie bei der Hand und zog sie sanft ins Schlafzimmer zurück. Binnen Sekunden lagen sie nackt im Bett, streichelten sich, liebkosten sich, küßten sich. Sie begehrte ihn so sehr, daß es schmerzte.

»Noch etwas Rindfleisch, Aidan?« fragte Eleanors Mutter.

»Danke, Mrs. Moore.« Er wandte ihr sein gewinnendstes Lächeln zu. »Sie verwöhnen mich.«

»Ich nehme an, Sie haben jetzt alle Hände voll zu tun mit den Bauarbeiten und all dem«, sagte Eleanors Vater.

»Allerdings.« Aidan trank von seinem Bier. »Sie haben im

obersten Stockwerk angefangen. Rich ist natürlich ein biß-chen bestürzt, was ganz natürlich ist, denn da ist das Zimmer seiner Großmutter. Sie brechen die Wand zwischen zwei Zimmern durch – um Platz für eine Miniküche und ein kleines Bad zu schaffen.«

Mrs. Moore löffelte noch etwas Kartoffelbrei auf Aidans Teller. »Wie *geht* es der alten Dame denn?«

Aidan haßte Kartoffeln. »Sie darf noch keinen Besuch haben, aber die Krankenschwester sagt, daß sie in guter Verfassung ist.«

Eleanor lächelte, als er sich zwang, noch einen Löffel Kartoffelbrei zu essen. Victoria Laffan wurde nicht erwähnt – Eleanors Eltern wußten Bescheid.

»So«, fuhr ihr Vater fort, »was habt ihr beiden denn gestern gemacht? Ellie hat Sie sicher durch die Läden geschleppt, was, Aidan?«

Er lachte und schaute zu ihr hinüber.

Sie hatten den Samstag nachmittag im Bett verbracht und waren dann nach dem Abendessen, das aus süßsaurem Hühnchen bestanden hatte, auf ein paar Gläser zu McKennas's gegangen. Um zwölf waren sie zu Hause gewesen und hatten sich wieder geliebt, was die halbe Nacht gedauert hatte. Eleanor lächelte, als sie daran dachte. Ihr Liebesspiel war lang und intensiv gewesen – sie hatten beide verzweifelt versucht, einen physischen und emotionalen Hunger zu stillen. Es gab kein Entkommen, keine Befreiung – nur durch äußerste Erschöpfung.

Heute morgen hatte er sich angezogen und war ausgegangen, um die Sonntagszeitungen zu holen. Als er zurückgekommen war, hatte er Kaffee nach oben gebracht. Sie hatte gedacht, er wolle, daß sie danach aufstehe. Aber nein. Er hatte sich ausgezogen und war wieder ins Bett gekommen. Kreuzworträtsel und mehr Leidenschaft.

Eleanor zwang ihre Gedanken wieder in die Gegenwart. »Heute abend gehen wir auf einen Sprung zu Mona.«

»Das ist gut. Ach, Ellie, würdest du den Apfelkuchen mitnehmen, den ich heute morgen gebacken habe? Des liebt meinen Apfelkuchen.« Ihre Mutter stand vom Tisch auf. »So, möchte irgend jemand Alaskakuchen?«

Nach dem Dessert gingen Eleanors Vater und Aidan ins Wohnzimmer, um zu rauchen. Eleanor bestand darauf, ihrer Mutter beim Abwaschen zu helfen.

»Komm schon, Mum, was denkst du denn?«

»Ich sehe euch beide noch im Wohnzimmer, wie ihr deine Platten spielt. Ich mag ihn. Er ist so freundlich wie früher. Ist er gut zu dir, Ellie?«

»Er ist der Beste.«

Ihre Mutter reichte ihr ein Geschirrtuch. »Ich muß Mona recht geben. Er hat tatsächlich eine bemerkenswerte Wirkung auf dich. Du strahlst ja förmlich.«

»Ich *bin* glücklich – zum ersten Mal seit Jahren, Mum.«

»Denkst du, daß du ... damit gut zurechtkommen wirst, Ellie?«

»Womit?‹

»Mit den Wochenenden. Das ist ein komisches Arrangement. Ich meine, ihr beiden führt die ganze Woche jeder sein eigenes Leben, und dann ...«

»Dann haben wir zusammen zwei Tage Seligkeit«, sagte Eleanor. »Es paßt mir perfekt. Ich habe zwanzig Jahre mit Larry gelebt, Mum. In den letzten vier Jahren habe ich einfach bloß existiert, mich von einem Tag zum nächsten gehangelt. Mit Aidan fühle ich mich lebendig. Wirklich lebendig. Mir sind zwei Tage Spaß pro Woche lieber als sieben Tage ...«

»Langeweile?« fragte ihre Mutter.

»Ja, Langeweile.«

»Larry hat dich geliebt, Ellie. Es war vielleicht nicht die aufregendste aller Ehen, aber er *hat* dich geliebt.«

Eleanor stellte die Teller in den Schrank.

»Das weiß ich, Mum. Er war ein guter Mann, aber ... was

er getan hatte ... er hatte etwas getan, was ich ihm nicht verzeihen konnte.«

»Du wolltest Kinder, und Larry wollte keine«, sagte ihre Mutter schlicht.

»Du wußtest das?«

»Ich hab's vermutet.«

Eleanor zögerte. »Ich habe es jetzt überwunden ... endlich.«

»Du bist einen wichtigen Schritt weitergekommen, Ellie. Das ist gut.«

»Aidan ist – er ist anders, Mum. Und er gibt *mir* das Gefühl, anders zu sein.«

Ihre Mutter schaltete die Kaffeemaschine ein. »Wenn du nur glücklich bist, Ellie. Das ist alles, was ich mir wünsche.«

Montag morgen. Der Radiowecker surrte laut. Aidan, noch halb schlafend, streckte die Hand aus und fummelte an den Knöpfen herum. Das Surren ging weiter. Eleanor lachte und reckte sich über Aidan hinweg, um den Wecker auszuschalten.

»Verdammter Mist! Was für ein Geräusch! Der kann ja Tote aufwecken«, stöhnte Aidan. »Wie spät ist es?«

»Sieben.« Sie gähnte und streckte sich schläfrig.

»Sieben? Es ist eine Sünde, um sieben Uhr aufzustehen. Um welche Zeit mußt du anfangen?«

Sie lächelte. »Um neun.«

»Warum stellst du dann den Wecker so früh?« sagte er mißmutig.

»Ich muß noch duschen und Frühstück machen.«

»Das dauert doch keine *zwei* Stunden, Ellie.«

Sie kuschelte sich an ihn. »Eben.«

Er ächzte; dann lächelte er, als er spürte, wie er auf ihren warmen Körper reagierte. »Weißt du was? Du wirst noch mein Tod sein!«

Ihre Lippen bahnten sich einen Weg an seinem Körper

421

hinab. Inzwischen wußte Ellie genau, wie sie ihn erregen konnte.

»Du bist phantastisch«, sagte er heftig atmend. Dann schob er sich über sie und drang in sie ein. Sie wollte ihn verzehren und von ihm verzehrt werden. So mit ihm zusammenzusein, ihn so zu lieben war alles, was zählte. Noch nie hatte sie sich so geliebt, so begehrt gefühlt.

»Du gibst mir das Gefühl, eine Blume zu sein, die sich der Sonne öffnet«, flüsterte sie in sein Ohr.

Er küßte sie sanft. »Das ist schön ausgedrückt.«

Eleanor fuhr mit den Händen auf seinem Rücken auf und ab. Es konnte für sie keinen besseren Wochenbeginn geben als diese Stunde der Erregung, Zärtlichkeit, Nähe, Wärme.

Widerstrebend stand sie aus dem Bett auf und zog ihren seidenen Morgenrock über. »So, jetzt gehe ich duschen.«

»Ich gehe nach unten und mache den Kaffee. Möchtest du sonst noch etwas?«

»Nein, bloß Kaffee. Und etwas Orangensaft«, fügte sie hinzu, während sie singend ins Badezimmer ging.

Zehn vor neun. Sie war zur Arbeit in ihr marineblaues Kostüm gekleidet. Die professionelle Karrierefrau.

Er saß aufrecht im Bett und rauchte eine Zigarre. »Mußt du gehen?«

»Ja, Aidan – in ungefähr zehn Minuten. Die Pflicht ruft.« Sie ging zu ihm, setzte sich auf den Bettrand und nahm seine Hand. »Ich hasse das. Ich hasse es, dir auf Wiedersehen zu sagen.«

»Wir hatten ein tolles Wochenende, Ellie. Wunderschön.«

»Um welche Zeit fährst du nach Hause?«

»Bald. Ich treffe Malcolm um zwölf Uhr in Bray. Ich werde zuerst noch die Prospekte ausdrucken, wenn es dir recht ist. Hast du mir dein Kapitel dagelassen?«

»Ja. Es liegt auf dem Computertisch. Wieder die Sache mit den Bindestrichen. Würdest du es für mich durchsehen?«

»Wird gemacht.« Er stand aus dem Bett auf, schaltete den Computer ein und schob seine Diskette hinein.

»Hier, Ellie. Schau dir das an!«

»The Lodge! Nach einem Foto?«

»Mmh. Unglaublich, nicht?«

»Wie hast du das gemacht, Aidan?«

»Soll ich dir das wirklich erklären?« Er lachte.

»Sinnlos. Du weißt, in technischen Dingen bin ich ein hoffnungsloser Fall. Aber es sieht toll aus. Wie ich sehe, hat Rich es endlich geschafft, auch im Vorgarten Unkraut zu jäten.«

»Nein, das war ich. Schau dir das an! Siehst du die Fenster? Ich kann die Rahmen heller machen. Und Wolken. Sieh dir die Wolken an, Ellie. Ich kann sie herumschieben. Alles so verändern, wie ich es haben will. Es ist phantastisch!«

»Es sieht toll aus, aber . . . es verzerrt die Realität«, sagte sie zweifelnd.

»Man muß dafür sorgen, daß es gut aussieht, Ellie. Den Gästen geben, was sie haben wollen. Darum dreht es sich beim Marketing.«

Sie sah auf ihre Uhr. »Ich *muß* gehen, Aidan.«

»Ich weiß. Tschüs, mein Schatz.« Er war ganz in seinen Prospekt vertieft. »Arbeite nicht zuviel.«

Sie küßte ihn auf den Scheitel. »Grüß Rich von mir.«

Sie zog die Schlafzimmertür hinter sich zu.

Aidan blickte vom Computer auf. »Ellie . . .«

Sie war nicht mehr da. Er fühlte sich in gewisser Weise verlassen. Sie hatten ein wildes Wochenende hinter sich. Spaß, Lachen, Gemeinschaft, Leidenschaft. Letzte Nacht im Bett war sie wie eine Tigerin gewesen; zu anderen Zeiten war sie scheu, fast schüchtern, wenn er ihr Avancen machte. Eine komische Mischung, aber anziehend. Eleanor hatte viele Pluspunkte. Seit er über das Wochenende zu ihr gekommen war, hatte er eine andere Seite an ihr kennengelernt. Sie war von Familie umgeben. Er war noch nie mit jemandem zusammengewesen, der so viele Freunde hatte. In den letzten zwei Tagen hatten bestimmt zehn Leute angerufen. Am kommenden Samstag waren sie eingeladen, mit Noreen und ihrer Clique auf einen Drink auszugehen. Aidan hatte Noreen seit damals nicht mehr gesehen. Es war erstaunlich, wie eng Ellie mit ihren Schulfreundinnen in Verbindung geblieben war. Sie war beliebt, warmherzig, großzügig, fürsorglich. Ja, sie hatte viele Pluspunkte.

Jetzt war sie fort ... zu einer Gruppentherapiesitzung im Krankenhaus. Heute nachmittag würde sie vier Patienten zu Hause empfangen. Während der Woche sollte sie vor einer Frauengruppe einen Vortrag halten. Sie war beschäftigt, hatte dauernd zu tun. Aber er wußte, daß sie mit ihrem Leben glücklich war. Sie liebte die Routine, die Arbeit, den Trubel.

Er starrte wieder auf den Bildschirm. The Lodge. Das Dach über seinem Kopf. Aber es gehörte ihm nicht – er war heimatlos. Er ging zum Bett hinüber. Ihre Seite war noch warm, aber sie war fort – zu ihrem anderen Leben gegangen, einem Leben, in dem er keine Rolle spielte ... und er mußte nach Coill zurückfahren.


Um die Mittagszeit kam Eleanor nach Hause. Sie war spät dran – die Morgensitzung hatte länger gedauert als geplant. Sie würde vor ihrem ersten Termin um zwei Uhr nur rasch ein Sandwich essen. Wo war Mrs. Scullys Akte? Ach ja, sie hatte Mittwoch abend daran gearbeitet. Also mußte sie in der Schublade neben dem Computer liegen. Sie eilte ins Schlafzimmer hinauf und warf ihre Jacke auf das Bett. Auf dem Kissen lag ein Zettel.

*Liebe Ellie,*
*ich habe Deine Kapitel neu formatiert. Du wirst feststel-*
*len, daß die Paginierung sich geändert hat. Nur als War-*
*nung!*
*Ich rufe dich an.*

*Alles Liebe,*
*Aidan.*
*Ich vermisse dich jetzt schon!*

Eleanor lächelte, nahm den Zettel und legte ihn in den Kleiderschrank. Auch sie vermißte ihn, und dabei war es erst ein
paar Stunden her, seit sie ihn zuletzt gesehen hatte. Nun ja,
es spielte keine Rolle, sie hatte in den kommenden fünf Tagen sehr viel zu tun, und dann würde wieder Samstag sein.
Sie würden zusammensein. Und heute abend würde er sie anrufen.

# 29

»Sehen Sie, Mrs. Ross«, sagte Judy Neville und wrang das Zellstofftuch in den Händen, »ich kann einfach nicht *glauben*, daß er das getan hat. Vier Wochen sind es jetzt, und ich kann nicht glauben, daß er gegangen ist.«

Eleanor saß da und hörte zu.

»Zwanzig Jahre Ehe, zwei Kinder . . . und dann hat er es mir einfach gesagt, ist eines Abends damit herausgeplatzt. ›Ich verlasse dich.‹ Damals habe ich es nicht verstanden. Ich verstehe es immer noch nicht. Vermutlich werde ich's nie verstehen. Wie konnte er alles wegwerfen? Alles, was wir zusammen aufgebaut hatten. Ich kann es einfach nicht verstehen.«

Sie begann leise zu schluchzen. Eleanor reichte ihr noch ein Papiertaschentuch.

»Ich fühle mich innerlich tot, Mrs. Ross.«

Eleanor nickte.

»Ich hasse ihn. Nein, nein, ich hasse ihn nicht. Ich weiß nicht, wie er das gemacht hat, das ist alles.«

»Und die Kinder?« fragte Eleanor leise.

»Gillian ist richtig wütend. Hat sich geweigert, mit ihm zu sprechen, als er letzte Woche angerufen hat. Dermot sagt nicht viel, er lernt für seine Abschlußprüfung. Sie sind beide gute Kinder, aber sie müssen ihr eigenes Leben führen. Ich kann mich nicht die ganze Zeit an ihren Schultern ausweinen. Und sie lieben ihn – er ist ihr Vater.«

Sie hatten ihre eigene Trauer zu bewältigen.

»Wann werde ich aufhören, mich so zu fühlen, Mrs. Ross? An einem Tag bin ich wütend, am nächsten zerfließe ich in Tränen. Ich glaube, ich werde verrückt.«

»Sie stehen noch immer unter Schock, Judy.«

»Wenn ich nur einen *Sinn* darin erkennen könnte. Ich versuche es ständig. War es meine Schuld? Habe ich einen Anlaß dazu gegeben? Ich glaube das nicht, Mrs. Ross. Ich dachte, wir wären glücklich miteinander. Er gab mir nie irgendeinen Hinweis darauf, daß etwas nicht stimmt. Nie.« Sie schwieg einen Moment. »Sogar unser Sexleben . . . war gut.« Sie drehte sich um und starrte aus Eleanors Wohnzimmerfenster. »Dann kündigte er an, daß er geht«, sagte sie tonlos. »Mit einer Frau aus seinem Büro – das Übliche. Sie ist halb so alt wie er – das ist es, was mich wirklich wurmt. Was hat er mit so einem jungen Mädchen gemeinsam?«

Judy zündete sich eine Zigarette an, und Eleanor reichte ihr den Aschenbecher.

»Er hat einfach eine Tasche gepackt und ist gegangen. In der folgenden Woche habe ich angefangen, mir alle möglichen Dinge vorzustellen. Daß ich ihn überhaupt nie geliebt habe. Daß unsere Ehe eine riesige Lüge war. Aber das stimmt nicht. Wir *waren* glücklich miteinander. Warum fühle ich mich jetzt, als hätte ich ihn nie geliebt?«

»Das ist die Leere, die Einsamkeit.«

Judy sah Eleanor verzweifelt an. »Aber ich möchte wieder richtig funktionieren können. Ich stehe morgens mühsam aus dem Bett auf. Ich mache alle Bewegungen. Aber innerlich bin ich . . . gelähmt. Ich sitze in meiner Küche, trinke Kaffee und starre ins Leere – stundenlang. Dann gehe ich ans Telefon und rede den halben Tag darüber. Mit meinen Freundinnen, meiner Schwägerin, der Nachbarin, mit jedem. Ich muß sie alle verrückt machen. Deswegen bin ich zu Ihnen gekommen. Ich kann über nichts anderes reden.«

»Sie tun das Richtige, Judy. Es ist wichtig, daß Sie reden.«

»Ich sehe keine Zukunft für mich. Das ist die Realität. Wir

haben alles zusammen gemacht, wissen Sie. Ferien, Partys, Golf, Ausgehen. Ich kann es nicht ertragen, allein zu sein, Mrs. Ross. Ich bin nur halb lebendig. Eine halbe Person. Wie soll ich bloß weitermachen?«

»Judy, hören Sie mir zu. Sie machen Ihre Sache richtig gut. Es ist erst vier Wochen her. Ich werde Ihnen nicht raten, einen Tag nach dem anderen zu bewältigen. Versuchen Sie, *Stunde um Stunde* in den Griff zu bekommen. Seien Sie nicht so hart zu sich.«

Judy seufzte und schnippte nervös die Asche ihrer Zigarette ab. »Der Arzt hat mir Antidepressiva vorgeschlagen. Was halten Sie davon?«

»Das müssen Sie selbst entscheiden, aber ich sage Ihnen eines. Im allgemeinen sind Antidepressiva in solchen Situationen keine Hilfe. Sie drängen Ihre Gefühle noch weiter nach innen – und wenn Sie aufhören, die Tabletten zu nehmen, kommen die Gefühle unverändert stark wieder hoch.«

»Ich sollte mich also meinen Gefühlen stellen? Sie akzeptieren?«

»Ihnen gehen alle möglichen Emotionen und Gedanken im Kopf herum. Es ist kein Trost für Sie, wenn ich Ihnen sage, daß Ihre Reaktionen völlig normal sind. Aber sie sind normal. Sie haben den schlimmsten Schock Ihres Lebens erlitten, Judy. Sie *werden* ihn überwinden, aber es wird nicht leicht sein. Es hat keinen Zweck, Ihnen etwas anderes vorzumachen. Sie werden feststellen, daß Ihre Verwirrung lange Zeit anhält.«

»Das ist es! Ich bin völlig durcheinander – ich versuche verzweifelt, die Kontrolle zu behalten, aber innerlich bin ich ein brodelnder Vulkan. Heute morgen habe ich Gillian angeschrien, weil sie die Milchflasche offen gelassen hat. Wirklich, ich bin völlig ausgerastet. Dann ist sie zur Arbeit gerannt. Ich wußte, daß ich überreagiert habe, aber ich konnte mich nicht bremsen.«

»Sie sind wütend. Versuchen Sie nicht, diese Wut zu verbergen, vor allem nicht vor sich selbst. Es ist besser, sie herauszulassen.«

»Sie haben recht. Ich *bin* wütend. Ich schäume. Gestern ... gestern habe ich das Telefonbuch genommen und zerrissen. Immer dicke Fetzen auf einmal davon abgerissen. Können Sie sich vorstellen, wie man so etwas Dummes tun kann?«

»Gut gemacht! Sie haben das Richtige getan, Judy. Schlagen Sie auf Ihr Kopfkissen ein. Stampfen Sie mit den Füßen auf. Gehen Sie einen Hügel hinauf und schreien Sie sich die Seele aus dem Leib, wenn Sie sich danach besser fühlen.«

»Aber ich habe Angst vor der Wut. Was ist, wenn ich loslasse und etwas wirklich Destruktives tue?«

»Ihre Wut zu unterdrücken, kann noch destruktiver sein.« Eleanor dachte an Victoria Laffan. »Sie sind wütend, aber das bedeutet nicht, daß Sie jemanden verletzen müssen.«

Judy zuckte zurück. »Nein, ich bin entschieden kein gewalttätiger Typ. Aber die Gefühle, die ich im Augenblick habe, sind irgendwie gewalttätig, und sie machen mir angst.«

»Schreiben Sie einen heftigen Brief an Ihren Mann, in dem Sie ihm genau erzählen, wie Sie sich fühlen.«

»Nein.« Judy war entsetzt. »Das könnte ich nicht.«

»Sie brauchen den Brief ja nicht abzuschicken. Manchmal hilft es, wenn man einfach alles aufschreibt. Vermeiden Sie Schuldzuweisungen. Äußern Sie nur Ihren Zorn und denken Sie daran, daß *Sie* die Quelle Ihrer eigenen Emotionen sind. Niemand sonst kann Ihre Gedanken oder Gefühle kontrollieren.«

Judy spielte mit dem Papiertaschentuch.

»Ich werd's versuchen, Mrs. Ross.«

»Erlauben Sie sich Gefühle, Judy. Verurteilen Sie sich nicht. Ihre Emotionen sind im Augenblick chaotisch; das ist normal, glauben Sie mir. Beschränken Sie sich nicht auf das, was Sie fühlen zu müssen *meinen*.«

»O Gott, werde ich je fähig sein, das zu akzeptieren?«

»Mit der Zeit *werden* Sie es akzeptieren, Judy. Lassen Sie

sich Zeit. Aber versuchen Sie, sich nicht auf dieses Ziel fest-zulegen. Sie können es nicht erzwingen. Eine Zeitlang werden Sie die Situation wahrscheinlich mal akzeptieren, mal nicht. Diese Dinge sind nie so klar umrissen.«

Langsam stand Judy auf und hängte sich ihre Tasche über die Schulter. »Danke, Mrs. Ross. Sie sind mir eine große Hilfe. Wir sehen uns in vierzehn Tagen.«

Eleanor begleitete sie zur Tür.

»Ein letztes Wort noch, Judy. Ich möchte, daß Sie diese Woche etwas für sich selbst tun.«

»Wie bitte?«

»Gönnen Sie sich etwas. Etwas Neues zum Anziehen zum Beispiel. Gehen Sie ins Theater oder mit Freunden essen – irgend etwas, was Ihnen Freude macht. Seien Sie nett zu sich selbst. Sie verdienen es.«

Judy starrte sie einen Augenblick verständnislos an. Dann lächelte sie langsam. »Ja, ich verdiene es, nicht?«

Es war am Freitag abend nach zehn Uhr. Mona saß mit ihrer Schwester in der Küche. Der Tisch war mit Papieren übersät.

»Warum arbeitest du um diese Zeit noch, Ellie?« Mona schaltete den Wasserkocher ein. »Du übernimmst dich. Wo bist du jetzt?«

»Ungefähr in der Mitte. Ich sehe den Text nur auf Tippfeh-ler durch. Aidan nervt mich dauernd mit den neuen Schreib-weisen, aber ich will verdammt sein, wenn ich mich danach richte.«

»Oh, Probleme im Paradies?« Mona schnalzte mit der Zunge.

»Nein, keine richtigen. Er ist nur manchmal so pedantisch! Aber er tut das in meinem Interesse.«

Mona goß den Kaffee ein. »Ich weiß nicht, wie du das machst. Mir fällt es schon schwer, einen Brief zu schreiben.«

»Im Augenblick arbeite ich an einem Kapitel über Behinde-rungen.«

»Behinderungen? Wie paßt das in dein Buch?«

»Ach, Mona, das gehört zu den allerschwierigsten und quälendsten Problemen. Eltern von behinderten Kindern erleben so viel Kummer – so viel Traurigkeit. Sie haben Schuldgefühle, Angst, sind in ihren Hoffnungen und Träumen enttäuscht. Sie müssen mit einer neuen Realität und all den praktischen Aufgaben fertig werden, die zu erledigen sind. Dann die Reaktionen anderer, Freunde oder Angehöriger, die es nicht ertragen und sich allmählich zurückziehen. Das ist besonders schwer zu akzeptieren. Die Kinder sind etwas Besonderes. Mit der Zeit merken die Eltern das. Die Kinder bringen Freude und mitfühlende Liebe an den Tag, die die Eltern sonst vielleicht nie empfunden hätten. So viele meiner Patienten haben über die Fähigkeit zu bedingungsloser Liebe, die Lebendigkeit, das Verständnis gesprochen, das aus der Zuneigung zu ihren besonderen Kindern erwächst.«

»Ja, so habe ich das nie gesehen.«

Mona kaute einen Schokoladenkeks.

»Ellie, deprimiert es dich nicht, dieses Buch zu schreiben? Ich meine, du hast den ganzen Tag mit Leuten zu tun, von denen die meisten unter Depressionen leiden. Und dann sitzt du jeden Abend an deinem Computer und schreibst auch noch darüber. Mich jedenfalls würde das niederdrücken.«

»Nein, tatsächlich ist das Gegenteil der Fall. Ich möchte den Menschen Hoffnung geben, Mona. Ihnen zeigen, daß das, was sie durchmachen, schmerzhaft und herzzerreißend ist, aber daß es ein Licht am Ende des Tunnels gibt.«

»Ich weiß nicht. Ich meine, manche Dinge sind einfach so verdammt unfair.«

»Ja«, stimmte Eleanor zu. »Vor allem etwas so Furchtbares wie der Tod eines Kindes. Im Augenblick habe ich ein Ehepaar, das das zu bewältigen versucht. Sie haben ein sechsmonatiges Baby verloren.«

»Daran darf ich gar nicht denken. Wenn einem meiner Kinder etwas passieren würde – ich weiß nicht, wie ich … nein, daran darf ich gar nicht denken.«

Ellie sah, daß ihre Schwester das Thema wechseln wollte.

»Wie geht's Des?«

»Er ist erschöpft. Gerade war er zwei Tage in Brüssel. Den ganzen Tag Sitzungen. Er wollte heute früh zu Bett gehen, deswegen bin ich bei den Eltern vorbeigegangen. Und dann dachte ich, auf dem Rückweg könnte ich auch bei dir hereinschauen. Wir sehen dich in letzter Zeit kaum noch.«

»Ich weiß«, räumte Eleanor ein. »Die ganze Woche habe ich viel zu tun, und dann …«

»Dann nimmt dein Liebhaber die Wochenenden in Beschlag.«

»Mmh.« Eleanor lächelte. »Aidan ist im Augenblick nicht in bester Form. Er wird ziemlich reizbar, wenn nicht alles so läuft, wie er will. Er ärgert sich, daß The Lodge noch nicht fertig und wiedereröffnet ist. Jetzt haben wir Ende Oktober, und er war sicher, daß die Arbeiten schon vor Wochen abgeschlossen sein würden.«

»Was ist denn der Grund für die Verzögerung?«

»Die Bauarbeiter, dann die Elektriker – die übliche Geschichte. Richard hat angefangen, das Obergeschoß zu streichen. Aidan hilft ihm dabei.«

»Sieh an. Ich kann mir Aidan gar nicht mit einem Malerpinsel vorstellen.«

»Doch, das kann er sehr gut. Gewissenhaft. Aidan ist ein Perfektionist, also wird die Arbeit gut gemacht.«

»Was gibt's Neues von der Großmutter?«

»Rich besucht sie oft. Ich glaube, sie ist jetzt doppelt so verwirrt, wirkt aber ganz glücklich. Er sagt, sie würde die halbe Zeit denken, sie sei wieder zu Hause in Donegal.«

Mona brachte die Tassen zum Spülbecken.

»In gewisser Weise ist das doch schön.«

»In gewisser Weise … aber sie fragt noch immer dauernd nach Lorna.«

»Und Victoria?«

»Nein, es ist, als hätte sie Victoria aus ihrem Kopf gestrichen.«

»Und wie geht es *ihr*?«

»Victoria? Nicht gut. Als Aidan sie besucht hat, war sie gar nicht bei sich. Stand unter schweren Beruhigungsmitteln. Keine tolle Vorstellung.«

»Nein, bestimmt nicht.«

»Mona, ich glaube, ich werde vielleicht an irgendeinem Wochenende Mrs. Laffan besuchen.«

»Wann immer du willst, ich fahre dich hin.«

»Vielleicht kann mich auch Aidan hinbringen. Er will sie allerdings nicht mehr besuchen. Einmal ist er bei ihr gewesen, und sie hat getobt und das ganze Haus zusammengeschrien. Sie hat immer noch etwas gegen ihn. Manche Dinge vergißt sie nicht.«

»Das muß schlimm für ihn gewesen sein. Was habt ihr beide denn dieses Wochenende vor?«

»Na ja, letztes Wochenende sind wir am Samstag richtig schön essen gegangen, und am Sonntag waren wir im botanischen Garten. Du hättest ihn sehen sollen, Mona! Ich habe dagesessen und gelacht, während er herumsprang und an den Rosen roch. Er ist zum Schießen. Abends haben wir Noreen und die Clique auf ein paar Drinks in der Stadt getroffen. Er geht gern mit den Mädchen aus, aber ich glaube, dieses Wochenende würde ich lieber zu Hause bleiben. Ich koche uns was Schönes und besorge ein paar Flaschen Wein. Das wird erholsam. Und ... es ist nicht bloß für das Wochenende, diesmal bleibt er eine ganze Woche.«

»Eine Woche? Fabelhaft. Nimmst du dir eine Woche frei?«

»Die Halloween-Ferien. Ich brauche ein paar Tage für mich. Aber in Notfällen stehe ich zur Verfügung.«

»Gute Frau. Ihr werdet also eine Woche zusammen verbringen? Das wird ja wie ein Urlaub sein.«

»Gestern abend am Telefon hat er erwähnt, daß es seiner

Mutter nicht gutgeht. Ich glaube, er möchte, daß ich sie mit ihm zusammen besuche.«

»Das ist doch kein Problem, oder?«

»Nicht für mich. Aber Aidan – seine Beziehung zu ihr ist ein bißchen ... schwierig.«

»Familien! Ich schätze, wir haben ziemliches Glück, Ellie, alles in allem.«

»Das haben wir bestimmt, Mona.«

»Dein Telefon klingelt. Ist er das?«

»Vermutlich. Normalerweise ruft er um diese Zeit an.«

»Ein Anruf vor dem Schlafengehen«, sagte Mona scherzend. »Wie süß!«

Am Samstag abend erbot sich Aidan zu kochen, was Eleanor sehr recht war. Sie kochte nicht mehr besonders gern. Sie hatte genügend Gäste für Larry beköstigt. Und sie mochte es, wenn Aidan in ihrer Küche das Kommando übernahm – das gab ihr das Gefühl, er gehöre dorthin. Sie ließ ihn allein, als er Zwiebeln und Paprikaschoten kleinschnitt. Er war in seinem Element, da er eine seiner Spezialitäten zubereitete – Hähnchen Szechuan mit Basmati-Reis. Eleanor hatte sich einen Wok geleistet.

Sie ging ins vordere Zimmer und zündete Kerzen an. Sie sah ihre Kassetten durch und entschied sich für Mozart. Die Salzburger Symphonie. Ravel – seinen Lieblingskomponisten – würde sie für später aufheben. Sie stellte eine Duftkerze auf den Kaminsims, wo der Spiegel die tanzende Flamme reflektierte.

»Das Essen war köstlich, Aidan. Danke.«

Sie schenkte ihm noch ein Glas Rotwein ein und kuschelte sich neben ihn auf den Fußboden des Wohnzimmers. Die Kerzen leuchteten, die Flammen des Gasfeuers flackerten, und die *Brandenburgischen Konzerte* trugen sie in ein anderes Zeitalter.

»Bach. Das zweite Konzert, nicht?«

»Ja, das *Andante.* Es ist irgendwie traurig, melancholisch – aber es gibt mir so ein friedliches Gefühl.«

»Friedlich. Ja, das ist es.« Er küßte sie. »Es ist schön, mit dir hier zu sein. Ich bin froh, daß wir uns entschlossen haben, zu Hause zu bleiben.«

Sie schloß die Augen. »Ich auch.«

Die Musik ging zum *Allegro assai* über. Aidan dirigierte fröhlich mit, als das Tempo schneller wurde. Sie saßen im Schein des Kaminfeuers, tranken Wein und lauschten der Musik. Sie plauderten, schmusten und lachten. Aidan zog ein Gesicht. »Das Horn liegt ein bißchen daneben.«

»Ein bißchen«, stimmte Ellie zu. »Da wir gerade von Hörnern sprechen . . .«

Er streckte die Hand nach ihr aus. »Das ist das *Allegro.* Glaubst du, wir können das Tempo halten?«

»Teilweise wird es langsamer, dann wieder ein bißchen hektisch, aber es steigert sich zu einem großen Höhepunkt!«

»Klingt genau wie eine unserer Nächte, Ellie.«

Er öffnete ihre Bluse, und seine Lippen wanderten zu ihren Brüsten. Sie liebten sich, gleich da auf ihrem Wohnzimmerboden im Schein des Kaminfeuers . . . stundenlang.

Es war vollkommen.


Aidan hielt vor dem Genesungsheim in Glenageary. »Mir graut davor«, sagte er, als er Eleanor durch den Gang führte. Er öffnete die Tür zu einem der Einzelzimmer, und Eleanor folgte ihm hinein.

Aidan stellte seiner Mutter Eleanor vor. »Hier ist jemand, den du lange nicht mehr gesehen hast.«

Seine Mutter war klein, dünn und zierlich und hatte sehr dunkles Haar. Sie wirkte verloren in den Kissen. Ihre Ähnlichkeit mit Aidan war verblüffend. Er zog einen Stuhl für Eleanor heran und setzte sich näher an das Bett seiner Mutter.

Sie strahlte ihren Sohn an. »Ich freue mich so, dich zu sehen, Aidan.«

Er lächelte gezwungen.

»Eleanor sieht sehr gut aus, nicht, Aidan?«

Eleanor wußte, daß Mrs. Brady sich überhaupt nicht an sie erinnerte.

»Ach, mir geht es gar nicht gut. Es ist mein Herz. Ich bin nie kräftig gewesen.« Die letzte Bemerkung richtete sie an Eleanor.

Aidan saß da und starrte auf den Boden. Es war, als könne er seiner Mutter nicht in die Augen sehen. Er war angespannt.

»Ich bete jeden Abend für euch alle, Aidan. Ich mache mir Sorgen um dich.«

Sicher, dachte er. Sie macht sich solche Sorgen, daß sie sich nicht einmal damit aufhält, nach dem Telefonhörer zu greifen. Niemals fragt sie nach mir oder Richard – ihrem eigenen Enkel. Er hörte nicht zu, als sie die Litanei ihrer medizinischen Beschwerden abspulte. Er konnte es nicht ertragen. Ihr fehlte überhaupt nichts – jedenfalls nichts Physisches. Als Kind hatte er von nichts anderem gehört als von ihren sogenannten Krankheiten. Ihr Herz, ihre Lungen, ihr Atem. Dabei fehlte ihr nicht das Geringste, verdammt. Sie genoß ihre Probleme. Über *ihn* hatte sie sich niemals Gedanken gemacht.

»Weißt du noch, Aidan? Unsere Wochenendausflüge, als ihr Kinder wart? Und der kleine Hund, den wir hatten? Er war die reine Plage.«

Eleanor dachte, daß Aidans Mutter verzweifelt versuchte, irgendeinen Draht zu ihm zu finden, zu ihrer gemeinsamen Vergangenheit – aber er reagierte nicht. Wenn er antwortete, dann nur mit Ja oder Nein.

Es war schmerzlich für Eleanor, dazusitzen und es mitzuerleben. Mutter und Sohn. Fremde. Ihm war seine Mutter eindeutig peinlich. Es war bemitleidenswert. Die halbe Stunde schlich dahin. Er überließ es Eleanor, auf die dümmliche Konversation seiner Mutter zu antworten.

»Dein armer Vater«, sagte die alte Frau. »Er ist jetzt schon zwei Jahre tot, Aidan. Ohne ihn ist das Haus leer.«

Sein Vater. Ein Mann, den er bewunderte. Er war klug, begabt. Aber er saß in einer lieblosen Ehe fest. Eingesperrt von ihr – einer Frau, mit der er nichts gemeinsam hatte. Nichts – außer ihren Söhnen. Und er erinnerte sich jetzt mit Bitterkeit daran, wie sein Vater seine Frustration an ihnen ausgelassen hatte. *Disziplin* hatte er das genannt. Seine Mutter sammelte ihre kindlichen Missetaten wie Munition. Dann wartete sie, bis sein Vater von der Arbeit nach Hause kam, damit er sich darum kümmerte. Sein Vater nahm die Jungen mit nach oben, und dann ...

»Dein Vater war so gut zu euch allen, nicht wahr, Aidan?« Die alte Dame wandte sich an Eleanor. »Mein Mann war ein großartiger Mensch.«

Aidan rannte förmlich aus dem Gebäude. Er öffnete Eleanor die Autotür und stieg ein. Er zitterte vor Wut.

»Ich hasse sie. Ich hasse die Art, wie sie lügt. Hast du das gehört? ›Jeden Abend bete ich für euch alle.‹ Es macht mich krank. Sie schert sich keinen Deut um mich, Eleanor. Das hat sie nie getan.«

»Ach, Aidan, du bist sehr hart zu ihr, wirklich. Mir kam sie schwach vor ... zerbrechlich.«

»Das verstehst du nicht, Ellie. Du kannst das nicht verstehen.«

Wieder hatte er sich von ihr losgelöst, verlor sich in irgendeinem Entsetzen aus seiner Kindheit.

»Aidan ...«

»Laß gut sein, Ellie.«

»Ich glaube schon, daß ich verstehe, Aidan, aber ...«

»Ellie, deine Eltern sind anders ... du bist immer gut mit ihnen ausgekommen. Du wirst niemals fähig sein, die Dinge aus meiner Sicht zu sehen. Nie.«

Eleanor sah sehr viel mehr, als ihm klar war.

Auf der Rückfahrt nach Dún Laoghaire hielten sie beim Friedhof, um das Grab seines Vaters zu besuchen. Es war, als befände sich Aidan auf einer Art Mission. Eleanor folgte ihm durch die Reihen der Gräber, als er den Grabstein der Bradys suchte. Er konnte ihn nicht finden. Eleanor suchte mit und betete, daß sie ihn finden würden. Irgend etwas war entscheidend wichtig daran, daß sie das Grab fanden. Wenn er davorstehen und vielleicht mit seinem Vater reden könnte, würde er vielleicht einen gewissen Trost finden. Aber sie konnten das Grab nicht entdecken.

»Es spielt keine Rolle«, sagte er abschätzig. »Laß uns nach Hause fahren.«

Aber Eleanor wußte, daß es doch eine Rolle spielte. Eine große Rolle.

Im Auto sprachen sie sehr wenig. Er schaltete das Radio ein. Sie wollte etwas sagen, ihm sagen, daß sie *doch* verstand. Aber sie konnte nicht die richtigen Worte finden. Dieses eine Mal fehlten sie ihr. Sie wußte, daß er litt ... und sie hatte Mitgefühl mit ihm.

# 30

»So, wieder ein Tag vorbei für mich, Gott sei Dank. Jetzt sind Sie an der Reihe.« Eleanor lächelte Thelma Young zu, während sie ihre eigenen Akten vom Couchtisch im Wohnzimmer räumte. Es war Viertel vor sieben. »Wer ist um sieben bei Ihnen angemeldet?«

Thelma schaute auf ihre Liste. »Terri Whitty.«

»Ach ja? Sie sah gut aus, als ich sie letzte Woche kommen sah.«

»Sie ist aufgeblüht. Wie geht es übrigens Judy Neville?« erkundigte sich Thelma. »Ich wollte nach ihr fragen. Sie wissen, daß eine Freundin von mir ihr geraten hat, zu Ihnen zu gehen.«

»Es geht ihr ein bißchen besser – es ist jetzt schon ein paar Wochen her, daß ihr Mann sie verlassen hat, und jeder Tag macht die Trennung ein kleines bißchen erträglicher, aber es ist schwer. Ein ganzes Leben zusammen, und dann – nichts. Es wird Monate dauern, bis sie auch nur halbwegs wieder wie früher ist. Wir können kein Wunder erwarten. Allerdings ist sie ein starker Mensch. Vor kurzem hat sie sich einer Frauen-Selbsthilfegruppe angeschlossen. Ich glaube, es gefällt ihr gut, und sie hat sich eine Teilzeitstelle gesucht. Es ist schwer, wenn man die Bruchstücke seines Lebens zu kitten versucht.«

»Sagen Sie ihr, daß ich nach ihr gefragt habe, ja? Und Pamela? Tat mir leid, daß ich sie zu Ihnen zurückschicken mußte. Ich hatte da so eine Art Bindung aufgebaut. Sie ist ein sehr nettes Mädchen. Sie müßte jetzt im vierten Schwangerschaftsmonat sein, nicht?«

»Im fünften. Sie kommt nicht mehr zu mir – es hatte keinen Sinn mehr, nachdem wir über den Schock gesprochen hatten, der mit der Entdeckung ihrer Schwangerschaft einherging. Pamela geht jetzt zu CURA, und wie ich hörte, macht sie sich gut. Dort sind die richtigen Leute, die ihr helfen können. Ihre Mutter hat die ganze Situation endlich akzeptiert. Ich glaube, es wird alles gut, wenn das Baby kommt, obwohl es nicht leicht sein wird. Pamela ist entschlossen, wieder zur Schule zu gehen und ihren Abschluß zu machen. Sie ist ein tapferes Mädchen.«

»Ja, das schien mir auch so.« Thelma öffnete ihren Aktenkoffer. »Gut, Eleanor, ich bin sicher, daß Sie nach oben gehen und weiterschreiben möchten. Ach, könnte ich Ihnen diese Akte über Mr. Doran dalassen, damit Sie einen Blick darauf werfen? Ich weiß nicht genau, wie er mit dem Tod seiner Frau zurechtkommt. In gewisser Weise glaube ich, daß Männern so etwas schwerer fällt. Jedenfalls habe ich mir Notizen gemacht, und ich würde gern Ihre Meinung dazu hören.«

»Natürlich, geben Sie sie mir nur. Ich nehme sie mit nach oben. Wir sehen uns morgen abend, Thelma. Ich würde gern mit Ihnen über den Dienstplan für Weihnachten reden.«

»Mein Vater fährt nach Carlow zur Familie meiner Schwester, also bin ich frei, wenn Sie mich während dieser Zeit irgendwann brauchen.«

»Das ist gut. Ich kann gar nicht glauben, daß wir schon Ende November haben. Die Wochen fliegen nur so dahin.«


»Noreen, was für eine Überraschung! Komm herein.« Eleanor freute sich, ihre Freundin zu sehen.

»Ich bin einfach so vorbeigekommen, Ellie. Ich weiß, daß ich dich störe, aber ich wollte dir ein verspätetes Geburtstagsgeschenk bringen.«

Sie folgte Eleanor ins Eßzimmer. Sie kam von einem Geschäftstreffen im Shelbourne. Noreen war Managementberaterin und verdiente sehr gut. Sie arbeitete viel und hart.

»Nein«, sagte Eleanor und öffnete eine Flasche Gin, »ich freue mich, daß du gekommen bist. Mir flimmert es schon vor den Augen, weil ich immer auf diesen verdammten Bildschirm schaue. Gute Entschuldigung für einen Drink.« Sie goß Noreen und sich je einen Gin Tonic ein.

Noreen reichte ihr ein hübsch verpacktes Geschenk. »Noch mal, tut mir leid, daß es zu spät kommt.«

Eleanor löste die Bänder. Das Päckchen enthielt ein winziges, durchsichtiges rotes Negligé. Sie hielt es sich vor, tanzte herum und lachte.

»Ich dachte, du könntest es brauchen, Ellie! Du bist doch jetzt ein Typ für Feuerrot!«

Eleanor umarmte sie. »Es ist super! Danke! Selbst hätte ich mir so etwas nicht gekauft, aber ich bin sicher, Aidan wird es zu schätzen wissen!«

Noreen nahm einen Schluck von ihrem Gin Tonic. »Was hat *er* dir denn geschenkt?«

»Einen Füller von Cross – einen sehr teuren, damit ich in den Buchhandlungen meine Bücher signieren kann! Allmählich frage ich mich, ob es jemals dazu kommen wird. Bei den beiden letzten Kapiteln sitze ich fest.«

»Ich weiß nicht, wie du das machst.«

»Ach, ich werde es schon schaffen. Bis zum Abgabetermin habe ich ja noch ein paar Monate. Ich genieße es wirklich, wenn es einmal läuft. Bloß habe ich nur an den Abenden von Montag bis Freitag Zeit zu schreiben. Meine Tage sind völlig ausgefüllt mit meinen Patienten, der Klinik und den Gruppensitzungen, und die Wochenenden ...«

»Das mit den Wochenenden *weiß* ich! Du Glückliche! Aber auf deine Zeit mit Aidan würdest du sicher nicht verzichten, oder?«

»Bestimmt nicht. Ich lebe für seine Besuche, Noreen. Aber dieses Wochenende kann er nicht kommen. Sie geben The

Lodge den letzten Schliff. An Neujahr soll die große Eröffnung stattfinden.«

»Also wird er Samstag nicht da sein? Du wirst dich verloren fühlen ohne ihn.«

»Ja, schon, aber so habe ich ein bißchen Zeit für mich. Ich habe das Gefühl, dauernd in der Tretmühle zu sein.«

»Also besteht keine Chance, daß du am Samstag abend mit Rhona und mir essen gehst?«

»Wir drei Frauen zusammen? Das würde mir Spaß machen. Ich brauche eine Pause vom Schreiben, und ich denke, ich müßte den Tag damit zubringen, das Haus zu putzen. Wie lange ist es noch bis Weihnachten? Ungefähr drei Wochen?«

»Ein bißchen mehr. Wird Aidan hier sein?«

»Ja, für eine ganze Woche. Und dann die offizielle Eröffnung von The Lodge am Silvesterabend – dazu fahre ich hin.«

»Hast du nicht etwas von einem Wochenende in Paris gesagt?«

»Erst im Februar. Aber wir haben noch nichts gebucht. Aidan hat im Augenblick zu viele geschäftliche Pläne – aber ich bin sicher, daß wir etwas bekommen werden.«

»Es ist sowieso besser, solche Reisen nach Weihnachten zu buchen. Im Frühling sind sie billiger. Hast du schon irgendwelche Geschenke gekauft?«

»Daran habe ich noch nicht einmal *gedacht*«, stöhnte Eleanor. »Ich glaube, ich werde einfach in ein einziges Geschäft gehen und alles auf einmal kaufen.«

»Gutscheine, das ist die Lösung«, sagte Noreen. »Ich verbringe Weihnachten natürlich mit meiner Familie. Dieses Jahr ist meine Schwester Lisa mit Kochen an der Reihe. Alles ein bißchen verrückt, nicht? Dieser ganze Rummel. Jedes Jahr drohe ich damit, mich in ein Flugzeug zu setzen und abzuhauen.«

»Kann ich dir nicht verdenken. Wir gehen zu Mona. Mum, Dad, Aidan und ich. Normalerweise hasse ich Weihnachten. Aber dieses Jahr wird es anders sein.«

»Sicher, es hilft, wenn man einen stattlichen Liebhaber hat. Also, heb dir das rote Nachthemd bis zum Weihnachtsabend auf. Das wäre doch aufregend – ein verführerischer Start in die Festsaison!«

Eleanor lachte. »Möchtest du noch einen Drink?«

»Warum nicht? Wie ich sehe, hast du endlich die Wandlampe richten lassen.«

»Das hat Aidan getan. Er hat gesagt, es wäre nur provisorisch, aber ich bin damit schon völlig zufrieden. Er ist großartig, Noreen. Letzten Sonntag hat er meine Wäsche gebügelt. Das liebe ich an ihm. Er ist überhaupt kein Macho und sträubt sich nicht vor sogenannter Frauenarbeit. Larry wäre eher von der O'Connell-Brücke gesprungen, als ein Bügeleisen auch nur anzufassen.« Plötzlich hatte Eleanor das Gefühl, illoyal zu sein. »Aidan um sich zu haben, ist sehr praktisch.«

»Der Mann ist ein Heiliger!«

»Nicht die Bohne. Ich könnte mir nicht vorstellen, einen Heiligen in meinem Bett zu haben!« Eleanor schenkte Noreen noch einen großzügigen Schluck Gin ein. »Hast du gegessen?«

»Seit Mittag nicht mehr. Aber mach dir keine Sorgen.«

»Ich könnte uns doch etwas kommen lassen. Ich bin am Verhungern.«

»Ich auch«, gab Noreen zu. »Chinesisch?«

Eleanor schnalzte mit der Zunge. »Was hältst du von schönen süßsauren Shrimps mit gebratenem Reis?«

In dieser Woche rief Aidan jeden Abend an. Manchmal war er bester Laune, manchmal niedergedrückt. So war er eben. Wenn bei den Spenglerarbeiten, beim Anstreichen oder bei den elektrischen Anschlüssen irgend etwas nicht tadellos klappte, verlor er den Kopf.

»Beruhige dich, Aidan«, sagte Eleanor. »Wie ich dich kenne, ist alles perfekt. Sind die neuen Teppiche gekommen?«

»Gestern. Am Montag werden die Leute mit dem Verlegen fertig.«

»Ich bin sicher, das Haus sieht toll aus. Was meint Rich dazu?«

»Der ist selig – und hat mit der Planung der Party zu tun. Brenda ist auch die ganze Zeit hier. Wir haben neben dem Wohnzimmer ein Büro für sie eingerichtet und in der Halle einen Empfangsschalter. Alles sehr professionell. Malcolms Pläne waren hervorragend. Brendas Vater ist prima in Form, Ellie. Er ist jetzt wieder in der Praxis, hat aber seinen Stellvertreter behalten. Die Damen können dem jungen Zahnarzt gar nicht widerstehen. Rich wird Weihnachten bei den Boylans verbringen.«

»Das freut mich für Brenda und Dr. Boylan. Tja, Aidan, sonst gibt es nichts Neues. Ich werde dich morgen anrufen. Du weißt doch, daß ich nächste Woche für zwei Tage in London bin, nicht?«

»Die Konferenz am Mittwoch und Donnerstag? Ja, ich erinnere mich. Wir sprechen uns morgen. Wiederhören, Schatz.«


Am folgenden Donnerstag abend kam sie gegen sechs Uhr vom Dubliner Flughafen nach Hause. Auf dem Anrufbeantworter waren fünf Nachrichten – drei davon von Aidan. Sie rief in The Lodge an.

»Hallo, Aidan?«

»Ellie, schön, deine Stimme zu hören.«

»Ich war doch nur zwei Tage weg.«

»Ich weiß, aber ich habe dich zwei ganze Wochen nicht gesehen.«

Er klang nervös. Gereizt.

»Ich habe dir aus dem zollfreien Laden eine Kiste Zigarren und eine große Flasche Scotch mitgebracht. Alles bereit für morgen abend?«

Er zögerte.

»Aidan, wenn du zuviel zu tun hast, dann komm erst am

Samstag. Ich verstehe das. In letzter Minute kommt oft noch soviel Kleinkram dazu.«

»Nein, nein, ich werde kurz nach fünf da sein. Ich kann es gar nicht erwarten, dich zu sehen.«

»Dann sind es nur noch vierzehn Tage bis Weihnachten, und wir werden eine Woche zusammensein.«

»Ja.«

»Aidan? Du hörst dich komisch an.«

»Nein, alles bestens. Hier gibt es ein paar Probleme, aber ich werde dich nicht mit den Einzelheiten langweilen. Ich vermisse dich bloß, das ist alles.«

»Freut mich, das zu hören!«

»Ich liebe dich, Ellie.«

»Ich liebe dich auch. Wir sehen uns morgen abend, Aidan.«

»Schlaf gut.«

Ein weiterer Kuß durch die Leitung. Sie mochte es, wenn er das tat.

Um halb fünf verabschiedete sie sich von ihrem letzten Patienten. Sie war erschöpft nach einer zermürbenden Woche. Da sie zwei Tage fortgewesen war, hatte sie einige Termine auf die folgende Woche verschieben müssen. Sie machte sich rasch eine Tasse Kaffee. Gerade noch genug Zeit, um zu baden und sich die Haare zu waschen. Mittags hatte sie eine Lasagne zubereitet, die sie nur noch in den Ofen zu schieben brauchte. Aidan aß am liebsten erst gegen neun Uhr zu Abend. Eleanor hatte in London ein paar hübsche Kerzen gekauft. Obwohl es bis Weihnachten noch zwei Wochen waren, hatte sie den künstlichen Baum vom Speicher geholt und gestern am späten Abend noch geschmückt. Alles war für einen weiteren romantischen Abend bereit.

Er kam um Punkt sechs. Es regnete heftig.

»Tut mir leid, daß ich zu spät komme. Ich habe meinen Computer im Kofferraum. Mußte ihn bei Typetech nachsehen lassen. Ich sollte ihn besser hereinholen.«

»Ja.« Sie küßte ihn und nahm seine Gitarre und seine Tasche. »Laß ihn in der Diele. Was war denn das Problem?«

»Frag nicht! Jedenfalls läuft er wieder. Ich habe ein paar von den Zeitungsannoncen für The Lodge mitgebracht, um sie dir zu zeigen.«

»Fein. Pack deine Sachen aus, und dann nehmen wir einen Drink. Du siehst aus, als könntest du ihn brauchen.«

»Allerdings.«

Er ging zum Auto zurück, trug seinen Computer ins Haus und folgte ihr dann ins Wohnzimmer.

»Ach, du hast den Baum geschmückt. Sieht toll aus. Und die Kerzen. Was hast du dir für Mühe gemacht! Soll ich einschenken?«

»Mmh. Für mich einen Gin, bitte. Ich habe deine Zigarren dort auf den Kaminsims gestellt.«

Er umarmte sie. »Du bist so großzügig, Ellie.«

»Du verdienst es. Ich dachte, daß wir später essen. Ist dir das recht?«

»Gut. So hungrig bin ich gar nicht.«

Er nahm sich ein großes Glas Whiskey und setzte sich ihr gegenüber auf die andere Seite des Kamins. Er war nervös. Er zündete sich eine Zigarre an, blies das Streichholz in letzter Sekunde aus und verbrannte sich dabei die Finger.

»Was ist los, Aidan?«

»Nichts. Bloß der verdammte Computer. Und dann die Fahrt hierher, schrecklich. Ich hasse es, bei Regen, Dunkelheit und dichtem Verkehr zu fahren. Die Scheinwerfer blenden so.«

»Na, dann entspann dich jetzt mit deinem Drink. Ich lege ein bißchen Musik auf.«

»Spiel Michel Sardou.«

»Du magst seine Lieder sehr, nicht?«

»Dein Einfluß.«

Binnen fünf Minuten hatte er sein Glas geleert und goß sich einen weiteren Whiskey ein.

*Une mélodie pour Elodie, une petite fille de mes amis,*
*Qui avait une drôle de maman, avant ...*

Er schloß die Augen und hörte zu. Eleanor sorgte sich um ihn. Irgend etwas lag ihm auf der Seele – das war offensichtlich. Vielleicht war es The Lodge oder Richard – oder Victoria. Das war es, es gab schlechte Neuigkeiten von Victoria. Sie würde ihn jetzt nicht fragen. Morgen vielleicht, wenn er besser drauf war. Als die Platte zu Ende war, öffnete er die Augen.

»Ich bin verrückt nach dir, Ellie. Wirklich.«

Sie ging hinüber zu seinem Sessel, beugte sich über ihn und küßte ihn auf den Mund. Er zog sie auf seinen Schoß.

»Du bist so gut, Ellie, so lieb.«

Sie küßte ihn noch einmal, aber er reagierte nicht so wie sonst. Er lächelte sie an, ziemlich traurig, wie sie fand.

»Hast du von deiner Mutter gehört, Aidan?«

Vielleicht war es das, was ihn bedrückte.

»Nein, Gott sei Dank. Demnächst werde ich ihr meinen Pflichtbesuch abstatten müssen. Allein schon der Gedanke! Kann ich mir noch einen Drink nehmen?«

»Natürlich. Soll ich das Essen in den Ofen schieben?«

»Wenn du magst.«

Sie ging in die Küche und fing an, den Salat zuzubereiten. Sie stellte den Ofen auf 200 Grad. Die Lasagne würde nur ungefähr vierzig Minuten brauchen. Sie würde noch zwanzig Minuten warten und dann auch das Knoblauchbrot in den Ofen legen.

Aidan war an diesem Abend in Gedanken weit fort. Vielleicht lag es daran, daß sie sich vierzehn Tage nicht gesehen hatten. Sie konnte es gar nicht erwarten, mit ihm ins Bett zu gehen. Aber so schnell, wie er den Whiskey kippte ... Es mußte etwas mit Victoria zu tun haben, aber das würde er ihr erzählen, wenn ihm danach war.

Sie hielt es für einfacher, zwanglos im Wohnzimmer zu essen. Weniger Umstände. Beim Essen trank er den größten Teil der Flasche Rotwein. Eleanor nippte nur an ihrem Glas.

»Ist die Lasagne okay?« fragte sie.

»Köstlich. Du machst immer gute Lasagne.«

Er aß langsam, nicht mit seinem üblichen herzhaften Appetit. Den Salat und das Knoblauchbrot rührte er kaum an.

»Tut mir leid, Ellie. Ich habe einfach keinen Hunger.«

»Schon gut, Aidan, mach dir keine Sorgen.«

Er stand auf und goß sich noch einen großen Scotch ein.

»Du trinkst viel heute abend, Aidan.«

Sie wollte ihn nicht kritisieren, aber er trank in beunruhigendem Tempo.

»Ich weiß.« Er setzte sich wieder hin und starrte in das Feuer. »Im Neuen Jahr werde ich den Alkohol und das Rauchen ganz aufgeben.«

»Ein bißchen drastisch! Der neue Aidan Brady!« neckte sie ihn.

»Hast du etwas dagegen, daß ich Gitarre spiele? Das entspannt.«

Er nahm die Gitarre aus ihrer Hülle und reichte sie ihr, damit sie sie stimmte.

»Aidan, singst du ›The Green Fields of France‹ für mich?«

Er fand die richtigen Saiten und sang die ersten beiden Strophen. Plötzlich hielt er inne.

»Ich kann nicht, Ellie. Jedesmal denke ich daran, wie er da liegt, so ein junger Kerl, getötet für nichts.«

Er war so sensibel. Sogar der Text eines Liedes konnte ihn aufregen. Das war etwas, das sie wirklich an ihm mochte. Er fing mit einem anderen Lied an, ›No Woman, No Crime‹. Dieses Lied gefiel ihr nicht, aber sie sagte nichts. Seine Stimme war heute abend anders, kratziger, rauher. Vielleicht war das der Whiskey. Er trank weiter. Die Flasche Scotch war fast leer. Morgen früh würde er einen gewaltigen Kater haben.

»Aidan, ich glaube, es ist Zeit, zu Bett zu gehen.«

Er fuhr auf.

Er legte die Gitarre weg, stand auf, ging durchs Zimmer und nahm sie in die Arme. »Ich will dich, Ellie. Ich muß mit dir schlafen.«

Sie gingen nach oben, und Eleanor schlüpfte ins Badezimmer. Wenn sie ihn erst wieder in den Armen hielt, würde alles in Ordnung sein. Er brauchte etwas Zärtlichkeit und Zuneigung, um sich zu entspannen. Sie hatte ihn schon früher so verkrampft erlebt, aber nachdem sie sich geliebt hatten, war er immer wieder guter Dinge gewesen. Sie zog das sexy Nachthemd an, das Noreen ihr geschenkt hatte. Sie hatte es bis Weihnachten aufheben wollen, aber welchen Sinn hatte es zu warten? Sie wusch sich, kämmte ihr Haar und ging ins Schlafzimmer zurück.

Er saß im Bett und wartete auf sie.

»Du siehst ja aus wie ein Vamp!«

Er hatte die Whiskeyflasche mit nach oben genommen und auf den Nachttisch gestellt. Sie schlüpfte neben ihm ins Bett. Inzwischen war er ziemlich betrunken, aber das hatte ihn noch nie aufgehalten. Eleanor küßte ihn, öffnete den Mund und berührte ihn mit ihrer Zunge.

»Ich liebe dich, Ellie. Ich liebe dich wirklich.«

»Ich weiß.«

Ihre Lippen wanderten von seinen Augen zu seiner Nase, seinem Kinn, seinem Hals, seiner Brust, seinem Magen. Plötzlich zog er sie hoch. Er starrte sie mit Tränen in den Augen an.

»Hör auf, Ellie. Ich kann das nicht.«

»Aidan«, sagte sie bestürzt, »was ist los? Habe *ich* etwas getan?«

»Nein, nein, nicht du. Natürlich nicht du.«

»Was dann? Du wirst es mir sagen müssen.«

Er seufzte. »Mach das Licht aus, ja?«

Ungewöhnlich. Sie liebten sich beide gern bei Licht. Sie

richtete sich auf und zog an der altmodischen Lampenschnur über dem Bett. Die Dunkelheit umfing sie auf vage bedrohliche Weise. Aidan legte die Arme um Eleanor und küßte ihr Haar.

»Aidan, bitte, sag es mir ... was immer es ist.«

»Ellie ... ach, Ellie. Ich liebe dich, das weißt du. Du bist großzügig und lustig und warmherzig und leidenschaftlich. Ich bin verrückt nach dir. Ich ...«

»Was *ist* denn nur?« flehte sie.

Er vergrub sein Gesicht an ihrem Hals. »Ich ... kann nicht.«

Eleanor streichelte sein Gesicht. »Aidan, ich hasse es, dich so zu sehen. Um Gottes willen, vertrau mir! Es spielt keine Rolle – was immer es ist. *Mir* kannst du es sagen.«

Er lehnte sich seitlich aus dem Bett und griff nach dem Whiskey. Er trank einen großen Schluck.

»Das wird dir nicht helfen«, sagte sie leise. »Nimm mich in die Arme und sag mir, was los ist. Vielleicht kann ich dir helfen. Es ist Victoria, nicht?«

»Nein, nein ... es hat nichts mit Victoria zu tun.«

Wieder legte er die Arme um sie. Er küßte sie auf die Wange.

»Aidan, zum letzten Mal, so sag mir doch, was *los* ist!«

Langsam streichelte er ihre linke Brustwarze. »Ellie, ich weiß nicht, wie ich es sagen soll.«

Sie hielt den Atem an.

Abrupt nahm er seine Hand weg. »Ich *kann* es nicht sagen.«

»Was, Aidan? Was?«

»Ich habe ... ich habe ... jemand anderen kennengelernt.«

# 31

Ihr Herz blieb einen Moment stehen. Dann schlug und pochte es so laut in ihrer Brust, daß sie es im ganzen Zimmer hören konnte. Bumm. Bumm. Bumm.

»Ellie.«

Ihr Mund war trocken. Sie konnte nicht atmen. Schützend legte sie sich eine Hand auf den Magen.

»Es tut mir so leid, Ellie.«

Das Blut stieg ihr zu Kopf. Ein winziger Puls in ihrer Schläfe begann zu klopfen. Dann bewegte er sich zu ihrem Gehirn und dröhnte und dröhnte, immer lauter. Ihr Körper wurde taub. Anästhesiert. Sie konnte sich nicht rühren. Sie geriet in Panik, bemühte sich verzweifelt, Luft zu holen.

»Ellie, sag etwas. Schlag mich. Schrei mich an. Tu *irgend etwas*!«

Sie lag da. Das war nicht wahr. Bleib ruhig, sagte sie zu sich selbst. Atme tief ein. Bleib ruhig, atme langsam.

»Ellie, o Gott, Ellie. Bitte, *sag* etwas.«

Endlich gelang es ihr, etwas herauszubringen. Aber ihre Stimme war schwach. Überhaupt nicht ihre eigene.

»Ich habe dich geliebt, Aidan ... ich habe dir vertraut.«

Er nahm ihre Hand und hielt sie fest. »Ich wollte dir nicht weh tun, Ellie. Wirklich nicht.«

Worte.

»Ich habe das nicht geplant. Ich habe es nicht gewollt.«

Mehr Worte.

»Bitte, Ellie. Du mußt das verstehen.«

Ihr war übel.

Er versuchte, den Arm um sie zu legen, aber sie schüttelte ihn ab. Wach auf, Ellie, schrie sie innerlich. Beweg dich! Wie konnte sie aus dem Bett kommen und weglaufen? Sie mußte hinaus aus diesem Zimmer. Steh auf, steh auf! Weg von ihm. Er ist giftig.

Aber sie lag da wie betäubt, starrte in die Dunkelheit.

Benommen.

»Es liegt nicht an dir, Ellie. Du hast nichts getan«, murmelte er betrunken. »Es ist nicht deine Schuld. Du hättest nichts tun oder sagen können ... ich traf sie, und ich wußte ... es ist einfach so passiert.«

Solche Dinge passierten nicht einfach so.

»Hör auf, Aidan. Ich möchte nichts mehr hören.«

»Aber ich muß es dir erzählen ...«

»Nichts mehr, Aidan.«

»Ellie, bitte ...«

»Schlaf jetzt, Aidan. Du bist betrunken.«

Er schnarchte binnen Sekunden. Der Whiskey hatte seinen Zweck erfüllt – er hatte ihn betäubt. Sie wandte sich von ihm ab, aber sie konnte seinen Körper wenige Zentimeter von ihrem entfernt spüren. Konnte seinen sauren Atem riechen. Der Mann, den sie liebte. Der Mann, der in den letzten sechs Monaten all ihre Pläne, ihre Träume, ihre Hoffnungen erfüllt hatte.

Eine Viper, und sie hatte zugebissen. Schlimm.

Als sie sicher war, daß er fest schlief, stand sie auf, tastete auf dem Fußboden nach ihrem Morgenrock und starrte mit verschleiertem Blick auf den Radiowecker. Es war zehn vor sechs. Noch stockfinster. Sie würde sich immer an genau diesen Augenblick erinnern. Würde immer die roten Leuchtziffern sehen.

5:50.

Um zehn vor sechs an einem Samstagmorgen Mitte Dezember hatte Aidan Brady ihr Glück zerstört. Mit einem einzigen Satz hatte er sechs Monate der Freude ausgelöscht – sechs Monate Leidenschaft, Freundschaft, Liebe. Ein kleiner Satz, der die Phantasie sprengte.

*Ich habe jemand anderen kennengelernt.*

Sie schloß die Schlafzimmertür und ging hinunter in die Küche. Sie fröstelte in der kalten Morgenfrühe und drehte die Zentralheizung weiter auf. Da stand seine Gitarre, an einen Stuhl gelehnt. Am liebsten hätte sie darauf getreten. Sie zermalmt, wie Aidan sie zermalmt hatte.

Sie fühlte sich schwach, als sie zum Spülbecken wankte, um den Kessel zu füllen. Ihre Beine zitterten. Ihr ganzer Körper zitterte, löste sich auf. Sie zwang sich, einen Becher Instantkaffee aufzugießen, und setzte sich damit an den Küchentisch.

Er war da oben, jetzt, in diesem Augenblick, in ihrem Bett. Ihr Geliebter. Ihr Partner ... ihr Freund. Ihr tödlicher Feind. Er schlief in ihrem Bett.

Wie hatte er das tun können? Wie hatte er ein so falsches Spiel treiben können? Der äußerste Verrat. Sie trank eine Tasse Kaffee nach der anderen. Ihr war übel. Galle füllte ihren Magen, stieg ihr brennend in die Kehle. Sie rannte zur Spüle und erbrach sich.

Sie fühlte sich benutzt. Schmutzig.

In ihrem Kopf wirbelten die Erinnerungen. Ihre gemeinsamen Fahrten durch Wicklow, der Tag in Enniskerry, der Tag am Strand von Brittas, die idyllischen Sommernächte in Coill, in denen sie durch die Wälder und um den See spaziert waren. Der herrliche Tag, den sie in Avondale verbracht hatten. Sie war ein Teil *seiner* Familie gewesen.

Dann die letzten vier Monate hier in Dún Laoghaire; jedes Wochenende in ihrem Haus, die Abende in Lokalen, die Mahlzeiten, die sie gemeinsam zubereitet hatten, die Mahlzeiten in Restaurants, die Spaziergänge am Hafen, Hand in Hand, das

Einkaufen im Supermarkt, die Partys bei Freunden, zu denen sie ihn mitgenommen hatte, die Nächte, in denen sie bei Noreen und Marie geblieben waren. Seine Hände, seine Lippen, seine Liebesworte.

Sie hatte ihn in ihrem Leben willkommen geheißen, in ihrer Familie, in ihrem Heim ... in ihrem Bett. Und ihre Freundschaft von früher: wie hatte sie ihn idealisiert. Seine Besuche im Haus ihrer Eltern. Seine Gespräche mit ihrer Mutter. Monas spöttisches Gelächter auf ihre Kosten. Ihre unsicheren Versuche, Gitarre spielen zu lernen. Sie hatten tatsächlich vorgehabt, zusammen eine Folk-Gruppe zu gründen. Auch *das* hatte zu nichst geführt. Er war ihre erste Liebe gewesen. Auch die hatte er verraten.

Nein, das war unmöglich. Das war nicht passiert.

Es war der Whiskey gestern abend, der es ausgelöst hatte. Das betrunkene Gerede. Wenn er am Morgen aufwachte, würde es anders sein. Er würde sagen, er habe es nicht so gemeint. Es sei alles ein Irrtum. Dummes Gefasel. Er würde sagen, daß er sie liebte und sie nie verlassen würde.

Sie hätte doch gemerkt, wenn etwas nicht gestimmt hätte – hätte es instinktiv gespürt. Erst vor zwei Abenden hatte er ihr am Telefon gesagt, daß er sie vermißte. Es gar nicht erwarten konnte, sie wiederzusehen. Hatte sie sich all das nur eingebildet?

Hatte sie sich die ganze Sache nur eingebildet?

»Marie?« Sie spielte mit der Telefonschnur. »Ich bin's, Ellie.«

»Hallo, Ellie«, kam die schläfrige Antwort.

»Tut mir leid, daß ich dich so früh aufwecke.«

»Wie spät ist es?«

»Acht Uhr. Ich ... ich muß mit jemandem reden. Es geht um Aidan ...«

»Alles okay, Ellie? Du hörst dich schrecklich an.«

»Ich ... es ist Aidan.« Eleanor unterdrückte ein Schluchzen.

»Ellie, Ellie? Was ist los? Entschuldige, ich habe tief geschlafen. Was hast du gesagt? Stimmt etwas nicht mit Aidan?«

»Es ist aus, Marie.«

»*Was?*«

»Er hat jemand anderen kennengelernt.«

Schweigen.

»Marie? Bist du noch da?«

»Sag das noch einmal, Ellie ... langsam.«

»Er verläßt mich.« Eleanor mußte tief Luft holen. »Wegen einer anderen Frau.«

»Einer anderen ... Nein, das glaube ich nicht.«

»Jesus, Maria. Ich bin ...«

»Ellie, das kann nicht wahr sein.«

»Doch. Er hat es mir gestern nacht gesagt. Er schläft noch ...«

»Er ist *da*? Er ist noch bei dir?« fragte Marie ungläubig.

»Ja. Er hat es mir erst gesagt, als wir schon im Bett lagen. Ich glaube, er wollte tatsächlich mit mir schlafen und dann ...«

»Der Schweinehund!«

»Nicht, Marie. Ich mag es nicht, daß du ihn so nennst.«

»Ellie, hör mir zu. Ich bin gleich bei dir. In einer halben Stunde bin ich bei dir.«

»Nein, nein, tu das nicht.«

»Wirf ihn *raus*, Ellie. Schnell. Wirf den kleinen Scheißkerl aus deinem Haus. Sofort.«

»Nein«, sagte Ellie langsam. »Das kann ich nicht.«

»Bist du verrückt? Er ist ... er ist ein Schuft, Ellie. Gott, wie konnte er dir das *antun*? Nach allem, was ihr euch bedeutet habt? Wirf ihn raus.«

»Nein, Marie. Ich werde sein Spiel nicht mitspielen.«

»Wie meinst du das?«

»Ich war daran in keiner Weise beteiligt. Ich hatte keine Wahl. Er ist derjenige, der entschieden hat, daß es zwischen uns aus ist. Gut. Ich werde nicht die Rolle der betrogenen Frau spielen. Ich weigere mich. Ich werde daran nicht mitwirken. Er hat die Entscheidung getroffen. Er muß derjenige sein, der fortgeht – ohne meine Hilfe.«

»Ellie, Ellie, du stehst unter Schock. Du kannst nicht klar denken. Ich bin gleich bei dir.«

»Nein, Marie. Ich habe die ganze Nacht darüber nachgedacht. Er kann über das Wochenende hierbleiben wie geplant.«

»Also, ich würde das nicht tun. Ich würde ihn rausschmeißen, bevor er überhaupt mitkriegt, was läuft. Ich höre den scheinheiligen Kerl noch: ›Sie ist ein echter Glücksbringer, Marie. Ich bin noch nie so glücklich gewesen.‹ Was ist mit ihm los, Ellie? Ist er ausgeflippt oder was?«

»Ich weiß nicht – es kommt alles so plötzlich, ich kann es gar nicht begreifen. Ich möchte sehen, wie er sich mir gegenüber verhält, was er sagt, wie er es zu erklären versucht. Erinnere dich, Marie, als Larry starb, hatte ich keine Chance, mit ihm zu reden. Er wurde mir genommen, und ich hatte das Gefühl, daß da noch so vieles ungesagt war.«

Marie seufzte durch die Leitung.

»Es kam so plötzlich, und es gab noch unendlich viele Dinge, die ich ihm hatte sagen wollen. Ich hatte keine Gelegenheit dazu. *Diesmal* muß ich es durchstehen bis zum bitteren Ende, aber du hast vollkommen recht; ich stehe unter Schock.«

»*Du* stehst unter Schock! Ich auch!«

»Ich bin jetzt in der Diele am Telefon. Ich höre mich sagen ›Er verläßt mich‹, aber . . .«

»Ich kann es nicht fassen, Ellie. Wer ist sie, diese Frau, meine ich?«

»Ich weiß nicht. Ich will es auch gar nicht wissen. Was mich betrifft, ist sie unwichtig. Wenn sie es nicht gewesen wäre, dann wäre es eine andere gewesen.«

»O Ellie, ich bin außer mir. Ihr wart so glücklich. Wenn ich an euch beide zusammen denke. Er war auch glücklich, ganz gleich, was er sagt. Er hat dich geliebt, das *weiß* ich. Ich habe es mit eigenen Augen gesehen.«

»Tja, wir haben uns offenbar geirrt, Marie. Wenn er mich liebte, hätte er nicht ...«

»Er ist ein Schwein! Wie kann er dir das nur antun! Wie kann er es wagen! Ich könnte ihn umbringen!«

»Nein, sag das nicht. Ich versuche, nicht verbittert zu sein.«

»Verdammte Scheiße, Ellie, warum solltest du nicht verbittert sein? Du hast jedes Recht dazu. Meine Güte, ich bin wütend für uns beide zusammen. Ich finde, man sollte ihn kastrieren.«

»Er kann nichts dafür. Er ist eben so.«

»Jetzt muß ich aber gleich kotzen! Sei nicht so edel. Ich sage dir, ich könnte ihn umbringen. Je mehr ich darüber nachdenke ... Bist du sicher, daß du nicht zu uns kommen willst?«

»Nein, ich rufe dich heute abend an.«

»Tu das, Ellie ... Wenn ich irgend etwas für dich tun kann ... aber das weißt du ja. Ich bin für dich da.«

»Danke, Marie. Wir sprechen uns später.«

Sie brachte Kaffee und Alka-Seltzer nach oben. Sie ging ins Badezimmer, wusch sich das Gesicht und putzte sich die Zähne. Sie konnte kaum aus den Augen schauen. Sie sah furchtbar aus und fühlte sich auch so.

Sie haßte sich selbst für das, was sie gleich tun würde, aber sie fühlte sich dazu gezwungen. Sie mußte sehen, wie er reagieren würde. Sie liebte ihn noch immer, und sie konnte ihn nicht so aus ihrem Leben gehen lassen. Sie wollte eine gewisse Kontrolle zurückgewinnen. Für den Rest des Wochenendes würde *sie* das Drehbuch schreiben.

Aidan, das erkannte sie jetzt, stand immer im Mittelpunkt der Bühne. Das tun wir zwar alle, aber wir lassen die, die wir lieben, wenigstens das Scheinwerferlicht mit uns teilen. Sie war nur eine zeitweilige Statistin in seinem kleinen Drama gewesen. Ein Zwischenakt zwischen den großen Lieben seines

Lebens. Die nächste Hauptdarstellerin wartete schon hinter den Kulissen. Aber jetzt noch nicht...

Er öffnete langsam die Augen. Sie waren gerötet.

»Ich dachte, du könntest das gebrauchen.« Sie reichte ihm ein Glas Wasser und zwei Tabletten.

Er richtete sich mühsam zu einer sitzenden Position auf. »Danke.«

Sie nahm die Whiskeyflasche weg und stellte eine Tasse Kaffee auf den Nachttisch.

Er schluckte das Alka-Seltzer. »Ellie, komm wieder ins Bett.«

Ja, das hatte sie bereits beschlossen. Sie lächelte ihm zu, als er für sie beiseite rückte.

»Wie geht es dir heute morgen?« fragte er kleinlaut und wich dabei ihrem Blick aus. »Hast du geschlafen?«

»Es geht so. Hast du Kopfweh?«

Ich spiele meine Rolle brillant, dachte sie.

Er nahm sie in die Arme. »Mein Kopf spielt keine Rolle. Ist mit *dir* alles in Ordnung, Ellie?«

Was *glaubte* er denn wohl?

»Ellie, möchtest du, daß ich gehe?«

»Nein.«

»Ich tue alles, was du willst. Wenn es dir zu... wenn du möchtest, daß ich jetzt gehe, dann verstehe ich das.«

»Ich möchte nicht, daß du gehst, Aidan.«

»Du bist ein fabelhafter Mensch, Ellie. Ich kann es nicht fassen. Du nimmst das alles so ruhig auf.«

Glaubte er das wirklich?

»Wir können uns trotzdem ein schönes Wochenende machen, okay?«

Sie nickte. »Natürlich, warum nicht?«

Sie strich mit der Hand über seinen Körper. Sie würde ihn verführen. Sie war nicht stolz auf sich, aber etwas tief in ihr zwang sie, damit weiterzumachen. Jetzt war *sie* an der Reihe, *ihn* zu manipulieren.

Nun küßte er sie, streichelte ihre Brüste so, wie sie es mochte. Ihr Körper reagierte auf ihn, wie er immer reagiert hatte – das störte sie. Das hatte sie weder erwartet noch gewollt. Es gehörte nicht zu ihrem Plan.

»O Ellie, ich finde dich toll. Du bist so leidenschaftlich. Das habe ich immer gesagt. Ich habe noch nie jemanden getroffen, der so leidenschaftlich war wie du.«

Sie fühlte sich richtig krank. Aber sie machte weiter, streichelte ihn, liebkoste ihn, sorgte dafür, daß er sie begehrte. Sie vollführte die richtigen Bewegungen und gab die richtigen Geräusche von sich, und bald liebten sie sich, als sei nichts geschehen. Jetzt hatte *sie* die Kontrolle.

Plötzlich wurde ihm das klar.

»Wie schaffst du das, Ellie? Wie kannst du mit einem Mann schlafen, der dich ... verraten hat?«

So, er gab es also endlich zu.

Aber das war gar nicht die richtige Frage, nicht wahr? Wie schaffte *er* es? Das war das eigentliche Thema. Eleanor hatte ihn von ganzem Herzen und mit Leib und Seele geliebt. Sie tat es noch immer. Sie konnte ihre Gefühle nicht auf- und zudrehen wie einen Wasserhahn.

»Ich schlafe mit dem Mann, den ich liebe, Aidan.«

Und das stimmt, dachte sie traurig. Es stimmt.

»Sag es mir noch einmal, Aidan. Ich muß es noch einmal hören.«

Er hatte mehr Kaffee geholt.

»Es stimmte einfach nicht zwischen uns. Es funktionierte nicht.«

Das war ihr neu. Warum hatte er vorher nichts gesagt?

»Du hast mir gesagt, daß du mich liebst ... Ich habe dir geglaubt.«

»Ich liebe dich ja, aber wir waren zu verschieden, du und ich. Du bist so verwurzelt, Ellie. So zufrieden, mit dir selbst im reinen. Ich beneide dich.«

Lügen.

»Du hast dein Zuhause, deinen Beruf, deine Familie, deine Freunde. Du hast gefunden, was du vom Leben willst. Ich nicht ... noch nicht.«

Sie hatte ihn gefunden – *das* hatte sie gewollt.

»Ich kann anscheinend nicht seßhaft werden, Ellie. Das ist nicht deine Schuld – es hat nichts mit dir zu tun. Als ich dich wiedertraf, dachte ich: ›Ja, *das* ist es!‹ Und ich habe es versucht, Ellie. Ich habe es wirklich versucht. Aber dann ist etwas passiert – es ist schwer zu erklären.«

So schwer auch wieder nicht.

»Ich bin ein Nomade.«

Sie antwortete nicht. Sie konnte nicht.

»Aber wir hatten eine tolle Zeit zusammen, Ellie, und ich werde sie nie vergessen.«

Eine tolle Zeit.

*Das* war alles, was sie für ihn gewesen war.

»Ich werde dich vermissen, Ellie, wirklich.«

Für eine Sekunde haßte sie ihn.

»Du wirst *sie* haben, Aidan.«

»Das ist egal. Ich werde deine Gesellschaft vermissen. Dieses Haus. Unsere gemeinsamen Wochenenden. Es war wunderbar. Erstaunlich.«

Da war es – das Wort. *Wunderbar.*

»Ich dachte, wir paßten gut zusammen, Aidan. Du hattest das Gefühl, nach Hause gekommen zu sein – das hast du selbst gesagt. Wir hatten viel gemeinsam. Ich hatte noch nie zuvor so viel mit einem Mann gemeinsam. Wir paßten zusammen. Alle fanden das.«

Er zog an einer Zigarre.

»Ja, damals paßten wir wirklich zusammen, aber manche Dinge sind nicht für die Dauer gedacht.«

Manche *Dinge.*

»Ich muß in Bewegung bleiben. Wenn wir zusammenbleiben würden, wäre ich am Ende bitter und frustriert – und du würdest mich schließlich hassen. Nach all den Jahren weiß ich, was ich für ein Mensch bin, Ellie.«

Auch sie begann das zu erkennen. Wie war es möglich, daß sie so dumm gewesen war? Sich von ihm so hatte blenden lassen?

Sie *mußte* die Frage stellen. »Und diese Frau, Aidan?«

»Sie ist wie ich. Meine Seelengefährtin.«

Das Messer bohrte sich tiefer und tiefer in sie hinein.

»Ein Freigeist. Sie ist viel gereist. Wir werden wahrscheinlich zusammen fortgehen.«

Hör auf, hör auf, hör auf! Jetzt hätte sie ihn am liebsten angeschrien. Aber sie tat es nicht. Sie sprach mit leiser, ruhiger Stimme. Später würde sie niemals wissen, wie sie das durchgestanden hatte. Sie ließ ihn immer weiter reden.

Es war, als würde sie innerlich zerrissen, Stück für Stück. Eine langsame Folter. Und er sah es nicht einmal. Er fing an, über seine Zukunftspläne zu reden. Er lag in ihren Armen, aber er hätte ebensogut unendlich weit weg sein können. Auf einem anderen Planeten. Bequemerweise hatte er *ihre* Pläne für Weihnachten vergessen. Das Neue Jahr. Die Reise nach Paris. Alles in einem Atemzug abgesagt.

»Ellie, ich glaube, wir sind auf dieser Welt, um die für uns bestimmte Aufgabe zu erfüllen. Ich denke, der Glaube an die Reinkarnation hat etwas für sich. Ich bin auf der Suche nach dem Leben, das für mich richtig, das mir vorherbestimmt ist. Ich muß die Kontrolle über mein eigenes Schicksal haben.«

»Ich verstehe«, sagte sie tonlos. »Ja, das verstehe ich.«

Sie konnte jetzt alles sehen. *Sein* Schicksal, *seine* Bestimmung.

»Ich liebe dich, Ellie. Ich werde dich immer lieben. Du wirst immer in meinen Gedanken und in meinem Herzen sein. Aber ich muß weiterziehen.«

Der Mann war ein wandelndes Klischee.

Und er hatte alles, was sie zusammen besessen hatten, auf einige wenige, sorgfältig gewählte Worte reduziert.

Sie überstand den Samstag.

Sie gingen zusammen einkaufen. Sie ging wie erstarrt durch die Regalreihen, während er den Einkaufswagen füllte. Als sie zurückkamen, saugte er im Erdgeschoß Staub. Sie ließ es zu. Sie hätte ihn auch den Garten umgraben lassen, wenn er es ihr angeboten hätte. Sie bereitete das Abendessen zu, aber sie konnte nichts essen. Er nahm eine zweite Portion.

Sie gingen zu Mc Kenna's, wie immer am Samstagabend. Auf dem Hinweg hielt er ihre Hand, auf dem Rückweg küßte er sie auf der Straße. Es war wirklich, als hätte sich nichts verändert.

Sie hatte ihn überhaupt nicht gekannt. Nicht richtig. Sie hatte gesehen, was er sie sehen lassen wollte, geglaubt, was er sie glauben lassen wollte.

Sie hatte sich in Aidan verliebt, total und absolut. Aber sie hatte sich in den Teil von ihm verliebt, den er ihr gezeigt hatte. Den Klappentext. Den Prospekt. Jetzt sah sie das ganze Bild.

Am Sonntag morgen liebten sie sich wieder – hungrig, sinnlich, lustvoll. Sie war wütend auf sich selbst, weil sie damit angefangen hatte. Irgendein Teil von ihr wollte nicht glauben, daß es aus war zwischen ihnen. Sex und Leidenschaft hielten sie zusammen, bewahrten die Nähe – wenn auch nur für ein paar Stunden. Jetzt fühlte sie sich schuldig, weil er einer anderen gehörte.

Aber warum, zum Teufel, sollte *sie* sich schuldig fühlen?

Sie war nicht diejenige, die den Verrat begangen hatte. Nicht sie hatte ihn verlassen. Sie hätte niemals irgend etwas getan, um ihn zu täuschen, zu verletzen. Niemals.

Was er anscheinend nicht merkte, war, daß er, während er mit ihr im Bett lag und sie liebte, nicht nur sie verriet – *jetzt* verriet er auch seine neue Freundin. Und das Schlimmste war – er verriet sich selbst.

Was hatte das mit Loyalität, Treue, wahrer Freundschaft zu tun? War er so unmoralisch? Oder *amoralisch*?

462

Solange sie liebte, würde Eleanor sein Verhalten niemals entschuldigen können. Er flüsterte die Worte, die er immer flüsterte.

*Ich liebe dich, Ellie. Ich bin verrückt nach dir.*

Sie konnte es analysieren und rationalisieren und untersuchen, bis ihr der Kopf brummte. Sie konnte ein Schildchen daraufkleben und es unter B wie Brady in einer Akte ablegen. Aber sie würde Aidan niemals verstehen.

Da hatte er recht.

Trotz allem, was sie miteinander geteilt hatten, waren sie Welten voneinander entfernt. Sie hatten überhaupt keine wirklichen Gemeinsamkeiten. Er war ein paar Straßen von ihrem Zuhause entfernt geboren worden. Sie waren am selben Ort und zur selben Zeit aufgewachsen und hatten einen ähnlichen Hintergrund. Aber in sein Leben war irgendein dunkler Schatten eingedrungen. Als er jung war, nahm sie an. Dieser Schatten hatte ihn gebrandmarkt, sein ganzes Sein beherrscht. Er bewegte sich von einer Situation zur nächsten, von einer Frau zur nächsten. Eine episodische Existenz. Keine Bindungen, keine Verantwortung, keine Kontinuität. Solange er sich dem nicht stellte – was immer es war –, würde sich nichts ändern.

Er bildete sich ein, er schreite voran. Aber das stimmte nicht. Er drehte sich im Kreis. Ja, sie war verwurzelt. In seinen Augen war das Stagnation. Aber verwurzelte Dinge blühen und gedeihen. Er glaubte, er sei frei. Auch das stimmte nicht. Er war in einem Muster von Wiederholungen gefangen. Er war überhaupt nicht frei, er war rastlos. Das ist ein großer Unterschied. Sie hatte ihn über das Wochenende bei sich behalten, weil sie gehofft hatte, sie würde seine Sichtweise schließlich verstehen. Aber das würde sie nie. Genausowenig, wie er jemals *ihre* verstehen würde. Sie sprachen nicht dieselbe Sprache.

An diesem Nachmittag gingen sie Hand in Hand durch den Park. Er hatte ein letztes Mal mit ihr den Rosengarten besuchen wollen. Mitten im Dezember erwartete er Rosen! Sie näherten sich der kleinen Fußgängerbrücke und überquerten den Bach.

»Ach, Ellie, ich kann es nicht glauben. Sie sind alle verwelkt. Verblüht.«

»Ein jämmerlicher Irrtum, Aidan.«

»Was meinst du damit?«

Eleanor drehte sich um und entfernte sich von ihm. Natürlich waren die Rosen verwelkt. Es war ihm einfach nicht in den Sinn gekommen, daß sie so spät im Jahr nicht mehr blühten. Genausowenig, wie ihm in den Sinn kam, welchen Schaden er ihr zugefügt hatte. Der Mann dachte nie an die Konsequenzen.

In diesem Augenblick vergab Eleanor ihm. Er hatte wirklich keine *Ahnung*, wie sehr er sie verletzt hatte. Er befand sich auf einer völlig anderen Wellenlänge. Fern jeder Realität. Sie wußte es. Sie erwiderte sein Lächeln, als er ihr nachlief. Dies war ihr letzter gemeinsamer Tag. Nie wieder würde sie hier mit ihm gehen. Keine Wochenenden mehr, an denen sie *Spaß* hatten. Nie wieder würde er sie »Schätzchen« nennen, wenn sie ihre abendlichen Telefongespräche beendeten. Nach heute abend würden sie einander nie wieder halten, nie wieder zusammen Musik hören, sich nie wieder küssen, nie wieder miteinander schlafen. Er würde an Winterabenden nicht mehr am Kamin für sie Gitarre spielen. Morgen früh würde er aus ihrem Haus und ihrem Leben gehen. Für immer.

Es war vorbei.

## 32

Mona balancierte schwankend auf einem Stuhl im Wohnzimmer ihrer Mutter und hängte die frisch gewaschenen, schweren Vorhänge auf.

»Ich habe Ellie vorhin angerufen, aber nur den Anrufbeantworter erreicht. Sie geht doch sonst am Dienstag abend nicht aus, oder?«

»Nein, sie ist zu Hause, aber sie möchte nicht gestört werden.« Mrs. Moore reichte ihrer jüngeren Tochter weitere Gardinenhaken.

»Was glaubst du, wie es ihr geht, Mum?«

»Schwer zu sagen. Es ist jetzt drei Monate her, daß sie sich von Aidan getrennt hat. Ich denke, sie sieht es endlich als das, was es war.«

»Ich wünschte, ich könnte das«, erwiderte Mona. »Aidan Brady müßte eigentlich einen amtlichen Warnaufdruck tragen. *Dieser Mann schadet Ihrer Gesundheit.*«

»Du hörst ja trotzdem nicht mit dem Rauchen auf, Mona«, sagte ihre Mutter trocken. »Ellie ist nicht der Opfertyp. Sie ist sehr unabhängig, und sie hat keine Zeit, lange über das nachzudenken, was vielleicht hätte sein können. Zu beschäftigt mit ihren Patienten und ihrem Buch. Deswegen geht sie heute abend nicht ans Telefon. Sie will Ende dieser Woche mit den ersten Fahnen fertig sein; das hat sie mir gesagt.«

Mona ließ einen der Haken zu Boden fallen und fluchte lautlos. »Ich weiß nicht, woher sie das Durchhaltevermögen nimmt. Aber die Trennung hat sie wirklich deprimiert, Mum. Wochenlang danach war sie einsam. Fühlte sich verlassen. Es stand ihr förmlich ins Gesicht geschrieben – sie sah richtig verhärmt aus.«

»Ich weiß«, stimmte ihre Mutter zu. »Sie konnte nicht schlafen, das war das Schlimmste.«

»Der Gedanke, daß er so eine Wirkung auf sie hatte, bringt mich auf die Palme.«

»Sie hat ihn geliebt, Mona. Sie hat an ihn geglaubt.«

Mona stieg vom Stuhl und nahm den zweiten Vorhang, der über dem Sofa lag. »Er war ein egoistisches Schwein.«

»Ich glaube nicht, daß Aidan Brady irgendeinen dauerhaften Schaden angerichtet hat«, fuhr ihre Mutter fort und zählte aus dem Paket zwölf weitere Haken ab.

»Wie kannst du zu *diesem* Schluß kommen? Sie war in Ekstase, als er noch da war.«

Mona stellte den Stuhl vorsichtig auf die andere Seite des Fensters und stieg wieder hinauf. »Und dann hat er sie so plötzlich fallenlassen – keine Vorwarnung, kein Streit, nicht einmal eine gewisse Zeit der Abkühlung. In einer Minute war alles noch eitel Sonnenschein, und dann ...«

Sie drehte sich um, um ihre Mutter anzusehen, und der Stuhl schwankte ein wenig.

»Gib acht, Mona! Paß auf, was du tust!«

Mona ignorierte die Warnung ihrer Mutter. »Und er war so verdammt glaubwürdig, so aufmerksam zu ihr, so *liebevoll*. Mich hat er jedenfalls getäuscht. Ich dachte, sie wären füreinander geschaffen. Er hat sie hintergangen, Mum. Das hat ihr wirklich weh getan, sie hat es mir gesagt. Er hat geschworen, er würde sie niemals belügen, und dann, hinter ihrem Rücken, hat er ...«

»Es sollte nicht sein, Mona. Laß es uns einfach akzeptieren. Sie tut das.«

»Also, ich nicht! Was er zu ihr gesagt hat – das regt mich wirklich auf. Er müsse ›weiterziehen‹. Hast du jemals so etwas gehört? Weiterziehen! Für ihn kein Problem – dieser Spinner!«

Grob zerrte sie an dem Stoff; sie ließ ihre Wut an den Vorhängen aus.

Ihre Mutter hoffte, daß die Vorhänge es überleben würden.

»*Mir* kam Aidan unsicher vor. Ellie war bei weitem die Stärkere von beiden, und das sage ich nicht, weil sie meine Tochter ist.«

»Ich weiß. Sie *ruht* so in sich – wenigstens früher, bevor dieser Mistkerl auftauchte. Sie hat nicht verdient, wie er sie behandelt hat. Sie war gut zu ihm, und er tat so, als hätte er sie gern, und dann ... hat er sie einfach fallenlassen.«

»Zurückweisung ist nicht gut für die Seele, Mona, da bin ich deiner Meinung, aber sie wird es überleben. Sie hat Schlimmeres überstanden.«

»Ich weiß, deswegen wollte ich ja, daß für sie alles gut wird. Endlich ein Happy-End.« Mona reckte sich höher, um den letzten Haken an der Vorhangstange zu befestigen.

»Mona, ich glaube, dies *ist* das Happy-End. Die Sache mit Aidan hätte niemals gehalten. Hat Ellie das nicht selbst immer gesagt? In ihrem tiefsten Inneren wußte sie, daß es nicht für ewig sein würde.«

»Am Anfang hat sie das gesagt, ja, aber in den letzten paar Monaten, in denen sie zusammen waren, war es Ellie sehr ernst mit ihm. Jedes Wochenende zusammen, Mum. Sie standen sich nahe – zumindest hat Ellie das gedacht. Wir alle haben das gedacht.«

Mona sprang vom Stuhl und trat zurück, um ihr Werk zu bewundern. »Ich weiß, daß sie sehr ausgeglichen ist, Mum, aber sie war trotzdem verletzt. Sie hat ihn geliebt. Und sie ist weich.«

»Ja, aber daß sie weich ist, ist ihre Stärke, Mona. Die Alternative ist, hart und zynisch zu sein.« Ihre Mutter legte die übriggebliebenen Haken wieder in die Packung. »Für eines werde ich Aidan Brady immer dankbar sein.«

»*Dankbar*? Für was?«

»Er hat Larrys Geist begraben. Sie kam mit Larrys Tod erst zurecht, nachdem sie Aidan getroffen hatte. Sie machte sich Vorwürfe, weil so viele Dinge zwischen ihr und Larry nicht im reinen gewesen waren. Ich wußte seit Jahren, daß zwischen den beiden nicht alles eitel Sonnenschein war. Ellie wünschte sich Kinder.«

»Und ich habe mir das nie klargemacht«, sagte Mona schuldbewußt. »Ich habe sie um ihre Freiheit beneidet.«

Ihre Mutter dachte nach. »Kinder zu haben, ist nicht für jeden das Richtige. Larry wäre kein guter Vater gewesen.«

»Das hat Ellie mir erst neulich auch gesagt.«

»Aber Larry hatte ihr die Wahlmöglichkeit genommen, und jemandem so etwas anzutun, ist schrecklich. Er hat sie geliebt, aber Kinder hat er nicht gewollt.«

»Larry war wenigstens *treu*«, sagte Mona spöttisch.

»Ja, das war er. Er hat ihr nicht absichtlich weh getan, aber ich glaube, das hat Aidan auch nicht. Im Grunde ist es eine Sache der Einstellung. Wir kommen mit Leuten aus, die die gleichen Ansichten haben wie wir. Ellies Sichtweise veränderte sich, die von Larry nicht. Sie blieb in der Ehe und versuchte, die Enttäuschung zu verarbeiten. Aber sie konnte es nicht. Manchmal muß man loslassen.«

»Aidan Brady hatte bestimmt auch nicht die gleichen Ansichten wie Ellie. Weißt du, was er zu ihr gesagt hat? Daß wir uns in diesem Leben alle weh tun. Wenn es das ist, was er wirklich glaubt, dann ist es makaber.«

»Und wo hat er das gelernt?« Ihre Mutter seufzte. »Er muß selbst sehr verletzt worden sein.«

»Das ist mir egal, Mum. Deswegen hat er kein Recht, Ellie zu verletzen.«

»Nein, das hatte er sicher nicht. Aidan war unstet, Mona. Er hätte sie nie auf lange Sicht glücklich gemacht. Vielleicht wußte er das, tat ihr einen Gefallen und machte sich davon, bevor er noch mehr Schaden anrichtete.«

»Ach, Mum«, sagte Mona ungeduldig, »du und Ellie seid viel nachsichtiger mit ihm, als er verdient. Für mich hat dieser Schuft sich in Ellies Leben geschlichen, sie schändlich umgarnt und dann verlassen, vollkommen sorglos, und sie durfte die Scherben aufsammeln. Er hat sie *benutzt*, Mum.«

»Ellie sieht das nicht so, Mona. Sie hatte eine wunderbare Zeit mit ihm. Eine ›magische‹ Zeit, wie sie sich ausdrückt.«

»Magisch?« erwiderte Mona. »Ja, magisch war sie schon – vor allem die Art, wie er verschwunden ist. Der Mann war ein geübter Schauspieler. Er hat so getan, als ob ...«

»Es hat keinen Sinn, daß *du* dich darüber aufregst, Mona. Das ist jetzt vorbei und Vergangenheit. Du und Des, ihr wart in der Weihnachtszeit und den Monaten danach sehr gut zu ihr. Ellie hat mir gesagt, ohne euch und Noreen und Marie hätte sie das niemals durchgestanden.«

»Vermutlich ist das das einzige, wofür wir ihm dankbar sein können«, sagte Mona seufzend. »Ellie und ich kommen jetzt viel besser miteinander aus.«

»Gut«, sagte ihre Mutter.

»Was ihre Freundinnen betrifft, hast du recht. All die Kinobesuche, Theatervorstellungen, Konzerte, Essen in Restaurants ... wenn man Ellie samstags abends sehen will, muß man einen Termin vereinbaren.«

»Siehst du?«

»Sie hat sich nicht so verkrochen wie damals, als Larry starb, also hast du vielleicht recht, Mum. Aber ich finde trotzdem, daß Aidan sich abscheulich benommen hat. Er hat sie an der Nase herumgeführt.«

»Nein, das stimmt eigentlich nicht. Aidan war nicht gerade das, was dein Vater eine ›gute Partie‹ nennen würde. Ich meine, sie war diejenige mit dem Haus, dem Beruf, den Zukunftsaussichten. All diese Dinge hat sie noch immer. Sie hat hart dafür gearbeitet, und sie bedeuten ihr viel. Aidan hatte ihr nichts zu bieten.«

»Aber das spielte doch alles keine Rolle, Mum. Ellie ist nicht materialistisch – diese Art Sicherheit hat sie von *ihm* nicht gebraucht. Alles, was sie wollte, war seine Liebe.«

»In der Zeit, in der sie zusammen waren, *war* Aidan gut zu ihr – das haben wir alle gesehen. Er hat bloß nicht an die Zukunft gedacht. Ein paar Monate lang hat er sie geliebt.«

»Glaubst du das wirklich?«

»Im Zweifelsfall würde ich ihm das gern zugute halten.«

»Er liebt bloß sich selbst. Er hat den Alkohol, das Rauchen und Ellie aufgegeben – als ob sie eine schlechte Angewohnheit wäre! Großartig für ihr Selbstwertgefühl. Sie fühlte sich einfach weggeworfen. Er hat sie wegen einer anderen Frau verlassen ... der Mann ist promiskuitiv.«

»Emotional promiskuitiv«, mußte ihre Mutter einräumen. »Er kann nicht seßhaft sein, aber er braucht eine Frau in seinem Leben, also verschiebt er seine Zuneigung von der einen auf die nächste. Es gibt solche Männer, Mona.«

»Gott sei Dank gehört Des nicht dazu.«

»In dem Punkt brauchst du dir keine Sorgen zu machen. Des ist sehr solide. Komm mit nach unten in die Küche auf eine Tasse Tee, Liebes. Und sei nicht mehr so bekümmert wegen Ellie. Sie hat ihr Leben unter Kontrolle.«

»Kontrolle. Genau das ist es! Er hat versucht, sie zu kontrollieren. Sogar nach der Trennung wollte er, daß sie *Freunde* bleiben. Hat ihr angeboten, ihr bei ihrem Manuskript zu helfen. Der hat vielleicht Nerven!«

Ihre Mutter sah, daß sie bei Mona nichts erreichte.

»Vielleicht hat er es gut gemeint, Mona, und die meisten Männer können dem Drang, andere zu kontrollieren, nicht widerstehen. Gott weiß, dein Vater denkt, daß er hier den Ton angibt. Aber wenn es ihn glücklich macht, sich das einzubilden – was schadet es?!«

»Komisch, Ellie hat mir gesagt, daß sie viel besser schreiben kann, seit er fort ist. Er hatte sonst jedes Wochenende die Kapitel durchgesehen und ihre Zeichensetzung korrigiert. Sie hat gesagt, das hätte sie verlegen gemacht. Er hatte ganz eigene Ansichten über Rechtschreibung. Schade, daß er keine so engen Ansichten über Liebe und Treue hatte!« Mona kicherte. »Er hat ihr beigebracht, wo man Bindestriche setzt, aber Ellie sagt, daß die Regeln sich da auch dauernd ändern!«

Ihre Mutter lächelte.

»Ach, zur Hölle mit Aidan Brady! Ich habe den Versuch satt, seinen Charakter zu ergründen!«

»Recht so, Mona. *Er* ist nicht unsere Sorge. Ellie ist diejenige, an die wir denken müssen.«

»Du hast gesagt, sie wäre mit ihrem Buch bald fertig. Hat sie irgendwelche Pläne für Ostern?«

»Nicht daß ich wüßte. Warum?«

»Mir ist gerade etwas eingefallen!«

Die Krankenschwester führte Eleanor in den Aufenthaltsraum. »Im Augenblick ist ihr Enkel bei ihr. Aber sie wird begeistert sein, noch eine Besucherin zu haben.«

Es war ein schöner Raum, altmodisch, mit glänzend polierten Möbeln und farbenfrohen Sesseln. Eleanor stutzte, als sie Granny Laffan in einem Rollstuhl sah, aber sie setzte ein Lächeln auf und ging zu ihr, um ihr die Hand zu reichen.

Richard sprang auf. »Mrs. Ross! Was für eine n-n-nette Überraschung!«

Er zog einen Stuhl für sie heran. »Schau, wer da ist, Granny. Schau, wer dich besuchen kommt.«

Die alte Dame musterte Eleanor von oben bis unten. Dann funkelten ihre Augen, und sie begann zu kichern.

»Lorna, Lorna, ich *wußte*, daß du kommen würdest.«

Sie faßte Eleanors Hände.

»Ich habe es allen gesagt. Ich habe gesagt, du würdest zurückkommen. Ich habe *gewußt*, daß du zurückkommst.«

Richard konnte es nicht ertragen. Die Mutter, die er nie gekannt hatte, verfolgte die alte Dame noch immer.

»Ich gehe nach draußen«, sagte er hastig, »und lasse euch b-b-beide allein. Ich warte im Garten auf Sie, Mrs. R-R-Ross.«

471

Er ging, und Eleanor wurde plötzlich klar, daß er weniger stotterte als früher.

»Wie *geht* es Ihnen, Mrs. Laffan?«

Mrs. Laffan richtete sich in ihrem Rollstuhl gerader auf. »Ach, gar nicht übel! Wann sind Sie angekommen?«

»Äh ... gerade eben.«

»Es ist ziemlich exklusiv, wissen Sie«, sagte die alte Dame hochnäsig.

Eleanor lächelte. Etwas vom Stolz der Laffans war noch vorhanden. »Gefällt es Ihnen hier?«

»Sehr sogar. Das Personal ist sehr freundlich, sehr aufmerksam. Haben Sie beim Hereinkommen meinen Bruder Flor gesehen?«

»Nein ... vielleicht ist er ...«

»Wieder an die Arbeit gegangen. Ja. Er ist ein hervorragender Weber.« Sie klopfte auf ihren Rock. »Das ist ein Stoff von ihm. Schön, nicht wahr, Mrs. ... äh ...?«

»Ross«, sagte Eleanor sanft. »Eleanor. Ich war letzten Sommer bei Ihnen.«

»Ach ja? In diesem Hotel? Man stelle sich das vor. Nein, nein, ich glaube nicht. Sie müssen mich mit jemandem verwechseln – einem der anderen Gäste. Im Augenblick machen viele Leute hier in Ardara Ferien.«

Eleanor nickte. Die alte Dame wußte es nicht mehr. Auch gut. Was hatte es für einen Sinn, sie an The Lodge zu erinnern? Viel besser, daß sie es vergessen hatte. Granny Laffan schloß die Augen und döste ein paar Minuten vor sich hin. Sie sah sehr schwach, aber würdevoll aus. Ihr Haar war perfekt frisiert, ihre Kleidung makellos. Langsam öffnete sie die Augen und starrte Eleanor intensiv an. Es war unmöglich, ihre Gedanken zu erraten. Sie blickte Eleanor so unverwandt an wie ein Kind, das starren kann, ohne verlegen zu werden.

»Lorna? Bist du das, Lorna?« Ihre Stimme war kraftlos.

Eleanor gab keine Antwort. Sie streichelte der alten Dame das Haar.

»Du bist zu Hause, Lorna! Ach, das ist gut. Ich habe mir Sorgen um dich gemacht.«

»Ich bin zu Hause«, versicherte ihr Eleanor.

Granny Laffan drehte sich im Rollstuhl um und schaute über ihre Schulter. »Wo ist *er*?« flüsterte sie.

Dieselbe alte Geschichte.

»Er ist nicht hier, Mrs. Laffan. Er ist fortgegangen.«

Mrs. Laffan knurrte und sah Eleanor gereizt an. »Ich bin es leid, mir das anzuhören. Das hast du früher auch schon gesagt, Lorna, und er ist zurückgekommen. Er ist zurückgekommen, und du bist wieder mit ihm weggelaufen.«

»Also, diesmal«, sagte Eleanor sanft, »gehe ich nirgends hin.«

Die alte Dame sank wieder in ihrem Rollstuhl zusammen. »Ist das ein Versprechen?«

»Ja.«

»Als du nach England gegangen bist, Lorna, war ich sehr betroffen.« Sie umklammerte die Armlehnen so fest, daß die blauen Venen auf ihren dünnen Händen hervortraten. »Er war nicht der Richtige für dich, aber du wolltest ja auf *keinen* von uns hören. Ich habe dich gewarnt, er würde dir das Herz brechen, aber du wolltest nicht hören ...«

Ihre Stimme verklang. Sie wirkte müde.

»Es ist in Ordnung. Ich bin hier. Ich bin endgültig zu Hause.«

Granny Laffan entspannte sich ein wenig. »Gott sei Dank dafür. Du bist zurück, gesund und munter.« Sie senkte die Stimme. »Ein Glück, daß du entkommen bist, mein Mädchen.«

Sie saßen da, scheinbar eine Ewigkeit, jede in ihre eigenen Gedanken versunken.

»Du bist überhaupt nicht Lorna, oder?«

»Ich bin Eleanor. Eleanor Ross. Eine gute Freundin von Ihnen.«

Iris Laffan stöhnte leise. »Alle meine Freunde sind schon

lange tot. Ich hatte noch eine Tochter, aber sie ist ... sie ist jetzt fort. Auch tot, nehme ich an.«

»Mrs. Laffan ...«

»Lorna? Du bist es *doch*. Ach, Liebe, es tut mir leid. Ich weiß nicht recht, was vor sich geht. Siehst du, ich glaube nicht, daß ich ... was ist eigentlich mit mir los?«

Eleanor hätte nicht kommen sollen. Sie hatte die alte Dame verwirrt, verstört, und das war nicht ihre Absicht gewesen. Sie hatte Erinnerungen aufgewühlt, die man am besten vergaß – das galt für sie beide. Granny Laffan lächelte mehrmals höflich, aber sie war desorientiert. Angespannt. Bald fielen ihr wieder die Augen zu.

Eleanor wartete, bis die tiefen Atemzüge ruhig und gleichmäßig wurden. Sanft zog sie die Decke über Iris Laffans Knien zurecht und stand leise auf. Sie ließ ihr eine Schachtel Pralinen auf dem Couchtisch zurück und schlich aus dem Zimmer. Sie wußte, daß dies ihr letzter Besuch gewesen war.

Richard saß in dem Blumengarten, von dem aus man die Promenade und das Ufer sehen konnte. »Mrs. Ross.« Er rückte auf der Bank ein Stück beiseite. »Wie f-f-fanden Sie Granny?«

»Sie sieht sehr gut aus, Rich.«

Eleanor sagte nicht, was sie wirklich fühlte – daß Granny Laffan ihren Lebensfunken verloren hatte und sich in einer Anstalt befand.

»Sie bekommt g-g-gute Pflege.«

»Ja.«

»Es war nett von Ihnen, d-d-daß Sie sie besucht haben.«

»Ich denke oft an sie, Rich. Denke an Sie alle. Wie geht es Ihrer Tante?«

Er biß sich auf die Lippe. »Sie macht eine schreckliche Zeit durch. Sie hat endlich gestanden, daß sie den ... M-M-Mord begangen hat. Aber es ist wirklich s-s-sonderbar, wenn sie darüber spricht, Mrs. Ross. Sie weiß, daß sie Mrs. Boylan g-g-getötet hat, aber irgendwie kann sie es vor sich selbst rechtfertigen... sie bereut es nicht, nicht wirklich. Es ist schwer zu erklären...«

»Wer weiß, was in ihrem Kopf vorgeht, Rich? Gibt es irgend etwas Neues über einen Prozeß?«

»Vielleicht kommt es gar nicht zu einem Prozeß.« Richard starrte aufs Meer hinaus. »Sergeant Mullen sagt, es würde eine A-A-Anhörung geben, aber sie braucht vielleicht nicht dabei zu sein. Die Ärzte haben sie für n-n-nicht verhandlungsfähig erklärt. Es hängt alles ein bißchen in der Luft. Sie wird psychiatrisch begutachtet, und die Polizei ist sehr zurückhaltend. Sie b-b-behandeln die ganze Sache sehr diskret.«

»Ja«, sagte Eleanor, »das dachte ich mir.«

»Sergeant Mullen war wirklich hilfreich. Er hat versucht, alles v-v-vertraulich zu behandeln, aber ich kann mir nicht vorstellen, daß er die Presse hindern kann, in Coill einzufallen, wenn...«

»Über diese Brücke sollten Sie gehen, wenn Sie sie erreichen, Rich. Es hat keinen Sinn, sich um etwas zu sorgen, das noch gar nicht passiert ist. Wie geht es Brenda?«

»Bestens. Die Art, wie sie alles akzeptiert hat... Sie hat sich sogar erboten, meine Tante zu b-b-besuchen, aber davon wollte ich nichts hören. Sie kommt jetzt b-b-besser mit ihrem Vater aus. Und was The Lodge betrifft – ohne sie käme ich nicht zurecht. Wir sind für Juni und Juli ausgebucht, und im August haben wir nur noch zwei Apartments frei. Dads Prospekte und Zeitungsanzeigen h-haben Erfolg gehabt.«

»Ja, ich habe sie gesehen. Er ist ein sehr begabter Mann.«

»Mrs. Ross... ich wollte Ihnen schreiben, n-nachdem... nachdem Sie und Dad...«

»Das ist schon in Ordnung, Rich.«

»Nein«, sagte er schnell, »nein, ich *hätte* schreiben sollen. Ich w-wußte nicht, was ich sagen sollte. Ich war so sicher, daß diesmal...«

»Bitte nicht, Rich. Was hätten Sie sagen können? Inzwischen glaube ich, daß ich Ihren Dad verstehe.«

Er lächelte sie dankbar an. »Ich habe Jahre dazu gebraucht – ihn zu verstehen, meine ich. Früher war ich ihm böse. Als ich klein war, sagte er dauernd, wie lieb er mich hätte, aber er w-war nicht für mich da. Ein Fußballspiel, ein Schulkonzert. Er versprach zu kommen, und dann vergaß er es. War in England oder Amerika oder sonstwo, aber nicht in Coill. Ich h-habe mich oft in den Schlaf geweint. Liebe bedeutet mehr, als nur die richtigen Worte zu sagen.«

Eleanor starrte auf die Rosensträucher. In ein paar Wochen würden sie wieder blühen.

»Dann k-kam ich ins Internat – das war natürlich Tante Victorias Idee, aber er mischte sich nie ein, griff nie ein. Überließ alle Entscheidungen, die m-mich betrafen, Tante Victoria und Granny. Er war in meiner ganzen Kindheit wie ein Schatten. Er blieb eine Weile, tat sein Bestes, um sich um The Lodge zu kümmern, aber er paßte nie dorthin, und dann verschwand er wieder.«

Er paßte nie dorthin. Und in die Crofton Avenue auch nicht – obwohl sie sich nach Kräften darum bemüht hatte.

»Einen Schmetterling kann man nicht einsperren, Rich . . . und man möchte es eigentlich auch nicht.«

»Nein«, sagte er schlicht. »Wahrscheinlich nicht. Vorige Woche habe ich eine Postkarte von ihm bekommen. Sie sind . . . ich meine, e-er ist . . .«

»Es ist okay, Rich, sagen Sie es mir.«

»Er wohnt in einem k-kleinen Dorf in der Toskana – an den Namen kann ich mich nicht erinnern. Er hilft, eine alte Kirche zu restaurieren. Ich kann es mir richtig vorstellen. Dad, wie er mit nacktem Oberkörper den ganzen Tag in der Sonne arbeitet und abends in der T-Taverne Chianti trinkt und mit den Einheimischen plaudert. Er hat gesagt, sie h-hätten ein paar antike Gemälde gefunden. Darüber ist er ganz aufgeregt.«

»Das freut mich, Rich. Er wollte immer in Italien leben.«

Er war verblüfft. »Sie hassen ihn also nicht?«

»Ihn hassen? Ihren Vater? Nein, nein, ich hasse ihn nicht.

Ich könnte ihn niemals hassen. Sechs Monate meines Lebens hat er mir das Gefühl gegeben, wieder jung zu sein.«

Die dunklere Seite der Erfahrung erwähnte sie nicht.

»Ich weiß, was Sie meinen. Wenn er da ist, steckt er einen mit seiner Begeisterung an. Er überzeugt einen von seinen Plänen und Projekten und Träumen. Und dann dreht man sich um – und er ist weg.«

Eleanor hätte es nicht besser ausdrücken können.

»Aber er hat auch eine andere Seite.« Richards Miene wurde düster. »Ich habe mich oft von ihm v-verletzt gefühlt. Aber ich glaube nicht, daß er das merkt.«

»Nein, das glaube ich auch nicht, Rich.«

»Mrs. Ross, ich habe aufgehört, irgend etwas von Dad z-zu erwarten – er war nicht zum V-Vater geschaffen.«

Larry auch nicht, aber der hatte es wenigstens gewußt.

»Ich meine«, fuhr Richard fort, »er b-brauchte sich nie Sorgen zu machen über Zeugnisse, Hypotheken, Steuern, die Telefon- oder die Gasrechnung. Er interessierte sich überhaupt nicht für alltägliche Dinge. Deswegen hat er mich bei meiner Großmutter gelassen. Allein wäre er niemals zurechtgekommen. Tante Victoria hat das immer gesagt. Seßhaft werden ist etwas, was ihm S-Schrecken einjagt. Es l-liegt ihm einfach nicht.«

»Ja, da haben Sie recht. Als Globetrotter ist er besser geeignet. Die meisten von uns leben *ein* Leben, Rich. Wenn Ihr Vater einmal am Ende ist, dann wird er ungefähr zehn Leben gelebt haben!«

Richard lächelte. »Ich werde nie vergessen, w-was Sie letzten Sommer für uns getan haben, Mrs. Ross. Sie waren da, als w-wir Sie gebraucht haben.«

»Ich habe meinen Aufenthalt in The Lodge genossen, Rich. Die Zeit war für keinen von uns einfach, aber den Sommer habe ich genossen.«

»Kommen Sie doch noch einmal zu B-Besuch. Sie würden das Haus nicht wiedererkennen – all die Verbesserungen!«

Eleanor zögerte. »Lieber nicht. Ich möchte mich lieber an The Lodge erinnern, wie es war. Wissen Sie, Ihre Tante hat mir einmal etwas gesagt, was ich nie vergessen habe.«

Richard sah sie an.

»Sie hat gesagt, es wäre gefährlich, die Vergangenheit aufzuwärmen. Sie hatte recht.«

»Vielleicht«, sagte Richard leise. »Als Sie heute gekommen sind und Granny gedacht hat, Sie wären meine Mutter – das hat mich erschüttert. Ich mache mir oft Gedanken über meine Mutter, darüber, wie sie gestorben ist. Lungenentzündung.«

*Das* also hatten sie ihm erzählt.

»Tante Victoria hat immer Dad die Schuld gegeben. Hat gesagt, er h-h-hätte sie vernachlässigt. Glauben Sie, daß das stimmt? Könnte das der Grund sein, warum er ...«

»Ihr Vater hat seine eigenen Dämonen, Rich. Wie wir alle überlebt er, so gut er kann.«

Aber Eleanor wußte, daß Aidans Dämonen weiter zurückreichten als bis zu seiner Ehe. Viel weiter zurück.

»Mrs. Ross, es t-tut mir wirklich leid, daß Sie beide nicht zusammengeblieben sind. Ich d-denke immer noch, daß Sie die Richtige für ihn waren.«

»Nein, Richard. Ich habe das auch einmal gedacht, aber ich war es nicht. Die kurze Zeit, die wir zusammen hatten – sie war wie Ferien, ein Märchen. Nicht real.«

Aber die Gefühle, die sie empfunden hatte, *waren* real gewesen – die Liebe und dann der entsetzliche Verlust.

»Ich bin überrascht, d-daß Sie ihn nicht hassen.« Er begleitete sie zum Tor und reichte ihr die Hand.

»Mrs. Ross, Sie s-sind ganz anders als alle Leute, die ich je gekannt habe.«

»Nein, im Grunde nicht.«

»Doch, das sind Sie.«

»Sie haben es selbst gesagt, Rich. Sie haben aufgehört, zuviel von ihm zu erwarten. Das habe ich auch getan, und deshalb könnte ich ihn niemals hassen.«

Mona winkte vom Parkplatz her, und Eleanor überquerte die Straße, um zu ihr zu gehen. Mona legte gerade ihre Einkäufe in den Kofferraum.

»Ich bin mit meinen Besorgungen fertig. Wie geht es Mrs. Laffan? War das Richard, mit dem ich dich sprechen sah?«

»Ja, ich weiß alle Neuigkeiten aus Coill. Billy Byrne, der Briefträger, geht dieses Jahr in Pension. Oh, und die Zahnarztpraxis ist renoviert worden.«

»Das wurde auch Zeit!« Mona öffnete Eleanor die Beifahrertür. »Ich nehme an, er hat jetzt, da er nicht mehr trinkt, mehr Geld für die Innenausstattung.«

Eleanor stieg in den Wagen. »Chrissie Mullen organisiert als Überraschung für ihren Mann am Hochzeitstag eine Party. Ich bin eingeladen.«

»Wirst du hingehen, Ellie?«

»Nein.«

»Ellie, schau, da auf der Straße geht Richard. Er hat genau den gleichen federnden Gang wie Aidan. Direkt unheimlich! Er ist ihm sehr ähnlich, nicht?«

»Nur im Aussehen, Mona. Sonst gleicht Rich seinem Vater überhaupt nicht.«

Mona starrte ihre Schwester an. »Alles in Ordnung mit dir?«

Eleanor legte ihren Sicherheitsgurt an. »Es war ein bißchen mühsam«, gab sie zu. »Ich werde nicht wieder herkommen.«

Mona ließ den Motor an. Sie sagte nichts mehr. Eleanor sah bedrückt aus. Mona würde sie in Ruhe lassen, ihr nicht mit Fragen lästig fallen. Schweigend fuhren sie nach Dún Laoghaire zurück. Als Mona vor dem Haus in der Crofton Avenue angekommen war, parkte sie und reichte Eleanor einen Umschlag.

»Was ist das?«

Mona strahlte. »Mach ihn auf!«

Flugzeugtickets und ein Hotelgutschein für ein Wochenende in Paris.

»Mona!«

»Das Hotel Lautrec-Opéra. Ich dachte, es würde dir gefallen, Ellie.«

»O Mona, das ist wirklich lieb von dir.«

Mona hustete. »Ich weiß, es wird nicht dasselbe sein wie mit ... Aidan, aber Paris ist Paris. Vielleicht könntest du Marie mitnehmen. Oder Noreen.«

»Warum? Kannst *du* nicht mitkommen?«

»Ich?« Mona schnappte nach Luft. »Du möchtest, daß *ich* mit dir fahre?«

»Ich kann mir niemanden denken, mit dem ich im Frühling lieber über die Champs-Elysées schlendern würde, als meine eigene Schwester.« Eleanor umarmte sie. »Danke, Mona.«

»Keine große Sache.« Insgeheim war Mona begeistert. »Und jetzt geh nach Hause und schreib dein Kapitel zu Ende. Keine Entschuldigungen. Ich möchte, daß du nächsten Freitag reisefertig bist.«

Der letzte Satz. Eleanor wünschte sich ein passendes Zitat, um ihr Buch abzurunden. Etwas darüber, nicht am selben Ort zu bleiben, in derselben Haut, etwas über den Mut, den nächsten Schritt zu tun. Alles sehr philosophisch. Sie ging zum Bücherregal. *The Celtic Twilight*. Sie schlug die letzte Seite auf.

»Und Zeit und Welt sind ewig im Fluge.«

Das paßt gut, dachte sie. Sie tippte es, speicherte den Text, verließ das Schreibprogramm und schaltete den Computer aus. Noch einmal sah sie sich die Titelseite des Yeats-Buches an. Die vertraute Handschrift.

*Immer Dein Freund, Aidan.*

Eigentlich sagte das alles. Sie klappte das Buch zu und stellte es wieder ins Regal.

Besser, man lächelte.

# Ferenc Greguss

# Patente der Natur

Unterhaltsames aus der Bionik

Verlag Neues Leben Berlin

Titel der ungarischen Originalausgabe: „Eleven talàlmànyok"
Erschienen im Verlag Móra Ferenc

Ins Deutsche übertragen von Andreas Borosch

Die Sachzeichnungen und Fotos wurden der ungarischen Originalausgabe ent-
nommen.

ISBN 3-355-00610-6

# Zurück zur Natur

Es wäre einfacher gewesen, meinem Buch den Titel „Bionik" zu geben. Doch wer kennt schon dieses Wort? Selbst mancher Bibliothekar ist ratlos, wenn nach einem Buch zu diesem Thema verlangt wird, obwohl dieser fremdsprachige Ausdruck in bezeichnender Weise darauf hindeutet, daß es sich um eine Wissenschaft handelt, die eine Verbindung zwischen der Biologie und der Technik herstellt. Es stimmt zwar, daß der Begriff selbst nicht alt ist. Obwohl sich bereits Ende des vergangenen Jahrhunderts einige Techniker mit Interesse der Natur zugewandt haben, erhielt die Bionik im Bereich der Wissenschaft ihre Allgemeingültigkeit und Anerkennung erst, nachdem dieser Wissenschaftszweig im September 1960 auf die Tagesordnung der in den Vereinigten Staaten durchgeführten ersten Bionikkonferenz gesetzt wurde.

Seitdem werden auf der ganzen Welt die Forschungen auf dem Gebiet der Bionik immer intensiver durchgeführt: Die Zahl der wissenschaftlichen Veröffentlichungen steigt von Jahr zu Jahr. Im Blickpunkt der Bionik und ihrer Erkenntnisse sind seither unzählige Einzelheiten und Phänomene der Tierwelt aufgedeckt worden. A. I. Berg, Mitglied der Akademie der Wissenschaften der UdSSR, äußerte sich hierzu wie folgt: „Die Aufgabe der Bionik ist es, biologische Objekte mit dem Ziel zu erforschen, die gegenwärtigen technischen Systeme zu modernisieren oder neue und vollkommenere zu schaffen und deren Ergebnisse zu nutzen."

Wir leben in einer stürmischen Zeit, die uns immer weiter von der Natur entfernt. Für ein Stadtkind ist es bereits zu einem großen Erlebnis geworden, wenn es ein Pferd statt auf der Leinwand oder auf dem Bildschirm einmal in Wirklichkeit zu sehen bekommt. Im Banne der Technik lassen uns abstrakte Begriffe und ausgeklügelte mikroelektronische Rechner allmählich vergessen, daß die Grundlagen unserer Kenntnisse darüber auf der Beobachtung der Natur beruhen. Der Ingenieur, der nach neuen Lösungen sucht, führt seine Experimente entsprechend den Naturgesetzen durch. Er ist bemüht, die besten Ergebnisse herauszufinden, doch seine Zeit ist knapp. Der Natur standen für die stammesgeschichtliche Entwicklung Jahrmillionen zur Verfügung. Der amerikanische Forscher G. Watt weist in treffender Weise auf diesen Unterschied hin: „In der technischen Planung weiß der Mensch, was er erreichen will, und er nähert sich diesem Ziel in dem Maße und mit der Perfektion, wie es seine Fähigkeiten zulassen. Der Planungsablauf der lebenden Organismen hingegen besteht aus einer ununterbrochenen Reihe vererbter Variationen. Der Kampf um das Dasein merzt jene aus, die weniger gut funktionieren, und bevorzugt solche, die vom Gesichtspunkt einer Weiterentwicklung besser zur Geltung kommen."

Die Erfindungen aus dem Bereich der Tierwelt, von denen in diesem Buch die Rede sein wird, sind lediglich vom menschlichen Standpunkt Erfindungen, denn sie kamen in Wirklichkeit als Ergebnis einer millionenfach variierten natürlichen Auswahl zustande. Ihre Vollkommenheit ist in zahlreichen Fällen unbestritten, so daß sie uns eine ausgezeichnete Hilfe geben, die Welt der Lebewesen besser zu verstehen, und wir bewußt durch ihre „Einfälle" im Interesse der Lösung schwieriger technischer Aufgaben eine Wahl treffen können. Mein Buch führt den Leser einerseits in dieses unerschöpflich reiche „Erfindungsreservoir", und andererseits demonstriert es den lohnenden Nutzen der Bionikforschung in der technischen Planung.

Der Themenkreis ist freilich derart weit verzweigt, daß es mir unmöglich ist, meine Streifzüge auf alle Bereiche der Bionik auszudehnen. Ich habe mich deshalb vor allem bemüht, einen umfassenden Überblick zu geben. Einzelne Aspekte werden mit der Zeit vielleicht an Bedeutung verlieren, doch andere Details durch erneute Untersuchungen in neuen Farben erstrahlen und sich noch klarer entfalten. Wer in die Geheimnisse der Natur dieser neuentdeckten Welt hineinblickt, wird sich zweifelsohne in ein verzaubertes Schloß versetzt fühlen, in dem Insekten ihre Ohren an den Füßen haben, Fledermäuse in Ultraschalltönen trällern und Fische zuweilen in der Luft fliegen. Und vielleicht bereitet es dann dem Leser Freude, den Weg der Entdeckungen in der Natur selbst zu beschreiten.

Der im Wasser schwimmende Fisch — eine lebendige Welle zwischen den Wellen. Es ist schwierig, seine Bewegung in mathematischen Formeln auszudrücken. Trotz der vielen Versuche gelang es nicht, ein derart flexibles Unterwasserfahrzeug zu konstruieren, das den Bewegungen der Fische gleichkommt.

7

# Lebende „Unterseeboote"

In der Nähe der Küste von Ekuador mußte die Mannschaft eines sowjetischen Fischereischiffs eine überraschende Feststellung machen. Das Schiff schaukelte friedlich im Wasser, da erbebte plötzlich der Schiffsrumpf, als hätte sich ein Torpedo in die Seite des Schiffes gebohrt. Die Matrosen rannten sofort in den Kielraum, um nach der Ursache zu suchen. Zu ihrer großen Überraschung entdeckten sie im hereinströmenden Wasser die Reste eines riesigen Schwertfisches. Eine spätere Untersuchung ergab, daß der unter Wasser jagende Fisch vermutlich seine Beute verfehlt hatte, so daß er gegen das Schiff geprallt war. Die kinetische Energie dieses lebenden Torpedos war so gewaltig, daß sein gezahntes Schwert die 8 Zentimeter starke Seite des Schiffes durchbohrte und ein 46 Zentimeter breites Loch riß. Der Fisch verlor zwar durch den unerwarteten Zusammenstoß sein Schwert, vermittelte aber den Tierforschern zugleich neue Erkenntnisse über die außergewöhnliche Schwimmfähigkeit der Raubfische.

Bemerkenswert ist dabei, daß Fische über keine rotierende Schiffsschraube verfügen und mit ihren Brustflossen auch nicht ausdauernd rudern können, sondern diese hauptsächlich nur zum Steuern benutzen. Wer grazil dahinschwebende Fische im Aquarium beobachtet, dem fällt sicherlich auf, wie der Fisch seinen Körper S-förmig fortbewegt und warum er überhaupt auf eine solche schlängelnde Bewegung angewiesen ist. Er stößt sich — ein lebendes Wasserfahrzeug — mit einzelnen Schlägen der Schwanzflossse in ähnlicher Weise nach vorn wie die plätschernden Ruder den Kahn.

Das Schwimmen ist eine komplizierte Form der Fortbewegung. Forscher versuchen bereits seit mehr als einem halben Jahrhundert diesem Geheimnis auf die Spur zu kommen, doch erst in den letzten zwei Jahrzehnten wurden plausible Lösungen gefunden, seitdem nämlich neben den Biologen auch die Mathematiker dazu beitrugen, die Fortbewegungsphysik des bunten Getriebes der schwimmenden Wasserwelt in Form von Zahlen und Formeln in ein einheitliches System zu fassen.

Die theoretischen Forschungen begannen mit einem spiralförmig gebogenen festen Rohr und einer erstaunlichen Fragestellung: Kann ein in dieses Rohr gesteckter elastischer, gleichmäßig dikker Stab (zum Beispiel ein biegsamer Kunststoffstab) durch das Rohr geschoben werden, so daß er am anderen Ende wieder herauskommt?

Diese Frage hätte bereits von den Physikern des 18. Jahrhunderts beantwortet werden können. Schon damals erkannten sie die sowohl einfache, aber auch kompliziert klingende Regel: Verändert ein Körper seine Form und Lage, wird er stets bestrebt sein, mit der geringsten Potentialenergie auszukommen. Im Fall des in das Rohr gedrückten elastischen Stabes bedeutet dies, daß sich der Stab früher oder später wieder gerade ausrichten wird.

Falls im Rohr keine Reibung vorhanden ist, wird der Stab ohne weiteres durch das Rohr gleiten. Er wird sich stets in die Richtung in Bewegung setzen, in der die Krümmung im Rohr geringer ist, also in die Richtung, in die er sich am besten aufrichten kann. All dies geht im Bruchteil einer Sekunde vor sich: Der Stab schießt förmlich aus dem Rohr, wie ein Stahlbandmaß auf einen einzigen Knopfdruck aus dem Gehäuse herausschnellt.

Doch was geschieht, wenn wir ein wellenförmiges Rohr benutzen? (Eine

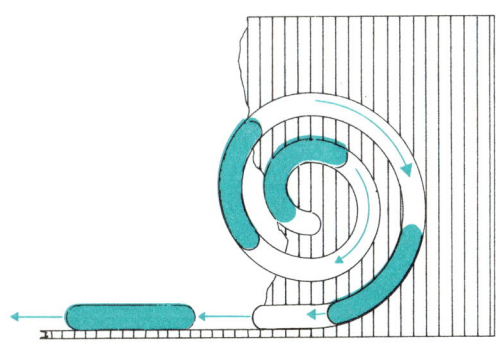

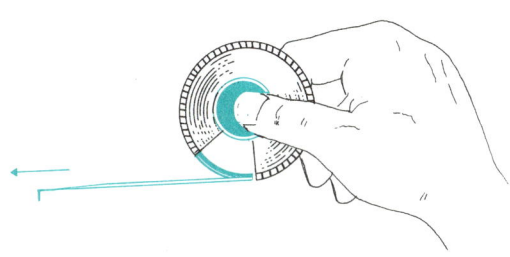

Das physikalische Grundprinzip des Schwimmens der Fische. Der gebogene, flexible Stab ist bestrebt, sich gerade auszurichten. Die Bewegung der in sich gespeicherten Energie wird umgewandelt, so daß der Kunststoffstab aus der Glasröhre herausdringt. Das spiralförmig aufgerollte Meßband läuft gleichfalls aus diesem Grund aus dem Behälter.

derartige regelmäßige Kurve wird in der Mathematik als Sinuslinie bezeichnet, wir werden noch des öfteren auf sie zurückkommen.) Der hineingeschobene elastische Stab gleitet unverzüglich von dem am stärksten gekrümmten Abschnitt, vom Scheitelpunkt der Kurve, zum geraderen Teil des Rohres weiter. Doch von hier aus bewegt sich der Stab zunächst nicht weiter. Er muß bis zum nächsten Scheitelpunkt der Kurve nachgeschoben werden, bis er sich erneut festklemmt, um dann wieder ruckartig weiterzugleiten.

Was geschieht aber, wenn wir eine Natter in das wellenförmige Rohr hineintun? Wozu der leblose Stab nicht in der Lage ist, das schafft der gelenkige Körper des Tieres spielend. Es strafft seine Muskeln am Scheitelpunkt der Kurve an und rutscht dabei etwas nach vorn. Danach richtet die Natter die gekrümmten Abschnitte ihres Körpers wieder gerade aus und gleitet nach vorn. Durch das Zusammenziehen der Körpermuskeln nach hinten gleitet sie gleichzeitig nach vorn. Im Grunde genommen braucht man zu diesem Experiment kein wellenförmiges Rohr. Ein mit Nägeln beschlagenes Brett reicht auch aus. In diesem Fall bieten die Nägel der Schlange eine gewisse Stütze, doch das Prinzip bleibt das gleiche: Durch das Spiel der Muskeln ringelt sich der Körper der Natter in steter Folge, als durchliefen ihn immer neue Kurvenwellen. Diese sich nach hinten bewegenden Wellen ermöglichen das Vorwärtsgleiten des Tieres.

Wie kommt diese Bewegungsregel bei den Fischen zur Geltung? Das Wasser bietet der Natter oder dem Aal — wenn auch in geringerem Umfang — den gleichen Widerstand wie ein festes Rohr oder ein mit Nägeln bestücktes

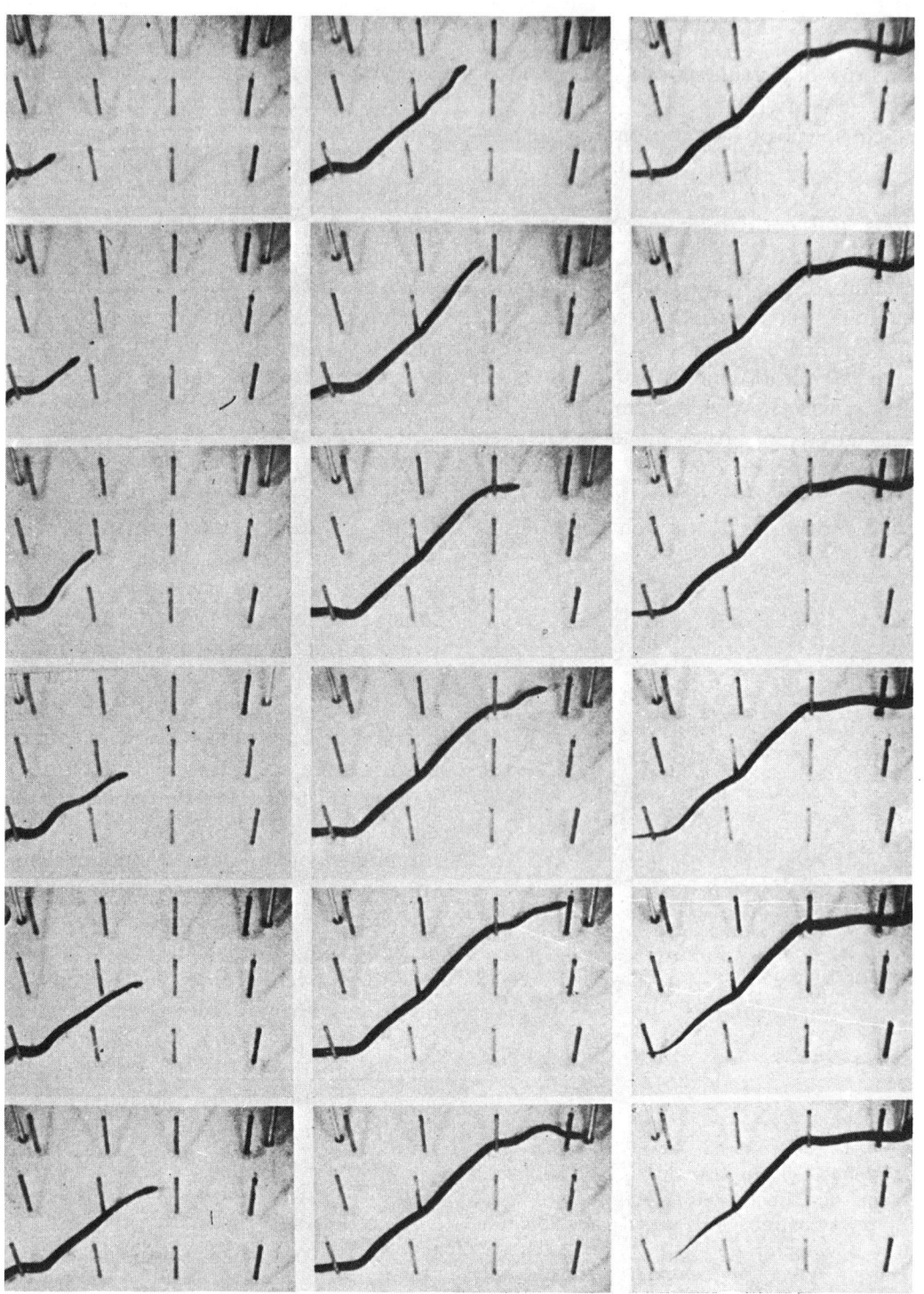

Die Wellenbewegung der Natter auf einem mit Nägeln beschlagenen Brett. Sie bewegt sich von der unteren linken zur oberen rechten Ecke. Die Einzelaufnahmen zeigen, daß ihr gekrümmter Körper, sich an den Nägeln stützend, vorangleitet.

Brett. So gleiten zum Beispiel die niedrig entwickelten Arten der Wasserwelt durch schlängelnde Wellenbewegungen nach vorn. Der englische Forscher H. J. Lighthill hat festgestellt, daß dieses charakteristische aalmäßige Schwimmen von der Mehrheit der wirbellosen Wassertiere und selbst von einem Teil der Wirbeltiere angewandt wird. Mit „Wellenschwimmbewegungen" schwimmen beispielsweise auch Lungenfische, denn diese Bewegungen stellen die einfachste Form des Schwimmens dar.

## Elastische Ruder

Mit Aufnahmen von Spezialkameras wird das Rätsel um die eigenartige Wellenbewegung der Fische verständlich.

Auf der von uns dargestellten Zeichnung nach einer in Zeitabständen von 0,1 Sekunden geknipsten Aufnahme eines schwimmenden Aals kann festgestellt werden, daß sich der Körper des Tieres tatsächlich in Wellen bewegt. In dem Maße, wie der Aal nach vorn gleitet, läuft die Körperwelle in entgegengesetzter Richtung am Leib des Tieres entlang.

Die Körperwelle läuft stets schneller nach hinten, als der Fisch sich vorwärts bewegt. Der Unterschied zwischen den beiden Geschwindigkeiten ist um so kleiner, je wirksamer der Fisch die potentielle Energie seines Körpers in kinetische Energie umsetzt. Messungen haben ergeben, daß die Schwimmgeschwindigkeit des Aals um ungefähr 60 Prozent geringer als die der Welle ist, mit der er sich durch die mühelosen Be-

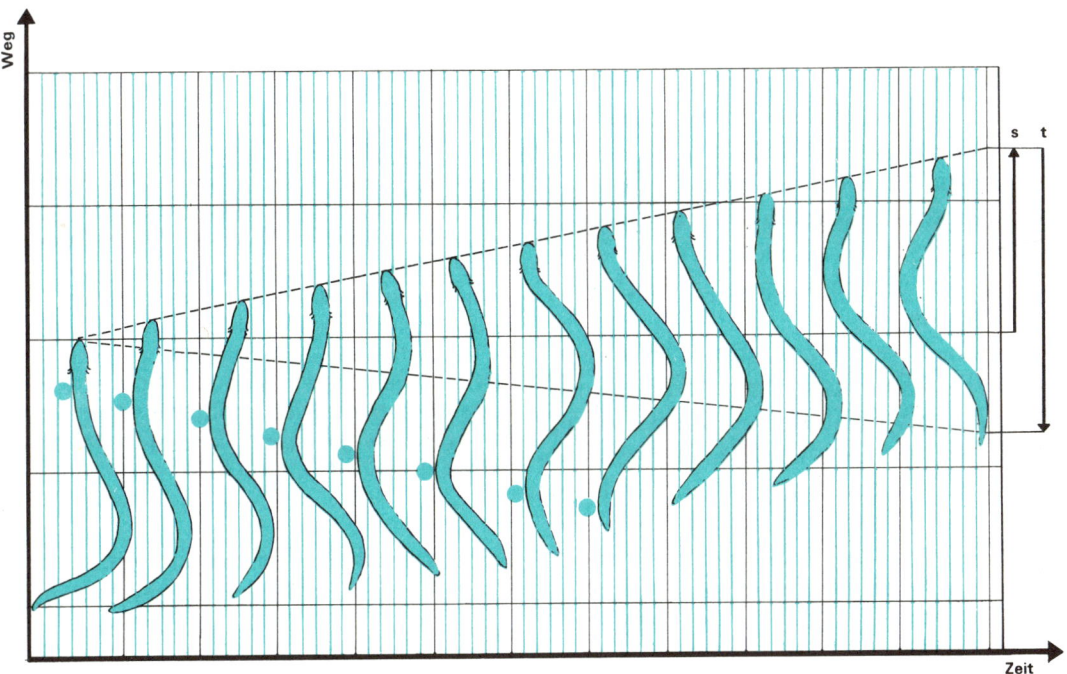

Die einzelnen Phasen der Wellenschwimmbewegungen des gemeinen Aals. Die Zeichnung demonstriert in vortrefflicher Weise, wie sich an dem elastischen „Schnürsenkel" die Körperwellen (Zeit) — in Phasen von 0,1 Sekunde — stets schneller nach hinten bewegen, als die Geschwindigkeit beträgt, mit der der Aal vorwärts schwimmt (Weg).

wegungen seines Körpers scheinbar nach hinten bewegt. Mit dem Wellenschwimmen können deshalb keine hohen Geschwindigkeiten erreicht werden, doch vom Gesichtspunkt der Ausnutzung des Energievorrats ist dies vor allem auf langen Strecken eine besonders ökonomische Schwimmethode. Das ist auch eine Erklärung für die weiten Wanderungen der Aalfische in und durch die Ozeane.

Im Verlauf der stammesgeschichtlichen Entwicklung trat nach und nach eine stufenweise Veränderung im charakteristisch zylindrischen Körperbau der Aalfische ein. Bei vielen Vertretern der Klassen Knorpel- und Knochenfische spitzte sich der auf beiden Seiten abgeflachte, spindelförmige Körper zum Schwanz hin zu, so daß der Widerstand beim Schwimmen geringer wurde. Doch zum wellenförmigen Schwimmen erweist sich der ursprünglich breite Querschnitt des Körpers als notwendig, da sich dieser Muskelteil während des Schwimmens vom Wasser am besten abstößt. An Stelle des zusammengedrängten Schwanzes treten deshalb dünne Rücken- und Bauchflossen: Der Schwanz wird zum senkrechten „Lenkinstrument".

Bei den weitverzweigten Ordnungen und Familien kann im Rahmen der stammesgeschichtlichen Entwicklung gleichzeitig eine weitere interessante Änderung festgestellt werden. Der Körper des Fisches wird nach und nach starrer! Während des Schwimmens bewegt sich nur noch der Schwanzteil, also im Verhältnis zum gesamten Körper nur noch die Hälfte oder ein Drittel. Von der ursprünglichen Körperwelle der Aale verbleibt allenfalls eine Viertelwelle: Der Halbierungspunkt des Körpers bleibt bewegungslos, wobei die

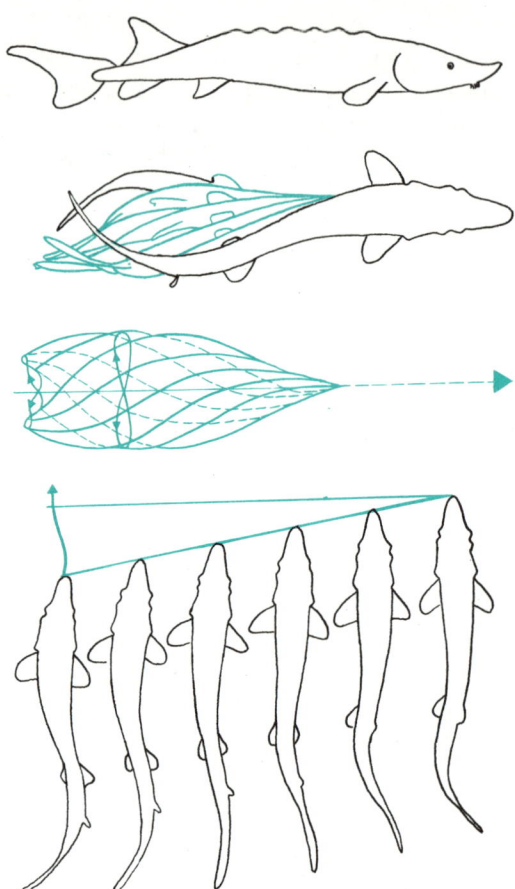

Die Wellenbewegung des gemeinen Störs. Der Körper wird zum Schwanz hin schmaler, dadurch schwimmt er mit geringerem Widerstand als der Aal. Der erforderliche Flächenumfang zur Wellenbildung wird durch die Doppelschwanzflosse wesentlich gefördert. Im Verhältnis zu seiner Körperlänge entsteht fast zu zwei Dritteln eine vollkommene Sinuswelle (oben). Die Zeitdifferenz zwischen den hier aufgezeigten Bewegungen der Schwimmphasen beträgt 0,25 Sekunden.

Schwanzschläge den Scheitelpunkt der Welle erreichen. Durch diesen plötzlichen „Wellenstoß" entstehen enorme Seitentriebkräfte am Schwanz des Fisches.

Mathematischen Berechnungen zufolge wird die Schwimmfähigkeit der Fische insbesondere durch die

Schwanzschlagfrequenz bestimmt. Von dieser hängt es ab, ob die Fische langsam, dafür aber ausdauernd oder schnell, dagegen jedoch nicht lange schwimmen. Die Geschwindigkeit der seitlichen Bewegung des Schwanzes kann theoretisch mit der Verschiebungsgeschwindigkeit eines „Wassersegments" verglichen werden, das vom seitlich schlagenden Schwanz des Fisches abgestoßen wird. Daraus kann eindeutig eine Wechselbeziehung abgeleitet werden: Je größer der Geschwindigkeitsunterschied zwischen dem Fischschwanz und dem Wassersegment, um so größer die Schubkraft des Fisches, je schneller vermag er zu schwimmen. Wenn hingegen der Schwanz das Wasser langsam beiseite schiebt, schwimmt der Fisch „glatter" und mit geringerer Kraftanstrengung.

Die Stärke der seitlichen Schlagkraft wird auch vom Flächenumfang der Schwanzflosse beeinflußt. Je größer sie ist, um so mehr Kraft kann sie entfalten, so wie auch ein großflächiges Ruder den Kahn schneller nach vorn treibt. Weshalb verjüngt sich trotzdem die Form des Fisches zum Schwanz hin wie ein Dolch? Wenn sich der Fischkörper nach hinten verbreitern würde, könnte er doch mit noch größerer Kraft das Wasser seitlich verdrängen! Dennoch, in der Welt des Wassers sind derartige Lösungen nirgends zu finden.

Im unmittelbaren Umkreis des Schwanzumfangs bilden sich nämlich Wasserwirbel. Diese winzigkleinen wirbelnden Strudel entstehen durch die Bewegungsenergie des Fisches und mindern seine Fortbewegungsgeschwindigkeit. Die sich verjüngende Form des Fischkörpers eliminiert ebendieses störende „Zwischenspiel". Wenn der Schwanz seitlich ausschlägt, vermindert

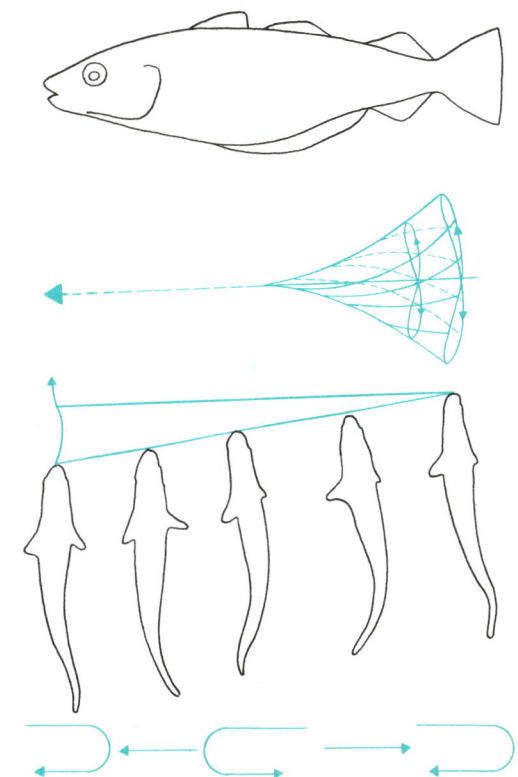

Der Dorsch schwimmt nur mit Schwanzschlägen. Durch die seitlich schlagende Schwanzflosse entstehen Einviertelwellen, was demnach bedeutet, daß diese Fischart schnell, doch nicht ausdauernd schwimmen kann (oben). Die Zeichnungen über die Fortbewegung zeigen die einzelnen Phasen des Schwanzschlags in Verbindung mit den Bewegungen. Die fünfte Bewegung ist zugleich der Beginn des nächsten Schwanzschlags.

sich mit einemmal an der Oberfläche des zur größten Geschwindigkeit fähigen Teilstücks – dort nämlich, wo der Körper am schmalsten ist – die Schlagkraft, so daß sich weniger Wirbel bilden. Hinzu kommt noch, daß die Verbreiterung der Schwanzflosse keine großen Wirbel verursacht, weil sie sich bei jedem Schlag in eine entgegengesetzte Richtung biegt.

Die Rückenflosse befindet sich ebenfalls nicht zufällig in der Mitte des Körpers. Sie gleicht die starke Seitenkraft der Schwanzschläge aus, deshalb ist es dem Fisch möglich, pfeilgerade zu schwimmen. Eine besondere Bedeutung kommt auch den unteren, sich an beiden Seiten befindlichen Brustflossen zu: Sie leisten hauptsächlich bei einer plötzlichen Richtungsänderung Hilfe. Darauf besonders angewiesen sind „schnellschwimmende" Fische; denn im Wasser ist das plötzliche Verringern der Geschwindigkeit bedeutend schwieriger als auf dem Festland. Wer hat sich nicht schon darüber gewundert, wie zwei Schiffe auf dem Meer zusammenstoßen können. Wie kann so etwas nur vorkommen, ist doch die Wasserfläche unermeßlich groß. Doch zuweilen kreuzen sich die Schiffahrtsrouten, und wenn sich nun zufälligerweise zwei Schiffe einander nähern, so droht die Gefahr einer Kollision. Oft ist es dann schon zu spät, ein Ausweichmanöver durchzuführen; es gibt jetzt keine Hilfe mehr. Um ein Frachtschiff von 500 000 Tonnen zu stoppen, ist ein Bremsweg von mehr als 8 Kilometern erforderlich! Ist die Strecke des Kollisionskurses kürzer, stoßen die Schiffe unweigerlich zusammen. Fischen kann eine solche Katastrophe jedoch nicht widerfahren. Stellt sich ihnen bei einer hohen Geschwindigkeit ein unerwartetes Hindernis in den Weg, spreizen sie schlagartig ihre Brustflossen auseinander. Diese „Bremsklappen" brechen innerhalb von Augenblicken die Vehemenz der Schwimmgeschwindigkeit, und der Fisch ist in der Lage, mit einem einzigen Schwanzschlag in eine andere Richtung zu schwimmen.

## Schwebende Pelerine

„So viele Fischarten — so viele Schwanzformen." Diese beinahe sprichwörtlich geltende alte Feststellung hat den Forschern auf dem Gebiet der Bio-

Der Schwanz des Wales erinnert an die aufgerichteten Tragflächen eines Flugzeugs. Für das schnelle Schwimmen ist dies entsprechend den Grundsätzen der Bionik eine unbedingte Voraussetzung. Der Schwanz der Säugetiere der Wasserwelt ist im Gegensatz zu dem der Fische waagerecht ausgerichtet.

nik bereits viel Kopfzerbrechen bereitet. Diese Mannigfaltigkeit reicht von der runden über die ovale bis zur gabelförmigen Schwanzflosse.

Warum diese große Vielfalt? Umständliche Ermittlungen sowie analoge Untersuchungen und Experimente in der Flugzeugtechnik haben schließlich Aufschluß über bestimmte Gesetzmäßigkeiten gebracht. So wie Überschallflugzeuge wegen des enormen Luftwiderstands nur mit nach hinten gerichteten Tragflügeln ihre hohe Geschwindigkeit erreichen können, so konnten die Fische im Laufe der stammesgeschichtlichen Entwicklung ihre Schwimmgeschwindigkeit nur in der Weise erhöhen, daß sich die Schwanzflosse vervollkommnete, das heißt, daß sie sich so veränderte, indem sie allmählich die Form einer Mondsichel annahm und sich weit nach hinten verlagerte, so daß sie schließlich den für Überschallflugzeuge charakteristischen Tragflügeln ähnelt.

Bei schnellschwimmenden Fischen spitzt sich der Körper vor der Schwanzflosse kegelförmig zu, um die durch die kräftigen Schwanzschläge verursachten Wasserwirbel abzuschwächen, wohingegen sich die Flosse selbst zur großflächigen Ruderschaufel verbreitert. Die vordere Kante der Schwanzflosse ist allerdings nicht so messerscharf, wie man das vielleicht erwarten könnte. Sie ist eher dick und abgerundet, doch sie teilt mit Leichtigkeit das Wasser. Dazu geben Strömungsmessungen einen guten Aufschluß: Die „Vorderkanten" von Flugzeugtragflügeln verursachen einen geringeren Wirbel, je abgerundeter sie sind. Dies kann auch an den Schwanzflossen schnellschwimmender Meeresfische beobachtet werden.

Solche „Schnellschwimmer" sind bei-

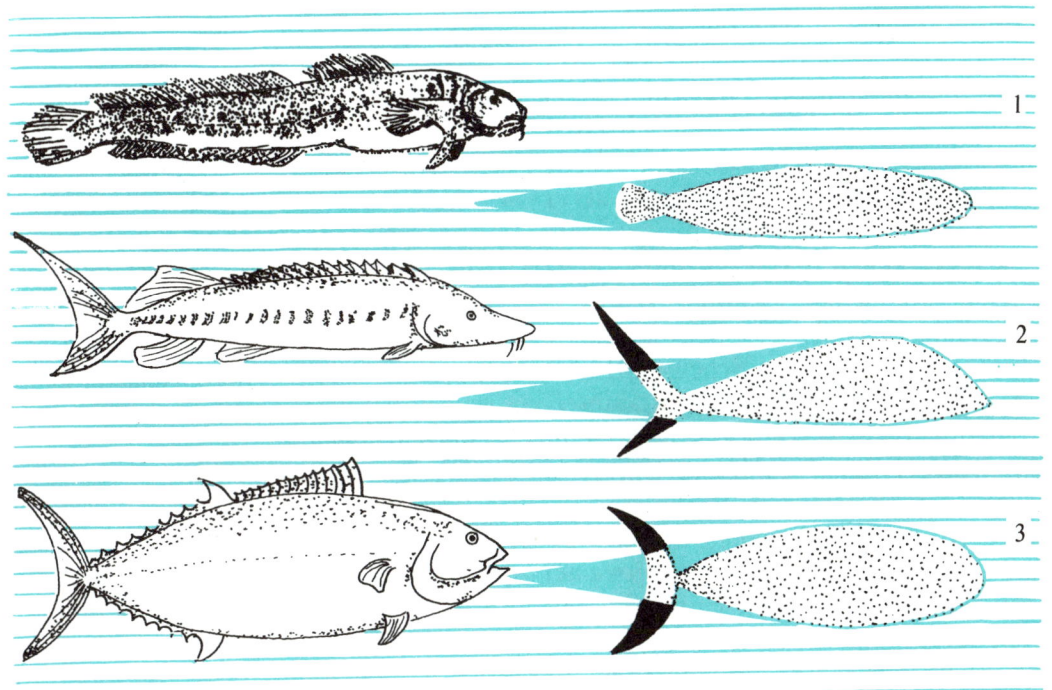

Die Aalquappe ist ein recht schlechter Steuerer (1), denn ihre Schwanzflosse bewegt sich in einer Wirbelzone, die sich während des Schwimmens hinter ihrem Körper bildet. Der nach hinten ausgerichtete pfeilförmige Schwanz des gemeinen Störs (2) und das sichelförmige „Steuerruder" des Thunfisches (3) bieten bedeutend bessere Möglichkeiten einer sicheren Steuerung.

spielsweise Thunfische, Schwertfische und im allgemeinen die großen Raubfische, für die es eine Existenzfrage ist, daß sie ihr flüchtendes Opfer leicht erreichen können. Obwohl Delphine den Säugetieren zugeordnet werden, ist ihr Schwimmen dem der Fische ähnlich. Auf Grund der Form ihrer Schwanzflosse können sie bis auf eine besondere Ausnahme zu den Schnellschwimmern gezählt werden: Ihr „Ruder" ist nicht senkrecht, sondern waagerecht, so daß es beim Schwimmen mal nach oben und mal nach unten schlägt. Weshalb veränderte sich die Haltung ihres Schwanzes im Laufe der stammesgeschichtlichen Entwicklung? Das wissen wir bis heute nicht. Vielleicht findet die Bionik in der Zukunft eine Antwort darauf.

Der Fischschwanz ersetzt indes nicht nur die kreiselnde Schraube eines Schiffes, sondern auch das Steuerruder. Auf den Zusammenhang zwischen dem Steuern und der Form der Schwanzflosse machte als erster der sowjetische Biologe J. G. Alejew aufmerksam, als er im Rahmen langwieriger Experimente das Schwimmen der Aalquappe untersuchte. Ihm schien es zunächst unverständlich, weshalb die Schwanzflosse dieses Fisches wie eine Scheibe geformt ist. Im Laufe seiner Experimentaluntersuchungen im Wasserkanal gelang es ihm, dieses Rätsel zu lösen. Derartige Schwanzflossen sind an Fischen zu finden, die man als „langsam schwimmende" Fische bezeichnet, wie etwa bei den Schiffen die Schleppschiffe. Sie sind nämlich auf schnellen Richtungswechsel nicht angewiesen und deshalb nur mit einfachen Steuerungsorganen ausgestattet. Da das Organ am Schwanzende, in der Wasserwirbelzone, angebracht ist, können diese Fische nur schlecht steuern. Die Schwanzflosse des

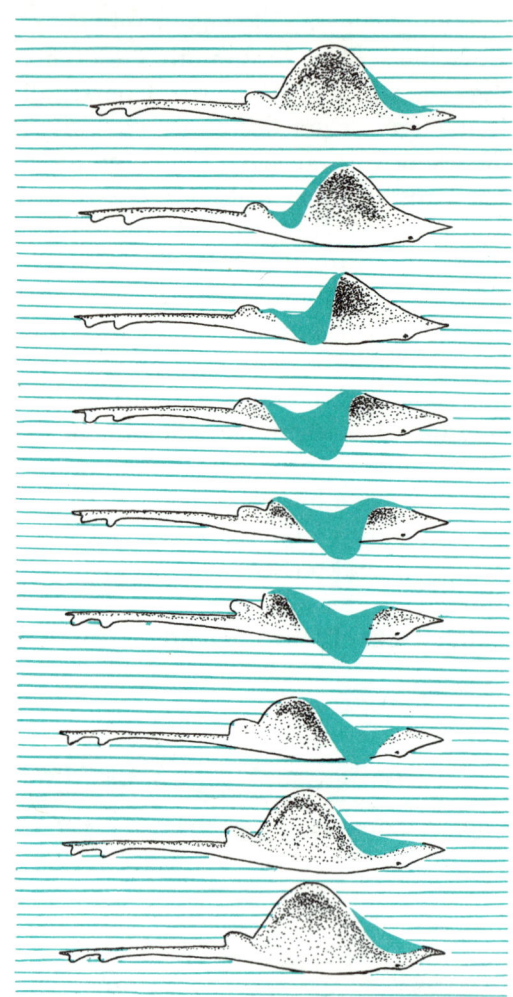

Der Rochen bewegt seine „Pelerine" so geschickt, daß ihn die sich nach hinten fortbewegenden senkrechten Körperwellen mühelos vorwärts treiben.

Thunfisches und des Hais hingegen ist so breit, daß sie aus der Wasserwirbelzone weit herausragt, so daß sie in vollkommener Weise als Steuerruder benutzt werden kann.

Eine weitere Besonderheit ist an der Schwanzflosse der Haie und der Thunfische festzustellen: Die obere Seite der Flosse ist größer als die untere. Das ist nicht zufällig! Während der Schwanz beim Schwimmen rechts und links ausschlägt, wölbt er sich gleichzeitig etwas im Wasser wie eine quer gehaltene Ruderschaufel, so daß er nicht nur Schubkraft, sondern auch Auftriebskraft entfaltet. Fische ohne Schwimmblase sind auf diesen „Trick" angewiesen, sonst würden sie während des Schwimmens immer tiefer sinken. Mit ihren gewissermaßen zu kleinen Flügeln versteiften

Brustflossen erhöhen sie ebenfalls die Auftriebskraft. Die schnellschwimmenden Meerestiere erinnern somit wahrhaftig an schwimmende Flugzeuge.

Die Natur hat im Laufe der Stammesgeschichte jedoch auch andere Möglichkeiten erprobt. So sind zum Beispiel bei den Gitarrenfischen die Brustflossen äußerst groß entwickelt, wodurch sie auf Schwanzflossen nicht angewiesen

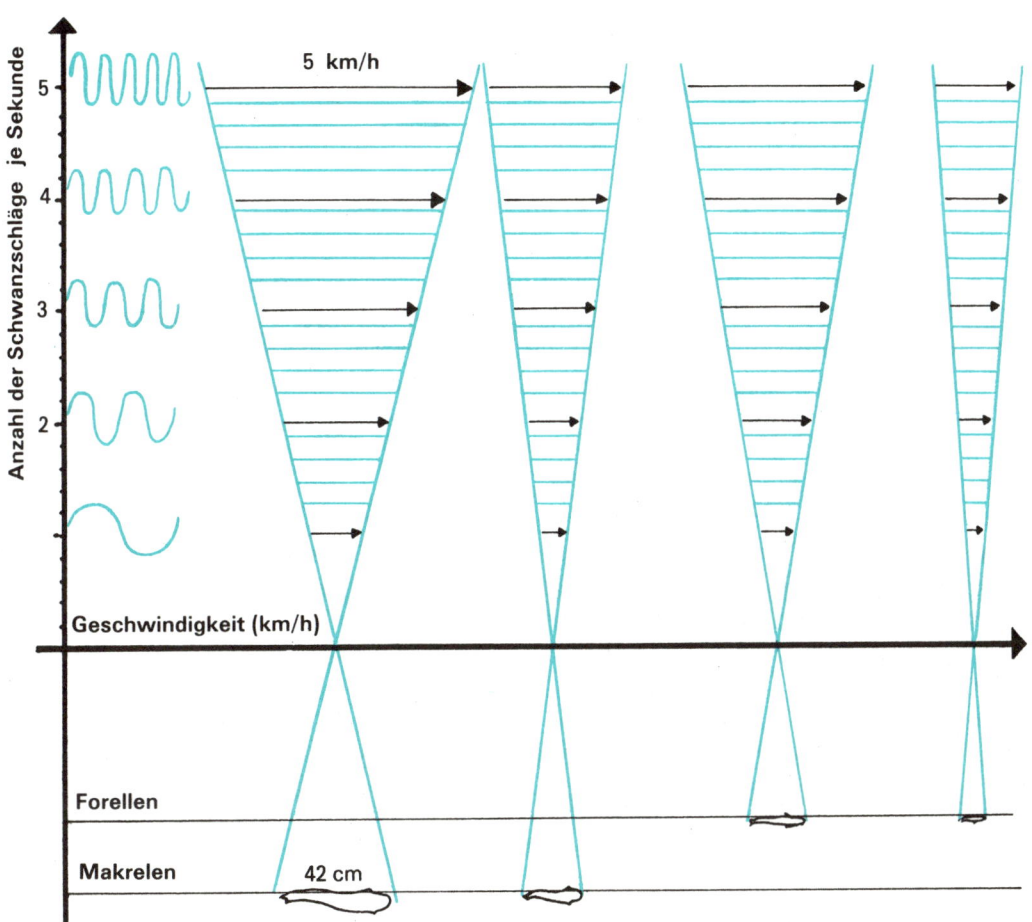

Die „Antriebsmotoren" der Fische funktionieren mit einer beinahe ingenieurmäßigen Genauigkeit. Zwischen der Länge, der Anzahl der Schwanzschläge und der Schwimmgeschwindigkeit besteht eine mathematische Wechselbeziehung. So kann die „Geschwindigkeitsschere" einer jeden Fischart aufgezeichnet werden. Die Fischarten werden zwischen den unteren Bügeln der Schere angeführt, so daß aus der Tabelle zu entnehmen ist, daß die Schwimmgeschwindigkeit von der Anzahl der Schwanzschläge abhängt. Der kürzere Bügel der Geschwindigkeitsschere von Forellen bedeutet, daß diese Fischart ein besserer Schwimmer als die Makrele ist.

sind. Die bei den Rochen zur enorm großen Pelerine umgebildete Brustflosse machte bei den meisten Fischen dieser Art die Schwanzflosse ebenfalls überflüssig. Diese in ihrem Aussehen einer lebenden Untertasse ähnelnden Fische wenden im wesentlichen die Methode des senkrechten Wellenschwimmens an. Die Schubkraft wird durch die an ihrem waagerecht kreisenden scheibenförmigen Körper nach hinten treibenden Wellen produziert. Gewohntermaßen lauern sie im Sand der Ufergewässer auf ihre arglosen Opfer, denn dies ist für sie in der Tat die vorteilhafteste Bewegungsform, ansonsten könnten sie nur schwimmen, wenn sie ihren Körper „hochkant" stellen würden.

Die Reihe der Schwimmarten von Fischen wollen wir mit dem Goldbutt abschließen. Dieser große runde Fisch von einem halben Meter Durchmesser schwimmt in seiner Jugend noch in Form von aalartigen Wellenbewegungen in vertikaler Richtung. In einem bestimmten Abschnitt seiner Entwicklung dreht er sich jedoch zur Seite, und von da an bewegt sich und jagt der Goldbutt nur noch am Meeresboden. Dabei wandert ein Auge allmählich von unten auf die Oberseite; sein „Gesichtsausdruck" wirkt dadurch so eigentümlich „trübselig". Von da an ähneln seine Schwimmbewegungen völlig denen der Rochen.

So wie wir auf Grund der Form eines Kraftfahrzeugs oder Flugzeugs entsprechend den Regeln aerodynamischer Gesetze auf deren Geschwindigkeit schließen können, genauso genügt es, einen Blick auf einen Fisch zu werfen, und wir können uns sofort eine Vorstellung über seine Schwimmfähigkeit machen. Ein Fisch kann zweifelsohne um so schneller schwimmen, je pfeilförmiger seine Schwanzflosse, je stromlinien-

förmiger sein Körper, je schmaler sein Rumpf vor der Schwanzflosse und je kleiner seine Rückenflosse ist. Doch es gibt noch einen ausschlaggebenden Gesichtspunkt! Die Fortbewegungsgeschwindigkeit hängt auch von der Körperlänge und der Anzahl der Schwanzschläge ab. Messungen des sowjetischen Forschers S. W. Persin zufolge erreichen im allgemeinen die aalartig schwimmenden Fische – die eine Länge bis zu 2 Metern erreichen können – eine Geschwindigkeit von höchstens 10 Kilometern in der Stunde; die mit Hilfe von Schwanzschlägen schwimmenden Fische hingegen sind theoretisch in der Lage, das Wasser mit einer Geschwindigkeit von 150 Kilometern in der Stunde zu durchqueren, falls sie länger als 1 Meter sind. R. Bainbridge, der das Schwimmen vieler Fischarten untersucht hat, konnte mit Hilfe von Filmaufnahmen mit einer Spezialkamera analytisch feststellen, daß sich bei der Erreichung der gleichen Geschwindigkeit die Anzahl der Schwanzschläge der Fische und ihre Körperlänge zueinander umgekehrt proportional verhalten. Doch vom Gesichtspunkt der Geschwindigkeit ist auf jeden Fall die Körperlänge ausschlaggebend! Eine 4 Zentimeter lange Forelle schlenkert vergeblich ihren Schwanz achtzehnmal in der Sekunde, das winzige Tierchen erreicht jedoch nur eine Geschwindigkeit von 2,3 Kilometern in der Stunde. Dies reicht nicht einmal aus, um einen am Ufer gehenden Fußgänger zu überholen. Thunfische, deren Körperlänge mitunter 1 Meter überschreitet, erreichen mit 10 Schwanzschlägen innerhalb einer Sekunde eine Geschwindigkeit von weit mehr als 70 Stundenkilometern. Dem Thunfisch würde demnach das Blaue Band genauso zustehen wie

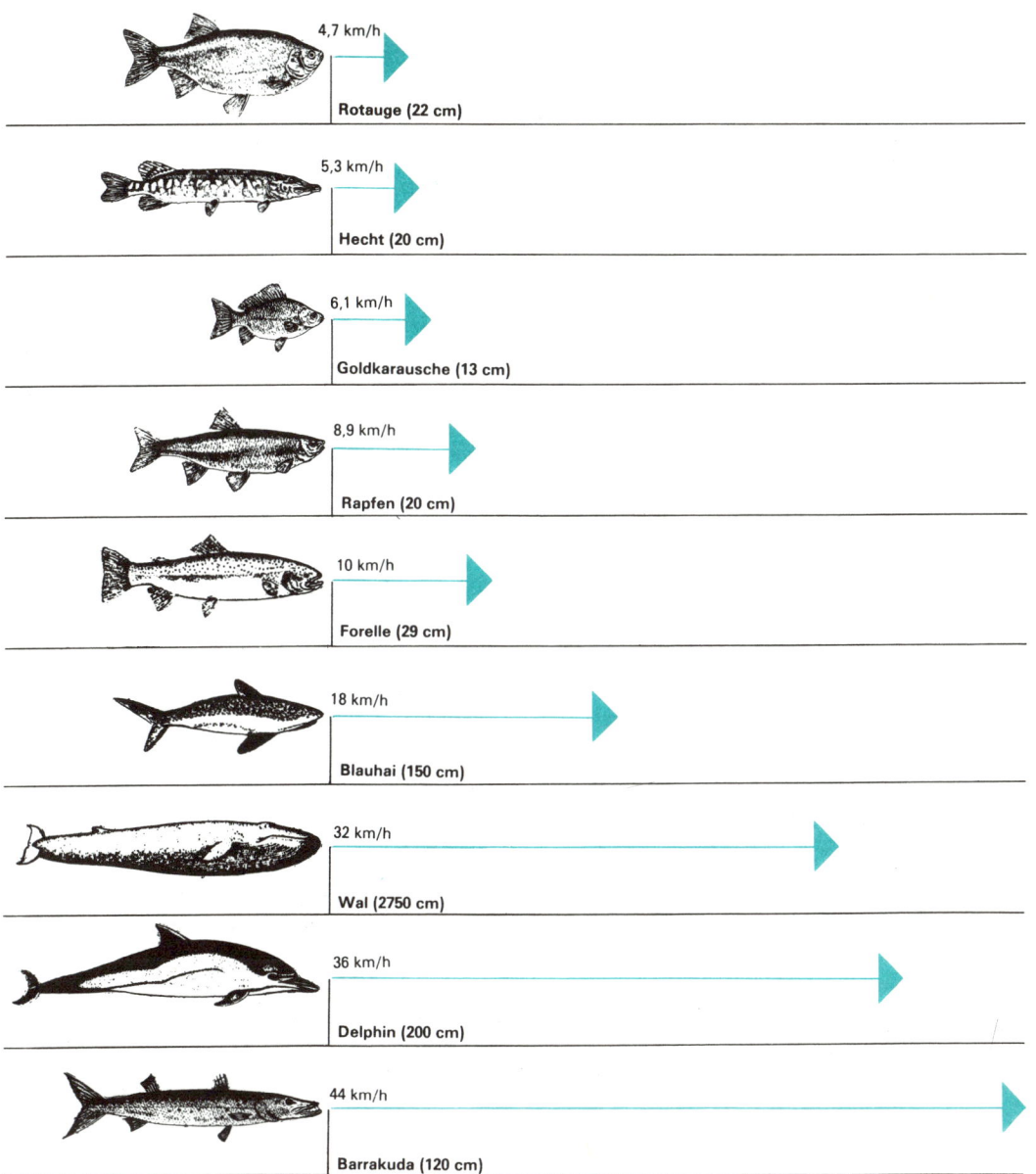

4,7 km/h
Rotauge (22 cm)

5,3 km/h
Hecht (20 cm)

6,1 km/h
Goldkarausche (13 cm)

8,9 km/h
Rapfen (20 cm)

10 km/h
Forelle (29 cm)

18 km/h
Blauhai (150 cm)

32 km/h
Wal (2750 cm)

36 km/h
Delphin (200 cm)

44 km/h
Barrakuda (120 cm)

Einige amtliche Schwimmgeschwindigkeiten nach einer Zusammenstellung des englischen Professors James Gray. Zu den Fischen, die Spitzengeschwindigkeiten erreichen, werden von den Forschern Schwertfischarten und die Familie der Fahnenfische gerechnet. Nach Messungen des sowjetischen Experten W. P. Sotschiwko erreichen einzelne mehrere Meter lange Exemplare Geschwindigkeiten von 120 bis 150 Kilometern je Stunde.

dem schnellsten Passagierschiff, dem Ozeanriesen „United States", das mit der Spitzengeschwindigkeit von 70 Kilometern in der Stunde den Geschwindigkeitswettbewerb für die Überquerung des Atlantischen Ozeans gewann.

Im allgemeinen ist es nicht leicht, die Spitzenschwimmgeschwindigkeit von Fischen festzustellen. Deshalb werden in vielen Büchern oft äußerst unterschiedliche Angaben gemacht. Wenn ein Fisch einem schnellfahrenden Schiff ausdauernd folgt, ist die Messung verhältnismäßig einfach. Sowjetische Forscher haben vor einigen Jahren zur Prüfung der Schwimmgeschwindigkeit der Aalquappe eine interessante Methode angewandt. Auf dem Rücken eines gefangenen Fisches befestigten sie ein kleines, 25 Gramm schweres elektronisches Gerät. Dann setzten sie den Fisch wieder ins Wasser. Das Gerät sandte Ultraschalltöne aus, so daß man den Fisch vom Ufer aus genau verfolgen konnte. Dabei ermittelten die Forscher, daß sich die Schwimmgeschwindigkeit der Aalquappe entsprechend den Tageszeiten ändert. Während des Tages bewegt sie sich kaum, nach Sonnenuntergang werden ihre Bewegungen immer lebhafter, doch nie schwimmt sie schneller als 600 Meter in der Stunde.

Eine weitere Meßmethode besteht darin, den Fisch in einen durchsichtigen, mit Wasser gefüllten Behälter zu setzen; das zylinderförmige Gefäß wird nun mit immer schnellerer Geschwindigkeit gedreht. Wenn es, von oben aus betrachtet, auch aussieht, als stünde der Fisch auf der Stelle, so entspricht seine Schwimmgeschwindigkeit in Wirklichkeit der Drehgeschwindigkeit des Behälters. Zwei englische Forscher konnten dadurch feststellen, daß beispielsweise ein 55 Zentimeter langer Dorsch eine Schwimmgeschwindigkeit von 7,2 Kilometern in der Stunde erreichen kann, Meeresforellen jedoch mit einer Geschwindigkeit von mehr als 10 Kilometern in der Stunde schwimmen.

Zu den Rekordschwimmern werden von den Forschern Schwertfische, Fahnenfische und die Barrakudas mit einer Geschwindigkeit von 120 bis 150 Kilometern in der Stunde gerechnet. Dies ist in der Tat bereits ein schwindelerregendes Tempo unter Wasser, denn selbst moderne Atomunterseeboote erreichen nur eine Stundengeschwindigkeit von 40 bis 50 Kilometern. Diese Angaben über Schwimmgeschwindigkeiten wurden jedoch unter laboratoriumsmäßigen Bedingungen noch nicht überprüft. Eins ist jedoch sicher, daß Fische auch mit ihrem spezifischen Schleim den Reibungswiderstand des Wassers an ihrem Körper verringern. Die amerikanischen Forscher M. W. Rosen und N. E. Cornford haben in unterschiedlichen Wassermengen die von der Haut von Fischen abgeschabte schleimige Substanz aufgelöst und die Strömungsgeschwindigkeit des Wassers mit entsprechenden Instrumenten gemessen. Auf diese Weise konnte das Geheimnis um die Geschwindigkeit des Barrakudas aufgedeckt werden. Dieser Raubfisch kann durch die Schleimhaut den Reibungswiderstand seines Körpers im Wasser um 66 Prozent mindern. Da dieser Wert bei den Friedfischen bedeutend geringer ist, ist es kein Wunder, daß im wesentlichen dieser Vorzug zum erfolgreichen Beuteerwerb der Raubfische beiträgt.

## Was lehren uns Fische?

Die spindelförmige starre Form der Unterseeboote ähnelt nicht besonders der Form der schnellschwimmenden Fische. Bioniker haben jedoch Versuche unternommen, um diese lebenden Fahrzeuge zu kopieren. Die Projektierung des amerikanischen atomgetriebenen Unterseeboots „Skipjack" erfolgte exakt nach dem Muster eines Thunfisches. Dabei wurde darauf geachtet, daß das Verhältnis der gesamten Länge zum größten Durchmesser des Unterseeboots 100:36 beträgt, was dem Schiffskörper eine ideale Stromlinie verleiht. Doch im Vergleich zur möglichen Geschwindigkeit des Thunfisches kann das

Bau des englischen Gasbehälterschiffs „Gazana". Der Bug des 178 Meter langen Fahrzeugs quillt wie eine mächtige Birne aus dem Schiffskörper heraus. Diese strukturelle Lösung verringert wesentlich den Wellenwiderstand.

Selbst Flugzeugkonstrukteure könnten von Fischen lernen, wenn beispielsweise eine 40 Meter lange Boeing-Maschine des Typs 707 nach der Form des Thunfisches gebaut würde. An Stelle der bisher 160 hätten 480 Reisende Platz, und die aerodynamischen Eigenschaften wären auch günstiger (oben). Das als Senkrechtstarter projektierte Flugzeug würde von seitlich angebrachten Strahltriebmotoren in die Luft gehoben werden (unten). Die Modelle wurden von Professor H. Hertel projektiert.

Unterseeboot nur die Hälfte dieser Geschwindigkeit erreichen. Im Bereich der Manövrierfähigkeit hingegen hat sich das neue Unterseeboot als besonders wendig erwiesen. Ein größeres Schiff kann im allgemeinen hinsichtlich seiner eigenen Länge nur in einem vier- bis fünfmal größeren Umkreis wenden, die „Skipjack" hingegen ist in der Lage, selbst bei großer Geschwindigkeit den Kurs mit einemmal zu ändern und in einem kleineren Umkreis zu wenden.

Schiffsprojektanten nutzen auch die Erkenntnis, daß die „Nase" schnellschwimmender Wassertiere nicht zufällig stumpf ist. Merkwürdigerweise entsteht dadurch im Wasser ein geringerer Strömungswiderstand, besonders dann, wenn das Tier in unmittelbarer Nähe der Wasseroberfläche schwimmt. Auf der Welt ist erstmals in Japan solch ein birnennasiges Schiff gebaut worden, das im Vergleich zu einem ähnlichen, jedoch traditionellen Typ eine um 50 Prozent höhere Geschwindigkeit entwickelt. Heutzutage findet diese wellenbrechende Lösung beim Bau neuer Schiffe immer mehr Anwendung, und wenn in den Fernsehnachrichten die Taufe eines neuen Ozeanschiffs gezeigt wird, können wir mit Sicherheit am Unterteil des Vorderstevens die charakteristische Ausbuchtung feststellen. Zahlreiche Konstrukteure versuchten die Bewegung des Schwanzschlags der Fische mittels mechanischer Vorrichtungen nachzuahmen. Dabei wurden Boote konstruiert, bei denen an Stelle von festen Rudern elastische Steuerruder angebracht sind, die durch entsprechende Rechts-Links-Bewegungen Schubkraft im Wasser entfalten.

Es ist nicht ausgeschlossen, daß Ingenieure die Idee des Baus von Tragflächenbooten den Haien zu verdanken haben. Genauso, wie an der steifen Brustflosse des Hais eine erhebliche Auftriebskraft entsteht, kann auch ein schwerer Schiffskörper mittels einiger kleiner, fester Tragflügel über das Wasser gehoben werden. Sobald das Boot eine bestimmte Geschwindigkeit erreicht hat, erhebt es sich, sich auf die unter Wasser befindlichen Tragflügel stützend, aus dem Wasser; dadurch kann es sich mit einem bedeutend geringeren Widerstand bewegen. Unter den sowjetischen Tragflächenbooten erreicht die auch auf der Donau verkehrende „Möwe" eine Geschwindigkeit

von 60 Kilometern in der Stunde, die Boote des Typs „Wolga" und „Raketa" erzielen sogar 80 bis 90 Kilometer je Stunde.

Vor fast vierzig Jahren richtete das damals berühmt gewordene Gray-Paradoxon erstmalig die Aufmerksamkeit der Bioniker auf die Delphine. Der englische Forscher Gray stellte nämlich fest, daß Delphine sonderbarerweise eine höhere Geschwindigkeit erreichen, als auf Grund ihrer Muskelkraft und Körperform zu erwarten wäre. Die Untersuchungen konzentrierten sich schließlich auf die Delphinhaut. Man stellte dabei fest, daß sich unter der äußeren dünnen Oberhaut eine sogenannte Dämpfungsschicht befindet. Diese elastisch verformbare Dämpfungsschicht ist von engen Kanälen durchzogen. Unter der Dämpfungsschicht liegt eine starke Lederhaut aus elastischem Gewebe. Die Kanäle der Dämpfungs-

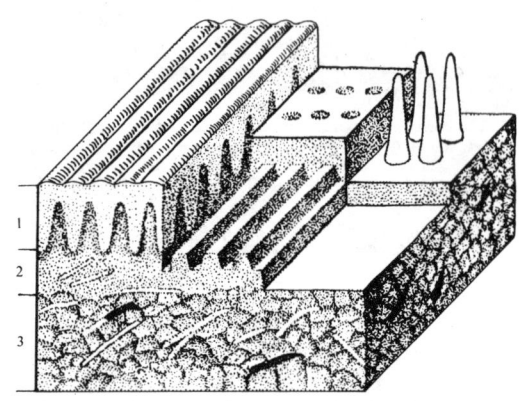

Die Delphinhaut ist in ihrer Elastizität jedem Polstersessel überlegen. Unter der mit feinen Rillen durchzogenen äußeren Oberhaut, der „Dämpfungsschicht" (1), befinden sich die Lederhaut (2) und die Bindegewebefasern (3).

Die Proportionen des Delphinkörpers begünstigen die hohe Schwimmgeschwindigkeit: Der Körper ist viermal so lang als sein größter Durchmesser.

schicht sind mit einer öligen Flüssigkeit gefüllt. All dies sagte den Biologen nicht besonders viel, doch die Fachexperten für Bionik waren darüber sehr erstaunt. Diese mehrschichtige Haut ist so elastisch wie ein erstklassig gepolstertes Sofa. Wird die Haut einem Druck ausgesetzt, buchtet sie sich leicht ein, wobei aus den Kanälen der Dämpfungsschicht Öl herausgepreßt wird.

Wofür soll diese eigentümliche Delphinhaut gut sein? Untersuchungen im Wasserkanal brachten dann die Lösung: Diese Besonderheit der Delphinhaut vermindert die Reibung der Wasserströmung auf ein Minimum. Lediglich im Bereich des Schwanzansatzes brechen noch Wasserwirbel ein, welche die Bewegungsenergien des schwimmenden Körpers im Wasser beeinträchtigen. Diese an und für sich geringen Wasserwirbel werden durch die den ganzen Körper entlanglaufende elastische Haut in vollkommener Weise abgedämpft, so daß der stromlinienförmige Delphin eine Geschwindigkeit von mehr als 50 Kilometern in der Stunde erreichen kann.

Die Gleitfähigkeit des Delphins wird auch dadurch noch erhöht, daß seine Haut wasserabstoßend ist. Entsprechende Messungen der sowjetischen

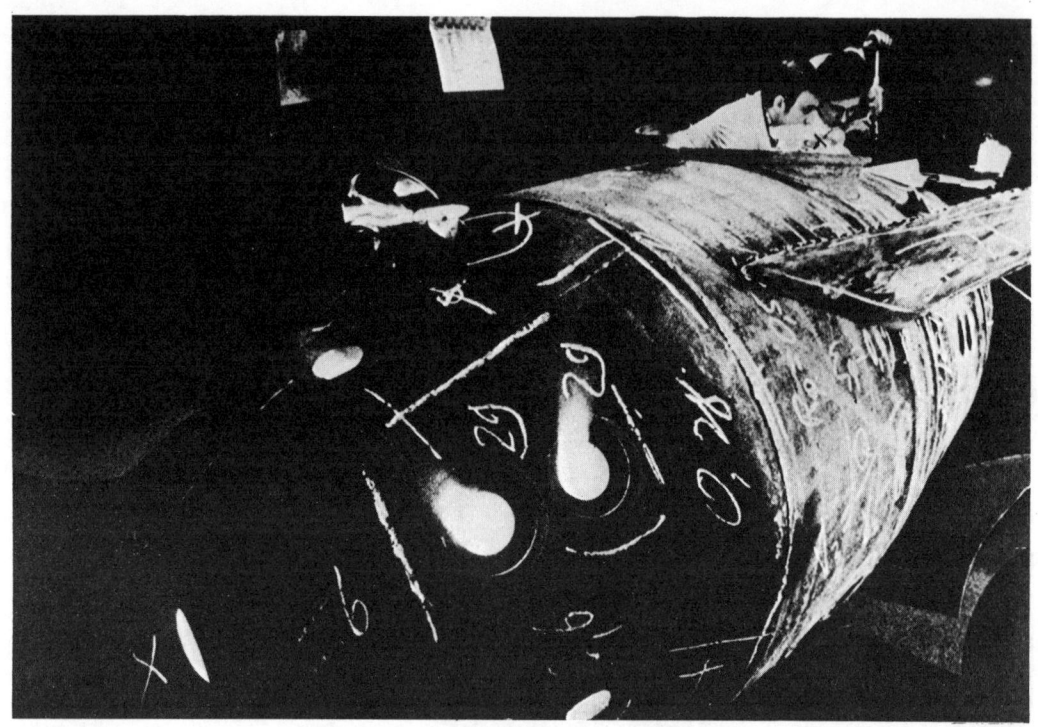
Sowjetische Forscher haben die hydrodynamischen Eigenschaften der Delphinform eingehend studiert und danach Unterwasserversuchsfahrzeuge gebaut.

Forscher A. Glagoljewa und Z. Alfonin ergaben, daß auf einer solchen Oberfläche weniger Wasserwirbel entstehen als auf einer „feuchten" Hautschicht. Der wasserabstoßende Körper verhält sich im Wasser so, als gleite er auf einem Wellenlager: Um ihn bilden sich aus den Molekularansammlungen ringförmige Falten. Die Wasserschicht an seiner Oberfläche schmiegt sich wie eine Molekularmembrane eng an den Körper des Delphins an und wirkt dadurch erheblich der Entstehung energieverschlingender Wasserwirbel entgegen.

Auf Grund dieser Erkenntnisse wurde im Jahr 1960 vom amerikanischen Forscher O. Kramer das als *Laminoflow* bezeichnete Kunstleder hergestellt. Zwischen den laminaren Grenz-schichten dieser 3,5 Millimeter starken elastischen Kunststoffplatte sind in regelmäßigen Abständen kleine Stifte angebracht, die sich bei einer äußeren Krafteinwirkung wie die Kanalpapillaren der Lederhaut des Delphins zusammendrücken. Der Raum zwischen den Stiften wird mit einer schwingungsdämpfenden Flüssigkeit ausgefüllt. Dieser der Delphinhaut nachgemachte Kunststoff hat die in ihn gesetzten Hoffnungen vollauf erfüllt. So wurden Torpedoboote mit einem Überzug aus Laminoflow gebaut, wodurch die Boote eine um 30 Prozent höhere Geschwindigkeit als die früheren stahlgepanzerten Boote erreichten. Auf der Suche nach weiteren Möglichkeiten beschäftigten sich Forscher im Bereich der Bio-

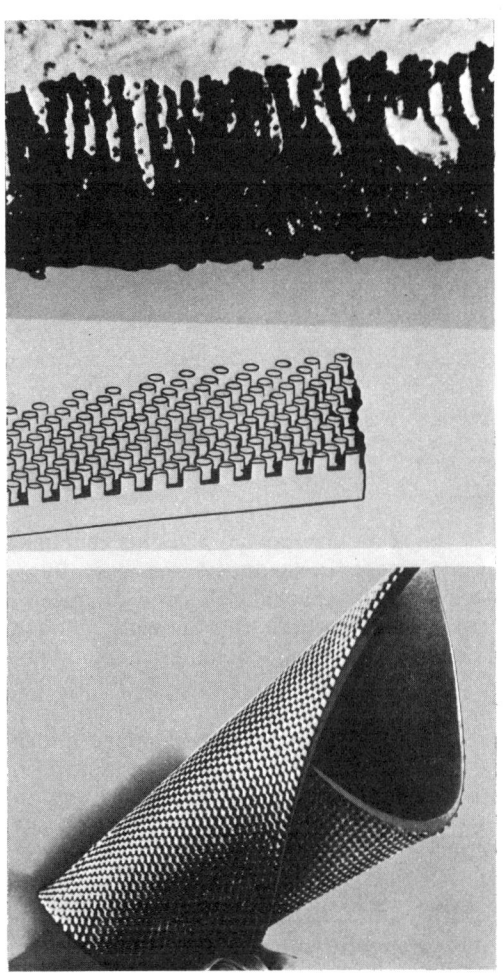

Die Lederhautgranülen der elastischen Delphinhaut unter dem Mikroskop (oben). Dieses „Patent" der Natur wurde von der Technik kopiert (Mitte). Die fußmattenähnliche künstliche Delphinhaut (unten), in mehreren Schichten zusammengeklebt und mit einer Flüssigkeit gefüllt, reduziert die hemmende Bremswirkung der Wasserwirbel.

nik bereits mit dem Problem, wie man mit dieser künstlichen Delphinhaut die Geschwindigkeit von Ozeanschiffen erhöhen könnte.

## Achtung! Wir tauchen!

„Wir tauchen weiter, jetzt jedoch sehr langsam. Unser Benzinvorrat kühlt weiter ab, dadurch dringt immer mehr Wasser durch die Zusammenziehung des Benzins in die Schwimmtrommel, was uns nach und nach immer größere Schwierigkeiten bereitet. Ich empfinde es so, als strömten diese vielen hundert Liter Wasser durch meine Adern." Dies schrieb Jacques Piccard, der berühmte Meerestiefenforscher, der in der Tat einem außerordentlichen Erlebnis teilhaftig wurde. Mit seinem Bathyskaph „Trieste" tauchte er am 23. Januar 1960 im westlichen Teil des Stillen Ozeans und erreichte im Marianengraben eine der tiefsten Stellen des Weltmeeres: 10 912 Meter.

Im Ruhezustand schwimmt dieses besondere Tiefseeforschungsschiff auf der Wasseroberfläche. Um zu sinken, muß es schwerer werden. Woher erhält das Schiff das erforderliche Mehrgewicht? In der Schwimmtrommel der „Trieste" werden mehr als 100 Kubikmeter Leichtbenzin gelagert. Auf das Tauchkommando öffnen sich Ventile, durch welche Meereswasser in die Benzinbehälter eindringt. Der zunehmende Wasserdruck preßt die leichte Flüssigkeit auf einen immer kleineren Rauminhalt zusammen, die Behälter werden ständig schwerer, und das Tauchschiff beginnt zu sinken.

Will man wieder auftauchen, wird Benzin in die Schwimmtrommel gepumpt. Das leichtere Benzin verdrängt das Wasser nach außen, und das Tiefseetauchgerät steigt an die Oberfläche. Auf Unterseebooten werden die Tauchbehälter im allgemeinen nur mit Luft gefüllt, und wenn sie wieder nach oben steigen sollen, wird das Meereswas-

ser mit komprimierter Luft herausge-
drückt.

Dieses sinnvolle und einfache Tauch-
verfahren wird in der Natur bereits seit
Jahrmillionen angewandt. Eine uralte
Variante des berühmten Unterseeboots
„Nautilus" von Kapitän Nemo ist der zu
den Kopffüßern gehörende Schneckenpolyp Nautilus, auch als „Perlboot" bezeichnet. Der Nautilus „weiß" es seit
mehr als 50 Millionen Jahren, wie man
außerordentlich schnell einige hundert
Meter tief tauchen und dann wieder an
die Oberfläche gelangen kann. Das Tier
selbst lebt in einer spiralförmigen, jedoch durch eine Membranhaut abge-
teilten äußeren Kammer seines Gehäu-
ses, gewissermaßen am Eingang seiner
„Wohnung". Die inneren Kammern
sind teils mit Gas und teils mit Wasser

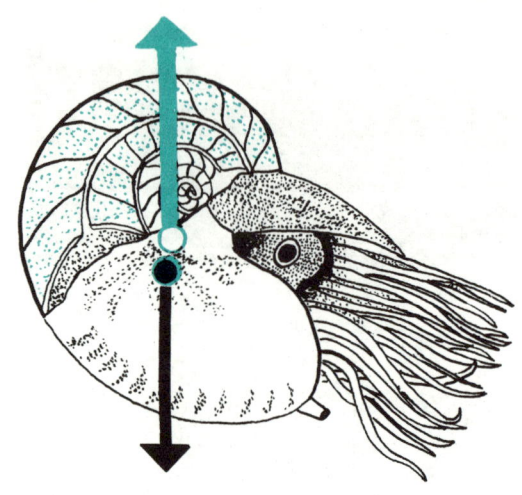

Will der Schneckenpolyp Nautilus tauchen,
läßt er Wasser in die mit Gas gefüllten Kammern einströmen, wodurch sich sein spezifisches Gewicht erhöht. Der Schwerpunkt des
Nautilus liegt in ausgeglichenem Zustand tiefer als der auf ihn einwirkende Angriffspunkt
der Auftriebskraft. Der Nautilus kann sich
deshalb im Wasser nicht überschlagen; falls
er unerwartet umkippt, kehrt er sofort in
seine waagerechte Schwimmlage zurück.

Röntgenbild vom Kalkgehäuse des Schnek-
kenpolyps Nautilus; es stellt auf Grund der
räumlichen Konstruktion in Form einer
Schraubenwindung ein mathematisches
Meisterstück dar. Das Tier selbst belegt den
schwarzaussehenden Hohlraum des seltsa-
men Wohngehäuses. Die gerippten Kammern sind mit Gas gefüllt, wodurch das Tauchen im Wasser geregelt wird.

gefüllt. Die Tauchautomatik funktioniert ebenso wie die der „Trieste":
Wenn es in die Tiefe tauchen will, läßt
es immer mehr Wasser in die mit Gas
gefüllten Kammern. So wird es schwerer und sinkt wie ein ins Wasser geworfener Stein in die Tiefe. Will es wieder
auftauchen, preßt es mit Hilfe von Gas
das Meereswasser aus den Kammern
heraus, wodurch sich die auf die Membranhaut einwirkende Auftriebskraft erhöht und der Nautilus wie eine Luftblase in die Höhe steigt.

Ein naher Verwandter der Polypen,
die Sepia, sorgte ebenfalls für eine
Überraschung bei den Biophysikern.
Von dem im allgemeinen als Tintenfisch
bezeichneten Tier ist überwiegend nur
bekannt, daß es beim Herannahen eines

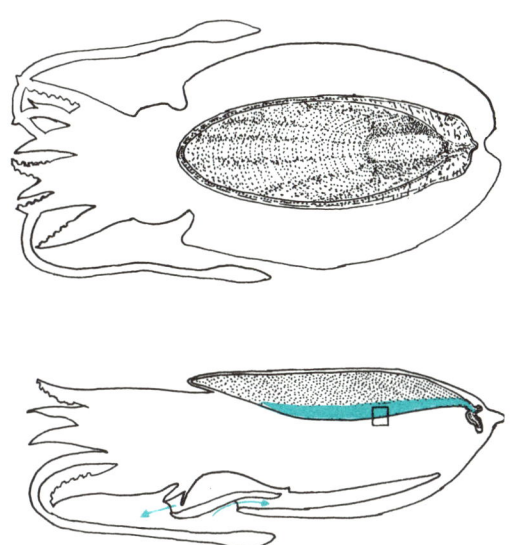

Die ovale Knochenscheibe der Sepia (Ansicht von oben) ist ein überaus geeigneter Tauchbehälter. Vor dem Tauchen saugt die Sepia Wasser in die poröse Kalkplatte (unteres Bild – Seitenansicht), wodurch sich ihr Gewicht erhöht. Beim Auftauchen wird dieser Vorgang in entgegengesetzter Weise vorgenommen.

Feindes plötzlich eine schwarzbraune Flüssigkeit („Tinte") verspritzt, wobei es das Wasser um sich dunkel färbt, um sicher Reißaus nehmen zu können. Genaue biologische Untersuchungen jenes flossenähnlichen flachen Schulps, der sich unter der Haut der gesamten Körperlänge des Tintenfisches entlangzieht, haben ergeben, daß dieser Schulp lediglich ein Zehntel seines Körpergewichts ausmacht. Unter dem Mikroskop konnten an der Kalkplatte ungefähr 100 dünne, löchrig-poröse Strukturschichten entdeckt werden. Nachdem die Dichte des Schulps mit 0,6 Gramm je Kubikzentimeter ermittelt wurde, konnte er befriedigt beiseite gelegt werden. Die Erklärung ergab sich von selbst: Die Masse eines 1000 Kubikzen-

timeter großen Tintenfisches beträgt nur 960 Gramm, weil er durch das geringere spezifische Gewicht der Kalkplatte von seinem Gesamtgewicht 40 Gramm „verliert". So kann die Sepia überall geruhsam auf dem Wasser treiben.

Dieser sonderbare Schulp ließ die englischen Forscher E. Denton und J. B. Gilpin-Brown nicht zur Ruhe kommen. Warum schleppt jeder Tintenfisch mit solcher Ausdauer diese beträchtliche Masse mit sich? Sie führten Experimente in Meeresaquarien durch, indem sie Sepiaexemplare von der Oberfläche und dem Boden des Meeres einsammelten und untersuchten. Auf Grund von Gewichtsmessungen an Schulpen der Tintenfische konnten aufschlußreiche Abweichungen festgestellt werden. Die Schulpe der auf dem Meeresboden aufgefundenen Tintenfische ergaben ein spezifisches Gewicht von 0,7, wobei 30 Prozent des Gesamtgewichts auf das in dem haarfeinen Strukturgefüge befindliche Wasser zurückzuführen war. Hingegen betrug das spezifische Gewicht der Schulpe von den an der Wasseroberfläche eingesammelten Kopffüßern nur 0,5, und sie enthielten nur 10 Prozent Wasser.

Damit wurde den Forschern ihre Vermutung bestätigt. Die Kalkplatte der Sepia ist demnach nicht nur ein einfacher „Rettungsring", sondern auch ein selbstfunktionierender Tauchbehälter. Vor dem Tauchen pumpt der Tintenfisch — mit Hilfe des Blutkreislaufs — Meereswasser in seinen Schulp. Je mehr Wasser in ihn eindringt, um so größer wird sein spezifisches Gewicht und damit auch das Gesamtgewicht des Tintenfisches. Das Tier beginnt zu sinken. Will es sich jedoch in obere Wasserregionen begeben, preßt es das Wasser aus den winzigen Kanälen des Schulps heraus. Welcher Methode bedient sich dabei der Tintenfisch? Darauf konnte bisher noch keine Erklärung gefunden werden. Tatsache jedoch ist, daß im Verlauf von Probefängen im Hafen von Plymouth selbst in einer Tiefe von 30 bis 75 Metern Tintenfische gefunden wurden; anderen Angaben zufolge tauchen diese sonderbaren lebenden Unterseeboote bis in eine Tiefe von 180 Metern.

Fische tauchen mit vollkommeneren Methoden. Sie mühen sich nicht damit ab, Wasser in ihren Körper hinein- oder aus ihm herauszupumpen. Sie bedienen sich eines elastischen Gasbehälters, der — ausgedehnt — die auf ihren Körper einwirkende Auftriebskraft erhöht und — zusammengezogen — sie reduziert. Diese besondere Vorrichtung — die Schwimmblase — hat eine doppelte Funktion: Einerseits gleicht sie in jeder Wassertiefe den auf den Körper einwirkenden Wasserdruck aus, andererseits reguliert sie das Tauchen beziehungsweise das Aufsteigen.

Diese sonderbaren „Luftballons" sind im Organismus der meisten Knochenfische vorhanden, doch bei den niedrigeren Arten der Knorpelfische (dazu gehören Haie, Rochen usw.) fehlen sie vollkommen. Im allgemeinen befindet sich die Schwimmblase unter der Wirbelsäule, und je nachdem, ob sie eine freie Öffnung nach außen hat oder nicht, unterscheiden die Biologen Fische mit luftzugänglichen und geschlossenen Schwimmblasen. Fische mit luftzugänglichen Schwimmblasen — so die Karpfenlarven — schwimmen, nachdem sie aus dem Fischlaich geschlüpft sind, einen oder eineinhalb Tage an der Wasseroberfläche, um ihre Schwimmblase mit Luft „vollzutanken".

Die sowjetischen Forscher Kostojanz und Wassilenko untersuchten, ob diese „geschluckte" Luft unverändert in der Schwimmblase von Fischen mit offenem

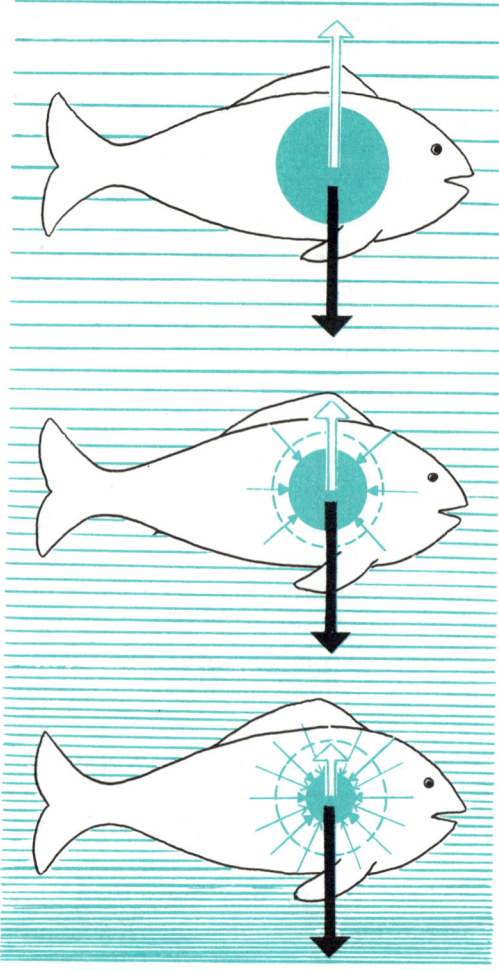

Treibt der Fisch in vollkommener Ruhe im Wasser, ist die auf seinen Körper einwirkende Auftriebskraft genau mit dem Eigengewicht ausgeglichen (oberes Bild). Beim Tauchen zieht er die Schwimmblase zusammen. Dadurch reduziert sich das Volumen des Körpers, es verringert sich zugleich die auf ihn einwirkende Auftriebskraft, und er beginnt zu sinken (mittleres Bild). Je mehr sich der Tauchbehälter zusammenzieht, eine um so größere Tauchgeschwindigkeit erreicht der Fisch (unteres Bild).

Luftzugang erhalten bleibt. Erstaunlicherweise wurde in der Blase eine ganz andere Gaszusammensetzung vorgefunden, als sie in der freien Luft vorkommt. Die Schwimmblase des Meeraals ist zu 87,7 Prozent mit Sauerstoff gefüllt, in der von Regenbogenforellen wurden hingegen 95,5 Prozent Stickstoff und nur 3,7 Prozent Sauerstoff gemessen, obwohl bekannt ist, daß die Luft 78 Prozent Stickstoff, 21 Prozent Sauerstoff und 0,03 Prozent Kohlendixid enthält. Wieso gibt es derart große Unterschiede? Dies konnte bisher noch nicht festgestellt werden, doch die unterschiedliche Gaszusammensetzung ist offensichtlich auf verschiedenartige biologische Ursachen zurückzuführen.

Mit Hilfe der Schwimmblase kann der Fisch in jeder Wasserschicht gewissermaßen schwerelos im Wasser treiben und auch leicht schwimmen. Zur Fortbewegung braucht er lediglich durch den Schlag seines Schwanzes einige Energie aufzuwenden. Will ein mit einer luftzugänglichen Schwimmblase ausgestatteter Fisch tiefer sinken, drückt er einfach die Schwimmblase etwas zusammen, läßt dabei einige Luftblasen ab, und das spezifische Gewicht

Eine Art der Tintenfische, der Heliocranchia pfefferi, schwebt gern kopfüber nach unten. Dieser Tintenfisch nutzt seinen Körper, der mit einer leichteren Flüssigkeit als Wasser angefüllt ist, als Tauchbehälter. Bei schneller Ortsveränderung schaltet er auf Raketenantrieb um. Das physikalische Prinzip der „Wirkung — Gegenwirkung" wird von ihm bereits viel länger angewendet als von der modernen Raketentechnik unserer Zeit.

seines Körpers wird um eine Nuance größer als das des Wassers. Falls er an die Oberfläche steigen will, drückt er seinen „Luftbehälter" auseinander, so daß ihn das Wasser gewissermaßen von allein „hochwirft".

Fische mit geschlossenen Schwimmblasen öffnen beim Sinken das Sicherheitsventil ihres „Gasbehälters". Das Sicherheitsventil kann ähnlich wie die Blendvorrichtung bei Fotoapparaten reguliert werden, nur daß dies mit Hilfe von Muskelringen erfolgt: Bei der Öffnung gelangt überschüssiges Gas in den Blutkreislauf, die Schwimmblase zieht sich dadurch zusammen, und das Tier beginnt zu sinken. Das dabei entwichene Gas kann selbstverständlich wieder ergänzt werden und sogar durch eigenproduziertes Gas, das in den Gasdrüsen des Fisches hergestellt wird. Bei einem geringeren Höhenunterschied ändert der Fisch das Volumen seiner Schwimmblase lediglich durch Muskelkraft. Die Regulierung verläuft so präzise, daß das mühelose Treiben eines Aquarienbewohners jeden Betrachter von der Vollkommenheit dieser „Erfindung" überzeugen kann.

Obwohl die Schwimmblase bei Knorpelfischen noch nicht entwickelt ist, helfen sich — wie wir wissen — zum Beispiel die Haie auf besonders einfache Weise: Mit Hilfe ihrer großen und starken Brustflossen heben sie ihren Körper während des Schwimmens wie auf unter Wasser befindliche Flügel. E. Corner und seine Mitarbeiter untersuchten vor einigen Jahren ein interessantes Problem. Weshalb befindet sich in der Leber einiger Tiefseehaiarten übermäßig viel ungesättigter Kohlenwasserstoff, der gegenüber Wasser ein geringeres spezifisches Gewicht besitzt? Entsprechende Untersuchungen gaben eine in-

teressante Antwort: Die Leber der Haie und anderer Arten erfüllt im Grunde genommen die Rolle der „Schwimmboje". Als dann später die spezifischen Gewichte der Leber und des Haikörpers getrennt ermittelt wurden, stellte sich heraus, daß die Leber stets um so viel leichter als der restliche Körperteil schwerer als das Wasser war. Demnach bedienen sich die einzelnen Arten der Knorpelfische auch eines „Rettungsrings", allerdings nicht in Form einer Schwimmblase.

Dadurch wurde gleichzeitig das Rätsel um jenes biophysikalische Phänomen gelöst, weshalb an den Brustflossen nicht so viel Auftriebskraft entsteht, wie bei der kleinsten Schwimmgeschwindigkeit zur Hebung des Haifischkörpers unentbehrlich wäre. Jetzt ist es durchaus einleuchtend, daß diese Tiere auch mit kleineren Brustflossen zurechtkommen, weil ihre Leber im Salzwasser des Meeres für eine genaue Ausbalancierung des Körpers sorgt.

## Lebende Taucherglocken

Als das Tauchgerät „Trieste" im Marianengraben auf festen Boden stieß, entdeckten die Forscher in einigen Metern Entfernung einen lebenden Fisch. „Dieser etwa 30,5 Zentimeter lange und 15 Zentimeter breite Fisch, welcher offensichtlich der Familie der Plattfische angehörte, entfernte sich langsam, äußerst langsam von uns, wobei er zur Hälfte im Grundschlamm schwamm. Darauf verschwand er im Stockdunkeln, in sein unendliches Reich", schrieb Jacques Piccard. Damit bekamen die Biologen endlich eine Antwort auf die alte Frage: Bis zu welcher Tiefe können Fische im

Ozeanwasser leben? Nunmehr ist es eindeutig, daß sie selbst vor der größten Tiefe nicht zurückschrecken.

Wie kann ein lebender Organismus diesem enormen Wasserdruck standhalten? Nach Überschlagsrechnung ist der Fischkörper in einer Tiefe von 10 Kilometern einem Wasserdruck von 10 kN/cm² ausgesetzt. Ein solcher Druck wirkt vergleichsweise auf ein Stück Würfelzucker ein, auf dem 20 Sack Zement liegen. Wir können uns sicherlich leicht vorstellen, wie der Würfelzucker auseinanderbrechen würde — der Fisch jedoch hält diesem Druck stand, wofür es die naheliegende Erklärung gibt: Seine Körpersubstanz besteht zum größten Teil aus Wasser. Wasser jedoch läßt sich erfahrungsgemäß nicht zusammenpressen.

Was durch die Anpassung des Organismus der Tiefseefische verständlich erscheint, ist im Fall der 20 bis 25 Meter langen Pottwale um so unverständlicher. Diese Großsäuger wagen sich selbst in eine Tiefe von mehreren tausend Metern vor. So wurde beispielsweise im Jahr 1951 in einer Tiefe von 2200 Metern ein im Unterseekabel zwischen Lissabon und Malaga verfangener toter Pottwal gefunden. Wie konnte der Pottwal in eine solche Tiefe gelangen? Untersuchungen zufolge befinden sich in den Luftwegen der Lunge von Pottwalen kleine Klappen. Taucht das Tier in die Tiefe, so schließt sich dieses komplizierte Schleusensystem. Auch bei Drücken von 1 kN/cm² (= 100 kp/cm²), denen der Körper des Wales ausgesetzt ist, entweicht diese Luft nicht aus dem Körper. Gleichzeitig befinden sich im Blut des Wals eine große Menge Atmungspigment (Hämoglobin), die durch ihren reichen Sauerstoffgehalt den Organismus bei erhöhter Beanspru-

chung unterstützen. Die Muskeln des Wals binden ebenfalls viel Sauerstoff, deshalb ist sein Fleisch so dunkelrot. Und schließlich die wichtigste Gewähr für das Tieftauchen: Sein Körpergewebe ist fast zu 100 Prozent mit einer druckbeständigen Flüssigkeit durchsetzt.

Eine andere interessante Variante der lebenden Unterseeboote sind die Vertreter der Staatsquallen, die eine eigentümliche Tiergemeinschaft bilden. Die kleinen, schlauchförmigen Polypen siedeln auf festsitzenden Generationen, wobei das ganze System einer gutorganisierten Jagdgemeinschaft ähnelt, die gerade ein Schiff oder, besser gesagt, ein Wasserluftschiff bestiegen hat. An der Oberfläche der Kolonie befindet sich eine Luftblase. Die „Schwimmboje" der als Stephanomia bezeichneten Tiere ist beispielsweise nicht größer als ein Stecknadelkopf, doch sie hält die gesamte „Gesellschaft" schwebend an der Oberfläche des Wassers. Diese winzigkleine Kugel ist gewissermaßen das Tauchgerät der Tiere. Das Tierchen kann mit einer entsprechenden Muskelbewegung oben an der Gaskugel ein kleines Ventil öffnen oder schließen. Wenn das Gas herausgelassen wird, sinkt das Tier blitzschnell zu neuen Jagdgründen in die Tiefe. Will es wieder nach oben steigen, treten die Gasdrüsen in Aktion, füllen die Kugel, und das „Wasserluftschiff" der Stephanomia steigt in die Höhe.

Die Hippopodius, die gleichfalls zur Ordnung der koloniebildenden Medusen gehört, ist sogar in der Lage, das Tauchen zu beschleunigen. Droht ihr Gefahr, lichtet sie den Anker: Sie hebt die tiefer hängende Stammkolonie zwischen ihren Schwimmglocken hoch. Dadurch verlagert sich das gesamte

Schwergewicht der Kolonie, und die Hippopodius kippt wie ein überladener Kahn jählings um, obwohl sie noch an

Die Blasenmeduse Physalia schwimmt so leicht auf der Wasseroberfläche wie ein ins Wasser geworfener Luftballon. Der an der Wasseroberfläche ausgebreitete hellglänzende Streifen ist das Segel, in das selbst die sanfteste Brise hineingreift. Die auf Beute ausgerichteten Fangfäden unterstützen die Meduse bei Wendemanövern und bei Geschwindigkeitsveränderungen.

der Wasseroberfläche treibt. Daraufhin schaltet sie ihren Wasserstrahlantrieb ein und sinkt „kopfüber" in die Tiefe.

Der Wasserstrahlantrieb ist eine der ältesten Erfindungen der Natur. Er beruht auf dem physikalischen Prinzip, daß jeder Kraft eine gleich große Gegenkraft entgegenwirkt, wie beispielsweise auch ein abgefeuertes Gewehr „zurückstößt". Raumforschungsraketen können gleichfalls aus diesem Grund durch den luftleeren Raum jagen: Die entstehende Kraft beim Ausströmen der heißen Gase aus der Raketendüse wirkt in gleicher Stärke auf die Rakete ein und treibt sie ins „Nichts" nach vorn.

Tiere stoßen freilich an Stelle von Gasen Wasser aus. Dieses einfache Triebwerk wird von den aus der Urwelt stammenden Schneckenpolypen und auch von den graziös auf dem Wasser treibenden Medusen angewandt. Die Meduse läßt zunächst das Wasser in ihre Kuppel einströmen, zieht darauf die am Rand der Kuppel verlaufenden ringförmigen Muskeln zusammen und spritzt das Wasser blitzschnell aus der Verengung.

Den Medusen ähnlich, insbesondere deren transparentem Körper, sind Salpen. Diese zum Unterstamm der Manteltiere gehörenden sonderbaren Wesen haben ein effektives Zweitaktpumpensystem entwickelt. Nachdem sie durch ihre Mundöffnung das Wasser in ihren Körperhohlraum aufgenommen haben, schließen sie das eigens dafür entwickelte Einlaßventil und pressen durch Kontraktion ihres Hautmuskelschlauchs das Wasser aus der hinteren Körperöffnung wieder heraus. Die Larve der Libelle verbindet den Rückstoßantrieb mit der lebensnotwendigen Atmung. Wegen der Aufnahme von Sauerstoff durch die „Darmkiemen" aus dem Wasser muß der Körper des Tieres ständig mit frischem Wasser durchströmt werden. Es stößt das vorn eingesogene Wasser nach hinten wieder hinaus und kann bei Gefahr mit Stößen bis zu einem halben Meter vor seinen Angreifern fliehen.

Die beiden auf den Schalenrücken der Meereskammuschel befindlichen Muskeln bilden eine ähnlich feste Wasserisolierung wie der Gummiring am Metalldeckel eines Konservenglases. Lediglich am Ansatz des Gelenkbandes ist beidseitig je eine kleine Öffnung vorhanden. Sobald die Muschel ihre Schale schließt, schießt Wasser aus den Öffnungen heraus, und das Tier kann sich rechtzeitig einer unfreundlichen Begegnung, beispielsweise mit einem Seestern, entziehen.

Vielen Arten der Kopffüßer ist dieses „Rettungsraketen"prinzip bekannt. Der gemeine Tintenfisch schwimmt im allgemeinen mit Hilfe von Wellenbewegungen seiner pelerinenartigen Flossen, doch beim Fliehen saugt er den Mantelhohlraum an der Bauchseite mit Wasser voll, schließt die Ansaugöffnung mittels zweier druckknopfartiger Knorpellamellen und stößt an der anderen Öffnung der Mantelhöhle das Wasser kräftig hinaus. Bezeichnend für die Vollkommenheit des Wasserstrahlantriebs ist, daß entsprechend vorgenommenen Messungen Geschwindigkeiten bis zu 54 Kilometern in der Stunde erreicht werden.

Zur Stabilisierung des Schwimmens verwenden die rhomboidförmigen Kopffüßer waagerechte Lenkorgane, wobei sie durch den entsprechenden Einsatz ihrer Spritzdüsen die Lenkung regeln. Der achtfüßige gemeine Polyp wandelt im allgemeinen mit belustigen-

den Ballettschritten am Meeresgrund, doch beim Nahen einer Gefahr schaltet er sofort auf Strahlantrieb um und flieht mit 5 Stößen in der Sekunde.

## Mit gutem Wind zu fremden Ufern

Dies trifft insbesondere auf die an der Wasseroberfläche herumschwärmenden Blasenmedusen zu, die in Ermangelung einer eigenen Antriebsenergie den Wind für ihre langen und wechselvollen Meeresreisen zu Hilfe nehmen. Die als Portugiesische Galeere bekannten lebendigen Segler bilden Gemeinschaftsstöcke, in denen Polypen und Medusen in friedlicher Eintracht zusammen leben. Sie lassen sich auf der Wasseroberfläche treiben und nutzen die Auftriebskraft ihrer verhältnismäßig großen Luftblase aus. Dabei strecken sie ihre Fangfäden oft bis zu 50 Metern tief ins Wasser.

Auf dem oberen Teil der Luftblase befindet sich ein purpursilbriges, kammförmiges Gebilde — das Segel der Portugiesischen Galeere. Bei aufkommendem Wind strafft diese das Segel, läßt die Fangfäden tiefer nach unten sinken und richtet sich so aus, daß sie einen Winkel zur Windrichtung von ungefähr 40 bis 45 Grad bildet. Dabei beachtet sie die Wasserströmung; ihre Fangfäden richtet sie stets — ähnlich dem Notanker bei Seglern — entsprechend der Windrichtung, der Wasserströmung und der Geschwindigkeit aus. Von Zeit zu Zeit manövriert sie, indem sie sich um die eigene Achse dreht.

Die kleinen Portugiesischen Galeeren sind jedoch nicht alle gleich. Sie unterscheiden sich nämlich dadurch, daß das Segel des einen Typs nur auf von links, das des anderen nur auf von rechts wehendem Wind angesprochen

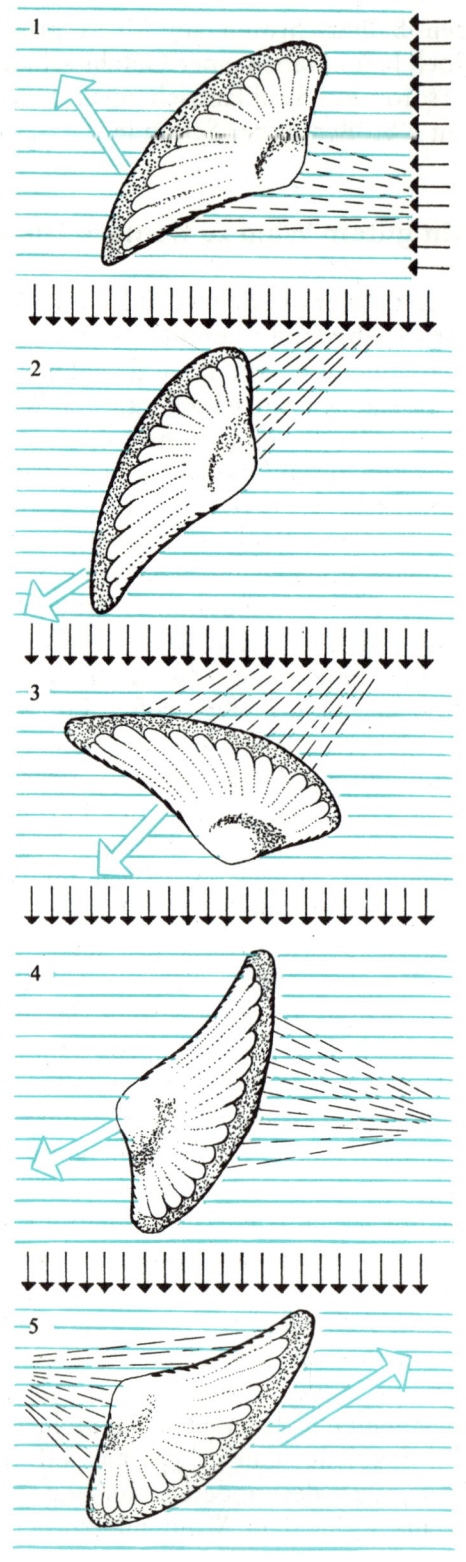

wird. So segeln diese „Segler vor dem Wind" in unterschiedliche Richtungen der Weltmeere. Die Wissenschaftler glaubten deshalb für lange Zeit, es handle sich um zwei verschiedene Arten. Weshalb sie sich voneinander unterscheiden, wissen wir bis heute noch nicht! Die segelnden „Galeeren" sind aber zweifellos außerordentlich gute Verkehrsmittel: Sie durcheilen die Ozeane bei einer Windgeschwindigkeit von 680 Zentimetern je Sekunde und einer Wasserströmung von 0,5 bis 9 Zentimetern je Sekunde mit einer Stundengeschwindigkeit von fast 10 Kilometern.

Die Segelqualle – die Velella velella – erinnert eher an eine schwimmende Untertasse. An ihrem scheibenförmigen Körper befindet sich ein S-förmiges Segel mit einem Durchmesser von 30 Zentimetern. Unter diesen Quallen treten gleichfalls Individuen mit nach links und nach rechts ausgerichteten Segeln auf. Die von Menschen geschaffenen Segelboote sind zwar vollkommener, weil mit der Umdrehung der waagerechten Segelstange die Änderung der Windrichtung ausgeglichen werden kann, während das Schiff die ursprüngliche Richtung beibehält. Die Velella velella hingegen richtet sich, wenn der

Die Portugiesische Galeere – die Physalia – gleitet über die Wasseroberfläche, indem sie die Windenergie ausnutzt. Ist die Windströmung günstig, treibt sie ungestört ihrem Reiseziel entgegen (1). Ändert der Wind jedoch überraschend seine Richtung (zum Beispiel um 90 Grad), gerät das Segel in eine ungünstige Stellung (2). Die Physalia beginnt zu manövrieren: Ihre Fangfäden als Anker nutzend, dreht sie sich langsam (3), um dann mit ihrem Segel bald vom Wind erfaßt zu werden (4), schließlich wendet sie und setzt ihren Weg in entgegengesetzter Richtung fort (5).

Wind bläst, so aus, daß ihr Segel gegen den Wind stets einen Winkel von 25 bis 30 Grad einnimmt und sie selbst von der sanftesten Brise mühelos nach vorn getrieben wird.

Die Insekten haben den alten Traum vom „Dreiarten"fahrzeug in der Natur verwirklicht. Der Schwimmkäfer beispielsweise läuft — wenn auch sehr unbeholfen, eher hüpfend —, fliegt sehr gut, schwimmt und taucht ausgezeichnet; die drei Teile seines Körpers (Kopf, Brust und Hinterleib) bilden miteinander eine derart ideale stromlinienförmige Karosserie, als wäre sie auf Grund genauester hydrodynamischer Messungen konstruiert worden. Der 3 Zentimeter lange Käfer ist auch um die Minde-

**Der Gelbrandkäfer aus der Familie der Schwimmkäfer (unten) läuft (hüpft), fliegt und schwimmt, der Taumelkäfer saust mit hoher Geschwindigkeit über das Wasser (oben rechts).**

rung der Reibung besorgt! Seine harte Chitinschale ist mit einer feinen öligen Absonderungsschicht überzogen. Es ist daher kein Wunder, daß er für kurze Zeit mit einer Geschwindigkeit von 60 Zentimetern in der Sekunde durch das Wasser jagt, was vergleichsweise — bei Berücksichtigung der unterschiedlichen Maßstäbe — der Geschwindigkeit eines Motorboots entspricht.

Doch den Geschwindigkeitsrekord hält der winzige, 4 bis 8 Millimeter große Taumelkäfer. Er verfügt über einen vollkommenen Mechanismus: Seine Ruderbeine, die sich in der Sekunde mit 50 bis 60 Schlägen bewegen, sind außerordentlich gelenkig. Diese nicht mehr als 0,01 Millimeter starken Ruderbeine schließen sich bei der Vorwärtsbewegung automatisch zusammen und straffen sich bei der Bewegung nach hinten so, daß sich ihr Strömungswiderstand um das Vierzigfache erhöht. Filmaufnahmen beweisen, wie der Käfer blitzschnell seine Ruder handhabt: Er bewegt sie innerhalb von 4 Millionstelsekunden nach vorn. Bionikforscher können in der Tat von diesem winzigen Insekt lernen!

## Mit trockenem Fuß über das Wasser

Es gibt Tiere, die auch auf dem Wasser laufen. Dies ist für den Physiker nicht erstaunlich, denn ihm ist bekannt, daß die Wassermoleküle an der Wasseroberfläche eine glatte, straffe Haut bilden. Wenn wir zum Beispiel eine Rasierklinge mit der flachen Seite in ein Glas Wasser legen, geht sie nicht unter, obwohl die Klinge schwerer als das Wasser ist. Genauso gehen dank dieser unsichtbaren Haut Wasserspinnen und

Wasserwanzen nicht unter, sondern können auf der Wasseroberfläche laufen.

Es galt lange als Rätsel, wie diese an der Wasseroberfläche dahingleitenden winzigen Insekten das Ufer erreichen können. Wasser bildet an der Wand eines Glasbehälters einen abschüssigen Rand. Wenn eine Wasserwanze zum Hochsteigen an der abschüssigen Wand ansetzt, müßte sie bereits auf halbem Weg zurückgleiten, denn ihre Füße können sich nirgendwo festhalten. Und trotzdem rutscht sie nicht zurück. Dem französischen Forscher René Baudoin gelang es, dieses Rätsel zu lösen. Er beobachtete nämlich, daß der winzige Augenmoderkäfer, der zur Familie der Moderkäfer gehört, beim Überqueren einer abschüssigen Wasserwand eine Substanz produziert, die das Wasser nicht abstößt, sondern anzieht. Seine Füße werden dadurch angefeuchtet, und von diesem Augenblick an klammert er sich an das Wassergefälle und springt auf das Ufer. Eine andere Art ist nicht einmal auf irgendeine chemische Substanz angewiesen, sie wendet lediglich einen einfachen physikalischen Trick an. Beim Hochlaufen an dem steilen Wassergefälle durchstößt sie auf halbem Weg mit einem kräftigen Schlag ihres Beines die Wasserhaut. Das dem Fuß des Käfers anhaftende Wasser läßt ihn nicht mehr zurückgleiten — und er kann mit einem einzigen Sprung das Ufer erreichen.

In den Jahrmillionen der stammesgeschichtlichen Entwicklung haben die verschiedenen Tierarten solche Methoden „experimentiert", die sie in die Lage versetzten, die Bewegungen in ihrer ruhigen Welt mit geringstem Energieaufwand zu vollziehen. Die Vollkommenheit der unterschiedlichen Methoden des Schwimmens ist im allgemeinen ent-

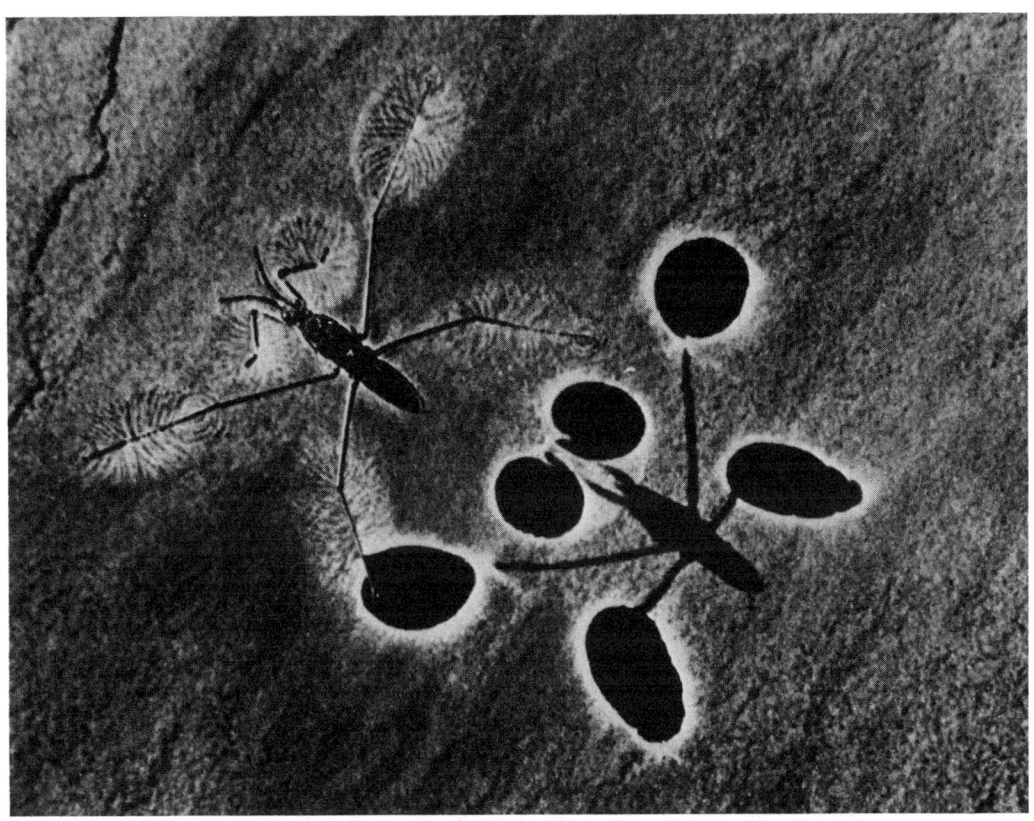

Der auf den Grund des Teiches geworfene Schatten verrät die Wasserwanze (Wasserläufer). Unter langen dünnen Beinen befinden sich die elastisch eingewinkelten, auf dem Wasser liegenden Membranen, die als schwarze „Pantöffelchen" auf dem Bild zu sehen sind.

sprechend der Entwicklung der Organismen der verschiedenen Tierarten verlaufen, doch sie hängen auch eng mit der Lebensweise des Tieres zusammen. Diese Bedingungen haben im wesentlichen einzelne spitzfindige „Erfindungen" zustande gebracht. Doch wir treffen auch auf sonderbare Fälle. So hat die Süßwasserhydra auf alle üblichen Schwimmformen verzichtet und bewegt sich mit kleinen Radschlägen nach vorn. Zuerst krümmt sie sich, auf dem unter Wasser befindlichen Boden stehend, setzt ihre Fühler auf dem Boden auf, schwingt dann mit ihren Armen zum Handstand und richtet sich àus dieser Lage wieder auf die Füße.

Die Bionik steht dieser Fortbewegungsform noch verständnislos gegenüber. So viel ist jedoch gewiß, daß diese besondere Fortbewegungsform der Hydra nicht zufälligerweise entstanden ist und gegebenenfalls vielleicht auch in der Technik mit Erfolg angewendet werden könnte. Das Studium der Fortbewegungsformen der Wasserwelt hält zweifellos noch viele Überraschungen für die Bioniker bereit.

Pferd und Reiter fliegen sozusagen durch die Luft. Die vier Beine haben sich im Laufe der Stammesentwicklung der Tierwelt als außergewöhnlich vorteilhaft erwiesen; doch einzelnen Arten gelang es, sich ihrer Umgebung durch andere Fortbewegungsmethoden anzupassen.

# Vergebliche Suche nach dem Rad

In Florida wagen sich Hunde kaum an das Ufer kleinerer Seen. Sie fürchten, von Fischen gebissen zu werden. Diese Befürchtungen sind nicht unbegründet, denn die Gefahr lauert dort wirklich in Gestalt von am Ufer herumkriechenden Aalwelsen auf sie. Diese Raubfischart lebt in den Gewässern Südasiens, aber auch in Florida hat sie sich schon eingebürgert. Hier wurde sie bereits zur Plage. Das angriffslustige Tier, das bis zu einer Länge von einem halben Meter heranwächst, greift kleinere Tiere nicht nur im Wasser an, sondern es wagt sich auch an Land. In den Kiemen des Fisches befindet sich eine Blase, deren reich mit Blutadern durchzogene Wand unmittelbar aus der Luft Sauerstoff entnimmt. So kann sich der Aalwels über mehrere Stunden auf dem Festland aufhalten, wobei er sich, auf seine kräftigen Brustflossen gestützt, vorwärts bewegt, und er greift selbst Hunde an, wenn ihm die neugierigen Vierbeiner im Weg stehen.

Dieser sonderbare Fisch ist gewissermaßen ein lebendes Zeugnis für die vor mehr als 350 Millionen Jahren erfolgte Entwicklung. Die Wassertiere wagten sich aufs Land, um auf dem damaligen Sumpfboden der Ufer Fuß zu fassen — beziehungsweise damals waren es noch die Flossen. Der amerikanische Schriftsteller Robert Silverberg veranschaulicht diesen Vorgang in beinahe poetischer Weise in seinem Roman „Tower of Glass": „. . . es gab noch keinen einzigen Menschen, nur den Fisch. Ein glitschiges Etwas mit Kiemen, Schuppen und kleinen kugelrunden Augen. Er lebte in der Tiefe des Ozeans, und der Ozean war wie ein großes Gefängnis, die Luft wie ein über dem Gefängnis befindliches Dach. Niemand konnte das Dach überwinden. ‚Du stirbst, wenn du hinaufsteigst', sagten alle. Der Fisch stieg hoch und starb. Ein zweiter Fisch, der hochstieg, starb ebenfalls. Als jedoch ein weiterer Fisch hochstieg, war diesem zunächst zumute, als habe man ihm auf den Kopf geschlagen, seine Kiemen brannten, die Luft war zum Ersticken, und die Sonne glühte wie eine Fackel in seinen Augen. Er lag im Morast, wartete auf das Sterben und starb doch nicht. Er kroch mühsam an das Ufer der Einbuchtung zurück, tauchte ins Wasser und sagte: ‚Hört her, dort oben ist die Welt ganz anders.' Er stieg von neuem hoch, verblieb dort an die zwei Tage und starb dann. Die anderen Fische waren auf diese neue Welt auch neugierig. Und sie krochen auf das modrige Ufer, blieben dort und lernten, wie man Luft einatmen muß. Sie lernten des weiteren, wie man sich aufrichten, wie man gehen, wie man, den Sonnenstrahlen ausgesetzt, auf dem Trockenen leben muß . . ."

Daraus geht freilich nicht genau hervor, wie die vierbeinigen Tiere entstanden sind, doch der Prozeß ist unverkennbar. Die Wassertiere lebten zunächst so wie die Fische im Wasser. Sie

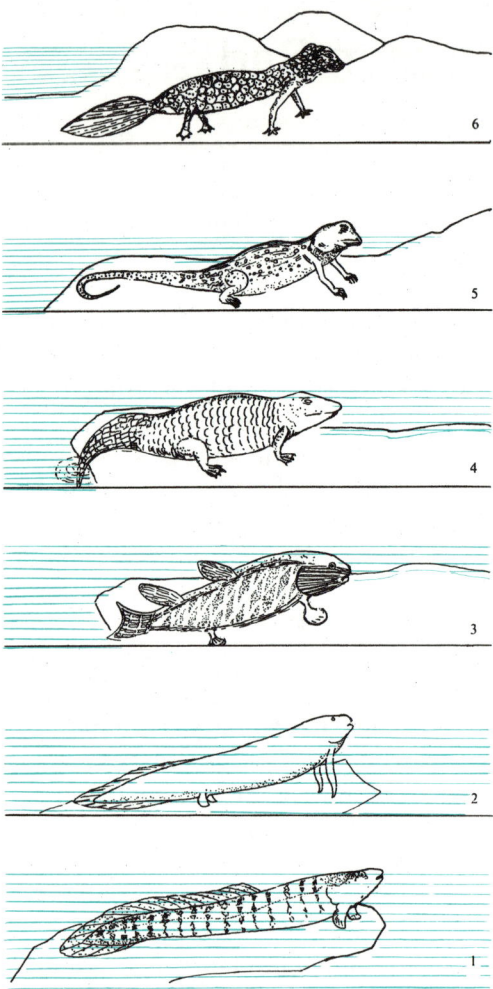

Als im Laufe der stammesgeschichtlichen Entwicklung der Tiere die Fische sich auf das Festland wagten, hat sich ihr Körper allmählich der neuen Umgebung angepaßt. So bildeten sich aus den Flossen die Füße. 1. Einzelne Flösselhechtartige stützen sich selbst heute noch beim Ausruhen auf ihre fleischigen Brustflossen. 2. Lurchfische oder Lungenfische stützen sich ebenfalls auf ihre Brustflossen, und sie sind auch zum Atmen fähig. 3. Die mit Schuppen bedeckten Flossen vieler Fischarten erinnern schon an Gliedmaßen. 4. Die als Labyrinthzähner bezeichneten, bereits ausgestorbenen Amphibienfische haben sich aus den Schuppenfischen entwickelt. 5. Im ruhenden Zustand heben die Echsen mit den Vorderfüßen ihren Körper vom Boden ab. 6. Die schuppenhäutigen Echsen bewegen sich auf vier Beinen über den Erdboden.

brauchten sich um ihr eigenes Gewicht nicht zu kümmern, dank ihrem vortrefflichen Tauchbehälter (Schwimmblase) trieben sie schwerelos auf dem Wasser. Wenn allerdings ein Tier auf das Uferhinausstieg, mußte es auf das Gleichgewicht achten, denn ein „hochkant" aufgestellter Fisch fällt leicht um.

Zum Hochklettern waren zwei Seitenstützen notwendig, so daß während der im Laufe der Jahrmillionen anhaltenden Entwicklung die Flossen der Fische, welche das Festland besuchten, immer steifer wurden. Dem Fisch wurde es dadurch möglich, wie ein dreibeiniger Hocker auf beiden Brustflossen und der Schwanzflosse zu stehen. Später wurden auch die Flossen um den Beckengürtel nach und nach steifer, und der Fisch konnte den Körper vom Boden erheben. Die Flossen stützten sich flach auf die Erde, was die Bewegung im seichten und modrigen Gelände erleichterte. Aus den Stützflossen entwickelten sich später die Gliedmaßen. Ihr Aufbau gleicht überraschenderweise den Armen und Beinen des Menschen: Zunächst entstand nur ein gerader Knochen, der die Flosse sozusagen waagerecht verstärkte (der Oberarm), daran fügten sich senkrecht zwei kürzere Knochen (der Unterarm), schließlich bildeten sich an dem den Boden berührenden Flossenteil die Gelenkbein- und Vorderfußknochen sowie die Zehen.

Dieses Z-förmige Gefüge wuchs an vier Stellen aus dem Tierkörper heraus. So sind bereits die Körper der Amphibien und Reptilien angeordnet. Die Beine stoßen fast starr von der Seite zur Wirbelsäule und bieten dem Tier die sicherste Abstützung, da sich der Schwerpunkt des Tieres nahe dem Boden befindet. Eidechsen können ebendeswegen an schroffen Felsen hinaufkriechen, ihr

Schwerpunkt zieht sie nicht nach hinten. Es ist ihnen auch möglich, während des Laufens schnell „abzubremsen". Auf dem Weg der weiteren stammesgeschichtlichen Entwicklung wurden die Beine immer vollkommener und gerader. Der Schwerpunkt des Pferdes ist bereits so hoch, daß ein lebensgetreues Modell auf einem Brett mit einem Neigungswinkel von 30 Grad nicht stehen bleibt, sondern nach hinten fällt.

Die stammesgeschichtliche Entwicklung der Tiere war demnach eng mit dem geraden Aufrichten und der Verlängerung der Beine verbunden. Bei Eidechsen und Krokodilen ist das auf dem Boden von den Beinen gebildete Rechteck größer als der Körper des Tieres. In der späteren Entwicklung geraten die Beine unter den Körper, das Rechteck verkleinert sich. Das ermöglichte eine schnellere Bewegung, doch auf Kosten einer kleineren Standfläche. Was beispielsweise Pferde oder Antilopen dadurch an Geschwindigkeit gewannen, verloren sie an Standfestigkeit. Das kleiner gewordene Stützrechteck bedeutet für sie, daß ihr Schwerpunkt unstabiler wurde.

Im Grunde ist dies kein Verlust, sondern lediglich ein extremes Beispiel für den engen harmonischen Zusammenhang zwischen Geschwindigkeit und Gleichgewicht in der Natur. Die Natur versucht beim Körperaufbau eines jeden Tieres, die beiden entgegengesetzten Anforderungen auszugleichen. Die imaginäre „doppelarmige Waage" verlängert „ebenerdige" Tiere, wodurch sie bei einer verhältnismäßig geringen Geschwindigkeit mit einem sicheren Gleichgewicht entschädigt werden. Ratten, Mäuse und andere Nagetiere befinden sich ungefähr in der Mitte des Armes der Pendelwaage, bei den schnell

und ausdauernd laufenden Huftieren hingegen pendelt die Waage in Richtung der Geschwindigkeitsseite aus.

## Wieso kippt das Pferd nicht um?

Der englische Professor James Gray konnte im Rahmen seiner eingehenden Untersuchungen an Bewegungsformen der Tiere bei Vierbeinern einen interessanten mechanischen „Trick" feststellen: Ihr Gewicht ist nicht gleichmäßig auf alle vier Beine verteilt. Bevor wir darüber nachdenken, weshalb dies so ist, scheint es zweckmäßig, sich einen Tisch vorzustellen. Legen wir in unserer Vorstellung zunächst ein schweres Lexikon auf die Mitte des Tisches und versuchen dann, ein Bein des Tisches wegzunehmen. Dies wird nicht möglich sein, ohne daß der Tisch sofort umfällt. Vierbeinige Tiere allerdings fallen nicht um, wenn sie eins ihrer Beine hochheben. Wieso eigentlich nicht?

Den Schwerpunkt des Tisches bildet das Lexikon, da es genau auf dem Kreuzungspunkt der beiden Diagonalen der Tischplatte liegt. Das Umkippen des Tisches ist also auf die Verlagerung des Schwerpunkts zurückzuführen. Schieben wir das Lexikon jedoch ein wenig nach vorn, kann eins der beiden hinteren Beine unbeschadet weggenommen werden. Der Schwerpunkt des Tisches befindet sich dabei innerhalb des von den verbliebenen drei Beinen gebildeten Dreiecks. Die stabile Grundstellung des Dreiecks ist die wichtigste Voraussetzung für die Fortbewegung aller Vierbeiner.

Auf der Grundlage dieser Gesetzmäßigkeit können vierbeinige Tiere in zwei Gruppen eingeteilt werden. Der Schwerpunkt der einen Gruppe liegt nä-

Drei Beine genügen, damit das Pferd fest steht. Ein wenig nach vorn gebeugt, befindet sich sein Schwerpunkt innerhalb des Dreiecks, das von den beiden vorderen und dem hinteren rechten Bein gebildet wird.

her an den Vorderbeinen. Wenn das Pferd ruhig steht, hebt es häufig eins der hinteren Beine. Es kann sich dies ruhig erlauben! Die beiden vorderen Beine und ein hinteres Stützbein bilden ein Dreieck, innerhalb dessen sich der Schwerpunkt befindet, ja, wenn es erschreckt wird, schlägt es sogar mit unheimlicher Kraft aus, ohne daß es dabei das Gleichgewicht verliert. Dazu sind auch Kühe in der Lage.

Zur anderen Gruppe gehören beispielsweise die Hasen, Eichhörnchen und Bären. Da ihr Schwerpunkt nahe ihrer beiden hinteren Beine liegt, können sie sich zu jeder Zeit leicht aufrichten; denken wir dabei nur an die haselnußknabbernden Eichhörnchen oder an die Zirkusbären. Verschiebt sich der Schwerpunkt hinter die beiden Hinterbeine, fällt das Tier nach hinten um. Die

Natur hat auch folgende Möglichkeiten erprobt: Die Känguruhs stehen zum Beispiel auf zwei Beinen, wobei sie sich auf ihren dicken, starken Schwanz stützen und mit gewaltigen Sprüngen fortbewegen.

In der Welt der Technik scheint es als ganz natürlich, daß Kraftwagen auf Rädern rollen, doch in der Natur finden wir keinerlei Spuren einer derartigen Lösung. In der Welt der Lebewesen konnte sich ein „Bestandteil", welches sich um eine Achse mehrmals dreht, nicht entwickeln, denn die Gliedmaßen der Tiere sind von Nervensträngen und Blutadern durchzogen, die bei einer Umdrehung der Gliedmaßen sofort zerreißen würden. Wie funktionieren aber die Beine?

Wir müssen uns ein Rad vorstellen, das sechs Speichen hat, und sogleich erhalten wir Klarheit über dieses einfache Patent der Natur. Diese sechs Speichen sind in unserer Vorstellung in der Weise durch sechs Beine zu ersetzen, daß die Fußsohlen aneinanderstoßen. Zur fortlaufenden Umdrehung des Rades sind aber sechs Beine gar nicht erforderlich. Von ihnen können glattweg vier eingespart werden, wenn das Bein, welches während des Rollens sich gerade vom Boden abhebt, dem anderen entgegeneilt und wenn es wieder an der Reihe ist, sich auf den Boden stützt. Im wesentlichen bewegt sich auch der Mensch so.

Auch ein Vergleich mit einem Kraftwagen trägt zum Verständnis bei, in welcher Weise Beine den Körper vorwärts bringen. Die Räder werden bekanntlich mit Hilfe verschiedener

Transmissionen ins Rollen gebracht. Da die Gummireifen aufgrund der Haftreibungskraft am Boden haften, überträgt sich die Drehkraft auf den Kraftwagen und schiebt den Wagen nach vorn. Zum „Antrieb" der beiden Beine sind also Muskeln erforderlich, die imstande sind, die Beine vom Boden zu lösen. Dabei ziehen sich die Beinmuskeln zusammen, während sich der Körper selbst nach vorn bewegt. Hat das eine Bein seine Aufgabe erfüllt, löst es sich vom Boden und schwingt, ähnlich einem Pendel, von neuem nach vorn. Wird diese Bewegung durch die Muskeln beschleunigt, ist der Gang schneller.

## Beine in der Luft

Die Sicherheit des Ganges vierbeiniger Tiere ist im wesentlichen darauf zurückzuführen, daß sie während des Gehens stets nur ein Bein in der Luft haben. Dabei können sie jeden Augenblick, falls ihnen Gefahr droht, stehenbleiben. Theoretisch kann die Einordnung der Beine nacheinander in sechs Etappen erfolgen, doch in der gesamten Tierwelt wird meistens folgende Variante angewandt: Dem hinteren linken Bein folgt das Heben des vorderen linken Beines, darauf folgt das rechte hintere Bein, und schließlich beschließt das rechte vordere Bein den Viertaktschritt. Auf diese Weise gelangt das Tier wieder zu seiner Ausgangsstellung zurück und kann so die Gehbewegung fortsetzen. In Buchstaben ausgedrückt — H L (hinten links), V L (vorn links), H R (hinten rechts), V R (vorn rechts) —, erhalten wir nachstehende unendliche Reihe: H L – V L – H R – V R – H L – V L – H R – V R – H L – V L – H R – V R ... Aus dieser Reihe ist es möglich,

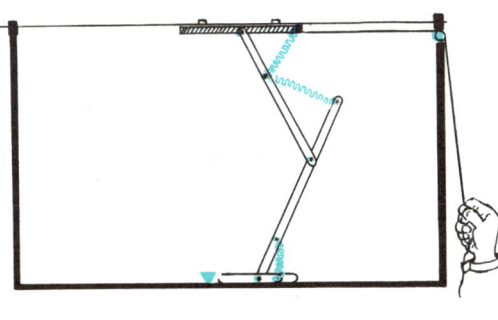

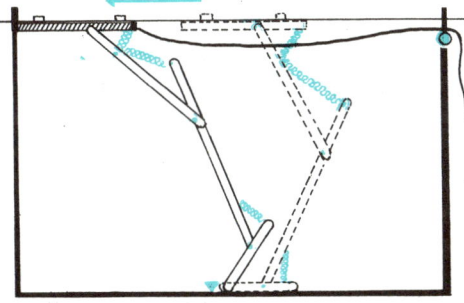

Ein aus Stahlfedern modelliertes Tierbein. Da die Bodenreibung die Weiterbewegung des Fußes nicht zuläßt, bewegt sich der Körper nach vorn. Deshalb ist es für Tiere außerordentlich schwierig, auf dem Eis zu gehen, da hier die stützende Reibung fehlt.

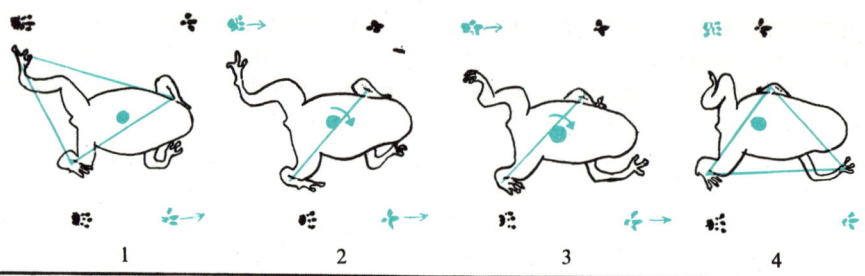

Der sich schnell fortbewegende Frosch streckt sein rechtes Vorderbein nach vorn (1). Doch er wartet nicht, bis dieses den Boden berührt, sondern er erhebt schon vorher auch sein linkes Hinterbein (2). Auf die beiden diagonal gegenüberliegenden Beine gestützt (3), gerät er schließlich erneut in die sichere Dreiecksstellung (4). Die Schwerpunktverlagerung ist durch den Punkt gekennzeichnet.

in jeder Phase einen Viertaktschritt zu entwickeln! Dadurch wird zwar die Reihenfolge scheinbar verändert, doch vom Gesichtspunkt der Gangart der vierbeinigen Tiere würde das an der Grundformel nichts ändern.

Wieso hat sich ausgerechnet diese Reihenfolge entwickelt? Die stammesgeschichtliche Entwicklung der Tiere erfolgte im Rahmen einer logischen Verkettung. Als Lurche ihre Beine auf das Festland setzten, war ihre Bewegung noch von der S-förmigen Wellenbewegung der Fische bestimmt. Am Rückgrat der Salamander, Kammolche und selbst am Rückgrat des Frosches verlaufen diese Körperwellen während der Fortbewegung auch heute noch so. Und weil ihre Beine ziemlich fest im Rückgrat „verankert" sind, wird die Aufeinanderfolge der Beine bei der Fortbewegung von der jeweiligen Krümmung des Rückgrats bestimmt.

Diese Bewegungsreihenfolge erwies sich für die spätere Entwicklung der höherentwickelten Tiere als außerordentlich nützlich, selbst die Reptilien kommen in den Genuß dieses Vorteils. Die drei auf dem Boden stehenden Beine

bilden während der Fortbewegung stets ein Dreieck, das ihrem Körper eine sichere Stütze verleiht. Die Gangart der Tiere setzt sich demnach aus der Reihenfolge der von den Beinen gebildeten Dreiecke zusammen, und ihr Schwerpunkt verschiebt sich auf Grund der Biegung des Rückgrats stets in jenes Dreieck, dessen Winkel von den am Boden ruhenden Beinen gebildet wird. Mittels dieser Methode kann selbst ein behäbiger Frosch 400 Meter in der Stunde zurücklegen.

Während der Jagd auf Nahrung oder beim Fliehen vor Verfolgern muß die Geschwindigkeit erhöht werden. Dabei beschleunigen Tiere ihre Fortbewegung in besonderer Weise. In der Aufeinan-

Die Fortbewegung des fliehenden Kammolches. Zuerst streckt er seinen rechten Vorderfuß nach vorn (1-7), danach den linken hinteren Fuß (8-14), dann folgt der linke Vorderfuß (15-21), und schließlich beschließt der rechte hintere Fuß den ganzen Schritt. Wenn der Molch langsam kriecht, stützt er sich stets auf drei Füße. Dabei läßt sich erkennen, daß zugleich mit seinen in Bewegung befindlichen Füßen die gegenüberliegenden Gliedmaßen nach vorn gleiten.

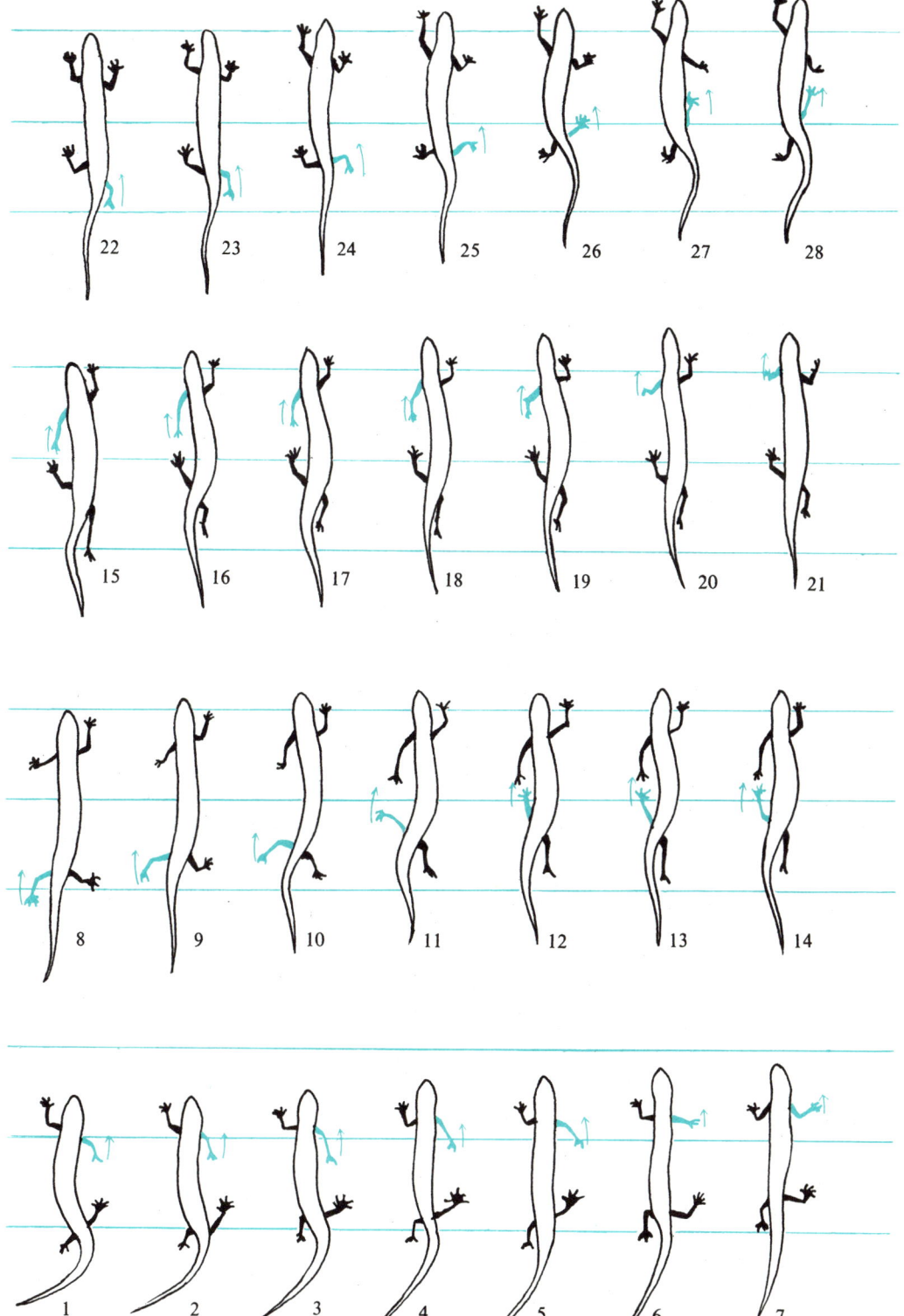

derfolge heben sie das nächste Bein bereits, bevor das vorherige den Boden erreicht hat. Sie warten also nicht ab, bis sich das „Sicherheitsdreieck" bildet. Filmaufnahmen zufolge ist dieser „Trick" auch dem Frosch bekannt. Er verlagert den Schwerpunkt seines Körpers über die zwischen den beiden Stützbeinen entstehende Diagonale nach vorn, während seine beiden anderen Beine (zum Beispiel das vordere linke und das hintere rechte) zugleich in der Luft sind. Dies beschleunigt zweifellos die Geschwindigkeit seiner Fortbewegung, denn er braucht nicht abzuwarten, bis das linke vordere Bein den Boden erreicht, um danach das rechte hintere Bein zu heben. Der Frosch kann diese Beschleunigung im Laufe eines Viertakt-Gangabschnitts nur zweimal vollziehen.

Das Pferd und die anderen Huftiere bedienen sich einer weiterentwickelten Methode. Ein Bein des Pferdes befindet sich während der Fortbewegung stets in der Luft! Selbst wenn wir die gesamten Schritte — während die Beine wieder die Ausgangsstellung einnehmen — in acht Phasen einteilen, können wir feststellen, daß in vier Phasen sich zwei Beine zugleich in der Luft befinden. Kraftwagen, die sich auf ihre beiden seitlichen Räder gestützt fortbewegen, sind nur in Geschicklichkeitsrennen zu sehen. Das gleiche macht das Pferd mühelos auf zwei Beinen, ohne besonders darauf zu achten.

Der Mensch beobachtet seit Urzeiten den Gang der Tiere und versucht, von Höhlenmalereien bis zu Gemälden des 20. Jahrhunderts über Jahrtausende hinweg einzelne Bewegungsphasen der vier Beine festzuhalten. Allerdings mit geringem Erfolg! Der Gang vierbeiniger Tiere kann erst genau fixiert werden,

seitdem Forschern Foto- und Filmapparate zur Verfügung stehen. Merkwürdigerweise erschienen seit den ersten einfachen und primitiven Bewegungsstudien nicht besonders viele Schilderungen über die Bewegung der Tiere. Zur Analyse des Gehens und Laufens des Pferdes werden zum Beispiel auch heute noch die ziemlich primitiven Aufnahmen des Engländers E. J. Muybridge genutzt. Dieser begeisterte Forscher stellte entlang einer Pferderennbahn so viele Fotoapparate auf, wie er Einzelbilder über den Lauf eines Pferdes machen wollte. Zur gegenüberliegenden Seite der Rennbahn führten von jedem Auslöser der einzelnen Fotoapparate dünne Fäden. Während das Pferd lief, zerrissen der Reihe nach die Fäden, wobei die Platten belichtet wurden. Es ist auch für uns heute noch erstaunlich, daß dieser unermüdliche Fotoamateur bereits um das Jahr 1870 Fotos anfertigte, die in einer Belichtungszeit von 6 Tausendstelsekunden die Bewegungen eines galoppierenden Pferdes festhielten.

Bewegungsanalysen bereiten den Forschern noch viele Schwierigkeiten und erfordern große Sorgfalt. So wurde von dem amerikanischen Biologen Lewis S. Brown ein einfaches Modell aus Holzplatten, Stangen und Kugeln angefertigt. Die einzelnen Bestandteile befestigte er so, daß sie leicht beweglich waren. Wenn auch dieses Modell keinem einzigen vierbeinigen Tier ähnlich sah, verhalf es doch, Fragen der Fortbewegung von Tieren zu klären.

Brown erhielt außerdem durch das Studium zahlreicher Foto- und Filmaufnahmen genau die gleichen Ergebnisse über Bewegungsphasen, wie sie James Gray lediglich auf der Grundlage theoretischer Erwägungen ableitete. Die

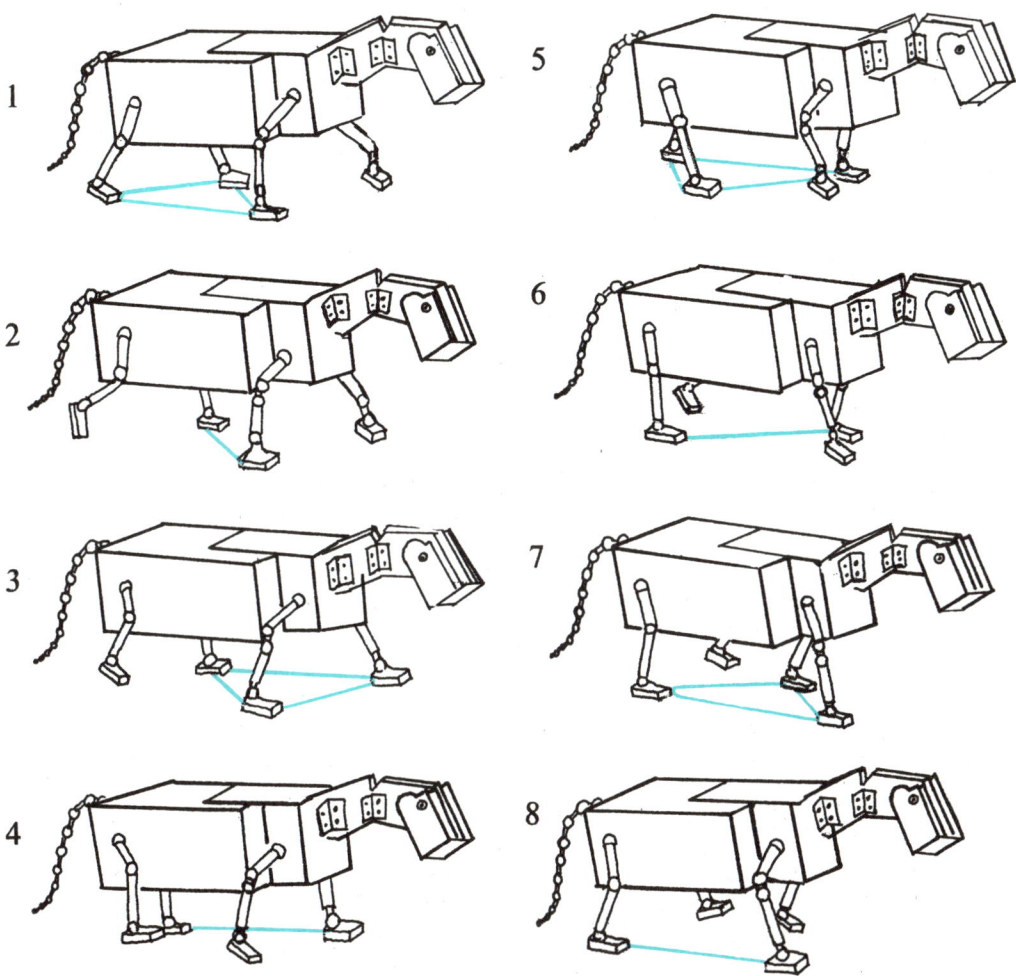

In ruhiger Gangart stützen sich die meisten vierbeinigen Tiere abwechselnd mal auf drei, mal auf zwei Beine. Den „unsicheren" zweibeinigen Phasen folgt stets die sichere Abstützung der dreibeinigen Phasen. Das hier wiedergegebene einfache Modell (das Carneirotherium) zeigt die acht Bewegungen eines vollständigen Schrittes.

acht Bewegungen des in scherzhaft wissenschaftlicher Weise als Carneirotherium benannten Modells fixieren in exakter Weise die einzelnen Phasen eines vollständigen Schrittes. Dabei ist bereits der Anfang der Fortbewegungsphase aufschlußreich! Browns Untersuchungen zufolge setzt sich das Pferd aus der Ruhestellung stets so in Bewegung, daß es, wie auch die anderen Vierbeiner,

zuerst das linke hintere Bein hebt. Trottet das Pferd bloß im Paßgang, kann es schon mal vorkommen, daß es das andere Bein zuerst hebt, doch es macht dabei keinen ganzen Schritt. Den könnte es auch nicht tun, denn dabei geriete der gesamte Schrittrhythmus durcheinander.

Eine Analyse der acht Phasen der vollständigen Schrittreihe kann am be-

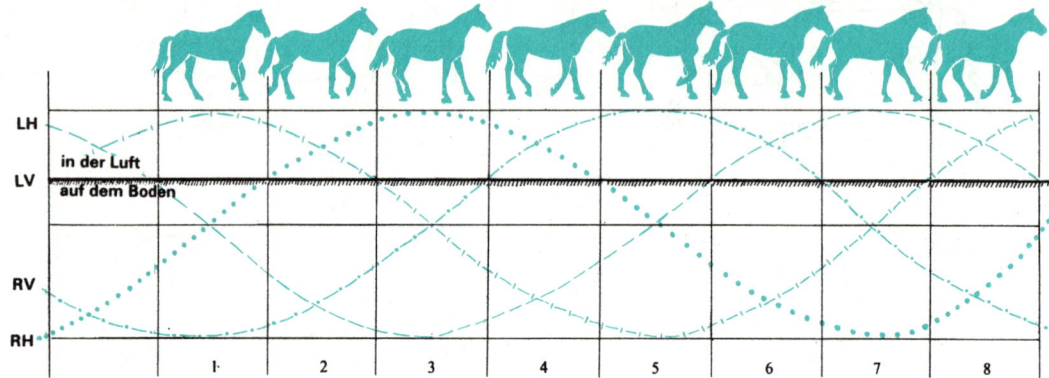

In ruhiger Gangart treten die Sinuslinien des gleichmäßigen Rhythmus des Pferdes in vollkommener Schönheit in Erscheinung. Die vier Kurvenlinien kennzeichnen die Stellung der vier Beine: In den einzelnen Phasen befinden sich einige in der Luft und einige auf dem Boden. Auf der Bodenlinie kennzeichnet der Schnittpunkt der Kurvenlinien den Moment, in dem ein Bein gerade den Boden berührt oder sich hebt. LH = linkes hintere, LV − linkes vordere, RV = rechtes vordere, RH = rechtes hintere Bein.

sten aus der Position vorgenommen werden, in der das durch die beiden hinteren Beine und das rechte vordere Bein gebildete Dreieck den Körper des Pferdes sicher abstützt. Dabei bewegt sich das linke vordere Bein nach vorn. In der zweiten Bewegungsphase hebt das Pferd bereits sein rechtes hinteres Bein, während das linke vordere den Boden noch nicht erreicht hat. Dabei verschiebt sich der Schwerpunkt des Körpers zwischen der Diagonale des linken hinteren und rechten vorderen Beines nach vorn. Der dritten Phase liegt gleichfalls ein bestimmter Moment zugrunde. Die beiden „diagonalen" Beine und das den Boden berührende linke vordere Bein bilden ein Dreieck.

Die vierte Phase ist die interessanteste. Das Pferd wartet nicht ab, bis das nach vorn schwingende rechte hintere Bein den Boden erreicht, sondern es hebt gleichzeitig das rechte vordere Bein. Dadurch balanciert es einige

Augenblicke auf beiden linken Beinen! Im Verlauf der Bewegung bereitet dies auch keine Schwierigkeiten, denn während in der dritten Phase der Körper in die Dreiecksstellung hinüberkippt, verlagert sich zugleich der Schwerpunkt auf die Seite, so daß das Tier in der vierten Phase leichter auf beiden seitlichen Beinen das Gleichgewicht halten kann.

Diese unsichere Situation hält nicht lange an. In der fünften Phase erreicht das rechte hintere Bein den Boden, so daß der Körper wieder auf einem sicheren Dreieck steht. Danach wiederholt sich der gleiche Bewegungsablauf wie in den ersten vier Phasen, doch jetzt heben sich die Beine des Tieres so, als betrachteten wir die vorhergehenden Schritte in einem seitlich stehenden Spiegel. So folgt nach dem Dreieck der fünften Phase wieder das „Kippen" (6), darauf ein vorderes Dreieck (7), schließlich verlagert das Tier seinen Schwerpunkt auf die beiden rechten Beine (8), und die neunte Bewegungsphase ist bereits mit der Ausgangsphase identisch.

Dieser Pferdegang ist in Wirklichkeit nicht so kompliziert, wie es vielleicht unsere Darstellung beschreibt. Die Zeichnungsphasen der Bewegungen des Carneirotheriums sprechen dafür eine um so klarere Sprache. Doch aus den Zeichnungen geht auch hervor, daß diese blitzschnellen Phasen während des Bewegungsablaufs der Tiere außer-ordentlich schwer zu beobachten sind. Es ist deshalb nicht verwunderlich, daß sich so manche falschen Bewegungsformen über Jahrtausende in der Kunst seit der Zeit des antiken Griechenlands bis in unsere Tage vererbt haben. Nach Meinung von L. S. Brown ist die Darstellung der Bewegung auf mehr als der Hälfte aller Gemälde und Skulpturen falsch interpretiert.

Die überlieferte falsche Darstellung

Das Pferd des Kaisers Marcus Aurelius beginnt sein linkes Hinterbein zu heben, um aus der stabilen Dreiecksstellung das Schwergewicht auf die beiden diagonal gegenüberliegenden Beine (rechtes hintere und linkes vordere) zu verlagern. In der natürlichen Gangart der Pferde wird allerdings ein solches spitzwinkeliges Dreieck nicht gebildet, denn diese Stütz-fläche wäre kleiner, als würde das Dreieck mit dem rechten vorderen Bein gebildet. Meister Andrea del Verrocchio veränderte offensichtlich deshalb die Stellung der beiden vorderen Beine des Pferdes der zum Muster ausgesuchten Statue des Marcus Aurelius für das Reiter-denkmal des Condottiere Colleoni. Im Grunde genommen stellt auch dies nicht genau die natürliche Gangart des Pferdes dar, denn entsprechend der Ansicht von Fachleuten wurden damals Pferde auf die schaukelnde rhythmische Gangart — den Paßgang — dressiert.

kann zuweilen für die Altersbestimmung der jeweiligen Epoche herangezogen werden. So konnten Forscher das richtige Alter einer Tierplastik des New-Yorker Metropolitan-Museums für Kunst bestimmen. Im Jahr 1967 schöpften Museologen Verdacht, daß eine für 2400 Jahre alt gehaltene griechische Pferdestatuette aus Bronze eine Fälschung sei. Innerhalb einer Reihe einander widersprechender Angaben galt folgendes Argument als aufschlußreich und entscheidend: Die Statuette stellt die Bewegung des Pferdes nicht echt und vollkommen dar, daher sei es nicht wahrscheinlich, daß sie von einem griechischen Künstler gefertigt wurde. Der Fälscher hatte in der richtigen Darstellung der Bewegung des Pferdes einen Fehler begangen.

Jetzt können wir bereits selbst in kunstgeschichtlichen Büchern oder an Denkmälern nach Pferden Ausschau halten, die, wenn sie lebendig wären, sich sofort in ihren Schritten verhaspeln oder im nächsten Augenblick umfallen würden. Auf der Piazza del Campidoglio in Rom steht zum Beispiel die prachtvolle Reiterstatue des römischen Kaisers Marcus Aurelius. Doch leider kann selbst der kostspielige Aufwand der vergoldeten Bronze den Irrtum des Künstlers nicht ungeschehen machen: Im natürlichen Gang des Pferdes gibt es keine derartige Bewegungsphase. Dieser Fehler mindert jedoch nicht den künstlerischen Wert der Schöpfung; das Schwergewicht muß in der künstlerischen Aussage liegen und nicht in der Exaktheit der Darstellung. Merkwürdigerweise hielten Donatello und später Verrocchio, die beiden großartigen Künstler der Renaissance, diese Statue für ein Musterbeispiel, obwohl ihnen wahrscheinlich der Fehler auffiel, denn

Gattamelata und Colleoni wurden von ihnen bereits auf Pferden dargestellt, die in ihrer naturgetreuen Bewegung für bleibende Zeiten reglos erstarrt sind.

Das Kamel und die Giraffe bewegen ihre Beine in einem anderen Rhythmus. Die schwedische Forscherin Anna Innis Dagg, die hauptsächlich die Halsbewegung der Giraffen während des Ganges untersuchte, schlußfolgerte auf Grund von Fotoaufnahmen, daß das langhalsige Tier in der Weise vorwärts schreitet, daß es mal das rechte und mal das linke hintere und vordere Bein zugleich bewegt.

Der Giraffe verhilft vor allem ihr Hals zu diesem eigentümlichen Gang: Aus der Analyse der Bewegung geht hervor, daß sich der Hals während der Fortbewegung mal nach vorn neigt, mal wieder nach hinten schwenkt. Beim Festhalten der Beugungswinkel des Halses auf einer Grafik erscheint wieder die Sinuslinie, und verglichen mit dem Gang, kann eine verblüffende Übereinstimmung festgestellt werden: Sobald das Tier auf zwei Beine „kippt", beugt sich auch der Hals nach vorn, was die Fortbewegung gewissermaßen in Schwung bringt. Bei der hinteren Dreiecksstellung beugt sich der Hals nach hinten, damit der Schwerpunkt innerhalb des Dreiecks verbleibt.

Obgleich über die Kopfbewegung von Tieren während des Gehens oder Laufens bisher wenig Analysen veröffentlicht wurden, ist es sicher, daß der Neigungswinkel des Halses eines jeden vierbeinigen Tieres im genauen Rhythmus zur Fortbewegung steht. Es ist sogar wahrscheinlich, daß der Hals zur rhythmischen Bewegung beiträgt. Wenn zum Beispiel das Pferd seinen Kopf hochhebt, verschiebt sich der Schwerpunkt etwas nach hinten, bei

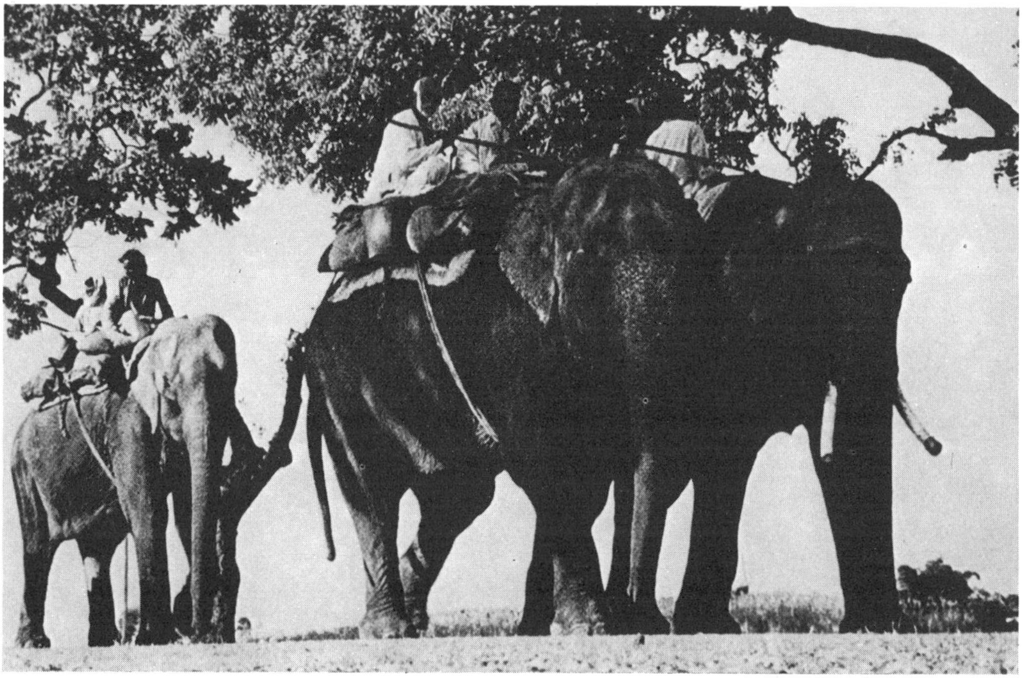

Momentaufnahmen von Gangphasen verschiedener Vierbeiner. Der in der Mitte des Bildes langsam dahinschreitende Elefant befindet sich gerade in Dreiecksstellung. Zu gleicher Zeit hebt er gelassen sein linkes Hinterbein.

Der Weißwedel- oder Virginiahirsch verlagert gerade das Schwergewicht auf das linke vordere und das rechte hintere Bein.

Die trabende Giraffe neigt sich nach links, wodurch der Schwerpunkt auf das vordere und hintere linke Bein verlagert wird.

51

Der Fortbewegungsrhythmus des Dromedars ist nicht so gleichmäßig wie der des Pferdes. Doch auch hier sind solche Augenblicke zu beobachten, daß beide seitlichen Beine vorwärts schwingen.

gesenktem Kopf hingegen gerät der Schwerpunkt mehr nach vorn. Im „Spiel" seines Halses kann die gleiche Wellenbewegung festgestellt werden, wie sie sich von den Fischen über die Reptilien bis zu den vierbeinigen Säugetieren im Laufe der stammesgeschichtlichen Entwicklung in der Bewegung aller Tiere vererbt hat. Die rhythmische Sinuslinie hat sich hervorragend bewährt.

## Schreitende Maschinen

Die Ingenieure unseres Zeitalters kommen immer mehr zu der Erkenntnis, daß das Rad die Aufgabe im Verkehr nicht immer erfüllt. Oft wären Maschi-

nenbeine dafür geeigneter, doch dabei bleibt die Frage offen, wie viele Beine ein derartiges Verkehrsmittel haben sollte. Die Natur selbst verfügt über eine überreiche Auswahl. Wahrscheinlich hält jener südafrikanische „Riesentausendfüßer" den Rekord, der insgesamt über 680 Füße verfügt.

Wie kann man sich mit derart vielen Füßen vorwärts bewegen? Das ist verhältnismäßig einfach. Jeder Fuß berührt den Boden einen winzigen Augenblick später als der vorhergehende. So wie der Bewegungsbefehl am Körper des Tieres entlangläuft, so erheben sich abwechselnd die kleinen Gliedmaßen in die Luft oder berühren den Boden. Von der Seite aus gesehen, läuft auf diese

Weise die bekannte Wellenbewegung an den Gliedmaßen des gestreckten Tierkörpers entlang. So schnell wie diese scheinbare Welle nach hinten verläuft, genauso schnell bewegt sich das Tier nach vorn.

Der englische Professor M. W. Thring hat nach diesem Vorbild ein „hundertfüßiges" Geländefahrzeug konstruiert, wobei er jedoch die Bewegungen des Modells wesentlich vereinfachte. Die abgefederten Füße sind an einem endlosen Stahlband am Unterteil des Fahrzeugs angebracht, wodurch es sich vorwärts bewegt. Sobald sich ein Bein am Ende der Maschine vom Boden abhebt, schreitet es am Laufband nach vorn, um dann erneut als Stütze zu dienen. Berechnungen zufolge könnte ein solches lastenbeförderndes Fahrzeug eine Geschwindigkeit von 50 Kilometern in der Stunde erreichen, wenn man es tatsächlich bauen würde. Das Modell des Engländers ist jedoch noch viel zu primitiv, um daraus ein funktionsfähiges Exemplar in Originalgröße zu bauen.

Fachleute des Amtes für Raumfahrtforschung in den USA hingegen haben ein achtbeiniges Fahrzeug in Originalgröße gebaut. Die Maschine hebt abwechselnd je vier Beine, wodurch sie auch auf unebenem Boden leicht vorwärts zu schreiten vermag. Die Lenkung des Vehikels ist äußerst einfach. Der Elektromotor, dessen Handhabung gleichfalls kinderleicht ist, wird durch Akkumulatoren gespeist. Eine Möglichkeit der Nutzung bestünde beispielsweise als Verkehrsmittel für Körperbehinderte: In diesem Fahrzeug sitzend, könnten sie sich sogar treppauf und treppab bewegen.

Im Jahr 1970 wurde das Versuchsmodell eines Maschinenpferdes angefertigt. Das 3,3 Meter hohe und 1350 Kilogramm schwere Monstrum bewegt sich mit einer Geschwindigkeit von 8 Kilometern je Stunde, wenn der Lenker die Bewegungen der Stahlbeine geschickt steuert.

Das Maschinenpferd reagiert nämlich auf ein besonderes Kommando: Es überträgt die Bewegungen des Lenkers in der Steuerungskabine auf die Bewegungen der Maschine, vergrößert auf das Vierfache. Wenn der „Reiter" seine linke Hand hebt, vollzieht das Pferd mit dem linken Vorderbein eine ähnliche Bewegung. Tritt der Lenker jedoch auf der Stelle, werden die Hinterbeine des Pferdes über die damit verbundenen mechanischen Fühler in gleichem Rhythmus bewegt.

Gegenüber den früheren aufrecht gehenden Robotern ist es dadurch dem Lenker möglich, die Richtung der Maschinenbeine selbst zu bestimmen sowie die Intensität der Bewegungen zu beeinflussen. Diese werden durch ein hydraulisches System über einen Steuerungshebel in der Steuerungskabine übertragen. Bei einiger Übung ist der Maschinenreiter mit geschlossenen Augen in der Lage, die Bewegungen des „Pferdes" zu lenken.

Julius Mackerle, ein tschechischer Ingenieur, hingegen ist bestrebt, die Wellenbewegung der Tausendfüßer über das Rad zu nutzen, um den Bau eines zukünftigen Geländefahrzeugs zu realisieren. An jedem Rad des Vehikels reihen sich zwölf gummiballähnliche, elastische Luftbehälter aneinander, die, nacheinander aufgeblasen, den Mechanismus in Bewegung setzen, als ginge er auf Beinen. Obwohl an den „Ballrädern" des Körpers fortlaufend Antriebskraft entsteht, kann angenommen werden, daß dieser Weg für die Konstruk-

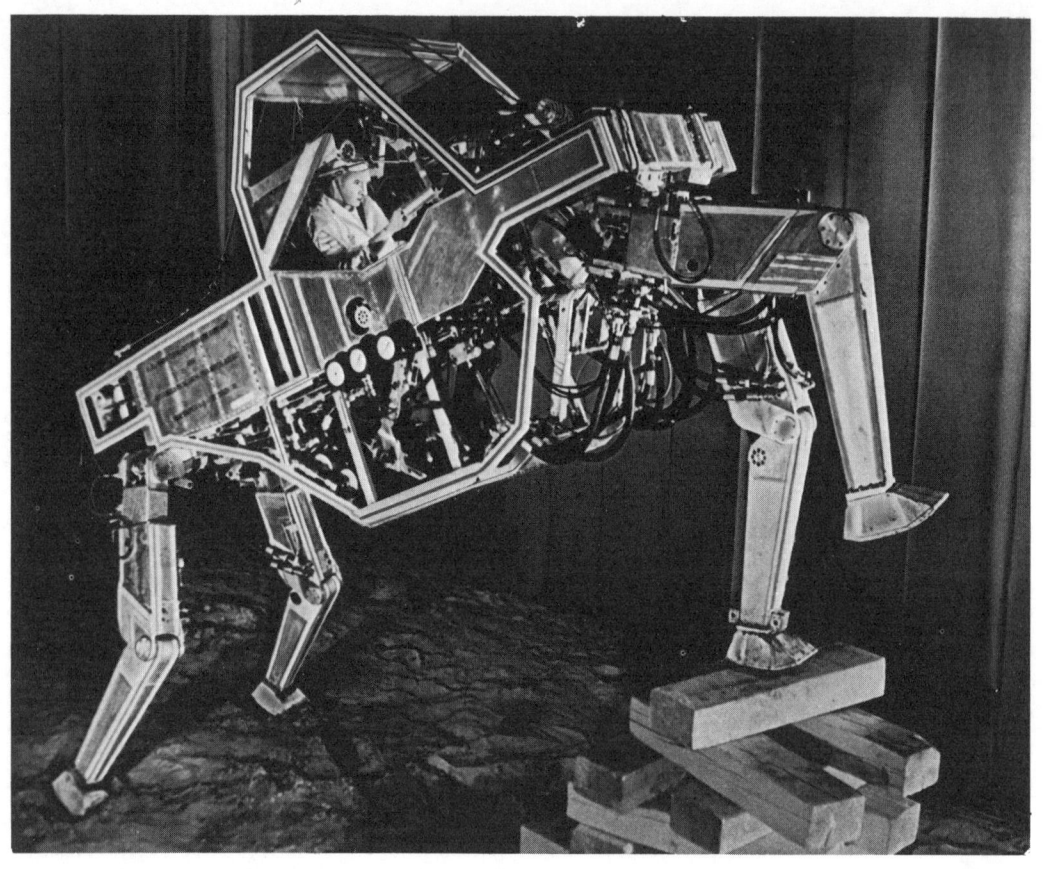

Das amerikanische Maschinenpferd kann auf unwegsamem Gelände Lasten von einer halben Tonne transportieren. An der Konstruktion ist am interessantesten, daß die Hinterbeine in dieselbe Richtung knicken wie die Vorderbeine, obwohl die „Kniebeuge" der hinteren Gliedmaßen jedes vierbeinigen Tieres nach hinten zeigt.

tion des Geländevehikels der Zukunft nicht besonders geeignet ist.

Offensichtlich scheint die Verwendung von vier Füßen die einfachste Lösung zu sein. Doch jedes Detail eines Beines mit mechanischen Konstruktionen nachzuahmen ist fast unmöglich, da vor allem die Gesamtharmonie der Beinbewegungen äußerst kompliziert ist. Der amerikanische Professor A. Frank konstruierte vor einigen Jahren ein Quadruped (Vierfüßer), dessen „Gliedmaßen" an den Hüften und Kniegelenken mittels kleiner eingebau-

ter Elektromotoren beweglich sind. Die Lenkung dieser Konstruktion ist bedeutend einfacher als die des riesigen Maschinenpferdes. Die entsprechenden Befehle an die in den Beinen eingebauten Elektromotoren werden durch eine elektronische Rechenanlage übermittelt. Nach Eingabe der Befehlssymbole an das „Maschinengehirn", unter Berücksichtigung der Position und des Standwinkels der vier Beine, erfolgt die Reihenfolge der weiteren Steuerungsbefehle selbsttätig.

Das Versuchsmodell lernt das Gehen

zunächst in engen Laboratoriumsräumen. Die elektrischen Befehle an die Steuerung werden über Kabelbündel von einem Computer erteilt, doch es ist durchaus möglich, daß in Anbetracht der zunehmenden Reduzierung des Rauminhalts der Computer in einigen Jahren die Rechenmaschinen unmittelbar auf Gehmaschinen montiert werden können. Falls es außerdem gelingt, das Problem der Stromversorgung zu lösen, ist es durchaus möglich, daß das Quadruped das Geländevehikel des kommenden Jahrhunderts sein wird.

All diese Konstruktionen sind jedoch

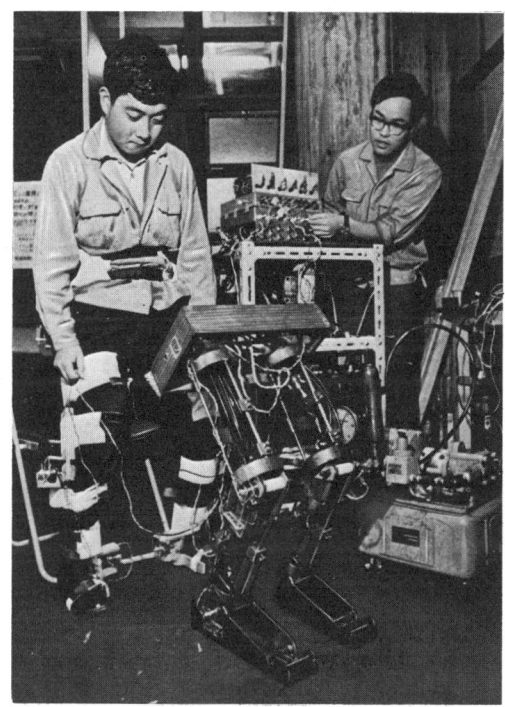

Noch ungeschickte Schritte, doch bereits Vorläufer jener Roboter, die sich auf zwei Beinen fortbewegen werden. Diese Roboterbeine wurden von Forschern der Waseda-Universität in Japan zur Nachahmung der menschlichen Schritte, die mit Hilfe des Experimentators geführt werden, konstruiert.

von der Vollkommenheit der tierischen Bewegungsformen weit entfernt. Die meisten sind nicht imstande, Treppen zu steigen. Einige Forscher versuchen deshalb, dieses Problem beim Geländefahrzeug prinzipiell mit Hilfe des Rades zu lösen. Professor Thring projektierte einen Wagen, aus dessen Rädern kleine Stahldorne heraustreten, sobald das Fahrzeug eine Treppe erreicht. Die Ingenieure haben oft schwerwiegende Entscheidungen zu treffen: Nachahmung der Natur oder Weiterentwicklung vorhandener Mechanismen unter Berücksichtigung technischer Gesetzmäßigkeiten. Der sowjetische Wissenschaftler G. P. Katis hat zweifelsohne die Kunst der Schwerpunktverlagerung bei Tieren für seinen als „Wanderer" bezeichneten Geländegänger übernommen.

Diese eigentümliche Konstruktion besteht aus sechs starren Beinen, von denen je drei eine „Pyramide" bilden. Die beiden Pyramiden sind durch einen stangenartigen Körper miteinander verbunden, an dem die Lenkeinheit und das Energieversorgungssystem der Maschine in einer Kassette befestigt sind. Die Kassette ist mittels einer Zahnradkette verstellbar, so daß sie an jedes Ende des Stangenkörpers verlagert werden kann. So wie vierbeinige Tiere während des Gehens ihren Schwerpunkt verlagern, so hebt der „Wanderer" eins seiner Enden mit den drei Beinen, wenn sich sein Schwerpunkt am entgegengesetzten Ende des Stangenkörpers befindet. Dabei dreht sich die Achse und sucht einen neuen Halt. Sobald die Taster der Beine einen festen Punkt ausgemacht haben, verlagert sich der Schwerpunkt durch die herabsinkenden Beine, das unbeschwerte Ende hingegen schwingt in die Höhe. Dieser einfache

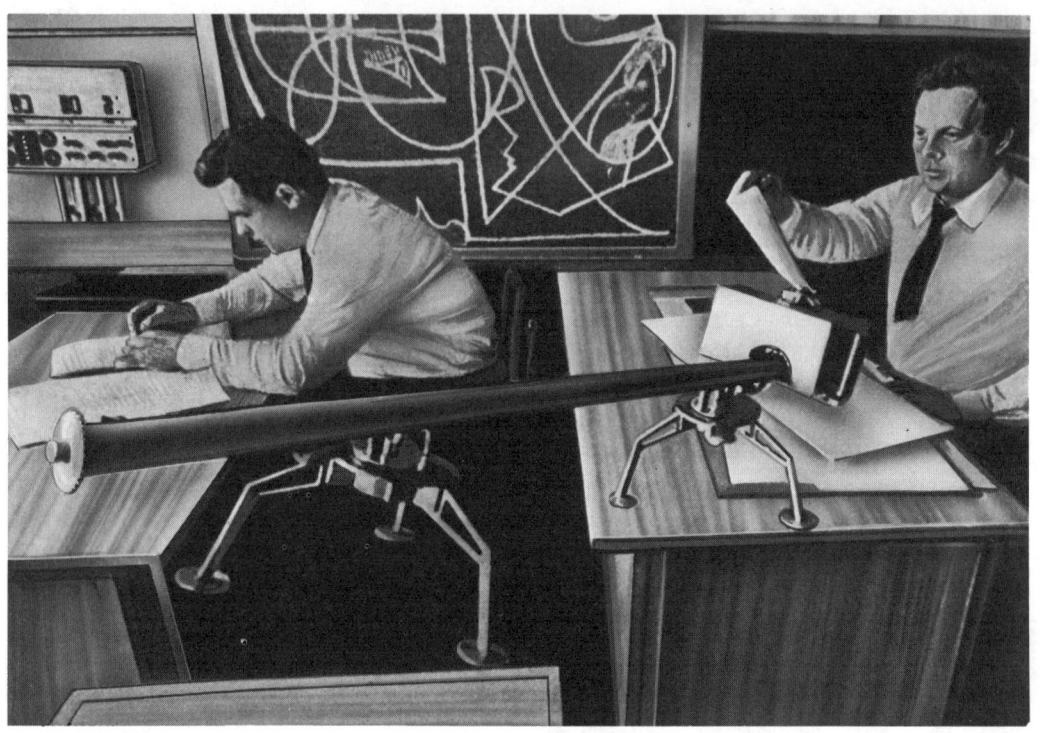

Am Institut des sowjetischen Professors G. P. Katis „schreitet" das Versuchsmodell eines Geländegängers geschickt von einem Tisch zum anderen. Der Schwerpunkt der Apparatur bildet die auf dem rechten Ende der Stabachse befindliche Steuerungseinheit. Wenn die linke Seite bereits festen Fuß gefaßt hat, gleitet der Steuerungskasten auf dieses Ende der Achse über.

Wanderer kann nicht nur in der geologischen Forschung auf der Erde eingesetzt werden, sondern sicherlich auch mit großem Erfolg auf unbekannten Himmelskörpern, wo er als Erkundungsroboter selbständig entscheiden muß, ob ihm der nächste Schritt einen festen Halt bietet oder nicht. Obwohl im Jahr 1971 erst ein verkleinertes Versuchsmodell des Wanderers angefertigt worden ist, werden wir sicherlich noch mehr über dieses Geländefahrzeug hören.

## Entschwundene Schritte

Bei beschleunigter Fortbewegung vierbeiniger Tiere verändert sich der Rhythmus der Schritte. Entsprechende Analysen an Pferden und Zebras haben ergeben, daß dabei der Moment der festen Aufstützung, das von den drei Beinen gebildete Dreieck, vollkommen verschwindet. Im Laufe dieser „ungeduldigen" Gangart wartet das Tier die Herausbildung des Dreiecks nicht ab, da es inzwischen bereits das an der Reihe befindliche folgende Bein hebt. So entsteht der Rhythmus des Trabgangs, wobei jeweils nur zwei Beine den Boden berühren.

Dabei verlagert sich zum Beispiel der Körper des Pferdes von der vom linken hinteren und rechten vorderen Bein geschaffenen Diagonale nach der linken vorderen Seite, während das rechte Hinter- und das linke Vorderbein zu gleicher Zeit den Boden berühren; diese bilden erneut eine Diagonale, worauf dann eine Verlagerung des Schwerpunkts zur rechten vorderen Seite erfolgt. Das Tier läuft gewissermaßen im Zickzack, und es kann nur in der Weise das Gleichgewicht halten, wenn es rechtzeitig in die darauffolgende zweibeinige Stütze wechseln kann.

Die schnellste Variante der vierbeinigen Fortbewegung ist der Galopp. Mehr als zwei Beine erreichen dabei nie den Boden! Es gibt aber auch Phasen, in denen nur ein Bein den Boden berührt. In solchen Situationen besteht die Gangart sozusagen aus einer Serie von Sprüngen, und wenn sich der Körper des Tieres mit der nötigen Kraft vom Boden abstößt, schwebt er gewissermaßen in der Luft. Die Schritte der vierbeinigen Tiere sind bei dieser Methode am längsten. Messungen zufolge beträgt ein „ganzer Schritt" beim galoppierenden Pferd bis zu 7,9 Meter; der körperlich

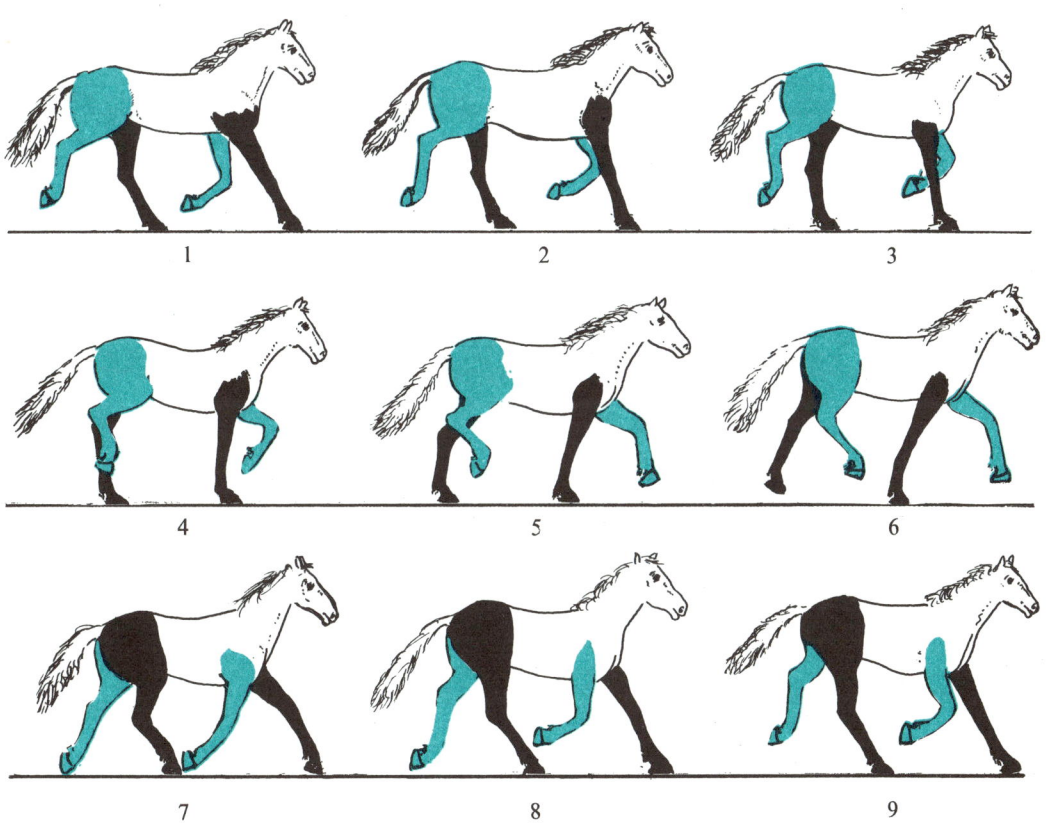

Während des Trabens berühren immer nur zwei Beine des Pferdes den Boden. Dieser Wechsel des Schwergewichts entlang der Körperdiagonale ist eine regelmäßige Bewegungsfolge, die dem Tier auf eine lange Strecke die Möglichkeit für einen gleichmäßigen und rationellen Energieverbrauch bietet.

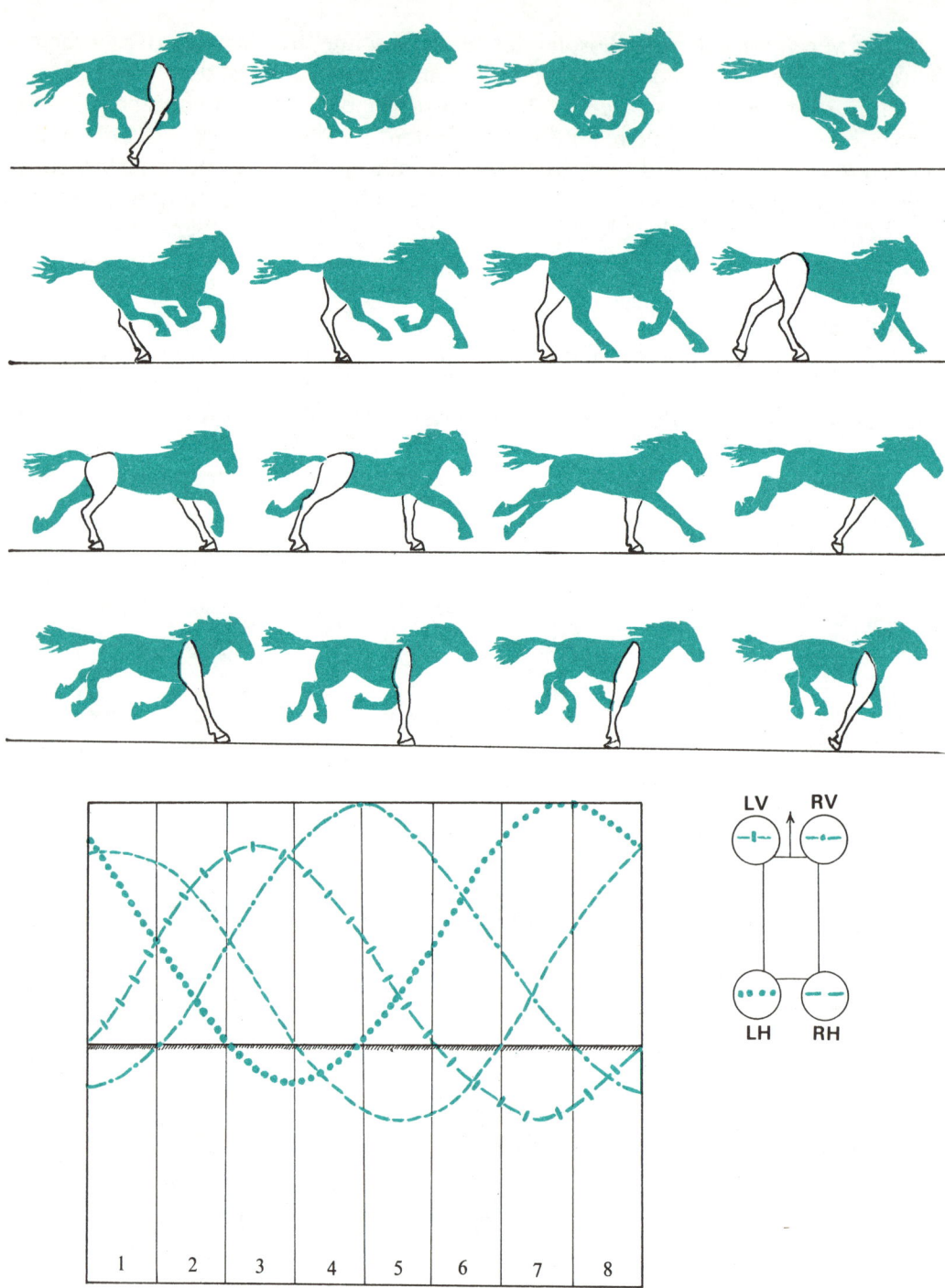

Das galoppierende Pferd stützt sich niemals mit drei Beinen auf den Boden, zeitweise befinden sich sogar alle vier Beine in der Luft. Es empfiehlt sich, das untere Diagramm mit der Darstellung auf Seite 48 zu vergleichen. Im Galopp stützt sich das Pferd in der 4., 6. und 8. Phase auf zwei Beine, in der 1. und 3. Phase nur auf ein Bein, in der 2. Phase hingegen fliegt es nahezu.

kleinere Gepard erreicht sogar noch längere „Schritte". Nach Messungen von M. Hildebrand ist unter den vierbeinigen Tieren der Gepard Laufchampion: Er erreicht eine Stundengeschwindigkeit bis zu 110 Kilometern. Das Pferd erzielt in der Sekunde „nur" 2,5 ganze Schritte, der Gepard hingegen 3,5. Die Geschwindigkeit wird durch einige interessante biomechanische „Patente" im Körper galoppierender Tiere begünstigt.

So ist zum Beispiel die Renngeschwindigkeit um so höher, je näher sich an den Beinen die Anschlußstelle der „Sprungmuskeln" dem Drehpunkt des Schenkelbeins während der Fortbewegung befindet. Vergleiche unter verschiedenen Tieren ergaben, daß bei gleich langen Beinen unterschiedliche Geschwindigkeiten erreicht werden. Allerdings ist zur Erziehung einer höheren Geschwindigkeit größere Muskelkraft erforderlich, obwohl sich die Muskeln dabei nicht schneller zusammenziehen, sondern lediglich mehr Kraft entfalten. Dabei kommt das gleiche physikalische Gesetz zur Geltung wie beim Kehren mit dem Besen: Je kürzer der Besenstiel, um so schneller die Schwenkbewegung am Fußboden.

Das sogenannte Rolltreppenprinzip wird in dieser Hinsicht gleichfalls in einer interessanten konstruktiven Lösung realisiert. Fahrgäste, die auf der Rolltreppe der U-Bahn hinauflaufen, sind schneller oben, als wenn sie stehengeblieben wären, da sich die Geschwindigkeit der Treppe mit der des Menschen summiert. Das gleiche Prinzip kommt in den Gliedmaßen schnellaufender Tiere zur Anwendung. Die ein-

Der „Steigbügelrenner" der Tierwelt, der Gepard, nähert seine Beine gewissermaßen dem Nacken, so schnell saust er dahin. Auf kurze Strecken nimmt er es sogar mit einem Kraftwagen auf. So können nicht einmal die sehr schnellen Gazellen vor ihm fliehen.

zelnen Teile des Beines bewegen sich in jeder Gelenkverbindung in eine Richtung, wobei sich die Muskeln zur gleichen Zeit zusammenziehen. So entwickelt sich aus der Summierung aller Teilchenbewegungen eines Beines am Fuß des Tieres die Höchstgeschwindigkeit, zu der ein einzelner Muskel in keiner Weise fähig wäre.

Das Rückgrat des jagenden Gepards oder Wolfes erfüllt während des Rennens gleichfalls eine wichtige Aufgabe. Im Augenblick der Berührung mit dem Boden spannt sich das Rückgrat wie ein Bogen. Sobald sich das Tier zum Sprung vom Boden erhebt, streckt sich das Rückgrat, wodurch die Wirkung des Sprunges gesteigert wird, wie auch der gespannte Bogen wegschnellen würde, ließe man ihn los. Dadurch vermag der Gepard seine Stundenge-

schwindigkeit noch um 10 Kilometer zu erhöhen.

Tiere mit langen Beinen haben es leicht — so denken wir —, denn mit kurzen Beinen ist das Laufen schwieriger. Doch zum schnellen Laufen sind nicht nur lange Beine notwendig. Auch die Fußsohlen haben bei der Geschwindigkeit des Laufens „mitzureden". Der Bär, das Opossum und andere Wirbeltiere stützen sich auf ihre Sohlen, deshalb ist ihre Gangart ziemlich langsam. Wenn sie ihre Fortbewegung beschleunigen wollen, müssen sie vor allem ihre Sohlen vom Boden abheben. Ein mühsames Unterfangen! Das Pferd hingegen geht durchweg auf „Zehenspitzen". Der Huf bedeckt das Ende des kräftigen mittleren Zehs, und dieser schließt sich in einem besonders steilen Winkel an die Mittelhand- beziehungsweise den Mit-

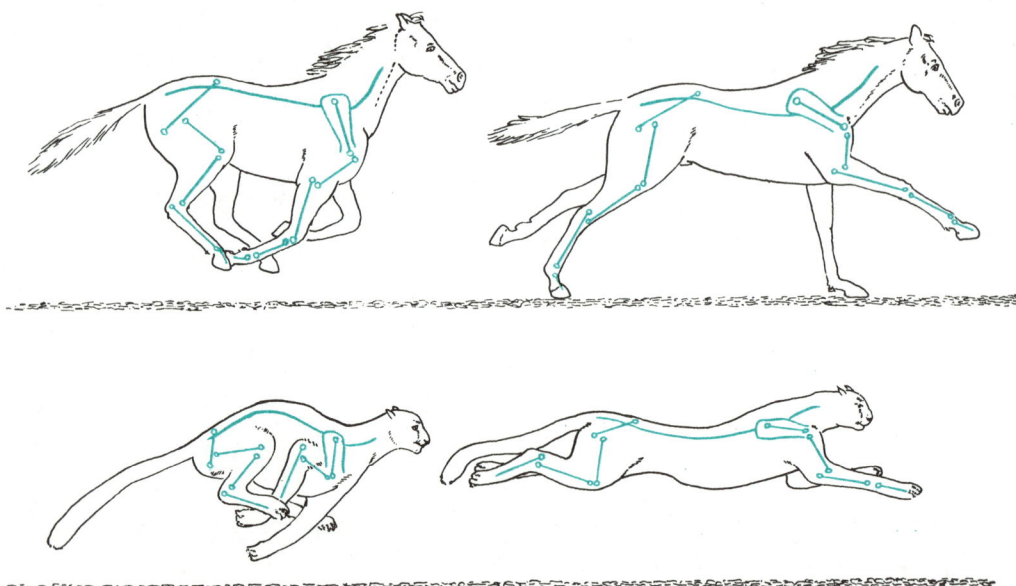

Die „Elastizität" des Knochengerüstes erhöht die Vehemenz des Galopps. Das Rückgrat des mit 110 Kilometern in der Stunde dahinjagenden Gepards krümmt sich in der Luft, um sich daraufhin kraftvoll wie eine Feder wieder gerade zu strecken. Im Vergleich dazu ist das Rückgrat des Pferdes während des Rennens beinahe vollkommen steif.

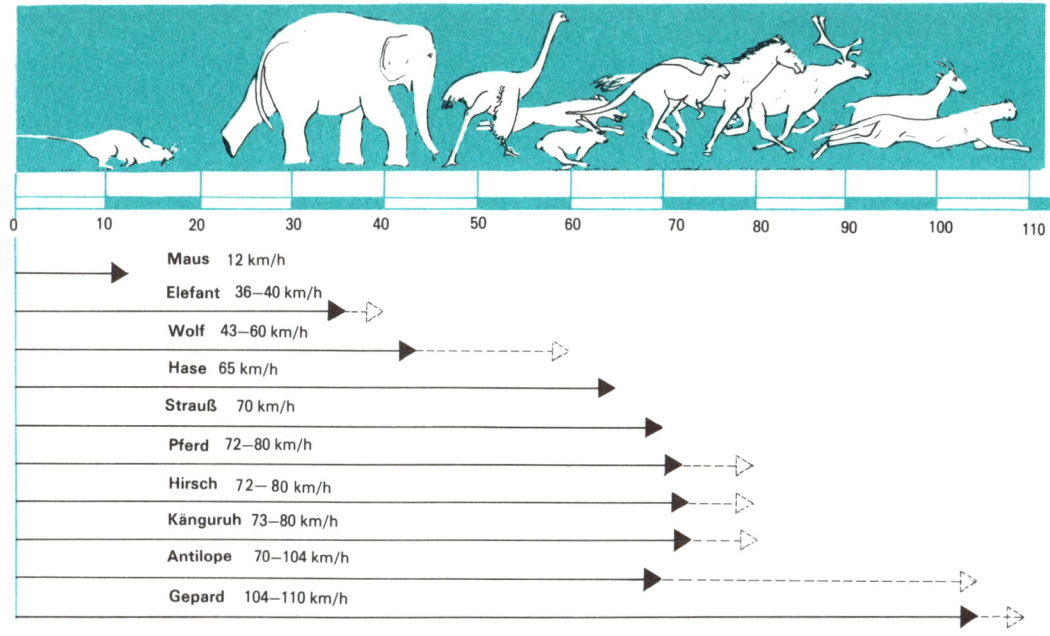

| | | | | | | | | | | | |
|---|---|---|---|---|---|---|---|---|---|---|---|
| 0 | 10 | 20 | 30 | 40 | 50 | 60 | 70 | 80 | 90 | 100 | 110 |

Maus  12 km/h

Elefant  36—40 km/h

Wolf  43—60 km/h

Hase  65 km/h

Strauß  70 km/h

Pferd  72—80 km/h

Hirsch  72—80 km/h

Känguruh  73—80 km/h

Antilope  70—104 km/h

Gepard  104—110 km/h

In einer fiktiven Olympiade der Tiere müßten die Fähigkeiten der Teilnehmer mindestens in so vielen Laufdisziplinen gemessen werden, wie Sportler am Wettbewerb teilnehmen. Auf diesem Bild ist die Reihenfolge der Plazierungen des Kurzstreckenlaufs ersichtlich.

telfußknochen, an den Unterarm oder an das Schienbein an. Erreicht der Fuß den Boden, biegt sich die Mittelhand beziehungsweise der Mittelfuß elastisch nach unten, währenddessen sich das Sehnenband strafft. Beim Erreichen der höchsten Anspannung schnellt das Sehnenband kraftvoll und federnd zurück. Dies trägt zur schnellen Ausrichtung des Beines bei, was während des Laufens wiederum von neuem die Fortbewegungsgeschwindigkeit steigert.

Wo liegt die Grenze der Laufgeschwindigkeit? Sie hängt in erster Linie von der Bewegungsgeschwindigkeit der Beine ab. Wenn das Tier während des Laufens den Boden berührt, muß es die Beine mit einer größeren Geschwindigkeit als die des eigenen Körpers abdrükken, denn nur so kann es sich nach vorn abstoßen. Wenn es die Beine langsamer bewegt, „bremst" es sich ab wie ein an

einem Abhang hinabfahrender Kraftwagen, dessen Motor vom Kraftwagenführer eingeschaltet wird, damit der Abrollschwung durch die Einschaltung des kleinsten Geschwindigkeitsgangs gemindert wird. Die Laufgeschwindigkeitsgrenze der Tiere wird demnach von der Bewegungsgeschwindigkeit der Gliedmaßen bestimmt, was wieder vom Körperaufbau und von dem Entwicklungsstand der Muskulatur abhängt. Sicher ist aber, daß bei einer Tierolympiade in einem Gesamtlaufwettbewerb das Pferd die vorderste Plazierung erreichen würde: Es ist nicht nur schnell, sondern auch ausdauernd. Darum ist es kein Zufall, daß es das älteste Haustier als auch das älteste Verkehrsmittel des Menschen ist. Die Ingenieure können von ihm lernen!

## Lebende Katapulte

Gerät der Pilot eines Strahltriebflugzeugs in Gefahr, kann er sich nur in einer Weise retten: Er sprengt mittels eines Knopfdrucks eine im Sitz des Überschallflugzeugs untergebrachte Dynamitpatrone, wodurch er — zusammen mit dem Sitz — aus dem Flugzeug geschleudert wird. Derartige Katapulteinrichtungen befinden sich heute bereits in jedem Strahltriebflugzeug, denn der Pilot könnte sonst die defekte Maschine in Anbetracht der hohen Geschwindigkeit und der orkanartigen Luftströmung nicht verlassen.

Die Methode des „Katapultierens" ist in der Tierwelt gleichfalls nicht unbekannt, nur daß sich Tiere im Fall einer Gefahr selbst „herausschießen". Im allgemeinen kann jedes vierbeinige Tier springen, doch bei der Suche nach guten Springern denken wir in erster Linie an das Känguruh, den Frosch, die Heuschrecke und den Floh. Den Rekord im Weitsprung würde bei einem verhältnismäßigen Vergleich ohne Zweifel der Floh gewinnen, denn er springt zweihundertmal so weit, wie sein Körper lang ist, während das Känguruh mit einer fünffachen Weite gegenüber seiner Körperlänge erheblich zurückbliebe. Selbstverständlich werden die möglich erreichbaren absoluten Ergebnisse auch wesentlich durch die Körpergröße bestimmt; in ihrer eigenen „Gewichtsklasse" sind die Tiere deshalb gleich gute Springer. Doch von der gleichen Absprunglinie ausgehend, erzielt zweifellos das Känguruh mit Sprüngen bis zu 7,8 Metern die besten Ergebnisse, der Floh hingegen mit Weiten von 30 bis 50 Zentimetern den letzten Platz.

Wieviel Grad muß der Absprungwinkel des Tieres zur Erreichung der weitesten Entfernung betragen? Auf diese Frage geben die ballistischen Gesetze der Physik Auskunft: Der ideale Winkel liegt bei 45 Grad. Will der kluge Gärtner die entferntesten Blumenbeete mit dem Wasserschlauch erreichen, muß er den Schlauch in einem Winkel von 45 Grad halten. Vermutlich haben auch Frösche die gleichen Erfahrungen gemacht, denn sie springen in einem Winkel von 35 bis 40 Grad. Professor James Gray hat sogar Frösche beobachtet, die sich genau für den Winkel von 45 Grad entschieden.

Berücksichtigen wir lediglich die Sprunghöhe, so müssen noch weitere physikalische Gesetzmäßigkeiten beachtet werden. Die erreichbare Höhe hängt nicht von der Masse des Körpers ab. Ganz gleich, ob ein Mensch oder ein Floh von der gleichen Stelle abspringt, beide würden eine Sprunghöhe von 1 Meter erreichen, sofern sie sich mit einer Anfangsgeschwindigkeit von 4,5 Metern je Sekunde vom Boden abheben. Für den Menschen bereitet dies keine besonderen Schwierigkeiten. Der Floh ist hierzu jedoch nicht in der Lage, obwohl er im Verhältnis zu seiner Körpermasse nicht schwächer ist als der Mensch. Doch hierbei spielen eben die bereits erwähnten Körpermaße eine wesentliche Rolle.

Die Körpermasse muß nämlich auf die Absprunggeschwindigkeit beschleunigt werden. Je länger der hierfür zur Verfügung stehende Weg ist, um so kleiner kann die erforderliche Beschleunigung sein. Bereitet sich ein Mensch in hockender Stellung zum Sprung vor, so steht ihm zur Beschleunigung seines Körpers bis zum Moment des Absprungs ein Weg von etwa einem halben Meter zur Verfügung. Nimmt man an, daß die Muskeln die Beine in einer Zeit

Vier Phasen des Froschsprungs. Beim Absprung richten sich die einzelnen Glieder der Beine allmählich gerade aus, wobei sich der Körper nach dem Prinzip der Stufenrakete beschleunigt. Er stößt in einem Winkel von ungefähr 35 bis 45 Grad vom Boden ab. Physikalischen Gesetzen entsprechend vermag er so am weitesten zu springen.

von 0,225 Sekunden strecken, so erreicht der Mensch die Absprunggeschwindigkeit von 4,5 m/s mit einer Startbeschleunigung von 19,7 m/s². (Im freien Fall wirkt auf alle Körper die Fallbeschleunigung g = 9,81 m/s². Im obigen Beispiel wirkt auf den Menschen eine Beschleunigung von 2 g).

Doch was soll der Floh tun? Selbst wenn er die Beine vollständig ausstreckt, wird er nur um 1 Millimeter größer. Ihm steht also zur Beschleunigung bis zum Absprung nur eine sehr kurze Wegstrecke zur Verfügung. Um trotzdem eine hohe Absprunggeschwindigkeit zu erreichen, muß er alle Bewegungen bis zum Absprung in einer kürzeren Zeit verwirklichen. Messungen zufolge ist sein „Katapult" nur 0,001

Sekunde lang wirksam, so daß sich sein Körper unter Einwirkung einer Beschleunigung von 200 Gramm wie eine Pistolenkugel bewegt. Trotzdem kann der Menschenfloh auch dann nur eine Sprunghöhe von ungefähr 20 Zentimetern erreichen. Im Verhältnis zu seinem nur 1,5 Millimeter langen Körper ist dies immerhin noch ein großartiger Rekordwert.

Aus den bisherigen Beispielen geht hervor, weshalb gutspringende Tiere lange Beine haben. Zur Erreichung der Anfangsgeschwindigkeit des Sprunges wird der Körper mit dem bekannten „Rolltreppentrick" beschleunigt. Vor dem Sprung zieht der Frosch die Beine zusammen und spannt die Muskeln an. Im Moment des Absprungs treten zunächst die stärkeren Schenkelmuskeln in Aktion, worauf die Beschleunigung durch die Muskeln des Unterschenkels fortgesetzt wird, schließlich wird das in die Höhe springende Tier von den Spannmuskeln der Ferse und der Zehe weitergeschoben.

Interessant ist auch, zu beobachten, wie der Frosch erforderlichenfalls den Wirkungsgrad seines Sprunges korrigiert. Durch das Andrücken der Vorderbeine an den Körper erfolgt eine Reduzierung des Luftwiderstands, die Augen dagegen werden wie Scheinwerfer eines modernen Kraftwagens in die Kopfhöhle eingezogen. Das merkwürdigste jedoch ist, daß der Frosch die Augen schließt, nachdem er sein Opfer angepeilt hat, und trotzdem stets sein Ziel erreicht. Forscher haben sogar beobachtet, daß der Frosch während des Sprunges — falls die Richtung nicht ganz stimmt — die Sprungrichtung verändert.

Einem Kollektiv des Technologischen Instituts Massachusetts gelang es, das Rätsel um die geschlossenen Augen des springenden Frosches zu lösen. Den Untersuchungen zufolge schließt zwar das Tier seine Augen, doch das untere Augenlid ist lichtdurchlässig, so daß der Frosch auch bei geschlossenen Augen sehen kann, wenn auch etwas undeutlicher. Die Genauigkeit des Sprunges kommt dadurch zustande, daß das Bild des Opfers stets auf denselben Punkt der Augennetzhaut fällt. Falls sich das Bild während des Sprunges verschiebt, bedeutet dies für den Frosch, daß er von der genauen Richtung abgekommen ist. In solch einem Fall verändert er reflexartig während des Fluges die Lage eines Beines, wodurch er den Schwerpunkt seines Körpers verändert und so genau sein Ziel erreicht.

Dieses Akrobatenkunststück wiederholt die Heuschrecke tagaus, tagein. Nachdem sich der Schwerpunkt der Heuschrecke auf eine Linie mit dem Schenkelansatz verlagert hat, überschlägt sie sich in der Luft nicht, sondern behält ihre schräge Haltung bei und erreicht so, auf den Beinen federnd, den Boden.

Die fast gleiche Sprungmethode der Heuschrecke und des Grashüpfers ist vom biomechanischen Gesichtspunkt ebenfalls bemerkenswert. Eine Heuschrecke kann mit dem „Katapult" ihrer eingeknickten Beine ungefähr 45 Zentimeter hochspringen. Um diese Höhe zu erreichen, muß sie mit einer Anfangsgeschwindigkeit von 3 Metern je Sekunde vom Boden abspringen. Da sie im allgemeinen in einem Winkel von 60 Grad springt, ist entsprechend den physikalischen Gesetzen für jedes einzelne Bein eine Schubkraft von 0,15 Newton nötig. Eine beachtliche Leistung, denn diese Kraft reicht aus, das Achtfache der eigenen Körpermasse anzuheben. Der amerikanische Forscher G. Hoyle bestätigte diese Werte auch experimentell. Er bettete eine Heuschrecke in Plastilin und befestigte an einem ihrer Beine eine Masse von 20 Gramm. Die Heuschrecke hob trotzdem das Bein an, leistete also eine Kraft von 0,2 Newton und bestätigte so die theoretischen Annahmen.

Dieser Wert erscheint um so erstaunlicher, wenn wir das Bein der Heuschrecke gründlicher untersuchen. Das eine Schenkelende ist 30 bis 40 Millimeter lang, und im Grunde genommen ist dieses dritte Glied des Beines ein zweiarmiger Hebel, dessen anderes Ende insgesamt 0,75 bis 1 Millimeter vom Drehpunkt des Gelenks entfernt ist, so als würde jemand eine neuartige Kinderwippe anfertigen, deren eines Ende 3 Meter, das andere aber nur 7,5 bis 10 Zentimeter lang ist. Ein auf die längere Wippenseite gesetztes 10 Kilogramm schweres Kind könnte mit seinem Vater nur schaukeln, wenn dieser mindestens 300 Kilogramm schwer wäre. Ebenso kann am Bein einer Heuschrecke nur deshalb eine Hubkraft von 0,2 Newton wirken, weil die sich zusammenziehende Muskulatur am kurzen Hebelarm des Beines eine Zugkraft von 8 Newton entfaltet. Da von den 2

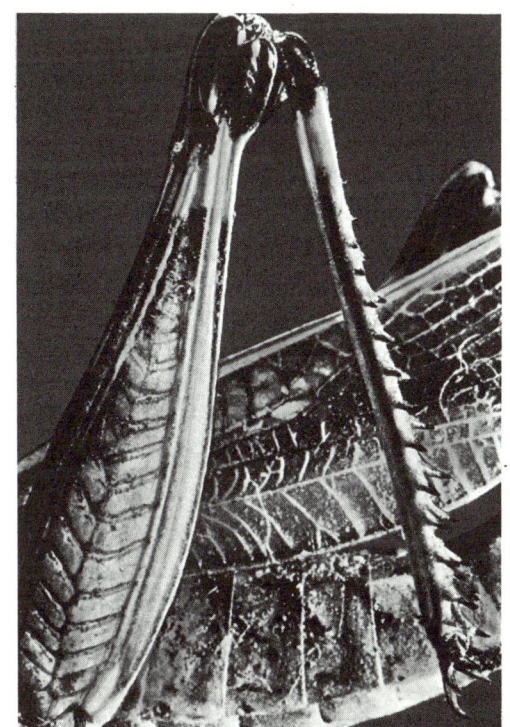

Mit Hilfe ihres Hinterbeins schnellt sich die Heuschrecke wie ein Katapult in die Höhe. Ihre Schenkel funktionieren wie ein kleiner zweiarmiger Hebel, dessen Drehpunkt beim plötzlichen Zusammenziehen der „Feder" des Spannmuskels eine Art „Gelenkbolzen" darstellt. Gewöhnlich bedient sich die Heuschrecke, wenn sie springt, dieser Methode.

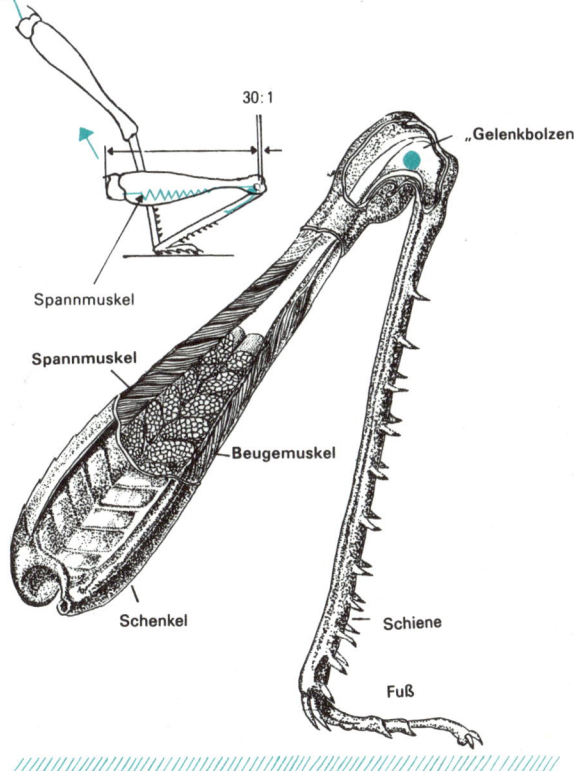

30:1

„Gelenkbolzen

Spannmuskel

Spannmuskel

Beugemuskel

Schenkel

Schiene

Fuß

Gramm der Gesamtmasse der Heuschrecke etwa 1 Fünfundzwanzigstel auf die Beinmuskulatur entfällt, ist jedes Gramm der Muskulatur theoretisch in der Lage, eine Zugkraft von 200 Newton zu entwickeln. In der gesamten Tierwelt verfügen nur noch Muscheln über eine derart leistungsfähige Muskulatur.

Doch die Heuschrecke kann nicht nur springen, sondern auch — wie der Grashüpfer — laufen, indem das Tier die Muskeln langsam zusammenzieht. Wie ist das Insekt imstande, diese beiden extremen Aufgaben mit denselben Beinen zu lösen? Die mikroskopischen Untersuchungen von G. Hoyle brachten eine interessante Aufklärung. In den Muskelbündeln der Beine befinden sich „schnelle" und „langsame" Nervenstränge. Während der Grashüpfer läuft, erhalten die Muskelbündel lediglich von den „langsamen" Nervensträngen Befehle zum Zusammenziehen. Setzt der Grashüpfer jedoch zum Sprung an, bleibt er vorher plötzlich stehen. Ein blitzschnelles Nervensignal durchdringt sämtliche Muskelfasern: Achtung, Bereitschaftshaltung! Beim Absprung ziehen sich auf Befehl der Nerven sämtliche Muskelfasern zusammen, so daß der Körper des Tieres innerhalb einer unglaublich kurzen Zeit beschleunigt wird.

Springspinnen haben außerdem das Sicherheitsseil erfunden. Sie schweben wie die Bergsteiger, die mit einem am Körper befestigten Seil einen Abgrund überspringen, in der Luft. Beim Springen zieht die Spinne einen Spinnfaden hinter sich her. Falls sie Gefahr wittert, wird das Fadenziehen plötzlich eingestellt, sie hält sich am Faden fest und ist so auch während des Fliegens imstande „abzubremsen". Das „Sicherheitsseil" verhindert das Weiterfliegen, sie erreicht den Boden und hat genügend Zeit, sich vor ihrem Feind in Sicherheit zu bringen. Die Spinne nutzt diese Möglichkeit aber auch, wenn von ihr die Entfernung bei der Beutejagd schlecht eingeschätzt wurde. Dabei fliegt sie nicht über ihr Ziel hinweg, sondern bremst vorher ab und stürzt sich noch rechtzeitig auf ihr Opfer.

## Der Schnellkäfer drückt den Abzug ab

So unangenehm und nichtsnutzig der winzigkleine Floh auch ist, in den Augen eines Ingenieurs ist er jedoch ein wahres technisches Wunderwerk. Er verfügt über einen Katapult, der seinen Körper mit enormer Kraft auf die Anfangsgeschwindigkeit des Sprunges beschleunigt. Der Floh des Wildkaninchens springt 5 Zentimeter hoch, der Menschenfloh hingegen erreicht eine Höhe von 20 bis 30 Zentimetern, das ist ungefähr das Zweihundertfache seiner Körperlänge. Im Weitsprung beträgt seine Spitzenleistung etwa einen halben Meter.

In dem 0,5 Gramm schweren Körper werden im Moment des Absprungs unglaubliche Energien frei. Dabei handelt es sich tatsächlich um einen kurzen Augenblick, denn die beiden hinteren Beine strecken sich innerhalb 1 Tausendstelsekunde. Der englische Forscher H. C. Bennet-Clark interessierte sich vor allem dafür, wie der Floh in die Höhe schnellt. Dabei mußte die Analyse der Beinkonstruktion mit außerordentlicher Geduld vorgenommen werden, doch ihm half eine Studie, in der bereits um das Jahr 1920 von zwei amerikanischen Forschern die Anatomie des äußerst kleinen Tieres genau beschrieben wurde. Was beim Menschen der

Oberschenkelknochen, ist bei den Insekten das dritte Beinglied, wissenschaftlich als Femur bezeichnet. Die Untersuchungen ergaben, daß der Floh die Beine vor dem Sprung in der Weise zusammenzieht, daß seine Schenkel in eine senkrechte Lage geraten, als würde jemand, auf der Erde sitzend, seine Beine anziehen. Im Augenblick des Abspringens schnellt der Femur plötzlich in die Waagerechte, währenddessen sich die Fußglieder, sich auf den Boden stützend, strecken.

Setzt das Tier zum Sprung an, ist ein leises Knacken zu hören. Dabei wendet sich der Schenkel in einer Viertelumdrehung, die Muskulatur ist angespannt. Im selben Augenblick, da der zweiarmige Hebel des Femurs die senkrechte Lage einnimmt, wird der Spannmuskel durch das nach unten reichende kurze Ende derart angespannt, daß der Muskel zerreißen würde, wenn nicht ein besonderes Muskelbündel in Bereitschaft stünde. Dabei handelt es sich um ein kurzes zylinderförmiges Muskelbündel, das in Anbetracht der enormen Wirkung der Spannkraft etwas auseinan-

dergezerrt wird, wodurch aber viel Energie gespeichert werden kann. Berechnungen und Versuchen zufolge speichert ein stecknadelkopfgroßes Stück dieses Muskelbündels so viel Energie, daß damit ein Gewicht von 15 Gramm 1 Zentimeter hochgehoben werden könnte. Beim Sprungvorgang bewegt diese plötzlich frei werdende Energie den Körper des Flohs bis zum Augenblick des Absprungs mit einer Be-

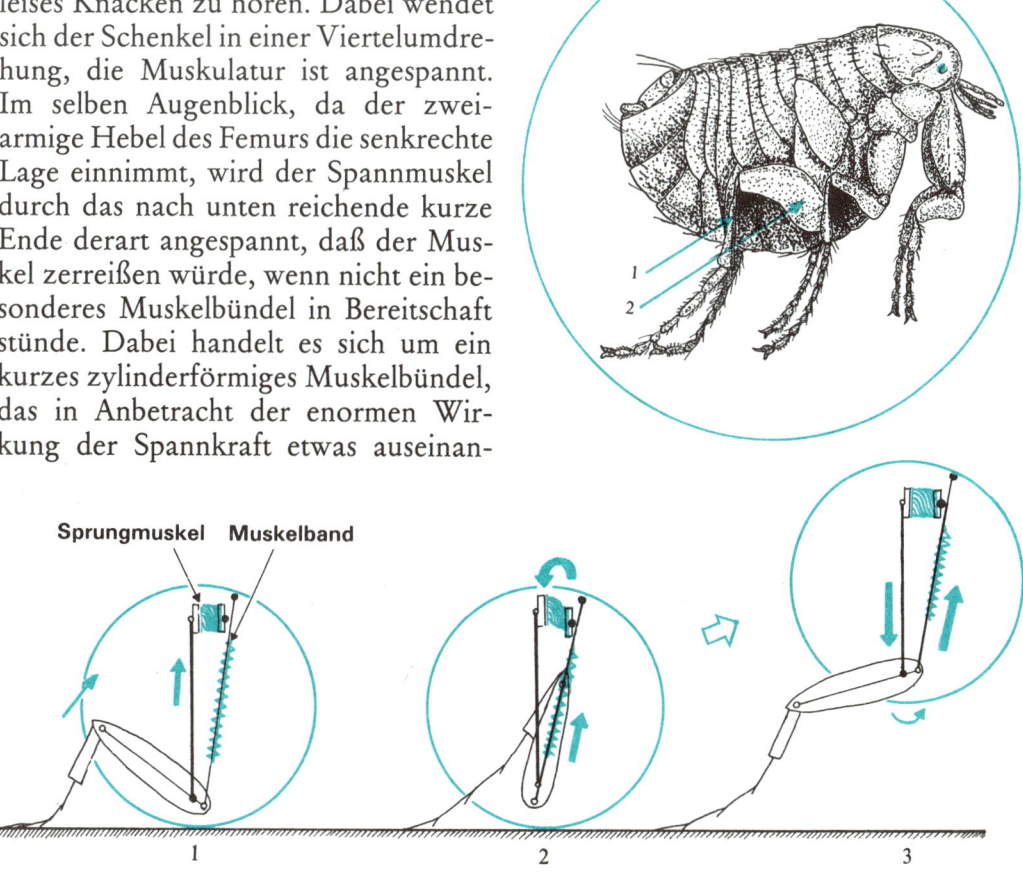

Bevor der Floh mit dem Bein zum Springen ansetzt (1), ist ein Knacken zu hören. Beim Anspannen des winzigen Muskelbündels staut sich eine große Energie auf (2). Im Augenblick des Absprungs zieht sich das quer verlaufende Muskelband zusammen, wodurch der Floh den „Abzug" abdrückt. Dabei tritt die „Feder" des Muskelbündels in Funktion und setzt den Beinmechanismus in Bewegung.

schleunigung von 200 Gramm. Währenddessen stützt sich das stachelbehaarte Ende des Beines auf den Boden. Wird der Floh auf eine Glasplatte gesetzt, versagt das lebende Katapult den Dienst, und er kann nicht springen.

Experimente haben eindeutig bewiesen, daß der Sprungmechanismus des Flohs entsprechend dem aufgezeigten Prinzip funktioniert. Das winzige Tierchen verbraucht bei jedem Sprung zweifellos enorm viel Energie, deshalb ist diese Fortbewegungsform für den Floh keinesfalls wirtschaftlich. Doch bei Gefahr oder bei einem schnellen „Wohnungswechsel" (bei der Suche nach einem neuen Wirt) zieht er durchaus seinen Nutzen daraus.

Die meisten Käfer geraten in große Schwierigkeiten, wenn sie von einem Grashalm herunterpurzeln und auf den Rücken fallen. Dabei zappeln sie, zu Tode erschreckt, und suchen nach einem Halt. Nicht in Schwierigkeiten geraten dabei Vertreter der zahlreich verbreiteten Familie der Schnellkäfer! Sie verfügen über einen Katapult, der sie aus solch leidigen Situationen befreit. Forschern war bis vor kurzem nicht bekannt, wie sich der Käfer aus dieser Rückenlage wieder „aufrichtet". Untersuchungen des englischen Forschers G. Evans brachten erst im Jahr 1972 Klarheit über den rätselhaften Mechanismus des Schnellkäfers. Mit Hilfe von Zeitlupenaufnahmen stellte es sich heraus, daß ein 12 Millimeter langer Schnellkäfer 30 Zentimeter hochspringen kann, wobei er sich in der Luft mindestens einmal überschlägt. Die Beine benutzt er dabei nicht. Dazu wäre er auch nicht in der Lage, zumal er ja auf

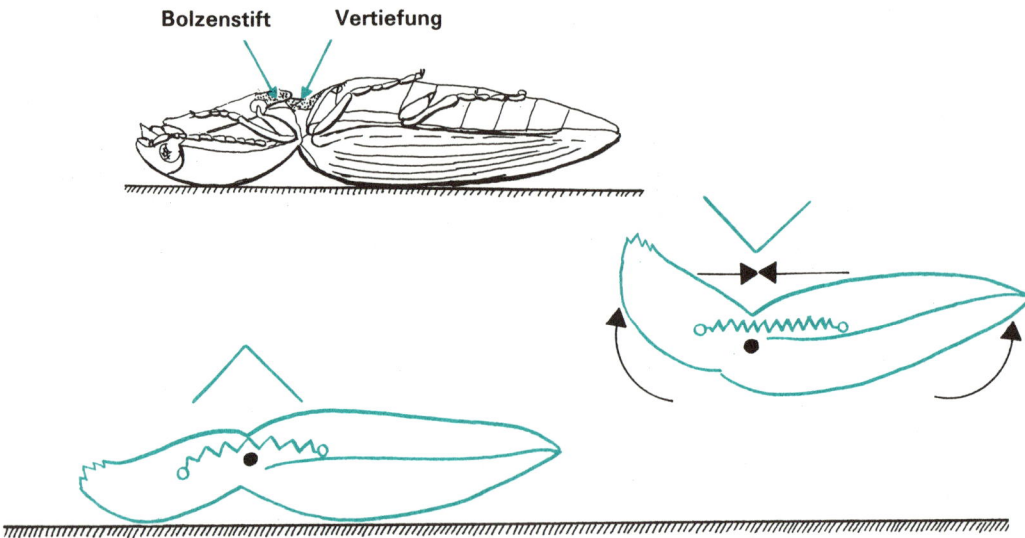

Bolzenstift    Vertiefung

Der Schnellkäfer kommt nicht in Verlegenheit, wenn er zufälligerweise auf den Rücken fällt. Er biegt seinen Körper in die Form eines umgekehrten V, wodurch sich gleichzeitig sein „Katapultmuskel" spannt. Durch die Auslösung des Spreizbolzens zieht der Muskel den Brustkorb und den Hinterleib jählings zusammen. In Auswirkung der Bewegungsenergie der trägen Körpermasse schnellt der Käfer in die Luft und fällt dann, sich um seine eigene Achse drehend, auf die Füße.

dem Rücken liegt. Die Schnellkäfer haben dieses besondere Akrobatenstück während ihrer langen stammesgeschichtlichen Entwicklung einstudiert. Sie spannen vor dem Sprung den Körper zu einer umgekehrten V-Form. Im Augenblick des Sprunges klappen sie ihn plötzlich zusammen und nehmen dabei eine richtige V-Form ein.

Der Schwerpunkt des 12 Millimeter langen Käfers verlagert sich unterdessen um 0,6 bis 0,7 Millimeter nach oben. Zum 30-Zentimeter-Sprung muß sich das Insekt mit einer Anfangsgeschwindigkeit von 2,4 Metern in der Sekunde vom Boden abstoßen, es steht ihm also nur der Bruchteil einer Sekunde zur Verfügung, um den Körper zu beschleunigen. Messungen zufolge nimmt der Schnellkäfer innerhalb 640 Millionstelsekunde die entgegengesetzte V-Form ein, wodurch er eine Beschleunigung von 380 Gramm erreicht!

Ein auf einen Nervenbefehl reagierender Muskel wäre zu einer derart schnellen Bewegung nicht in der Lage, deshalb spannt der Käfer während der Vorbereitung zum Sprung das aus der Brust in den Hinterleib führende Muskelbündel. Während sich der Muskel anspannt, bleibt der am Ende des Brustkorbs herausstehende harte Knebelstift in der winzigen Vertiefung des Hinterleibs hängen, ähnlich wie bei einer Jagdflinte, deren gespannter Hahn durch den Abzug gesichert ist. Im Moment des Sprunges drückt das Insekt den Abzug mit Hilfe einer dünnen Muskelfaser ab. Während dabei der Knebelstift ausgelöst wird, wird der Körper durch die enorme Kraft des plötzlich zurückschnellenden Muskelbündels in die entgegengesetzte V-Stellung gerissen.

Man muß zugeben, der Schnellkäfer

ist vollkommen schwindelfrei! Selbst durchtrainierte Raumfahrer können keine höhere Beschleunigung als 10 bis 15 Gramm ertragen. Der Kopf des Käfers hingegen bewegt sich im Augenblick des Sprunges — da er vom Drehpunkt der Brust und des Leibes 3,5 Millimeter entfernt ist — mit einer Beschleunigung von 2000 Gramm. Er hat sich anscheinend während der Jahrmillionen anhaltenden stammesgeschichtlichen Entwicklung dieser rasend schnellen Bewegung angepaßt.

## Springende Dosen

Die besondere Fortbewegungsform der Känguruhs, ihr „Galopp" von 80 Kilometern in der Stunde, beschäftigt schon seit langem die Phantasie der Erfinder und Konstrukteure. Wie könnte man ein Fahrzeug konstruieren, das die Fortbewegungsform des Känguruhs nachahmt? Räder kommen offenbar nicht in Frage, denn das Ziel bei der Konstruktion eines derartig neuen Fahrzeugs sollte in erster Linie ein leichtes und müheloses Vorwärtskommen in unwegsamem Gelände sein.

Sowjetischen Ingenieuren gelang es schließlich, die Konstruktion eines Geländefahrzeugs zu entwerfen, das sich anstatt auf Beinen auf elastischen „Gummipantoffeln" bewegt. In jedem Pantoffel rotieren um eine schräge Welle je zwei Gewichtsmasseln in entgegengesetzter Richtung. Erreichen die Masseln durch die Drehung den höchsten Punkt, reißt ihr Beharrungsvermögen das Fahrzeug in die Höhe; befinden sie sich jedoch auf dem tiefsten Punkt, drücken sie das Fahrzeug an den Boden. Diese Bewegung entspricht zwar nicht den Sprüngen des Känguruhs, doch vom mechanischen Gesichtspunkt betrachtet, lassen sich mit dieser Konstruktion die gleichen Sprünge erreichen.

Im Hof des Sibirischen Forschungsinstituts für Metallurgie wurde bereits im Jahr 1959 ein nach diesem Prinzip gebautes funktionsfähiges Modell erprobt. Es bedurfte nur eines einzigen Blickes, um sich davon zu überzeugen, daß an dem vollkommen geschlossenen Kasten keine Spur von Rädern vorhanden ist und es sich dennoch — allerdings mit kleinen Sprüngen — vorwärts bewegt. Das Prinzip ist das gleiche: Die drehenden Gewichte drücken den Kasten ab-

wechselnd auf und nieder. Die Gewichte in diesem Kasten drehen sich allerdings um eine waagerechte Achse. Der Mechanismus ist so konstruiert, daß der Kasten beim Hochspringen um ungefähr 10 Millimeter gleichzeitig 50 Millimeter nach vorn gleitet. Dadurch ist es dem springenden Kasten möglich, in der Sekunde eine Strecke von 1,2 Metern zurückzulegen. Der große Vorteil dieses merkwürdigen Mechanismus besteht vor allem vom technischen Gesichtspunkt her darin, daß der Kasten vollkommen verschlossen ist. Förderrollen oder Räder fehlen völlig! Als wäre die Maschine ein Meisterstück des Ba-

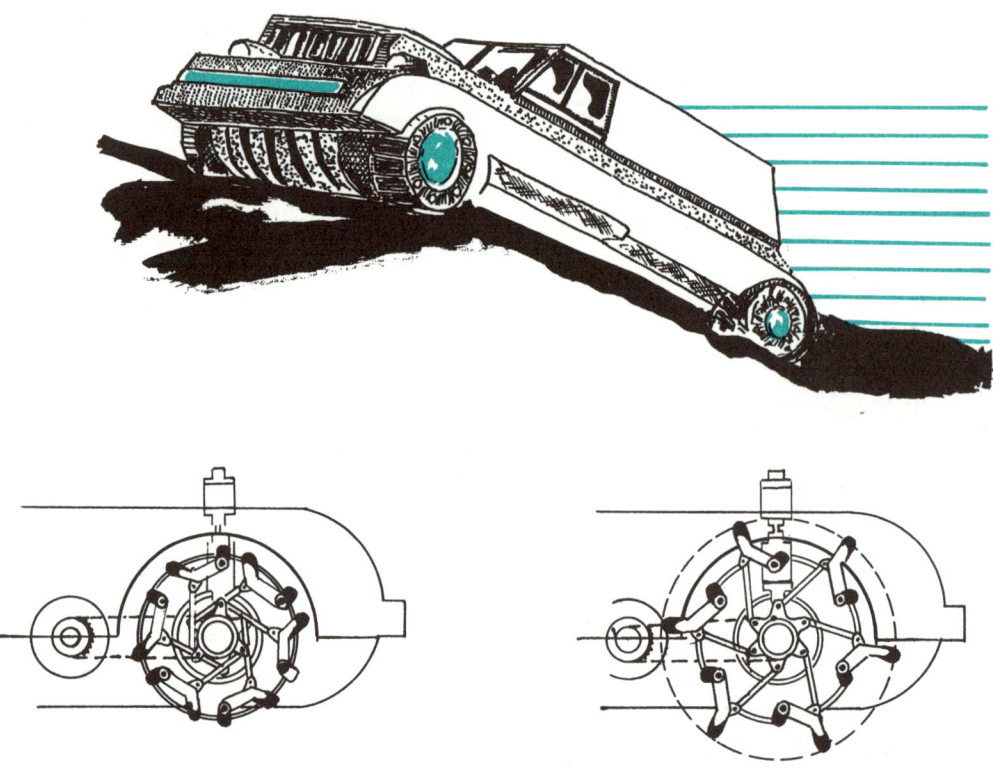

Das sowjetische Geländefahrzeug „Pinguin" ahmt die robbenartig gleitende Fortbewegungsform der „befrackten" Vögel nach, wenn es auf glattes Gelände gerät. Mit der durch einen Wellenring erzeugten Umdrehung treten aus den Rädern des Fahrzeugs gummiverkleidete „Flügel". Das Fahrzeug wird vor allem in der Arktis eingesetzt.

ron Münchhausen, der sich bekanntlich an seinen eigenen Haaren samt seinem Pferd aus dem Sumpf zog. Doch was im Märchen möglich, ist in Wirklichkeit nicht durchführbar. Hier werden tatsächlich Kräfte entfacht, aus denen Fortbewegung gewonnen wird.

Durch diese Experimentierfahrzeuge versucht man zwar der Mechanik des Springens im Bereich der Technik näherzukommen, es bestehen jedoch keine besonderen Aussichten auf Weiterentwicklung oder Vervollkommnung. Leistungsfähige Sprungfahrzeuge können erst gebaut werden, wenn die Erfinder den Mechanismus der Tiere in vollkommener Weise nachahmen. Andere Fortbewegungssysteme aus der Tierwelt haben bisher in vielen Fällen gute Hinweise zum Nachbauen geboten. In den Schneewüsten des Polargebiets beispielsweise versagen Fahrzeuge auf Rädern völlig. Pinguine jedoch haben seit Urzeiten erprobt, wie man sich auf glattem Schnee schnell vorwärts bewegen kann. Ihr watschelnder Gang sieht ziemlich ungeschickt aus, doch bei Gefahr fliehen sie auf eigentümliche Art. Nachdem sie sich hurtig auf die Schneedecke fallen lassen, „rudern" sie mit Beinen und Flügeln, auf dem Bauch rutschend, und fliehen mit einer Geschwindigkeit von 30 Kilometern in der Stunde.

Der sowjetische Ingenieur A. F. Nikolajew dachte an diese Bewegungsform, als er ein Geländefahrzeug konstruierte, welches das Robben der Pinguine nachahmt. In den Rädern des Fahrzeugs sind gummiüberzogene „Flügel" eingebaut. Im Ruhezustand sind an den einzelnen Rädern nur 12 kleine Gummirippen — die Enden der eingezogenen Flügel — zu entdecken. Wird das Fahrzeug jedoch in Bewegung gesetzt,

beginnen die Flügel im wahrsten Sinn des Wortes zu wachsen: Ein hydraulisches System schiebt sogenannte Flügelgreifer aus den Rädern. Da das Unterteil dieses 1,3 Tonnen schweren Geländefahrzeugs aus glattem Kunststoff besteht, kann es sich, auf dem „Bauch rutschend", fortbewegen, wobei die aus den Rädern „herauswachsenden" Flügel in den gefrorenen Boden oder Schnee greifen. Das Pinguin-Geländefahrzeug kann sich selbst bei einer Belastung von 300 Kilogramm verhältnismäßig schnell fortbewegen: Es erreicht im Reich des ewigen Eises und Schnees eine Geschwindigkeit von 50 Kilometern in der Stunde.

## Wellen auf dem Festland

Kann man sich ohne Füße fortbewegen? Selbstverständlich! In der Tierwelt gibt es zahlreiche Beispiele dafür. Die Natur verfügt nämlich über einen einzigartigen „Getriebemotor": den sich zusammenziehenden Muskel. Aus einer geschickten Anordnung der Muskeln haben sich jene besonderen lebenden Mechanismen herausgebildet, die auch ohne Beine eine Fortbewegung ermöglichen: So bewegen sich beispielsweise Ringelwürmer mittels einfachster Mechanismen fort. In ihrem Körper befinden sich zweierlei Muskulaturen: Längsmuskeln, die sich am ganzen Körper entlangziehen und die Körperlänge verändern, sowie Ringmuskeln, welche den Körper des Tieres umschließen und durch ihr Zusammenziehen den Querschnitt der einzelnen Segmente verringern.

Diese zwei Formen von Muskelbewegungen werden beim Egel während der Fortbewegung einander angepaßt, wobei das Tier am Körperanfang auf den Saugnapf und am Körperende auf den Haftnapf angewiesen ist. Der Egel klammert sich mit dem Haftnapf zunächst fest, worauf dann durch das Straffen der Ringmuskeln der geringelte Körper zu einem immer kleineren Querschnitt zusammenschrumpft: Er streckt sich dabei mehr und mehr aus. Nachdem er seine größte Länge erreicht hat, klammert er sich mit dem Saugnapf fest, worauf die Längsmuskeln in Funktion treten und den Körper auf die möglichst kleinste Kürze zusammenziehen. In diesem „kugelrunden" Zustand wird der Egel zur Scheibe. Wiederholt das Tier diese Bewegungen, klammert es sich erneut mit seinem hinteren Haftorgan fest, und die ganze Bewegungsreihe beginnt von vorn. Eine mühsame Arbeit bei der geringen Geschwindigkeit; doch dem Egel reicht sie!

Der Regenwurm ist wesentlich länger als der Egel, ihm fehlen die Haft- und Saugnäpfe, doch er bewegt sich mit der gleichen Methode fort. Nur daß die Längsmuskeln nicht auf einmal, sondern abschnittweise kürzer werden. Die Ringmuskeln ziehen sich ebenfalls nicht auf einmal zusammen, sondern segmentweise. Die Abschnitte der Verdickungen und Verengungen bewegen sich nacheinander am Körper des Regenwurms entlang, wobei er vorwärts gleitet. Sind dies nicht im Grunde genommen Körperwellen? Selbstverständlich, allerdings nur in Längsrichtung, wie auch an einer in Bewegung gesetzten losen Spiralfeder „dichte" und „schüttere" Stellen entlanglaufen (Longitudinalwellen). Am Körper des gleitenden Regenwurms stützen sich stets jene Stellen auf den Boden, die sich zusammenziehen, also die dicksten. An diesen festen Stützpunkten stößt sich der Regen-

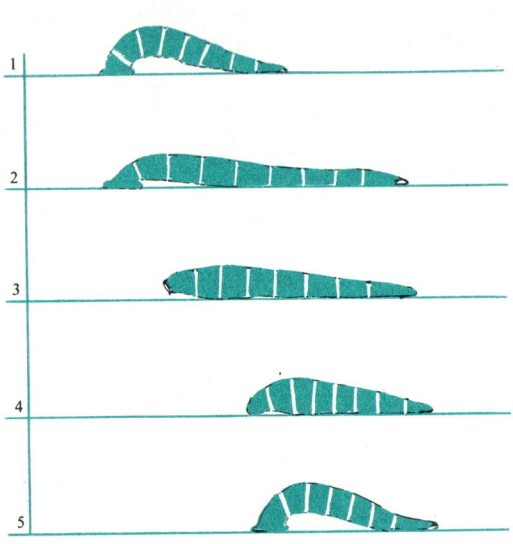

Der Egel benötigt zur Fortbewegung keine Beine. Durch das Straffen seiner Ringmuskeln streckt er seinen Körper (1—2), danach zieht er ihn mit den Längsmuskeln zusammen (3—5). Zwischendurch klammert er sich abwechselnd mit dem Saugnapf und dem Haftnapf auf dem Gelände fest.

wurm mit einer Kraft von 0,02—0,08 Newton ab und bewegt sich so nach vorn.

Am Körper des Egels und des Regenwurms ziehen sich die Längsmuskeln an beiden Seiten auf einmal zusammen. Bei anderen Tieren verläuft das Zusammenziehen an beiden Seiten in entgegengesetzter Weise. Während sich die Muskelstränge an der einen Seite zusammenziehen, dehnen sie sich an der anderen Seite aus. Dadurch krümmt sich das Tier mal nach links und mal nach rechts.

Wenn sich die an einer Seite vorhandenen Muskeln nicht auf einmal, sondern nacheinander zusammenziehen, entsteht am ganzen Körper eine Vielzahl von Wellen. Dabei handelt es sich um Transversalwellen. Und hier sind wir bei den Schlangen angelangt.

Die Welle, die am Körper der Schlange entlangläuft, bewegt sich genau mit der gleichen Geschwindigkeit nach hinten, wie sich die Schlange vorwärts bewegt. Über die Körperwelle haben wir bereits im Zusammenhang mit dem Schwimmen der Fische einiges erfahren, nur daß beispielsweise der Aal im Wasser niemals so schnell vorwärts gleitet, wie die Körperwelle an ihm entlangläuft. Auf dem Festland bietet der kompakte Boden einen sicheren Halt.

Die Schlange benötigt zur Wellenbewegung mindestens drei Stützpunkte, wovon sich einer stets gegenüber der einen Körperseite befinden muß. Dadurch können Schlangen — nach durchgeführten Messungen im Laboratorium — einen Weg von 6,4 Kilometern in der Stunde zurücklegen, obwohl sie in der Natur wahrscheinlich sogar eine größere Geschwindigkeit erreichen. Worauf kann diese außerordentliche Elastizität zurückgeführt werden?

Die Wirbelsäule der Menschen besteht aus 33—34 Wirbeln, die der Schlangen hingegen setzt sich aus 100 bis 400 Wirbeln zusammen. Biologen interessieren sich schon seit langem für dieses ungewöhnlich elastische Gefüge. Messungen haben gezeigt, daß 2 benachbarte Wirbel in der Lage sind, sich zueinander in einem Winkel von 28 Grad nach oben oder unten zu beugen und in einem Winkel von 50 Grad nach rechts oder links auszuweichen. Obwohl die verschiedenen Körpergewebe diese Elastizität offensichtlich mindern, ist das Rückgrat zur Ausführung von Wellenbewegungen besonders gut geeignet. Zur Bildung eines vollkommen geschlossenen Ringes würden der Schlange theoretisch bereits 8 Wirbel genügen.

Die Körperlage wird demnach zu jeder Zeit vom Biegungsverhältnis der zueinanderstehenden Wirbel bestimmt, was hingegen wieder von der Spannung der beide Seiten verbindenden Muskeln abhängt. Besondere Muskelbündel stellen die Verbindung zwischen dem Rumpf der Schlange und der außerordentlich elastischen Haut her. Dadurch kann sich die Haut unabhängig vom Rückgrat verschieben, was übrigens

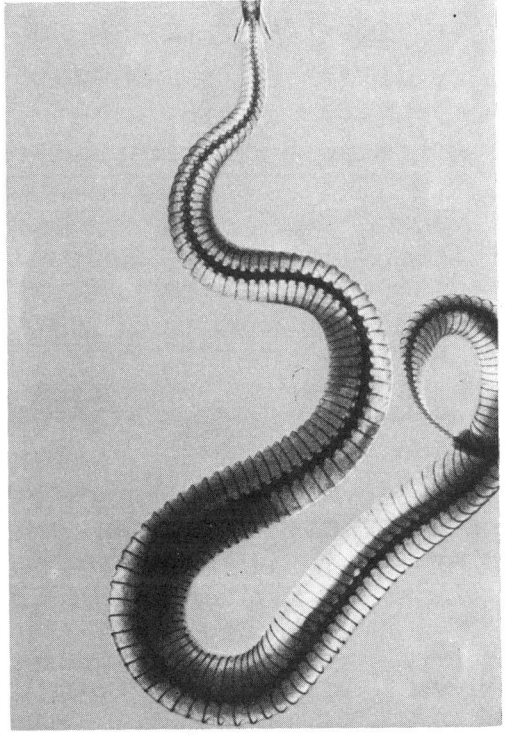

Die Schlange verdankt es ihrem biegsamen Rückgrat, daß sie sich auch auf dem Festland in Wellenbewegungen fortbewegen kann. Mit einem einzigen Wirbel kann sie sich zwar in keinem besonders großen Winkel bewegen, doch ein Teil des gesamten Rückgrats ergibt stets den erforderlichen Winkel. Auf dem Röntgenbild unserer Darstellung befindet sich am verschwommen dunkelschattigen Teil der Schlange ein kleines Kurzwellengerät, das den Forschern Aufschluß über den inneren Zustand des Schlangenkörpers gibt.

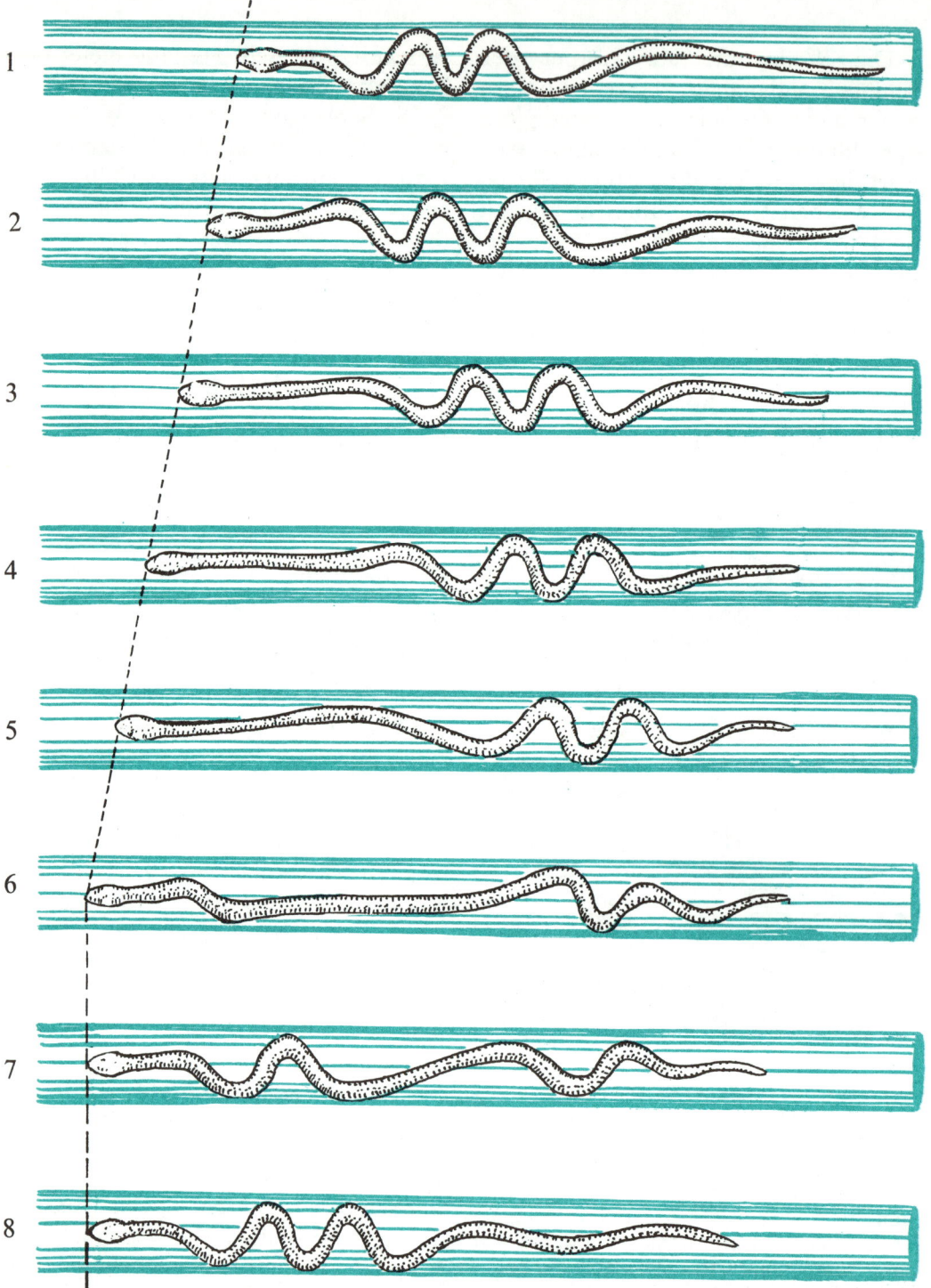

Die Schlange gleitet auch in einer engen Röhre leicht nach vorn. Sie krümmt sich innerhalb einer ganzen Körperwelle mindestens zweimal. Erreicht die Welle das Schwanzende, beginnt am Kopfende eine neue. Der Körper der Schlange stützt sich am Scheitelpunkt der Wellenlinie an die Röhrenwand.

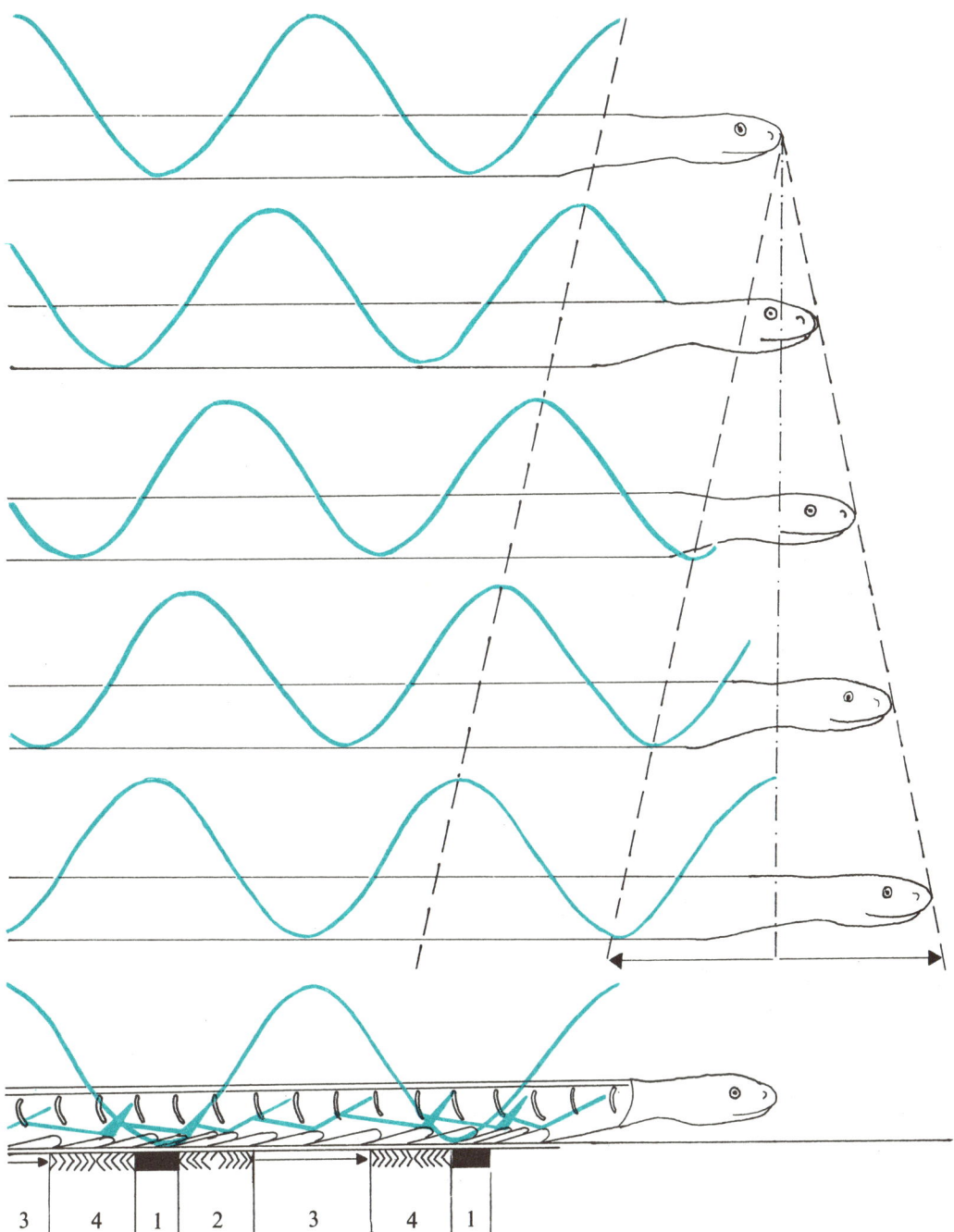

Vipern und Boas gleiten in gerader Linie nach vorn. Diese erstaunliche Fortbewegungsform ist darauf zurückzuführen, daß die Schlange dabei mit ihren an den Wirbeln verbundenen Muskeln die elastische Haut in Bewegung setzt. Die nach hinten verlaufenden „Faltenbildungen" stellen gewissermaßen längsseitige Körperwellen dar. Die Schlange gleitet mit der gleichen Geschwindigkeit nach vorn, mit der die Körperwelle nach hinten läuft. 1 — Stützpunkt; 2 — die Schlange streckt sich aus; 3 — sie bewegt sich fort; 4 — sie zieht sich zusammen.

für einzelne Schlangenarten äußerst zweckdienlich ist, die (wie die Boas und die Vipern) pfeilgerade vorwärts gleiten.

Auf den ersten Blick scheint es uns völlig unverständlich, weshalb sich Schlangen in dieser Weise fortbewegen. Detaillierte Analysen haben jedoch ergeben, daß das rhythmische Zusammenziehen und Ausdehnen der Schlangenhaut — dank dem Spiel der mit den Rippen verbundenen Muskeln — gleichfalls eine günstige und zweckmäßige Fortbewegung möglich machen. Dabei stauen sich die Schuppen an bestimmten Stellen des Körpers abschnittweise, die Schlange stützt sich an diesen Punkten auf den Boden und gleitet dadurch vorwärts. Die mit den Rippen verbundenen Muskeln ziehen die Haut an den Stützpunkten stets zusammen und dehnen den Abschnitt zwischen zwei Stützpunkten aus. Beim Gleiten schiebt die Schlange die zusammengezogenen Segmente an den Stützpunkten nach hinten, so daß sie sich selbst nach vorn bewegt. Der regelmäßige Wechsel dieser Abschnitte entspricht gewissermaßen dem regelmäßigen Rhythmus der Sinuswellen.

Dieser Rhythmus ist eine der bedeutendsten Gesetzmäßigkeiten der Fortbewegung in der Tierwelt, welche die Tiere im Verlauf ihrer stammesgeschichtlichen Entwicklung vom Wasser auf das Festland begleiteten. Es verwundert deshalb nicht, daß dieser Rhythmus auch an Schnecken wahrgenommen werden kann. Während der Fortbewegung verlaufen die Sinuswellen an beiden Seiten der Sohle (beziehungsweise des Fußes) der Schnecke parallel zueinander nach hinten. Wenn der kleine Hausbesitzer es sehr eilig hat, kann er in der Minute eine Strecke von 9 Zentimetern zurücklegen. Beim Wenden verlangsamt die Schnecke die Wellengeschwindigkeit auf der entsprechenden Seite und operiert wie ein kleines Raupenfahrzeug.

Der Fußmechanismus der Schnecken funktioniert in außerordentlich interessanter Weise, wie die englischen Forscher H. D. Jones und E. R. Trueman

Gespannte Situation auf dem Laboratoriumstisch. Wird die Schnecke über die Rasierklinge klettern? Mit den Wellenbewegungen ihrer Körpersohle hebt sie stufenweise einzelne Teile ihres Körpers über die Klinge, so daß sie ungestört ihren Weg fortsetzen kann.

festgestellt haben. An beiden Seiten befinden sich senkrechte Muskelbündel, die durch kleine, mit Körperfeuchtigkeit gefüllte Hohlräume voneinander getrennt sind. Zugleich ziehen sich an den „Füßen" der Schnecke in schräger Richtung auch solche Muskelbündel entlang, die über der langsam fließenden Körperfeuchtigkeit einen „Baldachin" bilden. Beim Zusammenziehen der senkrechten Muskelbündel üben diese im Rhythmus der Fortbewegungswelle einen Druck auf die mit Flüssigkeit gefüllten Hohlräume aus. Die Körperfeuchtigkeit wird weder nach oben noch nach hinten, sondern nur nach vorn gedrückt. So treibt die Flüssigkeitsmasse das vor sich befindliche zusammengezogene Muskelbündel pendelartig vorwärts. Als Folge dehnt sich das Muskelbündel aus, die Fußseite erhebt sich und drängt nach vorn. Die Fortbewegungswelle setzt sich demnach aus dem Rhythmus der steigenden und sinkenden Phasen am Fuß der Schnecke zusammen. Sollten wir demnächst auf eine sich bequem und behutsam am Boden fortbewegende Gartenschnecke stoßen, lohnt es sich, die Wellenbewegung an ihr zu beobachten.

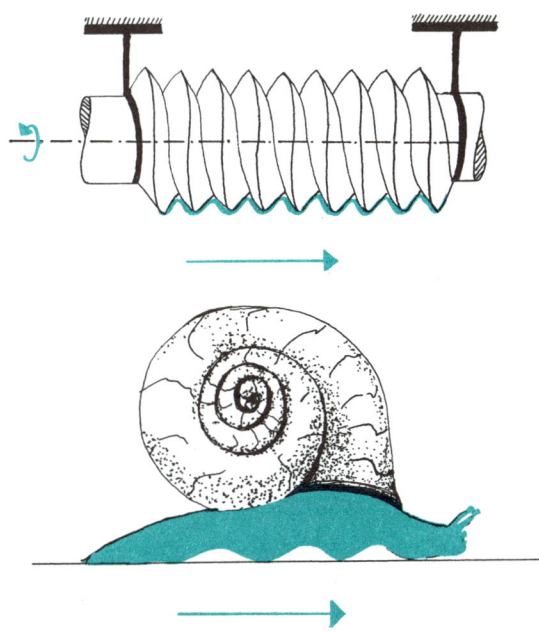

So wie das Gewinde einer sich auf der Stelle drehenden Schraube nach hinten läuft, genauso bewegt die Schnecke ihre Körpersohle. Da sie sich aber auf den Boden stützt, schiebt sich nicht die darunterliegende Erde nach hinten, sondern die Schnecke bewegt sich selbst mühelos nach vorn.

Seit Jahrtausenden bewundert der Mensch sehnsuchtsvoll den Flug der Vögel und Insekten. Doch erst der Technik unseres Zeitalters war es möglich, einzelne Lösungen aus der jahrmillionenalten Erfahrung der Tierwelt zu ergründen und nachzuahmen.

# Flügel auf dem Rücken des Piloten

Der schwedische Forscher Jensen mußte seine gesamte Selbstbeherrschung zusammennehmen, um nicht die winzigen Heuschreckenflügel in die Ecke zu werfen, an denen er bereits seit Stunden herumbastelte. Er hatte sich auf eine schwierige Sache eingelassen, doch jetzt aufzugeben wäre schade. Er hatte sich vorgenommen, auf der Grundlage einer Zeitlupenaufnahme vom Flug einer Heuschrecke jede einzelne Bewegung an einem leblosen Heuschreckenflügel nachzudemonstrieren, um zu erkennen, welche Auftriebskraft dabei entsteht. Er drehte vorsichtig den in einem Windkanal untergebrachten Flügel in die erforderlich gewölbte Form, schaltete darauf die Luftströmung ein und las sorgfältig die Werte an den Meßgeräten ab. Die unter Hinzuziehung der Daten entstandene Grafik verriet schließlich ein interessantes Geheimnis. Obwohl das vordere steife Flügelpaar der Heuschrecke zur Erzeugung von permanenter Auftriebskraft geeigneter wäre, entstehen dennoch 70 Prozent der Auftriebskraft während des Fluges an den schwingenden Hinterflügeln.

Derartige umständliche Untersuchungen sind der Mühe wert, denn nur so vermögen Bioniker auf noch nicht bekannte „lebendige" Erfindungen zu stoßen, die nicht nur im Bereich des Flugwesens verwertet werden können, sondern gleichermaßen neue Angaben über die Aviatik der Tierwelt liefern.

Der kunstvolle Zickzackflug einer unverschämten Fliege vor unserer Nase bereitet uns sicherlich mehr Ärger, als daß wir uns darüber wundern, wie diese außerordentlich vollkommene winzige Flugmaschine funktioniert. So viele gedrungene, behaarte, schlanke oder zierliche Insekten es auch gibt, alle bewahrten jenes Geheimnis des Fliegens, das vom Menschen erst in diesem Jahrhundert erfolgreich enträtselt werden konnte.

Freilich, von den ungefähr eine dreiviertelmillion fliegender Insektenarten fliegen nicht alle gleich gut. Im allgemeinen verfügen die einzelnen Arten über um so vollkommenere Mittel und Methoden, je schwierigeren Lebensbedingungen sie ausgesetzt sind. Etliche sind nur zu einigen jämmerlichen Flügelschlägen imstande und können kaum fliegen. Dazu gehört zum Beispiel der Schmetterling der Seidenraupe. Am Ende der Entwicklungsreihe dagegen finden wir die unangenehme, doch ausgezeichnet fliegende Hausfliege, offenbar jedes Bravourstücks fähig, das in der Luft auch nur möglich ist. Der Flugzeugkonstrukteur kann nur mit neidischen Augen den über dem Zeichentisch sich herumtollenden Fliegen folgen. Ihre Flugeigenschaften können selbst mit den neuzeitlichen Werkstoffen und mit solidesten Konstruktionen modernster Flugzeuge unserer Zeit nicht verwirklicht werden.

Auf den ersten Blick sehen diese

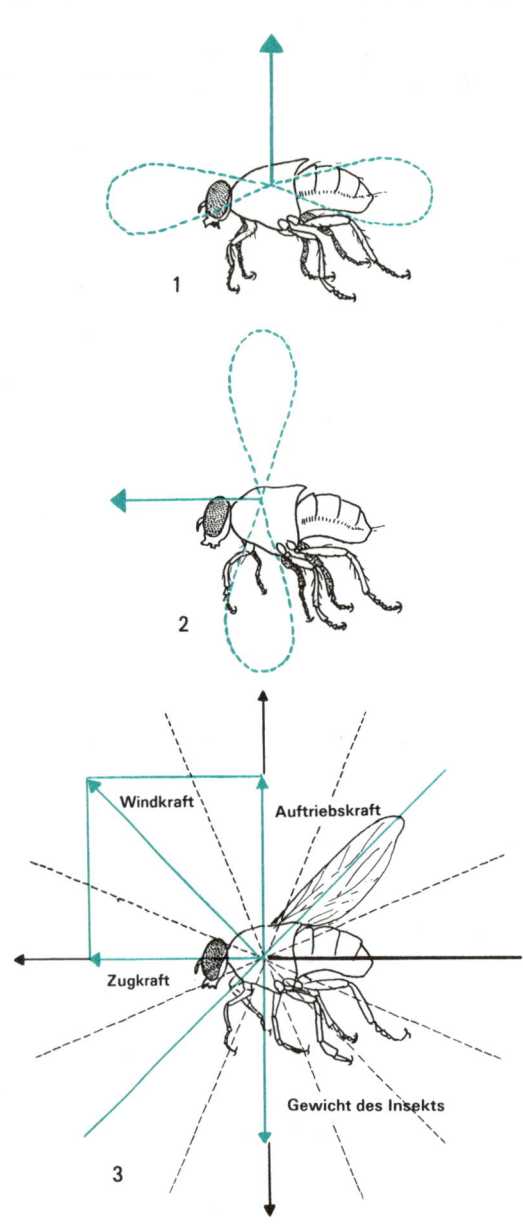

Schwingt der Flügel des Insekts in waagerechter Richtung, wird von dieser winzigen Luftschraube nur Auftriebskraft produziert (1). Schwingen die Flügel jedoch in senkrechter Richtung, dann entsteht Zugkraft (2). Beim waagerechten Flug flattert das Insekt in schräger Richtung, so daß sich die an den Flügeln auftretende schräge Windkraft auf die waagerechte Zugkraft und die senkrechte Auftriebskraft verteilt, währenddessen die letztere Kraft das Gewicht des Insekts ausgleicht (3).

hautflügeligen, summenden Flugzeuge wie Hubschrauber aus. Man könnte auch sagen, jedes Insekt besteht aus einem einzigen Propeller, dessen Achse und Motor der Insektenkörper selbst ist. Zwischen beiden besteht allerdings ein entscheidender Unterschied: Der Schraubenflügel des Hubschraubers kreist um seine Achse, die Flügel der Insekten hingegen können nicht kreisen, sie sind nur imstande, außerordentlich schnell zu schwingen. Beim Auf- und Niederschlagen des Flügels biegt sich das Ende der weichen Membranhaut etwas ein, wodurch von selbst das unentbehrliche Prinzip des Fliegens, die Neigungsfläche, entsteht. In Auswirkung der schwingenden Hin- und Herbewegung biegt sich der Flügel stets auf die entgegengesetzte Seite der Schlagrichtung. Durch waagerechtes Schwingen der Flügel wird erreicht, daß ausschließlich Auftriebskraft entsteht. Beim gleichen Schwingen der Flügel in senkrechter Richtung erzeugen die schräggestellten Flügel, ähnlich wie Flugzeugpropeller, Zugkraft. Fliegende Insekten müssen selbstverständlich zugleich in der Luft verharren und sich fortbewegen, so daß die schräg eingestellte Schwingungsebene der Flügel innerhalb der Senkrechten und Waagerechten das Gleichgewicht zwischen den beiden Anforderungen herstellt.

Beim Richtungswechsel der Flügelschläge entsteht ein aufschlußreiches aerodynamisches Phänomen. Schlägt der Insektenflügel nach unten, strömt die Luft sehr schnell nach. Am unteren toten Punkt unterstützt dieser Luftstoß nicht nur das Wechseln der schrägen Flügelstellung, sondern er verstärkt auch die Zugkraft an den plötzlich nach oben schwingenden Flügeln. Die vibrierenden Flügel bleiben dadurch nie

„ohne" Luft (was eine häufige Erscheinung beim Hubschrauberflügel ist); mit der größten Schwinggeschwindigkeit tritt demnach zugleich die größte Zugkraft auf.

## Was hat die Fliege in ihren Achselhöhlen?

Die verschiedenen Varianten der Insektenflügel haben sich aus dem alten „Doppeldecker"grundtyp entwickelt. Nur daß die beiden Flügel nicht untereinander, sondern hintereinander am mittleren Teil des Insekts, an der Brust,

Der harte Chitindeckel schützt nicht nur die dünnen Hautflügel, sondern er hält auch den Körper des Maikäfers während des Fluges im Gleichgewicht. Für die Bewegungsgeschwindigkeit der schwingenden Hautflügel ist es bezeichnend, daß sie, obwohl die Aufnahme mit einer Belichtungszeit von 1 Tausendstelsekunde gemacht wurde, auf dem Bild nur verschwommen zu sehen sind.

angebracht sind. Bienen, Wespen, Hornissen, Hummeln — kurzum, im allgemeinen die Hautflügler — benutzen ihre zwei Paar Flügel zugleich, so daß diese vom aerodynamischen Gesichtspunkt als ein einziges Paar funktionieren (funktionelle Zweiflügligkeit). Doch auch einzelne Flügelpaare können von Nutzen sein, wie uns dies die Heuschrecke beweist.

Bei Käfern ist das vordere Flügelpaar zu einer harten Flügeldecke ausgebildet, und diese dicke Chitindecke schützt im Ruhezustand die haardünnen, leicht zerreißbaren hinteren Flügel in ausgezeichneter Weise. Vielen Käfern sind die ausgebreiteten Flügeldeckel während des Fluges im Weg, doch einzelne nutzen sie zur Erhöhung ihrer Flugsicherheit. In einer mäßig auseinandergespreizten V-Form reduzieren sie das seitliche Kippen des „Insektenflugzeugs", ähnlich wie die sogenannte Rollstabilisierung bei den aus Metall konstruierten Riesen. Überschlägt sich ein Insekt infolge eines Windstoßes, entsteht unmittelbar danach an den emporschwingenden Flügelenden eine Gegenkraft, wodurch die Flügel wieder ihre ursprüngliche Lage einnehmen. Zur letzten Gruppe gehören schließlich die Fliegen und andere kleine Insekten, deren hinteres Flügelpaar auf winzige „Kolben" zusammengeschrumpft ist (morphologische Zweiflügligkeit). Diese Kölbchen (Halteren) können nur nach sorgfältiger Untersuchung am Flügelansatz ausfindig gemacht werden, ihnen wurde deshalb lange Zeit keine besondere Bedeutung zugemessen.

Die hauchdünnen Hautflügel entsprechen in vollkommener Weise dem „Schwingschraubenflug". An der Vorderkante hält ein fester Chitinstreifen den Flügel so straff, als halte jemand mit

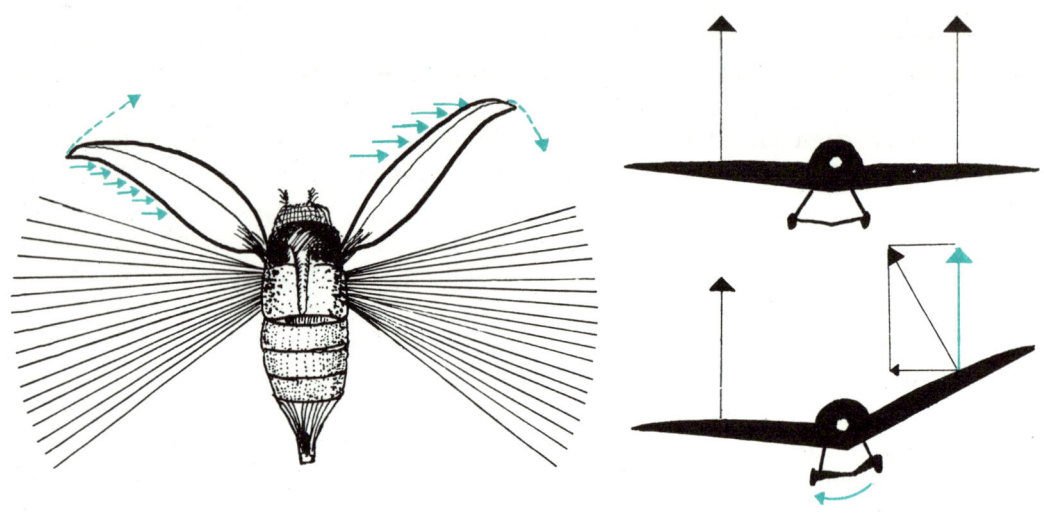

Der sichere Flug des Maikäfers wird gleichfalls durch die harten Chitinflügel gefördert. Hierbei kann das gleiche Symptom wie bei Flugzeugen festgestellt werden: Gerät die Maschine durch einen stürmischen Luftstrom ins Kippen, entsteht an den schiefen Tragflächen eine geringere Auftriebskraft. Durch die größere Kraft auf der anderen Seite kippt das Flugzeug um seine eigene Achse wieder in die ursprünglich waagerechte Lage zurück.

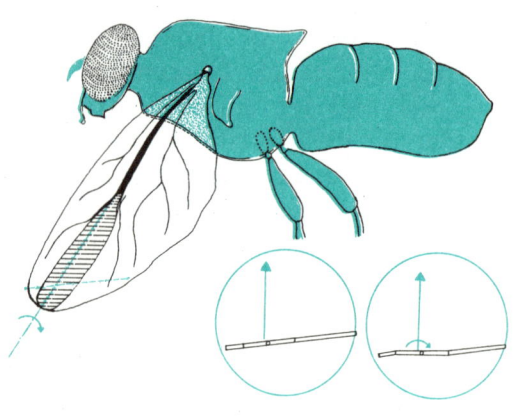

Die Stubenfliege ist sogar während des Fluges imstande, die Auftriebskraft der Flügel zu steigern. Sie stellt das eingebaute Querruder entsprechend ein, wobei der Querschnitt der Flügel die Form eines kaum wahrnehmbaren Z einnimmt. Dadurch entsteht während der einzelnen Flügelschläge eine größere Auftriebskraft.

zwei Armen einen Mantel hoch. Die durchsichtige Flügelhaut ist derart flexibel, daß sie unter der Einwirkung des Auf und Ab der Flügelschläge leicht und mühelos in die entgegengesetzte Richtung umschwingt. An ihnen ist vom charakteristischen Querschnitt der Flugzeugflügel — der Stromlinienform, bei der vor allem beim Gleitflug beinahe von allein die Auftriebskraft entsteht — keine Spur vorhanden. Insekten müssen bei jedem einzelnen Flügelschlag Auftriebskraft entwickeln; sie sind darum auf eine kleine Erleichterung angewiesen. So wurde deshalb von der Hausfliege das eingebaute Querruder „erfunden". Dieses sich in der Mitte des Flügels entlangziehende sogenannte ovale Fenster kann mit zwei parallellaufenden festen Chitinleisten verstellt werden, so daß das Flügelprofil eine leichte Z-Form annimmt. Dadurch wird der Druckunterschied der an den Flügeln vorbeigleitenden Luft ausgeglichen. In welche Richtung die Flügel sich auch bewegen, die Luftkraft an ihnen steigert sich auf jeden Fall, wobei die senkrechte Komponente als Auftriebskraft auf das Insekt wirkt.

In den Anfangszeiten des Flugwesens bereitete den Konstrukteuren das gefährliche „Flattern" der starren Tragflügel viel Kopfzerbrechen. Das Flattern trat vor allem bei Luftwirbeln auf und führte oft zum Bruch der Tragflügel. Später gelang es, ein Gegenmittel zu finden: Installation von Ballasteinlagen an der Stirnseite zur Stabilisierung der Tragflügel, wodurch mit Hilfe dieser trägen Masse eine Reduzierung der Vibration erreicht wurde. Der sowje-

tische Flugzeugkonstrukteur M. K. Tichonrawow entdeckte erst später, daß Libellen diese Lösung seit Urzeiten bekannt ist. An den Rändern ihrer Flügel, in der Nähe der Spitze, befindet sich nämlich ein verhärtetes Chitinkörnchen, das Flügelmal, das den Insektenflügel vor schädlichen Nebenschwingungen schützt.

Der prachtvoll farbigen Pigmentbeschichtung der Schmetterlingsflügel kommt gleichfalls eine interessante aerodynamische Bedeutung zu. So verändern beispielsweise die 0,2 Millimeter langen Schuppen des Kohlweißlings, die ähnlich wie Dachziegel die Flügel bedecken, die Beschaffenheit der Flügeloberfläche. Während sie an der unteren

Die Libelle wendet jene aerodynamische Lösung an, auf die Flugzeugkonstrukteure erst nach vielen Überlegungen gekommen sind. Am Scheitelrand der äußerst feinen Flügel befindet sich je ein farbiges Chitinkörnchen. Wären die Körnchen nicht da, würden die Flügelspitzen während des Fluges vibrieren und den Flug stören.

Seite des Flügels eng aufeinanderliegen, ragen sie an der oberen Seite schräg aus der Flügeloberfläche heraus, so daß über den Flügeln ein kleinerer Luftdruck entsteht als darunter, was schließlich zur Vergrößerung des Auftriebs führt. Untersuchungen von W. Nachtigall ergaben, daß sich die an den Flügeln entstehende Auftriebskraft bei Entfernung des Pigmentstaubs mindert.

Andere Forscher weisen darauf hin, daß das Zustandekommen der besonderen „Beschleunigungswellen" der Schmetterlingsflügel auf den Pigmentstaub zurückzuführen ist.

Bei den zu Schwingkölbchen rückgebildeten Hinterflügeln der zur Ordnung der Zweiflügler gehörenden Insekten handelt es sich gleichfalls um eine bemerkenswerte Erfindung! Wenn wir die Kölbchen beispielsweise von der Fliege entfernen, kann sie nicht auffliegen. Während des Fliegens schwingt das keulenförmige Organ im Rhythmus zu den Flügelschlägen, wobei es sich in der Sekunde bis zu 330mal bewegt. Die träge Masse der Kolbenköpfe schwingt stets in gleicher Richtung mit, die Kölbchen unterstützen dadurch das Insekt bei der Einhaltung der Flugrichtung, ähnlich wie die Achse eines Kreiselkompasses nur gewaltsam umgestoßen werden kann. Wenn das Insekt von seiner Flugrichtung abkommt, geraten die

Mit bloßem Auge ist die winzige Flügelrückbildung — das Schwingkölbchen — der kleinen Insekten kaum zu sehen. Die Bezeichnung ist äußerst zutreffend, weil das Kölbchen während des Fliegens wie auf dem Bild bei einer Mücke und einer Fliege im Rhythmus der Flügelschläge unter der „Achsel" schwingt. Ändert sich die Flugrichtung des Insekts, erhält der winzige Flugpilot durch die drehbaren Schwingkölbchen die entsprechenden Signale.

Ein nach dem Muster des Schwingkolbens der Insekten konstruiertes Gleichgewichtsgerät. Es ist kleiner als die früheren Gyroskope, welche den Positionswechsel der Flugzeuge anzeigten. In diesem elektronischen Gerät — im Gyrotron — schwingt ein einer Stimmgabel ähnliches Bestandteil, das sofort reagiert, wenn das Flugzeug zu trudeln beginnt.

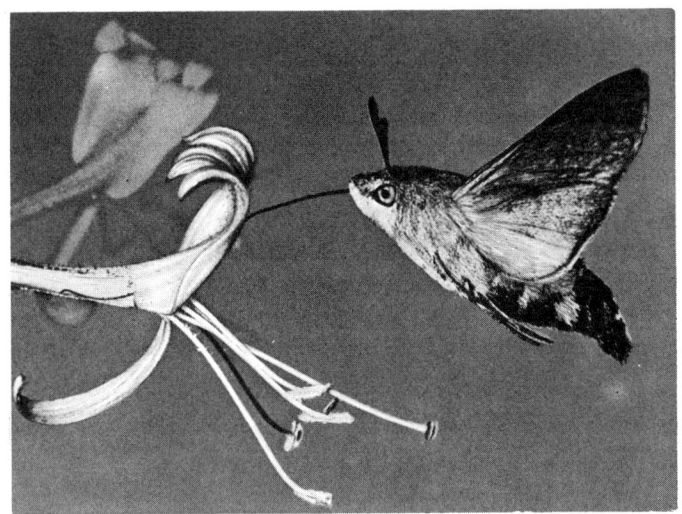

Das Taubenschwänzchen schwebt wie ein Hubschrauber vor der Blume. Der aufgeschnittene Blumenkelch läßt erkennen, wie weit sich der lange Saugrüssel ausstreckt, um den süßen Nektar zu erreichen. Die Flügel bewegen sich nicht ganz waagerecht, so daß neben der Auftriebskraft auch ausreichend Zugkraft entsteht, wodurch das Insekt gleichsam an die Blume gedrückt wird.

Schwungkölbchen aus dem Rhythmus, was vom Tier sogleich empfunden wird.

Nach dem Muster dieses besonderen Organs wurde von Ingenieuren das Gyrotron entwickelt. Auf den ersten Blick erinnert es an eine „doppelte" Klingel: Zwischen kleinen Elektromagneten schwingt unter der Einwirkung von Wechselstrom ein stimmgabelähnliches Teil. Der gesamte Mechanismus wird so angebracht, daß er sich in jede Richtung drehen kann, die vibrierende Achse der „Stimmgabel" hingegen zeigt stets in dieselbe Richtung des Raumes. Verändert sich die Lage des Flugzeugs, wird dies vom Gerät sogleich angezeigt. Wenn zum Beispiel das Flugzeug ins Trudeln kommt, zeigt das Gyrotron die entsprechende Richtung zum Einlenken in die waagerechte Lage an. In den letzten Jahren wurde das Gyrotron bereits so weit vervollkommnet, daß es auch zur Steuerung von Raketen eingesetzt werden kann.

## Die Flügel beschreiben eine Acht

Ein für lange Zeit schwieriges Problem in der Flugtechnik bestand im Schweben an einer Stelle, was für Insekten gewissermaßen ein Kinderspiel ist. Schwebfliegen zum Beispiel schweben reglos, als wären sie in der Luft festgenagelt. Hörten wir nicht ihr Summen, würden wir nicht glauben, daß sie dabei ihre Flügel mit rasender Geschwindigkeit bewegen. Zu diesem fliegerischen Meisterstück sind selbst vorzüglich fliegende Vögel nicht imstande. Der große Schwärmer ist gleichfalls ein kleines Wunderwerk: Er schwebt ausdauernd über den Blumenkelchen und sucht mit seinem langen Saugrüssel nach Nektar. Dieser Schmetterling trug sogar zur Vervollkommnung der Hubschrauber bei. Der französische Forscher Oemichen studierte eingehend die Flügelbewegungen dieses Schmetterlings an Hand von Zeitlupenaufnahmen, wonach in Auswertung der beobachteten Gesetzmäßigkeiten die Flugstabilität der Hubschrauber verbessert werden konnte.

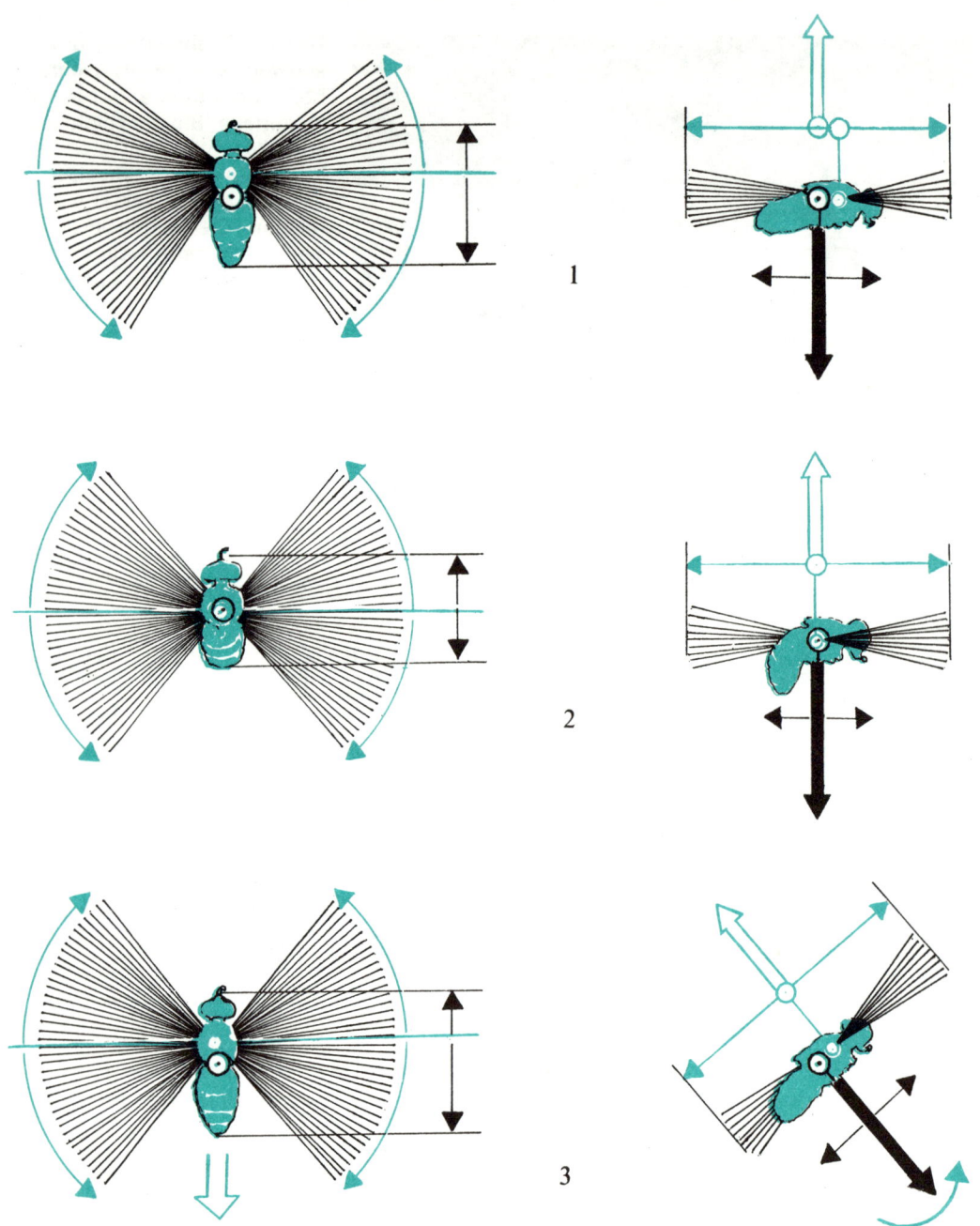

Mühelos schwebt die Schwebfliege an einer Stelle, wenn sie die Flügel waagerecht bewegt. Doch wegen ihres weiter hinten befindlichen Schwerpunkts muß sie irgendeinen Trick anwenden, um sich nicht zu überschlagen. Entweder schlägt sie mit den Flügeln einen größeren Bogen nach hinten als nach vorn, denn dadurch verschiebt sich die auf ihren Körper einwirkende Auftriebskraft an den Schwerpunkt (1), oder sie biegt ihren Hinterleib ein, wodurch sich der Schwerpunkt unter den normalen „Fächer" der Flügel verschiebt (2). Macht die Schwebfliege keins von beiden, wird sie vom Eigengewicht nach hinten gezogen. Dabei überschlägt sie sich in der Luft und fliegt plötzlich nach hinten (3).

Die Hausfliege startet von einem Brotstück! Die eigenartig herausgestellten Flügel lassen vermuten, daß dieses Insekt zu jeder Glanzleistung in der Luft fähig ist.

Beim Schweben an einer Stelle bewegt die Schwebfliege ihre Flügel gleichfalls wie ein Hubschrauber 'in waagerechter Richtung. Dabei tritt allerdings eine Schwierigkeit ein: Der Schwerpunkt fällt auf die Grenzlinie zwischen Brust und Hinterleib, obwohl sich die Flügel mehr vorn, an der Brust, befinden. Wie schützt sich nun die Schwebfliege gegen das Nachhintenkippen? Ihr stehen zwei Methoden zur Verfügung. Entweder schiebt sich die „symmetrische Fächerung" ihrer Flügelschwingungen etwas nach hinten, indem sie in kleinerem Bogen nach vorn als nach hinten schlägt. In der Weise überschreitet die Resultante der Auf-

triebskraft bereits den Schwerpunkt — und die Schwebfliege vermag dadurch ausbalanciert zu schweben. Sie kann aber auch ganz einfach den Hinterleib nach unten neigen. Dabei gerät der Schwerpunkt in eine Linie mit dem Flügelansatz, und die Schwebewaage ist wiederhergestellt. Wenn sie jedoch kein einziges dieser Manöver durchführt, tritt eine erstaunliche Situation ein. Mit dem nach hinten kippenden Körper ändert sich auch die Schwingebene der Flügel: Die Fliege fliegt nach hinten!

Kleine Insekten können ihre Flügel in jede Richtung schwingen. Entsprechend den Untersuchungen von B. Hocking und anderen Forschern bildet die Schwebeebene der Flügel beim waagerechten Flug gewöhnlich einen Winkel von 45 Grad. Warum? Mit einem in der Hand rotierenden kleinen Propeller können wir dies selbst untersuchen. Bildet die Achse des Propellers mit der Waagerechten einen Winkel von 45 Grad, zieht er unsere Hand während des Drehens mit der gleichen Kraft nach oben wie nach vorn. Der Schlüssel zu diesem Rätsel ist folgender: Das Insekt verteilt die an seinen Flügeln entstehende Luftenergie im gleichen Verhältnis zum Auftrieb und zur Fortbewegung. Die Auftriebskraft wird allerdings durch das Körpergewicht des Insekts ausgeglichen, so daß aus den Flügelschwingungen bei 45 Grad ausschließlich vorwärts treibende Kraft auftritt: Das Insekt fliegt waagerecht!

Diese Art der Fortbewegung ist keineswegs so regelmäßig wie bei Propellerflugzeugen, zumal die schwingenden Flügel bei jedem Schlag zweimal (oberhalb und unterhalb des Körpers) den toten Punkt erreichen. Das sind die kritischsten Augenblicke! Der Höhenverlust als Folge der schnellen Flügelschwin-

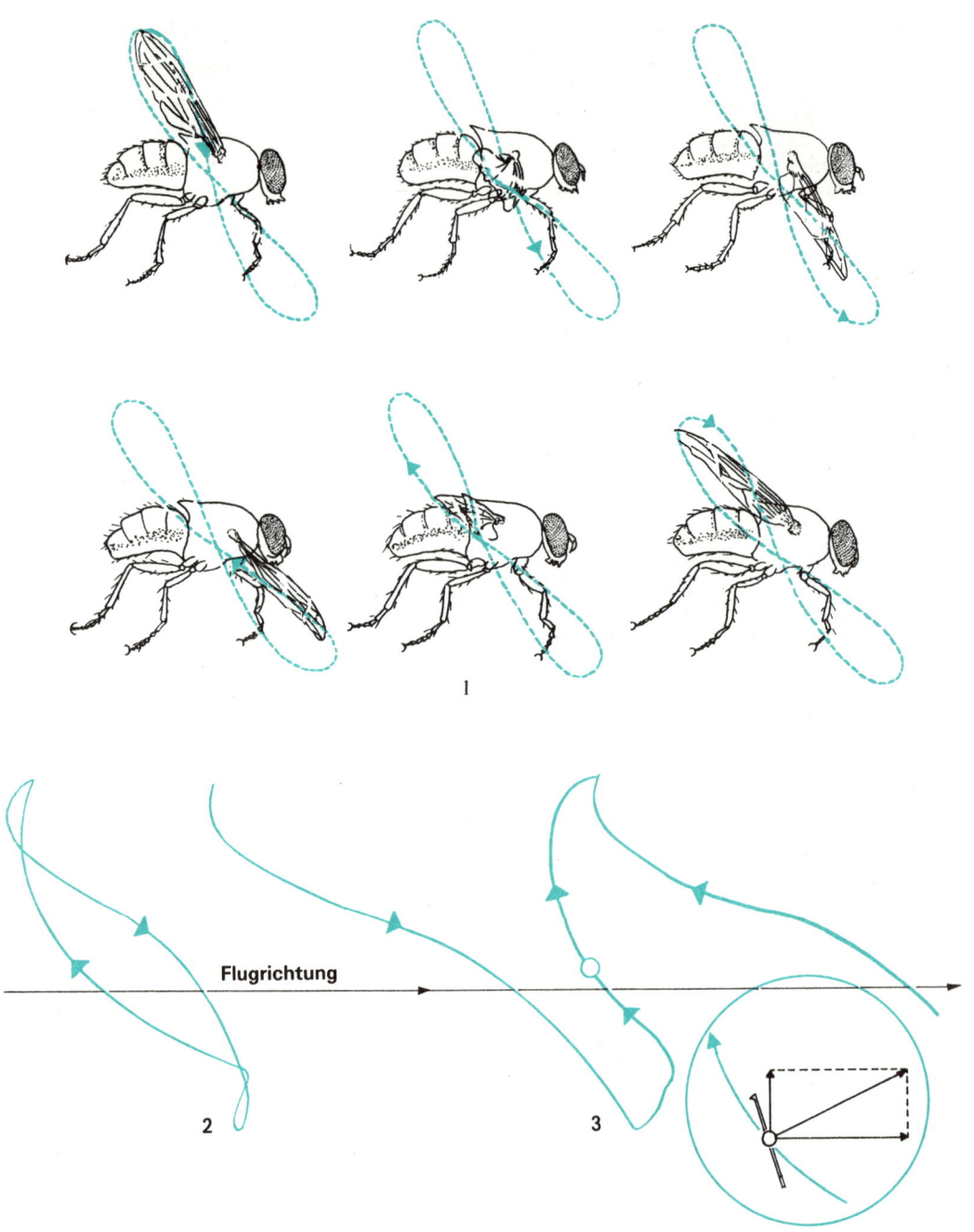

Beim waagerechten Flug beschreibt die Flügelspitze der Insekten in der Luft die Form einer schrägen Acht (1), das erste Drittel der Flügel hingegen zeichnet eine besondere Dreierschleife (2). Betrachten wir das Fliegen von einem etwas entfernteren Standpunkt, beschreibt der Querschnitt der Flügel eine Kurve, die in keiner Weise eine regelmäßige Wellenlinie darstellt (3). Doch gerade das ermöglicht es, daß auch an den nach oben schlagenden Flügeln Auftrieb entsteht.

gung ist für jeden Schlag nur in Tausendstelmillimetern meßbar. Letzten Endes besteht der waagerechte Flug des Insekts beinahe aus einer gleichmäßig schnellen Fortbewegung.

Ein nicht einfaches Problem für Konstrukteure von Propellerflugzeugen bestand schon immer darin, die relativ starren Tragflügel vor Schwingungen, verursacht durch die rotierenden Propeller, zu bewahren. Die lebende Natur überbietet hier mit Leichtigkeit die Starrheit der Maschinenwelt: Während des Schwingens sind die Spitzen der Flügel — wenn wir das fliegende Insekt von der Seite verfolgend betrachten — nicht gerade, sondern sie bewegen sich in Form einer schmalen Acht, dabei beschreibt das erste Drittel der Flügeloberfläche eine Dreifachschlinge. In dieser Weise erhöhen die Schläge der geschwungenen Flügel die an der Oberfläche entstehende Auftriebskraft.

Diese kleinen Luftfahrzeuge sind während des waagerechten Flugs ebenso manövrierfähig wie beim Schweben an einer Stelle. Wenn sie den „Schwingungsfächer" ein wenig nach unten schieben, kippt die Gleichgewichtswaage des Vorderleibs entlang der Schlagrichtung von 45 Grad sofort hoch — und das Insekt fliegt schräg nach oben. Das gleiche geschieht in umgekehrter Richtung. Durch das Nachobenschieben des Schwingungsfächers der Flügel kippt der Körper des Insekts nach vorn — und die „Maschine" fliegt bereits schräg nach unten.

Doch wie schlagen Insekten im Flug eine seitliche Richtung ein? Sie verfügen ja über keine lotrechte Lenkeinrichtung wie Flugzeuge an ihrem Heck. Die Aufgabe wird gleichfalls von den Flügeln gelöst! Das Insekt schaltet an der Seite auf eine niedrigere Schwingungsge-schwindigkeit um, nach der es wenden möchte. Es ist sogar imstande, während des Schwingens die Flügelebene nach Bedarf zu regulieren. Im Grunde genommen ist dies das gleiche Verfahren, mit dem aus der Führerkanzel des Hubschraubers auf mechanischem Weg die Schraubflügel während des Fluges zur Erreichung einer größeren Auftriebskraft steiler gestellt werden.

Der Bewegungsmechanismus der Flügel einschließlich des zahlreichen kleinen und feinen Zubehörs ist ein besonderes mechanisches Meisterwerk. Das „Maschinenhaus" — das Profil des Brustkorbs — sieht wie das Innere einer antiken Rudergaleere aus, in welcher die Schaufeln nach dem Prinzip des zweiarmigen Hebels arbeiten. In den Körpern der Insekten sind ähnlich konstruktive Lösungen vorhanden, nur daß der „Schiffsrumpf" aus zwei Teilen besteht: In der harten Chitinmulde der Bauchdecke ist die gewölbte Rückendecke des Insekts verankert, und dort, wo sich die Ränder treffen, ragen die „Ruderstiele" der Flügel heraus. An diesen befinden sich beidseitig Spalten, über die die nötige Muskelkraft zur Bewegung der Flügel gesteuert wird. Die Flügelenden sind mit dem Rand der Rückendecke verbunden, ihr Drehpunkt hingegen befindet sich am Rand der Bauchdecke. Wenn sich die Rückendecke hebt, schlagen die Flügel nach unten. Sinkt die Rückendecke jedoch herab, bewegen sich die Flügel nach oben (indirekter Flug).

Die Anordnung der Bewegungsmuskeln stellt eine geniale mechanische Lösung dar. Während die Dorsoventralmuskeln die Rückendecke am Flügelansatz in senkrechter Richtung nach unten ziehen, schlagen die Flügel nach oben aus. Für die Bewegung der Rücken-

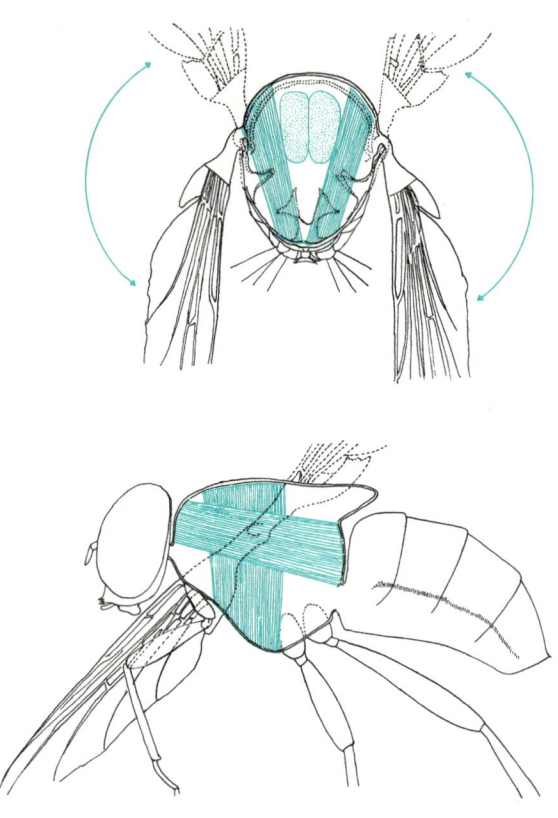

Die rhythmischen Flügelschläge entfalten sich aus dem Spiel der transversalen Muskelbündel. Die Muskeln des Insekts sind in der oberen Zeichnung der Darstellung im Querschnitt, unten hingegen im Längsschnitt zu sehen. Wenn sich die senkrecht ausgerichteten Rücken-Bauch-Muskeln zusammenziehen, schlagen die Flügel nach oben; ziehen sich hingegen die waagerecht längs ausgerichteten Muskeln zusammen, schlagen die Flügel nach unten.

decke nach oben bietet sich nicht mehr eine derart einfache Lösung an, denn die nach oben ziehenden senkrechten Muskeln würden dabei aus dem Insekt heraushängen. Ein nicht durchführbares Unterfangen! Die „lebenden" Flugzeuge haben dieses Problem in einer viel einfacheren Weise durch die Gegenmuskulatur gelöst.

Stellen wir uns einen halbeingedrückten Gummiball auf einem Tisch vor — dieser soll die Rückendecke des Insekts darstellen. Drücken wir seitlich an zwei Punkten in senkrechter Richtung auf den Ball, so werden sich beide Ränder nach oben heben. So ähnlich haben auch die Insekten dieses schwierige Problem gelöst. Die beiden für das Heben der Seitenränder der Rückendecke zuständigen Muskelbündel sind in der Längsrichtung des Brustkorbs untergebracht (dorsale Längsmuskeln), sie ziehen die Rückendecke in der gleichen Weise zusammen wie wir den Rand des Gummiballs. Dabei richten sich die beiden Seiten der gelenkartig angeschlossenen Flügelansätze auf, wobei die beiden Flügel nach unten schlagen. Die Bewegungsmuskeln ziehen jetzt die Flügelenden wieder nach unten, und das vollzieht sich abwechselnd in einer unglaublichen Geschwindigkeit.

Als der englische Biologe J. W. S. Pringle die kleinen Teile der Flügelkonstruktion und die Bewegungen einer Honigbiene unter dem Mikroskop untersuchte, stellte es sich heraus, daß die Biene imstande ist, während des Auf- und Niederschlagens den Positionswinkel der Flügel „einzustellen", wie auch Ruderer das Ruder während des Ruderns drehen können. Es ist darum nicht verwunderlich, wenn die Fliege oder die Biene mühelos in der Lage ist, ihre Flügel in der ihr genehmen Flugrichtung, dem ihr genehmen Neigungswinkel oder der ihr genehmen Schwingungszahl zu bewegen.

Einige Insekten dagegen mühen sich mit der Änderung der Schwingungsanzahl ihrer Flügelschläge nicht ab. So sind beispielsweise Wanderheuschrecken ausdauernde Flieger, obwohl sie offensichtlich ihren „Motor" nur auf einen einzigen Rhythmus einstellen können, wobei aber ihre Flügel mit unterschiedlichen Bewegungstricks manövrieren. Dies bestätigen zumindest die Messungen des dänischen Forschers M. Jensen: Im Luftkanal freigelassene Heuschrecken flogen in jede Richtung und bewegten sich ständig mit 1040 Flügelschlägen in der Minute.

## Der Frack des Tanzmeisters

Mit je größerem Gesumm und Geräusch im allgemeinen ein solch winziger Hubschrauber fliegt, um so größer sind seine Schwierigkeiten in der Luft, um so mehr muß er sich abmühen. Schade, nicht jedes Insekt ist mit solch einer vorzüglichen Konstruktion ausgestattet wie die Libelle, die nach einigen Flügelschlägen 5 bis 6 Meter in der Sekunde leicht und lautlos durch die Luft schwirrt. Der Körper des schnellen Luftpiraten ist ein vorzügliches Modell für einen vom Menschen geschaffenen Doppeldecker. Der langgestreckte, meist schlanke Hinterleib verursacht einen kleineren Luftwiderstand als die gedrungenen Körper anderer Insekten. Außerdem verwenden Libellen beim Fliegen ein interessantes Grundprinzip. Ihre zwei Paar Flügel schwingen im entgegengesetzten Rhythmus auf und ab. Wäre ihr Leib auch so kurz wie der der Hummel, würde sie sich mit ihren großflächigen Flügeln beim Fliegen überschlagen: Sie würde mal nach vorn, mal nach hinten kippen. Als Folge der durch die Flügelschläge entstehenden Drehmomente würde es ihr so ergehen wie dem Clown im Zirkus, der sich sorglos auf das Ende einer Bank setzt, wodurch das andere Ende der Bank wegen der Schwerpunktverlagerung plötzlich

hochschnellt. Der längliche Leib verhindert dieses Umkippen, denn die träge Masse gleicht das durch die Flügel verursachte Drehmoment aus.

Das sommernächtliche Summen der Mücken vermittelt dem aufmerksamen Bioniker eine interessante Information: die Schwingungszahl der Insektenflügel. Die Luft vibriert durch die Flügelschläge wie eine Stimmgabel. Je schneller die Schwingungen, desto höher der Ton. Der Normalton a entspricht 440 Schwingungen in der Sekunde, was die meisten Mücken leicht erreichen. Messungen zufolge gibt es auch Arten, die in der Sekunde bis auf 1000 Schwingungen kommen. (Eine Schwingung bedeutet in diesem Fall, daß die Flügel je einmal nach unten und oben schlagen, also in die Ausgangsposition zurückkehren.) Das leichte Schweben der Schwebfliegen ist deshalb von hohen summenden Tönen begleitet, weil sie mit 300 bis 350 Flügelschlägen in der Sekunde in der Luft „hängen". Die Flügel der blauen Schmeißfliege schwingen langsamer, im allgemeinen 200mal, die der Hummel 180- bis 240mal in der Sekunde.

Wie können die Flugmuskeln der Insekten in solch unglaublicher Geschwindigkeit sich straffen und wieder erschlaffen? Die Muskelfasern der Säugetiere und Vögel sind höchstens imstande, sich in der Sekunde 20mal zusammenzuziehen. Werden sie zu einer höheren Anzahl von Schwingungen genötigt, ziehen sie sich krampfhaft zusammen und versagen den Dienst. Die bisher offene Frage ist nach eingehender Untersuchung der Hummel gegenstandslos geworden. Es stellte sich nämlich heraus, daß die für die Flügelbewegung zuständigen Muskeln in der Sekunde nicht mehr als 10 Weisungen erhalten. Diese Weisungen werden je-

doch nicht nur mit je einem Zusammenziehen beantwortet, sondern mit einer
ganzen Serie von Schwingungen. Aus
aufeinanderfolgenden elektrischen Im-
pulsbefehlen entsteht folglich eine fortlaufende Schwingung.

Wenn die Schwebfliege eine Stunde
lang ohne Unterbrechung umherfliegt,
muß sie ihre Flügel mehr als 1 Million
Mal bewegen. Betrachten wir den winzigen Flugmechanismus der Insekten,
so scheint es uns fast unglaublich, welch
ein leistungsfähiger Motor sich darin
verbirgt. Sándor Svachulay, prominenter Pionier des ungarischen Flugwesens,
bemerkt hierzu in seinem Buch „Avia-
tiker der Natur": „Diese kleinen und
enorm schnellschwingenden Flügel lassen in unseren Gedanken einen grotes-
ken Vergleich aufkommen, denn die
Flugmembranen sind verhältnismäßig
nicht größer als die flatternden Schoß-
flügel des Frackes eines Tanzmeisters.
Wie spaßig würde es aussehen, wenn
diese Frackschöße in ähnlich schnelle
Schwingungen gelangten und der Tanzmeister sich mit einer wahnsinnigen Geschwindigkeit in die Luft erheben
würde!" Nicht nur ein Tanzmeister,
selbst ein muskelbepackter Sportler
wäre nicht imstande, sich mit der Kraft-
entfaltung der eigenen Muskeln in die
Luft zu erheben. Einsitzige, mit Muskelkraft betriebene Flugkonstruktionen

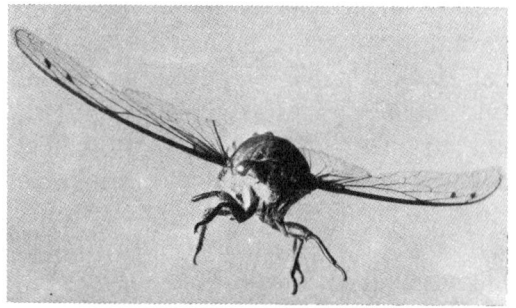

Aufnahmefolge über den bravourösen Flug
einer nordamerikanischen Zikade. Auf den
beiden ersten Bildern schlagen die Flügel
nach unten, auf den beiden anderen nach
oben. Die besonders schnell schwingenden
Insektenflügel in einer derart vollkommenen
Schärfe zu fotografieren war nur dadurch
möglich, daß die elektronische Belichtungs-
einrichtung bei jeder Aufnahme nur 1 Millionstelsekunde lang aufleuchtete.

blieben bis heute lediglich im Zustand des Experimentierens, Insekten hingegen führen uns dieses Kunststück seit eh und je jeden Tag vor. Die an einer Stelle schwirrende Schwebfliege ist sogar imstande, mit einer zweimal schwereren Last, als sie selbst wiegt, in der Luft zu schweben. In den Bewegungsmuskeln der Schmetterlingsflügel stecken noch bedeutend größere Energien: Schmetterlinge sind sogar in der Lage, mehr als das Hundertfache gegenüber ihrem eigenen Körpergewicht in die Luft zu heben.

Die chemische Energie der menschlichen Muskeln wandelt sich in Bewegungsenergie um, doch durchaus nicht in vollkommener Weise. 75 Prozent gehen im Verlauf der Umwandlung verloren, so daß der verbleibende Wirkungsgrad der Muskeln ungefähr 25 Prozent beträgt. Da der Wirkungsgrad der Kraftwagen ungefähr genauso hoch ist, brauchen wir im Vergleich hierzu nicht unzufrieden zu sein. Doch um wieviel effektiver ist der Insektenflug? Untersuchungen haben ergeben, daß eine Biene beim Rückflug mit gesammeltem Blütenstaub in ihren Bienenstock bei einer Stundengeschwindigkeit von 20 Kilometern und 260 Flügelschlägen in der Sekunde (ihr Gesamtgewicht einschließlich der Last beträgt dabei ungefähr 0,2 Gramm) einen geringeren Energieverbrauch hat, also äußerst wirtschaftlich arbeitet: Sie verbraucht lediglich 9 Prozent ihrer Nutzlast zur Betätigung ihres Motors. Die 2 Gramm schwere Heuschrecke hingegen verbraucht während eines einstündigen Fluges so viel Energie, daß man damit ein Gewicht von 1,3 Kilogramm 60 Zentimeter hochheben könnte. Der Wirkungsgrad der Energieumwandlung ihrer Muskeln beträgt entsprechend unseren Berechnungen

ungefähr 20 Prozent, somit ist ihr Ausnutzungsgrad noch geringer als der des Menschen.

Die Leistung des Motors beeinflußt auch die Geschwindigkeit des Fahrzeugs, doch die Geschwindigkeit der im Zickzack verlaufenden Fortbewegung der Insekten ist mindestens so schwierig zu ermitteln wie die der anderen Tiere. So viele Messungen, so viele Werte. Auf der Grundlage des Vergleichs verschiedener Angaben ist es wahrscheinlich, daß zu den Rekordhaltern in der Insektenwelt die charakteristisch behaarten Nachtfalter, die Schwärmer, gehören, die sich in der abendlichen Dämmerung mit einer Geschwindigkeit von 15 Metern in der Sekunde in der Luft bewegen. Die vorzüglich fliegende Libelle erreicht selbst bei größter Eile nur 16 Meter in der Sekunde, die Geschwindigkeit der Bienen hingegen ist sogar noch geringer: Nach Messungen des Bienenforschers und Nobelpreisträgers K. Frisch beträgt sie 6,5 Meter in der Sekunde. Heuschrecken beeilen sich in keiner Weise, wenn sie sich auf ihren entsetzenerregenden, zerstörenden Feldzug begeben. Den Messungen von T. Weis-Fogh zufolge legen sie in der Sekunde 3,6 Meter zurück, sofern sie vom Rückenwind nicht unterstützt werden. Der Kohlweißling kommt in einer Sekunde auf insgesamt 2,3 Meter, womit bewiesen wird, daß er trotz seiner großen Flügel zu den am schlechtesten fliegenden Insekten zählt.

Verglichen mit dem Mauersegler, der mit einer Stundengeschwindigkeit von mindestens 150 Kilometern dahinsaust, oder einem halbwegs modernen Flugzeug, das spielend 900 Kilometer in der Stunde zurücklegt, ist die Fluggeschwindigkeit der Insekten geradezu bescheiden. Doch wenn wir die Flugmechanismen von dem Standpunkt aus beurteilen, welche Weite sie im Verhältnis zu ihrer eigenen Körperlänge erreichen, verändert sich mit einem Schlag die Reihenfolge der Wettbewerbsplazierung. Selbst die mit einer Geschwindigkeit von 5 Metern in der Sekunde fliegende Hummel würde dabei als Sieger hervorgehen. Ihr folgt der Mauersegler, und das im vorherigen Beispiel erwähnte Flugzeug würde den letzten Platz einnehmen.

Diese Leistungsfähigkeit wird noch überwältigender, wenn wir dabei berücksichtigen, daß Insekten eine unglaublich weite Entfernung erreichen können. Hervorragende Weitflieger sind zum Beispiel Heuschrecken, die verschiedenartigen Wanderfalter, doch auch die zur Familie der Buckelfliegen gehörenden afrikanischen Schwarzfliegen können ohne Rast eine Strecke von 320 Kilometern zurücklegen, was im Verhältnis zu ihrer Körpergröße das Hundertmillionenfache bedeutet.

Wie großartig wäre es, ein Flugzeug zu konstruieren, das seine Flügel genauso bewegen könnte wie die Insekten und zu gleichen Bravourstücken in der Luft fähig wäre wie die Fliegen! Als erster konstruierte der griechische Erfinder A. O. Jardanoglou im Jahr 1949 eine derartige Insektenflugmaschine. Aber die Maschine wollte sich um keinen Preis in die Luft erheben. Sie war im Grunde genommen nur dafür geeignet, daß dadurch auch in der Praxis bewiesen wurde, wie wenig selbst Fachleuten vom Fliegen und von der Funktion der Insektenflügel bekannt ist. Später konstruierte der polnische Forscher O. Hawlowski den Entomopter (griech. entomon = Insekt, pteron = Flügel), doch das merkwürdige Flugzeug war nur zum Studium der physikalischen Gesetzmäßigkeiten des Insektenflugs geeignet. Auch sowjetische Forscher experimentierten mit Konstruktionen, deren Flügel sich bewegten, und obwohl einer dieser Apparate durch einen 3-PS-Motor eine beträchtliche Auftriebskraft entwickelte, blieb es ihm doch versagt, sich in die Luft zu erheben. Man müßte vielleicht elastische Kunststoffflügel herstellen und verwenden, damit das Fluggerät mit der Leichtigkeit von Insekten in der Luft schwebt und neben dem Eigengewicht wenigstens einen Menschen transportieren könnte. Schließlich gelang es auf der Grundlage aerodynamischer Gesetze, den Hubschrauber mit seiner starren Luftschraube zu konstruieren. Das eingehende Studium des schwingenden Flügelflugs der Insekten wird vielleicht doch noch zum Bau eines idealen Einmann-Entomopters führen!

## „Entzweigebrochene" Vogelschwingen

Wenn der kleinste Vertreter der Vogelwelt, der 2 bis 3 Zentimeter große Kolibri, mit seinem langen Schnabel, in der Luft schwebend, süßen Nektar aus dem Blumenkelch saugt, muß er für dieses fliegerische Bravourstück ordentlich bezahlen. Er muß nämlich im Verhältnis zu seinem Körpergewicht jeden Tag so viel Nahrung zu sich nehmen, als wenn ein Mensch täglich fast 1 Dezitonne Kartoffeln essen würde.

Demnach bleibt der buntgefiederte Kolibri auf dem Gebiet des effektvollen und energiesparenden Fliegens im Vergleich zu anderen Vögeln weit zurück. Eins jedoch kommt ihm zugute: Er hat sich nicht nur das Prinzip des Hubschrauberflugs zu eigen gemacht, sondern er ist unter den Vögeln der einzige, der auch rückwärts fliegen kann. Er schlägt mit seinen Flügeln genauso im Rundbogen hin und her wie die Insekten, so daß er ähnlich wie die Hubschrauber mit ihren waagerechten Flügelschrauben imstande ist, Auftriebskraft zu erzeugen.

Die Mehrheit der Vögel nutzt die Vorteile des bedeutend vorteilhafteren flügelschlagenden Fluges, der mit geringerem Energieeinsatz verbunden ist. Der Mensch beobachtet seit Urzeiten sehnsuchtsvoll diese besondere Fähigkeit, und es ist nicht zufällig, daß das Vorstellungsbild der schwingenden Flügel eng mit dem Begriff des Fliegens verschmolzen ist. Die ersten vagen

Der Kolibri ist der einzige Vogel, der auch waagerecht rückwärts fliegen kann.

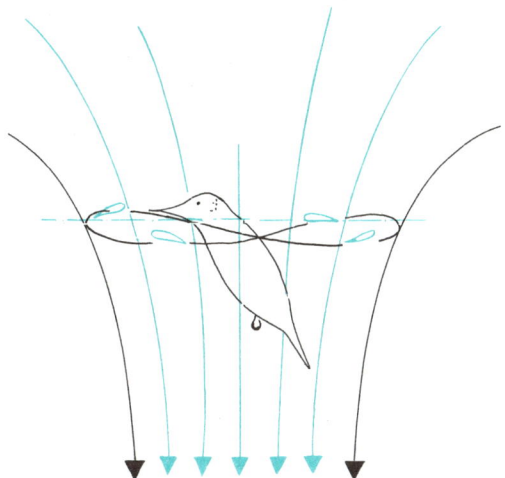

Wenn der Kolibri an einer Stelle schwebt, leitet er die Luft wie ein Ventilator unter sich hinweg. Dabei drehen sich die Flügel nicht im Kreis, sondern das Flügelprofil wird nach jedem halbkreisförmigen Flügelschlag „umgestellt".

Flugversuche begannen deshalb auch mit Modellen nach dem Muster schwingender Flügel. Sie führten jedoch zu keinem Ergebnis! Vögel bewegen nämlich nur zwangsläufig ihre Flügel, und am häufigsten jene Vögel, die am schlechtesten fliegen, da an ihren ausgebreiteten Flügeln nicht genügend Auftriebskraft entsteht. Albatrosse mit einer Flügelspannweite von 3,4 bis 4 Metern gehören zu den vorzüglichsten Segelfliegern der Meere. Obwohl sie ihre Flü-

Ein an der Blüte eines Mangobaums nippender Kolibri. Der Kolibri zählt zu den kleinsten Vögeln der Welt, deshalb kann er den Flugstil der Insekten leicht nachahmen. Wenn der Kolibri vor einer Blume schwebt, hält er seinen Körper beinahe senkrecht, so verlagert sich der Schwerpunkt des Körpers in den Mittelpunkt der halbkreisförmigen Flügelschläge (rechts).

dem Flügelansatz springt der Oberarm heraus, diesem schließen sich die beiden Knochen des Unterarms (die Speiche und das Ellenbein) an, schließlich etliche Handwurzel- und Mittelhandknochen, wobei die zusammengewachsenen Finger die vorderen Gliedmaßen abschließen. Dieses mit Federn ausgestattete elastische Organ ermöglicht es, daß der Vogel das grazile Flugwerkzeug im Ruhezustand an seinen Körper anschmiegt, im ausgebreiteten Flügel sich jedoch selbst der leiseste Wind fängt.

Die Auftriebskraft entsteht wie bei Flugzeugen an den ausgespannten Flügeln: Da die obere Seite des Flügels konvex, die untere jedoch konkav ist, entsteht durch die vorbeiströmende Luft oberhalb des Flügels ein geringerer Druck als unterhalb. Dieser Druckunterschied verleiht dem Vogelflügel Auftrieb, was auch Experimente im Windkanal beweisen. Auftriebskraft entsteht selbst dann, wenn der Vogel die Flügel nicht bewegt — im Gegensatz zu den Hautflügeln der Insekten, die nur in der Luft bleiben, wenn sie ihre Flügel pausenlos bewegen. Bei der Suche nach weiteren Ähnlichkeiten zwischen Motorflugzeugen und Vogelschwingen ergibt sich unwillkürlich die Frage: Wo befindet sich die Luftschraube des Vogels?

Die Vogelwelt kann sich selbstverständlich einen derartigen Luxus nicht erlauben, nämlich zwischen einem „schwebenden" Flügelmechanismus und einer „vorwärts treibenden" Vorrichtung zu unterscheiden. Daraus ergibt sich, daß die Funktion der Luftschraube bei den Vögeln von den Flügeln übernommen wird. Durchgeführte Untersuchungen haben gezeigt, daß der Flügel vom Gesichtspunkt des Fliegens in zwei

gel kaum bewegen, fliegen sie so vollkommen, daß sie anscheinend auf Bewegungen überhaupt nicht angewiesen sind. Im allgemeinen ist die Flugtechnik eines Vogels um so vollkommener, je größer er ist, so daß dadurch auch die Anzahl der Flügelschläge geringer ist.

Das Flügelskelett der Vögel weist den gleichen charakteristischen Grundbauplan auf wie die Vordergliedmaßen der übrigen vierfüßigen Wirbeltiere. Aus

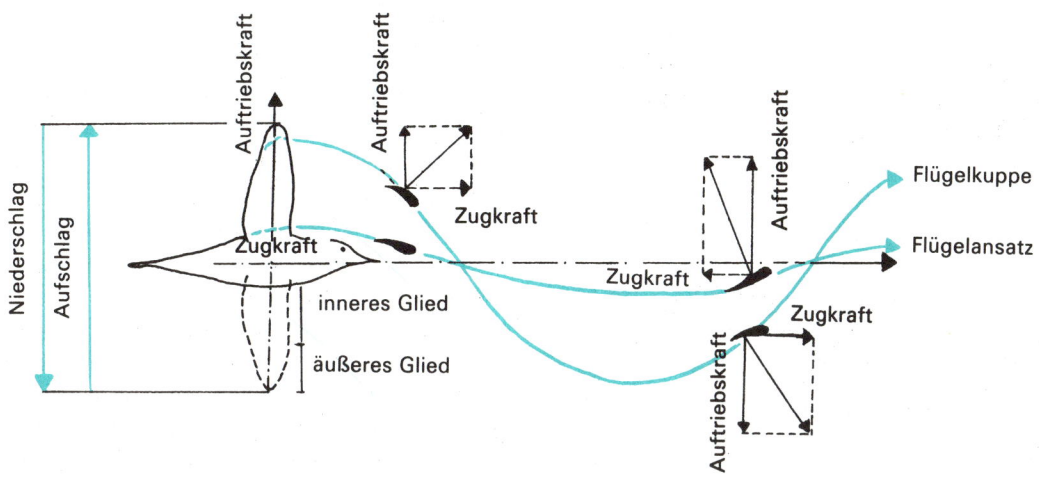

Der Vogel im Flug und jene kritischen Augenblicke, bei denen er seine Flügel nach oben schwingt. Dabei stützt er sich lediglich auf die Auftriebskraft der inneren Flügelglieder, welche die an der Flügelkuppe entstehende nach unten ziehende Kraft auszugleichen vermag. Die Zugkraft wird auch weiterhin von den äußeren Flügelgliedern produziert.

Glieder geteilt werden kann: Das innere und das äußere Glied. Das innere Glied reicht vom Flügelansatz bis zum „Ellbogen" des Vogels und entwickelt ähnlich wie die Tragflügel der Flugzeuge Auftriebskraft, das äußere Glied hingegen ersetzt die Luftschraube.

Doch auch hier das gleiche Problem wie bei den Insektenflugzeugen: Der Natur ist der Begriff eines ständig um sich kreisenden Organbestandteils nicht bekannt, darum ist der Vogel nur imstande, den Propeller seines Flügels wechselweise hin- und herzubewegen.

Schlägt der Flügel nach unten, biegen sich die Federn am äußeren Rand aufwärts. Dabei ist die auf die Flügel einwirkende Auftriebskraft mindestens so groß wie die in waagerechter Richtung entstehende Zugkraft. (Das gleiche können wir an einem Bogen Papier feststellen, den wir an unsere schräg nach unten gehaltene Handfläche drücken, während wir gleichzeitig die Hand nach unten bewegen. Der Papierbogen wird

nicht nach unten fallen, sondern an unserer Handfläche haftenbleiben.)

Schlägt der Flügel hingegen nach oben, biegen sich die Federn des äußeren Gliedes schlagartig um, wobei die Enden nach unten zeigen. Aus dem dynamischen Luftwiderstand der Flügel entsteht abermals horizontale Zugkraft, nur daß die senkrecht ausgerichtete „Auftriebskraft" dabei nach unten ausgerichtet ist.

Stürzen denn die Vögel in diesem Augenblick nicht herunter? Wie uns die bisherigen Erfahrungen bestätigen: Nein! Die beim Flügelschlag nach unten am inneren Flügelglied entstehende Auftriebskraft verhindert den Absturz und hält den Vogel in der Luft.

Nach unzähligen Vermutungen und Vorstellungen findet die Mechanik des Vogelflugs wohl am deutlichsten und klarsten in der eben geschilderten Theorie ihre Erklärung. Auch die bisherigen Erfahrungen bekräftigen dies. Der englische Forscher J. H. Storer stellte

Möwen veranstalten auf dem zugefrorenen Balaton Schaufliegen. Der oberste Vogel schlägt gerade nach unten, jeder der beiden Flügel nimmt die Form eines verkehrten V an. Darunter fliegt eine andere Möwe im Segelflug. Der zum Landen ansetzende Vogel bremst gerade mit seinen Flügeln.

durch Zeitlupenaufnahmen eines niedrig über einen Strauch fliegenden Silberreihers fest, daß der innere Teil seiner Flügel das Hindernis nicht berührte, weil er sich nicht bewegte. Der Reiher schlug nur mit dem vom Ellenbogen nach außen verlaufenden Flügelteil, dem „Propeller". Dies beweist nicht nur die zweifache Rolle des Vogelflügels, sondern auch, daß der äußere Teil imstande ist, sich eigenständig zu bewegen.

Der Neigungswinkel des Vogelflügels kann — im Gegensatz zu den Flugzeugen — während des Fluges verändert werden. Fliegt der Vogel mit langsa-

men, schwachen Flügelschlägen, biegen sich lediglich die Federspitzen am Flügelende um, dabei entsteht also eine geringe vorwärts treibende Kraft. Muß er jedoch fliehen, biegt sich in Auswirkung der stärkeren Flügelschläge das gesamte äußere Glied vom Ellbogen beginnend um, so daß dadurch eine viel größere Zugkraft entsteht als vorher.

Die übliche waagerechte Bewegung des Vogelkörpers verändert sich während des schnellen Fluges ebenfalls. Beim Flügelschlag nach unten tritt eine Beschleunigung ein, beim Schlag nach oben jedoch eine Verlangsamung, wie das auch in der aufgezeigten Aufnahme des Fluges einer Kohlmeise veranschaulicht wird. Vögel fliegen nicht gleichmäßig, sondern ruckweise, stoßweise.

Ähnlich wie den Insekten ist auch den Vögeln die Möglichkeit der Lenkung durch die Verlagerung des Schwerpunkts bekannt. Nimmt die Taube während ihres schnellen Fluges erst im letzten Augenblick einen Telegrafendraht wahr, biegt sie jählings ihre Flügel nach vorn. Dadurch verlagert sich ihr Schwerpunkt im Verhältnis zum „unterstützenden" Punkt der Auftriebskraft etwas nach hinten, der Vogel kippt nach hinten und fliegt, in die Höhe steigend, über den Draht hinweg.

Die Verkleinerung der Flügeloberfläche kann ebenfalls mit Vorteilen verbunden sein, da sie die Segelfluggeschwindigkeit erhöht. Nachdem die Schwalbe ihre Geschwindigkeit mit ein bis zwei Flügelschlägen beschleunigt, zieht sie die Kielfedern ein, breitet die Flügel sichelförmig aus und gleitet mit einem einzigen Flügelschlag 8 bis 10 Meter weit. Durch die kleinere Flügeloberfläche entsteht ein kleinerer Widerstand, was wiederum die Gleitgeschwindigkeit erhöht. Diese Methode wird

Der schnelle Flug einer Kohlmeise, dargestellt durch fünf Filmbilder einer Aufnahmenfolge. Die Zeitdifferenz zwischen den Bildern beträgt 0,01 Sekunden.

auch beim Segelflug angewandt, allerdings mit dem Unterschied, daß mittels einer mechanischen Vorrichtung die Hinterkante der Flügelfläche nach innen eingezogen wird. Die kleinere Flügeloberfläche ermöglicht, daß die Maschine schneller in eine aufsteigende Luftströmung gleitet.

## Flaumleichte Bauelemente

Von den Erfindungen der Natur tragen viele kleine Zubehörteile dazu bei, daß sich die Vögel in ihrem Lebensraum mindestens so leicht bewegen können wie die vierbeinigen Tiere auf der Erde oder die Fische im Wasser. Vom Gesichtspunkt der Fluggeschwindigkeit und der Energieeinsparung ist zum Beispiel der stromlinienförmige Körper unentbehrlich. Deshalb ist der Hals der Vögel fast verschwunden! Freilich nur scheinbar, er ist von einer dichten Federdecke bedeckt, die mit den übrigen Körperfedern eine sanft gewölbte Oberfläche bildet.

Die Feder ist das wichtigste „Bauelement" des Vogelflügels. Die Form der Flügelfeder ist etwas geschwungen. Diesem Umstand ist die an den Vogelflügeln auftretende Auftriebskraft zu verdanken. Die Federn biegen sich leichter nach unten als nach oben, so daß an den inneren Flügelgliedern Auftriebskraft, beim Schwingen der äußeren Flügelglieder hingegen Vortriebskraft entsteht. Je gedrungener, zylindrischer der Vogel ist, in einem um so gekrümmteren Bogen schmiegt sich der Flügel im geschlossenen Zustand an den Körper. Am ausgestreckten bogenförmigen Flügel entsteht größere Auftriebskraft, und darauf sind vor allem schwere Vögel mit einem gedrungenen

Körperbau angewiesen. Die Entwicklung der Vogelflügel ist ein mustergültiges Beispiel für selbstregulierende Methoden in der Natur: Die ideale Gestaltung des notwendigen Flugmechanismus wird von der Form des Körperbaus bestimmt.

Die Federn — insbesondere die Flaumfedern — schützen den Vogelkörper auch vor den Unbilden des Wetters. Diese von der Natur erprobte Erfindung griffen Bioniker auf, und im Laboratorium einer kalifornischen Textilfabrik wurde ein Experiment mit einem doppeltbeschichteten Gewebe durchgeführt. Die obere Schicht des Gewebes bestand aus längeren federartigen Kunststoffasern, die innere Schicht hingegen aus einem kurzen dichten Wärmeelement, an dem sich um so mehr elektrische Spannung aufstaut, je wärmer der menschliche Körper ist. Bei großer Hitze, bei der die Kleidung am stärksten mit Elektronen angespeichert wird, richten sich die Federn unter der abstoßenden Einwirkung der negativen Ladung auf und verschaffen dem Körper, wie Fenster mit Jalousien, eine angenehme Luftkühlung. Bei Kälte verhält sich diese Spezialkleidung gerade umgekehrt: Die Federn schmiegen sich fest an den Körper an und bieten einen vorzüglichen Kälteschutz.

Die übrigen Körperbauelemente der Vögel sind ebenfalls mit größter Zweckmäßigkeit dem Fliegen angepaßt. Der wichtigste Gesichtspunkt dieses Prinzips: Reduzierung des in der Luft fortzubewegenden Gewichts! Es ist kein Zufall, daß das Knochengerüst der Taube zum gesamten Körpergewicht nur 4,4 Prozent ausmacht, während es bei einer gleich schweren Ratte 5,6 Prozent beträgt. Messungen des amerikanischen Forschers R. Murphy zufolge ist das Knochengerüst einer der vorzüglichsten lebenden Flugmaschinen — des Fregattvogels — leichter als das Gesamtgewicht der Federn. Das Kreuzbein und der Beckengürtelknochen ist bei Vögeln zu einem einzigen Knochen zusammengewachsen, was zu einem außerordentlich leichten Skelettrahmen führt. Eine erneute Ähnlichkeit mit der Welt der Technik! Ingenieure verwenden heute überall Leichtbauprofile, wodurch neben einer gleichbleibenden Festigkeit eine Gewichtsreduzierung erreicht wird. Selbst die Porösität der Schädelknochen der Taube entspricht in vollkommener Weise den Anforderungen des Fliegens, denn ihr Schädel ist sechsmal leichter als der einer gleich schweren Ratte.

Mit der Lunge der Vögel sind fünf oder zum Teil noch mehr Luftsäcke verbunden, die bis in die Hohlräume der Knochen hineinreichen. Ein richtiges Luftschiff! Die Luftsäcke mindern nicht nur das Gewicht des Vogels, sondern sie dienen auch der Luftspeicherung während des Fluges und leiten die bei der großen Kraftanstrengung der Flügelschläge entstehende Wärme ab. Im Vergleich zum Volumen des menschlichen Körpers belegt die Lunge nur einen Raum von 5 Prozent. Das Atmungssystem der Wildente hingegen macht 20 Prozent aus, worunter lediglich 2 Prozent zum Lungenvolumen gehören, die übrigen 18 Prozent werden von den Luftsäcken beansprucht. Es ist nicht verwunderlich, daß vor kaum zwei Jahrhunderten, zu Beginn der Fliegerei, als der Heißluftballon der Brüder Montgolfier sich in die Luft erhob, die Wissenschaftler glaubten, daß Vögel die Luft in ihren Luftsäcken erwärmen und daß sie dieser Umstand in der Luft hält. Heute kann man darüber nur lächeln.

Ähnlich wie bei Segelflugzeugen schweben solche Vögel am leichtesten in der Luft, deren Flügeloberfläche im Verhältnis zu ihrem Körpergewicht größer ist. Derartige Vögel können bereits die leichteste Brise ausnutzen, um sich zum Flug zu erheben. Beabsichtigen sie, schneller zu gleiten, biegen sie einfach ihre Flügelspitze ein, wodurch die Auftriebsfläche verkleinert wird. In umgekehrter Weise kann dies allerdings nicht vorgenommen werden! Deshalb besteht die Voraussetzung für ein gutes Fliegen darin, daß das Verhältnis von Körpermasse zur wirksamen Flügelfläche einen Wert von 60 bis 80 $g/dm^2$ nicht überschreitet. Schwalben bewegen sich mit einem Verhältnis von 35 $g/dm^2$ weit unter dieser Grenze. Über die leichteste Konstruktion verfügen die ausdauernd kreisenden Geier, die hinsichtlich des Verhältnisses von Körpermasse zur Flügelfläche einen Wert von 27 $g/dm^2$ erreichen.

Zweifellos fliegen solche Vögel am schwerfälligsten, deren Flügel im Verhältnis zum Körpergewicht klein sind. Bei Überprüfung zwei gleich schwerer Vögel — einer Wachtel und einer Möwe — ist der Unterschied im Flügelmaß augenfällig: Die Spannweite (Entfernung zwischen den beiden ausgespannten Flügelspitzen) der Möwe beträgt mehr als das Zweifache der Wachtel. Der dabei in Erscheinung tretende Unterschied kann bereits beim größeren Energieverbrauch und bei der Ge-

Der Geier schwebt mit ausgebreiteten Flügeln fast ohne Kraftanstrengung. Will er schneller gleiten, biegt er seine Flügel ein. Je kleiner die Flügeloberfläche, auf die sich der Vogel in der Luft „stützt", um so schneller wird die Gleitgeschwindigkeit, wobei er aber auch schneller nach unten sinkt.

schicklichkeit beim Anflug beobachtet werden. Die Wachtel steigt mit größter Anstrengung in die Luft, während sich die Möwe selbst vom Wasser aus mit Leichtigkeit in die Luft erhebt. Je größer der Flügel — um so sicherer das Fliegen! Doch auch die Form des Flügels ist entscheidend. Der Flügel des Adlers ist acht- bis neunmal so lang wie breit: Dies ist das idealste Verhältnis. Kleinere Vögel haben „breitgezogene" Flügel, darum sind sie zu solch bewegungslosem Kreisen wie dem des Adlers oder des „schwangroßen" Albatros nicht fähig.

## Abmagerungskur während des Fluges

Schnelle Flügelbewegungen verbrauchen enorm viel Energie. Zeitlupenaufnahmen von C. H. Greenewalt zeigen, daß eine Kolibriart die Flügel in der Sekunde achtzigmal hin- und herbewegt. Zur Zeit ist das der Rekord der Vogelwelt im Flügelschlagen. Die Bewegungsleistung dieser Vogelmuskeln ist bewundernswert. Würde ein Mensch im Verhältnis zu seinem Gewicht die gleiche Kraft entwickeln, müßte er in jeder Sekunde eine Last von 56 Sack Zement 1 Meter hoch in die Luft heben! Vergleichen wir den Energieverbrauch eines Vogels für den Transport 1 Gramms seines Körpergewichts auf die Entfernung von 1 Kilometer mit der Leistungsfähigkeit der verschiedenen von Menschen geschaffenen Flugzeugtypen, so schneiden die lebenden Flugzeuge schlechter ab. Messungen des amerikanischen Professors Vance A. Tucker haben ergeben, daß ein 35 Gramm schwerer Zwergpapagei beim rationellsten Fliegen, und zwar mit der kraftsparendsten Geschwindigkeit von 42 Kilometern in der Stunde, durchschnittlich 12,5 Joule verbraucht. Dies würde einen Fingerhut voll Wasser um 3 Grad Celsius erwärmen. Insekten verbrauchen ungefähr das Zehnfache dieser Energiemasse, bei Hubschraubern oder Flugzeugen mit Strahlantrieb hingegen beträgt der Wert nur 4 bis 21 Joule.

Professor Tucker lüftete außerdem das Geheimnis um ein verblüffendes energetisches Gesetz. Beim Flug eines Zwergpapageis mit einer Stundengeschwindigkeit von 43 Kilometern in einem Steigungswinkel von 5 Grad verbraucht dieser dabei vergleichsweise zum waagerechten Flug um soviel mehr Energie, um wieviel er bei einem Senkungswinkel von 5 Grad nach unten weniger verbrauchen würde. Für die Vögel bedeutet das Fliegen nach oben oder unten nicht in jedem Fall eine „Mehrverausgabung", da sie dabei oft die Windenergie ausnutzen können.

Beim Vergleich des verbrauchten „Treibstoffgewichts" zum Gewicht des lebenden Flugapparats schneiden Zwergpapageien am besten ab. Die vom Menschen gebauten Flugzeuge vergeuden sechsunddreißigmal mehr Treibstoff als dieses kleine Vögelchen. Mit einer Geschwindigkeit von 35 Kilometern in der Stunde fliegend, ist der Zwergpapagei gezwungen, einen beträchtlichen Teil der in seinem Körpergewebe gespeicherten Nahrungssubstanz in Antriebsenergie umzuwandeln. Es ist nicht verwunderlich, daß er dabei in der Stunde 1,1 Prozent seines Gewichts verliert (wie auch der Mensch durch schwere Arbeit „abmagert"). Dies bedeutet freilich nicht, daß, wenn der Vogel 100 Stunden lang ununterbrochen fliegt, von ihm nichts übrig-

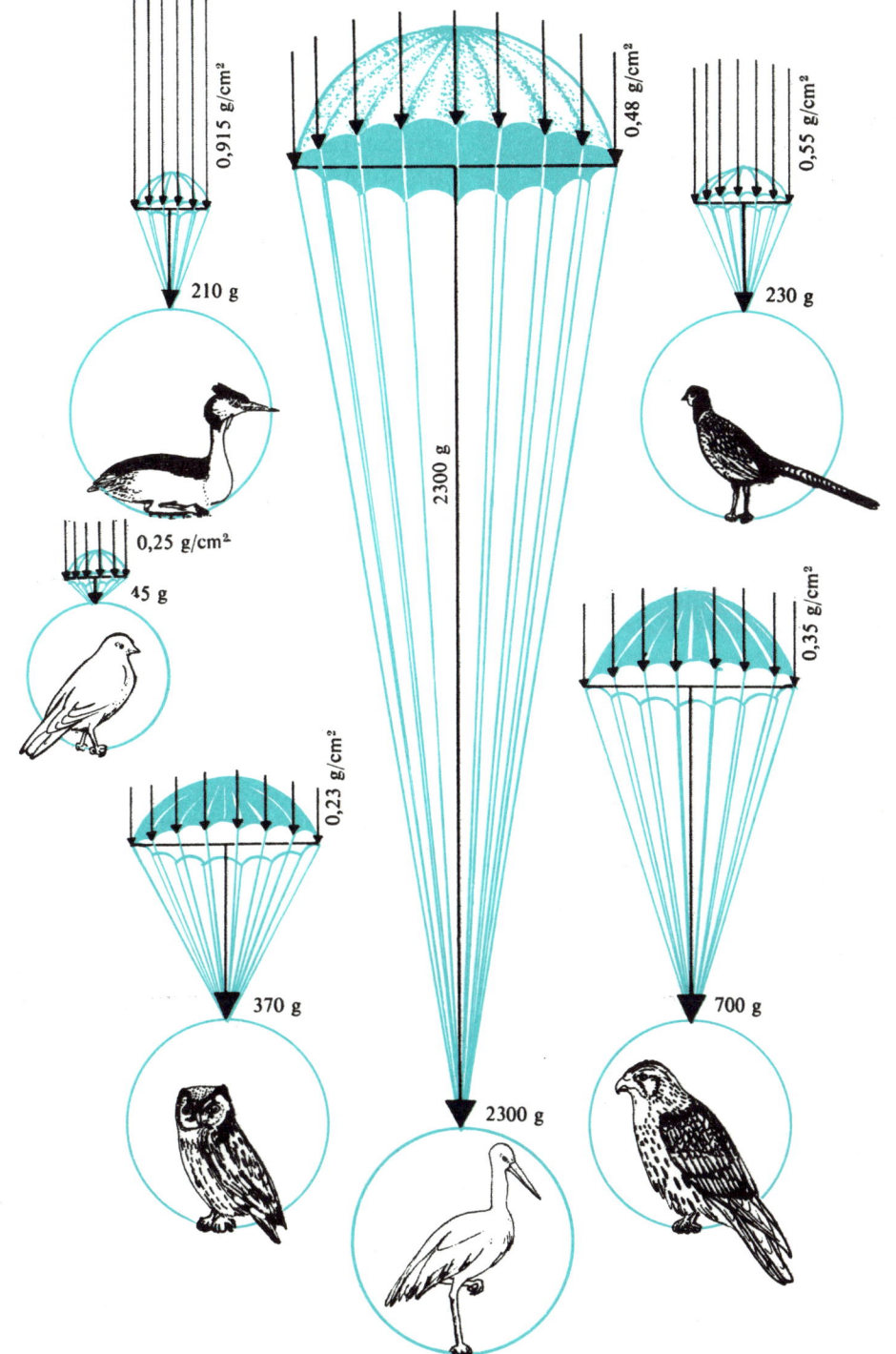

0,915 g/cm²

0,48 g/cm²

0,55 g/cm²

210 g

230 g

2300 g

0,25 g/cm²

45 g

0,35 g/cm²

0,23 g/cm²

370 g

700 g

2300 g

Je größer die Flügeloberfläche des Vogels, um so leichter fliegt er. Ein Fallschirm sinkt gleichfalls langsamer, wenn der Durchmesser groß und das an ihm hängende Gewicht klein ist. Auf der Abbildung ist der Durchmesser des Fallschirmes jeweils proportional zur Flügelfläche, seine Länge proportional zur Körpermasse des Vogels dargestellt. Je länger die senkrechten Pfeile am Außenrand des Schirms, um so schwieriger der Verbleib des Vogels in der Luft.

Projekt eines Überschallflugzeugs mit verstellbaren Tragflächen. Beim Aufstieg befinden sich die geöffneten Flügel fast in einer Linie. Mit der Beschleunigung seiner Geschwindigkeit „zieht" das Flugzeug die Flügel immer mehr ein. Dabei entsteht auch an der kleinen Flügeloberfläche genügend Auftrieb, während gleichzeitig der Luftwiderstand kleiner wird.

bleibt. Erfahrungsgemäß sind Zugvögel vor dem Antritt ihrer großen Reise zweimal so schwer wie im allgemeinen. Mittels dieser Energiereserve können sie ohne Rast 8 bis 10 Stunden fliegen.

In einem „Marathonwettbewerb" würden die Vögel als überlegene Sieger über die Säugetiere des Festlands hervorgehen. Größere Vögel — wie die Wildente — fliegen ausdauernd mit einer Geschwindigkeit von 60 bis 80 Kilometern in der Stunde. Obwohl die Antilope, der Strauß und der Gepard ebenso schnell sind, können sie dieses Tempo nicht lange halten. Eine Entfernung von 1000 bis 1500 Kilometern ohne Rast zurückzulegen wie die über das Meer fliegenden Zugvögel ist kein Festlandstier in der Lage. Diese phantastische Leistung wird jedes Jahr, dem triebhaften Befehl im Daseinskampf folgend, vollbracht.

„Die Vögel haben die Luftregionen erobert!" Welch schöner poetischer Ausdruck! Allerdings trifft er nicht ganz zu. Die Ionosphäre, von der die Radiowellen reflektiert werden, beginnt oberhalb einer Höhe von 80 Kilometern, und hier findet sich von den Vögeln keine Spur mehr. Wo liegt die obere Grenze ihres Höhenbereichs? Offensichtlich wird diese Grenze von den biologischen Möglichkeiten bestimmt. Zur Überwachung des Luftraums aufgestellte Ortungsgeräte registrieren in regelmäßigen Abständen herumschwärmende Vogelscharen in einer Höhe von ungefähr 6 Kilometern. Im Jahr 1963 begegnete in dieser Höhe eine unvorsichtige Wildente einem Flugzeug. Zum besonderen Glück für den Piloten zog die Wildente den kürzeren; oft enden aber derartige Zusammenstöße mit einer Katastrophe für die Maschine. Im Jahr 1953 wurde von einer auf dem höchsten Berggipfel der Welt kletternden Bergsteigermannschaft sogar in einer Höhe von 7800 Metern ein Vogel gesehen.

Wie atmen Vögel in dieser sauerstoffarmen Luft? Wie können sie den wechselvollen Lebensbedingungen dieser enormen Höhe widerstehen? Im Laufe der vergangenen Jahre versuchten Forscher, auch hierauf eine Antwort zu finden. Dazu wurden in einem Versuchslaboratorium die Temperatur auf 2 Grad Celsius gesenkt und der Druck so eingestellt, wie er in einer Höhe von 6000 Metern herrscht. Der für das Experiment verwandte Haussperling verlor in keiner Weise die Lust zum Spielen, obwohl der auf seinen Körper einwirkende Luftdruck kaum die Hälfte des üblich gewohnten betrug. Sein Körper glich sich der Temperatur der Umgebung an, der Sauerstoffverbrauch stieg auf das 2,2fache des normalen Ver-

Der Energieverbrauch der Vögel beim Fliegen kann nur unter Laboratoriumsbedingungen genau überprüft werden. Wenn das Ende des Windkanals ein wenig angehoben wird, beginnt der Zwergpapagei ansteigend zu fliegen. Er erhöht die an den Flügeln bestehende Zugkraft, wobei die Auftriebskraft fast beständig bleibt (oben). Zum abschüssigen Flug wird der Vogel durch das Neigen des Windkanals nach unten veranlaßt (unten).

brauchs an. In dieselbe Versuchskammer wurde vergleichsweise auch eine Maus gebracht. Dieses Versuchstier überstand das Experiment nur mit Schwierigkeiten. Bei einem einer Höhe von 3 600 Metern entsprechenden Luftdruck verfiel die Maus in Schwermut, unter den Bedingungen von 6000 Metern fiel sie in einen scheintodartigen Zustand. Dem Haussperling war nicht das geringste anzumerken. Mit jedem Atemzug „pumpte" er um 74 Prozent mehr Sauerstoff in jene Teile seiner Lunge, in denen das kreisende Blut imstande ist, den meisten Sauerstoff aufzunehmen. Solche Höhen können also von Vögeln leicht erreicht und gut überstanden werden.

Das Fliegen selbst beschleunigt gleichfalls den gesamten Lebensrhythmus des Organismus — dies ergab sich aus den Untersuchungen zweier kanadischer Forscher. Messungen an Tauben zufolge erhöhen sich die Herzschläge in der Minute von 166 auf 560. Im Atmungsvorgang tritt ein noch erstaunlicherer Wandel ein. Die Anzahl der Atemzüge im Ruhestand von 26 in der Minute erhöhen sich beim Fliegen auf 490. Diese Zahl ist besonders interessant, denn nach früheren Messungen beträgt die Anzahl der Flügelschläge der Taube in der Minute ebenfalls 490.

Die Atmungsuntersuchungen der Kanadier J. S. Hart und O. Z. Roy haben somit die alte Vermutung bestätigt, daß der Flügelschlag der Vögel mit ihrer Atmung „synchron" verläuft. Da die Flugmuskeln ein Viertel des Körpergewichts ausmachen, wurde schon lange angenommen, daß dieser riesige „Muskelmotor" auch das rhythmische Zusammendrücken des Brustkorbs, das heißt die Atmung, beeinflußt. Dieser Zusammenhang war sozusagen vorauszusehen. Die an Zwergpapageien durchgeführten Messungen haben allerdings die allgemeine Gültigkeit dieser Regel nicht bestätigt. Bei der Geschwindigkeit eines konstanten Fluges, bei 840 Flügelschlägen in der Minute, liegt der Atmungsrhythmus zwischen 175 und 300. Dies ist verständlich, wenn wir dabei berücksichtigen, daß es physisch unmöglich wäre, in der Minute 840mal zu atmen. Die schnellflatternden Vögel sind dazu also nicht in der Lage, die hervorragenden Flieger sind jedoch darauf nicht angewiesen. Diese Synchronisierung beim Fliegen ist offensichtlich nur für die Muskelleistung von Vögeln mit mittelgroßen Flügeln charakteristisch.

## Menschenmuskeln und Vogelgeschwindigkeit

Hätte der Mensch so lange gewartet, bis er sich wie die Vögel aus eigener Muskelkraft in die Luft erheben könnte, müßte er auch heute noch sehnsuchtsvoll den vorbeifliegenden und in der Höhe kreisenden Vögeln zusehen. Die Flugzeugkonstrukteure waren sich in den ersten Jahrzehnten unseres Jahrhunderts über die Bedeutung der Flügelschläge nicht einig. Es wurden zahlreiche Versuchsmaschinen gebaut, die von vornherein zum Scheitern verurteilt waren. Später ging man vom Prinzip der schwingenden Flügel ab, doch man glaubte noch immer, auf die menschliche Muskelkraft bauen zu müssen. Die starren Flügel dienten der Auftriebskraft, und für die Schubkraft sollte eine Luftschraube herhalten, die von Piloten durch irgendeine konstruktive Transmission betrieben werden sollte. Das erfolgreichste Beispiel der dreißiger Jahre unseres Jahrhunderts war die Flugma-

schine von Haessler-Willinger. Allerdings mußte der Pilot nach einem Gleitflug von 712 Metern ohnmächtig aus der Maschine gehoben werden. Er war der ungeheuerlichen Kraftanstrengung nicht gewachsen!

Heute ist bereits allgemein bekannt, daß das Verhältnis der Muskelkraft des Menschen im Vergleich zu seinem eigenen Gewicht bedeutend kleiner ist als bei den Vögeln. So fand der stattliche

Der Pilot John Potter erhob sich mit einer 73 Kilogramm schweren Konstruktion in die Luft (oben). Potter betätigte im Grunde genommen lediglich ein einrädriges Fahrrad. Beim Aufstieg beschleunigt der Fahrradantrieb die Maschine, um dann in der Luft über eine entsprechende Transmission die Luftschraube mittels eines Fußpedals (unten) in Bewegung zu setzen.

Preis von 10 000 Pfund, der von der Königlichen Englischen Gesellschaft für Luftfahrt demjenigen zugesprochen wurde, der mit einer von Menschenkraft betriebenen Flugmaschinenkonstruktion 1 englische Meile weit (1605 Meter) fliegt und dabei in der Luft eine Acht beschreibt, lange keinen Gewinner. Doch viele unermüdliche Erfinder gaben die Hoffnung nicht auf. Im März des Jahres 1972 erhob sich die in England gebaute Jupiter-Flugmaschine bereits in eine Höhe von 8 Metern und legte eine Entfernung von 1171 Metern zurück. Im Januar 1977 überbot die durch Muskelkraft angetriebene Maschine des japanischen Erfinders Kato Takasi diesen Rekord: Sie flog 2093 Meter, doch dem Japaner gelang es nicht, die ersehnte Acht in der Luft nachzuzeichnen. Der Preis wurde erst im Sommer 1977 vergeben.

Im Nachahmen des Vogelflugs erwies sich ein anderer Weg gangbarer, obwohl die Erfinder auch hier nicht viel Ruhm ernteten. Die schwingende Flügelbewegung sollte mit einer motorgetriebenen Vorrichtung erreicht werden, wodurch man auf einen Propeller verzichten wollte. Derartig flügelschwingende Modelle wurden bereits in aller Welt angefertigt. Der sowjetische Jagdflieger D. W. Oljin experimentierte mit seinem Ornitopter (Vogelflugmaschine), der den Berechnungen nach mit seinem Motor von 3 Pferdestärken eine Stundengeschwindigkeit von 100 Kilometern erreichen sollte; doch die Praxis hat die Theorie nicht bestätigt. Sollte in naher Zukunft wieder einmal die Nachricht über irgendein flügelschwingendes Flugmodell auftauchen, genügt es, einen Blick auf die Flügel zu werfen, um zu entscheiden, ob es zum Fliegen tatsächlich fähig ist. Falls aus dem Flug-

zeugrumpf nur zwei elastische oder starre Flügel herausragen, gleich wie sie auch schwingen mögen, wird die Maschine sicherlich nicht fliegen können. Die Grundvoraussetzung für das Nachahmen des Vogelflugs ist nämlich, daß der Maschinenflügel im „Ellbogen" beweglich sein muß, damit sich das innere und äußere Flügelglied voneinander unabhängig bewegen können. Im Jahr 1958 wurde zum Beispiel in Hannover ein erfolgreich aussehendes Modell gezeigt: Die Tragflügel des „Schwans" waren ungefähr in der Mitte tatsächlich mit einem beweglichen Gelenk versehen. Ein 100-PS-Motor sorgte für die erforderliche Energie zur Bewegung der Flügel, doch seither ist es auch um diese Erfindung still geworden. Die Hoffnung lebt allerdings weiter, und genauere Kenntnisse über den Vogelflug werden sicherlich einmal zur erfolgreichen Konstruktion von Schwingflügelflugzeugen führen.

Vom Gesichtspunkt der Geschwindigkeit hingegen haben die von Menschen geschaffenen Konstruktionen bereits längst die Vogelwelt überflügelt. Allerdings ist es äußerst schwierig, die Fluggeschwindigkeit der Vögel zu messen, denn sie hängt von vielen Faktoren und Umständen ab, die während des Fluges auf den Vogel einwirken. Die Geschwindigkeit, mit der er fliegt, ist eine andere als die, mit der er herumstreift. Professor Tucker untersuchte in einem Windkanal die Fluggeschwindigkeit eines Zwergpapageis und einer Lachmöwe. War die Geschwindigkeit der fliegenden Vögel in der entgegenströmenden Luft so langsam, daß sie keinen Zentimeter weiterkamen, entsprach ihre Fluggeschwindigkeit der Windgeschwindigkeit im Kanal. Auf der Grundlage dieser Messungen be-

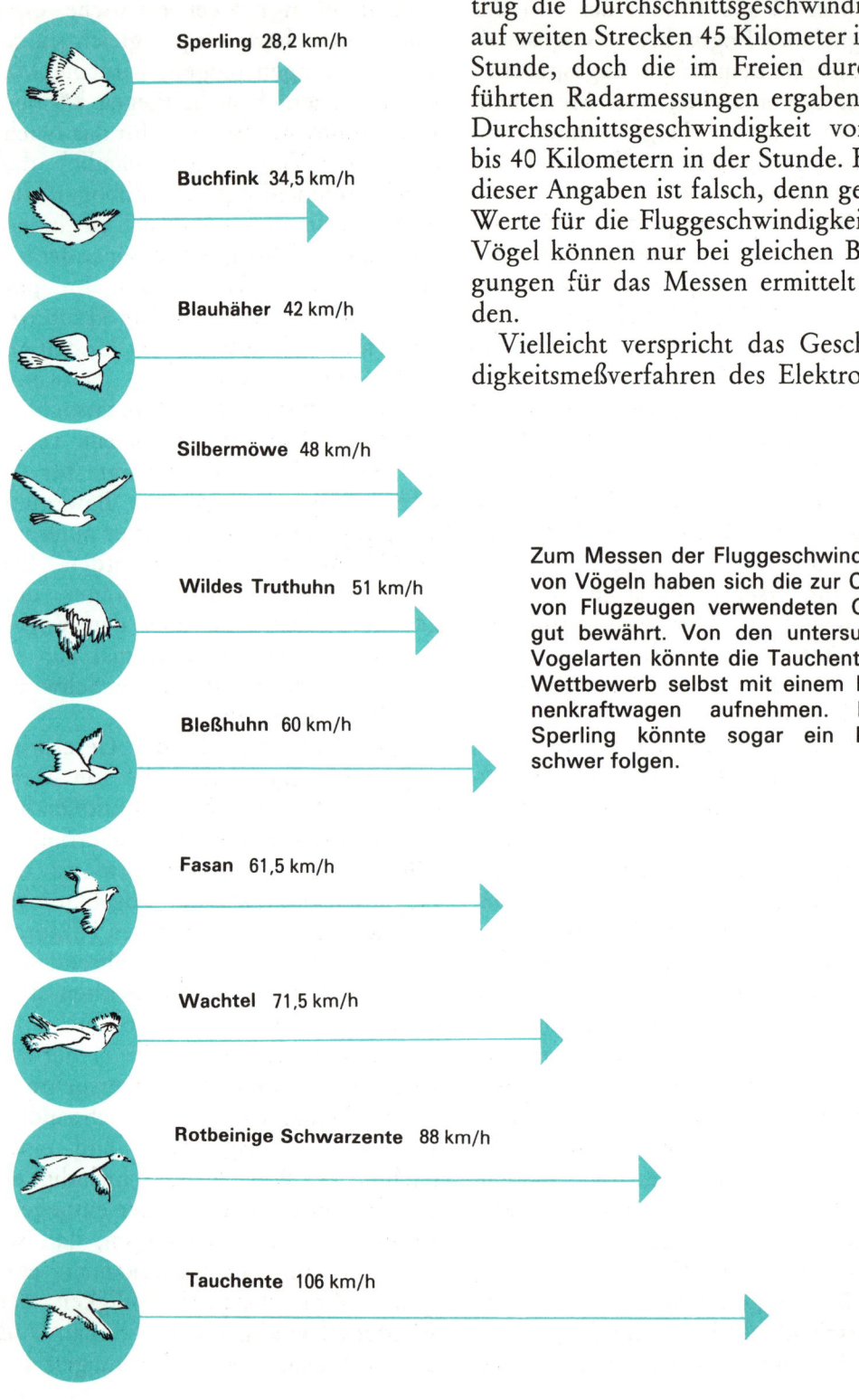

trug die Durchschnittsgeschwindigkeit auf weiten Strecken 45 Kilometer in der Stunde, doch die im Freien durchgeführten Radarmessungen ergaben eine Durchschnittsgeschwindigkeit von 37 bis 40 Kilometern in der Stunde. Keine dieser Angaben ist falsch, denn genaue Werte für die Fluggeschwindigkeit der Vögel können nur bei gleichen Bedingungen für das Messen ermittelt werden.

Vielleicht verspricht das Geschwindigkeitsmeßverfahren des Elektroinge-

Zum Messen der Fluggeschwindigkeit von Vögeln haben sich die zur Ortung von Flugzeugen verwendeten Geräte gut bewährt. Von den untersuchten Vogelarten könnte die Tauchente den Wettbewerb selbst mit einem Personenkraftwagen aufnehmen. Einem Sperling könnte sogar ein Läufer schwer folgen.

nieurs O. Dunning zuverlässigere Ergebnisse. Er konstruierte ein Radargerät, das mit einer Frequenz von 9600 Megahertz elektromagnetische Wellen ausstrahlt. Aus den reflektierten Wellen kann festgestellt werden, wie groß die Geschwindigkeit der Vögel ist. Das Grundprinzip dieses aufschlußreichen Meßverfahrens besteht darin, daß der Vogel um so schneller fliegt, je kleiner die Schwingungszahl der rückkehrenden Strahlen zur Empfängerantenne ist. Da die Tiere unmittelbar vor der Radarantenne freigelassen wurden, konnte die Geschwindigkeit der sich geradlinig entfernenden Vögel sehr günstig gemessen werden. Der Forscher führte die Messungen bei verschiedenen Vögeln durch. Unter den „Wettbewerbsteilnehmern" ging die Moorente mit einer Geschwindigkeit von 106 Kilometern in der Stunde als Siegerin hervor, die Kohlmeise hätte mit 27,4 Kilometern in der Stunde als letzte das Ziel erreicht, wenn alle Vögel zur selben Zeit gestartet wären.

C. H. Greenewalt gelang es, natürliche Bedingungen zum Messen der Fluggeschwindigkeit von Kolibris zu schaffen. Er maß die Geschwindigkeit, als die Kolibris in Richtung ihrer Futterplätze flogen. So erhielt er die als amtlich zu bezeichnende Geschwindigkeit von 43 Kilometern in der Stunde, doch entsprechend seiner Vermutung können diese kleinen Vögel beim Fliegen im Freien eine Stundengeschwindigkeit bis zu 48 Kilometern erreichen. Rekordhalter in der Vogelwelt ist nach einer Tabelle von J. H. Storer zur Zeit ein von einem Flugzeug verfolgter Falke: Dem Tachometer am Armaturenbrett zufolge erreichte der Falke eine Geschwindigkeit von 280 bis 290 Kilometern.

## Achterbahn in der Luft

Schwebende Vögel haben beim Menschen schon immer Bewunderung erregt. Es erscheint fast unglaublich, ohne einen einzigen Flügelschlag stundenlang in der Luft zu kreisen. Diese besondere Fähigkeit ist in erster Linie atmosphärischen Strömungen zu verdanken, die auch vor der Zeit der Segelflugzeuge allgemein bekannt waren. Die Weiten- und Höhenrekorde des motorlosen Fliegens werden im wesentlichen als Ergebnis einer guten und geschickten Ausnutzung der aufsteigenden Luftströmungen erzielt. Wenn der Wind vom Meer weht, stößt die Luftströmung an die Küste, von wo aus sie ihren Weg fortsetzt. Doch auf dem Festland können die Luftmassen durch einen größeren Hügel oder Laubwald in eine andere Richtung gelenkt werden. Solch aufsteigende Strömungen ziehen Vögel mit ausgebreiteten Flügeln mit in die Höhe, selbst wenn sie sich dabei nicht bewegen.

Am merkwürdigsten jedoch sind die von allein aufsteigenden warmen Luftmassen, die Thermik. Im Sonnenschein erwärmt sich der Erdboden ungleichmäßig, so daß die darüber befindliche Luft davon nicht unbeeinflußt bleibt. Je mehr sie angewärmt wird, um so mehr dehnt sie sich aus, und um so höher steigt sie. Zunächst entsteht lediglich ein riesiger „Luftschacht", darum wurde von Forschern lange Zeit angenommen, daß durch die Einwirkung der darin nach oben ziehenden Luft, des „Zuges", die an einer Stelle schwebenden Vögel nach oben gezogen würden. Der amerikanische Forscher C. Cone und sein Arbeitsteam ermittelten außerdem, daß die von der Sonne erwärmten Luftmassen, wenn sie vom Erdboden aufsteigen,

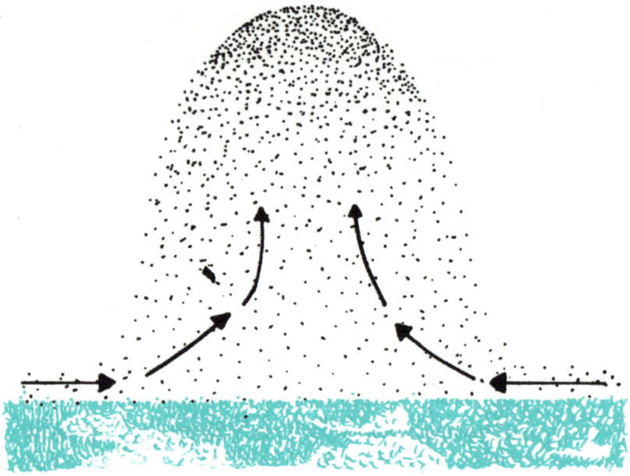

1

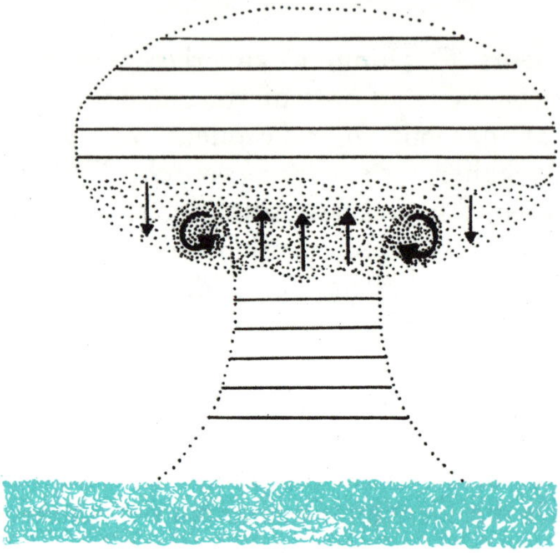

3

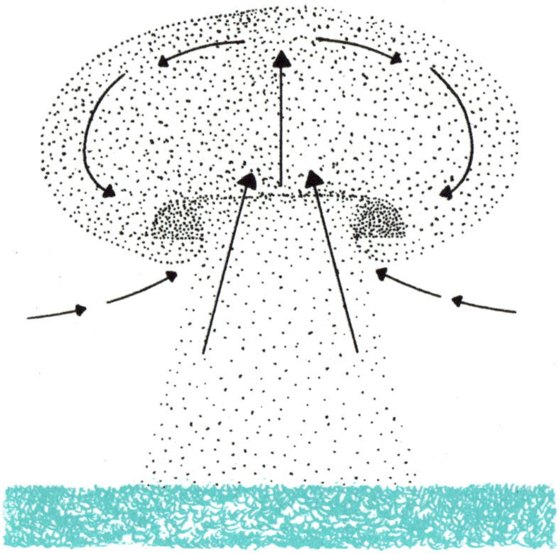

2

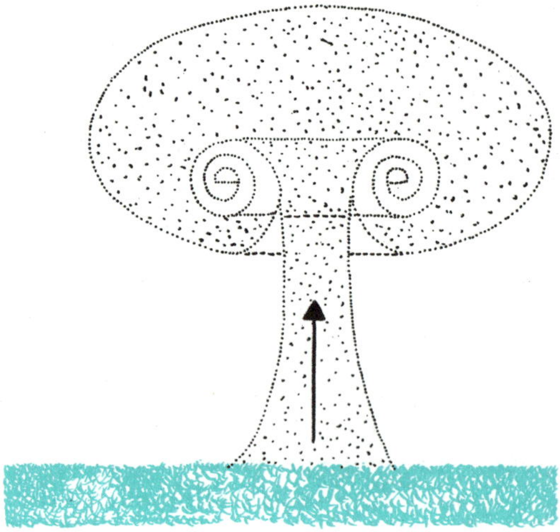

4

Der Entstehungsvorgang eines unsichtbaren Thermikrings. Die Luft steigt von den wärmeren Teilen der Erdoberfläche nach oben (1) und bildet eine riesengroße Blase (2). Die laufende Abkühlung ruft eine Strudelbewegung in der Blase hervor (3), währenddessen weiter Warmluftnachschub herangeführt wird. Die Blase „rollt" sich schließlich ein (4), wobei sich innen ein Ring bildet. Hier strömt die Luft von innen nach außen (5). Wenn der Vogel innerhalb des Thermikrings mit der gleichen Geschwindigkeit sinkt, wie die Luft in die Höhe steigt, sieht es von weitem so aus, als kreise das lebende Flugzeug an einer Stelle, ohne einen einzigen Flügelschlag zu tun.

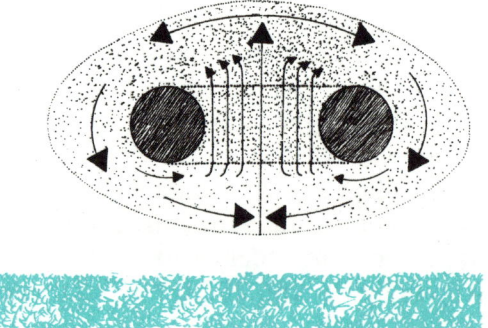

5

die Form eines riesigen Autoreifens annehmen. Der waagerecht schwebende warme Ring ist von kalten Lufthüllen umgeben, und diese umkreisen ständig den Ring: Die Luft steigt an der inneren Seite des Ringes hoch, an der äußeren Seite jedoch nach unten. Der ganze Luftring erhebt sich so, durch unsichtbare Kräfte zusammengehalten, als steige er aus der paffenden Pfeife eines liegenden Riesen hoch.

In diesem Luftring kreisen die Vögel. Obwohl sie infolge des Gleitflugs auf einer schraubenförmigen Bahn immer tiefer sinken, hat es trotzdem, vom Boden aus gesehen, den Anschein, als erhebe sich der Vogel ohne einen einzigen Flügelschlag in die Höhe. Hinter dieser Erscheinung verbirgt sich kein Geheimnis: Der Luftring steigt schneller nach oben, als der Vogel nach unten gleitet.

Die großartig segelnden Vögel der Meere, die Albatrosse, können, ohne zu landen, tagelang über dem Ozean schweben. Diese bewunderungswürdige Fähigkeit wurde von W. Jameson eingehend untersucht, wobei er aufschlußreiche Gesetzmäßigkeiten feststellte. Da sich die Meereswinde fast immer in der Nähe der Wasseroberfläche infolge des Reibungswiderstands der Wellen verlangsamen, werden diese „Geschwindigkeitsstufen" von den Albatrossen genutzt, um ohne eine einzige überflüssige Bewegung in der Luft zu segeln. Der Albatros beginnt im allgemeinen seinen Abwärtsflug, in dem er den Rückenwind ausnutzt und jählings steil absinkt. Die dabei in der Nähe des Wassers entstehende Gleitgeschwindigkeit ist außerordentlich hoch. Diese Bewegungsenergie nutzt der Vogel aus, um, auf die Seite gedreht, im Wind einen weniger

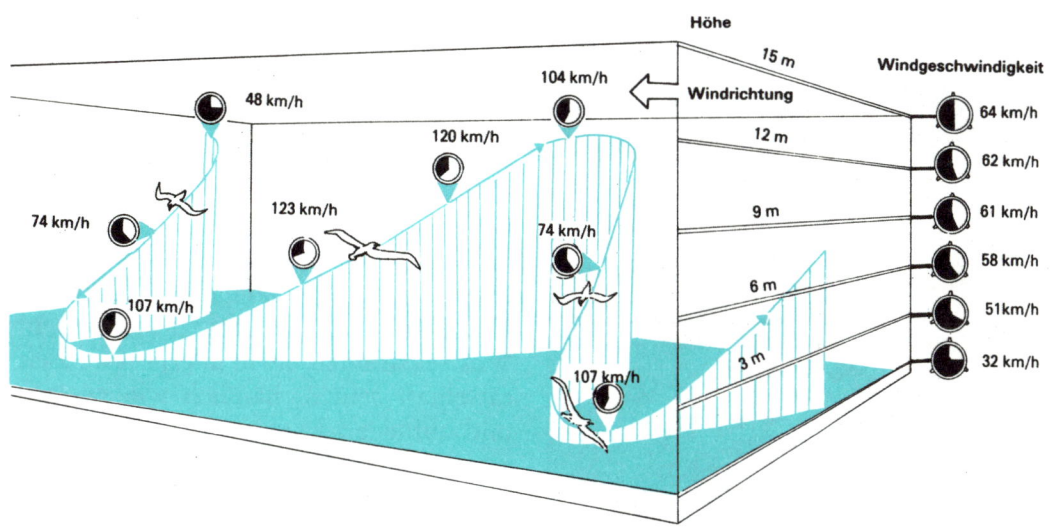

Der Albatros nutzt den Windgang am Meer geschickt aus. Nachdem er von der Wasseroberfläche aufgeflogen ist, läßt er sich auf einer „Achterbahn" treiben, da die immer schnelleren Windströmungen seine Bewegungsenergie steigern. Durch diese Methode kann er stundenlang über dem Wasser kreisen, ohne daß er dabei Energie für seinen Segelflug vergeuden muß.

steilen „Aufflug" zu unternehmen. Je höher er kommt, auf um so schnellere Luftschichten stößt er, die ihn „aufgreifen" und hochtragen; durch diese Methode gelangt er nicht nur höher, sondern er erreicht auch eine höhere Geschwindigkeit. Danach kann er das Spiel auf der unsichtbaren Achterbahn, zu der die ständige Luftströmung des Meeres die Triebkraft liefert, von neuem beginnen. Mit einem ebenso vorzüglichen Sinn nutzt auch der Fregattvogel den Geschwindigkeitsunterschied der Luftschichten.

Nach neuesten Untersuchungen existierte bereits im Mittelalter der Erdgeschichte, etwa vor 100 Millionen Jahren, ein perfektes lebendes Segelflug-

Niemand würde bei diesem Vogel vermuten, daß die Weite zwischen den beiden ausgebreiteten Flügelspitzen beinahe 4 Meter erreicht.

zeug, der Pteranodon, mit einer Flügelspannweite von 8 Metern. Die hervorragenden Gleitflugfähigkeiten des Pteranodons gelten auch heute noch als außergewöhnlich. Das zur Gattung der fliegenden Urreptilien gehörende langschnabelige Tier hatte hautdünne elastische Flügel, die Beschaffenheit des Flugmechanismus war dadurch unglaublich leicht. Cherrie D. Bramwell, Mitarbeiterin der englischen Universität von Reading, entdeckte an Hand einiger paläontologischer Funde auffallende Ähnlichkeiten zwischen den „leblosen" Segelflugzeugen unserer Zeit und den „lebenden" der Urzeit. Im Rahmen dieses Vorhabens wurden auf der Grundlage eines Programms zahlreiche Daten aus diesen Funden in einer EDV-Anlage gespeichert. Hieraus abgeleitete vergleichende Untersuchungen führten zu einer Rekonstruktion der wahrscheinlichen Flugfähigkeit des Pteranodons. Da die Körpermasse des Pteranodons im Durchschnitt ungefähr bei 18 Kilogramm lag, überstieg die spezifische Belastung seiner 5,6 Quadratmeter großen Flügel kaum das von den Schwalben erreichte Verhältnis von Körpermasse zu Flügelfläche. Mit seinen Flügeln von Bettlakengröße vermochte er selbst bei leichtem Wind mit einer Stundengeschwindigkeit von 24 Kilometern in der Luft zu schweben. Was selbst noch bis in allerjüngste Zeit rätselhaft schien, nämlich wie er auf- und abfliegen konnte, wurde vor kurzem geklärt. Mit seinen besonderen Flügeln konnte das Weichtiere jagende urweltliche Reptil sich sogar von den Meereswellen erheben.

Gelangte der Pteranodon in eine aufsteigende Luftströmung, bog er die Flügel waagerecht ein, so daß die elastische Hautoberfläche auf 4,3 Quadratmeter zusammenschrumpfte, wodurch die Oberflächenbelastung und dadurch auch die Gleitgeschwindigkeit zunahmen. In dieser Weise kreiste der Pteranodon, ähnlich wie die heutigen Meeresvögel, stundenlang ohne einen einzigen Flügelschlag.

Der Pteranodon hatte seinen ganzen

Dieser Flugsaurier war sicherlich ein schreckenerregender Anblick. Der Pteranodon mit einer Flügelspannweite von 8 Metern war vor 100 Millionen Jahren der hervorragendste Vertreter des Segelflugs. Sein organischer Aufbau dürfte nicht ganz vollkommen gewesen sein, denn im Laufe des Kampfes ums Dasein konnte er sich nicht behaupten.

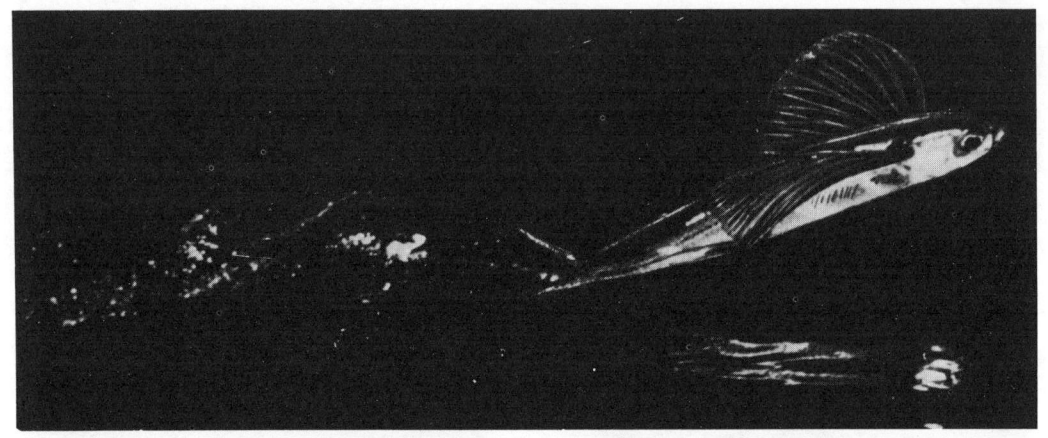

Lange wurde geglaubt, daß der Flugfisch sich, mit der Brustflosse schlagend, in die Luft erhebt. Laboratoriumsversuche haben jedoch ergeben, daß er mit den Schwanzschlägen lediglich seine Geschwindigkeit beschleunigt, während er aus dem Wasser steigt. Nach dem Erreichen der Anfangsgeschwindigkeit gleitet er auf der großflächigen Brustflosse in der Art eines kleinen Segelflugzeugs in die Luft. Dabei schwingt der Flugfisch kräftig mit den „Flügeln", worauf sicherlich sein Name zurückzuführen ist.

Organismus auf das Fliegen umgestellt: Er war nicht wechselwarmblütig wie die Reptilien, sondern Warmblüter und neuesten Funden zufolge mit Haaren bedeckt. Doch er blieb in Fachkreisen nicht allzu lange urweltlicher Rekordhalter im Fliegen, denn im Jahr 1975 stieß der amerikanische Forscher D. Lawson in Texas auf das Skelett eines anderen Flugtiers. Dieses als Quetzalcoatlus bezeichnete Tier war wahrscheinlich Aasfresser, denn in seinem ungefähr 1 Meter langen Kiefer befanden sich Zähne. Die Spannweite der Flügel erreichte annähernd 21 Meter.

Selbst heute ist es noch rätselhaft, weshalb diese Urreptilien vor etwa 65 Millionen Jahren ausgestorben sind. Im Laufe der Stammesentwicklung gelang es den Vögeln, sich gleichfalls in die Luft zu erheben, wodurch sie den Bereich der Luft für immer für sich erobert haben.

## Es fliegt . . ., es fliegt . . . der Fisch

Die Suche nach der Möglichkeit des Fliegens begleitet die Entwicklung der Tierwelt auf Schritt und Tritt. Einzelne Arten nicht besonders erfolgreicher „Experimentierexemplare" gleiten mit Fallschirmen über kurze Entfernungen. Eine besondere Sehenswürdigkeit ist der auf Kalimantan und Java lebende Flugfrosch, der mit Hilfe seiner ausgespannten Schwimmhäute 30 bis 35 Meter weit fliegt, oder der kleine „fliegende Drachen", die Flugechse, die 18 Meter lange Luftbrücken fliegend überquert. Unter den Säugetieren erreicht der Flattermaki bereits eine Entfernung von 60 bis 70 Metern; doch der Rekord wird vom Flughörnchen gehalten, das mit seinem Gleitflug angeblich eine Entfernung von 80 Metern überwinden kann.

Von den „Experimentierfliegern" zählen die 15 bis 25 Zentimeter langen Flugfische zu den sonderbarsten. Aus dem Wasser herausschießend, sind sie in der Lage, 200 bis 400 Meter weit zu fliegen, wobei sie oft auf das Deck im Mittelmeer fahrender Schiffe fallen. Von diesen merkwürdigen Tieren, bei denen sich die Brustflossen zu geeigneten Flügeln für den Gleitflug entwickelt haben, nahmen Forscher früher an, daß sie aus dem Wasser wie eine aus einem Unterseeboot senkrecht herausgeschossene Rakete aufsteigen. Untersuchungen des sowjetischen Wissenschaftlers W. W. Schulejkin bestätigen jedoch, daß der Flugfisch dazu nicht in der Lage ist.

Erreicht der Flugfisch eine Geschwindigkeit von ungefähr 30 Kilometern in der Stunde, stützt er sich mit der typisch herausragenden Kante seines Körpers — der „Gleitstufe" — auf die Wasseroberfläche. Dabei bewegt er sich bereits so schnell, daß nur noch die untere Hälfte der Schwanzflosse wie eine Schiffsschraube arbeitet, worauf er sich im nächsten Augenblick aus dem Wasser in die Höhe drückt, nachdem er eine Geschwindigkeit von 18 Metern in der Sekunde erreicht hat. Ein unwahrscheinliches Tempo! Mit einer Stundengeschwindigkeit von 65 Kilometern erhebt er sich unter einem Winkel von etwa 10 Grad aus dem Wasser und erreicht dabei eine Höhe von 0,5 bis 5 Metern.

Eine weitere erstaunliche Feststellung. Im atemberaubenden Kampf, in der Regel vor einer Goldmakrele flüchtend, gleitet der Flugfisch wieder auf die Wasseroberfläche zurück und steckt dabei nur die Schwanzflosse ins Wasser. Durch ungewöhnlich schnelles Schwingen des Schwanzes beschleunigt er sich von neuem, dabei entsteht so viel Auftriebskraft an den Flugflossen, daß er sich wieder in die Luft erhebt. Während der Flucht wendet er diesen Trick drei- bis viermal an und fliegt ähnlich wie ein auf die Oberfläche eines Teiches geworfener flacher Kieselstein mehrmals über die glitzernde Wasseroberfläche.

Welche Weite der Flugfisch erreicht, hängt von vielerlei ab. Je bewegter die Wasseroberfläche, um so schwieriger ist für ihn das Erreichen der Anfangsgeschwindigkeit, da sein Körper in der „Aufstiegsbahn" oft im Wasser versinkt. Steigende Wellen und erhöhter Strömungswiderstand mindern das Flugvermögen und die Geschwindigkeit. Die Windgeschwindigkeit an der Wasseroberfläche übt gleichfalls einen wesentlichen Einfluß aus. Professor H. Hertel hat in diesem Zusammenhang interessante Berechnungen durchgeführt. Dabei ergab sich natürlicherweise, daß der Flugfisch bei schwachem Gegenwind

**Bei schwachem Wind**

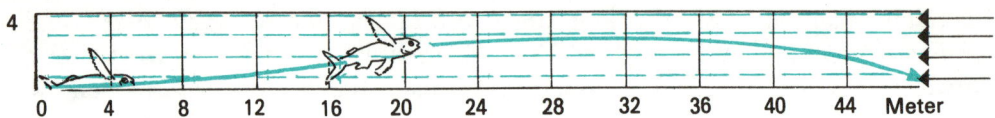

**Bei stärkerem Wind**

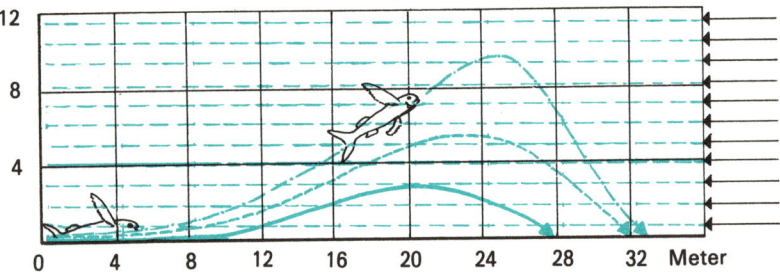

**Bei starkem Wind**

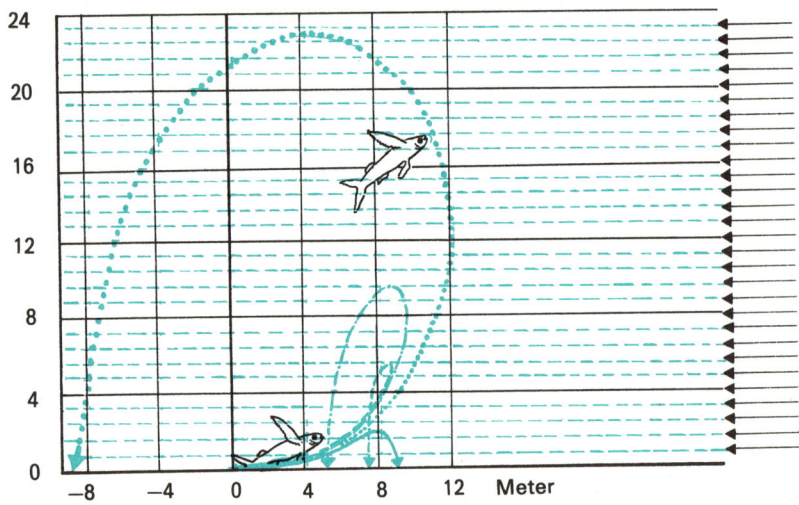

Flugfische, die vor ihren Verfolgern, zeitweise in der Luft fliegend, fliehen, sind sonderbare Akrobaten der Wasserwelt. Die Gleitbahn des Fisches hängt von der Anfangsgeschwindigkeit des Fluges und der Stärke des Gegenwinds ab. Die auf der Grundlage physikalischer Koeffizienten errechneten Flugbahnen verändern sich in Wirklichkeit etwas, weil sich die Auftriebskraft an den Flügeln beziehungsweise Flossen des Fisches gleichfalls verändert. Die Pfeile an der rechten Seite kennzeichnen die Windrichtung.

die weitesten Entfernungen erreicht. Bei starkem Wind kann es durchaus vorkommen, daß der Fisch rückwärts fliegt, weil er wie ein leichtes Blatt fortgetrieben wird. Doch wahrscheinlicher ist, daß er gar nicht erst versuchen würde zu fliegen, da er kaum über seinen Startpunkt hinauskäme und er außerdem seine Energie unnötigerweise verschwenden würde.

In der Welt der Technik sind erst vor einigen Jahren Nachahmungen von Flugfischen — Fahrzeuge, die sich aus dem Wasser erheben — aufgetaucht. Das wohl erfolgreichste Versuchsexemplar dieser Art ist mit dem Namen des Elektroingenieurs Donald Rein verbunden.

Die 7 Meter lange, mit deltaförmigen Tragflächen ausgestattete Konstruktion mit einem 65-PS-Motor erinnert an eine Flugmaschine. Das Fahrzeug kann sich nicht nur auf dem Wasser bewegen, sondern es verfügt durch seinen Antriebsmotor über genügend Schubkraft zum Fliegen. Die Maschine hebt sich genauso aus dem Wasser wie der Flugfisch. Bei einer bestimmten Geschwindigkeit an der Oberfläche gleitet ein mit Fußsteuerung zu betreibendes Gestell aus dem Boden heraus. Auf dieser „Gleitstufe" tritt eine derartige Beschleunigung ein, daß die an den Flügeln entstehende Auftriebskraft das Fahrzeug tatsächlich von der Wasseroberfläche hochreißt.

Das neueste Amphibienfahrzeug verfügt noch nicht über die Fähigkeiten der Flugfische. Normalerweise schwimmt es auf der Wasseroberfläche, doch bei Beschleunigung der Luftschrauben kann es sich in die Luft erheben. Das aus Kunststoff hergestellte „Flugboot" fliegt unmittelbar über der Wasseroberfläche und kann eine Stundengeschwindigkeit von 100 Kilometern erreichen.

In der Stammesentwicklung führt ein langer Weg von den lichtempfindlichen Zellen bis zu den komplizierten Augen. Doch es stand ja genügend Zeit zur Verfügung. So besitzt beispielsweise die durch ihre Nachtjagd bekannte Eule vorzügliche Augen.

# Auge in Auge mit dem Licht

Johannes Kepler, der berühmte deutsche Astronom, saß müde in seinem Zelt. Während draußen die Sonne brennendheiß strahlte, tanzte im schwülen Halbdunkel des Zeltes ein handbreiter heller Fleck an der Wand: Vorn, durch einen kleinen Spalt, fiel etwas Licht ein. Nach den langen Nächten in der Sternwarte tat diese kleine Ruhepause hier im Freien, wo er jetzt Hand in Hand mit den Landvermessern arbeitete, gut; die Methoden der Landvermessung standen nämlich in enger Beziehung zu den astronomischen Messungen. Kepler betrachtete, in Gedanken versunken, den Lichtfleck, plötzlich jedoch fiel ihm etwas Merkwürdiges auf. An der Innenseite des Zeltes bewegten sich zwei kleine Gestalten mit dem Kopf nach unten. Das sonderbare Spiel des Lichts überraschte den Astronomen, doch die Erklärung ließ nicht lange auf sich warten. Da sich Lichtstrahlen stets in einer geraden Linie ausbreiten, wurden sie durch die kleine Öffnung der Zeltplane ausschließlich in einem Punkt „zusammengefaßt", die von unten eintreffenden nach oben und die von oben ankommenden nach unten, so daß dadurch ein auf dem Kopf stehendes, seitenverkehrtes Bild auf der gegenüberliegenden Wand erschien.

Vielleicht hat Kepler damals das Prinzip der Camera obscura erkannt, doch es ist auch möglich, daß er im Buch von Alhazen etwas darüber gelesen hatte. Der große arabische Wissenschaftler erwähnte nämlich bereits um das 10. Jahrhundert in seinem zusammenfassenden Werk „Die Gesetze der Optik" den Mechanismus des Dunkelraums. Soviel ist jedoch sicher, daß Kepler auf Grund der scharfen Konturen der Camera obscura in seinem Zelt zwar auf dem Kopf stehende und seitenverkehrte, aber erstaunlich genaue Bilder von der Außenwelt wahrnahm.

Licht und Leben sind im Entwicklungsverlauf der Tierwelt eng miteinander verbunden. Es wäre deshalb verwunderlich, wenn die Camera obscura bei den lebenden Lichtmessern und fotografischen Geräten nicht zu finden wäre. Sie wurde allerdings nicht besonders populär. Allein der Schneckenpolyp (Nautilus) hält heute noch daran fest. Die anderen Tiere hingegen waren bemüht, eine möglichst geschlossene Hülle um ihren Körper gegen die Umwelt zu bilden. Die Weichtiere haben ihre kleine Dunkelkammer mit durchsichtigen Kristallkörnern verschlossen, und das schuf die Möglichkeit einer Weiterentwicklung des Auges.

Diese festen, linsenförmigen Organe – die Punktaugen – bilden gewissermaßen den Übergang zwischen einem Lichtmesser und einer einfachen Fotokamera. Der Lichtmesser zeigt lediglich an, wie stark ein Gegenstand die Sonnenstrahlen reflektiert; die Fotokamera hingegen zeichnet bereits Bilder auf der Grundlage der Lichtabstufungen. Je mehr lichtempfindliche Nervenzellen sich hinter der durchsichtigen Linse des tierischen Punktauges befinden, in um so mehr Details kann das Bild der Umgebung zerlegt werden. Im Laufe der Stammesgeschichte wurde auf diese Weise der verschwommene Bildfleck der Umwelt ständig reicher an Details und in der Welt der Technik der Lichtmesser nach und nach zur Fotokamera, genauer ausgedrückt, zur Fernsehkamera.

Wenn jemand einige tausend Lichtmesser nebeneinanderlegen und der Reihe nach den Stand des Instrumentenzeigers ablesen, dabei die entsprechend getönten grauen Punkte dieser Werte nebeneinander aufzeichnen würde, könnte er aus diesen Elementen ein unscharfes, grobes Bild zusammenstellen. In der Natur gibt es für die Verwirklichung dieser Idee genügend Beispiele: Ein Uferbewohner des Stillen Ozeans von Amerika, die „blauäugige" Muschel, erweckt zunächst den Anschein, als würde er zu einem Fest eilen; denn an dem aus der Muschelschale herausquellenden Körper funkelt eine Perlenreihe von Punktaugen. Die Kammmuschel beobachtet bereits mit einigen hundert Punktaugen die Umgebung unter Wasser. Bei einigen gepanzerten, walzenförmigen Meeresweichtieren kann der geduldige Biologe sogar 12 000 Punktaugen zählen. Doch diese winzigen Augen sind nicht ungeordnet, sondern in einer bestimmten Reihenfolge aneinandergereiht, wobei von jedem Auge eine Sehnervzelle durch den Panzer in den weichen Körper der Muschel führt.

Die Anzahl der kleinen Kameras weiter zu vermehren hätte keinen großen Sinn gehabt. Die als Copilia bekannte Meereskrebsart entschied sich deshalb für eine neue Konstruktion. Sie benutzt

Das Schicksal der Fliege ist besiegelt! Die behaarte Springspinne fällt blitzschnell über sie her. Zur genauen Orientierung stehen ihr acht Augen zur Verfügung, und mindestens mit vier Augen fixiert sie ihre Beute.

insgesamt nur zwei Punktaugen, die ähnlich wie die Scheinwerfer beim Auto an beiden Seiten ihres Panzers untergebracht sind, das mit den Linsen ermittelte einzelne Bild hingegen wird durch von Muskeln betätigte Sehnervzellen „abgetastet". In der Tat, ein primitiver Vorfahre der Fernsehkamera! Die Nervenzelle tastet das gesamte Bild in gleicher Weise ab, wie bei der Fernsehkamera der Elektronenstrahl von Punkt zu Punkt läuft, nur daß die Copilia ein wesentlich schlechteres Bild sieht: Ihre Augenlinse ist unvollkommen, und die Abtastgeschwindigkeit ist gleichfalls gering.

Von den Punktaugen der Gliederfüßer gibt vor allem das Auge der Spinnen Ursache zu vielen Rätseln. Unter mehr als zwanzig Familien gibt es nur vier sechsäugige, während bei den restlichen Familien stets acht Augen vorzufinden sind. Diese kleinen Periskope sind am Körper des Tieres derart unterschiedlich verteilt, daß die Biologen am leichtesten durch „Kartographieaufnahmen" Ordnung in den zahlreichen Klassen der Spinnen schaffen konnten. Von ihren Augen sind im allgemeinen vier nach oben, zwei zur Seite, zwei hingegen nach vorn oder, besser gesagt, nach unten ausgerichtet. Wie sieht die Spinne wohl die Welt? Sich dies vorzustellen ist schwierig. Vielleicht vereinigen sich die Details im winzigen Nervenknoten (Ganglion) zu einem einzigen „Rundbild"? Doch darüber ist uns wenig bekannt. Gutes Sehvermögen ist wahrscheinlich nur für die ohne Netz jagenden Spinnen wichtig, denn jene Arten, die im Netz auf gutes Jagdglück warten, trauen mehr ihrem empfindlichen Tastsinn, indem sie auf die feinen Regungen des Netzes achten.

Da sich die Augenlinsen aus der harten Chitinhülle entwickelt haben, wirft die Spinne die oberste Schicht der Augen (Cornea) bei jeder Häutung ab. Ihre acht Linsen gebraucht sie wahrscheinlich in der Weise, daß sie dann und wann mit einer von ihnen Ausschau hält wie der neugierige Reisende aus einem der runden Fenster des Flugzeugs. Da sie ihre Augenlinse nicht verschieben kann, erhält sie von nahe liegenden Objekten dadurch ein scharfes Bild, indem sie ihre lichtempfindliche Netzhaut etwas hinter die Linse schiebt. Im Gegensatz hierzu verfügen die verschiedenen Springspinnenarten über ein ausgezeichnetes Sehvermögen. Kriecht die Spinne behutsam über einen Tisch, kann man gut beobachten, daß einzelne Augen dunkelfarbig, andere hingegen weiß sind. Einer aufschlußreichen Theorie entsprechend, benutzt sie die dunklen (also lichtabsorbierenden) Augen am Tag, die hellen (also lichtvervielfältigenden) Augen hingegen in der Dämmerung. Wenn sie sich an ihre Opfer heranschleicht, leuchten die Farben in ihren Augen hell auf. Dem englischen Forscher L. H. Matthews zufolge stellt sie dabei das Bild ihres ahnungslosen Opfers scharf auf ihrer Netzhaut ein. Im allgemeinen bemerkt sie ihre Beute bereits bei einem Abstand von 20 bis 25 Zentimetern, bei 8 bis 10 Zentimetern ergreift die Spinne ihre Beute mit einem Sprung.

Im Gegensatz zu den Schmetterlingen, deren Facettenaugen eher einem

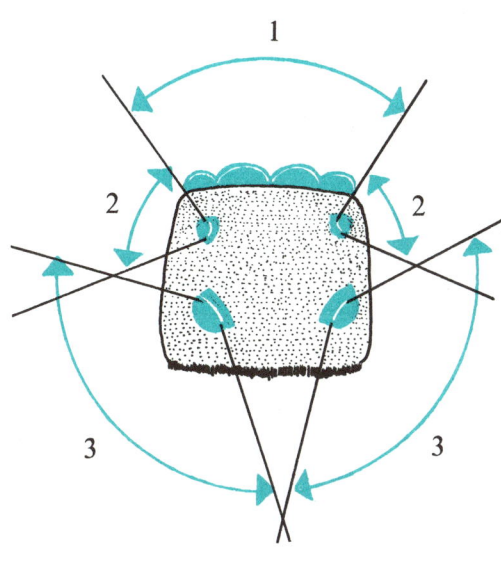

Die Springspinne späht mit acht Augen auf ihre Beute. Mit ihren Parietalaugen beobachtet sie wahrscheinlich die entfernteren Gegenstände (1). Mit ihren beiden Stirnaugen sieht sie nach vorn und seitlich und verfügt dadurch über ein dreidimensionales Sehvermögen (2). Ihre Nebenlinsen erfassen einen großen Blickwinkel und können so auf einmal ein weites Feld überblicken.

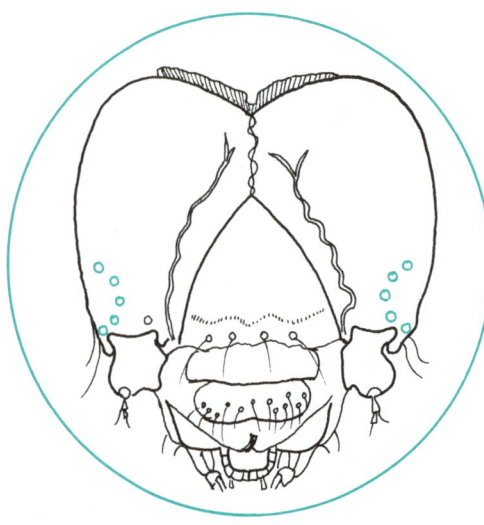

Es sieht so aus, als begebe sich die Raupe des Großen Gabelschwanzes auf einen Faschingsball. Auf der farbigen „Gesichtslarve" vermuten wir in den zwei schwarzen Punkten die Augen, obwohl sich, wie es unsere Zeichnung zeigt, je fünf Punktaugen seitlich in den schwarzen Streifen befinden.

Die Gruppierung der Punktaugen an den beiden Kopfseiten der Raupe sieht wie Putzwerk aus, obwohl die doppellinsigen Augen die Wahrnehmung eines recht guten Bildes ermöglichen.

wertvollen Fotoapparat entsprechen, besitzt die Schmetterlingsraupe nur einige Punktaugen (Stemmata), deren Leistungsfähigkeit mit einer einfachen Boxkamera vergleichbar ist. Die Raupe ist halbblind, und sie kann vor allem deshalb nicht scharf sehen, weil sich nur wenige lichtempfindliche Zellen hinter ihrer Augenlinse befinden, obwohl die Linsen selbst eine außerordentlich gute optische Eigenschaft besitzen, wie von dem amerikanischen Forscher V. G. Dethier festgestellt wurde. Die Brechkraft der sechs Punktaugen der Raupe des Schmetterlings Isia isabella beträgt, entsprechend den Messungen, im Durchschnitt 14 Dioptrien. Obgleich diese Augenlinsen nicht beweglich sind, ist es der Raupe doch möglich, die Unschärfe im wesentlichen auszuschalten: Die lichtempfindliche Nervenzellenhaut ist trichterförmig gestaltet, so daß die Raupe innerhalb einer bestimmten Entfernung verhältnismäßig alles scharf sehen kann.

Für die Forscher ist es hingegen auch heute noch rätselhaft, weshalb fertig entwickelte Insekten (Imagines) an der Stirn über drei Punktaugen verfügen. Hinter der festen Chitinlinse befinden sich zwei übereinandergelagerte Sehzellenschichten, wodurch von fern gelegenen Objekten auf der zur Linse näheren Schicht, hingegen von näheren Objekten auf der von der Linse entfernter gelegenen Schicht ein scharfes Bild entsteht. Es kann angenommen werden, daß zum Beispiel Libellen scharf sehen können, doch viele der anderen Insektenarten benutzen ihre Punktaugen wahrscheinlich nur zur Bestimmung der Lichtstärke, wie auch ein versierter Fotograf außer dem Fotoapparat über einen Belichtungsmesser verfügt.

Zur Bestätigung dieser Annahme wurden von einigen unermüdlichen Forschern jene winzigen elektrischen Spannungen aus den Sehnervzellen von Bienen und Hummeln abgeleitet, welche in Auswirkung des Wechsels der Lichtstärke entstehen. Aus den Messungen ging hervor, daß es sich bei dem Punktauge in der Tat um ein außerordentlich feines Lichtmeßgerät handelt. Aus der Entfernung von 1 Meter kann es bereits den Lichtstärkeunterschied wahrnehmen, wenn neben einer grellbrennenden, 40 Watt starken Glühbirne eine brennende Kerze gestellt wird. Im Freien durchgeführte Untersuchungen ergaben, daß es von der Lichtstärke des Firmaments abhängt, wann Bienen am Morgen zu ihrem Sammelweg aufbrechen und zu welchem Zeitpunkt sie am Abend zurückkehren. Unter Berücksichtigung dieser Tatsache wurde einigen Versuchsbienen ein Punktauge zugeklebt. Diese Bienen „verschliefen" und flogen erst später zur Arbeit, abends hingegen kamen sie um die gleiche Zeit früher nach Hause. Wurden ihnen zwei Punktaugen zugeklebt, flogen sie erst zur Arbeit, wenn das mor-

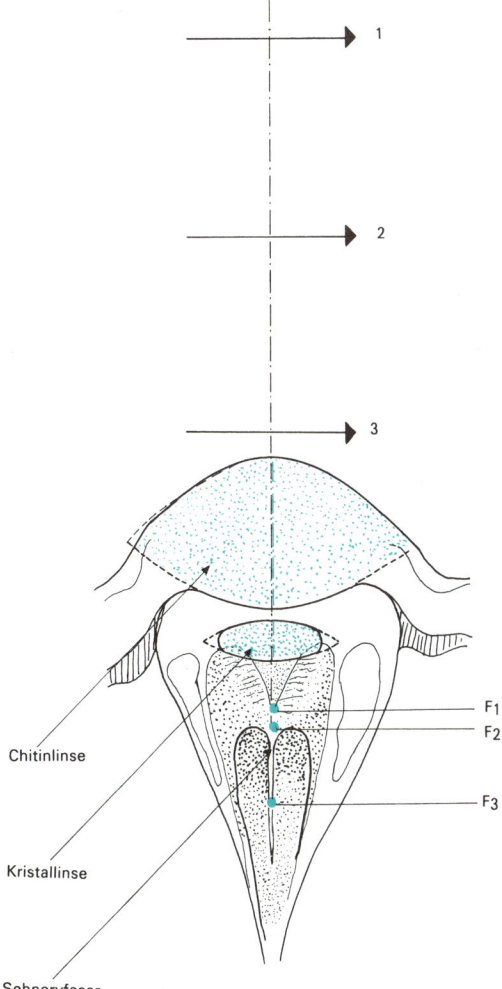

Chitinlinse

Kristallinse

Sehnervfaser

**Im Auge der Raupe des Schmetterlings Isia isabella erscheinen die Bilder auf der senkrechten Sehnervfaser. Dadurch sieht sie innerhalb einer bestimmten Entfernung alles scharf wie eine einfache Boxkamera. Der Gegenstand 1 wird auf $F_1$ gesehen und so weiter.**

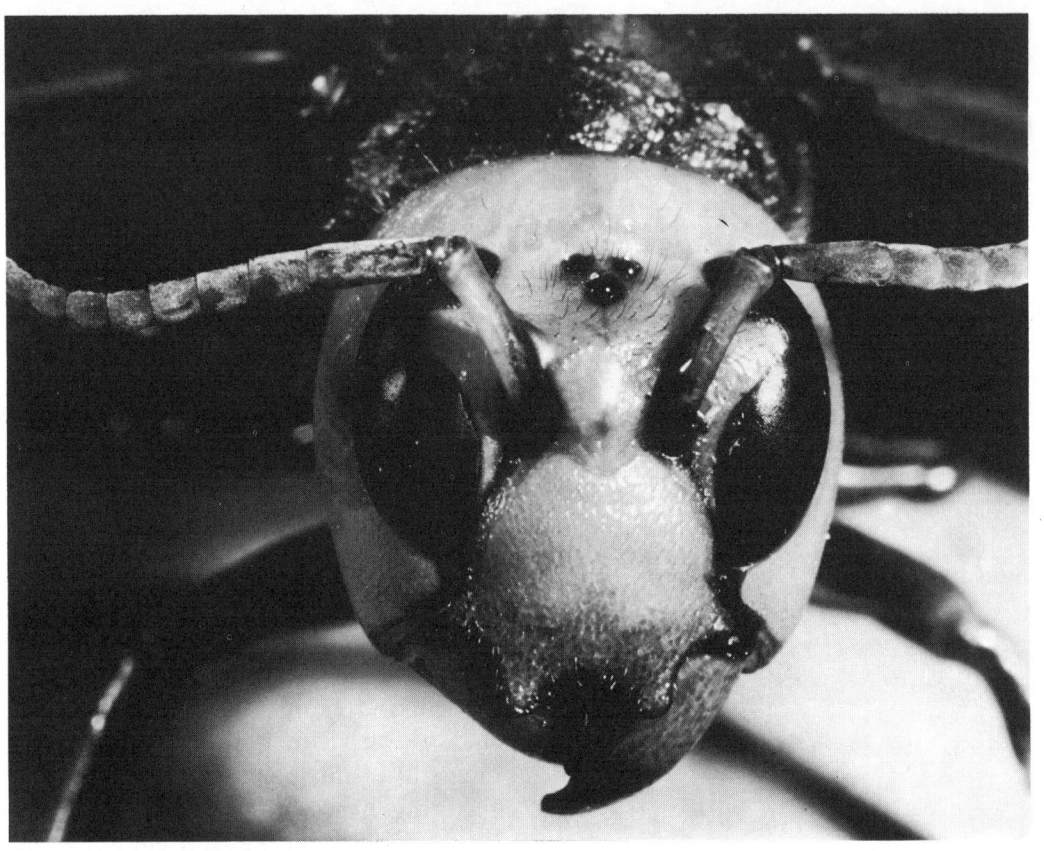

Zwischen den beiden Fühlern am Kopf der Hornisse sind gut wahrnehmbar drei Punktaugen zu sehen. Im Laufe der Stammesentwicklung hat sich jede Tierart so viele Augen angeeignet, wie für die Aufrechterhaltung ihres Lebens notwendig waren. Die Punktaugen der Insekten sind unter anderem auch für das Messen der Lichtstärke geeignet.

gendliche Licht bereits 3,3mal stärker war als gewöhnlich.

Das lichtmessende Punktauge harmoniert in idealer Weise mit irgendeiner unergründlichen inneren Uhr. Je weiter die Bienen zum Sammeln ausgeflogen sind, um so früher fliegen sie am Abend zu ihrem Bienenstock zurück, als zeigte ihnen ihr Lichtmesser sogar an, bei welcher Helligkeit sie sich auf den Weg machen müssen, um im gleichen Halbdunkel ihren Bienenstock zu erreichen, wie es am Morgen beim Aufbruch der Fall war.

## Im Wasser versunkene Glaskugeln

Wenn jemand mit geöffneten Augen in das Wasser eines Schwimmbeckens taucht, kann er ein seltsames Schauspiel erleben. Nicht nur, daß vor ihm körperlose Arme und Beine auftauchen, sondern alles sieht entfernter und kleiner aus, als es in Wirklichkeit ist. Hinzu kommt noch, daß das gesamte Bild unklar und verschwommen erscheint. Das Spiel der Lichtstrahlen hält den Menschen zum Narren, er wird unter Wasser hoffnungslos weitsichtig! Wenn wir uns mit einer Verkleinerungsbrille in unserem Zimmer umsehen, können wir das gleiche auf dem „Trockenen" erleben.

Großvater hält die Zeitung weit von seinen Augen entfernt, sonst kann er die kleinen Buchstaben schlecht lesen. Auch er ist weitsichtig. Setzt er jedoch seine Brille mit den konvex geschliffenen Gläsern auf, fühlt er sich wieder jung, denn er kann aus einer Entfernung von 25 Zentimetern, also von der Grenze des normalen Sehens, leicht und gut lesen. Im wesentlichen haben sich die Fische auch in dieser Weise geholfen, als sie

Mit seiner kugelförmigen Augenlinse sieht der Fisch von der Welt nur halbrunde Formen. Dieses Blickwinkelobjektiv von 180 Grad gab Ingenieuren den Anstoß, einen Fotoapparat zu konstruieren, der mit seiner Linse den gleichen Raum erfaßt. Diese Aufnahme wurde mit einer solchen Fischaugenoptik von einer meteorologischen Beobachtungsstation angefertigt.

sich während ihrer Stammesentwicklung der Lichtbrechung des Wassers angepaßt haben. Ihre Augenlinse wurde immer erhabener, schließlich gelangten sie zu einer Kugellinse und haben sich damit vollkommen den Lichtverhältnissen der Wasserwelt angepaßt. Dem auf das Trockene geworfenen Fisch geht es umgekehrt wie dem unter Wasser getauchten Menschen. Er wird hochgradig kurzsichtig, weil die in seine Augen fallenden Lichtstrahlen einer stärkeren Brechung ausgesetzt sind, als würden sie durch das Wasser in das Auge fallen. Der Fisch könnte nur dann wieder scharf sehen, wenn er eine Verkleinerungsbrille aufsetzen würde ...

Im Wasser braucht der Fisch freilich kein Augenglas, weil mit Hilfe der kugelförmigen Augenlinse ein vollkommenes Bild auf seine Netzhaut gezeichnet wird. Eine Glaskugel ist bloß eine kläglische Nachahmung einer solchen optischen Linse. Wenn wir mit einer kleinen Spielkugel die Umrisse einer Tischlampe auf die Wand projizieren, zeichnet sich ein ziemlich unscharfes Bild auf dem hellen Hintergrund ab. Die unklaren Konturen sind auf die sogenannte sphärische Aberration zurückzuführen. Die den Rand durchdringenden Strahlen werden in einem größeren Winkel gebrochen als die mittleren, so daß das Bild nicht genau in einer Ebene entsteht. Die Augenlinse der Fische gleicht diesen Fehler aus. Messungen des englischen Forschers R. J. Pumphrey zufolge ist der Brechungsindex in der Mitte der Kugellinse (1,53) größer als am Rand (1,33), die Strahlen können sich dahinter besser und exakter verbinden. Eine ähnlich vollkommene Linse mit dem gleichen Brechungsindex kann selbst die moderne Technik unserer Tage nicht herstellen.

In der Unterwasserwelt fehlt die „Objektivkappe" an den Augen der lebenden Fotoapparate. Darum ist der Blick der Fische so kalt, so stumpfsinnig. Sie können ihre Augen nicht schließen, da sie keine Augenlider haben. Die Hornhaut der Tiere des Festlands wird nach jedem Augenschlag benetzt, Fische hingegen sind darauf nicht angewiesen, denn schließlich sind sie ja im Wasser. Doch wenn die an die Luft gewöhnten Tiere ins Wasser tauchen, be-

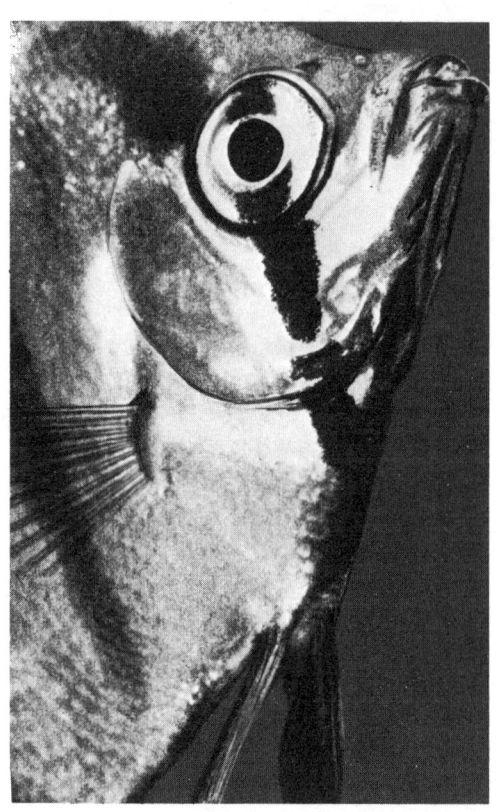

Es ist durchaus kein rühmliches Attribut, wenn man jemandem nachsagt, er hätte „Fischaugen". Doch Fische können im Grunde genommen nichts dafür. Sie schließen ihre Augen nicht, denn im Wasser sind sie auf das schützende und befeuchtende „Rollfenster" nicht angewiesen. Sie sind nur imstande, ihre Augen in einem kleinen Winkel zu bewegen, deshalb ist ihr Blick so starr.

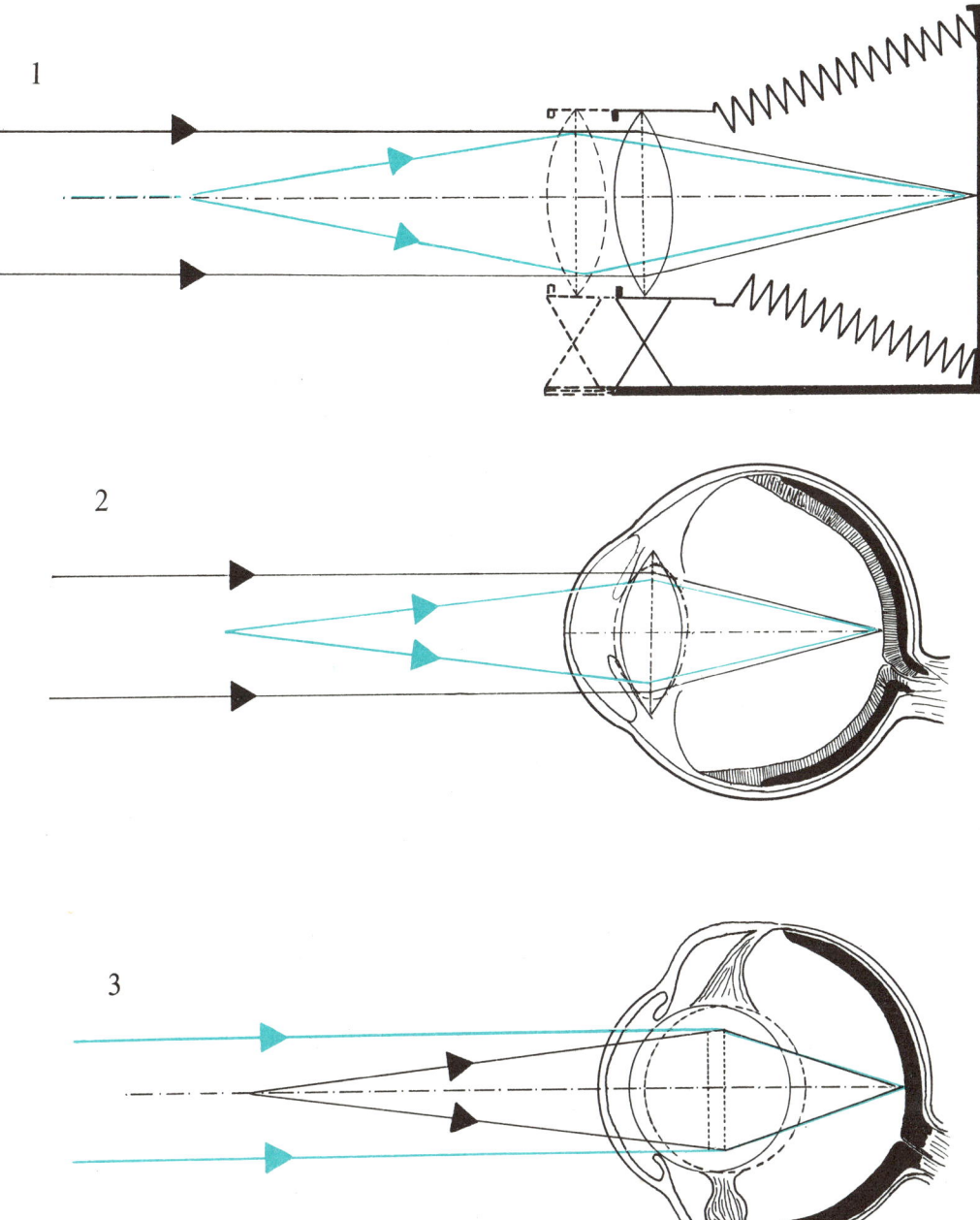

Zwischen dem Aufbau des menschlichen Auges und dem der Fische gibt es einen entscheidenden Unterschied. Jede optische Linse vereint in ihrem Brennpunkt die aus dem Unendlichen (in der Praxis: von sehr weit her) eintreffenden Strahlen. Wenn sich beispielsweise das Objekt der Linse nähert, muß das Objektiv im Fotoapparat zum Objekt hingeschoben werden, um ein scharfes Bild zu erhalten (1). Im menschlichen Auge wölbt sich in diesem Fall nur die Linse etwas mehr (2). Fische, die in der Ruhelage nur nahe Objekte sehen, ziehen ihre kugelförmige Augenlinse etwas nach hinten, um dadurch weiter sehen zu können (3).

nutzen sie eine besondere Schutzvorrichtung wie ein Sporttaucher, der eine Tauchermaske aus Gummi überzieht. Die durchsichtige Nickhaut der Echsen und Krokodile schiebt sich zum Beispiel als drittes Augenlid über den Augapfel. Auch der Pinguin überzieht sein Auge innerhalb eines einzigen Augenblicks mit einem ähnlichen Schutzfenster. Spuren des dritten Augenlids sind selbst im Augenwinkel des Menschen in Form eines rosafarbenen sichelförmigen Läppchens vorzufinden.

In modernen Fotoapparaten sind nicht nur Belichtungsmesser eingebaut, sondern auch automatische Mechanismen, die nach Einstellung der Belichtungszeit, entsprechend der elektrischen Einstellmarkierung am Belichtungsmesser, die Blendenöffnung des Objektivs verringern oder vergrößern. Bei herrlichem Sonnenschein lassen sie die Strahlen bei kleinerer, bei bewölktem Wetter hingegen bei größerer Öffnung durch. In den Augen der Wasserbewohner ersetzt die Pupille die Lichtblende, ihre runde Form verengt oder erweitert sich ebenso wie die Blende der Fotoapparate. Trifft viel Licht auf das Auge, zieht es sich zusammen, bei wenig Licht weitet es sich aus. Das menschliche Auge paßt sich innerhalb einiger Sekunden den Lichtverhältnissen an, die Pupille der Fische hingegen ist ein viel schwerfälligeres Organ. Messungen haben ergeben, daß sich beispielsweise die Lichtblende der Haie innerhalb von 2 bis 15 Minuten zusammenzieht; und sie erweitert sich im allgemeinen erst nach einer halben Stunde. Unter Wasser sind Fische im übrigen auch in Anbetracht des gleichmäßigen Halbdunkels auf keine schnellere Anpassung angewiesen.

Eine scharfe Einstellung des Bildes hingegen ist für jeden lebenden und leblosen Fotoapparat von ausschlaggebender Bedeutung. Guter Fotoapparat — gutes Foto! Die optischen Regeln des Fotografierens sind verhältnismäßig einfach: Die aus dem Unendlichen eintreffenden Strahlen vereinen sich im Brennpunkt der Linse. Befindet sich das Objekt näher zur Linse, entsteht ein nach hinten gelagertes Bild, das heißt, je näher das Objekt ist, um so mehr entfernt sich das Bild von der Linse. An den Fotoapparaten kann der Film nicht weiter nach hinten geschoben werden, deshalb muß das Objektiv weiter nach vorn gestellt werden, je näher die aufzunehmenden Objekte liegen. Die lichtempfindliche Netzhaut der Säugetiere ist weder beweglich, noch kann ihre Augenlinse verschoben werden. Sie verfügen aber dafür über eine besondere „Gummioptik": Sie sind imstande, die Wölbung ihrer Augenlinse zu verändern. Im Ruhezustand blickt ihr Auge ins Unendliche. Hierbei ist die Augenlinse flach und die Wölbung am geringsten. Erblickt das Auge jedoch eine sich nähernde Gestalt, zieht sich die Linse immer mehr zusammen, der Krümmungsradius erhöht sich, so daß das Bild auf der Netzhaut ständig scharf bleibt.

Was soll jedoch der Fisch tun? Versuchte er, seine Augenlinse zusammenzudrücken, wäre das vergebliche Mühe. Die Wölbung würde dadurch nicht runder! Deshalb mußte er sich für eine andere technische Lösung entscheiden: die bewegliche Augenlinse. Aus diesem Grund sind Fische in zwei Hauptgruppen einzuordnen. Zur ersten Gruppe gehören die auf dem Meeresgrund und in Nähe von Korallenriffen friedlich umherziehenden Fische, die im Ruhezustand kaum weiter als bis zu ihrer

Nase sehen können. Allerdings sind sie auf ein besseres Sehen auch nicht angewiesen, denn das Auffinden der Nahrung ist bei ihnen in erster Linie nicht auf ihr Sehvermögen zurückzuführen. Nach Messungen des sowjetischen Forschers P. B. Bogatirjew sehen bestimmte Karpfenarten, Karauschen und Weißfische kaum weiter als 1 bis 5 Zentimeter scharf. Im Gegensatz zum Menschen, der, in Gedanken versunken, ins Unendliche blickt, sind unbekümmerte Fische in ihrem Ruhezustand am kurzsichtigsten. Ungeachtet dessen kommen sie nicht in Schwierigkeiten, wenn sie entferntere Dinge genauer beobachten wollen. Hierbei ziehen sie die Augenlinsen reflexartig weiter zurück, diese geraten dadurch näher an die Netzhaut, wodurch die entfernteren Objekte schärfer gesehen werden. Merkwürdig dabei ist, daß sie nur nach vorn scharf sehen können, als blickten sie an zwei unsichtbaren Scheinwerferstrahlen entlang. Um sie herum bleibt der größte Teil des Wassers in Dunkel gehüllt.

Die zweite Gruppe der Fische hat noch merkwürdigere Augen. Ihre Augenlinsen bewegen sich nicht vor- und rückwärts wie das Objektiv einer Fotokamera, sondern mehr in seitlicher Richtung, senkrecht zur Augenachse. Die Untersuchung der Augen von Forellen führte erstmalig zu der erstaunlichen Erkenntnis, daß die Augennetzhaut der schnell beweglichen, jagenden und sich gut orientierenden Fische nicht hablkugelförmig ist, wie zu erwarten wäre, sondern sie erinnert vielmehr an eine ausgehöhlte Kürbishälfte, genauer ausgedrückt: Sie hat die Form eines Ellipsoids. Daraus ergibt sich das eigentümliche Spiel sowie die Methode der ungewöhnlich scharfen Einstellung der Augenlinse.

Im Ruhezustand sieht die Forelle besser nach hinten als nach vorn. Vor ihrer Nase kann sie nur auf eine Entfernung von 10 bis 20 Zentimetern Objekte scharf erkennen. Diese „scharf erkennbare" Zone dehnt sich allerdings nach beiden Seiten weit aus, wird nach hinten immer breiter und ist prinzipiell auf das Unendliche ausgerichtet: Bei einer kurzen Betrachtung des Querschnitts eines Fischauges wird uns dies verständlich.

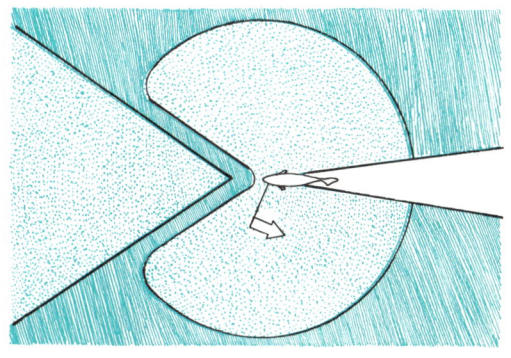

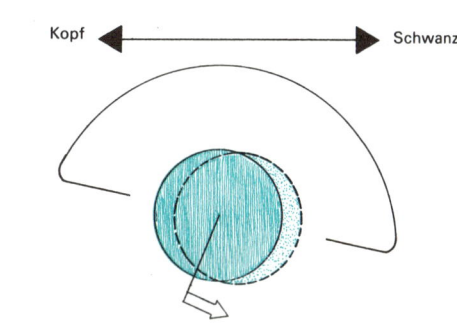

Kopf ◄——————► Schwanz

Im Ruhezustand vermag die Forelle die entferntere Umgebung scharf zu sehen, nur unmittelbar vor sich blickend, ist sie kurzsichtig (schraffierte Fläche). Dabei ist die Augenlinse auf der Mitte der elliptischen Netzhaut plaziert. Wenn jedoch der Fisch die Linse seitlich ein wenig verschiebt, schränkt er zwar seine Sehschärfe ein, in Richtung des Körpers nach vorn hingegen sieht er dadurch weiter als früher (punktierte Fläche). Hinter seinem Schwanz (im weißen fächerförmigen Streifen) sieht er jedoch gar nichts.

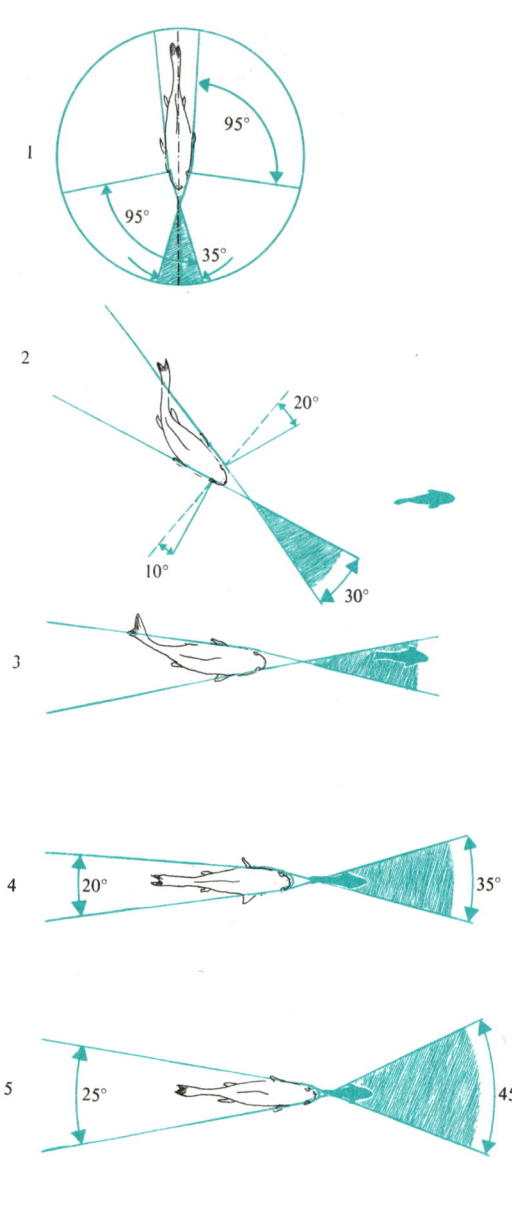

Für die von vorn eintreffenden Lichtstrahlen liegt die Netzhaut von der
Augenlinse etwas weit entfernt, demnach zeichnet sich nur das Bild der näher liegenden Objekte scharf ab. Die
von der Seite eintreffenden entfernteren
Lichtstrahlen hingegen zeichnen jedoch
ein scharfes Bild auf die näher liegende
Netzhaut.

Fische bewegen ihre Augenlinse nur,
wenn sie weit nach vorn scharf sehen
wollen. Dabei wird der Augapfel aus
dem Mittelpunkt des Ellipsoids ein wenig seitwärts gedreht. Der Einstellungs-
ablauf des Scharfsehens beeinflußt in
keiner Weise das räumliche Sehen der
Fische. Messungen des amerikanischen
Forschers G. Walls zufolge, nehmen sie
lediglich in einem Strahlungskegel von
15 bis 25 Grad Objekte in dem vor
ihnen liegenden Raum wahr, sind also
bedeutend „engsichtiger" als der mit beiden Augen vorwärts blickende Mensch.

Die Einstellung des Fischauges hängt
demnach davon ab, in welcher Richtung
das Tier seine Umgebung erfassen will.
Nach Angaben des sowjetischen Forschers P. B. Bogatirjew funktioniert dieses erstaunliche System ausgezeichnet:
Die meisten Fische erhalten innerhalb
einer beliebigen Entfernung, von 5 Zentimetern bis unendlich, ein scharfes
Bild. Sie sind sogar in der Lage, ihren
Augapfel äußerst geringfügig zu drehen, was vor allem bei der Verfolgung
der Beute von Nutzen ist. Untersuchungen des englischen Forschers K. Tre-
warthen ergaben, daß die räuberische
Goldkarausche in einem Winkel von 35
Grad „fächerförmig" mit zwei Augen
vor sich blickt. Wenn sie ihre Beute von
der Seite beobachtet, bewegt sie ein
Auge unabhängig vom anderen, wobei
sie mit einem Auge ständig den kleineren Fisch verfolgt. Greift die Goldka-

Die Goldkarausche vermag, im durchsichtigen Wasser schwimmend, ein wenig voraus-
zublicken, da das Blickfeld ihrer beiden
Augen überlappt ist, so daß sie innerhalb
eines Winkels von 35 Grad dreidimensional
sehen kann (1). Wenn sie ihre Beute erblickt
und zur Verfolgung ansetzt, richtet sie ihr linkes Auge in Richtung des Ziels (2). Der kleine
Beutefisch gelangt in die Zone des plastischen Sehens der Goldkarausche (3). Jetzt
kann er nicht mehr flüchten! Beide Augen
des Raubfisches sind auf ihn geheftet (4).

Amphibien und Reptilien haben sich nur schwer an das Sehen außerhalb des Wassers gewöhnt, seit die Ahnen der Fische sich auf das Festland gewagt haben. Wenn sich nichts um sie herum bewegt, erkennen sie kaum ihre Umgebung. Ein im Wasser liegendes Krokodil nimmt nur verschwommene Flecke um sich wahr.

rausche an, schwimmt sie geradewegs auf ihr Opfer zu: Dabei drehen sich ihre Augen immer mehr nach innen, sie haften sozusagen schielend an ihrer Beute. Schließlich, auf dem Höhepunkt ihres räumlichen Sehens, braucht sie nur noch ihr Maul aufzusperren, um den Happen zu verschlingen.

Fische und Reptilien sehen schlechter als der Mensch, die Sehschärfe hängt nämlich nicht nur davon ab, inwieweit das optische System des Auges vollkommen ist. Es wird auch dadurch bestimmt, wie dicht die lichtempfindlichen Nervenzellen auf der Netzhaut verteilt sind. Auch der beste Fotoapparat kann nicht verhindern, daß von einem groben, körnigen Negativ jedes Bild unscharf wird. Messungen von I. J. Weiler zufolge sieht der Astronotus ocellatus im Vergleich zur Durchschnittssehkraft des Menschen fünfmal schlechter. Das Auflösungsvermögen seiner Augen beträgt 5,3 Winkelminuten, er sieht demnach im Verhältnis zu seiner Größe im Wasser so wie eine Katze auf dem Trockenen. Diese experimentellen Feststellungen werden auch durch die mikroskopischen Untersuchungen von G. Brunner bestätigt: In den Augen der Fische sind die Sehnerven ungefähr in gleichen Abständen verteilt wie bei den Katzen. Alligatoren verfügen nicht einmal über eine solche Sehschärfe: Sie sind nicht in der Lage, aus einer Entfernung von 10 Metern einen Gewehrlauf auf einer Decke mit 3 Zentimeter breiten schwarzweißen Streifen wahrzunehmen, weil sie das Ganze für einen schwarzen Fleck halten.

Meeresfische, welche ihre Augenlinse nicht bewegen können, sehen je nachdem, aus welcher Richtung das Licht einbricht, ein scharfes Bild. Vor allem Tiefseefische bevorzugen diese sonderbaren Kameras. Unter der Augenlinse des zur Ordnung der Leuchtsardinen gehörenden teleskopäugigen Scopelarchus — eines Knochenfisches der Tiefsee — verläuft beispielsweise die Sehnervhaut in Form eines Sackes. Wenn er während des Schwimmens nach vorn blickt, sieht er nur ein unklares Bild, weil sich an dieser Stelle seiner Netzhaut viel weniger Sehnerven befinden als etwas tiefer. Dabei reflektiert seine Augenlinse von entfernteren Objekten ein relativ scharfes Bild, was ihm wahrscheinlich zur Rekognoszierung aus-

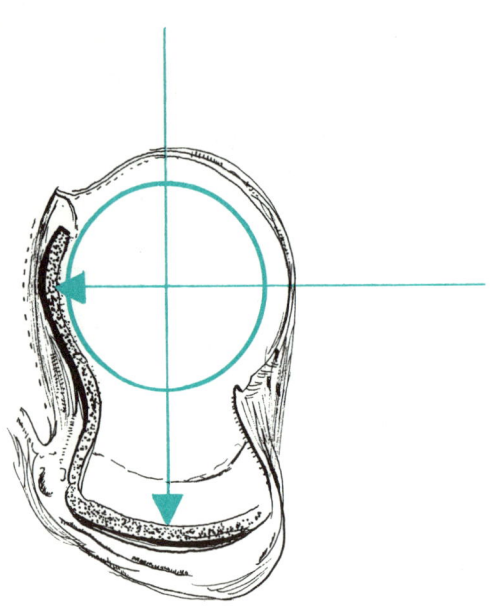

Tiefseefische haben sich ein besonderes Teleskopauge zugelegt. Der Scopelarchus sieht die etwas weiter entfernten Fische auf seiner Nebennetzhaut nur unklar. Will er wissen, ob sich ein Freund oder Feind nähert, schwimmt er unter sie. Im Fokus seiner Kugellinse auf der Hauptnetzhaut entsteht jetzt bereits ein scharfes Bild.

reicht. Wenn jedoch der Scopelarchus die im Wasser unklar aufgetauchten Formen gründlicher betrachten will, schwimmt er unter sie. Das Bild erscheint dann auf dem Unterteil des „Sackes", und jetzt ist es bereits hinreichend scharf, um zu entscheiden, ob er angreifen oder die Flucht wählen soll.

Soviel ist gewiß, daß diese als kurios scheinende Kamera während der Jahrmillionen der stammesgeschichtlichen Entwicklung eine wichtige Aufgabe in jenem Kampf erfüllt hat, welchen die Tiefseefische um die Erhaltung ihres Lebens geführt haben. Der Notwendigkeit folgend, hat sich diese Lösung un-

ter zahlreichen möglichen anderen Varianten herausgebildet. In einer Wassertiefe von einigen tausend Metern werden Fische nicht von der Seite, sondern im allgemeinen von oben überrascht und angegriffen, auch ihre Beute befindet sich meistens über ihnen. Darum sehen sie nach oben am schärfsten. Die Pupille fehlt ebenfalls in den Augen der Tiefseefische, denn ihre Linse muß im Halbdunkel des Meeres möglichst viel Licht sammeln. Für den Scopelarchus ist demnach dieses „Teleskop" das vollkommenste Auge, und genauso verhält es sich mit der „Erfindung" anderer Tiere. Im Vergleich zu ihren Möglichkeiten ist es stets die beste, nur vom Standpunkt des Menschen gibt es darunter „primitive" oder „vollkommene" Konstruktionen.

Mit den Augen eines Ingenieurs betrachtet, ist die „Kugelkamera" der Polypen und Tintenfische vollkommener als das menschliche Auge. Auf ihrer Netzhaut sind nämlich die Sehnerven entgegengesetzt ausgerichtet im Unterschied zum menschlichen Auge. Dazu muß man wissen, daß in den Augen des Menschen sonderbarerweise die Sehnerven dem Licht „den Rücken kehren". Das lichtempfindliche Ende der 0,06 Millimeter langen Stäbchen (und Zapfen) ist in die Netzhaut eingebettet, so daß das daran anschließende Netz der Sehnervzellen darüber eine gesonderte Schicht im Innern des Auges bildet. Irgendwo allerdings muß das aus 7 Millionen Fasern bestehende Nervenfaserbündel den Augapfel verlassen, damit die elektrischen Signale der Sehnerven in das Gehirn gelangen. Dort, wo das Bündel die lichtempfindliche Schicht und die Gefäßhaut durchbricht, dort befindet sich in unseren Augen der blinde Fleck. Wenn zum Beispiel auf

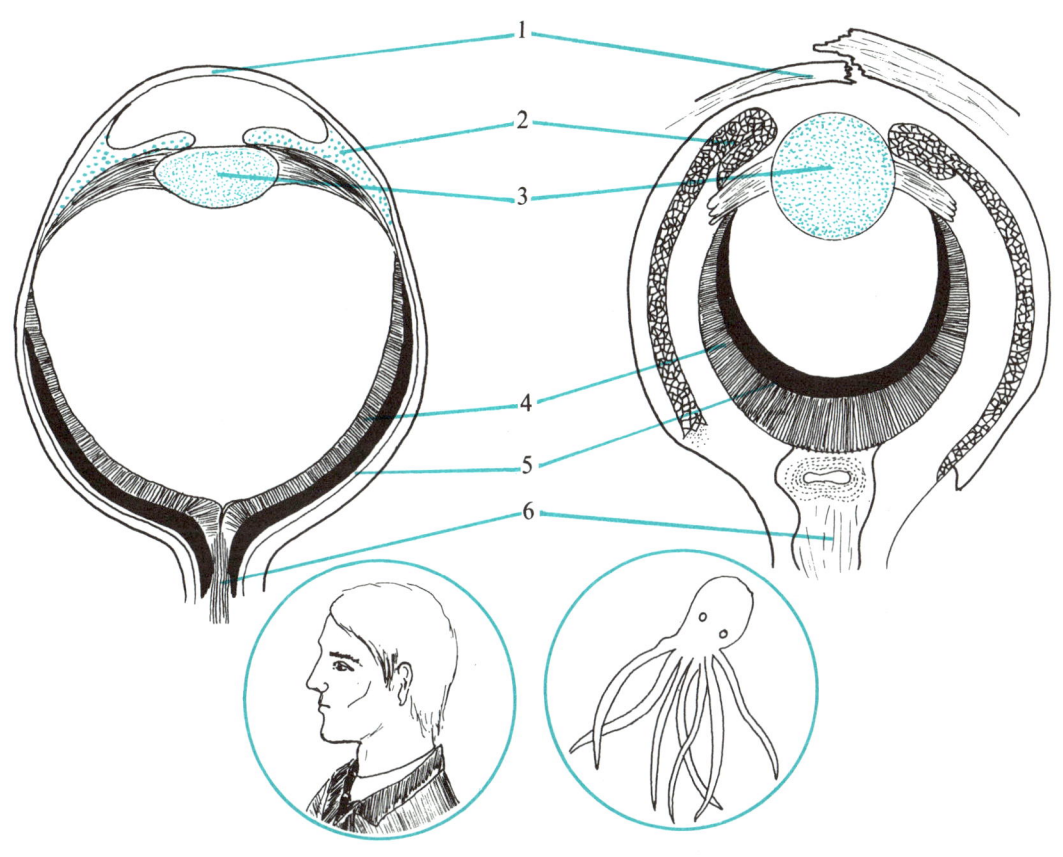

Dort, wo das Sehnervfaserbündel die Augennetzhaut durchdringt, entsteht im menschlichen Auge der blinde Fleck. Fällt ein Bild auf ihn, sehen wir gar nichts. Der Polyp ist dieser Gefahr nicht ausgesetzt. Seine Netzhaut befindet sich hinter der Sehzellenschicht. 1 – Hornhaut; 2 – Regenbogenhaut; 3 – Augenlinse; 4 – Netzhaut; 5 – Sehzellenhaut; 6 – Sehnervfaserbündel.

diesen das Bild des Vollmonds fällt, nehmen wir davon überhaupt nichts wahr. Den Polypen kann so etwas nicht passieren. Da in ihren Augen die Sehnerven zum Licht hin ausgerichtet sind, sind die Nerven gerade in umgekehrter Richtung aneinandergereiht. Ihre Netzhaut erstreckt sich hinter den Sehnerven, das Nervenfaserbündel kann somit das Auge verlassen, ohne daß ein blinder Fleck entsteht. Die im Wasser herumschwärmenden Kopffüßer kön-

nen diesem Umstand oft ihr Leben verdanken: Der Angreifer verschwindet keinen Augenblick aus ihrem Gesichtskreis.

## An der Grenze zwischen Luft und Wasser

In einem Experiment haben englische Forscher die Fähigkeit des menschlichen Auges zum Erkennen von Formen untersucht. Im Halbdunkel waren auf einem quadratnetzartigen Gitterwerk undeutlich und verschwommen Mosaikwürfelfelder zu sehen, deren einzelne Details wie Farbflecke eines projizierten Farbbildes aussahen. Die Teilnehmer des Experiments saßen schweigend da. Keiner vermochte zu erkennen, was die einzelnen Bilder darstellen sollten. Als allerdings am Ende des bisher ergebnislos verlaufenden Experiments der Vorführer die Bilder des Vorführapparats laufen ließ, rief jemand angesichts des sich bewegenden Bildes aus: „Auf dem Bild springt ein Pferd mit einem Reiter über ein Hindernis."

Dieses Experiment beweist in anschaulicher Weise, daß sich bewegende Formen und Figuren leichter erkennen lassen als unbewegliche. Dies gilt jedoch nicht nur für den Menschen. Es ist allgemein bekannt, daß Frösche überaus schlecht sehen können. Beobachtungen von L. H. Matthews zufolge sind sie nur imstande, bis zu einer Entfernung von 90 Zentimetern etwas deutlich zu erkennen. So kann man beispielsweise vergeblich in den Behälter eines gefangenen Frosches frisch getötete Insekten legen, der Frosch stirbt eher vor Hunger, doch er wird sie nicht anrühren. Er nimmt die für ihn sonst begehrten Leckerbissen einfach nicht wahr, denn er sieht nur das, was sich bewegt!

Eine erstaunliche Mutmaßung? Nein! In einem amerikanischen Forschungslaboratorium haben J. Lettvin, H. Maturana sowie ihre Mitarbeiter — später auch Forscher anderer Länder — diese Theorie mit konkreten Beweisen erhärtet. Auf der Grundlage ihrer Untersuchungen stellte sich heraus, daß Frösche über ein Organ zum Erkennen von Formen verfügen, von dessen erstaunlicher Vollkommenheit und rationellem Aufbau selbst Fachleute der Elektronik lernen könnten. In diesem Zusammenhang haben Forscher die elektrischen Signale der Netzhaut eines Leopardfrosches näher untersucht. Sie steckten zehnmal dünnere Platinnadeln als das menschliche Haar in das Sehfeld des Froschgehirns und zeichneten auf Grund der elektrischen Zeichen dieser Elektroden den Sehmechanismus des Frosches auf.

Dabei wurde der Frosch vor einen konkaven Aluminiumspiegel gesetzt, die elektrischen Leitungen seiner abgesteckten Nervenfasern hingegen an einen Fernsehbildschirm und einen Lautsprecher angeschlossen. Danach wurden unterschiedliche kleine Formen — Dreiecke und Vierecke — auf die Spiegelplatte gelegt. Auf dem Bildschirm zeigte sich kein elektrisches Signal, auch der Lautsprecher blieb ruhig. „Der Frosch sieht die Formen nicht", stellten übereinstimmend die Forscher fest. Schließlich kam eine runde Scheibe an die Reihe. Im Raum blieb es noch immer still. Als man allerdings die Scheibe zu bewegen begann, brach plötzlich lautes Geknatter aus dem Lautsprecher hervor, und auch auf dem Bildschirm waren im gleichen Rhythmus springende Lichtzacken wahrzunehmen.

Nun, was erscheint im allgemeinen in solch runden Konturen auf der Netzhaut des Frosches? In der Regel ein Käfer, eine zukünftige Beute! Das ist also das Geheimnis des Rätsels um das Auge des Frosches. Er nimmt nur das sich bewegende Insekt, den sich bewegenden Käfer wahr! Lettvin und Maturana bezeichneten diesen Nervenfasertyp als „käferempfindlich". Die weiteren Experimente gaben über ein noch interessanteres System Aufschluß. Außer diesen Nervenfasern wurden noch solche entdeckt, die auf der Netzhaut des Frosches nur die Konturen eines Objekts

Der Krötenfrosch betrachtet die Welt mit heiterer Ruhe. Wenn um ihn kein Windhauch das Röhricht bewegt, erscheint ihm die Luft vor seinen Augen wie ein blaugrauer Nebel, als säße er in der Tiefe des Sumpfes. Dagegen nimmt er um so leichter einen vor ihm fliegenden Käfer wahr. Etwas anderes als die bewegliche Lockspeise sieht er dabei kaum vor sich.

registrieren. Diese „Konturenfühler" senden je Sekunde 30 bis 40 kleine elektrische Signale über jene Punkte in das Gehirn des Frosches, bei denen die „Stetigkeit" des Objektbildes aussetzt. Ferner gibt es Nervenzellen, welche nur über die Veränderung der Lichtverhältnisse der einzelnen Sehzellen Aufschluß geben. Diese „Fall-zu-Fall-Fühler" der Nervenfasern sind also für Bewegungen zuständig. Und schließlich bilden bestimmte Nervenfasern ein Notsignal gebendes System, von dem erst dann elektrische Signale in das Gehirn gelangen, wenn sich das gesamte Gesichtsfeld plötzlich verdunkelt. Der Frosch kann

also in aller Ruhe seine Aufmerksamkeit einem sich bewegenden Käfer widmen, denn sein „Verdunklungsfühler" signalisiert sogleich, wenn beispielsweise ein Storch über ihm schwebt und sich für ihn interessiert.

Am eindrucksvollsten von alledem ist, daß im Gehirn des Frosches in vier Schichten verschiedene „Mosaikbilder" übereinander erscheinen, und zwar von unten nach oben in folgender Reihenfolge: die Konturenkarte, die käferempfindliche Karte, die Fall-zu-Fall-Fühler-Karte und die Verdunklungskarte. Alle Karten passen mit wunderbarer Genauigkeit übereinander, wie die

Grundfarben auf einem gedruckten Farbbild. Auf der Grundlage dieses Systems kann der Frosch sicher entscheiden, ob sich vor ihm eine lohnende Beute oder ein gefährlicher Gegner bewegt. Wenn sich beispielsweise aus den vier Bildern das Porträt eines ungefährlichen Käfers ergibt, setzt er den „Katapult" zum Sprung in Bereitschaft. Die an der Harvard-Universität durchgeführten Untersuchungen weisen darauf hin, daß die Sehnervzellen der Affen ein ähnliches System bilden und in ähnlicher Weise elektrische Signale an das Gehirn senden. Die Annahme der Forscher verstärkt sich immer mehr, daß auch das menschliche Auge im Grunde genommen auf der Grundlage solcher „zusammengesetzter" Details die verschiedenen Formen erkennt.

Diese Forschungen sind vom Gesichtspunkt des Baus elektronischer Anlagen zum Erkennen von Formen außerordentlich wichtig, denn diese seit Jahrmillionen erprobten und bewährten lebenden Erfindungen können auch in der Technik verwandt werden. Im amerikanischen Forschungslaboratorium Bell wurden bereits die ersten künstlichen „käferempfindlichen" Apparate hergestellt. Auf der ansichtskartengroßen „Nervenzelle" befinden sich fünf Transistoren und sonstige elektronische Einheiten. Mit sechs Fotozellen verbunden — die wie sechs künstliche Sehzellen die Lichtstärkenveränderung registrieren —, gibt die Anlage erst dann elektrische Signale, wenn ein rundes bewegliches Objekt vor ihr erscheint. Bald werden elektronische Rechenmaschinen mit solchen Augen selbst Konstruktionszeichnungen lesen können und selbständig kleinere Montagearbeiten mit den mit ihnen verbundenen geschickten Manipulatorhänden ausfüh-

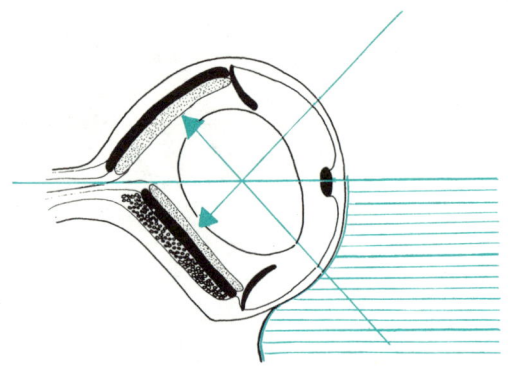

Das große Auge des Vierauges (Anableps tetrophthalmus) ist durch eine dunkle Wand in einen oberen und unteren Teil getrennt. Mit seinen Doppelaugen beobachtet er gleichzeitig, was auf und unter dem Wasser vor sich geht. Die vorstehende Augenlinse ist kugelförmig, nach unten in Richtung des Wassers dicker und gekrümmter, so daß dadurch die eintreffenden Strahlen besser gebrochen werden. Das Auge der jungen Fische ist anfangs noch ungeteilt. Dieser Fisch lebt an den mittelamerikanischen und brasilianischen Küsten.

ren, während sie mit dem „kontinuierlichen" Auge das entstehende Arbeitsstück überwachen.

Das Bewegungsempfinden der Reptilien ist dem der Amphibien ähnlich. So wird es verständlich, weshalb die Schlange mit ihrem Kopf hin- und herpendelt, sobald sie ihre Beute wittert. Dabei bewegt sich auf der Netzhaut ihrer Augen das Bild der Umgebung, so erkennt sie besser das sich vor ihr duckende Opfer. Daß der der Schlange gegenüberstehende Nager unwillkürlich erstarrt, wird nicht nur von der Angst diktiert. Seine seit Urzeiten gesammelten Erfahrungen lehrten ihn, daß die Schlange ihn schlechter wahrnimmt, wenn er sich unbeweglich verhält, als würde er zu fliehen versuchen.

Doch über das Sehvermögen der Amphibien unter Wasser ist uns selbst heute noch nicht viel bekannt. Die unterschiedliche Lichtbrechung des Wassers und der Luft stellt ihre Augen in jeder Weise auf eine harte Probe. Wie uns bekannt ist, versagt das Sehvermögen der Fische an der Luft vollkommen. Lediglich dem sogenannten Vierauge, dem Anableps tetrophthalmus, gelang es, ein solches Auge zu entwickeln, das sowohl im Wasser als auch an der Luft gleichermaßen gut sieht. Die Lösung ist im Grunde genommen einfach: Er benutzt vier Augen! Da er sich gewöhnlich an der Wasseroberfläche aufhält, verfolgt er aufmerksam die Ereignisse unter und über dem Wasser. Er hat nur zwei Augenlinsen, obwohl er im Grunde genommen vieräugig ist, weil seine zweiteilige Netzhaut ständig bereit ist, die aus der Luft und unter dem Wasser eintreffenden Bilder zu registrieren. Der

unter Wasser befindliche Teil der Augenlinse ist stärker, demnach ist die Brennweite unter Wasser fast so stark wie der mit der Luft in Verbindung stehende dünnere Teil der Linse. Darauf ist es also zurückzuführen, daß auf alle Fälle ein deutliches Bild auf der Netzhaut erscheint.

Für den Flugfisch ist es eine Existenzfrage, daß er, in der Luft schwebend, genau sieht, wie hoch er über dem Wasser fliegt, denn davon hängt im Grunde genommen die erfolgreiche Flucht vor seinen Verfolgern ab. Nach Untersuchungen des englischen Forschers E. R. Baylor ist die Augenhornhaut des Flugfisches stark gewölbt, doch das untere Drittel ist dagegen abgeflacht. Dieser merkwürdige Fisch trägt also ständig sein „Augenglas" mit sich herum, das ihn vor der Kurzsichtigkeit schützt.

Der Anableps jagt auf über dem Wasser sorglos schwebende Insekten. Er entwickelte dafür ein besonderes Auge, mit dem er zugleich über und unter dem Wasser sehen kann. In der Luft beobachtet er die Insekten, um im geeigneten Augenblick aus dem Wasser zu schnellen, im Wasser jedoch achtet er darauf, daß er nicht Beute eines Raubfisches wird.

Aus der Luft herabblickend, kann er die bis zur Wasseroberfläche liegende Entfernung genau einschätzen.

Dem Schützenfisch ginge es schlecht, wenn ihm die Regeln der Lichtbrechung nicht geläufig wären. Dabei handelt es sich selbstverständlich nicht um Gesetze aus dem Physikbuch, sondern um Erfahrungen aus Jahrmillionen. Auf Grund dieser Erfahrungen ist er in der Lage, mit einem aus dem Wasser herausgeschossenen Wasserstrahl einen arglos schwebenden Schmetterling oder einen auf einem Baumast sitzenden Käfer zu treffen.

Die Forscher waren lange Zeit der Meinung, daß dem Toxotes jaculator instinktmäßig die Regeln der Lichtbrechung bekannt sind, doch später stellte sich auf Grund durchgeführter Untersuchungen heraus, daß es sich bei der Treffsicherheit nur um einen guten Nervenreflex handelt, zu dem das ausgezeichnete räumliche Sehen des Fisches beiträgt. In der Regel schwimmt er in der Weise unter seiner Beute, daß er einen Winkel von 140 bis 170 Grad zur Senkrechten bildet. In dieser Richtung wird der in das Wasser eintreffende Lichtstrahl kaum noch gebrochen. Dabei schwimmt er nahe der Wasseroberfläche, wodurch der Lichtstrahl im allgemeinen sowieso ohne Brechung in das Auge gelangt. Dadurch schaltet er jedes optische Problem aus. Er braucht nur dorthin zu schießen, wohin er sieht!

Zum Zeitpunkt des Abschusses ist seine Längsachse fast in einer Richtung mit dem Zielpunkt, so daß der Schußwinkel des Wasserstrahls nicht korrigiert werden muß. Dies könnte er auch nicht, genauso wie er seine Schußkraft nicht zu regulieren vermag. Dem amerikanischen Forscher Lüling zufolge ist seine „Feuerkraft", ungeachtet der Zielentfernung, immer gleich. Er trifft aus einer Entfernung von 40 bis 60 Zentimetern überraschend genau, doch selbst aus 90 bis 120 Zentimeter Entfernung vermag er Insekten noch gut zu erreichen. F. D. Ommaney stellt in seinem

Zielpunkt

Während der Schützenfisch unmittelbar unter der Wasseroberfläche zum Schießen ansetzt, richtet er die Längsachse seines Körpers auf das Ziel aus. Die Geschwindigkeit des Wasserstrahls beträgt 4 Meter in der Sekunde. Das ist im Vergleich zur Geschwindigkeit einer Revolverkugel von 700 Metern in der Sekunde äußerst wenig, doch dem Schützenfisch genügt sie.

Buch fest, daß einzelne Exemplare dieser Fischart sogar aus einer Entfernung von 4 bis 5 Metern treffen können. Doch inwieweit es sich dabei um keine bewußte Tätigkeit handelt, zeigt folgendes Beispiel: Der Biologieprofessor Hediger besaß einen schiefmäuligen Schützenfisch, der ständig danebenschoß. Er erlernte das zielgerechte Schießen nie, denn seine instinktmäßige Treffertigkeit war nur ererbt.

## Zwei Augen sehen in drei Richtungen

Die Figuren ägyptischer Reliefkunstwerke und Wandmalereien blicken aus jahrtausendealter Entfernung mit fast zeitlosem Blick auf uns. Dabei handelt es sich nicht um irgendein rätselhaftes Empfinden, das den Betrachter bemächtigt, sondern um eine durch den Künstler bewußt gewählte psychologische Wirkung. Jede Figur wurde von den Ägyptern in der Wandfläche „erfaßt" und die einzelnen Details teils von vorn, teils von der Seite dargestellt. So erscheint das Gesicht im Profil, die Augen hingegen blicken den Betrachter direkt an. Darum ist der Ausdruck der Augen an ägyptischen Figuren so beeindruckend. Die gleiche Anordnung ist auch in der Tierwelt anzutreffen, doch sie dient einem viel praktischeren Zweck. Die Achsen der Hasenaugen stehen beispielsweise in einem Winkel von 180 Grad zueinander, sie haben folglich einen effektvollen „Rundblick"; die Achsenstellung der Giraffenaugen von 140 Grad oder der Hirsche von mehr als 100 Grad macht es möglich, daß sie fast den gesamten Horizont beobachten können. Obwohl das Sehvermögen der Pflanzenfresser nicht so gut ist wie das

der Menschen, nehmen sie Bewegungen sofort wahr. Die erste Warnung erhalten sie über die Augen, worauf sie ihr verfeinertes Gehör und ihren Geruchssinn „einschalten", um genauere Informationen zu bekommen, ob sich ihnen ein Freund oder Feind nähert.

Die Augenachse der Hunde und Wölfe steht in einem Winkel von 30 bis 50 Grad zueinander, der Löwe hingegen blickt mit einem noch „stechenderen" Blick nach vorn: Sein Augenachsenwinkel beträgt insgesamt nur 10 Grad. Die Anordnung der Augen glich sich der Lebensweise an, und sie hat sich im Verlauf der Stammesentwicklung herausgebildet. Im allgemeinen genügt es, einen Blick auf irgendein Säugetier zu werfen, um mit großer Wahrscheinlichkeit sagen zu können, wo es in der Entwicklungsreihe von den Pflanzenfressern bis zu den Raubtieren steht. (Freilich ist nicht nur dies von Bedeutung in der Beurteilung der Lebensweise.) Soviel jedoch ist sicher, je mehr das Auge eines Tieres nach vorn ausgerichtet ist, um so kleiner ist sein Blickfeld. Das reduzierte Blickfeld wird jedoch durch das räumliche Sehen ersetzt.

Beim Sehen mit zwei Augen auf dasselbe Objekt kann die Entfernung eingeschätzt werden. Auf Grund von Luftaufnahmen stellen auf diese Weise Fachleute die Höhe der Erhebungen auf der Erde fest. An Stereofotoapparaten verlaufen die Achsen der Objektive parallel, die Augenachsen Vorwärtsblickender hingegen kreuzen einander immer in dem Punkt, wohin sie die Aufmerksamkeit lenkt. Sich abwendende Augen funktionieren so wie ein eingebauter Entfernungsmesser. Das Gehirn erhält entsprechende Informationen über die Stellung der Augen durch die Anpassung der augenbewegenden Muskeln, worauf auf Grund dieser Information die Entfernung bestimmt wird.

Doch in den Augen sind auch noch andere sinnreiche technische Lösungen zu finden. Das Innere einer Fotokamera ist bekanntlich vollkommen schwarz, damit in Anbetracht der reflektierenden Lichtstrahlen kein „Geisterbild" auf dem Negativ entsteht. Selbst die Rückseite der lichtempfindlichen Filme wird fabrikmäßig mit einer lichtabsorbierenden Schicht versehen, damit nicht die ungehindert durchziehenden Lichtstrahlen zwischen den Körnchen aus Silberbromid zurückstrahlen. In den Augen der Tiere befinden sich gleichfalls lichtabsorbierende Farbschichten, die es verhindern, daß die zwischen den Sehzellen vorbeihuschenden reflektierenden Lichtstrahlen ein Geisterbild hervorrufen.

Selbst bei modernsten Fotoapparaten muß die Filmkassette ausgewechselt werden, wenn man anstatt schwarzweiß farbig fotografieren will. In den lebenden Kameras stehen jedoch zugleich beide „Rohstoffe" zur Verfügung. So nehmen beispielsweise im menschlichen Auge 125 Millionen als Stäbchen benannte winzige Sehzellen die Veränderung der Lichtstärke wahr und 5 Millionen als Zapfen bezeichnete, ganz anders geformte Sehzellen erfassen die verschiedenen Wellenlängen der farbigen Strahlen. Mit den Stäbchen sehen wir in der Dämmerung, mit den Zapfen am Tag. Doch das „Negativ" der Netzhaut ist nicht überall gleichmäßig „körnig". An den zur Augenlinse gegenüberliegenden Stückchen mit einem Durchmesser von 0,6 bis 0,7 Millimetern haben sich nur Zäpfchen zusammengedrängt. Hier ist die Netzhaut tieferliegend, und an der Oberfläche, auf dem

sogenannten gelben Fleck, trifft das Licht auf die Zapfen, ohne dabei an Stärke zu verlieren.

Beim Blick auf ein Bücherregal vermögen wir den Titel des Buches zu lesen, dessen Rücken gerade auf den gelben Fleck unseres Auges fällt. Über diese Fläche erhält nämlich unser Gehirn das schärfste und farbenreichste Bild, obwohl auch die anderen Bücher in unserem Blickfeld enthalten sind. Da sich der gelbe Fleck stets gegenüber der Augenlinse befindet, sehen wir immer das am schärfsten, was wir vor unseren Augapfel halten oder was sich davor bewegt oder befindet. Deshalb verfolgen unsere Augen den Tennisball im Flug, obwohl wir ihn auch sehen würden, wenn sich unsere Augäpfel nicht bewegten. So aber bleibt das Bild des Balles ständig auf dem gelben Fleck, folglich entsteht ununterbrochen ein scharfes Bild.

Dies sollte man vor allem deshalb wissen, weil in den Augen der Tiere, die den Luftraum „überwachen", zum größten Teil lichtempfindliche Stäbchen vorhanden sind. In Ermangelung von Zapfen sehen sie dadurch ein farbloseres und nicht so scharfes Bild, bei einer Verstärkung der Belichtung können sie jedoch selbst die kleinste Bewegung wahrnehmen. In den Augen nach vorn blickender Tiere sind mehr Zapfen als Stäbchen vorhanden; dank dem farbigen Sehen können sie folglich genauere Details unterscheiden.

In der Vogelwelt sind eigenartige Luft-Fotoapparate anzutreffen. Am Tag ist ihr Sehvermögen wahrscheinlich das vollkommenste unter den Tieren. Auf der Netzhaut der Vögel befinden sich nur Zapfen, und die meisten haben in den Augen zwei gelbe Flecke. Dadurch sind sie imstande, auf einmal drei

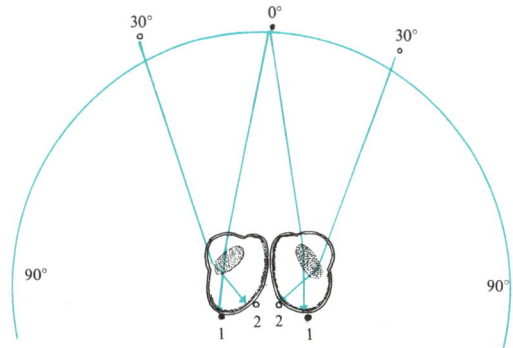

Die Eule hat sich vollkommen auf das räumliche Sehen eingestellt. Sie kann ihre vorwärts blickenden Augen gar nicht mehr drehen, weil die Bewegungsmuskeln der Augen verkümmert sind. Verfolgt sie scharfblickend ihre Beute oder einen sonstigen Vorgang, muß sie ihren Kopf drehen, wobei sie sich so geschickt anstellt, daß sie mehr als einen Kreis beschreibt. Daher stammt auch die scherzhafte amerikanische Redens-

Waagerechter Querschnitt der beiden Augen des Turmfalken. Der doppelte gelbe Fleck (1 und 2) macht es möglich, daß der Vogel zugleich in drei Richtungen blicken kann. Mit den zentralen Flecken (2) kann er von der Seite zwei Objekte unabhängig voneinander scharf erkennen. Das auf beiden seitlichen Flecken (1) erscheinende Bild ermöglicht das dreidimensionale Sehen.

Objekte aus drei verschiedenen Richtungen scharf zu sehen: Entferntere Bilder fallen auf den zentralen gelben Fleck eines jeden Auges, gleichzeitig sieht der Vogel auch vor sich ein deutliches Bild. Dabei treffen die Lichtstrahlen auf den seitlichen gelben Fleck, folglich entsteht im Gehirn ein räumliches Bild. In den Augen des Haus- oder Truthuhns hingegen fehlt der seitliche gelbe Fleck. Deshalb dreht das Huhn seinen Kopf in belustigender Weise, als würde es über irgendein Problem nachdenken, wenn es nach einem Korn auf dem Boden sucht. In seinem Auge entsteht nämlich erst auf diese Weise ein klares Bild auf dem zentralen gelben Fleck. Der Falke dagegen nimmt mit seinem seitlichen „Scharfblick" eine Maus bereits aus einer Höhe von 1 Kilometer wahr, was gegenüber dem Menschen ein Vielfaches der Leistungsfähigkeit seiner Augen bedeutet.

Im Auge des Falken erscheint an zwei Punkten ein scharfes Bild, so daß er prinzipiell zugleich in drei Richtungen blicken kann. Wir wissen nicht, wie er tatsächlich sieht, doch vermutlich blickt er auf einmal nur in eine Richtung. Kreist der Falke in großer Höhe und richtet er dabei ein Auge seitlich aus, nimmt er die Landschaft mit seiner auf „unendlich" eingestellten Augenlinse wie eine Landkarte wahr. Wenn er hingegen auf seine Beute hinabstürzt, nutzt er für das plastische Sehen auf kurzen Strecken beide Augen zugleich.

art, wie man Eulen fangen soll: „Gehe dreimal um sie herum, sie verfolgt dich dabei mit den Augen, bis sie sich ihren Hals bricht und in deine Hand fällt!"

Vögel sind darauf angewiesen, schnelle Bewegungen genau wahrzunehmen und einzuschätzen. Wenn sich ein Sperling auf einen Ast niederläßt, ist dies mit der Geschwindigkeit eines strahlgetriebenen Flugzeugs zu vergleichen, welches seine Tragflächen zusammenklappt und auf einem flachen Hausdach landet. Dabei verfolgt das Auge des Vogels mit einem aufschlußreichen

Ruhig blickt die Taube in das grelle Bogenlicht des elektrischen Schweißdrahts. Dies ist für sie kaum schlimmer, als stundenlang in die Sonne zu sehen. Neuesten Untersuchungen zufolge bildet der gezackte Kammfortsatz (Pecten) eine „Schutzbrille". Nach Feststellungen sowjetischer Forscher reagiert die Sehnetzhaut der Taube bei Sonneneinstrahlung oberhalb der Schnabellinie mit kleineren Reizen, als fiele das Licht unterhalb des Schnabels ein.

verzögernden System die vorbeihuschenden Bilder. Auf der Netzhaut sind auseinanderliegende Sehzellen mit der gleichen Nervzelle verbunden, so daß die elektrischen Signale etappenweise das Gehirn erreichen. Auf Grund dieses Tricks bleibt mehr Zeit zum Erkennen von einzelnen Details übrig. Der Scharfblick der Vögel wird wahrscheinlich auch dadurch gefördert, daß sich auf der Netzhaut ihrer Augen nicht die gleichen Blutgefäßnetze befinden wie in den Augen der Säugetiere. Das Licht gelangt folglich ungehinderter bis zur Sehzelle. Die Blutadern sind in einer dünnen Membrane — dem Pecten — zusammengedrängt, und die Netzhautzellen werden von hier ernährt. Dieses kammförmige Organ ist fast vollkommen durchsichtig, und welchen Zweck es erfüllt, darüber streiten sich selbst heute noch die Gelehrten. Einzelne Forscher sind der Meinung, daß der Vogel mit ihm die magnetischen Kraftlinien der Erde wahrnimmt, wodurch er sich zur Zeit des großen Vogelzugs orientieren kann.

Im Jahr 1972 wurde auf Grund von Untersuchungen zweier Forscher der California-Universität eine neue Theorie über dieses Organ entwickelt, die auf der Vorstellung beruht, daß die besondere Form des Kammorgans einem optischen Ziel diene. Den Forschern zufolge benutzen die Vögel den Pecten während der ständigen Sonnenbestrahlung wie eine „Augenblende". Sie stellten ferner fest, daß das Kammorgan der Taube widerspiegelnde starke Lichtreflexe von verschiedenen Punkten der Netzhaut auffängt. So spiegelt sich das Bild der Sonne fast ständig auf der Netzhaut wider. Dabei ist das Licht derart stark, daß die von der Netzhaut reflektierten Strahlen das Innere der

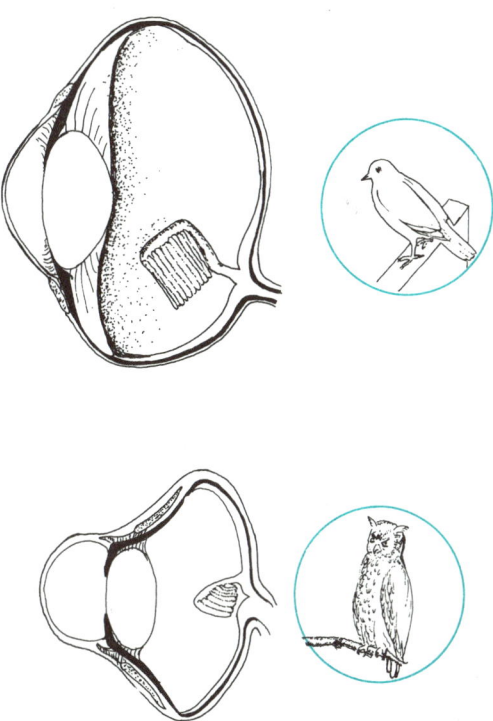

Der rätselhafte Kammfortsatz im Vogelauge sorgt für die Blutversorgung der Netzhautzellen. Er nimmt jedoch auch eine optische Aufgabe wahr: Abblendung des grellen Lichts im Auge des Vogels. Oben der senkrechte Schnitt des Auges der Taube, unten der der Eule.

gesamten Augenkugel erhellen. Das Kammorgan wölbt sich wie ein Sonnenschirm über der Sehgrube. Dadurch mindert es den grellen Gegensatz zwischen Licht und Schatten.

## Tausendäugige Insekten

Wer besonders zudringlich ist, dem wird nachgesagt: „Unverschämt wie eine Marktfliege." Dieser Vergleich entspricht wirklich den Tatsachen, denn Fliegen beweisen es uns tagtäglich. Doch weshalb sind Fliegen so unver-

143

schämt? Offensichtlich halten sie es für selbstverständlich, daß sie nicht zu erwischen sind. Vergeblich versuchen wir, schnell zuzuschlagen, im letzten Augenblick fliegt die Fliege doch mit Windeseile davon. Selbst von hinten ist nicht an sie heranzukommen: Sie nimmt die vorsichtige, aber doch verdächtige Handbewegung sofort wahr. Die Fliege hat es freilich leicht, denn sie verfügt über ein Patent, das sich seit Millionen Jahren in immer verfeinerter Form in den entsprechenden Arten vererbt hat. Das Facet-

tenauge zählt zu den erstaunlichsten Sehorganen in der Tierwelt.

In der Fernsehkamera wird das Bild durch ein optisches Linsensystem auf die lichtempfindliche Platte projiziert. Auf der Platte löst sich das Bild in mehr als eine halbe Million winziger Punkte auf, um sich dann auf einem Bildschirm wieder als einheitliches Ganzes zusammenzufügen. Theoretisch hätte man auch eine Fernsehkamera konstruieren können, in der mit einer Reihe kleiner Kollektorenlinsen das Bild aufgelöst

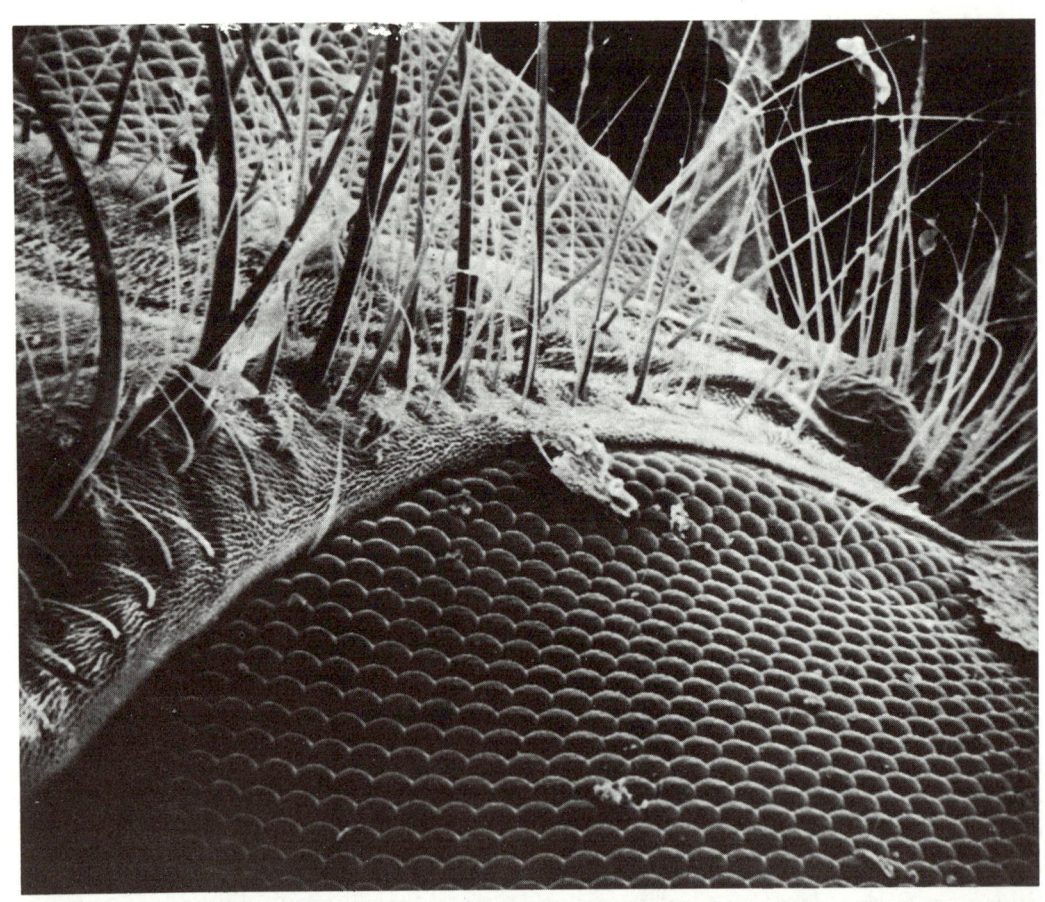

Das Facettenauge der Stubenfliege besteht aus einer Vielzahl einfacher Linsen. Auf der mittleren V-förmigen Zone, die die beiden halbkugelförmigen Augen voneinander trennt, befinden sich Tasthaare. Die Aufnahme erfolgte mit einem Rasterelektronenmikroskop bei 210facher Vergrößerung.

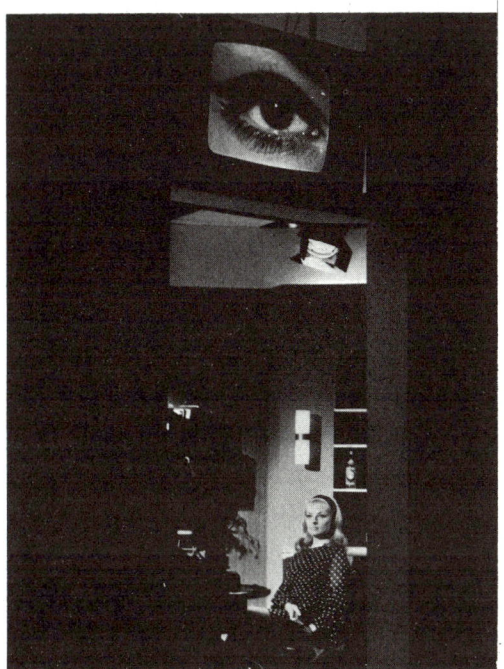

Die Vielzahl der Elementaraugen der Insekten zerlegt das Bild der Umgebung ebenso in Punkte wie eine Fernsehkamera. Schließlich sieht das Insekt auf Grund der unterschiedlichen Lichtstärke der Punkte ein einziges Bild, wie sich auch auf dem Bildschirm des Fernsehers das Bild aus einer Vielzahl von Lichtpunkten zusammensetzt.

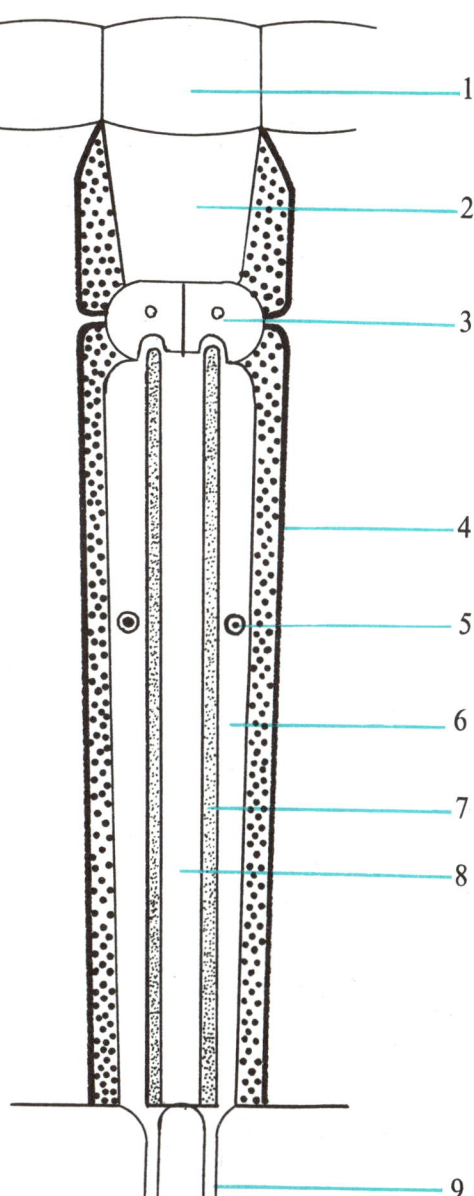

wird. Das wäre allerdings vom technischen Standpunkt eine überaus komplizierte Lösung. Die Insekten haben sich trotzdem für diese Lösung entschieden.

Ihre beiden halbkugelförmigen Augen bestehen aus einer Vielzahl winziger Augen. Im Vergleich zu einer theoretisch möglichen Fernsehkamera bewegen sich Insekten allerdings im Rahmen bescheidener Mittel: Sie begnügen sich mit einer Anzahl von mehreren tausend Linsen. Bei diesen sogenannten Elementaraugen handelt es sich um feinmechanische Meisterwerke, die selbst von Fachexperten unseres technischen Zeitalters anerkennend be-

Selbst die moderne Technik unserer Zeit ist nicht in der Lage, solch winzige optische Gefüge zu konstruieren, wie es die Einheit eines Facettenauges der Insekten darstellt. Ein Bündel von hundert dieser winzigen Elementaraugen ist nicht größer als eine Stecknadelspitze. 1 — Chitinlinse; 2 — Kristallkegel; 3 — lichtleitende Zelle; 4 — Pigmentzelle; 5 — Zellkern der Sehzelle; 6 — Sehzelle; 7 — lichtempfindlicher Stäbchensaum (Rhabdom); 8 — Achsenaushöhlung; 9 — Sehnerv.

wundert werden. Auf je einem lichtisolierten Röhrchen von 15 bis 40 Mikrometer Durchmesser befindet sich die aus der Chitinhülle herausgebildete optische Linse. Darunter liegt ein kondensierender Kristallkegel, am unteren Teil des Röhrchens hingegen ein lichtempfindlicher Sehzellenkomplex, der über bestimmte Nervenfasern elektrische Signale in das zentrale Nervenknotensystem der Insekten sendet. In der Halbkugel des Fliegenauges sind 4000 bis 5000 solcher Einzelaugen (Omatidien) vorhanden, im Auge der Libelle sind es 12 000 bis 13 000 — andere Autoren nennen bis zu 30 000 —, den bisher bekannt gewordenen Rekord hält der Totengräber mit rund 30 000 Einzelaugen innerhalb des Facettenauges.

In Zeitschriften werden mitunter bemerkenswerte Fotos mit folgender Erläuterung veröffentlicht: „So wird die Welt von der Fliege gesehen." Auf der Darstellung reihen sich kleine Einzelbilder aneinander, wobei in jedem das gleich scharfe Bild zu sehen ist — zum Beispiel eine blühende Blume vor dem Pariser Eiffelturm. Solche Bilder sind

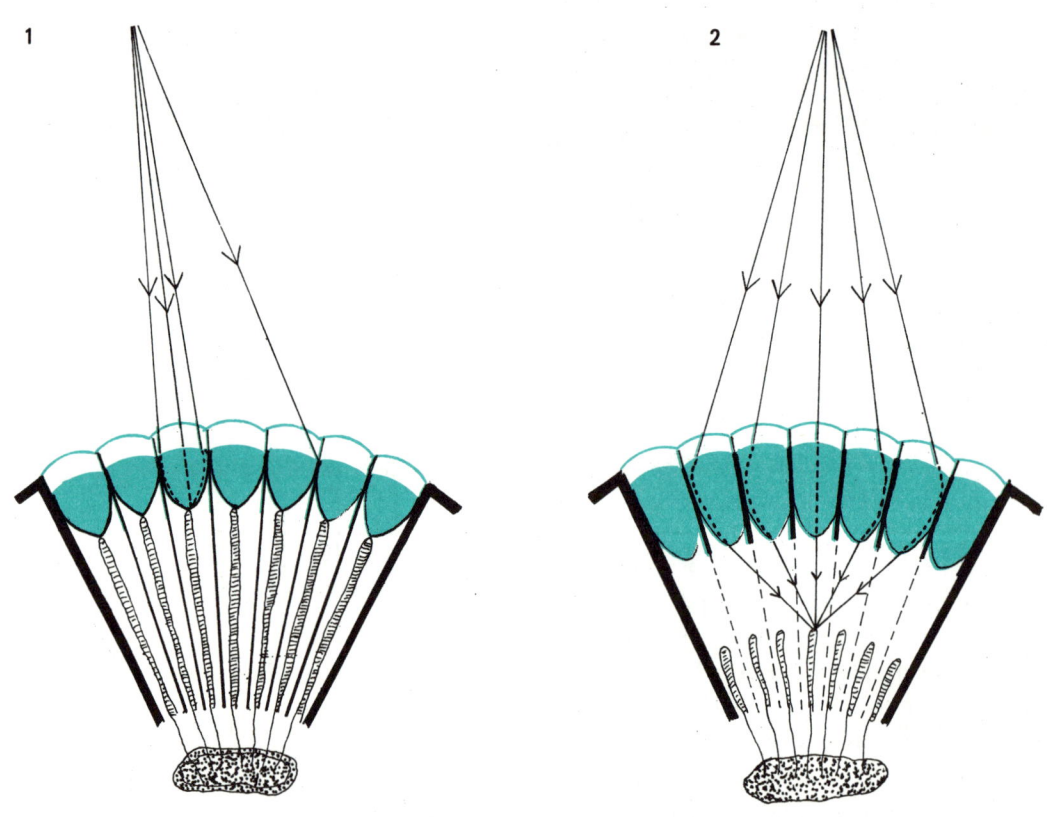

Die zweierlei Arten von Facettenaugen der Insekten. Tagesinsekten verfügen über Appositionsaugen. In den Appositionsaugen erhält jeder lichtempfindliche Stäbchensaum (Rhabdom) nur aus dem darüber befindlichen Kristallkegel Licht (1). In den Superpositionsaugen der Nachtinsekten ist der Stäbchenbereich tiefer plaziert, darum bekommt er aus mehreren Richtungen Licht, wodurch das Insekt ein helleres Bild wahrnimmt (2).

ganz und gar irreführend. Kein einziges Insekt sieht die Welt so. Das Facettenauge der Insekten läßt keine Vielzahl kleiner Bilder entstehen, die für sich einzeln erkennbar sind. Obwohl jedes Ommatidium, das heißt jedes Einzelauge, über eine eigene Linse verfügt, sieht das Insekt nur ein Bild, und auch dies ziemlich unklar und verschwommen. Jede einzelne Röhrchenkamera nimmt nur die mittlere Helle eines ganz kleinen Details wahr, und aus diesen Bildpunkten setzt sich wie auf dem Fernsehschirm das einheitliche Bild zusammen.

Nach Meinung einiger Forscher erscheint in jedem einzelnen Ommatidium ein umgekehrtes Bild über ein winziges Detail der Umgebung, wie üblicherweise jede einfache Glaslinse das Bild umgekehrt darstellt. Bemerkenswert ist, daß der optische Strahlenablauf der Linse und des Kristallkegels bis heute noch nicht genau bekannt sind. Doch alles, was recht ist, es ist außerordentlich schwierig, das Linsensystem des Facettenauges eines Insekts zu „enthüllen". Einigen Forschern ist dieses erstaunliche Kunststück zwar geglückt, doch selbst mikroskopische Untersuchungen geben keine eindeutige Antwort. Nur soviel konnten sie immerhin bestätigen, daß trotz einer Vielzahl von Linsen von einer entfernt befindlichen Glühlampe tatsächlich nur ein einziges Bild entsteht. Hinsichtlich der Bildpunkte ist es im Grunde genommen einerlei, wie sie stehen, denn das Bild einer grauen Scheibe verändert sich auch nicht, wenn sie auf dem Kopf steht.

Die lichtempfindlichen Sehnerven des Facettenauges sind zweifach angeordnet. Im sogenannten Appositionsauge harrt jede einzelne Sehzellen-gruppe unmittelbar unter dem Kristallkegel auf das Licht, so daß jede Gruppe für die „eigene" Belichtung ihrer Augenlinse zuständig ist. Im Superpositionsauge liegt die Schicht der Sehnerven von den Kristallkegeln etwas weiter entfernt. Aus einer einzelnen Rohrkamera kann demnach das Licht in die Nachbarzellen dringen. Für diese Lösung haben sich in erster Linie Nachtinsekten entschieden, denn auf diese Weise „sehen mehr Augen mehr", da das schwache Licht einer einzigen Linse mehr Sehzellen auf einmal anregt.

Mit dem Appositionsfacettenauge erkennen Insekten ein verhältnismäßig scharfes, doch lichtschwaches Bild, das Superpositionsauge hingegen sieht ein helles, aber unscharfes Bild. Von dem amerikanischen Forscher S. R. Shaw wurde im Jahr 1969 mit erstaunlich ausgeklügelten Methoden gemessen, wie das Licht in den einzelnen Sehzellengruppen auf die Appositionsaugen und Superpositionsaugen verteilt wird. Er untersuchte das Facettenauge einer Honigbiene und eines Flußkrebses. Dabei führte er mit einer Glasfaser von 20 bis 30 Mikrometer Durchmesser Licht auf die einzelnen Linsen des Facettenauges und leitete mit winzigen Nadelelektroden die elektrischen Signale von den entsprechenden Sehzellen weiter. Auf der Grundlage dieser Untersuchungen konnte festgestellt werden, daß das Appositionsauge der Biene tatsächlich vollkommen lichtisoliert ist. Aus einem Ommatidium dringt lediglich 0,1 bis 1 Prozent Licht in die Sehzelle des benachbarten Röhrchenauges. Das Auge des Krebses hat sich im Laufe der Untersuchungen als eine Art lebender Fotoapparat erwiesen, der selbst im Halbdunkel noch gute Bilder machen kann. Der Lichtstrahl einer einzigen Chitinlinse verteilt sich auf den Sehzellenkomplex von 8 benachbarten Ommatidien, so daß fast die Hälfte der eintreffenden Lichtmenge die peripheren Sehzellen erreicht. Vom Superpositionsauge gelangen demnach stärkere elektrische Signale in das Nervenzentrum, was dem

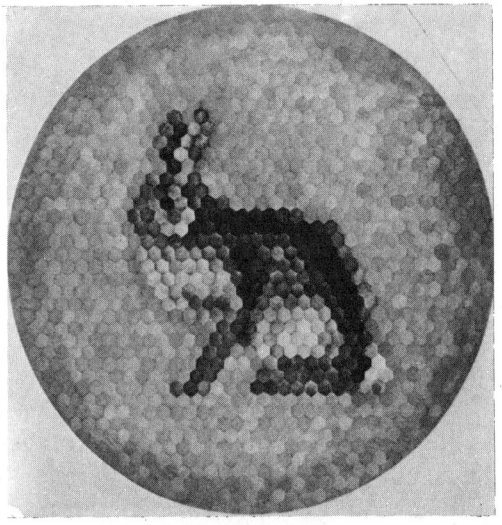

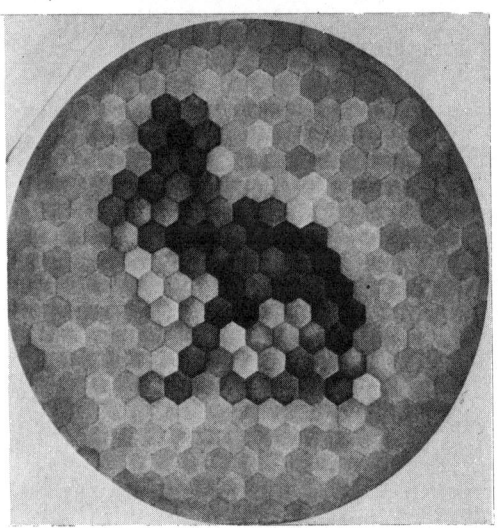

Aus einer Entfernung von 130 Zentimetern sieht die Biene einen sitzenden Hasen (oben). Aus einer Entfernung von 200 Zentimetern erkennt sie den Hasen unklarer, weil das Licht auf noch weniger Elementarlinsen fällt (unten).

Tier vor allem in der Dämmerung gute Möglichkeiten der Orientierung bietet.

Die Schärfe des Sehvermögens der Insekten hängt eng mit der Struktur ihrer Augen zusammen. Das Mosaikbild ist offenbar um so schärfer, je kleiner der Winkel zwischen zwei benachbarten Elementaraugen ist, wobei klarere Details im Sehfeld unterschieden werden. Der deutsche Forscher H. Baumgärtner nahm bereits im Jahr 1928 entsprechende Messungen dieses kleinsten Winkels des Bienenauges vor und ermittelte dabei Werte von 0,9 bis 1 Grad. Auf Grund der neuesten Sehschärfeuntersuchungen, die an Bienen und Fliegen vor flatternden Bändern durchgeführt wurden, ergaben sich genau die gleichen Werte. Es gibt deshalb keinen Zweifel: Bienen sehen erstaunlich schlecht! Während vom Menschen eine Blume im Gelände aus einer Entfernung von 6 Metern erkannt wird, muß sich die Biene auf 10 Zentimeter nähern, damit sie wahrnimmt, um welche Blume es sich handelt. Weiter davon entfernt nimmt sie nur einen verschwommenen Farbfleck wahr. Auch Fliegen können sich wegen ihres scharfen Sehens nicht rühmen; in Anbetracht der Anordnung ihrer Ommatidien sehen sie sogar noch schlechter. Das Facettenauge ist nämlich nicht genau kugelförmig. An den Augen der Bienen gibt es beispielsweise Partien, in denen die Elementaraugen in einem Winkel zueinander stehen, der größer als 4 Grad ist.

Wäre der Fotoapparat nicht vom Menschen erfunden worden, hätte er ihn auch nach dem Muster der Tieraugen konstruieren können. Im Reich der Tierwelt funktioniert aber nur das Auge jeder 17. Tierart nach dem Muster des Fotoapparats. Die überwiegende Mehrheit benutzt Facettenaugen! Weshalb haben sich die Insekten im Laufe ihrer stammesgeschichtlichen Entwicklung hierfür entschieden? Offensichtlich ist es für sie vorteilhafter. Wenn wir unsere Umgebung durch ein dünnes, durchsichtiges Kunststoffgewebe betrachten, können wir erproben, wie sie die Welt sehen. Das Bild wird zunächst ziemlich verschwommen sein. Wenn wir allerdings das Gewebe hin- und herbewegen, wird es auf einmal scharf und erkennbar. Darin besteht also das Geheimnis des Facettenauges: Es ist vor allem während der Bewegung tauglich

und effektiv. Dabei ist es ganz gleich, ob die Biene selbst fliegt oder das Objekt sich bewegt.

Auch Amphibien, Reptilien und Vögel können schnelle Bewegungen gut wahrnehmen, doch ihr Blickfeld ist nicht so groß wie das der Insekten. Würden wir eine Biene in die Mitte eines Planetariums setzen, brauchte sie ihren Kopf nicht zu drehen, um sich auf dem künstlichen Himmelsgewölbe der Reihe nach die Sterne anzusehen. Sie würde auf einmal das gesamte Himmelsgewölbe überblicken können. Und erschiene plötzlich eine Sternschnuppe,

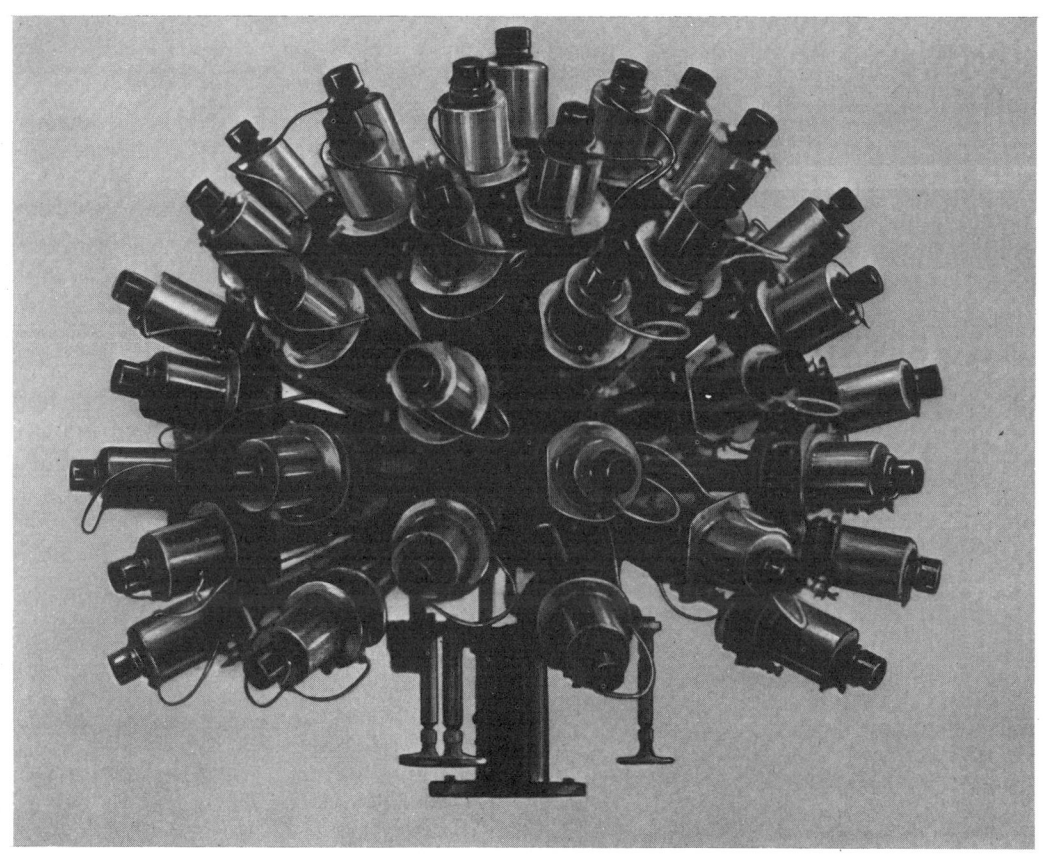

Dieses sonderbare Filmaufnahmegerät, das nach dem Muster des Insektenauges aus 57 Einzelkameras konstruiert wurde, erfaßt mit allen Linsen zugleich das gesamte Himmelsgewölbe und den Horizont. Ein entsprechendes Polyvision-Rundkino wurde im Jahr 1964 in Lausanne in der Schweiz eingerichtet.

würde sie diese viel schärfer als die Fix-
sterne wahrnehmen.

Die englischen Forscher E. T. Burtt
und W. T. Catton haben dies auch
durch unmittelbare Messungen bestätigt. Sie haben elektrische Signale der
Sehnervzellen einer Heuschrecke abgeleitet, während das Insekt verschiedene
sich bewegende Objekte betrachtete.
Die Heuschrecke nahm die sich bewegenden Objekte aus einer sechsmal weiteren Entfernung als die stehenden
wahr. Demnach sieht die Biene während des Fluges Blumen sechsmal schärfer als aus stehender Position, was zweifellos für sie eine Hilfe bei der Aufdek-
kung von Nektarquellen bedeutet.

Die Konstruktion der Facettenaugen
inspirierte selbstredend auch schon die
technische Forschung. So konnte beispielsweise die Geschwindigkeit von
Flugzeugen bisher nur im Verhältnis zu
der sie umgebenden Luft gemessen werden. In Anbetracht unterschiedlich starker Winde sind jedoch die Ergebnisse
nicht genau. Ein neuartig konstruiertes
Instrument für Geschwindigkeitsmes-
sungen arbeitet nach dem Muster des Facettenauges der Bienen. Ein „Maschi-
nenauge" befindet sich an der Stirnseite
des Flugzeugs, das andere am Schwanz.
Während beide Augen auf die Erde gerichtet sind, wird durch elektronische
Stromkreise jene Zeit registriert, die zur
Überquerung von hellen oder dunklen
Bildflecken der Umgebung von einem
Blickfeld des Auges in das andere erforderlich ist. Werden die erhaltenen Daten ins Verhältnis zur Lufthöhe des
Flugzeugs gesetzt, ist es einfach, die auf
die Erde bezogene Fluggeschwindigkeit
zu ermitteln. Auch Insekten wenden
diese Methode an; sie wissen auf diese
Weise immer, in welche Windrichtung
es sich noch zu fliegen lohnt. Falls entge-

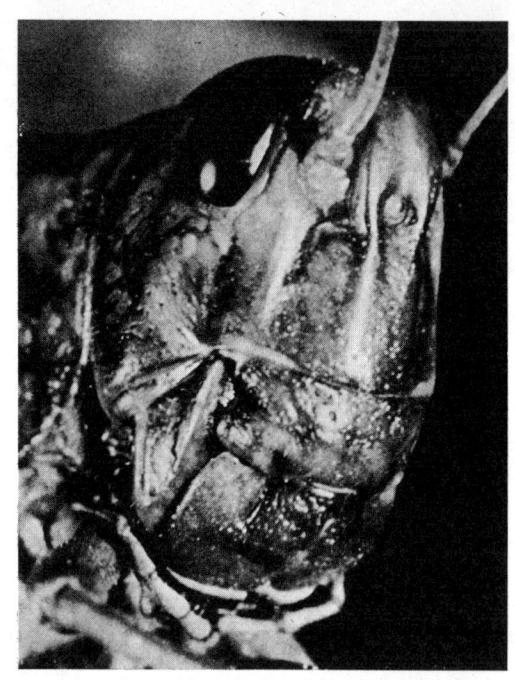

Der große Vorteil des Facettenauges erweist
sich während des Fluges. Was sich vor dem
Insekt bewegt, ist viel besser erkennbar als
im Ruhezustand. Die Heuschrecke sieht zum
Beispiel in der Luft fliegend sechsmal weiter
als im Ruhezustand.

genkommende Windwehen ihre eigene
Fluggeschwindigkeit erreichen, nehmen
sie es insofern gut wahr, weil sich das
Bild in ihren Augen um keinen Schritt
bewegt. Dann setzen sie mit dem Fliegen lieber aus und warten ab, bis der
Wind nachläßt.

Zur Zeit des alten Kinos rollten in der
Sekunde 16 Filmbilder ab, deshalb sehen die Bewegungen der Menschen in
alten Wochenschauen so komisch abge-
hackt aus. Die heutigen Geräte projizieren in der Sekunde 24 Bilder, so daß
die aufleuchtenden stehenden Bilder in
unseren Augen als fortlaufende Bewegung zusammenfließen. In dieser Hinsicht verfügen Insekten über eine aufschlußreiche Fähigkeit. Ginge ein Insekt ins Kino, langweilte es sich sicherlich sehr, denn es würde nur eine Viel-

zahl von stehenden Bildern sehen. Die am Abend beim elektrischen Licht umherfliegende Fliege wundert sich vielleicht auch darüber, weshalb die Glühlampe in einer Sekunde ungefähr fünfzigmal erlischt. Abgeleitete elektrische Ströme von Sehzellen der Facettenaugen haben nämlich gezeigt, daß Insekten über eine außergewöhnlich „zeitaufteilende" Fähigkeit verfügen. Messungen von H. Autrum haben ergeben, daß die Schmeißfliege in der Lage ist, in der Sekunde 300 Lichtblitze zu unterscheiden, doch auch die Honigbiene steht dem mit 250 bis 265 Lichtempfindungen in der Sekunde nicht viel nach, die Libelle unterscheidet 220 Bilder in der Sekunde. Nach anderen Messungen zählen Schaben mit ihren 45 bis 60 Empfindungen in der Sekunde bereits zu den „Langsamäugigen". Für sie müßte ein Film mit 65 Bildern in der Sekunde abrollen, denn nur so wäre es ihnen möglich, eine kontinuierliche Bewegung wahrzunehmen.

Manchmal ist das Erkennen langsamer Bewegungen für das Tier von lebensentscheidender Bedeutung, denn der Feind nähert sich häufig in schleichender Weise. Das Facettenauge steht den Gliederfüßern auch in dieser Hinsicht zur Seite. Messungen haben ergeben, daß die Facettenaugen von Krabben an einer Wanduhr nicht nur die Bewegung des großen Zeigers, sondern auch den Gang des kleinen Zeigers wahrnehmen. Sie sind sogar in der Lage, eine viermal langsamere Bewegung zu erkennen.

## Wo ist die Rote?

Wie wunderschön sind rote Tropenblumen! Sie ziehen unter Tausenden von Farben den Blick der Menschen auf sich. Bienen hingegen nehmen keine Notiz von ihnen! Wenn diese Blumen nicht von den leicht dahinschwebenden Kolibris besucht würden, kämen sie nicht zu dem lebensnotwendigen befruchtenden Blütenstaub. Doch warum interessieren sich Bienen nicht für diese herrlich aussehenden roten Blumen? Weil sie die rote Farbe nicht sehen! Ihr Auge ist für Lichtstrahlen mit einer höheren Wellenlänge als 600 Nanometer* unempfindlich.

Der Mensch kann sogar rote Strahlen mit einer Länge von 760 Nanometern wahrnehmen. Doch was bei Bienen auf der einen Seite im Spektralbereich verlorengeht, holen sie auf der anderen auf. Sie nehmen nicht nur violette Farben wahr, sondern auch ultraviolette Strahlen, die für das menschliche Auge unsichtbar sind.

So bleibt beispielsweise roter Klatschmohn trotzdem nicht unbestäubt, da das regenbogenfarbige Gemisch des Sonnenlichts außer roten auch ultraviolette Strahlen reflektiert, wodurch Bienen angezogen werden. Die gelbschimmernde Dotterblume spielt sozusagen mit dem Licht: Ihr Kelchblatt absorbiert, ihre Staubgefäße hingegen reflektieren die ultravioletten Strahlen des Sonnenlichts. Wenn die Biene auf die Dotterblume fliegt, sieht sie einen glänzenden ultravioletten Ring in der Mitte der Blume.

Selbst in der Liebeswerbung der Insekten spielt das Farbensehen eine besondere Rolle. Es gibt eine Schmetterlingsart, bei der das Männchen und das Weibchen in unseren Augen gleichfarbig grün aussehen. Doch in den Augen der Schmetterlinge ist dies nicht der Fall! Im ultravioletten Licht werden

---

* 1 Nanometer = 0,000 000 001 Meter

151

So sehen Menschen die Blüten der Dotterblume (links) und so Insekten (rechts) entsprechend Fotoaufnahmen des amerikanischen Professors T. Eisner. Das zweite Bild wurde mit einem für ultraviolette Strahlen empfindlichen Filmmaterial aufgenommen. Das eigenartige Aussehen der Blumen auf dem rechten Bild ist auf die Einwirkung der Kurzwellenstrahlen zurückzuführen.

beide in unterschiedlichen Farben gesehen, wir könnten sogar sagen, das Weibchen sei grau, das Männchen braun, so daß sie einander bereits von weitem erkennen. Auf Grund der auffallend hellen Flügel weißer Schmetterlingsarten kann nicht mal von erfahrenen Biologen festgestellt werden, welches das Männchen und welches das Weibchen ist. Den neuesten Forschungen zufolge reflektiert der obere Teil der Flügel des Männchens die ultravioletten Strahlen des Sonnenlichts, der des Weibchens hingegen nicht. Ein Weibchen kann folglich beim Anblick eines heranflatternden Schmetterlings

bereits von weitem erkennen, ob ihr eine Freundin oder ein Liebhaber entgegenfliegt.

Da im hellen Licht der Sonne die grüngelbfarbigen Strahlen mit größter Energie auf die Erde fallen, hat sich das Farbempfinden des Menschen in der Weise herausgebildet, daß er bei einer grüngelben Farbe mit einer Wellenlänge von 560 Nanometern die feinsten Schattierungsunterschiede feststellt. Der Bereich unserer Farbempfindlichkeit beginnt übrigens bei violetten Strahlen mit einer Wellenlänge von 360 Nanometern und hält über die blaue, grüne und gelbe bis zur roten Farbe mit einer Wellenlänge von 720 Nanometern an. Obwohl wir ultraviolette Strahlen nicht zu sehen vermögen, wird unsere Haut durch diese unsichtbaren Strahlen gebräunt.

Waldameisen erkennen die Welt in etwas dunkleren Farben als wir. Auf Grund der vom Karl-Marx-Städter Forscher W. Treen durchgeführten Messungen mit unglaublich feinen Elektroden wurde bekannt, daß die Ameisen auf die 510 Nanometer lange reingrüne Farbe am sensibelsten reagieren. Rote Farbschattierungen nehmen sie wie die übrigen Insekten nicht wahr.

Elektrische Messungen des amerikanischen Forschers J. J. Goldsmith zeigten, daß das farbempfindliche Maximum der Honigbienen in einem Nuancenbereich der dunkelvioletten Farbe bei einer Wellenlänge von 400 Nanometern liegt. Untersuchungen von K. Daumaer und E. Heintz hingegen beweisen, daß dieses Maximum gerade noch an der Grenze der für die Bienen wahrnehmbaren violetten Farbe liegt. Wir

Das Porträt einer Ameise in 179facher Vergrößerung. Das Insekt orientiert sich hauptsächlich durch Tasten und Riechen, darum ist sein Facettenauge verhältnismäßig klein. Wie auch andere Insekten, kann die Ameise rote Farben nicht erkennen.

können es uns kaum vorstellen, in welch sonderbarer Weise Bienen die Welt sehen! Sie erkennen die bei 320 bis 340 Nanometer liegenden ultravioletten Strahlen zwei- bis dreimal besser als hellere Farben. Wahrscheinlich ist eine brennende Quarzlampe für sie ein viel anziehenderes Objekt als die strahlendste rote Tulpe.

Am Farbsehen der Fische kann gleichfalls nicht gezweifelt werden, denn zur Zeit der Paarung ziehen sie unter anderem durch prachtvolle Farben die Aufmerksamkeit des anderen Geschlechts auf sich. Ebenso entfalten auch Vögel ihre Pracht. Der Meinung der Forscher zufolge ist es sogar unbestritten, daß sich die Augennetzhaut der Vögel nur aus farbempfindlichen Zapfen zusammensetzt, wahrscheinlich spielt bei ihnen die Unterscheidung der farbigen Details bei der Einschätzung der Entfernung und dem Scharfsehen eine wesentliche Rolle. Nach neuesten Untersuchungen können auch Frösche und Molche Farben unterscheiden, wobei für sie die grüne Farbe besser erkennbar ist als die blaue. Die gelbe und rote Farbe wird von ihnen überhaupt nicht wahrgenommen, da sie für diese Wellenlänge nicht empfindlich sind. Auch Säugetiere können zwischen bestimmten Farbschattierungen unterscheiden, doch lediglich Affen verfügen über ein ausgesprochen gutes Farbsehen. Merkwürdig in diesem Zusammenhang ist, daß die „Sonnenbrille" auch kein unbekanntes Patent in der Tierwelt ist. Auf der Netzhaut von Vogelaugen sind Farbfilter in Form von Öltropfen zu finden, die wahrscheinlich das grelle Blau des Firmaments abschwächen und andere Farben hervorheben, so daß sie die Welt bunter und detaillierter sehen als der Mensch.

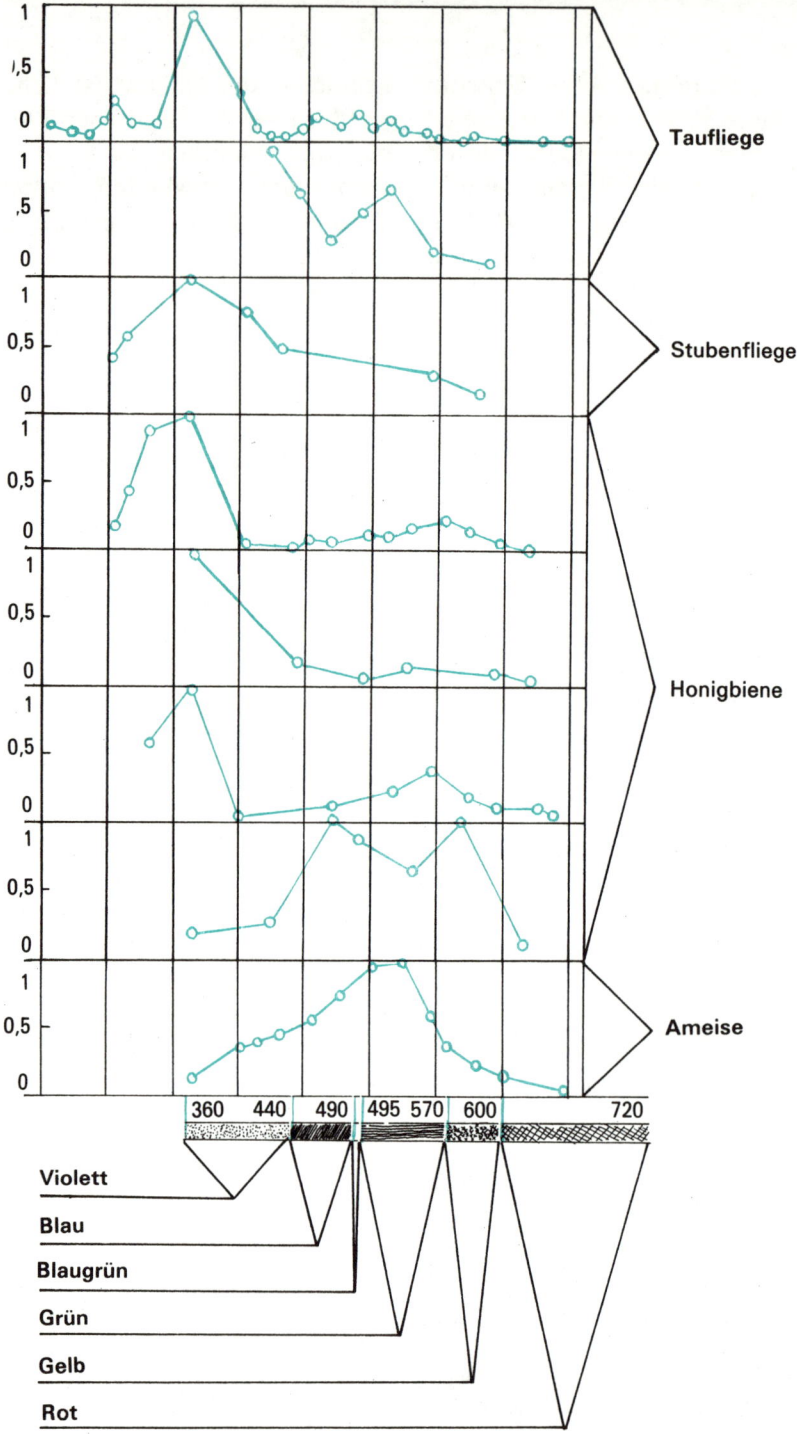

Merkwürdigerweise nehmen Insekten die rote Farbe nicht wahr, ultraviolette Strahlen hingegen – die für uns unsichtbar sind – erkennen sie genausogut wie die anderen Farben des Regenbogens. Auf den senkrechten Achsen der einzelnen Diagramme ist das durch Experimente ermittelte Wahrnehmungsvermögen der Insekten (Bewertung von 0 bis 1) für die jeweiligen Farben (Angabe der Wellenlänge in Nanometern) aufgetragen.

Maxwell, der große Physiker, setzte die Mitglieder der englischen Akademie der Wissenschaften im Jahr 1859 mit einer bemerkenswerten Vorführung in Erstaunen. Sein Experiment veranschaulichte, daß die drei Farben Rot, Grün und Blau aufeinanderprojiziert, eine weiße Farbe ergeben und in dieser sämtliche Regenbogenfarben zu finden sind. Ebenso kann aus den drei Grundfarben jede Farbe gewonnen werden, wobei nur auf das Mischverhältnis zu achten ist. Eigentlich schuf diese Erkenntnis die Grundlage für die Farbfotografie. Heutzutage ist der lichtempfindliche 0,2 Millimeter starke Farbfilmüberzug bereits mit 5 Schichten überzogen: Zuoberst die auf die blaue Farbe reagierende Kornschicht, darunter befindet sich der Farbfilter für die gelbe Farbe, die aus dem weiter durchdringenden Licht die überschüssigen blauen Strahlen absorbiert, es folgen die für die grüne Farbe zuständige Schicht, darunter die empfindliche Schicht für die rote Farbe. Die letzte Schicht absorbiert schließlich das noch verbleibende Licht. Nach dem Entwickeln des Films, wobei die Farbschichten fixiert werden, ist das leuchtende Farbdiapositiv fertig.

Von anerkannten Forschern wird unter Bezugnahme auf immer mehr Beweismaterial darauf hingewiesen, daß Tiere ihr Farbempfinden im Rahmen des gesamten Farbspektrums in ähnlicher Weise der lichtabsorbierenden Wirkung der drei Farben verdanken. Der amerikanische Forscher W. B. Marks hat zum Beispiel in der Augennetzhaut von Goldfischen dreierlei Arten von lichtempfindlichen Zapfen entdeckt. Diese sind jeweils getrennt für die rote, die grüne und die blaue Farbe zuständig, obwohl sie nicht in der gleichen Menge auf der Netzhaut vorzufinden sind, sondern im Verhältnis 2:4:1, so daß zwei rotempfindliche Zapfen vier grünempfindlichen und einem blauempfindlichen gegenüberstehen. So ist es verständlich, daß das Auge des Goldfisches auf die entsprechenden Wellenbereiche der grünen Farben am empfindlichsten reagiert. D. Burkhardt und H. Autrum hingegen haben die Facettenaugen der zur Familie der Schmeißfliegen gehörenden Insekten untersucht und fanden in je einer Rohrkammer fünf grünempfindliche Sehzellen sowie eine blau- und eine gelbgrünempfindliche Sehzelle. Das steht zwar nicht im Zusammenhang mit dem bekannten farbempfindlichen Wellenbereich der Fliegen, doch es weist darauf hin, daß in den Augen der Tiere alle wahrgenommenen Farben auf das Zusammenspiel der drei Grundfarben in den Sehzellen zurückzuführen sind.

## Wenn die Nacht herniedersinkt

Weder der Mensch noch das Tier sehen bei vollkommener Dunkelheit. Selbst Nachttiere nicht. Doch wo herrscht in der Natur vollkommene Dunkelheit? Der Mond leuchtet ständig, sein Licht dringt selbst durch die Wolken. Jene Tiere, welche nach dem Schwinden des Sonnenlichts noch nicht zur Ruhe gekommen sind oder zu dieser Zeit gerade munter werden, legten sich in den Jahrmillionen ihrer Stammesgeschichte einen besonderen „Fotoapparat" zu, bei dem der schwächste Lichtstrahl nicht verlorengeht, um in ihren Augen ein möglichst helles Bild entstehen zu lassen.

In der Dämmerung öffnet man beim Fotografieren die Blende am Fotoapparat weit. In gleicher Weise öffnen sich

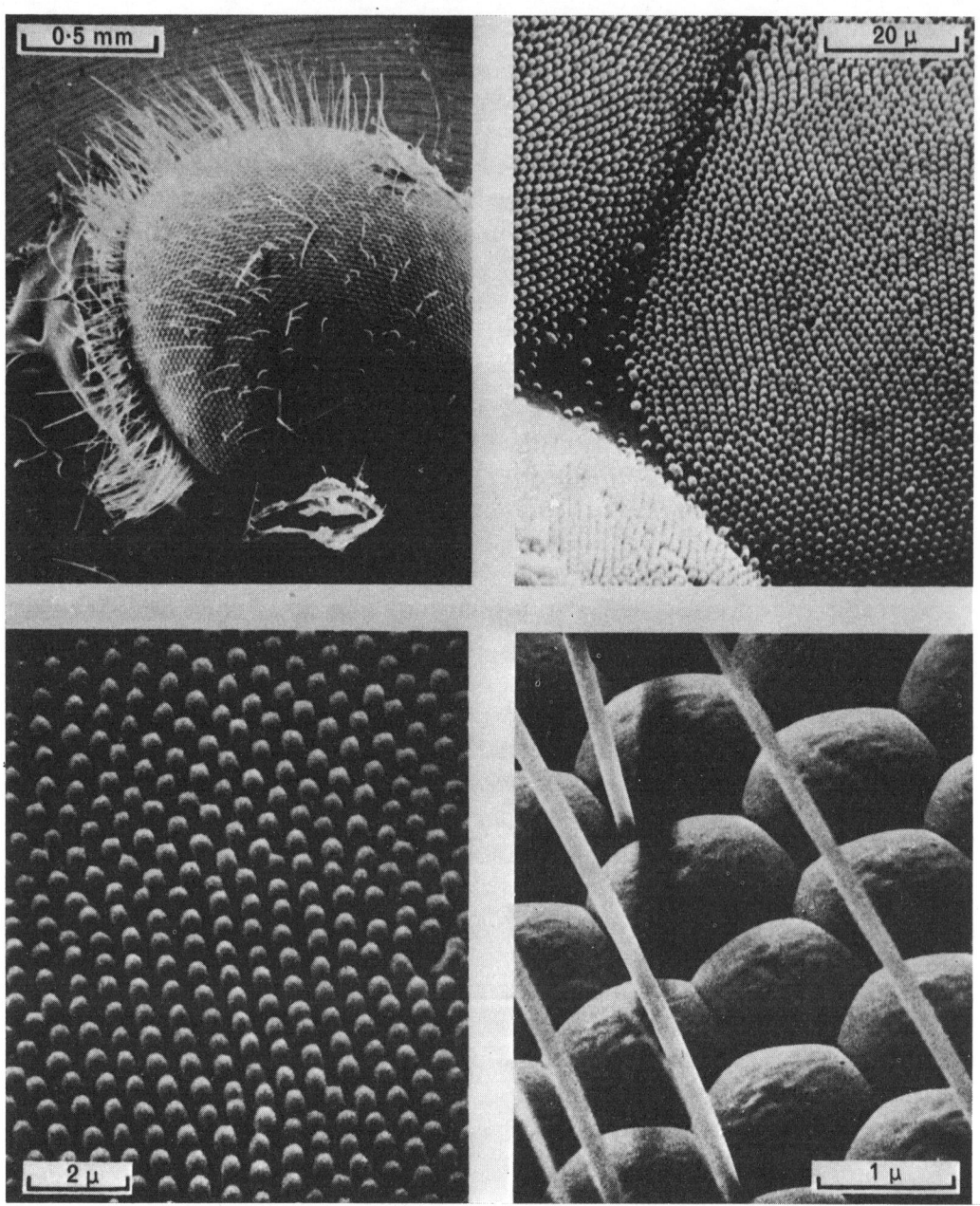

Die Jahrmillionen anhaltende Entwicklung der Nachtfalter führte zu einem einzigartigen optischen Meisterwerk. Im Laufe ihrer Stammesgeschichte hat sich auf jeder Elementarlinse des
Facettenauges eine Vielzahl durchsichtiger „Nadeln" herausgebildet. Mit ihrer Hilfe werden
selbst die schwächsten Lichtstrahlen vom Auge erfaßt, wenn die Dunkelheit hereinbricht.

die Pupillen der Tiere. Am Tage bei Sonnenschein steigt demgegenüber die Lichtstärke auf das Tausend-, Zehntausend-, ja Millionenfache an. Entsprechend muß man bei seiner Kamera den Blendendurchmesser verkleinern und eine kürzere Belichtungszeit wählen. Ähnliches bewirken die Pupillen. Den Nachttieren stehen besonders wirkungsvolle Blenden zur Verfügung. Diese können aus der weiten Rundform zum schmalen Schlitz verengt, ja, das Licht kann sogar ganz abgeblendet werden. Die Lebensweise hinterläßt ihre Spuren auch auf der Pupille: In den Augen der Raubtiere schließt sie sich senkrecht zusammen, in den Augen der Pflanzenfresser und Huftiere bildet sie einen waagerechten Schlitz, so beeinträchtigt sie nicht das lebenswichtige große Blickfeld.

Raubtierjäger berichten mitunter grauenvolle Geschichten über funkelnde Nachtaugen. Es ist tatsächlich kein angenehmes Gefühl, wenn in einer Entfernung von einigen Schritt grünleuchtende geisterhafte Augenpaare auftauchen. Doch wegen dieses Anblicks braucht man nicht in den Dschungel zu gehen. Die Augen der Katzen leuchten gelegentlich ebenso wie die der Raubtiere. Leuchten sie tatsächlich? Nein, dies ist nur eine dichterische Übertreibung. Sie reflektieren nur das darauffallende Licht wie die an Schlagbäumen montierten „Katzenaugen". Das Auge der Nachttiere nutzt nämlich das Licht zweimal aus. Wenn das Licht an den Sehzellen vorbeistrahlt, wird es in der Farbschicht der Netzhaut nicht absorbiert, sondern es prallt auf eine reflektierende Schicht. Dieser Spiegel (Tapetum lucidum) wirft die Strahlen wieder zu den Sehzellen zurück, so sieht das Tier ein helleres Bild, als es in Wirklichkeit ist, denn jede Sehzelle erhält eine doppelt so starke Belichtung.

Das Sehvermögen des Menschen und der Tiere in der Dämmerung hängt sehr davon ab, wie viele schwarz-weiß-empfindliche Sehzellenstäbchen in ihren Augen enthalten sind. Die meisten Vögel nehmen beispielsweise nur farbige Bilder wahr, da auf ihrer Netzhaut nur farbempfindliche Zäpfchen vorhanden sind. Darum können sie im Dunkeln nicht sehen. Der Lebensrhythmus dieser Vögel ist auf das Tageslicht abgestimmt, sie warten nicht erst die Nacht ab, sondern gehen sehr zeitig bei Sonnenuntergang schlafen. Die Eule jedoch beginnt erst in der abendlichen Dämmerung mit der Jagd. Im Verlaufe der stammesgeschichtlichen Entwicklung erreichten die stäbchenförmigen Sehzellen in ihren Augen die Überzahl. Deshalb sind die Augen der Eulen in der Dämmerung hundertmal lichtempfindlicher als die Augen des Menschen.

Die des Nachts in den Wäldern auf Pirsch befindlichen Jäger wissen, daß man etwas danebenschauen muß, wenn man in der Dämmerung ein Objekt gründlich ins Auge fassen will. Bei dem gewohnten üblichen Blick fällt das Bild nämlich auf den scharfblickenden Bereich der Augennetzhaut, auf den gelben Fleck. Doch hier fehlen die lichtempfindlichen Stäbchen; es sind nur farbempfindliche Zapfen vorhanden. Im Dunkeln entsteht folglich im menschlichen Auge ein weiterer blinder Fleck. Der Eule droht diese peinliche Überraschung nicht. Aus ihrem Blickfeld schwindet das Bild des ausgemachten Opfers deshalb nicht, sie kann, wohin auch immer, schauen: In ihren Augen fehlt der durch die Zapfen verursachte farbempfindliche gelbe Fleck.

Die im Wasser lebenden Tiere wechseln in bemerkenswerter Weise vom farbigen auf das schwarzweiße Sehen um. Nimmt die Lichtintensität ab, ziehen sich die Zapfen in der Netzhaut nach hinten, die Stäbchenzellen hingegen drängen nach vorn. Über ähnliche lichtempfindliche Methoden verfügen auch Nachtinsekten. Am Tag sind die Sehzellen in jeder kleinen Röhrchenkammer des Superpositionsauges unmittelbar unter dem Kristallkegel plaziert. Nachdem jedoch der Abend hereingebrochen ist, schieben sich die lichtempfindlichen Zellen zurück. So gelangt aus jedem Ommatidium Licht auf die umliegenden Sehzellen.

In Auswertung neuester elektronenmikroskopischer Aufnahmen ergab sich eine weitere bemerkenswerte Erkenntnis über die Chitinlinsen von Nachtinsekten in der Größe von 15 bis 40 Mikrometer Durchmesser. Ihre Oberfläche ist nämlich nicht so glatt, wie dies von einer optischen Linse zu erwarten ist! Sie ist mit winzigen Beulen bedeckt, mit kleinen Cornea-Nadeln, wie sie von ihrem Entdecker, dem schwedischen Forscher C. G. Bernhard, benannt wurden. Es handelt sich um 0,1 Mikrometer starke und 0,2 Mikrometer hohe durchsichtige Erhöhungen. Die Chitinlinse eines Ommatidiums am Facettenauge ist kaum größer als der Durchmesser eines Haares; würden wir sie aber millionenfach vergrößern, so entstünde eine riesige Glaslinse mit einem Durchmesser von 15 bis 40 Metern. Jetzt müssen wir uns noch vorstellen, daß man auf diese Linse 10 Zentimeter hohe Trinkgläser aus massivem Glas klebt, dann hätten wir die Cornea-Nadeln in einer überdimensionalen Vergrößerung vor uns.

\* 1 Mikrometer = 0,000 001 Meter

In der Augenlinse von Taginsekten sind keine Cornea-Nadeln zu finden. Die Oberfläche der Chitinlinse von Libellen, von Bienen, ja sogar von Käfern ist stets vollkommen glatt.

Weshalb sind Nachtinsekten auf diese besonders „geriffelten" Linsen angewiesen? Forscher vermuten, daß dieses besondere Relief mit dem Kondensationsvermögen der Chitinlinse zusammenhängt. Da es unmöglich gewesen wäre, die Erhöhungen „abzufeilen", um mit einer glattflächigen Linse vergleichende Messungen durchzuführen, wurde aus Bienenwachs und Paraffin ein vergrößertes Modell konstruiert, und im Verhältnis dazu ersetzte man die Lichtwellen durch Mikrowellen.

Die Bestrahlungsexperimente führten zu einem erstaunlichen Ergebnis: Die Cornea-Nadeln erhöhen das lichtabsorbierende Vermögen der Chitinlinsen! Der große Mangel einer jeden opti-

Je schwächer das Licht auf diese neuartige Sonnenbrille trifft, um so heller werden die Brillengläser, wodurch sie stets eine unveränderlich starke Lichtmenge durchlassen. Ähnlich wie die Linsen der Heliomaticbrillen passen sich auch die Augen der Nachtinsekten der Lichtstärke an.

schen Linse besteht darin, daß sie einen Teil des Lichtes reflektiert! Die Objektive der Fotoapparate werden aus diesem Grund mit einer hauchdünnen Schicht überzogen, weil diese Schicht einen Übergang zwischen dem Brechungsindex der Luft und dem der Linse bildet. So reflektiert die Oberfläche weniger Licht, wodurch mehr Licht durch die Linse dringen kann.

Für Nachtinsekten gilt eine andere Lösung. Mathematische Berechnungen haben ergeben, daß die Maße der Nadeln, ihre Entfernung voneinander in überraschender Weise mit den theoretisch errechneten idealen Werten übereinstimmen. Von diesen Linsen wird das geringstmögliche Licht widergespiegelt und zugleich aber das größtmögliche Licht durchgelassen. Auf diese Weise sammeln Nachtfalter, Netzflügler und einige andere nachtaktive Insekten um ungefähr 5 Prozent mehr Licht in ihren Augen als andere Insekten. Dieses Patent erhöht gleichfalls ihr Sehvermögen in der Dämmerung.

Mikroskopische Kontrolluntersuchungen überzeugten die Forscher davon, daß beispielsweise das Auge der Honigbiene bedeutend mehr Licht reflektiert als das eines Nachtinsekts. Und dies spielt nicht nur beim Sehen, sondern auch beim Verstecken eine wesentliche Rolle. Die am Tag schlafenden Falter würden sich einer großen Gefahr aussetzen, wenn in ihren Augen das Licht aufleuchtete. Die Cornea-Nadeln in ihren Augenlinsen tragen in erheblichem Maße zum Unentdecktbleiben bei, denn sie absorbieren selbst den schwächsten verräterischen Lichtstrahl.

Diese Erfindung der Insekten wurde bis heute von der Technik noch nicht übernommen, doch mit Hilfe moderner Fernsehkameras gelang es bereits,

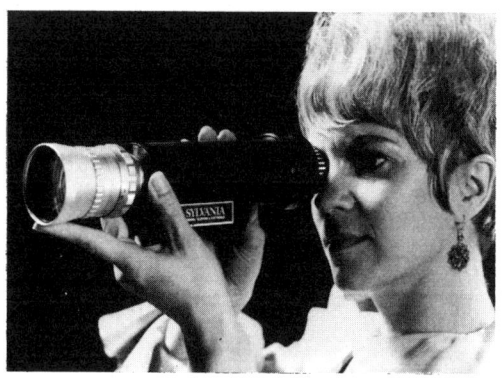

In mondhellen Nächten ist eine Menschengestalt in einer Entfernung von 500 Metern nicht mehr erkennbar. Ein Nachtfernrohr macht dies aber möglich, denn die eingebaute elektronische Optik verstärkt das Licht auf das 45 000fache.

Nachtsichtgeräte zu bauen, welche selbst die schwächsten Lichtstrahlen in Form von elektrischen Signalen so verstärken, daß im Sucher des Geräts bereits ein taghelles Bild erscheint. Die Technik unserer Tage nutzt sogar schon Wärmestrahlen. Derartige Kameras können selbst im Stockdunkeln vorzüglich sehen, denn in ihnen entstehen um so hellere Bilder, je mehr Wärme das Objekt oder der lebende Körper ausstrahlt. Zur Beobachtung des nächtlichen Verhaltens der Tiere ist jedoch der Einsatz solch komplizierter Geräte nicht erforderlich. Eine rote Lampe genügt auch.

## Licht mit Luziferin

In warmen Sommernächten ziehen die vornehmen japanischen Restaurants die Aufmerksamkeit ihrer Gäste dadurch auf sich, daß ihre Besitzer Tausende von Glühwürmchen ausstreuen, um mit den in der Luft leuchtenden kleinen Laternen eine eigenartig romantische Stimmung hervorzurufen. Der östliche Volksglaube geht nämlich auch heute noch davon aus, daß es sich bei diesen Laternchen um kleine Nachtlichter armer Studenten handelt. In der Tat, es sind billige Lichtlein, doch vom Standpunkt der Bionik sind sie außerordentlich aufschlußreich, denn sie bewahren das Geheimnis eines nützlichen Patents: die vollkommenste Methode der Herstellung kalten Lichts. Die Glühwürmchen sind freilich in der Tierwelt nicht die einzigen Produzenten von solchem Licht.

Im vergangenen Jahrhundert schrieb Charles Darwin bei der Umschiffung der südamerikanischen Ostküste in sein Tagebuch: „In der Nähe des La Plata ... bot uns die See in einer sehr dunklen Nacht ein wundervolles Schauspiel. In dem frischen Wind glühte jeder Teil der wogenden Meeresfläche, den man am Tage als Schaumkrone sah, in einem fahlen Lichte. Das Schiff trieb vor seinem Bug zwei Wogen flüssigen Phosphors her, und sein Kielwasser folgte ihm wie eine Milchstraße. So weit das Auge reichte, leuchtete jeder Wogenkamm erhellt, und der Widerschein dieser blassen Lichter ließ den Horizont heller erscheinen als das übrige Firmament."[*]

Dieses Meeresleuchten wird gewöhnlich von winzigen Urtierchen, den Geißeltierchen, hervorgerufen, doch es gibt in der Tierwelt noch viele verschiedenartige lebende Lichtquellen, die eine gemeinsame Eigenschaft haben, sie strahlen nämlich ohne Wärmeentwicklung Licht aus. Da gerät unsere gute alte Glühlampe weit ins Hintertreffen! Von der verbrauchten elektrischen Energie wandelt sie lediglich 2 Prozent in Licht um, und den größten Teil, 65 Prozent, verschwendet sie in Form unsichtbarer Wärmeausstrahlung, mit dem verbleibenden Rest von 33 Prozent hingegen wird das Glas der Glühlampe erwärmt.

Es ist deshalb verständlich, daß sich Wissenschaftler seit geraumer Zeit für das Problem des von Tieren erzeugten kalten Lichts — der Biolumineszenz —

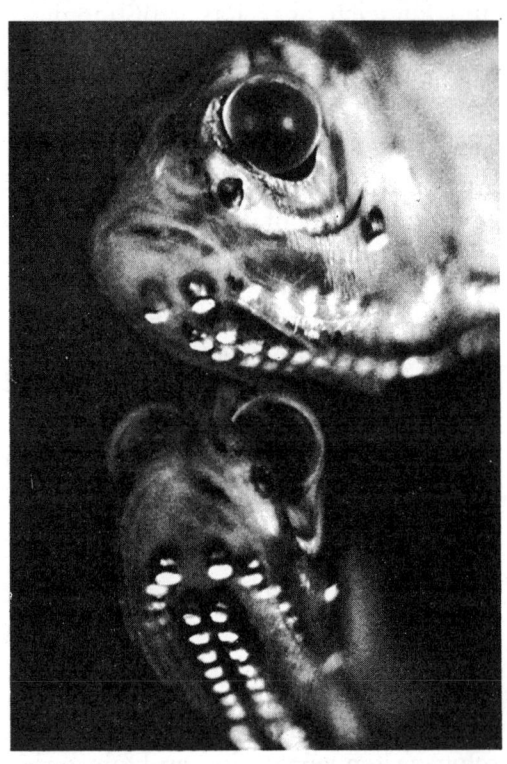

Der Vinciguerria, eine Tiefseefischart, trägt an der Bauchseite ein Leuchtzeichen. Das in einer Punktreihe auftretende kalte Licht entsteht auf dem Wege einer chemischen Reaktion, der Biolumineszenz.

[*] Charles Darwin, Ein Naturforscher reist um die Erde, Leipzig 1957, S. 146

interessieren. Merkwürdigerweise sind schon einzelne Zellen zur Lichtabgabe in der Lage, was übrigens die weitverbreiteste Beleuchtungsmethode in der Tierwelt ist. Derartige Leuchtstoffe befinden sich zum Beispiel in der Haut von Fischen, und sie führen zu einer besonders charakteristischen Illumination, als handle es sich um einen in der Nacht fahrenden Vergnügungsdampfer. In anderen Fällen trägt dieses Licht zur Nahrungsbeschaffung bei. Im Oberkiefer eines zur Gattung der Schwertfische gehörenden Raubfisches befinden sich beispielsweise rund 350 winzige Lämpchen, und da die Fische — auch heute noch in unergründlicher Weise — sich zum Licht hingezogen fühlen, braucht dieser Fisch nur sein Maul zu öffnen, damit die neugierigen Opfer hineinspazieren.

Andere Wassertiere führen wahrhaftig eine Art Taschenlampe mit sich, in der sich hinter den Leuchtzellen eine lichtreflektierende Fläche, davor jedoch ein Farbfilter und eine Kristallinse befinden.

Einzelne Sepia- und Seemuschelarten suchen hinter Leuchtwolken, die sie ausstoßen, Schutz vor angreifenden Feinden. Bestimmte Fische hingegen dulden symbiotische Leuchtbakterien auf ihrem Körper, wodurch ihnen entsprechende Lichtquellen zur Verfügung stehen.

Diese kaum 1 Mikrometer großen Bakterien strahlen nur wenig Licht aus, zur Lichtstärke einer Kerze müßten vergleichsweise 50 Millionen Tierchen beitragen. Die im Süßwasser lebenden Tiere leuchten bis auf einige Ausnahmen nicht, obwohl sie oft in enger Verwandtschaft zu jenen Arten stehen, die, im Meer lebend, kaltes Licht ausstrahlen.

Zur Enträtselung des Geheimnisses um die Biolumineszenz wurden von dem französischen Professor R. Dubois im vergangenen Jahrhundert die ersten Experimente unternommen. Er wies nach, daß nicht nur Bohrmuscheln, sondern auch einfache Kaltwasserextrakte von ihnen einige Minuten leuchten. Den besonderen Stoff, der dieses Licht aussendet, benannte er nach dem biblischen Boten des Lichts, Luzifer, Luziferin.

Da eine chemische Lichtbildung stets die Folge einer Oxydation ist, strahlt auch das Luziferin, mit Sauerstoff vermischt, Licht aus. Das Luziferin ist jedoch

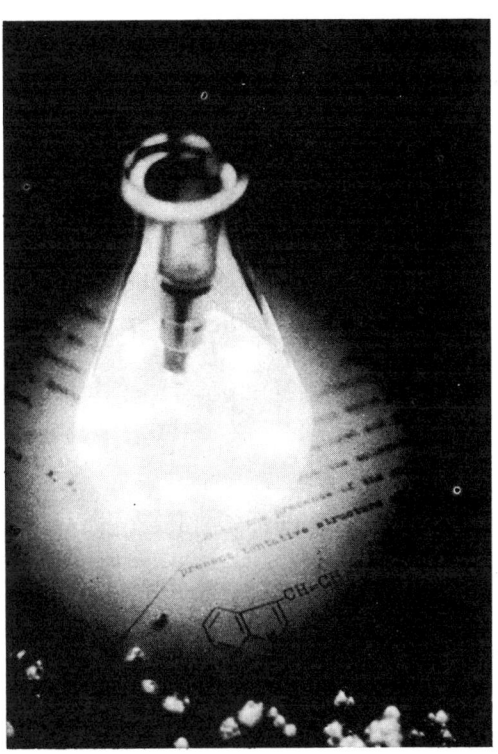

Der Kolben leuchtet wie eine Glühlampe, obwohl sich darin kein Glühfaden befindet. Chemiker haben darin lediglich Luziferin und Luziferase zusammengeschüttet. Diese Methode der Herstellung von kaltem Licht haben sie von der Natur übernommen.

nicht bereit, sich mit Sauerstoff, Wasser oder Luft sofort zu vereinigen, dies erfolgt erst, wenn ein anderer Stoff in Form eines Katalysators vorhanden ist, der dann schließlich die chemische Reaktion hervorruft. Dieses Ferment, obwohl Professor Dubois seine Zusammensetzung nicht kannte, benannte er Luziferase.

Untersuchungen von Biochemikern zufolge gibt es vielerlei Arten von Luziferin. Jede einzelne Art hat eine andere chemische Zusammensetzung, was auch auf Grund der Spektralanalyse des ausgestrahlten Lichts ermittelt werden kann.

Anfang der sechziger Jahre gelang es zwei japanischen Forschern erstmalig auf der Welt, Luziferin in chemisch reiner Kristallform herzustellen. Um eine Nadelspitze dieses Stoffes zu erhalten, mußten mehr als 4000 Leuchtfische verarbeitet werden. Dadurch konnte Luziferin gründlicher und zielbewußter analysiert werden.

Die Strukturformel des Glühwürmchenluziferins ist heute bereits genau bekannt. Dieser Stoff leuchtet erst, wenn von dem Nervenbündel des Hinterleibs elektrische Schaltsignale an die „Lampe" erfolgen. Dabei wird von den Nervenenden die als Azetylcholin bekannte chemische Verbindung in die Lichtzellen eingelassen. Dadurch tritt das Luziferin, von der hemmenden Einwirkung anderer chemischer Verbindungen befreit, in eine Reaktion mit dem durch die Luftröhren beförderten Sauerstoff und beginnt dann zu leuchten.

Mit Hilfe dieser Leuchtsignale können sich die auf Paarungssuche befindlichen Insekten im nächtlichen Dunkel leicht erkennen.

Die Oxydation des Luziferins ist die wirtschaftlichste lichterzeugende Methode in der lebenden Natur: Bei jedem Zerfall eines Luziferinmoleküls entsteht 1 Photon*. Danach setzt das Glühwürmchen die chemische Energie mit dem höchstmöglichen Wirkungsgrad in Lichtenergie um. Doch in den letzten Jahren blieben auch die Chemiker nicht untätig. Nach sechsjähriger Forschungsarbeit haben Experten des amerikanischen Chemiekonzerns Du Pont im Jahr 1968 unter der Bezeichnung PR-155 eine chemische Verbindung hergestellt, die unter Einwirkung von Sauerstoff gleichfalls kaltes Licht ausstrahlt. Mit dieser Lösung durchtränkte Textilstreifen leuchten 2 bis 3 Stunden lang.

Die im Handel angebotene Ware ist luftdicht in Päckchen verpackt und in Form von einzelnen Streifen herausnehmbar. Ihre Lichtstärke ist übrigens gar nicht so gering: Ein Streifen leuchtet mit dem Licht von 4 Kerzen. Die neue Substanz ist nicht nur flüssig erhältlich, sondern auch in Tuben und Spraydosen, so daß damit jedes Material zum Leuchten gebracht werden kann. Wenn es beispielsweise in Tinte aufgelöst wird, kann man damit im Dunkeln schreiben.

Im Grunde genommen übermittelt das kalte Licht in der Tierwelt auch Nachrichten, natürlich nur in einer viel einfacheren „Sprache". Die Enträtselung der Bedeutung dieser Signale gehört bereits zu einem anderen Forschungszweig.

## Tanzende Aufklärer

Erfahrenen Elefantenjägern ist bekannt, daß es nichts Gutes bedeutet,

---

\* kleinstes Energieteilchen einer elektromagnetischen Strahlung

wenn der behäbige Fleischklotz seinen Rüssel waagerecht oder etwas schräg nach oben hält. Das Tier ist furchtbar erregt, und es kann jeden Augenblick angreifen. Wenn der Elefant jedoch seinen Rüssel herunterhängen läßt oder, ein wenig zusamengerollt, mit ihm spielt, ist er befangen oder gar ängstlich.

Der englische Forscher Tinberg hat auf Grund seiner eigenen Beobachtungen ein Miniwörterbuch über die „Zeichensprache" der Elefanten zusammengestellt, worin er unter anderem bestätigt, daß auch das Sehen Möglichkeiten zum „Sprechen" der Tiere bietet, freilich nur in begrenztem Rahmen. Mit ihren Bewegungen sagen sie eher etwas über sich selbst aus. Im allgemeinen drücken sie damit mehr ihre Stimmung aus, als daß sie eine für andere verständliche Information weiterleiten möchten. Bewegungen sind in erster Linie bei der Liebeswerbung von Bedeutung. Fische und Vögel bewegen sich hierbei auf der Grundlage einer wahrhaft uralten Choreographie.

Den merkwürdigsten Tanz veranstalten jedoch Bienen. Und nicht einmal während der Paarungszeit, sondern während der Arbeit! Bei den Bienen fand man zuerst heraus, daß durch die Zeichensprache ihrer Bewegungen eine Information weitergeleitet wird. Professor K. Frisch untersuchte die Tanzsprache der Bienen und entdeckte dabei immer neue Einzelheiten.

Diesen Untersuchungen zufolge bleibt ein mit Zuckerwasser gefüllter Behälter unberührt, wenn er in einer größeren Entfernung vom Bienenstock aufgestellt wird. Stößt jedoch eine Biene zufällig darauf, kehrt sie in den Bienenstock zurück, worauf innerhalb kurzer Zeit mehrere hundert Bienen fleißig um die Süßigkeit schwärmen.

Werden drei Zuckergefäße zugleich aufgestellt und nimmt die Entdeckerin nur das dem Bienenstock am nächsten liegende wahr, fliegen die anderen Bienen, die sich später auf den Weg begeben, ebenfalls zum nächsten Gefäß. All dies beweist, daß die entdeckende Biene auf irgendeine Weise ihre Gefährtinnen über die neue Nahrungsquelle informiert. Doch wie vermittelt sie Richtung und Entfernung?

Wie beobachtet wurde, veranstaltet sie auf dem vor dem Eingang zum Bienenstock befindlichen Flugbrett einen Tanz. Sie zeichnet, mit ihrem Hinterleib schwänzelnd, in der Weise eine Schleife in Form einer Acht, daß der mittlere Teil der Acht in Richtung des Fundorts weist.

Die Richtungweisung wird allerdings mitunter auch in einer komplizierteren Variante vollzogen. Bei kühlem Wetter zieht sich die Entdeckerin in das Halbdunkel des Bienenstocks zurück und führt den gleichen Tanz an der senkrechten Wand auf. Dabei weicht der mittlere wellenförmige Teil der Acht im gleich großen Winkel von der Senkrechten ab wie der in waagerechter Richtung, vom Bienenstock aus betrachtet, liegende Winkel zwischen dem Nektar und der Richtung der Sonne. Wenn zum Beispiel der Fundort in einem Winkel von 60 Grad links von den Sonnenstrahlen liegt, befindet sich auch der mittlere Teil des eine Acht tänzelnden Hinterleibs in einem Winkel von 60 Grad zur Senkrechten.

Eingehende Analysen von Filmaufnahmen über den Tanzflug der Bienen gaben Aufschluß über diese merkwürdige Nachrichtenübermittlungsmethode. Später haben Professor Frisch und seine Mitarbeiter sogar die Bienen mit einer kleinen Konstruktion in Form

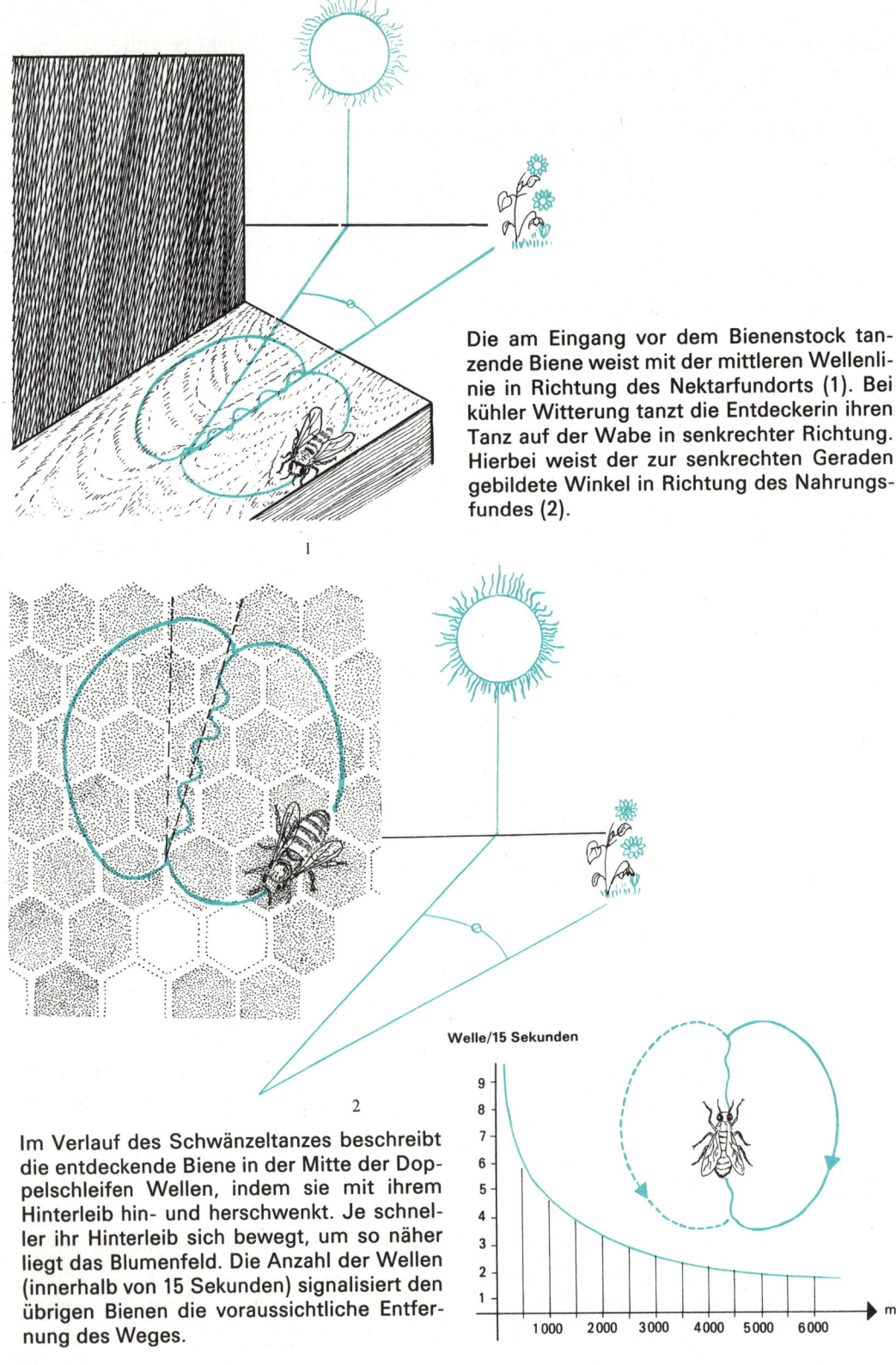

Die am Eingang vor dem Bienenstock tanzende Biene weist mit der mittleren Wellenlinie in Richtung des Nektarfundorts (1). Bei kühler Witterung tanzt die Entdeckerin ihren Tanz auf der Wabe in senkrechter Richtung. Hierbei weist der zur senkrechten Geraden gebildete Winkel in Richtung des Nahrungsfundes (2).

Welle/15 Sekunden

Im Verlauf des Schwänzeltanzes beschreibt die entdeckende Biene in der Mitte der Doppelschleifen Wellen, indem sie mit ihrem Hinterleib hin- und herschwenkt. Je schneller ihr Hinterleib sich bewegt, um so näher liegt das Blumenfeld. Die Anzahl der Wellen (innerhalb von 15 Sekunden) signalisiert den übrigen Bienen die voraussichtliche Entfernung des Weges.

einer Bienenimitation betrogen. Die Konstruktion vollführte den Schwänzeltanz im Bienenstock, und die Bienen gingen auf die Information ein. Sie entschieden sich beim Starten auf dem vor dem Bienenstock befindlichen Flugbrett für die Richtung, die sie von der Maschinen-Biene „erfahren" hatten.

Doch der Schwänzeltanz avisiert nicht nur die Richtung des Fundorts, sondern auch die Entfernung. Je näher sich die blühende Wiese befindet, um so schneller bewegt die Entdeckerin ihren Hinterleib. Ihr Körper zeichnet Wellen im mittleren Teil der Acht, wobei aus der dabei angewandten Schnelligkeit die Entfernung hervorgeht.

Entsprechend den Messungen von Professor Karl von Frisch bedeutet es für die anderen Honigbienen, daß die Nektarquelle ungefähr 100 Meter entfernt liegt, wenn die entdeckende Biene mit ihrem Hinterleib in 15 Sekunden 9,5 Wellen beschreibt. Schwingt sie in der gleichen Zeit nur 4,8mal ihren Hinterleib, bedeutet dies eine Entfernung von 1 Kilometer, eine Entfernung von 11 Kilometern hingegen wird mit insgesamt 1,4 Wellenbewegungen angekündigt.

Als die Experimente an einem Bergkamm in der Nähe von Salzburg durchgeführt und das Nektar enthaltende Gefäß an der anderen Seite des Berges aufgestellt wurde, konnte eine noch merkwürdigere Erkenntnis gewonnen werden.

Die Entdeckerin kehrte in den Bienenstock zurück und wies auf Grund ihres Schwänzeltanzes zur größten Überraschung der Biologen in die Richtung über den Berg hin, als würde sie auf irgendeine unsichtbare Landkarte weisen.

Noch erstaunlicher war es jedoch, daß sie nicht jene Entfernung anzeigte, die sie durch das Umfliegen des Berges zurücklegen mußte, sondern sie signalisierte die Entfernung entsprechend der Luftlinie. Nach der „Informationsübermittlung" der Entdeckerin flogen die anderen Bienen sofort aus. In waagerechter Richtung fliegend, wichen sie dem Berg aus und stießen ohne Bedenken und Zeitverlust auf das Nektargefäß.

Die Information war so verläßlich und genau, daß die Bienen insgesamt nur um 2,5 Grad vom richtigen Weg zur Nektarquelle abwichen.

Im Rahmen der Versuchsreihe wurden die anlockenden Gefäße an verschiedenen Stellen aufgestellt, wobei sich eine neue Überraschung ergab. Durch die Informationen der Entdeckerin inspiriert, machten sich die Bienen wieder auf den Weg, doch jetzt flogen sie über den Berg hinweg. Auf Grund der darauffolgenden Messungen stellte es sich heraus, daß der waagerechte Flug um den Berg weiter war als der steile Flug über den Berg. Sie entschieden sich deshalb für den senkrechten Weg. Wie haben sich die Bienen diese minimale Differenz errechnet?

Das ist bis heute noch ihr Geheimnis geblieben.

Bienen ist nicht nur der Schwänzeltanz bekannt. Liegt die Nektarquelle sehr nahe am Bienenkorb, veranstalten sie nur einen glatten Rundtanz, wobei sich die Richtung des Kreises oft ändert. Befindet sich jedoch der Nektar in einer Entfernung von 10 bis 100 Metern, führen sie einen Sicheltanz auf, was als Übergang vom Rundtanz zum achtförmigen Schwänzeltanz anzusehen ist.

Anfangs experimentierte Professor Frisch nur mit schwarzen österreichi-

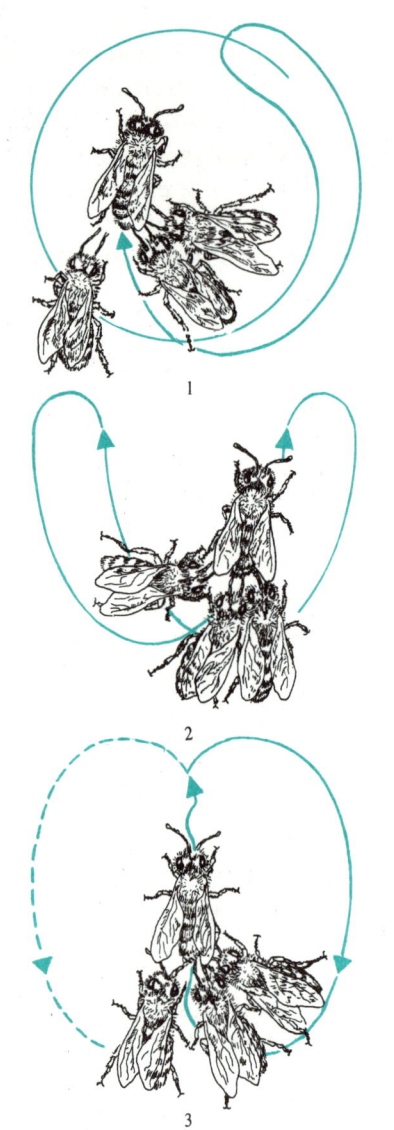

Liegt die Nektarquelle nahe am Bienenstock, wird dies von der Entdeckerin durch einen einfachen Rundtanz signalisiert, in dem sie die entsprechende Richtung im Kreis anzeigt. Dabei finden die anderen Bienen durch den Duft des Blütenstaubes leicht dorthin (1). Der Sicheltanz bedeutet, daß sich der Nektar bis zu einer Entfernung von 100 Metern befindet (2). Ist die Entfernung noch größer, gibt der Schwänzeltanz Aufschluß über Richtung und Entfernung des Nektars (3). Inzwischen machen die anderen Bienen die Bewegungen der nachrichtenübermittelnden Biene nach und kosten an dem ihr anhaftenden Blütenstaub.

schen Honigbienen. Diese Bienen wechseln vom Rundtanz schnell zum Schwänzeltanz über, wenn die Nahrungsquelle weiter als 86 Meter vom Bienenstock entfernt ist.

Im Laufe der späteren Untersuchungen mit anderen Bienen wurden die bereits erwähnten drei Tanzformen ebenfalls beobachtet, wobei es sich jedoch herausstellte, daß Bienen über keine gemeinsame „Weltsprache" verfügen, sondern landschaftsweise verschiedene „Dialekte" sprechen. Italienische Arten der europäischen Honigbienen tanzen den Rundtanz bis zu einem 9 Meter entfernt liegenden Fundort. Bei einer Entfernung bis zu 36 Metern entscheidet man sich für den Sicheltanz, liegt jedoch der Fundort noch weiter, dann gehen sie zum Schwänzeltanz über. Für die indischen Honigbienen scheint die genaue Kenntnis der Entfernung lebenswichtig zu sein, denn sie können sich nicht mal in unmittelbarer Nähe von Blumen durch den Duft von Blütenstaub und Nektar orientieren; sie signalisieren bereits einen über 3 Meter entfernten Fundort durch den Schwänzeltanz, während die südostasiatischen Riesenbienen erst bei einem 4,5 Meter entfernten Fundort mit ihren Tanzbewegungen beginnen.

Zwergbienen, die so klein sind, daß sie leicht mit Flugameisen zu verwechseln sind, nutzen nur primitivste Varianten der Nachrichtenübermittlung: Sie sind nur auf einer waagerechten Oberfläche imstande, Informationstänze durchzuführen. Wird jede waagerechte Fläche aus der Nähe ihres Stockes entfernt, sind sie nicht in der Lage, Informationen über das Auffinden von Nektarquellen weiterzugeben. Ihnen ist die Methode des senkrechten Tanzes noch nicht bekannt. Vielleicht machen sie sich in einigen Millionen Jahren auch kompliziertere Methoden zu eigen, wenn sie der Kampf ums Dasein dazu zwingt.

Der See-Elefant des Stuttgarter Tierparks „singt" mit voller Inbrunst. Tiere geben Laute von sich, für die auch ihre eigenen Ohren empfindsam sind. Vermutlich haben sich die stimmbildenden und klangempfindlichen Organe im Laufe der Stammesgeschichte parallel entwickelt.

# Klänge um die Erde

Nicht selten dröhnen auch noch in unseren Tagen in den Dörfern am oberen Kongo die Trommeln wie vor einem Jahrhundert, als H. M. Stanley auf die Suche nach dem verschollenen Afrikaforscher Livingstone aufbrach. Stanley vermerkte damals in seinem Tagebuch, daß sein Weg am Kongofluß entlang vom Klang der Trommeln begleitet wurde. Die benachbarten Stämme verständigten sich mit Hilfe der Trommelsprache über den jeweiligen Aufenthalt des Forschers und darüber, wann er seinen Weg fortsetzte. Der „Trommeltelegraf" ertönt jetzt zwar seltener, doch die Eingeborenen kennen die einzelnen Signale heute noch genausogut wie den Wortschatz ihrer eigenen Sprache.

Auch in der Tierwelt ist der Laut eine wichtige Quelle der Nachrichtenübermittlung. Beim Aufschrei eines Raben bei Gefahr erhebt sich die ganze Schar wie aufgescheucht in die Luft, das Krokodilweibchen hingegen befreit sein Junges selbst aus einer Falle, wenn es die hilfeheischende Stimme hört. Doch die Tiere nutzen ihre Stimme nicht nur zur Nachrichtenübermittlung, sondern auch zur Orientierung, wenn die übrigen Sinnesorgane bereits versagt haben. Ihr sensibles „Mikrofon" ist vielseitig: Einzelne Arten nehmen nur Zeichen und Laute von Artgenossen der eigenen Gemeinschaft wahr, andere hingegen informieren sich über die unsichtbar vor sich gehenden Ereignisse in der Umgebung. Das Gehör der Vögel und Säugetiere ist das einzige Sinnesorgan, das selbst in der Nacht, im Schlaf, auf „Alarmbereitschaft" geschaltet ist. Die Katze richtet ihr Ohr im Schlaf sofort in die Richtung aus, aus der ein Geräusch kommt.

Eine große Anzahl der Tiere beschafft sich zu 99 Prozent mit Hilfe des Lichts ihre Informationen, doch oft leisten auch Stimmen beziehungsweise Geräusche gute Dienste. Das Licht kann beispielsweise sehr leicht durch ein Hindernis unterbrochen werden, der Schall hingegen vermag mühelos Steinen oder Pflanzen auszuweichen, deshalb kommt er zuweilen weiter als das Licht. Der Schall ist im Grunde genommen nichts anderes als die wellenförmige, rhythmische Bewegung sehr kleiner Teile der Materie, deren Ausbreitungsgeschwindigkeit davon abhängt, in welchem Medium sie fortschreitet. Im Wasser bewegt sich der Schall fast fünfmal schneller fort als in der Luft. Dadurch erhalten Wasserbewohner ihre Informationen schneller, doch unter gewissen Umständen auch schwieriger. Der Erdboden ist für Schallschwingungen ebenfalls ein gutes Medium. Es ist kein Zufall, daß einst Indianer den Boden abhorchten, um das Pferdegetrappel ihrer Verfolger wahrzunehmen.

Im Verlauf der Stammesentwicklung haben sich die verschiedenen „Hörapparate" immer mehr verfeinert und vervollkommnet; es wurden ständig neue Abstufungen im Rahmen der Lautzeichen entwickelt. Primitive Tiere können im Grunde genommen keine Laute hören, sie nehmen lediglich Schwingungen wahr. Dafür sind sie in dieser Hinsicht jedoch derart sensibel, daß sie sich zum Beispiel beim Klopfen an einem Glasbehälter, in dem sie untergebracht sind, sofort in ihre „Diogenes-Röhre" zurückziehen.

Für uns zählt nur eine Schwingung als Laut, wenn wir sie hören. Bis zum Alter von 20 Jahren reicht der Hörbereich beim Menschen im allgemeinen von 16 bis 20 000 Hertz*. Im späteren Alter sinkt die Sensibilität gegenüber hohen Tönen, deshalb trifft die Annahme zu, daß als Wert des menschlichen Hörvermögens im Greisenalter im allgemeinen die Frequenz von 16 bis 16 000 Hertz zutrifft.

In Wirklichkeit treten freilich auch Töne auf, deren Frequenz kleiner als 16 und größer als 20 000 Hertz ist. Physiker bezeichnen die unterhalb der unteren Grenze des menschlichen Hörbereichs liegenden Töne als Infraschall, die über dem oberen Bereich liegenden Töne hingegen als Ultraschall. Doch der Tierwelt gelang es mit zahlreichen Erfindungen, auch in den sich im Unendlichen verlierenden Schwingungsbereich einzudringen!

## Schwimmende Raspeln und Trommeln

Im Frühjahr des Jahres 1942 wurden am Eingang der amerikanischen Chesapeakebai Unterwassermikrofone von technischen Truppenverbänden zur Ortung feindlicher Unterseeboote montiert.

* 1 Hertz = 1 Schwingung je Sekunde

Die sogenannten Hydrophone sind hauptsächlich gegenüber dem sich im Wasser ausbreitenden Schall sensibel, so daß sie die Dieselmotoren der Unterseeboote, die ein lautes Geräusch hervorrufen, leicht wahrnehmen, obwohl davon über der Wasseroberfläche kaum etwas zu hören ist. Der Wachdienst des Küstenschutzes richtete von diesem Zeitpunkt sein Augenmerk gespannt auf jedes geringste Geräusch aus der Tiefe der Bucht. Es waren jedoch keine Signale zu hören! Eines Tages dagegen drangen merkwürdige Geräusche aus der Tiefe des Meeres. Es wurde sofort Alarmbereitschaft ausgelöst. Aufmerksam wartete man auf auftauchende Unterseeboote, doch um Mitternacht verstummten die geheimnisvollen Geräusche. Was konnte in der Tiefe der Bucht geschehen sein? Taucher stiegen ins Wasser hinab und versuchten vorsichtig, den Dingen auf den Grund zu gehen. Doch sie konnten nichts feststellen. Am nächsten Tag war das merkwürdige Geräusch wieder zu hören. Es folgte eine noch eingehendere Untersuchung, doch ohne Ergebnis! Schließlich wurde das Rätsel von Biologen gelöst: In der Bucht befindet sich der Laichplatz der Trommelfische, die alljährlich zum Laichen hierherziehen. Es fanden sich an die 300 Millionen Tiere ein, die mit ihren schwingenden Schwimmblasen die verdächtigen Geräusche auslösten. Damit wurde zum erstenmal bewiesen, daß die Welt der Stille doch nicht so still ist, wie man bisher angenommen hatte.

Die akustischen Unterwasserminen des zweiten Weltkriegs, welche durch das Motorengeräusch der über sie hinwegfahrenden Wasserfahrzeuge explodierten, waren gegenüber den Geräuschen der über sie hinwegschwimmenden Fische genauso empfindlich.

Der Trommelfisch zieht seine Schwimmblase in der Sekunde zweimal zusammen. Dadurch verbreiten sich Geräusche im Wasser, als klopfe jemand ohne Unterlaß. Die auf die Schwimmblase drückenden Muskeln reagieren auf entsprechende elektrische Nervenbefehle.

Manchmal explodierten sie vermeintlich ohne Ursache. Erst später stellte es sich heraus, daß der zerstörende Mechanismus der Minen durch die Schallgeräusche der Fische getäuscht wurde. Seither haben bereits unzählige Tonbandaufnahmen und Versuche gezeigt, daß die Bewohner der Gewässer keinesfalls stumm sind.

Es stimmt zwar, daß Fische keine Stimmbänder haben, das hindert sie jedoch nicht daran, Laute in unterschiedlichen Frequenzen von sich zu geben. Man kann sogar sagen, daß sie mit „Sang und Klang" musizieren. Der Teufelsfisch beispielsweise bringt die seitliche Membrane der Schwimmblase mit Hilfe seiner Muskeln in Schwingungen, wodurch gleichzeitig die gasgefüllten Moleküle zu vibrieren beginnen und der Fisch surrende Laute wie das Nebelhorn eines nahenden Schiffes ausstößt. Wenn

die herausoperierte Schwimmblase des Teufelsfisches in ein mit Meereswasser gefülltes Gefäß getan und das Gefäß unter elektrischen Strom gesetzt wird, kann man die gleiche Reaktion registrieren. Die Muskeln ziehen sich rhythmisch zusammen, und es entstehen die gleichen Geräusche wie beim Fisch im Wasser.

Könnte jemand in einer Sekunde zweihundertmal einen Trommelschlegel rühren, gelänge es ihm, die Stimme der Rotbrasse nachzuahmen. Dieser Fisch bedient sich freilich anstatt der Trommelschlegel der dünnen Trennwand seiner Schwimmblase, an der sich ein kleines Loch befindet. Mit der Bewegung des Schwimmblasenmuskels wird die Luft zweihundertmal in der Sekunde durch dieses Loch ein- und ausgepreßt. Die Membranentrennwand beginnt dadurch zu vibrieren, wobei der

Ton durch die Resonanz der Schwimmblase noch verstärkt wird. Der europäische Bogenflosser ist auf Trommelschlegel gar nicht angewiesen. Ein „Fenster" seiner Schwimmblase befindet sich nämlich genau unter der Brustflosse. Sobald er mit der Brustflosse daraufschlägt, sind dumpfe Schläge im Wasser zu hören. Umberfische hingegen bedienen sich ihrer „Saiteninstrumente": Sie bringen straffgezogene Muskelfäden zwischen Schädel und Rückgrat zum Schwingen.

Als die Redewendung „stumm wie ein Fisch" entstand, glaubten die Menschen tatsächlich noch, daß im Wasser absolute Stille herrsche. Hydrophonische Messungen ergaben jedoch, daß auch Fische zu „lärmen" imstande sind. Der Papageifisch beispielsweise löst mit seinen aufeinander reibenden Zahnreihen knirschend-schnarrende Laute aus.

Eine andere Gruppe der Wasserbewohner gibt knarrende Laute von sich. So reiben Stachelfische im allgemeinen ihre parallel verlaufenden Schlundzähne aneinander, was etwa in der Weise wie das Hin- und Herziehen eines straffen Reißverschlusses vor sich geht. Durch Schallübertragung auf die Schwimmblase entsteht im Wasser ein starkes Getöse, als würden Schiffstrümmer aufeinanderreiben. Die knirschend-schnarrende Stimme des Papageifisches entsteht durch das Aneinanderreiben der Zahnknochen, der Bogenfisch hingegen gibt durch das Knirschen seiner scharfen Schneidezähne Laute von sich.

Die verschiedenen im Wasser vor sich gehenden Bewegungen sind gleichfalls mit Geräuschen verbunden. Eine Krebsart gibt beispielsweise beim Nahen einer Gefahr ein Gedröhn wie ein unter Wasser arbeitender Kesselschmied von sich. Die kleineren Muscheln begnügen sich mit dem Geräusch einer zuschlagenden Tür. Das Tierstimmenarchiv der Berliner Humboldt-Universität verfügt sogar über die Stimme eines Walroßmännchens, die an den Gongschlag zu Beginn einer Theatervorstellung erinnert. Auf ein noch merkwürdigeres Geräusch sind Forscher vor einigen Jahren aufmerksam geworden. Die Riesen der Ozeane, die Blauwale, geben zeitweise im Abstand von 20 Sekunden ein dumpfes Gedröhn von sich. Wie entstehen diese Laute? Ein amerikanischer Biologe konnte dieses Geheimnis lüften: Es sind die Herzschläge des Wals. Das 2,5 Dezitonnen schwere Herz dieses Säugetiers hat fast 8 Tonnen Blut zu befördern, so daß es vergleichsweise die Leistung eines 7,5-Kilowatt-Motors vollbringen muß. Das Dröhnen des „Motors" ist stets dann zu hören, wenn der Wal sein Maul aufreißt, um in den

2000 Liter fassenden Magen die aus Plankton bestehenden Massen an kleinen lebenden Organismen einzusaugen.

In der Welt des Wassers bevorzugen die Meister der musizierenden Raspeln tiefere Töne, wobei es sich dabei eher um lärmende Geräusche als um Töne handelt. In der Regel werden mit dem Knirschen der Zähne und dem Aneinanderreiben der Brustflossen Laute erzeugt, die zwischen 100 und 8000 Hertz liegen. Fische, die zur Verstärkung ihrer Laute die Schwimmblase benutzen, rattern innerhalb eines Klangbereichs von 1000 und 8000 Hertz. Durch das unmittelbare Vibrieren der Schwimmblase kommt ein noch tieferer Klang zustande. Der Rote Stachelfisch zum Beispiel strafft und entspannt die Schwimmblase bei jedem „Schrei" innerhalb von 5 Hundertstelsekunden fünfmal, so daß dadurch ein Ton mit einer Frequenz von ungefähr 100 Hertz entsteht. Eine bestimmte Art der Stachelwelse bringt ihre Schwimmblase in noch schnellere Schwingungen: Dabei ist ein 150 Hertz starkes eigenartiges „Knurren" zu hören, das sogar 12 Sekunden lang anhalten kann. Dorsche hingegen sind die Bassisten der Wasserwelt: Ihre Schwimmblase vibriert in der Sekunde vierzig- bis fünfzigmal.

Der Teufelsfisch unterscheidet sich mit einer erstaunlichen Lautstärke in

Die Stimme der Amphibien spielt vor allem bei der Paarung eine wichtige Rolle. Selbst miteinander verwandte Arten ziehen die Aufmerksamkeit durch verschiedene Rufe in unterschiedlichen Frequenzen auf sich. An diesem schwimmenden Frosch befinden sich beidseitig die charakteristischen Schallblasen, welche die aus der Kehle hervordringenden Töne durch rhythmische Schwingungen verstärken.

dem lärmenden Meereschor. Seine an ein brummendes Nebelhorn erinnernde Stimme ist im Wasser selbst in einer Entfernung von 5 Metern in einer Lautstärke zu hören, die der eines angeworfenen Propellers eines Flugzeugs ähnelt. Die Tonhöhe bewegt sich im allgemeinen von 75 bis 300 Hertz, bestimmte Ruflaute können sogar 4800 Hertz erreichen. Auf den Bahamas jedoch erschrecken selbst die Eingeborenen, wenn der furchterregende Schrei des Teufelsfisches mit einer Frequenz von 6000 Hertz über das Wasser hinwegfegt.

Vor Millionen Jahren haben vermutlich Frösche erstmals die Stille des Festlands unterbrochen. Sie verfügen wahrlich über keine schöne Stimme! Sie lassen aber in jedem Frühling die Froschserenaden auf ihren Stimmbändern erklingen. Dabei werden die rhythmischen Schwingungen der aus der Lunge vordringenden Luft durch die Schallblase verstärkt. Bei der Schallblase handelt es sich um den umgestülpten Teil der Schleimhaut des Rachens, welcher gut zu sehen ist, wenn sich der Frosch „aufbläst". Wie beobachtet wurde, singen Froschmännchen gewöhnlich nicht allein, sondern sie bilden ein Gesangstrio. Sie setzen abwechselnd mit ihrem Konzert ein, so daß sich das vom Gesang faszinierte Weibchen gleichzeitig für den geschicktesten Sänger unter den drei Kavalieren entscheiden kann.

Die Frequenz der sich in die Luft erhebenden „Froschserenade" variiert innerhalb einer ziemlich engen Grenze. Kröten quaken normalerweise mit Lauten, die sich in einer Frequenz zwischen 2510 bis 2700 oder 2000 bis 2300 Hertz bewegen. Krötenfrösche hingegen geben Laute von sich, die dem Knallen

eines Tischtennisballs beim Aufschlag auf der Platte ähneln. Obwohl bei diesem Geräusch die Schwingung von 1500 Hertz am lautesten zu hören ist, was sogar die Stimme einer Sopranistin übertrifft, klingt das Quaken dennoch unmusikalisch, da darin die gesamten übrigen höheren Frequenzen bis 7000 Hertz vorzufinden sind. Selbst die als stumm bekannten Salamander sind ab und zu imstande, bellende Töne von sich zu geben. Der kalifornische Salamander versucht, nahende Feinde mit 0,3 Sekunden anhaltenden, bei ungefähr 3100 Hertz liegenden Schreien Angst einzujagen. Welchen Erfolg er dabei hat, konnten die Wissenschaftler bisher noch nicht eindeutig feststellen.

## Was hört der Fisch?

Es gibt keinen Biologen, dem nicht bestimmte Tiere besonders ans Herz gewachsen sind. Konrad Lorenz schloß enge Freundschaft mit Gänsen; Karl von Frisch, Entdecker des Bienentanzes, gelang es, einen Zwergwels zu zähmen. Wenn er am Ufer eines Teiches spazierenging, erschien der Fisch bereits wie ein treuer Hund auf einen einzigen Pfiff. Sind da noch mehr Beweise für den Gehörsinn der Fische nötig?

Doch, das ist erforderlich, denn der anatomische Aufbau der Fische verrät nicht viel darüber, wie sich die Schwingungen in Form von Tönen in den Druckwellen des Wassers verbreiten. Das Innenohr der Fische ist nämlich nicht so weit entwickelt wie das der Säugetiere. Der übliche Schneckengang des Ohres, in dem durch die besondere, dem Meereswasser ähnelnde Flüssigkeit die Schallschwingungen mit Hilfe winziger Empfindungsnerven in elektrische

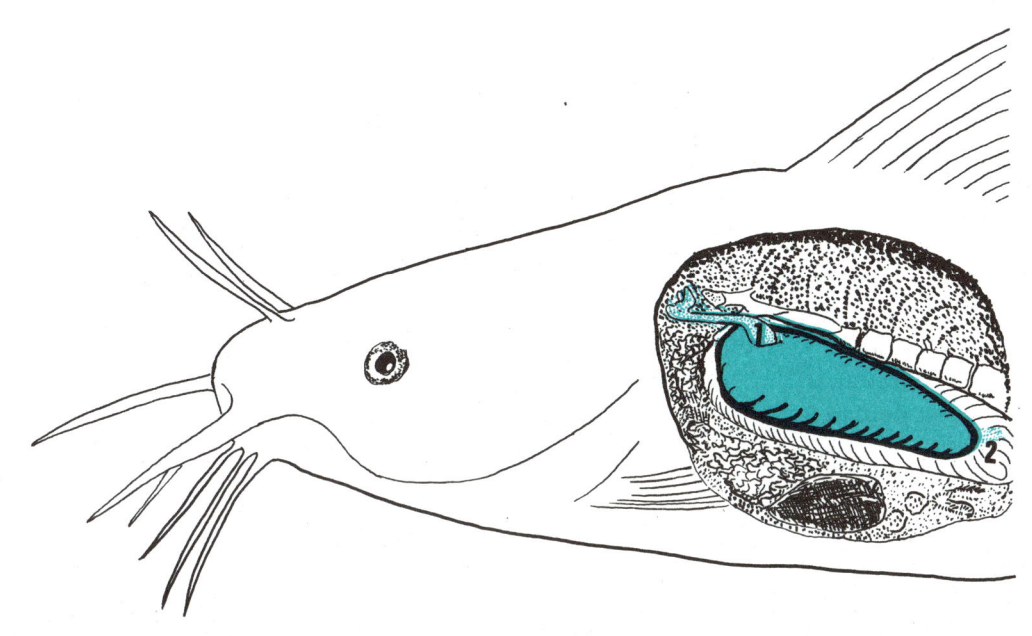

Der Zwergwels, ein „Abhorch"experte der Wasserwelt. Aus der in einzelne Kammern geteilten Schwimmblase (2) werden die Schallschwingungen durch das Webersche Gefüge (1) weitergeleitet, das aus einem größeren und drei kleinen Knöchelchen besteht.

Signale umgewandelt werden, besteht bei Fischen lediglich aus einem verlängerten Säckchen. Darin befinden sich kleine Steinchen (Otolithen). Geraten diese Hörsteinchen in Schwingungen, übt dies auf die sich an der Seite des Säckchens befindlichen Empfindungsnerven einen Reiz aus, so daß der Fisch über die Schwingungen Kenntnis erhält.

Doch wie gerät der Schall in das Innenohr des Fisches? Da der Körper des Fisches im Verhältnis zu den sich im Wasser ausbreitenden Schwingungen fast vollkommen „transparent" ist, wurde von Forschern im vergangenen Jahrhundert noch angenommen, daß der Fisch überhaupt nicht hören könne. Man meinte, daß die Schwingungen den Fischkörper offensichtlich durchdringen, ohne daß er davon etwas

merkt. Zum Aufhalten des Schalls sei vom physikalischen Standpunkt eine Stoffsubstanz notwendig, deren Dichte und akustische Eigenschaften vom umgebenden Medium stark abweichen. Im Gegensatz hierzu seien beispielsweise Luftblasen im Wasser ausgezeichnete Widerhallträger und Schwingungsverstärker.

Die Aufmerksamkeit konzentrierte sich deshalb in der Folgezeit auf die Schwimmblase der Fische, da diese mit Gas gefüllt ist und sich daher vortrefflich eignet, die sich im Wasser ausbreitenden Schwingungen wahrzunehmen. Der deutsche Forscher E. H. Weber, seiner Zeit anscheinend um einiges voraus, kam auf Grund seiner anatomischen Untersuchungen bereits im Jahr 1820 zu der Überzeugung, daß die

Schallenergie wahrscheinlich von der Schwimmblase der Fische aufgefangen und in Form von Schwingungen an das Innenohr weitergeleitet wird. Jene Knöchelchen, welche die Schwimmblase mit dem Innenohr verbinden, werden auch heute noch nach Weber benannt, und die neuesten Forschungen haben ergeben, daß die Schallschwingungen in der Tat durch diese Organe in das Innenohr der Fische weitergeleitet werden.

Die Messung des Hörbereichs bei Fischen ist keine einfache Aufgabe, da es äußerst schwierig ist, Reflexe zu ermitteln, die eindeutig beweisen, ob der Fisch den Schall gehört hat oder nicht. Vor einigen Jahren wurde in Amerika ein recht aufschlußreicher Versuch durchgeführt. Im großen Aquarium eines Versuchslaboratoriums schwamm in aller Ruhe ein einziger Fisch. Plötzlich zuckte der Fisch, scheinbar ohne irgendeine Ursache, zusammen und glitt, von Schrecken gepackt, an den Rand des Glasbehälters. Als er dann nach einiger Zeit erneut zu schwimmen

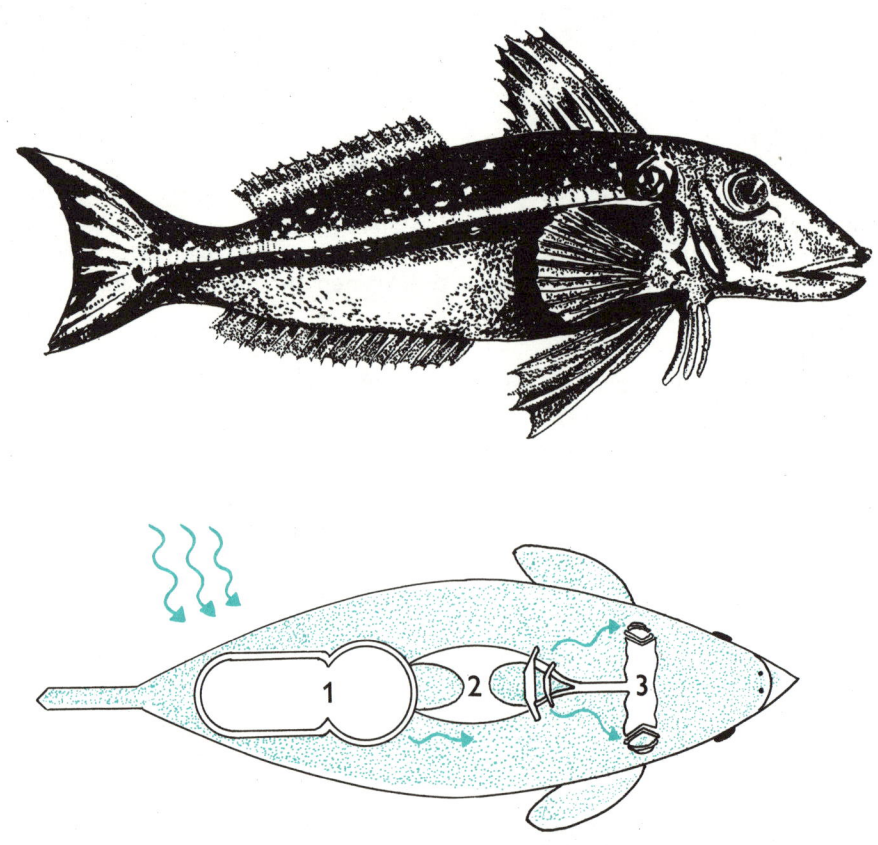

Vergeblich suchen wir bei Fischen nach Ohren, äußerlich ist nichts zu sehen. Im Körper versteckt befindet sich ein sensibles Mikrofon – die Schwimmblase (1). Am Schema des schallempfangenden Organs eines Knurrhahns ist der Weg des Schalls zu verfolgen. Die Schwingungen der Wände der Schwimmblase werden von den Weberschen Knöchelchen (2) an das Innenohr (3) weitergeleitet. Hier wird der Schall in elektrische Signale umgewandelt.

begann, ergriff er in der Mitte des Aquariums wieder wie besessen die Flucht, als hätte ihn ein Stromschlag getroffen.

Der Fisch wurde tatsächlich von einem elekrischen Stromschlag erwischt. Der amerikanische Forscher W. N. Tavolga saß aufmerksam vor dem Aquarium und drückte ab und zu auf einen Knopf. Dadurch schaltete sich elektrischer Strom ein. Jenes Aquarium stand nicht als Symbol der Ruhe und Stille im Laboratorium, sondern es gehörte zu einem wichtigen Experiment. In der Mitte des Behälters erhob sich eine Kiesbank, darüber war das Wasser so seicht, daß der Fisch gerade noch auf die andere Seite schwimmen konnte. Im Wasser des Behälters waren zwei Elektroden untergebracht, unter der Kiesbank hingegen befand sich eine akustische Anlage, mit der der amerikanische Wissenschaftler Schallschwingungen im Wasser erzeugte. Dabei hatte der Fisch zu lernen, daß er beim Ertönen eines Schalls sofort über die Kiesbank auf die andere Seite schwimmen mußte, wollte er nicht von einem elektrischen Schlag getroffen werden. Durch diese Methode gelang es Tavolga und seiner Forschungsgruppe, das Hörvermögen der Fische eindeutig nachzuweisen.

Aus den Untersuchungen ging hervor, daß die obere Hörgrenze der Meeresfische bei 1500 bis 2000 Hertz liegt, also um einundeinhalb Oktaven höher als der normale a-Ton des Klaviers. In Auswertung der Untersuchungen stellte es sich heraus, daß die Fische in zwei Gruppen einzuteilen sind. Die Mehrheit der Fische nimmt keine höheren Schwingungen als 2000 bis 2500 Hertz wahr, so daß diese Fische von den Tönen der höchsten Oktave des Klaviers völlig unbeeindruckt bleiben. Zur zwei-

ten, kleineren Gruppe gehören die Karpfenartigen. Die zu ihnen zählenden Karpfen, Elritzen und Karauschen können als Meister des „Horchens" unter Wasser bezeichnet werden: Sie nehmen sogar Töne mit einer Frequenz von 4000 Hertz wahr. Zwergwelse empfinden selbst Töne, welche um eine Oktave höher sind, als sie auf dem Klavier angeschlagen werden können, die also bei einer Frequenz von 8000 Hertz liegen. Der sowjetische Forscher W. R. Protasow traf sogar auf Exemplare, die Frequenzen von 13 139 Hertz wahrnahmen. Nach dem heutigen Stand der Forschung haben diese Fische das beste Hörvermögen unter Wasser.

Die Sensibilität der Hörorgane drückt sich aber nicht nur darin aus, welchen Schallfrequenzbereich sie wahrzunehmen imstande sind. Genauso wichtig ist auch die Klang- oder Schallstärke. Das menschliche Ohr ist beispielsweise gegenüber Schallschwingungen von 2734 Hertz am empfindlichsten, was dem höchsten Oktavenbereich des Klaviers, der Frequenz zwischen dem e- und f-Ton, entspricht. Im Vergleich dazu muß eine Schallfrequenz von 1000 Hertz bereits zehnmal stärker erklingen, damit sie vom Menschen gerade noch wahrgenommen werden kann. Die Empfindsamkeit der Fische ist tieferen Tönen gegenüber stärker. Untersuchungen zufolge nimmt der Stachelfisch Töne, die bei einer Frequenz von 800 Hertz liegen, aus weitester Entfernung im Wasser wahr, der Menschenhai ist vor allem für Töne im Frequenzbereich von 500 Hertz empfindsam, der Zwergwels hingegen ist besonders gegenüber schwachen Tönen im Frequenzbereich von 200 Hertz sensibel, während ihn andere Frequenzen kaum erreichen, obwohl er Frequenzen, die bei 1000 Hertz liegen, wieder sehr gut wahrnimmt. Er ist demnach hinsichtlich der Schallstärke innerhalb zweier Bereiche sensibel.

Tiefere Töne sind für den Orientierungssinn der Fische zweifellos geeigneter, weil ihre Schwingungsenergie im Verhältnis zur Entfernung weniger abnimmt als die der höheren Töne. Im allgemeinen verbreitet sich der Schall im Wasser fünfmal schneller als in der Luft, wobei jedoch mehr Energien verbraucht werden, so daß sich die Wassermoleküle „schwerfälliger" bewegen. Hohe Töne müssen deshalb mit mehr Energie auf den Weg gebracht werden, damit sie die gleiche Entfernung erreichen wie die tieferen Töne.

Physiker haben sich zum Vergleichen der unterschiedlich starken Schallwellen für einen Grenzwert entschieden, bei dem wir gerade noch einen bei 1000 Hertz liegenden Ton wahrnehmen. Dieser Punkt wird als Null Dezibel bezeichnet. Wenn der Ton zehnmal stärker ist, so ist die Stärke 10 Dezibel (dB), ist er hundertmal stärker, sind es 20 Dezibel, wenn tausendmal stärker, dann 30 Dezibel, und so weiter.

All dies bezieht sich auf den in der Luft übertragenen Schall. Ein um achthundertmal dichteres Medium, das nicht komprimierbare Wasser, bietet gegenüber den Schwingungen einen größeren Widerstand und erfordert deshalb eine größere Energie. Will man im Wasser einen gleich starken Ton wahr-

Der Hörschwingungsbereich des Menschen und einiger Fische. Die gleiche Schallquelle ist im Wasser aus viel weiterer Entfernung zu hören als in der Luft. Mit dem Hörvermögen eines in das Wasser getauchten Menschen kann nur der Zwergwels wetteifern.

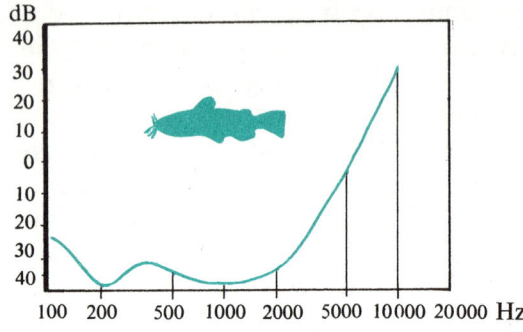

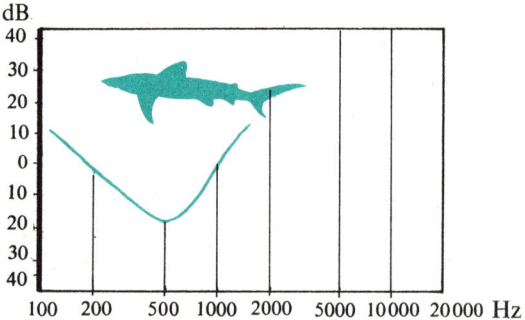

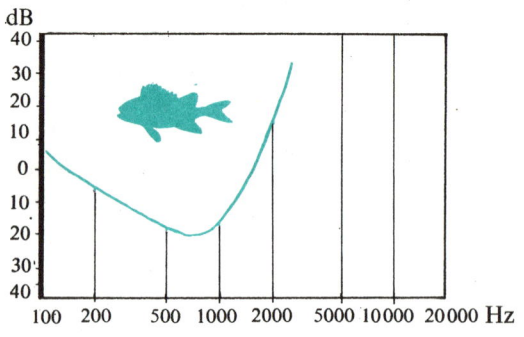

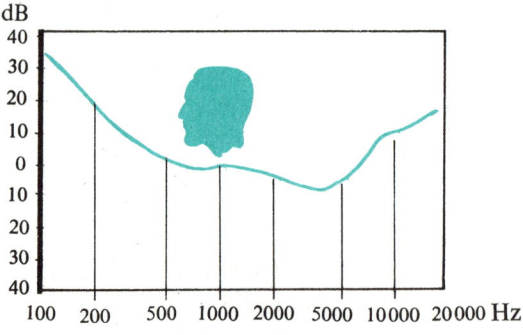

nehmen wie in der Luft, so muß die Schallquelle im Wasser um 36 Dezibel stärker sein. Biologen haben diese Abweichung in der Weise ermittelt, daß im Rahmen ihrer Experimente von den Messungsergebnissen 36 Dezibel abgezogen wurden, so daß das Wahrnehmungsvermögen des Fischohrs mit dem Gehör des Menschen verglichen werden konnte.

Man stellte unter anderem fest, daß einige Arten (zum Beispiel der Zwergwels) im Wasser mindestens so gut hören wie der Mensch an der Luft. Vergleiche von Schallschwingungen, die bei einer Frequenz von 1000 Hertz lagen, ergaben jedoch, daß der Stachelfisch im Verhältnis zum Zwergwels bereits etwas „schwerhörig" ist. Um den gleichen Schall wahrzunehmen, müssen die Schallwellen das Ohr des Stachelfisches mit größerer Schallenergie erreichen. Bekanntlich werden beim Ticken einer Uhr in einem stillen Zimmer auch nur stärkere Laute eindeutig wahrgenommen. Der Menschenhai ist sogar im Vergleich zum Menschen auf eine hundertmal stärkere Schallenergie angewiesen, um einen bei einer Frequenz von 1000 Hertz liegenden Ton wirklich zu erkennen.

Der sich im Wasser verbreitende Schall verfügt über eine weitere merkwürdige Eigenschaft: Die Energie der niedrigen Frequenzen und die der an den Schallquellen nahe liegenden Wellen ist in zweifacher Weise wahrzunehmen: einerseits als Druck und andererseits als Bewegung (Vibration) der Wasserpartikel. Welche von beiden werden von den Fischen bemerkt? Die Forscher sind der Meinung, daß bei höher als 800 Hertz liegenden Schallschwingungen Fische lediglich die Druckunterschiede bemerken. Im Fall von Schallschwin-

gungen niedrigerer Frequenz sowie innerhalb einer Entfernung von 6 bis 9 Metern sind für Fische immer noch die Druckwellen ausschlaggebend, doch es ist anzunehmen, daß sie dabei bereits die Veränderung, die rhythmischen Schwingungen der Wasserpartikelchen, gleichfalls wahrnehmen.

Aus alldem ergibt sich von selbst die Frage, wo nun die untere Grenze des Hörvermögens der Fische liegt. Dazu muß man zunächst klären, was als Schall beziehungsweise als Ton bezeichnet werden kann. Schwingt beispielsweise eine Stahlklinge in 1 Sekunde zwanzigmal oder weniger, so nehmen wir diesen Ton nicht mehr wahr. Dies fällt bereits in den Bereich des Infraschalls. Dem Wesen nach ist dies aber auch als Schall zu betrachten, denn es handelt sich dabei ja um Schwingungen. Wir können sagen, daß in der Luft oder im Wasser lediglich Stoßwellen in Bewegung geraten, die weniger als zwanzigmal in der Sekunde schwingen. Nimmt ein Gehörorgan den Stoßwellendruck einer entfernteren Schallquelle auf, dann ist es natürlich auch für Infraschall sensibel.

Soviel steht fest: Die meisten Wassertiere sind gegenüber Infraschall sensibel. Ein solcher Schall kann zum Beispiel im Meer entstehen, wenn irgendwo ein fernes Gewitter tobt, Erdbeben oder Springflut wüten. Medusen ziehen sich bereits 10 bis 15 Stunden vor Ausbruch eines Sturms in die Tiefe des Meeres zurück, denn niedrigfrequenziger Infraschall macht sie lange vorher auf die Gefahr aufmerksam. Ebenso verrät auch das Verhalten der Delphine das Nahen des Sturms, und bestimmte Fischarten „ahnen" sogar Erdbeben voraus.

Da die Schwimmblase beim Hörvorgang der Fische eine entscheidende Rolle spielt, wurde im geophysikalischen Institut der Akademie der Wissenschaften der UdSSR unter Mitwirkung von Biologen ein äußerst empfindliches Hydrophon konstruiert, welches Infraschalltöne anzuzeigen vermag und dadurch das Nahen eines Sturms signalisiert. Außerdem wurden mit Gas gefüllte Ballons in die Tiefe versenkt und die Schwingungen dieser „Schwimmblase" durch elektrischen Strom verstärkt. Diese Methode bestätigte die bisherigen Vorstellungen der Biophysiker. Die Schwimmblasen sind gegenüber In-

fraschallschwingungen tatsächlich viel empfindlicher als die konventionellen Hydrophone und Druckmesser.

Das Ohr der Amphibien und Reptilien ist nicht so weit entwickelt wie das des Menschen, bei dem ja die Schwingungen mittels der kleinen Knöchelchen des Mittelohrs — des Hammers, des Amboß und des Steigbügels — in den Schneckengang des Innenohrs weitergeleitet werden. Im Ohr der Amphibien und Reptilien befindet sich zwischen dem Trommelfell und dem ovalen Fenster des Innenohrs lediglich ein einziges Gehörknöchelchen. Dieser einfa-

Der Gefleckte Feuersalamander lauscht vielleicht gerade auf eine weitentfernte Stimme. Das Gehörorgan des schwerfälligen Tieres ist ziemlich primitiv. Sein Hörvermögen erstreckt sich insgesamt auf die drei tiefsten Oktaven des Klaviers, doch davon erkennt er auch nur jeden fünften Ton der Tonleiter.

180

che Knochen ist mehr oder minder eben und elastisch wie die Gehörknöchelchen im menschlichen Ohr. Schwache Schwingungen werden zwar verstärkt, doch beim Eindringen zu starker Schwingungen in das Ohr verbiegt sich das Knöchelchen wie ein Gummistab. Dadurch wird der Schall „abgeblockt" und nicht zum Innenohr weitergeleitet. Obwohl das Ohr der Frösche von außen kaum zu sehen ist, befindet sich das Trommelfell in einer Vertiefung von einigen Millimetern an beiden Seiten des Kopfes. Das Hörvermögen der Frösche erreicht beinahe das des Menschen. Durchgeführte Messungen um die Jahrhundertwende haben ergeben, daß Frösche Töne von 50 bis 10 000 Hertz wahrnehmen, doch neuesten Messungen zufolge soll sich ihr Hörbereich von 30 bis 15 000 Hertz erstrecken. Für den Bereich der Salamander nahmen die Forscher lange Zeit an, daß diese Tiere beispielsweise überhaupt nicht hören können. Neueste Untersuchungen beweisen jedoch, daß auch Salamander Schallschwingungen bis zu 244 Hertz bemerken. Dies aber nur unvollständig, weil sie lediglich den anderthalbfachen Frequenzunterschied einer Quint im Schallbereich wahrnehmen, wenn verschiedene Schwingungen zugleich ihr Ohr erreichen. Für sie ist anscheinend das Hören lediglich eine Ergänzung zu den übrigen Sinnesorganen. Im Kampf um das Dasein waren sie offensichtlich nicht darauf angewiesen, ihren Gehörsinn übermäßig zu vervollkommnen.

## Sechsbeinige Geiger

Am 29. Februar des Jahres 1832 schrieb Charles Darwin, der große englische Naturforscher, über den merkwürdigen Gegensatz von Stille und Lärm im brasilianischen Urwald in sein Tagebuch, daß der Lärm der Insekten so laut sei, daß er selbst auf dem mehrere hundert Yards entfernt ankernden Schiff zu hören wäre. Und die Insekten haben sich seither nicht um das Geringste geändert. Ihr buntes Treiben bestätigt uns Tag für Tag, daß in ihrem Nachrichtenübermittlungssystem die Töne einen wesentlichen Platz einnehmen. Selbst die winzigen Ameisen werden zuweilen „vorlaut". Untersuchungen des sowjetischen Forschers J. J. Marikowski zufolge signalisieren beispielsweise die Soldaten der schwarzen Waldameise, welche den Eingang des Ameisennestes bewachen, sofort die Gefahr, wenn ihnen der Wind einen fremden Geruch entgegenweht. Der wachsame Soldat schlägt mit der Kinnlade an die Außenwand des Ameisenhaufens, wobei diese Schwingung für die im Nest befindlichen Ameisen wahrscheinlich so klingt, als würde eine Alarmglocke läuten. Dieses dumpfe Klopfen kann sogar vom Menschen beim Beobachten des Treibens am Ameisenhaufen wahrgenommen werden.

Mehr als die Hälfte der etwa 6000 Ameisenarten — hauptsächlich in den Tropen — sind mit einem Mechanismus ausgestattet, von dem die Biologen bereits vor 100 Jahren feststellten, daß er in der Lage sei, Schallschwingungen zu erzeugen. An Hand von Aufnahmen mit dem Elektronenmikroskop konnte bei Blattschneiderameisen dieser Mechanismus besonders gut und deutlich nachgewiesen werden: An der gelenkartigen Verzahnung des letzten Segments des Hinterleibstiels befindet sich ein winziger Stachel, der sich zum Leib hinzieht, am Rand des ersten Gastersegments

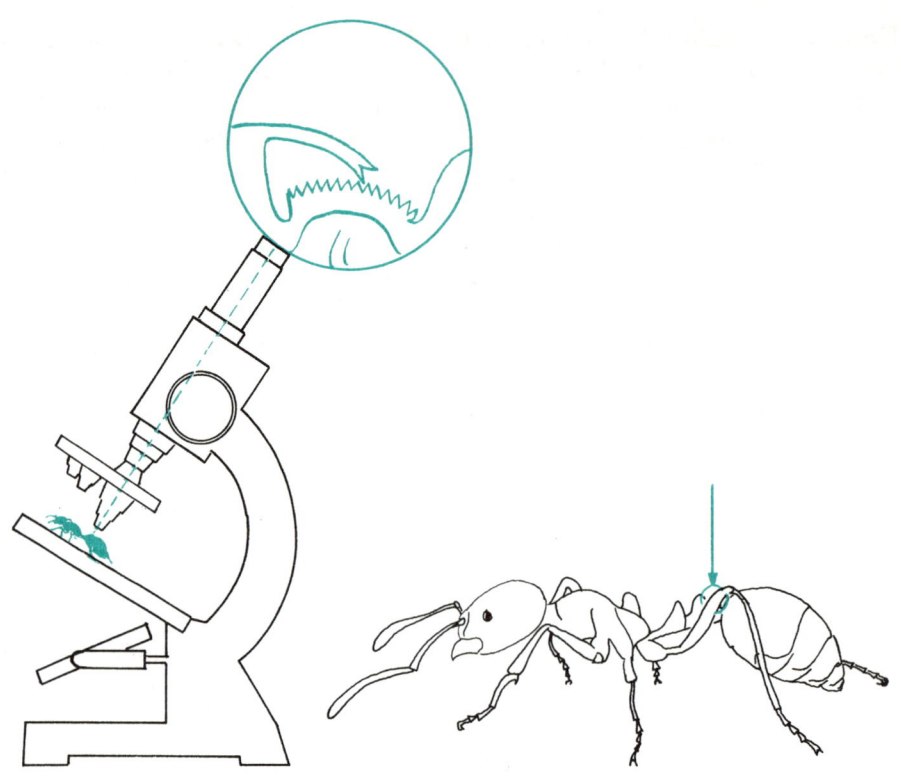

Das schallbildende Organ der Blattschneiderameise ist derart klein, daß es nur mit dem Mikroskop wahrgenommen werden kann. Der am Ende des Hinterleibstiels vorstehende Stift fährt auf den Chitinrillen des Leibes entlang. Die Ameise entwickelt dadurch ein Geräusch, wie es beim Entlangziehen mit dem Fingernagel am Rand einer Geldmünze zu hören ist.

hingegen breiten sich winzige Rillen aus. Beim Beugen des Hinterleibs der Ameise gelangt der dünne Stachel wie die Nadel einer Schallplatte in die Rillen und kratzt in der Weise, als wäre die Schallplattennadel zufälligerweise aus der Rille gestoßen worden. Diese Rillen bestehen aus einem außergewöhnlich harten Material, aus Chitin, so daß sie sich nicht abnutzen, selbst wenn die Ameise während ihres ganzen Lebens die „Grammophonnadel" darüberzieht. Der sonderbare Schall entsteht durch die Vibration und das gleichzeitige Mitschwingen des Ameisenkörpers.

Geradflügler musizieren mit einem noch vollkommeneren Instrument. Der Grashüpfer hebt die Deckflügel etwas in die Höhe und bewegt sie scherenförmig, als hielte jemand die Geige verkehrt herum unter der Achsel. Am Unterteil des linken Flügels befindet sich die Zirpleiste, am Oberteil des rechten Flügels hingegen der Fiedelbogen. Beim Aneinanderreiben der beiden Flügel wird der Bogen am Zirpmechanismus von unten entlanggezogen, wodurch Schallschwingungen entstehen. Die Grillenserenade kommt auf ähnliche Weise zustande. Am Unterteil des rech-

ten Flügels befinden sich ungefähr 20, bei einzelnen Arten bis zu 150 gezahnte Riffel, auf dem anderen Flügel hingegen ist ein glatter Bogen angebracht. Wenn die Grille zu zirpen beginnt, hebt sie die Flügel schräg oder fast senkrecht nach oben, wobei der Bogen am linken Flügel an den Riffeln des rechten Flügels entlanggezogen wird. Die gewölbte Form des Bogens sowie der Riffeln ist auch in mechanischer Hinsicht interessant und beachtenswert. Die „Saite" und der „Bogen" berühren sich auf den sich reibenden Flügeln stets im rechten Winkel, was für die Schwingungen der Membranenflügel die geringste Kraftanstrengung erfordert.

Heuschrecken geigen in belustigen-

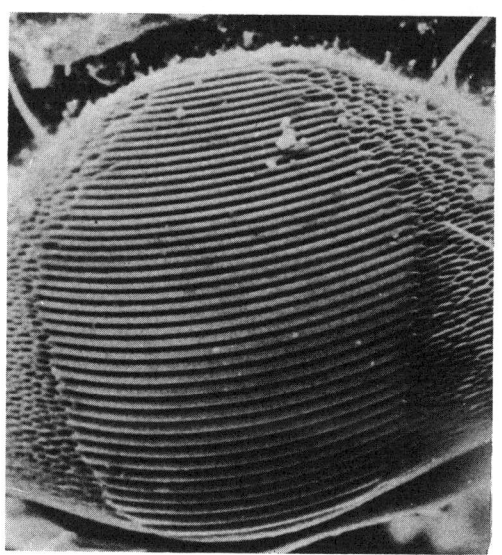

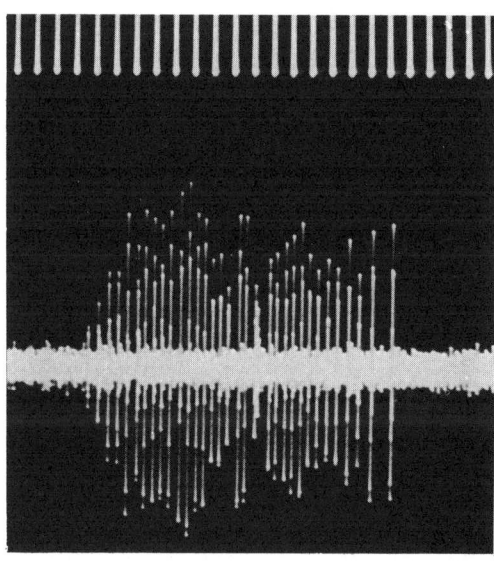

Die Blattschneiderameise bei der Arbeit. Die abgeschnittenen Blattstückchen werden in das Nest geschleppt, wo die zu Brei verarbeiteten Pflanzenteile aufbewahrt werden. Auf diesem Nährboden züchten die Ameisen Pilzsporen, deren Pilzfäden ihnen als Nahrung dienen (oben). Das winzige „Musikinstrument" trägt die Ameise auf ihrem Rücken. Die Rillen, in denen der „kratzend-klingende" Stift des Hinterleibstiels entlangschleift, befinden sich am ersten Leibsegment (unten links, vierhundertfache Vergrößerung). Auf dem mit einem elektronischen Tonfrequenzverstärker aufgenommen „Schalldiagramm" ist die grafische Kurve der knackenden Geräusche einer Blattschneiderameise zu sehen (unten rechts).

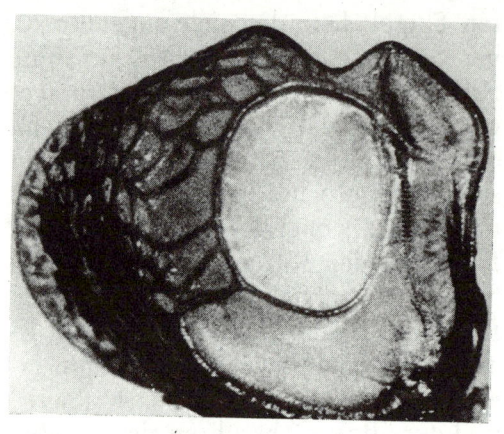

Der ovale Spiegel am rechten Deckflügel des Grashüpfers besteht aus einer hauchdünnen Membrane, die im Rhythmus des Zirpens mitschwingt. Die große Oberfläche des Spiegels bringt zugleich viel Luft in Bewegung, worauf im wesentlichen der laute Schall zurückzuführen ist. Auf dem Flügeldeckel befindet sich eine „Saite" und ein „Bogen". Die „Zirpleiste" zieht sich am linken Rand des Flügels, der Bogen neben dem Spiegel entlang.

der Weise mit den Beinen. An der inneren Seite der beiden Hinterschenkel befinden sich geriffelte Schalleisten, die an längsseitig hervorstehenden Flügeladern gerieben werden. Der Ton entsteht im wesentlichen so wie auf einer echten Geige. Wie der mit Kolophonium eingestrichene Geigenbogen im Rhythmus der Schwingungen an der Saite haftet und an ihr entlanggleitet, ebenso gerät auch der Flügel der Heuschrecke in Schwingungen. Nur daß beim Geigenspiel der Geigenkörper die schallverstärkende Funktion ausübt, während diese Aufgabe bei der Heuschrecke durch die großflächigen Flügel erfüllt wird. Je großflächiger die Flügel, um so größere Luftmassen werden durch sie in Schwingungen versetzt. Die musizierende Heuschrecke vollführt im Grunde

genommen eine erstaunliche Darbietung: Während sie sich mit vier Beinen festhält, bewegt sie zugleich die beiden hinteren angezogenen Füße. Ihr es auf zwei Geigen, mit zwei Bogen, nachzumachen wäre schwierig ...

Bockkäfer hingegen halten die Musikinstrumente der Ameisen für besser, sie erzeugen deshalb Schwingungen mit einem ähnlichen Mechanismus. Ihr knarrender Schall ist allerdings weiter zu hören als die Musik der Ameisen. Die Schwingungen werden zwischen dem ersten und zweiten Rumpfglied erzeugt. Wenn der Bockkäfer zu musizieren beginnt, streicht er seinen geriffelten Kragen am 1,5 Millimeter breiten Streifen des zweiten Rumpfglieds entlang, auf dem sich kleine, quer ausgerichtete Furchen befinden.

Sicherlich hat jeder schon entdeckt, daß selbst eine leere Konservendose zum „Musikinstrument" taugt: Der Dose kann durch seitliches Drücken ein starkes Knallen oder Plumpsen entlockt

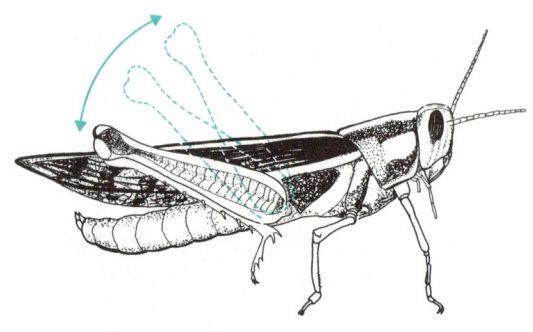

Die Heuschrecke musiziert mit angezogenen Hinterbeinen. An der Innenseite ihrer Oberschenkel befinden sich winzige Riffeln, welche an den hervorstehenden Faserrippen der Flügel gerieben werden. Mit ihrer eigenartigen Geige kann sie höhere Töne als die kürzeste Saite des Klaviers erzeugen.

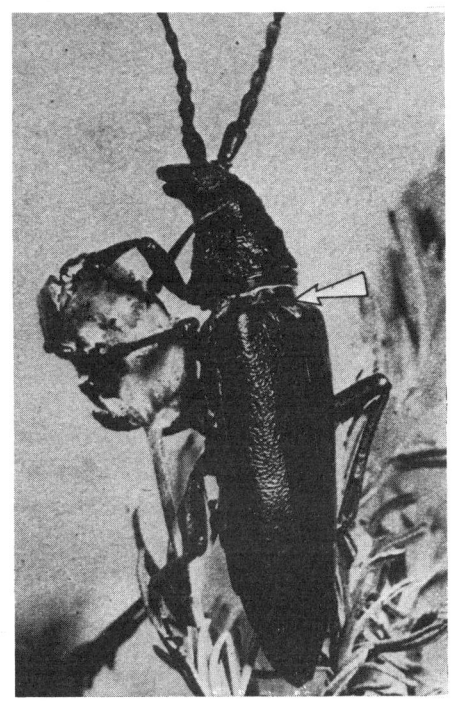
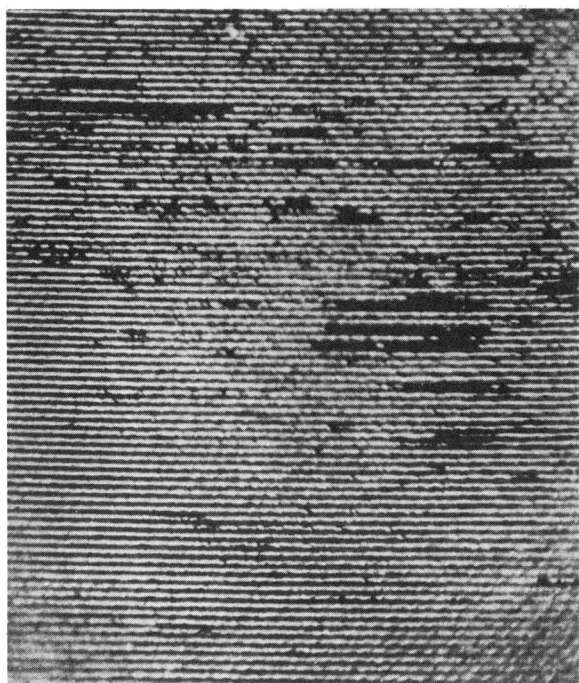

Zu den zirpenden Insekten gehört auch der Eichenbockkäfer. Wenn er seinen Kopf hin- und herbewegt, reiben sich die zwischen dem ersten und dem zweiten Rumpfsegment befindlichen kleinen Riffeln wie zwei Feilen aufeinander. Neben dem Käfer ist eine Vergrößerung der Riffelleiste zu sehen.

werden. Bei den Zikaden hat sich gerade dieses Prinzip im Verlauf der stammesgeschichtlichen Entwicklung herausgebildet. Auf der Bauchseite des ersten Rumpfglieds der Zikade befinden sich zwei halbkreisförmige Platten. Durch Anspannung der Muskeln werden die harten Chitinplatten des Tieres eingedrückt und schnellen dann beim Nachlassen der Spannung plötzlich wieder zurück. Der eigenartige Charakter dieses sonderbaren Geräusches wird von der Stärke, der Elastizität und der Wölbung der Chitinplatten bestimmt.

Wie auch ein auf dem Erdboden entlanggezogenes Gießkannenrohr einen charakteristischen Scheuerton von sich gibt, haben sich jene Wanzenarten eine ähnliche Methode angeeignet, die im Verlauf ihrer Stammesgeschichte den langen Saugrüssel wie eine Injektionsnadel in die Pflanze oder ein Tier stecken. Im Ruhezustand machen sich diese Wanzen in der Weise bemerkbar, daß sie ihren Saugrüssel umbiegen, um ihn in einer geriffelten Furche an der Bauchseite entlangzuziehen. Dieses surrende Geräusch ist ziemlich leise und nur in unmittelbarer Nähe zu hören.

Krebse verfügen über keinen besonderen Mechanismus zur Erzeugung von Tönen. Da sich ihr erstes Paar Beine im Lauf von Jahrmillionen zur Schere entwickelt hat, reiben sie die Schere einfach an ihrer gerippten Kopfbrustschale. Es ist deshalb nicht verwunderlich, daß dabei ein Geräusch entsteht wie beim Anheben eines Armes einer rostigen Ritterrüstung. Garnelen wenden

Nach dem Muster der Streichinstrumente zieht die Raubwanze ihren Rüssel an den sich an der Bauchseite befindlichen winzigen Chitinleisten entlang. Dadurch gerät der Körper des Insekts in Schwingungen, obwohl der surrende Schall so leise ist, daß er nur von einer benachbarten Wanze gehört werden kann.

chen Schallschwingungen entstehen während des Fluges mit den Flügeln. Im Ruhezustand, wenn sie also nicht fliegen, können sie mit dem schnellen Schwingen ihrer Flügel gleichfalls Töne erzeugen. Der Münchener Forscher A. Haas konnte beobachten, daß jeden Morgen ein besonderer „Muezzin" auf das Dach des Bienenkorbs stieg. Er erhob die Brust und den Leib, lehnte den Kopf an die Bretterwand und begann dann mit den Flügeln zu schwingen. Der vibrierende Ton verbreitete sich allmählich über den gesamten Bienenkorb. Danach wachten die Bienen auf wie einst die strenggläubigen Türken bei dem frühen Morgengebet des Muezzins. In der riesengroßen Bienenfamilie ist dies wahrscheinlich eine „Rentnertätigkeit": Während der einmonatigen Beobachtung wurde das morgendliche Wecken immer von derselben Biene vorgenommen.

## Sie übertreffen das Klavier

Wenn die Sopranistin das hohe C „ausstößt", klatscht hingerissen das gesamte Publikum. Das ist sicherlich eine Spitzenleistung der menschlichen Stimmbänder: Sie schwingen dabei 1046,5mal in der Sekunde. Aber Applaus erntet auch der Sänger, der mit einer klangvollen Baßstimme den im Frequenzbereich von 73,58 Hertz liegenden d-Ton erreicht. Hier liegt die unterste Grenze der menschlichen Stimme.

Die Tierwelt gibt sich mit einem derart engen Klangbereich nicht zufrieden. Sie hat beinahe sämtliche Möglichkeiten der Entwicklung von Lauten ausprobiert. Man könnte aus den verschiedenen Frequenzwerten lückenlos eine fast ins Unendliche gehende Reihe stets

einen noch wirksameren Trick an: Sie schlagen ihre Schere zusammen, aber nicht in der üblichen Art. In der Mitte des Schnittpunkts der beiden Scherenbügel, am unteren festen Teil des Bügels, befindet sich nämlich eine kleine Vertiefung, in welche die gezahnte Wulst des oberen Bügels genau hineinpaßt. Schließt der Garnelenkrebs die Schere, passen die beiden Teile genau ineinander, beim plötzlichen Öffnen jedoch ist ein Knallen wie beim Öffnen einer Sektflasche zu hören.

Hautflügler benötigen keine besonderen Instrumente, denn die erforderli-

höherer Töne zusammenstellen. Die Unbegrenztheit ist freilich nur theoretisch möglich. In Wirklichkeit sind gegenwärtig Forschern höhere Töne als das nicht wahrnehmbare Pfeifen der Delphine unbekannt. Elektronischen Frequenzmessungen zufolge konnten aber sogar bei Blattschneiderameisen merkwürdig hohe Töne nachgewiesen werden. Bei jedem Heben des Hinterleibs läuft der Petiolusstachel 30 bis 40 Rillen der Leibsegmente entlang. Dabei entsteht ein Knacken von 10 Tausendstelsekunden, wobei die Pause bis zum darauffolgenden Knacken 1 bis 1,5 Tausendstelsekunden anhält. Dabei erzeugen die Ameisen in der Sekunde 4 bis 7 Geräuschserien in solch hohen Tönen, daß sie vom menschlichen Ohr kaum wahrgenommen werden können. Unter den verschiedenen hohen Frequenzen befinden sich auch Ultraschalltöne mit einer Frequenz von 20 000 bis 60 000 Hertz.

Grillen sind in der Lage, im Frequenzbereich von 2000 bis 6000 Hertz zu musizieren; folglich lassen sie ihre winzigen Geigen in viel höheren Tönen als das C der vierten Oktave des Klaviers erklingen. Heuschrecken erreichen Tonfrequenzen bis zu 12 000 Hertz, wobei sie immerhin noch den höchst liegenden Ton des Klaviers von 4186 Hertz bei weitem überschreiten. Doch am liebsten musizieren sie im Frequenzbereich von 4000 bis 8000 Hertz. Grashüpfer sind nicht nur in der Lage, wahrnehmbare Töne für das menschliche Ohr zu erzeugen. Ihre Musik kann sogar den Frequenzbereich des Ultraschalls bis zu 100 000 Hertz erreichen, was ungefähr dem nichtwahrnehmbaren Schreien der Fledermäuse oder Delphine entspricht.

Die an den schwingenden Flügeln entstehenden „Weisen" hängen in erster Linie von dem schnellen Rhythmus der hin- und herschlagenden Flügel in der Luft ab. Je schneller die Vibration, desto höher der Ton. Stechmücken können mit Hilfe ihrer besonderen Muskeln die Flügel in der Sekunde dreihundert- bis fünfhundertmal in Schwingungen versetzen, so daß sie auf der C-Dur-Skala zwischen dem e- und h-Ton summen. Die verliebten Männchen der Taufliegen machen ihren auserwählten Weibchen im gleichen Tonbereich den Hof. Messungen von Dr. H. C. Bennet-Clark und seinen Mitarbeitern zufolge schwingen sie ihre Flügel im allgemeinen im Frequenzbereich von 330 Hertz. Einzelne Arten haben sich jedoch für Töne von 575 Hertz entschieden, andere hingegen musizieren mit Vorliebe in Frequenzen von 225 Hertz. Es gibt allerdings auch erfinderische Troubadoure, die zum Teil in anderen Frequenzen musizieren. So summt das Männchen einer anderen Taufliegenart, der Drosophila paramelanica, wenn es einem Weibchen in einem Glasbehälter hinterherläuft, mehrere Sekunden hintereinander; in der ersten Zehntelsekunde beginnt es in einer Frequenz von 440 Hertz (im Normalton a!), wechselt dann auf die tiefere Frequenz von 265 Hertz, um danach zwischen diesen beiden Frequenzen einige Sekunden lang zu variieren.

Je stärkere Luftmassen die Schwingungen in Bewegung setzen, um so lautere Töne entstehen. Insekten haben verschiedene konstruktive Lösungen zur Erhöhung der Lautstärke entwickelt. Darwin hat im Urwald von Brasilien bereits aus einer Entfernung von 18 Metern den Ruf des Tropenschmetterlings Ageronia wahrgenommen. Das Weibchen der Laubheuschrecke hört die Stimme ihres stürmischen Verehrers sogar aus einer Entfernung von 38 Metern. Die eigenartige Stimme der Maulwurfsgrille kann man sogar in 300 bis 350 Meter Entfernung vernehmen. Selbst die kleinen Blattschneiderameisen knistern nicht nur für sich. In einer Entfernung von 1 Zentimeter ist es vergleichsweise so laut wie in einer mit Fahrzeugen vollgestopften, verkehrsreichen Straße. Die Stimme der Maulwurfsgrille verursacht aus einer Entfernung von 10 bis 20 Zentimetern bei ungefähr 130 Dezibel bereits ein Schmerzgefühl. Die Italienische Grille erreicht mit ihrem Musikmechanismus den Anschein einer außerordentlichen Beweglichkeit. Ihre Stimme erklingt mal hier und mal dort aus dem

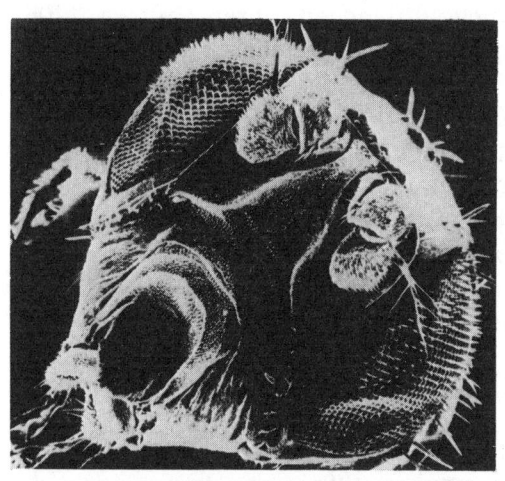

Es ist nicht verwunderlich, daß die Aufmerksamkeit des Taufliegenweibchens mit einer summenden Serenade schwer auf sich zu lenken ist, denn sie ist ein wenig schwerhörig! Sie nimmt nur Töne wahr, die wir als Kesselschmiedegedröhn bezeichnen würden. Diese Schwingungen fängt sie mit einer aus dem kurzen kolbenförmigen Fühler herausstehenden Fühlerborste auf, die auf der rasterelektronenmikroskopischen Aufnahme an einen kleinen Baumzweig erinnert. Die Fühlerborste schwingt im Rhythmus mit der Stimme des Männchens (unten).

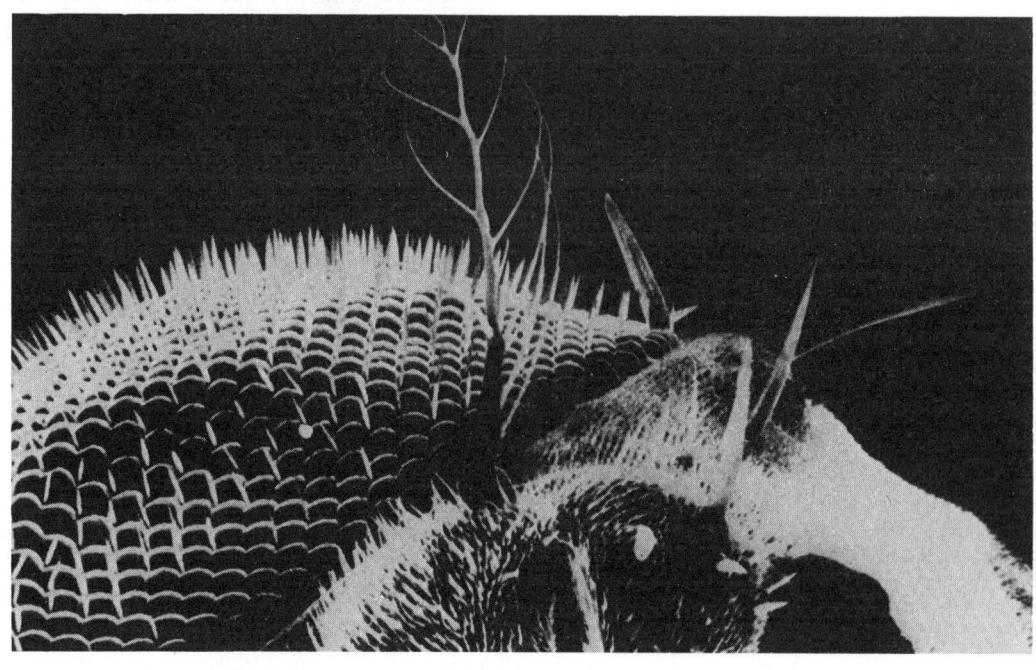

Gras, obwohl sie sich nicht von der Stelle rührt. Sie stellt ihre Flügel in unterschiedliche Richtung wie den Deckel eines Konzertflügels auf, so daß sie dadurch Richtung und Lautstärke ihres Zirpens bestimmt.

Die an Baumstümpfen „paukenschlagende" Zikade nimmt im Lautstärkewettbewerb der musizierenden Insekten

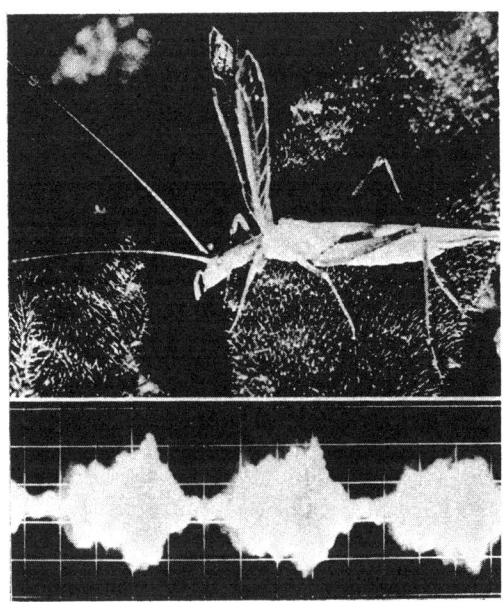

Die Italienische Grille reibt die beiden Flügel bei ihrer zirpenden nächtlichen Serenade. Die Töne wurden auf dem Schirm eines elektronischen Geräts optisch sichtbar gemacht. Die Stärke der Schallschwankungen ist durch weiße Flecken gekennzeichnet.

Eine seltene Aufnahme von einem buhlenden Taufliegenmännchen. Auf der Glaswand eines Behälters schwingt das Männchen der Drosophila melanogaster beharrlich den rechten Flügel, wobei in der Sekunde 330 Schwingungen entstehen. Das Weibchen hört sich dies am Boden des Gefäßes ziemlich gleichgültig an. Die Aufnahme ist mit Blitzlicht entstanden, der sich wegbewegende Flügel ist durch den entstehenden Schatten kenntlich gemacht. Der Zeitunterschied zwischen den einzelnen Bewegungen betrug 0,002 Sekunden.

den ersten Platz ein. Die Töne werden durch drei an ihrem Leib befindlichen Hohlresonatoren verstärkt. Sticht man in die mit dünnen Schwinghäutchen überzogenen Hohlresonatoren, verstummt die Musik der Zikade. Das Volumen des mittleren „Musikkörpers" beträgt 1 Kubikzentimeter, was vom Standpunkt der Raumausnutzung für ein Insekt bereits ein großes Opfer bedeutet. Mit Hilfe dieser konstruktiven Lösung kann aber beispielsweise die Stimme der indischen Zikade sogar auf eine Entfernung von 1 Kilometer gehört werden.

Es ist nicht zufällig, daß eine Art der durchsichtigen Garnelenkrebse von den Küstenbewohnern auch als Pistolenkrebs bezeichnet wird. Der „Flaschen-

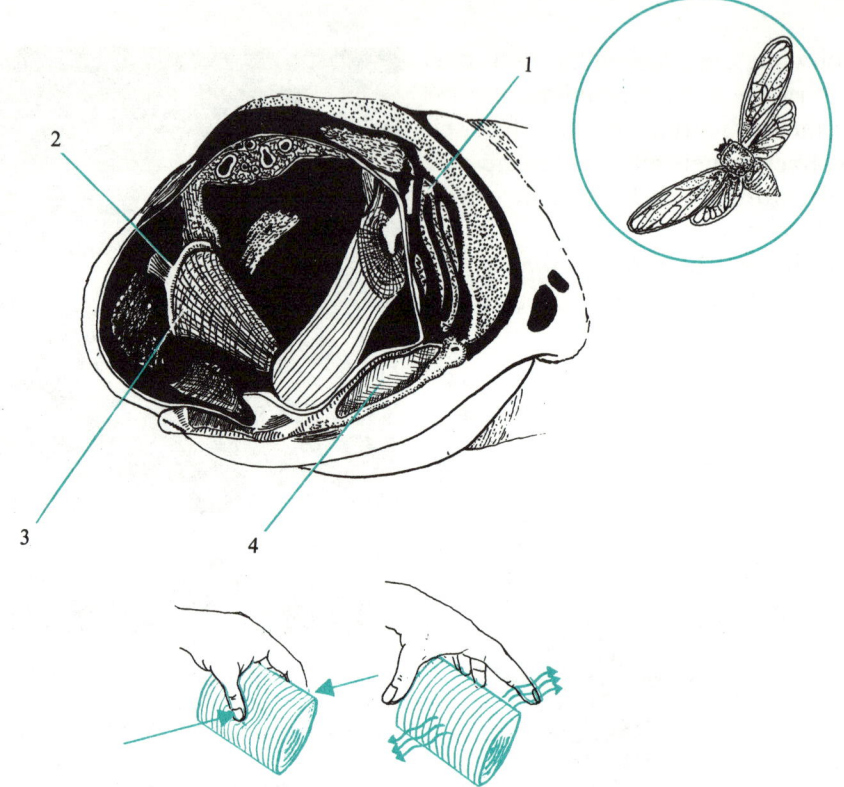

Der „Ratter"mechanismus der Zikade (Tymbalorgan) befindet sich im Hohlraum des ersten Leibsegments. Das dicke Muskelbündel (3) zieht die elastische Chitinhülle (1) mit Hilfe der Sehne zusammen (2) und läßt sie sodann wieder zurückschnellen. Dieser Vorgang hört sich so an, als würde eine mit dem Finger eingedrückte Blechdose plötzlich wieder losgelassen. Das Gehörorgan (Tympanalorgan) des Insekts befindet sich an der unteren Hälfte des Leibes (4).

Das Männchen der Maulwurfsgrille gräbt einen doppelgängigen Stollen in die Erde, worauf es dann, um sich aufzuwärmen, nach Sonnenuntergang mindestens eine halbe Stunde lang „das Instrument stimmt". Danach strahlt es sein „Programm" auf einer Frequenz von 3500 Hertz mit einer Lautstärke aus, daß es bei ruhigem Wetter bis zu einer Entfernung von 600 Metern zu hören ist.

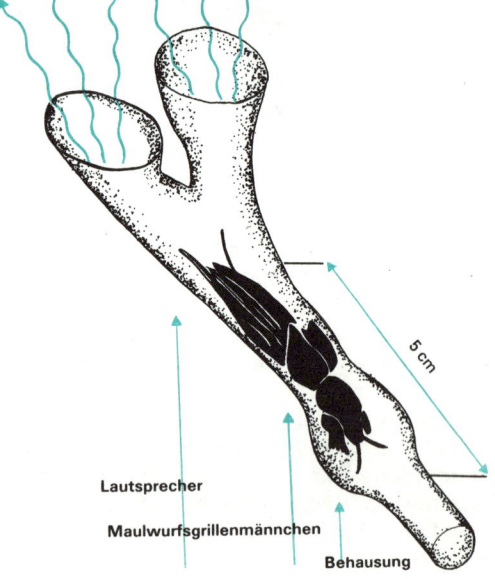

5 cm

Lautsprecher

Maulwurfsgrillenmännchen

Behausung

kork"mechanismus knallt wie eine Luft-pistole, und wenn der Pistolenkrebs in eine mit Meereswasser gefüllte Flasche getan wird, zertrümmert er die Flasche mit einem einzigen Knall. Eine Art der Maulwurfsgrille, die Gryllotalpa vinese, hat einen noch interessanteren Lautver-stärker im Laufe der Stammgeschichte entwickelt. Dem englischen Forscher H. C. Bennet-Clark zufolge baut sie einen Tunnel unter dem Erdboden, wel-cher in zwei Gängen zur Oberfläche führt. Das Insekt nutzt die Verzwei-gung des Doppeleingangs als besonderes akustisches Lautverstärkersystem. In einer Entfernung von 1 Zentimeter ist durch den unterirdischen Lautverstär-ker ein derart starker Schall zu hören, als führe eine Untergrundbahn in eine Bahnstation ein (90 Dezibel). Wenn je-doch die lärmende Grille aus ihrem Tunnel geholt wird, vermindert sich ihre Lautstärke auf ein kaum wahr-nehmbares Minimum.

## Die Botschaft des „magischen Auges"

Einige Insekten tragen ihr Ohr an den Beingelenken. So befinden sich an den vorderen Unterschenkeln der Grashüp-fer und Grillen zwei winzige Fugen. Durch diese Fugen gelangt der Schall in jene doppelten Aushöhlungen, die das Luftröhrensystem der Insekten mit der dünnen Tracheenhaut auskleidet. Das Doppelhäutchen (Tympanum), welches die beiden Aushöhlungen teilt, ist dün-ner als Zigarettenpapier, insgesamt 2 bis 3 Mikrometer stark. Wenn es infolge der Schallschwingung zu vibrieren be-ginnt, biegen sich die zwischen der Doppelhaut befindlichen Fühlhärchen im rhythmischen Takt und leiten so, in elektrische Signale umgewandelt, die Schwingungen an die zentralen Ner-venknoten des Tieres.

Diese winzigen Ohren sind solch vollkommene technische Meisterwerke,

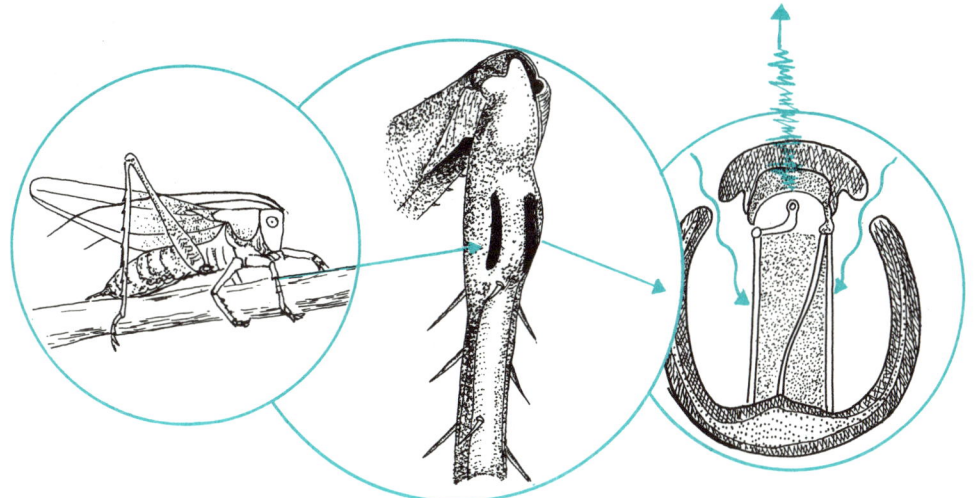

An beiden Beinen des grünen Grashüpfers befinden sich zwei parallel liegende Spalten. Im Grunde genommen sind das die Ohröffnungen des Insekts, die in die Doppelluftkammern führen. Die Luftkammern sind durch zwei Röhrchen miteinander verbunden. Die hauchdün-nen Wände der Luftkammern geraten durch die Einwirkung der Schallwellen in Schwingun-gen. Die Schwingungen werden durch eine Anzahl gekrümmter Fühlhaare in elektrische Si-gnale umgewandelt.

daß mit ihrer Sensibilität nur die technisch vollkommensten Mikrofone wetteifern können. Das stecknadelkopfgroße Organ nimmt den Schall bereits wahr, wenn sich das Häutchen insgesamt nur 1 Pikometer in Auswirkung der Luftdruckschwingungen wölbt! Das ist ein unglaublich kleiner Wert, da selbst der Durchmesser der Atome zehnmal größer ist.

Musizierende Insekten sind im allgemeinen nicht nur gegenüber Schallschwingungen empfindsam, die von ihnen selbst produziert werden. Einzelne Heuschreckenarten nehmen Töne im Frequenzbereich von 300 bis 20 000 Hertz wahr, doch Messungen zufolge sind manche Arten selbst gegenüber Ultraschalltönen im Frequenzbereich um 90 000 Hertz sensibel. Grillen nehmen Luftschwingungen von 300 bis 8000 Hertz, Grashüpfer von 800 bis 45 000

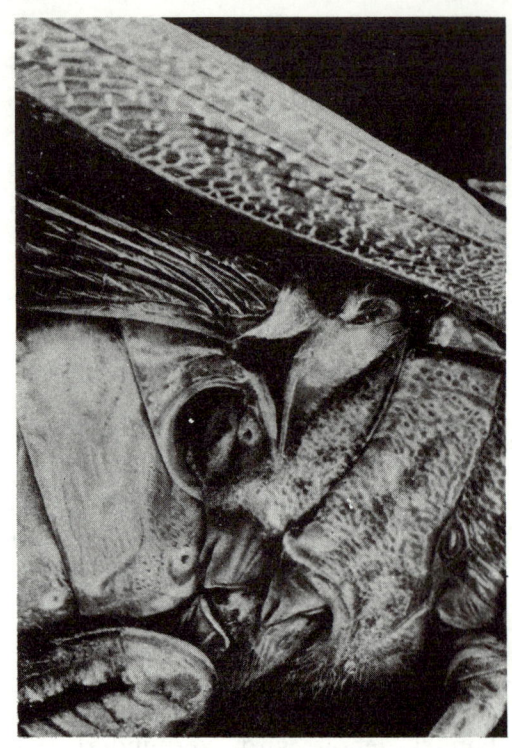

Das Ohr der Heuschrecke befindet sich auf dem „Rücken". Auf dem Bild ist es zwischen Hinterflügelbasis und Hinterhüfte, in der Mitte, zu sehen. Der dunkle Hohlraum wird durch das Trommelfell schräg abgeschlossen, so daß die Heuschrecke merkwürdigerweise nach hinten horcht. Messungen zufolge ist sie auf Frequenzen zwischen 3000 und 6000 sowie 15 000 und 20 000 Hertz am sensibelsten.

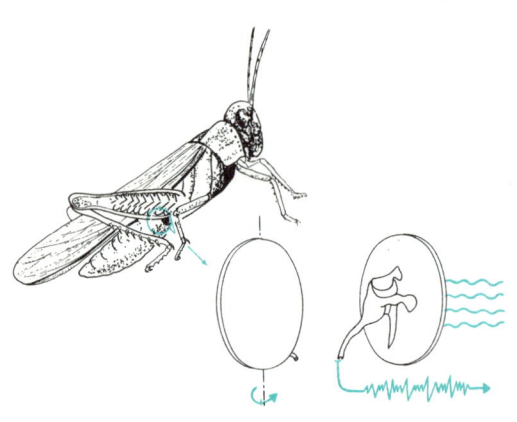

Das hauchdünne Trommelfell und der dazugehörige schallübertragende Mechanismus im winzigen Ohr der Heuschrecke konnten nur mit Hilfe des Elektronenmikroskops entdeckt werden. Das Funktionsprinzip ist einfach: Die Schallwellen bringen das Trommelfell zum Schwingen, worauf dann elektrische Signale auf den Hörnervfaden weitergeleitet werden.

Hertz wahr. Die obere Grenze des Hörbereichs der Grashüpfer erstreckt sich folglich bereits weit in den für uns nicht wahrnehmbaren Ultraschallbereich. Mikroelektronische Untersuchungen an der Schabe haben ergeben, daß zwei Nervenfäden aus dem Gehörorgan der Tierchen in das zentrale Nervensystem führen: Der eine informiert über die tiefen Töne im Frequenzbereich von 30 bis 200 Hertz, der andere empfängt Töne im Bereich von 200 bis 5000 Hertz.

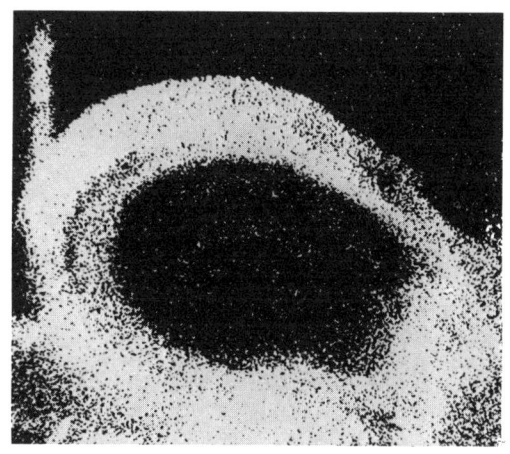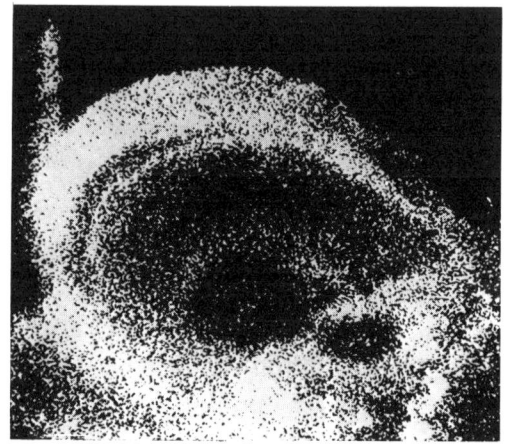

Durch Belichtung mit Laserstrahlen gelang es, die Schwingungen des Trommelfells der Heuschrecke sichtbar zu machen. Die schwarzen und weißen Zonen veranschaulichen an den beiden sogenannten Hologrammaufnahmen die zirkulär entstandenen Wellen. Auf dem linken Bild traf der Schall mit einer Frequenz von 3250 Hertz, auf dem rechten hingegen mit 4000 Hertz auf das Gehörorgan.

Forscher haben seit langem Bedenken, daß Frequenzuntersuchungen kein charakteristisches Bild über die Sensibilität der Gehörorgane von Insekten geben. R. J. Pumphrey und A. F. Rabdon-Smith kamen bereits im Jahr 1939 zur Schlußfolgerung, daß in der Insektenmusik nicht die Schwingungszahl, sondern die Lautstärkenveränderung zur Nachrichtenübertragung maßgebend ist. Deshalb sind die Gehörorgane der Insekten vor allem darauf ausgerichtet, die Lautstärkenveränderung wahrzunehmen. Für Insekten sind demnach nicht die Tonhöhen, sondern die Tonstärken von Bedeutung. Dieser Umstand ist deshalb beachtenswert, weil das menschliche Ohr vor allem die Tonhöhe besonders fein zu unterscheiden vermag und weniger die Lautstärke erkennen kann.

Diese Annahme wurde auch durch die Untersuchungen von K. D. Roeder und A. E. Treat bestärkt. Das Insektenweibchen empfindet den Werbegesang des liebestollen Männchens ungefähr so, als beobachte jemand die Aussteuerungsanzeige eines Tonbandgerätes bei abgeschaltetem Ton. Die Leuchtdioden dieser und ähnlicher Geräte zeigen bekanntlich nicht die Höhe der Töne, sondern die Intensität der Signale an, also praktisch die momentane Lautstärke. Deshalb sind zum Beispiel die Anzeigenwerte beim Finale eines Orchesterstückes besonders groß. Mit etwas Übung kann man sogar Musik und Sprache unterscheiden. Die Nervenfäden der Gehörorgane senden ähnliche elektrische Informationen an das zentrale Nervensystem des Insekts. Das Insekt achtet auf dieses fiktive innere magische Auge, wenn es wissen möchte, was der aus der Umgebung eintreffende Schall bedeuten soll.

Weshalb musizieren eigentlich die einzelnen Insektenarten in verschiedenen Tonhöhen? Vom physikalischen Standpunkt sind diese unterschiedlichen Frequenzen nur deswegen erforderlich, damit das Insekt seine eigene „Visitenkarte" durch die Lautstärkenveränderung zum Ausdruck bringen kann. Deshalb verwechseln sie auch nicht untereinander die Töne, wie auch wir durch das Einstellen auf der Wellenskala am Radioapparat den von uns gewünschten Sender empfangen können. Um Störungen möglichst zu vermeiden, wurden die einzelnen Wellenlängen des Weltradioprogramms auf Grund von internationalen Vereinbarungen festgelegt. Das System der Nachrichtentechnik der einzelnen Insektenarten ist gleichfalls auf bestimmte Schallwellen eingestellt, so daß jedes Insekt die charakteristischen Signale seiner eigenen Art empfangen und wahrnehmen kann.

Will das Rotkehlchen ein Duett singen, kann es auf einen Partner verzichten. In seiner Kehle befinden sich zwei schallbildende Organe, die zu gleicher Zeit in Funktion treten können. Der Gesang des Vogels liegt im allgemeinen um eine Oktave höher als der höchste Ton des Klaviers.

## Zwei Melodien aus einer Kehle

Autoren von Fachbüchern vergleichen manchmal die Funktion von Blasinstrumenten mit der erstaunlich flexiblen und vielseitigen Tonbildungsmöglichkeit der Singvögel; doch diese Annahme ist in keiner Weise stichhaltig. Die Klanghöhe der Klarinette wird durch die Frequenz der im Rohr vorhandenen Luftsäule bestimmt. Je mehr Löcher der Musiker mit seinen Fingern bedeckt, desto länger wird die Luftsäule und um so tiefer der Ton. Die Frage der Klangfarbe ist noch um einiges komplizierter. Entsprechend den Gesetzen der Akustik entstehen in der Luftsäule außer den Grundtonschwingungen auch zwei- bis dreifach überlagerte Schwingungen mit höherer Periodenzahl, die Obertöne. Auf der Grundlage des Verhältnisses und der Stärke der Obertöne können wir die Oboe von der Klarinette selbst

dann unterscheiden, wenn beide den gleichen Ton spielen.

Würden Vögel unter gleichen Voraussetzungen singen, müßte ihr Hals aus einem langen Gummischlauch bestehen. So müßte das Waldgraukehlchen, das im Klangbereich von zwei Oktaven singt, entsprechend den physikalischen Gesetzen seinen Hals bei den tiefsten Tönen um das Vierfache recken. Andererseits erzeugen Singvögel solch reine Töne (Sinustöne), in denen keine Obertöne mitschwingen. Die ausströmende Luft hat hier nur eine Frequenz, was hingegen bei Blasinstrumenten unvorstellbar ist.

Gleicht der Gesang der Vögel eher

der menschlichen Stimmbildung? Untersuchungen des amerikanischen Forschers C. H. Greenewalt zufolge trifft weder die erste Hypothese noch die zweite zu. Greenewalt hat den Gesang der Vögel mit äußerst feinen Instrumenten untersucht und entdeckte dabei ein ganz besonderes lautbildendes System. Es handelt sich dabei um den Kehlkopf der Vögel, den sogenannten unteren Kehlkopf, weil er sich im Gegensatz zum Menschen nicht am Anfang des Halses beziehungsweise nicht „oben", sondern „unten" befindet, wo die beiden aus der Lunge kommenden Bronchien in die Luftröhre münden. An beiden Seiten des unteren Kehlkopfs befinden sich ein eigenständiges Muskelsystem und Nervennetz, so daß der Vogel

den Luftstrom unabhängig voneinander in beide Bronchien leiten kann. Er kann also mit sich selbst ein Duett singen!

Dies ist nicht nur eine theoretisch-biologische Möglichkeit, sondern so etwas kommt auch in der Wirklichkeit vor, wie dies die Schwingungsmessungen von Greenewalt bestätigen. Die Aufnahme des Gesangs einer amerikanischen Spottdrossel ergab, daß sie mit sich selbst ein Duett allein sang, wobei sie mit der einen Stimme den Stimmbereich von 2600 bis 2800 Hertz berührte (ähnlich einem Triller auf der höchsten Oktave des Klaviers zwischen den e- und f-Tönen), mit der zweiten Stimme hingegen „begleitete" sie ihr Lied im Frequenzwellenbereich von 3500 bis 3800 Hertz.

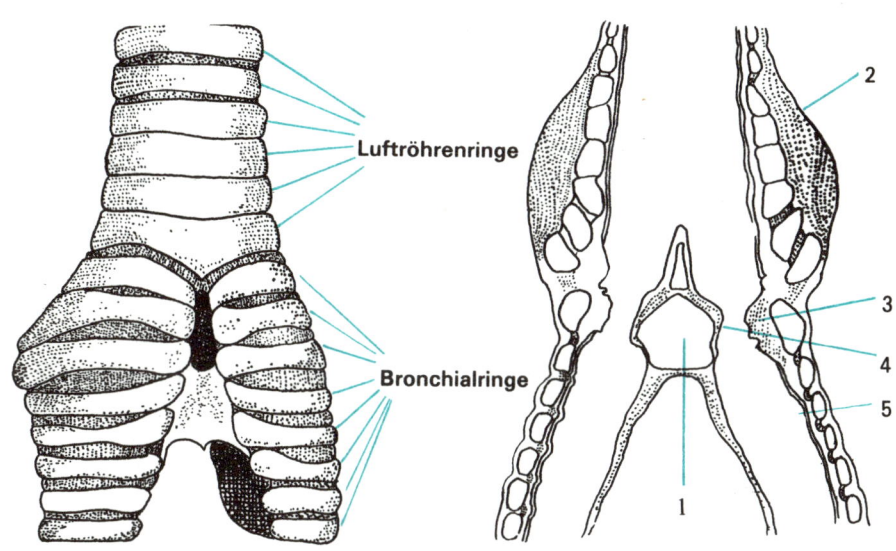

Das schallbildende Zubehör im Kehlkopf eines Singvogels, wo die Luftröhren- und Bronchialringe zusammentreffen. Der Fortsatz des Schlüsselbeinluftsacks (1); mit den inneren beidseitig elastischen Stimmbändern, der Paukenhaut (4), können die Mündungsöffnungen der beiden Bronchien (5) verschlossen werden. Mit den gegenüber dem inneren Stimmband zur Bewegung der Stimmlippen (3) befindlichen Muskeln (2) wird die zweite Hälfte des Luftverschlusses gebildet. Dadurch verfügt der Vogel zum Singen über zwei „Kehlen".

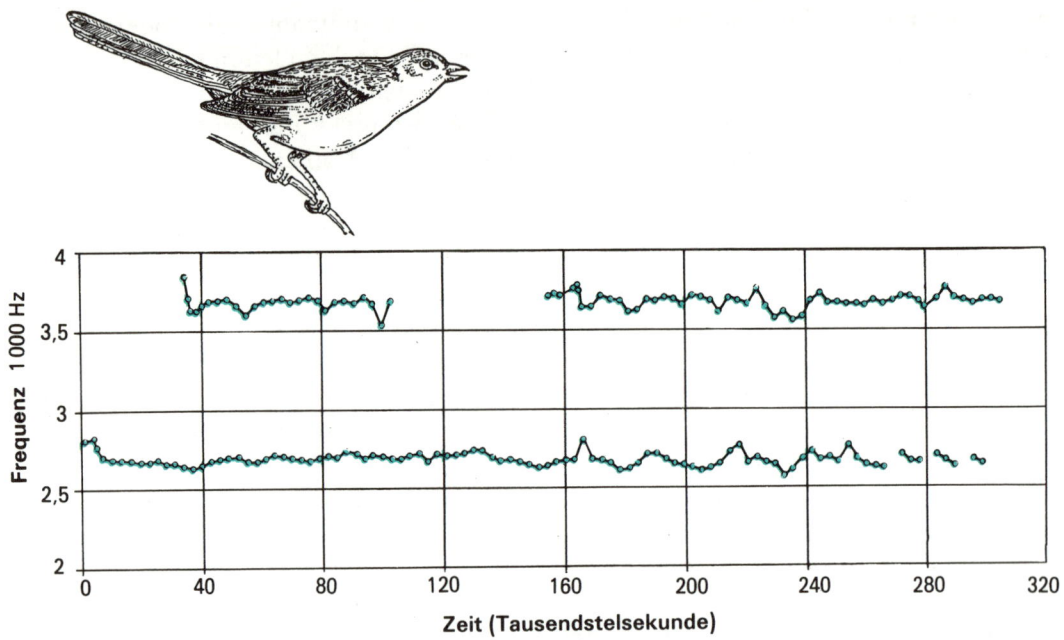

Das Duett einer Spottdrossel. Die beiden anhaltenden Töne vibrieren vermutlich nur deshalb, weil das lebende Instrument nicht so präzise wie ein Automat funktioniert. Der durch elektronische Hilfsmittel aufgezeichnete Doppelgesang ist der überzeugendste Beweis, daß bestimmte Vogelarten zur gleichen Zeit aus zwei „Kehlen" singen.

Des Rätsels Lösung liegt also im doppelten Kehlkopf. Wie genaue anatomische Untersuchungen zeigen, ist der Kehlkopf von Singvögeln durch den elastischen Fortsatz des Schlüsselbeinluftsacks ausgefüllt. Der knorpelige Hohlraum der Kehle ist beidseitig dünner und etwas ausgebeult. Diese „Fenster", die sogenannten Paukenhäutchen, können mittels der Muskeln des Kehlkopfs einzeln, jedes für sich, gestrafft oder gelockert werden. Am Eingang der beiden Bronchien befinden sich gegenüber den Paukenhäutchen an der Kehlkopfwand je eine muskelartige „Lippe". Mit Hilfe entsprechender Muskeln können die Lippen gleichfalls voneinander getrennt bewegt werden. So viel „Mechanik" genügt dem Vogel bereits, um auf einfache Weise den

schönsten Gesang zustande zu bringen.

Ist dem Vogel zum Singen zumute, pumpt er seine Lunge und den Luftsack zunächst voll Luft. Der unter dem Schlüsselbein befindliche Luftsack erweitert sich dadurch wie ein aufgeblasener Luftballon, und der Luftdruck preßt die beiden Paukenhäutchen an die gegenüberliegenden Lippen. Die Luft kann jetzt nicht mehr aus der Lunge entweichen. Darauf wird eins der Häutchen mit dem Kehlkopfmuskel gestrafft und etwas zurückgezogen, wodurch der Weg für die aus der Lunge strömende Luft frei gemacht wird. Das Häutchen gerät durch den Luftstrahl in Schwingungen, wodurch die weiterströmende Luft gleichfalls zu vibrieren beginnt: Hierdurch entsteht der Ton. Wenn der Vogel beide Häutchen strafft, entstehen zu gleicher Zeit zwei Töne. Genauen physikalischen Maßstäben entsprechend ist dies zwar eine etwas vereinfachte Erklärung für die Klangbildung bei Singvögeln, doch sie spiegelt die Wirklichkeit in anschaulicher Weise wider.

Dieser außergewöhnliche Kehlkopf ist sogar noch zu weiteren musikalischen Bravourstücken fähig. Singvögel sind nicht nur mit Leichtigkeit zu „Glissandos" imstande, wobei die auf- und abschwellenden Töne beinahe kontinuierlich unter Verwendung der dazwischenliegenden Frequenz von einem Ton zum anderen ineinanderfließen. Sie sind auch in der Lage, die Klanghärte mit einem unmerklichen Übergang zu verändern, wobei der Ton abklingt oder anschwillt. Sobald der Vogel höhere Töne anschlägt, muß er eine seiner Membranhäutchen mehr straffen, wobei das Häutchen durch die Einwirkung der Luftströmung immer mehr zurückschnellt. Je straffer das Membranhäutchen wird, um so mehr entfernt es sich von der gegenüberliegenden Lippe. Der Ton wird um so lauter, je größere Luftmassen in der Luftröhre in Schwingungen geraten. Mit dem steigenden Ton erhöht sich gleichzeitig auch die Klangstärke.

Wird die Steigerung immer weiter fortgesetzt, tritt einmal der Augenblick ein, wo die Spannung des Häutchens derart stark wird, daß die Luft an der immer größer werdenden Bronchienöffnung entweicht, ohne daß das Membranhäutchen in Schwingungen gerät. Beim Gesang des Waldgraukehlchens ist dies bei einer Frequenzstärke von ungefähr 6800 Hertz der Fall. Kann demnach der Vogel mit einer höheren Stimme nicht singen? Doch! Dann treten nämlich die sich an der Innenwand

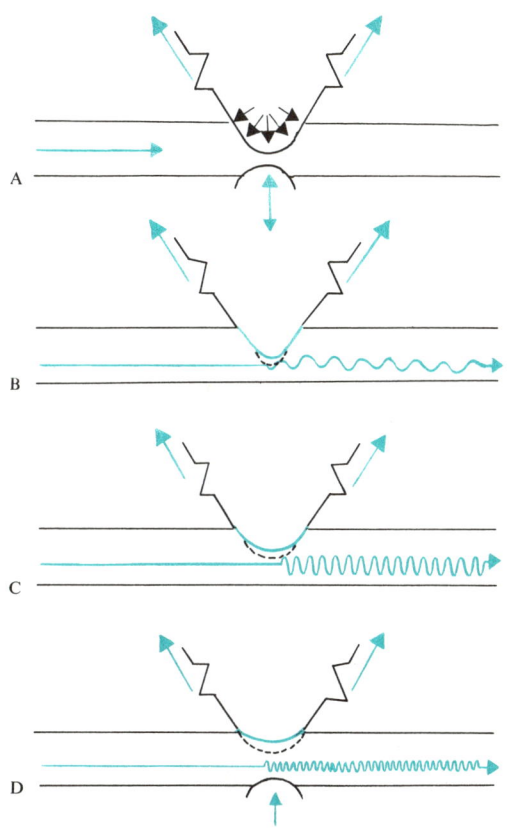

Das Funktionieren des Kehlkopfs an Hand eines einfachen Modells. Der Luftdruck des Luftsackansatzes spannt von oben die dünne Membrane des Stimmbands an. Von unten bildet die Stimmlippe den „Schubriegel." zur hinausströmenden Luft (A). Ist die Stimmritze klein und die Membrane nur leicht gespannt, entsteht ein leiser und tiefer Ton (B). Je straffer die Spannung der Membrane, desto schneller und kräftiger sind die Schwingungen (C).
Die Klangstärke kann über eine bestimmte Klanghöhe hinweg nicht gesteigert werden. Hier wird der „Umschaltpunkt" erreicht. Die Stimmlippe schiebt sich weiter nach innen, wobei sich die Stimmritze um einiges verengt. Jetzt entstehen durch „negative Rückkopplungen" noch höhere, jedoch leisere Töne (D).

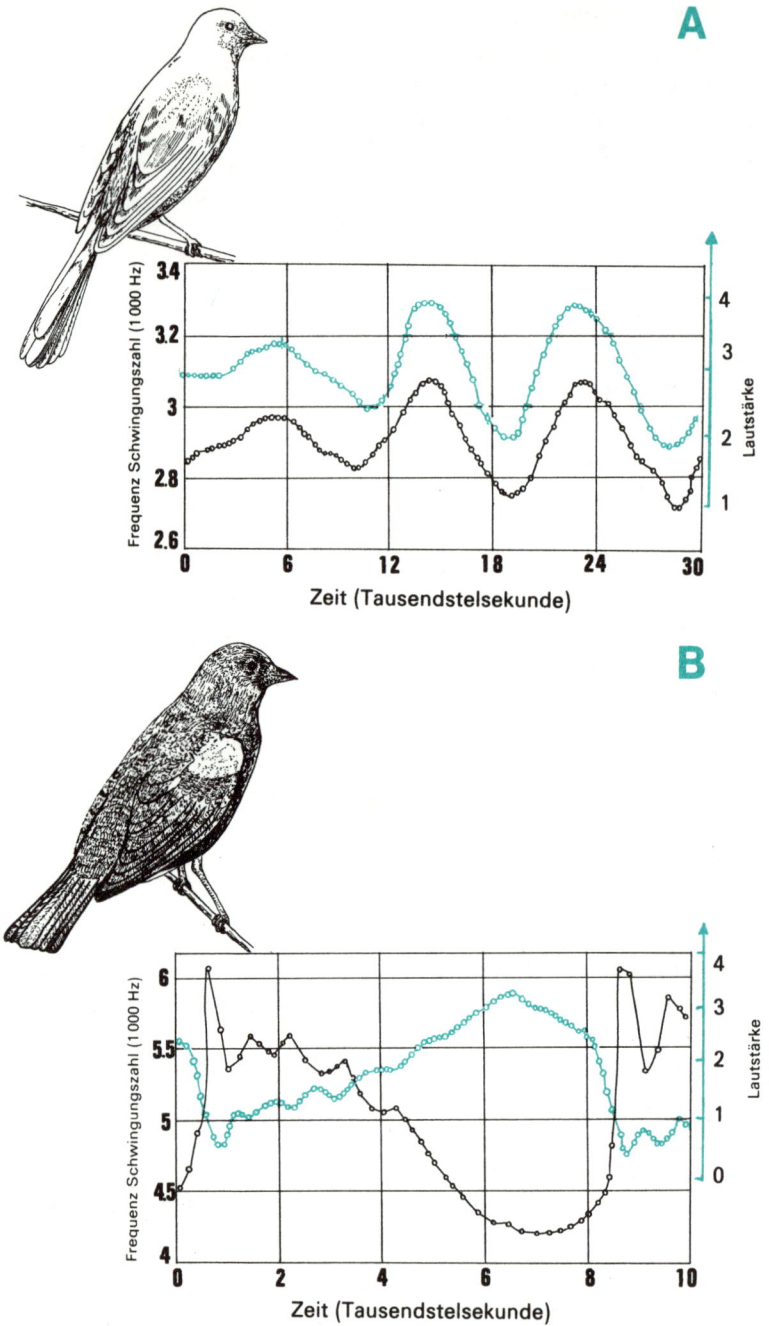

**A**

Frequenz Schwingungszahl (1 000 Hz)

Lautstärke

Zeit (Tausendstelsekunde)

**B**

Frequenz Schwingungszahl (1 000 Hz)

Lautstärke

Zeit (Tausendstelsekunde)

Wenn der Klarinettenvogel nur seine Paukenmembrane in Schwingungen bringt, folgt den Tonhöhenvarianten seines Gesangs (schwarze Kreise) beinahe automatisch der Wechsel der Schallstärke (grüne Kreise). Je höher der Ton steigt, um so lauter wird er (A). Das umgekehrte Verhältnis der Änderung der Tonhöhe und Tonstärke geht aus dem Diagramm über das Singen des Stärlings hervor. Bei solch hohen Frequenzen funktioniert die Vogelkehle bereits mit „negativen Rückkopplungen".

der Bronchien befindlichen Lippen in Funktion. Die Kehlkopfmuskeln klemmen die Lippen nach innen in die Öffnung, wodurch sich die Stimmritze zusätzlich verengt und der Klang der Stimme noch sanfter wird. Nun kann die Stimme des Vogels noch so hoch sein, die Klangstärke kann nicht mehr anwachsen, sondern nur noch schwächer werden.

Von diesem besonderen „Übergangspunkt" hängt es bei ansteigenden Frequenzen ab, ob der Vogel den Ton und die Klangstärke parallel entwickelt oder den Ton erhöht und dabei die Klangstärke immer geringer wird. Die Veränderungsmöglichkeiten der Membranenstraffung des Kehlkopfs und das rhythmische Zusammenspiel der „abriegelnden" Funktion der gegenüberliegenden Lippen bieten selbstverständlich die Möglichkeiten für unzählige Varianten. Wenn zum Beispiel der Vogel einen einzigen Ton dauernd leiser singen möchte und wenn er die Spannung des schwingenden Häutchens nicht verändert, so entsteht ein gleichmäßig hoher Ton. Dabei drückt er die Lippen immer mehr in die Bronchienöffnung: Die Stimmritze wird dadurch enger, der Gesang leiser.

Aus den Untersuchungen ging ferner hervor, zu welchen Leistungen dieses wundervolle Musikinstrument fähig ist. Einzelne Drosselarten sind beispielsweise imstande, während eines „Gluck"-Lautes im Zeitraum von 1 Zehntelsekunde vier Oktaven zu umfassen. Der Stimmenklang bewegt sich in der gleichen Zeit im Schwingungsbereich von 750 bis 10 700 Hertz, was die bisher höchst gemessene Vogelstimme ist. Man braucht sich eigentlich nicht zu wundern, daß Ornithologen das Geheimnis um den Vogelgesang bisher

nicht bekannt war. Der einfach erscheinende Aufbau des Kehlkopfs ließ nichts anderes vermuten. Erst durch die außerordentlich empfindlichen elektronischen Meßinstrumente unserer Zeit wurde es möglich, Vogelstimmen mit einer Genauigkeit von Tausendstelsekunden zu „zerlegen" und dadurch auch physikalisch eine richtige Erklärung für die Funktion des Kehlkopfs der Singvögel zu finden.

Damit ist es aber mit den Überraschungen noch nicht zu Ende! Im Tierstimmenlaboratorium der Ungarischen Akademie der Wissenschaften gibt es Magnettonaufnahmen, die von einer einzigen Baumlerche 2000 „Melodien" enthalten: Der besondere Kehlkopf dieses Vogels ermöglicht es ihm, innerhalb 1 Sekunde hintereinander 300 verschiedene Töne zu singen. Eine unglaubliche Leistung! Es gibt sogar Singvögel, die mit einer Geschwindigkeit von 400 Tönen in der Sekunde singen. Es verwundert deshalb nicht, wenn der Mensch meint, Singvögel veranstalten nur ein klirrendes schmetterndes Getriller, obwohl dort oben in der Luft die herrlichsten Stimmen erklingen.

## Empfindsame Ohren

Unter den Vögeln haben Eulen das empfindsamste Gehör. Für sie ist es eine Daseinsfrage, denn schließlich jagen sie auf der Grundlage ihres Gehörs. Die Eule nimmt selbst im Stockdunkeln das geringste Geräusch, das eine Maus verursacht, wahr, und sie „steuert" so schnell und so genau darauf zu, daß sie im Augenblick des Herabstoßens — beim Aufleuchten eines Scheinwerfers — ihr Opfer bereits in den Krallen hielt, wie der amerikanische Forscher

R. S. Payne in Experimenten nachwies, obwohl sie die Entfernung zu der im Dunkeln huschenden Maus mit 7 Metern „einschätzen" mußte. Interessant dabei ist, daß, als die Eule noch Geräusche hörte, sie ihren Wachposten nicht verließ. Da orientierte sie sich noch. Sie griff erst an, als es plötzlich still wurde.

Der Aufbau des Eulenohrs weicht in vielem von dem der Hörorgane anderer Vögel ab. Die hier in einer Vielzahl vorhandenen mechanischen Tricks dienen alle dem Ziel, die schwächsten Laute und leisesten Geräusche wahrzunehmen. Das äußere Ohr der Vögel beispielsweise besteht lediglich aus einer kleinen Vertiefung am Schädel. Ohrmuscheln fehlen gänzlich, so daß es schwierig ist, festzustellen, wo sich die Ohren befinden. Bei der Waldohreule

hingegen können bereits von weitem die merkwürdigen federumrahmten Ohrmuscheln erkannt werden. Der vor dem Trommelfell befindliche Hohlraum wird durch eine Hautfalte in zwei Teile geteilt. Während der eine Hohlgang zum Trommelfell führt, ist der andere leer und verschlossen. Durch die Bewegung der Hautfalte vermag die Eule wahrscheinlich besser die Schallschwingungen in das Ohr zu leiten, wodurch gleichzeitig mehr Schwingungsenergien von der Schallquelle übertragen werden. Das Trommelfell der Eule ist erstaunlich groß. Dadurch ist es gegenüber Schallschwingungen empfindsamer; denn es benötigt zu einer gleich großen Übertragung eine schwächere Schallstärke als das kleinere Trommelfell anderer Vögel.

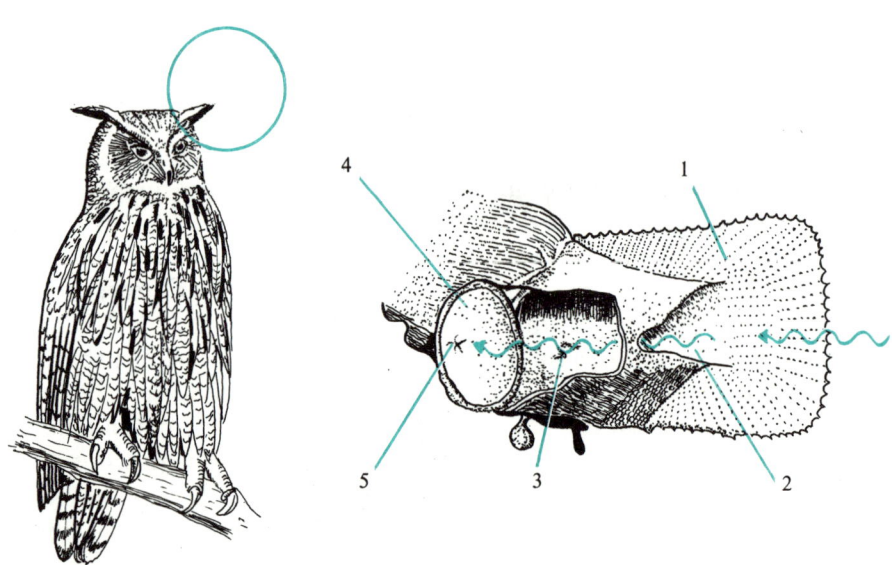

Die erfolgreiche nächtliche Jagd der Eule ist im wesentlichen auf ihr empfindsames Ohr zurückzuführen. Die Schallwellen fließen am Hauptlappen des Ohres entlang (1) durch die Ohröffnung (2) in die Kammer des äußeren Ohres (3) und versetzen das ungewöhnlich große Trommelfell in Schwingungen (4). Von hinten stützt sich ein dünnes Knöchelchen, die Columella, auf das Trommelfell (5). Die Columella leitet die Schwingungen an das innere Ohr weiter.

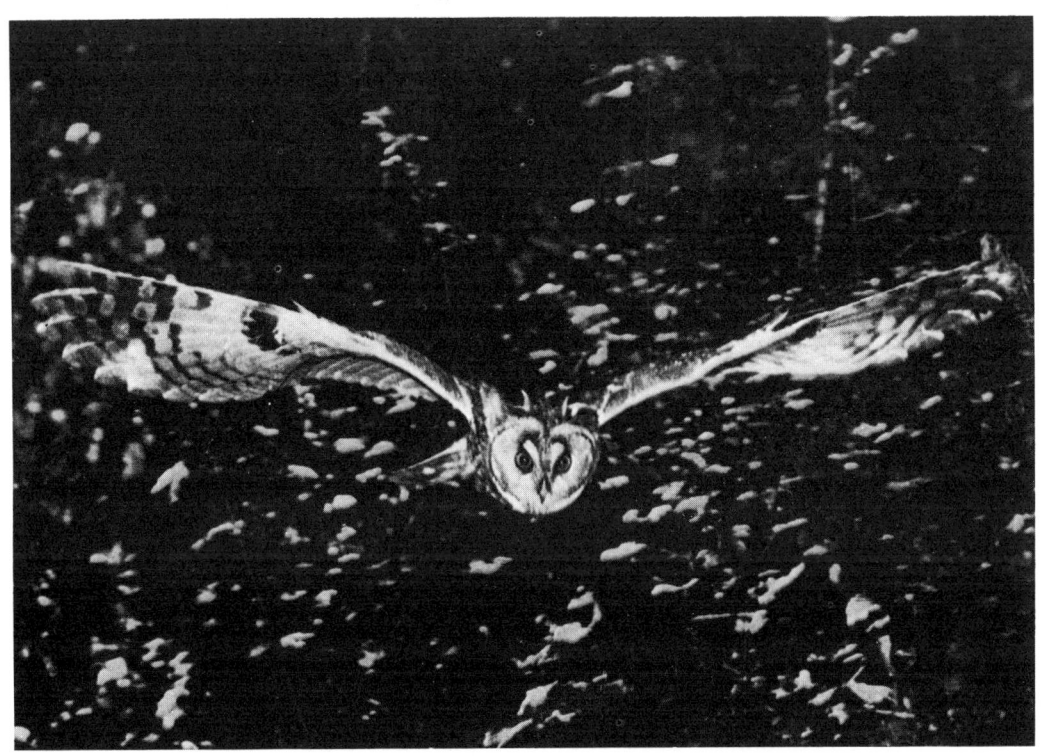

Lautlos huscht die Eule in der Dämmerung vorbei. Sie nimmt hundertmal schwächere Geräusche wahr als der Mensch. So kann sie den Standort des sich bewegenden Nagers im trocknen Laub leicht orten. Neuesten Untersuchungen zufolge trägt auch das schirmförmige Kopfgefieder zum Einfangen der schwachen Schallwellen bei.

Im Mittelohr ist das Trommelfell und das ovale Fenster des Innenohrs mittels eines einzigen langen Knochens, der Columella, verbunden. Die Columella stützt sich im Vogelohr genau auf die Mitte des Trommelfells. Im Ohr der Eule ist es vom Mittelpunkt des Trommelfells etwas entfernt, obgleich dadurch der Schwingungsausschlag der Columella beim Vibrieren des Trommelfells kleiner wird, „klopft" es mit um so größerer Kraft an das Fenster des Innenohrs. Das führt vor allem zur größeren Empfindlichkeit, weil die im Innenohr sich bewegende Flüssigkeit ebenfalls höheren Druckwellen ausgesetzt ist. Im menschlichen Ohr verstärken sich die Schallwellen durch Vermittlung der drei Hörknöchelchen auf das Zweiundzwanzigfache. Das Ohr des Haussperlings verstärkt die Schallschwingungen ungefähr im gleichen Verhältnis. Die hellhörige Eule verfügt über einen vierzigfachen „Verstärker"! Es ist deshalb nicht von ungefähr, daß sich die Eule bei der Jagd in erster Linie auf ihr Gehör stützt. Obgleich sie im Halbdunkel ihre Augen auch benutzt, bestimmt sie den Standort ihres Opfers in jedem Fall durch ihr Gehör. Wenn sie vom Baumast hinabfliegt, weiß sie genau, wohin sie fliegen muß. Während des Fluges leisten ihr selbstverständlich auch ihre Augen beim Ausweichen der im Weg stehenden Bäume und Sträucher Hilfe.

Der untere Bereich des Hörvermögens der Vögel bewegt sich im allgemeinen zwischen 100 und 300 Hertz, doch die obere Grenze liegt in vielen Fällen bereits im Ultraschallbereich. Diese auf die oberen Schwellwerte bezogenen Messungen wurden mit einer Galtonpfeife durchgeführt, die für das Hervorbringen von Ultraschalltönen besonders gut geeignet ist. Der japanische Forscher Konishi Masakazu hält diese Untersuchungsergebnisse jedoch für ziemlich problematisch. Im Jahr 1969 kam er nämlich auf Grund seiner eigenen Untersuchungen zu der Schlußfolgerung, daß Vögel keine höheren Töne wahrnehmen als Menschen. Seiner Meinung nach gingen frühere Forscher deshalb von für uns nicht wahrnehmbaren Tönen beim Gesang der Vögel aus, weil das menschliche Ohr zwischen den einzelnen Tönen der Singvögel nicht unterscheiden kann. Die Ursache läge aber nicht in der außergewöhnlich hohen Frequenz, sondern darin, daß sich im Vogelgesang die verschiedenen Töne überschlagen.

Wenn sich in einem Vogeltriller je Sekunde dreißigerlei Tonfrequenzen zu einem Glanzstück aneinanderreihen, können die einzelnen Töne vom Menschen mehr oder weniger noch wahrgenommen werden. Doch wenn sich die Frequenzänderung auf eine Geschwindigkeit von 100 Tönen in der Sekunde steigert, ist nur ein Gesurr oder Gesumm zu hören. Das „zeitzerlegende" Hörvermögen der Vögel ist um fünfzig- bis hundertmal besser als das der Menschen. Sie nehmen im wahrsten Sinn des Wortes tonweise wahr, was ihre Gefährten singen! Dadurch wird auch begreiflich, wie sich Vögel „persönlich" unterscheiden können. Durch die schnelle Änderung der Klanghöhe und -stärke sind sie in der Lage, in ihrem Gesang so viele Varianten zu realisieren, daß sie hinsichtlich der Anzahl sogar mit den Variationsmöglichkeiten des Zahlenlottos wetteifern könnten. Jeder Vogel hat gewissermaßen eine eigene „Stimmenvisitenkarte", und das Weibchen erkennt jeden einzelnen Verehrer auf Grund seines spezifischen Troubadourgesangs.

Unter den Säugetieren übertrifft das Hörvermögen des Hundes bei weitem das des Menschen. Hunde nehmen ein vom Menschen noch mit Mühe vernehmbares Geräusch aus einer viermal weiteren Entfernung wahr. Forscher in Philadelphia haben nachgewiesen, daß der Schneckengang des Innenohrs von Hunden erst bei Bellauten zum Schwingen kommt. Dabei entsteht ein spezifisches Schwingungsmodell in der Flüssigkeit des Innenohrs, wodurch dann über die Empfindungszellen entsprechende elektrische Signale in den Hörbereich des Gehirns laufen. Dadurch kam man zu der erstaunlichen Entdekkung, daß das Innenohr des Hundes nur für das Bellen seiner Artgenossen empfindsam ist. Doch in welcher Weise nimmt er menschliche Stimmen wahr, und wie unterscheidet er die einzelnen an ihn gerichteten Worte? Das konnte selbst bis heute noch nicht eindeutig geklärt werden.

Das Gehör der Katzen ist mindestens so empfindsam wie das der Hunde. Sie hören bereits in einer Entfernung von 14 Metern das Geräusch der huschenden Maus. Es dürfte verständlich sein, warum die Katze akustischen Messungen zufolge nicht wie der Mensch gegenüber Schallschwingungen von 2734 Hertz am empfindsamsten ist, sondern zuerst bei den um zwei Oktaven höheren Tönen als die höchste Frequenz des

Klaviers aufhorcht. Katzen ziehen dadurch außerordentlichen Nutzen beim Fangen von Mäusen, da die Mehrheit der schwachen Geräusche hauptsächlich aus hohen Tönen besteht.

Vom Gesichtspunkt der Nachrichtenübermittlung funktionieren die tonangebenden und tonempfangenden Organe der Tiere im allgemeinen auf abgestimmte Weise im gleichen Schwingungsbereich, die Empfindsamkeit jedoch entspricht der für ihre Lebensbedingung notwendigen Präzision. In diesem Zusammenhang gibt es aber auch noch viele Unklarheiten. Wir wissen beispielsweise nicht, weshalb einzelne Insekten, zum Beispiel der Warzenbeißer, Ultraschalltöne bis zu 90 000 Hertz wahrnehmen. Österreichische Ozeanologen stellten fest, daß auch das spezifische Sinnesorgan der Fische, die Seitenlinie, die aus dem Ultraschallbereich eintreffenden Schwingungen wahrnimmt. Mäuse stellen selbst sensibelste Ultraschallmikrofone in den Schatten, indem sie sich beispielsweise gegenseitig mit Gefahrenschreien von rund 100 000 Hertz warnen, wenn sich eine Katze nähert. Ob sie noch höhere Töne wahrnehmen können, haben Forscher bis heute noch nicht gründlich untersucht. Messungen zufolge sind Hunde bis zu 38 000 Hertz empfindsam. Darum kann Polizeihunden beigebracht werden, daß sie auf das für uns unvernehmbare Rufsignal einer Galtonpfeife reagieren. Ebenso erstreckt sich auch das Hörvermögen der Affen bis in den Ultraschallbereich. Beobachtungen amerikanischer Forscher an Makaken haben bestätigt, daß die untersuchten Tiere selbst Töne von 45 000 Hertz wahrnahmen. Sicher werden die Hörmessungen im Bereich des Ultraschalls den Biophysikern noch einige Überraschungen bereiten.

## Der Mensch „redet mit"

Wer hat nicht schon im Kindesalter davon geträumt, wie schön es wäre, die Sprache der Tiere zu verstehen? Biophysiker versuchen an Stelle von Träumen auf der Grundlage von wissenschaftlichen Untersuchungen eine Art Wörterbuch über akustische Signale der Tiere zusammenzustellen, doch man muß zugeben, daß auch sie in der Enträtselung der für uns unverständlichen Laute nicht viel weitergekommen sind als frühere Naturforscher. Sehr viel können wir freilich von diesen Lauten nicht erwarten. Tiere können vermutlich mit ihren akustischen Signalen manches ausdrücken, doch ihre Kommunikation bezieht sich nur auf die Gegenwart. Sie haben keine Vorstellung von der Vergangenheit und über die Zukunft. Sie kennen nicht jenes zweite Signalsystem der menschlichen Sprache, mit dessen Hilfe auch durch abstrakte Begriffe die Wirklichkeit widergespiegelt wird. Folglich sind sie nicht imstande, ihre Gedanken miteinander auszutauschen. Ihr Signalsystem dient niemals einem Gespräch, sondern nur der Nachrichtenübermittlung.

Dazu gehören freilich einige Besonderheiten. So stellte beispielsweise der holländische Naturforscher Kluyver nach eingehendem Studium der Vogelsprache begeistert fest: „Vier Jahre lang folgte ich mit dem Magnetophon einem beringten Zaunkönig. Ich folgte ihm von Hain zu Hain, von Busch zu Busch. Und jetzt weiß ich, wovon er sprach. Vom entsetzlichen Hunger der Kindheit, vom übermütigen Herumtreiben in der Jugendzeit, von der ersten Aufregung bei der Jagd auf Maden, vom ersten Nestbau, von der Begegnung mit der Auserwählten des Herzens ...

Wahrlich, eine klangvolle Sprache ..."

Die meisten Forscher beurteilen den Informationsgehalt der Tierlaute nicht so romantisch. Sie versuchen auf der Grundlage der Frequenzwerte, der Klangstärke, der Zeitdauer und der Pausen, Gesetzmäßigkeiten bei gleichen Informationssignalen von Tierlauten festzustellen. Auf Grund der bekannten „Tanzsprache" der Bienen erwies es sich, daß die Entdeckerin von Nektarquellen die Entfernung der Nahrungsquelle nicht nur mit Bewegungen verkündet, sondern auch mit Lauten.

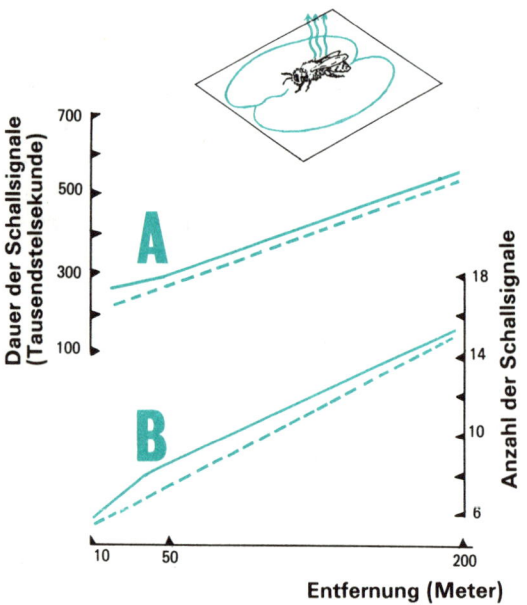

Im dunklen Bienenstock oder in der Dämmerung bedienen sich Bienen bestimmter akustischer Signale. Messungen des sowjetischen Forschers J. K. Jeskow haben ergeben, daß sich die Dauer der Flügelschwingungen (A) beim Bienentanz und die Anzahl der Schallsignale (B) zur angezeigten Entfernung proportional verhalten. Die volle grüne Linie stellt die Signale der „nahrungsbeschaffenden" Bienen, die gestrichelte Linie hingegen die der „quartiervorbereitenden" dar.

Der Wissenschaftler H. Esch von der Notre-Dame-Universität wies durch eingehende Untersuchungen nach, daß Bienen verschiedene Lautimpulse über ihre Nahrungsquellenentdeckungen verbreiten. Messungen zufolge ruft die Biene während der Nachrichtenübermittlung beim Schwänzeltanz, wenn sie sich auf dem mittleren Bogen der Acht bewegt, mit ihren Flügeln einen Schall hervor, dessen Schwingungsstärke bei 200 bis 250 Hertz liegt. Dabei hängt die Zeitdauer der Schallbildung unmittelbar mit der Entfernung des Fundorts zusammen. Wenn beispielsweise die mit Blumen bedeckte Wiese sich ungefähr 200 Meter entfernt befindet, halten die Schallsignale 0,5 Sekunden an. Beträgt die Entfernung aber 1,2 Kilometer, ist die Zeitdauer der Schallimpulse 2 Sekunden. H. Esch bewies außerdem durch Tonbandaufnahmen, wie bei einer Art der tropischen Meliponabiene eine vom Fundort zurückkehrende erfolgreiche Arbeitsbiene ihre Gefährtinnen durch Schallsignale über die Entfernung des Fundorts informierte. Später gelang es sogar, die Bienen durch Wiederholung der Signale auf Tonband aus dem Bienenkorb zu locken, worauf sie dann die gleiche Blumenwiese wie vorher aufsuchten. Dieses Experiment läßt erkennen, daß die Bienen durch die akustischen Signale nicht nur über die Entfernung, sondern auch über die Richtung informiert werden. Zur Zeit ist den Forschern noch keine nähere Einzelheit über diese sonderbare musikalische Meßmethode bekannt.

J. K. Jeskow, Mitarbeiter des sowjetischen Wissenschaftlichen Instituts für Bienenzucht in Rybnoje, fielen bei Untersuchungen über das Schwärmen der Bienen einige interessante Laute auf. Während sich der Bienenschwarm nach dem Ausschwärmen in einer riesigen Traube um die Königin an einen Ast hängt, scheren „Nahrungsmittelbeschaffer" und „Quartiermeister" aus dem Schwarm aus, um den neuen Wohnsitz der Bienenfamilie entsprechend vorzubereiten. Von ihrem Informationsflug zurückgekehrt, entwickelt sich ein ausgesprochenes Wechselgespräch zwischen den Entdeckern und dem Schwarm. Der „Quartiermeister" informiert den Bienenschwarm mit lautstarken, durch Pausen unterbrochenen Klangsignalen in einer Frequenz von 400 bis 500 Hertz über die Richtung des neuen Nistplatzes. Ist die Mehrheit mit dem Vorschlag einverstanden, antwortet sie mit zustimmenden Flügelschlägen in einer Frequenz von 200 bis 400 Hertz. Nach kurzer Zeit, wenn sich der Schwarm zum Abflug bereitmacht, herrscht im allgemeinen Gesumm die Klangschwingung in der Frequenz von 120 bis 180 Hertz vor, was für die riesengroße Familie von ungefähr 40 000 Bienen das Zeichen der Bereitschaft zum Aufbruch bedeutet. Der aufmerksame und hellhörige Imker weiß dadurch im voraus, wann die Bienen zum Aufbruch ansetzen, und kann dann noch rechtzeitig den gesamten Schwarm einfangen.

In den Tierstimmen sind viele Empfindungen und Ausdrucksmerkmale enthalten. Die Stimmen locken, drohen und drücken Angst sowie Freude aus. So verkünden das Quaken der Frösche und der Gesang der Vögel in gleicher Weise weittönend den Besitzanspruch auf ein bestimmtes Territorium. Gewisse Laute werden auch von biologischen Abläufen bestimmt. Die Forscherin Margaret Vimce konnte in diesem Zusammenhang beobachten, daß die Eier im Wachtelnest einige Tage vor dem Ausschlüpfen der Vogelkücken zu „piepsen" beginnen. Diese Laute hängen mit der Atmung der Vögel zusammen, und den Forschern zufolge fördert dies die Entwicklung der zurückgebliebenen Wachtelembryone. Diese Annahme wurde auch durch entsprechende Experimente bestätigt. Es wurden ältere Wachteleier neben Eier mit jüngeren Embryonen gelegt. Das Piepsen in den Eiern bestätigte die Erwartungen. Die in der Entwicklung „zurückgebliebenen" Kücken schlüpften einen Tag vor der auf Grund der Brutzeit errechneten Frist.

Über Katze und Maus gibt es einen alten Witz. Die kleine Maus flüchtet vor der Katze in ein Loch und lugt, am ganzen Leib zitternd, nach draußen. Eine Zeitlang ist es ganz still, und sie hört gar nichts. Plötzlich erreicht Hundegebell ihr Ohr. Wunderbar, denkt die Maus, die Gefahr ist vorbei! Und so schlüpft sie aus dem Loch. Im folgenden Augenblick ergreifen sie scharfe Krallen, und nachdem die Katze die Maus gefressen hat, sagt sie wohlgefällig: „Es ist doch gut, wenn man fremde Sprachen beherrscht!" Der sowjetische Professor Marikowski erwähnt ein ähnliches Beispiel im Zusammenhang mit Insektenstimmen, jedoch mit anderem Ausgang. Die hummelartig behaarte und gefärbte Schwebfliege entkommt den ihr nachjagenden Vögeln in der Weise, daß sie auch den Flugton der Hummel täuschend nachahmt. Sie bewegt die Flügel während des Fluges in der gleichen Frequenz, so daß die Vögel Angst vor den Stichen der Hummel bekommen und sie das unheilverkündende Insekt schließlich in Ruhe lassen. Diese List ist zumindest so verheißungsvoll, als erlerne die Katze das Bellen ...

Immerhin versteht der Mensch heute

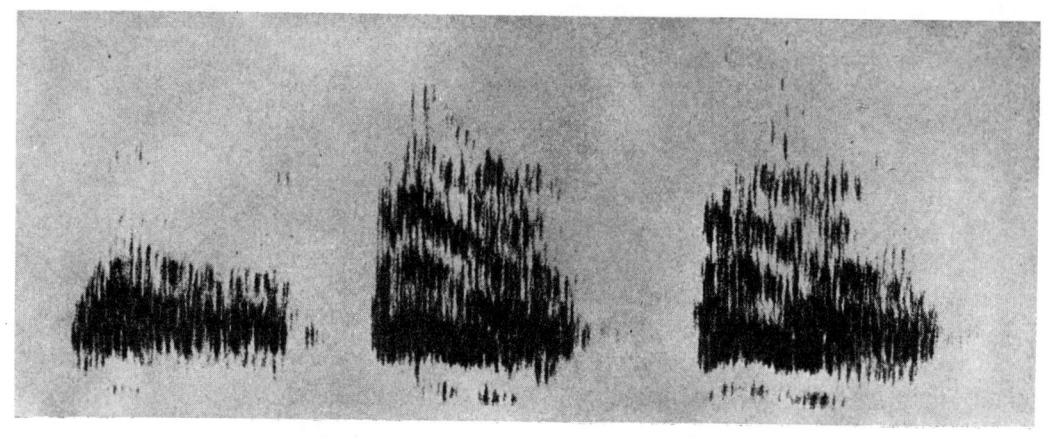

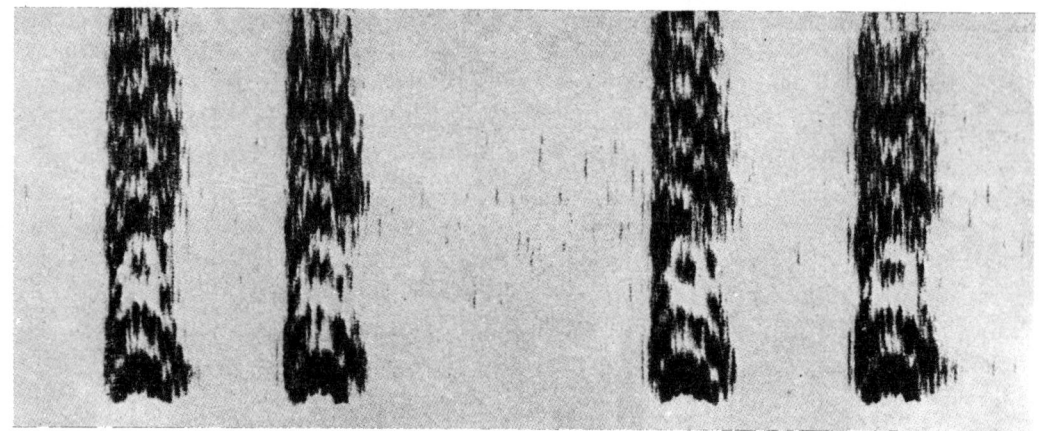

Der Lärm spielt im Bereich der Töne eine ähnliche Rolle wie das weiße Licht in der Optik. So wie weißes Licht aus einer Mischung verschiedener Farben besteht, so ist Lärm vor allem deshalb nicht wohlklingend, weil in ihm verschiedene Tonschwingungen enthalten sind. Nicht wohlklingend ist auch das Gekrächze der Raben. Die dargestellten Schallbilder stellen in senkrechter Richtung die anschwellenden Frequenzen dar, waagerecht hingegen die Zeitdauer. Der amerikanische Rabe wiederholt innerhalb von einigen Minuten mehrere hundertmal die zum Sammeln bestimmten Signale (oben). Das Gefahrensignal hat eine höhere Frequenz und besteht aus kürzeren Schallsignalen (unten).

bereits so viel von der Tiersprache, daß er ab und zu mitreden kann. Insbesondere in solchen Fällen, in denen es beispielsweise darauf ankommt, Fische ins Netz zu locken oder schädliche Tiere zu verjagen. Forscher des Instituts für Meeresbiologie der Universität Miami haben mit Erfolg einige Meeresfische, die vom Standpunkt des Fischfangs besonders wichtig sind, irregeführt. Man verbreitete mit einem Unterwasserlautsprecher ein sich innerhalb einer Oktave bewegendes Geräusch mit einer Frequenz von 25 bis 50 Hertz. Der Schallunterschied zwischen dem unteren und oberen Wellenbereich betrug 24 Dezibel. Die Signalfolge wurde von einigen Impulsen in der Minute bis zu mehreren in der Sekunde variiert, wobei der Lautsprecher im wesentlichen die gleichen

Geräusche im Wasser erzeugte wie Tiefseeraubfische beim Fressen. Von diesem Geräusch wurden zum „gedeckten Tisch" auch ungebetene Gäste, kleinere Fische, angelockt. Wahrscheinlich waren die Fische sehr erstaunt, als sie, dem lockenden Geräusch folgend, anstatt feiner Leckerbissen nur ein Netz entdeckten, dies aber auch zu spät.

Französische Forscher erzielten auf Grund der Analyse von Heuschreckenlauten recht gute Ergebnisse. Es bedurfte langwieriger Experimente, bis es sich herausstellte, daß die gefürchteten Schädlinge nicht auf allmählich anschwellende oder leiser werdende Töne, sondern auf jäh unterbrochene Laute ansprechen. Forschern wurde diese Eigenart dadurch bekannt, daß zufälligerweise ein Tonband riß und die Experimentierheuschrecken in besonders auffälliger Weise durch heftiges Zirpen darauf reagierten. Aus den Experimenten ging weiter hervor, daß „ekkige" Laute, die mit einer ruckartigen Schärfe beginnen oder auch unerwartet abbrechen, sich vorzüglich als Rufsignale eignen. Als im Rahmen des Experiments ein derartiges „Programm" im Freien ausgestrahlt wurde, versammelten sich die Heuschreckenweibchen in riesiger Anzahl um den Lautsprecher. Es ist nicht ausgeschlossen, daß es in absehbarer Zeit gelingen wird, durch Enträtselung der Heuschreckensprache ein wirksames Mittel zur Bekämpfung der Heuschreckenplage zur Verfügung zu haben.

Das entsetzliche Geschrei eines gefangenen Raben bedeutet für die anderen Raben eine schreckenerregende Gefahr. Französische Forscher nahmen

Umherfliegende wilde Tauben sind am wirksamsten durch Krähengekrächze zu vertreiben. Das japanische Stahlwerk in Kawasaki verschenkt an seine Kunden Schallplatten, auf denen Krähengeschrei zu hören ist. Mit dem Abspielen der Schallplatten und der Verstärkung durch Lautsprecher wurden angeblich einige hundert nistende Tauben aus dem Zentrallager des Stahlwerks vertrieben.

diesen Angstschrei auf Tonband auf und verbreiteten ihn durch einen Lautsprecherwagen in einem von Raben befallenen Eichenwald. Als die Nacht hereinbrach und sich die Vögel zur Ruhe niedergelassen hatten, erklangen über das Tonband die Angstschreie. Die Wirkung war ungeheuerlich! Tausende von Raben ergriffen mit zornigem Gekrächze die Flucht. Entsprechende Nachprüfungen ergaben, daß die Raben auf diese Stelle bis zum nächsten Winter nicht zurückgekehrt sind. Englische Forscher erprobten das gleiche mit dem Warnruf eines Stars. Die aufgeschreckten Vögel kehrten zunächst nach einem eintägigen Herumirren am nächsten Tag wieder zu ihrem nächtlichen Schlafplatz zurück. Doch als sie am folgenden Abend wieder durch Schreckrufe aufgestört wurden, zeigte es sich, daß sich der größte Teil der Vogelschar für einen anderen Schlafplatz entschied. Diese Experimente dienen auch der Verhütung von Flugzeugkatastrophen, die durch Vögel, die sich in der Nähe von Flugplätzen aufhalten, verursacht werden. Ähnliche Experimente wurden auch in Ungarn durchgeführt. Der Vogelstimmenforscher Peter Szöke und seine Mitarbeiter strahlten den „Todesangstschrei" der Eichelhäher mit Hilfe eines Tonbands aus. Die Eichelhäher ergriffen, als sie die Schreie hörten, in großer Eile die Flucht.

## Woher kommt der Schall?

In Deutschland und Frankreich wurden bereits während des ersten Weltkriegs geheime Experimente mit drehbaren Trichterhorchgeräten durchgeführt, um mit deren Hilfe die Richtung der anfliegenden Flugzeuge zu bestimmen. Kaum

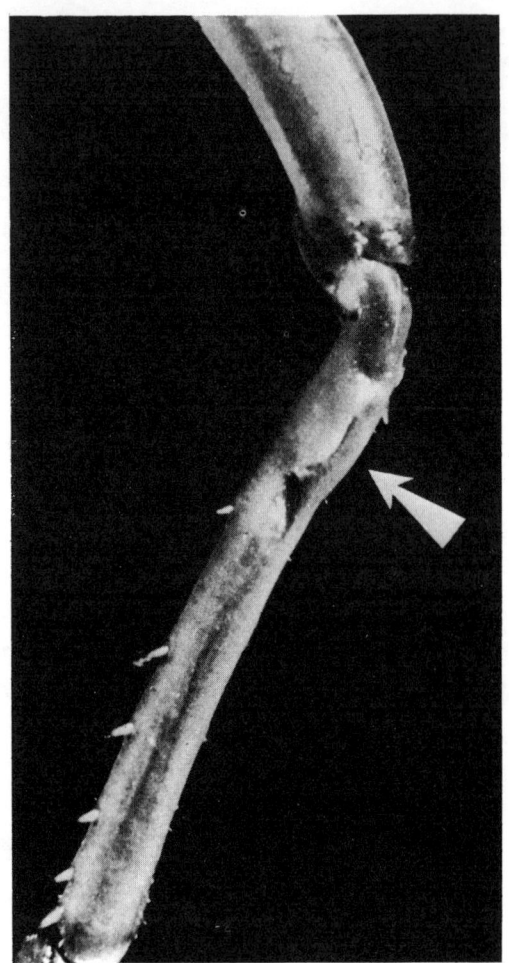

Der Grashüpfer kann selbst mit einem Bein die Richtung der Schallquelle bestimmen. Der Schall gelangt durch zwei parallel verlaufende Schlitze an der Vorderschiene (auf der Abbildung ist nur einer zu sehen) ins Gehörorgan. Je mehr das Bein von der Schallquelle abgewendet ist, um so leiser die Wahrnehmung. Damit kann sich der Grashüpfer ebenso orientieren wie der Mensch mit einem Ohr. Da ihm aber die Gehörorgane beider Vorderschienen zur Verfügung stehen, kann er sogar den räumlichen Standort der Klangquelle genau einschätzen.

hatte der Mensch die ersten Flugversuche überstanden, wurden die fliegenden Motormaschinen bereits zur furchtbaren Waffe: Die Kriegspiloten entluden ihre Bombenlast auf feindliche Stellungen und Städte. Damit begann auch die Konstruktion und der Bau von Abwehrgeräten. Der drehbare Abhörtrichter wurde nach dem Muster des Fledermausohres konstruiert. Die Achse des Trichters zeigt genau in die Richtung des Flugzeugs, wenn vom Gerät das stärkste Geräusch „registriert" wird, weil der Trichter dabei die verstreuten Geräusche des Flugzeugs konzentrisch zusammenfaßt.

Einige Insekten nutzen diese Erfindung seit Jahrmillionen mit gutem Erfolg. Ihr in Vertiefungen der Beine befindliches Tympanalorgan ist, wie Messungen ergeben haben, richtungsempfindsam: Es registriert den stärksten Schall, wenn die Beinachse gerade in

Richtung der Schallquelle zeigt. Die Insektenweibchen machen sich bereits aus einer Entfernung von 10 Metern begeistert in Richtung des zirpenden Männchens auf den Weg und eilen stets in gerader Richtung zum Stelldichein. H. Autrum setzte im Jahr 1955 eine Laubheuschrecke auf eine drehbare Scheibe und stellte mit Hilfe aus verschiedenen Winkeln ausgestrahlter Schallsignale die Richtungsempfindsamkeit des Gehörsinns der Heuschrecke fest. Ähnliche Experimente wurden auch von dem englischen Forscher Pumphrey durchgeführt, als er die gut einzugrenzende Empfindsamkeit des Hörtrichters des Grashüpfers ermittelte.

Die trichterförmige Ohrmuschel hö-

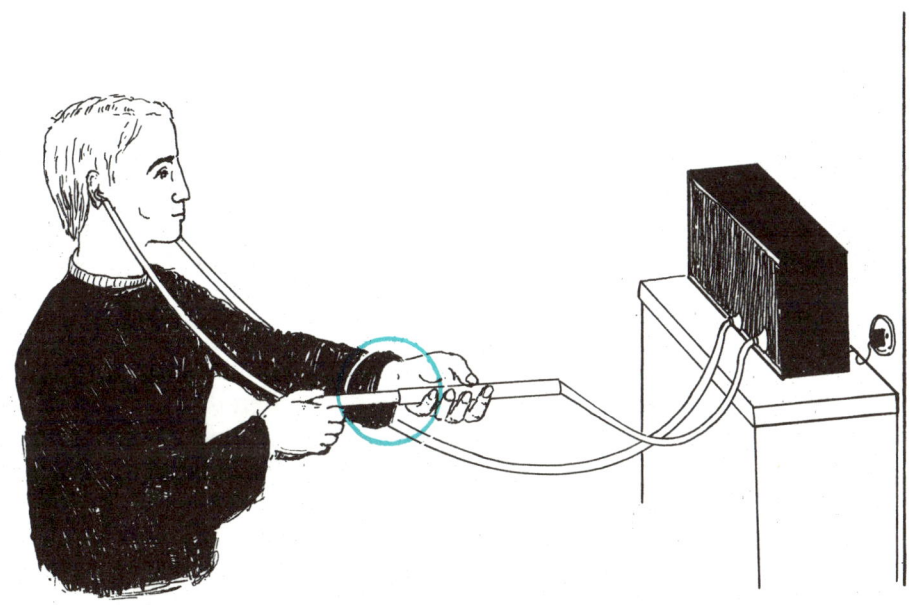

Wenn wir den Klang aus einem Lautsprecher durch zwei Gummischläuche eines Stethoskops in unsere Ohren weiterleiten, können wir den Ausgangspunkt der Klangquelle selbst bei geschlossenen Augen ziemlich genau bestimmen. Je mehr wir aber das rechte Rohr mittels eines aufgesetzten Ansatzstutzens auseinanderziehen, mit einer um so größeren Verzögerung erreicht der Klang unser rechtes Ohr. Wir empfinden es so, als wandere der Lautsprecher im Zimmer nach links.

herentwickelter Tiere dient gleichfalls dieser Richtungssensibilität. So kann zum Beispiel die Fledermaus ihr Ohr beinahe im Kreis drehen, und wenn ein Ohr der Hufeisennasen-Fledermaus zugestopft wird, findet sie sich trotzdem zurecht. Vögel haben keine Ohrmuscheln es würde sie beim Flug nur hindern. An den meisten Vogelohren befindet sich eine kleine Hautfalte, die, in Federn verhüllt, gleichfalls der Richtungsbestimmung dient. Doch dazu würde im Grunde genommen ein Ohr genügen. Es fragt sich deshalb, weshalb Tiere zwei Ohren haben?

Jeder kennt sicherlich jenen gegabelten Gummischlauch, den der Arzt zum Abhören der inneren Organe benutzt. Dieses Stethoskop eignet sich sehr gut zu einem verblüffenden Experiment. Wenn wir an beiden Enden des Gummischlauchs ein Rohrstück aufstecken und die „tastenden" Enden an einen Pappkarton klemmen, hinter dem sich ein Lautsprecher befindet, kann das Stethoskop eine besondere Illusion bei uns hervorrufen. Beginnt dabei der Lautsprecher in monotonem Ton zu summen, brauchen wir nur das Stethoskop an die Ohren zu setzen, unsere Augen zu schließen und auf den Klang des Lautsprechers zu achten. Beim Verlängern einer der beiden Seiten durch das Verschieben eines Rohrstücks beginnt der Ton aus dem Lautsprecher auf einmal zu „wandern". Wenn wir beispielsweise den Schlauch der linken Seite allmählich verlängern, scheint es so, als würde sich die Klangquelle nach rechts fortbewegen.

Wie ist dieses sonderbare Phänomen zu erklären? Da der Ton im linksseitigen Schlauch einen längeren Weg zurücklegt, erreicht er zu einem späteren Zeitpunkt unser linkes Ohr. Diese Verzögerung empfinden wir so, als befände sich die Klangquelle weiter rechts von uns. Dies ist übrigens auf unsere Erfahrungen zurückzuführen.

Wenn uns jemand von rechts etwas zuruft, erreicht der Klang unser linkes Ohr später als das rechte. Unser Gehirn differenziert hier auf Grund des Zeitunterschieds und bestimmt die Richtung der Klangquelle. Der kleinste Zeitunterschied, den wir noch wahrnehmen können, beträgt 0,0001 Sekunden. Außerdem erreicht der später eintreffende Ton in abgeschwächter Stärke unser Ohr, denn er muß ja unseren Kopf „umgehen". Diese schalldämpfende Erscheinung vermittelt unserem Gehirn ebenfalls nützliche Informationen. Nach neuesten Untersuchungen bestimmt unser Gehirn die Klangrichtung bei niedrigeren Frequenzen als 1400 Hertz auf der Grundlage des Zeitunterschieds, bei höher liegenden Frequenzen jedoch durch den Klangstärkeunterschied. Die Hörorgane niedrig entwickelter Tiere funktionieren im wesentlichen nach dem gleichen Prinzip. Die Laubheuschrecke zum Beispiel nimmt den Klang getrennt mit zwei paukenförmigen Organen wahr, worauf dann im Nervensystem aus beiden Signalen zusammen das Richtungsgefühl entsteht. Die Entfernung zwischen den Ohren der Insekten ist bei den einheimischen Arten kaum größer als 1 Zentimeter. Bei größeren Entfernungen steigt die Genauigkeit der Richtungsbestimmung. Lediglich Fische haben es in dieser Beziehung schwierig. Auf Grund ihrer Schwimmblase haben sie praktisch gesehen nur ein Ohr. Der Ansicht von Harris und van Bergerijk nach können sie sich dennoch orientieren. Ihre Seitenlinie nimmt nämlich den Druckunterschied des Wassers wahr, so daß sie im großen und ganzen die Richtung der Klangquelle bestimmen können.

Von den in der Nacht jagenden Tieren ist die Eule am meisten auf eine genaue Orientierung angewiesen, denn sie muß aus dem Geräusch der huschenden Maus feststellen, wo sich das Tierchen im Dunkeln auf den Boden duckt. Der Richtungs- und Entfernungssinn der Eule ist in der Tat vorzüglich: Aus einer Entfernung von 5 Metern verfehlt sie ihre Beute höchstens um 8,7 Zentimeter, wenn sie im Dunkeln auf sie hinabschießt. Einzelnen Forschern zufolge kann sie diese hohe Genauigkeit ihren asymmetrischen Ohren verdanken. Ihre beiden Ohren befinden sich nämlich nicht wie bei anderen Tieren in einer waagerechten Linie. Eins ihrer Ohren ist etwas höher gelegen. Der Mensch ist ziemlich ratlos, wenn der Ton genau vor seiner Nase, aus einer gleichen Entfernung von seinen beiden Ohren, ankommt. Es ist ihm in der senkrechten Ebene unmöglich, festzustellen, ob der Ton von oben oder unten herrührt. Beim Hochheben oder Herunterlassen des Lautsprechers in der gleichen Vertikale empfindet der Mensch keine Veränderung. Nicht so die Eule! Mit ihren beiden schräg angeordneten Ohren kann sie in allen Fällen einen Zeitunterschied wahrnehmen, was ihr auch ermöglicht, die genaue Richtung zu bestimmen.

## Erkundung des Raumes

Wenn Seepferdchen in ein neues Aquarium gesetzt werden, beginnen sie derart laute Töne hervorzubringen, daß es selbst in der entferntesten Ecke des Zimmers zu hören ist. Nach Ansicht von Forschern tasten sie dabei mit dem reflektierenden Klang ihrer Laute die Umgebung ab, und sie beruhigen sich erst, wenn sie das Ausmaß und die Oberflächenbeschaffenheit ihres neuen Zuhauses kennengelernt haben. Dabei handelt es sich ebenfalls um eine wichtige Erfindung der Natur, und zwar um die Echofernmessung, die von zahlreichen Arten der Tierwelt angewandt wird. Das Grundprinzip dieser Erfindung ist einfach: Je später die ausgesandten Laute zurückkehren, desto weiter liegt das im Weg befindliche Hindernis. Vermutlich dient das Getrommel und das Tremolieren mit der Schwimmblase der sich im Wasser des seichten Ufergeländes aufhaltenden Fische ähnlichen „Messungen".

Die an der Wasseroberfläche lebenden und auf ins Wasser gefallene Insekten jagenden Taumelkäfer wenden die einfachste Variante dieser Methode mit einer verblüffenden Raffinesse an. Sie orientieren sich einzig und allein auf Grund der auf dem Wasser zurückgeworfenen Wellen. Untersuchungen des Biologen Friedrich Egger ergaben, daß die am zweiten Glied ihres Fühlers vorhandenen feinen Haare die geringsten Veränderungen auf der Wasseroberfläche wahrnehmen. Entfernt man diese Haare, treibt der Taumelkäfer wie blind auf dem Wasser herum. Diese Haare sind derart sensibel, daß sie auf der Wasseroberfläche selbst eine Bewegung von 0,000000004 Zentimetern spüren. Selbst die zufällige Bewegung von Wassermolekülen ist größer! Der Käfer bemerkt jedoch die Nachwirkung dieser äußerst geringen Bewegung als Welle an der Wasseroberfläche. Da es sich bei den Fühlerhaaren um Doppelorgane handelt, nimmt der Taumelkäfer den Druckunterschied an beiden Seiten wahr, wobei er auf dieser Grund-

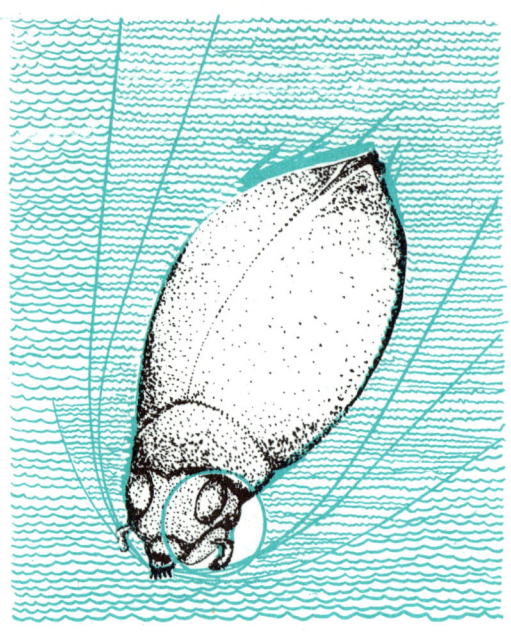

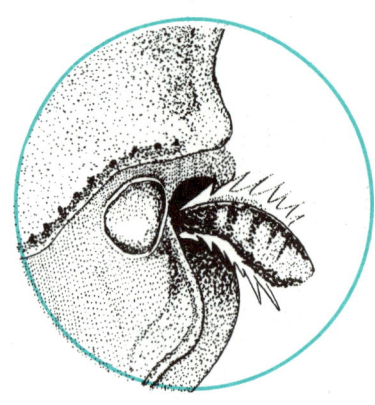

Am Fühler des Taumelkäfers befinden sich unwahrscheinlich sensible Tasthaare (siehe Detailzeichnung). Die Tasthaare nehmen auf der Wasseroberfläche selbst die geringsten Bewegungen wahr, so daß der Käfer die ins Wasser gefallenen Insekten leicht aufspüren kann.

lage den Standort seiner Beute oder ein aus dem Wasser ragendes Hindernis genau anpeilen kann.

Das Messen der Entfernung durch Widerhall ist auch den Vögeln bekannt. Die auf Ceylon lebenden Salanganen orientieren sich beim Fliegen in Richtung ihrer in dunklen Felsenhöhlen versteckten Nester mit Hilfe eines den höchsten Klaviertönen ähnelnden „Geräusches". Auf den Guacharo in Venezuela machte bereits vor mehr als eineinhalb Jahrhunderten Alexander von Humboldt, der berühmte Naturforscher, aufmerksam. Diese eigenartigen Fettschwalme leben in einer riesengroßen Höhle in der Nähe der Stadt Caripe. Alexander von Humboldt fiel auf, wie unheimlich ihre Schreie von den Wänden der dunklen Höhle widerhallten. Die Beschreibung Humboldts veranlaßte den amerikanischen Forscher Donald R. Griffin, der bereits seit längerer Zeit die Orientierungsmethoden von Fledermäusen untersuchte, sich näher mit diesem Problem zu befassen. Er organisierte im Jahr 1953 eine Expedition zu dieser Höhle und fand die Vögel noch an derselben Stelle wie seinerzeit Humboldt. Der Unterschied bestand lediglich darin, daß Griffin bereits mit Ultraschallmikrofonen und elektronischen Frequenzmeßgeräten ausgestattet war. Aus den Untersuchungen ging hervor, daß der Guacharo um eine Oktave höhere Töne als der höchste a-Ton des Klaviers, in einer Frequenzstärke von ungefähr 7000 Hertz, hervorbringt. In der Tiefe der Höhle herrscht eine derartige Dunkelheit, daß sich die Vögel in der Tat nur durch die widerhallenden Stimmen orientieren können. Als das Ohr eines eingefangenen Vogels zugestopft wurde, verlor das wieder freigelassene Tier sein Orientierungsvermögen. Der Flug wurde unsicher, wobei es ab und zu gegen die Felswand stieß. Wenn die Guacharos abends die Höhle verlassen, machen sie im Freien von ihren eigenartigen Orientierungsschreien keinen Gebrauch.

Im Reich der Lüfte und des Wassers

gibt es Tiere, welche die Entfernungs-ortungsmessung weiterentwickelt haben. Bei diesen Tieren handelt es sich aber um Säugetiere, obgleich Fledermäuse im Bereich der Vögel und Delphine unter den Fischen leben. Das ist vielleicht die Erklärung dafür, daß gerade diese Säugetiere derart hochempfindliche Sinnesorgane hervorbringen, die selbst bei Ingenieuren des 20. Jahrhunderts Erstaunen und Bewunderung hervorrufen.

Alle Tiere, die Laute von sich geben, sind auch in der Lage, sich auf Grund des Widerhalls zu orientieren. Die in dunklen Höhlen lebenden venezolanischen Fettschwalme oder Guacharos wenden diese Orientierungsform mit besonderem Erfolg an. Während des Fluges stoßen sie ein langgezogenes „Geknatter" aus, mit dessen Hilfe sie den Hindernissen im Dunkeln auf Grund ihres Widerhalls ausweichen.

Die geheimnisvollen Ritter der Dunkelheit, die vorbeihuschenden Fledermäuse, verfügen über ein phantastisches Patent. Mit ihrer Ultraschallortung orientieren sie sich nachts genausogut wie andere Tiere am Tag. Die Menschen glaubten lange, daß sie lautlos fliegen.

# Stumme Symphonie

Im großen Laboratorium herrschte völlige Stille und Dunkelheit, als wäre das Leben ausgestorben. Nur in der einen Ecke war ein hochempfindliches Ultraschallmikrofon sowie eine elektronische Verstärkeranlage eingeschaltet. In der Luft jedoch jagte eine freigelassene Fledermaus eifrig auf im Dunkeln herumschwirrende Mücken. Donald R. Griffin, der dieses ungewöhnliche Experiment durchführte, setzte den Kopfhörer auf. Er wollte seinen Ohren nicht trauen!

Zunächst glaubte er das langsame Puffen eines Bootsmotors zu hören, später wurden die Geräusche lauter, und er meinte, das Geräusch eines ratternden Motorrads zu vernehmen. Die Geräusche wurden immer lauter, es schien eine Tür knarrend ins Schloß zu fallen, schließlich trat wieder Stille ein.

Die Fledermaus hatte eine Mücke erhascht! Bei den Geräuschen handelte es sich zweifellos um Ultraschallsignale der Fledermaus, die nur durch die elektronische Verstärkeranlage wahrgenommen werden konnten. Die Fledermaus sandte anfangs Erkundungswellen aus, nach Entdeckung der Beute stieß sie die Ultraschallsignale in immer kürzeren Intervallen aus, schließlich erreichte sie blitzschnell die Mücke und verschlang sie.

Der amerikanische Forscher erhielt im Jahr 1938 mit diesem Experiment eine endgültige Antwort auf die Frage, wie Fledermäuse im Dunkeln sehen können. Die seit langem gehegte Vermutung wurde bestätigt. Sie orientieren sich nicht nach dem Licht, sondern nach den für das menschliche Ohr nicht wahrnehmbaren Tönen. Dieser Schall hat mehr als 20 000 Schwingungen in der Sekunde, wobei die Tiere aus der Reflektion der Ultraschallwellen feststellen, welchen Hindernissen sie während des Fluges ausweichen müssen, ja, sie spüren auf diese Weise sogar ihre tägliche Nahrung, die kleinen herumfliegenden Insekten, auf.

Fledermäuse nutzen ihre besonderen Ortungsorgane seit Jahrmillionen und dazu noch in zahlreichen Varianten, die den jeweiligen Lebensbedingungen der verschiedenen Arten im Kampf ums Dasein am vorteilhaftesten entsprechen. Der Mensch lernte dieses vollkommene Patent der Natur erst in diesem Jahrhundert kennen, nachdem Ultraschallmikrofone eingehendere Kenntnisse über das nächtliche Verhalten der Fledermäuse ermöglichten. Früher gehörten die unsichtbar dahinhuschenden „Vampire" in den Bereich der Hexen und in romantischen Romanen zu einem unentbehrlichen Attribut verfallener Schlösser.

Die Ordnung der Fledermäuse verdient jedoch schon in biologischer Hinsicht besondere Aufmerksamkeit. Es gibt nämlich unter ihnen solch kleine Exemplare, über die der Biologe Eisentraut erstaunt wie folgt berichtet: „In Kamerun habe ich mehrere Exemplare der Art Eptesicus tenuipinnis gefangen, nachdem sie in mein hell erleuchtetes Zimmer geflogen waren. Als sie den Lampenschirm umkreisten, hielt ich sie im ersten Augenblick für Insekten, so klein waren sie ... Diese Art ist so klein, daß sie sich selbst in einem Fingerhut niederlassen könnte." Es gibt aber auch Fledermausarten, deren ausgebreitete Flügel eine Spannweite von 50 Zentimetern erreichen. Und das merkwürdigste dabei ist: Sie gehören zur höchst entwickelten Gruppe der Tierwelt, zu den Säugetieren. Sie gebären demnach ihre Nachkommen genauso lebend wie die übrigen Säugetiere.

Interessant ist in diesem Zusammenhang, daß das geheimnisvolle Fliegen der Fledermäuse bereits vor fast zwei Jahrhunderten die Aufmerksamkeit eines italienischen Naturwissenschaftlers auf sich zog. Lazzaro Spallanzani beschäftigte sich bereits damals mit der Frage, wie sich Fledermäuse in der Dunkelheit orientieren. Er spannte in einem Zimmer, das er später verdunkelte, Schnüre, an die er Schellen befestigte. Er ging, wie anzunehmen war, davon aus, daß sich die Fledermäuse genauso verfliegen würden, wie sich auch der Mensch im Dunkeln an den Schellenschnüren verfangen würde, weil sie in Ermangelung des Lichts ihre Augen nicht gebrauchen können. Doch das erwartete Klingeln der Glöckchen blieb aus. Die schnell umherflatternden Fledermäuse wichen den Schnüren mit Leichtigkeit aus. Waren sie etwa imstande, im Dunkeln zu sehen? Er stach den Versuchstieren die Augen aus, doch sie wichen nach wie vor sicher und gewandt den Schnüren aus. Neugierig, wie Forscher nun einmal sind, verstopfte er darauf die Ohren der Tiere mit Wachs und wartete, was sie jetzt tun

würden. Das Fliegen der Fledermäuse wurde unsicher, und sie stießen an die Schnüre und an die Glöckchen. Spallanzani konnte also feststellen, daß Fledermäuse mit ihren Ohren „sehen", genauer gesagt, ihre Umgebung mit den Ohren wahrnehmen. Da es jedoch nie gelang, für diese merkwürdige Hypothese eine plausible Erklärung zu finden, wurde die Möglichkeit einer auf das Gehör beruhenden Orientierung von den Naturwissenschaftlern wieder verworfen, und selbst Cuvier, ein prominenter Wissenschaftler des 19. Jahrhunderts, nahm noch an, daß Fledermäuse über einen besonders entwickelten Tastsinn verfügen und das Geheimnis ihres sicheren Fliegens darin zu suchen ist.

Doch das Geheimnis blieb nur so lange ein Geheimnis, bis der amerikanische Forscher D. R. Griffin zusammen mit dem gebürtigen Ungarn Robert Galambos nachwies, daß Fledermäuse für das menschliche Ohr nicht wahrnehmbare Töne ausstoßen. Von hier ab wurde das Geheimnis um die Fledermäuse von den Forschern immer mehr gelüftet, und die Ergebnisse des Experiments setzten selbst Experten im Bereich der Ultraschallortung in Erstaunen.

## Erstarrte Schnelläufer

Alvin Novick, ein unermüdlicher Forscher der Fledermausortung, berichtet über einen Mitarbeiter, der in Indien geboren wurde und als Kind oft nicht einschlafen konnte, weil vor dem geöffneten Fenster des Schlafzimmers Fledermäuse mit lautem Geschrei auf Insekten jagten. Seine Amme wollte es einfach nicht glauben, daß er Schreie höre und

Fledermäuse stellen sich vor. Forscher haben auf Grund der unterschiedlichen Ultraschallortung zwei große Familien eingehend untersucht. Vertreter der Hufeisennasen verbreiten Töne in permanenten Frequenzen (CF-Fledermäuse). Sie verbreiten die Töne durch die Nase, wobei ihre Hufeisennase in der Art eines Parabolreflektors funktioniert. Vertreter der Glattnasen strahlen Rufe in variablen Frequenzen aus (FM-Fledermäuse). Sie geben die Rufe aus der Kehle von sich. CF-Fledermaus: 1 – Hufeisennase; FM-Fledermäuse: 2 – Mausohrfledermaus; 3 – Ohrenfledermaus; 4 – Abendsegler.

deswegen nicht einschlafen könne. Dies ist verständlich, denn mit zunehmendem Alter verschlechtert sich das Gehör des Menschen, und er nimmt hohe Töne nicht mehr wahr. Ein Kind hingegen hört noch mit Leichtigkeit Töne im oberen Grenzbereich des menschlichen Hörvermögens in einer Frequenz von 20 000 Hertz. Experimente haben gezeigt, daß auch Erwachsene in einem gutisolierten Zimmer das charakteristische leise „Ticken" wahrnehmen, das Fledermäuse in Form von Ultraschallwellen in einer ununterbrochenen Reihe aussenden.

Einige Fledermausarten strahlen in der Sekunde Töne mit ungefähr 12 000 Schwingungen aus, die auch vom menschlichen Ohr gut zu hören sind,

doch die meisten Fledermäuse erzeugen Jagd- und Orientierungsrufe, die eine Frequenz von über 20 000 Hertz haben. Die Familie der Hufeisennasen benutzt bestimmte Frequenzen, die im Ultraschallbereich zwischen 60 000 und 120 000 Schwingungen je Sekunde liegen. Wenn die Fledermaus einen derartigen Impuls (einen für kurze Zeit anhaltenden Ton) ausstrahlt, empfindet sie es ungefähr so, wie wenn jemand lang anhaltend pfeifen würde. Die Kürze der Impulse ist erstaunlich. Sie halten im allgemeinen 0,05 bis 0,1 Sekunden an, je nachdem wie es für ihre Ortungsorientierung notwendig ist. In der Welt der Fledermäuse zählen diese Schreie zu den langen Impulsen. (Demgegenüber beträgt die Impulsdauer der

Macbeth, eine kleine braune Fledermaus, ist die Hauptfigur von Ultraschalluntersuchungen, die von amerikanischen Forschern am Institut für Technik in Massachusetts durchgeführt wurden. Das Trinkwasser wird der Fledermaus mit einer Augenpipette verabreicht. Ihr Körpergewicht wurde täglich kontrolliert.

Klaffmäuler-Fledermäuse 0,00054 bis 0,00072 Sekunden.) Mit menschlichen Maßen verglichen, sind bereits 0,05 Sekunden eine kurze Zeit! In dieser Zeit „rühren" sich Hundertmeterläufer kaum von der Stelle; sie bewegen sich nur um 50 Zentimeter weiter.

Den Forschern zufolge kommt den Hufeisennasen eine weitere Bedeutung zu. Bei dieser Fledermausart ist nicht nur der ständige Frequenzton schwächer, sondern ihre parallel verlaufenden, um eine Oktave höheren Töne erklingen gleichfalls etwas leiser, ähnlich wie beim Klang der schwingenden Geigensaite ebenfalls ein um eine Oktave höherer Doppelschwington, ein sogenannter Oberton, herauszuhören ist. Ob die Hufeisennasen diesen sonderbaren Oberton für irgendwelche Zwecke nutzen, ist bis heute noch nicht bekannt.

Glattnasen, Ohrenfledermäuse und Bulldoggfledermäuse verwenden noch eigenartigere Signale. Sie lassen ihre lautlosen Rufe in viel kürzerer Zeit ertönen als die vorher erwähnten Arten. Ihre Ultraschallimpulse sind gewöhnlich nur 1 Tausendstelsekunde lang. Würden wir sie hören, wäre es eine außergewöhnlich schnelle Knallfolge. Interessant dabei ist, daß sie keine ständige Schwingungszahl einhalten, sondern die Frequenz ihrer Stimme während eines Rufes auf die Hälfte reduzieren. Die Glattnasen beginnen im allgemeinen ihre Signale mit Schwingungen von 120 000 Hertz, am Schluß betragen die Schwingungen jedoch nur noch 60 000 Hertz. Das würde für uns so klingen, als würde jemand mit dem Normal-a-Ton zu pfeifen beginnen und das Pfeifen mit außerordentlicher Geschwindigkeit auf der Tonleiter plötzlich um eine Oktave tiefer beenden. Der Technik ist diese tonbildende Methode

gut bekannt, und da sie auf der Veränderung der Schwingungszahl beruht, werden diese Töne als frequenzmodulierte (FM) Töne bezeichnet, zum Unterschied von CF-Tönen, die – wie die Signale der Hufeisennasen – unveränderlich (konstant) schwingen. (CF = konstante – beständige – Frequenz.)

Die Ortung der FM-Fledermäuse ist im allgemeinen nicht auf Töne in einer Frequenz von 120 000 Hertz ausgerichtet, sondern auf eine niedrigere Schwingungszahl. Die Stimme der amerikanischen kleinen braunen Fledermäuse (Myotis lucifugus) beginnt beispielsweise bei 90 000 Hertz und endet bei 45 000, also um eine Oktave tiefer. Der am meisten genutzte Bereich hingegen liegt bei 60 000 bis 80 000 Hertz, der sich jedoch bei Beendigung des knallenden Signals auf eine Schwingungszahl von 30 000 bis 40 000 Schwingungen in der Sekunde reduziert.

## Der Schrei kehrt zurück

Im Vergleich dazu, daß sich der Schall in einer mit einem Hammer angeschlagenen Eisenbahnschiene 5000 Meter in der Sekunde ausbreitet, im Wasser immerhin noch eine Geschwindigkeit von 1500 Metern in der Sekunde erreicht, „schleicht" er in der Luft gerade nur noch so dahin: Er legt in der Sekunde lediglich 332 Meter zurück. Wem dies von der Schallgeschwindigkeit in der Luft bekannt ist, kann auf Grund des Donners, der dem Blitzschlag folgt, leicht ermitteln, wie weit das nahende Gewitter entfernt ist. Wenn wir nach dem Blitzschlag langsam zu zählen beginnen (ungefähr in Abständen von 1 Sekunde), kann durch die Zeitspanne bis zur Wahrnehmung des Donnerschlags auf die Entfernung des Gewitters geschlossen werden: Wenn wir zum Beispiel bis 6 gezählt haben, ist der Blitz in der Entfernung von ungefähr 2 Kilometern niedergegangen.

Mit einem Ortungsgerät kann eine ähnliche Entfernungseinschätzung vorgenommen werden, allerdings mit der Ausnahme, daß es eigene Töne aussendet und auf Grund der vergangenen Zeit bis zur Rückkehr des Signals der zurückgelegte Weg der Töne ermittelt wird. Daraus ergibt sich dann die zwischen dem Ortungsgerät und dem georteten Objekt liegende Entfernung. Das Signal kann eine elektromagnetische Welle sein — damit werden Radareinrichtungen betrieben —; es können Ultraschallwellen sein — diese werden zur Ortung von Objekten und Hindernissen unter Wasser eingesetzt. Es können aber auch vom menschlichen Ohr wahrnehmbare Wellen sein. Bei schlechten Sichtverhältnissen werden von Schiffern gewöhnlich die tieftonigen Nebelhörner betrieben, wodurch die in der Nähe befindlichen Wasserfahrzeuge auf das nahende Schiff aufmerksam gemacht werden. Erfahrene Matrosen können auf Grund des reflektierenden Schalls des Nebelhorns — lediglich mit dem Ohr — die Entfernung einer Steilküste einschätzen.

Hieraus läßt sich leicht erkennen, wie Fledermäuse ihre lebendigen Ortungsgeräte für die Einschätzung von Entfernungen verwenden. Die Frage ist nur, warum gerade mit für uns nicht hörbaren Ultraschallwellen. Forscher führen dafür verschiedene Ursachen an. Zunächst muß man davon ausgehen, daß derartige Töne in der Natur äußerst selten vorkommen. Würden Fledermäuse ihre Signale in für uns wahrnehmbaren Orientierungsrufen

Die Radareinrichtungen auf Flugplätzen funktionieren nach dem gleichen Prinzip wie die Ortungsorgane der Fledermäuse. Die Rotationsantenne strahlt elektromagnetische Wellen aus. Wenn diese Signale auf ein nahendes Flugzeug treffen, machen sie blitzschnell eine „Kehrtwendung" und kehren zur Antenne zurück. Auf Grund der vergangenen Zeit zwischen Ausstrahlung und Reflektierung kann die Entfernung des Flugzeugs errechnet werden. Moderne Ortungsgeräte sind mit einem Rundbildschirm ausgestattet, auf dem mit Hilfe von Lichtsignalen die Luftraumdaten des Flugzeugs abzulesen sind.

aussenden, entstünde nicht nur ein buntes Stimmengewirr von Tönen, sondern mit den reflektierenden Signalen würden sich auch viele Laute anderer Tiere vereinen, und für die Fledermäuse wäre es schwierig, ihre eigenen Töne zu erkennen. Doch der Ultraschall bietet auch vom physikalischen Standpunkt aus zahlreiche Vorteile.

In dieser Beziehung scheint es zweckmäßig, sich mit einigen Eigenschaften des Schalls ein wenig näher bekannt zu machen. Wenn wir zum Beispiel eine Konservendose eindrücken, erklingt unversehens ein knackender Ton. Für

den menschlichen Hörbereich klingt
dieser kurze Ton genauso wie für Fledermäuse die Ultraschallsignale. Der
Schall des knackenden Blechstücks breitet sich aber in sämtliche Richtungen
aus. Wenn wir jedoch das Blechstück in
den Fokuspunkt eines parabolförmigen
Lampenschirms halten, werden wir erstaunt feststellen, daß der aus dem
Schirm klingende Schall viel lauter ist.

0,001 s

300 km

Das Prinzip eines jeden Ortungsgerätes beruht darauf, daß aus der Zeit zwischen Ausstrahlung und Rückkehr des Suchstrahls die Entfernung des angepeilten Objekts errechnet wird.
Die elektromagnetischen Strahlen legen in der Sekunde 300 000 Kilometer zurück. Wenn zwischen der Ausstrahlung und der Rückkehr des Ortungsstrahls der Zeitunterschied 0,001 Sekunden beträgt, haben die Strahlen einen Weg von 300 Kilometern zurückgelegt. Das Flugzeug befindet sich demnach 150 Kilometer entfernt.

Der Lampenschirm bündelt offensichtlich den Ton und sendet ihn in einer Richtung nach vorn. Den auf Erkundung ausfliegenden Fledermäusen kommt dieser Umstand zugute. Sie können aber keinen riesengroßen Reflektor ständig mit sich herumtragen, denn die meisten Fledermäuse sind kaum handgroß. Sie benutzen deshalb einen kleinen Parabolschirm, mit dem sie nur Signale in kürzeren Wellenlängen, dafür aber in höheren Frequenzen ausstrahlen. Darin besteht also eine der Ursachen der Nutzung von Ultraschallwellen.

Der Zusammenhang zwischen Wellenlänge und Schwingungszahl ist außerordentlich einfach. Je höher die Frequenz des Tones, in um so kleineren Wellenlängen breitet er sich aus. Wenn unserem Beispiel entsprechend das eingebeulte Blechstückchen die Luft zehntausendmal in der Sekunde in Schwingungen versetzt, setzt sich in der Luft ein aus 10 000 Wellen bestehender „Wellenzug" in Bewegung, dessen Anfang sich innerhalb 1 Sekunde rund 332 Meter vom Blechstück entfernt. Da der Wellenzug aus 10 000 Wellen besteht, beträgt die Länge einer einzigen Welle den zehntausendstel Teil, also 34 Millimeter. Daraus ergibt sich nun fast von allein, daß sich bei einem 20 000fachen Erschwingen der Luft in der Sekunde durch die Schallquelle der Wellenzug nur aus 17 Millimeter langen Wellenstücken zusammensetzt. Die Fledermäuse bedienen sich letzten Endes auch deswegen der Ultraschallwellen, damit sich mit ihren Rufen möglichst kleine „Stückchen" ihrer Wellenlängen ausbreiten können.

Weshalb sind Fledermäuse auf kurze Wellenlängen angewiesen? Eine entsprechende Antwort können wir aus der Reaktion des knackenden Blechstücks ableiten. Nähern wir uns mit dem Blechstück einem Baumstamm, ist der Widerhall des Knackens noch klar wahrnehmbar. Halten wir jedoch das Blechstückchen in Richtung eines in den Boden gesteckten Spazierstocks, ist kein Widerhall mehr zu hören. Physiker weisen in diesem Zusammenhang darauf hin, daß Objekte um so stärker den Schall reflektieren, je mehr sie die Länge der Schallwellen übertreffen. Die 3,4 Zentimeter langen Wellen des Blechstücks prallen vom breiten Baumstamm leicht zurück, doch der 2 Zentimeter breite Spazierstock bietet ihnen kaum einen Widerstand. Es ist deshalb nicht verwunderlich, daß Fledermäuse mit ihren Rufsignalen von 120 000 Schwingungen in der Sekunde selbst Gebilde im Dunkeln ausmachen können, die kaum einige Milimeter stark sind. Dadurch fallen den mit lebenden „Ortungsgeräten" ausgestatteten Jägern selbst die blitzschnellen Mücken zum Opfer.

Auf Grund der bisherigen Darstellungen könnte man annehmen, daß kleine Fledermäuse, die auf kleine Beutetiere jagen, Schallsignale in höheren Frequenzen und größere Fledermäuse hingegen in tieferen Frequenzen ausstrahlen. Doch in der Natur kann man keineswegs alles über einen Leisten schlagen. So gibt es für die Entwicklung der lebenden „Ortungsgeräte" auch zahlreiche entgegengesetzte Beispiele. Vorerst müssen wir aber die Frage klären, weshalb die Signalrufe der Fledermäuse so kurz sind. Dafür gibt es gleichfalls eine physikalische Begründung, die eng mit der Entfernungsbestimmung zusammenhängt.

Wenn wir, in einem geschlossenen Hof stehend, gegen eine glatte Wand ein langes Wort ausrufen, hallt der Ton

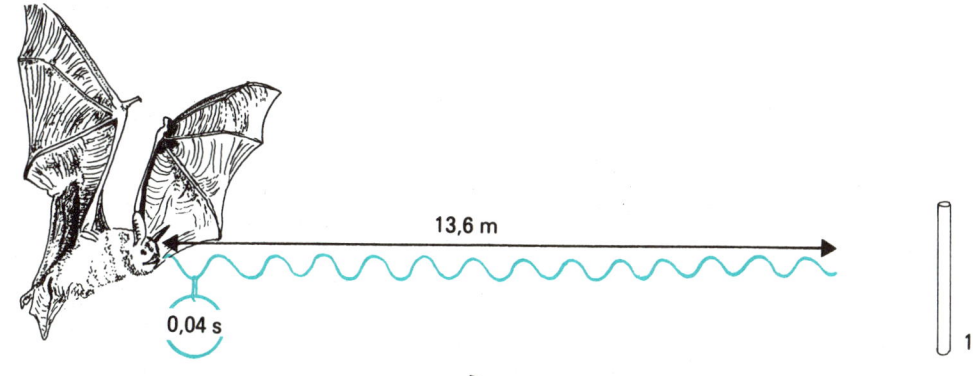

13,6 m

0,04 s

1

bereits zurück, bevor wir das Wort zu Ende gesprochen haben. Rufen wir ein kürzeres Wort, kehrt der Schall nach dem Eintreten einer kurzen Pause zurück. Auf diese Weise können wir uns so lange der Wand nähern, bis das ausgerufene Wort nicht mehr so schnell zurückschallt, daß der „Anfang" das „Ende" des Rufes erreicht.

Etwas Ähnliches ist bei den Fledermäusen festzustellen. Hier wird allerdings das Wort durch den Ultraschallruf ersetzt. Wenn beispielsweise eine Fledermaus einen 0,04 Sekunden anhaltenden Ton ausstrahlt, nimmt sie den rückkehrenden Widerhall bei einer kürzeren Entfernung als 6,8 Meter zugleich mit dem ausgerufenen Signal

6,8 m

0,04 s

2

1,36 m

0,04 s

3

Die Fledermaus muß die Dauer ihrer Rufsignale der Entfernung anpassen. Wenn sie einen 0,04 Sekunden langen Impuls ausstrahlt, bildet der Impuls einen 13,6 Meter langen „Strahlenzug" in der Luft (1). Hat sich die Fledermaus dem Objekt auf 6,8 Meter genähert, nimmt sie bei der Beendigung ihres Rufes bereits den rückkehrenden Widerhall wahr (2). Sie wechselt jetzt deshalb auf kürzere Impulse über (3), die bis zu einer Entfernung von 68 Zentimetern wirksam sind (4).

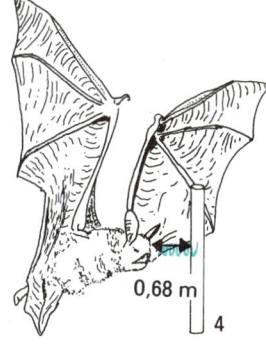

0,68 m

4

wahr. Dadurch hört sie im Grunde genommen nur einen Ton! Beträgt die Dauer des Tones hingegen nur ein Zehntel dieser Zeit, also nur 0,004 Sekunden, kann sich die Fledermaus noch näher am Objekt befinden, der Widerhall wird den Ursprungston dennoch nicht „überlappen". Die Entfernungsgrenze hat sich jetzt auf ein Zehntel reduziert. Bei einem Hindernis in einer Entfernung von 0,68 Metern verhält es sich genauso wie im früheren Fall: Die Fledermaus nimmt zugleich den ausgesandten und den widerhallenden Ton wahr. Da jedoch Fledermäuse nicht nur Hindernissen ausweichen, sondern auch jagen, sind sie darauf angewiesen, die Verfolgung ihrer fliehenden Opfer im Dunkeln mit ihrer Ultraschallortung aus einer kürzeren Entfernung aufzunehmen.

## Summende Fledermäuse

Zur Orientierung benutzt die Fledermaus erstaunlich sensible Organe. D. R. Griffin konnte in seinem 10 Meter mal 3 Meter großen Laboratorium feststellen, welch dichtem Drahtgeflecht Fledermäuse beim Fliegen im Dunkeln auszuweichen imstande sind. Er spannte in mehreren Abständen von der hinteren Wand des Raumes in einer Tiefe von 45 Zentimetern Drähte, die voneinander nur 30 Zentimeter entfernt waren, so daß Breitflügelfledermäuse (Eptesicus) mit ausgebreiteten Flügeln gerade noch durchhuschen konnten. Die Experimente haben gezeigt, daß 0,12 Millimeter dünne Drähte von den Fledermäusen noch gut erkannt werden. Sie fanden sich selbst bei 0,08 Millimeter dünnen Drähten noch gut zurecht und stießen erst an das Geflecht, als noch dünnere Drähte gespannt wurden.

Dies läßt erkennen, daß die Ortung der Fledermäuse auf alle Fälle viel sensibler ist, als man lediglich auf Grund der Wellenlänge der ausgestrahlten Ultraschallsignale annehmen könnte. Es stimmt zwar, daß die Länge der Drähte einiges dazu beiträgt; denn die einzelnen dünnen Drähte reflektieren genausoviel Schallenergie wie ein dicker, aber kurzer Stahlstab. Selbstverständlich trägt auch das äußerst sensible Ohr der Fledermäuse wesentlich zur Zusammenfassung der reflektierten schwachen Signale bei. Die kürzesten Schallwellenlängen der braunen Fledermäuse (Myotis lucifugus) sind zum Beispiel ungefähr 2 Millimeter lang, doch sie nehmen selbst einen 0,2 Millimeter dünnen Spanndraht wahr. Ihre Ortung versagt erst bei einem 0,1 Millimeter starken Drahtfaden.

Die von der Wand des Raumes reflektierten Signale störten in beachtlichem Maße die von den gespannten Drähten zurückkehrenden Ortungssignale, die Fledermäuse konnten sich aber trotzdem ausreichend orientieren. Die Forscher versuchten außerdem, den Flug der Fledermäuse durch einen starken Ultraschallstrahler zu stören. Die Fledermäuse konnten sich jedoch auf Grund ihres sensiblen Gehörsinns nach wie vor mit Hilfe des Widerhalls ihrer ausgestrahlten Signale zurechtfinden. Selbst als ihr eigener Widerhall nur in einer 2000fachen Minderung zurückkehrte, orientierten sie sich noch sehr gut. Beim exakten Ausweichen der Hindernisse erreichten die Tiere bei den Laboratoriumsversuchen eine Geschwindigkeit von rund 4 Metern in der Sekunde. Folglich mußten sie sich außerordentlich schnell über die im Raum be-

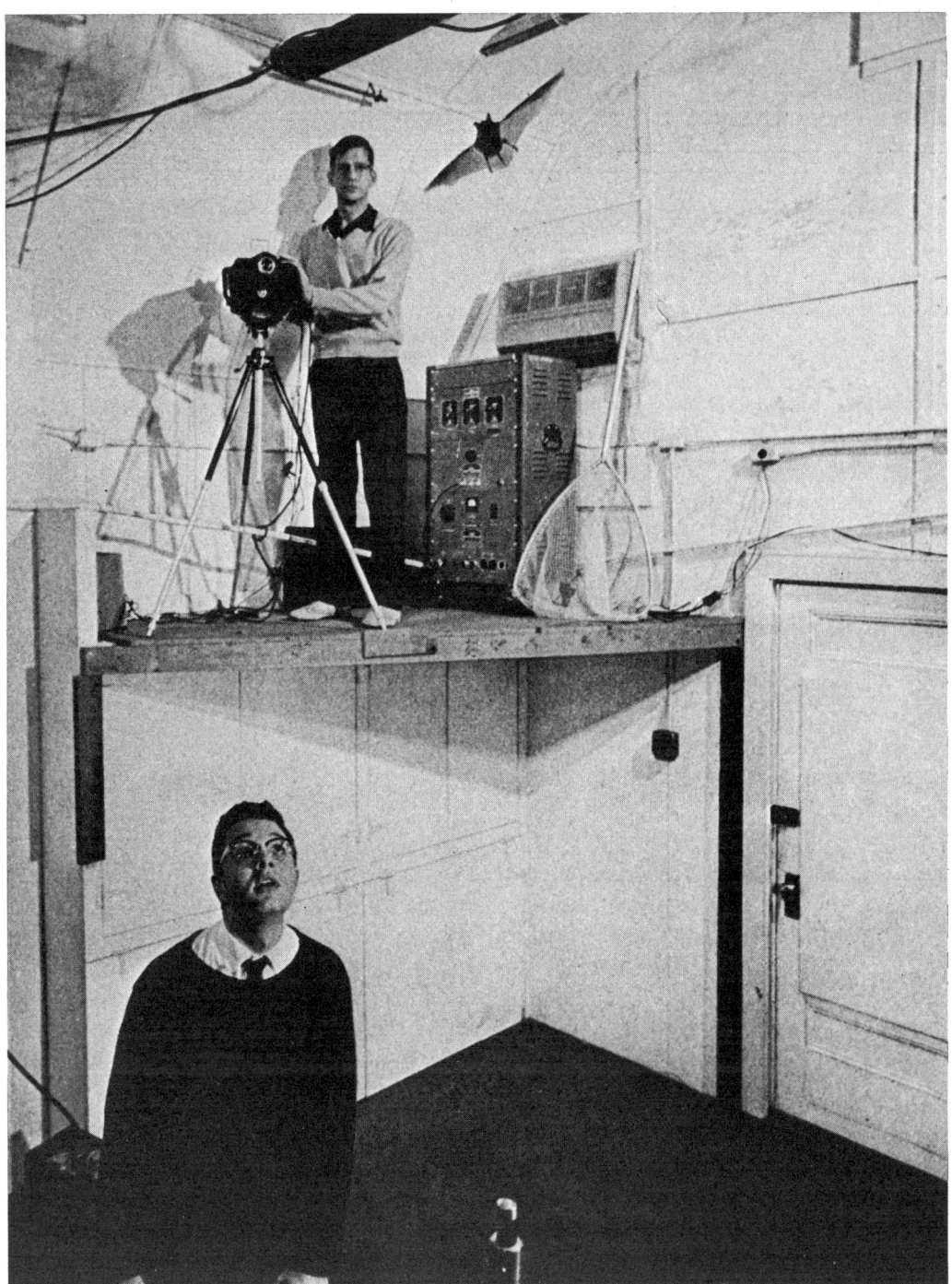

Für Laboratoriumsversuche sind ein hochleistungsfähiger Fotoapparat und eine Aufnahmeeinrichtung für Ultraschall die wichtigsten Geräte. Selbstverständlich auch eine Fledermaus! Zeitweise muß sie mit dem im Hintergrund zu sehenden Schmetterlingsnetz heruntergenommen werden, wenn sie sich an irgendeinem Wandvorsprung festgeklammert hat.

findlichen Hindernisse Kenntnis verschaffen, um mit entsprechenden Flügelbewegungen nicht auf die Hindernisse zu stoßen.

Zieht man Vergleiche zwischen den von Menschen geschaffenen Geräten und den natürlichen „Ortungsgeräten" dieser Flugkünstler, brauchen sich Fledermäuse nicht zu schämen. Da Fledermäuse entsprechend den Ermittlungen der Paläozoologie vor ungefähr 70 Millionen Jahren auf der Welt erschienen sind, hatten sie für die Vervollkommnung ihrer Orientierungsorgane wahrhaftig genügend Zeit. Vergleichen wir eine 120 Gramm schwere Fledermaus mit einer 90 Kilogramm schweren Radareinrichtung, die elektronische Wellen ausstrahlt, und einem 450 Kilogramm schweren Ultraschallempfänger. Mit dem Radargerät kann ein Objekt von 3 Meter Durchmesser aus einer Entfernung von 80 Kilometern geortet werden, Ultraschallempfänger nehmen Objekte von 5 Meter Durchmesser in einer Entfernung von 2,5 Kilometern wahr, die Fledermaus hingegen ortet aus 2 Metern Entfernung ein Hindernis in einer Größe von 0,1 Millimetern. Der Energieverbrauch für die ausgestrahlten und empfangenen Signale beträgt bei der Fledermaus lediglich 0,0001 Watt, der der Radareinrichtung 10 000 Watt und der des Ultraschallempfängers 600 Watt. Bei der Gegenüberstellung dieser Angaben erweist es sich, daß der Wirkungsgrad der Fledermausortung billionenfach besser ist als der der älteren Typen der Funkortungsgeräte und daß er sogar noch hundertfach die Leistung der modernsten Radargeräte unserer Tage übertrifft. Es ist deshalb nicht zufällig, daß Biophysiker eingehend dieses besondere Patent der Natur studieren. Eine genauere Kenntnis dieser Erscheinung könnte zweifellos außerordentlich nützlich für die weitere Entwicklung von Schallmeßgeräten sein. Es eröffnet die Möglichkeit für technische Lösungen, die sich in der Natur bereits seit Jahrmillionen bewährt haben und sich somit wahrscheinlich auch in der Technik mit Erfolg anwenden lassen.

Fledermäuse lösen ihre Ultraschalltöne in ziemlich primitiver Weise aus. Ihnen ist die Wirkungsweise des piezoelektrischen Kristalls nicht bekannt, der — wenn Wechselstrom durch ihn geleitet wird — im Rhythmus der Spannungsschwankungen zu vibrieren beginnt, wobei durch das Mitschwingen der ihn umgebenden Luft oder des Wassers Ultraschall erzeugt wird. Fledermäuse bedienen sich nur der aus ihrer Lunge herausströmenden Luft. Ihre Kehle gleicht einer gewöhnlichen Pfeife, lediglich mit dem Unterschied, daß sie bei wahrnehmbaren Tönen mit höheren Frequenzen die durchströmende Luft in Schwingung bringt. In der gleichen Weise funktioniert die Galtonpfeife. Auf den ersten Blick scheint sie sich von einer gewöhnlichen Pfeife nicht zu unterscheiden, doch ihre Besonderheit besteht darin, daß die Länge ihrer Luftsäule veränderbar ist. Wenn beim Hineinblasen in die Pfeife das Ende langsam nach innen gedrückt wird, kann ein ansteigender Ton erzeugt werden. Beim weiteren Nachinnendrücken wird der Ton so hoch, daß er nur noch von besonders empfindsamen Ohren zu hören ist. Wird noch weitergedrückt, bläst man schließlich vergeblich in die Pfeife: Es entstehen Ultraschalltöne, die nur sensible Tierohren wahrnehmen.

Während des Erkundungsflugs halten die Fledermäuse die durch ihre Kehle strömenden Luftwellen in Inter-

Die des Nachts jagenden Glattnasen fliegen nicht deswegen mit offenem Maul, weil sie in der Luft fliegende Insekten fangen wollen. Das aufgesperrte Maul ist ein sicheres Zeichen dafür, daß sie die in der Kehle entstehenden Ultraschalltöne ausstrahlen. Die Blitzlichtaufnahme erfolgte während des Ausstoßens der Rufsignale im Verlauf des Fluges einer Fledermaus.

vallen an und lassen sie durch die Lokkerung eines Schließmuskels wieder frei. Dadurch wird der Ton explosionsartig herausbefördert, wodurch ein Ultraschallimpuls entsteht. Beim ruhigen Flug bringt das Tier in der Sekunde 5 bis 10 Erkundungsrufe zustande, doch wenn es in die Nähe der Beute gelangt, vermehren sich die Signalrufe. Wenn die Fledermaus das fliegende Opfer greift, kann in diesem Augenblick die Häufigkeit der Ortungssignale sogar auf 200 in der Sekunde ansteigen.

FM-Fledermäuse, also Glattnasen und verwandte Arten, geben „nach unten verlaufende" Rufsignale von sich, die durch besonders kurze, einige Tausendstelsekunden lange Impulse miteinander verbunden sind. CF-Fledermäuse hingegen, also Hufeisennasen, „singen" nur in einem Ton und geben länger anhaltende Impulse ab, wobei sie die Luft nicht durch das Maul, sondern durch die Nase ausströmen lassen. Diese Fledermäuse „summen" sozusagen nur, denn sie sind selbst bei geschlossenem Maul imstande, ihre Erkundungssignale auszusenden, ja, sie strahlen diese Signale selbst während der Nahrungsaufnahme aus.

Man sollte aber nicht annehmen, daß es sich dabei um leise Töne handelt! Wäre unser Ohr für die Schwingungszahlen des Ultraschalls empfindlich,

227

würden wir sehr betroffen sein. Der schwächste Fledermausruf ist fünftausendmal stärker als der leiseste Laut, den wir noch wahrzunehmen imstande sind. Dies zeigten Experimente, in deren Verlauf das Ultraschallmikrofon 5 Zentimeter weit vor dem Maul einer Fledermaus gehalten und dabei der Ton auf einem Tonband aufgenommen wurde. Man entdeckte auch lebende „Ortungsgeräte", deren Signale im vernehmbaren Bereich der Schwingungen mit dem Gedröhn eines Strahltriebflugzeugs konkurrieren könnten. Mit diesem „Krach" können nur die auf großen Schiffen montierten Ultraschallortungsgeräte wetteifern: Ihr Schall bricht unter Wasser mitunter in einer Lautstärke hervor, als würden auf einmal 6 Millionen Menschen schreien.

Fledermäuse sind freilich auf diese enorme Lautstärke angewiesen. Die Schallwellen der Fledermausrufe breiten sich kugelartig in der Luft aus, und nur ein ganz geringer Teil hallt beispielsweise von einer arglos fliegenden Mücke wider. Im allgemeinen sind die Rufsignale der Fledermaus um so lauter, je größer der Funktionsbereich ist. Hufeisennasen nehmen ihre Beute bereits aus einer Entfernung von 6 bis 7 Metern wahr. Mit der größeren Reichweite sind länger anhaltende Impulse verbunden, und diese Fledermäuse fliegen in der Regel schneller als Arten, deren Ortungssysteme auf einer anderen Grundlage funktionieren.

Die in kleinerem Umkreis jagenden Fledermäuse strahlen nur „flüsternde" Signale aus. Sie fliegen bedeutend langsamer, und nach Annahme des amerikanischen Wissenschaftlers A. Novick

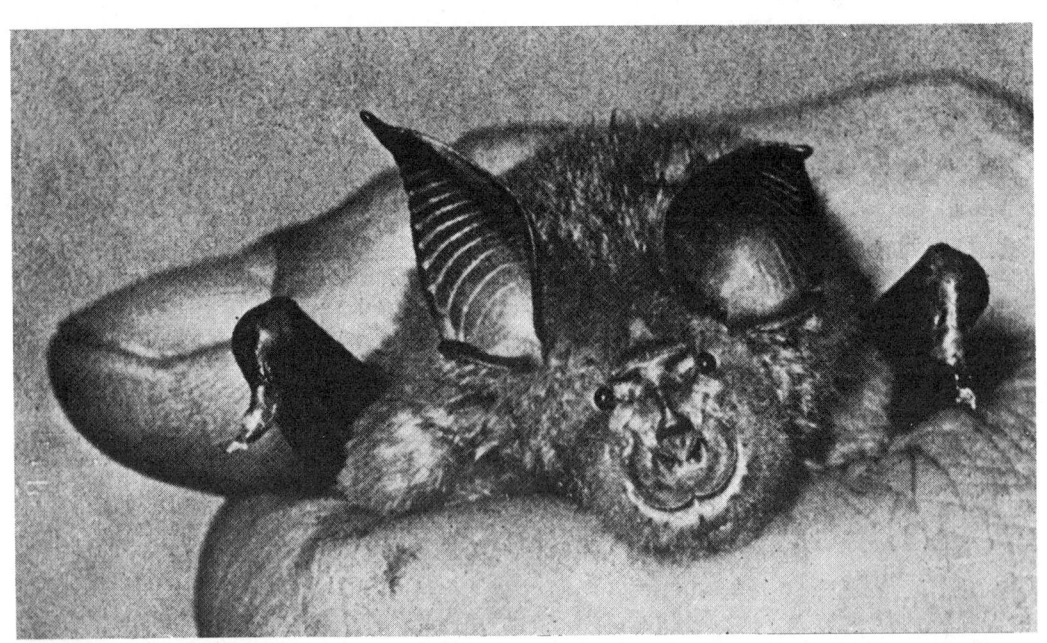

Hufeisennasen-Fledermäuse strahlen ihre Rufe durch die Nase aus. Dabei drehen sie zur gleichen Zeit das eine Ohr von hinten nach vorn, das andere jedoch von vorn nach hinten, um die reflektierten Signale wahrzunehmen.

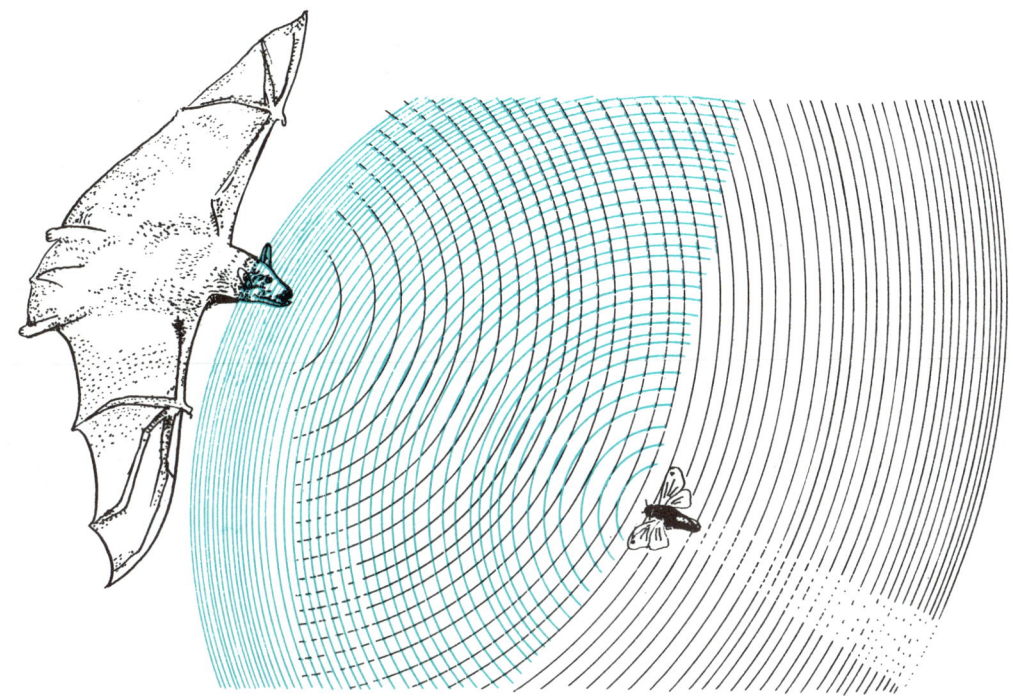

Die Ultraschallwellen der Fledermausrufe verbreiten sich in der Luft wie sich aufblähende Seifenblasen. Dort, wo die Wellen auftreffen, zum Beispiel an einem arglos fliegenden Insekt, wird ein Teil reflektiert, und sie kehren breitgestrahlt zurück. Dadurch müssen Fledermäuse außerordentlich laut rufen, um schwache Bruchteile der reflektierten Wellen noch zu vernehmen.

sind sie in der Lage, zugleich den Widerhall von 3 bis 10 Objekten wahrzunehmen. Dabei entscheiden sie sich für das jeweilig günstigste (zum Beispiel das Signal eines fliegenden Insekts) und nehmen von anderen, unbeweglichen Objekten, wie Baumästen und Obst, keine Notiz. Ihre Aufmerksamkeit konzentriert sich nur auf das nächst fliegende Insekt, wobei ihre Rufe noch leiser werden und nur die ausgemachte Beute „sichten", währenddessen werden die leisen Töne von den entfernteren Objekten so schwach reflektiert, daß sie von der Fledermaus nicht mehr wahrgenommen werden.

## Ein Pingpongspiel im Ohr

Forscher haben in der Bewegungs- und Ortungsfunktion der jagenden Fledermaus drei gut abzugrenzende Abschnitte beobachtet. Der erste Abschnitt ist die „Suche", der zweite die „Verfolgung", der dritte hingegen der „Angriff", bei dem die Fledermaus ihre Beute ergreift.

Eingehende Untersuchungen haben bereits im ersten Abschnitt der „Suche" aufschlußreiche Zusammenhänge aufgedeckt. Es ist nicht zufällig, daß die verschiedenen Arten von Fledermäusen, wie groß ihr Jagdrevier auch ist, sich zuerst über die Situation ihrer voraussichtlichen Insektenbeute informieren. Diese Erkundung hängt eng mit der Dauer der ausgestrahlten Erkundungsimpulse zusammen. Die Hufeisennase erkundet ihre Umgebung mit Rufen, die 0,05 Sekunden anhalten, so daß sie die fliegenden Insekten aus einer Entfernung von 8,6 Metern wahrnimmt. Die zur Familie der Blattnasen gehörende Kinnblattfledermaus (Chilonycteris psilotis) hingegen strahlt viel kürzere Erkundungssignale aus. Mit ihren 4 Tausendstelsekunden anhaltenden Rufsignalen wird sie nur auf Insekten aufmerksam, die sich näher als 68 Zentimeter von ihr befinden. Doch weshalb nimmt sie nicht von etwas weiter entfernt fliegenden Nachtinsekten Kenntnis?

Darauf gibt uns eine eingehende Untersuchung der erwähnten Kinnblattfledermaus Aufschluß. Dieses Tier strahlt während des Suchabschnitts 18 Impulse in der Minute aus. Dabei beträgt die Zeitdauer eines ihrer unvernehmbaren Impulse 0,004 Sekunden. Dies bedeutet, daß die Länge des ausgestrahlten „Wellenzugs" etwa 1,35 Meter beträgt. Wird diese Wellenreihe von 68 Zentimeter entfernten Objekten reflektiert, trifft sich das Ende des „Rufsignals" mit dem Anfang der zurückkehrenden Wellenreihe. Aus einer kürzeren Entfernung als 68 Zentimetern nimmt die Fledermaus die „Stille" zwischen dem Ausruf und dem Widerhall nicht mehr wahr, da Ausruf und Reflexion ineinanderfließen. Befindet sich das Objekt noch näher, ist die Überlappung der Wellenfolge noch umfassender.

Aller Wahrscheinlichkeit nach wird die Aufmerksamkeit der Fledermaus in der Dunkelheit durch die Verschmelzung des Signalrufs mit dem Widerhall

Der letzte Augenblick der Jagd. Die im Laboratorium fliegende Fledermaus schnappt nach dem aufgehängten Wurm. Diesmal war die Erkundung der Ortung vollkommen, da der begehrte Bissen seinen Standort im Raum nicht verändern konnte. Handelt es sich bei der Beute um einen beweglichen Nachtfalter, muß die Fledermaus oft ihre Beute mit dem Flügel ergreifen und so zum Maul führen.

in Richtung des fliegenden Insekts gelenkt. Der große Vorteil dieser Methode besteht darin, daß die Fledermaus auf Grund des Zusammenklingens beider Töne sofort weiß, wie weit entfernt sich ihre Beute befindet. Sie ist deshalb auf keinerlei Entfernungsmessung angewiesen und braucht sich nur auf ihr Gehör zu verlassen.

Die Ereignisse vollziehen sich dann in dramatischer Schnelligkeit. Die Fledermaus nähert sich ihrem arglosen Opfer, und aus einer Entfernung von einem halben Meter strahlt sie in der Sekunde bereits 100 Impulse aus. Zur Ausstrahlung dieser Impulse steht ihr allerdings kaum Zeit zur Verfügung, denn der „Verfolgungsabschnitt" ist kürzer als ein Atemzug, er dauert insgesamt nur 0,2 Sekunden. Beim abschließenden „Angriff" verwandelt sich der Ortungsschall in ein „Surren", die Impulse steigen auf 170 in der Sekunde an. Die Zeitdauer des Angriffs dauert insgesamt 0,075 Sekunden; in dieser Zeit hat die Fledermaus ihre Beute bereits erwischt.

Weshalb beschleunigt die Fledermaus ihre Signalrufe? Die bisherige Annahme schien sinnvoll gewesen zu sein, daß ihre Rufe, wenn sie sich dem Ziel nähert, in einer immer kürzeren Zeit zurückkehren und sie deshalb immer schneller neue Impulse ausstrahlen muß, um zu vermeiden, daß die ausgestrahlten Rufsignale und deren Widerhall sich in ihrem Ohr nicht vollkommen vermischen. Der sowjetische Forscher E. J. Pumper hat auf dieser Grundlage eine interessante Theorie aufgestellt: Die Fledermaus sendet erst dann neue Schallimpulse aus, wenn sie gerade die vorher ausgestrahlten als Echo zurückempfängt, sonst könnte sie die ausgestrahlten Rufsignale vom zurückgestrahlten Widerhall nicht unterscheiden. Eine einleuchtende Vorstellung; doch neueste Untersuchungen haben bestätigt, daß die Wirklichkeit viel komplizierter ist. Hat die Fledermaus nämlich ihre Beute entdeckt, läßt sie es in der Phase der „Verfolgung" ohne weiteres zu, daß sich die Rufsignale mit dem Widerhall überlappen!

Ihr geht es keinesfalls so wie dem Beatsänger, dem etwas ins Ohr geflüstert wird, der aber infolge des Lärms kein Wort verstehen kann. Ihr Trom-

melfell ist nämlich mit den drei Gehörknöchelchen und dem Schneckengang des Innenohrs als winzige Kapsel im Schädel schallsicher aufgehängt. Ein gallertartiges, elastisches Zellgewebe verhindert wie ein Isolierstoff, daß sich die durch die Lautsignale verursachten

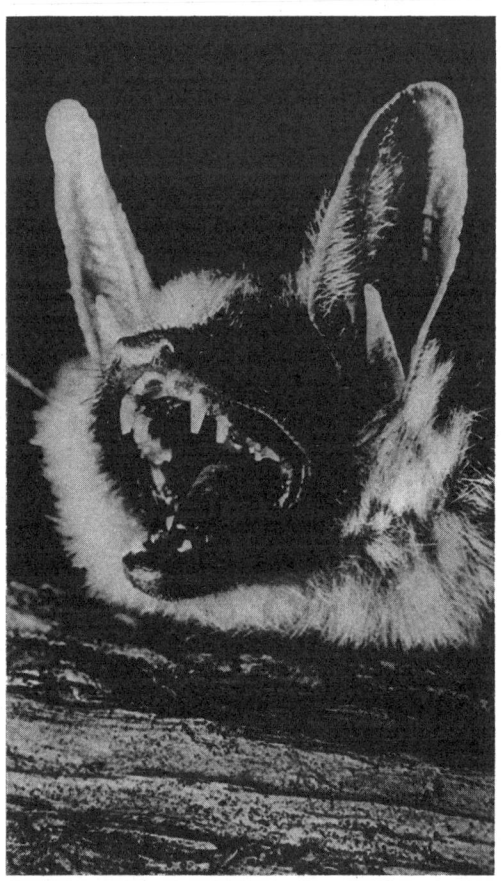

Die Ortung der Glattnasen wird von Forschern für vollkommener gehalten als die der Hufeisennasen. Vom „Summen" bis zu den aus der Kehle herauskommenden Ruflauten führte ein weiter Weg in der Stammesentwicklung. Mit ihren in der Spannweite einer Oktave variierenden Ortungssignalen sind Glattnasen gewöhnlich aus einer Entfernung von 2 bis 2,4 Metern imstande, im Dunkeln fliegende Insekten aufzuspüren.

Schwingungen der Gehörknöchelchen auf das Mittel- und Innenohr übertragen. An der Universität von Yale wurde in diesem Zusammenhang ermittelt, daß die Fledermaus 0,01 Sekunden vor jedem Rufsignal durch das Zusammenziehen entsprechender Muskeln die drei kleinen Knöchelchen des Mittelohrs so fixiert, daß sie den Schall des Rufsignals nicht in das innere Ohr weiterleitet. Die Muskeln lockern sich erst gegen Ende des Schallimpulses wieder, damit die Ohren den Widerhall noch wahrnehmen können. Diese biophysikalische Lösung bewahrt also die Sensibilität des Ohres, so daß das vorangegangene Rufsignal früher zurückkehren und den folgenden Ruf überlappen kann. Warum ist aber die Fledermaus darauf angewiesen, daß sich das Rufsignal mit dem Widerhall in ihrem Ortungssystem überlappt? Zum Verständnis dieser Notwendigkeit muß man sich vorher mit den von Menschen hergestellten Ortungsgeräten im Bereich der Funkortung beschäftigen.

Mit gespannter Aufmerksamkeit sitzt die Bedienungsmannschaft des Ortungsgeräts im Funkraum ihres Schiffes und beobachtet das Gerät. Die Stille wird nur durch das rhythmisch klingende Ping-ping-ping aus dem Ortungsgerät unterbrochen. Plötzlich wird der Ton höher! Auf den Gesichtern tritt Spannung ein. Das Ortungsgerät zeigt das Nahen feindlicher Unterseeboote an . . .

Die Ultraschalltöne werden für die Bedienungsmannschaft mit einer interessanten Methode hörbar gemacht. Wenn das Ortungsgerät Töne mit einer Frequenz von 23 000 Hertz sendet, werden gleichzeitig Töne mit einer Schwingung von 22 000 Hertz in den Funkraum ausgestrahlt. Da es sich um Ultraschalltöne handelt, sind beide Töne nicht wahrzunehmen. Wenn aber die zurückgeworfenen Schallimpulse auf die permanenten Schalltöne des Ausstrahlungsraums treffen, entsteht durch die Differenz beider Schwingungswerte ein Ton mit einer Frequenz von 1000 Hertz, der deutlich zu hören ist. Hierdurch ergibt sich der charakteristische, glockenschlagähnliche Klang am Ortungsgerät.

Was geschieht aber, wenn das Ortungssignal auf ein sich näherndes Unterseeboot trifft? In diesem Fall kehrt der Schall merkwürdigerweise in einer höheren Frequenz zurück, als er ausgestrahlt wurde. Dieser sogenannte Dopplereffekt tritt auch bei einem vorüberfahrenden Zug auf: Das Pfeifen der sich nähernden Lokomotive klingt höher, während er beim Entfernen der Lokomotive tiefer zu sein scheint. Das sich uns nähernde Objekt drückt den „Wellenzug" des Schalls beinahe harmonikaartig zusammen. Die Länge der Wellen wird dadurch reduziert, in einer Sekunde entstehen mehr Wellen, wodurch sich die Frequenz des Schalls erhöht. Setzen wir voraus, daß in solch einem Fall die Frequenz des rückkehrenden Ultraschallsignals im Ortungsgerät 23 500 Hertz beträgt. Was hört dabei der Beobachter? Er nimmt anstatt eines Tones von 1000 Hertz einen von 1500 Hertz wahr, was selbstverständlich höher ist als die ursprüngliche Differenz. Der erfahrene Ortungsoffizier kann allein aus dieser Schallabweichung „heraushören" und selbstverständlich auch daraus ableiten, ob das Unterseeboot wendet oder seine Geschwindigkeit verringert.

Höchstwahrscheinlich findet im Ohr der Fledermaus ein ähnlicher Vorgang statt. Mittels der „Überlappung" der ausgestrahlten und zurückgeworfenen

Schallsignale führt die Fledermaus gewissermaßen für sich selbst den Differenzton des Schiffsortungsgeräts herbei. Wenn beispielsweise eine Mücke gerade auf einer Stelle schwebt und die Fledermaus mit einer gleichmäßigen Geschwindigkeit auf sie zufliegt, bleibt der Differenzton auf der gleichen Höhe, und vielleicht hört die Fledermaus: Pang-pang-pang. Bemerkt jedoch die Mücke die Gefahr und beginnt zu fliehen, hört die Fledermaus plötzlich: Pong-pong-pong. Je schneller das Beuteinsekt zu fliehen versucht, desto

tiefer wird der Ton. Wenn jedoch die Mücke nichtsahnend in Richtung der Fledermaus fliegt, erhöht sich der von der Fledermaus wahrgenommene Ton plötzlich, und sie hört: Ping-ping-ping.

Wir können freilich nicht mit Sicherheit davon ausgehen, daß dieses „Pingpongspiel" im Ohr beziehungsweise im Gehirn der Fledermaus tatsächlich stattfindet, wo im Grunde genommen ein Vergleich der elektrischen Nervenreize der Schallsignale ausreichen würde, die Wahrnehmung eines Differenztons hervorzurufen. Tatsache jedoch ist, daß

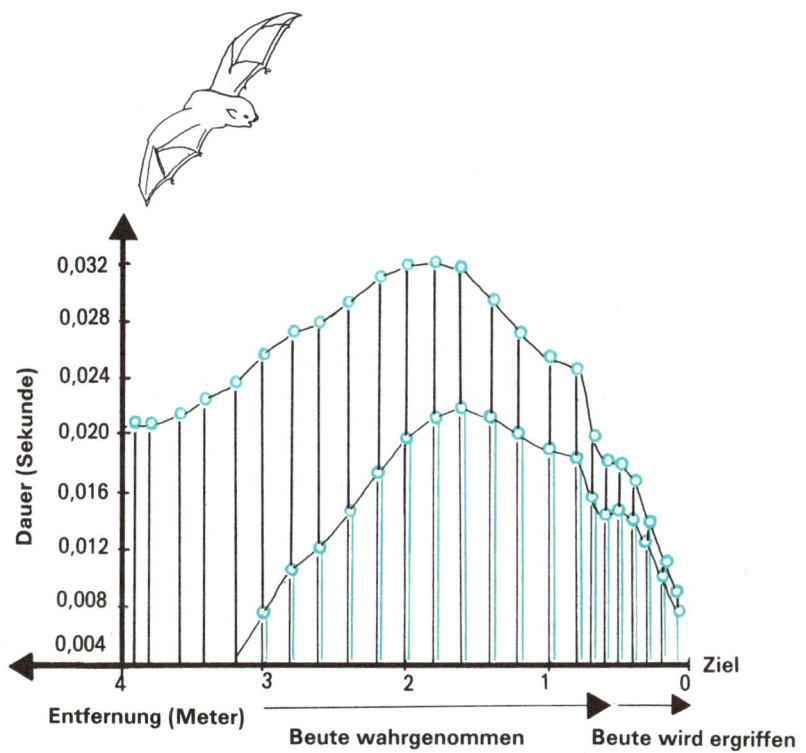

Die Chilonycteris parnellii ruft noch, wenn sie bereits den eigenen Widerhall wahrgenommen hat. Die Dauer der Überlappung zwischen Ruf und Widerhall wird beim Herannahen an die Beute immer geringer. So kann sich die Fledermaus lediglich auf Grund der Zeitdauer und der Schallhöhe ständig darüber informieren, wie weit noch das Ziel entfernt ist. Die schwarzen senkrechten Linien stellen die Dauer der Rufsignale, die grünen die rückkehrenden Impulse und deren Überlappungszeit dar.

sich die Fledermaus auf Grund der Frequenzdifferenz zwischen dem ausgestrahlten und zurückkehrenden Schallsignal genau über die Geschwindigkeit ihres Zielpunkts orientieren kann. Der Ausgang einer erfolgreichen Jagd hängt nämlich von der blitzschnellen Information dreier Dinge ab: der Entfernung, der Richtung und der Geschwindigkeit ihrer Beute. Bei der Entdeckung des fliegenden Insekts schätzt die Fledermaus gleichzeitig auf der Grundlage des ersten Zusammenfallens von Schallsignal und Widerhall die Entfernung ein. Die Annäherungsgeschwindigkeit nimmt sie höchstwahrscheinlich während des „Verfolgungsabschnitts" reflexartig wahr, wenn sie die Auswirkung der Differenzfrequenz beachtet, wie es erfahrene Beobachter an Ortungsgeräten tun.

Auf Grund von Ultraschallzeitmessungen der Ortungssignale verschiedener Fledermäuse wurde festgestellt, daß sich die Zeitdauer der „Überlappung" sogar während des Fluges verändert, doch Ursache und Bedeutung dieser Veränderung konnten bisher noch nicht geklärt werden. Die zur Familie der Blattnasen gehörende Chilonycteris parnellii — Kinnblattfledermaus — achtet beispielsweise bereits aus einer Entfernung von 2 Metern von einer Taufliege, bei einer Überlappung von 0,019 Sekunden, auf ihre eigenen Impulssignale; aus einer Entfernung von 1,65 Metern hingegen erreichte die Länge der „inneren Stimme" ihr Maximum: 0,02 Sekunden. Von da an strahlt sie immer kürzere Impulse aus, wobei die Zeitdauer der Überlappungen ihrer Rufsignale gleichfalls kürzer wird.

Auf die Geschwindigkeit können nicht nur auf Grund der Höhenschwankungen des Differenztons Rückschlüsse

gezogen werden. Es gibt auch Ortungsgeräte, an denen der für den Vergleich dienende Ultraschall verändert werden kann. Dabei ist der Beobachter am Ortungsgerät bei der Bestimmung der Geschwindigkeit nicht allein auf sein Gehör angewiesen. Wenn zum Beispiel von einem sich nähernden Fischschwarm 23 500 Hertz starke Signale an Stelle der 23 000 Hertz starken ausgestrahlten zurückkehren, kann der Beobachter durch die Drehung an einer Stimmscheibe die Höhe des permanenten Schallsignals verändern. Dadurch trifft der zurückkehrende Ultraschall anstatt auf eine Schwingung von 22 000 Hertz auf eine solche von 22 500 Hertz, wodurch die vernehmbare Frequenzdifferenz unverändert 1000 Hertz beträgt. Der Beobachter nimmt also weiterhin das gleich hohe, sich wiederholende Schallsignal wahr, das vom Ortungsgerät vor dem Nahen des Fischschwarms registriert wurde.

Dieser Typ von Ortungsgeräten kann die Arbeit des Beobachters wesentlich erleichtern. Einerseits muß lediglich darauf geachtet werden, daß der Differenzton in unveränderter Höhe erklingt, andererseits kann von der Stimmscheibe unmittelbar abgelesen werden, mit welcher Geschwindigkeit sich der Fischschwarm bewegt. Eine derartige Lösung fiel aber nicht nur den Ingenieuren ein. Die Großen Hufeisennasen und die rundsatteligen Hufeisennasen wenden diese Methode der Geschwindigkeitsmessung vermutlich seit Jahrmillionen an.

H. U. Schnitzler nahm an der Universität Tübingen Messungen der Rufsignalfrequenzen an Fledermäusen vor, die zum Beutefang flogen, und mußte überrascht feststellen, daß die Frequenz dabei niedriger war, als sie die Fleder-

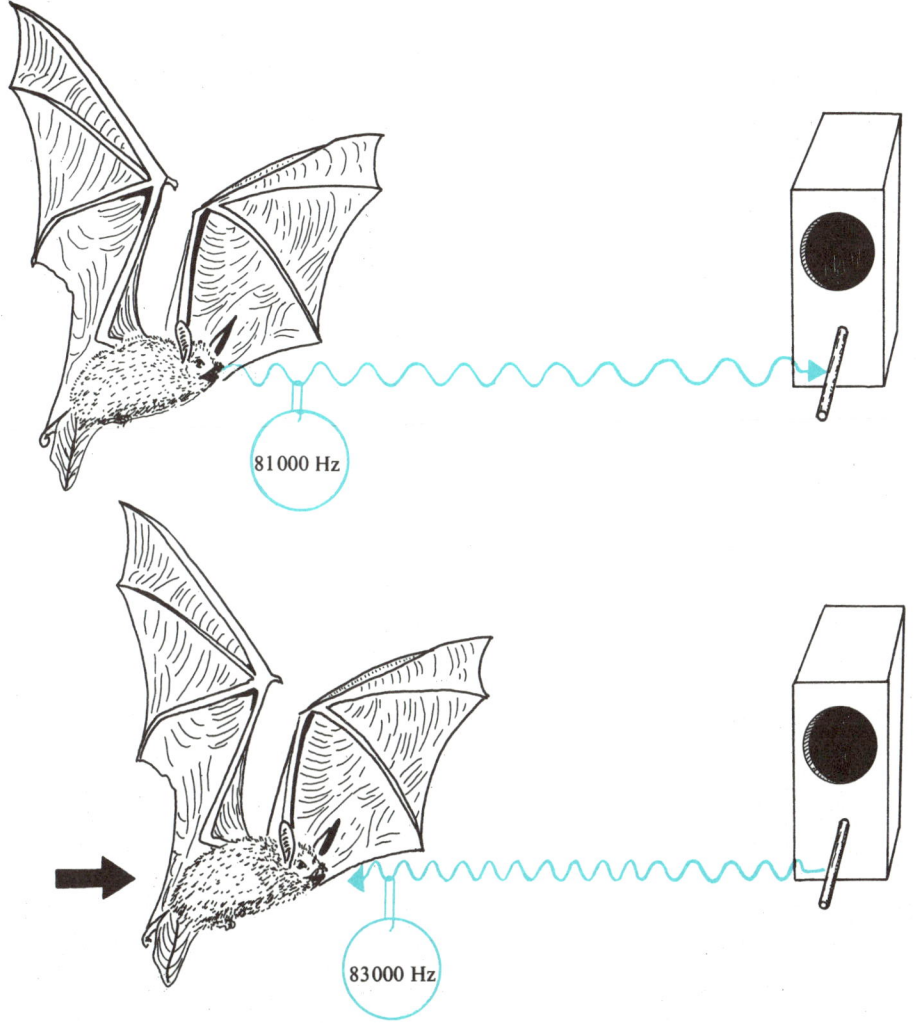

81 000 Hz

83 000 Hz

Die Fledermaus muß sich auf das Zielobjekt zunächst „einstimmen", um dann festzustellen, mit welcher Geschwindigkeit sie zu fliegen hat. Fliegt sie in Richtung ihrer Futterstelle, achtet sie darauf, daß sie immer einen gleichmäßigen Echoton wahrnimmt (zum Beispiel 83 000 Hertz). Sie gibt deshalb während des Fliegens bei einer bestimmten Geschwindigkeit Rufsignale mit einer Frequenz von 81 000 Hertz ab (oben), so daß der reflektierte Widerhall durch den Dopplereffekt in einer entsprechend des wahrzunehmenden gleichmäßigen Echotons unveränderten Frequenz von 83 000 Hertz eintrifft.

mäuse im Ruhezustand ausstrahlen. In Richtung der Beute fliegend, strahlten zum Beispiel die Hufeisennasen Rufe mit einer um etwa 2000 Hertz niedrigeren Frequenz aus.

Der Forscher war sich darüber im klaren, daß die Rufsignale mit höheren Schwingungszahlen in die Ohren der zum Beutefang ausfliegenden Fledermäuse zurückkehren, als sie zu Beginn ausgestrahlt wurden. Unter Zugrundelegung der Fluggeschwindigkeit und der Entfernung errechnete Schnitzler mühelos die Frequenz der reflektierten

Signale. Er mußte überrascht auf das Ergebnis blicken: Es betrug 83 000 und 104 000 Hertz. Diese Fledermausarten nehmen demnach während des Fluges die gleichen Tonschwingungen wahr, die sie im Ruhezustand ausgestrahlt haben. Mit dem „Abstimmen" ihrer Rufe wird der Dopplereffekt eliminiert, und gleichzeitig informiert sie diese Abstimmung über die notwendige Fluggeschwindigkeit zum Zielpunkt. Dabei müssen sie nur darauf achten, daß in ihren Ohren stets der ihnen geläufige Widerhallton in gleicher Frequenz erklingt. Einem anderen Experiment zufolge waren dieselben Fledermäuse, nachdem ihnen ein Pendel gegenübergestellt worden war, auch dazu in der Lage, Rufsignale in unterschiedlichen Frequenzen auf die sich nahende oder entfernende Pendelscheibe auszustrahlen. Vermutlich stimmen sie sich darauf ein, währenddessen sie die Frequenz des gewohnten Widerhalls wahrnehmen.

Daraus ergibt sich, daß Fledermäuse durchaus imstande sind, ihre Ortung auf ein Objekt zu konzentrieren! Die gleichzeitigen Rufsignale von anderen Objekten werden vergebens reflektiert, sie „horchen" nur auf das ausgesuchte Objekt.

Wozu nur unsere Augen fähig sind, das können Fledermäuse mit den Ohren machen! Wenn wir beispielsweise einen fliegenden Vogel mit den Augen verfolgen, sehen wir den Vogel scharf, die dahinterliegenden Bäume und Häuser nur undeutlich und verschwommen. Genauso achtet die Fledermaus nur auf ein fliegendes Insekt, alles andere hört sie nur „unscharf". Sie nimmt mittels der widerhallenden Ultraschallimpulse nur die Bewegungen ihres Opfers deutlich wahr.

## „Bildhaftes" Hören

Die riesigen Antennenschirme der Funkteleskope kontrollieren Tag und Nacht pausenlos die aus den fernen Regionen des Universums eintreffenden Funksignale. Die Signale sind am lautesten, wenn die Achse des Antennenschirms genau auf einen Stern ausgerichtet ist. Beim Umschwenken des Schirmes werden die Signale sofort schwächer. Fledermäuse haben zwar verhältnismäßig kleine Ohren, doch sie sind ebenso beweglich wie die Antennenschirme. Untersuchungen von A. D. Grinnel und N. Suga zufolge sind ihre Ohren im Ruhezustand in einer Seitenrichtung von 30 Grad zur Längsachse des Körpers am empfindsamsten. Fledermäuse können durch Drehung der Ohrmuschel feststellen, von wo die Ultraschallrufe am stärksten reflektiert werden. Das flatternde Insekt muß sich ihrer Ortung nach offensichtlich in dieser Richtung befinden. Wenn sie danach die reflektierten Töne mit ihren Ohren verfolgen, können sie ihre künftige Beute im „Auge" behalten, wie im zweiten Weltkrieg die enorm starken Scheinwerfer die feindlichen Flugzeuge „erfaßten" und verfolgten, damit der Zielpunkt in der Dunkelheit von der Bedienung der Flakgeschütze gut gesehen werden konnte.

Die zur nächtlichen Jagd aufbrechende Fledermaus orientiert sich mit beiden Ohren. So ist sie also imstande, nicht nur die Richtung des ausgemachten Insekts einzuschätzen, sondern sie kann mit ihrem räumlichen Hören auch die Geschwindigkeit pausenlos feststellen. Dies erfolgt in der Weise, daß sie nicht nur die beiden Ohren ständig in Richtung des reflektierenden Schalls ausrichtet, wobei die Spannmuskeln

In den großen Sternwarten sind riesengroße Antennenschirme auf das nächtliche Himmelsgewölbe gerichtet. Experten sind auf der Suche nach unsichtbaren Himmelskörpern im Universum, die Radiostrahlen senden. Wenn die Signale in der rotierenden Parabolantenne am stärksten in Erscheinung treten, wissen die Forscher, daß die Antennenachse in Richtung der unsichtbaren Strahlenquelle weist. Die Fledermäuse nutzen ihre Trichterohren in ähnlicher Weise zur Einschätzung des reflektierten Schalls.

entsprechende Informationen an das Gehirn übermitteln, sondern sie orientiert sich auch auf der Grundlage des Zeitunterschieds des Schalls. Stellen wir uns beispielsweise vor, daß die summende Mücke auf der Stelle schwebt. Die Ultraschallsignale reflektieren das Gesumm in schneller Folge. Der „Flattermanteljäger" horcht auf. Wo kann die Mücke sein? Wenn der Widerhall das rechte Ohr etwas später als das linke erreicht, gibt es keinen Zweifel: Die

Mücke befindet sich auf der linken Seite. Auf Grund dieses winzigen Zeitunterschieds orientiert sich die Fledermaus ähnlich wie der Mensch, der ja auch feststellen kann, woher im Dunkeln der Schrei einer Eule ertönt. Die Richtungssensibilität der Fledermaus ist jedoch zweiundeinhalbmal genauer.

In Anbetracht der bisherigen Erfahrungen scheint es immer wahrscheinlicher, daß die schnell dahinhuschenden kleinen Tiere tatsächlich über ein „bildhaftes" Hören verfügen. Sie nehmen im Dunkeln genau das mit ihren Ohren wahr, was wir am hellichten Tag mit unseren Augen sehen. Ohrenfledermäuse strahlen ihre Ultraschallwellen in einem Winkel von 90 Grad aus, so als würden sie ihre Umgebung mit Hilfe kleiner Schallreflektoren "beleuchten". Die Schallwellen der Hufeisennasen bilden nur einen Strahlungskegel von 20 Grad, so als würden sie mit einer lichtscharfen Taschenlampe die Umgebung bestrahlen. Wenn sie schließlich etwas "erblik-

Die Ohren der Ohrenfledermäuse sind mit eigenartigen Faltenrillen durchzogen. Entsprechend den neuesten Untersuchungen erhöhen diese Rillen die Sensibilität der Fledermausortung. Eine jede dieser Rillen leitet die reflektierten schwachen Ultrasignale wie ein kleiner Schallsammelspiegel in Richtung des Trommelfells.

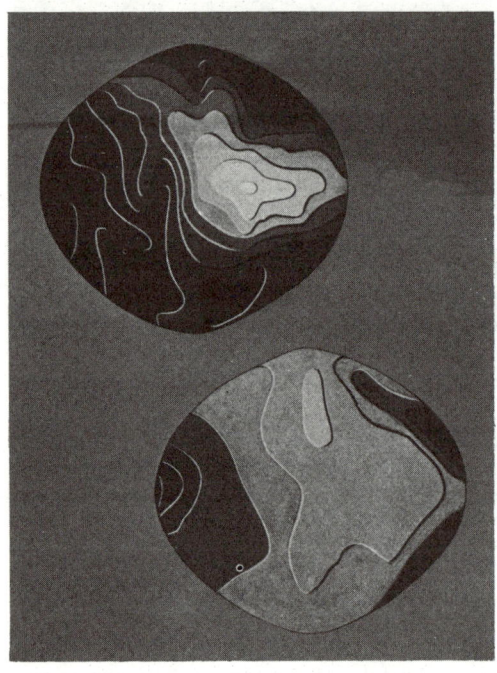

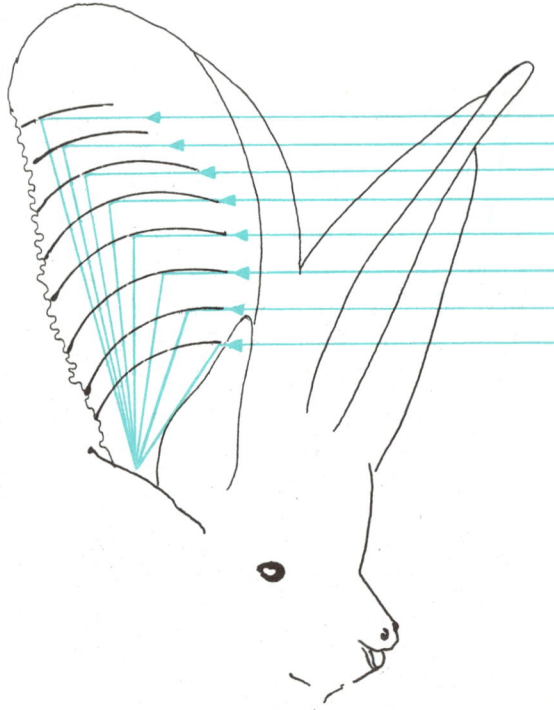

Das Hörvermögen der Ohrmuschel der Fledermaus ist nicht gleichmäßig sensibel. Wenn die Muschel im Verhältnis zur Körperachse in einem Winkel von 30 Grad steht, nimmt die Empfindsamkeit vom Mittelpunkt zur Seite hin ab. Diese Bereiche sind durch dunklere Streifen gekennzeichnet (oben). Wenn die Fledermaus ihre Ohren an den Körper drückt, dehnen sich diese sensiblen Streifen aus. Dabei nimmt der "Jäger" nur noch schwache Widerhalltöne wahr und erkennt nicht mehr ihre Richtung (unten).

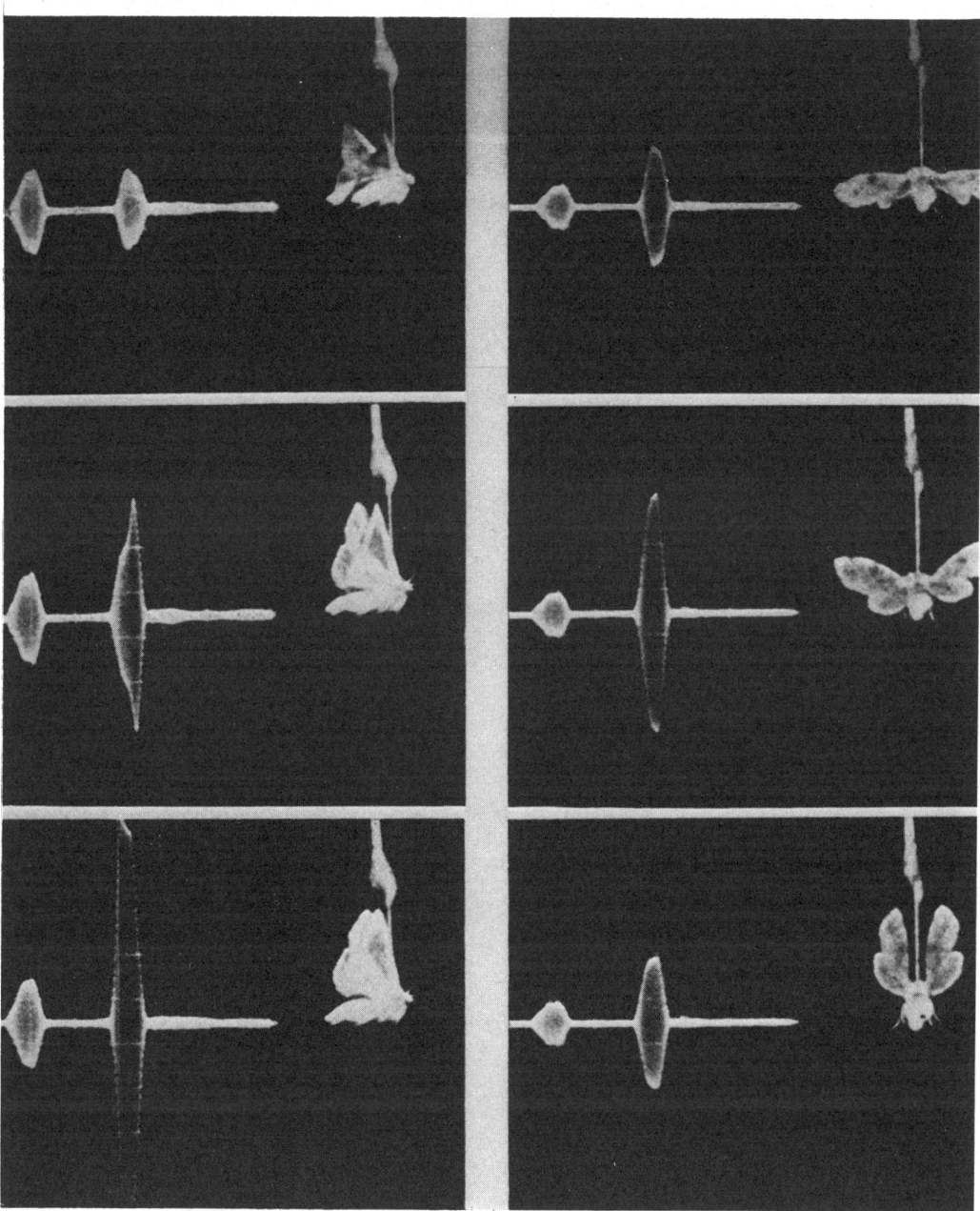

Vermutlich „sieht" die Fledermaus mit ihrem „bildhaften" Hören die Nachtfalter so, wie wir es hier darstellen! Auf jedem Einzelbild sind drei Aufnahmen aufeinanderkopiert. Links die grafische Darstellung eines Fledermaussignals, in der Mitte der reflektierte Widerhall (der von der Fledermaus wahrgenommen wird), rechts ist das Beuteinsekt sichtbar. Aus dem oszillographischen Bild geht deutlich hervor, daß die Fledermaus selbst die Flügelschläge des davonfliegenden Schmetterlings wahrnimmt. Auf der linken Seite fliegt das Insekt in der Querrichtung, auf der rechten Seite hingegen parallel mit der Fledermaus.

ken", was mehr Aufmerksamkeit erfordert, wird das Schallwellenbündel weiter eingeengt, als würde man den Lichtkreis der Taschenlampe kleiner stellen, um stärkeres Licht zu erhalten.

Die Ortungsorgane der Fledermäuse sind in der Tat mehr als ein einfaches Entfernungsmeßgerät. So können sie bei gleich geformten Objekten im Dunkeln sofort zwischen Nahrung und einem für sie wertlosen Steinstückchen unterscheiden. Außerdem sind sie während des Fluges im Laboratorium imstande, sofort zu erkennen, ob sie waagerecht oder senkrecht fliegen müssen, um enggespannten Drahtfäden auszuweichen. Sven Dijkgraaf, Wissenschaftler an der Utrechter Universität, konnte seinen Experimentierfledermäusen sogar beibringen, zwischen einem rund und einem eckig geformten Gegenstand zu unterscheiden. Die Tiere haben sich tatsächlich so verhalten, als könnten sie im Dunkeln sehen!

Der Schall bietet ihnen offensichtlich die gleiche Orientierung wie anderen Tieren das Licht. Vielleicht behandeln Fledermäuse ihre Informationen ähnlich wie andere Tiere ihre Informationen auf Grund des Lichts. Dr. Pál Greguss jun. hat darauf fußend eine verblüffende Theorie aufgestellt, wonach im Gehirn der Fledermaus Biohologramme entstehen. Das Hologramm — eine Erfindung des Nobelpreisträgers Dénes Gábor — ist eine Art Lichtbild, welches sämtliche Daten eines plastischen Bildes enthält. Wenn es mit einfarbigem Licht (Laserstrahlen) durchleuchtet wird, erscheint ein dreidimensionales Bild des Objekts dahinter. Es ist durchaus möglich, daß die durch das Gehirn der Fledermaus laufenden elektrischen Schallreize ein ähnliches plastisches Bild entstehen lassen. Das Tier sieht also — lediglich mit Hilfe der Schallsignale — vermutlich die ganze Umgebung dreidimensional vor sich.

Diese geistreiche Theorie wird noch durch einige Experimente untermauert, doch entsprechend den Untersuchungen von K. D. Roeder gilt es bereits als sicher, daß die Fledermaus „sehen" kann, ja sogar die Flügelschläge von einem kleinen Nachtschmetterling wahrnimmt, und dies alles auf der Grundlage der reflektierten Schallsignale. Das arglose Opfer befindet sich vor allem dann in größter Gefahr, wenn es den Anflugweg der Fledermaus senkrecht kreuzt. Dabei werden die Ultraschallsignale der Fledermaus vom Insekt ungefähr hundertmal stärker reflektiert als beim sich nähernden oder sich entfernenden Flug. Eine endgültige Antwort darauf, wie es sich mit dem „bildhaften" Hören der Fledermaus wirklich verhält, werden wir erst dann erhalten, wenn wir jede Einzelheit ihres Ortungssystems kennen und es uns gelingt, nach diesem Muster etwas Ähnliches zu konstruieren.

## Verräterische Signale auf dem Wasser

Die Familie der fischenden Fledermausarten ernährt sich nicht von Insekten, sondern von Fischen. Seit Forscher auf die lebenden Ortungsgeräte der Fledermäuse aufmerksam geworden sind, unterlag es keinem Zweifel, daß auch die fischenden Fledermäuse ihre Nahrung mittels Ultraschall aufspüren. Aber gerade dieser Umstand verursachte viel Kopfzerbrechen. Physikern ist bereits seit langem bekannt, daß die Grenzfläche von Luft und Wasser die Schallwellen spiegelartig reflektiert. Von den Signalrufen der Fledermäuse gelangt dadurch nur ein tausendstel Teil unter die Wasseroberfläche, und um das gleiche wird auch der reflektierte Schall geschwächt, wenn er wieder an die Luft gelangt. Außerdem sind die leckeren Bissen, die Fische, vom akustischen Gesichtspunkt transparent. Dadurch werden die Ultraschallstrahlen nur von der Schwimmblase reflektiert, und dies auch nur äußerst schwach. Das Rufsignal der Fledermaus kann also noch so kräftig sein, von der dabei verbrauchten Energie gelangt höchstens der millionste Teil ins Gehörorgan zurück. „Die fischenden Fledermäuse verfügen anscheinend über besonders sensible Ortungsorgane" — mit dieser Feststellung wurde früher diese Tierfamilie von den Forschern charakterisiert.

Der amerikanische Biologe R. A. Suthers gab sich mit dieser unzureichenden Erklärung nicht zufrieden. Er beschloß, der Ursache auf den Grund zu gehen.

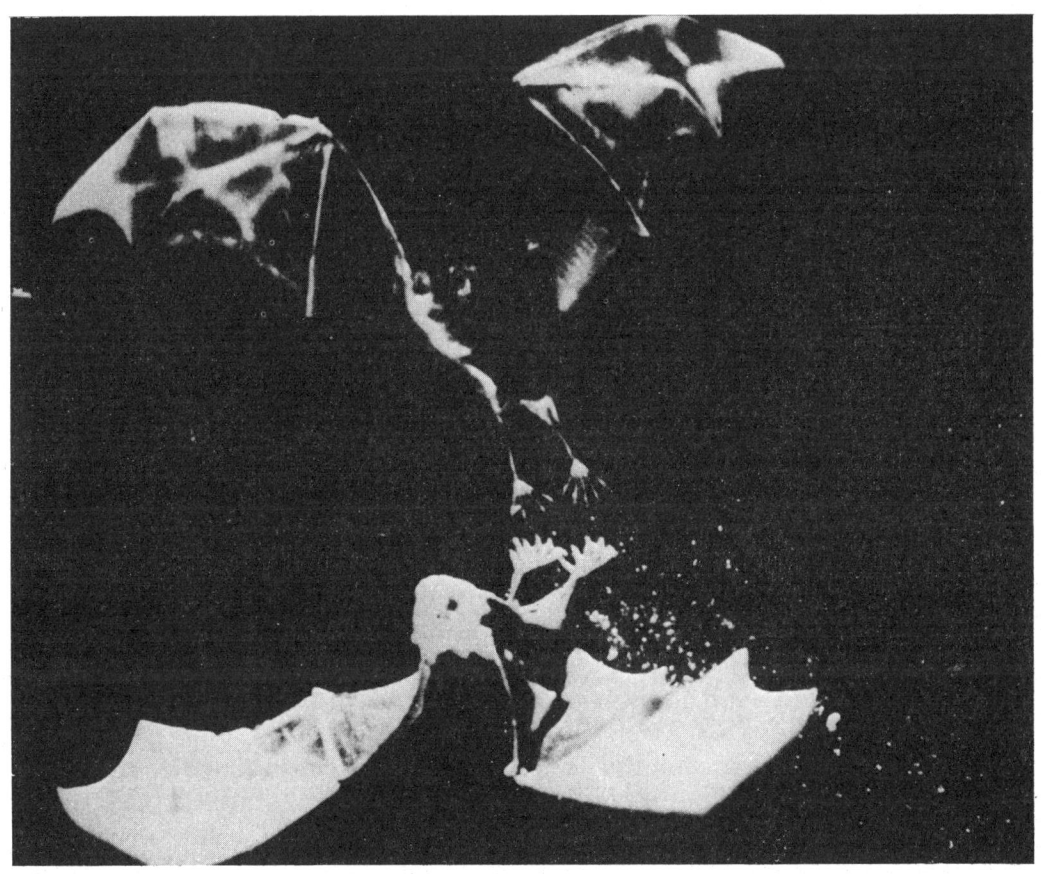

Das Wasser widerspiegelt das Bild der fischenden Fledermaus. Forscher nahmen lange Zeit an, daß der Ortungssinn der Fledermäuse besonders empfindlich sei, weil sie auch imstande sind, Fische unter dem Wasser auszumachen. Untersuchungen von R. A. Suthers haben jedoch gezeigt, daß die Ortung der Fledermaus nur dann erfolgreich ist, wenn durch die Bewegungen des Fisches Wellen auf der Wasseroberfläche entstehen.

Er ließ die Versuchstiere während der Experimente im Laboratorium über ein Wasserbassin fliegen und stellte dabei fest, wie die Ortungsorgane der fischenden Hasenschartenfledermäuse funktionieren. Den Messungen entsprechend erwies es sich, daß diese Fledermausart über keine vollkommeneren Fähigkeiten verfügt als die anderen Arten. Während der Beutesuche strahlten die Fledermäuse in einer Sekunde 10 bis 20 Erkundungsimpulse aus, deren Frequenz ungefähr bei 60 000 Hertz lag. Nachdem 0,1 Millimeter starke Drähte quer durch das Laboratorium gespannt wurden, flogen sie ziemlich unsicher durch das Netz.

Die Überraschung trat erst ein, als der Forscher die Tiere daran gewöhnte, auf in das Wasser gelegte Fischstücke zu jagen. Die Versuchstiere fanden den „Köder" leicht, wenn die Stückchen mindestens 1 bis 2 Millimeter aus dem Wasser herausstanden. Als jedoch die Bissen einige Millimeter unter das Wasser getaucht wurden, konnten die Fledermäuse kein einziges Stück entdecken.

Suthers und seine Mitarbeiter kamen daraufhin auf die Idee, daß die Fledermäuse vielleicht die reflektierten Strahlen von der Schwimmblase der Fische besser wahrnehmen. Es wurden deshalb Fischstückchen an kleinen Luftballons befestigt und die Ballons 1 bis 2 Millimeter unter die Wasseroberfläche gesteckt. Die Versuchstiere blieben aber auch jetzt hungrig und kreisten hilflos über dem Wasserbehälter. Es gelang ihnen nicht, ein einziges Stückchen zu entdecken. Als jedoch die Luftballons einige Millimeter über dem Wasser schwebten, wurden die Fischstückchen sofort ergriffen.

Dadurch konnte also diese Frage geklärt werden. Die fischefangenden Hasenschartenfledermäuse und offensichtlich auch die übrigen Arten dieser Familie „fegen" mit ihrer Ortung nur an der Wasseroberfläche entlang. Als Suthers eine kleine Fontäne am Boden des Behälters sprudeln ließ und die Wasseroberfläche durch das aus dem Rohr ausströmende Wasser etwas aufgewirbelt wurde, stürzten sich die Fledermäuse sofort auf ihre Beutestücke. Für die Sensibilität ihrer Ortungsorgane war es charakteristisch, daß sie sich bedenkenlos auf die aus dem Wasser 1 Millimeter herausragenden und 0,2 Millimeter starken Drahtenden stürzten, an denen unter der Wasseroberfläche Fischstückchen angebracht waren. Ihr „Bildsehen" ist derart ausgeprägt, daß sie selbst Stärkeunterschiede von 0,4 Millimetern unterscheiden können. Im Laufe einer Experimentierreihe haben die Fledermäuse schnell gelernt, daß an aus dem Wasser verstreut herausstehenden 0,9 Millimeter starken Drähten sich keine Nahrung befand, lediglich am unteren Ende der 1,3 Millimeter starken Drähte waren unter dem Wasser Fischstückchen befestigt. Sooft auch von den Forschern die 5 Millimeter hoch herausragenden Drahtenden anders angeordnet wurden, die Fledermäuse fanden stets die 1,3 Millimeter starken Drahtenden mit den Fischstücken.

Hatten die Fledermäuse mit ihren Ortungsorganen die unter Wasser befindlichen Fischstückchen bereits ausgemacht, war ihre Aufmerksamkeit derart darauf konzentriert, daß sie andere Artgenossen, die sich gleichfalls auf die Beute gestürzt hatten, erst im letzten Augenblick registrierten. Sie konnten einem Zusammenstoß kaum ausweichen, weil sie den warnenden Signalton einfach nicht wahrnahmen. Forscher vermuten schon seit langem, daß Fledermäuse in dichtgefüllten Höhlen kaum auf ihre Ortungsorgane achten. Dabei füllt ein lautes „Piepsen" den gesamten Raum der Höhle aus, und sie werden nicht nur durch die gegenseitigen Rufe gestört, sondern der von den rauhen Wänden widerhallende Schall breitet sich ebenfalls im gesamten Raum aus. Sollte es möglich sein, daß die Fledermäuse dabei auf die Signale ihrer Ortungsorgane nicht achten?

Ja! Es hat sich nämlich erwiesen, daß sie sich auf Grund ihrer Erinnerung orientieren. Sie kennen jede Ecke ihrer Wohnstätte in der Höhle bereits so gut, daß sie auf ihre Ortungssignale nicht mehr achten. D. R. Griffin bezeichnete dieses Verhalten als „Andrea-Doria-Phänomen". Die großen Ozeanschiffe verkehren auf ihren gewohnten Wasserwegen derart sicher und unbesorgt mit Hilfe ihrer konventionellen Navigationsgeräte, so daß die Ortungsgeräte oft nicht beachtet werden. Niemand denkt daran, mit einem vom Kurs abgekommenen Schiff zusammenzustoßen.

Fledermäuse fliegen demnach in der ihnen vertrauten Umgebung so herum, als durchwandere jemand mit geschlossenen Augen seine Wohnung, ohne dabei an die Möbel zu stoßen. Diese Vorstellung wurde im Laufe eines besonderen von A. D. Grinnel und seinen Mitarbeitern veranstalteten Hinderniswettbewerbs experimentell bestätigt. Klaffmaulfledermäuse flogen durch ein aus 70 Quadraten bestehendes Drahtnetz. Dabei schwebten die Versuchstiere nicht durcheinander und planlos durch die Öffnungen zur Futterstelle, sondern durch ein bestimmtes Viereck und durch ein anderes zurück. Selbst bei einem dreißigmaligen Hin- und Herfliegen am Tage benutzten sie stets dieselben beiden Öffnungen. Demnach ist das räumliche Erinnerungsvermögen der Fledermäuse vorzüglich.

In einem anderen Experiment wurde ein 42 Zentimeter breites Fenster durch einen dünnen Draht in zwei Teile zu je 18 und 24 Zentimeter geteilt. Auf Grund ihres Ortungssinns wichen die Fledermäuse dem Draht genau aus und schwebten stets mit zusammengezogenen Flügeln durch die schmalen Fensteröffnungen. Danach wurde der Draht entfernt, und an Stelle des Drahtes wurden unsichtbare „Lichtfäden" gezogen. Dabei handelte es sich im wesentlichen um Fotozellensensoren, die häufig an Türen moderner Bauten eingebaut werden. Tritt jemand vor die Tür, wird der Lichtstrahl unterbrochen, in den Fotozellen entsteht dadurch ein elektrisches Signal, wodurch der Öffnungsmechanismus der Tür in Bewegung gesetzt wird. Die Forscher wollten dadurch Informationen gewinnen, wie oft die Fledermäuse den Lichtstrahl bei ihrem Flug „unterbrachen".

Hierauf folgte allerdings eine Überraschung. Der Draht war entfernt worden, damit die Fledermäuse nach eigenem Belieben durch das Fenster fliegen sollten. Sie schwebten jedoch weiterhin mit angelegten Flügeln durch das Fenster, ohne die Linie des Lichtstrahls zu unterbrechen. Sie verhielten sich genauso, als wäre der Draht noch vorhanden, obwohl ihr Ortungssinn ihnen sicherlich signalisierte, daß kein Hindernis mehr vorhanden war. Sie achteten aber nicht mehr auf den reflektierenden Schall, sondern flogen entsprechend ihrer früher gemachten Erfahrung!

Das ist sicherlich die Erklärung dafür, daß Fledermäuse an der Stelle eines gefällten Baumes tagelang herumfliegen und auf der Suche nach Insekten sind.

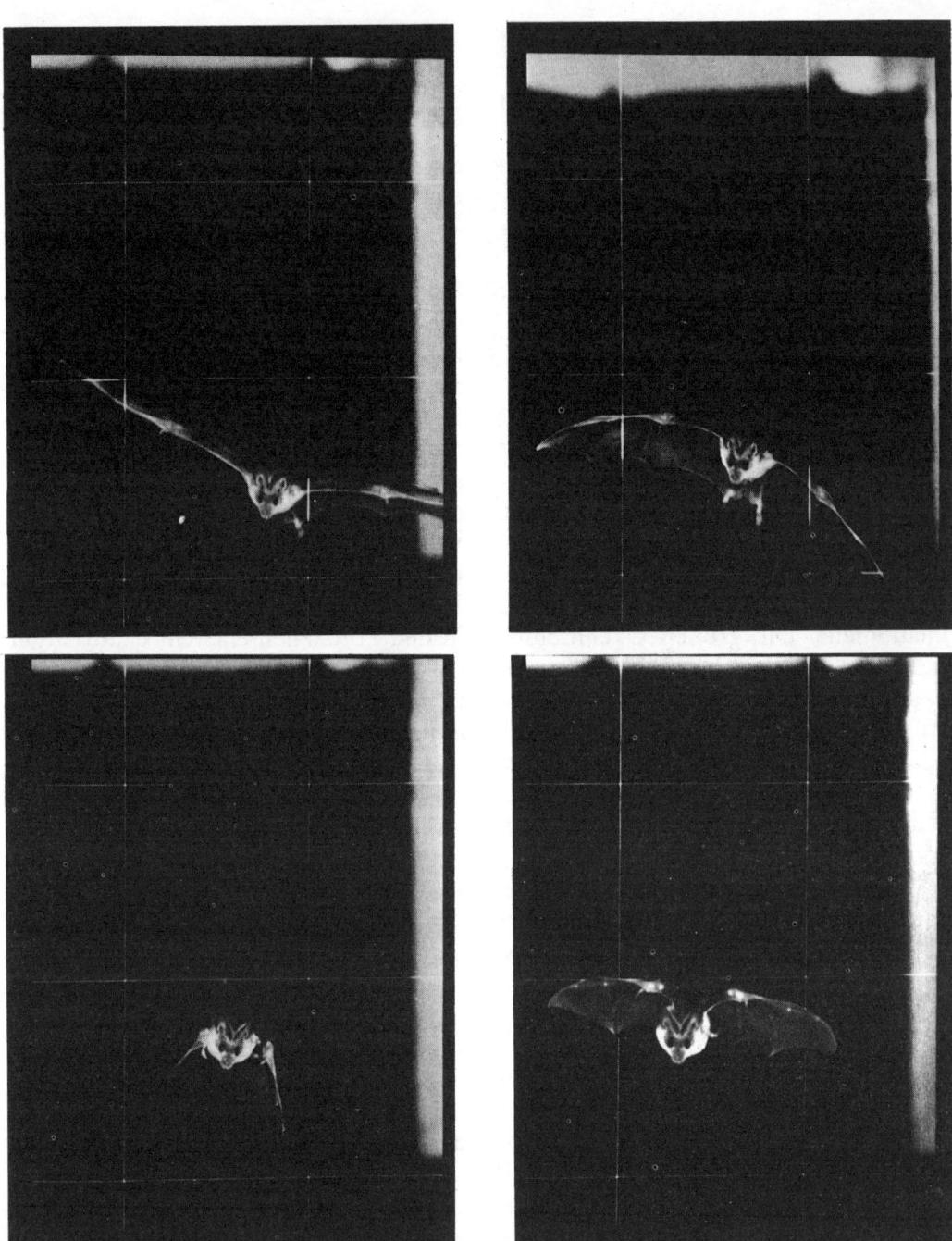

Die im Dunkeln fliegende Fledermaus erlernt es schnell, durch welches Viereck sie am leichtesten zur Futterstelle in der gegenüberliegenden Hälfte des Raumes gelangen kann. In der hier gezeigten Aufnahmenserie gleitet sie gerade durch das dritte Viereck, durch das „Fenster". Beim späteren Entfernen des Drahtnetzes fliegt sie nach wie vor durch ihr „Lieblingsviereck", obwohl ihre Ortung signalisiert, daß kein Hindernis mehr vorhanden ist. Sie fliegt dabei nach der Erinnerung.

Sie nehmen es anscheinend nicht zur Kenntnis, daß der Baum nicht mehr vorhanden ist. Gelangt eine Fledermaus in eine ihr unbekannte Umgebung, vermeidet sie möglichst das Fliegen. Sie orientiert sich zunächst vorsichtig aus einer ruhigen Ecke hängend durch Ultraschallsignale und erhebt sich erst später in die Luft. So kann sie danach ihre ganze Aufmerksamkeit auf die vor ihr schwebenden Insekten konzentrieren und sich in der nun bekannten Umgebung mit „geschlossenen Ohren" orientieren.

Damit tauchen freilich neue Fragen auf. Wenn das Tier seinen Ortungssinn nicht nutzt, wie vermag es sich dann an den „unsichtbaren" Raum zu erinnern? Selbst auf einer ebenen Fläche ist es nicht gerade leicht, sich mit geschlossenen Augen zu orientieren, viel weniger noch im Raum. Ist es möglich, daß das Tier dabei auf andere Widerhallsignale achtet? Wahrscheinlich kaum, denn auf Grund von Gehöruntersuchungen ist uns bekannt, daß die schwingungsempfindlichen Hörzellen der Fledermäuse auf Ultraschalltöne in einer Frequenz von 30 000 bis 70 000 Hertz am empfindlichsten reagieren, zumindest haben dies durchgeführte Messungen an Mausohrfledermäusen ergeben. Demnach haben alltägliche Töne, die von Menschen wahrgenommen werden, für sie keine besondere Bedeutung. Vielleicht orientieren sie sich nach dem Gleichgewichtsgefühl und der Anzahl ihrer Flügelschläge über ihre räumliche Lage? Diese Frage ist noch ziemlich ungeklärt, und eine endgültige Antwort können wir nur von künftigen Forschungen erwarten.

## Das Luftabwehrsystem der Schmetterlinge

Die besondere Eignung der Fledermausortung kann nicht besser als durch die Versuche bewiesen werden, in deren Verlauf im Laboratorium von Griffin von einer 7 Gramm schweren Fledermaus während einer Stunde Mücken im Gesamtgewicht von 1 Gramm erbeutet wurden. Ein wirklich gutes Ergebnis, denn das Gewicht einer Mücke beträgt nicht mehr als 0,002 Gramm! Doch noch erstaunlicher war das Ergebnis einer kleinen Fledermaus, die innerhalb einer viertelstündigen Jagd zu ihrem Eigengewicht von 3,5 Gramm 10 Prozent „zunehmen" konnte, wobei sie mindesens 175 Mücken erbeutete. Im Stockdunkeln, nur auf ihre Ortung angewiesen, erwischte sie im Durchschnitt alle 6 Sekunden ein Insekt.

Doch was tun unterdessen die „Verfolgten"? Warten sie in Ruhe ab, bis sie von der Fledermaus erwischt werden? Im Zweikampf zwischen Insekten und Fledermäusen wurden bisher von der Wissenschaft nur die Kampfmethoden der Fledermäuse erforscht, obwohl auch die Insekten mit einigen Überraschungen aufwarten können. Das kann man zumindest auf Grund der Untersuchungen der beiden amerikanischen Forscher A. E. Treat und K. D. Roeder annehmen, die sich mit dem besonderen „Luftabwehrsystem" der Nachtinsekten beschäftigt haben.

Nachtschmetterlinge und andere Nachtinsekten haben ihre Ohren beziehungsweise jenes sensible Gehörorgan, welches die Schallschwingungen in elektrische Signale umwandelt, in der Nähe ihrer „Taille", am Rumpf. Die Untersuchung dieser winzigen Gehörorgane bedeutete für die Forscher keine einfache Aufgabe. Es mußten feine Silberelektroden in die Nervenfasern der Empfindungszellen gesteckt werden, um die schwachen Regungsströme abzuleiten. Die Signale waren dann an einem Bildschirmgerät abzulesen.

Die Forscher gingen davon aus, daß die Beutetiere der Fledermäuse die ausgestrahlten Ultraschallsignaltöne wahrnehmen. Dabei reizte man ihre Gehörorgane mit verschiedenen Ultraschallimpulsen, wobei die elektrischen „Antworten" in der Tat ein aufschlußreiches Bild ergaben. Je stärker der Schall war, in um so schnellerer und dichterer Folge wurden Alarmsignale vom Gehörorgan in das Gehirn des Insekts gesandt. Beim Überleiten dieser Signale in einen Lautsprecher wurden die Töne immer lauter.

Innerhalb einer neueren Versuchsreihe wurde festgestellt, daß das Gehörorgan der Nachtfalter Laute in einer Frequenz von 3000 bis 150 000 Hertz wahrzunehmen imstande ist. Demnach scheint ein Klavier für einen winzigen Nachtschmetterling ein dürftiges Instrument zu sein. Der Nachtschmetterling erkennt folglich den Ultraschall der Fledermaus sehr leicht, weil sie selbst gegenüber noch viel höheren Tönen sensibel ist.

Nach den Laboratoriumsversuchen begaben sich die Forscher, mit einem betäubten Schmetterling sowie elektronischen Instrumenten ausgerüstet, ins Freie. Sie suchten die Nähe einer alten, von Fledermäusen bewohnten Scheune auf und ließen sich in einer Entfernung von 180 Metern nieder. Der Schmetterling wurde so hingelegt, daß sein Gehörorgan zur Scheune hin ausgerichtet war. Außerdem wurde die Beobachtungsstelle in einem Umkreis von 6 Metern beleuchtet, um die heranfliegenden Fledermäuse beobachten zu können.

Der Nachtfalter nähert sich in vollem Prunk einer geöffneten Blume. Sein behaarter Körper und die behaarten Flügel absorbieren die Ultraschallsignale der Fledermaus wie Samtvorhänge, die ja auch Schreie und Lärm abhalten. Der sensible Gehörsinn des Insekts steht ebenfalls im Dienst der „Luftabwehr": Der Falter nimmt selbst höchste Ultraschallfrequenzen wahr, die ihm das Herannahen der Fledermaus verkünden.

Nachdem alle Vorbereitungen getroffen waren, wartete man in aller Ruhe den weiteren Fortgang ab. Der die Gefahr erkennende Schmetterling verhielt sich jedoch keineswegs lange ruhig. Die Forscher merkten noch gar nichts, doch der Schmetterling kündigte bereits das Nahen der Fledermäuse an. Den Messungen zufolge nahm der Schmetterling die Ortungssignale der Fledermäuse bereits aus einer Entfernung von 30 bis 36 Metern wahr.

Danach folgte der interessanteste Teil des Experiments. Die elektrischen

Signale der auffliegenden Fledermäuse wurden nämlich zugleich aus beiden Gehörorganen des Insekts abgeleitet und die Impulse auf Stereotonbändern aufgenommen. Dabei stellte es sich heraus, daß das Insekt das Herannahen der Fledermaus dreidimensional wahrnimmt. Je nachdem, von welcher Seite stärkerer Ultraschall in das Gehörorgan gelangt, reagieren von dort auch die Empfindungszellen mit schnelleren elektrischen Signalen.

Vergegenwärtigen wir uns, welch besonderes Gefühl es ist, mit einem Stereo-

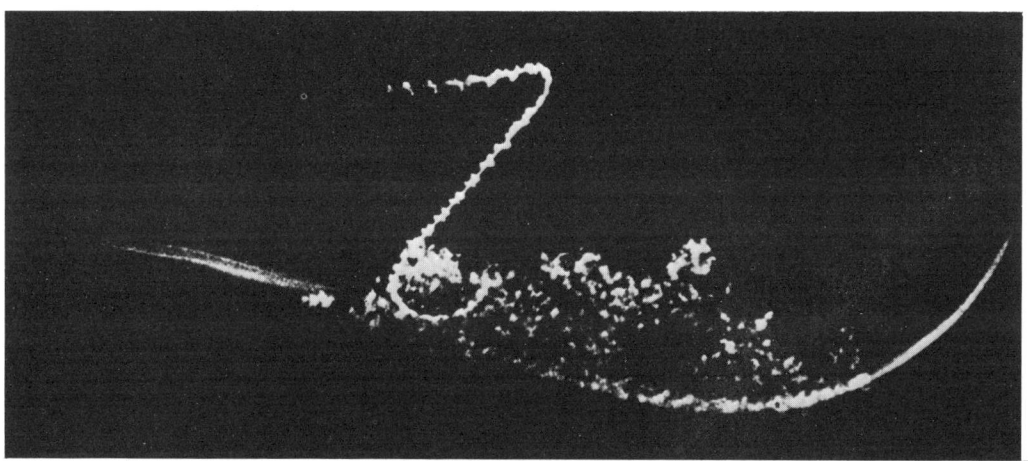

Noch einmal gelang die Flucht vor der von links herannahenden Fledermaus, die auf dem Negativ infolge des Scheins auf dem beleuchteten Gelände einen dicken Streifen hinterließ. Der hakenförmige Flugweg des Nachtinsekts steigt im letzten Augenblick hoch, so daß das Insekt seinem Verfolger entkommen konnte.

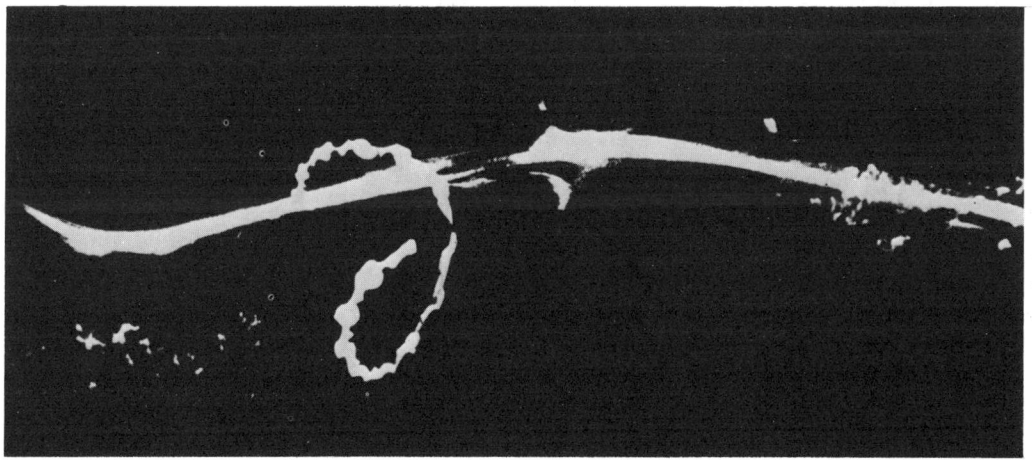

Dramatischer Augenblick im Dunkeln. Die Signalrufe der Fledermaus wahrnehmend, fliegt der vom Schrecken gepackte Nachtfalter in Schleifen mal nach oben und mal zurück. Doch die Ortung der Fledermaus funktioniert genau und zuverlässig. Die beiden Spurlinien treffen sich, und das Insekt verschwindet ...

kopfhörer die Antworten der Hörnerven mitzuhören, als säße der
Mensch inmitten des Nervensystems
des entsetzten Insekts und beobachtete
selbst das Herannahen der Fledermaus.
Dabei ist genau zu hören, wie der un-
heimliche Jäger von einer Seite auf die
andere fliegt, um sich dann frontal fliegend zu nähern! Diese besondere Sin-
nestäuschung rührt daher, daß die Frequenz der Nervenimpulse um so höher
ist, je lauter die Signalrufe der Fledermaus sind. Dadurch stellt sich der
Mensch unwillkürlich auch die Entfernung der Schallquelle vor. Nähert sich
die Fledermaus, werden die elektrischen
Signale der Empfindungsnerven durch
die Verstärkung des Ultraschalls immer
schneller. Die Schwingungsfrequenz
des Ultraschallsignals schnellt hoch wie
ein Schrei.

Von den beiden Forschern wurde ferner untersucht, wie sich Nachtfalter im
Freien verhalten, wenn sie Ultraschallrufe der Fledermäuse wahrnehmen.
Dazu montierte man an der Spitze eines
langen Rohres einen Ultraschallstrahler, der immer dann eingeschaltet
wurde, wenn sich ein Nachtfalter dem
mit einer Lampe beleuchteten Rohr näherte. Auf Grund von Lichtbildaufnahmen konnte festgestellt werden, daß die
Insekten auf zweierlei Arten vor den
Fledermäusen fliehen. Nehmen sie die
furchterregenden Signale aus einer an-
gemessenen Entfernung wahr, verändern sie plötzlich ihre Flugrichtung und
versuchen möglichst schnell, den gefährlichen Luftraum zu verlassen. Kommen die Signale aus unmittelbarer Nähe
und haben die Insekten keine Zeit zum
Umkehren oder zur Veränderung der
Flugrichtung, schließen sie ihre Flügel
und lassen sich im Sturzflug in das Gras
fallen.

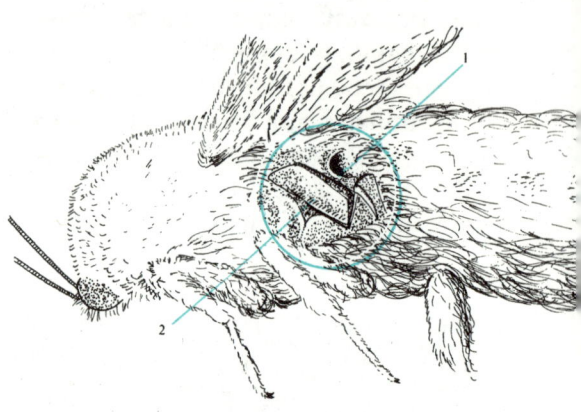

Bärenspinner erschrecken nicht so leicht vor
den Rufsignalen der jagenden Fledermaus.
Wie die im zweiten Weltkrieg von den Flugzeugen abgeworfenen Stanniolstreifen die
Radargeräte wirkungslos machten, genau so
absorbiert der dicke Pelz dieser Insekten die
Ultraschallsignale der Fledermäuse fast vollständig. Wird die Situation trotzdem gefährlich, geben sie mit lautem Geknatter Ab-
schreckungssignale von sich. 1 — Gehörver-
tiefung; 2 — schallbildendes Organ.

David Blest und David Pye, die beiden englischen Forscher, haben an zahlreichen Vertretern der dicht behaarten
Familie der Bärenspinner „Gegenor-
tungseinrichtungen" entdeckt. Diese
Nachtinsekten geben sich anscheinend
damit nicht zufrieden, daß ihr dicker
Pelz die Ultraschallstrahlen der Fledermäuse beinahe ganz auflöst und dadurch nur schwache Signale reflektiert
werden. Einzelne Arten ziehen sogar
ihr drittes Paar Beine schnell auseinander und zusammen und geben mit diesen kammartigen Organen knatternde
Laute in einer Frequenz von 1000 Hertz
ab. In diesen Tönen sind auch Ultraschalltöne mit hohen Frequenzen enthalten. Wozu ist dieses sonderbare
Knattern gut?

Die englische Forscherin Dorothy
C. Dunning untersuchte die Wirkung

dieser Signale an zahmen Fledermäusen. Sie nahm die Stimme eines Bärenspinners auf Tonband auf und schaltete das Gerät stets dann ein, wenn die Fledermaus sich anschickte, einen befestigten Mehlkäfer im Flug zu ergreifen. Die Rufe des Bärenspinners veranlaßten die Fledermaus in den meisten Fällen zum plötzlichen Richtungswechsel. Das „Knattern" des Insekts gilt demnach als irgendein „höherer Befehl", dem sich anscheinend die Fledermaus unterwirft.

Das lustige Volk der Delphine bedient sich derart vollkommener Ortungsorgane, daß sie selbst in unseren Tagen mit großem Interesse von Forschern studiert und bewundert werden. Ihre Ultraschallrufe unter Wasser sind für das menschliche Ohr nicht wahrnehmbar. Selbst heute ist es noch rätselhaft, weshalb die vierbeinigen Vorfahren der Delphine im Laufe ihrer Stammesgeschichte vor ungefähr 50 Millionen Jahren wieder in das Wasser zurückgekehrt sind.

# Rufe unter Wasser

Nachdem Arion, der griechische Lautensänger und Dichter, mit seinen herrlichen Gesängen ganz Italien begeistert hatte, bestieg er, vollbeladen mit kostbaren Geschenken, ein Schiff nach Korinth, in Richtung seiner Heimat. Die Besatzung des Schiffes kümmerte sich nicht viel um den verträumten Dichter auf Deck, aber um so mehr fielen ihr seine Schätze auf. Die Seeleute berieten und beschlossen: Arion sollte für immer zum Schweigen gebracht werden, dann wollten sie mit der Beute wegsegeln. Als der Dichter dies erfuhr, bot er ihnen sein gesamtes Vermögen an, damit sie ihn am Leben ließen. Doch die Schurken wollten den für sie gefährlichen Augenzeugen beseitigen. Sie waren deshalb nur zu folgendem Zugeständnis bereit: Er sollte sich entweder freiwillig ins Meer stürzen, oder sie schlügen ihn tot und würden seinen Leichnam vergraben.

Arion entschied sich für das Meer. Er nahm vorher noch seine Laute zur Hand und verabschiedete sich mit den schönsten Gesängen von seinem irdischen Leben. Dann stürzte er sich schicksalsergeben ins Meer. Doch Wunder über Wunder, er ging nicht unter. Eine spielende Delphingruppe, die wahrscheinlich von seinem schönen Gesang angelockt worden war, umringte ihn. Die Tiere nahmen Arion auf ihren Rücken und trugen ihn zur Küste von Tainaron. Zum Andenken an diese wundervolle Rettung ließ der tiefbewegte Dichter bald darauf ein Delphindenkmal aus Bronze in dem Heiligtum des dem Ufer nahe gelegenen Tempels errichten.

Die Begebenheit um die wundersame Rettung des griechischen Dichters Arion wurde von Herodot, dem Vater der griechischen Geschichtsschreibung, aufgezeichnet. Seitdem wird dieses Thema von vielen Schriftstellern, Poeten, Malern und Bildhauern bearbeitet, obwohl es niemand für wahr hielt. Im Licht der Forschung der letzten Jahrzehnte wird diese Geschichte aber doch immer mehr für möglich gehalten. Delphine helfen tatsächlich mit vereinten Kräften ihren verletzten Artgenossen, damit sie sich an der Wasseroberfläche halten können. Mit gleichem Eifer bemühen sie sich instinktmäßig auch um die Rettung ertrinkender Menschen. Darüber gibt es viele interessante Beispiele.

Für den Delphin ist es durchaus nicht schwierig, einen im Wasser untergegangenen Menschen zu finden, zumal er über ein Patent verfügt, das erst in den letzten Jahrzehnten in der Schiffahrt nachgenutzt wird: die Ultraschallortung! Delphine orientieren sich und jagen mit den gleichen für das menschliche Ohr nicht wahrnehmbaren Rufen wie Fledermäuse. Sie müssen allerdings noch aufmerksamer sein, denn ihre abgegebenen Ultraschallsignale kehren fünfmal schneller zurück als die der Fledermäuse.

Entsprechenden Untersuchungen zufolge gebrauchen Delphine mühelos ihre Ortung, und sie kommen keineswegs in Bedrängnis, wenn sie im trüben Wasser fischen müssen. Selbst im schlammigen und morastigen Wasser finden sie ihre aus kleineren Fischen bestehende Hauptnahrung. Ihr 1700 Gramm schweres Gehirn, das sogar schwerer als das menschliche Gehirn ist, verarbeitet die Signale der Ultraschallortung wie eine hochleistungsfähige elektronische Minirechenanlage. Die außerordentliche Intelligenz der Delphine ist auf die komplizierten Windungen der Großhirnrinde zurückzuführen.

Nach der furchtbaren Schiffskatastrophe der „Titanic" im Jahr 1912 empfahl der englische Ingenieur Hiram Maxim (Erfinder des Maxim-Maschinengewehrs), Schiffe mit Ortungsgeräten zu versehen, die mit Hilfe des reflektierten Schalls Hindernisse unter Wasser signalisieren. Die Idee war einleuchtend, denn je schneller die ausgestrahlten Schallwellen zurückkehren, um so näher ist offensichtlich der Meeresboden oder der Eisberg. Maxim irrte sich lediglich darin, daß er insgesamt einen Infraschall von nur 15 Hertz zur Ortung empfahl. Solche niedrigen Frequenzen werden nämlich nur von Objekten reflektiert, deren Ausmaß größer als 150 Meter ist, ihr „Auflösungsvermögen" ist viel zu gering, beziehungsweise sie sind nicht imstande, kleinere Objekte zu unterscheiden. Die Delphine sind in den vergangenen Jahrmillionen notwendigerweise auf die richtige Lösung gestoßen. Ihnen steht eine Ortung zur Verfügung, deren Ultraschallsignale Frequenzen bis zu 256 000 Hertz erreichen.

## Der Delphin geht auf Jagd

Mit dem Erkundungssystem der Delphine unter Wasser haben sich als erste die beiden amerikanischen Forscher W. Shevill und B. Lawrence eingehender beschäftigt. Sie wühlten den Untergrund eines kleinen Sees auf, damit ein gezähmter Delphin nichts sehen und sich nicht orientieren konnte. Danach ließen sie von ihrem Kahn Fischstücke ins Wasser hängen. Das Versuchstier fand die begehrte Nahrung ohne Schwierigkeiten. Nachher spannten die Forscher ein 2,4 Meter breites und langes Netz senkrecht an die Seite des Kahnes und steckten ein Fischstück mal an der Spitze, mal an dem Ende des Kahns ins Wasser, mal vor das Netz, mal hinter das Netz.

Der Delphin irrte sich auch jetzt nicht, obwohl er aus einer Entfernung von 2,4 Metern entscheiden mußte, an welcher Seite des Netzes er zur Nahrung schwimmen mußte. Die später durchgeführten Experimente ergaben, daß Delphine 10 bis 15 Zentimeter lange Fische bereits aus einer Entfernung von 10 Metern erkennen und daß sie außerdem beim Spiel im Versuchsbassin mit Leichtigkeit zwischen 2 Zentimeter starken Stangen hindurchschwimmen. Ein von Kenneth Norris durchgeführtes Experiment bewies das feine Unterscheidungsvermögen der Delphine. Wenn sie zwischen einem 4 Zentimeter langen, mit Steinchen gefüllten Kunststoffrohr und einem 4 Zentimeter langen Fisch zu wählen hatten, entschieden sie sich niemals für das Rohr, sondern sie schnappten stets nach dem Fisch.

Selbst die weltberühmte peruanische Sängerin Yma Sumac hätte die Delphine um ihre Stimme beneiden können, obwohl sie angeblich über einen Stimmumfang von drei Oktaven verfügte. Der „Gesang" der sympathischen Wassertiere — die Frequenz der verbreiteten Töne — steigt vom tiefsten Baß der menschlichen Stimme bis hoch in den Bereich der nicht wahrnehmbaren Töne. Innerhalb dieser weiten Skala werden drei Stimmgruppen unterschieden. Die „Pfiffe" bewegen sich in einer Frequenz von 4000 bis 20 000 Hertz. Die Frequenz der „Knalltöne" kann sogar bis zu 170 000 Hertz ansteigen, so daß diese für uns nicht mehr feststellbar sind. Mit großer Wahrscheinlichkeit handelt es sich bei diesen kurzen Impulsen um Schallwellen zur Erkundung. In den „schnatternden" Signalen der drit-

ten Gruppe verschmelzen komplizierte und variable Frequenzen sowie Lautstärken ineinander, so daß daraus je nach Belieben ein Krächzen, Miauen, Bellen, Winseln, Seufzen oder Stöhnen entstehen kann. Mit diesen Tönen „unterhalten" sich die Delphine vermutlich untereinander.

Die Dauer der Rufe beträgt im allgemeinen 0,1 bis 1 Tausendstelsekunde. Der kalifornische Biologe J. J. Dreher wollte sich ein genaues Bild über die Impulse der Delphinstimmen verschaffen. Er nahm deshalb die Ortungstöne verschiedener Delphinarten auf Tonband auf. Dabei stellte es sich heraus, daß sich der Gemeine Delphin mit Lauten von 0,25 bis 0,5 Tausendstelsekunden

Im Bereich der Ultraschallortung könnte die Leistungsfähigkeit des Delphingehirns nur von einer kleiderschrankgroßen elektronischen Rechenanlage erreicht werden. Selbst heute sind uns alle Einzelheiten über den komplizierten lebenden Mechanismus der Delphinortung noch nicht bekannt. Soviel ist jedoch sicher, daß der jagende Delphin beim Herannahen an den verfolgten Fisch seine vom Menschen nicht wahrnehmbaren Ortungspfiffe wie die Fledermaus beschleunigt.

orientiert, was einer derart kurzen Zeit entspricht, daß auf einem 9,5 Zentimeter je Sekunde laufenden Tonband das entsprechende Stückchen nur 23,75 bis 47,5 Tausendstelmillimeter lang ist. Von den zwei Arten von Ortungssignalen des Grindwals beträgt die Dauer des längeren 9,6 bis 17,5 Tausendstelsekunden. Messungen ergaben, daß sich die bekannten Tümmler mit Lauten orientieren, die etwa 0,7 Tausendstelsekunden lang sind.

Untersuchungen der beiden sowjetischen Forscher W. M. Belkowitsch und J. I. Nesterenko zufolge hängt die Lautstärke der Delphinrufe im allgemeinen davon ab, wie hoch der Ton ihrer Rufe ist. Ihre stärksten Ortungssignale bewegen sich im Bereich der Frequenzen von 20 000 bis 60 000 Hertz, und obwohl diese Töne für uns nicht wahrnehmbar sind, entfesseln sie im Wasser derart starke Stöße, als würde die Stille einer Straße durch das Knattern eines Motorrads unterbrochen.

Belkowitsch stellte gemeinsam mit einem anderen sowjetischen Forscher fest, in welcher Zeitfolge mit einem Unterwassermikrofon ausgestattete Tümmler in einem Laboratoriumsbassin ihre Ultraschallsignale ausstrahlen. Die Experimente zeigten, daß der untätig herumstreifende Delphin im allgemeinen 10 bis 50 Signale in der Sekunde aussendet. Das ist offenbar die „Ruhepause". Als er sich aber ungefähr 40 Zentimeter dem an einer Schnur hängenden Köderfisch genähert hatte, begann sich die Anzahl der Impulse blitzschnell zu erhöhen. Obgleich den Delphin im Verlauf des dramatischen Ablaufs eine Strecke von nur 0,25 Sekunden von der Beute trennte, was auf Grund der Aufnahmen der Schnellfilmkamera ermittelt werden konnte, stieg die Anzahl der Impulse plötzlich von 50 auf 200 an. In einzelnen Fällen erreichte sie sogar 500 in der Sekunde, fiel dann aber einige Zentimeter vor dem Ziel auf 250 zurück.

Eine verblüffende Ähnlichkeit! Die Ortung der Delphine funktioniert nämlich im Laufe der Jagd genauso wie die der Fledermäuse. Dabei ergeben sich

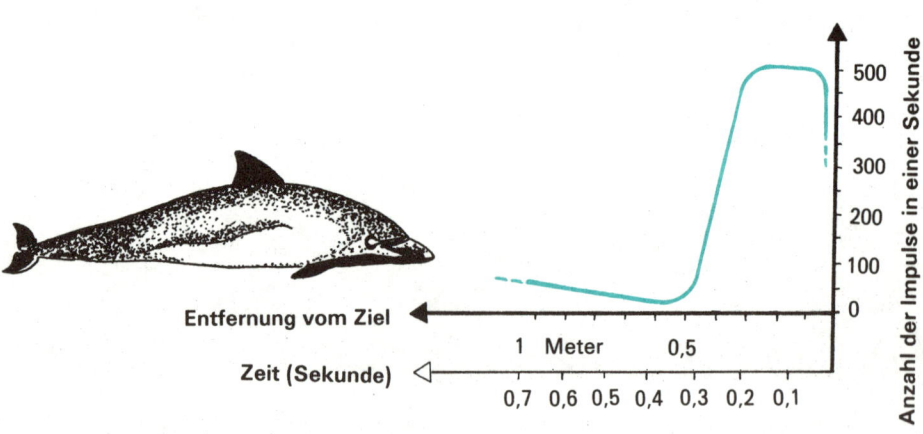

Der Kraftfahrer eines auf dunkler Landstraße fahrenden Kraftwagens schaltet um so öfter das Fernlicht ein, je schlechter und gefahrvoller die Straße wird. Der Delphin verwendet seine Ortung in ähnlicher Weise. Je näher er an die verfolgte Beute kommt, um so dichter ist die Folge der angestrahlten Ultraschallsignale.

aber auch Widersprüche. Experimente an Fledermäusen zeigten, daß die fliegenden Säugetiere wahrscheinlich ihre Aufmerksamkeit auf ein fliegendes Insekt richten, wenn sie die Anzahl ihrer Rufe in der Sekunde plötzlich zu steigern beginnen. Sollte sich dies im Fall der Delphine ebenso verhalten, würde dies bedeuten, daß die schwimmenden Säugetiere die schwimmenden Fische erst in einer Entfernung von 40 Zentimetern vor ihrer Nase erkennen. A. E. Resnikow und W. M. Belkowitsch halten deshalb eine solche Deutung für die Beschleunigung der Rufe für unrealistisch, zumal andere Experimente bestätigten, daß Delphine ihre Beute aus einer viel größeren Entfernung wahrnehmen.

Es ist nicht ausgeschlossen, daß der Delphin bereits während der Suchphase Kenntnis von seiner Beute nimmt und mit der Verfolgung erst aus unmittelbarer Nähe beginnt, wenn er seinen „Ultraschallreflektor" mit voller Energie ausrichten kann. Vielleicht beginnt er die Aufmerksamkeit erst mit der Beschleunigung seiner Rufe auf den vor ihm herumschwimmenden Fisch zu konzentrieren, um jede Bewegung des Fisches genau zu verfolgen. Zweifelsohne wurde bisher die Ortungsstruktur der Delphine von den Forschern nicht so lange untersucht wie die der Fledermäuse. Für den Zusammenhang zwischen der Häufigkeit der Rufe und der Dauer der Impulse stehen deshalb keine eingehenden und genauen Daten zur Verfügung. Über die Gesetzmäßigkeit von Ultraschallsignalen jagender Delphine wird uns erst die Forschung der kommenden Jahre endgültig Klarheit verschaffen.

## Der „Schallreflektor"

Es galt lange Zeit als ein Rätsel, wie der Delphin Töne ausstoßen kann, obwohl er doch über keine Stimmbänder verfügt. Anfang der sechziger Jahre unseres Jahrhunderts war den Forschern lediglich so viel bekannt, daß die Töne irgendwo im Kopf des Delphins entstehen und sich im wesentlichen waagerecht ausbreiten. Später nahm man an, daß die Laute in der Nase erzeugt werden. Der sowjetische Forscher A. G. Tomilin berichtet, daß das Wasser in der Umgebung von Delphinen, die aus dem Wasser gefischt wurden, geradezu schäume. Die Luftblasen seien aus den Nasenöffnungen der sich im Netz befindlichen winselnden und krächzenden Tiere herausgetreten.

Eingehende, von Biologen durchgeführte Untersuchungen haben gezeigt, daß sich die Nase der Delphine ziemlich hoch, nahe der Stirn, befindet. Der Nasengang führt vom oberen Gaumen zu der an der Stirn befindlichen Öffnung. Im Nasengangsystem befinden sich drei Verzweigungen, an denen drei Paar symmetrisch gelagerte Luftsäcke angeschlossen sind. Der Nasengang zum Einatmen und Auspusten der Luft und die Luftsäcke sind von einem komplizierten Netzsystem feiner Muskeln umgeben. Bei jedem Ausatmen muß der Delphin mit den entsprechenden Schließmuskeln zunächst das Wasser aus dem Nasengang herausdrücken, und die in den Luftsäcken gespeicherte Luft aus dem einen Sack in den anderen blasen, bis schließlich die gesamte verbrauchte Luft durch die Nase entweicht. Unterdessen beginnt die Luft in den kleinen Luftsäcken zu vibrieren, so daß dadurch Töne in unterschiedlichsten Frequenzen entstehen.

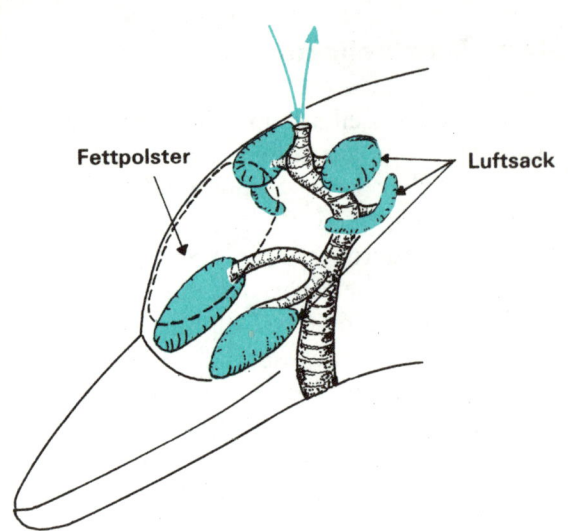

Fettpolster

Luftsack

Im Kopf des Delphins sind drei Paar Luft-
säcke an den Nasengang angeschlossen.
Das Volumen jedes einzelnen Luftsacks ist
durch eine selbsttätige Muskulatur veränder-
bar, wodurch gleichzeitig verschiedene
Schallschwingungen in der akustischen
Linse, hinter der beulenförmigen Stirn im
Fettpolster, entstehen.

Mit dieser komplizierten „Orchester-
ausrüstung" kann der Delphin gleichzeitig auf mehreren Instrumenten spielen. Während er aus dem einen Luftsack
vernehmbare Töne, Pfiffe, von sich
gibt, kann er aus dem anderen ganz anders geartete krachende Ultraschalltöne
ausstoßen. Die Frequenzhöhe der Töne
wird in den einzelnen Luftsäcken durch
Zusammenziehen der ringförmigen
Muskeln bestimmt. Je kleiner das Volumen der Luftsäcke, um so höher die
Tonfrequenz, so wie auch die Posaune
in desto höherem Ton erschallt, je weiter die U-förmigen Luftrohre zusam-
mengeschoben werden. Auf diese Weise
kann der Delphin nach Belieben Töne
in verschiedenen Frequenzen und Stär-
ken, vom Seufzen bis zum Schreien, abgeben.
    Untersuchungen von Belkowitsch

und Resnikow zufolge entstehen die Ultraschalltöne gewöhnlich in dem mittleren Luftsackpaar. Diese beiden hornförmigen Luftsäcke umschließen den Nasengang ringförmig. Ihr Innendurch-
messer ist ungefähr 3 bis 5 Millimeter
groß, wobei die Schließmuskeln vollkommen unabhängig voneinander tätig
sind. Es ist aber auch ohne weiteres vorstellbar, daß der Ton nicht in den Luftsäcken entsteht, sondern die Luftsäcke
lediglich als Resonanzkörper dienen,
die die sich im Nasengang bildenden
Schwingungen verstärken. Durch die
Muskeln des Nasengangs könnte möglicherweise die Luft in verschiedenen Ab-
schnitten der Nasengangröhre in
Schwingungen gebracht werden und es
dadurch ermöglichen, daß die Schallquelle im Nasengang je nach Belieben
hin- und herwandert.
    Soviel ist auf alle Fälle sicher: Die
Töne entstehen im Kopf des Delphins
vor der stark gewölbten Stirnpartie des
Schädels (die durch das Stirnbein und
den Kiefer gebildet wird), hinter dem
hervorschwellenden fleischigen Fettpolster. Es bleibt nur noch die Frage offen,
wie die Ruftöne aus dem Kopf des Delphins nach außen dringen. Zunächst, als
man noch vermutete, daß sich Delphine
mit Hilfe von Ultraschallsignalen orientieren, verdeckte man die Augen der
Tiere mit weichen Kunststoffklappen,
so daß das Sehen in der Orientierung
vollkommen ausgeschaltet wurde. Die
Versuchstiere schwammen trotzdem genauso sicher und gelassen durch die
senkrecht aufgestellten Stangen im Bas-
sin und verschlangen der Reihe nach die
an Schnüren hängenden Fischstücke,
als könnten sie einwandfrei sehen.
    Als ihnen jedoch schalldichte „Sturz-
helme" über den Kopf gezogen wurden,
die aber ihr Sehvermögen nicht beein-

Ein Sporttaucher macht unter Wasser die Bekanntschaft eines Tümmlers. Am Scheitel ist die Nasenöffnung des Delphins gut zu sehen. Ein einmaliges Aus- und Einatmen geht außerordentlich schnell vor sich, es dauert insgesamt 0,3 bis 0,7 Sekunden. Beim Schwimmen in der Nähe der Wasseroberfläche atmet der Delphin drei- bis achtmal in der Minute. Er kann aber auch eine Pause von 20 Minuten einlegen. Indem er die Luft von einem Luftsack in den anderen drückt, entstehen vermutlich die Schwingungen für die notwendige Ultraschallortung.

trächtigten, wurden die friedlichen Tiere plötzlich wild. Sie schlugen wütend um sich und mühten sich so lange ab, bis sie sich von den unbequemen Hauben befreit hatten. Dies bestärkte die Annahme der Forscher, daß die zur Orientierung notwendigen Ultraschallsignale durch die Stirn der Delphine ins Wasser gelangen. Die Bioniker gingen zunächst davon aus, daß der gewölbten Stirnpartie des Schädels eine ausschlaggebende Rolle bei der Ausstrahlung der Erkundungssignale zukomme, da vermutlich mit dieser Partie die Schwingungen des Schalls wie aus dem Brennpunkt eines Parabolspiegels ausgestrahlt werden. Ein optischer Parabol-

spiegel strahlt nämlich ein parallellaufendes Lichtbündel aus, wenn eine brennende Kerze in den Brennpunkt des Spiegels gestellt wird. Spätere Untersuchungen haben allerdings diese Annahme widerlegt, da es sich herausstellte, daß diese Knochen des Delphins in Anbetracht akustischer Gesichtspunkte viel „transparenter" sind, als ursprünglich angenommen wurde. Messungen ergaben, daß die Schädelknochen der Delphine nur 35 Prozent der auf sie auftreffenden Schallenergie reflektieren. Der Wirkungsgrad des „Reflektors" ist demnach für den Delphin keineswegs als gut zu bezeichnen.

Dagegen ist die Höckerwulst am

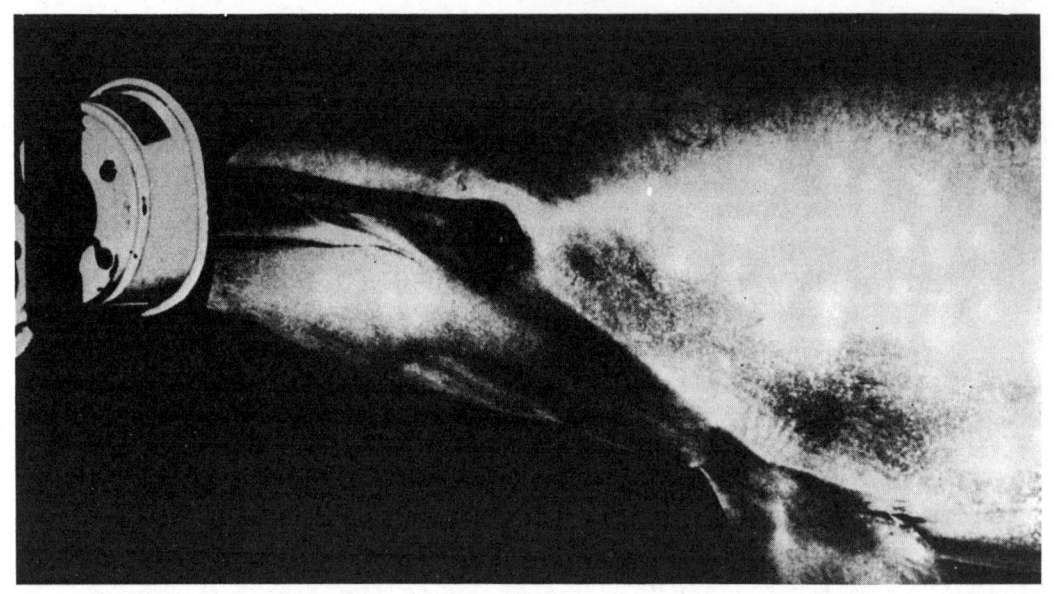

Die Veranlagung des Delphins wurde im Unterwasserlaboratorium Sealab 2 bereits in den Dienst des Menschen gestellt. Tuffy, der 2 Meter lange und 122 Kilogramm schwere Tümmler verrichtet „Kurierdienst". Von dem sich in 62 Meter Tiefe befindlichen Unterwasserlaboratorium Sealab 2 schwamm der Delphin in 45 Sekunden zu dem an der Wasseroberfläche verankerten Begleitschiff. In einem anderen Experiment — auf unserem Bild mit einem Hydrophon ausgestattet — wurde sein Pfeifen mit Hilfe eines Unterwassermikrofons aufgenommen.

Scheitel des Delphins ein besonders vorzügliches akustisches Instrument. Dieses Fettpolster ist auch beim Schwimmen von Nutzen, weil es den Wellenwiderstand des Wassers mindert. Für die Ultraschallerkundung scheint es aber noch bedeutsamer zu sein. Im Grunde genommen faßt eine akustische Linse die aus den Schallquellen hervorbrechenden Töne so zusammen wie die optische Linse das Licht und strahlt sie in einem schmalen Bündel überwiegend in waagerechter Richtung nach vorn aus. Der sowjetische Forscher J. W. Romanenko führte mit dem Kopf eines verendeten Delphins ein interessantes Experiment durch. Er stellte den auf einem Gestell montierten Kopf des Delphins 1 Meter unter die Wasseroberfläche des Versuchsbassins und führte durch die Nasenöffnung eine Ultraschalleitung

von 1,6 Zentimeter Durchmesser in den Nasengang. Ferner wurde in einer Entfernung von 1,5 Metern von der Schallquelle ein Kugelmikrofon mit einem Durchmesser von drei Zentimetern angebracht.

Im Laufe des Experiments wurden in immer höher ansteigenden Frequenzen Töne von 10 000 bis 170 000 Hertz durch den Kopf des Delphins ausgestrahlt. Das Ergebnis war verblüffend! Je höher die Töne, um so dichter und enger wurde das Strahlenbündel. Bemerkenswert dabei ist, daß auch Fledermäuse imstande sind, den Ultraschallstrahl ihrer Ortung in immer engere Bündel zu fassen, sobald sie einen „schärferen Blick" auf das reflektierende Objekt werfen. Die akustische Linse des Delphins vollzieht diesen Vorgang selbsttätig. Will der Fischjäger die

Energie seiner Strahlen auf eine kleinere Fläche konzentrieren, muß er mit einer höheren Stimme „singen".

Vom physikalischen Standpunkt aus funktioniert die „Schallinse" recht einfach: Sie verringert vom Rand zur Mitte hin stets die Geschwindigkeit des durchdringenden Schalls. Beim Anschlagen einer Glocke hinter einer derartigen Schallinse im Wasser wird sich der Glockenton nicht zerstreuen, sondern in Richtung der Linsenachse am lautesten zu hören sein. Die auseinanderstrebenden Schallwellen erreichen nämlich den Rand der Linse später als die Mitte. Da die Mitte dichter ist, tritt hier aber schneller eine Verzögerung ein als am Rand ein, folglich „warten" die in Richtung der Linsenachse ankommenden Wellen auf die vom Rand eintreffenden, und die Wellen können jetzt in einem einzigen Bündel weiterstrahlen.

Im Kopf eines lebenden Delphins läuft vermutlich ein ähnlicher Vorgang ab. Die am Institut für Entwicklungsbiologie der Akademie der Wissenschaften der UdSSR durchgeführten anatomischen Untersuchungen haben bewiesen, daß diese Vermutung zutreffend ist. Demnach verhält sich das Fettpolster tatsächlich wie eine akustische Linse. Dieser ellipsoidförmige Körper, der besonders an einen zusammengedrückten Ball erinnert, bildet vor dem Stirnbein zur Längsachse des Delphinkörpers einen Winkel von 60 Grad. In der Mitte des Polsters befinden sich kleine Fettzellen, die genauso wie die menschlichen Muskelfasern durch außerordentlich feine Bindegewebe zusammengehalten werden. Mikroskopische Untersuchungen haben gezeigt, daß die Zellen zum Rand der Linse hin immer spärlicher werden, wobei die Bindegewebefasern hingegen ein dichteres Netz bilden.

Daraus lassen sich zwei aufschlußreiche Folgerungen ableiten. Einerseits ist es gewiß, daß sich der Schall in den Fettzellen langsamer fortbewegt als im umliegenden Zellgewebe. Demnach erfüllt das Fettpolster tatsächlich die Aufgabe einer „akustischen Linse". Andererseits ermöglichen es die umgebenden Bindegewebeschichten des Fettpolsters, daß der Delphin nach Belieben die Dichte der Linse verändern kann. Erforderlichenfalls kann das Tier die Fett-

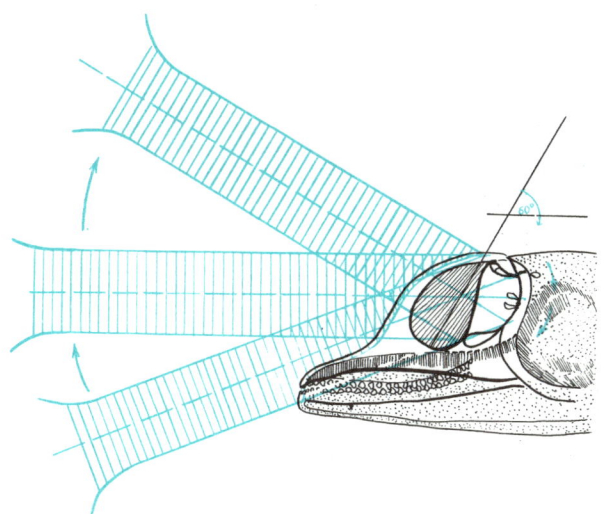

Sendet der Delphin seine Ultraschallsignale in senkrechter Richtung aus, verändert er vermutlich die Stelle der Schallbildungsquelle im Nasengang. Die akustische Linse des Fettkissens „projiziert" die im Brennpunkt entstehenden Schallwellen parallel nach außen. Verändert der Delphin ein wenig die Form der Linse, breitet sich das Strahlenbündel konisch aus.

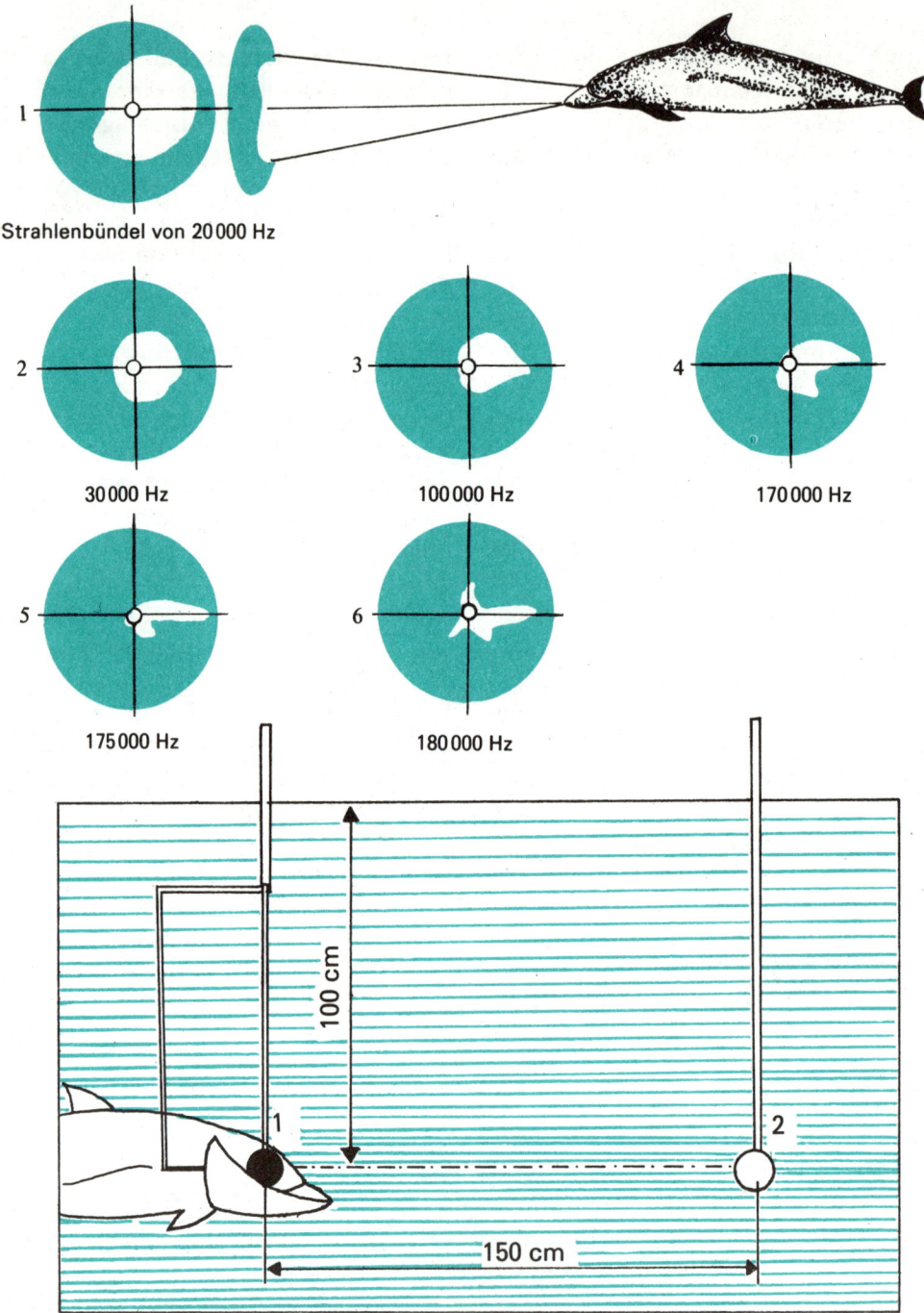

Strahlenbündel von 20 000 Hz

2   30 000 Hz

3   100 000 Hz

4   170 000 Hz

5   175 000 Hz

6   180 000 Hz

100 cm

1

2

150 cm

Beim Einsetzen des Erkundungsstrahlenkegels zum gründlicheren Erkennen eines Objekts sendet der Delphin immer höhere Ultraschalltöne aus. Dieses Phänomen wurde durch ein Experiment im Wasserbassin aufgedeckt, in dessen Verlauf am Kopf des Delphins ein Ultraschallreflektor angebracht wurde. Dabei stellte es sich heraus, daß das Stirnfettpolster wie eine akustische Linse, ähnlich einer optischen Linse, die höheren Frequenzen von Ultraviolettstrahlen stärker als rote Frequenzen „beugt". 1 – Ultraschallreflektor; 2 – Mikrofon.

zellen zur Mitte hin verdichten, ebenso aber auch auseinanderdrücken. Der Delphin ist also auf diese Weise in der Lage, die „Schallbrechung" der Linse zu verändern. Durch diese Möglichkeit vermag er sich außerordentlich leicht der unterschiedlichen Dichte des ihn umgebenden Wassers anzupassen. Schlammiges Wasser ist vom akustischen Gesichtspunkt dichter als sauberes Wasser. Gelangt der Delphin in solches Wasser, erhöht er einfach den „Brechungsindex" seiner akustischen Linse. So können die Schallwellen weiterhin an der Grenzfläche des Wassers und der Linse in der gewohnten Richtung nach außen treten.

Es ist aber auch durchaus möglich, daß der Delphin beim Orten mit dieser Linse den Strahlenkegel der Schallwellen weitet oder einengt. Es stimmt zwar — wie es sich auf Grund der Experimente von Romanenko gezeigt hat —, wenn die „Schallbrechung" der Linse nicht verändert wird, daß auch dann noch dieses Symptom zutrifft, dabei muß der Delphin aber die Frequenz der ausgestrahlten Rufsignale reduzieren oder erhöhen. Mit der Erhöhung der Schallbrechung der Linse kann der Strahlenkegel auch bei permanenter Schallhöhe eingeengt werden.

Es ist bis heute noch nicht eindeutig geklärt, welche Hypothese zutrifft und wie der Delphin in Wirklichkeit mit dieser akustischen Linse „spielt". Auf alle Fälle ist es erstaunlich, daß dieses vielfältige Regelungssystem stark an die Stimmbildung der Singvögel erinnert, bei der die Stimmhöhe und -stärke nach Belieben verändert werden können. Eingehendere Untersuchungen im Laufe von weiteren Experimenten mit Delphinen werden sicherlich dazu beitragen, diese offenen Fragen in Zukunft zu beantworten.

## Klopfender Ultraschall

Während der Erkundung schüttelt der Delphin seinen Kopf! Nicht deshalb, weil er sich vielleicht ärgert, daß er noch keinen Fisch ausfindig machen konnte, im Gegenteil. Analysen von Filmaufnahmen haben ergeben, daß der Delphin dadurch mit seinem Ultraschallstrahlenbündel das Wasser in waagerechter Ebene nach rechts und links absucht. Dabei „testet" er gewissermaßen den ihn umgebenden Raum ab. Messungen zufolge ist er im Verhältnis zur Längsachse seines Körpers imstande, den Kopf nach rechts oder links in einem Winkel von 10 bis 13 Grad zu bewegen und so aus dem vor ihm befindlichen halbkugelförmigen Raum einen Abschnitt von 1/9 bis 1/8 zu übersehen. Je näher er einem Hindernis ist, um so schneller bewegt er den Kopf.

Der Delphin kann das Strahlenbündel seiner Ortung nicht nur waagerecht, sondern auch senkrecht bewegen. Nach den Untersuchungen von Belkowitsch und Nesterenko hängt die Richtung des Schallstrahls davon ab, wo der Delphin im Nasengang den Ton bildet. Entstehen die Schallschwingungen an den beiden hornförmigen mittleren Luftsäkken, strahlt die akustische Linse das Strahlenbündel überwiegend in waagerechter Richtung aus. Befindet sich die Schallquelle etwas tiefer, in Richtung der unteren Luftsäcke, „überschlägt" sich der Schallstrahl und verläßt den Kopf des Delphins schräg nach oben. Entstehen die Ultraschalltöne hingegen in der Nähe der Nasenöffnung, richtet sich der Ortungsstrahl von der Waagerechten nach unten.

In diesem Zusammenhang sind die beiden sowjetischen Forscher außerdem auf Erscheinungen gestoßen, die einen

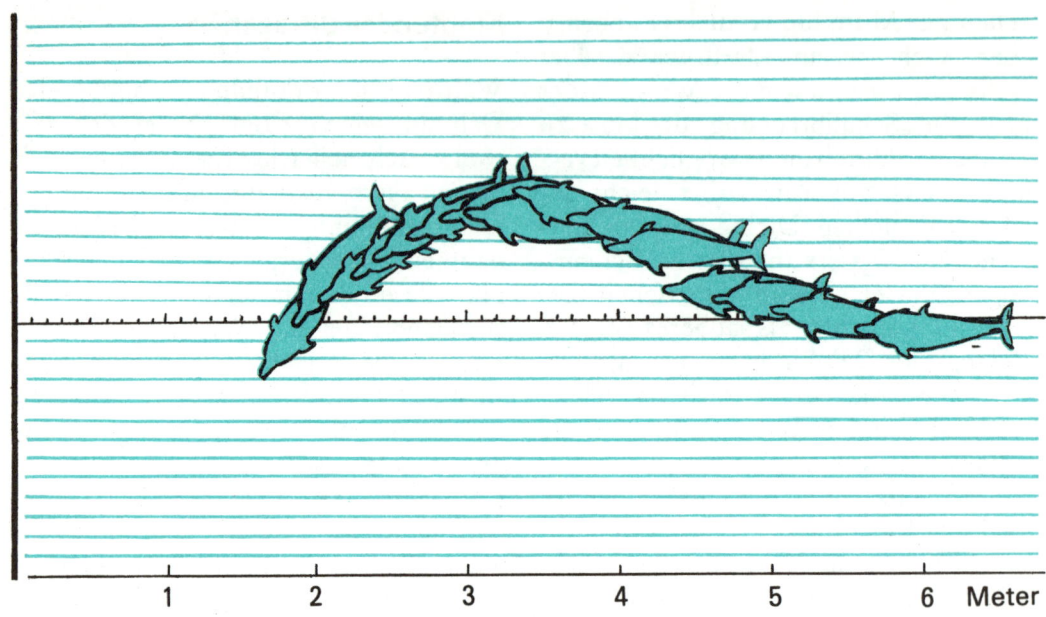

| | | | | | |
|---|---|---|---|---|---|
| 1 | 2 | 3 | 4 | 5 | 6 Meter |

**Bewegt der Delphin seinen Strahlenkegel in waagerechter Richtung, wendet er seinen Kopf während des Schwimmens hin und her. Je näher er an die Beute oder an ein Hindernis herankommt, um so schneller werden die Bewegungen.**

Einblick in bisher unbekannte Eigenschaften der Delphinortung gewähren. Im Strahlenbündel einzelner Signalrufe ist die Lautstärke nicht gleichmäßig verteilt. Wenn man beispielsweise ein dünnes Seidentuch vor den Kopf des Delphins hält, ist festzustellen, daß sich das Tuch nach einem kurzen knallenden Signal an einer Stelle stärker aufbläht. Hier ist nämlich der Schalldruck stärker! Beim nachfolgenden Ortungsimpuls sowie bei dem entsprechenden Knall wölbt sich das Tuch an einer anderen Stelle stärker aus. Entsprechende Messungen ergaben, daß sich der „Scheitel" des Schalldrucks in 0,003 Sekunden um ungefähr 1 Grad um die Achse des Strahlkegels dreht.

Weshalb sind Delphine auf dieses sonderbare Spiel angewiesen? Man nimmt an, daß sie auf diese Weise während des Schwimmens jedes einzelne Detail ihrer Umgebung „abtasten". Durch das Schlenkern des Kopfes und durch die Lageveränderung der Strahlenquelle vermögen sie das Strahlenbündel der Ortung in beliebiger Richtung zu ändern, wobei sie durch eine gleichzeitige Steigerung der Schallstärke weitere Einzelheiten über das vor ihnen auftauchende Hindernis oder die Beute feststellen. Mit dieser besonderen Methode der Ortungsstrahlung scheint es sich so zu verhalten, als wenn über jemandem ein Zelt zusammenbricht. In solch einem Fall können wir mit einem einzigen Blick feststellen, wo sich der im Zelt befindliche Mensch befreien will, weil sich an dieser Stelle die Zeltbahn am stärksten aufbauscht. Die Ortung des Delphins funktioniert auf der Grundlage von Schallsignalen, wobei die im Kreis herumwandernden Signale irgendwie an Klopfzeichen erinnern.

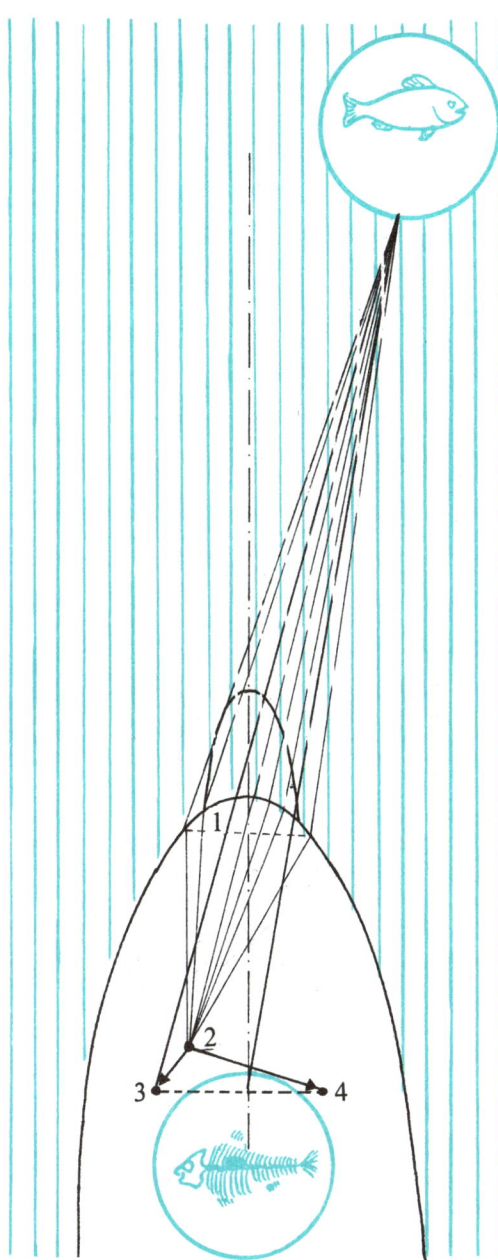

Neuesten Untersuchungen zufolge wird der Ultraschall durch die akustische Linse des Delphins konzentriert. Über die beiden Hörnerven gelangt der Schall ins Hörzentrum des Gehirns. Der Delphin „sieht" vom kleinen Beutefisch vermutlich nur das Skelett und die Schwimmblase. Er kann in die Objekte nur „hineinsehen". 1 – akustische Linse; 2 – Brennpunkt; 3 – linkes Ohr; 4 – rechtes Ohr.

Wenn der Delphin im Laufe einer Impulsserie Ortungssignale in Richtung eines Hindernisses ausstrahlt, erkennt er auf Grund der unterschiedlichen Stärke der Klopfzeichen gleichzeitig auch, aus welchem Material das Objekt besteht. Offenbar ist es darauf zurückzuführen, daß er zwischen einem fischähnlich geformten Kunststoffobjekt und einem Fisch unterscheiden kann, da diese unterschiedlichen Stoffe den Schall nicht gleichmäßig reflektieren. In diesem Zusammenhang wird zur Zeit eingehend die sogenannte Methode der Amplitudenmodulation (AM) der Delphinortung untersucht.

## Verborgene Ohren

Zu einer solch vorzüglichen Ortung sind außerordentlich sensible Ohren nötig. Wie genau wir Lichtbildaufnahmen von Delphinen auch betrachten, wir finden keine Spur von Ohrmuscheln. Genauso wie Fledermäuse auf drehbare „Parabolantennen" in Anbetracht der reflektierten schwachen Ultraschallstrahlen angewiesen sind, ebenso können auch Delphine nicht darauf verzichten — müßte man logischerweise denken. Die an beiden Seiten des Kopfes, unmittelbar unter den Augen, befindliche äußere Gehörgangöffnung ist so klein und kaum wahrnehmbar, daß sie im Grunde genommen lediglich Biologen bekannt ist. Auf Ohrmuscheln mußten Delphine im Verlauf der stammesgeschichtlichen Entwicklung offensichtlich verzichten, weil sie im Wasser einen zu großen Widerstand verursacht hätten.

Wissenschaftler nahmen lange Zeit an, daß Wale (Delphine gehören auch zu dieser Ordnung) aus den von außen hereinführenden schmalen Schallkanälen keinen großen Nutzen ziehen. Da die Knöchelchen des Trommelfells und des Mittelohrs eine ungewöhnliche Form haben, wären sie von vornherein nicht imstande, den Schall zum ovalen Fenster des Innenohrs zu führen. Man setzte voraus, daß Wale den Schall mit ihrem ganzen Körper auffangen, um unmittelbar mit dem Schädelknochen die Schwingungen an das Innenohr weiterzuleiten. Spätere Untersuchungen ergaben jedoch, daß die Theorie der Übertragung durch die Knochen vollkommen falsch ist. Folglich sei das Hörvermögen der Wale vorzüglich, und der Mechanismus der akustischen Umformung ihrer Ohren funktioniere ebenso wie der der übrigen Säugetiere, mit der Ausnahme allerdings, daß Wale nicht an der Luft, sondern im Wasser ausgezeichnet hören. Da ein großer Teil ihres Körpers aus Wasser besteht, versetzen die Schallwellen vermutlich die Luft in den Luftsäcken in Schwingungen. Diese Schallschwingungen gelangen dann durch die sogenannte Eustachische Röhre in das Mittelohr, wo das Trommelfell von „innen nach außen" in Schwingung gebracht wird. Diese Annahme wurde allerdings experimentell noch nicht nachgewiesen. Soviel ist jedoch sicher, daß die drei Gehörknöchelchen den durch die reflektierten Signale der Schallortung zum Schwingen gebrachten Schall im Trommelfell in einer dreißigfachen Verstärkung an das Innenohr weiterleiten. Die Gehörschnecke im Gehörgang der Delphine ist ein recht kompliziertes Organ und wahrscheinlich zu feineren Unterscheidungen fähig als das menschliche Ohr. Die Gehörschnecke des Menschen und die des Tümmlers sind ungefähr gleich groß, doch die herausführenden Gehör-

Instrumente des Delphins zum Raumhören sind viel empfindlicher als die des Menschen und im Bereich des Ultraschalls am sensibelsten. Es bestätigt sich immer mehr, daß Delphine zumindest über ein solch vollkommenes Bildhören verfügen wie Fledermäuse in der Luft.

nervenbündel sind beim Delphin fünfmal so stark wie die des Menschen (statt 1 Millimeter 5 Millimeter!).

Da der Delphin auch Ultraschallwellen ausstrahlt, ist es selbstverständlich, daß sein Ohr nicht nur im Bereich des menschlichen Hörvermögens funktioniert, sondern auch Töne in höheren Frequenzen wahrnimmt. Diese Sensibilität vermindert sich jedoch bei bestimmten Frequenzwerten nach oben immer mehr. B. Lawrence und W. Shevill haben im Verlauf ihrer Untersuchungen an Tümmlern festgestellt, daß die Tiere bei der Durchführung einer Aufgabe auf Grund bestimmter Schallsignale im Frequenzbereich von 150 bis 120 000 Hertz auf jeden Ton mit irgendeiner Bewegung genau reagieren. Stiegen jedoch die Tonschwingungen auf 153 000 Hertz an, unterliefen ihnen immer mehr Reaktionsfehler, so daß nur noch 13 Prozent der Aufgaben richtig gelöst wurden. S. C. Johnson, ein amerikanischer Forscher, kam auf ähnliche Ergebnisse. Er fand das Hörvermögen eines Tümmlers bei einer Frequenz von 10 bis 150 000 Hertz als noch annehmbar gut, allerdings mit dem Schönheitsfehler, daß das Versuchstier am Rand des unteren und oberen Frequenzbereichs nur noch Töne in einer Lautstärke wahrnahm, die vergleichsweise von einem ratternden Staubsauger hervorgebracht werden. Ansonsten erwies sich der Delphin im Bereich des Ultraschalls, bei Schwingungen von 50 000 Hertz, am sensibelsten: Dabei nahm er selbst solch leise Töne wahr, die nicht stärker waren als das Rascheln von Laub in der Luft. Zumindest erkannte er die Richtung, aus der die Töne kamen; denn über die Entfernung orientieren ihn ja Ortungssignale. An der Grenze des vernehmbaren Schallbereichs (20 000 Hertz) muß der Ton mindestens so laut wie das Ticken einer Uhr sein, damit der Delphin ihn noch wahrnimmt.

Die Ohren des Delphins eignen sich auch recht gut zur Feststellung der Richtung der reflektierten Schallsignale, da sie sowohl voneinander als auch vom Schädelknochen vollkommen isoliert sind. Im Jahr 1960 entdeckten F. K. Frazer und P. E. Pervec, daß das Mittelohr und das Innenohr des Delphins mit einer vollkommenen Schaumisolierung umgeben sind, die jede störende Schwingung absorbiert. Dieser Isolierstoff setzt sich aus Fett, das mit kleinen Luftblasen durchsetzt ist, zusammen. Diese kleinen Luftbläschen absorbieren offensichtlich jede Schwingung, so daß der Schall nur über das Mittelohr durch Vermittlung des „klopfenden Steigbügels" in das Innenohr gelangt. Da die beiden Ohren, jedes für sich, den Schall getrennt wahrnehmen, kann dadurch nicht nur die relative Verspätung, sondern auch die genaue Lage des Objekts von der „elektronischen Rechenanlage" im Gehirn des Delphins auf Grund des ganz geringen Schallstärkeunterschieds festgestellt werden. Diese Unterscheidung reicht aus, selbst das schwächste Echo von Rufsignalen wahrzunehmen.

## „Jetzt bist du an der Reihe!"

„Sie unterhielten sich miteinander durch ein Drahtgitter wie Kinder, die in getrennten Zimmern schlafen müssen. Als Zugabe seufzten und stöhnten sie während ihres Zusammentreffens in bestimmter Reihenfolge: Keiner unterbrach den anderen, jeder sprach so lange, wie es ihm gefiel, sie waren ausgesprochen höflich zueinander" — berichtet der amerikanische Forscher John Lilly über das Verhalten von zwei Delphinen im Ozeanarium.

Können Delphine tatsächlich miteinander sprechen? Nach dem Aufbau ihrer stimmbildenden Organe ist es unbestreitbar, daß Delphine zur Bildung außerordentlich komplizierter Laute in der Lage sind. Dies bedeutet jedoch nicht, daß sie in menschlichem Sinn sprechen können. Sie sind lediglich imstande, kompliziertere Informationen auszutauschen, als es gewöhnlich andere Tiere können.

Das Rätsel um das Sprachvermögen

Über die „Sprache" der Delphine wissen wir noch wenig! Obwohl Forscher zahlreiche Laut-signale auf Tonbändern aufgezeichnet haben sowie die Zeitdauer der Pfiffe, deren Form und Frequenzen sie in unterschiedlichster Weise analysiert haben, scheint die Lösung des Rätsels um das „Sprechen" der Delphine noch in weiter Ferne zu liegen.

der Delphine wurde von dem amerika-nischen Psychologen J. Bastian einge-hend untersucht. Nachdem er ein Was-serbassin mit einem grobmaschigen Netz geteilt hatte, setzte er in jede Hälfte je einen Delphin. Jedem Delphin wurden in seinem „Schulzimmer" zwei Pedale eingebaut, wobei im rechten Ab-teil des Bassins zwischen beiden Peda-len eine Glühlampe montiert wurde. Die Experimentierreihe begann mit der Schulung der Tiere. In das mit der Glühlampe versehene Abteil, in den „vollkomfortablen" Teil, wurde ein Delphinweibchen gesetzt, welches bei entsprechender Belohnung mit Fischen zunächst lernte, daß es beim ständigen Brennen der Lampe das Pedal auf der

rechten Seite und beim Auf- und Ab-flackern der Lampe das Pedal auf der linken Seite betätigen mußte.

Diese „Kunststücke" erlernte auch recht schnell das Männchen von der an-deren Seite, indem es ständig durch das Netz zur Lampe „hinüberschielte".

Anschließend folgte eine schwieri-gere Aufgabe. Als die Lampe ständig leuchtete, mußte erstmals das Männ-chen im anderen Abteil auf das entspre-chende Pedal drücken. Das Weibchen mußte geduldig warten und durfte erst dann auf eines der „eigenen" Pedale drücken, wenn sein Partner versagte. Dieses Spiel erlernten die Delphine ver-hältnismäßig schnell. Sie benötigten ins-gesamt 5 Minuten dazu! In 100 Fällen wurden die Aufgaben siebenundneunzigmal ohne Fehler durchgeführt, sei es, daß die Lampe ununterbrochen oder flackernd brannte.

Danach wurde das Experiment noch schwieriger gestaltet! Die Delphine mußten sich jetzt durch Laute verständigen. Das trennende Netz wurde durch eine undurchsichtige Holzplatte ersetzt. Man schaltete die Lampe ein, und sie brannte fortwährend. Das Delphinweibchen konnte das Lampenzeichen weiterhin gut wahrnehmen, doch es mußte in der erlernten Art eine Weile warten. Sie informierte ihren Gefährten durch bestimmte Pfiffe. Ihr Partner drückte daraufhin auf der anderen Seite sofort auf das rechte Pedal. Beim Flackern der Lampe drückte das abgesonderte Männchen, nach dem Wahrnehmen einiger Pfiffe des Weibchens, auf das linke Pedal. Das Weibchen mußte das nachbarliche Männchen nicht nur darüber informieren, daß die Lampe eingeschaltet war, sondern auch darüber, ob sie ununterbrochen oder nur flackernd brannte. Davon hing es ab, auf welche Taste der Partner zu drücken

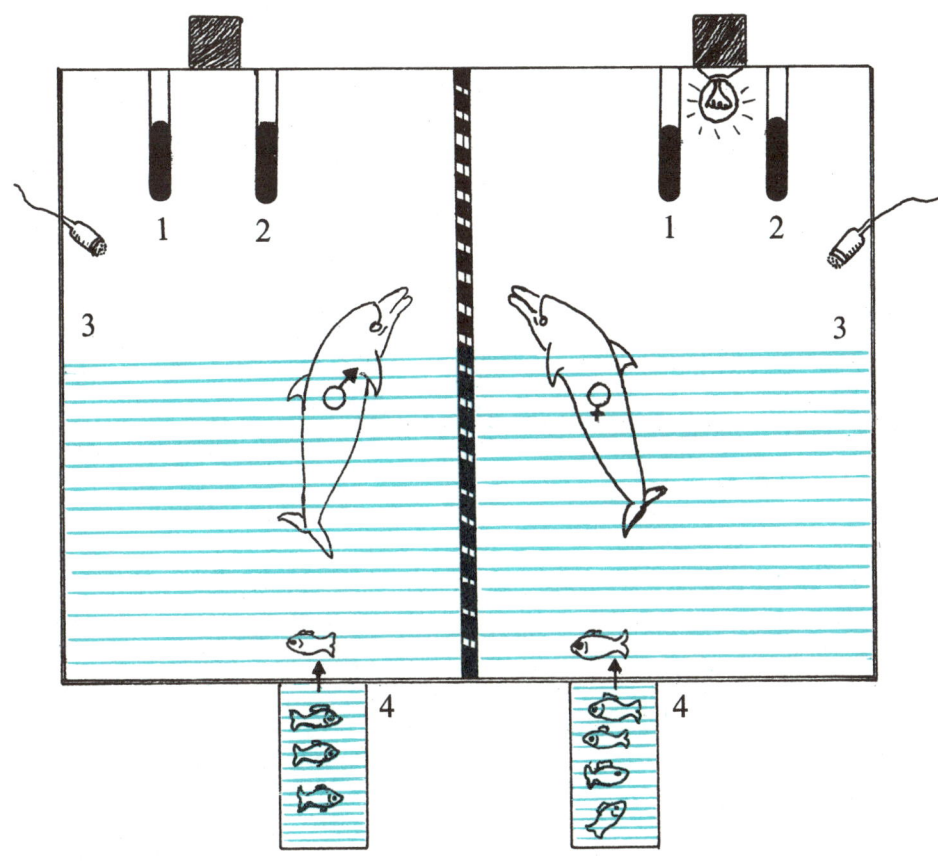

Das berühmte Experiment, mit dem erstmals mit konkreten Beweisen nachgewiesen werden konnte, daß Delphine miteinander „sprechen". Das Delphinweibchen orientierte ihren in der anderen Hälfte des Bassins eingeschlossenen Partner mittels verschiedener Laute über die eingeschaltete Lampe und die damit zusammenhängenden Aufgaben des Experiments. 1 — linkes Pedal; 2 — rechtes Pedal; 3 — Hydrophon; 4 — Belohnungsfische.

hatte. Die Delphine erfüllten die Aufgabe abermals mit einer Genauigkeit von 97 Prozent. Aufschlußreich war, daß das Männchen das unsichtbare Weibchen durch Pfeifsignale aufforderte, daß es jetzt auch auf die entsprechende Taste drücken könne.

Daß dabei die Informationen tatsächlich durch Schallsignale übermittelt wurden, darüber konnten sich die Forscher in einfacher Weise überzeugen. Als nämlich das Wasserbassin durch schalldämmendes Material geteilt wurde, lösten die Delphine die Aufgaben nur in 54 von 100 Fällen richtig, so als hätten sie gewissermaßen die Lösung nur erraten. Als jedoch die schalldämmende Platte mit einigen kleinen Löchern versehen wurde, erhöhten sich die richtigen Antworten auf 84 Prozent.

Bastian interessierte sich auch dafür, mit welchen Lautsignalen sich die Delphine im Laufe des Experiments verständigten. Er nahm ihre „Zwiegespräche" mit Hilfe von Unterwassermikrofonen auf Tonbänder auf und untersuchte mehrere tausend Impulsfolgen und Pfiffe. Auf Grund der Häufigkeit in den Analysen ging hervor, daß vom Weibchen bei eingeschalteter Lampe gewöhnlich ein lauter Pfiff und eine Folge von Knallen ausgestoßen wurden. Danach wurde die Aufgabe vom Männchen genau erfüllt. Blieb der Pfiff aus, drückte das Männchen in den meisten Fällen nicht auf das richtige Pedal.

Während einer Experimentierreihe wurde vom Weibchen beim Einschalten der Glühlampe fünfundzwanzigmal gepfiffen und einhundertsiebzehnerlei an-

Der Tümmler nimmt mit sichtbarem Vergnügen an wissenschaftlichen Experimenten und Dressurübungen teil.

dere Signale abgegeben. Das Männchen hingegen antwortete in der Regel mit 20 Pfiffen. In der letzten Versuchsreihe gaben die Delphine insgesamt 500 Pfiffe und 400 knallende Laute von sich. Dabei tauschten die Delphine ihre Informationen nicht nur im menschlichen Hörbereich aus, sondern sie verwendeten dazu auch Ultraschallsignale. Die Impulsfolge lag in der Zeitspanne von 1,6 bis 0,9 Sekunden, wobei in einer Folge durchschnittlich 47 Impulse ausgestrahlt wurden. Aus den Signalen ging deutlich hervor, daß das Weibchen beim ständigen Brennen der Lampe dem Männchen in längeren Abständen Signale übermittelte als beim Flackern der Lampe. All diese Untersuchungen ermöglichen es bei weitem noch nicht, sich eine bestimmte Vorstellung über ein informationstechnisches System der Delphine zu bilden.

Da diese Säugetierart außerordentlich gelehrig ist und über ein ausgezeichnetes Gehör verfügt, versuchten einige Forscher ihnen englische Wörter beizubringen. Auf Grund der bedingten Reflexe der Laute wurde zumindest so viel erreicht, daß, als die Frequenz der Wörter „Reifen", „Mütze" oder „Stock" mit entsprechender Verstärkung ins Wasser geleitet wurde, die Delphine erlernten, welchen Gegenstand sie aus dem Wasser heranbringen sollten. Doch damit haben sie im wesentlichen nicht mehr Gelehrigkeit gezeigt als Hunde.

Untersuchungen am Institut für Morphologie der Akademie der Wissenschaften der UdSSR ergaben, daß Delphine ungefähr 400 verschiedene „Wörter" als Ausdruck ihrer Empfindung verwenden, vom Schallbild der Zufriedenheit über Ärger bis zur Angst.

Ob wir uns irgendwann mit Delphi-nen wirklich unterhalten können? Dies ist sicherlich eine Illusion, die wahrscheinlich nie in Erfüllung gehen wird. Welche Sprache wir auch immer diesen intelligenten Wassertieren beizubringen versuchen, sie werden das menschliche Begriffssystem niemals verstehen. Wir werden uns mit ihnen folglich auch in der Zukunft nicht unterhalten können, wenn auch über diese Möglichkeit in einer noch so interessanten Weise von Robert Merle, dem großartigen französischen Schriftsteller, in seinem Roman „Ein vernunftbegabtes Tier" phantasievoll geträumt wird.

Der kluge und mit vielen vorzüglichen Eigenschaften ausgestattete Delphin als Hauptfigur phantastischer Romane.

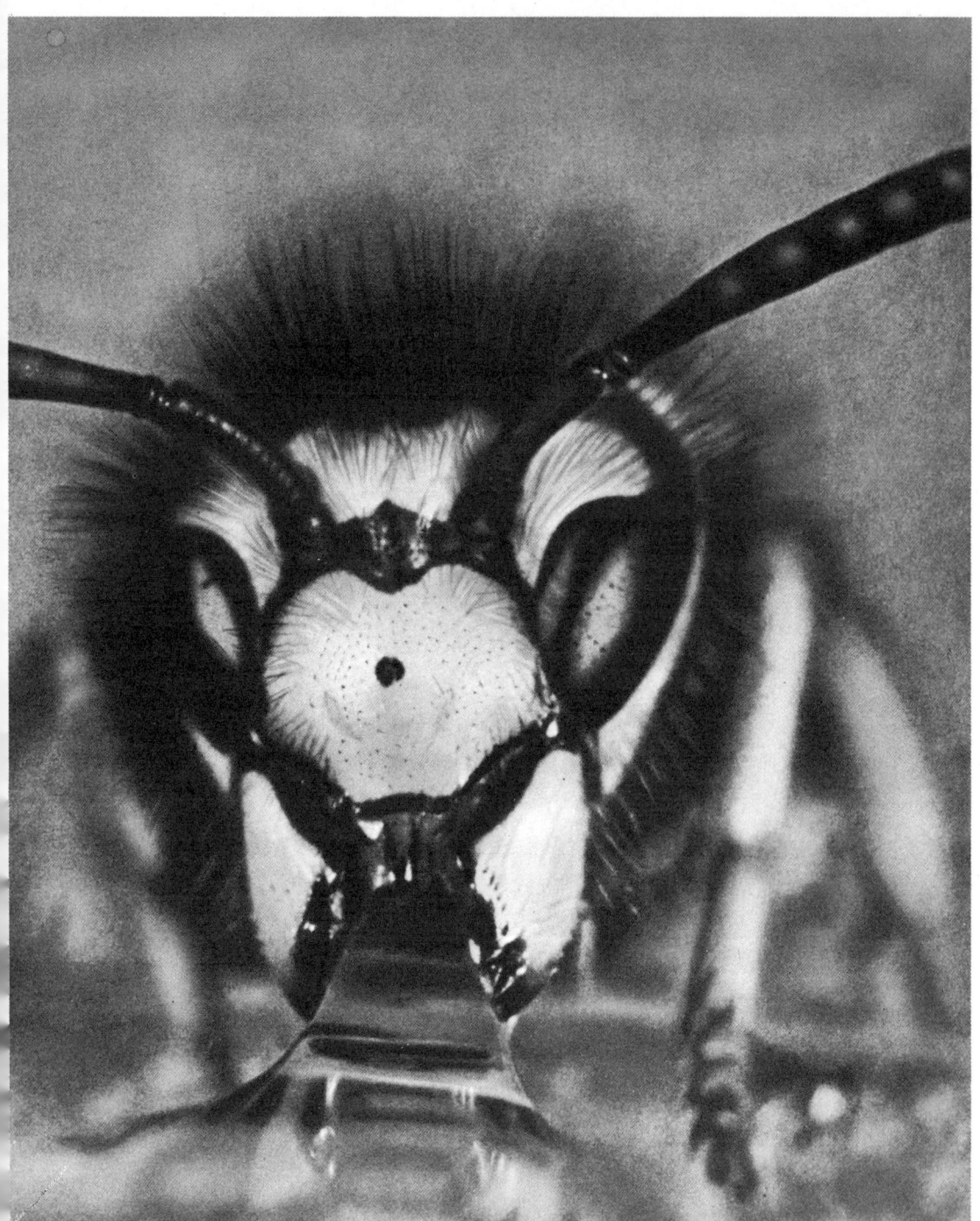

Die Harmonie des Geschmacks und Duftes genießend, saugt die Deutsche Wespe den Nektar. Vom Standpunkt der Bionik ist es nicht einfach, den Geschmack und den Duft von Stoffen mit den gleichen physikalischen Kennwerten zu bestimmen wie das Licht und den Schall. Dadurch ist uns über die Funktion duft- und geschmacksempfindlicher Sinnesorgane nicht viel bekannt.

# Beine mit Geruchs- und Geschmacksorganen

Wenn die Gläser klingen und der erste Schluck verkostet wird, können die meisten nur sagen, daß der Wein schmeckt oder nicht schmeckt. Nach ein paar Gläsern kümmert sich niemand mehr um den Duft, den Geschmack und die Blume des Getränks. Professionelle Weinverkoster müssen bekanntlich stets nüchtern bleiben. Bei der Verkostung werden die Weinproben nicht getrunken, denn die Verkoster müssen manchmal unter mehr als 30 Weinsorten unterscheiden.

Wie bescheiden ist dies aber im Vergleich zu den in den Weinen enthaltenen Geschmacksnuancen und den aus den Gläsern aufsteigenden Duftsymphonien! Jeder Duft, jeder Geschmack unterscheidet sich vom anderen. Sie zu systematisieren ist äußerst schwierig. Es ist deshalb nicht verwunderlich, daß bisher selbst die fortgeschrittene Technik unserer Zeit nicht in der Lage war, ein Gerät zu entwickeln, das auf der Grundlage von physikalisch-chemischen Wertmaßstäben die einzelnen Duftkomponenten und den Geschmack von Lebensmitteln oder anderen Stoffen bestimmt.

In der Tierwelt beeinflussen Duft und Geschmack in erheblichem Maße das Verhalten der Tiere von der Nahrungssuche bis zur rettenden Flucht. Durch den Duft können sich zahlreiche Arten die gleichen Informationen verschaffen wie andere mit der Sinnesempfindung durch Licht oder Schall.

Sollte es der Bionik gelingen, die Funktion der lebenden Mechanik des Duftes und Geschmacks zu analysieren, wird vielleicht auch die Technik in nicht allzu langer Zeit mit diesen erstaunlich feinen Sinnesorganen in Wettbewerb treten können.

Die duftempfindlichen „Geräte" der Lebewesen sind in der Tat rätselhafte Organe. In der menschlichen Nase ist die eigentliche Riechschleimhaut insgesamt nur 4 bis 5 Quadratzentimeter groß. Berücksichtigt man jedoch, daß aus ihren Zellen 2 Millimeter lange Sinnesfäden (Zilien) in die feine Schleimschicht hineinragen, mit der die Riechschleimhaut bedeckt ist, dann beträgt die gesamte Fläche einschließlich der Zilien 60 bis 100 Quadratzentimeter. Auf dieser handtellergroßen Fläche kommen die Geruchsnerven mit den durch den Luftzug eindringenden Stoffteilchen in Berührung. Wie nehmen sie aber Kenntnis von den verschiedenen Molekülen? Soviel steht fest, daß sie beim Einwirken eines Reizes wie winzige Funkstationen elektrische Signale an das zentrale Nervensystem übermitteln.

Die Sehnervzellen des Auges setzen das Licht in Elektrizität um. Die Empfindungszellen des Ohres übertragen die Schallschwingungen in elektrische Signale. Was empfindet jedoch eine Geruchszelle? Darüber gibt es bereits seit Jahrzehnten verschiedene, einander zum Teil widersprechende Theorien;

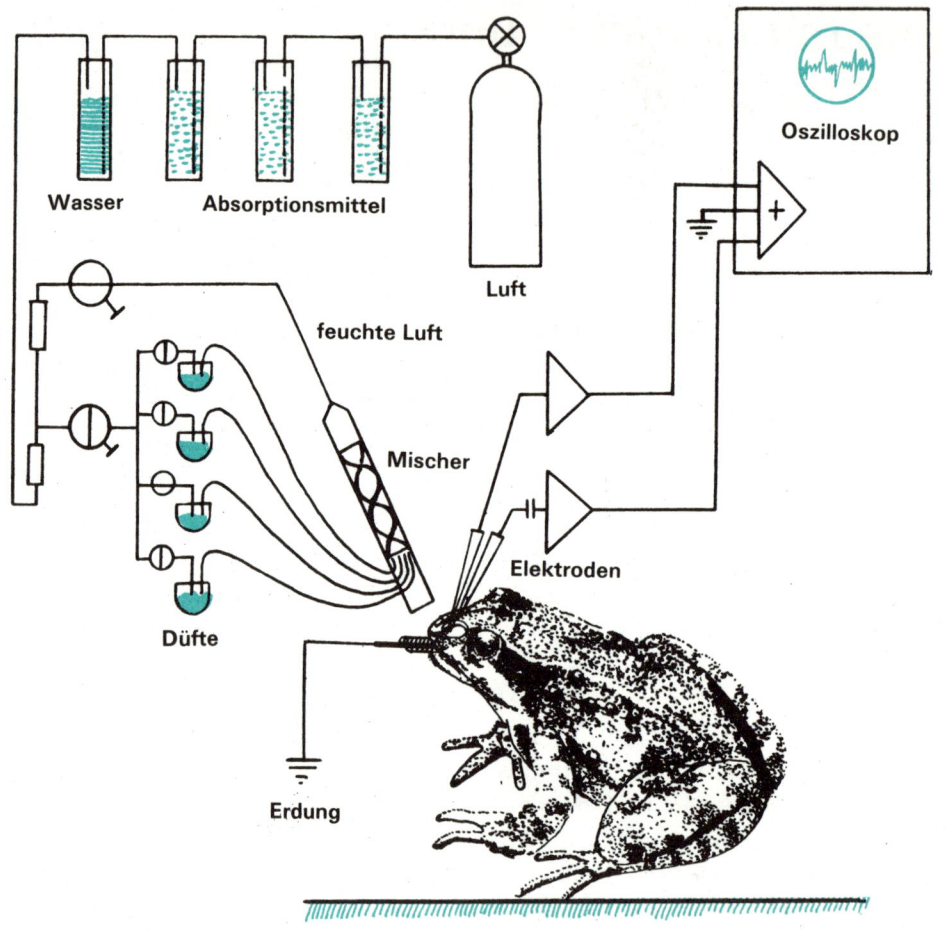

Wasser

Absorptionsmittel

Luft

feuchte Luft

Mischer

Oszilloskop

Elektroden

Düfte

Erdung

Forscher stellen gewöhnlich mittels des bedingten Reflexes fest, über welche Reize Sinnesorgane von Tieren reagieren. Hinsichtlich der Düfte ist es die verläßlichste Methode, wenn beispielsweise in die Nase eines Experimentierfrosches der entsprechende Duft mit feuchter Luft eingeführt wird und die elektrischen Signale der duftempfindlichen Zellen mit Hilfe winziger Elektroden empfangen werden.

bis heute gelang es aber noch nicht, diesen sonderbaren Vorgang eindeutig aufzudecken. Im Eiweiß der Sinneszelle der Geruchsschleimhaut befindet sich das Vitamin A. Dieser Stoff hat eine ähnliche Struktur wie der in den Sehzellen vorhandene lichtempfindliche Sehpurpur (Rhodopsin), dessen Molekularstruktur sich durch Einwirkung des Lichts verändert. Es ist durchaus möglich, daß die Duftmoleküle ähnliche

chemische Veränderungen in den Sinneszellen hervorrufen, wodurch elektrische Informationen an das Gehirn weitergegeben werden. Sollte diese Theorie richtig sein, so fehlen uns bisher tatsächlich Einzelheiten und Beweise.

Der englische Forscher R. C. Gesteland und seine Mitarbeiter haben sich bei der Untersuchung der elektrischen Signale der Geruchszellen von Fröschen diesem Problem von einer anderen Seite genähert. Sie interessierten sich vor allem dafür, welchen Unterschied die Nase zwischen den verschiedenen Gerüchen macht. Das Ergebnis dieser Untersuchungen führte zu erstaunlichen Erkenntnissen: Jede einzelne Sinneszelle ist im Grunde genommen gegenüber allen Düften empfindlich, aber nicht in gleichem Maß. Es ist durchaus möglich, daß die eine den Teeduft, die andere den Zitronenduft als „Liebling" bevorzugt, obwohl auch der Zitronentee in jeder Zelle einen Reiz hervorruft.

Demzufolge soll von jeder Zelle ein andersgeartetes elektrisches Signal in das Gehirn gelangen und sich danach aus diesen Mosaikteilchen, einem Minicomputer ähnlich, die wahre „Visitenkarte" des Duftes ergeben. Den Forschern zufolge verhält sich jede Sinneszelle wie eine selbständige winzige Nase. Demnach sei jede Zelle imstande, jeden Duft zu unterscheiden.

Der englische Forscher R. H. Wright hingegen ging von der Voraussetzung aus, daß es keine Sinneszelle gibt, die imstande wäre, mehr als 1 Milliarde verschiedene Düfte zu unterscheiden. Seines Erachtens muß es Grunddüfte geben, aus deren Kombinationen sich sämtliche Düfte, vom Zitronen- bis zum Teeduft, aufbauen, so wie man auch mit einigen Tönen verschiedene Akkorde auf dem Klavier spielen kann.

Gäbe es beispielsweise in der menschlichen Nase nur eine derartige grundduftempfindliche Zelle, hätten wir in dieser Hinsicht nur zwischen zweierlei Stoffen zu unterscheiden: duftende und nichtduftende. Verfügten wir jedoch über zweierlei grundduftempfindliche Zellen, könnte man die Stoffe bereits in 4 Duftgruppen einteilen. Wenn wir den einen Grundduft mit a, den anderen mit b bezeichneten, so könnten wir von einem Viertel der Stoffe sagen, sie seien a-duftempfindlich, weil wir an ihnen nur den a-Grundduft wahrnehmen würden. Das zweite Viertel würden wir als b-duftempfindlich bezeichnen, da der Duft jener Stoffe nur von der zweiten grundduftempfindlichen Zelle wahrgenommen würde. Den dritten Teil jedoch müßten wir als ab-Duft bezeichnen, weil ihn die beiden grundduftempfindlichen Zellen empfinden würden. Schließlich müßten wir vom verbleibenden Restviertel der Stoffe sagen, daß sie geruchlos sind, weil wir in deren Duft offensichtlich weder den a- noch den b-Grundduft entdecken würden.

Wenn wir diesen Gedanken weiter verfolgen, erhöht sich für uns mit jeder neuen grundduftempfindlichen Zelle die für uns zu unterscheidende Anzahl der Gerüche um das Doppelte. Bei 20 verschiedenen Sinneszellen in unserer Nase wären wir bereits in der Lage, 1 048 576 unterschiedliche Düfte wahrzunehmen. Bei 30 Sinneszellen wären es bereits mehr als 1 Milliarde verschiedener Düfte.

Dies verhält sich genauso wie mit den ersten 7 Tasten des Klaviers, mit denen man auf der C-Dur-Skala 128 Arten harmonisch klingender Akkorde spielen kann. Bei der Benutzung von 20 Tasten können bereits 1 048 576 Akkorde gespielt werden (einschließlich der einzeln angeschlagenen Tasten).

Die Grunddüfte kann man allerdings niemals rein für sich wahrnehmen, da sich jeder Duft aus mehreren Einzelkomponenten zusammensetzt. Bisher durchgeführte Experimente erhärten diese Theorie. Es wurden mehrere tausend Verbindungen von verschiedenen Insekten berochen. Aus der statistischen Analyse ging hervor, daß die europäische Obstfliege beispielsweise nur über 1 grundduftempfindlichen Zellentyp verfügt. Für sie gibt es demnach nur duftende und nichtduftende Stoffe. Die mexikanische Obstfliege orientiert sich bereits mit zweierlei Sinneszellen, der Wollschweber jedoch erkennt mit 4 Arten von Zellengruppen bereits 16 verschiedene Düfte. Die duftunterscheidende Fähigkeit verfeinert sich stets mit der Zunahme der Anzahl der Grundzellen.

Untersuchungen zufolge übermitteln die Nervenfasern des Frosches 8 verschiedene Grundsignale an das Gehirn, so daß Amphibien bereits 256 Düfte unterscheiden können. Bei Ratten gelang es sogar, 24 grundduftempfindliche Zelltypen zu entdecken, die zwischen fast 20 Millionen Gerüchen differenzieren.

Die elektrischen Signale dieser Grundtypen gelangen zugleich in das Gehirn, wo aus ihnen eine einheitliche „Harmonie" entsteht. Wie nahe dieser Vergleich an der Wirklichkeit liegt, geht aus den Untersuchungen der englischen Forscher I. R. Hughes und D. E. Hendrix hervor. Als sie Mikroelektroden in die Riechnervenfasern von Ratten einpflanzten und die auf Tonband aufgenommenen Signale an einen Lautsprecher anschlossen, ertönten die pochenden elektrischen Signale der auf die einzelnen Düfte reagierenden Zellen so, als hätte jemand auf mehrere Tasten einer Orgel auf einmal gedrückt. Diese „Duftorgel"theorie wird noch heute von vielen Forschern nicht anerkannt; es ist aber anzunehmen, daß sie im Ergebnis weiterer Untersuchungen erhärtet wird.

## Witternde Fische

Der Sohn des berühmten Kapitäns Cousteau begleitete seinen Vater auf dem Forschungsschiff „Calypso" als Kameramann auf jeder Reise. Er berichtete von seinen interessanten Erlebnissen bei einem Experiment, in dessen Verlauf mit einer aus Fischfleisch gewonnenen Flüssigkeit eine 300 Meter lange Duftspur zur Untersuchung des Geruchssinns der Haifische im Wasser hinterlassen wurde:

„Wir brauchten nicht lange zu warten. Es tauchten fast gleichzeitig zwei Haie auf. Beide schwenkten ihre Köpfe ohne Unterlaß mal nach rechts, mal nach links. Sie schwammen schnell und unruhig. Den beiden folgten vier kleinere Artgenossen, höchstens 1 Meter große Tiere. Alle berührten mit ihren Körpern den mit weißem Sand bedeckten Boden. Sie waren mit der Verfolgung der Duftspur so beschäftigt, daß sie unsere Anwesenheit gar nicht bemerkten ... Bei jedem Korallenhindernis steigerte sich ihre Erregung, da sie ja wieder die Spur aufnehmen mußten, obwohl durch das strudelnde Wasser die Spur allmählich verlorenging. Die gesamte Strecke wurde mit einer zeitweiligen Abweichung von 3 Metern in einer Zeit von höchstens 8 Minuten zurückgelegt, wobei sich die Haie wie Jagdhunde benahmen und die Duftspur ständig verfolgten."

Sind die Haie wirklich ihrer Nase gefolgt? In der Welt des Wassers ist es äußerst schwierig, eine Grenze zwischen Geschmack und Duft zu ziehen, da sich ja beide im Wasser verbreiten. Es ist selbst nicht genau zu unterscheiden, ob Düfte der „Fernempfindung" und Geschmäcke der „Nahempfindung" nützen, denn im Wasser können die

Der auf das Ufer geworfene Hai ist kein schöner Anblick. Im Wasser wittert er mit weitgeöffneten Nasenlöchern schon von weitem den Geruch von Blut. Er zieht während des Schwimmens das Wasser an beiden Nasenöffnungen der oberen Kopfseiten ein, worauf es durch die Geruchsläppchen sickert und durch die unteren, mit einer Haut verdeckten Nasenöffnungen entweicht. Durch die Bewegung dieser Haut regelt der Hai die Durchströmungsgeschwindigkeit des Wassers in seiner Nase und damit gleichzeitig auch die Sensibilität des Geruchssinns.

Stoffpartikelchen aus der gleichen Entfernung eintreffen. Es ist jedoch unumstritten, daß die chemische Sinnesempfindung von entscheidender Bedeutung für die Fische bei der Nahrungssuche ist. Außerdem spielt sie eine wesentliche Rolle in der Erkennung anderer, der Nahrung nicht dienender Arten, aber auch in der Unterscheidung der verwandten Arten genauso wie in der Verteidigung gegenüber Raubfischen, im Verhalten der Eltern gegenüber ihren Nachkommen oder bei der Orientierung.

Die Forscher können trotzdem ziemlich genau zwischen dem Geruchs- und

275

Geschmackssinn der Fische unterscheiden. Da die geruchs- und geschmacksempfindlichen Organe am Körper der schwimmenden Fische gut auseinanderzuhalten sind, wird all das, was sie mit ihren Nasen empfinden, als Geruch angesehen, und nur das als echter Geschmack betrachtet, was sie mit ihren Geschmacksorganen wahrnehmen. Die Geruchsöffnungen befinden sich gewöhnlich vor den Augen, und sie münden niemals in den Rachenschlund. Doch merkwürdigerweise sind beide Nasenöffnungen der Fische in gewissem Sinn als eine Einheit zu betrachten: An einem Ende wird das Wasser eingesogen, am anderen strömt es hinaus. Beim Hecht ist beispielsweise die Vorder- von

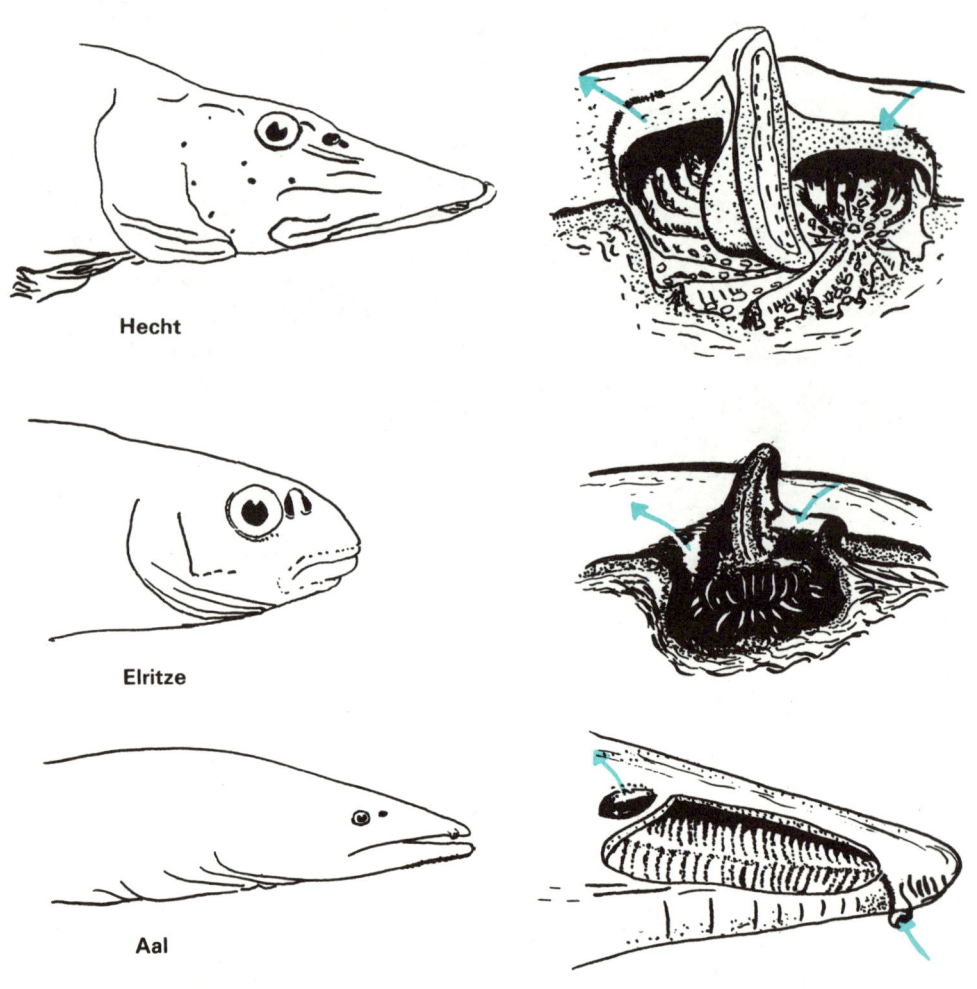

Hecht

Elritze

Aal

Am Kopf haben die Fische auf beiden Seiten doppelte Nasenöffnungen, durch die das Wasser während des Schwimmens fließt. Im Nasengang befinden sich faltige Geruchshäutchen. Je größer deren Oberfläche ist, um so besser kann der Fisch im Wasser „riechen".

Von den acht tastenden „Schnurrbartenden", den Barteln, des Zwergwelses befinden sich die beiden oberen an den hinteren Nasenlöchern. Forscher haben die elektrischen Signale der geschmacks- und geruchsempfindlichen Organe untersucht und festgestellt, wie der Fisch auf die im Wasser aufgelösten Stoffe reagiert. Ungeklärt ist bis heute noch, auf Grund welcher physikalischen oder chemischen Merkmale der Wels zwischen Geschmack und Duft differenzieren kann.

der Hinternasenöffnung nur durch ein kleines Hautläppchen voneinander getrennt. Strafft der Fisch während des Schwimmens dieses Läppchen etwas, strömt das Wasser kräftig durch den U-förmigen Nasengang.

Eine ähnliche Nasenöffnung hat auch die Elritze. Am eigentümlichsten ist sie beim Aal: Das Wasser fließt in die nahe der Maulöffnung befindliche kleine Öffnung ein, sickert dann durch eine Reihe mit Geruchshäutchen bedeckter kleiner Membranen und strömt schließlich durch eine vor dem Auge befindlichen Öffnung wieder nach außen.

Bei Fischen mit großer Geruchshautoberfläche (wie beim Aal) ist zweifellos eine stark entwickelte Geruchssensibilität vorhanden. Eine kleine Oberfläche der Geruchshäutchen hingegen ist stets mit einem schlechten Geruchsvermögen verbunden (wie beim Hecht).

277

Das Studium des Geschmacks und des Duftes hält noch zahlreiche Überraschungen für die Forscher bereit. Der amerikanische Forscher G. H. Parker kam zum Beispiel bei der Untersuchung der Nahrungsfindung der Zwergwelse zu der Schlußfolgerung, daß diese Fische ihre im Wasser verborgene Nahrung auf Grund ihres sehr hervorragenden Geruchssinns aufzuspüren vermögen.

J. H. Todd legte bei ähnlichen Experimenten strenge Maßstäbe zugrunde. Er beraubte die Versuchsfische nicht nur ihres Sehvermögens, sondern durchschnitt ihnen auch die Geruchsnervenzellenfaser. Die Zwergwelse konnten ihre Nahrung trotzdem aufspüren, folglich waren sie auf ihre Geschmacksempfindung angewiesen. Wozu gebrauchen sie dann ihren vorzüglichen Geruchssinn? fragte sich daraufhin der Forscher.

Bei passender Gelegenheit wurde außer dem blinden Fisch ein anderer Zwergwels in das Aquarium gesetzt. Die Begrüßung der Tiere war nicht gerade freundlich. Sie begannen sich sofort zu bekämpfen und waren kaum voneinander zu trennen. Schließlich mußte man sie in getrennten „Wohnungen" unterbringen. Als man aus dem Aquarium des verletzten, erblindeten Fisches etwas Wasser in das Aquarium des Neulings träufelte, geriet dieser sofort in Erregung, als spürte er die Gegenwart des Rivalen.

Aus den späteren Untersuchungen ging hervor, daß Zwergwelse sich einander auf Grund des individuellen Geruchs persönlich erkennen. Diese Fähigkeit hat sich bei den Tieren wahrscheinlich deshalb herausgebildet, weil sie in Seen und Flüssen in großer Anzahl auf kleinem Raum leben müssen, so daß sie in ständigem Kontakt zueinander stehen.

In den letzten Jahrzehnten haben Forscher die Geruchsorgane der Fische einer gründlicheren Untersuchung unterzogen. Im Vordergrund stand dabei die Sensibilität dieser Sinnesorgane. Den Untersuchungen zufolge würde die Elritze in einem „Riechwettbewerb" schmählich verlieren. Sie würde erst etwas merken, wenn man von einem Hauptbestandteil des Rosenöls, dem Benzylkarbonyl, 80 Tonnen in den Balaton schüttet. Für die Regenbogenforelle würden schon 1800 Kilogramm genügen.

H. Teichmann stieß im Jahr 1959 auf die Rekordhalter: Über die empfindlichsten Nasen verfügen die Aale! Vom Rosenöl brauchte lediglich eine Menge von 0,063 Milligramm in das Wasser gegossen zu werden, damit Aale den Duft am jenseitigen Ufer des Balatons wahrnehmen. Obwohl dieser Stoff in biologischer Hinsicht für die Aale nicht viel bedeutet, charakterisiert er vortrefflich die Leistungsfähigkeit ihres Geruchssinns.

Das Geschmacksempfinden der Fische ist zweifellos besser als das der Menschen. Doch auch auf diesem Gebiet sind noch viele Untersuchungen notwendig. P. J. Trudel hatte bereits im Jahr 1929 festgestellt, daß die Elritze gegenüber dem bitteren Geschmack von Chinin viel empfindlicher ist als der Mensch. Die späteren Untersuchungen von M. Kinner bestätigen, daß Elritzen den Geschmack von Zucker in einer 512mal kleineren Menge wahrnehmen als wir, der Schwellenwert der Salzempfindlichkeit hingegen liegt 184mal niedriger.

Wie steht es mit der Sensibilität der Fische gegenüber dem Salzgeschmack?

Lachse ziehen zu ihren „heimatlichen" Bächen, um dort Hochzeit zu feiern und zu laichen. Ihr mühseliger Weg führt oft über reißende Strömungen. Doch sie lassen sich von ihrem Weg nicht abbringen, weil sie vom Instinkt und von der Erinnerung an den Geruch des Wassers ihres Laichplatzes getrieben werden. Für das Feingefühl ihres Geruchs ist es bezeichnend, daß die Lachse beim Erreichen einer Flußverzweigung genau wissen, in welchem Flußarm sie weiterschwimmen müssen, um zu ihrem gewohnten Laichplatz zu gelangen.

Empfinden sie den Salzgeschmack des Meerwassers?

Ja, dies ist der Fall! Sie nehmen aber davon keine Kenntnis, so wie wir beim Lesen in einem ruhigen Zimmer das Ticken einer Wanduhr nicht wahrnehmen, weil wir einfach nicht darauf achten. Das Gehirn schaltet die monotonen Meldungen des Ohres aus der Eindrucksaufarbeitung der Empfindungsorgane aus. Dieses Phänomen wird als Reizadaption bezeichnet. Für das zentrale Nervensystem sind die sich plötzlich verändernden Reize am wichtigsten. Bleibt die Uhr aber stehen, so registrieren wir das sofort, weil wir bei der ungewohnten Stille aufhorchen. So nehmen Meeresfische auch nur eine Veränderung der Salzkonzentration des Wassers wahr, was beispielsweise auf die Nähe des Mündungsgebiets eines Flusses hindeutet.

Vermutlich gebrauchen wandernde Fische diese Fähigkeit der Salzempfindung, um nach Hause zu finden. Holländische Forscher haben beobachtet, wie kleine Glasaale von den Gezeiten des Meeres in die Nähe der Flußmündungen getrieben werden, sich zur Zeit der Ebbe hingegen, wenn das Wasser in Richtung des Meeres abfließt, eingraben und sich auf Grund des vorbeiströmenden Süßwassers orientieren. Das Verhalten der bekanntesten Weltwanderer — der Lachse und Aale — wird schon seit langer Zeit von Forschern untersucht.

Die Lachse halten unerschütterlich an ihrer sonderbaren Gewohnheit fest, nach zwei- bis dreijähriger Meereswanderung wieder in das Quellgebiet des Süßwasserflusses oder Baches zurückzukehren, wo sie seinerzeit aus dem Rogen geschlüpft sind. Sie kehren heim, um zu sterben! Nach einer Wanderung von 4000 bis 6000 Kilometern wartet auf sie die Liebe und der Tod. Die zurückgekehrten Lachse sterben, doch aus den befruchteten Fischrogen entsteht neues Leben.

Neueste Untersuchungen bestätigen, daß Lachse sogar schon 30 bis 40 Kilometer vor der Flußmündung am Meer den kleinen Flußarm oder Bach ihrer Geburtsstätte wahrnehmen — lediglich auf Grund des charakteristischen Duftes, welcher sich aus dem dortigen Pflanzenwuchs und der Zusammensetzung des Bodens ergibt. Das „Duftbild" ihrer Geburtsheimat bewahren sie selbst 7 Jahre lang in ihrem Erinnerungsvermögen auf. Vergessen die Fische den Duft nicht?

Nein! Dies konnte unter Laboratoriumsbedingungen von den Wissenschaftlern H. J. Miesner und R. Baumgarten im Jahr 1966 an Goldfischen nachgewiesen werden. An 0,01 Gramm des angenehm nach Waldmeister duftenden Präparats Kumarin, in einem Liter Wasser aufgelöst, erinnerten sich die Fische mehrere Monate lang.

Das Geruchsvermögen der Lachse wurde von dem japanischen Forscher T. J. Hara und seinen Mitarbeitern untersucht. Nachdem man dünne Elektroden in die geruchsempfindlichen Zellen der Tiere gesteckt hatte, wurden die elektrischen Signale der Geruchsorgane abgeleitet. Welches Wasser auch immer in die Nase der Lachse geträufelt wurde, sie zeigten sich vollkommen uninteressiert. Sie blieben selbst ruhig, als das Wasser aus einem benachbarten Bach ihrer Geburtsstätte stammte. Doch im Augenblick, als ihnen nur ein Tropfen ihres heimischen Baches eingeträufelt wurde, erhielt das zentrale Nervensystem ein 50 Mikrovolt starkes elektrisches Signal. Die Lachse erinnerten sich wieder!

Gerüche können oft unangenehm sein. Den im zweiten Weltkrieg abgeschossenen Flugzeugpiloten drohte große Gefahr, wenn sie mit dem Fallschirm über dem Meer abspringen mußten. Haifische nehmen den Geruch des Menschen bereits von weitem wahr, wobei sie diesen oft unheilverkündend umringen und bedrohen. Die Piloten trugen deshalb stets ein eigenartiges Abwehrmittel bei sich. Sie öffneten eine Konservendose, in der ein „abschreckendes" Mittel für Haie enthalten war. Nachdem die Haie diesen Geruch wahrgenommen hatten, nahmen sie sofort Reißaus.

Im Informationssystem der Wasserwelt spielen Gerüche eine wichtige Rolle. K. Frisch konnte im Jahr 1938 als erster feststellen, welche Verwirrung um eine Elritze ausbrach, als er sie mit einer Nadel verletzte und sie ins Wasser zurückwarf. Ein jeder der Artgenossen des Fisches versuchte Hals über Kopf zu flüchten. Bei den später durchgeführten Untersuchungen stellte es sich heraus, daß sich unter der Haut der Fische geruchsbildende Drüsen befinden, deren Inhalt erst ins Wasser gelangt, wenn der Fisch verletzt ist. Die anderen Fische nehmen dies sofort wahr und ergreifen entsetzt die Flucht. Ihr Verhalten ist verständlich, denn eine solche Verletzung wird in der Regel von Raubfischen verursacht. Sie empfinden bereits 0,1 Gramm dieses Stoffes in einer Wassermenge von 25 bis 150 Litern.

J. R. Reed wies im Jahr 1969 nach, daß das Herannahen der Raubfische, wie Barsche oder Hechte, von ihren „Beutefischen" bereits von weitem auf Grund des Geruchs, den sie verbreiten, wahrgenommen wird. Den Versuchen von J. R. Brett und D. MacKinnon zufolge nehmen Fische sogar die Geruchsspur des Menschen wahr. Hält jemand nur 1 Sekunde lang seine Hand in den Bach, in dem Lachse aufwärts schwimmen, halten diese bereits in einer Entfernung von 100 Metern in ihrer Wanderung plötzlich inne, weil sie den Geruch jener Buttersäure wahrnehmen, die von der menschlichen Haut beim Schwitzen ausgeschieden wird. Ihre Sensibilität ist so stark, daß sie im Wasser des Velence-

sees bereits auf einen Schweißtropfen aufmerksam werden.

## Ausrufezeichen am Pfad

Als im sowjetischen Bergbaugebiet von Norilsk Gas aus einer Grubenzeche geleitet wurde, bot sich den Arbeitern ein besonderer Anblick. Oberhalb der an der Pumpenöffnung heraustretenden Gasfontäne, die 6 bis 9 Prozent Methan enthielt, hatten sich in einer riesengroßen Wolke Mücken angesammelt. Bei anderen Probebohrungen erschienen gleichfalls Mücken, wenn Erdgas aus dem Boden strömte. Für Mücken ist demnach der Geruch des Methangases ausgesprochen angenehm, und sie nehmen ihn bereits von weitem wahr. Wie bekannt, fliegen Schwalben beim Herannahen eines Gewitters tief, um so die Mücken mit größeren Chancen zu jagen. Dies bestätigt wieder den außeror-

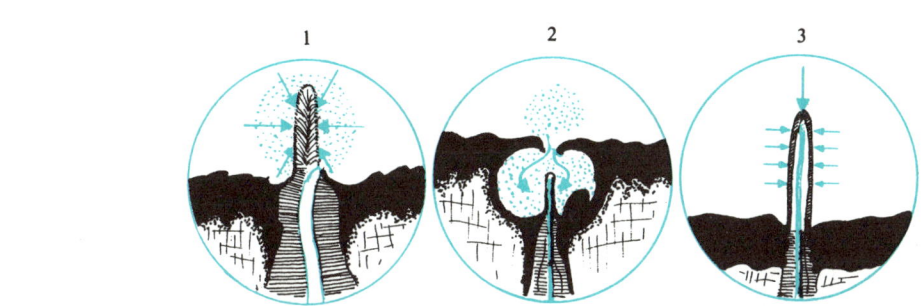

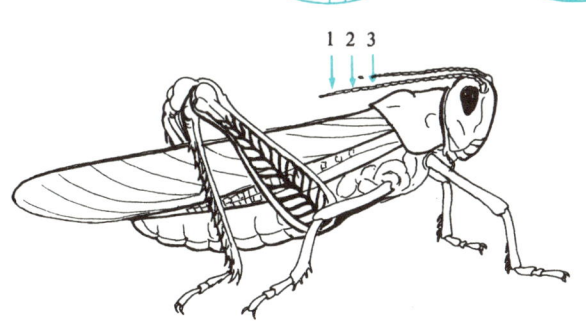

Ähnlich wie bei den meisten Insekten ist der Fühler bei den Heuschrecken ein „vielseitiges" Instrument. Die Duftstoffmoleküle werden durch winzige Fühlhaare an der Oberfläche des Fühlers aufgenommen (1). In den dickeren und kürzeren Haaren befinden sich kleine Hohlräume (2). Von den geschmacksempfindlichen Härchen gehen elektrische Signale aus, wenn sie mit den entsprechenden Duftstoffen, deren Moleküle an der Spitze der Fühlerhärchen haften, in Berührung kommen (3).

dentlich feinen Geruchssinn der Mükken: Bei Gewitter tritt eine Minderung des Luftdrucks ein. Dabei entströmt dem Boden Gas, welches im Fall von Methangas von den winzigen Insekten sofort wahrgenommen wird.

Aus menschlicher Sicht betrachtet, sitzen die Geruchsorgane der Insekten an merkwürdigen Stellen: An den Fühlern, am Oberkiefer und am Mundrand. Da sich diese chemischen Sinnesorgane (die Sensillen) an unterschiedlichen Stellen befinden, ist uns über ihre Funktion noch wenig bekannt.

E. H. Slifer und seine Mitarbeiter haben im Jahr 1957 diese außerordentlich feinen „Instrumente" mit einem Elektronenmikroskop eingehend untersucht, wobei sie am Fühler der Heuschrecke zweierlei Sinneszellen nachweisen konnten. Bei der einen handelt es sich um dünne „Fädchen", die nur so lang sind wie in diesem Buch die Stärke einer Papierseite und dünner als der feinste Faden einer Spinne. Aus dem Längsschnitt geht des weiteren hervor, daß es sich nicht um ein volles Profil handelt, sondern um ganz feine Röhrchen. In ihnen führen winzige Nervenzellenfäden nach oben, wo sich am Ende der Röhrchen kleine „Fensterchen" befinden.

Die zweite Sorte, die dicken „Fädchen", sind nur halb so lang wie die dünnen, doch um eineinhalbmal dicker. An ihnen befinden sich ungefähr 150 winzige Fenster. Zweifelsohne empfangen diese Fenster die kleinen aus der Luft kommenden Moleküle. Auf dem Fühler der Honigbiene befinden sich insgesamt 10 000 Sensillen. Die Bremse verfügt über 7000 und die nektarsaugenden Fliegen über 2000 Riechfädchen.

Die sich auf dem Insektenfühler be-

Stellen wir uns einen Kompaß vor, der stets in Richtung der nächstgelegenen Gaststätte weist, aus der angenehme Gerüche in die Luft emporsteigen. Die Fühler der Wanderheuschrecke, an denen sich duftempfindliche Fäden befinden, funktionieren in ähnlicher Weise. Da sich auf einer Fläche von 10 Quadratkilometern mitunter mehr als 500 Millionen Heuschrecken zusammenrotten können, sind sie, um nicht zugrunde zu gehen, auf diese Orientierungsmöglichkeit angewiesen.

findlichen „Nasen" (die Geruchszellen) sind außerordentlich sensibel. Das Männchen des Großen Nachtpfauenauges spürt den verführerischen Duft des Weibchens bereits aus einer Entfernung von 8 Kilometern, was mindestens eine solche Leistung darstellt, als würde jemand aus einer Entfernung von 270 Kilometern den Parfümduft seiner Geliebten wahrnehmen und daraufhin sofort zu ihr eilen. Dazu verwenden die Schmetterlingsmännchen ein besonderes „Antennensystem", das sich schon rein äußerlich sehr stark vom dünnen Fühler der anderen Insekten unterscheidet.

Wie reizsensibel sind Insekten gegenüber den verschiedenen Düften? Darüber ist uns allerdings äußerst wenig bekannt. Soviel jedoch steht fest, daß beispielsweise Bienen mit dem feinen Geruchssinn des Menschen kaum wetteifern können.

Nach Untersuchungen von R. Schwarz nehmen Bienen bestimmte Mischungen

Der zu den Pfauenaugen zählende Atlasspinner besitzt ein erstaunlich sensibles Antennensystem. Diese „Antenne" ist vor allem gegenüber Düften empfindsam und führt das Männchen durch den verführerischen Duft zum Weibchen. Für die Sensibilität des Fühlers des Atlasspinners ist es bezeichnend, daß er bereits eine Menge von 100 Billionstelgramm Duftstoff in 1 Kubikmeter Luft wahrnimmt.

erst wahr, wenn in 1 Kubikzentimeter Luft 10 Milliarden Moleküle mehr schweben, als sie der Mensch zum Erkennen des charakteristischen Geruchs benötigt. Andererseits verhält es sich mit dem an den Duft von Nelken erinnernden Eugenol und dem Duft von Zitronenöl (Zitral) gerade umgekehrt. Hier sind die Bienen sensibler: Sie nehmen den Duft des Eugenols bereits wahr, wenn davon 20 Milliarden Moleküle in einem Fingerhut voll Luft vorhanden sind. Dies ist eine hervorragende Leistung; wenn man bedenkt, daß in 1 Kubikzentimeter normalem Gas $271 \cdot 10^{16}$ Moleküle vorhanden sind!

Von den geschmacksempfindlichen Organen der Insekten wissen wir nicht einmal, wo sie sich befinden. Nur bei den Zweiflüglern, den Schmetterlingen und den Hautflüglern hat sich bisher herausgestellt, daß sie geschmacksempfindliche Fädchen nicht nur am Mundrand aufzuweisen haben, sondern auch an den Füßen, was für uns zumindest so komisch erscheint, als würden wir mit unseren Händen den Geschmack der Speisen wahrnehmen. Bei den Insekten ist es demnach ganz natürlich, daß sie den Geschmack bereits empfinden, wenn sie die Nahrung mit den Füßen berühren.

Den süßen Geschmack des Rübenzuckers empfindet der Mensch, wenn in 1 Liter Wasser mindestens 2,42 Gramm Raffinadezucker aufgelöst worden sind. Dem Admiralfalter genügt die Hälfte dieser Menge: Steckt man seine Beine in solch ein gesüßtes Wasser, rollt er sofort den Sauger zum Trinken aus. Ist er ausgehungert, interessiert ihn sogar eine Menge von 0,01 Gramm auf 1 Liter Wasser. Untersuchungen zeigten, daß tropische Schmetterlinge die sensibelsten Feinschmecker sind.

Sie spüren in einem Fingerhut voll Wasser bereits 0,0000025 Gramm Zukker. Auf den Geschmack von Salz reagieren Insekten im allgemeinen nicht so sensibel wie der Mensch. Doch in der Erkennung des sauren Geschmacks übertreffen uns beispielsweise die Bienen. Den typisch bitteren Geschmack von Chinin, dem Medikament gegen die Malaria, nimmt der Mensch dagegen in kleinsten Mengen wahr. Lediglich Taumelkäfer können sich in dieser Hinsicht mit dem Menschen messen, obwohl in der gleichen Menge Wasser zehnmal soviel Chinin enthalten sein muß, damit sie den bitteren Geschmack auch wahrnehmen.

Insekten können sich auf Grund von Düften auf eine viel größere Entfernung orientieren als der Mensch. Als bei einem Brand in Kalifornien 12 000 Tonnen Öl in Flammen aufgingen, zog der Rauch der brennenden Ölbehälter jene Käfergattung Amelanophilia an, deren Vertreter sich am liebsten, selbst aus einer Entfernung von 80 Kilometern, auf qualmende und verrauchte Baumäste niederlassen.

Einzelne Schmetterlingsarten, zum Beispiel die Spinner, verspüren aus einer Entfernung von 4 Kilometern den verführerischen Duft des Weibchens (das Sexualpheromon). Als im Verlauf von Experimenten ein in einen Käfig eingeschlossenes Männchen freigelassen wurde, flog es in die Höhe und entfernte sich sofort in die Richtung eines lange vorher freigelassenen Weibchens. Woher wußte das Männchen, in welche Richtung es zu fliegen hatte?

Gerüche breiten sich nicht in gerader Richtung aus wie das Licht, und es entstehen dadurch keine an „zerplatzende" Seifenblasen erinnernde Wellen wie bei den Schallwellen. Düfte verbreiten sich gleichmäßig in der Luft, wenn sie nicht durch einen Windstoß vertrieben werden. Insekten achten auf diese herumtreibenden duftverbreitenden Winde, oder sie schätzen bei ruhigem Wetter die Dichteverteilung der Moleküle entsprechend ein: Je stärker der Duft, desto näher die Duftquelle. Sie gebrauchen ihre Fühler ungefähr so, als wären sie Radioamateure, die zu einem Wettbewerb mit dem Ziel eilen, den in einem dichten Wald versteckten „Piratensender" mit ihren tragbaren Drehantennen einzukreisen und auf der Grundlage eines guten Empfangs den Geheimsender zu entdecken. Das Auffinden des Senders ist verhältnismäßig leicht: Je stärker die Töne im tragbaren Gerät, um so genauer weist die Antenne in die Richtung des Senders.

Am Institut für Tierkunde der Münchener Universität wurden derartige Orientierungsversuche mit Bienen durchgeführt. Die dabei erzielten Ergebnisse bestätigten diese Annahme. Die Bienen mußten aus dem unteren Teil eines Y-förmigen Rohres in einen oberen Schenkel des Rohres kriechen, an dessen Ende sich ein Behälter, gefüllt mit Zuckerwasser, befand. Bei der Verzweigung zögerten die Bienen nicht lange.

In 87,7 Prozent der Fälle krochen sie in die richtige Verzweigung. Selbst bei Entfernung der Hälfte ihrer Fühler fanden noch 78 Prozent den richtigen Weg zur begehrten Zuckerlösung, nur daß die Orientierung etwas länger dauerte, wobei sie ständig unruhig die Fühler hin und her bewegten. Selbst als die Forscher die Fühler der Bienen kreuzweise befestigten, waren die Bienen in der Orientierung noch immer sicher. Als jedoch die „Antennen" so befestigt wurden, daß sie nur noch 2 Millimeter von-

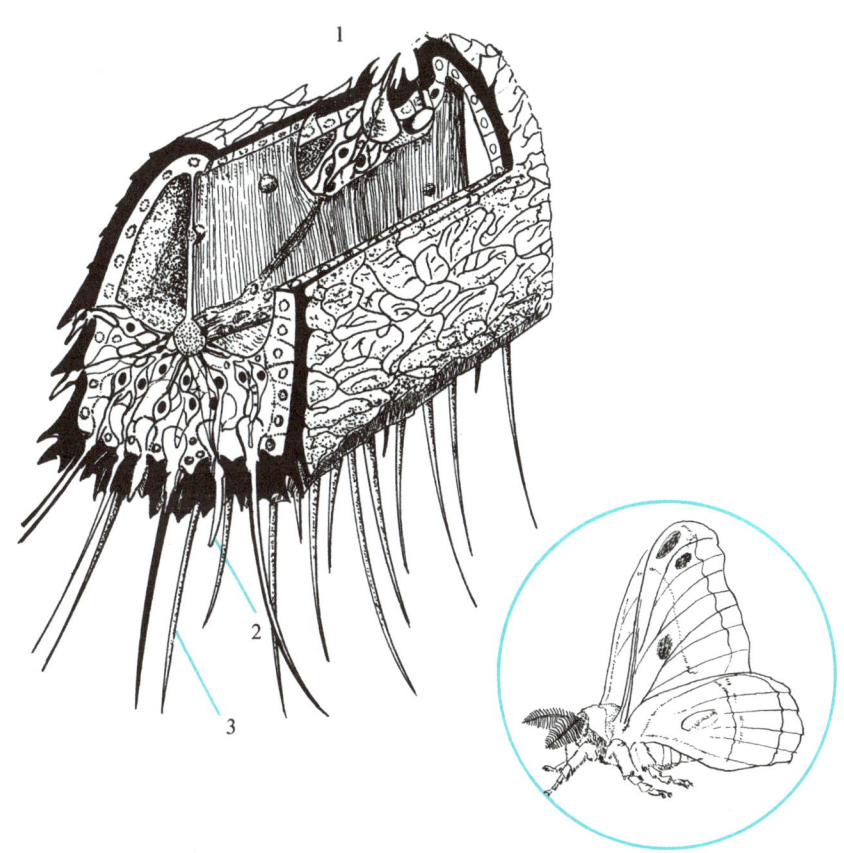

Die fächerförmigen Fühler männlicher Spinner suchen die Luft nach Signalen ab, ähnlich wie die Antennen eines Ortungsgeräts. Diese Insektenantennen sind allerdings auf der Suche nach Düften. An der 0,1 Millimeter langen Vertiefung der Querschnittsdarstellung des Fühlers befinden sich eingebettete Fäden (1), kurze Fäden (2) und lange, hohle Fühlerfäden (3). Die Duftsignale der Weibchen werden durch die langen, hohlen Fühlerfäden empfangen.

einander entfernt waren, wurden die „Naschkatzen" unsicher. Demnach ist es offensichtlich, daß die beiden Fühler um so genauer die „Sensibilitätsskala" der Luftdichte anzeigen, je breiter die zwischen den beiden Faktoren liegende Luftzone ist.

Düfte sind in der Nachrichtentechnik der Insekten Grundlage der vielseitigen Informationen. Entsprechend den Berechnungen des englischen Forschers Wilson vermag der Duft eines einzigen Seidenspinnerweibchens etwa 1 Million Männchen zu informieren! Auch das Weibchen der Fichtenwespe macht es den Männchen bei der Paarungssuche leicht. Im Laufe eines Experiments konnte nachgewiesen werden, daß es innerhalb einer Woche insgesamt 11 000 Männchen anzog. Ameisen haben auf dem Gebiet der „Markierung" die Anwendung der Düfte vervollkommnet. Sie hatten es auch nötig, denn ein nur 5 Millimeter großes Insekt

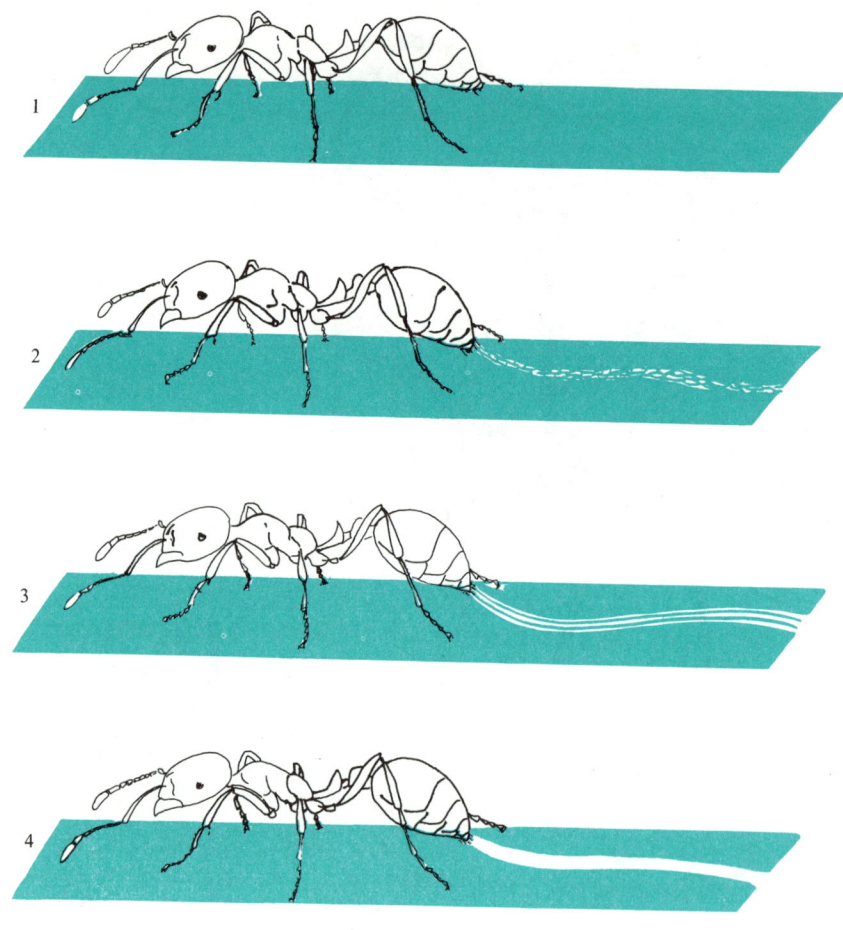

Die Duftspur verrät den Wanderern der winzigen Straßen, ob der Nahrungsfundort ergiebig ist oder nicht. Die in ihren Bau eilende Feuerameise hinterläßt keine Spur, wenn die Nahrungssuche erfolglos war (1). Es lohnt sich, die Fundstelle aufzusuchen — darauf weist die hinterlassene schwache Spur hin (2). Der Fundort ist üppig (3). Die Nahrung reicht für das gesamte Nest, bedeutet die starke Duftspur (4).

kommt sich im Dschungel der Grashalme und kleinen Pflanzen vermutlich so vor wie wir in einem Urwald, in dem die Bäume 60 bis 70 Meter hoch sind. Blattschneiderameisen hinterlassen deshalb alle 5 bis 6 Millimeter winzige Duftspuren, die sie aus ihren Giftdrüsen absondern. Die Tröpfchen verhärten sich ähnlich wie Nagellack und verbreiten einen schwachen Duft. Interessant dabei ist, daß Ameisen selbst die Form des Duftzeichens erkennen! Wenn sie beispielsweise einen Pfad kreuzen, wissen sie genau, welche Richtung zum Ameisennest oder zur Nahrungsquelle führt. Werden die Duftzeichen aus dem

Boden gehoben und auf den Kopf gestellt, bedeutet das für die Ameise, daß sie die entgegengesetzte Richtung einschlagen muß.

Der sowjetische Professor P. I. Marikowski untersuchte eingehend den Sammelpfad einer tropischen Holzameise, der Cremastogaster subdentata. Er entdeckte dabei, daß die Duftspur dieser winzigen Insekten wie ein punktloses Ausrufezeichen aussieht, dessen schmaleres Ende stets zum Nest weist. Die in ihren Bau eilende Ameise drückt ihren Hinterleib während der Fortbewegung zeitweise auf den Boden, wobei durch ein abgesondertes Tröpfchen die duftende Wegmarkierung entsteht. Die Ameisen achten bei ihrer Orientierung auf diese Markierungen.

Heutzutage können bereits mehr als 20 Arten von Duftstoffen auf künstlichem Wege hergestellt werden, die zum Beispiel den Duft eines Insektenweibchens oder den Geruch einer beliebten Pflanze vortäuschen oder gar schädliche Insekten in eine Falle locken. Dadurch können Wissenschaftler immer erfolgreicher den Kampf gegen die schädlichen Obstspinner und vor allem gegen die Schädlinge in der Landwirtschaft aufnehmen.

## Wenn Zucker nicht süß schmeckt

Wenn eine Wassernatter ihre gegabelte Zunge unruhig hin- und herbewegt, ist der Anblick schon reichlich beängstigend, es sieht aber noch furchterregender aus, wenn eine Viper vor uns das

Ähnlich wie die meisten Schlangenarten züngelt die Wassernatter nicht deshalb ihre gespaltene Zunge, um damit jemandem Schrecken einzujagen. Sie wittert einfach nur. Schlangen „lecken" sozusagen die in der Luft schwebenden Duftmoleküle auf, indem sie die Zunge einziehen und an das Jacobsonsche Organ weiterleiten. In den beiden Gruben dieses Organs wird das „Duftmuster" von den Geruchszellen analysiert.

1

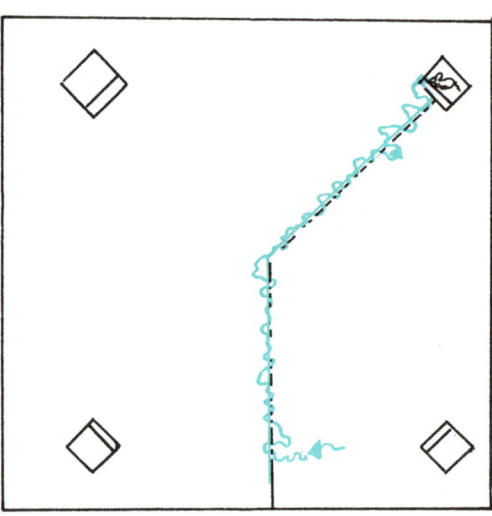

2

Die Aspisviper irrt bei der Suche nach der verletzten Beute hoffnungslos im Hof herum. Man legte die Maus in einen auf der Zeichnung ersichtlichen Behälter. Die Schlange stieß erst nach einer Viertelstunde auf ihn, sie nahm jedoch den unbeweglichen toten Körper nicht wahr und schlängelte weiter; die Spur ist auf der Zeichnung nicht mehr ersichtlich (1). Als aber die Maus am Boden entlanggezogen wurde, nahm die Viper die Verfolgung der Beute auf Grund der Duftspur schnell auf (2).

gleiche tut. Der größte Teil der Schlangen ist imstande, selbst bei geschlossenem Maul die Zunge herauszustrecken. Die eigentümliche Gabel gelangt durch einen kleinen Spalt ins Freie. Eigentlich ist dieser Vorgang nur für uns furchterregend, denn die Schlange droht nicht, sie wittert nur.

Der Geruchssinn der Reptilien ist außerordentlich gut entwickelt. Im Maul der Schlange befinden sich außer den Öffnungen des üblichen Nasengangs zwei weitere kleine nach vorn ausgerichtete Vertiefungen am oberen Gaumen.

Im Laufe der Stammesgeschichte haben sich diese Nasennebenhöhlen (das sogenannte Jacobsonsche Organ) vom Nasengang getrennt, doch sie sind ebenso reichlich mit Geruchsnervenepithelien ausgestattet wie die richtige Nase. Die Zunge der Schlange (deren Berührung nicht giftig ist, wie früher angenommen wurde) ist mit Tastzellen bedeckt, doch das Reptil steckt die Zunge auch heraus, wenn es nichts abzutasten hat. Dabei nimmt die Schlange mit der Zunge die verschiedenen Duftstoffe aus der Luft auf. Die zurückschnellende Zunge fördert die anhaftenden Moleküle zum Zweck der „Analyse" in das Jacobsonsche Organ. Es scheint so, daß die Atmung in der Nasenhöhle der Schlange keine ausreichende Luftströmung hervorruft. Auf Grund dieser spezifischen Lösung ist der Geruchssinn der Schlange derart ausgeprägt, daß ein von ihr gebissenes Nagetier vergeblich zu flüchten versucht, es wird ihm nicht gelingen. Beobachtungen ergaben, daß es von der Schlange auf Grund der auf dem Boden hinterlassenen Geruchsspuren schnell aufgespürt wird.

Über den Geruchs- und Geschmacks-

Wissenschaftler bemühen sich mit Hilfe der Technik, den schwierigen Bereich der bisher ungelösten Fragen um die Düfte zu klären. Bei analytischer Untersuchung verschiedener Gase sind einwandfrei feststellbare physikalische und chemische Eigenschaften erforderlich. Mit dem hier abgebildeten Gerät zur Blutanalyse können innerhalb von 90 Sekunden das Vorhandensein und die Quantität von Kohlendioxid im Blut nachgewiesen werden. Die Blutspur wird mit Hilfe einer Injektionsspritze in das Gerät eingespritzt.

sinn der Vögel wissen wir bis heute nicht viel. Vogelsammler verschiedener Museen haben eine interessante Methode zum Heranlocken der herumstreifenden Sturmvögel auf den Meeren entwickelt. Die findigen Jäger besteigen, mit einer Flinte, einem Petroleumkocher und einem Stück Speck ausgerüstet, einen Kahn. Wenn der Kocher brennt, wird der Speck in der Brat-

pfanne ausgelassen und während des Ruderns von Zeit zu Zeit das ausgebratene Fett ins Meer geschüttet. Nach einer Ruderstrecke von 1 bis 2 Kilometern kann der Jäger dieselbe Strecke wieder zurückrudern. Wenn bisher am Horizont keine Spur von Meeresvögeln zu sehen war, werden sie nun mit Sicherheit auf dem Wasser schaukeln und erregt die Fettspuren absuchen. Der Jä-

ger kann sie also nach Belieben abschie-
ßen.

Für Albatrosse und Sturmvögel ist
der gute Geruchssinn tatsächlich eine
Existenzfrage, denn sie müssen tagelang über der öden Wasseroberfläche
segeln, wobei sie sich bei der Nahrungssuche nur auf ihr Sehvermögen und
ihren Geruchssinn verlassen können.
Der Geruchssinn der Geier der Alten
Welt ist beispielsweise sehr viel schlechter.

Diese nehmen nicht einmal den Geruch verdorbenen Fleisches wahr, wenn
es mit einem Tuch bedeckt ist. Der Geruchssinn der Geier der Neuen Welt
hingegen ist ausgeprägter, was auch ihr
entwickeltes Nasenbeckensystem verrät. Doch vom Gesichtspunkt der Vögel
hat letzten Endes der Geruchssinn fast
keine Bedeutung, zumindest ist das die
gegenwärtige Meinung der Forscher.
Über ihren Geschmackssinn gelang es
lediglich so viel festzustellen, daß der
Geschmack des Zuckers sie so gleichgültig läßt, als würden sie Kieselstein-
chen picken. Nur die Feinschmecker
unter ihnen — die Kolibris und Papa-
geien — empfinden das Süße. Mit dem
Salz verhält es sich anders. Wenn im
Trinkwasser von Hühnern nur 2 Prozent Salz enthalten ist, würden sie eher
verdursten, als davon auch nur einen
Schluck zu trinken. Saures und alka-
lisches Wasser hingegen wird von Hühnern kaum empfunden.

In der Welt der Säugetiere können
Hunde auf ihren scharfen Spürsinn zu
Recht stolz sein. Untersuchungen von
A. Müller zufolge befinden sich in der
Nasenhaut eines Deutschen Schäfer-
hundes 225 Millionen Geruchszellen;
sein ausgeprägter Geruchssinn ist demnach verständlich. Ein Mensch besitzt
dagegen nur etwa 20 Millionen Riech-

zellen. Für einen Spürhund genügt es,
den Gegenstand eines Menschen lediglich 1 Sekunde lang zu beschnuppern,
um die Witterung aufzunehmen. Es
wurden Experimente durchgeführt, in
deren Verlauf ein Setter aus den Spuren
von 11 Menschen die ihm bekannte
Spur herausfand und sie auch beharrlich
verfolgte. Heutzutage wird der ausgezeichnete Geruchssinn der Hunde sogar
zum Finden von Erzlagern eingesetzt.
Von Hilda, einer sowjetischen Spür-
hündin, wurden sogar Goldvorkommen
aufgespürt.

Die moderne Technik unserer Zeit
bemüht sich augenblicklich mit ersten
vagen Versuchen, Geräte zu entwik-
keln, die in irgendeiner Weise zwischen
den einzelnen Gerüchen differenzieren
können und auch zur Messung der
Duftquantität geeignet sind. In Chicago
wurde ein besonderes Geruchsfor-
schungsinstitut für die Erforschung von
Gerüchen gegründet, dessen Aufgabe es
ist, die winzigen Mengenunterschiede
verschiedener Duftverbindungen nachzuweisen. Als am geeignetsten hat sich
bisher das Flammenfotometer erwiesen,
das in 1 Kubikmeter Luft bereits 5 Mil-
lionstelgramm Schwefel nachweist. Das
Flammenfotometer wird in verschiedenen tragbaren Varianten hergestellt,
es wird vor allen Dingen für die
Verhinderung einer Umweltverschmut-
zung durch chemische Kombinate eingesetzt.

Dies ist allerdings erst der Anfang.
Wir müssen die Funktion der geruchs-
und geschmacksempfindlichen Zellen
genauer kennenlernen, um auf dieser
Grundlage vollkommenere Meßinstrumente herzustellen. Dann wären auch
jene Experten in der Parfümherstellung
überflüssig, welche mit Hilfe ihres feinen Geruchssinns aus mehr als 1000

Duftstoffen ein neues Kölnischwasser oder Parfüm zusammenmixen. Eine elektronische Rechenanlage würde für diese Aufgabe reichen. Experten brauchten nur die charakteristischen Daten der neuen und modernen Parfümkompositionen in die Anlage einzuspeisen, und der Computer könnte die angenehmsten Düfte spielend leicht zusammenstellen.

Dieses Spinnennetz ist nicht nur eine meisterhafte Schöpfung, die eine perfekte Falle für die Beute der Spinne darstellt, sondern gleichzeitig ein vollkommener Schwingungsanzeiger. Wo immer sich die Spinne darin befindet, sie wird sofort davon informiert, wenn sich eine Beute im Netz verfangen hat. Ähnlich wie auch bei anderen Gliederfüßern ist der Körper der Spinne mit Tasthaaren bedeckt.

# Verräterische Schwingungen

„Wohin habe ich meine Brille gelegt?" jammert die Großmutter fast jeden Tag. Zuerst sucht sie auf dem gewohnten Platz, im Sessel. Die Brille ist nicht da. Danach durchstöbert sie die ganze Wohnung, doch die verflixte Brille läßt sich nirgendwo finden. Jetzt beteiligt sich schon die ganze Familie. Alle suchen fieberhaft, als der kleine Enkel zufällig einen Blick auf die Nase der Omi wirft. „Du hast sie doch auf", ruft er verwundert. Die Großmutter ist nicht überrascht. Das gleiche ist ihr schon oft passiert.

Unsere Sinne können uns in solch sonderbarer Weise einen Streich spielen. Wir gewöhnen uns an den ständigen Druckreiz und merken davon nichts mehr, wie wir auch nicht fühlen, daß wir bekleidet sind. Wir werden durch das Verhalten unserer Tastzellen erst aufmerksam, wenn beispielsweise unsere Jacke irgendwo zu eng ist oder der Hemdkragen drückt. In der Tierwelt haben sich im Laufe der Stammesentwicklung verschiedene druckempfindliche „Instrumente" herausgebildet. Es gibt Empfindungsorgane, die nach unmittelbarer Berührung elektrische Signale an das zentrale Nervensystem übermitteln. Andere Sinnesorgane zeigen den ständigen Druck an. Wieder andere orientieren über die langsame Druckveränderung, die Schwingungen in niedrigen Frequenzen.

Über die Umgebung muß jedes Tier unterrichtet sein, zumal es oft das Leben kostet, wenn es die „einwirkenden" Reize nicht beachtet. Selbst die mikroskopisch kleinen Wassertierchen sind gegenüber Berührungen empfindlich. Wenn wir zum Beispiel ein zwischen zwei Glasplatten harmlos schwimmendes winziges Glockentierchen mit einem dünnen Platindraht berühren, nimmt es sofort eine Abwehrhaltung ein, ja, es informiert sogar in irgendeiner Weise die anderen Tierchen, so daß sich sämtliche Glockentierchen in wenigen Augenblicken in eine angemessene Entfernung von der „feindlichen" Platinnadel zurückziehen. Ebenso empfindlich ist auch der Süßwasserpolyp, wenn einer seiner Tastarme berührt wird.

## Es schwingt das Netz

In der Welt der Gliederfüßer verfügen die Spinnen über die feinsten schwingungsempfindlichen Instrumente. Da das Sehvermögen der Webspinnen ziemlich schwach ist, orientieren sie sich überwiegend durch Tasten, sie „unterhalten" sich sogar auf diese Weise. Wird das Netz der Spinne gleichmäßig bewegt, stört sie das in keiner Weise. Sie nimmt offensichtlich an, daß der Wind das Netz bewegt. Doch beim plötzlichen Bewegen eines Verbindungsfadens gerät die achtbeinige Jägerin sofort in Erregung und bereitet sich zum Angriff vor. Eine in das Netz gehaltene Stimmgabel, die ungefähr in der Frequenz der

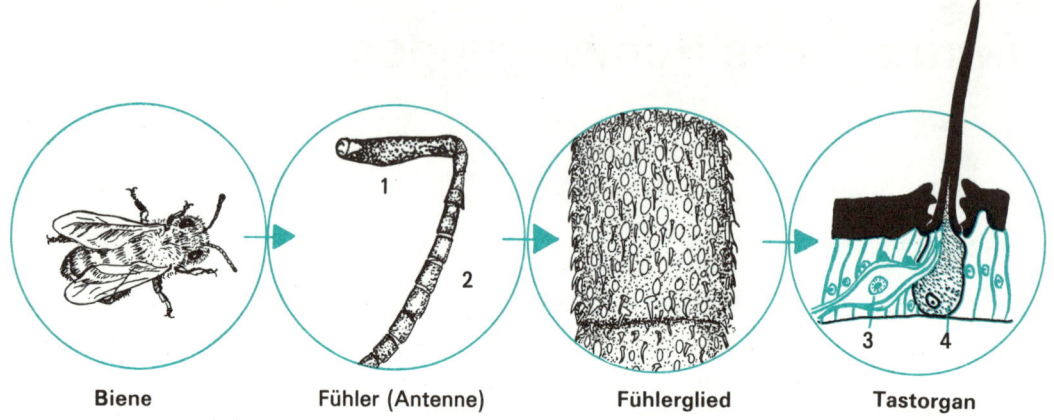

| Biene | Fühler (Antenne) | Fühlerglied | Tastorgan |

So wie Säuglinge alles in die Hände nehmen, um ihre Umgebung kennenzulernen, so tasten auch Insekten mit ihrem Fühler alles ab. An den einzelnen Gliedern der Fühlergeißel der Biene reihen sich duftempfindliche Grübchen und Tastfäden aneinander. Durch die Krümmung des winzigen „Stachels" entsteht in den Sinneszellen ein Signal, welches von den Nervenzellen weitergeleitet wird. 1 – Fühlerschaft; 2 – Fühlergeißel; 3 – Nervenzelle; 4 – Sinneszelle.

Flügelschläge eines in das Netz gefallenen Insekts schwingt, lockt die Spinne ebenso aus ihrem Hinterhalt, als zapple eine echte Beute im Netz.

Die Spinnenmutter ruft selbst ihre Kinder durch Schwingungen des Netzes zum Festmahl, nachdem sie das erbeutete Insekt vollkommen geknebelt hat. Doch neben der „Mittagsglocke" sind den Kleinen auch die Gefahrensignale bekannt. Wenn die gefangene Beute im Netz heftig zu zappeln beginnt und sich zu befreien versucht, hebt die Spinnenmutter eins ihrer Hinterbeine und versetzt das Netz in Schwingungen. Die kleinen hungrigen Spinnen halten dann plötzlich inne und kehren schnellstens um. Das Spinnenweibchen vermag zwischen den Schwingungen des Spinnennetzes die feinsten Unterschiede zu erkennen. Als sie im Verlauf eines Experiments ihres Augenlichts beraubt wurde, erkannte sie die Bewegungen ihrer Sprößlinge im Netz und verwechselte sie nicht mit anderen ins Netz geratenen Insekten.

In einem anderen Experiment versuchten Forscher die durch Insekten verursachten Netzbewegungen in Form von umgewandelten elektrischen Signalen auf Tonband aufzunehmen. Später wurden diese Schwingungen mit Hilfe einer feinen Nadel auf das Netz „zurückgespielt". Die Spinne zeigte hinsichtlich dieser Signale kein Interesse. Dies beweist erneut, daß ihr Tastsinn außerordentlich sensibel ist. Sie nimmt den Unterschied zwischen den natürlichen und künstlichen Schwingungen ebenso wahr, wie wir mit geschlossenen Augen auch merken, ob eine „lebende" oder Tonband-Stimme ertönt.

Bestimmte Spinnenarten operieren mit den gleichen Methoden wie Angler, die durch das Zucken des Schwimmers merken, ob ein Fisch angebissen hat. Diese Spinnen befestigen nur einen einzigen Signalfaden in der Mitte des Netzes und ziehen sich mit dem anderen Ende des Fadens in ein trichterförmig gekrümmtes Blatt zurück, als warteten sie in einem Hochsitz auf das Auftauchen der Beute. Dabei halten die Spinnen mit einem der vorderen eingewin-

Als Mittel der „Masseninformation" der Bienen gelten die verschiedenen Geschmäcke und Düfte. Der an ihren Körpern haftende Geschmack und der Duft des Blütenstaubes informieren die Gefährtinnen, auf welche Blumen sie sich bei ihrer Nahrungssuche zu konzentrieren haben.

Der Fühler der Biene bildet mit den Organen der Flügelbewegung ein vollkommenes kybernetisches System. Dieser Wissenschaftszweig, welcher sich mit Selbststeuerungssystemen beschäftigt, konnte auf nützliche Erfahrungen in der Tierwelt zurückgreifen. Während des Fluges mißt der Fühler der Biene genau die Geschwindigkeit der Luftströmung, wobei die entsprechenden Signale automatisch die Flügelbewegung regeln. So kann das Insekt auch bei Aufkommen von Seitenwind in der beabsichtigten Flugrichtung weiterfliegen.

kelten Greifbeine den Signalfaden fest. Bringt man die Spinne mit dem Signalfaden und dem Blatt etwas weiter vom Netz unter und bindet das Ende des Fadens an einen festen Gegenstand, nimmt sie von den Vorgängen am Netz keine Notiz, selbst wenn sie dabei sieht, daß im Netz ein Insekt zappelt. Sie hält nach wie vor den Signalfaden unentwegt mit ihrem Greifbein fest.

Die Tastorgane der Insekten funktionieren ähnlich wie winzige elektromechanische Instrumente. Sie sind überall an dem festen chitinversteiften Körper zu finden, doch die meisten befinden sich an den Beinen und an den Fühlerantennen. Ein Teil dieser Fühler ist geschwindigkeitsempfindlich, ein anderer druckempfindlich. Die geschwindigkeitsempfindlichen Fühlerborsten übermitteln die elektrischen Signale an das zentrale Nervensystem erst, wenn sich die auf sie einwirkende Druck- oder Biegekraft laufend verändert. Die Empfindungsnerven des druckempfindlichen Fühlers hingegen signalisieren die ständige Formänderung, und das Insekt reagiert offensichtlich erst darauf, wenn die permanente Einwirkung unterbrochen wird.

## Wenn der Wind weht

Die Funktion der an den Fühlern der Insekten vorhandenen Fühlerfäden ist noch nicht eindeutig geklärt. Ein Teil von ihnen gruppiert sich um das sogenannte Johnstonsche Organ, das der Biologe George Johnston im vorigen Jahrhundert entdeckte. Die zweite Gruppe befindet sich an der Verbindungsstelle des zweiten und dritten Gliedes der Fühlerantenne, und in welche Richtung sich auch immer der Füh-

ler neigt, das Insekt wird darüber sofort durch elektrische Signale informiert. Der Insektenfühler ist folglich gleichzeitig ein vortrefflicher Windgeschwindigkeitsmesser.

Wenn der Wind über das Getreidefeld weht, biegen sich die Ähren. Je stärker die Luftbewegung, um so mehr neigen sich die dünnen Halme. Die Fühler der Insekten biegen sich während des Fliegens ebenso. Die Empfindungszellen des Johnstonschen Organs erhalten ihre Orientierung durch den Stau- und Geschwindigkeitsdruck der sie umgebenden Luft. Fliegt die Honigbiene oder die Wanderheuschrecke bei ruhiger Luft mit gleichmäßiger Geschwindigkeit, ziehen vor ihren Facettenaugen die Formen der Erdoberfläche in derselben Geschwindigkeit vorbei. Dies kann von den Bienen zu jeder Zeit leicht kontrolliert werden. Wollen sie jedoch bei Gegenwind mit der gleichen Geschwindigkeit fliegen wie bei Windstille, müssen sie die Amplitude der Flügelschläge verringern. Nur so können sie erreichen, daß bei stärkerer Luftströmung eine gleich starke vorwärts treibende Kraft an den Flügeln entsteht wie bei ruhigem Wetter. Zu dieser „relativen" Geschwindigkeitsmessung ist das Insekt auf die Fühler angewiesen. Biegen sich die beiden Antennen mehr nach hinten als bei windstillem Wetter, bedeutet dies, daß der Gegenwind stärker ist. Das Johnstonsche Organ „informiert" auf Grund des Neigungsgrads der Fühler die zuständigen Flügelbewegungsmuskeln, daß sie die Flügelausschläge reduzieren.

Über die Existenz eines derartigen Rückkopplungssystems wurden die Wissenschaftler erstmals durch Experimente im Windkanal aufmerksam. Spätere Untersuchungen bestätigten die ge-

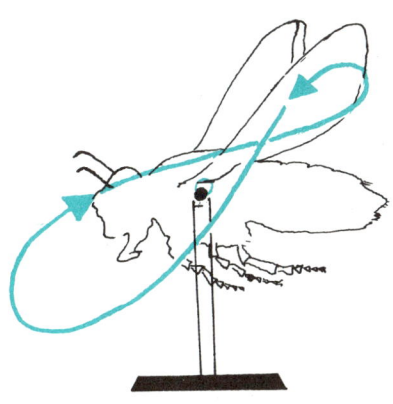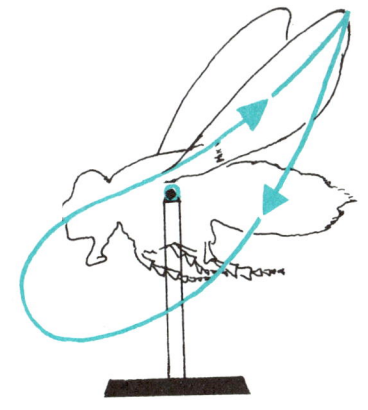

Im Verlauf von Laboratoriumsexperimenten bei einer Windstärke von 1,4 Metern in der Sekunde bewegt die an einer Stelle befestigte Fliege ihre Flügel in der bekannten Form einer Acht. Wenn man der Fliege die Fühler entfernt — und sie so ihres druckempfindlichen Johnstonschen Organs beraubt —, kann sie die Flügelbewegungen nicht mehr regeln; sie würde im Freien auf den Boden fallen.

schwindigkeitsmessende Funktion der Fühler und die regulierende Rolle der Flügelschläge. Als man die Fühlerantennen der Biene beseitigt hatte, verstärkte man die Luftströmung im Windkanal vergeblich, das Insekt bewegte seine Flügel in einer gleich großen Auslenkung, als flöge es in Windstille. In entgegengesetzter Richtung fanden die Forscher ihre Annahme gleichfalls bestätigt. Man befestigte winzige Stahlblättchen an den Fühlerantennen der Biene, wobei das Insekt in ruhiger Luft aufgehängt wurde, damit es ungestört an einer Stelle fliegen konnte. Danach wurden die Fühler der Biene mittels eines Magneten so eingeknickt, als wehe eine Luftströmung mit großer Geschwindigkeit auf die empfindsamen Antennen. Die Biene reduzierte daraufhin sofort die Amplituden der Schwingungen ihrer Flügel.

Die „Liebesbotschaft" der Flügelschwingungen wird gleichfalls durch die Fühlerantennen wahrgenommen, wobei die Fühler in einem Rhythmus mit den „summenden" Flügelschlägen des Weibchens schwingen. 16 Tage alte

Mückenmännchen antworten auf eine Luftschwingung von 400 bis 500 Hertz am empfindlichsten, 200 bis 300 Tage alte Moskitos hingegen empfinden im Frequenzbereich von 275 bis 700 Hertz den lockenden Liebesgesang am heftigsten. Beträufelt man jedoch die Insektenfühler mit einem Tropfen Lackfarbe, dort, wo sich das Johnstonsche Organ befindet, geht das Interesse gegenüber dem Weibchen sofort verloren.

Weiterentwickelte Varianten der winzigen Tasthaare sind an Fischen und auch an Säugetieren vorzufinden. Der „Schnurrbart" des Welses ist mindestens ein solch sensibles Tastorgan wie die Fingerkuppe des Menschen. Tiefseefische verfügen bereits über Tastbarteln, die länger als ihr Körper sind.

Ein besonders verwunderlicher Anblick ist die im Aquarium herumstöbernde Rotbarbe. Während des Schwimmens hat sie die Barteln eng an den Kopf angelegt, doch wenn sie am Boden des Aquariums nach Nahrung sucht, breitet sie die Tastorgane aus und sucht während des Schwimmens alles ab. Da sich in ihren Barteln ein besonde-

Beim Erklingen des Normaltons a auf einer Geige in einer mondhellen Sommernacht am Ufer eines Teiches kann man an einem besonderen Erlebnis teilhaben. Innerhalb von einigen Minuten wird sich um die Schallquelle eine riesige Mückenwolke bilden. Die Schwingung der Geigensaite wird gleichfalls von den Fühlern der Mücke empfangen, wobei das an der Wurzel des Fühlers befindliche, an einen aufgeblasenen Autoreifenschlauch erinnernde, winzige Johnstonsche Organ die Schwingungen in elektrische Signale verwandelt. Das rasterelektronenmikroskopische Bild veranschaulicht gut, daß sich der Fühler der Mücke wie ein Kugelgelenk an das Johnstonsche Organ anschließt (oben), wodurch er sich in jede Richtung frei bewegen kann (unten).

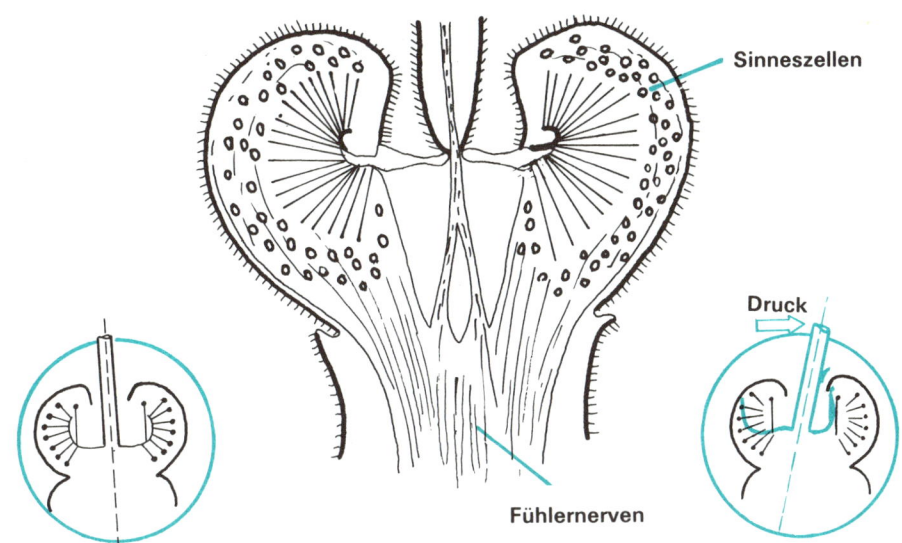

Sinneszellen

Druck

Fühlernerven

Das Johnstonsche Organ eines Moskitomännchens, welches sich am Ende der Fühlerwurzel befindet. Darin wird der Fühlerstiel von den Fühlerfäden ringförmig umgeben. Wird der Fühler aus irgendeiner Richtung einem Druck ausgesetzt, löst sich das zwischen den Fühlerfäden bestehende Kräftegleichgewicht auf. Auf Grund der elektrischen Signale kann das Insekt die Richtung und Stärke des Windes erkennen.

res Versteifungssystem befindet, verhält sich der am Boden befindliche Teil wie ein Gelenkband, wobei sich das senkrechte Stückchen wie ein Stäbchen versteift. Je höher der Fisch schwimmt, um so länger ist das Stück der Barteln, das sich versteift.

Von den im Wasser lebenden Säugetieren haben vor allem die Robben einen ansehnlichen Schnurrbart, womit sie selbst im trüben Wasser zwischen den Klippen ihre Nahrung finden. Über den längsten Schnurrbart verfügen Walrosse. Da sie sich von Muscheln ernähren, die im Schlamm des Meeresbodens vergraben sind, sind ihnen die sensiblen Tastbarteln bei der Suche nach den Muscheln eine große Hilfe.

## „Abgetastete" Wellen

Bei den Fischen hat sich zur Wahrnehmung der Schwingungen des Wassers ein eigentümliches Organ herausgebildet. Dabei handelt es sich um die „Seitenlinie", deren ununterbrochene Linien sich im allgemeinen gut sichtbar vom Kopf des Fisches bis zum Schwanz hin entlangziehen. Die bisher durchgeführten Experimente bestätigen einheitlich, daß Fische damit die Wasserwellen und Druckveränderungen wahrnehmen. Der holländische Forscher Dijkgraaf wies bei Experimenten mit Elritzen nach, daß sich diese, wenn sie im Aquarium seitlich von einem Wasserstrahl getroffen wurden, in die Richtung des Wasserstrahls drehten. W. Wunder führte Experimente mit Hechten und Aalen durch, die ihres Augenlichts beraubt worden waren. Der hungrige Hecht nahm den flüchtenden

Beutefisch aus einer Entfernung von 5 bis 10 Zentimetern wahr und konnte die Beute noch erwischen. Der Aal hingegen verfolgte beharrlich eine in Bewegung gesetzte Attrappe im Aquarium. Elritzen „peilen" ausschließlich auf Grund der Druckveränderungen mit erstaunlicher Genauigkeit die Stelle einer schwingenden Scheibe im Wasser an.

Die Seitenlinie ist im Grunde genommen ein elastischer Kanal, der sich unter der Haut des Fisches entlangzieht und durch winzige Nebenkanäle mit der Körperoberfläche und dem ihn umgebenden Wasser in Verbindung steht. In den Kanälen befinden sich kleine gallertartige Knoten (Cupula), die vom strömenden Wasser hin und her bewegt werden. Doch wie nimmt der Fisch die Druckveränderung im Wasser wahr? So wie ein Ball, der im hohen Gras hin und

her bewegt wird, das unter ihm befindliche Grasbüschel zum Schwanken bringt, so liegt auch die Cupula auf einer Gruppe von Sinneszellen. In jeder Gruppe ist die längste Sinneszelle bloß 7 Mikrometer lang, der Durchmesser beträgt 15 Mikrometer. Die sich daran anschließenden 35 kürzeren Sinneszellen sind stufenweise wie Orgelpfeifen angeordnet.

Kippt die gallertartige Cupula durch die Wasserströmung um, werden dadurch die „Stufen" der Sinneszellen zusammengedrückt, wodurch aus den Sinneszellen eine sich verringernde elektrische Spannung in das Gehirn des Fisches strömt. Beim Umkippen der Cupula in entgegengesetzter Richtung öffnen sich die Sinneszellen fächerförmig, wodurch ein anwachsender Spannungsdruck entsteht. Aus dem jeweiligen Zustand des Spannungsdrucks kann der Fisch auf Richtung und Geschwindigkeit der Wasserströmung schließen. Das ist für ihn um so leichter, da er an beiden Seiten über eine „Stufenreihe" verfügt, so daß von den beiden Seiten stets eine den Reiz wahrnehmen kann. Nach elektrischen Messungen von A. Sand ist mit Sicherheit anzunehmen, daß die Sinneszellen der Seitenlinie die Druckveränderungen so schnell registrieren und anzeigen, daß sie selbst Schallschwingungen im Wasser ermitteln können. Höchstwahrscheinlich ist auch, daß der Fisch den mit der Seitenlinie erfaßten Infraschall lediglich als Schwingung wahrnimmt, denn für die eigentliche Hörwahrnehmung steht ja im Innenohr ein vollständiges schwingungsanalytisches System zur Verfügung.

Der sowjetische Forscher W. R. Protassow und seine Mitarbeiter untersuchten eingehend die Druckempfindlichkeit der Seitenlinie von Fischen. Die

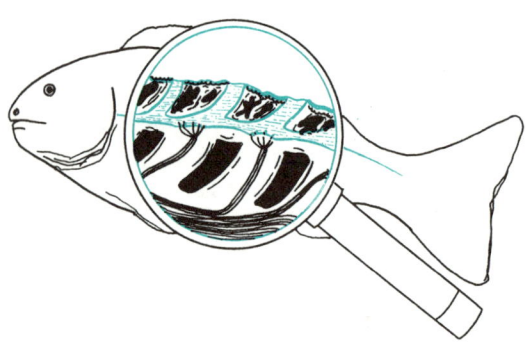

Die „Seitenlinie" der Fische nimmt die Druckveränderung des Wassers wahr. Der sich unter der Haut entlangziehende Kanal ist durch dünne Nebenarme mit der Oberfläche des Körpers verbunden. Wenn Wasser den Kanal durchfließt, wird dies von den darin befindlichen kleinen, gallertartigen Knötchen empfunden. Die Seitenlinie nimmt vorwiegend Druckveränderungen wahr, die in paralleler Richtung auf sie einwirken.

Forscher entfachten mit einer schwingenden Membrane Wellen an der Wasseroberfläche eines Aquariums, wobei sie an den zur Familie der Karpfen gehörenden Schleien und Rotaugen Untersuchungen durchführten, in welcher Tiefe sie die Schwingungen an der Oberfläche noch bemerken. Aus diesen Untersuchungen konnten verblüffende Erkenntnisse gewonnen werden: Fische nehmen Wellen an der Oberfläche um so leichter wahr, je kleiner der Winkel zwischen ihrer Seitenlinie und der Fortbewegungsrichtung der Wellen ist.

In der Experimentiereinrichtung wurden 100 Millimeter lange und 7 Millimeter hohe Wellen erzeugt. Die Schleie erkannten die Bewegung an der Oberfläche bereits in einer Tiefe von 177 Millimetern, wenn sich die Wellen genau parallel zur Seitenlinie fortbewegten. Wenn sich jedoch die Richtung der Wellen von der Längsachse ihres Körpers wegbewegten, nahm ihre Empfindsamkeit sogleich ab. Zur Seitenlinie senkrecht ausgerichtete Wellen nahmen die Fische unter Wasser überhaupt nicht mehr wahr. Aus Berechnungen der sowjetischen Wissenschaftler geht hervor, daß Schleie mit der Seitenlinie schon dann Schwingungen spüren, wenn die Wasserpartikelchen durch die Einwirkung der Wellen an der Oberfläche bereits in eine Bewegung von nur 1 Mikrometer geraten.

Bei den Untersuchungen stellte sich auch heraus, daß das Rotauge noch sensibler ist. Dieser Fisch bemerkte 9 Millimeter hohe und 4 Hertz starke Oberflächenwellen, die sich mit der Seiten-

Die Seitenlinie ist an den in unseren heimischen Gewässern verbreiteten Silberkarauschen gut zu sehen.

Raubfische schätzen mit großer Genauigkeit die Entfernung zu ihrer Beute mit Hilfe ihrer Seitenlinie ein. (Oben auf unserem Bild ein Zander, unten ein Rapfen.)

linie parallel bewegten, bereits, wenn sich die Wasserpartikelchen in einer Tiefe von 200 Millimetern in einem Ausschlag von 70 Nanometern neben der Seitenlinie bewegten. Messungen zufolge merken bestimmte Meeresfische sogar noch in einer Tiefe von 500 Metern, wenn an der Oberfläche 3 Meter hohe und 100 Meter lange Wellen parallel über sie hinwegziehen. Diese Sensibilität spielt vermutlich in der Orientierung der Wanderfische eine große Rolle. Es gibt nämlich Winde, die eine ständige Strömung verursachen, in deren Auswirkung die an den Küsten von Afrika entstehenden Wellen den Atlantischen Ozean durchqueren und in direkter Richtung die amerikanische Küste erreichen. Die Fische brauchen sich also nur nach diesen ständigen „Wellenstraßen" zu richten, um sich zu orientieren. Die endgültige Klärung der Funktion der Seitenlinie hält vermutlich noch viele Überraschungen bereit.

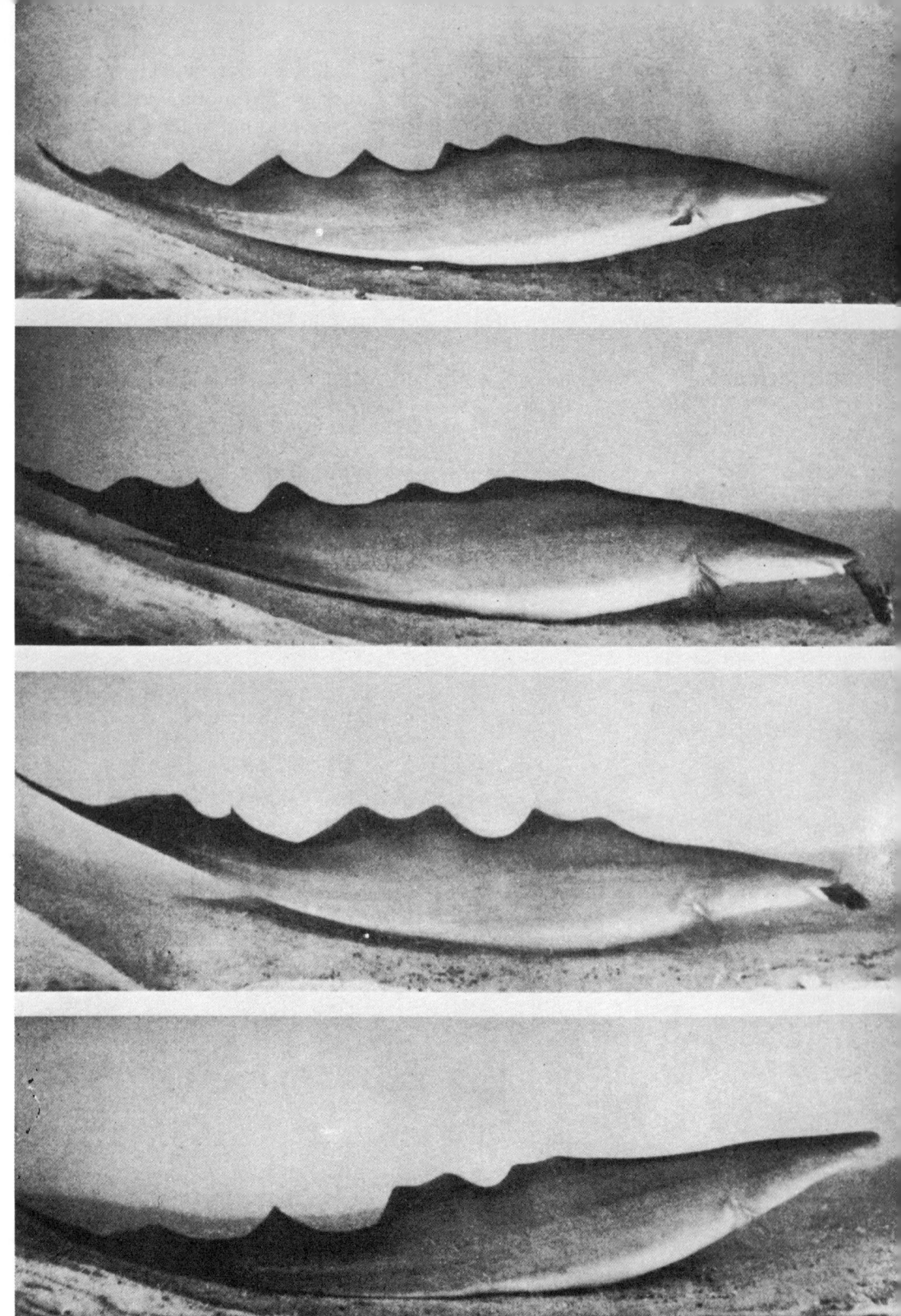

# „Wer kann was?" in der Tierwelt

Würde man einen Wer-kann-was-Wettbewerb in der Tierwelt veranstalten, fände man keine einzige Tierart, die nicht über ein sinnreiches Patent verfügte. Im Kampf ums Dasein hat jedes Tier im Laufe von Jahrmillionen zur Bewältigung der Schwierigkeiten die geeignete Lösung gefunden, um am Leben zu bleiben und sich zu vermehren. Für uns Menschen sind vor allem jene millionenfachen „Patente" am sinnreichsten, die selbst von der fortgeschrittenen Technik unserer Zeit noch nicht vollends nachgestaltet werden konnten, oder wir verwenden dazu völlig andere Mittel oder Mechanismen als die Tierwelt. Von diesen besonderen Patenten wollen wir jetzt einen Strauß präsentieren, der vielleicht ähnlich wie die Vielfalt in der Welt der bunten Blumen vermuten läßt, daß in der Natur noch viele interessante Ideen darauf warten, entdeckt zu werden.

## Außergewöhnliche Sinnesorgane

Der Industrie gelang es erst in den letzten Jahrzehnten, Thermometer herzustellen, mit denen man die Temperatur von Objekten aus einer Entfernung von 10 bis 20 Metern mit einer Genauigkeitsabweichung von 0,1 bis 0,2 Grad Celsius messen kann. Solche tragbaren Infrarotgeräte werden beispielsweise zur Messung gefährlicher Übertemperaturen verwendet. Einige Schlangen hingegen verfügen bereits seit Jahrmillionen über ähnliche „Fernthermometer". Bei den den Vipern verwandten Grubenottern befindet sich an beiden Seiten des Kopfes, zwischen Augen und Nasenlöchern, je eine Sinnesgrube. Das sind die sogenannten Grubenorgane. Jede Grube ist mit einer 0,025 Millimeter dünnen Haut in zwei Hälften geteilt. Dabei nimmt die eine Hälfte die ständige Temperatur der Umgebung wahr, während die andere Hälfte die daraufstrahlende Wärme empfindet. Auf Grund des dabei eintretenden Temperaturunterschieds gelangt ein entsprechendes Signal in das Gehirn der Schlange. Grubenottern sind dadurch in der Lage, selbst Temperaturunterschiede von 0,001 Grad Celsius wahrzunehmen. Dieses Doppelsinnesorgan ist imstande, die Ursprungsstelle der Strahlenquelle selbst im Dunkeln bei der Jagd auf die kleinen Nagetiere einzuschätzen. Im Laufe eines Experiments wurde eine Halysschlange ihres Augenlichts,

Der Körper des Nilhechts ist mit unsichtbaren elektrischen Feldlinien umgeben, wenn seine elektrische Ortung in der Sekunde 300 Signale ausstrahlt. Wird der gleichmäßige Rhythmus dieser Feldlinien durch einen ahnungslosen Fisch gestört, geht der Nilhecht zum Angriff über. Die Bildfolge zeigt, daß die Begegnung für den kleinen Fisch tragisch ausgeht.

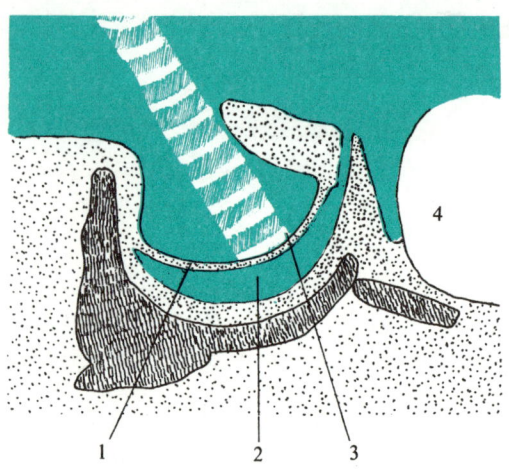

Bei den Schlangen der Familie der Grubenottern befindet sich vor dem Auge eine 3 Millimeter tiefe Grube: das Organ für die Wärmemessung. Die Strahlen erwärmen das Häutchen, auf dem sich Sinneszellen befinden. Die Schlange „mißt" die Energie der infraroten Strahlen im Verhältnis zur normalen Temperatur der sie umgebenden Luft. 1 – wärmeempfindliches Häutchen; 2 – normale Luft; 3 – erwärmte Luft; 4 – Auge.

ihres Gehör- und Geruchssinns beraubt. Sie bemerkte aber, wie eine in schwarzes Papier gewickelte brennende Glühlampe nahe an sie herangehalten wurde. Ihr Biß traf sicher das Ziel. Den amerikanischen Forschern Th. Bullock und R. Cowles zufolge reagiert das „Thermometer" der Schlange gegenüber 0,01 bis 0,15 Millimeter langen Infrarotstrahlenwellen am empfindlichsten.

Bestimmte Fische hingegen sind insbesondere gegenüber schwachen elektrischen Feldern empfindsam. Der Nilhecht, der mitunter eine Länge von 1,5 Metern erreicht, unterzieht seine Umgebung mittels permanenter schwacher elektrischer Entladungen einer Kontrolle. Mit Hilfe seiner elektrischen Ortung ist er sogar in der Lage, eine 2 Mil-

limeter starke Glasnadel im Wasser zu entdecken. Mit den Augen könnte er das nicht. Die amerikanischen Forscher S. A. Rommel und J. D. McCleave haben ermittelt, daß Aale sogar noch gegenüber elektrischen Feldern mit einer Spannung von 0,07 Mikrovolt sensibel sind. Werden die beiden Schenkel einer Trockenbatterie von 4,5 Volt 1 Zentimeter voneinander entfernt ins Wasser gesteckt, entsteht ein um das Vierundsechzigmillionenfache stärkeres elektrisches Feld, als es von Aalen noch wahrgenommen werden kann. Forscher weisen in diesem Zusammenhang darauf hin, daß Aale dadurch auf die vom Erdmagnetismus verursachte unwahrscheinlich schwache Elektrizität in den Meeresströmungen achten und diese vermutlich zur Orientierung auf ihrem mehrere tausend Kilometer langen Wanderweg nutzen.

Will der Fotoamateur gute Bilder aufnehmen, muß er zuerst mit dem Belichtungsmesser die von der Landschaft reflektierte Lichtstärke messen. Auch Reptilien verfügen über einen derartigen organischen Belichtungsmesser in der Mitte ihrer Stirn. Biologen bezeichnen dieses Organ als Parietalauge, weil es von oben mit einer dünnen transparenten Haut bedeckt ist und die Struktur weitgehend mit der des Auges übereinstimmt. Nach neuesten Untersuchungen orientiert dieses lebendige „Instrument" die sonnenscheinliebenden Reptilien über die Lichtstärke. Nimmt die Lichtstärke der Umgebung zu, wird auch das Verhalten des Reptils lebhafter. Anderen Untersuchungen zufolge summiert dieses Sinnesorgan die Einstrahlung des ganzen Tages und gibt dem Tier ein warnendes Signal, wie lange es sich noch von der Sonne bescheinen lassen kann, ohne sich dabei

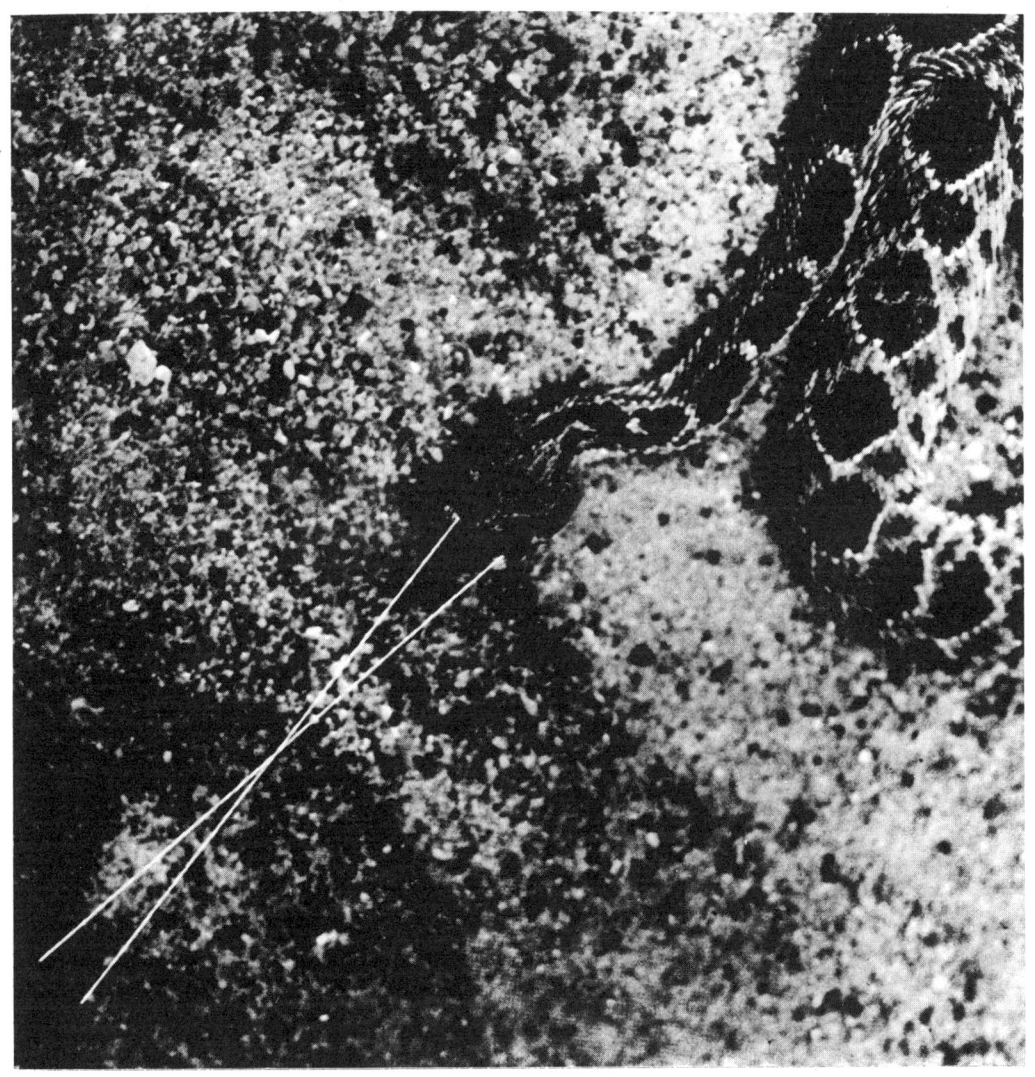

Grubenottern fangen die infraroten Strahlen mit wärmeempfindlichen Häutchen auf, die sich in den vor ihren Augen liegenden Grübchen befinden. Dieses Sinnesorgan unterstützt möglicherweise ihr schlechtes Sehvermögen. Wenn das zu Tode erschrockene Nagetier beim Anblick der Schlange instinktiv erstarrt, verrät es sich durch die Körpertemperatur. Da es sich bei dem Infrarotstrahlenfühler um ein Doppelorgan handelt, ist es möglich, daß die Schlange nicht nur die Richtung ihres Opfers, sondern auch dessen Entfernung bestimmen kann.

der Gefahr der Austrocknung auszusetzen.

Nachtfalter nehmen das Licht außer mit ihren Facettenaugen auch mit einem besonderen Organ wahr. In der Elektrotechnik werden zum Beispiel für den Empfang von elektromagnetischen Wellen in bestimmten Frequenzen Hohlraumresonatoren eingesetzt. Dabei hängt es vom inneren Durchmesser und von der Wanddicke des Rohres ab, wie lang die elektromagnetischen Strah-

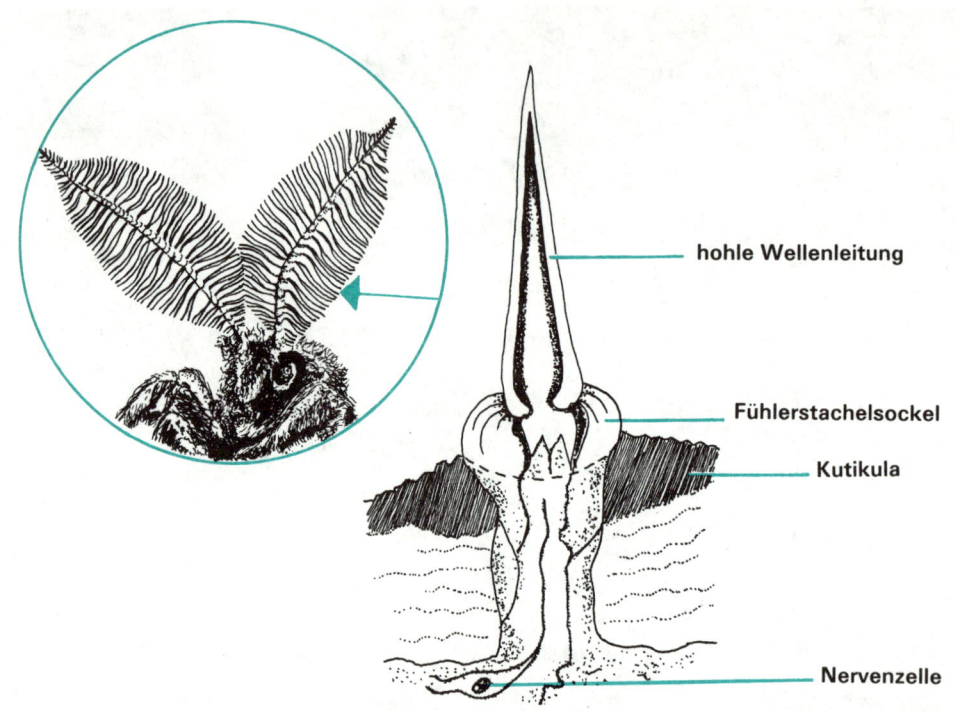

hohle Wellenleitung

Fühlerstachelsockel

Kutikula

Nervenzelle

Lichtstrahlen sind eigentlich elektromagnetische Wellen. So haben sich an den Fühlern bestimmter Arten von Nachtfaltern winzige Sinnesfäden herausgebildet, die Licht auf elektrischem Weg empfangen. Diese Sinnesfäden sind in 150 bis 200 Gruppen auf dem Fühler gegliedert und funktionieren für das Insekt als „Alarmsignal".

lenwellen sind, die vom Gerät empfangen werden. Über ähnliche Hohlraumresonatoren verfügen auch Nachtfalter. Auf ihren Fühlern befinden sich 0,07 Millimeter lange und 0,007 Millimeter starke kegelförmige Hohlorgane. Diese winzigen Organe empfangen die außerordentlich kurzen Wellenlängen der Lichtstrahlen nach dem gleichen physikalischen Prinzip. Untersuchungen von P. S. Callahan haben ergeben, daß die geometrischen, optischen, physikalischen und elektrischen Eigenschaften dieser Organe vollkommen mit jenen theoretischen Werten übereinstimmen, die auf Grund von mathematischen Berechnungen für den Bau eines solchen lichtempfindlichen Hohlraumresona-

tors ermittelt wurden. Dem Nachtinsekt dient dieses Instrument als Gefahrenanzeiger. Wenn in der Nähe im Dunkeln Licht aufblinkt, wird es sofort aufmerksam, egal was es gerade tut.

## Mit dem Kompaß um die Erde

Mit welcher Genauigkeit orientieren sich Tiere, die sich nach der Sonne richten? Dafür sollen zwei Beispiele angeführt werden. Die mit Facettenaugen ausgestatteten Bienen beobachten während des Fliegens stets mit demselben Elementarauge die Sonne, wie auch der Schiffskapitän darauf achten muß, daß sich die Fortbewegungsrichtung des

Schiffes im gleichen Winkel zu der Kompaßnadel befindet. Die Biene korrigiert ihre Flugrichtung offensichtlich erst, wenn der winzige Leuchtpunkt der Sonne von einem Ommatidium auf das andere gleitet. Dabei schließen zwei Elementaraugen einen Winkel von ungefähr 1 Grad ein, was durch die Messungen von I. W. Buddenbrock bestätigt wurde: Bienen fliegen tatsächlich in einem Winkel von 1 Grad in Richtung ihres Zieles. Es gibt immer mehr Beweise dafür, daß sich Lachse sowie andere Wanderfische gleichfalls nach dem Stand der Sonne im offenen Ozean orientieren. Doch mit welcher Genauigkeit geschieht dies? Würden sie pfeilgerade zu ihrem Laichplatz zurückschwimmen, müßten sie den Berechnungen der amerikanischen Forscher S. B. Saila und R. A. Shappy zufolge innerhalb von ungefähr 600 Stunden zu Hause ankommen. Tatsächlich dauert die Reise bedeutend länger. Man geht deshalb davon aus, daß sich Lachse im großen und ganzen erst nach einer zurückgelegten Strecke von 40 Kilometern orientieren. Innerhalb dieses Abschnitts schwimmen die Fische in irgendeine unbestimmte Richtung. Und erreichen sie trotzdem ihr Ziel? Auf Grund eines entsprechenden Modells konnte mit Hilfe eines Computers ermittelt werden, daß von 100 „theoretischen Lachsen" 60 die ihnen bekannten Flußmündungen trotz des unsicheren Herumstreifens erreichen, von denen sie der Geruch des heimatlichen Baches weiterleitet. Anderen Schätzungen zufolge sind die tatsächlichen Chancen der Rückkehr in die heimatlichen Gefilde bedeutend ungünstiger: Von den sterbensmüden Lachsen erreichen vermutlich nur 10 bis 20 Prozent den Laichplatz; die Wirklichkeit wird wahrscheinlich in der Mitte der beiden Werte liegen.

Eine der ältesten Erfindungen des Menschen — der Kompaß — lehnt sich an die Wahrnehmung des Erdmagnetismus an. Der Kompaß weist stets in die Nordsüdrichtung. Auf welchem Punkt der Erdkugel wir jedoch stehen, das können wir nur mit einem Kompaß feststellen, dessen Nadel auch in senkrechter Richtung ausschlägt. Weist beispielsweise der Kompaß gegenüber der Horizontalen einen Winkel von 63 Grad aus, dann befinden wir uns ungefähr auf dem Breitengrad von Budapest. W. Wiltschko kam bei der Untersuchung der Ortung der Rotkehlchen zu der Feststellung, daß Vögel nicht nur den Erdmagnetismus „erspüren" sondern sich auch danach während der Zeit des Vogelzugs richten. Ihr „innerer Kompaß" nimmt sogar die magnetische Inklination wahr! So können sie leicht feststellen, auf welcher geographischen Breite sie fliegen. Wenn beispielsweise die Rotkehlchen im Herbst, während ihres Fluges nach dem Süden, in wärmere Gegenden ziehen, weicht ihr „innerer Kompaß" im Vergleich zum senkrechten „Zug" ihres Schwerpunkts in zunehmend größerem Winkel ab. Als im Verlauf eines Experiments Vögel in einem Stahlbehälter eingeschlossen und von einem künstlichen Magnetfeld umgeben und dabei die magnetischen Induktionslinien um eine senkrechte Achse von 180 Grad gedreht wurden, setzten die Vögel ihren Flug in entgegengesetzter Richtung fort.

Tauben orientieren sich gleichfalls mit Hilfe des Erdmagnetismus. Dies wurde durch die Experimente des amerikanischen Forschers R. Green im Jahr 1972 nachgewiesen. Er montierte kleine Elektromagneten auf den Kopf der Vö-

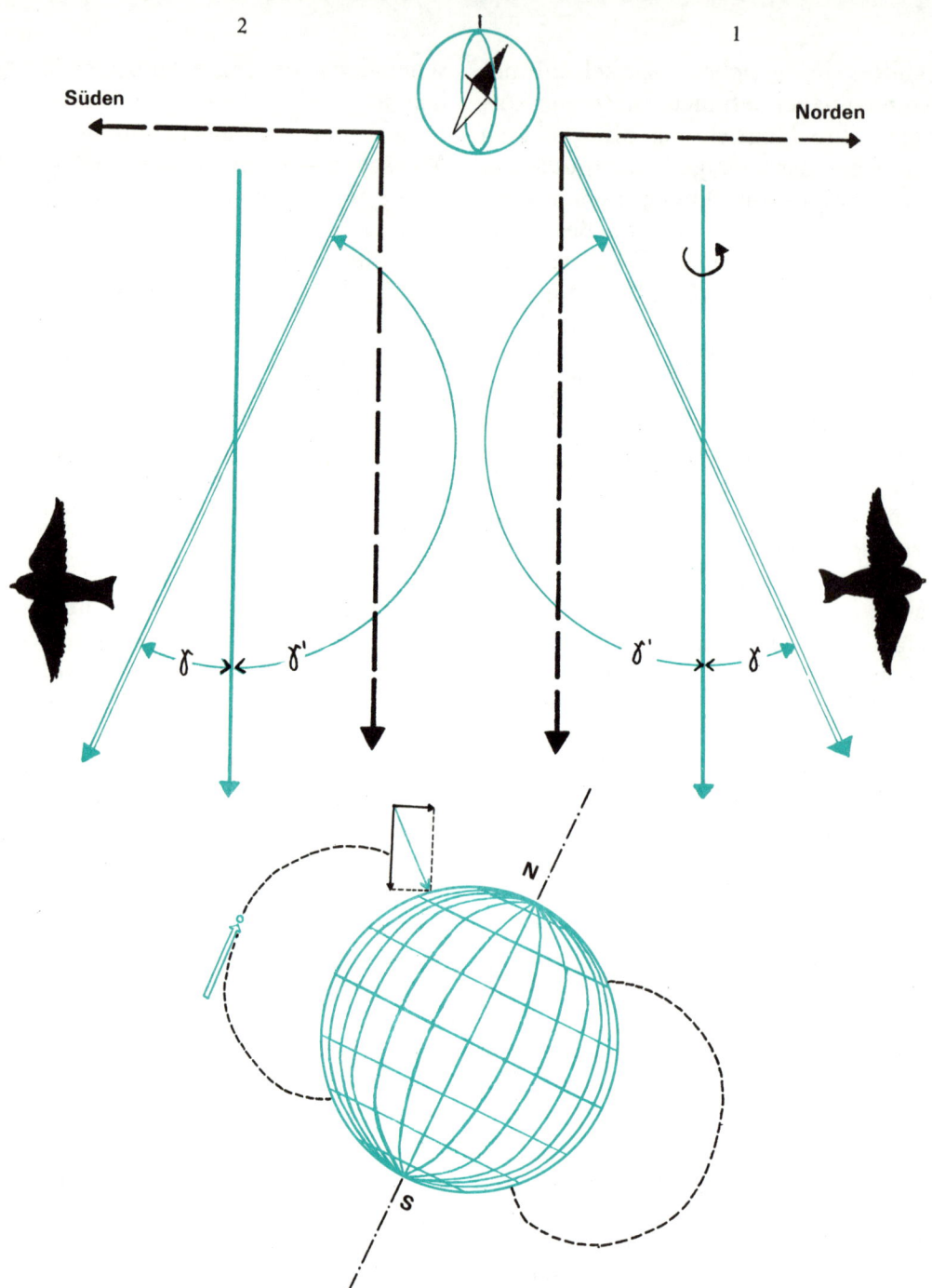

Der herkömmliche Kompaß richtet sich nur in waagerechter Lage nach den erdmagnetischen Kraftlinien aus, obwohl diese auch senkrecht wirken. Untersuchungen haben ergeben, daß sich das Rotkehlchen vermutlich auf der Grundlage dieses schräg ausgerichteten Magnetfelds orientiert. Wird das Magnetfeld um den Vogel künstlich gewendet, setzt er seinen Flug in entgegengesetzter Richtung fort. Wenn die Zugvögel die Inklination des Gravitationsfelds nicht wahrnehmen, wissen sie, daß sie sich über dem Äquator befinden.

gel und ließ sie 80 Kilometer von ihrem Taubenschlag auffliegen. Wies der winzige elektromagnetische Nordpol in Richtung der Schädeldecke, flogen die Tauben den richtigen Weg. Wurden jedoch an der Spule die Pole der Stromquelle vertauscht, wodurch der Nordpol in Richtung des Schwanzes wies, flogen die freigelassenen Tauben geradewegs in die entgegengesetzte Richtung. Heute weiß man bereits, daß Vögel den Erdmagnetismus fühlen. Zuwenig ist jedoch noch darüber bekannt, wie sie ihn aufnehmen und wie sie sich mit seiner Hilfe orientieren.

## Fortbewegung mit dem Kopf nach unten

Es wäre doch sicherlich ein merkwürdiger Anblick, wenn die Menschen in einem Büro an der Zimmerdecke entlanglaufen würden. In der Tierwelt ist so etwas aber eine alltägliche Sache. Mit dem Kopf nach unten laufen beispielsweise die Fliegen mit Hilfe ihrer am Fußende befindlichen winzigen blasenartigen Haftlappen. Dieser Saugmechanismus funktioniert nach dem gleichen Prinzip, das Gummigeschosse von Kinderluftgewehren an der Wand haften läßt. Die Luft entweicht unter den hohlen Gummischeiben, so daß der äußere Luftdruck die Scheiben an die Wand drückt. Bei den federleichten Fliegen ist diese Methode irgendwie noch verständlich. Doch worin besteht der Trick des überall in Südostasien gutbekannten Geckos? Diese Tiere jagen mit ihrem verhältnismäßig schweren Körpergewicht mit Leichtigkeit an der Zimmerdecke nach Insekten. Sie sind selbst an einer spiegelglatten Glasfläche imstande, sich, den Kopf nach

unten, mit den Füßen festzuklammern! Neueste Untersuchungen haben gezeigt, daß Geckos gleichfalls winzige Haftscheiben besitzen. An ihren Zehen befinden sich quer ausgerichtete Borstenhakenreihen. Diese 0,09 Millimeter langen und 0,01 Millimeter starken Borsten bilden ein weiches „Bürstenpolster". Am Ende jeder Borste befinden sich außerdem noch winzige 200 Nanometer starke Vertiefungen, die selbst an glattesten Oberflächen haftenbleiben. Ein solches Gefüge konnte von der fortgeschrittenen Technik unserer Tage noch nicht hergestellt werden. Gegenwärtig werden zwar mit Magnetschuhen Experimente durchgeführt, es ist aber nicht ausgeschlossen, daß das von den Geckos „erfundene Patent" zur endgültigen Lösung führen wird.

In der Tierwelt gibt es außerdem eine reichliche Anzahl von lebenden Bohreinrichtungen. Der englische Wissenschaftler und Erfinder der Rechenmaschine Charles Babbage machte bereits im vergangenen Jahrhundert auf ein besonderes Phänomen aufmerksam. Er stieß in der Nähe von Neapel, in Pozzuoli, auf alte Marmorsäulen, die von Bohrmuscheln angebohrt waren. Daraus schlossen später die Geologen, daß diese Gegend in früheren Zeiten vom Meereswasser bedeckt war. Diese besonderen Bohrmuscheln leben nämlich im Meer, wobei einzelne Arten mechanisch, andere hingegen chemisch bei ihren Bohrungen vorgehen. Die Steindattel ätzt mit einer bisher unbekannten Säure Löcher ins Felsgestein, befestigt dünne Fäden in diesen Bohrlöchern und bewegt dann mit dieser sogenannten Muschelseide (Byssusfäden) ihren Muschelkörper hin und her: Dadurch beseitigt sie das weich gewordene Steinmaterial. In der Familie der Doppel-

Mit Hilfe der sich an den Zehen befindlichen Haftscheiben vermag der Gecko selbst an senkrechten Glasscheiben emporzuklettern. Es ist nicht ausgeschlossen, daß Ingenieure ähnliche
„selbsthaftende" Konstruktionen entwickeln könnten, gelänge es ihnen, solch feine Fasern,
wie sie diese Haftscheiben besitzen, herzustellen.

schleichen, bei den Ringelechsen, sind gleichfalls Bohrmeister anzutreffen. Obwohl sie fußlos sind, bewegen sie ihren walzenförmigen Körper regenwurmähnlich, wodurch sie leicht nach vorn und hinten wandern können. Beim Anlegen eines neuen Ganges drücken sie ihren spindelförmigen Kopf in den Boden und bohren sich in das Erdreich, wobei sie ihre unterirdischen Gänge durch kreisförmiges Drehen und Auseinanderziehen ihres Körpers weiten und festigen.

Im Zeitalter der Kunststofftextilfaser gehört die Spinndüse zu den alltäglichen Erfindungen. Der Kunststoff fließt in mehr als 100 dünnen Fädchen durch die winzigen Löcher der Spinndüse, worauf die Fädchen aneinanderkleben, und, in der Luft erhärtet, den endgültigen Garnfaden bilden. Diese Herstellungstechnologie wurde von den Spinnen schon viel früher „erfunden". Der Bonner Universitätsprofessor E. Kullmann entdeckte mit Hilfe des Rasterelektronenmikroskops den besonderen Spinnmechanismus der zur Ordnung der Webspinnen gehörenden Gliederfüßer. Aus den Untersuchungen ging hervor, daß das Produkt der Spinndrüse aus den winzigen „Düsen" der Spinnwarze, welche die Spinndrüse bedeckt, ins Freie gedrückt wird und an der Luft zum festen, elastischen Faden erstarrt. Aus jeder Düse wird ein 10 bis 20 Nanometer starker Faden gepreßt. Wenn beide Spinnwarzen in Funktion sind, stellt die Spinne aus insgesamt 16 000 bis 40 000 Einzelfäden einen Garnfaden her. Ein ähnlich feines Gefüge wird von maschinell hergestellten Spinndüsen nicht annähernd erreicht. Und was dabei noch erstaunlicher ist: Jede einzelne lebendige Düse der Webspinne ist wie ein winzigkleines Fotostativ. Bei Been-

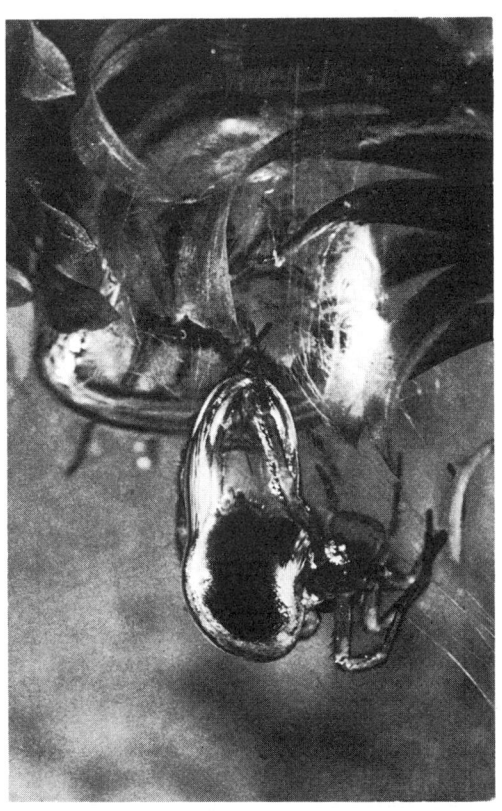

Die Wasserspinne bringt gerade eine neue Dosis Luft in ihr Unterwasser„luftschiff", das ihr als ständige Wohnung dient. Öffnet sie ihre gekreuzten Beine, schießt aus ihrem Körper die Luftblase durch die nach unten gerichtete Öffnung der „Taucherglocke" in die Höhe und zerplatzt dort.

digung des Spinnvorgangs schiebt die Spinne ihre Düse so zusammen wie der Fotograf das Stativ seines Fotoapparats.

Von Menschen, die ins Wasser tauchen wollten, wurde vor langer Zeit die Taucherglocke erfunden. Wenn jemand solch einen nach unten geöffneten Behälter über den Kopf gestülpt bekommt, kann die Luft aus der „Glocke" im Wasser nicht entweichen, sondern sie sammelt sich im inneren oberen Teil der Kuppel, so daß der Taucher unter Wasser atmen kann. Nach der gleichen Methode legt die Wasserspinne schon seit Jahrmillionen ihre ständige Wohnung an. Sie fertigt mit feinen Fäden in ähnlicher Form ein Netz zwischen Wasserpflanzen, wie es früher für Luftschiffe üblich war. Danach befördert sie von der Wasseroberfläche Luftblasen unter das Netz. Als Folge dieser Luftauffüllung entsteht unter dem Wasser eine Taucherglocke, in der die 17 bis 18 Millimeter große Spinne ihr ganzes Leben verbringt.

In immer mehr Büroräumen und Fabriken werden Klimaanlagen eingebaut, die in den Räumen im Sommer wie im Winter angenehme Temperaturen gewährleisten. Auch in der Natur gibt es derartige „Lufttechniker", die in vollkommener Weise die schwierigen Probleme der Luftregulierung gelöst haben. Eine afrikanische Termitenart, die Macrotermes natalensis, lebt in mehr als 2 Millionen Exemplaren in einem mittelgroßen Nest. Es ist verständlich, daß diese Termiten Bedarf an frischer Luft haben. Die Termitenburg ist 40 bis 50 Zentimeter dick, und die zementharten Wände sind von einer großen Anzahl winziger Luftgänge durchzogen. Die Luft steigt von den tiefer liegenden Gängen nach oben und gibt die Wärme- und Kohlendioxidteile durch die schmalen „Kühlrippen" ins Freie ab. Auf diese Weise stellen die Termiten einen Temperaturunterschied von 6 Grad Celsius im Nest zwischen dem „Keller" und dem „Dachboden" her. Die Luft bewegt sich in den Gängen mit einer Geschwindigkeit von 2 Millimetern in der Sekunde, was einer geringen Luftbewegung entspricht, und sicherlich kann sich keine einzige Termite über Windzug beklagen.

Im Winter kann das Kühlwasser in den Kraftfahrzeugen leicht einfrieren.

Der vorsorgliche Kraftfahrer wird deshalb auf Frostschutzmittel zurückgreifen, um die Gefahr des Einfrierens zu umgehen. Die Ameisen wenden die Gefahr in ähnlicher Weise ab, indem sich ihr Körper bei einem Kälteeinbruch auf diese Gefahr einstellt: Sie durchsetzen ihre Körperflüssigkeit mit Glyzerin. Jetzt vertragen die winzigen Insekten bedeutend niedrigere Temperaturen, ohne dabei zu erstarren oder zu erfrieren. Hundertfüßer wenden gegenüber ihren Angreifern ein besonderes Abwehrmittel an, in dem im Grunde genommen nichts anderes als giftige Blausäure enthalten ist. In jedem Körpersegment des Hundertfüßers Apheloria corrugata befinden sich zwei winzige Kolben: Der größere, die innere Kammer, ist insgesamt 0,7 Millimeter lang. Er enthält 0,001 Kubikmillimeter Benzaldehyd. Nähert sich ein Angreifer von irgendeiner Seite, öffnen sich die Körpersegmente, und die Flüssigkeit sickert in den benachbarten „Kolben". Die hier vorhandenen Verbindungen treten in Aktion, und durch ihre Reaktion entsteht Blausäure. Das an den seitlichen Ventilen ausströmende giftige Gas hält die angreifenden Ameisen mindestens 20 Minuten lang fern.

Unzählige Ereignisse berichten über Schiffbrüchige, die, in den Wellen treibend, vom Durst gequält werden. Warum? Wasser ist ja in Unmengen vorhanden, und trotzdem kommt man vor Durst um. Sicherlich deshalb, weil das Meerwasser 3 Prozent Salz enthält und das menschliche Blut höchstens 1 Prozent verträgt. Gelangt viel Salz ins Blut, muß man ständig Wasser trinken, denn nur so kann sich der Organismus dem erforderlichen Verdünnungsverhältnis angleichen — wobei man aber daran zugrunde gehen kann. Seevögel

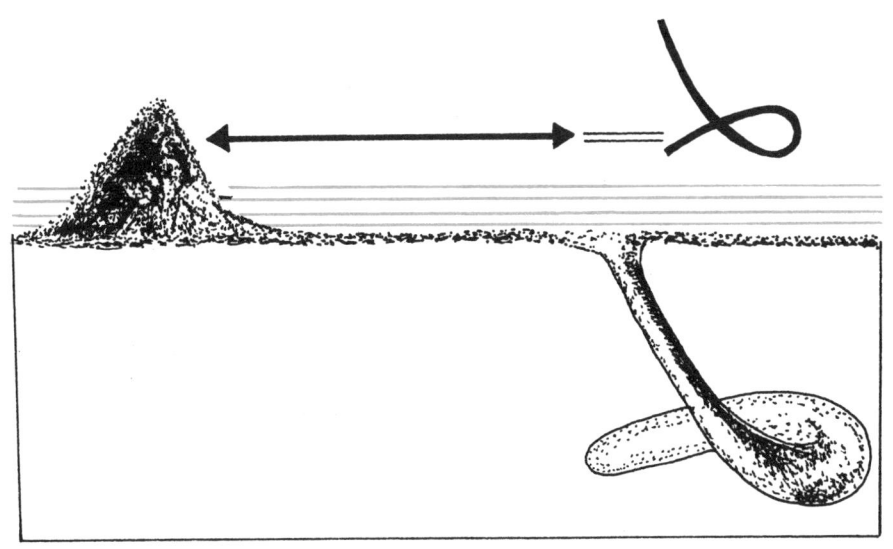

Der unterirdische Gang der Reiterkrebse ist genausolang wie die Entfernung von seinem Eingang bis zu der aus Sand gebauten „Pyramide". Der Krebs muß freilich unter den vielen anderen gleich aussehenden Pyramiden unterscheiden können, welche Richtung er vom Höhleneingang zu seiner Pyramide einschlägt. Weiß er das nicht, müßte er so lange im Kreis herumwandern, bis er auf sein Bauwerk stößt.

trinken trotzdem das salzhaltige Meereswasser, obwohl sich in ihrem Blut nicht mehr Salz befindet als in dem des Menschen. In welcher Weise wird das überschüssige Salz aus dem Meereswasser ausgeschieden?

Auf Grund der Untersuchungen des aus Norwegen stammenden Forschers K. Schmidt-Nielsen konnte festgestellt werden, daß sich im Schädel der Seevögel oberhalb der Augen besondere Drüsen befinden. Dieses eigenartige Filtersystem sondert das Salz nach dem Prinzip der Gegenströmung mittels winziger Kanäle aus dem Blut aus. Das Salz wird in Form von konzentriertem Salzwasser durch die Nasenöffnungen ausgeschieden. Im Verlauf eines Experiments wurden von einer Möwe 134 Kubikzentimeter Meereswasser getrunken, wobei sie keinerlei Schaden erlitt. Sie schied das Salz innerhalb von 3 Stunden aus. Vergleichsweise war das solch eine

Menge, als hätte ein Mensch 9 Liter Meereswasser getrunken.

## Experimentelle Mathematik

In den Jahrmillionen ihrer Stammesentwicklung haben die Tiere eine Vielzahl mathematischer Aufgaben gelöst. Das bekannteste Beispiel hierfür ist die Wabenzellenform der Biene. Die sechseckige Form der „Weisen" gilt bereits von vornherein als Muster der Vollkommenheit, da diese Prismenform unter Verwendung des geringsten Materialeinsatzes den größtmöglichen Rauminhalt bietet. Dieses Grundprinzip wird heute auch von Architekten angewandt. Wie soll ein sechseckiges Prisma verschlossen werden, um mit der geringsten Menge Wachs den größten Füllraum für Honig zu erhalten? Diese Aufgabe wurde von den Bienen in vollende-

Der Reiterkrebs findet ohne Schwierigkeiten seine Sandpyramide am Meeresufer. Das „Zählen" seiner Schritte wird vielleicht dadurch erleichtert, daß er weder nach vorn noch nach hinten kriecht, sondern seitlich krabbelt.

ter Weise gelöst: Die drei Rhombusflächen werden am Ende der Wabe „aneinandergeschweißt", wobei jede Fläche an der Seite des Prismas einen Winkel von 120 Grad bildet. Als Mathematiker diese sogenannte Maximum-Minimum-Aufgabe berechneten, stellte es sich heraus, daß die Bienen diese Aufgabe richtig „gelöst" haben.

Am Strand des Roten Meeres kann der Tourist fast überall auf spannhohe Bodenerhebungen blicken. Hier leben die Reiterkrebse; sie locken die Weibchen in ihre unterirdische Wohnung, indem sie mit der Errichtung derartiger „Bauwunder" auf sich aufmerksam machen. Wie können aber die Krebse ihre Wohnungen unter den vielen anderen unterscheiden? Dazu verhilft ihnen die

Mathematik. Jeder Krebs legt seine kleine Burg so an, daß die Strecke von ihr bis zum Eingang der unterirdischen Behausung genau der Länge des schraubenförmigen Ganges der unterirdischen Wohnung entspricht. Wie die Tiere dies ermitteln, bleibt ein Rätsel, doch es ist durchaus vorstellbar, daß sie die entsprechende Länge in irgendeiner Weise empfinden.

Die tropischen Kegelschnecken mit ihren ausgefallenen Musterformen setzen die Museumsbesucher in Erstaunen. So viele Schnecken, so viele Musterformen. Außer den individuellen Formen ist allen Schnecken eine einheitliche Aufbaumethode gemein: die ineinandergreifenden Reihen der Dreiecke, die sich mit dunklen Farbrändern scharf ab-

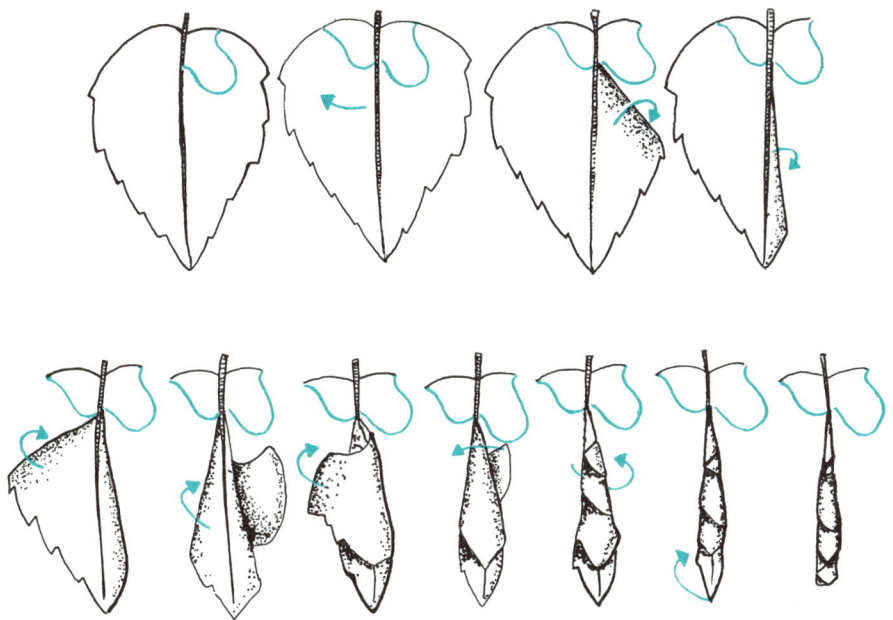

Zwei meisterhafte Schnitte — und alles andere geht sozusagen von selbst. Der Birkenblattroller praktiziert dies bei den besonders geformten Schnittkrümmungen seit Jahrmillionen, wodurch dann das Blatt leicht „eingerollt" werden kann.

zeichnen. Wie hat sich dieses Muster herausgebildet? grübelten zwei englische Forscher. Sie stellten zunächst fest, daß dort, wo sich die beiden Farbstreifen am Schneckengehäuse treffen, kein einziger weiterläuft. Beim Wachsen des Schneckenhauses lagern sich besondere Farbreste an den Rändern ab, die sich erst in sichtbare Farben verwandeln, wenn die Dichte im Laufe des Wachstums der Schnecke eine bestimmte Stärke erreicht hat. Dieser Vorgang wurde unter Berücksichtigung der entsprechenden Daten in eine elektronische Rechenanlage eingespeist, worauf vom Computer ähnliche Musterformen gezeichnet wurden, wie sie an den Seiten der Kegelschnecken zu finden sind. Die Schnecke selbst trägt also in

keiner Weise zu dieser Musterbildung bei. Die „Mathematik" ist hier lediglich das Ergebnis des Zusammenspiels der Wechselwirkung bestimmter Faktoren; in diesem Fall können wir bereits die „Kybernetik" der Natur bewundern.

Zum Schluß wollen wir noch einen echten Mathematiker, den kleinen Birkenblattroller, erwähnen. Dieser 0,5 Zentimeter lange schwarzglänzende Käfer rollt aus Birkenblättern trichterförmige Tüten für seine Eier zusammen. Zuerst schneidet er die eine Seite des Blattes S-förmig bis zur mittleren Hauptrippe ein und dann in entsprechender Weise die andere Seite des Blattes. Danach rollt er die eine Blatthälfte ein und wickelt die andere Seite darüber. So entsteht eine ideale Trichtertüte. Die Konstruktion der beiden Schnittlinien ist keine einfache Aufgabe, was jeder nachprüfen kann. Erst dem holländischen Wissenschaftler Huygens gelang es im 17. Jahrhundert mit Erfolg, eine entsprechende Kurvengleichung aufzustellen. Dem zur Familie der Rüsselkäfer gehörenden Birkenblattroller ist diese Lösung bereits seit Jahrmillionen bekannt. Wahrlich, er hatte aber auch genügend Zeit zum „Experimentieren". Wie viele Patente und Erfindungen liegen in der Tierwelt noch im verborgenen? Wer weiß es? Wer aber mit offenen Augen durch die Natur wandelt, kann sicher sein, daß er noch viele bemerkenswerte und interessante Anregungen findet, wodurch er selbst in die Reihen der Erfinder treten kann.

# Inhalt

**Zurück zur Natur**  5
Lebende „Unterseeboote"  8
Elastische Ruder  11
Schwebende Pelerine  14
Was lehren uns Fische?  20
Achtung! Wir tauchen!  25
Lebende Taucherglocken  30
Mit gutem Wind zu fremden Ufern  33
Mit trockenem Fuß über das
Wasser  36

**Vergebliche Suche nach dem Rad**  39
Wieso kippt das Pferd nicht um?  41
Beine in der Luft  43
Schreitende Maschinen  52
Entschwundene Schritte  56
Lebende Katapulte  62
Der Schnellkäfer drückt den Abzug
ab  66
Springende Dosen  69
Wellen auf dem Festland  71

**Flügel auf dem Rücken des Piloten**  79
Was hat die Fliege in ihren
Achselhöhlen?  81
Die Flügel beschreiben eine Acht  85
Der Frack des Tanzmeisters  91
„Entzweigebrochene" Vogel-
schwingen  94
Flaumleichte Bauelemente  99
Abmagerungskur während des
Fluges  102
Menschenmuskeln und Vogel-
geschwindigkeit  106
Achterbahn in der Luft  109
Es fliegt . . ., es fliegt . . . der Fisch  115

**Auge in Auge mit dem Licht**  119
Im Wasser versunkene Glas-
kugeln  124
An der Grenze zwischen Luft und
Wasser  133
Zwei Augen sehen in drei Rich-
tungen  139
Tausendäugige Insekten  143
Wo ist die Rote?  151
Wenn die Nacht herniedersinkt  155
Licht mit Luziferin  160
Tanzende Aufklärer  162

**Klänge um die Erde**  169
Schwimmende Raspeln und
Trommeln  170
Was hört der Fisch?  174
Sechsbeinige Geiger  181
Sie übertreffen das Klavier  186
Die Botschaft des „magischen
Auges"  191
Zwei Melodien aus einer Kehle  194
Empfindsame Ohren  199
Der Mensch „redet mit"  203
Woher kommt der Schall?  208
Erkundung des Raumes  211

**Stumme Symphonie**  215
Erstarrte Schnelläufer  216
Der Schrei kehrt zurück  219
Summende Fledermäuse  224
Ein Pingpongspiel im Ohr  229
„Bildhaftes" Hören  236
Verräterische Signale auf dem
Wasser  240
Das Luftabwehrsystem der Schmetter-
linge  245

**Rufe unter Wasser**   251
Der Delphin geht auf Jagd   252
Der „Schallreflektor"   255
Klopfender Ultraschall   261
Verborgene Ohren   263
„Jetzt bist du an der Reihe!"   265

**Beine mit Geruchs- und
Geschmacksorganen**   271
Witternde Fische   274
Ausrufezeichen am Pfad   281
Wenn Zucker nicht süß schmeckt   287

**Verräterische Schwingungen**   293
Es schwingt das Netz   293
Wenn der Wind weht   296
„Abgetastete" Wellen   299

**„Wer kann was?" in der Tierwelt**   305
Außergewöhnliche Sinnesorgane   305
Mit dem Kompaß um die Erde   308
Fortbewegung mit dem Kopf nach
unten   311
Experimentelle Mathematik   315